飘

（上）

[美] 玛格丽特·米切尔 著　朱攸若 译

北京长江新世纪文化传媒有限公司
www.cjxinshiji.com
出品

名家导读

  对今天的读者来说，小说《飘》中的战争背景和种族矛盾已不复存在。但这并不妨碍人们依然把它当成史诗来读，且经久不衰。原因在于，这是一部有关女人生存、浪漫和爱的哥特式小说。

  主人公斯佳丽在生存和浪漫之间的选择和起伏，以及众多女性的顽强意志，直到今天依然是横亘在女性面前的宿命：在生存和爱面前，你到底需要什么？你准备好为此付出代价吗？

  小说的魅力不在于回答了什么，而在于给不同时代的读者，尤其是女人，一个永恒的震撼：遵从自己内心的呼唤和意志！这给了很多女人信心与力量，也给了她们欢乐和激动。当然，也给男权社会带来冲击，甚至是愤怒。不信的话，那你读读看……

——著名文学评论家、作家　安波舜

译 序

20世纪30年代，美国女作家玛格丽特·米切尔撰写了一本以美国南北战争为背景的长篇小说——《飘》。这本书出版以后，在读书界引起了前所未有的轰动，第一年便销售了两百万册，日销售量最高达五万册，并且被译为十八种文字，在世界范围内销售。据吉尼斯世界纪录大全的统计，《飘》已成为二十世纪世界最畅销的三种小说之一。

与之交相辉映的是，根据小说改编的同名电影，于1946年获八项奥斯卡大奖，男主角克拉克·盖博被封为影帝，女主角费雯·丽一举成名，成为一代巨星。这部影片，还被好莱坞定为永久保存的珍藏影片。

由此可见，《飘》问世之后，取得了巨大的成功，这是毋庸置疑的。

然而，对于这本脍炙人口的佳作在文学史上的地位，却始终存在着争议。文坛主流对之迟迟不予认同。有的评论家拿米切尔跟萨克雷和托尔斯泰相比，认为无论就学识素养、思想境界及创作手法而言，跟两位大师都相去甚远。而且，从艺术水准来说，《飘》存在着某些明显的不足，诸如结构松散，语言不够精练，有些人物和事件的脉络不够清晰，等等。尤其为人诟病的是，作者的同情，显然是在没落的奴隶庄园主那一边；对于必然要退出历史舞台的南方奴隶制度，怀着惋惜与留恋。因此，在她的笔下，难免会有违背历史真实，以致歪曲事实的倾向。因此，有人认为，《飘》只是一本流行于一时的通俗小说，一本畅销书而已。

另一种看法则认为，小说《飘》有着很高的艺术成就，塑造了一些具有鲜明个性立体化的人物。书中四个主要角色，个个栩栩如生，音容笑貌，跃然纸上，尤其是女主人公斯佳丽，堪称是具有普遍意义的永恒艺术典型。书中对主要人物内心世界的刻画，真实、细腻而深刻，书中情节富有戏剧性，对细节的描绘具体而生动。因此，这部作品，不愧为经典之作。

笔者以为，何妨换一个视角，以一个读者的眼光，来看一下这本书带给我们的是什么。

首先，作者展现在我们眼前的，是19世纪下半叶，美国南部诸州（主要是佐治亚州）的广阔社会画卷。时间跨度上，是从1861年到1877年美国南北战争和战后重建时期。作者从南军攻打萨姆特要塞的前夕写起，沿着女主人公斯佳丽的活动轨迹，把故事情节顺序展开，使我们对这一特定历史时期，美国南部的社会生活，有一个清晰的认识。南北战争的爆发，离美国宣布独立还不到一百年，是美国这个年轻国家在其发展史上的一个重要阶段，它废除了罪恶的奴隶制度，解决了南北两种体制之间的矛盾，为美国经济腾飞创造了条件。作者以细腻生动的笔触，把南方奴隶制社会走向崩溃的过程，真实地再现了出来。我们知道，对某一时期、某一地区社会与人民生活的描绘，文学作品比起文献记载，要丰满翔实得多。正如恩格斯在说到巴尔扎克的小说时，说从中所学到的东西，要比当时所有的经济学家、历史学家和统计学家那里学到的还要多。我们从十二橡树的烤肉野宴上，看到南方贵族子弟的骄纵和不可一世的气焰；从亚特兰大的大火中，看到战争的恐怖；从塔拉庄园周围一带的废墟，看到战争的破坏；从三K党人为斯佳丽所受屈辱而采取的报复行动，看到这一恐怖组织的形成与活动。固然，由于作者站在南方蓄奴庄园主的立场上，没有能够正确地反映这场战争，其中有些片段，比如对那次三K党人的袭击事件，那充满同情的描述，显然有悖于正义的良知。但就整体而言，作者还是忠实地再现了历史的原貌。米切尔攻读的是文学，担任过记者，她父亲是亚特兰大历史学会的主席。这使得她对当地的历史，尤其是1861—1865年的内战史，有充分的理解。她写这本小说，从构思到完成，花了十年时间，态度严谨，一丝不苟。因此，尽管她在情感上倾向于必然崩溃的上层奴隶庄园主社会，她还是如实而深刻地揭露了这一制度灭亡的过程。在书中写到塔拉庄园一带遭受到联邦军队烧杀破坏的情景时，也是符合历史真实情况的。因为战争免不了破坏，而为了彻底摧毁对方，对南方大肆破坏，正是联邦主帅所执行的战略方针。她的这种情况，跟巴尔扎克、托尔斯泰一样，倾向性并没有妨碍他们在艺术创作中对事实的尊重。因此，就认识一个具有特殊意义的历史时代，一个社会的角度来看，这本书还是值得一读的。

其次，从《飘》的艺术特色来看，本书的中心人物是女主人公斯佳丽，一切情节全都围绕着她的活动而展开。从书中的描绘不难看出，她是一个任性、轻率自私、冷酷，为了目的不择手段的人。她先后抢走了艾希礼的妹妹霍尼和自己的亲妹妹苏埃伦的未婚夫，第一次是为了怄气，第二次是为了金钱，却全然不顾这样做给他人所造成的痛苦。她为了弄到钱，竟然到监牢里去看望白瑞德，甚至不顾廉耻，提出要出卖自己。为了从工厂中榨取更多的利润，她听任工头约翰尼雇用犯人，以非人的残酷手段对待他们。可是，从另一个侧面，又可以看出她是一个有个性、有胆识、临危不惧、勇往直前的人。她在十七岁的小小年纪就成了寡妇，从此只能穿黑色衣服，不苟言笑，任何欢乐的事，都再也没有她的份。正是在这种环境和气氛下，在一次义卖会上，当白瑞德出资一百五十元金币，要求和斯佳丽跳舞的时候，这一离经叛道的荒诞请求，使得在场的人无不感到惊愕和愤慨。而更令人目瞪口呆的，却是斯佳丽那大胆而响亮的回答"我肯的"。这石破天惊的一声，喊出了19世纪被压抑的女性要求个性解放的渴望，是极其勇敢而大胆的举动。

亚特兰大的大火，是美国内战中载入史册的一个事件。当围城处于危旦在夕的时刻，火光冲天，炮声隆隆，此时的斯佳丽，面对即将临盆的媚兰，自己对助产知识又一窍不通，却毅然承担起接生工作,帮媚兰把孩子生了下来。随后,又设法找到白瑞德,在他的帮助下,把媚兰母婴平安地带回塔拉。接下来,在满目疮痍、缺衣少食的情况下,她像黑奴一样,到田里去干艰苦的农活,想尽办法,让一家人免于挨饿。这种艰苦卓绝的精神,尤其是出现在一个从小娇生惯养的闺阁千金身上,不能不令人感佩。

  白瑞德是作者着力塑造的另一个重要人物。他行为放荡,劣迹斑斑,靠非法走私发了财。他包养娼妓,败坏了正经人家的孩子的声名,却又不肯娶她。他为了赢得斯佳丽的芳心,费尽心机,帮助她,启发她,诱惑她,欺骗她,捉弄她,伤害她,地地道道一个反面角色的形象。可是就是这样一个人,为什么他会对社会底层的黑奴嬷嬷那么尊重,对毫不起眼的媚兰那么尊敬?为什么他会在他的头号情敌艾希礼处在生死关头的危机时刻,挺身而出去拯救对方?

  其实这正是米切尔塑造人物形象的一个特色。她曾表示她深受英国作家狄更斯的影响,原打算把《飘》写成维多利亚风格的小说。所谓维多利亚风格,是指对现实生活一种理想主义的描绘,让好人最终得到好报,坏人受到惩罚,像狄更斯的《雾都孤儿》,便是一个典型。然而在作者竭力反映历史真实的时候,她笔下的主要人物,必然会面临着"生存还是毁灭"的问题。在艰难时世,人性中美好的一面和不那么美好的一面,便会凸显出来。在斯佳丽身上,自私、冷漠、贪婪和勇敢、坚定、百折不回此起彼伏;在白瑞德身上,一方面是行径荒唐,花天酒地,另一方面,却有着拜伦式的高雅与仗义。正是对这种复杂性格的塑造,形成了作者独特的艺术风格,让小说产生了令读者不忍释卷的魅力。

  17世纪哲学家弗兰西斯·培根说,"读书足以怡情,足以傅彩,足以长才"。这里"怡情"一词,指的是"乐趣"(英语原文是"delight")。一部文学作品的成功与否,在一定程度上,取决于它的可读性。《飘》的艺术成就,除了十分真实、细致的心理刻画,设计巧妙的人物关系以外,极富戏剧性,也是它的魅力所在。比如书中第六章,斯佳丽精心设计跟艾希礼在藏书室见面,向他表示爱意。

遭到拒绝以后，她满腔怒火地把一只花瓶向壁炉扔过去。此时令人万万想不到的是，应该是人迹罕见的地方，居然冒出一个人来，而此人却偏偏又是那无所顾忌、口无遮拦、什么事都干得出来的无赖白瑞德，叫人难以置信。又比如书中第三十四章斯佳丽探监那一幕，原本满怀希望，以为总可以从白瑞德那里借到钱，结果大出冷门，不仅计划落空，反而彻底暴露了自己，蒙受了极大的差辱。那场景，也是极富戏剧性的。再如第四十五和四十六章中，宪兵司令部来追查三K党人肇事的时候。白瑞德、艾希礼和媚兰合演了一场精彩的闹剧，加上妓女贝尔的配合，把宪兵中尉贾弗里搞得晕头转向，有点像王尔德笔下《少奶奶的扇子》里的场面，富有喜剧色彩，读来令人忍俊不禁。

  从以上的例子，可以看出《飘》同时也是一本趣味盎然的佳作，其可读性是不言而喻的。

朱攸若

2012 年 3 月 17 日

目录

译 序 / 1

第一部

第 一 章 / 3
第 二 章 / 23
第 三 章 / 42
第 四 章 / 65
第 五 章 / 79
第 六 章 / 100
第 七 章 / 139

第二部

第 八 章 / 153
第 九 章 / 174
第 十 章 / 213
第 十 一 章 / 227
第 十 二 章 / 235
第 十 三 章 / 255

第十四章 / 273
第十五章 / 286
第十六章 / 301

第三部

第十七章 / 313
第十八章 / 337
第十九章 / 353
第二十章 / 369
第二十一章 / 378
第二十二章 / 394
第二十三章 / 401
第二十四章 / 422
第二十五章 / 453
第二十六章 / 468
第二十七章 / 492
第二十八章 / 505
第二十九章 / 522
第三十章 / 537

第四部

第三十一章 / 557
第三十二章 / 577
第三十三章 / 594
第三十四章 / 609
第三十五章 / 633
第三十六章 / 660
第三十七章 / 695

第三十八章 / 712

第三十九章 / 741

第 四 十 章 / 759

第四十一章 / 779

第四十二章 / 806

第四十三章 / 824

第四十四章 / 841

第四十五章 / 855

第四十六章 / 878

第四十七章 / 888

第五部

第四十八章 / 919

第四十九章 / 932

第 五 十 章 / 954

第五十一章 / 967

第五十二章 / 973

第五十三章 / 993

第五十四章 / 1012

第五十五章 / 1027

第五十六章 / 1037

第五十七章 / 1051

第五十八章 / 1066

第五十九章 / 1073

第 六 十 章 / 1087

第六十一章 / 1093

第六十二章 / 1107

第六十三章 / 1113

第一部

第一章

斯佳丽·奥哈拉长得不算美，但男人常常还来不及端详她的姿容，就被她的魅力所迷醉，比如塔尔顿家那对双胞胎兄弟，就正是如此。她脸上鲜明地糅杂着两种物质，一种是来自母方的纤细，一种则是来自父系的粗犷。她母亲出身于法国血统的海岸贵族之家，父亲则是肤色红润的爱尔兰后裔。她的脸庞特别引人注目，尖尖的下巴，方方的牙床，一双浅绿色纯净的眸子，眼角微微翘起，长长的睫毛根根挺直，浓黑的眉毛成两条斜线，挂在木兰花般的白皙肌肤上——那是南方女人极为珍爱的玉肤，出门时要用面纱、软帽和手套保护起来，不让佐治亚州的灼热阳光把它晒黑。

一八六一年四月里的一天下午，阳光明媚。斯佳丽小姐在她爸爸那个叫作塔拉的庄园里，由塔尔顿家两兄弟——斯图尔特和布伦特陪着，坐在走廊的阴影处，显得颇为妩媚动人。她穿着一身簇新的绿色花布衣服，裙摆展开呈波浪形，脚上配着一双绿色平跟山羊皮鞋，那是她爸爸新近从亚特兰大给她买来的。这身衣服把她只有十七英寸的腰肢——邻近三个县里首屈一指的纤腰——衬托得格外窈窕。一件巴斯克紧身上衣贴着一对隆起的乳房，使这年方十六的妙龄少女，看起来相当丰满成熟。可是不管她那展开的长裙显得多么端庄，她那梳得平整的发髻多么严肃，她那交叠着放在膝盖上的雪白小手多么文静，却还是掩饰不了她的本性。在她可爱而正经的脸上，那一双绿色的眼睛显得风骚、任性、充满活力，和她那淑静的举止丝毫不能相称。她的仪态是她母亲的谆谆教诲和嬷嬷的严厉管束强加于她的，那双眼睛才真正属于她自己。

双胞胎兄弟在她身旁一边一个，懒洋洋地坐在椅子上，脚上穿着高统靴，结实的双腿交叉搁着，眼睛禁不住玻璃窗高处透射进来的阳光，眯成了一条缝。他们在随意地又谈又笑。他们今年十九岁，身高六英尺二，骨骼粗大，肌肉发达，脸晒得黝黑，有一头深赭色的头发，欢乐的目光中透露出骄纵的神情。他们穿着一模一样的蓝色外衣和芥末色马裤，看起来就像是难分彼此的一对棉桃。

室外，两斜的阳光照进院子里，把翠绿丛中的山茱萸树上的一簇簇白色花朵照耀得分外鲜明。车道上拴着两匹高头大马，毛色暗红，就像它们主人的头发。一群精瘦的专猎负鼠小猎犬，在马脚跟前吵闹不休，它们不管两兄弟去到哪里，都追随在其身后。过去不远，躺着一只黑斑点的护车犬，它是狗中之贵族，此刻正把鼻子搁在前爪上，耐心地等它的主人回家吃晚饭。

两兄弟和他们的马、狗的关系，不但是亲密的伙伴，气质上也极为相似。他们都健康、年轻、无思无虑；他们都体态优美、情绪饱满、风头十足。两兄弟又像他们所骑的马一样，威风凛凛，不容触犯。不过，对于懂得如何驾驭他们的人来说，相处倒也并非难事。

坐在廊下的这三个男女青年都出身于庄园主家庭，从小就有人侍候长大，虽说养尊处优，却没有一点懒散和文弱的样子，这是因为他们长年在户外生活，很少在书本上面花费心思，所以都有乡间人活跃和强健的特点。他们这个位于北佐治亚的克莱顿城，不久前才建立起来。按照奥古斯塔、萨凡纳和查尔斯顿的标准，未免略欠文雅。南方一带的人生活平淡守旧，对佐治亚北部的人不大看得上眼。可是住在北部的人对缺少教育的熏陶并不感到羞愧。对他们说来，要会种一手好棉花，长于骑马、射箭和跳舞，善于殷勤而温柔地护卫女人，喝起酒来又不失绅士风度，这些才是顶顶要紧的。

两兄弟在这些方面的本领，可以算得上出类拔萃，他们对于书本知识则无能为力，这也是众所周知。他们家拥有的财富、奴隶和马匹，在当地是首屈一指的，但是他俩肚子里的墨水，比起邻家的穷苦子弟来，却不免要相形见绌。

斯图尔特和布伦特此刻之所以百无聊赖地坐在塔拉的走廊里跟斯佳丽聊天，原因正在于此。他俩刚被佐治亚大学开除出来，这是他们在两年内第四次被大学除名。他们的两个哥哥，汤姆和博伊德，原来跟他们在同一所大学就读，见两个弟弟不受学校欢迎，也不愿留在学校，便陪着弟弟一齐回了家。斯图尔特和布伦特觉得又一次被撵出校门，是一桩挺有趣的事。斯佳丽自从去年离开费耶特维尔女子中学以来，从没打开过书本，因而跟兄弟俩一样，只觉得这件事挺有趣。

"我晓得你们俩不在乎被学校开除，汤姆也不会在乎，"她说，"只是博伊德不知该怎么样？他有点儿想好好念下去。你们俩先是叫他读不成弗吉尼亚大学、亚拉巴马大学和南卡罗来纳大学，这次又害得他读不成佐治亚大学。照这样下去他永远别想念到毕业啦。"

"噢，他可以到费耶特维尔去，在帕米利法官的事务所里学法律，"布伦特漫不经心地回答。"再说，我们这次离校没什么了不起的，反正读不到学期结束我们都得回家。"

"为什么？"

"打仗呀，你真傻，现在随时都有打仗的可能，要是真打起来，你想我们还能留在大学里读书吗？"

"哪里会打什么仗，"斯佳丽不耐烦地说，"不过是说说罢了。喏，上星期艾希礼·威尔克斯跟他父亲还对爸爸说过，我们在华盛顿的特派员已经就南部邦联问题跟林肯先生达成了协议。何况北佬根本不敢和我们打。仗肯定打不起来，我已经听得腻烦死了。"

"仗打不起来！"兄弟俩愤怒地叫嚷起来，仿佛受了欺骗似的。

"怎么，亲爱的，仗是肯定要打的，"斯图尔特说道，"北佬就算不敢跟我们打，但是前天晚上博勒加德将军用大炮把他们从萨姆特要塞轰了出去，这样一来，他们再要不打，就会在全世界人面前丢脸现眼。怎么，南方邦联——"

斯佳丽噘着嘴，装出极不耐烦的样子。

"你要是再提起'打仗'这两个字，我就走进屋里去，把门关上。我最讨厌的字眼就是'打仗',再就是'脱离联邦'。爸爸成天不分早晚地谈打仗,来看他的男人没有一个不是口口声声萨姆特要塞、州权和阿贝·林肯,烦得我简直忍不住要喊叫起来!男孩子谈的也不外乎是打仗,要不就是他们的老营队。连舞会上谈的几乎全都是这些东西,真叫人扫兴!总称佐治亚州要等过了圣诞节才宣布退出联邦,要不今年的圣诞舞会就会给毁了。你只要再提'打仗'两个字,我就马上进屋去。"

她这话是当真说的。谈话要是不以她为中心,她就会坐不住。可是她在说这话的时候,脸上却带着微笑,还特意让两个酒窝深深地显示出来,一面把乌黑的睫毛像蝴蝶的翅膀般眨动着。果然,像她打算好的那样,两兄弟被她的魅力迷住,忙不迭地向她道歉,说不该惹她厌烦。他们并不因为她对打仗不感兴趣有所看轻她,反而更喜欢她。打仗是男人的事,她的态度正好是她女性气质的证明。

她既已施展巧计摆脱了打仗这个可厌的题目,便饶有兴味地回到原来的话题上来。

"你们的妈妈对你们被开除这件事是怎么说的?"

两兄弟想起三个月以前被弗吉尼亚大学赶回家来的时候,妈妈是怎么对待他们的,不由得露出难堪的神色。

"噢,"斯图尔特说,"她还没有来得及说什么。今天一大早趁她还没起床,汤姆和我们就出来了。我们来到你这里,汤姆走到方丹家。"

"你们昨晚回家时她什么也没说吗?"

"昨晚还算运气。我们快到家的时候,妈上个月在肯塔基买的雄马刚好运到,家里闹得天翻地覆。那匹大牲畜——可真雄伟;斯佳丽,你得跟你爸说声,要他马上去瞧瞧——在到这里来的路上它把马夫身上咬掉一大块肉,还踩倒了我妈派到琼斯博罗等候火车的两个黑奴。就在我们到家前不久,它简直要把马厩踢坍下来,连妈妈的那匹老雄马斯特劳贝里也给折腾得半死。我们进门的时候,妈正在马厩里拿着一袋白糖哄它,她干这种事可真有两下子。几个黑奴都远远躲开,眼球突出,吓破了胆,妈却毫不在乎地和它说话,让它在她手上吃东西,就像它是家里人一样。对付起马儿来谁也比不上妈。她一看见我们就说:'我的天,你们四个怎么又回来啦,你们简直比埃及的瘟神还要坏,'那时恰好那马又在抬起后腿直喷鼻息,妈就说:'快走开,没看见这宝贝儿又要耍性子吗?明天早上我再来对付你们四个!'这样我们就赶紧去睡觉,今天一大早就溜出来,只留下博伊德去对付她。"

"你说博伊德会不会挨揍?"斯佳丽和县里别的人一样,对小个子塔尔顿太太的作风不太习惯。只要这位太太认为合适,她就会扬起马鞭抽打她那几个已经长大成人的儿子。

比阿特丽斯·塔尔顿是个忙碌的女人,她有八个儿女,上百个黑奴,有一大片很大的棉花种植场,还拥有本州最大的养马场。她脾气暴烈,那四个不争气的儿子一不小心就会惹得她火冒三丈。她从来不允许别人打她的马匹和黑奴,可是她觉得偶尔给她儿子抽上几鞭子只会有益无害。

"她当然不会揍博伊德。他是长子,长得又矮小,她从来不曾狠狠揍他,"斯图尔特说道,对自己六英尺二英寸的身材,很有点儿得意,"我们这才让他留在家里去跟她解释。天晓得,妈真不该再打我们啦,我们俩已十九岁,汤姆已二十一岁,她还把我们当作六岁孩子看待。"

"明天参加威尔克斯家的野餐会,你妈是不是骑那匹新买来的马去?"

"她是这样想,不过爸说那马太危险。再说几个女孩子都不肯,她们说妈至少得有一次坐着马车去参加宴会,像个有身份的太太。"

"明天最好不要下雨,"斯佳丽说,"这一星期几乎天天下雨,要是把野餐会搬到室内来举行,是顶顶倒胃口的事。"

"噢,明天会晴的,而且热得像六月里一样,"斯图尔特说,"你看那太阳落山的光景,我从没有见过这样血红的落日。根据落山时的太阳你准能知道第二天的天气。"

· 7 ·

他们放眼朝天边望去，杰拉尔德·奥哈拉新近翻耕过的棉田一望无际。夕阳在弗林特河对岸的山背后像一团火似的翻腾下降，四月白昼的温暖渐渐消退，代之以一阵清新的凉意。

　　那年春天来得早，几场温暖的春雨过后，粉红的桃花一下子绽满枝头，河畔沼泽地里和远处山坡上，雪白的山茱萸一簇簇点缀其间。春耕已近尾声，似血的残阳给佐治亚红土地上新翻的田畦加深了色调。湿润而没有庄稼的土地，在等待着播种棉籽。道道犁沟的砂土顶端泛起浅红一片，而在它们的两侧，由于日光阴影的深浅不同，呈现出猩红、橙红和茶褐色。粉白的砖屋恰似红色海洋中的一个小岛，那海洋波涛起伏，波峰裂为碎浪的刹那间突然凝固，形成眼前的景色。这里不同于佐治亚中部的黄土平原，也不同于沿海种植场的黑土地带，在北部佐治亚逶迤的丘陵地带看不到笔直的长条田畦，翻耕出来的无数条曲线为的是不让肥沃的土壤被雨水冲刷到河床里去。

　　这里是天然的红土带，雨后血红似火，干旱时现出黄褐色的粉尘，是天底下最好的棉花地。在这片欢乐的土地上，有白色的房舍，宁静的田野和缓缓流淌的黄浊河水。还有最灼热的日照和浓密的阴影。种植场上的垦地和连绵不断的棉田对着和煦的阳光，安详而满足地发出微笑。它们的边缘是一片原始森林，那里即使在酷热的正午时分，依然十分阴凉。它神秘而略带不祥之兆。飒飒的松树似乎已耐心地等待了整个世纪，它用低低的叹息发出恐吓："当心！当心！我们曾占用过你们，我们能再次把你们夺取回来。"

　　走廊上三个人的耳中，传来了嘚嘚的马蹄声、鞍辔上的铃铛声和黑奴们肆无忌惮的笑语声，那是在田里干活的人赶着骡子回来了。屋子里飘来了斯佳丽的母亲埃伦·奥哈拉轻柔的声音，叫唤掌管钥匙篮子的黑女孩。只听那孩子气的女高音答应着"来啦，太太"，接着响起走向屋后熏肉储藏室的脚步声，那是埃伦去给干活回来的人发放食物，同时可以听见瓷器碰撞的嗒嗒声和银餐具的叮当声，那是塔拉庄园里管膳食的男管家波克在铺桌子准备晚餐。

这一连串声响,提醒两兄弟该是回家的时候了。可是他们害怕见到母亲,尽量赖着不走,一心盼望斯佳丽留他们吃晚饭。

"我说,斯佳丽,关于明天的事,"布伦特说道,"总不能因为我们在外地,不知道这次野餐和舞会,明晚就不该痛痛快快地跳一场。你大概还没有把所有的舞都答应跟别人跳吧?"

"为什么不?我全都答应跟别人跳了,我怎么会事先知道你们都会回来,我不能光为了等待你们两位,便去冒做壁花的危险哪!"

"你会做壁花!"两兄弟哄然大笑起来。

"得了,亲爱的。你得答应第一支华尔兹陪我跳,末了一支陪斯图跳,还答应和我们一起吃晚饭。我们像上回一样,仍坐在楼梯口,叫金西嬷嬷再给我们算算命。"

"我不爱听金西嬷嬷算命。她说我将来会嫁给一个头发漆黑、髭须浓密的男人,可是我偏偏不喜欢黑头发的男人。"

"你喜欢红头发,对吗,亲爱的?"布伦特咧开嘴笑道,"好,快答应跟我们跳华尔兹并且在一起吃晚饭吧。"

"要是你答应,我就告诉你一个秘密。"斯图尔特道。

"什么?"斯佳丽嚷了起来,她像孩子一样,听到"秘密"一词,马上就活跃起来。

"是不是昨晚从亚特兰大听来的消息,斯图?你要是指的那件事,可别忘了我们答应过要保守秘密的。"

"那是皮特小姐告诉我们的。"

"什么小姐?"

"喏,就是艾希礼·威尔克斯的姨妈,住在亚特兰大的皮特帕特·汉密尔顿小姐——她是查尔斯和媚兰的姑妈。"

"噢,是她。我这辈子没见到过比她更傻的老婆子。"

"昨晚我们在亚特兰大等火车回家,她恰好坐着马车经过车站,看见我们就停车和我们说话。她告诉我们明天晚上在威尔克斯家的舞会上要宣布一件婚约。"

"哦,这个我知道,"斯佳丽失望地说,"就是她那个傻瓜侄子查利·汉密尔顿和霍尼·威尔克斯订婚的事。大家早就知道他们两人早晚会结成夫妻，尽管男方看来劲头不怎么大。"

"你说他是个傻小子吗？"布伦特问道，"去年圣诞节你还让他在你身边团团转来着。"

"他要缠着我转，我有什么办法，"斯佳丽不在乎地耸耸肩，"我觉得他过于娘娘腔了。"

"可是，明天要宣布的并不是他们俩订婚的事，"斯图尔特胜利地说道，"是艾希礼和查利的妹妹媚兰小姐订婚！"

斯佳丽脸不变色，只是嘴唇发白——就像一个人在没有心理准备的情况下，突然受到猛力一击，一下子明白不过来是怎么一回事似的。她直愣愣地瞪着斯图尔特。他呢，从来不懂得体察别人的心思，还以为她是被这个意想不到的新闻吸引住了。

"皮特小姐说这事本来打算要到明年才宣布的，因为媚利①小姐身体一直不太好。如今到处都在谣传打仗的事，两家觉得还是早点完婚的好，所以决定在明天舞会小憩时宣布。现在，斯佳丽，我们把秘密告诉了你，你该答应和我们一起吃晚饭了吧？"

"我当然答应，"斯佳丽机械地答道。

"包括跳所有的华尔兹？"

"我都答应。"

"你真好！我敢说别的男孩子一个个都会发疯的。"

"让他们去发疯好了，"布伦特说道，"我们俩对付得了他们。我说斯佳丽，明天上午的野餐会你一定得跟我们坐在一起。"

"什么？"

斯图尔特重复了一遍他的请求。

"当然。"

两兄弟兴高采烈地你看着我，我瞧着你，心里却不免带有几分

---

① 媚利是媚兰的昵称。

诧异。他们虽然自以为在斯佳丽的求婚者中占有相当优势，可是从来没有这样轻而易举地得到她的恩宠。通常她总要让他们一再恳求，故意地既不说答应，也不说不答应。他们若是生气，她就只是笑；他们若是光火，她就装得冷冰冰的。现在她几乎把明天一整天都给了他们——野餐会上让他们坐在她身旁，还让他们跟她跳所有的华尔兹，（他们一定要设法叫明天跳的舞全是华尔兹！）晚宴小憩的时间也给了他们。看来这次被学校开除出来，是非常值得的。

　　他们的情绪被刚才的成功激励起来，便继续赖着不走，谈野餐，谈舞会，谈艾希礼·威尔克斯和媚兰·汉密尔顿，兄弟俩你一言，我一语，将他们二人取笑一番，明显地暗示想要留在这里吃晚饭。这样过了一阵子，他们方才察觉斯佳丽很少开口。气氛不知怎的变了样。究竟是怎么回事，这对双胞胎弄不明白，然而下午的欢快气氛似乎已经消失，斯佳丽好像不在听他们说话，尽管还不至于答非所问。两兄弟意识到有点不对劲，觉得困惑不解，又硬赖了一会儿，这才不情愿地站起身来看看表。

　　夕阳低低地照在新耕的田野里。河对岸高大的树林在朦胧中隐约可见。燕子倏忽从院子里掠过，鸡、鸭和火鸡有的昂首阔步，有的摇摇摆摆，都从田野里散散落落地回家来了。

　　斯图尔特吆喝了一声："吉姆斯！"不一会儿，一个和他们年龄相仿的高个子黑孩子气咻咻地从屋角里转了出来，向拴着的马匹奔去。吉姆斯是他们的贴身仆人，像那群猎狗一样，随时跟在主人身边。他从小就是两兄弟的伙伴，在他们十岁生日的那天，就被分派给他们使唤。狗群一见到吉姆斯，马上从红土尘里站起身来，等待两位主人到来。两兄弟对斯佳丽躬身施礼，握手告别，跟她说明天一早先到威尔克斯家等候，随即一口气走下过道，跳上马背，扬鞭跑上植树夹道，后面跟着吉姆斯。他们在夹道上转过身子，朝她挥舞帽子，对她高声呼喊。

　　两人转过尘土飞扬的弯道，出了塔拉的视野。布伦特在一丛山茱萸底下勒住了马，斯图尔特也勒住了马，吉姆斯跟着在他们后面几步也停住了。那几匹马见松了缰绳，便伸长头颈去吃嫩绿的春草。那一群有耐性的猎狗重新在松软的红土地上躺下，贪婪地仰视着燕子在暮霭中盘旋。布伦特那宽阔机灵的脸蛋上露出惶惑的神色，还略带点儿愤慨。

"我说，"他说道，"照你看，她刚才有没有想留我们吃饭的意思？"

"我当她会有的，"斯图尔特说道，"我一直在等，可是她竟不留我们。你说这是怎么回事？"

"我说不上来。依我看，她是应该留我们吃晚饭的。今天是我们回家的第一天，她已经很久没见到我们，而且我们有好多事情要讲给她听。"

"我们刚来的时候，她看到我们像是非常快活。"

"我看也是这样。"

"可是，大约半个钟头以前，她忽然不爱吭声，好像有点头疼的样子。"

"我也注意到了，不过，没当作一回事。你说她究竟哪里不舒服？"

"不晓得。我们会不会说了些什么惹她动气的话？"

两人都想了一会儿。

"我什么也想不出来。再说，斯佳丽要是动了气，是谁都看得出来的。她不像有些女孩子，爱把事情藏在心里。"

"是呀，这正是她讨人喜欢的地方。她动起气来并不冷冰冰地板着脸——她会说给你听。可是这一回一定是我们说了些什么，要不就是做了些什么，惹得她心里不痛快，不想和我们说话。我敢赌咒她刚见着我们的时候心里很高兴，本来是打算留我们吃晚饭的。"

"会不会是因为我们被学校开除的缘故？"

"哎呀，不会的！别那么笨。她听到这消息简直笑得前俯后仰，而且斯佳丽对书本上的东西，不见得比我们更放在心上。"

布伦特在马鞍上转过身子叫唤那黑人马夫。

"吉姆斯！"

"什么事，先生？"

"你有没有听见我们刚才和斯佳丽小姐谈话的内容？"

"绝对没有，布伦特先生！你想到哪里去了。我怎么敢偷听白人先生的谈话呢？"

"偷听，得了！你们这些黑鬼什么事都知道。别跟我扯谎，我亲眼看见你鬼鬼祟祟地绕过走廊，蹲在墙边的茉莉花丛里。我问你，我们到底有没有说了些什么叫斯佳丽小姐动气——或者是伤了她的心的话？"

话既然已经点穿，吉姆斯就不再假装没有偷听他们的谈话。他紧紧锁着他的黑眉梢。

"没有，先生，你们没说过惹她生气的话。她像是很惦念着你们，见着你们高兴得像只小鸟似的。可是后来谈起艾希礼先生和媚利·汉密尔顿小姐订婚的事，那时她就像只小鸡看见天空中有老鹰在飞，吓得不敢出声了。"

两兄弟相互看了一下，点点头，但还是不懂其中奥妙。

"吉姆斯说得不错，我就是不知为什么，"斯图尔特说道，"我的天！艾希礼对她根本算不了什么，不过是个普通朋友。她看中的是我们俩。"

布伦特点头表示赞同。

"你看会不会是这样，"他说，"艾希礼明晚要宣布订婚的事，事先没跟她说。她认为他不该不把这件事首先告诉她这个老朋友，因而生他的气。女孩子对这些事特别计较，总想第一个晓得。"

"嗯，可能是的。其实那也没有什么大不了。这本来是准备暂时秘而不宣，好叫大家吃惊一下。男人有权利对自己的婚事保守秘密，不是吗？假如媚利小姐的姑妈没跟我们说，我们也不会知道。不过斯佳丽应该晓得他早晚得和媚利小姐结亲。威尔克斯家和汉密尔顿家向来是表兄妹为婚的，大家好几年前就知道艾希礼要和媚利结成一对，就像霍尼要和媚利小姐的哥哥查利婚配一样。"

"好吧，我认输。不过她不留我们吃饭总是件憾事，我怎么也不想回去听妈妈教训。我们被开除回家,这又不是第一回。"

"说不定博伊德已经让她气平下来了。你知道那家伙油嘴滑舌多么能说会道,他总有办法弄得她心平气和。"

"不错,博伊德有这能耐,不过得费点工夫。他得转弯抹角地大兜圈子,把妈弄得晕头转向,她才肯罢休,才会叫他留点嗓子到将来当律师时辩论之用。现在他还没有时间跟她开腔。我敢说妈这阵子心思正放在那匹新买的马身上,要等她在晚饭桌上坐下来,看见博伊德,才会想起我们的事。那顿饭,她一定越想越火,要等晚上十点钟光景博伊德才有机会跟她说明,校长居然用那种态度对你我二人训斥,那么我们四个,不论谁留在学校,都不是件光彩的事。大约要到半夜他才能把她的全部怒气统统引到校长头上。那时她会责问博伊德为什么不开枪把那校长打死。对!半夜以前我们绝不能回家。"

两兄弟快快不乐地面面相觑。对于驾驭烈马,开枪滋事,惹恼邻居这一类的事他们全不在乎,怕只怕他们红头发的母亲不留情面的说话和毫不吝惜地落在他们屁股上的马鞭子。

"我说,"布伦特说,"不如到威尔克斯家去吧,艾希礼和他家几个女孩子会留我们吃饭的。"

斯图尔特看来不太乐意

"不,别去他家。他们要准备明天的野宴,正忙得不可开交,再说——"

"哦,我全忘了,"布伦特忙说,"对,不能上他家去。"

他们吆喝着马儿,默默骑了一会儿,斯图尔特脸颊发红,露出窘困的神色。去年夏天之前,他一直在追求因迪·威尔克斯,两家子和全县的人都赞成这件事。因迪性情恬静、本分,大家认为她可以使得他的暴烈性子变得平和一点,至少他们是这样热切地希望着。斯图尔特本来可能和她配成一对,可是布伦特不乐意。布伦特也喜欢因迪,只是嫌她姿色过于平庸,性格过于温顺,自己不可能爱上她,因而不愿陪伴斯图尔特回去。两兄弟第一次在情趣上发生分歧。布伦特气愤的是,他兄弟居然爱上一个在他看来丝毫不足为奇的姑娘。

到了去年夏天，在琼斯博罗橡树林里的一次政治性演说会上，两兄弟忽然发现了斯佳丽·奥哈拉。其实他们相识已经多年，从小时候起，她就是他们心爱的小伙伴，因为她不论骑马或是爬树，本领都不在他俩之下。现在令他们惊奇的是，她忽然已经是豆蔻年华，成了天底下顶顶有魅力的姑娘。

他们第一次注意到她的绿色眸子多么灵活，她的笑靥多么动人，她的双手多么小巧，她的腰肢多么纤细。他们的慧言隽语博得她阵阵欢笑，这两兄弟便以为在她的心目中，他们是一对非凡的小伙子，不由得更加卖力地对她大献殷勤。

这是两兄弟一生中值得纪念的日子。此后每当他们谈起这事，他们总奇怪为什么以前一直没有察觉出她的美。正确的答案他们怕永远没法找到，因为在那一天是斯佳丽存心要引他们注意的。她生性不能容许一个男人不爱自己而去爱别的女人。看到因迪·威尔克斯和斯图尔特一起参加演说会，是她那好掠夺的天性怎么也受不了的。而且她光赢得斯图尔特一个人的好感还不够，同时还挑逗了布伦特，于是把两兄弟一股脑儿地俘虏了过来。

两兄弟既然同时爱上了斯佳丽，因而斯图尔特便把因迪·威尔克斯，而布伦特便把他本来就不十分热心追求的洛夫乔伊姑娘莱蒂·芒罗，都抛到了脑后，他们从不考虑一下，若是斯佳丽选中了两兄弟之一，那么失败的一位该怎么办？反正船到桥头自会直，就只有听其自然了，眼下两人看上了同一个姑娘，彼此都很满足，两人之间并无妒忌。这种情况邻居们觉得很有趣，他们的母亲却感到烦恼，因为她对斯佳丽并无好感。

"要是那个淘气鬼看中你们哪一个，就算他活该，"她说，"说不定她两个全要，那你们只好搬到犹他州去住，不过我怀疑那里的摩门①教徒肯不肯收留你们。我只怕你们哪一天喝多了，为那个靠不住

---

① 摩门教曾实行多妻制。

的绿眼珠小妖精争风吃醋，拿枪互相厮杀起来。不过那样依我看倒也不坏。"

自打演说会那一天起，斯图尔特一见到因迪就觉得不自在。这倒并不是因为因迪曾经埋怨过他，或者哪怕是在眼神或者姿态中流露出对他的突然变心有所察觉。她是个非常端庄贤淑的姑娘，绝不会举止失态。可是斯图尔特难免觉得有负于她。他明白正因为自己主动追求，因迪才爱上了他，而且至今仍在爱他。他为自己的行为不够高尚而深深自责。他依然十分喜欢她，为她的良好教养、她的优秀品质和她的学识而尊敬她。然而可恼的是，和斯佳丽的光彩夺目、变幻多姿对比起来，她就显得呆板、乏味，始终一成不变。和因迪在一起，你心里能够拿得准；和斯佳丽在一起，你就完全不知道是怎么回事。那样真能叫男人意乱神迷，然而其中自有乐趣，这就是她的魅力。

"那么，还是到凯德·卡尔佛特家去吃晚饭吧。斯佳丽说凯思琳从查尔斯顿回来了，或许会带来关于萨姆特要塞的最新消息。"

"凯思琳才不会带来新消息呢，我敢以二比一的赌注跟你打赌，她根本就不知道港口里边有个要塞，要塞里到处是北佬，后来给我们的大炮轰了出去。她就知道参加过多少次舞会，招徕过多少个花花公子罢了。"

"去听听她嚼舌头也蛮有趣，反正在妈上床睡觉以前我们得找个地方躲一躲。"

"对，凯思琳人挺有趣，我喜欢她，顺便可以打听一下卡罗·雷福特和别的查尔斯顿人的消息。叫我受不了的是她那北佬继母，要叫我和她在一张桌子上把饭吃完，我实在耐不住性子。"

"别对她过于苛刻，斯图尔特，她心肠蛮好的。"

"我并不对他苛刻，只为她惋惜。而我恰恰不喜欢我为之惋惜的人。她老是小题大做，心里是想让你自在一点，可是说的话和做的事常常适得其反，弄得我局促不安。她把南方人都看成是野蛮人，甚至对妈也这么说了。她怕南方人。我们在的时候，她简直怕得要死。这叫我想起那只蹲在椅子上的瘦骨嶙峋的母鸡,眼睛亮闪闪的,一副茫然惊恐的样子,只要听见一点动静,就会扑着翅膀咯咯地叫。"

"你也不能怪她。不是你自己用枪打伤了凯德的腿的吗?"

"那回是我喝醉了,要不我也绝不会拿枪打伤他的,"斯图尔特说道,"我对凯德一直没有怨恨。凯思琳、雷福特和卡尔佛特先生也都不介意。只有他那北佬继母大吵大嚷,说我是个野蛮人,说规矩人生活在未开化的南方人中间安全得不到保障。"

"你还是不能怪她。她是个北佬,不懂礼貌。你总归打伤了凯德,她又是他的继母。"

"见鬼,那也不能因为这个就可以侮辱我,你是妈的亲骨肉,那回托尼·方丹一枪打中你的腿,妈有没有大做文章,没有,她不过派人去请老方丹大夫来给你包扎一下,顺便问了一声枪法一直很准的托尼这次为什么会打偏了。说她猜想可能是因为喝多了的缘故。你记不记得托尼为此气得简直要发疯?"

两个人同时放声大笑。

"妈真有两下子,"布伦特赞扬说,"她办起事来总是很得当,不会叫你在人前下不了台。"

"是呀,可是今晚我们回到家,她多半要在爸爸和几个女孩子跟前说些叫我们下不了台的话,"斯图尔特快快地说,"我说,布伦特,我猜这下子我们怕是去不成欧洲了。你记得妈说过,要是我们再被哪一所大学开除出来,我们去大旅游的计划就得吹了。"

"真见鬼,我们并不在乎,对不对?欧洲有什么好玩?我敢说外国人拿得出来的东西,我们佐治亚州全有。我敢说他们的马不见得跑得比我们的快,女孩子不见得比我们的俊俏。他们的裸麦威士忌根本就别想跟爸喝的相比。"

"艾希礼·威尔克斯说那里有好多风景和音乐。艾希礼喜欢欧洲,老是谈起它。"

"嗯——你了解威尔克斯家的人,他们特别喜欢音乐、书本和风景。妈妈说这是因为他家爷爷是从弗吉尼亚搬来的。她说弗吉尼亚人特别看重这些东西。"

"让他们拿去好了。我只要有好马骑,有好酒喝,有好的女孩子让我追求,有坏的女孩子让我取笑,欧洲给谁都行……不去大旅游有什么大不了?我们要是人在欧洲,打起仗来怎么办?我们一时赶也赶不回来。要我去欧洲,我宁愿去打仗。"

"我也宁愿去打仗,不管哪一天……布伦特!我想到了个吃饭的好地方。我们穿过沼泽地到埃布尔·温德尔家去,跟他说我们四个人都回家了,正打算去操练。"

"好主意!"布伦特劲头十足地嚷道,"我们可以得知关于营队的种种消息,还能打听到他们到底决定用什么颜色的军服。"

"要是穿阿拉伯式华丽制服,我要去参军才真见鬼哩。穿上那蓬松的红裤子,就像是娘儿们——那简直是女人穿的法兰绒红内裤。"

"你们是不是打算到温德尔先生家里去?要是去的话,晚饭怕没什么好吃的,"吉姆斯说道,"他家厨子死了,还没买到新的。现在叫了个田里干活的黑奴做饭。他们家的黑人跟我说,那是个全州顶顶蹩脚的厨子。"

"真糟!那他们为什么不去另买一个?"

"这种穷白人怎么买得起黑奴?他们家黑奴顶多不会超过四个。"

吉姆斯的语调里明显地带着轻蔑。塔尔顿家有上百个黑奴,他觉得自己的位置靠得住。他像许多大庄园主的家奴一样,瞧不起贫穷的小农场主。

"你再胡说,我就抽掉你一层皮,"斯图尔特厉声喝道,"你怎么敢把埃布尔·温德尔先生叫作穷白人。他人虽穷,但并不低贱。我绝不许别人去糟蹋他?不管是黑人还是白人。本县里谁都比不上他,要不营里为什么偏偏挑他做少尉?"

"这个我到现在还没弄明白,"吉姆斯应道,对主人的斥责并不当作一回事,"营里的军官都来自富裕人家,不会从没出息的穷人里面挑选。"

"他不是没出息!你不能拿他跟斯莱特里那样真正没出息的人去

比。埃布尔无非穷一点罢了。他没有大庄园，是个小农场主。既然大伙推举他当上了少尉，黑鬼就不该对他说三道四。营队当然知道该怎么做。"

骑兵队是三个月以前组建起来的，就是在佐治亚宣布脱离联邦的那一天。从那天起，刚入伍的新兵就在盼望打仗。骑兵队的名称尚未确定，建议却已不少。每个人都有自己的想法，都不愿轻易改变，对军服式样、颜色的态度也是如此。建议的名称有"克莱顿野猫"、"吞火者"、"北佐治亚轻骑兵"、"义勇兵"、"内陆步兵队"（虽然骑兵队是用手枪、刺刀、砍刀，而不是用步枪装备的）、"克莱顿灰衣军"、"铁血雷神队"、"草莽英雄团"等等，每一种名称都有它的支持者。在最后定名之前，大家就把这支队伍简称为"营队"。后来虽然取了个铿锵动听的名称，还是被叫作"营队"，一直叫到最后。

营里的军官是选举产生的，因为全县除了少数几个参加过墨西哥战争和塞米奴战争的老兵以外，谁都没有战争经验。即使是老兵，要是大家不喜欢他，得不到大家的信任，也不会让他当头头。塔尔顿家的四兄弟和方丹家的三个孩子，大家倒还喜欢，可都不愿选举他们，因为塔尔顿家几兄弟喜欢酗酒，又很贪玩，方丹家的三个孩子个个性情暴躁。艾希礼·威尔克斯当上了上尉。他是全县最好的骑手，头脑冷静，能够维持军纪。雷福特·卡尔佛特是中尉，他人缘极好。埃布尔·温德尔是个小农场主，被选为少尉，其父常在沼泽地里设陷阱猎兽。

埃布尔是个精明严肃的人，身材魁伟，心地善良。他不识字，年纪比别的小伙子稍微大几岁，在女人跟前也较为注意礼貌。营队里并不存在欺贫爱富的势利行为，因为他们中间有好些人，父亲或祖父是从小农阶级发家致富的。何况埃布尔是全队的最佳射击手，能够在七十五码开外处射中松鼠的眼睛。他还懂得怎样在野外生活，会追踪猎物，寻找水源，还会在雨中生火。营队看中的是真正有能力的人，他人缘又好，这才被推举当上了军官。对这种荣誉他并不沾沾自喜，只是兢兢业业，把一切当作他的本职去做。可是那些大庄园主家的女眷和黑奴,却总忘不了他出身贫贱,尽管男人们对这一点并不介意。

起初,营队征兵范围限于大庄园主的子弟,每人的全套配备,包括战马、武器、军服,乃至随身仆役,都由各人自带。可是克莱顿是个新建立起来的小县,有钱的人不多,要建立起一支有战斗力的队伍,就不得不从小农场主以及沼泽地里和森林地带的猎户子弟中去招募。聚居在山林地区的人,甚至于贫困的白人,只要是在本阶级平均生活水平以上的,都在征募之列。

一旦战争打起来,这些人跟他们有钱的邻居一样,也很愿意去和北佬打仗,然而这就产生了关于钱这个敏感的问题。小农场主多数没有马匹,他们在田里干活靠的是骡子,每户拥有的骡子一般不超过四头,没有多余的。营队强调不收骡子,即使过去曾经收过,现在他们也舍不得让骡子脱离农事而送上战场。至于那些贫苦的人,只要买得起一头骡子,就会觉得挺阔气了。森林和沼泽地里的居民既无马又无骡子,他们依靠地里的作物和捕获的猎物为生,通常是以物易物,一年到头难得看到五块钱现金,马匹和军服他们根本无力购置。可是犹如大庄园主之于富有那么自鸣得意,他们偏偏十分安贫乐道。而且绝不肯从他们阔绰的邻居手中接过任何带有施舍意味的东西。既要装备一支像样的队伍,又要不伤害众人的自尊,为此斯佳丽的爸爸和约翰·威尔克斯、巴克·芒罗、吉姆·查尔斯顿、休·卡尔佛特,以及县里所有其他大庄园主,只除了安格斯·麦金登一人,都出钱装备营里的人员和马匹。办法是由每一个大庄园主拿出钱来,给自己的儿子以及另外一些人装备军需用品。这样,家境不太宽裕的人,就可以得到马匹和军服,面子上也过得去。

骑兵队每星期在琼斯博罗聚会两次,在那里进行操练并且祈祷战争早点开始。战马至今尚未配齐,可是那些有了马匹的人已经开始在县政府大院后面的场地上进行所谓的骑兵演习,手里挥舞着从家里客厅墙上取下的军刀,大声喊叫着把嗓子都喊哑了,直把地面上扬起一阵阵尘土。还没有马匹的人坐在布拉德家店铺前的阶沿石上,边嚼着烟草,谈着山海经,边瞧着他们的骑兵同伴们操练。要不就去比赛打靶。打枪是不用教的,南方人多半在生下来的时候手中就握着一管枪。因为自小从事捕猎,所以人人成为枪手了。

他们使用的火器,有些来自农场主的庄园,有些来自沼泽地里的小屋,形形色色,不一而足。其中有打松鼠用的长铳枪,还是当年第一次跨越阿利根尼山脉时带来的;有老式的前镗枪,它在佐治亚早期曾经打死过不少印第安人;有在一八一二年的战争、塞米奴战争和墨西哥战争中使用过的马枪;还有镶银的决斗手枪、大口径短筒手枪、双筒猎枪,以及有用上等木料做成光闪闪的枪筒的漂亮的英国造新式来复枪。

每回操练到后来总是在琼斯博罗的酒吧间里宣告结束。常常等不到夜幕降临打架的事件就已发生多起,以致军官们不等北佬打来,就不得不处理伤亡问题。正是在这类争吵之中,斯图尔特·塔尔顿打伤了凯德·卡尔佛特的腿,布伦特也挨了托尼·方丹的枪。这对双胞胎兄弟被弗吉尼亚大学开除出来的时候,正逢骑兵队初建,两人便兴致勃勃地人了伍。两个月以前出了那桩枪击的事,他们的母亲就把他们打发到州立大学去,关照他们在那里规规矩矩待着。可是他们一直怀念着火热的军营生活。他们觉得只要能够和伙伴在一起骑马射击,狂呼乱叫,荒废了学业也值得。

"好吧,让我们抄近路到埃布尔家去,"布伦特建议,"我们渡过奥哈拉先生家的河,从方丹家的牧场穿过去,不一会儿就到了。"

"在他们那里,除了蔬菜和负鼠肉外,是什么也没有吃的,"吉姆斯争辩道。

"你什么也别想吃,"斯图尔特咧开嘴笑道,"你给我回去,跟妈说我们不回去吃晚饭了。"

"不,我不去!"吉姆斯惊恐地喊道,"你们做了好事,倒让我去当替罪羊,要回去吃比阿特丽斯小姐那一套,可不是好玩的。她见到我一定要问我你们怎么会被开除出来的,她还会问为什么我不把你们带回家好叫她来揍你们。她准会像鸭子看见六月里的小虫似的对我直扑过来。我知道第一桩事就是她一定会把一切罪过都推到我身上。你们要是不带我到温德尔先生家去，我就在树林里过夜，哪怕被巡逻队看见把我抓去。要我去抵挡比阿特丽斯小姐的怒火，我宁愿叫巡逻队抓去。"

两兄弟见小黑奴态度如此坚决，不觉又恼怒又手足无措。

"这蠢东西居然宁愿叫巡逻队抓了去，要是真这样，妈又有话题可以说上几个星期了。这班黑鬼真难弄，有时我想，那些废奴主义者的想法是对头的。"

"我说，我们不想碰到的事，偏叫吉姆斯去应付，这本来是不对的。我们得带着他。不过，听着，你这不懂规矩的黑鬼，你要是在温德尔家的黑鬼跟前摆架子，说我们家顿顿吃烤鸡，吃火腿，他们却只有兔子和负鼠肉吃，我就说——就要回去告诉妈，打仗时也不带你一道去。"

"摆架子？我会在那帮穷鬼跟前摆架子？不会的，我懂礼貌。难道比阿特丽斯小姐不是教我和你们一样要有礼貌吗？"

"她教我们三个人，一个也没教好，"斯图尔特说，"快，走吧。"

他勒住大红马向后退了一步，然后用马刺在马肚上刺了一下，那马轻松地跃过篱笆，跳到杰拉尔德·奥哈拉的棉田里。布伦特的马紧紧跟上，然后是吉姆斯，他牢牢抓住马鞍和马鬃。吉姆斯本不喜欢跳篱笆，但为了跟上他的主人，比这再高一点的篱笆也得跳过去。

他们穿过红土犁沟，走下山坡，来到河底。此时暮色渐浓，布伦特大声向他兄弟喊道：

"喂，斯图，你说斯佳丽是不是本来想要留我们吃饭的？"

"我一直是这样想的，"斯图尔特喊道，"你为什么会认为……"

第二章

　　斯佳丽站在塔拉的走廊上，待两兄弟的马蹄声在远处消失了，这才像个梦游神似的，回到椅子旁边。她脸颊发僵，似乎有点疼痛，刚才唯恐被两兄弟看出破绽，勉强咧开嘴一直装着微笑，此刻双唇还在发酸。她在椅子上坐下，一只脚蜷曲在另一只大腿下面，只觉疲惫不堪，满怀凄苦，心头不住地悸动，仿佛在不断发胀，直胀得胸脯快要容纳不下。她双手冰凉，预感到大祸将临，脸上露出痛楚和迷惘的神色，就像个娇纵惯了的孩子，向来要什么有什么的，如今生平第一次尝到了人生的苦味。
　　艾希礼要跟媚兰·汉密尔顿结婚！
　　唉，这不可能是真的！这两兄弟准是弄错了，要不就是像往常一样故意逗着好玩，艾希礼绝不会，绝不可能爱上她。凭媚兰那小耗子似的模样，没人会爱上她的。斯佳丽轻蔑地回想着媚兰那孩子般单薄的身躯，那一张一本正经毫不出奇的心形脸孔，几乎够得上用"难看"两个字来形容。再说艾希礼不可能常和她见面。自去年他在十二橡树举行舞会以后，他到亚特兰大只去过一两回。不，艾希礼不会爱上媚兰，因为——唉，她决计错不了——因为他正爱恋着她！她，斯佳丽，是他所爱的人——这她心里明白！
　　过道里传来嬷嬷沉重的脚步声，震得地板直响，斯佳丽忙把脚放下，脸上尽量装得很平静。千万不能叫嬷嬷看出有什么不对劲的地方。在嬷嬷眼里，奥哈拉家这三位千金，从头到脚全都归她所有，她们的秘密就是她的秘密。任何一点蛛丝马迹都会使她像只猎犬般毫不容情地跟踪追击。根据以往的经验，斯佳丽知道嬷嬷的好奇心若是不能马上得到满足,就会把事情弄到埃伦跟前去,这样斯佳丽就不得不把一切对她妈和盘托出,要不就得编一套自圆其说的话去搪塞妈妈。

嬷嬷从过道里走了出来,她年老魁梧,一对细小而精明的眼睛,如同大象的眼睛一般。她的肌肤黑里透亮,是个道地的非洲人。她对奥哈拉家忠贞不贰,是埃伦的左右手,仆役们对她畏之如虎,三姐妹对她也不存任何奢望。嬷嬷的肤色虽是黑的,可是她的行为准则和自尊心却不比任何一位主人逊色。她从小在埃伦·奥哈拉的母亲的卧室里受过熏陶。那位太太是个高鼻梁的法国女人,名叫索朗·罗彼拉德,性情冷漠,办事严厉,对于越轨的行为,无论来自奴仆或来自她的子女,她概不宽容。嬷嬷原是埃伦的保姆,埃伦出嫁时,她就伴着她从萨凡纳来到了这里乡间。嬷嬷若是喜欢谁,就对谁特别严格。如今她对斯佳丽特别宠爱,格外得意,对她的管束就变得无休无止的了。

"两位先生走了吗?你怎么不留他们吃晚饭,斯佳丽小姐?我已经关照波克在饭桌上给他们添了两份刀叉啦,你的礼貌到哪里去了?"

"他们谈的尽是打仗,真腻烦。加上爸回来后少不了要嚷一阵林肯先生什么的。晚饭桌上老听这些我可受不了。"

"埃伦小姐和我一再教你要懂礼貌,你怎么一点长进也没有?喏,披肩还没裹上,夜晚的凉气就要降临!我跟你说过多少遍,晚上不裹披肩坐在风口会着凉的。还不快进屋去,斯佳丽小姐。"

斯佳丽装作若无其事的样子转过脸去。谢天谢地,嬷嬷只关心她的披肩,没有注意到她的神色。

"不,我要坐在这里看太阳落山,这景色真美。你快去帮我把披肩拿来,好嬷嬷,我坐在这里等爸回来。"

"怎么,听你的声音怕是伤风啦,"嬷嬷疑心起来。

"哪里,没有,"斯佳丽不耐烦地说道,"你快去拿来吧。"

嬷嬷摇摇摆摆地走进过道里,斯佳丽听见她在楼梯口轻声喊叫楼上的女佣。

"喂,罗莎!把斯佳丽小姐的披肩拿来掷给我,"稍停,她略为大声地说,"不中用的黑鬼;什么用场也派不上,只好我自己爬上楼去拿啦。"

斯佳丽听见楼梯承受嬷嬷的体重发出声响,便轻轻站起身来。嬷嬷回来,少不了要对她的怠慢行为继续训诲。她此刻正心伤欲碎,要她为这芝麻绿豆般的小事听嬷嬷的唠叨实在觉得受不了。她站着犹疑了片刻,正苦于找不着一个地方躲起来好让胸口的疼痛稍稍平息一点,忽然一个念头冒出来,给她带来一线希望。那天下午她爸爸正好去过威尔克斯家的种植场十二橡树,想把他家的有主女奴①迪尔西买回来。迪尔西是杰拉尔德的贴身男仆波克的老婆,十二橡树的女管家兼接生婆。波克半年前娶了她以后,日夜缠着主人去把她买回来,好叫他们两口子厮守在一起。杰拉尔德被缠得没有办法,那天下午是为了迪尔西才特地去了一趟十二橡树。

对,斯佳丽心想,这个可怕的消息是真是假,爸肯定知道。即使他没听到人家说些什么,也会注意到、或者意识到威尔克斯家的气氛和往日有些异样。反正我只要在晚饭以前能私下见到他,说不定就可以弄明白真相——即这不过是两兄弟的又一次恶作剧罢了。

现在正是杰拉尔德该回家的时候,她若是想要单独见到他,只有到车道和大路交接处去等候。于是她迅速走下台阶,小心地回过头,瞧瞧嬷嬷会不会在楼窗口偷看。幸好,那张戴着雪白头巾的宽大黑脸,不曾从飘拂的窗帘隙缝中隐约出现,她便大胆地拉起绿花裙子,拖着花边软底鞋,尽快地沿小径走上了车道。

砂砾地面的车道两旁,雪松浓密的枝叶在顶端交接在一起,形成一个穹顶,长长的林荫道看来就像是一个幽暗的隧道。她走到遒劲的雪松枝干下面,知道不用担心会被屋子里的人瞅见,这才放慢了脚步。此时她已是气喘吁吁,因为束腹的带子勒得太紧了,使她

---

① 在美国内战时期,出嫁的女奴叫作"有主女奴"。

无法奔跑,但她还是快步朝前走到车道尽头,转上大路,一直走到一个弯道上,见那里有一丛树木可以挡住屋里人的视线,这时她才停住脚步。

她在一个树桩上坐下来等她的父亲,双颊绯红,不住地喘气。现在已经过了他往常回家的时间,但她对他的迟归反觉高兴,因为这给了她时间,让她可以缓口气,脸色可以平静下来,以免引起父亲的疑心。她时刻希望听到可能出现的马蹄声,期待着见到父亲以他惯常玩命的速度策马驰上山坡。可是时间一分分过去,却始终不见父亲的踪影。她望着下边的大路,等待着父亲,痛苦又在她的心头增长起来。

"啊,那不会是真的!"她想。"他怎么还不回来?"

她朝着弯弯的大路放眼望去,地面上一片血红色,那是因为上午刚下过一场雨的缘故。她的思绪沿着这路走下山冈,走到缓缓流淌的弗林特河边,穿过泥泞的河床,一直走到第二个山冈上艾希礼居住的地方——十二橡树。这条路的意义全在于此——它通向艾希礼,通向那有白色廊柱的美丽建筑物,它耸立在山顶上,就像一座希腊神庙。

"啊,艾希礼!艾希礼!"她想。她心跳得更快了。

从塔尔顿两兄弟处得到的消息给她带来的困惑和灾祸感,刚才一直冷冰冰地压在她的心头,此刻忽然被一种狂热的情感所替代了。两年以来,这种狂热无时无刻不在萦绕着她。

不知怎么的,她现在渐渐长大,艾希礼竟对她有如此巨大的吸引力。她小时候和他常来常往,从来不怎么注意他。可是自从两年以前,艾希礼去欧洲经过三年大旅游归来后到她家拜访的那一天起,她就爱上了他。事情就是这样简单。

那天她站在前面的走廊上,看见他骑着马沿着长长的林荫道走来,穿着一套灰色呢绒外套,里边是一件皱边衬衣,配上黑色宽领带,真是无可挑剔。至今她还能清清楚楚地记得他那一身打扮的某些细节:那擦得锃亮的长筒靴、领带饰针上的美杜莎浮雕头像,以及那顶宽边的巴拿马帽。当他一见了她,就把帽子从头上脱下,随即跳下马来,把缰绳扔给一个黑孩子,站定身子抬头瞅着她。他笑容满面,一对困倦的灰色眼睛睁得很大,一头金发在阳光照耀下,像是一顶有银色光泽的帽子。只听他说:"你已经长大啦,斯佳丽。"便轻快地走上台阶,举起她的手吻了一下。他的声音多么动听,她忘不了当时她的心头不禁为之颤动。那声音是那么悠扬、洪亮、悦耳,她仿佛是第一次听到。

从那个瞬间开始,她就想要得到他,就像是想要有东西吃,有马儿骑,有温软的床铺睡觉那样,单纯而不加思量地要得到他。

两年以来,他常陪伴她去参加各种舞会、野餐会、炸鱼野宴,以及去旁观法院的庭审。他虽然不像塔尔顿双胞胎兄弟和凯德·卡尔佛德那样来得勤,也不似方丹家几弟兄那样纠缠不休,但塔拉是他每周必到的地方。

他从来没有向她表白过爱慕之情,他那清澈的灰色眼睛也从来没有流露出斯佳丽在别的男人眼里常见到的热切的光辉。然而——是的,然而——她知道他爱着她。她绝不会弄错。比知识和理智更为有力的、由经验得来的直觉告诉她,他确实在爱着她。当他的目光并不那么朦胧,并不那么冷漠时,她总是使他惊讶,而当他怀着思慕和忧伤的神情看着她时,他使她好窘。他爱着她,这是毋庸置疑的。那么为什么他从不向她表白?她完全不能理解,在他身上她不能理解的地方实在太多了。

他待人彬彬有礼,然而超脱、淡漠。谁也不清楚他究竟在想些什么,斯佳丽尤其如此,那一带的人一般是怎么想就怎么说的,相比之下,艾希礼深沉的性格就显得与众人格格不入。县里人娱乐消遣的事,如打猎、赌钱、跳舞、谈论政治,他样样在行。他还是全县首屈一指的骑手,可是他并不以这些为生活的目的,这是他与众不同的地方。至于他对读书、写诗的兴趣和对音乐的爱好更是独一无二的。

唉,他为什么要长得如此英俊,还加上一头金发?为什么外表如此谦恭却又如此难以接近？他为什么老是爱谈书本、谈音乐、谈新歌以及有关欧洲方面的东西，而这些她最最厌烦的东西却偏偏对她有如此大的吸引力？有多少个夜晚，她在朦胧的暮色中和他并坐在走廊上相聚之后，她常常躺在床上辗转不能成眠，最后只好自我安慰地猜想，他在下一回见到她时，定会向她求婚。然而下一次来了又去了，结果还是等于零——徒然使她的狂热情绪愈加高涨，愈加炽烈。

她爱他，想要得到他，却不能理解他。她直率、单纯，单纯得像塔拉上空吹过的风，像环绕着塔拉的浑浊的河水一样。她哪怕到了生命的尽头，也无法理解较为复杂的东西。而此刻，她是生平第一遭面对着一个复杂的性格。

因为艾希礼出身的家系，是属于思考型而非实践型的，他们用以消磨闲暇的方式，是构筑和现实毫无联系的绚丽的梦境。他们沉浸在远比佐治亚州要美丽得多的内心世界里，在不得不回到现实中来的时候，总有些不大心甘情愿。他看待周围的人，无所谓喜爱，无所谓厌恶；他看待人世，既不振奋，亦不沮丧。他乐天知命，与世无争，大不了耸耸肩膀，回到音乐、书本以及他自己更美好的人世生活中去。

既然她不明白，他的心灵无法和她的相沟通，那他怎么有可能迷住斯佳丽呢？他像是一扇既没有锁也没有钥匙的门，他的这种神秘莫测的性格，恰恰引起了她的好奇心。他身上难以理解的东西加深了她对他的爱；他的独特的、自我克制的求爱方式增强了她的决心，非叫他归属于她不行。她深信他迟早会向她求婚。她太年轻，过于娇纵，不懂得什么叫失败。而现在，犹如一声霹雳，传来了这般吓人的消息：艾希礼要娶媚兰！不，但愿这不会是真的！

咦，就在上星期，他们俩在黄昏时分从费尔希尔骑马回家，他在途中还对她说过："斯佳丽，我有桩非常重要的事想要跟你说，可不知道怎么说才好。"

当时她娴静地垂下了眼睑，心里高兴得怦怦直跳，认为幸福的时刻终于到来了。可是他却说:"不,不是现在,马上就要到家,时间来不及了。唉,斯佳丽,我真是个不中用的懦夫!"于是他用马刺踢了一下马,疾驰上坡,一直把斯佳丽送到了塔拉。

斯佳丽坐在树桩上,回味着当初令她欣喜若狂的话,忽然悟出另一层意思,一层可怕的意思。如果他想对她说的话是他已订婚的事呢!

唉,爸怎么还不回来,时间真是难挨。她急切地再次朝山下望去,又再次感到失望。

夕阳已没入地平线,天际的晚霞已褪成一片浅红。蔚蓝的天空渐渐化作知更鸟蛋般的湖绿色,乡间暮色中神秘的宁静悄悄地笼罩着她。红色的田垅和伸展着的红泥大路失去了神奇的血红色,变成普通的黄土地。大路一边的牧场上,马匹、骡子和奶牛安详地站着,把头伸往篱笆外,等待着被牵回畜栏去喂食。它们不喜欢牧场河畔树丛投下的阴影,直朝着斯佳丽抖动耳朵,似乎向往和人类做伴。

河边泥沼地里的松树,在阳光下本是一片苍翠,此刻映衬在湖绿天空的黑暗中,却成了一排无法逾越的黑色巨人,把缓缓流动的黄泥河水隐藏在它们的脚下。对岸山上,高竖着白烟囱的威尔克斯家的屋子,渐渐隐没在密密的橡树屏障的阴影之中,只有远远几点厨房里的灯火才显示出有人家存在。春天的温馨,新翻耕的土地的湿润以及一切嫩绿的植物发出的芳香把她团团围住。

春天、落日和新绿对斯佳丽说来并没有什么新奇,她享受自然界的美,漫不经心地就像喝水和呼吸空气一样。她除了女人的脸容、丝绸的服装、马匹以及诸如此类能够触摸得到的东西以外,从不曾注意到还有什么别的美的事物。然而塔拉庄园上空宁静的暮色却使她纷乱的思绪安定下来。其实她是深深地爱着这片土地的,就像爱她母亲在灯光下晚祷时的面容一样,只是她还没有意识到这一点罢了。

弯弯的大路上一片静寂,仍不见杰拉尔德的人影。她若再等下去,嬷嬷一定会来找她,硬要把她赶进家里去。可是就在她望眼欲穿时,忽然从山下传来"嘚嘚"的马蹄声,只见牧场上的牛儿马儿惊恐地四散逃开。杰拉尔德·奥哈拉正以最快的速度,越过田野,急驰而来。

他骑着一匹身躯壮,四腿长的猎马。当他骑上山顶时,远远看去,像是一个孩子骑着一匹高头大马似的。他长长的白发飘拂在身后,他一面扬着鞭子,同时高声吆喝着。

她虽然自己内心焦灼,但看到父亲的气概,仍然感到由衷的自豪。杰拉尔德不愧为一个好样的骑手。

"我不明白为什么他喝了点酒就要去跳越篱笆,"她想,"去年秋后他就是在这里摔碎了膝盖骨。你大概认为他是会接受教训的,何况他已经在妈跟前发过誓,保证不再去跳越篱笆的。"

斯佳丽丝毫不怕她的父亲。她的气质和两个妹妹不一样,像她父亲的同龄人似的。他父亲瞒着妻子跳越篱笆给了他一种偷食禁果般的稚气的欢乐和自得,这和斯佳丽骗过嬷嬷后感到的高兴情况正好相同。她站起身来等待着他。

猎马到了篱笆跟前,鼓鼓劲头,就像只鸟儿似的毫不费力地纵身过去,它的骑手大声欢呼,在空中挥舞马鞭,灰白的鬓发在脑后跳动。杰拉尔德没有发现女儿站在树荫里,他勒住缰绳,轻轻地拍拍马的项颈表示对它的赞许。

"在全县谁都比不上你,恐怕在全州都要数你第一,"他得意地对马儿说道。他在美国已经住了三十九年,还是改不了米思郡的土腔。然后他匆匆地把头发理理平,把弄皱了的衬衫拉拉挺,把滑到一只耳朵后头的领带摆摆正。斯佳丽明白,他这一套动作都是为了见着他妻子时模样儿像是一个从邻居家做客归来的规矩绅士,同时她也明白,这正是个绝好的机会开口和他说话而不至于暴露自己真正的目的。

于是她放声大笑起来。果不出她所料,杰拉尔德闻声大吃一惊,但马上认出了是她,他那红润的脸上现出又不安又蔑视的神情。他由于膝盖不灵便,下马时很吃力。他把缰绳套上臂膀,拖着笨重的步伐朝她走过来。

"好哇，姑娘，"他拧了拧她的腮帮子说，"你居然侦察起我来啦。那你可以像你妹妹苏埃伦上星期那样，到你妈跟前去告我的状啦！"

他那嘶哑而低沉的声音里流露出气恼，但还带着哄骗的意味。斯佳丽一面调皮地用她的舌头敲打着牙齿，发出咂咂的响声，一面伸出手去帮他把领带放放正，只觉一股浓烈的波旁威士忌酒气，混合着淡淡的薄荷香味，向她扑鼻而来。他还有一股嚼烟草的气味，光滑的皮革和马的气味——她一直把这些气味和她爸爸联系在一起，别的男人若是身上有这种气味，她会本能地对他产生好感。

"不会的，爸，我才不会像苏埃伦那样去搬弄是非呢，"她是想先让他放下心来，随后她退后几步，以一种很在行的样子端详他身上经过重新整理的打扮。

杰拉尔德是个矮个子，身高才五英尺挂零，但腰身厚实，头颈粗壮，假使只看他的坐相，陌生人会把他看作比较魁梧的人。他的巨大的身躯由一双健壮的短腿支撑着，脚上套着价值最昂贵的皮靴，站着的时候两腿分得很开，像是个自鸣得意的小孩儿。身材矮小的人若是摆出一副神气活现的样子，常会使旁人觉得滑稽可笑，可是打谷场上的矮脚鸡却是很受群鸡尊重的，杰拉尔德正是如此。从来没人胆敢把杰拉尔德·奥哈拉看成是个可笑的小矮人。

他六十岁年纪，鬈曲的头发已经灰白，但精明的脸上还没有布上皱纹，一对小小的蓝眼睛仍然充满活力，因为他除了在打扑克的时候，算算该抽哪张牌以外，对于稍微抽象一点的事，是从来不肯多动脑筋的。他的脸是道地的爱尔兰型，至今在他久已远离的故土的任何一个角落都可以见到——圆圆的，红润的，矮鼻子，宽嘴巴，一副骁勇好斗的样子。

杰拉尔德的性子看上去暴烈，内心却最最善良。他不忍心看到奴隶被责骂而哭丧着脸的样子，哪怕他完全是咎由自取。他不忍心听孩子哭喊，甚至不忍心听到小猫咪咪的叫声。可是这个弱点他最怕人家知道。无论谁只要有五分钟和他在一起，就会发现他是个软心肠的人，而他自己对此却一无所知。幸亏如此，否则他的虚荣心会把他折腾得无法安宁，因为他喜欢提高嗓子发布命令，满以为这样会使人吓得发抖，只得服从。殊不知在他的庄园里人们只服从一种命令——他妻子埃伦温柔的声音。这是个他永远不会知道的秘密，因为上上下下，从埃伦直至最愚笨的干农活的黑奴，大家心照不宣，善意地密谋，让他相信他的话就是法律。

斯佳丽对他的动气和怒吼，比任何别的人更不放在心上。她是长女，现在杰拉尔德心里明白，他们家除了长眠在墓地里的三个儿子以外，不会再有男孩子了，他不知不觉地习惯于对她真诚相待，对此斯佳丽觉得挺高兴。事实上她比两个妹妹更像父亲，因为卡琳——教名卡罗琳·艾琳，长得身材娇小而又多愁善感，苏埃伦教名苏珊·埃莉诺，以她的优美高雅和大家闺秀的举止自豪。

再说，斯佳丽和父亲私下有着相互包庇的默契。杰拉尔德若是发现她为了想少走半英里路到大门而爬越了篱笆，或是看见她和男孩子在台阶上坐得太晚，便会亲自狠狠地训她一顿，但绝不会如实告诉埃伦和嬷嬷。斯佳丽若是见他对妻子起誓归起誓，还是照样跳越篱笆，或者打听到他赌牌输钱的确切数字——她从人们的闲聊中不难知道——她绝不会像苏埃伦那样，装出一副天真无邪的样子故意在饭桌上说开来。斯佳丽和父亲双方都深信，让这类事吹进埃伦的耳朵里，只会伤她的心并有损于她贵族妇人身份，这种事他们俩都是决计不肯做的。

斯佳丽在迷蒙的暮色中看着她的父亲。不知怎么的，她觉得，在父亲面前她很愉快。父亲有生气、粗暴、朴实，这些正是她所喜欢的。斯佳丽最不善于分析人物，她并不明白，就因为在自己身上具有某些和她父亲相同的气质，埃伦和嬷嬷花了十六年时间的努力，也没能消除掉。

"行了，你现在这模样挺不错了，"她说，"只要你自己不瞎吹，谁也不会疑心你玩过什么把戏。不过我可不懂，你去年刚摔碎了膝盖骨，怎么还在那老地方跳篱笆。"

"得了，我若是要让自己的亲生女儿教训我什么地方该跳，什么地方不该跳,那我真是见了鬼了,"他喊道,又拧了一下她的脸颊。"这是我自己冒的险,就这么回事。再说,姑娘,你到这里来干吗,连披肩也没裹上?"

她知道他又在玩弄转移目标以摆脱不愉快的对话的老花招,便挽住他的手臂说道:"我在等你,我没料到你会这样晚回来。我想知道你有没有把迪尔西买回来。"

"买是买来了,那价钱可把我给毁了。约翰·威尔克斯简直要把她白送给我,连她的小女儿普里西也送给我。我可不想叫人家说我杰拉尔德·奥哈拉做买卖时滥用别人的交情。我硬要他收下三千块钱,算是两个人的身价。"

"我的老天,爸,三千块!你本来用不着把普里西也买下来的!"

"怎么,难道已经到了该由女儿审判父亲的时候了,"杰拉尔德高声反问道,"普里西是个有出息的小姑娘,所以——"

"我知道她,又愚蠢又淘气,"斯佳丽沉着地反驳道,丝毫不把他的叫嚷放在心上,"你把她买下,无非是因为迪尔西央求你买下她罢了。"

杰拉尔德一下子泄了气,狼狈不堪。他每回存心想做好事而被拆穿以后就是这副样子,斯佳丽则对老先生放声哈哈大笑起来。

"好吧,是的又怎么样?我们把迪尔西买来,她见不到孩子,成天牵肠挂肚的,还能派什么用场?得啦,下回再不许黑鬼娶外边的女人了。花费太大。走吧,孩子,我们回家吃饭去。"

暮色愈浓,天空最后一道浅绿色也已消失,淡淡的凉意取代了春天的温暖,但是斯佳丽迟迟不肯离去,她在开动脑筋怎样把话题引到艾希礼身上而又不引起杰拉尔德的疑心。这可有点难办,因为在斯佳丽身上,很难找到一根狡猾诡诈的神经。杰拉尔德的特点和她极为相像,她玩的那点小花样,总是被他戳穿,就像她也总是戳穿他的把戏一样。

"十二橡树的人都好吗?"

"老样子。凯德·仁尔佛特也在那里。迪尔西的事谈妥后,我们就坐在走廊上喝棕榈酒。凯德刚从亚特兰大来,那里现在是一片混乱,成天在谈打仗和——"

斯佳丽叹了口气。杰拉尔德只要一谈起打仗和脱离联邦的事,就得一连谈上好几个钟头才肯住口。她忙插进另一个话题。

"他们说起明天的野宴没有?"

"噢,说起的,我想起来了。那位小姐——叫什么名字的?——就是去年到这里来过的那个可爱的小姑娘,你知道的,她是艾希礼的表妹——哦,对了,媚兰·汉密尔顿小姐,是她——她和她哥哥吉尔斯一道从亚特兰大来了,还——"

"哦,那么她真的来了?"

"是的,这姑娘真文静,从来不爱多说话,女孩子就该这样。快,孩子,别拖拖拉拉,你妈要来找我们啦。"

斯佳丽的心向下一沉。她本来还抱着一线希望,媚兰·汉密尔顿该留在亚特兰大不能分身前来,其实那里才是她该住的地方。现在居然连父亲都称赞起她温柔文静的性格来了。那性格和自己的难道不是恰恰相反吗?她想到这里,干脆就把真实意图说了出来。

"艾希礼也在吗?"

"在,"杰拉尔德松开女儿的手臂,转过身来,用锐利的目光盯着她的脸,"你来这里等我的目的要是为了这个,为什么不早说,偏在这里绕弯子?"

斯佳丽想不出话来回答,心里一阵烦扰,脸上不由得泛起红晕。

"咦,说呀。"

她还是一言不发,心里真想警告父亲,叫他把嘴闭上。

"他在那里。他,还有他的几个妹妹,都特别关切地问起你,希望你无论如何要去参加明天的野宴。我对他们说你明天一定会去,"他狡黠地说道,"现在,女儿,你跟艾希礼究竟怎么啦?"

"没什么,"她简短地答道,一把挽住他的手臂,"我们进去吧,爸。"

"现在是你急着要进去了,"他说道,"不过既然我想起这桩事,我得问个明白。近来你一直有点异样,是不是他不把你放在眼里了。他有没有要你嫁给他?"

"没有,"她答道。

"那他今后也不会要你的,"杰拉尔德说道。

斯佳丽怒火中烧,但是杰拉尔德挥手示意,要她冷静些。

"听着,小姐!今天约翰·威尔克斯告诉我一个消息,叫我千万不要传出去。艾希礼要娶媚兰小姐,明天就宣布。"

斯佳丽的手从他的手臂上垂落下来,那么这是真的啦。

一阵痛楚猛刺她的心窝,像是猛兽的利牙在咬啮似的。她感觉到父亲的眼光始终在盯着她,带着怜悯,也带着爱莫能助的苦恼。他疼爱斯佳丽,但是她那孩子气的问题要逼着他去寻找解答未免使他感到为难。斯佳丽其实该去向埃伦诉说,她知道该怎么办。

"你这不只是给自己丢脸,还叫我们一家子脸上无光,"他大声喊道,只要一激动,他就忍不住会提高嗓门,"他既然不喜欢你,你何苦紧紧追求他。全县的男孩子不是任你随意挑选吗?"

受伤害的自尊心和心中的愤怒使她的痛楚稍稍减轻了一些。

"我并没有追求他。你的话——你的话真使我感到意外。"

"你扯谎!"杰拉尔德说道,忽然注意到她苦恼的面容,忙安慰几句,"我很难过,女儿,但你毕竟还小,男孩子多的是。"

"妈妈嫁给你的时候才十五岁,我已经十六了,"斯佳丽说道,她的声音哽咽。

"你妈和你不一样,"杰拉尔德说道,"她不像你那样心思活。来吧,女儿,提起精神来,下星期我带你到查尔斯顿去看你的尤拉莉姨妈,那边成天吵吵嚷嚷,谈的尽是关于萨姆特要塞的事,要不了一星期你准会把艾希礼忘记掉的。"

"他把我当孩子看待,"斯佳丽想道,又是恼又是气,一下子说不出话来。"他以为只要拿个新的玩具哄我一下,我就会把碰撞出来的肿块给忘了。"

"得了,别总是那么不买我的账,"杰拉尔德警告说,"你要是有头脑的话,早就该嫁给斯图尔特或者布伦特了。仔细想想,女儿。你要是嫁给这对双胞胎中间的一个,我们两家的土地就可以连成一片。杰姆·塔尔顿和我会给你们造一幢漂亮房子,就造在那松树林子里,我们两家接界的地方,而且——"

"别把我当孩子好不好!"斯佳丽嚷道,"我不想到查尔斯顿去。我不想要房子,不想嫁给那双胞胎,我只要——"她说漏了嘴,可要想刹车已经来不及了。

杰拉尔德的声音忽然变得出奇的平静,他不慌不忙地说着,仿佛他吐出的词句是从他平日很少使用的思绪中一根根抽出来似的。

"你要的就只有艾希礼,可是你得不到他。就算他想要娶你,就算我答应了这门亲事,我心里也会觉得不踏实,尽管我和约翰·威尔克斯的交情挺不错。"他看到她吃惊的神色,便接着说道,"我要我女儿幸福,而你和他在一起,决计得不到幸福。"

"哦,我会幸福的!我会的!"

"你不会的,女儿。只有与同一类型的人结婚才有幸福可言。"

斯佳丽忽然产生了一种恶意的冲动,想要大声喊出来:"你和妈完全不一样,你不是很幸福吗?"但她总算克制住没说出来,生怕她的大胆放肆会招来一记耳光。

"我们家和威尔克斯家的人完全不一样,"他字斟句酌地慢慢往下说,"威尔克斯家和这一带的人——和我们认识的每一家人都不一样。他们很古怪,所以对他们说来,最好是中表为婚,好让他们的古怪习性保留在他们自家人中间。"

"怎么,爸,艾希礼不是——"

"别插嘴,孩子,我没说那孩子不好,我也喜欢他。我说他怪,并不是说他狂。他的怪不同于卡尔佛特家,他们为了一匹马会用全部家当去打赌;也不同于塔尔顿家,他们每一窝崽子里,总会养出一两个酒鬼来;更不像方丹家,他们尽是些头脑发热的小畜生,只要疑心人家冒犯了他们,就会动手杀人。这一类的古怪习性是显而易见的。总算上帝慈悲,这些毛病我杰拉尔德·奥哈拉一样也没沾染上！我并不是说假如你嫁给艾希礼，他会和别的女人私奔，或者动手打你。要是那样，你可能还快活些，因为至少你明白那是怎么回事。他怪就怪在你没法弄懂他。我喜欢他，但他的话我十九吃不准是什么意思。现在，孩子，跟我说实话，他的无聊的书本、诗歌、音乐、油画，以及诸如此类莫名其妙的东西，你到底是懂还是不懂？"

"哦，爸，"斯佳丽不耐烦地嚷道，"我若是嫁给他，我会把这一切都改变过来！"

"哦，你会，那你现在会不会？"杰拉尔德恼火地说，狠狠地瞪了她一眼，"天底下的男人你一个都算不上理解，更不用说艾希礼了。别忘了，从来没有一个做妻子的能把丈夫的习性改变掉哪怕一丁点儿。至于说想要改变威尔克斯家的人——那是做梦，女儿！他们的家族就是那个样子，向来如此，今后很可能永远如此。我跟你说过，他们生性古怪。看看他们那急急忙忙赶到纽约和波士顿去听歌剧、看油画的样子！还整箱整箱地从北佬手里订购法文和德文书！正常人本该打打猎、玩玩扑克来消磨时间，他们却呆坐着读书，脑子里转的不晓得是什么样的念头。"

"艾希礼骑马的本领在全县谁都比不上他，"斯佳丽说道，刚才父亲那番话里，似乎指摘艾希礼缺少丈夫气概，这使她大为光火，"只有他父亲可能胜过他，说起打扑克，他上星期在琼斯博罗不是从你手里赢了两百块钱吗？"

"卡尔佛特家的那些孩子又在嚼舌头了，"杰拉尔德无可奈何地说道，"要不你不会知道那数字。不错，艾希礼能够和最高明的人骑马玩牌——那就是我，淘气鬼！而且我不否认他要是真的比起喝酒来，恐怕连塔尔顿两兄弟也只好钻到桌子底下去了。这些他样样在行，问题是他总是心不在焉，这就是为什么我说他古怪。"

斯佳丽的心下沉了，说不出话来。父亲最后提到的事，她没法为他辩解，因为杰拉尔德说得对。艾希礼对各种寻欢作乐的事尽管全能应付，但并不热衷。在别人为之如痴似狂的时候，他不过出于礼貌而逢场作戏罢了。

杰拉尔德悟出了她沉默不语的原因，便拍拍她的肩膀，胜利地说道："好，斯佳丽，你承认我的话有道理吧。你若是和艾希礼这样的丈夫一起生活，有什么趣味？威尔克斯家的人全都是神经不怎么正常的。"然后他又以奉承的口气哄她说，"刚才我提起塔尔顿弟兄，并没有勉强你的意思。虽说他们是出色的男孩子，但如果你看中了凯德·卡尔佛特，我也一样赞同。卡尔佛特家的几个孩子都不差，尽管他们的爸爸娶了个北佬女人。将来等我离开人世的时候——嘘，听我说，宝贝！我要把塔拉留给你和凯德——"

"我不要凯德，哪怕你把他盛在银托盘里送给我，"斯佳丽怒冲冲地说道，"你不要把他硬塞给我好不好，我也不要塔拉，什么样的种植场我全不要，种植场一分钱都不值，如果——"

她本来想说"如果你得不到你所想要的人"，可是杰拉尔德被女儿如此傲慢的答话激怒了，因为除了妻子埃伦以外，塔拉庄园是他心目中最重要的。他爆发出一声怒喝。

"斯佳丽·奥哈拉！你竟然站在那里对我说塔拉——那土地——一文不值吗？"

斯佳丽固执地点点头。她心中痛苦太深，父亲是不是光火，她全然不顾了。

"土地是世界上唯一值钱的东西，"他大声喊道，气愤地挥舞着粗壮的短胳膊，"因为世界上只有它是消灭不了的，你好好记住，只有土地才值得人们为之耕作，为之战斗——为之拼命。"

"哦，爸，"她厌烦地说道，"你说起话来就像个爱尔兰人！"

"我什么时候说过做爱尔兰人不光彩？没有，我还以此自豪。别忘了你自己就是半个爱尔兰人，小姐，一个人血管里只要有一滴爱尔兰血液，他所居住的土地就像是他的母亲。我这会儿真为你害臊。我把世界上最美丽的一片土地——当然老家米思郡的土地除外——给了你，而你怎么样，居然不屑一顾。"

杰拉尔德刚想好好地咆哮一阵子，忽然注意到斯佳丽满脸愁容，他便没有发作出来。

"得了,你还小,将来会爱上这块土地的。你只要是个爱尔兰人,就会离不开它。现在你还是个孩子,就知道想男朋友,等你再长大些,就会明白它是多么……好,你快拿定主意,要凯德,还是要塔尔顿家兄弟,要不就是埃文·芒罗家的哪一个孩子,到时候瞧我怎么体体面面地把你嫁出去!"

"哦,爸!"

到了此刻,杰拉尔德对这次交谈,已经感到异常乏味,这个问题落在他的头上,着实令人心烦。尤其是他把全县最好的男孩子给她挑选,还给了她塔拉庄园,可她仍是凄凉得解脱不开,杰拉尔德心里真有点不痛快。他本指望他的厚礼会赢得她的掌声和亲吻的。

"得啦,不要噘嘴啦,小姐!你嫁给谁并不打紧,只要他的看法始终和你的一致,是个有身份的、体面的南方人就行了。对一个女人来说,爱情要等结婚以后才产生。"

"哦,爸,你这种看法早就过时了。"

"但是这种看法有道理,当今美国流行的为爱情而结婚这一套,只适合北佬和下等人!最好的婚姻该由父母给女儿做主。因为像你这样一个傻瓜怎么懂得分清谁是个好人还是个无赖?你看威尔克斯家,为什么能够世代兴旺发达和值得自豪?就在于他们攀亲时总按照长辈的心愿中表为婚、门当户对的缘故。"

"啊,"斯佳丽失声叫了起来,她听到杰拉尔德得出这个可怕的、无可回避的结论,心里又是一阵剧痛。杰拉尔德看着她低垂的头,不安地把两脚移来移去。

"你哭啦?"他问道,笨拙地抚摸着她的下巴,想把她的脸抬起来,他的脸上现出一条条同情的皱纹。

"没有,"她使劲喊道,把头扭开了。

"别抵赖了,不过我倒喜欢你这倔强脾气,说明你有自尊心,孩子。我希望你在明天的野宴上争气一点,不要为了一个对你没有超越友谊感情的男人失魂落魄,叫人笑话你,拿你做谈话资料。"

"他并不是对我没有意思,"斯佳丽想道,不禁悲从中来,"他对我很有意思！我是知道的。只要再给我点时间，我就有办法叫他向我开口——唉，要是威尔克斯家不觉得非在表兄妹间结亲不可，那就好了。"

杰拉尔德拉起她的手臂挽在自己的臂膀里。

"该进去吃晚饭啦。这件事可别对别人说。我不想让你母亲为此伤神——你也不该让她知道，擤擤鼻子，女儿。"

斯佳丽拿起那块破手帕擤了擤鼻子。两人挽着手臂走上车道，马儿慢悠悠地跟在后头。快到屋子跟前的时候，斯佳丽刚想开口说话，忽然瞅见母亲站在门廊的阴影里。她戴了软帽和手套，裹着披肩，嬷嬷跟在她后面。她脸上阴云密布，手里拎着一只黑皮袋，那是埃伦·奥哈拉常用来放绷带和药品以便给奴隶治病用的。嬷嬷长就一张大嘴，下唇向下垂着，生气的时候，伸出去比平时要大上一倍。此刻它正伸得很长，斯佳丽马上晓得定有什么不顺心的事在她心里折腾了。

"奥哈拉先生，"埃伦见他们两人从车道走来便招呼道——埃伦属于讲究规矩的一代人，尽管她结婚已十七年，生了六个儿女，老规矩还是没改——"奥哈拉先生，斯莱特里家有人生病。埃米的孩子生下来以后，现在快不行了，得赶快给他施洗礼。我想和嬷嬷去看看能不能帮着做些什么。"

她的语调里带有询问的口吻，她的计划似乎要取得杰拉尔德的许可，这不过是一种形式，可是杰拉尔德听起来心里甜滋滋的。

"我的天，"杰拉尔德吼道，"那帮下等白人干吗偏要在吃晚饭的时候来找你？而且偏偏在我想跟你说说亚特兰大城里议论战事的时候！你去吧，奥哈拉太太。人家有难处，你要不去帮忙，晚上准睡不好觉的。"

"她半夜三更老是要起来去照料那帮不中用的下等白人和黑鬼，她什么时候睡过好觉。"嬷嬷用她那呆板的声调咕哝着，一面走下台阶，朝着等在车道岔路上的马车走去。

"待会儿吃晚饭时，你坐在我的座位上吧，宝贝，"埃伦说道，戴手套的手轻轻拍了拍斯佳丽的脸颊。

斯佳丽本是强忍着泪水，此刻她接触到母亲永恒的魔力，闻到母亲丝绸衣衫上香袋里散发出来的枸橼香味，又引起她浑身一阵震颤。斯佳丽觉得，埃伦·奥哈拉身上有一种惊人的力量，也是家里的一个奇迹，而且这可以使她敬畏，使她陶醉，使她心宽。

杰拉尔德扶妻子上了车，又关照车夫路上驾车要小心谨慎。托比给杰拉尔德赶车，已有二十年的历史，听到东家吩咐他自己的分内事，不由愤愤地噘起了嘴巴。他把车赶上了路，身旁坐着嬷嬷，两人凑成一对，正好是黑非洲人不高兴时用的噘嘴方式的绝妙写照。

"我要是不曾给斯莱特里家那群废物那么多的好处，他们得到处去弄钱。"杰拉尔德恼火地想道，"他们早该把沼泽后面那几亩薄地卖给我，县里也好把他们打发掉。"忽然，他想起一个他爱开的玩笑，不觉高兴起来，"快，女儿，我们去跟波克说，就说我没把迪尔西买回来，倒把他卖给了约翰·威尔克斯。"

他把马缰绳扔给站在一旁的小黑奴，便朝台阶上走去。他早已把斯佳丽的伤心事给忘了，一心只想着捉弄他的贴身仆人。斯佳丽慢慢地跟在后面，两腿似铅般沉重。她心里在想，她和艾希礼要是能够成为一对，怎么也不会比爸爸和埃伦·罗彼托德·奥哈拉更不相配，她始终不解的是，像父亲那样一个粗声粗气、感觉迟钝的人怎么竟娶上母亲那样的女人，这两个人无论在门第、教养和气质方面，都是天差地远的呢。

第三章

　　埃伦·奥哈拉今年三十二岁，照当时的标准，已是个中年妇人。她生过六个孩子，只有三个活了下来。她是个高个儿，站着的时候要比她性子暴躁的矮个儿丈夫高出一个头，但她走路时步态文绉绉的，裙环随着摆动，使她的身高看起来并不怎么惹眼。她的脖子纤细圆浑，在黑塔夫绸紧身上衣的衬托下，洁白似乳，老是微微向后仰着，似乎不胜脑后用网结套着的浓发的分量。她的一双微微倾斜的黑眼睛，上面盖着浓浓的黑睫毛，还有她的乌黑的头发，这些是她的法国籍母亲遗传给她的——她的外祖父母则是在一七九一年大革命时从海地①逃出来的。她长而笔直的鼻子，方方的下巴，配着脸颊柔和的线条，显得很温柔，这些是她的父亲遗传给她的，他原是拿破仑部下的一名军人。至于她那矜持而不傲慢的神态，她的优雅、伤感而全无风趣的气度，则形成自她自己的生活经历。

　　假如她的眼睛里真会发出闪光，她的微笑中真会流露出脉脉温情，她在家人和奴仆听起来柔和悦耳的声音里再带点自然流露的味道，那她很可能真是个引人瞩目的一代佳人。她讲的话是佐治亚州沿海一带的口音，柔和而模糊，元音清脆，辅音柔软，稍稍带点法国腔。她从不厉声斥责孩子、差遣下人，但是在塔拉庄园，谁听见她的声音都会毫不迟疑地照着去做，而她丈夫的怒吼和咆哮却从来没被人当作一回事。

　　从斯佳丽能记忆的时候开始，她的母亲始终如一。她不论夸奖

---

① 海地曾沦为法国殖民地，1791年爆发革命，1804年宣布独立。

谁或者责备谁,声音听来都同样柔和甜美。尽管杰拉尔德家每天都有一大堆琐事亟待处理,她的态度总是稳而不乱,讲求实效。她情绪安详,腰板挺直,甚至在她三个男婴先后逝去的日子里依然如此。斯佳丽从来没见过妈妈把背靠在椅背上。她也从来没见到她闲坐着手上没有一件针线活在做,除非是在吃饭的时候,在看护病人的时候,或者在给种植场记账的时候。有客人在场,她就做一点精美的刺绣,平时就拿起杰拉尔德的衬衣、姑娘们的衣裙或者仆人的衣服来做。斯佳丽无法想象,她母亲的手指上要是没戴上金顶针,或者她沙沙走动的身后没有一个黑女孩跟着,会是个什么样子。家中诸如做饭、打扫屋子、给植棉手成批缝制衣服之类的事,都要埃伦一一照料。那黑女孩唯一的任务,就是跟着埃伦在各处走动,把黑黄檀木的针线盒从一个房间带到另一个房间,并把线头清除干净。

母亲办事,从来不曾有过手忙脚乱的时候。不论白天黑夜,只要她在人前出现,那一身打扮总是无可挑剔的。每逢她去参加舞会,会见客人,或者到琼斯博罗去旁听庭审,她常常由嬷嬷和两个女佣侍候,花上两个小时的打扮才能令她满意;不过碰到要紧的事,她梳妆之快却又往往叫人吃惊。

斯佳丽的卧室在妈妈卧室的对面,中间隔开一条过道。她在襁褓中,就常在黎明时分听见光着脚板的黑奴在硬木地板上匆匆跑动的声音,听见在她母亲房门上急促的敲打声,听见那惊惶压抑的噪音,那是黑奴在诉说在那一长列下等人居住的白色小屋里谁家生了孩子,谁家有人生病,或是谁家死了人的消息。到了孩提时期,她常常爬到房门边,从隙缝里朝外窥探,看到埃伦出现在黑暗的房门口,擎着一支忽隐忽现的蜡烛,走了出去。她臂上挽着药袋,头发一丝不乱,上衣的纽扣也没漏掉一颗没扣上。此刻杰拉尔德却没有受到干扰,正在发出均匀的鼾声。

"嘘,轻一点,别吵醒奥哈拉先生,他们还不至于病得要死呢,"这是妈在踮起脚尖走下过道时的低语声,声音坚定亲切,使斯佳丽听了觉得毫不惊慌。

现在，弄明白埃伦夜里出去了，一切平安无事，该爬回床上去好好睡一觉了。

不知有多少次了，为了孩子出生或者病人死广，忙碌了整整一夜，加以老方丹大夫和小方丹大夫都出诊在外不能帮她一下，可是第二天早上，早餐照样由她主持。只是从她的眼圈上可以看出些许倦意，而她的举止语调仍一如既往。在她的温柔端庄背后，有着坚强的意志，这使得上上下下都为之敬畏，包括三个姑娘和杰拉尔德本人，虽说他宁死也不肯承认这一点。

夜里，斯佳丽有时蹑手蹑脚走到妈妈床边亲亲她的脸颊，瞧见那上唇过短而柔和易为人世伤害感情的嘴巴，不禁产生天真的遐想，这张嘴巴是否也曾有过孩子气的傻笑，曾经在漫漫长夜向亲密的女友倾诉内心的隐秘？不，那不可能。母亲永远是母亲，是智慧的源泉，力量的支柱，是对世上的一切都能做出解答的人。

可是斯佳丽错了。若干年前，萨凡纳城的埃伦·罗彼拉德和那座美丽的沿海城市中所有十五岁年轻的姑娘一样，经常发出无意识的傻笑，也曾和密友在深夜里倾诉衷肠。她只保留着一个秘密，那是发生在比她年长二十八岁的杰拉尔德·奥哈拉闯入她生活中的那一年，也就是她生活中失去了年轻的黑眼睛的堂哥菲利普·罗彼拉德的那一年。当时，那眼睛明亮可爱行为放荡不羁的菲利普离开萨凡纳一去不回，也带走了埃伦心头燃烧的火焰和她的青春，只给那双腿纤弯的矮个儿爱尔兰人留下一只徒有温柔躯壳的新娘。

不过对杰拉尔德说来，这已经足够了。他简直不敢相信真的交上好运，娶上这么个姑娘。当然，他看得出来，姑娘心里失去的是什么。他是个精明人，懂得像他这样一个既无门第、又无财产的爱尔兰人，能够娶上沿海一带算得上最富有显赫人家的小姐，这可说是个奇迹。因为他杰拉尔德是个白手起家的人。

杰拉尔德二十一岁时，从爱尔兰亡命来到美洲。当时爱尔兰人来得很多，有的比他强，有的不如他，有的比他早来，有的比他晚到，都像他一样匆匆而来。他除了船票以外，口袋里只有两个先令的零钱,再就是身上的衣服,因为政府正悬赏要他的脑袋,而他认定自己的脑袋比悬赏的价钱要更贵重一点。一个奥兰治党人①在那个人间地狱②里,无论对英国政府或者对魔鬼来说,都不值一百英镑,但是如果英国政府对于一个遥领地主③的收租代理人的死亡反应如此强烈的话,那就该是杰拉尔德·奥哈拉走为上计而且刻不容缓地拔脚就走的时候了。不错,他的确曾把那个收租代理人称之为"奥兰治党杂种",但是,按照杰拉尔德的逻辑,那人并不因此就有权可以用口哨吹出《博伊恩河》开头的几小节来侮辱他。

博伊恩战争④已是一百多年以前的事了,但是对于奥哈拉家和他们的邻居来说,其情景犹在眼前,那场战争夺走了爱尔兰人的土地和财富,也毁灭了他们的希望和梦想。斯图尔特亲王在烟尘滚滚中仓皇逃命,让奥兰治王威廉和他万恶的士卒挥刀把忠贞于斯图尔特的爱尔兰人砍倒在地。

由于种种原因,杰拉尔德一家并不把这次争端的不幸结局看得十分严重,但深深感觉到它带给他们的严重后果。多少年来他家因为有反政府嫌疑,一直受英国警察的监视。杰拉尔德并非趁着晨曦朦胧溜之大吉的第一个奥哈拉家的人。他的两个哥哥,詹姆斯和安德鲁——他对他们的印象已经十分模糊了——是两个守口如瓶的人,常常出没在夜深人静的时刻,担负着某种神秘的使命,有时接连几个星期不见人影,叫他母亲担心得要命。有一年,在他们家的猪圈下面,被发现埋有少量枪支,他们便去了美国。现在他们成了萨凡纳的富商。他母亲提起这两个儿子的时候,总是说:"只有慈悲的上帝才知道他们到哪里去了。"可是暗地里却把杰拉尔德送到了他们那里。

---

① 1795年成立于北爱尔兰,是拥护新教及英国主权之秘密社团。
② 指爱尔兰。
③ 不居于产权所在地的地点。
④ 1690年7月,英王威廉三世击败詹姆斯二世的军队,爱尔兰再次被征服,从此受英国更加残暴的统治。

离家的时候，母亲在他脸上匆匆吻了一下，在他耳边念了几句天主教的祝词，父亲的临别训诲是："不要失去自己的人格，不要白拿人家的东西。"他的五个哥哥，个个身材高大，以羡慕而稍稍屈尊俯就的微笑向他道别，因为杰拉尔德在这个身子个个健壮的家庭中不但年纪最轻，个子也是最小的。

　　父亲和五个哥哥个个身高六英尺开外，体格魁伟。小个儿杰拉尔德，只是到了二十一岁，才知道智慧的上帝答应给他的身高，不会超过五英尺四英寸半了。好在杰拉尔德不是那种因个子矮小而懊丧的人，他从来不认为他的身材会妨碍他去获取他所需要的东西。相反，正因为他短小精悍，才形成了他的性格。他在早年就懂得要想和身材高大的人竞争，就必须具有吃苦耐劳的精神。他果然是个吃苦耐劳的人。

　　他的几个哥哥全都严厉深沉。他们家永远失去了昔日的光荣传统，在他们身上激起了默默的仇恨并铸成了冷酷的性格。杰拉尔德假如生来体魄结实健壮，兴许会像他家其他人一样，隐秘地活跃于反政府的造反者行列之中。然而他却如同母亲常天真地说的那样，是个"顽固不化而又喋喋不休的人"。他性烈似火，动不动就要挥舞拳头，很容易被人激怒，这是一眼就可以看得出来的。他昂首阔步地在几个哥哥中间走来走去，像是在巨大的交趾鸡群中的一只爪哇矮脚鸡。他的哥哥都喜欢他，常常亲热地逗着他玩，好听他的大声吼叫，有时拔出大拳头揍他，也无非是让这个小弟弟懂得要守规矩而已。

　　杰拉尔德来到美洲的时候，所受的教育不多，但他自己却感觉不到，即使有人提醒他，他也不会放在心上。他的母亲曾经教过他读书，教过他写工整的字体。他学算术还算敏捷，他的书本知识就到此为止。对于拉丁文，他只知道做弥撒时应答的话，他的历史知识只限于爱尔兰人遭受屈辱的故事。除了摩尔[①]以外，他没念过别人

[①] 托马斯·摩尔（1779—1852），爱尔兰诗人。

的诗；除了爱尔兰民歌，他不知道有别的音乐。他敬重比他更有学识的人，但并不感到自己有所欠缺。在这块新大陆上，连最无知的庄稼人都能发大财，书本上的东西又有什么用呢？只要体魄健壮，勤劳肯干，在这里就足够了。

就连詹姆斯和安德鲁两人。把他带回萨凡纳自己的铺子里以后，也并不嫌他缺少文化。他手脚麻利，计算敏捷，很善于做买卖，这就得到了他们的器重。设若他精通文学，熟谙音律，恐怕反而要被他们嗤之以鼻了。在本世纪早期，美国人对爱尔兰移民的态度很友好。詹姆斯和安德鲁开头是从萨凡纳用大篷车装运货物到佐治亚内地去卖，后来发迹起来开了自己的店铺。杰拉尔德跟着他们，不久也渐渐发迹起来。

他喜欢南方，不久就自命为南方人了。南方有许多东西，其中包括南方人，是他所无法理解的；但出于他的脾性，还是按照他自己的理解，打心眼里接受了南方的观念和习俗，诸如打牌、赛马、谈政治、谈决斗程式、谈州权和北佬的种种劣迹、谈奴隶制和棉花种植、对下等白人的鄙视以及对女性过度的殷勤等等。他甚至学会了嚼烟草。他无需学喝威士忌酒，因为他是天生的海量。

然而杰拉尔德终究还是杰拉尔德。他的生活方式和观念改变了，他的举止作风却一如既往——他改变不了，也不想改变。他欣赏那些种植稻米和棉花的庄园主们的优雅风度，他们从长满青苔的庄园王国来到萨凡纳城，骑着纯种马，后面跟着乘马车的风姿同样优雅的女眷，还有大车载着的一批奴仆。但是杰拉尔德怎么也优雅不起来。庄园主们慢吞吞的模糊不清的语音听起来很悦耳，他自己说的话却是一串连珠炮似的爱尔兰土腔。他喜欢他们在处理重大事情时从容不迫的态度。他们能够在一张就要翻开的牌上面，押上一个奴隶、一笔财产，甚至一个种植场；他们能够谈笑自若地画押签字，把输掉的钱支付给赢家，那神态就像是给黑奴几分钱的赏钱一样。可杰拉尔德是个经受过艰难煎熬的人，要他把钱白白丢掉，还要他不发脾气，风度优雅，那是绝对办不到的。沿海地区的佐治亚人是一个生性愉快的民族，他们声调柔和，热情奔放，不带成见，杰拉尔德对之颇有好感。然而在这个年轻的爱尔兰人身上，另有一种蓬勃的生气，他来自一个只有凛冽的寒风和多雾的沼泽的国家，使得他的禀性和生活跟这里疟疾为害的亚热带地区慵懒的人们迥然不同。

他从这些人身上，学会了他认为有用的东西，扬弃了其余的一切。他发现玩扑克是南方习俗中最有用的东西，其次就是喝威士忌。杰拉尔德正是由于具备这两种天赋才获得了他的三项宝贵财产中的两项，他的男仆和他的种植场。他的第三项财产是他的妻子，他之所以能够得到她，靠的是上帝的神秘恩赐。

他的仆人名字叫波克，皮肤黑里透亮，因有一手缝纫的好手艺而得到器重。这是他在一次通宵打扑克中赢来的。他的对手是圣·西门岛上的一个种植场主，此人在玩牌上唬人的本事比起杰拉尔德来毫不逊色，只可惜喝起新奥尔良的朗姆酒来却未免差劲。波克先前的主人后来愿出两倍的价钱把他赎回去，可是杰拉尔德执意不肯，这是他第一个奴隶，是"沿海地区最好的仆人"，是他实现自己远大目标的第一步。杰拉尔德毕生的宏愿就是要做一个奴隶主和拥有种植场的上等人。

他拿定主意不去学詹姆斯和安德鲁的样，成天是无休止的讨价还价，到夜晚还得秉烛打发一串串长长的数字。他强烈地意识到，做买卖的人的社会地位在当地是多么卑微，可惜他的两个哥哥对此并未意识到。杰拉尔德一心想成为一个种植场主。过去他曾经在爱尔兰人的土地上当过佃户，因而如饥似渴地盼着有一片属于自己的、绿油油的土地伸展在眼前。他向往自己的房舍、自己的种植场、自己的马匹、自己的奴仆，目标专一，矢志不移。在他的故土置备田产，要冒两种风险，一种是把庄稼和仓廪吞食掉的沉重赋税，另一种是土地随时会遭到被政府没收的厄运。好在这里是个新的国家，这些都无需担心，所以杰拉尔德迫切要想达到他的目标。然而雄心壮志和使之成为现实并不是一码事。他渐渐发现，佐治亚沿海地区是牢牢地掌握在壁垒森严的贵族阶级手中，使他难以达到拥有土地的目的。

然而掌握命运之手和玩扑克的手艺终于结合起来,给了他那块后来被称之为塔拉的种植场。从此他就从沿海迁居到北佐治亚的高原地带来居住了。

那年春天一个炎热的夜晚,他坐在萨凡纳的一家酒馆里,偶然听见邻座一个陌生人的谈话,使他不由得竖起了耳朵。那人是萨凡纳本地人,在本州北部地区住了十二年,新近回来,就在杰拉尔德来到佐治亚州的前一年,州政府想把印第安人割让的佐治亚中部广大地区招标种植,为此发行了彩券。那人中标分到了一片土地,建立起种植场来。后来种植场上的屋子失火焚毁,他对那个"被诅咒的地方"产生了倦意,想把它脱手转让为快。

杰拉尔德一直没有放弃做个种植场主的念头,便设法和他相识,当那人告诉他佐治亚州北部一带新近去了大批卡罗来纳人和弗吉尼亚人的时候,他的劲头更足了。杰拉尔德在萨凡纳住的时间已经不算短,知道当地人的看法,他们以为佐治亚州沿海以外的地区,都是些未经开垦的荒地,丛林中还潜藏着印第安人。但在跟两个哥哥做生意的时候,他曾到萨凡纳河上游一百海里处的奥古斯塔走过,并曾到该城西部内陆地区的古镇观光,知道那一带和沿海地区一样,都已有人定居。现在听那陌生人的叙述,他的种植场位于萨凡纳西北二百五十英里开外的地方,离查塔霍契河南面不远。杰拉尔德知道河北面的地域仍然控制在柴拉基人①手中,所以听那人带着嘲讽的口吻,把所谓该处有印第安人骚扰的说法斥之为无稽之谈,又夸说那里的城镇如何繁荣,种植场怎样发达之类的话,不觉大为惊讶。

一小时之后,谈话渐渐冷落下来,杰拉尔德施展和他坦率明亮的蓝眼睛不相调和的诡计,提议玩一局扑克。酒一杯接一杯喝下了肚,夜渐渐深沉,赌客们陆陆续续地放下了手中的牌,最后只剩下

---

① 北美印第安人之一族。

他和那陌生人对阵。陌生人押上全部赌注，加上种植场的地契，杰拉尔德也放上他所有的筹码，外加他的钱包。当时假如钱包中装的是他哥哥店铺里的资金，杰拉尔德在次日的晨祷中，也不会受到良心的谴责而忏悔。他明白他需要的是什么。杰拉尔德每当需要一样东西的时候，总是直截了当地去获得它。他对命运的态度是：绝不考虑万一他的对手是个比他高明的赌徒，那么他将如何归还那笔赌本。

"这笔交易你未必上算，我倒可以不必再去给那地方纳税了，"那陌生人看看手中有三个"A"的组牌，叹了口气说道，一面要了笔和墨水来签字。"屋子一年前烧掉了，地里长出了灌木和幼松，不过它归你啦。"

当天晚上，波克扶他上床睡觉时，他郑重其事地对波克说道，"记住，除非你把爱尔兰威士忌酒戒掉，你千万不要把玩牌和喝酒混在一起。"这位仆人想要用爱尔兰土腔对他的新主人颂扬一番，可惜他用那米恩郡和基契的语言混合在一起做出的机敏回答，除了他们俩以外，谁听了怕都会觉得莫名其妙。

浑浊的弗林特河水，在两排高高的松树和纠结着藤蔓的黑栎夹峙下静静地流淌，河水像一只弯曲的手臂向杰拉尔德的新土地两侧拥抱过来。杰拉尔德站立在房屋旧址的土丘上，看到那高高的绿色屏障，使人心旷神怡，仿佛是他亲手筑起的篱笆，是他主权的见证。他站在烧得发黑的房屋基石上，俯视通向大路的林荫道，心中喜悦万分，觉得用感恩的祈祷还不足以表达，便起劲地发起誓来。现在这两排阴暗的树木是属于他的。这荒芜的草地，长着开满白花的木兰树和齐腰深的杂草，也是属于他的。这片未经开垦的田野，漫布着幼松矮树，覆盖着红土表层，蜿蜒起伏从四面伸展开去，这也归他杰拉尔德·奥哈拉，所有——这一切就凭着他是个不会被酒弄糊涂的爱尔兰人，凭着他在牌局上孤注一掷的勇气而得来的。

杰拉尔德闭上双眼，面对着寂静的荒凉田野，他仿佛已经重返家园。在他的脚下就要造起粉刷的砖房，大路对面要种上樊篱，圈住肥牛高马。这红土地延伸到山坡下肥沃的河岸边，在阳光照耀下，将会发出似鸭绒般的白色闪光——那是棉花，一望无际的棉花！奥哈拉家将会从此再度中兴。

杰拉尔德揣着仅有的少量赌本，加上从两个对他不太关心的哥哥那里能够借到的钱，以及用土地抵押得来的一笔可观的数字，买了第一批黑奴来到塔拉，在他设想中的白色砖墙竖立起来以前，暂时独自住在有四个房间的监工屋子里。

他先是清理田地，播种棉花，又向詹姆斯和安德鲁借了些钱，再买了一批黑奴。奥哈拉家是个有宗亲观念的家族，彼此甘苦与共，这并不是出于家族间的友爱，而是从艰难的岁月中，领悟到若要生存，便不得不联合起来一致对外，所以杰拉尔德的哥哥便把钱借了给他。借来的钱他后来不仅如数归还，还照付了利息。杰拉尔德苦心经营，不断吞食邻近的土地，扩大他的种植场，到后来，他所梦想中的白色建筑终于成为现实。

那房子是黑奴建造的，结构笨拙，杂乱无章，耸立在土丘上，俯瞰着一直伸展到河边的绿色牧场。它看起来是座旧房子，完全不像是新建的，但杰拉尔德觉得很称心。一株株曾经目睹过印第安人从它的枝丫下走过的老橡树，用巨大的树干拱卫着房子，它们的枝叶盖过屋顶，形成浓荫。草坪上刈除了杂草，长出了密密麻麻的三叶草和百慕大草，杰拉尔德对之悉心照料，爱护备至。从雪松夹峙的林荫道到黑奴居住的一排排白色小屋，到处弥漫着一种坚实、稳定和永恒的气息，这就是塔拉。杰拉尔德每次从大路上驰过弯道，看见万绿丛中的白色屋顶，心中便非常得意。仿佛每回都是初次见到似的。

这些都是他一手建立起来的，是这个矮小的、精明的、暴躁的杰拉尔德建立起来的。

杰拉尔德和所有的邻居相处得极好，只除了麦金托什和斯莱特里两家，前者的土地和他的土地在左边相连，后者那可怜的三英亩地紧挨着他家右边，就在约翰·威尔克斯的种植场和河道之间的沼泽地边上。

麦金托什家原是苏格兰血统的爱尔兰人,他们的老一辈又全是奥兰治党人,因此,即使他们具有天主教教义中的全部圣洁品质,在杰拉尔德眼里,还是该永远受到诅咒。不错,他们在佐治亚已经住了七十年,而且在那以前,还曾在南、北卡罗来纳州住过一代人,可是他们第一个踏上美洲海岸的祖先是从北爱尔兰的阿尔斯特①来的,单凭这一点,对杰拉尔德来说就足够了。

这一家子个性顽强,缄口如瓶,不和外人交往,通婚范围只限于卡罗来纳的亲戚之间。这里的人通常爱好交际,待人友善,对不具备这种品性的人,不太能够宽容,因此这家人一般说来不得人心。另外据说他们对废奴主义持赞同态度,这就使麦金托什家的形象在人们的心目中更处于不利地位。其实老安格斯本人从来没有解放过一个奴隶,也从没有违反社会惯例把他的黑奴转卖给取道此地前往路易斯安那甘蔗种植场的奴隶贩子,然而谣言仍在传播,而且言之凿凿,似乎确有其事。

"不用说,他是个废奴主义者,"杰拉尔德对约翰·威尔克斯说道,"不过,对奥兰治党人来说,如果一种主义和苏格兰人的固执性格发生抵触,那么这个主义怕就不太容易顺利推行了。"

斯莱特里家又是另一种情况。他们是贫苦白人。安格斯·麦金托什倔强的独立精神还勉强能得到邻人的尊敬,他家却连这一点也得不到。老斯莱特里是个无计谋生、好发牢骚的人,可是他那几英亩薄地,尽管杰拉尔德和约翰·威尔克斯几次三番出价向他购买,他都死死不肯脱手。他的老婆是个头发零乱、面容苍白的憔悴女人,可是生起孩子来总是一年一个,颇有规律,可惜她的孩子个个性子怯懦,生就一副阴沉的脸孔。汤姆·斯莱特里没有黑奴,带着两个大儿子忽冷忽热地耕种那几块棉花地。他老婆和小儿女就照管那个不像样的菜园子。不知怎么的,棉花老是种不好,菜园子也因为斯

---

① 爱尔兰极北的一省,一度为奥兰治党人的聚居地。

莱特里太太接二连三地生孩子,生长的菜总不够一家子吃。

斯莱特里不时拖着懒洋洋的步子去到邻居的门廊上,乞讨点棉花种子好让他播种,或者要一块咸肋条肉,好让他"渡过难关"。斯莱特里意识到邻居们在出于礼貌的现象后面隐藏着对他的蔑视,便把他有限的精力都化作对他们的仇根。他尤其憎恨的是"有钱人家的势利黑奴"。这些黑奴自认为比贫苦白人优越,毫不掩饰对斯莱特里的轻蔑,这很刺伤了他的自尊心,而这些黑奴生活上的保障又引起他的妒忌。这些黑奴和他的拮据生活相比,吃穿都比他强,生病和老年时能够得到照顾。他们还以主人的名门世家和良好声誉引以为荣。相形之下,他斯莱特里是个没人看得上眼的人。

汤姆·斯莱特里本来可以把他的田地以高于市价三倍的价钱卖给任何一位种植场主的。这些人花点钱在他们这个领域里去掉一个眼中钉倒也算不上冤枉。可是他自己就凭着一年收入的一包棉花,加上邻居的施舍,觉得日子满可以打发过去。

杰拉尔德和县里其他人家都能和睦相处,亲密无间。威尔克斯一家,卡尔佛特一家,塔尔顿家和方丹家一看到这个矮个人骑着高头大白马驰上他们家的车道,就会堆着笑脸打招呼,把高脚酒杯拿来,给他奉上一杯波旁威士忌酒,还加上白糖和薄荷。杰拉尔德人缘挺好,孩子们、黑奴,甚至连狗在内,一下子就看出这个举止粗野、大嗓门的汉子有着一颗善良的心、一副乐于助人的软耳皮和一只敞开的钱包。这些,邻居们不久也全知道了。

他每回出现,都会招引一群猎狗号叫着迎上来,黑孩子们争先恐后奔过来,抢着帮他牵马,然后咧开嘴巴,局促不安地由他善意地揶揄。白人的孩子吵着要坐在他的膝盖上,他一面在他的膝上颠动着孩子,一面对他们的父兄鞭挞北佬政客的无耻行径。朋友家的千金向他推心置腹地诉说自己的恋爱故事。邻家的男青年不敢对父亲承认自己的赌债,却在他身上找到了一个患难与共的朋友。

"那么说,这笔债你已经欠了一个月了,你这个小无赖!"他总是大声吼道,"我的天,你干吗不早点向我开口?"

他出言粗俗,早已人所共知,大家都不以为意。年轻人只是驯顺地笑着问答:"我本不想麻烦你,先生,可是我父亲——"

"你父亲是个好人,不用讳言,就是严格了一点。你把这拿去,这件事就不用再提啦。"

种植场主的太太们是最后被征服的,直到一天晚上,威尔克斯太太——就是被杰拉尔德称之为"一位具有罕见的沉默寡言禀赋的了不起的太太"——在听到杰拉尔德的马蹄声嘚嘚地向车道远去时,对她丈夫说道:"这人说话粗鲁,人倒真是个上等人。"杰拉尔德至此才算真正为当地的上层人士所承认,认为他是他们中的一员。

他并不知道他几乎花了十年时间方才得到当地人的认可,因为他始终没有觉察到他的邻居们最初对他是侧目而视的。在他的自我感觉中,他一踏上塔拉的土地,就理所当然地属于这个地方的人士。

杰拉尔德四十三岁了,他身材魁伟,脸色红润,活像个狩猎图中打猎的侍从,这时他开始感觉到,塔拉虽然可亲,乡里人虽然好客而真诚,然而还嫌美中不足,他需要一位太太。

塔拉正迫切需要一位女主人。做饭的胖厨子本是管院子的黑奴,因为炊事需要把她提升上来,她至今没有准时开过一顿饭。收拾房间的女仆是从种植场抽上来的,她从没有事先准备好一条干净的台布,家具上尽是灰尘,要是来了客人准是一片忙乱。波克是唯一受过训练的家奴,虽说几年来受杰拉尔德逍遥自在的生活方式的影响,逐渐变得懒散起来,但他担当了仆人的总管。他既然是杰拉尔德的贴身男仆,就把主人的房间整理得整整齐齐。同时他又兼管膳食,一日三餐他也能安排得时式、气派。除此以外,他就概不过问了。

黑奴们凭着绝不会错的本能,都觉察出杰拉尔德具有只会叫不会咬的特点,对此他们就毫不害臊地加以利用。杰拉尔德的喊声震天价响,什么要把谁卖到南方去啦,什么要用鞭子狠狠地抽谁啦,只是从没见过黑奴从塔拉被卖出去过,挨鞭子抽的总共才有过一次,那是因为杰拉尔德打了一天猎以后,有个黑奴没有给他的爱马好好洗刷喂食。

杰拉尔德那双敏锐的蓝眼睛看到了他邻居的家务事处理得井井有条,穿着窸窣作响的衣裙、头发可以滑倒苍蝇的主妇们差遣起下人来总是得心应手。可是他没有看到,一天之内,从洗衣、做饭到缝纫、带孩子,哪一样事不要女主人操心。杰拉尔德只看到外表面结果,而这些结果使他得到了深刻的印象

一天早上,他打算骑马进城去旁听庭审,波克把他那件心爱的绉边衬衫递给了他。那衣服刚经过女仆的手缝补过,因为手艺太不高明,结果好好的一件衣裳现在只配给他的贴身男仆去穿。由此他感到迫切需要娶位太太了。

"杰拉尔德先生,"波克见杰拉尔德面有愠色,忙把衬衣收拾起来说道,"你需要一位太太,一位身边有许多黑奴可供里外使唤的太太。"

杰拉尔德嘴上骂波克放肆,可心里觉得他的话不错。他需要妻子,也需要孩子,而且,如果不赶快进行,说不定就会为时过晚。可是他不愿像卡尔佛特先生那样不加选择地为他那几个没了亲娘的孩子而把北佬女教师娶来做老婆。他的妻子必须是个上等女人,出自名门望族,她应该像威尔克斯太太那样气度非凡,治理塔拉的本领也应该像威尔克斯太太持家一样地出色。

可是他若想要和当地人家结亲,却存在着两重困难。其一是已属妙龄的女郎为数不多;其二,或者说尤为困难的是,尽管他在这里已经住了十年之久,毕竟是个新来的人,何况来自异邦,无人知晓他的底细。北佐治亚的社会固然不似沿海地区的贵族社会那样拒人于千里之外,可是未必有人肯把自己的女儿嫁给一个身世不明的人。

杰拉尔德明白,那些和他一起喝酒打猎、谈论政治的县里人是真心实意地喜欢他,可是谁也不会把女儿许配给他。他不想让人家在晚饭桌上拿他做谈话资料,说某人某人深表遗憾地拒绝了杰拉尔德·奥哈拉向他女儿的求婚。他明白这一点,但并不因此而在邻居跟前产生自卑感,杰拉尔德绝不会对任何人在任何方面觉得自愧弗如。他的婚姻障碍只是出于当地一种古怪的习俗:要想娶别人女儿的人家,必须在本地居住至少二十二年以上,必须拥有奴隶和田地,

还得沾染上时行的一些不良习气才够格。

"收拾行李,我们到萨凡纳去,"他对波克说道,"听着,我要是听见你说一声'嘘'或者'唏',我就马上把你卖掉,因为我自己从来没这样说过。"

他本来希望詹姆斯和安德鲁能给他出点主意,也许他们的老朋友中间,有谁的女儿可以许配给他。两位哥哥耐心地听完了他的话,可是爱莫能助。他们在来美洲之前就已结了婚,在萨凡纳没有亲戚。至于他们老朋友的女儿,也都已成了家,有了自己的小儿女了。

"你并不富裕,又没有光彩的门第,"詹姆斯说道。

"我已经挣了些钱,我能够建立起光彩的门第。我不打算随随便便讨个老婆了事。"

"你可真有志气,"安德鲁干巴巴地说道。

不过詹姆斯和安德鲁还是尽自己的力量来帮助杰拉尔德。他们两人年事已高,在萨凡纳颇有声望,有不少朋友。他们把杰拉尔德带到许多朋友家去做客,吃饭、跳舞、参加野餐,这样的生活过了一个月。

"我看中的只有一个人,"杰拉尔德最后说道,"只是在我踏上这块土地的时候,她还没有出世哩。"

"你看中的是谁呢?"

"埃伦·罗彼拉德小姐,"杰拉尔德说道,装出一副无所谓的样子,其实埃伦·罗彼拉德稍稍倾斜的黑眼睛已经不只是令他倾心而已。她只有十五岁,却有一种令人难解的倦怠神情,杰拉尔德心里虽觉奇怪,却还是迷恋上了她。尤其令他动心的是她的眼神中有些绝望的神色,那神色使他对她比对待世界上任何其他人的态度更加温存。

"你的年纪可以做她的爸爸了!"

"可我还在壮年啊!"他的心被刺痛了。

詹姆斯语气温和地说道:

"杰里,在整个萨凡纳,没有一个姑娘比她更难高攀了。他爸爸出身于罗彼拉德家族,这些法国人生性极其傲慢。她的母亲——愿她的灵魂安息——也出身于名门望族。"

"我不管这些,"杰拉尔激动地说,"她母亲反正已经去世,老罗彼拉德是喜欢我的。"

"他喜欢你这个人,但是不等于喜欢你做他的女婿。"

"不管怎么说,那姑娘不会要你,"安德鲁插嘴说,"她爱上了她的堂哥菲利普·罗彼拉德,已经有一年了。家里人日夜劝她不要和他来往,她就是不听。"

"他在本月份已经到路易斯安那去了,"杰拉尔德说道。

"你怎么知道的?"

"我知道,"杰拉尔德答道。他不愿说出是波克给他提供了这条宝贵的信息,也不想说出菲利普之所以到西部去,是受了家庭的压力。"我想她不至于爱他爱到忘不了的程度,她毕竟只有十五岁,不太懂得什么叫爱情。"

"和你比起来,他们怕宁愿要她那浪荡的堂哥。"

可以想见,皮埃尔·罗彼拉德的女儿将要下嫁给本州北部的小个子爱尔兰人的消息传到詹姆斯和安德鲁以及其他任何人的耳朵里的时候,大家是多么吃惊。整个萨凡纳城都在窃窃私语,对悄悄去了西部的菲利普·罗彼拉德议论纷纭,然而没人知晓究竟是怎么回事。罗彼拉德家千娇百媚的小姐竟会嫁给一个红脸膛、粗嗓门的矮个子,而且连这个人的名字,也少有人在姑娘跟前提起过。这真是个难解之谜。

杰拉尔德自己也不十分明白究竟是怎么回事,只知道出现了奇迹。在他的一生中,只有一次表现出完完全全的谦卑恭顺,那就是在埃伦把她的灵巧的手搁在他的臂膀上,非常真诚却又非常沉静地说"奥哈拉先生,我答应嫁给你"的时候。

罗彼拉德家得悉这个决定犹如五雷轰顶,他们只是部分地知道原因所在,只有埃伦和她的嬷嬷晓得全部内情。那天晚上,姑娘像个心碎的孩子哭了整整一夜,第二天天明起床时,她的主意已定。

事情出在那天白天。嬷嬷怀着预感把一只小邮包递给了她的年轻女主人,那邮包是从新奥尔良寄来的,写在邮包上的地址是个陌生人的笔迹:打开包裹一看,首先出现的是一帧埃伦的小照,她把它扔到地上大哭起来。包里还有她写给菲利普·罗彼拉德的四封亲笔信。另外附有一封短柬,是新奥尔良一位牧师写的,通知她,她的堂哥已经在酒吧间里的一次斗殴中丧生。

"是他们把他撵走的,是爸爸、波林和尤拉莉他们。我恨他们,恨他们所有人。我不要再见到他们,我要离开他们。我要到别处去,在那里我要永远不再见到他们,不再见到这座城市,不再见到任何一个会使我想起——想起——他的人。"

那天夜里,嬷嬷俯身在小女主人的黑发上,自己也哭个没完,快到天亮的时候,才抗议似的说:"不过,亲爱的,你可千万不能那样做!"

"我要这样做。他是个好人。我一定要嫁给他,否则我就到查尔斯顿去进修道院。"

进修道院这一招迫使惶惑不安的皮埃尔·罗彼托德不得不允诺这门婚事,尽管他心头悲痛万分。他家信奉天主教,他自己却是个虔诚的长老会教徒,要叫他的女儿去做修女,还不如嫁给杰拉尔德·奥哈拉。他无非出身卑微,别的方面并没有什么可挑剔的。

就这样,埃伦去掉了罗彼拉德这个姓,永别了萨凡纳,带着嬷嬷和二十个家奴,跟着她的中年丈夫动身前往塔拉。

第二年,她生下了第一个孩子,照杰拉尔德母亲的名字,取名为凯蒂·斯佳丽。杰拉尔德本想要个儿子,因此未免有点失望,但是手里抱着黑头发的女儿,还是觉得很高兴。他把朗姆酒分发给每一个黑奴,自己也开怀畅饮一番。

假如埃伦对自己仓促嫁给他的事真有个懊悔的时刻,那也不会有人知道,杰拉尔德当然不会。他每回看着她的时候,心里总是得意非凡。埃伦一经离开那座高雅的滨海城市,就把有关它的一切全都抛之脑后。一踩上北佐治亚的土地,这里就成了她的家乡。

她离开了父亲的家，永远离开了那座美丽的粉红色屋子。它是一座高高的精致的法国殖民地式的建筑，外形似一只风帆全张的船，线条犹如女性婀娜的身段，有盘旋而上的楼梯，有花边般纤美的锻铁扶栏。它是座华丽、雅致而又朦胧孤独的房子。

她离开了那优美的旧居，也离开了那个跟旧居有联系的文明高雅的社会。如今她来到一个全然不同的陌生世界，仿佛远涉重洋到了另一个大陆。

北佐治亚地形崎岖，人们生活艰难，她站在兰岭山脚下的高原上极目远望，只见红土丘陵似波涛起伏，巨大的露出地面的花岗岩岩层和高入云空的苍松随处可见。对于她这位在海边长大的姑娘，看惯了布满绿色植被和灰色苔藓的海岛上宁静莽林的美景，看惯了亚热带骄阳下热烘烘的白色沙滩和一排排点缀着各种高矮棕榈树的长长的平坦的沙地景色，这里简直是一派蛮荒景象。

这里是一个夏天高温、冬季严寒的地方。当地人那一股十足的干劲，是她先前不曾见到过的。他们友善、谦虚、大方，还有其他种种优良品质；但是他们粗犷、强悍，易于动怒。沿海地区的人处世办事，哪怕和自己的世仇决斗，也往往从容不迫，若无其事，这和北佐治亚人的剽悍气质刚好相反。沿海地区已变得文明得多，那里的生活清新、活跃、生气勃勃。

埃伦在萨凡纳认识的人，几乎真的都是从一个模子里浇出来的，人人接受传统的观点和传统的生活方式。可是这里的人不尽相同，因为北佐治亚的居民来自不同的地区，有的来自本州各地，有的来自南北卡罗来纳州和弗吉尼亚州，有的来自欧洲和北方。有的人是为了寻求财富，比如杰拉尔德。有的人出身于古老世家，无法忍受先前的生活，因而离乡背井来寻找一个避难所，比如埃伦。另有一些人只是因为祖先开拓精神的血液仍在他们的血管里流动，使他们不愿固守在老地方。

来自不同地域，有着不同背景的这群人，给这里带来了不拘礼节的习俗，这对埃伦来说觉得挺新鲜，她始终不太适应。因为她对沿海地区的人在什么情况下会怎么做,能够本能地预料到。她对北佐治亚人的行为规律往往把握不住。

当时美国南方,突然迅猛兴旺起来,势不可当。那是因为全世界都迫切需要棉花,新大陆的这个县恰恰有大片没有利用过的沃土,种植棉花产量很高。因而棉花就成了本地区的脉搏,播种和采摘棉花是这片红土地的心脏在舒张和收缩。从弯曲的田陇上滚滚而来的财富,同时给他们带来了傲气——那建筑在大片绿色矮丛棉株和雪白棉花上的傲气。既然棉花能使他们这一代富裕起来,就必然能使下一代更加富裕!

这种对未来的确信使人们对生活的兴致更浓,劲头更足。他们打心底里热爱生活,对此埃伦无法加以理解。他们有的是钱,有足够的黑奴,有充裕的时间,可以纵情欢乐,事实上他们确实喜欢享受作乐。而且他们从来不曾因为工作太忙而减少一次炸鱼宴会,减少一次狩猎或一次赛马,几乎每个星期都有舞会或野餐。

埃伦永远不能,也不想成为像他们那样的人——因为她保留着萨凡纳人的习性太多了——但是她尊重他们,到后来,对他们的坦率和爽朗还产生了好感。他们胸襟豁达,评价别人也实事求是。

她成了全县最受爱戴的邻居。她是个贤妻良母,是个善良节俭的主妇。她由于内心的创伤本来就想把自己的一切奉献给教会,现在都奉献给了她的孩子、她的家务和那个把她从萨凡纳带出来的男人,是他使她忘记了有关该城的一切,也是他从没有提出过任何令她不愉快的问题。

斯佳丽周岁时,长得健康而壮实,在嬷嬷眼里,简直不像个女孩。埃伦生的第二胎也是个女孩,取名苏珊·埃莉诺,但是大家都叫她苏埃伦。接下去出世的是卡琳,取名卡罗琳·艾琳。然后,她还生了三个男孩,不幸在学会走路之前他们先后都夭折了。他们埋葬在屋外一百码远的墓地里。雪松树下竖起了三块石碑,上面刻着相同的名字:小杰拉尔德·奥哈拉。

从埃伦来到塔拉的第一天起,这地方就开始在变样。她年纪虽然只有十五岁,但是对于做一个种植场女主人应负的责任,已经有了心理准备。女孩子在出嫁以前,最要紧的是可爱、温柔、美丽,打扮得漂亮,出嫁之后,就要求她们能够主持一个拥有百口以上白人和黑奴的家务。她们也确实是按这个标准受训练的。

埃伦和别的有教养的姑娘一样,曾受过这方面的婚前准备教育,还有嬷嬷做她的帮手。这个嬷嬷有本事叫最最懒惰的黑奴鼓起劲来。所以埃伦不多久就把杰拉尔德的家管理得井井有条,显得既雅致又有气派。她给塔拉增添了前所未有的美好的东西。

这座房子当初建造时,谈不上什么计划,哪里方便,或者什么时候需要,就在哪里添上几间房间,现在经过埃伦一番精心布置,给它增添了几分魅力,弥补了设计上的不足。从大路到住宅正门新铺起一条雪松林荫道——那是佐治亚的种植场主家不可缺少的——投下清凉的阴影,在周围绿树的映衬下,形成一种较为明朗的色调。一丛丛紫藤攀缘在白彩砖墙上,显得色彩绚丽,它一直伸展到门边浅红色的长春花丛中,和院子里开满白花的木兰树相映成趣,多少掩饰掉一些屋子的呆板线条。

在春夏季节,草坪上的百慕大草和三叶草绿得诱人,引得那群只准在后院活动的白鹅和火鸡再也抵挡不住,跟着它们的长者不断潜往前院,偷偷地朝着碧绿的芳草地上的茉莉花蕾和百日草花坛一步步逼近。可是前门口正好有个小黑人岗哨,在防备它们入侵。那手里拿着块破毛巾、坐在台阶上的小黑奴是塔拉的景观之一。可惜这不是个美差,因为那黑孩子奉命不准朝它们投掷石块什么的,只许挥舞手中的毛巾和嘴里发出嘘嘘的叫声。

埃伦派了十多个孩子干这项差使,它是男性黑奴在塔拉应尽的第一项职责。通常小黑奴满了十岁,就要被送到种植场的补鞋匠老爹那里去学手艺,要不就到木匠兼修车工阿莫斯,或是放牛的菲利普、赶骡子的卡夫那里去。如若对这些行当一样都学不会,就只好到地里去干活,用黑奴的话来说,那就再没有什么社会地位可谈了。

埃伦的生活并不轻松,也不幸福。她本不指望过轻松的日子。

要说不幸福,那是女人的本分。世界是属于男人的,她认定自己命该如此。财产都是男人的,女人不过替他看管,男人说女人管得好,女人还得称赞男人聪明。男人手上戳了一根刺可以像牡牛般吼叫,女人分娩时阵痛只好低声呻吟,为的是不叫男人听了心烦。男人说话粗里粗气,动不动喝得酩酊大醉。女人却不能计较,还得毫无怨言地把男人扶上床去。男人说话,可以毫无顾忌,女人却非得要温柔、要善良,要容忍一切。

她是按照名门闺秀的传统教养长大的,懂得一个女人既要能够承当家务重担,又要保持妩媚动人的形象。她一心想要让自己的三个女儿个个成为大家闺秀。在两个小女儿身上,她的做法获得了成功,因为苏埃伦只想讨人喜欢,总是乖乖地听妈妈的指点,卡琳生性羞怯,易于引导。只有斯佳丽,生性像她爸爸,要把她训练出大家闺秀的风范,可不是一件容易事。

使嬷嬷恼火的是,斯佳丽小时候不爱和两个妹妹做伴,也不喜欢和威尔克斯家的姑娘玩。她喜欢的是种植场上的黑孩子以及邻居家的小男孩,而且她爬树和扔石头的本领并不比任何一个男孩差。嬷嬷非常不安,她没料到埃伦的孩子竟有这种德性,老在她耳边絮叨,要她"像个上等人家的小姐样子"。可是埃伦却对女儿的表现能够容忍,而且较有远见。她知道小时候的伙伴常常会发展为日后的情郎,而女孩子当然要把找一个如意郎君作为头等大事。她暗自忖度,认为这孩子眼下不过是活力过于充沛,要教会她一些讨男人喜欢的姿态仪容还有的是时间。

为达到这一目的,埃伦和嬷嬷确实费了不少心机来教她。而斯佳丽随着年纪一天天大起来,即使她没有学到别的东西,这些本领她却不学自会,她曾在费耶特维尔女子学校上过两年学,家里也曾给她请过不少家庭教师,但她学到的书本知识还是很有限。至于跳舞的舞姿之优美,全县可数她第一。她懂得怎样微笑,好让她的酒窝显得更深;怎样脚尖朝里走路,好让她的裙环撑着的长裙展得更开;怎样仰起脸来看男人的脸,再低下眼睑快速地眨动睫毛,以显示她内心的震颤。最最了不起的是她懂得怎样在男人跟前装出一副天真美丽而又可亲的面容,好把她的机警聪明掩盖起来。

埃伦循循善诱,多方开导,嬷嬷喋喋不休,刻薄指责,二人异曲同工,都是为了给她身上灌注一些做个真正的贤惠妻子应有的品质。

"你要学得更温柔,更文静,亲爱的,"埃伦对女儿说,"男人说话时你不要插嘴,哪怕你觉得自己比他们高明。要知道男人都不喜欢唐突的女孩。"

"年纪轻轻的小姐,要是老爱皱起眉头,噘着嘴巴,说什么'我要'、'我不要'的,常常不容易找到婆家,"嬷嬷阴郁地警告她说,"年轻的小姐应该眼睛往下瞧,说'是的,先生,你说得很对'。"

她们把一个名门淑女必须具备的品性教给她,然而她只学会了一些外表。使这些外表得以产生的内在素质她学不会,并且觉得没有必要去学它。外表就已足够。她肤浅的淑女风度的外表,已经受到普遍的赞誉,这正是她所需要的。杰拉尔德夸口说她是五个县里的头号美人,这话不无道理。别说附近一带的青年几乎个个都向她求婚,就连远从亚特兰大和萨凡纳的许多地方也有不少人要求和她结亲。

到了十六岁——多亏埃伦和嬷嬷两人的一番心血——她就出落得轻佻而美艳动人。可是骨子里,她任性、自负、固执。她像她那爱尔兰父亲,感情容易激动,至于母亲那宽容无私的品性,她只继承了薄薄的一层外表。这一点,埃伦始终无法知道,因为斯佳丽在她跟前,总是压抑住自己的脾性,装得十分柔顺,从不任性胡来。而且埃伦只消用责备的眼光瞥上她一眼,准会叫她羞愧得掉下泪来。

可是嬷嬷却把她看透了,并且随时警惕着要戳穿她的伪装。嬷嬷的目光比埃伦敏锐,斯佳丽从来不曾有一桩事能够始终哄骗过嬷嬷的。

斯佳丽家里的这两位良师都不认为她的活泼好动和她的娇媚迷人有什么不妥之处,这本是南方女人引以自豪的长处。她们担心的是在她身上还有杰拉尔德的固执和轻率,担心她在找到一个合适的对象以前，把这些对她不利的品质暴露出来。其实这大可不必，因为斯佳丽现在很想出嫁——嫁给艾希礼——所以愿意装得温柔文静，只要能取得男人欢心就行。她不明白男人为什么会喜欢这样，她只知道她这一策略颇能奏效。至于要去探究个中原因，她毫无兴趣。她对自己的内心世界都一无所知，更不用说对别人的了。她只知道如果她这样说这样做，那么男人必然会做出这样或那样的反应，好像算术公式，照着套就行。斯佳丽在学校里念书时，对算术课并不感到怎么困难。

斯佳丽不懂得男人的心思，她尤其不懂女人的心思，因为她对女人不感兴趣。她不曾有过女性朋友，也并不觉得有此需要。在她眼里，所有的女人，包括她两个妹妹在内，都必然是她猎取同一目标——男人——的敌手。

只有一个女人——自己的母亲例外。

埃伦·奥哈拉与众不同，斯佳丽把她看成是超越于人类的某种圣洁的东西。在她小的时候，常把圣母玛丽亚和母亲混为一人，现在她长大起来，觉得没有理由改变这一看法。她以为埃伦是代表着只有上天和母亲才能给予的绝对的保障。她懂得母亲是正义、真理、慈爱和智慧的化身——是一个伟大的女性。

斯佳丽也想成为母亲那样的人，困难的是如果要做到公正、真诚、慈爱、无私，那么生活中的乐趣就会丧失大半，其中包括谈情说爱的乐趣。可是人生苦短，不能不及时行乐。且待她嫁给了艾希礼，一起生活到上了年纪，到那时她总还有时间可以再学习埃伦的榜样。且到那时再说吧……

第四章

那天晚上,斯佳丽摆出主妇的姿态,代替母亲主持了那顿晚饭,可是她心里一直翻腾起伏,老想着听到的有关艾希礼和媚兰的可怕消息。她渴望母亲早点回来,因为母亲不在她摆脱不掉孤独和失落感。斯莱特里一家子和他们那缠绵不休的病患,有什么权利偏偏在她斯佳丽最需要母亲的时刻,要埃伦去照顾他们呢?

这一餐晚饭的气氛始终沉闷无趣,杰拉尔德直着嗓门在斯佳丽耳边高谈阔论,叫她简直无法忍受,他早已把刚才和斯佳丽的谈话忘记得干干净净,径自大谈起萨姆特要塞的最新消息来,还不时用拳头敲击桌子,在空中挥舞手臂。杰拉尔德主宰饭桌上的谈话,这已形成习惯。斯佳丽通常只是想自己的心事,不去理会他说些什么。可是今晚,尽管她随时留神外面的动静,想听到车轮的声音预示母亲归来,却怎么也排除不开她爸的噪音干扰。

当然,她不打算把沉重的心事向妈妈倾诉,因为埃伦要是知道女儿为了一个已和别的女孩子订婚的男人害相思,准会大吃一惊而心里难过。现在她生平第一次陷入了不幸的深渊,急于想要母亲陪伴在身边,只要有埃伦在,她就会有一种安全感,再糟的事情也似乎会变得好些。

她听见外面传来吱吱嘎嘎的车轮声,便猛地站起身来,可是马车却转过屋角,到后院去了,她重新颓然坐下。这必定不是埃伦,她每回都是在前门下车的。在黑暗的院子里,响起了一阵黑奴激动的胡叫和尖声的欢笑。斯佳丽从窗口望出去,只见刚从屋里出去的波克,手里举着烧得通明的松枝,照着几个人从车上下来,却看不清是谁。只听见笑语声在夜空中此起彼伏，欢快、亲切，无拘无束，有的深沉柔和，有的震颤动听，随后是拖沓的脚步声从后面的楼梯进入通向主楼的过道，在饭厅门外停了下来。一阵耳语声以后，波克走进来了，他平时那股沉着的样子不见了，两眼骨碌碌乱转，露出一排雪白的牙齿。

"杰拉尔德先生，"他喘着粗气喊道，满面春风，是个得意的新郎。"你新买的女人来啦。"

"新买的女人，我没有新买过什么女人，"杰拉尔德说道，装出动怒的样子。

"你买的，杰拉尔德先生！她就在外面，想和你说句话，"波克咯咯地笑着回答，激动地搓着双手。

"好吧，把新娘子带进来吧，"杰拉尔德说道。波克转过身子，朝过道里招招手，那刚从威尔克斯种植场转卖到塔拉来的女人走了进来，她十二岁的女儿紧跟在身后，扭扭捏捏地躲在妈妈宽大的印花布裙子后面。

迪尔西身材高大，腰板挺直，一张呆板的古铜色脸上没有一丝皱纹，叫人猜不透她的真实年纪，那模样说她像三十岁乃至六十岁都未尝不可。她身上印第安人血统的特征，比她黑种人的痕迹更加明显。红色的皮肤，狭而高的前额颧骨突出，鹰钩鼻，鼻尖扁平，下面连着黑种人特有的厚嘴唇，明摆着是两个不同种族的混血儿。她神态自若，走路时风度胜过嬷嬷，因为嬷嬷的风度是培养出来的，而迪尔西是生来就有的。

她说话时发音不似大多数黑人那样含糊不清，并且她比较慎重地斟酌她的用语。

"晚上好，几位小姐。原谅我打扰你啦，杰拉尔德东家。我是来谢谢你把我连同我的女儿都买下了。不少东家只肯买我，不肯同时买我的普里西，我真谢谢你，这下我不用为孩子牵肠挂肚了。我会好好干活，让你知道我不是一个忘恩负义的人。"

"嗯——嗯，"杰拉尔德清了清嗓子。他叫人当众点破做了好事，反而有点局促不安起来。

迪尔西把身子转向斯佳丽,眼角皱起,似带笑意。"斯佳丽小姐,波克跟我说,是你再三劝杰拉尔德先生把我买下的,所以我打算叫普里西当你的贴身侍女。"

她把手伸到背后把小女孩拽了出来。她是个棕色的小东西,两条皮包骨的细腿,像小鸟的腿一样。头上扎了好多条小辫子,用线绕起来,一根根翘在脑后。一双机灵敏锐的眼睛,像是什么都瞒不过她,脸上却装出一副木然的神情。

"谢谢你,迪尔西,"斯佳丽答道,"不过我怕嬷嬷有意见不答应。我打生下来的时候起就是她来侍候的。"

"嬷嬷上了年纪啦,"迪尔西说道,她那若无其事的语调要是给嬷嬷听见了,准会大为光火。"她是个好嬷嬷,可是你现在是位大小姐了,得有个称心的使女。我的普里西侍候因迪小姐已经有一年了。她会做针线,会帮小姐梳头,就像大人一样。"

普里西听她母亲说着,忽然朝斯佳丽行了个屈膝礼,还咧开嘴朝她笑了笑。斯佳丽不禁也咧嘴回了她一笑。

"真是个乖巧的小东西,"她想道,随即大声说:"谢谢你,迪尔西,且等妈妈回来再商量吧。"

"谢谢你,小姐,晚安。"迪尔西说罢,带着孩子轻轻走出房门,波克跟着她们,张罗着。等饭桌收拾干净,杰拉尔德重新开始滔滔不绝的议论,可是这一次他不但完全引不起听众的兴趣,连他自己也觉得没多大味道。尽管他喧声似雷地预言战争迫在眉睫,还不住反复强调,南方诸州难道还能容忍北佬的侮辱,然而得到的只是几声勉勉强强的"是的,爸爸",或者"不,爸爸"。卡琳坐在一张矮脚凳上,在大吊灯下津津有味地阅读一本浪漫小说,讲的是一个姑娘如何在她心上人死去以后做了修女的故事。她一面默默地流着泪,一面在心里描绘出自己戴着白色修女帽的动人图景。苏埃伦在她戏称之为"希望之箱"的上面做着刺绣的同时暗自忖度,在明天的野宴上,能不能够用自己的女性温柔——斯佳丽缺少的正是这个——

把斯图尔特·塔尔顿从斯佳丽那里吸引到自己的身边来。至于斯佳丽，此时此刻正在为艾希礼而思绪翻滚，心神不宁。

尤其令她心烦的是，爸爸明知道她的心都快碎了，怎么还一个劲地谈北方佬和萨姆特要塞？她和多数年轻人一样，认为在自己伤心的时刻，别人不该如此自私，对她的痛苦无动于衷，照样做各自的事。

她心中好像经受了一场旋风袭击一样，使人感到奇怪的是，饭厅里为什么还是这样安宁？这样丝毫没有变化？那张笨重的红木桌子和餐具柜，那一大堆银餐具，那光滑地板上鲜艳的碎呢地毯都在它们的老地方，仿佛什么都没有发生过似的。这本是间舒适安逸的房间，平时晚饭后阖家在这里平静地消磨时光，斯佳丽总是很高兴的。可是今晚她却讨厌见到这房间，若不是怕爸爸大声的诘问，她早就溜走，经过黑暗的过道，到埃伦的小小办公室里去，倒在旧沙发上痛哭一场，把烦恼泄个精光。

那间小小办公室是斯佳丽在整座房子里最喜欢的一个房间。每天上午，埃伦坐在那张大写字台前，记种植场的账目，听监工乔纳斯·威尔克森的报告。埃伦用鹅毛笔记账的时候，全家人就在一旁随意消磨时光。杰拉尔德坐在摇椅上，几个女孩坐在沙发上。那沙发已经破旧不堪，垫子也压得陷下去了，是从前厅搬来放在这里的。此刻斯佳丽真想跑到那里去，把头枕在妈妈膝上，好好地哭上一场。可是妈妈怎么还不回来？

就在这时，外面响起了车轮在砂砾车道上摩擦的沙沙声，随后是埃伦打发车夫的细语声飘进了房间，一家人都急切地抬起头来，只见埃伦匆匆走了进来，她的裙环晃动着，她神情抑郁，满脸倦容，她身上散发出淡淡的马鞭草香囊的柠檬香味，那香味似乎从埃伦衣服的褶皱里飘浮出来，为埃伦所专有。斯佳丽只要一闻到这香味，就会联想起妈妈。嬷嬷跟在她身后，拎着皮包，双眉紧锁，下唇突出。她一面摇摇摆摆走着，一面喃喃自语，有意识地压低声音不让人家听明白她说些什么，可是又要让人家察觉出她有着一肚子怨气。

"对不起我回来晚了，"埃伦说道，把格子披肩卸下来交给斯佳丽，随手轻轻拍了拍她的脸颊。

埃伦一进来，杰拉尔德顿时像着了魔似的容光焕发起来。

"给那小杂种施洗礼了吗？"他问道。

"施过了，可是他死了，可怜的小东西。"

埃伦说道，"我原来担心埃米也活不成，不过看来她不要紧。"

几个女孩子的脸都转向她，现出吃惊和怀疑的样子。杰拉尔德富于哲理性地摇了摇头。

"依我看，那小杂种还是死了的好，不用说，可怜的，没有爸爸——"

"不早啦，我们做祷告吧，"埃伦打断了他的话头，打断得非常自然。斯佳丽若不是深知母亲的脾性，也一定没有注意到埃伦是有意阻止他说下去。

斯佳丽很想知道埃米·斯莱特里的孩子爸爸究竟是谁，可是她晓得要想从母亲嘴里把真相说出来是不可能的事。她怀疑是乔纳斯·威尔克森。因为她常看见他和埃米两人在夜幕降临的时候肩并肩地在大路上漫步。乔纳斯是个北方佬，单身汉，一个监工，这就使他不可能和当地的上层社会交往，不可能娶上大户人家的千金。他能够接触到的，无非是像斯莱特里之类的贫穷白人罢了。可是又因为他受过的教育要比斯莱特里家高出一等，他不肯娶埃米做老婆就成为自然而然的事，尽管他经常陪着她在暮色中散步消遣。

斯佳丽叹了口气，她真想知道这个秘密。有许多事情常发生在埃伦的眼皮子底下，可是她就是视而不见，仿佛什么也没有发生过。埃伦对于她认为是不合规矩的事，总是不闻不问，并且教斯佳丽要学她的样，可惜她的这种努力，总是白费力气。

埃伦走到壁炉旁，从炉台上的一只嵌花的小首饰盒子中，取出她的念珠。这时嬷嬷沉着地说道：

"埃伦小姐，你得先吃了晚饭，再做祷告。"

"谢谢你，嬷嬷，可是我不觉得饿。"

"我就去给你弄晚饭,你得吃一点儿,"嬷嬷说罢,愤愤地蹙着额头转身朝厨房走去,只听她喊道:"波克,叫厨子把火拨旺,埃伦小姐回来啦。"

地板在她沉重的脚步下吱嘎作响,她在前面走廊里自言自语的声音越来越响,清楚地传到饭厅里每个人的耳朵里来。

"我不知道说过多少遍,跟贫穷白人打交道不会有什么好处。全是些自私自利、不知感恩的人。埃伦小姐犯不着老去照顾他们,把自己弄得筋疲力尽。他们要是有出息,怎么不弄几个黑人来伺候伺候呢?我早就说过——"

她沿着仅盖有棚顶的露天过道一路朝厨房走去,她的唠叨声随着她的远去而渐渐消失。嬷嬷有一套办法叫主人知道她对每件事情的态度。她懂得她自言自语发牢骚的时候,白人绝不肯降低身份去听黑人讲话。因此不管她说些什么,白人只好装作没听见,哪怕她就在隔壁房间里大嚷大叫。这样一来,她既可以把自己的想法叫每个人都知道,却又不至于受到责骂。

波克走进房里,捧着刀叉、一条餐巾和一只盆子,后面紧跟着一个十岁的黑孩子杰克。他一手把白外套上的纽扣匆匆扣上,另一手拿着一只苍蝇掸子,那是拿报纸条子扎在一根比他人还要长的芦苇上做成的。埃伦有一只用美丽的孔雀羽毛做成的苍蝇掸子,只是在重大的场合才使用,要不,根据波克、厨子和嬷嬷的看法,一定是家里遇到了什么麻烦事才会用它,因为他们三人始终顽固地认为,孔雀羽毛是倒霉的标志。

杰拉尔德把椅子拉出来让埃伦坐下,这时四个人都向她发动进攻。

"妈妈,我新舞衣的花边松了。我明晚要穿着它到十二橡树去的,你帮我缝一下好吗?"

"妈妈,斯佳丽的新衣服比我的漂亮。我穿那件粉红的难看死了。你说她穿我这件,我穿她那件绿的好不好?她穿粉红色的也很好看的。"

"妈妈,我明晚等舞会结束了再回来好不好?我已经十三岁——"

"奥哈拉太太,你信不信——嘘,丫头,小心我拿鞭子抽你们!今天上午凯德·卡尔佛特到亚特兰大去过,他说——安静点行不行,我连自己的声音都听不清了——他说那边全乱了套啦,成天谈打仗,谈民兵操练,谈组建军队。他说查尔斯顿也传来了消息,那边表示绝不能再容忍北佬的侮辱了。"

埃伦在喧嚣声中困倦地笑了笑,按照妇人之道,首先回答丈夫的话:

"要是正派的查尔斯顿人是这样想的,我们这里的人不久也会这样想的,"她说。她有一种根深蒂固的信念,那也是大多数亚特兰大人的信念,就是除了萨凡纳以外,全大陆要数那个小小的海港城市的人最有教养。

"不行,凯琳,你得等到明年,宝贝儿,到那时你可以穿上大人穿的衣服,可以跳到舞会结束,到那时我漂亮的小宝贝就可以痛痛快快乐一阵子啦,别噘嘴,宝贝,你可以参加野宴。记住,在那儿你可以待到吃完晚饭为止。但是,要待到舞会结束,你一定得满十四岁才行。"

"把你的舞衣给我,斯佳丽,等做完祷告我替你把花边缝好。"

"苏埃伦,我不喜欢你那腔调,孩子。你那件粉红色的衣服很漂亮,配你的肤色。斯佳丽穿她那件也正合适。不过明天你可以把我的石榴项链戴上。"

苏埃伦站在妈妈身后,胜利地朝斯佳丽皱了皱鼻子。斯佳丽朝她伸了伸舌头。她本想向妈讨那根项链来戴的。她觉得苏埃伦是个叫人讨厌的妹妹,自私自利,喜欢嘀咕,要不是埃伦屡屡制止,斯佳丽早就忍不住要请她吃耳光了。

"噢,奥哈拉先生,查尔斯顿那边的事,卡尔佛特先生还说了些什么?"埃伦问道。

斯佳丽知道母亲对打仗和政治毫无兴趣,并且认为那些都是男人的事,女人反正不会理智地关心的。她问这话的意图,无非是让杰拉尔德有机会发表他的高论,因为埃伦无时无刻不在为丈夫的快乐着想。

杰拉尔德先生开始继续讲他的新闻。这时嬷嬷走来把晚饭放在埃伦向前,一盆烤得金黄的小甜面包,一盆油炸鸡块,一盆热气腾腾的番薯,上面的奶油还在滴着。嬷嬷拧了小杰克一下,那孩子忙站在埃伦身后,慢吞吞地一前一后挥动起苍蝇掸子来。嬷嬷站在桌边,看着埃伦一叉一叉把食物从盘子里送进嘴里,那模样仿佛只要她看出埃伦有不想吃的迹象,就会逼着她把食物硬吞下去似的。埃伦不停地吃着,可是斯佳丽看得出来,她实在太累了,简直食不知味,只是看在嬷嬷的毫不容情的脸上,才勉强一口一口地吞咽下去。

饭终于吃完了,可是杰拉尔德的话才说了一半,他刚说到北方佬的盗贼行径,谴责他们既要解放黑奴,又不肯代他们偿付赎金。此时埃伦站起身来。

"现在我们就做祷告吗?"他不乐意地问道。

"是的,已经太晚啦——怎么,真的已经十点啦,"沙哑钟声刚好轻轻敲了十下。"卡琳早该去睡了。波克,请把灯放下来。嬷嬷,请把我的祷告书给我。"

嬷嬷在杰克耳边用她的沙哑喉咙咕哝了一句,那孩子便把苍蝇掸子放在屋角落里,着手把盆子收拾掉。同时,嬷嬷打开餐具柜的抽屉,把埃伦那本旧祈祷书摸了出来。波克踮着脚尖,伸手抓住链条环,把大吊灯慢慢放下来,直到整个桌面都沐浴在灯光里,天花板退到阴影中去为止。埃伦理了理裙子,在地板上跪下,把祈祷书打开放在她前面的桌子上,两手紧扣放在书上。杰拉尔德在她身旁跪下,斯佳丽和苏埃伦照老样子跪在桌子两侧,把宽大的裙子折起来垫在膝盖下面,这样抵着硬木地板时稍微好受一点。卡琳年纪小,够不着桌子,就跪在椅子跟前,手搁在椅子上,她很喜欢这个位置,因为每回做祷告她都免不了要打瞌睡,用这样的姿势就不会被妈妈看出破绽。

家奴们挨挨挤挤地跪在门口。嬷嬷跪下时禁不住大声哼叫。波克腰板笔挺,像根通条。罗莎和梯纳两个女仆,鲜艳的印花布裙子铺展开来，姿势很优美。厨子又黄又瘦，偏偏顶着一块雪白的破头巾。杰克睡眼惺忪，远远离开嬷嬷跪下，生怕打瞌睡时她来拧他。奴仆们一双双黑眼睛中闪现着期待，因为和主子在一起做祷告是一天里的一件大事。他们对应答祈祷中古奥华丽的词语以及东方式的比喻一窍不通，可是内心却得到一种满足，所以在应答"主啊，发发慈悲吧！""耶稣，发发慈悲吧！"的时候，都情不自禁地把身体摇晃起来。

埃伦闭上眼睛开始祈祷，声音抑扬顿挫，使人安静，给人慰藉。她感谢上帝保佑她全家主仆幸福安康，此时众人都在黄色的光环下低下头来。

她为塔拉庄园庇荫下的每个人祈祷，为她的父亲、她的母亲、她的姐妹、她三个死去的孩子以及"所有在炼狱中受苦的灵魂"祈祷。随后，她用纤长的手指数着念珠，开始念《玫瑰经》。从每个白人和黑人的喉咙里，似飒飒的和风，响起了应答词的声浪。

"圣母玛丽亚，上帝的母亲啊，请为我们这些罪人祈祷吧，就在现在以及在我们临终的时刻。"

斯佳丽尽管满怀凄楚，强忍着泪水，在这样的时刻，却和往常一样，她还是感到深深的宁静和和平。白天失意的痛楚以及对明天的恐惧消失了，只留下希望。她的这种心情，并不是因为她把心奉献给上帝而得来的。她对信仰宗教，只是有口无心，做个样子而已。这是因为她看到了母亲把虔诚的脸转向上帝的宝座以及上帝的圣徒和天使，为她所钟爱的人祈求幸福。斯佳丽坚信，只要埃伦至诚地为别人向上帝祈求，上帝一定会听她的。

埃伦祈祷完毕，轮到杰拉尔德，他每回祈祷总是找不到念珠，只好偷偷地扳着手指计数。斯佳丽听他单调地低声念着，心却不由自主地想到了别处。她晓得自己该进行自我反省。埃伦告诉她，每天晚上都要把自己的良心彻底检查一遍，要承认自己的种种过错，祈求上帝宽恕她并给她以力量永不再犯。可是斯佳丽反省的却是她自己的感情。

她把两只手掌交叠起来,把脸埋在里面,不叫她妈妈看见。她凄凉地重新想起了艾希礼。他真心爱着的分明是她斯佳丽,为什么偏偏要去娶媚兰呢?而且他明明知道她是深深地爱着他的,为什么存心要叫她伤心呢?

忽然间,一个念头似一颗璀璨的彗星从她的脑际闪过。

"咦,艾希礼怕是不晓得我在爱着他呀!"

这个发现如此出人意料,斯佳丽几乎气吁吁地发出声来。她的思绪似乎一下子凝固住了,直过了一个长长的瞬间,她才清醒过来,飞快地继续想下去。

他怎么会知道?我在他跟前,总是那么正经,那么庄重,一副不容侵犯的样子。他一定认为我对他并没有什么意思,不过把他当作一个普通朋友罢了。对了,所以他一直不敢向我开口。他以为他对我的爱只不过是单相思,所以显得那么——

她的心疾速地回到过去他俩在一起的时刻。她记起有好多次,他看着她的时候,眼里有一种奇怪的神色。他那双灰眼睛,常叫人摸不透他的心思。可是在看着她的时候却是睁得大大的,毫不掩饰的。在他那双眼睛里,明明白白地流露出痛苦和绝望。

"他一定以为我是爱上了布伦特或斯图尔特,要不就是爱上了凯德,因而非常伤心。他大概以为既然得不到我,只好去娶媚兰,好叫他家里的人高兴一点。要是他晓得我爱的确实是他——"

她那善变的情绪从低沉抑郁中一下子上升到幸福的高峰。艾希礼沉默的原因就在这里,他的怪癖行径的原因就在这里,他不晓得我爱他,斯佳丽想到这里,她的虚荣心立刻出来加以支持,使她深信她的判断一定不会错。是的,他只要知道了她爱的是他,就一定会马上来到她的身边。她只要——

"哦!"她欣喜若狂地自忖,手指陷在紧蹙的眉梢间。"我真是个大傻瓜,竟没想到这一层!我得想办法让他知道。他要是知道我爱他,准不会去娶媚兰!绝对不会!"

她忽然察觉到杰拉尔德已经祷告完毕,妈妈正在朝她看着,不觉吃了一惊,连忙开始数她的念珠,念《圣母十遍颂》。她机械地拨动着念珠,声音却很激动,嬷嬷不由得睁开眼睛,搜索地瞟了她一眼。她做完祷告以后,接下去是苏埃伦,然后轮到卡琳。其间那闯入斯佳丽脑海里美妙的新念头,始终不断地在驰骋着。

即使到了现在,也还不算太晚!有的人临到结婚的时候,忽然和第三者私奔了,这是常有的事。何况艾希礼甚至连订婚还没有宣布!对,时间充裕得很!

如果艾希礼和媚兰之间并没有爱情,仅仅是多年以前有过诺言,那么为什么不可以打破诺言,回过头来和自己结婚呢?如果他知道她斯佳丽爱的是他的话,肯定会这样做的。所以她得想办法叫他知道。她一定能够想出办法的!到那时——

斯佳丽猛然从欢乐的梦幻中惊醒过来,发觉自己忘了对上帝的应答,母亲正用责备的眼光瞧着她。她忙把心思拉回到祈祷上来,一面睁一睁眼睛,迅速地朝房间四处扫视了一遍。跪着的众人,柔和的灯光,黑奴摇晃的暗影,以及她所熟悉的一切物品,那些在一小时以前,令她十分讨厌的东西,一下子染上了自己的感情色彩,房间重新变得可爱起来。她永远不会忘记这样的时刻,这样的景象!

"最最虔诚的圣母玛利亚,"母亲吟诵起来。现在到了开始念"圣母玛利亚祷文"的时候,埃伦用柔和的女低音领了一句赞语,斯佳丽顺从地应答道:"为我们祈祷吧。"

斯佳丽从小时候起,每天这个时刻,就是她崇拜母亲,而不是崇拜圣母的时候。这未免有点亵渎神圣,可是每逢她闭着双眼,重复着古奥的词语时,浮现在她心头的,却不是天上的圣母,而是埃伦那仰起的脸。"患病者的保健人","智慧的源泉","罪人的托庇","神秘的玫瑰"① ——这些词语,正因为是奉献给埃伦的,才显得如此美妙。可是今晚,她因为心情亢奋,感觉到整个祈祷过程,

---

① 基督教认为玫瑰是"尽善尽美"的象征,常用以赞颂圣母玛利亚,称之为"神秘的玫瑰"。

那些轻轻的吐词低低的应答，有一种她从未感受过的美。她从心底迸发出对上帝的感激，感激上帝为她脚下开辟出一条通道，一条使她脱离苦海，投向艾希礼怀抱的通道。

随着最后一声"阿门"，大家站起身来，身子都不免有点发僵，嬷嬷是由罗莎和梯纳两人使劲搀扶才站起来的。波克从壁炉架上取下一根长纸捻子，在灯火上点着后走到过道里去。在螺旋形的楼梯对面放着一只胡桃木餐具柜，因为体积太大，没拿到饭厅里去用。柜顶上放着几盏灯和一排蜡烛台，上面插着蜡烛。波克点亮一盏灯和三支蜡烛，然后以皇家侍从长给国王和王后引路进入寝室的庄严神态，高高地把灯举过头顶，照着大家走上楼梯。埃伦挽着杰拉尔德的臂膀，跟在波克后面，随后是三个女孩子，人手一支蜡烛，跟着上楼。

斯佳丽进了自己的房间，把烛台放在五斗橱上，然后伸手到黑暗的壁橱里去摸她那件需要缝缀的舞衣。她把舞衣搭在肘弯上，轻轻地穿过走廊。父母卧室的门微微开着，她刚要敲门，忽然听见埃伦的说话声，声音很低，可是很坚决。

"奥哈拉先生，你得把乔纳斯·威尔克森打发掉。"

杰拉尔德勃然发作道："那叫我到哪里再去找一个监工能够像他那样从不把我当作童稚耍花招的？"

"你得把他开除掉，马上开除，就在明天早上，大个子山姆当工头干得不坏，可以暂时代理，你再慢慢设法另外雇个监工。"

"啊，哈！"里面响起了杰拉尔德的声音，"我明白啦！这个宝贝乔纳斯原来是那孩子——"

"你非得把他开除不可。"

"那么说，他就是埃米·斯莱特里的孩子的爸爸啰，"斯佳丽想道，"是呀，一个北方佬和一个贫穷白人家的女儿还能干出什么好事来？"

斯佳丽懂事地略等片刻，待杰拉尔德气急败坏的话音逐渐消逝后，才轻轻敲门进去，把衣服递给埃伦。

等到斯佳丽脱衣上床，吹灭了蜡烛的时候，她已经把明天计划中的每一个细节都设想好了。计划本身很简单，因为她像杰拉尔德一样，遇事一心一意，目标坚定，总想通过最直接的方法达到目的。

首先，她要像杰拉尔德吩咐的那样，摆出一副"高傲"的架势。从她进入十二橡树那一刻起，就要表现得最最无忧无虑，精神昂扬，不能叫人看出她曾经为了艾希礼和媚兰的事而沮丧过。她要和每一个男人调情，虽然这样可能对艾希礼很残酷，但是却能使他更加爱慕她。她要对每一个达到婚龄的男孩都不放过，从长着姜黄络腮胡子的弗兰克·肯尼迪——他是苏埃伦的意中人——到媚兰的弟弟，那个腼腆斯文的查尔斯·汉密尔顿。那些人会像绕着蜂房的蜜蜂一样围着她团团转。毫无疑问，艾希礼会撇下媚兰，加入他们的行列。然后她要设法运用策略甩开众人，只和艾希礼在一起，单独待上几分钟。她希望事情最好这样进行，要不就比较棘手了。万一艾希礼不先行动，那么她就非自己采取主动不可了。

一旦他们得以单独在一起，那时他心里一定会想着大家围着她转的情景，一定明白人人都在想得到她的青睐，他的眼里就又会出现忧伤和绝望的神色，于是她会使他愉快，让他知道，虽然她受到众人的追逐，可是在她的心目中，只存在他一个人。她这样说着，既温柔，又端庄，在他看来，必定是一千倍地可爱。当然，她要表现得很有身份。她绝不会公然对他说出她爱他那样的话——那样绝不可取。好在怎样向他表白是一个毋需推敲的细节问题。她以前曾经应付过类似的场合，她完全可以重演一遍。

斯佳丽躺在床上，沐浴在清幽的月色之中，默默地把设想的情景重温了一遍。她仿佛看到了艾希礼知道她真的爱他的时候，脸上显现出惊讶和幸福的神情。她仿佛听到了他的声音，请求她做他的妻子。

当然，她必然会说，她不能答应一个和别的女孩订了婚的人。那时他准会苦苦求她，最后她终于被他说服，然后两人决定当天下午私奔到琼斯博罗去——

怎么，说不定到了明天晚上的这个时刻，她就成为艾希礼·威尔克斯太太了!

她坐起身子,双手抱膝,长时间沉浸在幸福的梦幻之中,她仿佛已经做了艾希礼的新娘,成了艾希礼·威尔克斯太太了。然后,她心里透进了一丝凉意。万一事情并不像她所想的那样?万一艾希礼不请求她和他私奔?她果断地把这个想法从她的心中摒弃掉。

"我现在不去想它,"她坚定地说道,"我现在这样想,只会增加烦恼。我没有理由猜想我不能够如愿以偿——如果他是爱我的话。而我知道他确实是爱我的。"

她扬起下巴。她那眼圈黑黑的,失色的双眼在月光下闪亮着。埃伦从不曾教过她欲望和欲望的满足是完全不同的两码事。生活也没有教会她捷足者未必总能先登。她躺在迷蒙的月色下,勇气倍增地安排着一个十六岁的女孩所能够设想的计划。在这样的年龄,生活中总是充满欢乐,失败似乎不可能发生。若要征服命运,只要有漂亮的衣服和洁白的皮肤做武器就足够了。

第五章

　　暮春四月的一天，上午十点钟。天气暖和，金灿灿的阳光透过几扇大窗的蓝色窗帘射进斯佳丽的房里，奶黄色的墙壁上洒满了阳光。红木家具泛出葡萄酒般的深红色，地板闪闪发亮，就像是玻璃，那些被碎呢地毯盖着的部分，呈现出许多色彩鲜艳的斑点。

　　空气中已经有了夏天的气息。一阵热浪袭来，迫使盎然的春意不得不遽然退缩，给佐治亚州第一次发出暗示：夏季即将来临。房间里暖洋洋的，充满了树上的新绿、盛开的花朵和初耕的湿润红土所发出的浓郁香气。斯佳丽能看到车道旁有两行鲜艳华美的水仙花丛和一团团金黄色的茉莉花似衣裙般朴素地铺展在地上。在她的窗下，反舌鸟和樫鸟在啭鸣，它们宿怨未消，为了争夺栖息窗下的木兰树又在口角，一个鸣声辛辣粗豪，另一个听来哀怨感人。

　　在这样灿烂的早晨，斯佳丽通常总要走到窗口，两臂搁在窗台上，陶醉于塔拉的芬芳与天籁之中。可是今天她却没有心思顾及阳光与蓝天，只是匆匆想道："谢天谢地，总算没有下雨。"床上一只大纸板盒子里，放着一件折叠得整整齐齐的镶着淡褐色花边的苹果绿丝绸舞衣，那是她准备带到十二橡树去，到舞会开始前再换上的。可是斯佳丽看见它时，却不由耸了耸肩膀。她的计划若是能够成功，就用不着这件衣服。在舞会开始之前，她早就和艾希礼上了去琼斯博罗的路，打算到那里去结婚了。麻烦的是——她该穿上什么样的衣服去参加烤肉野宴呢？

　　什么样的衣服最能给她增添妩媚，能叫艾希礼最无法抗拒？从八点钟起她就试穿了一件又一件。现在她只穿了件有三条波浪形饰边的紧身胸衣，一条花边宽松的长内裤，一条衬裙，站在那里发呆。床上、椅子上和地板上，堆满了多种颜色的衣服和领带。

那件玫瑰色的蝉翼纱衣服配上长长的粉红色腰带，看来还算合适。不过去年夏天媚兰到十二橡树做客的时候，曾经看见她穿过那件衣服。她敢说媚兰一定不会忘记，说不定还会故意提起这件事。那件黑羽绒衣服，袖口蓬松，花边领，配她的白皙的皮肤是极好的，可就是别人看起来她会显得稍稍有点老气。斯佳丽不安地看看镜子里自己的十六岁的脸蛋儿，好像要在上面找出皱纹和松弛的肌肉来似的。媚兰看起来是那样青春年少，自己在她面前，绝不能显得比她不年轻、不活泼。那件淡紫色条纹细布的，镶着网眼阔花边，穿起来挺好看，就是不合她的腰身。只有卡琳那纤细的身材加上呆板的表情，穿上它才正合适，斯佳丽觉得要是自己穿起来，就未免像个女学生。和媚兰的雍容气度相比，自己绝不能显得像个女学生那样。那件绿色格子塔夫绸的，镶着荷叶边，荷叶边外面又镶着绿色丝绒带子，穿在身上，能叫她眼睛变深，好似翡翠一般。这件衣服对她最合适，也是她心爱的衣服，可是它的前胸有一个油渍。她固然可以把胸针别在那个污点上，把它遮掉，可是说不定会逃脱不了媚兰的敏锐的眼睛。另外还有几件棉布的，斯佳丽却嫌不够气派，不适合这样的场合。剩下的就只有她昨天穿过的那件有枝叶花纹的绿色薄棉布衣服，可是它领口很低，蓬松的短袖子，作为下午穿的舞衣还可以，穿了它参加野宴就不行了。不过看来别无选择，虽说在上午袒胸露臂，总有点不妥，但要是把她的脖子、臂膀和胸脯露在外面，她倒并不在乎。

她站在镜子跟前，扭转身子看自己的侧影，觉得这身段是绝对没有什么可以挑剔的。她的脖子虽然较短，可是长得浑圆，一双玉臂丰腴照人。一对乳房在紧身胸衣里高耸着，线条十分优美。她完全不需要像许多十六岁的姑娘那样，在衣服夹层里缝上一排排褶裥，好显得更丰满更有曲线美。她很高兴继承了埃伦纤长白嫩的双手和小巧玲珑的双脚，本希望最好也能有埃伦顾长的身材，不过她对自己的身高已经感到心满意足。只可惜两条腿不能露出来叫人家看见,她想挽起衬裙,因为那圆润光滑的双腿被长内裤遮住,不觉惋惜之至。她那多么玲珑的双腿,那是连费耶特维尔女子学校的女孩子们都不得不一致公认的。至于像她那样的细腰,那是无论在费耶特维尔和琼斯博罗,乃至附近的三个县里,是谁也比不上的。

想到她的纤腰,她又回到眼前的实际问题上来。那件绿色细布衣服腰围是十七英寸,嬷嬷却拿羽缎带子把她的腰束成了十八英寸,她本来该给她再束紧一点的。她把门打开听着,听楼下过道里传来嬷嬷沉重的脚步声,便不耐烦地大声喊起她来。她知道此刻尽可以高声大叫,因为埃伦正在熏腊间里,把一天要吃的东西按量发给厨子。

"有人当我两条腿能飞哩,"嬷嬷嘟哝着登上楼梯。她喘着粗气走进了房间,那神气就像做好了打架的准备而且很乐意干上一场似的。她两只大黑手捧着一只托盘,盛着热气腾腾的食物:两块浇上奶油的番薯,一堆滴着糖浆的荞麦饼,一盆浓汤上面飘着一大片火腿。斯佳丽看到嬷嬷手里端着的东西,她脸上微微的愠色立即变成固执好战的表情。她在试穿衣服的兴奋之中,竟忘了嬷嬷有一条铁的纪律:奥哈拉家的姑娘不论参加什么样的宴会,事先必须在家里撑得饱饱的,以便在宴会上什么东西都吃不进去。

"别白费心啦,我不吃,你把它端回厨房里去。"

嬷嬷把托盘放在桌子上,两手叉在腰间,摆出战斗的架势。

"你得吃!不能再像上回那样啦!那次野宴刚好我生病,没顾上拿东西给你吃,害得我叫别人在背后说闲话。今天你得把这些统统吃下去。"

"我不吃,快,帮我把腰带束紧一点。我们已经晚了。我听见马车的声音都到了大门口了。"

嬷嬷换了哄骗的语气。

"斯佳丽小姐,来吃一点儿,好姑娘。卡琳小姐和苏埃伦小姐把她们的一份全吃光了。"

"她们愿意吃嘛,"斯佳丽轻蔑地说,"她们的胆量比兔子大不了多少。我就不吃,我再不要看见托盘!我记得那回吃了满满一托盘东西才去卡尔佛特家,刚好那天他们家老远从萨凡纳运来了冰,做了冰淇淋。我勉强只吃了一小调羹。今天我要好好乐一下,痛痛快快吃一顿。"

嬷嬷听了这番异端邪说,不由得愤怒地皱起了双眉。在嬷嬷心中,一个女孩子该做的和不该做的事,就像黑白那样分明,非此即彼,毫无调和之余地。苏埃伦和卡琳对她的警告唯命是从,就像是她粗壮大手中的两团泥。可是要想叫斯佳丽懂得,她的一时冲动多半是不合大家风范的,就非经一番斗争不可。嬷嬷要战胜斯佳丽,非得要出让白种人料想不到的花招才成。

"你不在乎别人怎么议论,我可在乎,"她喃喃说道,"要叫宴会上的人说你没教养,我可受不了。我不知跟你说过多少遍,女人家吃东西要像只小鸟,这才是个上等人的样子。你这回到威尔克斯先生家里去,我绝不让你像田里干活的黑奴那样吃喝,像老鹰那样吞咽。"

"妈是个上等人,她不是照样吃喝吗?"斯佳丽顶了她一句。

"你结了婚以后,也可以吃,"嬷嬷反驳道,"埃伦小姐在你这样大的时候,从来不在外面吃东西。你波林姨妈和尤拉莉姨妈也一样。她们现在都嫁了人了。女孩子要是拼命吃东西,多半会嫁不出去。"

"我不信。那回你病了,我什么也没吃就去参加野宴。艾希礼·威尔克斯还跟我说他喜欢看到女孩子有很好的食欲呢。"

嬷嬷摇摇头,感到预兆不祥。

"先生们嘴里说的和心里想的可不是一回事。而且我也看不出艾希礼先生有想要娶你的意思。"

斯佳丽大声叱责,开始很尖锐,后来又忍住了。嬷嬷击中了她的要害,她无可置辩。嬷嬷看到斯佳丽脸上执拗的神色,便拿起托盘,以她的种族特有的狡诈,不动声色地改变了策略。只听她轻轻叹了口气,转身朝门口走去。

"好吧,不吃就不吃。刚才厨子装托盘的时候,我还跟她说,要知道一个女孩子是什么样子,只要看她吃东西就可以看出来了。我还跟她说,我看别人家的小姐吃东西,从来没有一个像媚利·汉密尔顿小姐吃得那么少的。我是说上次她去看艾希礼先生——不,看因迪小姐时我看到的。"

斯佳丽用非常怀疑的目光扫了她一眼,可是嬷嬷的那张阔脸上却摆出一副坦率而惋惜斯佳丽不如媚兰的神情。

"把托盘放下,给我把腰束紧一点,"斯佳丽烦躁地说道,"待会儿我再吃一点,要是现在先吃腰带就束不紧了。"

嬷嬷心中暗喜,不动声色地重新把托盘放了下来。

"你打算穿哪一件?"

"那一件,"斯佳丽答道,指了指那毛茸茸团成一团的绿色花棉布衣服。嬷嬷一听,便立刻又摆出了战斗的架势。

"不,不行。上午不能穿那件。不到下午三点,不能把胸口露出来。那没领口没袖子的衣服,你穿了会晒出斑点来的。去年你到萨凡纳去,在沙滩上晒出一身斑点,害得我拿酸牛奶给你擦了一个冬天,好不容易才褪掉。我再不会让你去晒出一身斑点来。你要是不听,我就去告诉你妈。"

"你要在妈跟前说一个字,我就什么也不吃,"斯佳丽冷冷地说道,"等我把衣服穿好了,妈妈就没时间叫我脱下来换了。"

嬷嬷无可奈何地叹了口气,知道自己的心思被看透了。两害相权取其轻,与其让斯佳丽在野宴上狂饮暴食,不如顺着她由她去穿那件该下午穿的衣服吧。

"你用手抓牢什么东西,屏住气,"她吩咐道。

斯佳丽从命,打起精神,紧紧抓住一根床柱子,挺起胸脯。嬷嬷使劲收紧腰带,看到她鲸骨圈束住的腰身越来越小,眼中不觉露出得意、欣喜的神色。

"谁的腰身也比不上我的小羊羔,"她赞美道,"我给苏埃伦小姐只要收到二十英寸以内,她马上就会晕过去。"

"噗!"斯佳丽吃力地喘着气说,"我可从来没有晕过。"

"你要是不时晕过去几回,对你并没有坏处,"嬷嬷劝她道,"你性子太莽,斯佳丽小姐。你看见蛇呀耗子呀什么的,要是晕过去的话,样子倒是蛮可爱的,我不是指在家里,我是指你在外边的时候。而且我还跟你说过,一个——"

"哎,快点,别唠叨了。我会有丈夫的。就算我不晕过去,不尖声叫喊,你看我能不能找到!天哪,我的胸衣真紧!快帮我把衣服穿上。"

嬷嬷小心地把用十二码布料做成的绿色枝叶花纹细布衣服套在巨大的衬裙外面,并设法钩住剪裁得很短的紧身外衣的背部。

"在太阳底下别忘了把披肩披上,哪怕很热也不要脱下帽子,"嬷嬷吩咐道,"要不你就会晒得像老斯莱特里太太一般黑了。好啦,现在来吃点儿吧,宝贝,可别吃得太快。如果要我重新给你打扮,我可没那个本事。"

斯佳丽顺从地在托盘前坐下,心想胃里装下了吃的东西,不知道还有没有可让她呼吸的余地,嬷嬷从脸盆架上扯下一条大毛巾,一头围住斯佳丽的脖子,一头铺在她膝上。斯佳丽喜欢火腿,就光吃火腿,勉强地吞了下去。

"要是我已完婚,该多好啊,"她怨恨地说道,同时憎恨地向番薯发动了进攻。"老是那么不自由,不能做自己想做的事,真叫人腻烦透了。我得装出像只小鸟儿那样吃不下东西,在想跑的时候偏偏得慢慢走,才跳了一只华尔兹就得装出要晕倒的样子,虽然我跳两天两夜也不会觉得累,对头脑里的知识比我的要少一半的蠢男人,得说'你真了不起'那样的话;在男人面前要装作什么都不懂,好让他们来教训我,使人觉得他们在做的事显得多么重要……唉,我一口也吃不下了。"

"吃点热饼,"嬷嬷毫不容情地说道。

"女孩子要想找个丈夫,为什么非得装得那么蠢呢?"

"我想大概是因为男人并不真的知道他们需要什么,只是知道他们想什么就要什么。你要是把他们以为他们心里想要的东西给了他们,就会省掉许多麻烦,就不会做老处女。他们以为他们需要的是胆子像耗子、胃口像小鸟、头脑简单的女孩子。男人要是疑心女的比他有见识，就不愿意娶她。"

"那么男人结了婚以后，要是发现他们的太太是有头脑的，会不会感到吃惊呢？"

"那就太晚啦，他们已经结过婚了。再说，男人们总不会真的相信，他们的妻子是有见识的。"

"将来我一定要做我想做的事，要说我想说的话，人家要是不喜欢，我才不去管他哩。"

"不，不行，"嬷嬷厉声说道，"只要我还有口气，就不许你这样。现在你把饼吃掉，把它浸在肉汤里。宝贝。"

"我想北方佬的女孩子大概不至于也装出这种傻样子吧。去年我在萨拉托加见到的女孩子都很有见识，她们在男人跟前也一个样。"

嬷嬷嗤之以鼻。

"北佬女孩子！不错，她们怎么想就怎么说。不过我在萨拉托加可没看到多少女孩子有男人向她们求婚的。"

"可是北方佬也是要结婚的，"斯佳丽争辩道，"他们不仅长大成人，而且他们要结婚，还要生孩子。他们的孩子可真不在少数。"

"男人们是贪图她们的钱才娶她们的，"嬷嬷毫不退让地说道。

斯佳丽把荞麦饼在汤里浸了浸，把它塞进嘴里。嬷嬷的话可能有点道理，不，的确有点道理，因为埃伦也曾这样说过，不过用语稍微婉转一点罢了。事实上，她的女伴的妈妈全都告诫自己的女儿，要学会做一个娇弱依人、胆小腼腆的东西。说真的，要养成并保持这种做人的姿态，可真得有点儿头脑才成。她自己可能太鲁莽了一点，忍不住要和艾希礼争辩，直率地说出自己的看法。再加上她喜欢骑马散步等健康活动，说不定这才使得艾希礼从她这边转到了弱不禁风的媚兰那边去的。假如自己改变一下策略，也许——可是艾希礼要是竟会投入女人想好的圈套，她怕就不会像现在这样尊敬他了。一个男人要是竟会被一声痴笑、一次昏厥和一句"啊，你真了不起"之类的手段俘虏过去，这样的男人就不值得要。可是男人好像都喜欢这一套。

假如她以前对艾希礼用错了策略——好吧,过去的已经过去,没法挽回了。今天她要采用新战术,正确的战术。她想要得到他,而现在只有几个小时可以利用。如果晕过去,或者假装晕过去,能够奏效的话,她很愿意一试。如果痴笑、装傻、卖弄风情能够吸引他,她就会大送秋波而且可以装得比凯思琳·卡尔佛特还要傻。如果更大胆一点的手段是必要的话,她也不会犹豫。总之,成败在此一举!

没有人跟斯佳丽说过,她的个性,尽管强烈得令人畏惧,都是比她所能够采取的任何伪装,更具有吸引人的力量。可是即使真的有人对她这样说了,她固然会觉得高兴,却不会相信。她自己所属的那种文化也不会相信,因为那种文化,无论何时——过去或直到现在,对女子自然的本性的评价之低,可以说是达到了登峰造极的地步。

斯佳丽坐在马车里,沿着红土大路奔向威尔克斯庄园。母亲和嬷嬷都留在家里没跟来,她心里暗自高兴,又觉得不该这样想。反正在今天的野宴上,不会有人故意扬起眉毛,或者伸出下唇,来干涉她的行动计划了。当然,苏埃伦明天免不了会说长道短。可是如果事情进行得像她希望的那样顺利,她和艾希礼订婚或者私奔给一家人带来的兴奋就会超过他们的不快。不错,埃伦不得不留在家里真使她非常高兴。

杰拉尔德灌足了白兰地,趁着酒兴一早就把乔纳斯·威尔克斯给回掉了。埃伦只好留在塔拉,在他临走前把种植场的账目核对一遍。斯佳丽到小办公室里去和她吻别时,她正坐在大写字台前面,台子上放着塞满纸张的分类架。乔纳斯·威尔克斯手里握着帽子站在一边,绷紧的灰黄脸皮掩盖不住一腔怒火,他没料到竟会如此狼狈地从全县最好的监工位置上被撵了出去,仅仅是为了一件风流韵事。他再三向杰拉尔德先生解释,埃米·斯莱特里的孩子假如不是他生的，至少另外有一打人可能像他一样是孩子的父亲——这个观点杰拉尔德是同意的，可是有埃伦干预，他就无法改变决定了。乔纳斯恨所有的南方人，恨他们对自己敬而远之的态度，恨他们表面上的客气，掩盖不了对他的社会地位的轻视。他尤其恨埃伦·奥哈拉，在她身上集中体现了南方人一切可憎的东西。

嬷嬷是种植场里女仆的头头，得留下来帮助埃伦，所以就由迪尔西代替她坐在车夫托比旁边。她膝上放着一只长箱子，里面装着姑娘们的舞衣。杰拉尔德骑着大猎马，伴随马车前进。白兰地的酒兴未消，又轻易地把威尔克斯打发掉了，心里很高兴。家里的事他都交给了埃伦，至于她会不会因为不能参加野宴，不能去会见朋友而感到失望，他可从来没有想过。因为这一天天气很好，春光明媚，田野里景色如画，处处是鸟鸣啾啾，使他觉得年轻快活，别的人都被他撇到脑后去了。一路上他不时唱着《低靠背车上的假腿人》和别的爱尔兰小调，要不就哼一曲哀悼罗伯特·埃米特[1]的挽歌《她远离年轻英雄长眠的地方》。

他想到今天一整天都可以大谈北佬和打仗的事，不由得兴奋起来。他看着三个漂亮女儿，撑着花边阳伞，撒开鲜艳的裙子，心中好不得意。昨天和斯佳丽的谈话早已抛到九霄云外，只想到她长得很美，值得自己骄傲。又想到她今天的眼睛，就像爱尔兰的山峦那样青翠欲滴。这个想法似乎颇有诗意，于是他不免自我陶醉起来，便又为三个女儿提高了喉咙略为走了调地唱起《披上绿装》的歌儿。

斯佳丽瞧着父亲，心中又是爱怜，又是轻蔑，就像母亲对待一个刚刚学步的孩子那样。她知道今天等不到太阳落山，他就会喝得酩酊大醉，回头趁黑回家的路上，他会像往常一样，要跳过十二橡树到塔拉的路上每一个篱笆。她唯有指望慈悲的上帝和他身下那匹马的灵性，使他免于折断脖子。他又一定不肯从桥上好好过去，而

---

[1] 罗伯特·埃米特（1778—1803），爱尔兰爱国志士。

要涉水过河,然后大呼小叫地回到家里。那时波克会照老规矩拿着灯在前厅里等着,把他扶到小办公室里的沙发上躺下。

他那套呢绒西服这一下全给毁了。第二天一早他会赌咒发誓,向埃伦解释他的马在黑暗中不小心掉进了河里——对这个谁也骗不了的鬼话大家都假装信以为真,并使他觉得自己确实非常聪明。

爸真是个好心、自私、无责任感的宝贝,斯佳丽想道,油然升起了对他的热爱。今天早上她很快活,很兴奋,觉得整个世界,连同杰拉尔德在内,都是那么可爱。她知道自己长得很美,等不到天黑她就能够把艾希礼弄到手。阳光和煦,佐治亚州的春晖展现在她眼前。大路旁边,冬雨冲刷出道道红土沟谷,里面隐藏着一丛丛黑莓,刚吐出点点嫩绿。红色土地上兀然挺立的花岗石上面挂着柴拉基蔷薇,四周是淡淡的野紫罗兰。河畔林木葱茏的小山坡上,山茱萸开着朵朵白花,好似积雪在万绿丛中迟迟不忍离去。酸苹果树上鲜花盛开,蓓蕾纷纷绽开,从浅白渐渐转为粉红。阳光点点洒在树下的松针上,野忍冬泛出橙黄、玫瑰和绯红色。微风带来灌木丛中淡淡的清香,世界香美得简直可以叫人把它一口吞下去似的。

"我到死也不会忘记这个美丽的日子,"斯佳丽想道,"说不定它就是我结婚的日子呢!"

她心头波涛翻涌,想象着她和艾希礼两人,就在今天下午,或者趁着夜晚的月色,骑马飞驰过这美丽的鲜花绿叶,到琼斯博罗的牧师那里去。当然,以后还会从亚特兰大另请一位牧师重新给她举行一次婚礼,不过那是该由埃伦和杰拉尔德操心的事了。她想起埃伦听到女儿和别人的未婚夫私奔的消息时,脸上那懊丧苍白的样子,不由得稍稍犹豫了一下。可是她知道埃伦如果看到她很幸福,一定能够原谅她的。杰拉尔德少不了要大声斥责咆哮一阵子。可是尽管他昨天说了许多不希望她和艾希礼结亲的话,他的家要是和威尔克斯家联姻的话,定会叫他喜出望外。

"不过,这些反正是我结婚以后的事,"她想道,就把这些烦恼事撇到一边去了。

这样的春天，这样温暖的阳光，河对岸的小山上，十二橡树的烔囱已经在望，此情此景，心中除了欢乐还能有别的什么呢！

"我要一辈子住在那里，要再看见五十个春天，说不定还要多一点。我要告诉我的儿女和孙儿女辈今年的春天多么美丽，比他们见到过的每一个春天都要美。"想到这里，她心中高兴得不由得跟着唱起了《披上绿装》的最后一段合唱，赢得了杰拉尔德的大声喝彩：

"我不明白你今天早上为什么这样高兴。"苏埃伦生气地说道，她心里始终念念不忘，觉得她如果穿上按理为斯佳丽所有的那件绿色绸舞衣，看起来定能比她姐姐漂亮。斯佳丽对衣服和帽子的出借，为什么总是格外小气！为什么妈妈总是帮她，说苏埃伦穿绿颜色不合适？"你跟我一样，明明知道艾希礼今天要订婚，爸早上说过了。而且我晓得你看上他已经有好几个月了。"

"你就知道这些，"斯佳丽说道，朝她伸了伸舌头，不打算跟她计较。看你苏埃伦小姐明天这个时候会吃惊到什么程度。

"苏西①，你知道不是这样，"卡琳愤慨地抗议道，"斯佳丽爱的是布伦特。"

斯佳丽把带着笑意的绿眼睛转向她的小妹妹，心想她怎么竟如此可爱。全家人都知道卡琳那颗十二岁少女的芳心，早已许给了布伦特·塔尔顿。可是他除了把她看作斯佳丽的小妹妹以外，从不曾对她有过别的想法。埃伦不在的时候，全家人都故意逗她跟他有关系，直到她掉眼泪才肯罢休。

"亲爱的，我一点都不喜欢布伦特，"斯佳丽宣称道，心里一高兴，度量也大了起来，"他也从来不想我。喏，他是在等着你长大起来呢！"

卡琳的小圆脸泛起了红晕，心里又是喜欢又不大敢相信。

"噢，斯佳丽，是真的吗？"

---

① 苏埃伦的昵称。

"斯佳丽,你知道妈说过的,卡琳还小,不该想男朋友,你怎么偏把这种事朝她脑子里灌?"

"那好,你去向妈告密吧,我不在乎,"斯佳丽答道,"你不让她谈,是知道她过了一两年,就会出落得比你俊俏。"

"你们今天说话文明一点好不好,要不看我拿鞭子抽你们,"杰拉尔德警告说,"别作声,像是有车铃声,大概是塔尔顿家或是方丹家的。"

他们走近一条岔路,这条路穿过小山上的密林可以通向棉末沙和费尔希尔。这时车轮和马蹄声清晰起来,树丛的屏障后面,传来了女性银铃般嘻嘻哈哈的喧闹声。杰拉尔德骑在头里,忙勒住缰绳,示意托比把马车在两条路的交叉路口停下。

"是塔尔顿家的女眷,"他对几个女儿说道,红脸膛上焕发出光彩,因为除了埃伦,全县里他最喜欢的就是红头发的塔尔顿太太。

"她亲自赶着车。瞧,那女人有一双驾驭马的巧手,轻如鸿毛,韧似牛皮,而且那么美,真值得亲一下。可惜你们谁也没有那样一双好手,"他加了一句,朝他的女儿又钟爱又责备地瞟了一眼。"卡琳见了这种可怜的畜生就害怕,苏①拿起缰绳,一双手就成了两只大熨斗,而你,小淘气——"

"不管怎么说,我可从来没有打马背上摔下来过,"斯佳丽愤愤地嚷道,"塔尔顿太太去打猎,没有一回不摔跤的。"

"她还像男人一样把锁骨摔断了,"杰拉尔德说道,"可是既不晕过去,也不惊慌。好,别说了,她来了。"

这时塔尔顿家的马车来到了跟前,他便两脚套着马镫站起来,取下帽子挥了挥。车上挤满了女孩子,穿着华丽,张着阳伞,脸上飘拂着面纱。塔尔顿太太就像杰拉尔德说的那样,坐在车夫座上。她的四个女儿和嬷嬷连同装舞衣的长纸板箱,就把马车塞得满满的,

---

① 苏埃伦的又一昵称。

车夫确实没有地方好坐。而且比阿特丽斯·塔尔顿只要自己的手臂上不吊着绷带，就绝不会叫别人掌握缰绳，不管是白人还是黑人。她身体单薄，骨骼细小，皮肤白皙，一头火红的头发似乎把她脸上的血色全都汲取干了，然而她的精力却十分充沛，似乎永远不会疲倦。她生了八个孩子，个个像她一样，满头红发，充满活力。照县里人的说法，她的孩子所以能够长得这样好，是因为她对待孩子，就像对她喂养的马一样，既溺爱骄纵，又严加管束，"你要约束他们，但是不要挫了他们的锐气，"这是塔尔顿太太的治家格言。

她喜欢马，也喜欢常常谈马。她熟悉马的脾性。对于养马她比县里任何一个男人都更在行。马场里马驹容纳不下，它们拥到前面的草地上去，就像凌乱的宅院里容纳不下她的八个孩子，他们纷纷拥到小山上去一样。她在种植场上跑来跑去，后面跟着马驹、儿女和猎狗。她信赖她的马，特别是那匹红牝马内利，它很通人性。有时家里事情忙，她不能按时骑着它出去散步，她就会把一只糖碗塞到一个小黑奴手里，吩咐道："给内利吃点糖，跟它说我一会儿就来。"

她经常穿着骑装，难得有例外的时候，因为不管骑不骑马，她心里老是在想着要骑，所以一大早起来就穿上骑装。每天早上，不论天晴下雨，都要给内利套上马鞍，让它在门口走来走去，等塔尔顿太太抽出一个小时的空余时间来。可是费尔希尔是个不容易管理的种植场，她不大会有空着的时候，所以内利常常空着马鞍，一个小时又一个小时地走来走去。而此时比阿特丽斯·塔尔顿把骑服的下摆胡乱地绕起来挽在臂上，骑服下面六英寸高的马靴闪闪发亮，就这样忙忙碌碌地打发她的一天。

今天，她在老式的窄裙环外边，套了一件暗黑的绸衣，看起来好像还穿着骑装，因为那衣服的剪裁和骑装一样朴实，她头上的小黑帽上插着一根长长的黑羽毛，罩在她火热明亮的褐色眼睛上边，完全和她平时打猎时戴的旧帽子一模一样。

她看见杰拉尔德，就挥了挥马鞭，一拉缰绳把那一对跳跃着奔跑的红马勒住。车厢里的四个女孩子俯身向前一齐大声招呼起来，两匹马一惊,前蹄直向上腾跃。这光景在旁观者看来,一定认为塔尔顿家已经多年没有和奥哈拉家的人见过面,其实他们分手才不过两天,可是塔尔顿家的人喜欢与人交往,对邻居很友好,特别是对奥哈拉家的女孩子。不过这指的是苏埃伦和卡琳两人。县里的姑娘除了那个头脑简单的凯思琳·卡尔佛特以外,没有一个真正喜欢斯佳丽的。

每年夏天,县里平均每个星期要举行一次烤肉野宴和跳舞会。对于喜欢尽情欢乐的红头发塔尔顿家来说,每一场野宴和舞会仿佛都像第一回举行那样新鲜,那样有趣。四个姑娘个个身体健康,活泼美丽,她们挤在车厢里,裙环和衣服的荷叶边相互交叠着,阳伞相互碰撞着,擎在阔边意大利草帽上面。帽子上插着玫瑰花,系着黑丝绒带子。帽子下面露出不同色调的红头发。赫蒂的是纯红色,卡米拉是草莓红,兰达的是钢赫红,贝齐的是胡萝卜红。

"多么漂亮的一群姑娘,太太,"杰拉尔德殷勤地说道,在马车边上勒住马,"不过要胜过她们的母亲,还差上一大截子哩。"

塔尔顿太太转动她的赤褐色眼睛,啜了一下唇,对他的滑稽相表示欣赏。几个女孩子大声嚷道:"别向他做媚眼,要不我们告诉爸去!""我敢赌咒,奥哈拉先生,只要有一个像你这样漂亮的男人在场,妈绝不会让我们沾上一点边!"

斯佳丽听了这俏皮话,和大家一起笑起来。可是心里却十分惊讶,怎么塔尔顿家的女孩子竟可以这样肆无忌惮地对待她们的母亲?她们把她看成是同辈人,好像她今年也还不到十六岁。在斯佳丽看来,要是自己对母亲说这样的话,那简直是亵渎神圣了。可是——可是——在塔尔顿家姑娘和她们母亲的关系之间有一种非常可喜的东西。她们尽管指责她,叱责她,捉弄她,但心里却热爱她。不,斯佳丽急忙警告自己,虽然她宁愿有个像塔尔顿太太那样的妈妈,但是和自己的母亲逗着玩总未免有点可笑。她觉得,连自己有这种想法也是对埃伦的不敬,心里不免有点愧疚。她知道马车里坐着的那四位红头发姑娘不会为这种事烦恼,她想到自己和邻居家种种不同之处，心里不觉惶惑起来。

她的思路很敏捷，可惜不是用来进行分析的。她朦胧地意识到，塔尔顿家的姑娘虽然像马驹一般难以驾驭，似三月的牝马一样不好控制，但是她们无忧无虑，思想单纯，这正是她们家的一种遗传。她们父母双方都是佐治亚人，而且是北佐治亚人，和最初的开拓者只隔了一代。他们对自己，对周围的环境极有信心。他们本能地知道生活的目的，就像威尔克斯家一样，尽管各自的生活道路截然不同。在这两家人身上，全没有斯佳丽心头常常涌起的矛盾冲突，因为她是两种血液的混合物。在她身上，有着精明的爱尔兰农民的乡土气，也有着轻声细语的海滨贵族人家的气质。斯佳丽想像对待偶像一样崇拜她的母亲，同时又想亲昵地和她闹着玩，弄乱她的头发，然而两者不能兼得。她的这种心情就跟她和男孩子在一起时一样，既想显得娇柔高雅，很有教养，又想要活泼调皮，不在乎频频地亲吻。

"今天早上埃伦去哪儿啦？"塔尔顿太太问道。

"我们家解雇了监工，她留在家里核对账目。你的先生和男孩们上哪儿去了？"

"噢，几个钟头之前早就骑马到十二橡树去啦——准是去尝尝五味酒，试试味道够不够浓，就像是从现在起到明天早上都没机会喝似的！我要请约翰·威尔克斯先生留他们过夜，哪怕就让他们睡在马厩里。五个醉醺醺的人我可受不了。不超过三个人，我还有把握应付，不过——"

杰拉尔德忙插话调换了话题。因为他已经听到自己三个女儿在背后窃笑，她们一定想起了去年秋天威尔克斯家举行最后一次野宴，他回家时的狼狈相。

"你今天怎么不骑马，塔尔顿太太？你要是不骑内利，你看起来简直不像你自己了。你可真是个斯滕托①呢。"

---

① stentor，原意为声音洪亮的人，此处成为 centaur 之误，杰拉尔德说错了。后者为希腊神话中人首马身怪物。此处喻指塔尔顿太太与马难舍难分。

"斯滕托,你真是个蠢孩子!"塔尔顿太太嚷道,学着他的爱尔兰土腔,"你是说生托儿①吧。斯滕托指的是说话声音像铜锣的男人。"

"斯滕托也罢,生托儿也罢,没什么要紧,"杰拉尔德答道,居然面不改色,"你吆喝起猎狗来,声音可真有点像铜锣哩,太太。"

"他说得不错,妈,"赫蒂道,"我跟你说过,你要是看见一只狐狸,你那喊声就像是个科曼舍人②的一样。"

"不过比不上嬷嬷给你洗耳朵时你叫喊得那么响,"塔尔顿太太回敬道,"而且你现在已十六岁啦!噢,你问我为什么不骑内利,那是因为今天一早它产仔了。"

"真的吗?"杰拉尔德这下真的来了劲了,他眼睛里闪烁着爱尔兰人爱马的热情。斯佳丽不觉又是一怔。她把塔尔顿太太和母亲相比一下。对埃伦说来,牝马从不下仔,母牛从不产犊,母鸡几乎从不生蛋,她对这类事完全闭口不谈。可是塔尔顿太太却如此畅谈无所顾忌。

"是个小母马吧?"

"不,是雄驹,腿有两码长。请过去看看,奥哈拉先生。它是真正塔尔顿家的马,毛色红得就像赫蒂头上的鬈发。"

"模样儿也很像赫蒂,"卡米拉说,随即尖声叫着便消失在翻滚的裙子和晃动的帽子堆里去了,原来长着一张长脸的赫蒂,开始用手在拧她了。

"我这几头小母马今天早上可真乐,"塔尔顿太太说道,"她们听到艾希礼和他那个亚特兰大小表妹的订婚消息,简直高兴得跳起来。那姑娘叫什么?是媚兰吧?上帝保佑,真是个讨人喜欢的小东西,可我就是记不住她的名字,也记不起长得什么个模样。我家厨子的男人是威尔克斯家的管家,昨晚带来消息说,他们今晚宣布订婚。今天早上几个女孩子听说了以后,就都兴奋起来,可是我看不出有

---

① 此处译音,以辨其误。
② 北美印第安人之一族。

什么好兴奋的。其实大家早就知道，艾希礼要是不娶梅肯城伯尔家的表妹，迟早就得娶她。这就跟霍尼·威尔克斯要嫁给媚兰的弟弟查尔斯，是同一种情况。你说，奥哈拉先生，威尔克斯家假如和族外人结亲，岂不是就成为非法了吗？因为假如——"

斯佳丽没有听见他们还说了些什么笑话。霎时间，仿佛乌云遮住了太阳，阴影笼罩大地，万物为之黯然失色。苍翠的绿叶一片灰蒙蒙的，山茱萸花枝惨白了，盛开的酸苹果花刚才还是浅红色的，顷刻间就已憔悴枯萎。斯佳丽把手指插进马车的帷幕里去，手中的阳伞摇摇晃晃。知道艾希礼订婚的消息是一回事，听见人们如此漫不经心地谈论起它来却是另一回事。然而片刻后她的勇气恢复了，太阳又钻出了云层，周围又是一派瑰丽的景色。她晓得，艾希礼爱她。这毋庸置疑。她心中暗想，要是今晚订婚竟没有宣布，塔尔顿太太该会怎样吃惊，要是他们竟私奔了，她又该会怎样吃惊。想到这里，她笑起来了。她又想到，塔尔顿太太可能还会去跟她的左邻右舍说，那个斯佳丽真是有两下子，一面若无其事地坐着听她谈论媚兰，一面在跟艾希礼——，哼，她自忖到这里，双颊的笑靥出现了。而赫蒂一直在密切注视她妈妈说话的效果，此刻见到斯佳丽的表情，不觉有点莫名其妙，便皱着眉坐了下来。

"你怎么说我都不管，奥哈拉先生，"塔尔顿太太加重语气道，"这种中表为婚的办法完全不对。艾希礼娶汉密尔顿家的姑娘已经够糟的了，至于霍尼嫁给那个没有血色的查尔斯·汉密尔顿——"

"霍尼要不嫁给查尔斯，怕就嫁不出去了，"兰达说道，她因为自己很得人心，有恃无恐，说话就未免尖刻，"除了他，她也没有别的男朋友，他们虽然订了婚，查尔斯从来都不怎么喜欢她。斯佳丽，你记不记得去年圣诞节他是怎么拼命追求你的。"

"你的心地别那么恶毒，孩子，"她母亲说道，"表兄妹不该结亲，就是第二代表兄妹也不该结。这会使血统衰退。这和马不一样。牝马和它的兄弟配，甚至和它父亲配也能生出良种马来，你只要知道它的血统就行。可是人就不行。你也许可以保持好的门第，但是不会有好的身体素质。你——"

"好吧，太太，这个问题我倒想和你辩论一下！你能不能给我举出哪一家人家是比威尔克斯家更好的。他们家从布里安·博卢①还是个孩子的时候，可就开始近亲结婚了。"

"现在是该停止这种婚配的时候啦，因为它的不良后果已经开始显露出来了。艾希礼并不太差，他精力旺盛，一表人才，虽说他——可是你看威尔克斯家的两个女孩子，萎靡不振，可怜的东西！当然，她们讨人喜欢，可就是老没精打采的。再看媚兰小姐，瘦得像根杆子，简直弱不禁风。而且完全没有主见，'不，妈妈！''是的，妈妈！'就只有这两句话，你明白我的意思吗？他们家需要新鲜血液，需要像我那几个红头发孩子和你的斯佳丽那样生气勃勃的人。你不要误会。威尔克斯家的人按照他们自己的生活方式，都是挺不错的，你知道我是喜欢他们的，可是我应该实事求是。他们过于讲究教养，过于局限在近亲通婚，不是吗？他们在干燥的道路上，在快速的道路上，固然太平无事，可是我就不信他们能够在一条泥泞的道路上顺顺当当地前进，我认为他们过于注重教养，把精力都耗尽了，一旦出现了紧急情况，未必就应付得了，他们是一群只能撑顺风船的人。而我要的是在任何天气条件下都能奔跑的大马。近亲结婚使他们和这一带的人都有点格格不入，他们成天把头埋在书本里，要不就弹钢琴。你要艾希礼打猎，他宁可读书！是的，我是老实这样想的，奥哈拉先生！你再看看他们那副骨架子，太细了！他们需要强壮的男男女女来传宗接代——"

"啊，啊，嗯，"杰拉尔德道，忽然不无内疚地意识到，这番话对他自己来说，无疑是完全合适的，而且是最感兴味的，可是对埃伦来说便是异端邪说了。事实上，他知道，要是埃伦真的晓得让自己的女儿听到这样毫不掩饰的对话，怕是怎么也受不了的。可是塔

---

① 布里安·博卢（Brian Boru, 941—1014），爱尔兰国王，1002—1014年在位。

尔顿太太像往常一样，只要谈起繁殖后代这个她最喜欢的话题，就顾不上是马也好，是人也好，把别的什么全都抛到脑后去了。

"我刚才那样说是有事实依据的，因为我有几个表亲，也是相互通婚的，我告诉你，结果他们的孩子，个个鼓着眼睛，像牛蛙似的，真是可怜。所以当初我家要我嫁给一个堂表哥的时候，我就像小马驹那样，硬拗着不答应。我说：'不，妈，我不答应，否则我的孩子不是会得上马的瘸腿病就会得气喘病。'妈听我说起瘸腿，竟吓得晕了过去，可是我就是不让步。幸亏奶奶支持我，她懂得不少养马的事，说我的话不错，后来就帮我和塔尔顿先生私奔了。瞧我的孩子！个个高大结实，没有一个发育不良、个子瘦小的，虽然博伊德只有五英尺十英寸高。你瞧，威尔克斯家——"

"你不想换个话题吗，太太，"杰拉尔德急忙打断她的话，因为他注意到卡琳脸上现出迷惑的神色，苏埃伦露出热切的好奇样子，生怕她们回到家里后，会向埃伦提出一些难堪的问题，让她看出自己对三个女儿，是个多么不称职的监护人，他很高兴注意到斯佳丽显得是个很有教养的姑娘，正在想着别的什么事。

这时赫蒂·塔尔顿出来给他解围了。

"唷，妈，快赶路吧！"她不耐烦地嚷道，"我快要晒死啦。我都听见雀斑在我头颈里啪啪地爆出来啦。"

"等一等，太太，"杰拉尔德说道，"卖马装备军队的事你决定怎么办？现在说不定哪一天都会打起仗来，孩子们都盼望这件事早点解决。我们需要的是克莱顿的马，因为装备的是克莱顿的军队，可是你太固执，至今不肯把好马卖给我们。"

"仗说不定打不起来，"塔尔顿太太敷衍道，她的心思总算从威尔克斯家古怪的攀亲习惯中完全转移开了。

"怎么，太太，你不能够——"

"妈，"赫蒂又插嘴道，"关于卖马的事，你和奥哈拉先生不好到十二橡树再谈吗，何必在这里谈呢？"

"说得对，赫蒂小姐，"杰拉尔德说道，"我一分钟也不耽误你。

反正十二橡树就要到了,那里的每一个男人,不论是年纪大的,年纪轻的,都想知道买马的事。不过像你妈妈这样漂亮的一位太太,竟会对卖马的事这样小气,可真叫我伤心!你的爱国心到哪里去了,塔尔顿太太?南部邦联的事难道跟你毫无关系吗?"

"妈,"小贝齐嚷道,"兰达坐在我的衣服上,把衣服给弄皱了。"

"得啦,贝齐,你把兰达推开,不要吵啦。你听我说,杰拉尔德·奥哈拉,"她眼睛里冒出怒火,开始反驳,"别拿邦联来吓唬我!我承认南部邦联对我来说,和对你一样,是很要紧的,可是我有四个儿子在军队里,你连一个也没有。我的孩子能够照料自己,而我的马却需要人家照料。如果我确实知道我的马是拿去给我熟识的骑惯了纯种马的孩子们骑,那么我会乐意负责把我的马奉送给军队。而且我绝不会犹豫片刻。可是要是让我的马落在那些边远地区的乡下人和那些克拉克①人手里,我可不干,那些人是骑惯了骡子的。我做梦都梦见我的马背上处处是伤痕,它们又得不到好好的喂养。你想我难道肯让那些蠢货去骑我的马,把它们的嘴唇勒破,把它们打得头都抬不起来?想到这一层,我现在全身都起鸡皮疙瘩了!不,奥哈拉先生,你想要我的马固然是出于好意,不过你最好还是到亚特兰大去买一批没用的老马。对那些庄稼汉来说都是一样,他们反正分不出好坏。"

"妈,我们快走吧,好不好?"卡米拉说道,她也加入了不耐烦的合歌。"你明知道早晚会把你的宝贝马儿给他们的。只要爸和几个男孩子跟你讲清道理,说邦联多么需要它们,如此等等,你就会一面掉眼泪,一面让马被牵走的。"

塔尔顿太太咧开嘴笑笑,抖了抖缰绳。

"我才不会那么做呢,"她说,用马鞭轻轻碰了一下马身子,马车飞快地走动了。

---

① 美国佐治亚等州山地和森林地带的穷苦白人。

"真是位好太太，"杰拉尔德说道，戴上帽子，回到自己马车边上。"托比，走吧。等我们把她磨累了不怕她不把马交给我们。当然，她的话没错。不是个上等人就不配骑马，只能去当步兵。可惜种植场主的子弟人数太少，不够装备一支完整的军队。你说什么，斯佳丽？"

"爸，请你要么骑在我们头里，要么在我们车子后面。你扬起那么多灰尘，我简直气也透不过来了，"斯佳丽说道，其实她是受不了听他跟塔尔顿太太的谈话。他们的谈话打乱她的思绪，她需要在到达十二橡树以前，调整好她的内心世界和外表容貌，以便显得更加迷人。杰拉尔德乖乖地踢了一下马刺，扬起一阵红尘，紧跟在塔尔顿家马车的后面，心里想的是要继续商谈购买马匹的事。

第六章

他们渡过河流,马车爬上小山坡。十二橡树的房屋还没有出现,斯佳丽就看见高高的树丛顶上升起了袅袅的轻烟,闻到了山胡桃木柴烧着的气味混合着烤猪肉烤羊肉的可口香味。

烤肉火坑从昨晚起就一直慢慢烧着,到现在成了一条条长长的火槽,里面是玫瑰红的余烬,炙叉上烤着的肉块不断地翻转着,肉汁滴在煤块上,发出咝咝的声音。斯佳丽知道微风中飘来的香味是来自那幢大房子背后的大橡树林里。约翰·威尔克斯每次举行烤肉野宴,都选中从那里往下通向玫瑰园的那片缓坡。那地方真阴凉舒畅,譬如比起卡尔佛特家野宴的地方来要舒服得多。卡尔佛特太太不喜欢烤肉,她宣称那股味道留在屋里会数日不散,因此他家举行烤肉宴,就移到离屋子四分之一英里之外的一块没有树荫的平地上去,让她的客人们汗流浃背。约翰·威尔克斯先生的好客,在州里是闻名遐迩的,他真懂得野宴的待客之道。

浓荫下面,放着一张张野宴用的长搁板桌,铺着威尔克斯家最精致的亚麻台布,桌子两边排着长凳子。又从屋子里搬来椅子、矮凳和坐垫,散放在林间空地上,让客人们任意取坐。烤肉火坑附近放着几只很大的铁汤锅,里面飘浮着布伦兹维克①炖肉,散发出烤肉汁的香气。那地方离客人的坐处有一段距离,为的是让客人免受烟熏污染。宴会时,威尔克斯先生至少要安排一打黑奴,手持托盘,

---

① 布伦兹维克是弗吉尼亚州县名。布伦兹维克炖肉是用鸡肉和兔肉或松鼠肉与蔬菜共煮而成。

不停地来来往往，伺候客人。在谷仓后面另外还有一个烤肉坑，是专门供应客人的车夫和随身仆人的，他们吃的是玉米饼、番薯和黑人最爱吃的猪内脏，在瓜熟季节，他们还可以饱尝西瓜的佳瓤。

一阵烤肉的香脆味飘过来，斯佳丽不由得皱起鼻子高兴地闻了闻，心想到烤好的时候要是肚子里能多装下一点就好了。她刚才吃得饱饱的，腰带束得又紧，一直在担心会打起嗝来。那可是最最要命的事，只有上了年纪的男人和老太婆，打起饱嗝来，才不会遭受公众的非议。

他们来到了小山顶，一座匀称完美的白色建筑就展现在眼前，高大的圆柱，宽阔的游廊，平坦的屋顶，它像是一个对自己的姿色很有把握的女人，对所有的人都显得那么和蔼大方。斯佳丽对十二橡树的喜爱要超过塔拉，因为它有一种堂皇的优美，一种深沉的庄严，那是塔拉所没有的。

宽阔而弯曲的车道上满是马车和上了鞍的马。客人们正从车马上下来，跟朋友们招呼着。黑奴们每逢宴会，总是兴奋得合不拢嘴，他们把马匹牵到谷仓场上去卸下鞍辔，让它们休息。一群群白人和黑人孩子，在新绿草地上呼喊奔跑，做造房子和捉人的游戏，还夸口待会儿要吃多么多的东西。那条从前面一直通到屋后的大过道上，已挤满了人。奥哈拉家的马车在前面台阶前停下来，斯佳丽看到许多如飞蝶一样欢快的姑娘，穿着衬架支撑的花裙子，在二楼的楼梯上上下下，相互搂住腰肢，停下来倚在精致的栏杆扶手上，笑着招呼楼下过道里的男青年。

她通过开着的法兰西落地长窗望见年纪较大的太太们坐在客厅里，穿着黑色绸衣，显得很稳重。她们一面摇着扇子，一面谈着养孩子和生病的事儿，还谈到谁和谁结婚，以及为什么谁和谁结婚等等。威尔克斯家的司膳男仆汤姆，双手捧着银托盘，匆匆穿过过道，咧开嘴笑着，俯身把一只只高脚酒杯递给那些穿着灰色或浅褐色裤子和上等亚麻折边衬衣的年轻男人。

洒满阳光的前面走廊里，也挤满了客人。是呀，全县的人都来了,斯佳丽心想。塔尔顿家的四弟兄和他们的父亲靠在高大的廊柱上,斯图尔特和布伦特这一对双胞胎,像往常一样形影不离,博伊德和汤姆跟父亲詹姆斯·塔尔顿站在一块。卡尔佛特先生紧靠着他的北佬妻子站着,她在佐治亚州已经住了十五年,但仍然是一副外地人的样子。大家都对她很客气,很亲切。卡尔佛特感到对不起她,因为大家都忘不了她做卡尔佛特先生孩子的家庭教师时的情况。卡尔佛特家的两个男孩,雷弗德和凯德,和他们的妹妹,打扮漂亮的金发女郎凯思琳在一起,跟黑脸膛的乔·方丹和他美丽的未婚妻萨莉·芒罗开玩笑。亚历克斯和托尼·方丹在迪米特·芒罗的耳边不停地悄悄说些什么,引得她发出一阵阵咯咯的笑声。今天的客人,有从十英里外的洛夫乔依远道而来的,有来自费耶特维尔和琼斯博罗的,少数几个,甚至是老远从亚特兰大和梅肯来的。整座房子似乎挤得要爆炸开来,唠叨没个完的欢声笑语,夹杂着阵阵傻笑,女人尖锐的喊叫和刺耳的声音,此起彼伏,响个不停。

  约翰·威尔克斯站在走廊的台阶上,满头银发,腰板挺直,显得殷勤而安详,他很好客,就像佐治亚夏天永不败落的太阳一样令人感到温暖。他身旁站着霍尼[①]·威尔克斯。大家都这样叫她,是因为她不论对什么人,从对她的父亲到对在田里干活的黑奴,都称之以"亲爱的"。此刻她局促不安地傻笑着在问候所有来到的客人。

  霍尼那显然是想讨男人喜欢的神经质样子,和她父亲沉着的态度,正好形成鲜明的对比。斯佳丽想起刚才塔尔顿太太的话,觉得不无道理。威尔克斯家男人的相貌确实有其家族的特征,约翰·威尔克斯和艾希礼灰色的眼睛上面长着浓浓的金色睫毛,可是在霍尼和她妹妹因迪的脸上,睫毛就很稀疏,而且颜色浅淡。霍尼几乎没有睫毛,样子古怪得像只兔子。至于因迪,就只能用"相貌平常"这几个字来形容了。

[①] honey,原意为蜂蜜,常用作称呼语,意思是"亲爱的"。

因迪还没有露过面,但斯佳丽估计她大概在厨房里给仆人们做开宴前的最后指示,可怜的因迪,斯佳丽想道,她妈妈过世以后,家事的料理,真够难为她的,除了斯图尔特·塔尔顿以外,她从来没机会找到别的男朋友。要是斯图尔特认为我长得比她漂亮,那当然不是我的过错。

约翰·威尔克斯走下台阶,伸出臂膀给斯佳丽。她下车的时候,看见苏埃伦满脸笑容,就晓得她一定在人群中找到了弗兰克·肯尼迪。

简直是个穿裤子的老处女式的人物①,看我找不找得到比他更像样的男人,斯佳丽鄙夷地想道,脚踩落到地上,向约翰·威尔克斯报以微笑,以表谢意。

弗兰克·肯尼迪急忙赶到马车跟前来搀扶苏埃伦下车。斯佳丽见苏埃伦那副傲慢的样子,真想过去给她一记耳光。弗兰克·肯尼迪尽管拥有的土地在县里比谁都多,尽管他心地善良,但只要看看他的一些情况,就一文不值了。他年已四十,个儿瘦小,生性胆小怕事,长着几根稀稀落落的姜黄胡子,遇事大惊小怪,简直像个老处女式的人物。可是斯佳丽想起了自己的计划,忙压住自己的轻蔑之情,朝他嫣然一笑以示问候。弗兰克正把手臂伸给苏埃伦,见斯佳丽笑得这样甜,不觉突然停住了,瞪眼看着她,心里又欢喜,又不太明白是怎么回事。

斯佳丽用目光在人群中搜寻艾希礼,她即使在和约翰·威尔克斯作愉快而短暂的交谈时,心里也在惦记着艾希礼,可是他不在走廊上。这时几乎有十几个人的声音同时向她招呼,斯图尔特和布伦特两兄弟朝她走过来。芒罗家的几个女孩子跑过来称赞她衣服漂亮,一下子她就成了一个喧闹圈子的中心,大家争着说话,声浪越来越高。可是艾希礼在哪里?媚兰和查尔斯在哪里?她假装着不在意地

---

① 老处女式的人物指的是娘娘腔的男人。

朝走廊另一头欢笑的人群中看去。

在她一边谈笑,一边迅速朝屋子里和院子里察看的时候,目光落到一个陌生人的身上。那人独自站在走廊里,带着一种冷漠无礼的神情,正目不转睛地看着她。斯佳丽见自己吸引了男人的注意,有一种女性的快意,却又因为自己的领口开得太低而有点窘。那人看起来年纪相当大,至少有三十五岁,身材高大,体魄健壮。斯佳丽从来没见过谁有这样宽阔的肩膀,这样结实的肌肉,结实得简直不像个上等人,当那人的目光接触到她的目光时,他微微一笑,在修得短短的黑髭下面露出野兽一般雪白的牙齿。他脸色黝黑,黑得像个海盗。一双厚颜无耻的黑眼睛看起人来就像在估量一只海船,想要凿沉它,或是在估量一个少女,想去掳掠她。他朝她笑着的时候,嘴角带着一种嘲讽的情绪,脸上显出一副满不在乎的冷漠样子,那神情叫斯佳丽见了几乎透不过气来。用那样的眼光看她,她觉得简直应该说是对她的侮辱,然而事实上她并不觉得自己受了侮辱,这实在使她感到烦恼。她不知道他是何许人,但他那张黑黑的脸容,无疑显示出他良好的出身。他那饱满的红色,嘴唇上面的瘦削的鹰钩鼻,那高高的前额和那双离得很开的眼睛,也都显得他的身世不凡。

她把目光转移开去,没有朝他回笑,他也转过头去,因为刚好听到有人在喊:"白瑞德,白瑞德,快来,我给你介绍一下这个佐治亚州心肠最硬的姑娘。"

白瑞德?这名字很熟悉,好像和某一件有趣的丑闻有点关系,可是她心里正惦记着艾希礼,就把这个念头抛开了。

"我得赶快上楼去整理一下头发,"她对斯图尔特和布伦特说,这两兄弟正想把她从众人中单独引开去,"你们两个等在这儿,可不许和别的女孩子一起走开去,要不我会光火的。"

她看得出来,今天她要是和别的男人调情的话,斯图尔特怕会有点不大好对付。他刚才喝了不少酒,一脸蛮横寻衅的样子,她从经验中体会到,一不小心就会出乱子。她在过道里停下脚步和几个朋友交谈了几句,又跟因迪打了招呼。她刚从屋后出来,头发零乱,额上沁出汗珠。可怜的因迪！长着浅淡的头发和睫毛就已经够糟的了，再加上下巴突出，一看就知道性情固执。年纪还不到二十岁，已经是不值钱的老处女的样子。她不知道因迪是不是非常恨她把斯图尔特从她的怀里夺走。有很多人说她仍然爱着他，不过威尔克斯家里人的心思，旁人很难猜透。即使她恨斯佳丽，也绝不会流露出来，她一定会像过去一样对待她，不冷不热，谦恭有礼。

斯佳丽和她愉快地交谈了几句，便走上那宽阔的楼梯，忽然听见背后有个羞涩的声音在喊她，回头一瞧，见是查尔斯·汉密尔顿。他是一个美貌的青年，洁白的前额上，披着一头蓬松柔软的褐色鬈发，深褐色的双眸，像长毛大牧羊犬的眼睛一样清澈温和。他打扮得很出色，穿着芥末色的裤子，黑色上衣，有褶边的衬衫上配着一个最最时髦的黑色阔领结。他在女孩子跟前很害臊，所以见斯佳丽转过身来，脸刷地就红了起来。像大多数性格腼腆的男孩子一样，他最喜欢斯佳丽那样开朗、活泼、无拘无束的姑娘。以前她每次招呼他，都不过出自礼貌敷衍他，而今天她脸上却现出喜悦的微笑，还向他伸出了双手，差点儿使他气都透不过来。

"怎么，查尔斯·汉密尔顿，漂亮的小伙子，原来是你呀！你老远从亚特兰大跑来，是存心想要叫我心碎吧！"

查尔斯握住她温暖的小手，看着她那双闪烁不停的绿眼睛，兴奋得结结巴巴说不上话来。女孩子对男孩子说话，常常就是这个样子，可是从未有女孩子对他这样过。他不懂为什么女孩子都把他当作小弟弟看待，虽然对他很好，但从来不想挑逗他。那些长得比他难看，各方面都远不如他的男孩子，都有女孩子来逗他们，和他们闹着玩。自己也希望这样，可就是没女孩子来。偶尔有这样的时候，他却只是红着脸，不知道说什么好。晚上睡在床上才想起该怎样对她们大献殷勤，可是他难得碰上第二次这样的机会。姑娘们试了一两回以后，就离他而去，不再来找他了。

即使在霍尼跟前，尽管到明年秋天他继承了财产之后，他们俩的婚约已在不言之中，他还是那么缺乏自信，那么沉默少言。有时他甚至有一种不怎么大方的想法，觉得霍尼的轻浮和想占有男人的样子未必对自己有利。他觉得她过于渴望交男朋友，一有机会，难免不把这一套施在别的男人身上，查尔斯并不怎么向往和她结婚，因为她不能够勾起他炽热的激情，他在书本中狂热的浪漫故事中，看到做恋人的都具有那样的激情。他常常渴望着会有一个感情炽热、活泼调皮、美丽而大胆的姑娘爱上他。

而现在，斯佳丽·奥哈拉居然来挑逗他，说他伤了她的心！

他想说些什么，又不知怎么说才好。他在心里默默地赞美她，因为她一直说个不停，使他免受无话可说之苦。真是做梦也想不到的好事！

"喏，你在这里别走开，等我回来，我要和你一块儿吃烤肉。你不许去和别的女孩子调情，要不我会妒忌的，"这话是从脸上有两个酒窝的红嘴唇里吐出来的，真是不可思议，而且那双绿眼睛上的一圈黑睫毛还在轻快地眨个不停。

"我等着，"他终于费力地转过气来，可是怎么也想不到她是把他看作一头等着屠夫下手的牛犊呢。

她拿手中的折扇在他手臂上轻轻拍了一下，便转身朝楼上走去，她的目光刚好又落在那个名叫白瑞德的男人身上，他独自站在离查尔斯不过几英尺远的地方。他们刚才的谈话，显然全叫他给偷听去了，因为他正咧开嘴对着她笑，样子恶毒得像只雄猫，他还朝她打量了一番，眼光之中全然没有她习惯见到的那种尊重对方的神情。

"见鬼！"斯佳丽用杰拉尔德爱用的骂人话，暗自恼怒地说了一句，"他那眼光就好像——就好像看到过我光着身子是什么样子似的！"她把头一扬，径自走上楼去。

她在放着包裹的那间卧室里，看见凯思琳·卡尔佛特正对着镜子打扮，咬着嘴唇想显得红润一点。饰带上插着新鲜玫瑰，和她红红的脸颊显得很调和，矢车菊色的蓝眼睛兴奋地闪动着。

"凯思琳，"斯佳丽说，把她衣服的腹部向上拉高些，"楼下那个名叫白瑞德的讨厌家伙是个什么人？"

"怎么，亲爱的，你难道不知道吗？"凯思琳激动地在她耳边说道，同时警觉地注意隔壁屋间的动静，生怕被迪尔西和威尔克斯家几个在聊天的嬷嬷偷听了去。"我不知道威尔克斯先生是怎么想的，非把他请来不可，可是他刚好到琼斯博罗的肯尼迪先生家做客——为了买棉花的事——当然，肯尼迪先生不能不把他一起带来，总不能自管自走掉把他一个人留在那里。"

"他出了什么事啦？"

"亲爱的，没人肯接待他！"

"真的吗！"

"真的。"

斯佳丽默默地玩味着这句话的意思。因为她从来没有和一个没人肯接待的人同在一座屋子里待过。她觉得这事很叫人兴奋。

"他做了些什么啦？"

"噢，斯佳丽，他的名声坏透了，他叫白瑞德，是查尔斯顿人，他的亲属都是当地最出色的好人，可是甚至连他们都不愿跟他说话。去年夏天卡罗·白瑞德跟我说起他的情况，她和他并不是亲属，可是对他的情况一清二楚，他的情况可以说是尽人皆知。他是从西点军校被开除出来的。你想想看！尽是些卡罗不便知道的丑事。还有，他出了一件不肯和那姑娘结婚的事。"

"快说给我听听！"

"亲爱的，你怎么什么都不知道？去年夏天卡罗全跟我说了。她的嬷嬷宁死也不愿她知道这种事情呢。喏，这位白瑞德带了一位查尔斯顿姑娘乘马车去兜风。那姑娘是谁我不知道，不过我怀疑她不是一个有教养的人，否则就不会在傍晚跟他出去，连个陪伴的人也没有。他们几乎通宵在外边，最后才步行回来，说马跑掉了，车摔坏了，他们在树林里迷了路。你猜怎么——"

"我猜不着。你跟我说，"斯佳丽很起劲地说道，希望听到最糟糕的事。

"到了第二天，他拒绝跟她结婚！"

"哦，"斯佳丽说道，她的希望破灭了。

"他说他说——呃——没和她有过什么事，他说他不知道为什么非得娶她不可。当然，她的哥哥把他叫了出去，可是白瑞德先生说他宁愿被枪毙也不愿和一个傻瓜结婚。于是他们进行了决斗，白瑞德先生打死了那姑娘的哥哥，为此他不得不离开查尔斯顿，从此就没人肯接待他，"凯思琳胜利地说完了这个故事，也正是时候，因为迪尔西又进屋来察看她掌管的化妆事宜。

"她有没有怀孩子？"斯佳丽在凯思琳耳边低声问道。

凯思琳使劲地摇头。"不过反正她是给毁了，"她悄悄答道。

我倒真希望艾希礼让我也处于那女孩子的地位，斯佳丽突然想到。他这人人格高尚，绝不会不和我结婚。但是不知怎的，她见白瑞德拒绝跟一个傻女人结婚，不禁对他产生了某种敬意。

在屋后一棵大橡树的树荫下面，斯佳丽坐在一张有垫子的黑黄檀木凳子上，裙子的荷叶折边似鳞波般地撒开来，下边露出二英寸绿色摩洛哥山羊皮软鞋——那是有教养的女人允许露出的最大限度，她对盆子里的食物却没怎么动过，有七个骑士卫护在她的周围。野宴此刻已进入高潮，温暖的空气中洋溢着欢声笑语和银制刀叉碰击瓷盆的声音，弥漫着烤肉和肉汤的浓郁香味。偶尔风向变了，微风中飘来一阵阵烤肉火坑上的烟气，那些女客便会大惊小怪地尖叫起来，拿起棕榈扇拼命地扇着。

年轻的小姐大多和男伴坐在桌子两边的长凳上。可是斯佳丽晓得，在长凳上坐着，两侧只能各坐一个男人，所以她就故意坐在远离桌边的地方，好把尽可能多的男人吸引到自己身边来。

凉亭里面坐着已婚的妇女，穿着深色的衣服，在周围华丽鲜艳的服饰对照之下，显得端庄稳重。女人只要结了婚，不论年纪大小，按照南方人的看法，就称不上美人了。她们只能单独组成一伙，却不能和眼睛明亮的姑娘和年轻男子混在一起恣情谈笑，她们中上自方丹家的老祖母，她享有老年人的特权，可以随意打嗝而不受指摘，下至十七岁的艾丽斯·芒罗,她正处于初次怀孕期间,常有一阵阵的恶心。她们把脑袋攒聚在一起,畅谈着永无穷尽的家谱世系和妇产科的问题,这样的讨论使她们的聚会既有教益,而且乐趣无穷。

斯佳丽不屑一顾地朝她们瞟了一眼,她们看起来真像一群肥乌鸦,她想。结了婚的女人真是一点乐趣也没有。可是她没想一想,她只要一和艾希礼结婚,马上就得穿上深色的绸衣服,自动地下降到凉亭和前厅里去,和那些太太们在一起,像她们一样庄重而乏味,再不会有嬉戏和欢笑了,可惜她和多数女孩子一样,想象力只能达到结婚的礼坛为止。何况她现在心头正烦扰不堪,毫无心思去探讨那样抽象的问题。

她垂下眼睑看着手中的盆子,优雅地细细咀嚼一块小软饼,似乎全无食欲,那模样要叫嬷嬷看见准会大加赞赏。她赢得了众多小伙子的追求,可是心里却从来没有像现在这样苦恼。其实她自己还不太明白,她昨晚拟订的计划中牵涉到艾希礼的部分,已经彻底失败了。被她吸引的男人不下数十人,但其中却没有艾希礼。昨天下午她所感到的恐惧,重又向她袭来,使她的心跳得忽而快忽而慢,她的脸变得一阵红一阵白。

艾希礼并不打算加入她的圈子,事实上她来到以后还没能和他单独说上话,除了初见面时打过招呼外,甚至连话也没和他说过。她刚才来到后园,他上前来欢迎她,可是这时他手臂上挽着媚兰,那个媚兰的身子还够不到他的肩膀。

她是个身材小巧纤弱的姑娘,看来像是一个孩子穿着她妈妈用环撑开的大裙子似的。加上她一双大得出奇的褐色眼睛里,有一种羞怯惊恐的神色,更加使人认为她像个孩子了。乌黑鬈曲的云鬟,用发网整整齐齐地罩着,纹丝不乱,脑门上梳出一个长长的发尖——也就是叫作寡妇发尖的——这种发式,使她的脸更像一颗心的外形。她的颧骨两边分得太开,下巴太尖,一张脸虽然羞怯温柔,但并不好看,而且她又不善于用女性的伎俩去吸引男人,以增加她的魅力。她看起来就像——实际上也是如此——泥土一样单纯,面包一样有益,泉水一样清澈。可是尽管她身材矮小,相貌平平,她的举止端庄稳重,却有一种说不出的动人之处,而且远比一个十七岁的姑娘要老成得多。

她穿着灰色蝉翼纱的衣衫,配着樱桃红缎带,打着许多皱褶,借以掩盖那发育不良、似孩子般的躯体。她戴着一顶黄颜色的帽子,系着樱桃色的长飘带,使她乳酪色的皮肤显得十分光润。一对沉重的耳环,镶着长长的金链,从两鬓垂下,在她褐色的眼睛旁晃荡。那一双眸子犹如冬天森林里一潭平静的池水上两片闪闪发亮的褐色树叶。

她见到斯佳丽,就带着羞怯的微笑,友好地跟她招呼,称赞她漂亮的绿裙子,可是斯佳丽迫不及待地想单独和艾希礼谈话,在和她答话的时候,差点儿失礼了。此后艾希礼就离开了别的客人,坐在媚兰旁边的一张凳子上,悄悄地和她谈心,脸上现出斯佳丽所喜欢的缓缓的令人懒洋洋的微笑。尤其难堪的是,面对着他的微笑,媚兰眼中闪出了些许闪光,使得斯佳丽不得不承认,此刻的媚兰,看起来也有几分动人,媚兰在看着艾希礼的时候,她那并不漂亮的脸上闪烁着内在的火焰。如果一个人心中的爱是能够显示在脸上的话,那么现在媚兰·汉密尔顿的脸上,正显示着这样的爱。

斯佳丽想避免看到他们两人,可是办不到。每看一眼,她就加倍起劲地和她的骑士们打情骂俏,说些大胆挑逗的话,听到他们的恭维,故意仰起头来,她的耳环也跟着晃动。她口里不住地说"胡扯",宣称他们没有一个人说的是真话,发誓再不会相信每一个男人说的每一句话。可是艾希礼似乎完全没有去注意她,只是望着媚兰谈个不停,媚兰也一直低头看着他,脸上的神情分明表示她是属于他的。

此情此景,斯佳丽真是怪可怜的。

在局外人看来,像她这样一个女孩子是没有任何理由使人觉得可怜的。她无疑是野宴上人人倾慕的美人,是众目注视的中心。她在男人心头扇起的狂热,伴以她给别的姑娘带来的伤心,要是在任何别的时候,都会叫她多么心满意足。

查尔斯·汉密尔顿,刚才听了她的一番嘱咐,变得勇敢起来。他牢牢地占据了她右边的位置,不管塔尔顿两兄弟怎样用尽力气,始终不肯让步。他一手握着她的扇子,另一手端着他那盆始终没有动过的烤肉,眼睛就是不朝霍尼看,害得她差点儿掉下眼泪来。凯德优雅地站在她左边,不时牵扯一下她的裙子,好引起她的注意,同时一双冒着妒忌的怒火的眼睛却盯住斯图尔特不放。他和一对双胞胎兄弟之间,气氛十分紧张,双方都已说了些不中听的话。弗兰克·肯尼迪好像一只带领小鸡的母鸡,忙个不停地在餐桌和树荫之间来回奔跑,一次又一次给斯佳丽端来好吃的东西,好像那里没有十多个仆人在侍候似的。苏埃伦对此再也忍受不住,竟顾不上她那大家闺秀风度,对斯佳丽怒目而视起来。小卡琳几乎哭出声来,刚才路上斯佳丽说了些令她鼓舞的话,可是布伦特只跟她说了声"你好哇,小妹妹",扯了扯她的发带,就撇下了她,把他所有的注意力都灌注在斯佳丽身上。他平时待她很和善,也很看重她,使她觉得自己像个大人,她常常私下梦想有朝一日,梳起发髻,穿上裙子,把他当作一个真正的情郎来接待。可是现在他似乎成了斯佳丽的人了。芒罗家的几个姑娘,看到方丹兄弟对她们的背叛,不免暗自伤悲。她们看到托尼和亚历克斯二人虎视眈眈地站在圈子附近,等待着有人站起身来时,便好去抢斯佳丽身旁的位置,这情景更令她们心里懊恼。

两个姑娘微妙地扬了扬眉毛,把对斯佳丽行为的不满传递给了赫蒂·塔尔顿,这信息概括了对斯佳丽的评论:"放荡。"这三个姑娘动作整齐地擎起了花边伞,说一声吃饱了,谢谢,各自轻轻挽住身旁男士的手臂,大声宣称要去看看玫瑰园、泉水和避暑别墅了。当然,这有秩序的战略撤退是逃不过在场的女人或是旁观的男子的眼睛的。

斯佳丽见三个男士慢吞吞地走出了她的魅力圈,便咯咯笑起来。她想要探察一下女孩子们从小就很熟悉的对这类事的效应,就注意地看了艾希礼一眼,看他是不是留神了刚才的事。可是他此刻正微笑地对着媚兰,手里抚弄着她的饰带。斯佳丽不由心痛如绞。她恨不得一把抓住媚兰洁白的皮肤,把它抓出血来,方解心头之恨。

她的眼睛刚从媚兰身上慢慢移动开来,又发现白瑞德在盯着她看,他此刻不在客人群里,正单独站着和约翰·威尔克斯谈话。他一直在注视着斯佳丽,见她在看着他,便马上朝她一笑。斯佳丽有点不大自在,觉得她没有接待的在场的人中间,只有这个人看透她那悲惨的欢乐背后究竟隐藏着什么,而且觉得还给他提供了嘲笑的乐趣。她真恨不得也能够狠狠地抓他一下为快。

"我只要熬过野宴,熬到下午,"她想到,"那时女孩子们都要到楼上去午睡,养好精神准备晚上跳舞,我可以留在楼下,找个机会和艾希礼说话。他不会没看见我是多么受到大家的欢迎。"她随即又用另一种希望来自我安慰,"当然,他怎么能够不去关心媚兰呢?因为她毕竟是他的表妹,又没有一点吸引力。他要不去照应她的话,那她只好做壁花①了。"

这样一想,她的勇气重又鼓了起来,便加紧了对查尔斯的进攻,这时查尔斯的褐色眼睛正热切地对她闪耀着。对他说来,今天仿佛是梦中的日子,简直妙不可言,不费吹灰之力就赢得了斯佳丽的爱。这样一来,霍尼就消退到一层薄雾之中去了。霍尼不过是只叽叽喳喳的麻雀,斯佳丽却是只光彩夺目的蜂鸟。她对他恩宠备至,不住逗着他玩。问他一些问题,又自己代他回答,使他可以不用费心说一个字而又显得很聪明。别的男孩子对她这种明显的偏爱感到很气恼,又都摸不着头脑,因为大家都知道查尔斯性格腼腆,连两个字都说不连贯的。他们越想越气,只是出于礼貌,才拼命压抑着。每个人都流露出难以压抑的恼怒,而对斯佳丽说来,可算大获全胜,只是在艾希礼身上,她仍然一无所获。

---

① 舞会上无人邀请共舞之女子。

最后一满叉猪肉、鸡肉和羊肉终于吃完了,斯佳丽以为因迪总该站起身来,请各位女客进屋休息。此时是下午两点,头顶上太阳正热。可是因迪为野宴准备了三天,有些累了,坐在凉亭里懒得动弹,就和一位从费耶特维尔来的聋老头子直着喉咙谈话。

一种懒洋洋的困倦感降落在人群中间。黑奴们没精打采地把餐桌收拾干净。笑谈声渐渐冷落,有几处谈话声已静止下来。大家都在等待女主人宣告午宴结束。棕榈扇摇得渐渐慢下来了,有几位男客因为天气太热和肚子填得太饱,不禁打起瞌睡来。野宴已罢,烈日当午,大家何不放松一点呢?

在午宴和晚会的间歇期内,大家都显得平和宁静。只有在刚才充满整个人群的年轻人身上还保留着充沛的精力。他们从一个人群走到另一个人群,说话时拖着低低的音调,他们像纯种雄马那么漂亮,也那么危险。他们都感到了正午的倦怠,可是他们潜伏着的烈性却可能在刹那间上升到顶点,而且可能迅速突然燃烧开来。这批年轻人,不论男的女的,一样美丽,一样狂野,在他们快活的举止中全都带有一点暴烈,他们只是稍稍有点驯化而已。

时间又过了一会儿,天气更热了,斯佳丽和众人又向因迪看去。谈话声渐渐停息了,人们忽然听到杰拉尔德从树丛里发出怒冲冲的声音。原来他正站在离餐桌不远处,他和约翰·威尔克斯的辩论达到了高潮。

"见鬼,朋友!我们和那班无赖已经在萨姆特要塞较量过,你还想向北佬祈求和平解决吗?和平有可能吗?南方应该用武力显示她是不容侮辱的,她之脱离联邦,靠的不是联邦的慈悲,而靠的是她自己的力量!"

"我的天,"斯佳丽想道,"他又喝足了。这下我们得在这里坐到半夜了。"

猛然间,懒散的人群仿佛触了电似的倦意全消。他们纷纷从凳子上椅子上跳起身来,使劲挥舞手臂大声叫嚷,都想把别人的声音压下去。整个上午没人谈论过政治和迫在眉睫的战争,那是应威尔克斯的请求,不要惹得太太小姐们厌倦。现在从杰拉尔德嘴里嚷出了"萨姆特要塞",大家顿时就把主人的告诫忘得一干二净。

"我们当然要打——""北佬强盗——""我们只消一个月就可以把他们打垮——""嗯,一个南方人可以战胜二十个北佬——""好好教训他们一下,叫他们不会轻易忘记——""和平?是他们不让我们太平——""不,看看林肯先生是怎么侮辱我们的委员的!""是呀,让他们白等了好几个星期——还保证说要从萨姆特撤兵!""他们要战争,我们要叫他们害怕战争——"在一片叫嚷声中,杰拉尔德的声音最响。斯佳丽只听见"凭上帝起誓,我们要州权",这句话重复喊了又喊。杰拉尔德此刻痛快之极,只是苦了他的女儿。

脱离联邦,打仗——这类话斯佳丽听得太多,早就腻烦透了,而现在听到这些,却令她心里憎恨起来,因为这意味着他们会在这里接连几个小时不断地高谈阔论下去,这样她就没有机会去找艾希礼单独谈话了。其实男人们都晓得仗是打不起来的,他们无非喜欢这么谈谈,也喜欢听听他们自己的谈论罢了。

"奥哈拉小姐——我——要是真打起仗来,我决定去加入南卡罗来纳州的军队。听说韦德·汉普顿先生①在组织一支骑兵队,我当然想到他那里去。他人才出众,又是我父亲的至交。"

斯佳丽想道:"他想要我怎么样——为他欢呼三声吗?"她看查尔斯的表情,分明是在向她倾吐内心的秘密,真不知说些什么是好,只是呆呆地看着他,心想男人们为什么会这样笨,以为女人会对这种事感兴趣。查尔斯看她的样子,以为她被他的这个惊人的决定怔住了,她心里是赞许的,于是他大胆地迅速地说下去——

"我要是去了——你——你会不会难过,奥哈拉小姐?"

"我一定每天晚上伏在枕头上哭,"斯佳丽说道。她这话本来是说着玩的,可是他却信以为真,心里一高兴,脸也红了。她的手藏

---

① 为当时南卡罗来纳州州长。

在衣服的褶皱里面，这时他小心地把手慢慢伸了进去捏住她的手。对自己的大胆和她的默许，他真有点不知所措。

"你会为我祈祷吗？"

"真是个傻瓜！"斯佳丽苦苦地想道，偷偷地朝四下瞟了一眼，看能不能从这谈话中脱身。

"你会吗？"

"噢——当然会，汉密尔顿先生，每晚至少要念三遍《玫瑰经》。"

查尔斯迅速向左右看了一下，深深吸了一口气，挺起胸口肌肉。没有第三者在场，真是千载难逢的良机。而且，即使再有这样天赐的机遇，他未必还能鼓起这样的勇气。

"奥哈拉小姐——我一定得告诉你一件事，我——我爱你！"

"嗯？"斯佳丽心不在焉地问道，她正穿过争辩的人群，朝追随媚兰和坐在那儿跟她谈心的艾希礼极目张望。

"是的！"查尔斯悄声说道，见斯佳丽既没有高声大笑起来，也没有尖声叫喊，更没有晕过去，不觉欣喜若狂，在他的想象中，女孩子在这种场合，势必会做出诸如此类的反应的。"我爱你！你是最最——最最——"他生平第一次发现自己居然很会说话，"你是我所见到过的最最美丽的姑娘，你最最温柔，最最可亲，你的举止风度也最最可爱，我是打心底里爱上了你。我不敢奢望你会爱上像我这样的一个人，不过，亲爱的奥哈拉小姐，你要是能给我任何一点鼓励，我一定去做世界上的任何事情使你爱上我。我一定——"

查尔斯说到这里就停住了，因为他实在想不出什么艰难的业绩，足以证明他对她的爱情是深沉的，所以只简单地说了声："我想和你结婚。"

斯佳丽听见"结婚"这个词，不觉猛然回到了现实中来。她刚才一直在想着要和艾希礼结婚，此刻便带着掩饰不住的烦躁心情，瞅着查尔斯。这个像牛犊般的傻瓜怎么偏偏在她这个特殊的、不胜烦恼之至的、失魂落魄的日子里向她表白爱情？她看着他那双带着祈求的褐色眼睛，丝毫没有一个羞怯的男孩的初恋之美，也没有理想实现时的膜拜神情,没有像火焰般狂热的幸福感和柔情。斯佳丽对男人的求婚,已经经历过多次,而且个个都比查尔斯·汉密尔顿更有吸引力,绝不像他那样不懂策略,在烤火野宴上,在她心里有更重要的心事的时候向她提出求婚。在她眼里,他是个二十岁的孩子,脸涨红得像甜菜头,一副蠢相。她真想当面告诉他,他那样子有多可笑。可是埃伦教她应急时该说的话不知不觉地到了她的唇边,长期养成的习惯使她垂下了眼睑,喃喃说道:"汉密尔顿先生,你要求我做你的妻子,是我的荣幸,不过事情来得太突然,我一下子不知怎么回答才好。"

这是一种妥善的说法,既不伤害男方的虚荣心,又可以把他牢牢拴住。这对查尔斯来说,仿佛是从来没尝过的新鱼饵似的,他赶忙跳起来一口把它吞了下去。

"我愿意等你一辈子!你尽可以仔细考虑,我绝不催你。奥哈拉小姐,请你告诉我,我是有指望的!"

"嗯,"斯佳丽说道,她敏锐的目光却在朝艾希礼瞅着,他没有加入关于战争的谈论,此刻正对着媚兰微笑。要是这个一心想吃天鹅肉的傻瓜能够稍微安静片刻,她就可以听见他们在说些什么。她非得听明白不可。媚兰跟他说了些什么竟使他眼中现出很感兴趣的神色?

查尔斯的话扰乱了她拼命在听着的话音。

"别出声!"她朝他嘘了一声,拧了一下他的手,甚至连看也没有看他。

查尔斯起先吃了一惊,以为她在拒绝他,不由得脸上一阵发红,继而发觉她的眼睛紧盯着自己的姐姐,不免现出微笑。原来斯佳丽是怕他的话被别人听见。这是自然的,她很害臊,很窘迫,生怕有人在听。查尔斯忽然感到自己有一种男子汉的气概,这是他从未感受过的,因为这是他生平第一次叫一个女孩子受窘,一阵激动真叫他有点飘飘然。于是他连忙摆出一副他自以为毫不介意的面容,又很审慎地回捏了斯佳丽一下,表示他是个通情达理的男子汉,能够理解并且愿意接受她的责备。

她甚至没有感觉到他在拧她,因为她清楚地听见了媚兰甜美的嗓音,那是她最主要的魅力:"对萨克雷①先生的作品,我怕和你的看法有点不一致。他是个愤世嫉俗的人,我怕他不如狄更斯那样有绅士风度。"

跟男人说这些有多傻,斯佳丽想道,几乎宽慰地笑出声来。原来她不过是个蓝袜子②,而大家都知道男人心目中的蓝袜子又算得了什么……要叫男人感到兴趣而且不会厌倦的办法是先要谈关于他的事,然后再慢慢地把话题引到你的事,而且再不要扯开去。如果媚兰说的真是:"你真了不起!"或者"你怎么会想起这种事的?要叫我去想这些事,我的小脑袋保管要裂开来呢!"那么斯佳丽可能会感到惊慌。可是现在,和一个坐在她脚下的男人说话。居然一本正经地就像在教堂里一样,对斯佳丽说来,前景似乎明朗起来,不由得心花怒放地转向查尔斯,报以微笑。他对她这种爱的表示也情不自禁地一把抓过她的扇子狂扇起来,直扇得她秀发散乱,云鬓不整。

"艾希礼,你还没跟我们说说你的高见哩,"杰姆·塔尔顿说道,从叫嚷着的人群中转过身来。艾希礼便朝媚兰道个歉,站起身来。谁也比不上他那样英俊,斯佳丽想道,他的姿态多么从容优雅,他金色的头发和髭须经阳光一照多么闪烁发亮。连老一辈的人也停下来听他的说话。

"先生们,如果佐治亚州要打仗,我就跟着去打。要不我为什么要加入营队?"他说道。他一对灰色的眼睛睁得很大,感情强烈,那惯常的倦怠神情消失了,这在斯佳丽还是第一次见到。"不过,我跟上帝一样,希望北佬能够让我们过太平日子,希望不要打仗——"这时方丹家和塔尔顿家的男孩开始发出一阵哄乱的声音,他便举起一只手,微笑着说,"是的,是的,我知道我们受了侮辱,受了骗——

---

① 英国小说家。
② 蓝袜子,指有书呆子气的女学者。

不过我们不妨设身处地地想一想，要是他们想要脱离联邦，我们会怎么样？大抵是一样的，我们也不会喜欢他们这样做的。"

"他又来了。"斯佳丽想道，"他老是为他人着想，"在她看来，任何一种争论只能有一方是正确的。艾希礼有时是叫人难以理解的。

"我们不要头脑太热，我们最好不要打仗。世上的不幸事大多是打仗造成的。等到战争结束了，谁也说不上究竟为什么要参加战争。"

斯佳丽鄙夷地哼了一声。幸亏艾希礼的勇敢是出了名的，要不就麻烦了。她这样想着时，艾希礼身旁已响起一片火辣辣的愤怒的抗议声。

凉亭下面，那位从费耶特维尔来的聋老头捅了因迪一下。

"那边在做什么？他们在说些什么？"

"打仗！"因迪把手放在他耳边做成一个喇叭筒，对他大声喊道，"他们要跟北佬打仗！"

"打仗，是吗？"他喊道，用手摸着他的手杖，以多年不曾有过的精力，猛地一下从椅子上站了起来。"我得跟他们讲讲打仗。我是打过仗的。"麦克雷先生在家里被他家的女人管着，谈打仗的机会本来也是不多的。

他踩着笨重的脚步急忙走到人群里，挥舞着手杖大喊起来。因为他听不见别人说话的声音，所以很快就无可争议地占领了争论的战场。

"你们这班喜欢玩火的公子哥儿，听着！别老想着打仗。我打过仗，知道是怎么回事。我参加过塞米奴战争，做过大傻瓜去参加了墨西哥战争。你们全不懂什么是战争。你们以为打仗就是骑着高头大马，让女孩子朝身上扔鲜花，回来后就成了英雄。不，不是那么回事，先生们，打仗就是挨饿，睡在湿地里，害麻疹，生肺炎，要不就闹肚子。不错，先生，闹肚子——像害痢疾这类毛病——"

女士们个个都涨红了脸，麦克雷先生的话使她们回想起从前那不文明的时代，那个时代就像方丹家的老祖母和她那令人难受的打嗝似的，大家都很想把它忘掉。

"快去把你外公搀过来,"老人的一个女儿对站在身旁的一个年轻姑娘轻轻说道,"我告诉大家,"她又对几个心神不定的太太悄悄说道,"他一天不如一天了。你们信不信,就在今天早上,他还跟玛丽说——说她才十六岁呢——'唉,姑娘……'"话音越来越低,那外孙女也就溜出去试图把麦克雷先生拉回到树荫下他的坐椅上去。

人群在树荫下转来转去,姑娘们兴奋地笑着,男人们热烈地谈着,其中独有一人能够保持沉静,那就是白瑞德。斯佳丽转过脸去,刚好看见他靠在一株树上,两手深深地插在裤袋里。威尔克斯先生走开以后,他就独自一人站着,听着那些越来越起劲的谈论,他却一言不发,那修得短短的黑髭须下面的两片红嘴唇向下撇着,黑眼睛里露出轻蔑和感到有趣的神情——似乎在听一群孩子在那里胡诌。他那笑容真叫人讨厌,斯佳丽心想。白瑞德静静地听着,直到斯图尔特·塔尔顿眼睛里闪着亮光,蓬着头发,一遍又一遍地叫嚷着"我们只消一个月就可以把他们收拾掉!贱民是肯定打不过上等人的。只消一个月——怎么,只消打一仗——",这时,他终于开口了。

"先生们,"白瑞德用拖长的平淡声调说道,带着明显的查尔斯顿口音,他身子仍靠在树上,两手仍插在裤袋里,"我来说一句好吗?"

他的态度和眼神中带有轻蔑之意,而外表又那么彬彬有礼,这种自相矛盾的仪态本身颇有点嘲弄的意味。

大家都转过身来,给一个外来者以应有的礼貌。

"诸位先生中间是否有谁曾经想过在梅森-狄克逊线以南的地区连一个大炮工厂都没有吗?或者想起南方的铸造厂多么少?毛纺厂、纱厂和制革厂又多么少吗?诸位有没有想到过我们连一条战舰也没有,因此不消一个星期,北佬的舰队就可以把我们的港口封锁起来,叫我们的棉花运不出去?不过——当然啰——列位想必是早已想到了的。"

"怎么,他的意思是说我们的男孩子都是些傻瓜哩!"斯佳丽气愤地想道,热血涌上了她的双颊。

显然,这样想着的不止是她一个人,有几个男孩子也都把下巴抬了起来。这时约翰·威尔克斯先生似乎不经心地然而迅速地回到了说话人的身旁站着，似乎示意在场的人，这位是他的客人，再说，还有不少女士们在场。

"对我们多数南方人来说，"白瑞德接着说道，"问题就在于我们到过的地方太少，或者虽然到过不少地方，但并没有从中得到什么教益。当然，在场诸君都是见多识广的，可是你们究竟见到了什么？见到了欧洲、纽约、费城，女士们都到过萨拉托加。"（他朝坐在凉亭里的人群微微地躬了躬身）。"你们见过不少旅店、博物馆、跳舞厅和赌场，回来之后就觉得什么地方都比不上我们南方。拿我来说，我是查尔斯顿人，可是最近几年我是在北方度过的。"他咧开嘴笑了笑，露出一口洁白的牙齿，似乎他明白在场的人都知道他为什么在查尔斯顿住不下去，而对此他并不在乎似的。"我见到过许多你们不曾见到的东西。我见到成千上万的外来移民，他们只要有口饭吃，有几块钱好拿，就心甘情愿地去给北佬打仗，我还见到许多工厂，铸造厂、造船厂、铁矿和煤矿，而这些东西我们全都没有，不是吗？我们有的只是棉花、奴隶和狂傲。他们要不了一个月就可以把我们打垮。"

一时寂静无声，可是气氛很紧张。白瑞德从上衣口袋里摸出一条精致的亚麻手帕，轻轻地掸了掸袖子上的灰尘。随后，人群中响起了一阵险恶的喊喊喳喳声，凉亭下面，也发出一片嗡嗡嘤嘤的声音，就像有一群受了惊的蜜蜂。斯佳丽脸上的怒云虽然还没有消散，可是她那讲求实际的头脑却不禁感到此人的话并没有错，听起来就像是常识。是呀，她从来没见过工厂，也没听别人说见过。可是，就算他的话是对的，说这样的话也算不了是个上等人，何况又是在宴会上说这番话，大家在这里都是快快活活的。

斯图尔特·塔尔顿皱紧眉头走到前面，布伦特紧跟在后面。当然，塔尔顿双胞胎弟兄平时很讲礼貌，即使被别人大大地惹恼了，也不至于在野宴上和人争吵起来。可是此时太太小姐们都愉快而兴奋，她们很少有机会看到吵架的场面，通常肯定都是从第三者那里听来的。

"先生,"斯图尔特气势汹汹,"你这话是什么意思?"

白瑞德用客气然而嘲讽的眼神看着他。

"我的意思,"他答道,"就是拿破仑——你也许听说过他吧?——曾经说过的话,'上帝站在最强大的军队一边!'"说罢,他转向约翰·威尔克斯,真诚而客气地说道:"你说过要让我去看看你的藏书室,先生,能不能现在就恩赐我去看一下?我今天下午得早点赶回琼斯博罗,那儿有点事情等着我去办。"

他转过身子,面对人群,两脚并拢喀嚓一声,像个舞师一样鞠了一躬。那姿态对他这样身体粗壮的人说来,可以算得上优美,但是显得十分无礼,好像给人脸上打了一记巴掌。随即和威尔克斯穿过草地走了,他仰着头,把他那令人不快的笑声送回到餐桌边的人群中来。

又是一阵受了惊的沉默,接着嗡嗡声再起。因迪疲倦地从凉亭下站起身来,朝怒火未消的斯图尔特·塔尔顿身边走去。斯佳丽听不清她说些什么,可是从她仰着脸看着斯图尔特的眼神中,斯佳丽忽然觉得良心有点刺痛似的。她的眼神就和媚兰看着艾希礼时的眼神是一个样子。只是斯图尔特感觉不到罢了。这么看来因迪是真心爱他的。她立刻想起一年前的那次政治演说会上,她若不是那么露骨地勾引斯图尔特,他们俩说不定早已结成一对了。然而她的良心发现只在一念之间,她马上又安慰自己,女孩子如果保不住自己的男朋友,当然不能算是她的过错。

最后斯图尔特总算朝因迪笑了笑,笑得很勉强,又点了点头。大概是因迪求他不要跟白瑞德先生争论下去自找麻烦。树荫下一阵有礼貌的骚动,客人们纷纷站起身来,轻轻地把膝上的面包屑抖掉。太太们把保姆和孩子叫到身边,会齐了动身回去。姑娘们成群结伴地一路谈笑着进了屋,到楼上卧室里闲聊或睡午觉去了。

太太小姐们不一会儿全走光了,把凉亭和树荫留给男客们,只有塔尔顿太太还在。杰拉尔德、卡尔佛特先生和别的一些人特意把她留下,想听听她关于卖马的事是不是肯答应。

艾希礼信步走到斯佳丽和查尔斯坐着的地方来,脸上现出沉思和有趣的微笑。

"那家伙真狂妄,是不是?"他看着白瑞德的背影说道,"那神气简直像是波杰①家族的一员。"

斯佳丽急忙想了一下,可是想不起来在县里,或在亚特兰大,或在萨凡纳,有这么个家族。

"我不认识他们。他是不是他家的亲戚?他们是谁?"

查尔斯脸上现出了古怪的神情,他的内心混杂着怀疑和羞耻同爱情的矛盾,结果是爱情占了上风。女孩子只要美丽温柔可爱就够了,没有教养也无妨她的魅力,于是急忙答道:"波杰家族是意大利人。"

"哦,"斯佳丽扫兴地说,"原来是外国人。"

她献给艾希礼一次最最可爱的微笑,可是艾希礼出于某种原因,竟没有朝着她看。他眼睛看着查尔斯,带有理解和稍稍怜悯的神情。

斯佳丽站在楼梯口,从栏杆上朝楼下过道里仔细张望。楼下空无一人。楼上卧房里不断传来阵阵絮语,时起时落,夹杂着一串串尖笑以及"你真的没有吗?""那么他怎么说呢?"这类话。在六间大卧室里,姑娘们在床上和躺椅上休息,礼服脱掉了,胸衣松开了,头发飘散在背后午睡是当地的习惯,如果是全日聚会,从早上开始,到晚上舞会结束,午睡就更不可少。刚上床的时候,女孩子总要说说笑笑,约摸过了半小时,女仆就来给她们放下百叶窗板,室内光线变得幽暗起来,谈话声渐渐变成耳语声,终于安静下来,时而听见柔和的有规律的呼吸声。

斯佳丽等到弄明白媚兰、霍尼和赫蒂·塔尔顿三个人确已在床上躺下,这才悄悄溜进过道准备下楼。她先从楼梯口的窗子里朝下望去,只见一群男人坐在凉亭下面,端着高脚酒杯喝酒,她知道他

---

① 15世纪后叶意大利豪门。敦皇亚历山大六世即出自该族。

们不到傍晚时分是不会离去的。她的眼睛在人群里搜索了一会儿，未见艾希礼在里面。她侧耳倾听总算听到了他的声音，正如她所希望的那样，他还在前面车道上和一些太太孩子们道别。

她的心快要跳出来了，急急忙忙下楼来。万一碰见威尔克斯先生该怎么办？别的女孩子都在午睡，睡得好好的，她有什么借口可以到处乱跑？不过，非得冒险不可了。

在她踏下最后一级楼梯时，她听见男管家在饭厅里指挥众仆人把桌子椅子搬开，准备晚上的舞会。在宽阔的过道对面，藏书室的门敞开着，她便悄悄地溜了进去。她打算在里面等着，待艾希礼送完了客人进屋时把他叫住。

藏书室的百叶窗都被拉下来挡住了阳光，室内半明半暗。高高的四壁，一屋子堆满了黑魆魆的书本，令她感到压抑。这不是她想象中的幽会场所。大量的书本总是令她感到压抑，就像那些喜欢读大量书的人令她感到压抑一样。只有一个人例外，那就是艾希礼。那些笨重的家具在若明若暗的光线中对着她巍然耸立，阔扶手高背深坐椅子是给威尔克斯家身材高大的男人坐的，前面有天鹅绒足凳的天鹅绒矮椅子，是给女孩子准备的。在这长房间的另一头，在壁炉前面，放着一张七英尺长的沙发，竖着高高的靠背，像是一只匍匐着的巨兽，这是艾希礼最喜欢的座位。

她掩上门只留下一道缝，竭力想让自己的心不要跳得太快。她想回忆一遍昨夜想跟艾希礼说的话，却一个字也想不起来。她到底是想到了些什么又忘记了呢？还是只设想艾希礼该对她说些什么呢？她全记不起来了。猛然她心里一阵惊恐。要是她的心不在她耳边直跳，也许她能想起该说些什么，可是偏偏听见他说罢最后一声再见，走进前面过道里的时候，她的心跳反而加剧了。

她能够记起来的就只有一件事——她爱他。爱他的一切，从他高傲地扬起的满头金发直爱到他脚下乌黑的皮靴。爱他神秘的微笑，爱他令人难解的沉默。啊，要是此刻他径直走到她跟前，把她拥在怀里，什么都不用她说，那该有多好啊！他肯定是爱她的——"假如我祈祷的话，也许——"于是她便紧紧闭上眼睛，急促含糊地念着"万福玛利亚，大慈大悲——"

"是你，斯佳丽！"艾希礼的声音忽然穿进她轰鸣着的耳朵里，弄得她惊慌失措。他站在微开着的门外凝视着她，脸上带着疑惑的微笑。

"你是在躲谁——是查尔斯，还是塔尔顿家两弟兄？"

她咽了一口气。那么他是注意到了男孩子们怎么在纠缠着她的！他站在那里，眼睛闪烁着，全然没有觉察出她内心的激动，那样子多么可爱啊！她说不出话来，只是伸出手去，把他拉进书房里来。他进了屋，不明白是怎么回事，但感到有趣。她神情紧张，眼睛里冒出他从未见过的光辉。即使光线微弱，他也能看出她双颊上玫瑰色的红晕。他不觉关上了身后的门，握住她的手。

"怎么啦？"他说道，几乎是耳语。

她一触到他的手，便开始颤抖起来。现在，一切就要像她所梦想的那样进行下去了。霎时间千头万绪一齐涌上她的心头，却没法理清也没法说出一句话来，只是抬头看着他的脸，浑身不住地颤抖。他为什么不开口？

"怎么啦？"他重复问道，"是想告诉我一个秘密吗？"

忽然间她觉得能够说话了。埃伦多年的教诲一下子烟消云散，杰拉尔德那爱尔兰人说话直截了当的血统在他女儿唇边显灵了。

"是的——一个秘密。我爱你。"

霎时间，沉寂之极，似乎两人都停止了呼吸。然后，她不再颤抖了，幸福和骄傲涌进了她的身躯，她为什么不早就这样做呢？这岂不比她以前学会的那些闺阁千金所用的策略要简单得多吗，于是她用目光去搜索他的目光。

他的目光中流露出愕然和难以置信的神情，还有别的什么——什么呢？噢，是杰拉尔德心爱的大猎马跌断了腿，他不得不把它打死的那天，他的目光里流露的就是这种神色。可是她现在有什么必要想起那件事？这样想多愚蠢。可是为什么艾希礼的样子那么古怪、而且一言不发,然后,他的脸上仿佛戴了副训练有素的假面具似的,殷勤地向她微笑。

"你今天把所有男人的心统统俘虏归你,难道还不满足吗?"他说道,用他的戏弄又爱抚的老调子,"难道你一定要做到无一漏网不成,好吧,你知道,你总是要我的心,你早已看中它了。"

有点不对劲——全错了,跟她设想的竟不是一个样。她脑子里如一团乱麻,缠来绕去,终于形成了一个观念。不知怎么的——出于某种原因吧——艾希礼的行动似乎以为她在和他调情呢。可是他应该知道她不是和他闹着玩的。她相信,他是知道她的。

"艾希礼——艾希礼——对我说——你一定要——哎,别逗我啦!你到底心里有我吗?哦,亲爱的,我真——"

他的手急忙捂住她的嘴。假面具撕去了。

"快别这样说,斯佳丽!你不能这样说。这不是你的心里话。你将来会恨你自己说过这些话,也会恨我听到这些话。"

她扭过头去。一股热流迅速贯穿全身。

"我绝不恨你,我跟你说我爱你,我知道你一定会喜欢我,因为——"她停住了。艾希礼脸上浮现出非常苦恼的样子,那是她在任何人脸上都不曾看到过的。"艾希礼,你到底喜欢——你是喜欢我的,是吗?"

"是的,"他麻木地说道,"喜欢的。"

这一声喜欢令她心寒。假如他真的对她说他恨她,怕也未必使她更加惊恐。她拽住他的袖子,说不出话来。

"斯佳丽,"他说道,"让我们走开,忘了刚才说过的话吧,行吗?"

"不,"她低声说,"我办不到。你到底是什么意思?你不想——不想和我结婚吗?"

他回答道:"我就要和媚兰结婚了。"

不知怎么的,她发现自己已经坐在天鹅绒的椅子上,艾希礼坐在她脚下的矮凳上,紧紧握住了她的双手。他在和她说着——说些没意义的话。现在她心里一片空白，片刻之前，汹涌的思潮转眼间消退得无影无踪，而他的话留给她的印象，也不比雨点打在光滑的玻璃窗上深。他的话讲得很快，体贴而充满怜悯，像是父亲在对感情受到创伤的孩子说话，可是她却一个字也没听进去。

她听到媚兰的名字才心中一动，向他清澈的灰色眼睛里面看去。他的眼中又现出了往日那令她困惑的冷漠神情——还另有一种怨恨自己的味儿。

"神父今晚就要宣布订婚的事了。我们不久就要结婚。我本该告诉你，不过我以为你已经知道了。我以为大家都已经知道——几年前就知道了。我做梦也没料到你——你有那么多人追求你。我以为斯图尔特——"

生命、情感和理解力渐渐又洋溢在她身上。

"可是你刚才还说你是喜欢我的。"

他那双温暖的手伤害了她的手。

"亲爱的，你难道非要我说出伤害你的话吗？"

她的沉默迫使他继续说下去。

"我怎么才能使你明白这些事呢，亲爱的？你太年轻，又不肯多想，你不知道结婚意味着什么。"

"我知道我爱你。"

"像我们两个完全不同类型的人，单凭爱情是不能使婚姻美满的。你需要男人的一切，斯佳丽，他的身体，他的感情，他的灵魂，他的思想。如果这些你不能全都得到，你就会感到痛苦不幸。可是我不能把我的一切全都给你。我不能把我的一切随便给任何人。而我也并不想得到你整个的思想与心灵。你的感情会受到伤害，你会恨我——恨透恨透！恨我读的书本，恨我喜爱的音乐，哪怕它们只是把我从你身边夺走片刻。而我——也许我——"

"你爱她吗？"

"她跟我情投意合，是我生命中不可或缺的部分，我们也相互理解。斯佳丽！斯佳丽！我能不能叫你明白，除非双方各方面都情投意合，否则婚后生活是不可能过得太平的。"

有人也曾说过："只有门当户对，龙凤相配，才会有幸福的婚姻。"这话是谁说的？她好像听见这话已经有一百万年了。可是它似乎仍然没有什么意义。

"可是你说过你喜欢我的。"

"我本不该这样说的。"

她脑子里什么地方慢慢地升起了一团怒火，愤怒开始把别的一切统统给消灭了。

"那好，这话是个大无赖说的。"

他的脸唰地一下变得惨白。

"我说这话是无赖，因为我要和媚兰结婚了。我对不起你，媚兰更对不起你。我本不应该说，因为我知道你是不会理解的。可是我怎么能够不喜欢你？你对生活充满激情，我却没有。你能热烈地爱热烈地恨，我却不能。你像火、像风，像种种野生物的精灵①，而我——"

她想起媚兰，忽然看见她那安详、深沉的褐色眼睛，看见她戴着花边黑手套的文静的小手，看见她神态沉默而温柔。于是她暴怒起来，这种暴怒，曾经驱使杰拉尔德去杀人，驱使她的爱尔兰祖先干出各种罪行从而招来杀身之祸。罗彼拉德那种对世界上任何事情都能保持沉着冷静的好教养，在她身上现在是一扫无余了。

"那你为什么不说，胆小鬼！你害怕和我结婚！你宁愿和那个小傻瓜一起过日子，她成天只会说'是的'或者'不是的'，将来养出一窝小崽子来，也像她一样说起话来爱绕圈子。怎么——"

"你怎么可以这样说媚兰呢！"

"见你鬼的'怎么可以'！你有什么权利跟我说'怎么可以'，你是个胆小鬼、无赖，是你——是你叫我相信你是要跟我结婚的——"

---

① 古希腊人认为火、风、水、土为自然界四大要素的精灵。

"说话要公道些,"他央求道,"我什么时候——"

她知道他说的是实话,可是她不想讲公道话。他确实从来没有对她越过友谊的界限。一想到这一点,她新的怒火又升起来了,这是女性的虚荣心和自尊心受到伤害而引起的愤怒。她一直在追求他,而他看不中她,却宁愿要媚兰那样一个没有血色的小傻瓜。唉,真不该不听埃伦和嬷嬷的教诲,不让他知道自己曾经爱过他——也就不至于面对如此难堪的羞辱了!

她握紧双拳站起身来,他也站起身来,屹立在她面前,脸上充满无言的悲痛,他明知现实是极度痛苦的,而他现在又不得不面对现实。

"我要恨你直到我死,你这个无赖——你这个卑鄙小人——卑鄙小人——"她想找一个最恶毒的词来骂他,可是想不出来。

"斯佳丽——请你——"

他向她伸出手来。就在这时,她用尽全身力气对他脸上掴了一巴掌。静静的房间里,像马鞭挥动似的发出啪的一记响声。忽然间,她的暴怒消退了,只剩下满腹凄凉。

他白皙而疲倦的脸上清清楚楚留着红色的她的手掌的痕迹。他没有说话,只是把她那只无力的手举到唇边,吻了一下。然后不等她开口,就匆匆走出房门,轻轻把门从身后带上。

她的暴怒使她双膝发软,不觉很突然地重新坐到椅子上。他走了,可是他脸上被她猛击一掌后的形象将会萦绕在她的记忆之中,至死不会忘怀。

她听见他轻轻的脚步声在长长的过道中渐渐消失,这才想起自己刚才的举动简直完全不可饶恕。她从此失去了他。今后他会恨她,而且只要一见到她就会记起她曾经主动地想要投入他的怀抱,尽管他从未给过她在爱情方面的任何鼓励。

"我简直跟霍尼·威尔克斯一样不值钱,"她忽然想起来,霍尼的孟浪行径,曾引起每一个人,特别是她自己对她的轻蔑和耻笑。她曾看见霍尼笨拙地扭摆身子,听见她躺在男人怀里嗤嗤地傻笑,想到这里,她不觉产生了新的愤怒,对她自己,对艾希礼,对全世界。因为她恨自己,所以也就恨所有的人,这是一个十六岁姑娘爱情受挫和受辱而产生的愤懑。其实她的爱情中只不过铸进很少一点点真正的柔情,绝大部分是由她的虚荣心和对自己魅力的自恃混合而成的。现在她已失去了心头的爱,而比这种失落感更强烈的,是一种恐惧感。她已经把自己的爱情公诸于众,是不是她暴露得像霍尼那么明显?是不是每个人都要笑话她?想到这里她开始颤抖起来。

她的手垂落在身旁的一张小桌上,手指触到一个小小的玫瑰花瓷瓶,瓷瓶上有一对痴笑着的长翅膀的小天使。房间里过于寂静,静得她难以忍受,直想高喊起来。她需要发泄一下,要不她会发疯。于是她拿起花瓶对准壁炉狠狠地扔了过去。那瓷瓶好不容易越过高高的沙发背,撞在大理石的壁炉台上,啪的一声裂成碎片。

"这,"沙发深处传来一个声音,"未免太过分了吧。"

这一惊非同小可,斯佳丽嘴唇干涩得全然发不出声来。她紧紧抓住椅背,只觉两膝发软,只见一个躺在沙发上的人站起身来,装腔作势地朝她鞠了一躬。此人正是白瑞德。

"在午睡的时候偏偏不得不去听别人的一番谈话,真是万般无奈,可是为什么差一点竟要危及我的生命呢?"

他真的是个人,不是鬼魂。上帝保佑,全叫他听去了!她鼓起余勇,摆出一副神圣不可侵犯的样子。

"先生,你在这里,本当让人家知道才是。"

"是吗?"他露出洁白的牙齿,他粗大的黑眼睛嘲笑着她,"可是你闯进来的啊。我在等肯尼迪先生,我想我在后院也许不受欢迎,不如知趣一点,躲在这儿,我想不会有人来打扰。可是,怎么说呢!"他耸耸肩,柔和地笑了。

她想起这个粗鲁无礼的家伙竟把她刚才说的每一句话都听去了,怒火不由又燃烧起来。她真后悔,刚才哪怕去死,也不该说那番话。

"你竟然偷听别人说话,"她开始大发雷霆。

"偷听常常能够听到极有兴味和大有教益的事,"他咧嘴而笑

"根据我长期偷听的经验,我——"

"先生,"她说,"你不是上等人!"

"说得不错,"他毫不介意地答道,"不过你,小姐,也不是个上等女人呢。"他似乎觉得她很有趣,因而他又柔和地笑了。"一个人要是说了和做了我刚才听到的,就算不上是一个上等女人了,不过上等女人对我说来没有什么吸引力。我知道她们想些什么,可是她们没有勇气,或者缺少教养,不敢爽爽快快说出来。这样早晚会叫人生厌。只有你,我亲爱的奥哈拉小姐,有着难能可贵、令人非常倾慕的精神,我要脱帽向你致敬,我弄不懂的是,那位文质彬彬的威尔克斯先生究竟有什么魅力,能够把你这个急风骤雨般的姑娘给迷住?他应该双膝跪倒感谢上帝赐给他一个像你这样——他刚才怎么说的,——'有生活激情'的姑娘,可惜他是个没有志气的可怜虫——"

"你连给他擦靴子都不配。"她狂怒地吼道。

"可是你却要恨他一辈子呢!"他又在沙发上坐下,她听到他在大笑。

她假如真能把他杀掉,她一定会那样干。可是她竭力装着庄严的样子走出房间,把那扇沉重的房门砰的一声使劲拉上。

她上楼梯跑得太快了,到达楼上时,她认为自己就要晕过去了。她扶着栏杆停住脚步,由于被愤怒、屈辱和疲惫严重的锤击,她的心似乎就要从胸衣里蹦出来了。她想深深吸口气,可是嬷嬷把她的腰带又束得太紧了。要是人家发现她晕倒在楼梯口,那他们会怎么想呢?艾希礼和那个坏透了的白瑞德以及那些争风吃醋的讨厌的女孩子,唉,他们是什么都会想到的!此刻她生平第一次,但愿自己像别的女孩子一样,身上也带着嗅盐①该多好,可是她从来连一只嗅盐瓶也不曾有过。她一向以自己从来没有头晕过而骄傲。此时此刻,她万万不能昏晕过去!

---

① 昏晕时闻之可以通气缓解。

幸好恶心的感觉渐渐消失了。她觉得很快就会恢复正常,那时她就可以溜进因迪卧室隔壁的小梳妆室,解开紧身胸衣,爬上床,在睡着的女孩子们身边躺下,她想要让自己镇静下来,脸上的表情自然一点,因为她知道自己脸上的表情,一定像个疯女人了。如果有哪一个姑娘刚好醒着,一定会看出她的破绽来。她绝不能让任何人知道刚才发生过的事情。

她通过楼梯口的大凸窗能够看到男人们仍然躺在凉亭和树荫下的椅子上。她真羡慕他们!做个男人多快活,永远不用像她刚才那样活受罪。她看着他们,眼睛迷糊,头脑发晕,忽然听到前面车道上传来急速的马蹄声,砂砾随之飞散,还听到一个激动的声音在向黑奴发问。转眼间,砂砾又飞起,只见有一人骑马驰过草地,直向树荫下懒洋洋的人群奔去。

是个迟来的客人?那他为什么要骑马驰过因迪所自豪的那片草地呢?她认不出骑马的人是谁,只见他滚鞍下马,一把抓住约翰·威尔克斯的手臂,她便知道,他是个无比激动的人。人群一下子拥到他身边,高脚酒杯和棕榈扇随意被扔在桌上和地上。她离他们虽然有一段距离,却能够听见那一片喧哗声,有的在喊,有的在问,男人间充满着狂热紧张的气氛。随后是斯图尔特·塔尔顿压倒一片混乱声的欢呼:"伊——啊——伊!"仿佛他是在猎场上。这她还是第一次听到,然而她并不知道,这就是南军士兵的呐喊声。

这时她看到:塔尔顿四弟兄,后面跟着方丹家几个男孩,离开人群急急朝马厩跑去,一面狂喊:"吉姆斯!快,吉姆斯!把马鞍套上!"

"一定是谁家的房子着火了,"斯佳丽想道。且不管着火不着火,要紧的是她赶快回到卧室里去,免得叫人看见。

此刻她的心稍稍平静了些,便踮着脚尖走进寂静的过道。整幢屋子就像那些睡得甜甜的姑娘们,处于浓浓的倦态之中,要到夜幕展开时,才在乐声和烛光中,充分展示它的美姿。她轻轻打开梳妆室的门溜了进去。她的手仍放在身后的把手上,刚要松开,忽然听见霍尼·威尔克斯压低了嗓门像耳语一般的声音从对面通向卧室的房门门缝里传了过来。

"我想斯佳丽今天可算是把女孩子的风骚全都用上了。"

斯佳丽觉得自己那颗心重又疯狂地跳动起来,不觉用手按住胸口,像要把心镇压住似的。她想起"窃听者常能获得极其有益的消息"这句话。她是不是该退出房门,或者干脆闯进去给霍尼一个难堪,可是此刻另一个人的声音令她不由地停住了。这是媚兰的声音,现在,哪怕你动用一队骡子也休想把她拖走了。

"哦,霍尼,别那么说!别那么刻薄。她不过勇敢、活泼些罢了。我看她是挺可爱的。"

"哼,"斯佳丽想道,指甲掐进了胸衣里,"谁要这个小傻瓜甜言蜜语地来帮我说话呢!"

斯佳丽觉得听她的好话比听霍尼那毫不掩饰的攻击还要令她难受。她除了自己的母亲以外,从不相信任何女人,从不相信她们的动机会不是自私自利的。媚兰明明知道已经把艾希礼牢牢捏在手中,自然乐得表现出基督的宽容精神来。斯佳丽觉得这正是她的手腕,一方面炫耀她的胜利,同时又可以表现出待人亲切。其实斯佳丽在男人跟前谈起别的女孩子的时候,也常耍这一手,没有一次不叫那些笨蛋男人上当,以为她生性善良,并无利己之心。

"得了,小姐,"霍尼尖刻地扬起了声调,"你一定瞎了眼了。"

"嘘,霍尼,"萨莉·芒罗说道,"全屋子的人都快听见你的声音了!"

霍尼压低了声音继续说道:

"喏,你看见的,她对能抓住的每一个男人,都要大送秋波——连她亲妹妹的男朋友,那个肯尼迪先生都不放过。真是从来没见过!现在她一定又盯上查尔斯了,"霍尼不自然地吃吃一笑,"你知道查尔斯和我——"

"真的吗?"几个人的声音兴奋地低声问道

"嗯,可别对别人说,姑娘们——还没有!"

接着是一阵咯咯的笑声以及弹簧床的吱吱嘎嘎声,那是谁在拧霍尼，又听见媚兰低声地说了些她很高兴霍尼能成为她嫂子的话。

"我可不喜欢斯佳丽做我的嫂子，她是个我从没见过的小妖精，"这是赫蒂·塔尔顿闷闷不乐的声音，"不过她和斯图尔特的关系等于已是订婚了似的。布伦特说她并不能使他着迷，其实他心里还是迷恋着她的。"

"你要是问我的话，"霍尼故作神秘而义煞有介事地说道，"只有一个人她是真正迷恋的，那就是艾希礼！"

低语声融成了一片，有发问的，有插话的，斯佳丽感到屈辱与恐惧交加，浑身一阵冰凉。霍尼对付男人是一个笨蛋，一个傻瓜，一个蠢货，可是对待别的女人，却有一种女性的本领，斯佳丽未免把她低估了。刚才在藏书室里从艾希礼和白瑞德那里所遭受的羞辱，和现在的情况相比，就像是被针尖刺了一下微不足道的。男人们哪怕是像白瑞德那样的人，一般是不会随便乱说出去的。可是霍尼·威尔克斯那根长舌，要是让它像猎狗一样到田野里去乱窜一阵子，那就等不到晚上六点钟，全县都会传遍了。杰拉尔德昨晚上还说过，不希望全县都来笑话他的女儿，现在全县就要笑话她了！黏糊糊的冷汗从她腋下沁出，渐渐淌到她的肋骨。

媚兰那高出众人的声音又响了，语调平和，字斟句酌，稍稍带点责备的口气。

"霍尼，你知道，那不是这么一回事，你说话实在太刻薄了。"

"是那样的，媚利。你要不总是从好的方面去看待人家，你就会看出来的。不过我很高兴，是那么一回事。是她活该。斯佳丽·奥哈拉所做的事，件件都是要搅得人家不太平，要想把别人的男朋友夺走。你知道得很清楚，她把斯图尔特从因迪身边夺走，可是她又不要他。今天她又想把肯尼迪先生弄到手，还想把艾希礼和查尔斯——"

"我得回去！"斯佳丽想道，"我非得回家不可！"

她恨不得有一种魔法把她一下子带回到塔拉，带回到安全的地方。她多么想回到埃伦身边，拉住她的裙子，伏在她膝上痛哭一场，把一切委屈全诉说给她听。她不能再听她们说下去了，否则她定会闯进去把霍尼那蓬乱的头发大把大把地扯下来,会把唾沫吐在媚兰·汉密尔顿的脸上,好让她知道自己对她那番好心肠是怎么想的。可是她今天所做的事,实在是很不高明的,简直比穷苦白人干的事好不了多少——这正是她的烦恼所在。

她用双手紧紧拽住裙子,不让它窸窣作响,然后像一头动物一样,悄无声息地退了出来。回家,她一面匆匆走下过道,经过一扇扇紧闭的房门和一间间寂静的房间,一面想道,我一定得回去。

她已经走到了前面的门廊,忽然产生了一个新的想法——不能回家去!她不能就此溜掉,她一定要坚持到底,要忍受那些女孩子的恶言毒语,忍受自己的屈辱和伤心。半途而逃只能给她们提供更多的炮弹。

她捏紧拳头捶打着身旁高高的白色廊柱,恨不得自己变成大力士参孙①,把整个十二橡树拉坍,把里面的人统统压死。她要叫他们感到难受,她要做出来叫他们知道。怎么个做法她心中无数,反正她照样要做就是了。她要伤害他们,要比他们伤害她的还要厉害。

霎时间,艾希礼已不再是她心目中的艾希礼了。他不再是她所爱慕的那个总是带着倦意的高个子青年,而成了威尔克斯家的、十二橡树的、整个县的重要组成部分——她恨这一切,因为他们曾经笑话过她,对一个十六岁的女孩子来说,虚荣心要比爱强,此刻在她那颗火热的心里,除了恨以外,已没有给任何别的东西留下余地。

"我不回去,"她想道,"我要留在这里叫她们难受,我绝不告诉妈妈。不,我绝不告诉任何人。"她于是打起精神,打算重新进屋,爬上楼梯,另找一间卧室睡觉。

她刚一转身,就看见查尔斯从过道的另一头跑过来,他一见她,就连忙朝她走来。他头发散乱,脸兴奋得通红,像朵天竺葵。

"你知道发生了什么事吗?"他还没走到她跟前就高声嚷道,"你

---

① 参孙,出于《圣经·旧约》。为以色列力大无双之勇士,后被菲力斯人用计俘获,刺瞎双眼,囚于神殿中。参孙以神力扯倒殿柱,神殿倒坍,与敌人同归于尽。

听说没有？保罗·威尔逊刚从琼斯博罗骑马来报的信！"

他走到她跟前停住脚步，简直上气不接下气。她没说什么，只用眼睛瞪着他。

"林肯先生已经在召集人，召集军队——我是说志愿军——七万五千人！"

又是林肯先生！男人们难道就不会去想想那些真正要紧的事儿？现在她的心也碎了，名誉也快给毁了，这个傻瓜还想拿林肯先生那些无聊的事情使她激动起来。

查尔斯目不转睛地看着她，她脸色惨白，像一张白纸，狭长的眼睛像翡翠在闪亮。他从来没有见过一个女孩子的脸上，燃烧着如此炽热的怒火，也从没有见过一个人眼睛里放出如此强烈的光辉。

"我太鲁莽了，"他说，"我该把话说得温和一点。我忘了小姐们都是很娇柔的。我不该让你受惊，你不觉得头晕吧？我去给你拿杯水来，好吗？"

"不用了，"她说道，勉强装出微笑的样子。

"我们到长凳上去坐会儿好吗？"他问道，挽住了她的手臂。

她点点头，于是他挽着她走下前面台阶，穿过草地，到前院里一棵最大的橡树下一张铁制的长凳跟前。他想，女人真是脆弱娇嫩，只要提到打仗之类残酷的事，就会吓得晕过去。他这样一想，就觉得自己很有点男子气概，扶她坐下的时候，也就加倍地温柔。她神情颇为异常，苍白的脸上有一种自然美，令他怦然心动，她会不会因怕他要去打仗而担忧呢？不，那未免过于痴心妄想了。可是她为什么用那样奇特的神情看着他？她在摸手帕的时候，两手为什么要发抖？她乌黑浓密的睫毛在眨个不停——他在言情小说中读到过的女孩子在含情脉脉娇羞难诉的时候，就像她这副样子。

他清了清嗓子想开口说话，可是一连三次，都没有说成。他低下眼睑，因为她那双绿眸子正在非常锐利地对准着他的眼睛，然而她又仿佛对他视而不见。

"他很有钱，"她很快在想，一个念头和计划正在她脑子里形成。

"他没有父母来麻烦我,又住在亚特兰大。假如我马上和他结婚,那就等于告诉艾希礼我一点也不把他放在心上——刚才不过是和他闹着玩玩罢了。这一下还会要了霍尼的命,她从此再也休想找到别的男朋友,而且人人都会对她笑痛肚皮,媚兰的日子也不会太好过,因为她是非常喜欢查尔斯的。这对斯图尔特和布伦特也是一次打击——"她不十分明白为什么她想要刺伤他们,他们无非有几个恶毒的妹妹。"等我下次回来做客的时候,我乘着漂亮的马车,带着许多漂亮的衣服,我还有自己的房子,那时他们人人都会懊悔万分,再也不敢笑话我了。"

"当然,这意味着打仗,"查尔斯经过几番努力,终于开口说道,"不过你也不必为之烦恼,斯佳丽小姐,要不了一个月就会结束,我们会把他们打得鬼哭狼嚎。是的,鬼哭狼嚎!我非得去打仗不可。不过我怕今天晚上的舞会不一定能开成了,因为营队就要在琼斯博罗集合。塔尔顿家弟兄已经去通知各家。我知道女士们心里总有点不大高兴的。"

她想不出什么话好说,便"哦"了一声,可是有这一声就足够了。

她渐渐冷静下来,心思也集中起来了。她的感情上密密地罩上一层严霜,她认为今后她再也无法感到温暖了。那么为什么她现在不就要了这个漂亮羞涩的男孩子呢?是他,或是别的任何男孩子,对她来说,全都一样可要。是的,她永远不再计较,哪怕她一直活到九十岁,也不计较。

"我还没拿定主意,到底是加入韦德·汉普顿先生的南卡罗来纳军团,还是参加亚特兰大城防队。"

她又"哦"了一声,他们的目光碰到一起,她那闪动的睫毛令他立即缴械投降。

"你肯等我吗,斯佳丽小姐?我要是知道你愿意等到我们把他们打垮了的时候,那——那我好比登上了天堂!"他屏住呼吸等待她的回答,一面看着她那向上翘起的嘴角,他第一次注视到她嘴角周围的暗影,心里真想能亲它一亲。这时她把一只沁出汗水的手掌,放进他的手中。

"我可不愿意等,"她说道,垂下了眼睑。

他坐着握住她的手,张大了嘴巴。斯佳丽从睫毛下偷眼看他,平心而论,那模样真像个被叉住的青蛙。他结结巴巴地好几次把嘴张开又闭上,脸涨得像血红的天竺葵。

"你有没有可能爱上我呢?"

她只是默默地低头看看膝盖,查尔斯不由得陷入了一种新的狂喜与困惑的矛盾心态之中。也许男人不该向女孩子提这样的问题,也许女孩子不便回答这样的问题。查尔斯以前从来没有勇气进入这样的情景,现在难免手足无措。他想要大声叫喊,想要歌唱,想要吻她,想要在草地上蹦跳,然后跑去逢人便说,不管是白人黑人,说她爱上了他。可是他只是使劲捏着她的手,直把她的戒指嵌进了她的玉指。

"你愿意和我马上结婚,是吗,斯佳丽小姐?"

"嗯,"她答道,手指抚摸着衣服的褶裥。

"要不要两对婚礼同时举行,我们和梅——"

"不,"她急忙说道,抬起眼睛狠狠地扫了他一下,查尔斯明白自己又犯了个错误。当然,女孩子需要自己的婚礼——不是和别人共享。她心肠真好,对自己这个重大错误居然并不计较。假如现在是晚上,他能有点儿勇气去吻她的手,能说出他急于想说的话该多好。

"我几时可以去跟你父亲说呢?"

"越快越好,"她说道,希望他把那只使劲捏在她戒指上的手放松,免得她不得不向他提出要求。

他听了这话立即跳起身来,她以为他大概要乱蹦乱跳一阵子的,可是他约束了自己。他只是容光焕发地低头看着她,他那颗简单纯洁的心明明白白地映在他的眼神里。以前从不曾有人这样看过她,今后任何别的男人也不会这样看她,可是在她心里对他有一种奇怪的隔阂,使她把他仅仅看成是一头牛犊。

"我现在就去找你父亲,"他满面笑容地说道,"我不能再等。你能原谅我吗——亲爱的,"这一声亲热的称呼,是费了好大劲才说出口的,不过既已叫过了,他就高高兴兴地一遍又一遍地叫个不停了。

"好的,"她说道,"我在这里等着。这里很凉快,很舒服。"

他穿过草地,消失在屋角后面,她独自坐在发出沙沙响的橡树下面。马厩那边,男人们络绎不绝地骑着马来,后面紧跟着各自的黑奴,也都骑在马上。芒罗家的几兄弟挥着帽子狂奔而过,方丹家和卡尔佛特家的男孩子高喊着向大路驰去。塔尔顿家四弟兄穿过草地经过她身旁向前猛冲,布伦特大声嚷着"母亲就要把马给我们啦!伊——啊——伊!"乱草飞舞,他们一下子都走远了,只留下她独自一人。

高高的圆柱依然耸立在她眼前,可是那白色的屋子却似乎带着庄严的冷漠在离她而去。它永不会成为她的屋子了,艾希礼绝不会把她作为他的新娘,带她跨过它的门槛。哦,艾希礼!艾希礼!我究竟做了些什么?在她内心深处,在受伤的自尊心和冷酷的现实掩盖下,有一种东西在刺痛着她。一种成年人的感情正在诞生,它比她的虚荣心和任性的自私心更为强烈。她爱艾希礼,她知道自己爱着他,所以在查尔斯绕过弯曲的砂砾路消失掉的一瞬间,她的内心从来也没有如此难受过。

第七章

才不到两个星期,斯佳丽姑娘便成了人家的妻子,又过了不到两个月,她已是个未亡人。她以如此无比匆忙和如此无比草率给自己套上的桎梏,很快地给解脱了,然而她待字闺中时那无忧无虑的日子却一去不返了。孀居随着结婚接踵而来,但令她沮丧的是,她发现自己已经有了身孕,又要准备做母亲了。

斯佳丽对于一八六一年四月最后的那几天,往后回想起来时总是记得不太清楚。许多事件和时间纠结在一起,既无理性又无现实,竟像是一场梦魇。在她记忆中的这些日子,直到她死仍会留下许多空白点。特别是她接受查尔斯的求婚和举行婚礼之间的那一段,她的记忆更为模糊。两个星期,这样短的订婚期在太平时世是绝不可能的。照规矩得有一年时间,至少六个月。可是当时南方正热衷于打仗的事,办起事来就像被劲风席卷一般迅疾,往日从容不迫的气氛早已一扫而空,埃伦愁眉不展地绞着双手,提出稍微晚一点再办,指望斯佳丽可以有时间能从长计议。可是斯佳丽对妈妈的恳求却总是沉着脸,听不进,不理睬。她就是要结婚,而且要快。要在两个星期之内。

她听说艾希礼的婚礼原定在秋天举行,现在要提前到五月一日,以便营队一旦召唤随时可以应征,她便决定她的婚礼要比他抢先一天举行。埃伦反对,可是查尔斯央求她答应他们,他有幸喜结良缘,口才也好起来了,他正迫不及待地想到南卡罗来纳去参加韦德·汉普顿的军团。杰拉尔德站在两个年轻人一边。战争热使得他兴奋不已,女儿又攀了这样一门好亲事使他非常高兴,在这战争的年代,他有什么理由去做这对年轻恋人的绊脚石呢？埃伦尽管心乱如麻，最后也只能让步，因为当时在整个南方这种情况比比皆是。他们原先的悠闲世界，已被搅得一片混沌。母亲的祈求、祷告和忠言丝毫抵挡不住这股席卷而来的巨大力量。

南方沉醉在热情和激动之中。每个人都知道只消打一仗就可以结束战争，因此年轻人都抢着要在战争结束以前登记入伍。而在他们赶赴弗吉尼亚去打击北佬之前，又都急急忙忙跟自己的心上人结婚。县里的这种战时婚姻一下子就有好几十起，连难舍难分的告别时刻都没有，因为人人都太激动，太匆忙，顾不上流泪，也顾不上郑重地思考。女人们都在做军服，织袜子，绕绷带，男人们进行操练，学习射击。每天都有一列列火车满载士兵经琼斯博罗朝北向亚特兰大和弗吉尼亚驶去。有的分队穿着华丽的军服，有大红的，浅蓝的，有社会民团连队所穿的绿色的，有的小队穿着土布军服，戴着浣熊皮帽子。还有的没穿军服，就穿着绒面呢外衣，配上细麻布衬衫。全都训练不足，装备不齐，又都激动万分，一路高喊着，像是去参加野餐一样。县里的男孩子看到这景象不由得大大恐慌起来，生怕不等他们到达弗吉尼亚，战事就会结束，因此为营队出发的准备工作便大大加快起来。

斯佳丽的婚礼，就在这一片动乱之中准备着，不知不觉中，她已穿上埃伦做新娘时穿过的礼服，披上她的面纱，挽着她父亲的手臂走下塔拉宽阔的楼梯，面对着满屋子的客人了。日后她回味起来，仿佛一切都在梦中，四面墙上点着好几百支蜡烛，她母亲的脸上流露出慈爱，也稍稍带些惶惑，嘴唇翕动着，默默地为女儿的幸福祈祷。杰拉尔德红光满面，是因为喝了白兰地，也因为心中得意，女儿嫁了个好丈夫，有钱，名声好，门第又高——而艾希礼，却站在楼梯脚下，臂上挽着媚兰。

她看到艾希礼脸上的神情，不禁想到："这不会是真的，不可能是真的，一定是一场梦幻。我会苏醒过来，发现这不过是一场梦。我现在不能去想它，不然我怕要在这么多人面前喊出声来了。我现在不能想。我等一会儿再想,等我受得了的时候——等我看不见他的眼睛的时候。"

一切全都是梦。她穿过微笑着的人群走向婚礼的神坛,查尔斯绯红的脸色和讷讷的话音和她自己的回答,都是如此令人吃惊地清晰,然而又如此地冷漠。以及后来的道贺、亲吻、祝酒和跳舞——一切的一切都像是在梦中。连艾希礼吻在她脸颊上的感觉以及媚兰的低语"现在,我们真的成了亲姑嫂了"都似乎不是真的。甚至查尔斯那易于激动的胖姑妈皮特帕特·汉密尔顿小姐忽然晕倒而引起一阵骚乱的事,也像是梦幻一般。

可是等到跳舞和祝酒终于结束,天色已近破晓,亚特兰大来的客人们都挤在塔拉和监工屋子里,在床上、沙发上或者在铺着垫子的地板上躺下歇息,邻居们也都各自回家休息,准备第二天去参加十二橡树举行的婚礼,这时,那梦一般的恍惚状态在现实面前就像水晶一样粉碎了。那现实便是查尔斯穿着睡衣从她的梳妆室里走出来,红着脸避开在床上怕露出身子把毯子高高拉起来盖好的斯佳丽投向他的惊惶的目光。

当然,她知道结了婚是要同床睡觉的,可是她对这件事从来没有想过。对她父母亲来说,她觉得是很自然的事,但从没想到自己也要这样。现在,她从参加烤肉野宴以来第一次意识到她给自己带来了什么。她想到这个她并不真想嫁给他的陌生男人,在她正为草率从事而悔恨,为永远失去艾希礼而痛苦万分的时候,竟要跟自己同床起来,她简直无法忍受。所以在他踌躇地向床边靠近的时候,她用嘶哑的嗓门低声说道:

"你要是靠近我的身子,我就一定要大声叫喊起来。我一定要喊的!我一定要喊——拼命地喊!你赶快走开!不许碰我!"

于是查尔斯·汉密尔顿就在房间角里的一张单人沙发上度过了他的新婚之夜,他并没有过于不快,因为他理解,或者说他以为他能理解,他的新娘是多么娇羞纤弱。他愿意等待她,到她的畏惧心理消失的时候,只是——只是——他在沙发上扭动身子想躺得舒服一些的时候,他叹了一口气,因为他马上就要上前线去了。

如果说她自己的婚礼像梦魇,那么艾希礼的婚礼就更其如此了。斯佳丽穿着件苹果绿的"二朝"服①,站在十二橡树的客厅里,周围像头一天晚上一样,点着几百支耀眼的蜡烛,客厅里挤满了同一批客人。她看见媚兰·汉密尔顿变成了媚兰·威尔克斯以后,那张平平常常的小脸蛋光彩夺目,显得美丽动人。现在,她永远失去了艾希礼,她的艾希礼。不,艾希礼现在不是她的。那么以前果真是她的吗?这一切在她心里搅成一团,她觉得疲倦,觉得迷惘。他说过他爱她,那么到底是什么东西把他们分开的呢?她要是能记起来该多好!她嫁给查尔斯,为的是想堵住县里人的嘴,其实即使堵住了现在又怎么样?当时她那样做似乎很要紧,现在看来简直毫无意义。最要紧的是艾希礼,现在她已失去了他,嫁给一个她不但不喜爱,而且很看不起的男人。

唉,她真是后悔不迭。她常听人说,把鼻子割了不给人好脸色看②,以为那不过是一种比喻,现在才真正懂得了这谚语的意义。此刻,她思绪混乱,她疯狂地想要摆脱查尔斯,平平安安地回到塔拉去,再做个未出嫁的姑娘,然而她又很清楚,这一切只能怪她自己。埃伦曾劝阻过她,可她就是不听。

艾希礼结婚的那晚,她精神恍惚地跳着舞,机械地说着话,脸上带着笑,心里却在无礼地怀疑这些人为什么这样蠢,看不出她的心已经碎了,还以为她是个快乐的新娘。感谢上帝,幸亏他们看不出来。

那天夜里嬷嬷帮她脱衣上床后就离去了。查尔斯怯生生地从梳妆室里走出来,不知道这第二夜他是不是又得在马鬃沙发上度过,不料见她正在放声痛哭。查尔斯只好上床在她身旁设法安慰她,等她把泪水哭干,她才把头靠在他的肩膀上静静地啜泣。

---

① 婚后第二天穿的服装。
② 西谚,喻害己以害人。

假如没有战争，通常要有一个星期的时间到县里多处做客，人们就要给这两对新人举行舞会和野宴，然后新人才出发到萨拉托加温泉或者白硫温泉去做蜜月旅行。斯佳丽会穿上三朝、四朝和五朝服去参加方丹家、卡尔佛特家和塔尔顿家为她举行的舞会。可是现在既没有舞会，也没有蜜月旅行。查尔斯婚后一星期就动身到韦德·汉普顿上校的部队里去了，两星期以后，艾希礼也随着营队开拔了，于是留下全县的乡亲父老为之黯然神伤。

　　在这两个星期中，斯佳丽从没有跟艾希礼单独见过一面，也没能私下跟他说上一句话。艾希礼临走的时候，在去火车站的路上经过塔拉停了一下，就在那可怕的生离死别的时刻，她也没能跟他密谈一次。当时媚兰戴着兜帽，披着肩巾，一副新少奶奶的气派，神态安详地挽着他的臂膀，塔拉的男女老少，无论白人黑人，全都为他上前线出来送行。

　　媚兰说道："你该亲斯佳丽一下，艾希礼，她现在是我的嫂子了。"于是艾希礼弯下身来，他冰凉的嘴唇碰了一下她的脸颊，他的脸拉得长长的，绷得紧紧的。因为这是出于媚兰的提议，斯佳丽心里很不痛快，对这一吻几乎感觉不到有什么快意。临别时媚兰紧紧地拥抱着她，使她几乎透不过气来。

　　"你会到亚特兰大来看望我和皮特帕特姑妈的，是吗？哦，亲爱的，我们多么希望你来！我们希望和查利①的太太更加亲近。"

　　五个星期过去了，其间查尔斯从南卡罗来纳寄来一封封充满热爱与狂喜，又带有羞涩的信件，告诉她他对她的爱，他在战事结束以后的打算，他为了她立志要成为一个英雄，以及他对司令官韦德·汉普顿的崇拜。到了第七个星期，汉普顿上校亲自发来一份电报，随后寄来一封信，是一封庄重亲切的哀悼信，通知她查尔斯的死讯。上校本来早想拍电报来，可是查尔斯以为不过是小毛病，不愿惊动家

---

① 查尔斯的昵称。

里人。这个不幸的孩子,不仅他自以为已经赢得的爱情,连同他在沙场立功的壮志,霎时间全成了泡影。他还没等能接近北佬,就在南卡罗来纳的营房里,染上了肺炎,继而又并发麻疹,就此毫无光彩地迅速离开了人世。

查尔斯的儿子足月后诞生了,取名韦德·汉普顿·汉密尔顿。这是按当时的风尚以孩子爸爸司令官的名字命名的。斯佳丽当初知道自己有了身孕,不禁绝望得啼哭起来,几乎痛不欲生。可是在妊娠期间,她很少感觉到有不适的地方,分娩也极其顺利,而且健康恢复之快使得嬷嬷不得不私底下跟她说她这样未免不像个有身份的太太,因为太太们分娩总要忍受更大的痛苦。她并不喜欢这孩子,虽然她竭力不流露出来。她不需要他,讨厌他的到来,现在他明明来到眼前,却似乎觉得他不大可能是她的孩子,不可能是她自己的一部分。

虽然她产后肉体上恢复得非常之快,快得似乎有些不够体面,可是精神上她是处于恍惚迷离之中。她情绪低沉,全家人想方设法让她振作起来,但都无济于事。埃伦成天双眉紧锁,杰拉尔德的骂声比平日更多。他每次到琼斯博罗去,都要带给她一些无用的礼物。老方丹大夫拿硫黄、蜜糖和药草配制的补剂给她服用也毫不见效,很觉不解。他私下对埃伦说,斯佳丽时而烦躁不安,时而没精打采,是因为伤心过度的缘故。其实斯佳丽要是愿意讲出来的话,她完全可以告诉他们,她的情况完全是另一回事,而且要复杂得多。她没有跟他们说,是因为感到极端的厌烦和迷惑不解,怎么真的做起妈妈来了,尤其是因为艾希礼不在她身边,更使她终日愁眉苦脸。

她的厌烦感非常严重,而且无时不在。营队开赴前线以后,县里任何社交活动和娱乐全没有了。招人喜欢的年轻人一个也没剩下,塔尔顿家四兄弟,卡尔佛特家的两个,方丹家和芒罗家的,以及琼斯博罗、费耶特维尔和洛夫乔依的青年人统统都走了。留下的尽是些上了年纪的男人,残疾人和妇女。他们成天忙着编织、缝纫、种棉花玉米、养猪羊奶牛，给营队提供给养。真正的男子汉连一个也看不到，只有苏埃伦那位中年情郎弗兰克·肯尼迪每月一次率领他的军需队来收集补给品。军需队里的那些人并不怎么能叫人感到兴奋，尤其是肯尼迪对女人献殷勤时那畏畏缩缩的样子真叫她见了没好气，差点连表面上的礼貌也顾不上了。她真巴不得他和苏埃伦的关系能够早点确定下来。

即使军需队里的人比较有吸引力，也不能给她带来什么乐趣。她现在是个寡妇，她的心已经死了。至少，别人以为她的心是在坟墓里面，并且在行动上她该表现得如此。这很叫她恼火，因为关于查尔斯的一切，她怎么也想不起来，只记得当初她答应嫁给他的时候，他脸上的神情竟像垂死的牛犊。而且就连那印象也渐渐淡薄了。可是她是个寡妇，行为绝不能有失检点。未婚姑娘的欢乐应该和她无缘，她必须表现得端庄淡漠。有一回弗兰克的副官扶着斯佳丽在花园里荡秋千，晃得她笑个不住，直至尖叫起来。埃伦见这光景，深为懊恼，对她大大训诫了一番，告诉她寡妇人家最容易招人非议，一举一动，比做太太的要加倍谨慎小心。

"只有天晓得，"斯佳丽想道，一面聆听母亲的柔声教诲，"当太太的就被剥夺了快活的权利，那么做寡妇的就等于是个死人一样。"

寡妇须穿一身讨厌的全黑衣服，连镶边都不成，不能戴花、扎缎带、用花边，甚至不能戴着饰，除非是用以志哀的黑玛瑙胸针或者用死者头发编成的项链。从她的软帽上垂挂下来的黑绉面纱，必须碰到双膝，要等满了三年以后才能缩短到肩部。寡妇绝不能兴致勃勃地聊天，也不能放声大笑。即使是微笑，也必须是忧郁的、凄凉的。最最可怕的是，她们和男人在一起的时候，绝不能流露出感到有兴趣的样子。如果一个男人缺少教养，竟对寡妇表示有兴趣，那么她就应该恰当而庄重地提起她死去的丈夫，好叫那人冷掉他的心。唉，是的，斯佳丽凄苦地想道，有些寡妇最终还是嫁人了，那是已在她们又老又干瘪的时候。在邻居们的眼皮底下，她们怎么能想出办法去嫁人，只有天晓得！而她们所嫁的人，通常不外乎拥有一个大种植场和一打孩子的老鳏夫。

结婚已经是够糟的了,况且又做了寡妇——哦,一辈子就算完了,人家谈论起她来,说查尔斯既然死了,小韦德·汉普顿就是她最大的安慰,说她现在活下去有指望了,这班人真蠢!他们还说查尔斯给她留下这爱情的结晶是多么美好的事,她自然犯不着去纠正他们。他们的想法和她的心思简直相差十万八千里。她一点也不喜欢韦德,而且有时甚至忘记他是自己的儿子。

每天早晨醒来,在睡眼惺忪中,她仿佛依旧是斯佳丽·奥哈拉,窗外木兰树间,闪耀着金灿灿的阳光,模仿鸟在歌唱,炸腌肉的香味飘进她的鼻孔。她又变得年轻而无忧无虑。然后她会听见一阵饥饿的啼哭声,心中常常——常常会猛然一惊,想道:"怎么,屋子里还有个小婴孩!"随后她记起来这就是她的儿子。这一切真叫她心乱如麻,六神无主。

还有艾希礼!唉,她想得最多的是艾希礼!有生以来第一次她恨塔拉,恨那条通向山下河边的红土路,恨那长出绿色棉株的红土地。每一英尺土,每一棵树,每一条小溪,每一条小径和每一条马道都使她想起了他。他现在属于别的女人,并且已经上了战场,然而他的幽灵仍会在晨昏暗影中隐现在大路上,仍会在门廊的阴影中用他那困倦的眼睛微笑地对着她。她只要听到十二橡树那边沿岸传来马蹄声,就一定会立刻美滋滋地想起他——艾希礼!

她曾一度喜爱过十二橡树,可是现在她恨它。她固然恨它,却又不忍不去,因为在那里她可以听到约翰·威尔克斯和女孩子们谈起他,听他们读他从弗吉尼亚寄来的信。她听了不免要伤心,却又不能不听。她不喜欢僵脖子的因迪,也不喜欢又笨又爱絮叨的霍尼,她知道她们也一样不喜欢她。每次从十二橡树回到家,她总是心情抑郁地躺在床上,不肯起来吃晚饭。

不肯吃东西这件事最叫埃伦和嬷嬷着急。嬷嬷端着托盘,讨好地劝她说,现在她做了寡妇,可以不受约束,爱吃多少就吃多少,可是斯佳丽一点不想吃。

方丹大夫郑重其事地跟埃伦说，伤心常使女人憔悴枯萎，终至命归黄泉。埃伦听了，吓得面色惨白，因为这正是她所担心的事。

"能不能想想办法，大夫？"

"最好的法子就是给她换个环境，"大夫说，一心想把这个棘手的病人打发掉。

就这样，斯佳丽勉强带着孩子先到萨凡纳去看望奥哈拉家和罗彼托德家的亲戚，随后又到查尔斯顿去看望埃伦的两个姐妹，波林和尤拉莉。可是她比埃伦预定的日期早一个月就回到了塔拉，也没有解释为什么要提前回来。她在萨凡纳的时候，詹姆斯和安德鲁以及两位伯母待她很好，可是他们毕竟上了年纪，老喜欢坐着谈些陈年旧事，丝毫引不起斯佳丽的兴趣。罗彼拉德家的情况也是如此，而且斯佳丽觉得查尔斯顿那地方简直很糟。

波林姨妈的丈夫是个小老头，举止拘谨冷漠，一副心不在焉的神情，像个生活在上个世纪的老古董。他们住在河边的一个种植场里，比塔拉还要闭塞。与最近的邻居也距离二十英里，通往那里的阴暗道路要穿过寂静的莽林，其间有长满柏树的沼泽和暗影憧憧的橡树，那些橡树的枝干上长着一层灰蒙蒙的青苔，随风摇曳，使斯佳丽想起杰拉尔德讲过的爱尔兰鬼魂在灰雾中徜徉的故事，不由得不寒而栗。白天除了编织别无他事可做，晚上也只有听凯里姨父朗读布尔沃·利顿①先生的喻世小说。

尤拉莉姨妈住在查尔斯顿炮兵场上的一座大屋子后面的花园里，四面砌着高高的围墙，生活毫无乐趣。斯佳丽看惯了蜿蜒起伏的红土山冈，视野开阔，觉得这里简直像坐牢。这里人的交往比波林姨妈家要多些，可是斯佳丽不喜欢那些来客的神态，不喜欢他们的传统和太看重门第的风尚。她十分清楚，他们都认为她是一对不是门当户对的父母生下的孩子，而且觉得奇怪，一个罗彼拉德家的小姐

---

① 布尔沃·利顿（1803—1873），英国历史小说家，著有《庞贝城的末日》等书。

怎么会降低身份嫁给一个新来的爱尔兰人。斯佳丽觉察到尤拉莉姨妈在背后帮她辩解。这着实使她冒火，因为她像父亲一样，从来不把门第放在心上。她为她的父亲杰拉尔德而自豪，因为他就凭他那精明的爱尔兰头脑，独立创起了一份家业。

查尔斯顿人喜欢把萨姆特要塞打仗的事过多地归功于他们！天晓得！他们没有仔细想想，即使他们不那么傻，没有首先开火挑起战争，别的傻瓜也会去干的。她听惯了佐治亚高地一带人爽朗的说话，听到这里低地一带人拖长平板的语调，觉得他们简直是在装腔作势。她觉得要是再听见人家把"帕姆斯"念成"帕——姆斯"，把"豪斯"念成"虎——斯"，把"翁特"念成"乌翁特"，把"妈和爸"念成"妈——和爸——"就会忍不住要尖声叫喊起来了。在一次正式拜访中，她实在受不了那些人的腔调，就故意学起杰拉尔德的爱尔兰土腔来，弄得她姨妈狼狈不堪。随后她就回到塔拉来了，与其在那里听查尔斯顿口音，不如回来受思念艾希礼的相思之苦。

埃伦日夜操劳，为的是要成倍增加塔拉的生产，以支援南方邦联。她见长女从查尔斯顿回来，人瘦了，白了，说话也尖刻了，不由得大吃一惊。她自己曾经尝到过伤心的滋味，所以夜复一夜，她躺在鼾声似雷的杰拉尔德身旁，苦苦思索着用什么办法来减轻女儿的愁闷。查尔斯的姑妈皮特帕特·汉密尔顿小姐，曾经写过几封信来，要她允许斯佳丽到亚特兰大去多住些日子，现在埃伦第一次把这事认真地考虑起来。

皮特帕特小姐信上说，她和媚兰两个人住在一幢大房子里，没有男人保护，查利过世以后，虽然还有我的哥哥亨利，可是他和我们不住在一起。斯佳丽也许跟你说起过关于他的事，我在信上不便多讲。斯佳丽要是来和我们同住，媚利和我会觉得自在得多，安全得多。三个孤身的女人总比两个强。媚利在医院里护理我们年轻的勇士们，斯佳丽要是也跟着她去，或许可以减轻她的愁苦——哦，当然，媚利和我都很想看到那个可爱的小宝宝……

于是斯佳丽的箱子里重新装满了她的居丧服装,她的韦德·汉普顿和她的女仆普里西跟着她踏上了去亚特兰大的征途。埃伦和嬷嬷给她灌满了一脑袋妇女的行为规范,杰拉尔德给了她一百元南方邦联的钞票。她并不怎么想要到亚特兰大去。她觉得皮特姑妈是个奇蠢无比的老妇人,而和艾希礼的妻子同屋而住,更令她嫌恶之至。可是在家里触景生情,她实在无法忍受,因此换换环境还是比较可取的。

第二部

第八章

　　一八六二年五月的一天上午，斯佳丽乘火车北上。她一路上想，亚特兰大城大约总不至于像查尔斯顿和萨凡纳那样枯燥乏味吧。她虽然对皮特帕特小姐和媚兰并无好感，但自从战争爆发前一年冬天她去过那里以来，情况究竟是好是坏，她很想去看个究竟。

　　她对亚特兰大，比对任何别的城市更感兴趣，这是因为杰拉尔德在她小时候跟她说过，她和亚特兰大恰好是同年。等她稍长大些，她发现杰拉尔德的话多少有点夸张，这是他的老脾气，以为说话夸张能够使故事情节更加吸引听众。可是亚特兰大才比她大九岁，比起她听到过的所有城市都要年轻得多。萨凡纳和查尔斯顿都算得上年高德劭，一个在第二个世纪里已过去大半，另一个则已进入第三个世纪。在她眼里，这两座城市就像两位老奶奶，坐在阳光下安详地摇着扇子。只有亚特兰大是和她同时代的，也具有青春的粗野和像她一样的执拗和冲动。

　　杰拉尔德跟她说她和亚特兰大同年，是根据她和亚特兰大在同一年命名这一事实。在斯佳丽出世前的几年中，这座城市最初叫特米诺斯，后来改作马撒斯维尔，最后才定名为亚特兰大。

　　当初杰拉尔德搬到北佐治亚来住的时候，别说根本没有个亚特兰大，就连个村庄的影子也没有，这里只是一片漠漠荒野。到了第二年，就是一八三六年，州政府授权修建一条通向西北的铁路，经过柴拉基人新近割让的一片土地。铁路的预定终点，是在田纳西州和它以西的地区，那是十分明确的，可是它在佐治亚州的起点却一时定不下来，直到一年以后，一位工程师在红土地里打下一根桩子，作为南线起点的标识,这才有了特米诺斯①这个地名,也就是后来的亚特兰大。

当时北佐治亚还没有铁路,别处的铁路线也极少。可是就在杰拉尔德跟埃伦结婚的前一年,在塔拉以北二十五英里的一块小居留地渐渐发展成为一个村子,铁路随之慢慢向北推进,这就真正开始了兴建铁路的时代。第二条铁路线是从奥古斯塔的旧城开始,向西延伸穿过州界和通向田纳西州的新线相联接。第三条铁路是从萨凡纳的旧城开始,通向佐治亚的心脏梅肯,然后向北经过杰拉尔德所在的县到达亚特兰大,和另外两条铁路会合,使萨凡纳的港口有一条大道可以直达西部诸州。此外,从亚特兰大这个枢纽又建起了第四条铁路,朝西南方向通向蒙哥马利和宾比尔。

亚特兰大因铁路而诞生,随铁路的发展而成长。四条铁路线兴建完成以后,亚特兰大能够通向西方、南方、沿海地区,并通过奥古斯塔,通向北方和东方,成了东南西北的要冲,这个小小的村落一下子就兴旺发达起来。

比十七岁的斯佳丽大不了几岁的亚特兰大在这段时间里,已经从打进地里的一根木桩子发展成为一个有一万人口的繁荣小城,成为全州瞩目的中心。那些古老安静的城市看待这座新兴的喧嚣小城,总带着这样一种目光,仿佛眼睛一眨老母鸡变鸭似的。为什么它和佐治亚州别的城市大不一样?为什么它发展如此之快?总之,他们觉得它并没有什么出众之处——无非是有了几条铁路线和一群闯劲十足的人们罢了。

这个先后被称之为特米诺斯、马撒斯维尔和亚特兰大的城市,其居民大抵是一批闯劲十足、精力充沛、不安现状的人。他们有的来自本州较老的地区,有的从外州远道而来。他们满怀豪情,来到这座以铁路枢纽为核心向四方扩展的城市,在车站附近五条泥泞的

---

① 特米诺斯,意思是起点站或终点站。

红土路交叉口一带开起了多种店铺。他们在白厅街，在华盛顿街，在高坡上由无数代穿鹿皮软鞋的印第安人踩成的所谓桃树小道，建起了华丽的住宅。他们为这座城市而自豪，他们为这座城市的发展而自豪，也为他们亲自发展了这座城市而自豪，至于那些历史较久的城市，爱把亚特兰大叫作什么都随它们的便，亚特兰大并不介意。

　　斯佳丽向来喜欢亚特兰大。她所喜欢它的地方，恰恰是萨凡纳、奥古斯塔和梅肯几个城市里的人所轻视它的地方。这城市像她一样，是佐治亚州新与旧的结合，在两者发生冲突的时候，具有坚强意志和活力的新的一方，常常会占上风。再说她喜欢这座城市，还有个人感情上的原因，因为它和她是同一年诞生的——至少是同一年取名的。

　　头天夜里，风雨大作，可是等斯佳丽抵达亚特兰大的时候，温暖的阳光已在开始工作，力图晒干那些弯弯曲曲、泥泞不堪的红土街道。车站附近的空地被川流不息的车辆搅得像个巨大的泥沼，到处可以看到车辆陷在齐轴深的车辙里面。军车和救护车似一条没有尽头的长龙，不停地从火车上装卸军需品和伤员，使得道路更加泥泞和混乱。车辆艰难地在泥地上出出进进，车夫们在咒骂，骡子在猛烈地向前冲撞，烂泥直溅到几码以外。

　　斯佳丽站在火车的下级踏板上，穿着黑色丧服，黑绉面纱几乎飘拂到脚跟，形象苍白而动人。她怕弄脏了鞋子和衣裙，犹疑不定地站着，在马车、火车和单座车的喧闹纷乱中，搜寻着皮特帕特小姐的身影。可是哪里都看不见那位脸色红润的胖太太。斯佳丽正焦急时，只见一个瘦瘦的黑人老头满头绞缠着灰发，以庄重威严的神色，穿过泥沼朝她走来，帽子拿在手里。

　　"你是斯佳丽小姐吧？我叫彼得，是皮特小姐的车夫，"他见斯佳丽撩起裙子，准备从踏板上跨下来，便严厉地喝道，"别踩在烂泥里。你就像皮特小姐，不怕把脚弄湿，简直是个孩子。让我来驮你吧。"

　　他外表看来虽年老体衰，却毫不费力地把斯佳丽驮了起来。他见普里西抱着个婴孩站在火车平台上,便停下来说道:"那女孩子是你带来的保姆吗?斯佳丽小姐,叫她带查尔斯先生的独生子,年纪怕是太小了一点,不过我们以后再谈吧。你这女孩子,跟着我,小心别摔坏了小宝宝。"

斯佳丽服服帖帖地由他背着走向马车,听凭他专横地指摘自己和普里西。当他们穿过泥沼,普里西噘着嘴,啪哒啪哒踩着烂泥跟在他们身后,斯佳丽忽然记起查尔斯生前说起有关彼得大叔的事。

"当年父亲参加墨西哥战争时,他一直跟在身边,父亲受伤,由他护理——事实上,是他救了父亲的命。媚兰和我可以说是由彼得大叔养大的,因为爸爸妈妈去世的时候,我们都还很小。刚好皮特姑妈和她哥哥亨利叔叔闹翻了,就搬到我们这里来住,照顾我们。她是个顶顶不中用的人——简直是个长大了的乖孩子,彼得大叔就是这样看待她的。她对什么事都拿不定主意,所以就由彼得大叔来给她做主。在我满十五岁的时候,是他决定给我增加了个人费用,当初亨利叔叔要我在州立大学取得学位,是他坚持要我到哈佛大学去读完高年级课程。媚兰到几岁才可以挽起发髻参加舞会,也得由他说了算。哪一天天气太冷或者雨下得太大,皮特姑妈不该出门做客,或者什么时候她该披上肩巾,同样得听他的。他是我所见到过的最出色的黑奴老头,也是最忠心耿耿的。讨厌的是他要我们三个人从躯体到灵魂,全都由他指挥,而他自己也知道这一点。"

查尔斯的这番话,等彼得爬上车夫座拿起马鞭的时候,就被证实了。

"皮特小姐因为没来接你,心里很不是滋味,怕你怪罪她。我跟她说我会对你解释的,她和媚利小姐犯不着溅上一身烂泥,把新衣服给毁了。斯佳丽小姐,我看你还是把孩子接过来吧,那小黑鬼差点儿没把他摔了。"

斯佳丽瞧着普里西,叹了口气。普里西不是一个顶合适的保姆。她不久以前还是个穿着短裙子、翘着小辫子、皮包骨头的小黑鬼,如今骤然穿起印花布的衣服,戴上浆过的白头巾,可真有点儿飘飘然了。若不是因为战事紧急,塔拉忙于筹措军需,嬷嬷和迪尔西,甚至罗莎和梯纳都抽不出来,绝不可能由这样小小的年纪的普里西担当起如此重任。普里西以前无论在十二橡树或者在塔拉,都没有走出过一英里以外的地方,如今荣升为保姆,还搭上火车外出旅行,这样的好事就不是她那小小的黑脑袋所能承受得了的。从琼斯博罗到亚特兰大二十英里的旅程中,她兴奋得如醉如狂,一路上斯佳丽只好亲自抱着孩子。现在普里西猛然看到这样多的建筑和人群,不由晕头转向,不知所措。她身子扭来扭去,指指点点,一跃一跳的,弄得那可怜的小宝宝嚎哭个不停。

斯佳丽此刻真希望嬷嬷能在跟前,她那双肥胖而熟练的手臂只要一抱起孩子,他就会停止啼哭。可是嬷嬷在塔拉,斯佳丽简直无能为力。她要是把小韦德从普里西手中接过来,他还是照样哭,而且还要揪住她兜帽上的缎带,弄皱她的衣服。因此她只好假装没有听见彼得大叔的话。

"也许将来我能学会带孩子,"她烦躁地想道,"不过要我傻头傻脑地逗他们玩,我可办不到。"马车颠簸着走出了车站附近的泥淖,她见韦德还在不住尖叫,脸涨得发紫,便怒喝道:"把你口袋里那只糖奶嘴给他,普里西,拿什么哄他都行,我晓得他是饿了,不过我现在一点办法也没有。"

普里西把早上嬷嬷给她的糖奶嘴拿给孩子看,孩子果然不哭了。斯佳丽见孩子恢复了安静,又看到了新的街景,心情稍稍好转一些。等彼得叔叔终于好不容易走出了烂泥地,转到了桃树路上,她几个月来才又一次感到了兴趣。城市发展得多快!从她上回到这里来才过了一年时间,没料到小小的亚特兰大竟发生了如此巨大的变化。

在过去的一年里,她深陷于个人的苦恼之中,听到人们提起打仗就不免心烦,竟不知道亚特兰大从开始打仗的那一刻起,就在经历着巨变。就是那几条铁路,在和平时期曾使这城市成为商业的中心,到了战时,又使这城市成了战略要地。因为离战线很远,这城市及其铁路就成了南部邦联两支大军的联结点,这两支大军就是弗吉尼亚的大军和田纳西以及西部诸州的联军。亚特兰大同时又把供应军队给养的较远的南部地区和各路大军连接起来。现在，由于战事的需要，亚特兰大已成为一个制造业中心，一个医疗基地，一个为战地军队提供粮食和军需品的南方主要供应站。

斯佳丽朝四下看看，想认出她熟识的这小城，然而它已不复存在。这城市就像是一个婴孩，一夜之间成长为一个忙忙碌碌向四面八方伸展的巨人。

亚特兰大像是个嗡嗡叫的蜂房，深知自己对邦联的重要性而自鸣得意，同时日夜忙碌，要把这农业地区转变为一座工业城市。马里兰州以南地区，在战前很少有纱厂、毛纺厂、兵工厂和机械厂——南方人并以此自傲，南方产生的都是些政治家、军人、种植场主、医生、律师和诗人，可是没有工程师和技师。此类下等行当就留给北佬去干吧。可是如今邦联的港口被北佬的炮艇给堵住了，只有极少量的货物能够从欧洲偷越封锁线漏进来。因此南方拼命想要自己生产军用物资。北方可以向全世界去寻求给养和兵源，成千上万的爱尔兰和德国雇佣兵，由于待遇优厚，都拥进了联邦军队。至于南方，一切全得依靠自己。

在亚特兰大，也有几家机器厂在令人腻烦地制造用以生产军用物资的工作母机——是的，令人腻烦，因为在南方，极少有可以用来作为模型的机器，几乎制造每一个轮盘和齿轮的图纸都得从英国通过封锁线运进来。现在亚特兰大街上可以看到许多陌生的面孔。一年以前，本地人哪怕听见西部人的口音，都要竖起耳朵细听，现在连听到欧洲人的外国腔，都毫不在意。那些人是偷越封锁线前来制造机器为南部邦联生产军火的。他们都是有熟练技术的人，要是没有他们，南部邦联要想制造手枪、步枪、大炮和弹药，可就很难设想了。

军火制造日以继夜地进行，军用物资通过铁路大动脉紧张地输送给两条战线上的大军，这城市心脏的搏动几乎可以感觉得到。列车轰隆轰隆从这个城市进进出出，日夜不停。煤烟从新建的工厂里升起,像阵雨般洒落在白色的房屋上。入夜,市民都已入睡,炉火仍在熊熊燃烧,铁锤叮叮当当,响个不停。一年前的许多空地,现在工厂林立,有的生产马具、马鞍、马蹄铁;有的是兵工厂,生产步枪和大炮;有轧钢厂和铸造厂,制造铁轨和货运车厢,以弥补被北佬毁坏的损失。此外还有各种各样的工厂,制造靴刺、马嚼子、带扣、帐篷、纽扣、手枪、刀剑等等。各铸造厂已经开始感到生铁原料不足,因为通过封锁线运来的为数极少,简直可以说是没有。亚拉巴马的铁矿,因为矿工都已上前线,也陷于停顿。亚特兰大城里篱笆上的铁尖桩、铁凉亭、铁大门以至草坪上的铁铸像统统不见了,都早已被投进轧钢厂的熔铁炉里了。

　　这里,沿桃树路和附近的街道上,是各军事部门总部所在地,各部门都蜂拥着穿军服的人,有军需部的,有通讯部的,有邮务部的,有铁路运输部的,也有宪兵司令部的。市郊是军马补给站,马群和骡子群在一个个大围栏里团团乱转。沿着那些小街有许多医院,斯佳丽经彼得大叔一指点,便觉得亚特兰大真可算得上是个伤兵城了,各种各样的医院,如野战医院总院、传染病院、康复医院,简直不计其数。每天火车一到五角场南边,就要卸下新的伤病员。

　　原来的小镇已经消失,这座迅速发展的城市的面貌,由于供不完的劲和干不完的活,使它显得生机勃勃。刚从恬静悠闲的乡间到来的斯佳丽,看到这番匆忙景象,几乎透不过气来,可是她喜欢它。这地方有一种令人兴奋的气氛,使人精神为之一振。她似乎真的感觉到这城市心脏的不断加快而稳定的搏动和她自己的心律是完全合拍的。

　　马车缓缓地驶过城市主要大街的许多泥水坑,她饶有兴味地察看一幢幢崭新的建筑和一张张陌生的面孔。人行道上挤满了穿制服的军人,佩带着标识不同兵种不同级别的肩章。各种车辆把狭窄的车道塞得满满的,有马车,有单座车,有救护车,有带篷的军用货车,那些好咒骂的车夫看到骡子陷在车辙里挣扎不前,便破口咒骂。穿灰军服的传令兵急匆匆地溅起泥浆穿过大街,把命令和急电从一个总部送到另一个总部。康复期的伤员拄着拐杖一瘸一拐地走着，两肘往往各有一位细心的女士搀着。练兵场上传来鼓声、号声和口令声，那是在把新招募来的人训练成士兵。然后，彼得大叔拿马鞭一指，斯佳丽便见一队垂头丧气的穿着蓝军服的人，被枪头上了刺刀的邦联士兵押送兵站，带往俘虏营去，当她第一次看到北佬的军服时，吓得她的心差点儿从胸口跳了出来。

"哦，"斯佳丽想道，从上次野宴以来，她这是第一次真正感到快乐，"我会喜欢这地方的，它多么有生气，多么令人兴奋！"

其实这城市比她所看到的还要热闹，新开的酒吧间有几十家之多，妓女随着军队的到来蜂拥而至，娼寮里丽姝如云，令笃信上帝的教民惊恐之至。从外地来亚特兰大各大医院探望受伤亲人的，使每一家大旅店、寄宿舍和私人住宅都人满为患。每星期都有宴会、舞会、集市，战时结婚多得不计其数。休假期的新郎穿着笔挺的灰军服，配着金穗带，新娘穿着偷越封锁线运来的华丽服饰，新人从十字佩剑的夹道中走向神坛举行婚礼，用从封锁线那边来的香槟互相祝贺，接着是洒泪而别。到了晚上，绿荫大道上传来舞步的声响，客厅里发出钢琴的弹奏声，女高音伴着前来做客的士兵唱的哀伤动听的《军号响起休战曲》和《你的信来了，可是来晚了》——这些哀怨的民歌使那些从不知道什么是真正的忧伤的温柔的眼睛，滴下了激动的泪水。

他们穿过了许多泥沼，走向热闹的街道，一路上斯佳丽兴致勃勃地问这问那，彼得用马鞭指点着一一作答，显示他见多识广，并为此感到得意。

"那是兵工厂。是的，他们在那里制造大炮什么的。不，那不是商店，是封锁线办事处。喏，斯佳丽小姐，你知不知道什么叫封锁线办事处？那是给外国人住的地方。他们来买我们邦联的棉花，从查尔斯顿和威尔明顿运出去，把火药运回来给我们。不，我不知道他们是哪儿来的外国人。皮特小姐说他们是英国人，可是谁也听不懂他们说的话。是呀，这里的煤烟真多，皮特小姐的绸窗帘都给毁了。是从铸造厂和轧钢厂里飘来的。那里晚上的噪音真吵人！简直没法睡觉。不，我不能停下来让你四处张望，我答应过皮特小姐把你直接迎到家里的……斯佳丽小姐，快行个礼，梅里韦瑟小姐和埃尔辛小姐在向你鞠躬呢。"

斯佳丽隐约记起这两位女士曾经从亚特兰大到塔拉出席过她的婚礼，她们是皮特帕特小姐的好朋友，她便忙不迭转过身去朝彼得大叔指点的方向鞠躬。她们两位正坐在一家绸布庄门前的马车里，店老板和两个伙计站在人行道上，捧着一捆捆棉布给她们看。梅里韦瑟太太个子高大结实，穿着太紧的胸衣，胸脯像船头一样高高凸出。她铁灰的头发加上一圈褐色的假垂发，假发似乎骄傲地不屑和铁灰发为伍似的。她有一张红润的圆脸，脸上兼备精明善良和颐指气使的神气。埃尔辛太太比她小几岁，娇小瘦弱，曾经是一个美人儿，现在风韵犹存，还带点娇艳而傲慢的样子。

这两位太太和另一位怀廷太太，是亚特兰大三大支柱。她们每人管理一个自己所属的教堂，包括教堂牧师、唱诗班和教区居民。她们为伤兵举办义卖，主持缝纫界的事务，做舞会和野餐会的监护人。她们知道谁跟谁是理想的一对，谁跟谁不相配，谁在偷偷地喝酒，谁要生孩子，以及何时将要分娩。她们对佐治亚、南卡罗来纳和弗吉尼亚三个州里稍有名气的人的家谱，无不了如指掌，是这方面的权威。凡是这三州以外的人，她们都不放在心上，因为她们认为，三州以外没有一个可以算得上是有名气的人。她们知道什么样的行为可以算得上得体，什么样的行为算不上得体，而且总要把自己的看法发表出来。不过发表的方式各异——梅里韦瑟太太说起话来慷慨激昂，埃尔辛太太慢条斯理，怀廷太太则叽里咕噜，颇有这类事不值得一提的味道。她们彼此之间全无好感，互相猜忌，不亚于罗马的前三头政治①，她们之间的密切联盟，很可能是出于同一原因。

---

① 指庞培、凯撒和克托苏三执政。

"我跟皮特说过，一定要你加入我的医院，"梅里韦瑟太太微笑着招呼道，"你可别答应米德太太或者怀廷太太呀！"

"我不会答应的，"斯佳丽说道，不明白梅里韦瑟太太指的是什么，只觉自己受人欢迎，被人家争着要，心里热乎乎的。"我希望很快就能再见到你。"

马车继续前进了一段路，有两个挽着绷带篮子的女士，正踩着泥路上的踏脚石，摇摇晃晃地横穿马路，车子便停下来让她们过去。与此同时，斯佳丽一眼瞥见人行道上有个人，穿着极其鲜艳的服装——鲜艳到了不适合穿着上街的程度——披着佩斯利①细毛披巾，流苏一直挂到脚后跟。她转过身，见是一个高个子漂亮女人，脸上有点冒失的神态，一头红发红得不像是真的。这是她生平第一次看到的一定是个"在头发上加过工"的女人，她真着了迷，仔细端详着她。

"彼得大叔，那人是谁？"她低声问道。

"我不认得。"

"你认得的，我看得出来。她到底是谁？"

"她叫贝尔·沃特林，"彼得大叔说，下嘴唇向前凸了出来。

斯佳丽还算机灵，马上就注意到他在她的名字前面，没有加上"太太"或者"小姐"的称呼。

"她是什么人？"

"斯佳丽小姐，"他隐晦地说，用鞭子抽了一下马，"皮特小姐不喜欢你去打听和你不相干的事。她们是这个城市里没有价值的人，犯不着去谈论她们。"

"我的天，"斯佳丽想道，受了他的责备，不再开口了，"她一定是个坏女人！"

她从来没有见过坏女人，不由扭转脖子盯着她看，直到她消失在人群里面。

---

① 苏格兰一城市，18世纪初叶以来为纺织中心。

商店和战时新建筑渐渐地稀疏了,时而出现一块块空地。终于商业区过去了,住宅区映入了眼帘。斯佳丽像碰见老朋友似的一一认出来了,那是莱登家的房子,庄严而堂皇,那是邦内尔家的房子,有白色的小圆柱和绿色的百叶窗,以及麦克卢内家的房子,在矮黄杨树篱的后面,是一座用红砖砌得严严实实的佐治亚建筑。现在他们的马车开始慢下来了,因为从人行道上,从人家的门廊和花园里,不时有女人招呼她。有的她似曾相识,有的在记忆中已经模糊,但大多数她是素不相识的。皮特帕特对她的到来,必定已大肆宣传过,有些女人踩着污泥尽量走近他们的马车来看小韦德,斯佳丽不得不一再把他高举起来,好叫她们看个清楚。大家纷纷喊着,要她加入什么编织组、缝纫组和医务会,要她不要答应别人,她只好时而左时而右地信口应允她们。

在他们经过一幢装着绿护墙板、杂乱无章的房子时,一个站在前面台阶上的小黑女孩叫了一声:"她来了。"米德大夫、他妻子和十三岁的小菲尔马上就出来和她大声招呼。斯佳丽记起来他们也都参加过她的婚礼。米德太太爬上自己马车的车板,伸长脖子想看看小婴孩是什么模样,米德大夫却不顾地上的烂泥,一直走到马车边。他是个瘦长条子,一把铁灰的山羊胡子,一身衣服挂在他瘦削的身躯上,就像是被飓风刮上去似的。亚特兰大人认为他是一切智慧和力量的源泉,所以他多少赢得了他们部分信念,原也不足为奇。其实他除了有爱讲玄妙难解的话的习惯和稍稍有点自负的态度以外,他为人之和善,在亚特兰大城里也算得上一个。

大夫和她握了手,在韦德肚子上戳了一下,称赞了他几句,便宣称皮特帕特姑妈已经发过誓,答应一定让斯佳丽参加米德太太的卷绷带会,绝不能接受别家医院和卷绷带会的邀请。

"哎呀,亲爱的,我已经答应过上千个太太啦,"斯佳丽说道。

"一定是梅里韦瑟太太,"米德太太愤愤地说,"那女人真讨厌,我敢说每一班火车她都要去接的!"

"我一点不明白是怎么回事,所以才答应她的,"斯佳丽承认,

"不过究竟什么叫医务会呀？"

大夫和他的太太见她如此无知，不由得感到诧异。

"不过，对了，你给埋在乡下，当然不会知道，"米德太太帮她辩解道，"我们组织了好多个看护会，到各医院去做各种服务工作。我们看护伤兵，帮助大夫，做绷带，做衣服，等伤兵可以出院时，就把他们接到我们家里来休养，让他们康复以后回部队去。有些伤兵家里很穷——简直一贫如洗，我们便照顾他们的老婆孩子。米德大夫是在公立医院里，我的看护会就在那里服务，人人都说他是个了不起的大夫，而且——"

"得了，得了，米德太太，"大夫天真地说，"别在人前夸我啦。你既然不让我到军队里去，这点事实在算不了什么。"

"不让你去！"她愤慨地嚷道，"是我不让你去吗？你明知道是地方上不让你去，咦，斯佳丽，人家听说他打算到弗吉尼亚去当军医，全城的太太便签名请愿要他留下来。当然，这城市少了你是不行的。"

"得了，得了，米德太太，"医生说，显然被恭维得舒舒服服，"恐怕我们有一个孩子在前线，目前已够了吧。"

"明年我也要去了，"小菲尔兴奋地跳着说，"我去当一名鼓手，现在我在学敲鼓。你要不要听听？我去拿鼓来。"

"不，现在不要，"米德太太说道，把他拉得更靠近自己，她的脸上忽然显得有点紧张，"明年不去，宝贝儿，后年再看吧。"

"可是到那时仗早打完了，"他使性子嚷道，从母亲身旁脱身开来，"而且你是答应过的！"

他父母的目光在他头顶上相对而视，斯佳丽从那眼神中看出来，因为达西·米德已在弗吉尼亚，他们在牢牢抓住留在家里的小儿子。

彼得大叔清了清嗓子。

"我出来的时候，皮特小姐精神不大好，我们要不赶快回去，说不定她会晕过去的。"

"那么再见吧，下午我来看你，"米德太太说道，"你给我带个口信给皮特，说她若不让你加入我的看护会，她的精神会更坏的。"

马车在泥泞的道路上继续滑着向前，斯佳丽靠着垫子，不觉莞尔。几个月以来，她到现在才觉得心情舒畅一些。亚特兰大的人群，它的匆忙和它潜在的激昂气氛，比起查尔斯顿寂寞的种植场，那里只有鳄鱼的吼声才打破夜晚的寂静，要有趣得多，快活得多，这里也远胜于那围有高墙的亭园里好空想的查尔斯顿城本身，也远胜于那两旁种有矮棕榈的宽阔马路和城边有浑浊河流的萨凡纳。而且虽然她很喜欢塔拉，是的，眼下这里似乎比塔拉更好。

这城市坐落在蜿蜒起伏的山丘之间，街道泥泞狭窄，有一种天然粗犷的气质，这是一种令人振奋的东西，这和她身上被埃伦和嬷嬷给她的漂亮外表掩饰掉的气质颇为相近。她忽然意识到自己是属于这个城市的，而不属于那黄水河畔、宁静乏味的古老城市的。

现在房子越来越稀少了，斯佳丽俯身看到了皮特帕特小姐家的红砖和石板顶的房子。它差不多是城北边最末端的一幢房子，打这里过去，桃树路便渐渐变窄，曲曲折折地在大树下延伸过去，消失在一片静静的密林里。屋子外面整整齐齐的木栅栏新近上了白色油漆，栅栏围着的院子里星星点点地布满了那季节里最后的黄色长寿花。前面台阶上站着两个穿黑衣服的女人，后面有一个大块头女人，两手拢在围裙里，满脸笑容，露出雪白的牙齿，胖姑妈皮特帕特激动地摇摆着一双小脚，一手按住那硕大无朋的胸脯，扪住颤动的心。斯佳丽看见媚兰站在她身边，穿着黑色丧服，黑色的鬈发梳得整整齐齐，显得很有身份，露出动人的一笑以示欢迎，心脏形的脸蛋显得很高兴。此时斯佳丽心中忽然一阵不快，她认为使得亚特兰大美中不足的，就只有这个瘦弱女子媚兰。

一个南方人若是不辞辛劳打起行装到二十英里以外去做客，那就起码要住上一个月，通常还远远不止一个月。南方人既好客，也喜欢做客。一个人到亲戚家去过圣诞节，一直住到第二年七月，是极为平常的事，新婚夫妇度蜜月到各家去拜访，要是碰上舒适的人家，就一直住到第二个孩子出世。上了年纪的姑妈、姑爹星期日到娘家吃午饭，一住就是几年，直到寿终正寝。因为住房宽敞，奴仆成群，土地富饶，多几口人吃饭算不了什么，来了客人总是被招待得愉快无比。无论男女老少，没有一个人不出去做客，有度蜜月的，有年轻的妈妈把新生儿带给人家看的，有病人去休养的，有失去亲人出去换换环境的，有父母怕女孩子择婿不当叫她出去避一阵子的，也有女孩子到了危险期尚未订亲，家里人希望她在别处亲戚的监护下，找到乘龙快婿的。南方人的生活节奏缓慢，客人来了可以增添兴奋和变化，所以总是受欢迎的。

所以此番斯佳丽到亚特兰大来，究竟要住多久，心里并无打算。假如这里像萨凡纳和查尔斯顿一样乏味，她住不上一个月就会回去。假如这里生活很愉快，她可能无限期地住下去。可是她刚住下来，皮特姑妈和媚兰便发起了一场攻势，要她跟她们住在一起，把这里当作她永久的家，她们列举所有合理的理由。她们要她留下是由于她本身的原因，因为她喜欢她，她们两人住在这幢大房子里很孤单，晚上常常感到害怕，而她很勇敢，可以给她们壮胆。她很可爱，在她们悲伤的时候，可以让她们高兴起来，查尔斯已经过世，她和孩子自然应该和他的亲属住在一起。再说，根据查尔斯的遗嘱，这房子一半应该归她所有。最后一点，南部邦联正需要每一双手都来缝纫、编织、卷绷带和护理伤员。

查尔斯的叔叔亨利·汉密尔顿是个单身汉，住在车站附近的亚特兰大旅馆，也认真地跟她谈了这件事，亨利叔叔是个身材矮小、脾气暴躁的老绅士，圆滚滚的肚子，脸色绯红，满头银丝既乱且长，最受不了女人的羞怯和夸夸其谈。正因为如此，他和妹妹皮特帕特小姐几乎难得开口说话。他们两人的脾性从小就格格不入，后来因为他反对她教养查尔斯的方法，说什么"把个军人的儿子弄成个女人腔"，两人就越发疏远了。几年以前，他曾侮辱过皮特小姐，从此她除了十分谨慎地在耳语中低声谈到他以外，从不提起他的名字。她对他如此缄默，一个陌生人见了，准以为那位诚实的老律师是个杀人犯。那场侮辱的根由是这样的：皮特打算从自己的财产中提出五百块钱来投资一个子虚乌有的金矿。亨利是她的财产托管人，不肯让她提款，还用激烈的言词说她就像六月里的硬壳虫一样没有脑子，还说跟她在一起只要过上五分钟，就会心烦意乱。打那以后，她正式地每月见他一次，由彼得大叔赶车送她到他办公室里去支取家用。而且每去一次，回到家后她就要流着眼泪和闻着嗅盐躺在床上睡到天黑。查尔斯和媚兰和叔叔相处极好，多次主动提出帮助皮特解除这个折磨，可是她总是噘着孩子气的嘴巴不肯答应。亨利是她的苦难，她得忍受下去。见此情状，查尔斯和媚兰只好推断，她大概能够从这不时发生的激动中得到乐趣，因为她生活面窄，能使她激动的唯有此事。

　　亨利叔叔一下子就喜欢上了斯佳丽，他说他看得出来，虽然她也会装腔作态，但多少还有点头脑。他不但托管皮特和媚兰的财产，也受委托保管查尔斯留给斯佳丽的财产。斯佳丽发觉自己成了个有钱的年轻女人，不由得惊喜不已。查尔斯留给她的不只是皮特姑妈那半座房子，另外还有田产和城里的不动产。车站附近铁轨沿线的店铺和仓库，是归她继承的部分财产，由于打仗的缘故，价钱已涨了三倍。亨利叔叔在把她的财产说给她听的时候，趁机就提出要她在亚特兰大长住的问题。

　　"韦德·汉普顿到了成年的时候，就会是个有钱的年轻人，"他说，"照亚特兰大发展的速度看来，二十年之内他的财产能增加十倍，因此这孩子就该在他的财产所在地教养长大，以便他将来学会管理它，还包括管理皮特和媚兰的财产。他将成为汉密尔顿家唯一的男人，因为我不可能在这里永远活下去。"

　　至于彼得大叔，他以为斯佳丽在这里长住是理所当然的，要是叫查尔斯的独生子在他照管不到的地方教养长大，那简直是不可思议的事。对所有这些言论，斯佳丽都笑而不答，因为她还不知道是不是真的喜欢亚特兰大，也不知道和她的姑妈、小姑是否合得来，不愿轻易做出承诺。她知道她还得争取杰拉尔德和埃伦的支持，再说她一旦离开了塔拉，偏又想它想得要命，她怀念那红色的田野，怀念那绿色的棉株,怀念那暮霭中的寂静。她想起杰拉尔德说过,她血液中溶和有她对塔拉土地的热爱,现在她生平第一次朦胧地意识到这话的真谛。

所以对她将要住多久的问题,她巧妙地避而不答,而从容地进入桃树路尽头处那红砖房里的生活里去了。

和查尔斯的血亲住在一起,亲眼看见查尔斯生长的家庭,斯佳丽对这个使得她闪电般经历了从妻子到寡妇到母亲三阶段的男子能够有所理解。不难看出他为什么会如此羞涩,如此单纯,如此理想主义。如果说查尔斯曾真的继承了他父亲严厉、无畏、暴烈的军人气质,那么在他的童年时期生活的温雅的女性氛围中,那种气质早已湮灭无存了。他曾把自己奉献给那孩子气的皮特姑妈,对媚兰比亲兄弟还要亲密,这两位偏偏是天底下最最温柔而不谙世故的女人。

皮特帕特姑妈六十年前受洗礼时取名萨拉·简·汉密尔顿,可是自从她那溺爱她的爸爸见她那双轻盈的小脚,老是啪哒啪哒一刻静不下来,就给她取了这个绰号,此后她的真名就再没人称呼了。可是自从她第二次命名以后,她身上发生了许多变化,以至于她的这个昵称,似乎有点名不副实。从前那个到处飞跑的女孩,现在空剩着一双小脚,再也拖不动那沉重的身子,却又喜欢漫无目标地喋喋不休。她长得肥胖,红红的脸颊,银白的头发。胸衣束得太紧,老是有点儿喘不过气来。那双小脚,偏又穿着太紧的鞋子,这样她就走不上一条街的路。她只要稍一激动,心就狂跳不已,而她又不觉得难为情,一味娇生惯养,以致一受刺激马上就会昏厥过去。人人都知道她的昏厥多半是故意装出来以显示上等人家太太的模样,好在大家都很喜欢她,不把事情说穿。人人都喜欢她,像对待孩子般娇纵她,不跟她认真——只有她的哥哥亨利一人除外。

世上她顶顶喜欢的事就是闲聊天,甚至胜过饭桌上的欢乐。她一谈起来就是好几个钟头,谈些别人的私事,不过总是出于好心,不去伤害人家。她记不住地点、日期和人名,老是把一出戏里的演员跟另一出里的混淆起来,不过这倒也无妨,因为没人会笨到竟把她的话当真的。真正的丑闻和骇人的事是没人会讲给她听的,因为她虽然年已六旬,毕竟仍是未婚女子,需加保护。她的朋友们都好心地串通起来一直把她当作个老孩子,疼爱她,庇护她。

媚兰有许多地方像她姑妈!她羞涩谦和,容易突然脸红,可是她有见识——"是的,我承认她有某一方面的见识。"斯佳丽不情愿地想道。媚兰的脸也像皮特姑妈,是一张受人庇护惯了的孩子脸,她只知道单纯、善良、真诚和疼爱,从来不去看冷酷和邪恶的东西,即使见到了,也认不出来。她因为自己一直很快活,就希望她周围的人也都快活,至少对他们自己感到舒适。为此,她总是看到人家最好的方面,而且总是在最好的方面好意地加以评论。哪怕再蠢的奴仆,她也能在他们身上找出忠心、和善等等优点,足以弥补其不足之处。一个女孩子不管长得多么丑,多么令人生厌,她总能发现她姿态优美,品德高尚。一个男人不论怎样没有价值,不受欢迎,她也不把他的现状看死,而用发展的眼光看待他的将来。

由于她的这些品性是自然而真诚地出自她宽阔的胸怀,因此所有的人都拥到了她的身边,试想连自己都梦想不到的令人艳羡的优良品质,竟被她发现出来,她有如此的魅力,谁还能抵挡得住?她的女朋友比谁都多,男朋友也不在少数,虽然追求她的人不多。她缺少的是自私与任性,不懂得把这两种品质拼命膨胀用来捕捉男人的心。

其实媚兰所做的,无非是一般南方女孩子家中要求她们做的——使周围的人感到自在,使他们感到舒适。南方社会之所以如此愉快,正是由于这种女性巧妙共谋的投其所好的策略造成的。女人明白,只要男人不受触犯,心满意足,并且一直保持虚荣心,那么女人的日子很可能非常好过。所以,女人从降生下来一直到离开人世,无时不在讨好男人,让男人高兴。男人得到了满足,也会对女人殷勤备至,百般宠爱。事实上,男人愿意把世界上的一切都给女人,就是容不得她们有智力。斯佳丽对待男人,和媚兰用的是同样的法宝。不过她是经过精心研究做到有高度技巧。她们两人不同之处在于:

媚兰爱说中听的奉承话,是为了要男人快活,哪怕只是暂时的快活,而斯佳丽只有在追求她自己的目的时,才肯这样做。

查尔斯从两位他最亲爱的人身上,没有受到过任何使他坚强的影响,他也没见到过任何严厉的或者现实的东西。他从出生到长大一直生活在一个温暖如鸟窝般的家里。和塔拉相比,它是个平静温和的老式家庭。在斯佳丽眼里,这屋子里缺少男性的气息,缺少白兰地、烟草和望加锡油①的气味,缺少粗嘎的嗓音和或时有可闻的咒骂声,还缺少髭须、枪支、马鞍、缰绳和脚下的猎犬,她很想再听听吵架的声音,在塔拉,只要埃伦一转身,那种声音准能听得见,不是嬷嬷跟波克争,就是罗莎跟梯纳吵,要不就是她自己跟苏埃伦说些刻薄话,加上杰拉尔德的高声恫吓。查尔斯出自这样的家庭,难怪他娘娘腔十足了。这里没有什么令人激动的事,每个人都尊重别人的意见,态度温和,从不提高嗓门,到末了,厨房里那个花白头发的黑人霸王倒可以为所欲为了。斯佳丽本以为逃脱了嬷嬷的监督,总可以自在一点,万万没想到彼得大叔对妇德的标准,特别是对查尔斯先生遗孀的要求,竟比嬷嬷有过之而无不及。

在这样的家庭里,斯佳丽渐渐康复,不知不觉中她的情绪已恢复正常。她才十七岁,体质极好,精力充沛,加以查尔斯家里人竭力想要让她快活。如果他们没有不折不扣地做到这一点,那也不能怪他们,因为只要一提起艾希礼的名字,她心头就会一阵刺痛,这是谁也消除不了的。可是媚兰偏偏要不住地提起他!至于媚兰和皮特两人,以为斯佳丽为丧夫而悲痛,便不遗余力地想方设法为她消愁解闷。其实她们何尝不难受,但是为了她的缘故,只好尽量不流露出来,她们对她的饮食,她的午睡,她乘车出去兜风之类的事,照顾得无微不至。她们对她的豪爽,她的身段,她娇小的手脚,雪白的皮肤,不仅羡慕不已,还时时搂着她、亲吻她、爱抚她,还以

---

① 产自东南亚的一种植物性发油。

亲热的行动表达她们的真实情意。

斯佳丽并不喜欢亲热,可是那些恭维话着实令她陶醉。在塔拉从没人给她的长处以那么多的赞美之词。而事实上,嬷嬷要是见到她自鸣得意,反而会弄得她泄气。小韦德也不再让她头痛了,因为全家上下,不论白人黑人,乃至隔壁邻居,都把他当作偶像崇拜,为了把他抢到手好坐在自己的膝上,还彼此展开了无休止的竞争。媚兰对他尤其疼爱,哪怕在他拼命大哭大叫的时候,也觉得他可爱,还说什么,"啊,我的好宝贝,你要是我的该多好!"

有时候斯佳丽觉得很难掩盖自己的感情,因为她依然认为皮特姑妈是个顶顶愚蠢的老太婆,她那惘然的样子和喜欢饶舌的脾气叫她简直无法忍受;她对媚兰出于妒忌而产生的反感与日俱增,以至于当媚兰谈起艾希礼喜形于色,或者大声朗读他的来信时,她竟会贸然夺门而去。不过不管怎么说,她在这里的日子还算过得快活。亚特兰大毕竟比萨凡纳、查尔斯顿和塔拉都要有趣,而且这里有这么多新奇的战时工作可做,也没时间让她去多想或发愁。不过有时候,她把蜡烛吹灭,把头埋在枕头里的时候,会叹息着想:"要是艾希礼还没有结婚该多好!要是我不必到那倒霉的医院里去做看护该多好!唉,要是有一些男孩子来追求我就好了!"

她刚开始做看护不久,就厌恶这工作了,然而却无法脱身,因为她同时加入了米德太太的和梅里韦瑟的两个看护会,这意味着每星期有四个上午要到那闷热恶臭的医院里去,头发得用毛巾包着,从头到脚得用热围裙裹着。亚特兰大的已婚妇女,无论年老的年轻的,没有一个不做看护的,而且都做得那么起劲,在斯佳丽看来,简直就是狂热。这些女人以为她跟她们一样富于爱国热忱,要是知道她对打仗全然没有兴趣,怕是要大吃一惊的。她对打仗唯一关心的事,就是无时不在担心艾希礼会不会被打死,至于做看护的事,只是因为她实在摆脱不掉才不能不做的。

做看护确实是丝毫浪漫不起来的事。它意味着呻吟、呓语、死亡和恶臭。医院里尽是些长着络腮胡子、身上有虱子、脏得要命的男人，他们身上的臭味和身上的伤口叫一个基督徒看了谁都止不住要恶心。医院里那股坏疽的臭气，没等她走到门口就会钻进她的鼻孔里去，沾在她手上，头发上，甚至进入到她的睡梦中去。苍蝇蚊蚋成群地在病房里嗡嗡飞舞，弄得那些伤兵有的咒骂，有的啜泣。斯佳丽一面给自己搔痒，一面扇着棕榈扇子，直扇得两臂发酸，恨不得这些伤兵统统死光。

可是媚兰对恶臭，对伤口，对赤身裸体的男人，却似乎毫不介意。而她恰恰是个最最胆小羞怯的女人，对此斯佳丽不免觉得奇怪。有时候，斯佳丽看见米德大夫给伤兵切除腐肉，媚兰在一旁端着盆子和手术器械，脸色十分苍白。还有一次，手术以后，斯佳丽见她在储衣间里呕吐，并把呕吐出来的东西悄悄地包在一块毛巾里。可是在伤兵面前，她总是那么和善那么富于同情，那么令人愉快，因而伤兵都把她叫作慈悲的天使。这样的雅号，斯佳丽原也是喜欢的，可是要得到它，就得用手去碰长满虱子的人，就得把手指伸进昏迷不醒的病人喉咙里去看看他是不是吞下了烟草块、绷带头而哽住了咽喉，还得帮他从化脓的伤口里把蛆虫夹出来。不，她就是不喜欢做看护工作！

如若真的准许把她的魅力施加于康复期的伤兵身上，那么她的日子还会比较好过一些，因为他们中间不乏有出身上等家庭，而又讨人喜欢的男人。可是因为她是寡妇，这样的事就跟她无缘。因为有些东西不便让处女的眼睛看到，城里的年轻姑娘，就不宜看护伤兵，于是照顾康复病房的任务就落在她们的肩上。她们既未结婚，又非守寡，她们便向康复病人大举进攻。连那些相貌极其平常的姑娘，也不难很快订婚的。斯佳丽见状心里颇为沮丧。

斯佳丽接触到的，除了重病重伤的男人外，完全是一个女人的世界，这使她非常厌烦，因为她既不喜欢也不信任自己的同性，更有甚者，和她们在一起，永远叫人感到乏味。可是每星期有三个下午，她得去参加媚兰朋友的缝纫组和卷绷带会。那里有不少女孩子认识查尔斯，对她很和善，很关切，尤其是两位富孀的女儿范妮·

埃尔辛和梅贝尔·梅里韦瑟。可是她们对她毕恭毕敬，好像她已是个老太婆，年轻女人的事已与她无缘了。她们两人相互谈的多是些舞会和情郎的事，叫她听了既妒忌她们，又恨自己是个寡妇，不能分享她们的乐趣。可是，她比起范妮和梅贝尔来，不是要漂亮三倍吗？唉，人生真太不公平！为什么人人都会认为她的心应该埋在坟墓里？这是不公平的！根本不是那么回事！她的心在弗吉尼亚，在艾希礼身上！

可是尽管有这些令人不快的事，亚特兰大毕竟是个使她快活的地方。随着时间一星期一星期地过去，她也就这样一直住了下去。

第九章

　　仲夏的一天早晨，斯佳丽郁郁不乐地坐在卧室的窗口，看着一辆辆大车和马车从窗下经过，沿着桃树路向郊外驶去，车上坐满了快乐的士兵、姑娘和她们的保护人。那天晚上人们要为医院筹款举行一次义卖，这一行人是到林子里去采摘些青枝绿叶装点义卖场地的。红土路上交替变换着大树的阴影和熠熠的阳光，马蹄过后，扬起了红色的尘雾。领头的一辆大车上，载着四个粗壮的黑人，带着斧头，准备去砍些万年青和常春藤，车后高高堆着好多只餐巾盖着的大篮子和橡木条做的食品篮子，里面盛着他们的午餐，还有十几只西瓜。这四人中有一人带着五弦琴，一人带着口琴，两人奏起一曲热烈的《假如你想过好时光，快快参加骑兵队》。大车后面跟着一个首尾相接的欢乐车队，女孩子为了凉快和保护皮肤穿着花布衫，披着薄肩巾，戴着兜帽和手套，擎着小小的遮阳伞。老太太们面带微笑安详地坐着，听凭年轻人隔着马车打趣说笑。康复期的伤兵夹在肥胖的陪伴和苗条的姑娘之间，受到她们无微不至的关怀。军官们骑着马，随着马车蜗牛似的缓缓前行。整个车队车轮吱吱嘎嘎，马刺叮叮当当，金色穗带闪闪发光，阳伞摇来晃去，扇子不断摇动，黑人在歌唱。人人都乘车马从桃树出去采青摘翠，去享受野餐，剖食西瓜。人人都去了，斯佳丽愁眉不展地想道：只有我例外。

　　车队从她窗前经过，车上的人都跟她招呼向她挥手，她想欣然回答他们，可是真难办。一丝难以忍受的痛楚打心底升起，慢慢爬上喉头，似乎结成了一个块，这痛楚的块很快就要化为眼泪了。人人都野餐去了，只留下她。到晚上人人都要去参加义卖，参加舞会，又只留下她。当然,媚兰、皮特帕特和所有其他不幸的居丧人也都会留下来。可是媚兰和皮特帕特似乎毫不在意,因为她们根本不曾有过想去的意思。唯有斯佳丽想去,而且想得那么厉害。

简直太不公平了。为了准备义卖,她花的力气比全城任何一个姑娘要多一倍。她织过袜子、婴儿帽、毛毯和头巾,织过花边,给瓷器发缸和胡子杯①着过色。她还绣过半打沙发套,上面绣着南部邦联的旗子(旗帜上的星难免有点歪斜,有的几乎成了圆形,有的有六个甚至七个角,不过效果还不坏)。昨天她在兵工厂里一间尘封垢积的旧仓房里拾掇了一批覆盖靠墙的一排摊位用的黄色、红色和绿色的薄棉布。这项在女子医务会监督下的工作,是道地的苦差使,毫无乐趣可言。跟梅里韦瑟太太、埃尔辛太太和怀廷太太在一起,从来就没有什么乐趣,她们像老板似的简直把你当黑奴看待。你还得听她们夸耀自己的女儿多么受人欢迎。最糟的是,她在帮皮特和厨子为义卖抽签销售而做夹心蛋糕时,手上竟烫出两个泡来。

现在,她像个辛勤耕作的庄稼汉把活干完了,欢乐的时刻就要开始了,她该有礼貌地引退了。唉,真是不公平,就因为她丈夫死了,还有个婴孩在隔壁房间里嚷着,什么快活的事都没有她的份了。不过一年多前,她还没穿黑丧服而穿着色彩鲜艳的衣裳,她参加舞会,实际上答应了三个男孩子的求婚。今年才十七岁,她还能跳许多舞曲。唉,不公平!现在生活正从她身旁经过,沿着盛夏绿荫下的道路经过,这生活中有的是灰色的军服、叮当的马刺、印花的衣衫和五弦琴的弹奏声。她竭力不露出微笑,不过分热情地向男人挥手,那都是些她在医院里护理过的最熟识的男人。可是她很难抑制住脸上的两个酒窝,很难装出她的心已在坟墓里的样子,因为她的心实在并不在坟墓里。

她正在挥手点头打招呼,皮特帕特气喘吁吁地走进来,(她每次

---

① 给留胡子的人喝茶或咖啡的杯子,上面有挡胡子的盖。

爬楼梯就是这个样子）她突然不由分说一把就把斯佳丽从窗口拽开。

"你发昏了，亲爱的，在卧室窗口跟男人招起手来啦？我说，斯佳丽，我给你吓坏啦！你妈知道了会怎么说？"

"他们又不知道这是我的卧室。"

"不过他们会猜出这是你的卧室，那还不是一样的糟。亲爱的，千万别那样。人家会在背后议论你，说你轻佻——再说，梅里韦瑟太太晓得这是你的卧室。"

"那么她大概是要说给每一个男孩子听啰，这恶毒的老婆子！"

"嘘，亲爱的！多利·梅里韦瑟是我最要好的朋友。"

"那她照样是个恶毒的老婆子——哦，对不起，姑妈，别哭！我忘了这是我卧室的窗口。我不再这样做了——我——我不过想看看他们走过去。其实我心里也想去。"

"亲爱的！"

"是的，我真想去。我在家里简直坐腻了。"

"斯佳丽，答应我不要再那样说。人家会说闲话，会说你对可怜的查尔斯缺乏应有的尊重——"

"哦，姑妈，你别哭！"

"哦，我把你也惹哭了，"皮特帕特一面呜咽一面从口袋里掏手帕，似乎很满意的样子。

斯佳丽心头那一点难以忍受的疼痛终于冲上了喉咙，她哇地一下放声大哭起来，不过这不是像皮特帕特所想的那样是为了可怜的查尔斯，而是为了她听到最后的车轮声和笑声渐渐地消失了。媚兰拖着沙沙的衣裙从自己房里走进来，手里拿着一把刷子，眉头因焦虑而紧蹙，平素一贯整洁的黑发没有罩上发网，细小的发圈和发波蓬松地遍布在她的面颊旁。

"亲爱的！怎么啦？"

"查利！"皮特帕特把头埋在媚利的肩膀上，抽抽噎噎地说，完全陷入她那多愁善感的情绪之中：

"哦，"媚利听见提起她哥哥的名字，不觉嘴唇颤动起来，"勇敢些,亲爱的。别哭,哦,斯佳丽!"

此时斯佳丽已经扑倒床上,正放声大哭,哭她失去的青春,哭她不能享有青春的欢乐。她哭得像个愤怒而绝望的孩子,从前想要什么,只要一哭准能到手,现在再哭也没有用处。她把头埋在枕头里面大哭大喊,双脚踢着乱成一团的被褥。

"我还不如死了的好!"她越哭越伤心。皮特帕特见她如此悲恸,马上止住了自己的招之即来的泪水,同时媚利奔向床边去安慰她的嫂子。

"别哭了,亲爱的。你想想查尔斯多么爱你,你心里就会好过些。再想想你那可爱的小宝宝吧。"

斯佳丽正在为自己被剥夺掉了一切欢乐而深感凄凉,又听到她讲的话和自己所想的完全对不上号,真气得说不出话来。但也幸亏如此,否则她很可能像杰拉尔德那样快人快语,把全部真情统统倒了出来。媚兰轻轻拍着她的肩膀,皮特帕特吃力地踮起脚尖走过去把窗帘放下。

"不要放下!"斯佳丽从枕头上抬起哭得红肿的脸,大声嚷道,"我还没断气,你拉上窗帘干什么——其实我还不如死了好。哦,求你们走开,不要管我!"

说罢她又把脸伏在枕头上;站在她身旁的两人咬了一下耳朵,便踮着脚尖出去了。她听见媚兰在走下楼梯的时候低声对皮特帕特说道:

"皮特姑妈,你最好别在她跟前提起查尔斯。你知道她听了会多难受。真可怜,我看她脸上那奇怪的神情分明是在想叫自己不要哭出来。我们绝不能再去增加她的痛苦啦。"

斯佳丽火冒三丈,却又无可奈何,便用脚踢着床单,想要找出一句恶毒的话来骂。

"活见鬼!"她终于喊了出来,心里顿觉好受一些。媚兰才十八岁,成天待在家里给她哥哥戴孝,一点儿乐趣也没有,她怎么竟甘愿如此呢?生活随着叮当的马刺声从她身边经过,她怎么竟一无所知,或者竟无动于衷呢?

"可是她是个十足的蠢货,"斯佳丽想道,用手捶着枕头。"她不像我那样受人喜欢,她也没失去我所失去的东西。再说——再说她有了艾希礼,而我——我什么人也没得到!"旧恨添上新愁,她又放声大哭起来。

她郁郁地独守空房直到下午,看见野餐归来的大车上堆满了松枝、藤蔓和一些羊齿植物,她的情绪还是愉快不起来。每个人脸上都带着倦意高高兴兴地向她挥手招呼,而她只是没精打采地向他们回礼。生活毫无希望,活着简直毫无意义。

然而她做梦也想不到的是,救星忽然降临,就在饭后午睡时,梅里韦瑟太太和埃尔辛太太驱车来访。媚兰、斯佳丽和皮特帕特姑妈见这时候来了客人,不觉吃了一惊,连忙起身扣上胸衣,理理头发,下楼到客厅里来。

"邦内尔太太的几个孩子出麻疹了,"梅里韦瑟太太突如其来地说道,语气之间分明是说容许此等事情发生,该由邦内尔太太完全负责。

"麦克卢内家的几个女孩子又被叫到弗吉尼亚去了,"埃尔辛太太有气无力地说道,一面没精打采地摇着扇子,仿佛天底下不管发生了什么事,都没什么大不了似的,"达拉斯·麦克卢内负了伤。"

"太可怕了,"三位女主人齐声喊道,"可怜的达拉斯是不是——"

"不,只不过打中了肩膀,"梅里韦瑟太太忙说,"可就是事情发生得不是时候。那几个女孩子都到北方接他回家去了。我的天,没时间坐在这里闲聊啦。我们得赶回兵工厂的仓库去装饰好义卖集市。皮特,我们要你和媚利今晚去顶邦内尔太太和麦克卢内家几个女孩子的缺。"

"哦,不过,多利,我们不能去。"

"别跟我说'不能',皮特帕特·汉密尔顿,"梅里韦瑟太太气势很盛地说道,"你去监督那些管点心的黑人,那本是邦内尔太太做的。媚利,你去管麦克卢内家姑娘的摊位。"

"哦，我们实在不行——可怜的查利死了才一——"

"我理解你的感情，不过为了邦联的事业再大的牺牲也不为过，"埃尔辛太太不容置辩地柔声插了一句。

"噢，我们是很想帮忙的，不过——你们干吗不找几个漂亮的姑娘去管摊位呢？"

梅里韦瑟太太像吹喇叭似的喷了个鼻息。

"我不明白如今的年轻人是怎么回事，一点责任心也没有。你若是要他们去管摊位，她们能找出许多你怎么也想不到的借口来推托。不过，她们别想愚弄我！她们就怕无法跟那些军官勾勾搭搭，如此而已。她们坐在摊位后面，唯恐人家看不见她们那漂亮的衣裳。我但愿那个跑封锁线的——叫什么来的？"

"白瑞德船长，"埃尔辛太太提醒道。

"我希望他最好少运些花边和带环的裙子来，多运些医药品进来。我今天要是想挑一套衣服，就得看上二十套他偷运进来的衣服。白瑞德船长——我听到这名字就厌恶。好吧，皮特，我没工夫跟你争论。你一定得来。大家会谅解你的。再说你在里屋，没人会看见你的，媚利也不会惹人注目。麦克卢内家姑娘的摊位设在路的尽头，布置得不很漂亮，所以没有人会注意你的。"

"我想我们应该去，"斯佳丽说道，竭力压制住迫切的心情，现出真诚单纯的样子："这是我们能够为医院做的最起码的事。"

两位来访的太太虽说急于要人，但还没有想到要叫一个孀居不到一年的寡妇到社会活动中去抛头露面，所以一直没提起她的名字。现在听她这样说，便转过身来，紧紧盯着她。斯佳丽眼睛睁得大大的，天真烂漫地承受着她们的凝视。

"我想我们应该去帮忙把这件事办好，我们都去。我想我该去帮媚利照管摊位，因为——喏，我想两个人总比一个人要好些。你说是吗，媚利？"

"嗯，"媚利无可奈何地说道。居丧的寡妇公开参加社会活动是闻所未闻的，她感到惶惑不安。

"斯佳丽的意见是对的，"梅里韦瑟太太说着，见她们有让步的迹象。她起身，猛地拉好裙环。"你们两个——你们三个都得来。得啦，皮特，别再推托啦，想想医院里正缺钱添床买药。我知道查利一定喜欢你能帮助他为之献身的事业的。"

"好吧，"皮特帕特无可奈何地说道，在强手跟前，她向来是如此，"如果你认为人们会谅解我们，那就好。"

"太好了！太好了！"斯佳丽外表拘谨地走进麦克卢内家姑娘的那个用红、黄两色薄棉布围起来的摊位，心里却暗暗高兴。她真的来到一个公众集会的地方了！一年的幽居生活，披着黑纱，默默寡言，闷得几乎要发狂，今天终于来到了集会上，而且是亚特兰大规模空前的一次社会聚会。这里有明亮的灯光，有音乐在演奏，她可以看到许多人群，可以亲眼看看出名的白瑞德船长最近从封锁线偷运进来的美丽的花边、饰边和外衣。

她坐在摊位柜台后面的一张小凳上，上下打量着那长长的大厅。这本是一间不堪入目的操练厅，空荡荡一无所有。到下午已经布置得非常漂亮，看上去很舒服，那些太太们今天想必花了一番心血。全亚特兰大的蜡烛和烛台大概今晚都搬到这里来了，她想。这里有银色的烛台，上面伸出成打的烛签，有瓷器的烛台，底座上有可爱的小雕像，有古铜的烛台，笔挺地竖着，很是威严。烛台上插着的蜡烛大小各异，颜色不一，散发出月桂花的幽香，有的放在从大厅一头一直排到另一头的枪架上，有的放在点缀着鲜花的长桌上，有的放在柜台上，有的甚至放在开着窗的窗台上，让夏季的暖风吹拂得闪闪发亮。

大厅中央有一盏大灯，用铁链从天花板上挂下来，灯的样子本来很难看，链条也已经生锈，现在用野葡萄藤和常春藤一装饰，看起来就完全改观了。那些藤蔓因天热已经快要枯萎了。墙的四壁排满了松枝，清香扑鼻，墙角成了枝叶掩蔽的凉亭，可供老太太和姑娘的陪护人歇息。到处垂挂着长串的常春藤、葡萄藤和牛尾藤。在墙上绕成一个个圈环，在窗上做成稀疏的帘幕，在五颜六色的摊位上则盘成扇形。而在这一片万绿丛中，到处飘扬着南部邦联的旗帜，在红蓝两色的底子上闪烁着明亮的星星。

乐队的演奏台布置得尤其艺术化，它的四周都被绿色植物和星旗掩蔽起来。斯佳丽一看就知道全城的盆栽和桶栽花卉都搬到这里来了，锦紫苏、天竺葵、绣球花、夹竹桃、秋海棠——甚至连埃尔辛太太的四盆珍贵的橡胶树，也分别放在四角最显眼的位置。

在大厅音乐台对面的那一头，经那些太太们布置，她们自己反倒因此黯然失色了。墙上挂着邦联的戴维斯总统和佐治亚州人"小亚历克斯"斯蒂芬斯副总统的巨幅像。画像上是一面大旗。下面是许多长桌子，桌上堆着从本城各花园里掠夺来的花卉，有蕨类植物，有红色的、黄色的和白色的蔷薇排成一排，有杂色的旱金莲，有傲然挺立的剑兰，有高昂的茶色和乳色花朵的在俯视群芳的蜀葵。一支支蜡烛在花丛中宁静地点燃着，好似祭坛上的圣火。那注视着这一场面的两幅画像上，两张面孔的气质是如此不同，竟然在这紧急关头由他们共同主持大业，真叫人难以置信。戴维斯双颊扁平，目光冷峻，像个苦行僧，薄薄的嘴唇傲慢地抿着。斯蒂芬斯的脸上有一双深陷的炽热的黑眼睛，那脸似乎显得他非常理解人们的痛苦和疾病，而且凭他的脾性和热情他似乎战胜过它们——然而这两张脸却同样深深地受到爱戴。

对义卖负全责的几位委员会的老太太，煞有介事地、沙沙地走进来，把迟到的太太和咯咯痴笑的女孩子赶到各自的摊位，然后穿过门到陈列点心的后屋里去。皮特姑妈喘着气跟在后面。

乐师们登上了音乐台，清一色的黑人，咧着嘴，胖胖的脸颊上已经闪着汗珠。他们拿起小提琴，郑重其事地拉着拨着，把音校正。梅里韦瑟太太的车夫老利瓦伊，早在亚特兰大还叫作马撒斯维尔的时代，凡是义卖、舞会和婚礼，都由他担任乐队领班，他拿小提琴弓嗒嗒敲了几下，以示准备开始，此时除了参加义卖工作的太太们外，所有的人全都把眼光投在他的身上。一时间，小提琴、大提琴、手风琴、五弦琴和指节骨的协同作用,奏出了一曲徐缓的《洛雷纳》——这乐曲节奏太慢不适合跳舞,跳舞要等到各摊位的货物都已出清才开始。斯佳丽听着那忧郁感人的华尔兹,不觉心房急遽地跳动起来:

> 岁月缓缓流逝,洛雷纳!
> 草地上积雪又现。
> 天边夕阳西沉,洛雷纳……

一、二、三,一、二、三,斜、摆、三,转、二、三。多美的华尔兹!她微微伸开双手,闭上眼,随着那熟悉的哀伤曲调身子摇晃着。那表现洛雷纳爱情悲剧的曲调中有某种东西混有她自己的激情,于是她喉头又哽住了。

随后,仿佛被华尔兹音乐唤醒似的,下面月影朦胧的街道上,浮起了各种声响——马蹄践踏声,车轮滚动声,荡漾在温馨夜空中的欢笑声,黑奴争夺拴马位置的吵闹声。接着楼梯上一阵骚动,轻快的笑谈中女孩子清脆的声音夹杂着陪护人低沉的嗓音,有轻盈的招呼声,还有女孩子见到熟人时快活的尖叫,哪怕她们分手才不到几个时辰。

骤然间大厅里生意盎然。到处都是年轻姑娘,似翩翩飞舞的蝴蝶,穿着色彩鲜艳的服装,鲸骨圈把裙子撑得很大,底下露出长内裤的花边,圆圆的、小小的雪白的双肩裸露着,胸衣的荷叶花边上面隐约可见柔嫩的胸怀。花边肩巾随意地挂在臂上。洒金的扇子、彩绘的扇子、鹅毛的扇子和孔雀毛的扇子,用细细的丝绒带子吊在手腕上。耳根垂着的金耳环随着脖子后面金色的鬈发一起跳动着。花边、绸缎、穗带和丝带全都是通过封锁线运进来的,因而更加贵重,更足以自豪。而这一切华美的装扮又更加增添了对北佬的侮辱。

其实城里所有的鲜花并非全都献给了两位邦联的领袖。最小最香的花朵都摘下来给女孩子打扮。她们有的在耳朵后面插上茶味玫瑰，有的把茉莉和蔷薇花蕾扎成小小的花环别在鬈发上面，有的把一朵朵鲜花庄重地插在缎带上，它们等不到聚会结束就会被移到灰色军服胸前的口袋里，作为纪念品被珍藏起来。

　　人群中穿军服的人可真不少，有好多是斯佳丽在医院的病床上，在街上，在操场上见到过的。他们的军服十分华丽，光闪闪的纽扣，袖口和领头上灿烂的金色穗带，裤子上根据兵种不同镶有红色、黄色或蓝色的条子，把一身灰军服点缀得十全十美。大红的和金色的肩带起伏飘荡，军刀碰撞在雪亮的靴子上，马刺叮当作响。

　　穿军服的人向朋友们挥手致意，握住老太太的手深深地鞠躬。多么英俊的男人，斯佳丽想，心中一阵得意。他们虽然满脸是黑色的或褐色的胡子，或者长着一排黄色的髭须，可是看起来还是那么年轻，那么漂亮，那么毫不在乎，虽然臂上吊着吊带和头上包着雪白的纱布，正好和被太阳晒黑的脸庞形成鲜明的对照。拄着拐杖的军人身边有姑娘护卫着，她们体贴地放慢脚步配合受伤者的独脚一跳一步，为自己尽了神圣职责感到自豪。军人中有一位服饰特别花哨，好似一只热带鸟，使得姑娘们的鲜艳服饰为之失色。他穿了蓬松的蓝白条子裤子，配着乳黄色高筒靴，还穿了紧身红夹克衫，身材黑瘦，咧开嘴笑着。他是梅贝尔·梅里韦瑟心中唯一的男友，名叫勒内·皮卡德，是一名路易斯安那州的义勇兵。医院里每一个人，至少每一个能走路的人一定都来了。所有病假和休假的军人，所有亚特兰大和梅肯之间的铁路部门、邮政部门、医院和军需部门的职工也一定都来了。太太小姐们该多快活！今晚准能为医院筹到大笔的捐款了。

　　下面街上传来一阵低沉的鼓声，脚步践踏声，以及车夫的恭维声。随后一声号响，一个雄浑的声音喊了声解散的口令。不一会儿，穿着漂亮军服的民团和自卫队走上狭窄的楼梯，一下子拥了进来，鞠躬、握手、问好。自卫队里有些是未成年的孩子，为当一名军人感到自豪，他们指望明年此时要是战事还未结束，就一定去弗吉尼亚参战。还有些须发皆白的老人，只恨自己年老力衰，但又为能穿上军装在队伍里行进,表明他们有儿子在前线的荣耀而自豪。民团里有许多中年人和一些老年人,但也有几个壮年汉子,他们远不如比他们年长或年幼的人那么意气昂扬。已经有人在窃窃私语,询问他们为什么不跟着李将军去打仗。

这么多人居然一下子都挤进了大厅!几分钟以前还是空荡荡的,现在已经挤得水泄不通,夏季温暖的夜空中飘散着香袋的气味、科隆香水和生发油的气味、月桂蜡烛燃烧的气味、百花的香味以及许多脚踩旧地板而扬起的灰尘。嘈杂的人声使人们什么都听不清楚,这时,老利瓦伊一阵高兴和激动,忽然叩击琴弓,奏起《洛雷纳》中的一小节,当他卖力地拉完以后,整个乐队突然开始演奏《美丽的蓝旗》。

几百个声音跟着唱起来,大声喊着,像是一阵欢呼。自卫队的号手爬到乐队台上,在合唱部开始时跟了进去,那高亢清越的号声超越了合唱的歌声,这曲子真感人肺腑,使光着的膀子顿时起了鸡皮疙瘩,脊梁骨里感到一阵冰凉。合唱的歌词是:

> 万岁!万岁!
> 为了南方邦联的真正权益,万岁!
> 为了星光闪耀的美丽蓝旗,万岁!

斯佳丽跟着众人唱着进入第二段的时候,她身后响起了媚兰的甜美女高音,清澈真挚,震撼人心,犹如那军号声一般。她转过身去,只见媚利两手紧压胸前,闭着双眼,泪珠清清从眼角淌下。唱完以后,她朝斯佳丽古怪地一笑,拿手帕擦着眼泪,脸上现出一副辩解的样子。

"我太高兴了,"她低声说道,"我为士兵们感到骄傲,竟忍不住掉泪了。"

她眼中闪出强烈得近乎狂热的光芒,照在她不好看的小脸蛋上,顿时容光焕发显得漂亮起来。

在乐曲终了时，不单单是她，每个女人的脸上，都显示相同的神情。无论是丰腴红润，或是干瘪起皱的脸颊上，都淌着自豪的泪水。当姑娘的身子转向情郎、母亲转向儿子、妻子转向丈夫时，她们唇上挂着微笑，眼中闪出炽热的光辉。一个女人，哪怕长得极其平常，只要受到充分的保护，被人全心全意地爱着，而且她正报之以一千倍的爱，那么她一定会变得光彩照人，美丽非凡。

她们爱自己的男人，信赖他们直到最后一口气。有如此坚不可摧的灰色阵线拦截着北佬，还有什么灾难能降临到这些女人头上呢？开天辟地以来，难道曾经有过如此英勇、如此无畏、如此温柔多情的男子吗？他们的事业如此合法正义，除了赢得彻底胜利之外，还可能有什么别的结局吗？她们爱这一事业，就像爱她们的男人一样。她们用双手、也用她们的赤诚为这一事业服务。她们谈的是这个事业，想的是这个事业，梦到的也是这个事业。只要事业需要，她们不惜牺牲自己的男子，像她们的男人高举战旗那样英勇地承受自己的损失。

这是她们内心忠诚和自豪的高潮，是南方邦联的高潮，因为最后的胜利已经在望。斯通沃尔·杰克逊将军在凹地里连战告捷，在里士满一带的七日战役中，北佬又吃了败仗，这就很说明问题了。有了杰克逊将军和李将军那样的将领，还能不打胜仗吗？只消再打一仗北佬势必就会屈膝求和，男人们就可以凯旋骑着马归来，亲吻和欢笑的日子就会来到。只消再打一仗战争就会结束！

当然，有些家庭的婴孩，再也见不着爸爸的面了，有些家庭的坐椅，只好永远空着了。弗吉尼亚偏僻的小溪旁和田纳西寂静的山冈上，会平添许多没有墓碑的孤坟。然而为了如此伟大的事业，这样的代价能说是太大吗？现在，茶、糖和女人穿的丝绸都不容易弄到，不过这不妨一笑置之。再说那些勇敢的跑封锁线的人，能在哭丧着脸的北佬鼻子底下，把这些东西弄进来，这就更叫人振奋。托斐尔·塞姆斯和邦联的海军不久就可以去对付北佬的炮艇，那时港口就可以畅通无阻了。还有英国就要来帮助邦联战胜北佬，因为他们得不到南方的棉花,纱厂都在停工待料。英国的贵族,自然是同情邦联的,因为贵族与贵族总是息息相关的,绝不会站在拜金主义的北方佬那一边。

女人们高声欢笑,把衣裙抖得沙沙作响,她们满怀骄傲地看着自己的男人,她们懂得在危险和死亡跟前抢来的爱是加倍的甜蜜,同时还伴有一种异常的激动。

斯佳丽刚看见人群的时候,心里怦怦直跳,因为得以参加一次公共聚会,感到一种不常有的激动。可是当她看到周围的人脸上那令她不甚理解的激昂神情,她的兴头就烟消云散了。每个女人的脸上都闪耀着激情,但是她没有这种感觉,这使她惶惑,使她沮丧。她觉得大厅似乎不那么华美,姑娘也不那么艳丽了。一张张脸上表现出来的对事业的赤诚,在她看来似乎——似乎,呃,简直是愚昧!

猛然间她的自我意识一闪,不由得惊讶得张大了嘴巴,原来她并不像那些女人怀有强烈的自豪感,也不想为了南方的大业而牺牲自己的一切。对此她应该感到恐惧,应该想:"不——不!我不该这样想!这样想是不对的——是有罪的,"可是她明白这大业对她来说毫无意义,听到人家那么狂热地谈论它就觉得头痛。她觉得这大业并不圣洁,这战争也并不神圣,而是叫人讨厌,因为战争滥杀无辜,耗费钱财,叫人很难得到生活中的豪华用品。她明白自己对于无休止的编织,无穷尽的卷绷带、扯麻布,直弄得手指甲粗糙不堪,已经感到厌倦。唉,医院多么叫人厌倦!不但厌倦,而且发腻,那腐臭味和不停的呻吟声叫人恶心,垂危病人凹陷的面颊看了叫人害怕。

她用眼睛偷偷地朝四下张望,生怕她心中那亵渎的叛逆思想会明明白白地写在脸上被人识破。唉,为什么她的想法和别的女人不一样,她们对南方大业全心全意、忠贞不贰。她们所说所做的,完全出自真心实意。万一有人怀疑她——不,绝不能让人家知道!虽然她没有真实的感触,她得继续装作热忱,装作自豪,装得像个邦联军官寡妇的样子,把一颗心埋进坟墓,勇敢地忍受悲哀,只要有利于南方获胜,即使死了丈夫也在所不惜。

唉，为什么她会和那些忠诚的女人们不一样？她绝不会像她们那样无私地去爱任何人或任何东西。多么可怕的孤独感，以前她在身心两方面都没有感到孤独过。起初她想把这种思想压抑住，可是在她的本性中有一种顽强的意识，绝不允许自己欺骗自己。因此，她一面跟媚兰两人接待她们摊位前的顾客，一面苦苦思索，想找出个理由来给自己辩解——这对她来说，向来是不会感到困难的。

那些女人侈谈爱国主义和南方大业，未免愚蠢，简直是歇斯底里。那些男人谈州权，谈生死存亡，比女人也好不了多少。只有她，斯佳丽·奥哈拉·汉密尔顿，具有爱尔兰人的清醒头脑。她不会拿什么大业来愚弄自己，可是也不会蠢到把自己的真实感情流露出来。正因为她头脑冷静，所以才能对当前的处境采取现实的态度，不暴露自己的真正面目。倘若义卖会上的人知道她真的在想些什么，岂不要大为震惊！倘若她突然登上乐队台去，宣称战争应该停止，好让大家回去种棉花，重开舞会，再找情人，又穿上浅绿色的裙子，他们岂不要目瞪口呆？

一时间，她的自我辩解使她精神振作起来，可是大厅里的景象还是叫她倒胃口。麦克卢内家姑娘的摊位，就像梅里韦瑟太太说过的是设在一个不很显眼的地方，常常无人问津，被冷落一旁。斯佳丽无事可做，只好眼巴巴妒忌地看着那快活的人群。媚兰觉察出她情绪低沉，以为她在思念查利，就不去打扰她和她搭腔，只顾忙着把摊位上的货物排列得好看一些。斯佳丽独自坐着，闷闷不乐，连戴维斯先生和斯蒂芬斯先生画像下堆着的鲜花，看了也觉得不舒服。

"就像是个祭坛，"她暗自嗤之以鼻，"在那些人眼里，这两位人物简直成了圣父和圣子了。"忽然她意识到自己的想法过于不敬，不觉害怕起来，忙举起手来在胸前划个十字以示忏悔，总算及时控制住自己没有出声。

"是呀，我并没有错，"她跟自己的良心争辩道，"人人都把他们俩看成是圣人，其实他们无非是普普通通的人。而作为普通人，他们的样子真难看死了。"

当然，斯蒂芬斯先生因为终身残疾，样子自然好看不起来。可是戴维斯先生——她抬起头看看那张似浮雕般洁净傲慢的脸，最叫她讨厌的是那把山羊胡子。男人要么把脸刮光，要么蓄上髭须，要不索性留上满脸络腮胡子才好。

"他大概只有那么点本事，给自己下巴上留下根小掸帚，"她想道，全然没有见到他脸上那副将要担负起一个新国家重任的睿智沉毅的神情。

起初她因为能够参加聚会，心里很快活，可是现在她并不觉得快活。单是参加是不够的。因为她人虽在义卖会上，但是她并不属于这个会。在场的年轻女人中，凡是没有结婚的，个个都有情人陪着，只有她例外。而且谁也不去注意她。然而以前她历来是舞台的中心人物。这不公平！她今年才十七岁，她的脚在地板上打着拍子，想跳舞，想蹦蹦跳跳。她才十七岁，已经有个丈夫躺在奥克兰的公墓里，有个小宝宝睡在皮特姑妈家的摇篮中，大家便认为她应该安分守己，听天由命。可是在场的女孩子中间，谁都比不上她的胸脯有那样白嫩、她的腰肢有那样纤细、她的双脚有那样小巧。要是照一般人的看法去做，她还不如干脆躺在查尔斯的身旁，让她的墓碑上刻上"某某人的爱妻"这么几个字。

她不是个姑娘，不能去跳舞、去调情，也不是个太太，不能和旁的太太坐在一起，对那些调情跳舞的姑娘评头品足。说她是寡妇，她实在年纪太轻。寡妇该是老年人——老得不想跳舞，不想调情，不想叫人羡慕。唉，小小十七岁的年纪，就得规规矩矩地坐着，表现出寡妇的最高风范，真不公平！样子好看的男人到她们的摊位上来买东西的时候，她得庄重地垂下眼睑，低声地回他的话，这也是不公平。

亚特兰大每个女孩子都不乏男人追求。连相貌最平常的姑娘也像个美人儿似的，最最叫人受不了的，是她们全都穿着这么漂亮的衣裳。

她坐在那里，就像一只乌鸦，黑塔夫绸的衣袖一直长到手腕，纽扣一直扣到齐下巴。没有花边,没有饰带,除了埃伦给她的那枚黑玛瑙胸针以外,没有别的首饰,眼睁睁看着那些俗里俗气的女孩子挽着漂亮男人的臂膀。这都因为查尔斯·汉密尔顿出了麻疹。他甚至不是英勇地战死在沙场,因此她也没有什么可以夸耀的。

她叛逆地把两肘搁在柜台上。嬷嬷以前曾经多次告诫她,不要拿肘部撑着,要不会变皱变难看的。可是此刻她却不理会这些。变难看了又怎么样?她今生很可能再没机会把膀子露出来了。她贪婪地看着那一套套飘浮过去的时装,有的是奶黄色波纹绸,上面印着玫瑰蓓蕾的花环;有的是粉红缎子,用小小的黑丝绒带子镶出十八条荷叶边;有的是浅蓝塔夫绸,裙子足有十英尺长,配着波形花边。姑娘们个个袒着胸,插着诱人的鲜花。梅贝尔·梅里韦瑟倚在义勇兵的臂上,走到她隔壁的摊位上来了。她穿着苹果绿的塔拉丹薄纱衣裙,因为撑得过大,相形之下,腰身显得很小了。衣服上镶满了精致的奶黄色花边,那是刚从封锁线那边贩运来的,而梅贝尔竟毫不在乎地穿着它招摇过市,仿佛那不是由出名的白瑞德船长而是由她自己从封锁线那边贩运来的。

"我要是穿上那身衣服该多漂亮,"斯佳丽想道,心里涌起一阵猛烈的嫉妒,"她腰身粗得像母牛一样,绿颜色跟我最配,它能叫我的眼睛看上去——这种女人怎么会想到穿绿的?她的皮肤看上去绿得就像干奶酪。可是我再也不可能穿那种颜色的衣服了,即使居丧期满以后也还是不可能穿了。就算我有机会再嫁人,也只能穿上那俗不可耐的深灰色、褐色和淡紫色的服装了。"

她又想起了这一切不公平的事。寻欢作乐、穿漂亮衣裳、参加舞会、谈情说爱的时刻是多么短暂!只有短短的太短的几年,以后你就得结婚,穿着色彩暗淡的服装,生儿育女,毁了你的腰身,在舞会上只好和别的太太们一本正经地坐在角落里,跟自己的丈夫,要不就跟那些老是踩你的脚的老头子跳舞了。你要是不这样的话,别的太太就会说你的闲话,你的名誉就给毁了,连你的家也蒙受羞耻。学会用自己的青春年华来吸引男人,收服男人之后,真正实地运用起来,只不过一两年时间,岂不是太浪费了吗?她回顾埃伦和嬷嬷对她实施的训练,可以说是十分完善的,因为她运用起来,常常能收到良好的效果。这方面有一些固定的法则可以遵循,你只要照着去做,就可以无往而不胜。

对付年老的太太们,你要诚实温和,头脑越简单越好,因为老太婆往往很敏感,像猫那样善于用妒忌的眼光盯着女孩子,只要发现她们眉梢或言语之间稍有不慎,就会猛扑过去把你逮住。对付老先生们,你要活泼淘气,不妨稍稍带点挑逗——千万不能过分——好勾起那老傻瓜的虚荣心。他会觉得自己还年轻,还有精力,他会拧你的脸,说你是个迷人的小妖精。在这种情况下,你得马上羞得满脸通红,否则他会更放肆地来拧你,回去以后,还会跟他的儿子说你轻佻。

对付年轻的姑娘和少奶奶们,你要嘴上涂满蜜糖,一见到就给她们亲吻,哪怕一天亲上十次。你得搂着她们的腰,也让她们搂着你,不管你多么不喜欢这样干。她们穿的衣服,生的孩子,你一概要显得羡慕不已。你要提起她们的情人来打趣,你要恭维她们的丈夫。倘若她们赞扬你,你得谦虚地咯咯笑着,说你怎么也没法跟她们相比。尤其要紧的是,对任何事情,你都不能直抒己见,不能超越她们已经发表过的意见。

对别人的丈夫你千万要严格避嫌,哪怕他们本是你舍弃的情人,也不论他们多么招人喜欢。你要是对别人的年轻丈夫好一些,他们的妻子就会说你放荡,你得了个坏名声以后,从此就别想找到你自己的情人。

至于年轻的单身汉——啊,那就是另一回事了,你先朝他们嫣然一笑,等他们飞跑过来问你为什么笑的时候,你不要答话,只是笑得更起劲,好叫他们一直围着你转,想找出你笑的原因。你可以用眉梢眼角勾起他的情思,让他设法单独和你在一起。等你们单独在一起时,他要是想吻你,你就可以装出非常非常受委屈或者非常非常恼怒的样子。他自然会向你道歉,骂自己是只小狗,这时你不妨十分温柔地宽恕了他，使他舍不得对你放手，还想下次找机会亲你。你偶尔可以允许他亲你一下，但不能经常（埃伦和嬷嬷并不曾教她这样，这是她自己琢磨出来的，效果很好。），然后你就哭起来，说不该让他占了你的便宜，说以后他再不会尊重你了。于是他只好给你擦干眼泪，通常会向你求婚，以表示他是非常非常尊重你，接下去还有——哦，对单身汉还有许许多多事情好做，这些她全在行，比如怎样斜着眼睛瞟人，怎样含笑以扇掩面，怎样扭动腰肢让裙子窸窣作响，怎样哭，怎样笑，怎样恭维，怎样安慰。她这一套本领是屡试不爽，唯一不灵验的例子只有艾希礼一人。

可是，学会了如此多的高招，用了没多久，就得永远把它束之高阁，似乎总不大对头。要是永远不结婚，老是穿着漂亮的淡绿色衣服，老是有翩翩少年来追求她，那该多有意思！可是，一直这样下去，你会变成老处女，像因迪·威尔克斯那样，到那时，人家少不了又要可悯地说什么"可怜的东西"了。归根到底，还不如早些结婚，虽然再没有什么乐趣，至少可以保持自尊心。

唉，生活真是乱七八糟！她什么人不好嫁，为什么偏偏嫁给查尔斯，才十六岁就把一辈子给断送了。

当人群纷纷向四壁后退时，她那愤怒和绝望的幻想突然被打断了。太太们小心地抓着裙环，以防不小心被碰到身子，裙子被掀起，不恰当地露出内裤，斯佳丽踮起脚尖，高人一头，看见那民团队长登上乐队台，大声喊着口令，约有半个连的人立即站成一排。随后他们做了一套快速灵活的体操，直做得额上沁出了汗珠，观众则报以掌声和欢呼。斯佳丽应付差事地跟着大家拍手。等那些民兵解散后拥向五味酒和柠檬汁的摊位时，她便转向媚兰，觉得自己得尽快装出忠诚于南方大业的样子。

"他们的样子挺神气的，对吗？"她说道。

媚兰正忙着整理柜台上的编织物。

"他们要是穿上灰军装开到弗吉尼亚去，肯定还要神气得多，"她答道，没有降低她的声音。

有几个民兵的自豪的母亲刚好站在近旁，听见了她的话。吉南太太的脸上不由得一阵红一阵白的，因为她二十五岁的儿子威利就在民团里。

斯佳丽万万没想到在所有的人当中偏偏是媚兰竟说出这样的话来，不由得吓得目瞪口呆：

"怎么啦，媚利！"

"你知道我说的是实话，斯佳丽。我指的不是那些老人和孩子。但是民团里确有好多人是完全能扛得动枪的，他们应该上前线去才是。"

"可是——可是——"斯佳丽一时不知怎么说好，因为她从没想过这件事，"总得有人留在家里来——"威利·吉南跟她说过留在亚特兰大用什么借口来着？"哦，总得有人留在家里保卫本州不受侵犯吧。"

"现在没人侵犯我们，将来也不会有人侵犯我们，"媚利沉着地说道，朝那群民兵扫了一眼，"防止侵犯的最好办法就是到弗吉尼亚去，在那里打垮北佬。至于说什么民团留下来可以防止黑奴造反——怎么，这是我从来没听到过的最蠢的蠢话。我们的自己人为什么要造反？这无非是胆小鬼编出来的十足的借口。我敢说，倘若各州的民团全开到弗吉尼亚去，我们不消一个月就可以把北佬收拾掉。就是那么回事！"

"怎么啦，媚利！"斯佳丽喊了起来，眼睛瞪着她。

媚利温和的黑眼睛闪着怒火。"我的丈夫不怕上前线，你的丈夫也不怕。要是让他们留在家里，我宁愿他们两个都死在前方——哦，对不起，亲爱的，我不该轻率瞎说。这样太残忍了！"

她恳求似的抚摩着斯佳丽的手臂。斯佳丽直瞪瞪地望着她。此刻她心里想的不是死去的查尔斯。她想的是艾希礼，假如他也死了呢？这时米德大夫朝她们的摊位走来，她忙转过身去机械地朝他一笑。

"好呀，女孩子们，"他招呼着说，"你们肯来真好。我晓得你们今晚出来是要做出很大牺牲的。可是这一切都是为了我们的事业。现在我要告诉你们一个秘密。我已想出一个好办法，今晚可以给医院多筹些款，不过我怕有些太太会感到害怕。"

他停下来吃吃地笑着，捋了捋他的灰色山羊胡子。

"噢，什么好办法？快告诉我们！"

"暂且不说，我看还是让你们先猜猜。不过假如教会的人因为这件事要把我赶出城去的话，你们得帮我说几句话。总之，我是为了医院。你们等着瞧吧。这件事是从来不曾有过的。"

说罢，他大模大样地走向角落里的一群陪护人身边。斯佳丽和媚兰转身刚想商量一下究竟是什么秘密，却见两位老先生走过来，大声说要买十英里长的梭织花边。好吧，不管怎么说，老先生来总比没人光顾要强，斯佳丽想道，默默地量着花边，她的下巴被轻轻地捏了一下，她也不吭声。两位老风流买好后就走向柠檬汁摊子，别的顾客随即又来到她们的柜台。她们摊位上的顾客比不上别的摊位多。因为梅贝尔·梅里韦瑟善于轻柔地巧笑，范妮·埃尔辛能够咯咯地傻笑，怀廷家的姑娘擅长妙语巧对，都能把顾客吸引过去。媚利出售的东西对男人没多大用处，她又像个店老板似的，丝毫不苟言笑，斯佳丽当然只好学着她的样子行事。

每个摊位前都聚集了许多人，男人们在买东西，女孩子们在叽叽哇哇说个不停，只有她们的摊位少有人光顾。偶尔来了几个，谈的无非是他们和艾希礼是大学里的同学，说艾希礼是个多么好的军人，或者以尊敬的口吻提起查尔斯，说他的死给亚特兰大带来多大的损失之类的话。

这时乐队奏起了一曲热烈欢快的《约翰尼·布克，快来帮帮这黑鬼吧》。斯佳丽以为自己会激动得尖叫起来。她要跳舞。她要跳舞。她的目光从地板上横扫过去，跟着音乐的节拍轻轻跺着脚，一对绿眼珠闪耀得那么热切，简直要燃烧得快爆发出怒火来了，她一直看到地板的尽头，只见门口站着一个新来的男人，他认出了她，那人凝神注视着她那愠怒顽强的脸上乜斜的眼睛，他看出了任何男人都不难看出的她那脸上的挑逗的表情，不觉咧嘴对自己笑了。

他身穿一套黑色呢绒服装，高个子，比站在他身旁的几个军官要高出好多。他宽肩膀，往下逐渐变小形成细腰，脚小得出奇，穿着擦得雪亮的靴子。他那身纯黑的衣服，镶着绉边的精致衬衫，笔挺的裤子用带子扣在脚背上，跟他的体态面貌极不相称，因为他虽然打扮得像个花花公子，体格却极其魁伟，在怠惰而优雅的体态之中，似乎隐藏着某种危险的东西。他头发漆黑，唇上的黑髭须修得很短，和他旁边那些骑兵留着的精神抖擞席卷一切的髭须相比，简直像个外国人。他看起来就像是——事实上确实是——一个无耻的酒色之徒。他一副极度自信傲慢无礼的样子，他的眼睛肆无忌惮地盯着斯佳丽，明显地不怀好意，直到斯佳丽终于觉察到他的注视，她也向他看去。

斯佳丽虽然在脑子里还记得见过此人，可是一时间想不起他究竟是谁。不过他总算是几个月来第一个对她感兴趣的男人，便向他抛出一个明媚的微笑。那人朝她鞠了一躬，她微微回了个屈膝礼。于是那人站直身子，举步朝她走来。她见到他那像印第安人一般特别灵敏的步态，不由得吓得举手捂住自己的嘴巴，因为她想起了这人是谁。

见那人穿过人群朝她走来时，她像遭了雷击，站在那里动弹不得然后她盲目地扭转身子，全力以赴想逃进点心间里去，可是裙子被摊位上的钉子钩住了。她拼命想把裙子拉开来，扯下来，那人已到了她身边。

"让我来帮你一下，"他说着弯下身把裙边解下，"我没想到你还记得我，奥哈拉小姐。"

他的语音很特别，听起来很悦耳，是上等人柔和徐缓的声调，洪亮而带有查尔斯顿人平稳从容的特点。

她回想起上次见面的情景，不由得羞得满脸通红，便以哀求的眼光仰视着他，她看到一双她所见到过的最黑的眼睛，幸灾乐祸似的在跳动着，世上所有的人中间，只有这个可怕家伙曾目睹她和艾希礼那至今仍引起她做噩梦的一幕。而他现在偏偏出现在这里，这个糟蹋人家姑娘、上等人拒绝接待的无赖，这个曾经说过——尽管不无道理——她不是个上等女人的可鄙东西。

媚兰听见他的声音,便转过身来。斯佳丽有生以来第一次感谢上帝给了她这么个小姑。

"咦,你——你不是白瑞德先生吗?"媚兰微笑着说道,伸出她的手来,"我见过你——"

"在你宣布订婚的那个大喜日子,"他接着把话说完,弯身握着她的手,"谢谢你还记得我。"

"你老远从查尔斯顿到这里来,做什么呢,白瑞德先生?"

"是些头痛的生意事,威尔克斯太太,从现在起我要常到你们这里来。我发现我不仅要把货物运进来,还得管一管分配的事。"

"运来——"媚利说道,皱了皱眉头,忽然高兴地微笑起来,"怎么,你——你一定就是人们常说的那个有名的白瑞德船长——跑封锁线的,喏,这里每个女孩子穿的都是你运来的衣服。斯佳丽,你不觉得激动吗——怎么啦,亲爱的?你头晕吗?快坐下。"

斯佳丽倒在凳子上,呼吸急促,她怕紧身衣的带子会被绷断。唉,真可怕!她万没料到还会碰见这家伙。他从柜台上拿起她的黑扇子,关心地给她扇起来。他那关心的样子似乎有些过分,他的面孔却很严肃,只是眼睛仍在不住跳动。

"这里面太热,"他说道,"难怪奥哈拉小姐要头晕了。我陪你到窗口去好吗?"

"不,"斯佳丽说道,语气非常生硬,媚利不由得瞪了她一眼。

"她现在不是奥哈拉小姐了,"媚利说道,"她是汉密尔顿太太,是我嫂子。"说着朝她爱怜地瞅了一眼。斯佳丽看到白瑞德船长海盗般黝黑的脸庞上的表情,觉得差点儿透不过气来。

"我敢断定,这对你们两位漂亮的太太,都有极大的好处。"他说着微微鞠了一躬。这样的好话是每个男人都会说的,可是从他嘴里吐出来,听上去就像是在说反话。

"你们两位的丈夫今晚一定都在这里吧?这真是一次盛会,我希望能再见到他们。"

"我丈夫在弗吉尼亚,"媚利说着自豪地仰起了头,"可是查尔斯——"她说不下去了。

"他死在军营里了,"斯佳丽说得很干脆,几乎是脱口而出。这家伙是不是不想走了?媚利看着她,心里很吃惊。可是白瑞德却做出责怪自己的样子。

"我的亲爱的太太——哎呀,我真不该!请你千万别见怪。不过请允许我这个外来人安慰你一句,为国牺牲,就是永生。"

媚兰闪着晶莹的泪珠对他微笑,斯佳丽只觉得愤怒和无可奈何的憎恨在噬啮她的心。他又在说好听话,在这种情况下这种话是谁都会说的,可是他根本就不是出于真心。他是在讽刺她。他知道她不爱查尔斯。媚利这个大傻瓜居然看他不透。啊,上帝,可千万别让其他人看出来。斯佳丽不由得害怕起来。他会不会把他知道的说出来?他当然不是个上等人,那么他要做的事是没法预料的。对这种人没有什么标准可以衡量。她抬起头看看他,见他嘴角向下撇着,一副虚假同情的样子,连替她打扇的时候也是如此。可是他那神情引起的一阵恼恨,却使她精神振作起来,恢复了力量。她一把从他手里把扇子夺了过来。

"我没什么不舒服,"她尖刻地说道,"不劳你费心把我的头发扇乱。"

"斯佳丽,亲爱的!白瑞德船长,请你多多包涵。她——只要一提到可怜的查利的名字,就控制不住自己——也许,总之,今晚我们本不该到这里来。你瞧,我们都还穿着丧服,所以对她刺激太大——这音乐和欢乐的气氛,可怜的孩子。"

"这我完全理解,"他装得很庄重的样子说道,可是等他转过身去,朝媚兰那甜蜜忧郁的眼睛深处注视了片刻之后,他的神情就变得温和起来,还带着勉强的尊敬,"我觉得你是位勇敢的小妇人,威尔克斯太太。"

"没有一句话提到我!"斯佳丽愤怒地想。媚利显得有点羞惭不安,微笑着答道:

"哪里,不,白瑞德船长!医务会不得已才叫我们来管这个摊位,因为到最后关头——你要一个枕套吗?这个挺漂亮,上面绣着一面旗子。"

她转过身去招呼摊位前的三位骑兵。顷刻间,媚兰觉得白瑞德船长这个人挺不错,然后她又在想,倘若在她的裙子和柜台外面那只痰盂之间除了薄棉布之外,还有些更实在的东西该有多好。因为那些身上沾着琥珀色烟草油的骑兵们,他们购物的目标并不像他们的长马枪那样射击得准确无误的。随后又有不少顾客向她拥来,她就把白瑞德船长、斯佳丽和柜台外的痰盂统统忘掉了。

斯佳丽静静地坐在凳子上打扇子,连头也不敢抬,希望白瑞德船长早点回到自己的船上去。

"你丈夫死了很久了吗?"

"噢,是的,很久了。快一年了。"

"我敢说,就像是过了万世了。"

斯佳丽不明白"万世"是什么意思,可是她觉察到他声音里有一种挑逗的意味,于是便什么也没说。

"你们婚后生活有多久?请原谅我这样问,因为我已经很久没到这个地方来了。"

"两个月,"斯佳丽勉强地答道。

"可真是一场悲剧,"他继续平心静气地说道。

该死的东西,她激烈地想着。要是换了别人,我尽可以板起脸来叫他走开。可是他晓得艾希礼的事,也晓得我不爱查利。这样,我的手等于被搁住了。于是她只好不开腔,低下头,看着手中的扇子。

"你这是第一次参加社会活动吗?"

"我知道看起来很不合适,"她急忙解释道,"可是这个摊位本来是归麦克卢内家的姑娘照管的,后来她们被叫走了,又没有人代替她们,所以媚兰和我——"

"为了南方的大业。任何牺牲都是值得的。"

怎么,埃尔辛太太也是这么说的,可是话从他嘴里说出来,味道就有点不一样。她真想回敬他几句,话到唇边,终于克制住了。她毕竟不是为了什么大业,而是因为坐在家里闷得发慌才来的。

"我常常在想,"他若有所思地说道,"我们这种悼念制度,这种让女人披上黑纱、一辈子幽禁起来、不许她们有正当的娱乐的做法,是跟印度的刹蒂一样野蛮的。"

"沙发?"

他大笑起来。斯佳丽因为自己的无知羞红了脸。她最恨人家使用她所不知道的字眼。

"在印度,男人死了不是埋掉,而是用火烧掉。她们的妻子得爬到柴堆上去,跟他一起烧掉。"

"多可怕!她们为什么要这样?难道警察就一点也不管吗?"

"当然不管。一个寡妇若是不自焚殉夫,就会遭到社会唾弃。所有的上等太太都会议论她,说她不是有教养的女人——就跟那些坐在角落里的上等太太一样,她们倘使看见你穿着红裙子在这里领跳苏格兰舞,包管要议论你。照我个人看来,比起我们可爱的南方把寡妇活着埋掉的习俗,那印度的刹蒂要人道得多。"

"你怎么敢说我被活埋了呢!"

"唉,捆在寡妇身上的锁链,人们将她们捆得多紧啊!你以为印度的风俗野蛮,那么假如今晚邦联不需要你来,你敢不敢到这里来露面呢?"

斯佳丽对这类性质的辩论,总是弄不清楚的。他的论点就更叫她弄不清楚,因为她觉得他的话似乎有道理。不过现在她觉得驳倒他的时候到了。

"我当然不会来。要不我就是——嗯,就是不敬重——就显得我不爱——"

他嘲讽的眼神说明这话引起了他的兴趣,等她说下去,可是她却不说了。他知道她不爱查利,她接下去该说的好听的假话当然是瞒不过他的。一个人倘若不是上等人,和他打交道可真是件可怕的事。上等人对女人说的话总是装出相信的样子,哪怕他明知道她在扯谎。这就是南方的骑士精神。上等人总是遵循骑士的规矩，不说不该说的话，不会叫女人难堪。可是这个家伙似乎全不管这一套，显然喜欢讲一些从来没人谈起过的事情。

"我在洗耳恭听呢。"

"我觉得你这个人非常讨厌，"她说道，无可奈何地垂下了眼睑。

他往柜台里俯身过去，嘴巴几乎碰到她的耳朵，活像一个舞台上的难得到典雅娜圣殿去的坏蛋角色，嘶嘶地说道："别害怕，好太太，你那见不得人的秘密我保证不会泄漏出去的！"

"唷。"她激动地低声说道，"你怎么可以这样说话！"

"我不过是想叫你放心罢了。你要我怎么说，是不是要我说：'听我的，美人，要不我就一股脑儿全都捅出去了？'"

她勉强地抬起头来看了他一眼，见他那神情就像个淘气的孩子。突然她大笑起来。这些毕竟全是无聊多余的，毫无意义。他也大笑起来，而且笑得非常响，惊动了角落里的几位陪护人。她们把目光投向这里，看到查尔斯·汉密尔顿的寡妇和一个谁也不认识的陌生男人谈得这样开心。便颇不以为然地交头接耳起来。

米德大夫登上乐队台，伸出双手叫大家安静。这时响起了一阵低沉的鼓声，许多人喊出"嘘！嘘！"的声音。

"我们大家应该向这些漂亮的太太们表示感谢，"他开始说道，"由于她们的爱国热忱和辛勤工作，不仅使这次义卖会得到经济上的成功，而且把这间简陋的大厅布置成一个可爱的亭园，一座招待我们这么多漂亮姑娘的怡人的花园。"

大家鼓掌表示赞同。

"这些太太们做出了最大的奉献，花费了大量的时间，用去了大量的工夫。摊位上这许多美丽的商品，是我们南方女性用她们的巧手做成的，所以更加美丽。"

又是一阵喝彩声。白瑞德一直站在斯佳丽旁边，很随便地靠在柜台上，这时低声对她说："你看他那样子，像不像一头自以为了不起的公山羊?"

斯佳丽听到他对这位亚特兰大最受爱戴的公民,说出如此大不敬的话来,感到十分震惊,不由得用责备的眼光瞪了他一眼。可是大夫那下巴上不住摆来摇去的灰色胡子,看起来真有点像公山羊,她硬憋住差点儿笑出声来。

"可是有了这些还不够。医务会的好太太们,用她们凉爽的手,减轻了许多额角发烧病人的痛苦,她们从死神手里,救活了许多勇敢的士兵,这些士兵都是最勇敢的,是为了我们的最了不起的事业而负伤的。这些好太太们知道我们需要什么。现在我不一一列举了。我们现在需要更多的钱好从英国购买药品。今晚,这里有一位无畏的船长,一年以来,他成功地冒着偷越封锁线的危险,给我们运来我们所需的药物,今后他还会继续这样做,他就是白瑞德船长!"

这位封锁线商人虽是突然被将了一军,但还是彬彬有礼地鞠了一躬——这一鞠躬显得有点过分,斯佳丽认为。照她的分析,正因为他完全不把在场的人放在眼里,所以才那么虚伪地彬彬有礼。大家对他的鞠躬报以热烈的掌声,几位太太从角落里伸长了脖子在张望。原来可怜的查尔斯·汉密尔顿的小寡妇正在跟他调情,而查尔斯死了还不到一年!

"我们需要更多的黄金。我现在请求你们拿出黄金,"大夫接着说道,"我现在请求各位做出牺牲,比起我们穿灰军装的勇士来,这种牺牲简直是小得可笑。太太们,我需要你们的首饰。是我要你们的首饰吗?不,是邦联需要。邦联发出号召,我知道谁也不会藏着不肯捐献出来的。玉腕上闪着一枚宝石,酥胸前耀着一支别针,多美,可是牺牲要比所有印度产的宝石和黄金更美。金子拿去熔化掉,宝石拿去卖掉,把钱拿去买药,买医疗用品。女士们,现在有两位受伤的勇士,提着篮子从你们身边走过,请——"一阵暴风雨般的掌声和欢呼声把他没有说完的话淹没了。

斯佳丽第一个念头是深深庆幸自己在居丧期间禁止她佩戴珍贵的耳环和沉重的金项链(这规矩还是罗彼拉德外婆传下来的),以及那上了黑釉的金手镯和石榴石胸针。她见那个小个子义勇兵,用没受伤的一只手臂挽着橡木条篮子,向自己这边的人群巡行过来,那些女人们,有老有少,笑着迫不及待地把手镯卸下,把耳环取下,还故意装着叫痛。她们互相帮着解下项链搭扣,取下别针,不时响起金属相碰撞的声音,以及"等一等,我还没解下来,喏,好了"的喊声。梅贝尔·梅里韦瑟从肘弯上卸下了一双手镯。范妮·埃尔辛一面喊着:"妈妈,把我的也给他,好吗?"一面从鬓发上取下一支祖传重金镶嵌的珍珠发夹。每一件首饰丢进篮子里时,就爆发出一阵掌声和欢呼声。

那咧开嘴的小个子现在来到她们的摊位前面,他臂上的篮子已沉甸甸的,经过白瑞德身边的时候,一只漂亮的金烟盒就毫不在意地被掷进篮子。小个子走到斯佳丽面前,把篮子朝柜台上一放,她摇摇头两手摊开,表示没有什么可以奉献的。在场的人当中,她是唯一没有东西可奉献的一个,这使她感到尴尬。然后她看到她那只很大的结婚金戒指在闪闪发光。

一时间她感到惶惑,她想回忆起查尔斯的面孔来,回忆起当初他把戒指套在她手指上时的神情是怎样的。可是她的记忆却是一片模糊。每回她想起他来,总会突然感到懊恼。是查尔斯——是他断送了她的一生,使她简直成了一个老妇人。

她猛然抓住戒指使劲一扭,可是没能勒下来,那义勇兵已走向媚兰了。

"等一等,"斯佳丽喊道,"我有东西给你!"她取下戒指,看到篮子里一大堆项链、手表、戒指、别针和手镯,刚想把戒指扔进去,忽然看见白瑞德正抿着嘴露出一丝微笑。她挑战似的把戒指丢进篮子里的首饰堆里。

"哦,亲爱的!"媚兰抓住她的手臂轻声说道,眼睛里闪现出爱和骄傲,"你真是个勇敢的姑娘,等一等——请等一下,皮卡德中尉!我也有点东西给你。"

说罢她动手在拔自己的结婚戒指。斯佳丽知道,自从艾希礼给她戴上这枚戒指以后,它从没有离开过她的手指。也唯有斯佳丽知道,这枚戒指对她说来是多么宝贵。好不容易才拔了下来,她又放在手心里紧紧地攥了一会儿,然后才轻轻地放到首饰堆上。两人站着目送那义勇兵朝角落里的老太太们走去,斯佳丽的表情是反抗,媚兰却比流泪还要可怜。她俩的表情被站在她们身旁的男人看得一清二楚。

"倘若不是你那么勇敢这样做的话,我是没有勇气这样做的。"媚利说道,用手臂抱住斯佳丽的腰,把她温柔地紧紧搂住。此刻斯佳丽真想把她推开,像杰拉尔德感到烦躁时那样,用足力气大喊一声,"看在上帝的面上!"可是她瞥见白瑞德的眼睛,便勉强发出苦笑。令她恼火的是,媚利没有一次不把她的心意领会错了——不过这比猜出她的真情也许又要好得多。

"多么美好的行为,"白瑞德温和地说道,"你们的牺牲足以使穿灰军服的勇士们精神振奋起来。"

激愤的言词已经到了唇边,斯佳丽好不容易才控制住没有说出口来。他说的每一句话都带着嘲讽。她打心底里讨厌这个倚在柜台上不肯离去的家伙。可是他身上又有着某种令人激动的东西,某种热烈的、充满活力的、惊心动魄的东西。她所拥有的爱尔兰人的素质一齐涌上心头,准备迎接他那黑眼睛的挑战,她决心把这家伙的气焰压下去,要胜过他一筹。他知道她的秘密,从而使她处于不利的地位,这使她非常恼怒,所以她得改变策略使他处于不利地位。她竭力克制自己,不把自己对他的看法说出来,嬷嬷常跟她说,要想多捉苍蝇,用醋不如用糖。现在她得逮住这只苍蝇,降伏这只苍蝇,从此他别想再来摆布她。

"谢谢你,"她亲切地说道,假装没听懂他的嘲弄,"像白瑞德船长这样有名的人,今天夸奖我们,真是太荣幸了。"

他仰起头纵声大笑起来——他简直是在嗥叫,斯佳丽心里极为难受地这样想,她的脸又涨红起来。

"你为什么不说真心话?"他故意放低了声音,这样在募集首饰的激动气氛中的首饰碰撞声里，只有她一个人能听得见，"你为什么不说我不是个上等人，是个大坏蛋，要是再不滚开，你就要叫穿灰军服的勇士来对付我了呢？"

尖刻的答话又一次到了唇边，可是她还是英勇地把它压抑住了，只说道，"怎么，白瑞德船长！哪里的话，谁不知道你那么大名鼎鼎，又那么勇敢，又是一位——一位——"

"我对你感到失望，"他说道。

"失望？"

"是的。在我们第一次见面时——一次重要的见面——我以为终于碰到了一位既美丽又勇敢的姑娘。现在我才知道你不过只是美丽罢了。"

"你是不是说我是个胆小鬼？"她样子像是只竖起羽毛的母鸡。

"一点不错。你没胆量说出你真正的心里话。我第一次见到你的时候，我想，这是个百万人里难得的一个姑娘，她和一般的小傻瓜不同，那些小傻瓜不管她们的嬷嬷说什么全都相信，而且一切照办，哪怕心里并不愿意。她们把自己的感情，自己的愿望和一些小小的伤心事都用一大套甜言蜜语掩盖起来。我认为：奥哈拉小姐的精神真是难能可贵。她知道自己需要什么，而且敢于直说——或者甚至摔掉花瓶。"

"哟，"她说道，终于发火了，"我现在就把心里话说出来。你要是有点起码的教养，就不该跑到这里来跟我说话。你早该知道我永远不愿再见到你！可惜你不是个上等人！你是个没教养的肮脏东西！你以为你那几条破船逃得过北佬的追逐，就可以有权利跑到这里来嘲讽那些勇敢的男人和为了大业而牺牲一切的女人吗？"

"别说了，别——"他笑着央求道，"你开头说的挺不错，全是真心话，可是别跟我谈什么大业，我已经听够了，而且我敢说你跟我一样，也——"

"怎么，你怎么——"她失去了平衡，刚开口说着，又忙克制住了，见自己差点中了他的奸计，不觉怒火冲天。

"我刚才站在门口一直在观察你,那时你没看见我,"他说道,"我也在观察别的姑娘。她们全像是一个模子里铸出来似的,只有你不一样。从你的脸上很容易看出你的心思。你的心思并没有放在你做的事上面,我敢打赌你想的既不是南方大业,也不是医院。你脸上明明表现出你想跳舞,想寻欢作乐,然而你又办不到。所以你简直要发疯了。你跟我说实话,是不是这样?"

"我再没什么可跟你说的,白瑞德船长,"她尽可能保持礼貌,想借此维持一点已经破碎不堪的尊严。"你不要以为自己是个了不起的偷越封锁线的大商人,因而你就有侮辱女性的权利。"

"偷越封锁线的大商人!别开玩笑。在你把我赶走以前,请你再给我一点点你的宝贵时间。我不想叫一位如此可爱的少有的爱国者,把我对南方邦联大业的贡献有所误解。"

"我不喜欢听你的吹嘘。"

"跑封锁线是我的一桩买卖,它能使我赚钱。我要是赚不了钱,我就不干。你对此是怎么想的?"

"我想你是个唯利是图的无赖——跟北佬一样。"

"完全正确,"他咧开嘴笑着说,"北佬还帮我赚钱。喏,就在上个月我还把船开到纽约港去装了一船货回来。"

"什么!"斯佳丽喊道,她不禁很感兴趣,很兴奋,"那他们的炮不轰你吗?"

"当然不,你真天真!北方也有许多坚强的爱国者,他们不反对把货物卖给南方邦联来挣钱。我把船开到纽约,从北佬的商号里买了货,当然是极其秘密的,然后就回来。有时跑纽约有点危险,我就去拿骚,那些北方爱国者早已把火药、炮弹和环裙为我准备好了。这比跑英国要方便得多。有时把货物运到查尔斯顿或者威尔明顿是有点困难——可是你要是知道一点点金子的神通多么广大,你必定会大吃一惊。"

"哦,我知道北佬很卑鄙,可是不知道——"

"你又何必对他们过于苛求呢?北佬无非卖掉点他们联邦的东

西赚几个诚实的小钱罢了。从长远观点看反正无关紧要,结果是一样的。他们知道南方邦联终究会完蛋,何不趁早先赚点钱呢。"

"完蛋——我们?"

"当然。"

"请你走开吧——要不我只好把我的马车叫来,我要摆脱你回家去了。"

"一个激进的小叛徒,"他突然又露齿而笑。他鞠了一躬,悠闲地走开了,把斯佳丽留在那里气得胸口不住起伏。她心里觉得大失所望,就像孩子看到幻影破灭时那样,但她自己又不能做出恰当的分析来。他竟敢把跑封锁线做买卖说得那么诱人,竟敢说邦联要完蛋,凭这他就该枪毙——像枪毙叛徒那样,她看看大厅里一张张熟识的脸孔,全是那么充满必胜的信心,那么勇敢,那么忠诚,不由得心里一阵冰凉,完蛋?是这些人——不,当然不,这一想法是不可能的,不忠诚的。

"你们两人刚才在悄悄说些什么?"媚兰见顾客已走开,转过身来回斯佳丽:"梅里韦瑟太太一直在盯着你看,亲爱的,你知道她最爱说东道西的。"

"哦,那人真叫人受不了——一点教养也没有,"斯佳丽说道,"至于梅里韦瑟老太太,就由她去说吧。我不能为了让她满意,就得做个呆子。"

"怎么,斯佳丽!"媚兰惊骇地叫道,

"嘘——嘘,"斯佳丽说道,"米德大夫又要宣布别的什么了。"

众人听到米德大夫提高了嗓门,便都安静下来。他首先向乐于捐献首饰的太太小姐们表示感谢。

"现在,女士们,先生们,我要提出一个建议——一个令人惊奇的新建议。有的人或许会觉得诧异,不过我想提醒各位,一切都是为了医院,为了在医院里躺着的伤兵。"

人人都侧着身子向前挤,都在猜想这位稳重的大夫会提出什么样的令人诧异的建议来。

"跳舞马上就要开始了,第一个当然是苏格兰舞,接下去是华尔兹。然后是波尔卡舞、苏格兰慢步圆舞曲、玛祖卡舞,这儿种舞都要以一段短短的苏格兰舞来开头。我知道苏格兰舞的领跳,通常要有一番小小的竞争,所以——"他擦了擦额角,向角落里用探询的目光看了一眼,原来他的太太正坐在一群陪护人中间:"先生们,假如你想要和你选中的女士领跳苏格兰舞,你就得参加竞争。我现在充当拍卖人,把得到的钱捐献给医院。"

大家摇着的扇子戛然停住了,大厅里响遍了激动的嗡嗡声。陪护人的角落里一片沸腾,米德太太心里委实不赞成这个主意,又很想支持自己的丈夫,显得十分尴尬。埃尔辛太太、梅里韦瑟太太和怀廷太太气得涨红了脸。这时自卫队里忽然发出一阵欢呼,其他穿军服的人立即响应。年轻姑娘连连鼓掌,兴奋得蹦跳起来。

"你看这是——这简直是——简直像在拍卖黑奴,是吗?"媚兰低声说道,向那严阵以待的大夫疑虑地瞪了一眼。在此之前,她一直把他当作一个完人看待。

斯佳丽没有答话,她两眼闪烁着,心里却隐隐作痛。假如她还是当年的斯佳丽·奥哈拉,穿着苹果绿的衣服,胸前飘着深绿的丝绒飘带,云鬓上插着晚香玉——领跳苏格兰舞的肯定是她。不错,肯定是!成打的男人会抢着捐钱给医生,争着和她跳舞。可是,唉,她不得不违心地坐在这里:做一朵壁花,眼睁睁看着范妮或梅贝尔去领跳第一曲苏格兰舞,做亚特兰大的美人!

骚乱中忽然响起了小个子义勇兵的声音,带着明显的克里奥尔①口音:"我可不可以——捐二十块钱请梅贝尔·梅里韦瑟小姐跳舞。"

梅贝尔羞红了脸伏在范妮肩上。两个姑娘咯咯笑个不停,把脸埋在彼此的脖子里。接着有人高喊别的名字,愿出更高的价钱。米德大夫又微笑起来,毫不理会坐在角落里的医务会太太们的低声的

---

① 克里奥尔,美国墨西哥湾沿岸各州早期法国或西班牙殖民者的后裔。

牢骚。

梅里韦瑟太太在刚开始的时候,就明白无误地大声宣称她的梅贝尔绝不会参与这种行径,可是后来梅贝尔的名字叫的次数最多,价钱也上升到七十五块,她的抗议声也就渐渐低沉下去了。斯佳丽两肘搁在柜台上,当她看到那激动欢笑的人群手里都拿着成把的邦联钞票在乐队台前挤来拥去时,她眼睛里几乎要冒出火来。

现在大家就要去跳舞——除了她和那些老太太。大家都快快活活,只有她例外,突然她看见白瑞德正站在米德大夫前台下,她还没来得及变换脸上的表情,他已经看见了她,只见他把眉毛向上一扬,嘴角往下一拉。斯佳丽忙把下巴翘起,转身不去理睬他。可是她忽然听见有人高喊她的名字,——那声音压倒了所有其他乱哄哄喊叫的名字,清清楚楚是查尔斯顿口音。

"查尔斯·汉密尔顿太太——一百五十块——金元。"

一听见这个数字和这个名字,人群立即唰地静了下来。斯佳丽大吃一惊,几乎动弹不得。她两手捧着下巴坐着不动,由于惊慌眼睛睁得大大的。人人都转过来瞅着她。她看见米德大夫从台上俯下身子,在白瑞德耳边说了些什么。也许是跟他说她正在居丧,不便参加跳舞。她又见白瑞德懒散地耸耸肩膀。

"另外请一位姑娘,怎么样?"大夫问道。

"不,"白瑞德清楚地答道。他的目光毫不在乎地扫过人群,"我就请汉密尔顿太太。"

"我跟你说过不行,"大夫急躁地说道,"汉密尔顿太太不肯——"

斯佳丽听见一个声音,起初竟不知道是她自己喊出来的:

"我肯的!"

她忽地跳起身来,她的心捶得咚咚直跳,跳得她怕自己无法忍受,她的心在捶个不停,因为她又要成为众人注目的中心,成为最受人羡慕的姑娘,而且最妙的是,她又有机会跳舞了。

"哦,我不在乎,我不在乎她们会怎么说!"她低声说道,心中一阵狂喜。她把头一仰,快步走出摊位,两只脚跟碰得像敲响板,手中的黑绸扇啪的一声全部展开。顷刻之间,她看见媚兰的不敢置信的神情和陪护人难堪的脸色,她也看到女孩子们的烦躁不安和士兵们的热烈赞赏。

随后她来到舞池,白瑞德从人群中向她走来,脸上闪着嘲弄的微笑。可是她不在乎——哪怕他是阿贝·林肯本人她也不在乎!她又要跳舞了,她要领跳苏格兰舞。她给他行了个低低的屈膝礼,脸上闪着灿烂的微笑,他就一手搁在胸前,鞠了一躬。利瓦伊先是十分惊骇,但很快清醒过来,大声嚷道:"选好舞伴,准备跳苏格兰舞!"

于是乐队奏起最佳的苏格兰舞曲《迪克西》。

"你怎么竟敢叫我如此引人注目,白瑞德船长?"

"可是,我亲爱的汉密尔顿太太,你明明是很想引人注目的!"

"你怎么当着众人的面叫喊我的名字?"

"你本来可以拒绝不答应的。"

"可是——我是为了我们的事业——我——你出了那么多金元,我不该光为自己着想。你不要笑好不好,每个人都在看着我们呢!"

"他们反正是要看的。你不要拿大业做幌子来骗我。你心里想跳舞,我就给你一个机会。这个进行曲是苏格兰舞中的最后一种舞步,是吗?"

"是的——真的,现在我得停止跳舞坐下来了。"

"为什么?是不是我踩你的脚了?"

"没有——不过他们会议论我们。"

"你真的在乎吗——打心底里?"

"嗯——"

"你又没犯什么罪,不是吗?为什么不跟我跳华尔兹呢?"

"可是如果妈妈——"

"依旧吊在妈妈的围裙带上。"

"你这人真卑鄙,总是把美德说成愚蠢。"

"其实美德和愚蠢本来是一码事。对别人的议论,你到底在不在乎？"

"不——不过——好吧，不谈这些。谢天谢地，华尔兹总算开始了。苏格兰舞总是叫我透不过气来。"

"不要回避我的问题。别的女人说的话，你是不是放在心上？"

"好，如果你一定要逼我说——我不放在心上，不过一般人都认为女孩子是会放在心上的。反正今天晚上我不在乎。"

"好极了！现在你开始为你自己着想而不是让别人来代替你想了。这就是智慧的萌芽。"

"噢，不讨——"

"你受人家的议论，若是像我受到的同样多，你就会知道这种议论丝毫不足介意。你不妨替我想想，查尔斯顿竟没有一户人家肯接待我。尽管我对我们神圣的正义的事业做了贡献，但也无济于事。"

"这真可怕！"

"噢，一点也不。只有到你失去了名誉的时候，你才会知道名誉是一个多么沉重的负担，你才知道什么是真正的自由。"

"你这样说真是可耻！"

"是可耻，然而却是事实。倘若你有足够的勇气——或者足够的金钱——没有名誉倒也无妨。"

"金钱并不能买到一切。"

"这话你一定是听别人说的。这种陈词滥调你自己肯定是想不出来的。你说有哪一种东西是用钱买不到的？"

"噢，嗯，我说不上来——金钱无论如何买不到幸福和爱情。"

"通常它能买到。即使买不到，也能买到最好的代用品。"

"你有很多的钱吗，白瑞德船长？"

"多么没教养的问题，汉密尔顿太太。我真没想到。不过，是的，我很有钱。像我这样一个在很年轻的时候就弄到一文不名地步的人，现在我已干得很不错了。我有把握在封锁线上挣到一百万。"

"哦，你不能！"

"嗯，我能的！当一个文明在毁灭的时候，跟一个文明在创建的时候一样，可以弄到大钱。可惜这一层道理，大多数人似乎都一无所知。"

"你这话究竟是什么意思？"

"你的家庭和我的家庭，以及今晚在座每一个人的家庭，都曾经在把茫茫荒野变成文明世界的时候发了家。这叫作帝国的创建。在帝国创建时可以挣到大钱。可是，在帝国毁灭的时候，却可以挣到更多的钱。"

"你谈的是什么帝国？"

"就是我们在这里生活的这个帝国——也就是这个南方——这个邦联——这个棉花王国——它正在我们脚下崩溃。可惜大多数人都是笨蛋，看不到这一点，也不懂得乘机利用这种崩溃成造成的局势。可是我要从帝国的毁灭中发财。"

"那么你真的以为我们会完蛋吗？"

"当然，为什么要做鸵鸟呢？"

"哦，啊，这些事真叫我厌烦。白瑞德船长，你不能说点有趣的事吗？"

"假如我说你的眼睛就像金鱼缸里面满是碧清的绿水，那一对鱼儿浮到水面上来就像你现在这样，你真是无比地美丽，你感到高兴吗？"

"哦，我不喜欢那样……你听那乐章是不是很华丽？哦，这华尔兹我简直可以永远跳下去！我不知道我想跳华尔兹竟想得这么入迷！"

"你是我所搂过的最美的舞伴。"

"白瑞德船长，不要搂得这样紧。大家都在看着呢。"

"倘使没人看着我们跳舞，你是否介意呢？"

"白瑞德船长，你怕是忘乎所以了。"

"一点儿也不。搂着你的时候，我怎么会忘乎所以呢？……那是支什么曲子？是一支新曲吗？"

"是的。很神圣，对吗？是从北佬那里弄来的。"

"叫什么名字？"

"《当这场残酷的战争结束之时》。"

"歌词是怎么样的？唱给我听听。"

  亲爱的，你曾否记得，
   你我上次相会时？
  你跪在我脚下，
   馨语温存，情意绵绵？

  你站在我面前，
   身穿灰色军装，意气轩昂，
  你面对我的祖国，
   发下誓愿：永不相弃。

  我徒然孤独而忧伤，
   我叹息悲泣，但有何益！
  当这场残酷的战争结束之时，
   愿我俩还能相见！

"当然，它原来是'蓝军装'，我们把它改为'灰军装'，噢，你华尔兹跳得真好，白瑞德船长。你知道身材高大的人往往跳不好舞，可是，不知到哪年哪月，我才有机会再来跳舞呢。"

"要不了几分钟。下一场苏格兰舞我还要邀你伴舞——还有下一场和再下一场。"

"哦不，我不能跳了！你也千万不要跟我跳了！我的名誉要给毁了。"

"你的名誉现在已经像块破布了，再跳一场又有什么大不了，等我和你跳了五六场舞以后，我也许会给别的男孩子一次机会，不过最后一场舞我一定要跟你跳。"

"噢，好吧。我知道我是发疯了。不过我不在乎。人家爱怎么说就怎么说。我坐在家里厌烦透了。我要痛痛快快地跳个——"

"并且不穿这套黑衣服,怎么样?我讨厌丧服。"

"哦,丧服我可不能脱掉——白瑞德船长,你不要搂得我太紧,你再这样我要生气了。"

"你动气时候的模样儿最动人。我更要把你搂得紧紧的——喏——好看看你是不是真的动气。那天你在十二橡树发脾气摔东西的时候,你不知道你那模样儿多迷人。"

"哦,别说了——你怎么不把它忘掉了呢!"

"不,这是我最珍贵的记忆——一个具有爱尔兰气质的南方娇美人——你知道,你是很有几分爱尔兰气质的。"

"哦,啊,音乐完了,皮特帕特姑妈从后房走出来啦。我知道梅里韦瑟太太一定已经跟她说过了。哦,看在上帝分上,我们赶快到窗口去,望着窗外吧。我不想现在就让她来教训我。她的眼睛睁得像碟子一样又圆又大。"

第十章

第二天早晨吃蛋奶烘饼的时候，皮特帕特眼泪汪汪，媚兰沉默不语，斯佳丽一副不服气的样子。

"我不怕她们议论。我敢说我给医院弄来的钱比哪个女孩子都要多——比我们卖掉那些乱七八糟的东西得来的钱还要多。"

"哦，亲爱的，钱算得了什么？"皮特帕特一面号哭着说，一面绞扭着双手，"我简直不敢相信我的眼睛，可怜的查利去世还不到一年……那个可恶的白瑞德船长就让你抛头露面惹人注目，斯佳丽，他是个非常非常可怕的人。怀廷太太的表姐科尔曼太太的丈夫是查尔斯顿人，她跟我说起过白瑞德的为人。他家本来是个上好人家，不知怎的竟出了这么个败类，在查尔斯顿没有一家人家肯接待他的。他是个出名的浪荡子，他的名声糟透了，他和一个女孩子有暧昧关系——因为过于见不得人，所以科尔曼太太也说不上来他们究竟是怎么一回事。"

"哦，我不信他就那么坏，"媚利有礼貌地说道，"他像是个标准的上等人，而且他一直那么勇敢，敢去跑封锁线——"

"他不是勇敢，"斯佳丽反常地说道，一下子倒了半瓶糖浆在她的烘饼上面，"他是为了挣钱。这是他亲口跟我说的。南方邦联是好是坏他根本不放在心上，还说我们早晚要完蛋，不过他跳起舞来是没说的。"

她的两位听众直吓得说不出话来。

"成天坐在家里简直厌烦死了，我再也不干了。倘若她们要拿昨晚的事大做文章，那么我的名声反正已经给毁了，即使她们再说些别的什么,我也不会在乎了。"

她没想到她现在搬出来的一套本来是白瑞德的看法,恰好和她的观点不谋而合。

"哦,你母亲要是听见了会怎么说?她会怎么看待我呢?"

一想到倘若埃伦知道自己的女儿做出这样不光彩的事来,一定会惊恐万状,斯佳丽不禁不寒而栗。可是转念一想,亚特兰大和塔拉相隔二十五英里,皮特肯定不会把这事告诉埃伦,她自己是监护人,多少得担点干系!皮特要是不多嘴,她就平安无事。

"我想——"皮特说道,"是的,我想还是写封信给亨利把事情告诉他为好——尽管我最恨这样做——但是我们的亲族中间,只有他是男的。我要他去责问白瑞德船长——哦,亲爱的,查利要是活着该多好——斯佳丽,你今后千万,千万不要理睬那个家伙了。"

媚兰一直默默坐着,两手放在膝盖上,盆子里的烘饼都凉了。这时她站起身来,走到斯佳丽背后,两臂搂着她的脖子。

"亲爱的,"她说道,"不要烦恼。我理解你。昨晚你做的事确是勇敢,对医院的帮助很大。谁要敢说你一句闲话,我会去对付他们……皮特姑妈,别哭啦。也可真难为斯佳丽,什么地方都不能去。她还孩子气嘛!"她的手指拨弄着斯佳丽的黑发。"我们倘若有时去参加一些社会聚会,也许我们大家都会好些。我们因伤心而待在家里,或许我们变得太自私了。战争时期不比平时。我想城里的这些士兵,远离家乡,晚上也没个朋友家好去,还有医院里的伤兵,有的虽然已经能够起床,但还没有完全康复,不能回到部队去。所以我们确实是自私的。我们应该像别人一样,收留三个伤兵在家里养伤,每星期天再请几个士兵来家吃饭。好了,斯佳丽,不要烦躁啦。人家理解你之后就不会说闲话了。我们晓得你是爱查利的。"

斯佳丽其实一点也不心烦,倒是媚兰那只柔软的手放在她头发上叫她讨厌。她想要把她的头猛的扭动开去,喊一声"得了,别胡扯!"因为她正在重温昨晚的情景,想着那些民兵、自卫队员和医院里的伤兵怎样争着想跟她跳舞。在世界上所有的人当中,她最不要媚兰来给她辩护。不用你费心，倘使那些恶毒的老婆子要尖声喊叫，我能够给自己辩护——好吧，没有那些恶毒的老婆子，她的生活照样过得下去。世上漂亮的军官有的是，她不用操心去听那些老太婆说些什么。

皮特帕特听了媚兰一番劝说，正在擦眼泪，这时普里西拿着一封厚厚的信走进来。

"给你的，媚利小姐，是个黑小孩送来的。"

"给我的？"媚利说，她诧异地把信封撕开。

斯佳丽正在吃她的烘饼，没注意有什么事。等到听见媚利突然哭起来，连忙抬头，只见皮特帕特姑妈把手按住胸口。

"艾希礼死啦！"皮特帕特尖叫一声，头向后一仰，两臂软弱无力地垂下。

"哦，天哪！"斯佳丽喊道，全身的血液霎时变得冰凉。

"不是的！不是的！"媚兰嚷道，"快！把她的嗅盐拿来。斯佳丽！闻一闻，闻一闻，喏，好点了吧？使劲吸口气，不，不是艾希礼。我不该吓坏了你。我是因为太高兴了才哭的，"于是她放松她的紧握的拳头，把掌心里的一样东西按在嘴唇上。"我真快活。"说罢又大哭起来。

斯佳丽眼睛一闪，看见那原来是一只宽阔的金戒指。

"你读罢，"媚利指着地板上的信说，"哦，他这人真体贴！真好心！"

斯佳丽不明白是怎么回事，便捡起那只有一张纸的信，上面用黑墨水粗体字写道："南方邦联也许需要它男人身上的血，但是现在还不需要它女人心上的血。亲爱的太太，请你接受这枚戒指，以表示我对你的勇敢之举的敬意。要知道你的牺牲并不是没有意义的，因为我是花了十倍的价钱把这枚戒指赎回来的。白瑞德船长。"

媚兰把戒指套在手指上，爱恋地看着它。

"我跟你说过他是个上等人，不是吗？"她转过身来对皮特帕特说道，从泪水中闪出明朗的微笑。"只有体贴人的高尚人才会想到我会多么心碎地把——我要把我的金链子捐献出去,以替代我的金戒指。皮特帕特姑妈,你一定得写个条子给他,邀请他星期六来吃饭,我要当面谢谢他。"

媚兰和皮特当时心情很激动,竟没有想到白瑞德船长没有把斯佳丽的戒指也赎出来还给她。但是斯佳丽想到了这一点,感到非常恼火。她还知道白瑞德船长迅速做出如此豪侠的姿态并非出于他的品格高尚,而是因为他想要踏入皮特帕特的家门,借此可以稳当地受到邀请而已。

"我得知你近来的行为,心中极为不安,"埃伦的信是这样开头的。斯佳丽在饭桌上刚一读,就皱起眉头。恶事传千里,果然如此。她以前在查尔斯顿和萨凡纳常听人说,在南方一带,要数亚特兰大人最爱饶舌,喜欢管别人的闲事,现在她真的相信了。义卖活动是星期一举行的,今天才星期四。不知道哪个恶毒的老婆子那么巴结已写信给埃伦了?起初她疑心是皮特帕特,但是马上就排除了这个想法。可怜的皮特姑妈怕因为斯佳丽的孟浪行径,自己也要受到责怪,两只脚正在那双小三号鞋子里簌簌发抖,怎么也不会向埃伦检举自己这个不称职的监护人的。很可能是梅里韦瑟太太写的信。

"你居然如此忘乎所以,忘却你所受的教养,真叫我难以置信。你在居丧期间到公共场合抛头露面,本来就不应该,鉴于你在热情帮助医院,我可以不跟你计较。可是你居然去跳舞,还是跟白瑞德船长那样的人跳舞!我对此人早已知之甚多(对他谁人不晓?),就在上星期波林还写信给我,说他名声很坏,连他在查尔斯顿的家里人都不接待他——他伤心的妈妈当然例外。他这个人品德坏到极点,利用你年轻无知,让你当众出丑,连你的家里人也受到羞辱。皮特帕特小姐不知怎的对你竟这样不负责任?"

斯佳丽朝坐在桌子对面的姑妈看了一眼。这位老太太刚才一看出是埃伦的手笔,就噘起胖胖的小嘴巴来,一副可怜巴巴的样子,像个怕挨骂的孩子,想用眼泪来躲过这一关。

"你竟这样快忘了你所受的教养，真叫我伤心。我本来想要你马上回家，但觉得还是由你父亲处置为好。他本星期五前来亚特兰大，先找白瑞德船长说话，然后带你回来。我劝他不要对你太严厉，不过看来他不会听我的。我希望并但愿只是因为你还年轻和思考不周，才做出这等荒唐事来。我自信比任何人都更愿意为我们的大业多尽些力量，也愿我的女儿能和我一样，但是不要羞辱——"

这种调子的话还有一些，斯佳丽没往下念。这一回她是真的害怕了。现在她既没有想对抗的打算，也没有要不顾一切干到底的想法，只觉得自己像个犯有过错的孩子，就跟十岁那次在饭桌上把涂好奶油的软饼去扔苏埃伦那样。她的母亲素来很温和，现在也毫不容情地责备她起来。她父亲马上要到城里来找白瑞德船长谈话。问题果然严重。杰拉尔德不会轻易放过她。这一次她知道再也不能用坐在父亲膝盖上撒娇的办法来逃脱对她的惩罚。

"不——不是坏消息吧？"皮特帕特浑身在发抖。

"爸明天要来，他要像鸭子抓住六月里的小爬虫那样来对待我呢，"斯佳丽忧伤地答道。

"普里西，给我把嗅盐找来，"皮特帕特的饭才吃了一半，把椅子往后一挪，烦躁不安地说道，"我——我觉得发晕。"

"就在你裙袋里面，"普里西说道。她一直逗留在斯佳丽背后，欣赏这动人的一幕。杰拉尔德先生发起脾气来是挺有趣的，只要不是发在她的头上。皮特从裙袋里把小瓶子摸出来，放在鼻子上闻着。

"你们一定要守在我身边，一分钟也不要离开我，"斯佳丽嚷道，"他非常喜欢你们两位。有你们跟我在一起，他就不好在我身上大做文章了。"

"我办不到，"皮特帕特虚弱地说道，她站起身来，"我——我觉得不舒服。我得去躺着。明天我要躺一整天。你得替我向他表示歉意。"

"胆小鬼！"斯佳丽心想，对她怒目而视。

媚利表示愿意保护斯佳丽。她虽然一想起要去面对那咄咄逼人的奥哈拉先生,就吓得脸色发白,但还是说道:"我要——我要帮你解释,你是为了医院才那样做的。我相信他一定能够理解你的。"

"不,他不会理解的,"斯佳丽说道,"要是像妈妈预示的那种凶兆,要我这样不光彩地回到塔拉去,我宁死也不去!"

"哦,你不能回去,"皮特帕特哭起来,"你要是走了,我就不得不,是的,不得不请亨利来和我们住在一起。你知道我是无法跟他住在一起的。城里的外来人这样多,晚上只有我跟媚利两个人住在一起,我老是紧张得要命。有你这样勇敢的人在,就是没有男人,我也不用害怕。"

"哦,他不能把你带到塔拉去!"媚利说道,看样子她马上也要哭了。"现在这里就是你的家。你走了,叫我们怎么办?"

"你要是知道了我对你真正的看法,我走了你是会高兴的。"斯佳丽怀有敌意地忖想。她宁愿有别的什么人而不是媚兰来帮助她消弭杰拉尔德的怒气。让一个自己最不喜欢的人给自己辩护,这很不是滋味。

"也许我们应该取消对白瑞德船长的邀请——"皮特帕特开始说道。

"哦,我们不能这样,这样做简直无礼之至。"媚利焦急地嚷道。

"扶我上床去。我要病倒了,"皮特帕特呻吟道,"哦,斯佳丽,你真不该叫我受这份罪呀!"

杰拉尔德第二天下午来到的时候,皮特帕特病倒在床上。她从紧关着的房门里不时传出话来向他表示歉意,让那两个惊恐万状的姑娘陪他吃晚饭。杰拉尔德虽然亲了斯佳丽一下,还表示称许地拧了一下媚兰的脸颊,还认自己是媚兰的亲戚,可是他老是一声不吭,看来凶多吉少。斯佳丽觉得还不如听他大肆咆哮咒骂一顿好受。媚兰忠实于自己的诺言,一步不离地跟在斯佳丽身边,像个会发出沙沙声的小小的影子。杰拉尔德毕竟是个有教养的人,不至于当着她的面叱责女儿。斯佳丽不得不承认媚兰很善于应付,一点不动声色,仿佛压根儿没出过什么不应该发生的事。等晚饭端上来的时候,竟能使杰拉尔德开口说起话来。

"我想要知道县里发生的每一件事情,"她喜洋洋地对他说道,"因迪和霍尼两人都不爱写信,那边的事情你是没有不晓得的。请告诉我们乔·方丹婚礼上的情况吧。"

杰拉尔德经她一捧,心头暖烘烘的,便告诉她说那次婚礼冷清得很,"和你们当初的婚礼大不一样,"因为乔只有很少几天休假。芒罗家的小萨莉姑娘模样挺漂亮。那天穿什么衣裳他记不起来了,不过他确实听说她连"二朝"的衣裳都没有。

"怎么!"两人吃惊地喊道,感到非常愤慨。

"这很自然,因为她根本就没有'二朝',"杰拉尔德做了解释便哈哈大笑起来,竟忘了这种话或许是不该说给女人听的。斯佳丽见他大笑,精神振作起来,心里十分感谢媚兰的机智。

"乔第二天就回到弗吉尼亚去了,"杰拉尔德忙又加了一句。"后来没举行舞会,也没什么人来客往的。塔尔顿家的双胞胎兄弟现在在家。"

"我们听说过了。他们还没有康复吗?"

"他们受的伤本来也不重。斯图尔特伤在膝盖上,布伦特肩膀上中了一颗来福枪弹。他们的英勇事迹已记载在官方的战报上,这你们听说过没有?"

"没有!快说给我们听!"

"他们两人都很轻率,我相信他们身上有爱尔兰人的气质,"杰拉尔德得意地说道,"至于他们究竟做了些什么,我记不起来了,不过布伦特现在升为中尉了。"

斯佳丽听到他们的功勋,心里觉得很快活,似乎其中也有她的份。一个男孩子只要曾经向她求爱过,在她的心目中,这个人就永远属于她的。那么他的一切优良行为,都足以增加她的声望。

"我还有个新闻,你们俩是一定爱听的,"杰拉尔德说道,"听说斯图又到十二橡树求爱去了。"

"追求的是霍尼还是因迪?"媚利激动地问道。斯佳丽几乎是气愤地瞪着眼睛。

"噢,当然是因迪小姐。倘若不是我那个小丫头去跟他挤眉弄眼,她不是始终把他抓得牢牢的吗?"

"哦,"媚利应了一声。杰拉尔德的直言不讳倒叫她有点窘了。

"还有,布伦特现在也常到塔拉来纠缠了。"

斯佳丽说不出话来。她的情人的背叛简直是对她的侮辱,特别是在她想起她告诉他们自己要和查尔斯结婚的时候,心里就更不是滋味。当时那两兄弟简直像发狂似的,斯图尔特甚至还恫吓说要开枪打死查尔斯,或者打死斯佳丽,或去打死他自己,或者三个人全都打死。那是多么扣人心弦。

"是苏埃伦吗?"媚利问道,脸上闪现出快乐的微笑,"可是我想肯尼迪先生——"

"哦,他吗?"杰拉尔德说道,"弗兰克·肯尼迪还是态度不明朗,胆小如鼠。他要是再不表态,我就要问问他到底是什么意图了。不是苏埃伦,就是我那个最小的娃娃。"

"卡琳?"

"她还是个孩子!"斯佳丽尖刻地说道,总算开口说话了。

"比起你结婚的年龄,她也不过小了一岁,小姐,"杰拉尔德反驳道,"你是不是舍不得把你过去的情人让给你妹妹?"

媚利脸红了。她不习惯说话如此没有遮拦,便示意彼得去把山芋馅饼拿来,一面拼命想找个话题,既不牵涉到个人隐私,又可以叫奥哈拉先生忘了此行的目的。一时她也想不出什么可说的,可是杰拉尔德一打开他的话匣子,只要有人听他,就要滔滔不绝说个没完。他说起军需部要的东西,日日增加,简直像窃贼;说杰斐逊·戴维斯既奸诈,又愚蠢;还说爱尔兰人也一样下流,为了几个赏钱就去给北佬卖命。

等到酒放到桌子上,两个姑娘站起身来提要离开时,杰拉尔德皱起眉头斜着眼睛朝女儿狠狠瞪了一眼,吩咐她一个人暂留片刻。斯佳丽绝望地扫了媚利一眼,媚利无可奈何地绞着手帕走出去,轻轻把门掩上。

"好哇，小姐！"杰拉尔德给自己倒了一杯葡萄酒，大声喊道，"你干的好事！是不是想给自己另找个丈夫啦？你做寡妇还没几天呢。"

"别那么大声，爸，佣人们——"

"他们早知道啦，这种丢人现眼的事哪个不知，谁人不晓。为此，你可怜的妈现在卧床不起，我也抬不起头来。真丢人，得了，孩子，这回你再给我哭也没有用。"他说得很快，声音叫人害怕，吓得斯佳丽眨眼皮，抿嘴巴。"我理解你。你就是在丈夫的灵床跟前也会去跟人家调情的。别哭。好吧，今晚我不跟你多啰唆，我得去见见那位出色的白瑞德船长，他竟然把我女儿的名声不当作一回事。且等明天早上——好啦，别哭啦。哭也没用。这回我已拿定主意，明天一早你跟我回塔拉，免得你把我们大家的脸都丢尽。别哭啦，孩子。瞧！我给你带什么来啦！这礼物漂亮不漂亮？你说，你为什么给我添这样大的麻烦，让我老远跑到这里来，家里的事又那么忙？别哭啦！"

媚兰和皮特帕特入睡已好几个时辰了，斯佳丽躺在床上却睡不着，周围是一片不平静的黑暗，她心情沉重，满怀恐惧。生活才重新开始，就得离开亚特兰大回家，就得去见埃伦。要她去见母亲，真还不如死了的好，她巴不得现在就死掉，也好让大家伤心，他们真不该如此可恶。她依枕心潮起伏辗转反侧，忽然听到从宁静的大街远远传来一个声音，那声音虽然模糊不清，她却觉得出奇的熟悉。她从床上溜下来，走到窗口。朦胧的夜空中繁星点点，街道被绿荫的穹顶覆盖着，一片漆黑。声音越来越近，是车轮声、马蹄声，还夹杂着人声。她忽然咧开嘴笑了。她听到带有浓重爱尔兰土腔的歌声和轻便马车来到的声音。她知道这是她父亲在高唱《低靠背车上的假腿人》。这不是杰拉尔德上路到琼斯博罗去参观法庭开审的日子，但是他今天在回家的路上也唱起了同一支歌曲。

她看见一辆马车的黑影在大门口停住，几个人影下了车。是有

221

人陪他来的。门口出现了两个身影,门栓咔嗒响了一下,随即清清楚楚地传来杰拉尔德的声音。

"现在我让你听一支《哀悼罗伯特·埃米特》,这支歌你应该知道,我的小伙子。让我来教你。"

"我很愿意学,"他的伙伴答道,那低沉而慢吞吞的声音似乎想笑而未笑,"不过,且等以后吧,奥哈拉先生。"

"哦,上帝,是那可恶的白瑞德!"斯佳丽暗忖,先是觉得很讨厌,继而又高兴起来。至少他们没有决斗。而且在这样的时候这样的情况下,一起回家来,他们想必已经相互谅解了。

"我要唱,你得听,要不我就开枪打死你这个奥兰治人。"

"我不是奥兰治人,是查尔斯顿人。"

"那也不见得更好。反而更坏。这我清楚,因为我有两个小姨都在查尔斯顿。"

"他是不是想让所有的邻居都听见?"斯佳丽害怕起来,忙伸手去拿晨衣,可是她该怎么办?她总不能在这半夜三更下楼到大街上去把她的父亲拖进来。

杰拉尔德靠在门上,仰起头,竟出其不意地用男低音吼起那首歌来。斯佳丽把两肘支在窗台上听着,勉强咧开嘴笑了。这本是支美丽的歌曲,可惜他父亲唱走了调。这是她最喜爱的歌曲之一,一会儿,她伴唱着那哀伤的歌词的开头两句:

> 她远远离开她年轻英雄安息的地方,
> 恋人们围着她叹息惆怅。

歌声在门外继续唱着,她听见皮特帕特和媚利的房间里有了响动。真可怜。她们肯定会觉得烦乱,因为她们不习惯杰拉尔德这样富于血性的汉子。歌唱完以后,那两个人影紧紧挨在一起,看上去只有一个人影,他们穿过院子里的甬道,走上台阶,接着在门上轻轻敲了几下。

"看来我得下楼去,"斯佳丽想,"他毕竟是我父亲,可怜的皮特是死也不敢下去的。"再说,她不想让佣人看见杰拉尔德现在这副模样。如果叫彼得去扶他上床睡觉,他说不定会闹得天翻地覆。只有波克才晓得怎么对付他。

她拿别针把晨衣领口紧紧别好,点上床头的蜡烛,匆匆下楼来到前面的过道。她把蜡烛插在烛台上,打开门。在摇曳的烛光中,她看见白瑞德,一点也没有生气,搀扶着她的矮胖的父亲。那一曲《挽歌》分明是杰拉尔德的《天鹅之歌》①,因为他已经明明白白地倒在他伙伴的臂膀上了。帽子丢了,一头鬈曲的长发乱成白马鬃似的,领结歪到一只耳朵的下面,胸前衬衫上满是酒迹。

"这位想必是你的父亲吧?"白瑞德船长说道,黝黑的脸上,两眼带着感到有趣的神情。他很快朝她身上扫了一眼,那目光似乎要穿透她的晨衣似的。

"扶他进来吧,"她简慢地说,穿着晨服见人,觉得很窘,又恼怒杰拉尔德,害得她被此人讥笑。

白瑞德把杰拉尔德推到前面。"要不要我帮你扶他上楼?他很重,你挪不动他。"

他胆敢提出这样的建议,直吓得她张口结舌。倘使白瑞德船长真的上了楼,畏缩在床上的皮特帕特和媚利会怎么想,那就可想而知了。

"我的天,不!就把他扶到客厅里的沙发上去吧。"

"你是说刹蒂②?"

"谢谢你,留点神,说话讲点礼貌,在这里,让他躺下。"

"要不要把他的靴子脱掉。"

"不用。以前他也这样睡过。"

话已出口,她又懊恼得恨不得把自己的舌头咬下来,因为她看

---

① 古代西方传说,天鹅临终时会唱出美妙的歌声。
② 斯佳丽曾弄混这两个词的概念,白瑞德故意取笑她。

见当他把杰拉尔德的腿搁在长椅上的时候,他的笑声颇柔和。

"现在,请你走吧。"

他走出客厅,走进昏暗的过道,捡起刚才掉在门槛上的帽子。

"星期天吃午饭时再见。"他说罢就走了,轻手轻脚把门带上,一点声响也没有。

斯佳丽五点半就起床了,抢在从后院出来做早饭的佣人之前,她悄悄来到楼下客厅里。杰拉尔德已经醒了,坐在长靠椅上,两手捧着圆脑袋,好像要拿两只巴掌把它挤碎似的?斯佳丽进来,他偷偷地抬头朝她看看。他的眼睛一移动,觉得疼痛难忍,不由得哼起来。

"喔唷唷唷!"

"你干的好事,爸,"她压低了声音说,心中怒不可遏。"半夜三更唱着歌回家,把所有的邻居都吵醒了。"

"我唱啦?"

"唱啦!你唱那《挽歌》,震得四处都起回响呢。"

"我全记不得了。"

"邻居们到死都会记得,皮特帕特小姐和媚兰也会记得。"

"该我倒霉,"他悲叹一声,用舌苔厚厚的舌头把干枯的嘴唇上下舔了一遍,"打牌一开始,我就什么也记不起来了。"

"打牌?"

"那个黑瓢虫白瑞德吹牛说他玩扑克要数第一,在——"

"你输了多少?"

"怎么,我当然是赢的,喝上一两杯,对我打牌大有好处。"

"把皮夹拿出来看看。"

杰拉尔德从上衣口袋里把皮夹摸出来,每动一下仿佛都感到极大的痛苦。他打开皮夹一看,是空的。他盯着皮夹子,脸上现出可怜的惶惑神情。

"五百块,"他说,"是给奥哈拉太太向跑封锁线的商人买东西的,现在连回塔拉的盘缠也没了。"

斯佳丽怒气冲冲地看着空皮夹,忽然心里产生了一个念头,而且很快发展成一个计划。

"这下我在城里可抬不起头来了，"她开始说道，"你叫我们没脸见人了。"

"住嘴，孩子。你没看见我脑袋都快炸开了吗？"

"喝得醉醺醺的，跟白瑞德船长那种人一起回家来，还直着喉咙唱歌让人人都听见。钱又输得一文不名。"

"那家伙赌钱真有本事，肯定不是个上等人。他——"

"妈要是知道了会怎么说？"

他抬起头来，突然感到一阵痛苦。

"我想你大概一句话也不会跟你妈说的。你大概也不会要她心里难受的，对吗？"

斯佳丽嘟起了嘴不作声。

"你想她知道了会多伤心，她的性格又是那么温柔。"

"你也得想想，爸，就在昨天晚上你还说我给全家人丢脸，我不过是为了给伤兵募捐，跳了几支舞罢了。哦，我真想哭一场。"

"得了，别哭啦，"杰拉尔德央求道，"我可怜的脑袋再也受不了啦，它现在就要炸开啦。"

"你还说我——"

"得了，孩子，得了！你这可怜的老爸爸的话，你不必伤心，他全是有口无心的，他其实什么也不懂。你是个好心肠的孩子，我是完全知道的。"

"可是你要把我带回去，叫我没法见人哪。"

"啊，宝贝儿，我哪里会，我是跟你闹着玩的。那么你不会跟你妈提起钱的事了吧，是吗？她为了家里的开支，已经够心烦的了。"

"我不跟她说，"斯佳丽坦诚地说道，"不过你得让我留在这里，就跟妈妈说我本来没什么事，都是些恶毒的老婆子嚼舌头拨弄出来的。"

杰拉尔德悲哀地看着女儿：

"这简直是敲诈。"

"昨晚的事简直是丑闻。"

"好吧，"他为了骗取欢心，说道，"我们把这些事全忘了吧。你说像皮特帕特这样的好小姐家里有没有白兰地？解酒还得靠酒哇。"

斯佳丽转身踮起脚，经静寂的走道走进餐室里去拿白兰地酒瓶。她和媚利私底下把它叫作"昏晕药水"，因为皮特帕特情绪一激动就要发晕——或者好像要发晕，那时她就要喝上一口。她打开酒橱拿出酒瓶和酒杯，把它们贴在胸口，伫立了片刻。她脸上露出胜利的表情，对父亲的不孝行为丝毫没有愧疚之感。现在即使有人写信揭发，她也可以用谎言去抚慰埃伦了。现在她可以留在亚特兰大，爱怎么样就怎么样。皮特帕特是个弱女子，当然不足为虑。

她眼前展现出一幅美丽的图景：在流水潺潺的桃树溪畔的野餐，斯通山上的烤肉宴，酒会，舞会，午后的小型舞会，驾车兜风，以及星期日晚上的冷餐会等等。她要去参加，要成为活动的中心，男人的中心。你在医院里给他们做了一点小事，他们就很容易坠入情网。现在她可以多多上医院去了。男人在病中最容易挑逗，他们就像塔拉桃树上熟透了的桃子，一个聪明的姑娘只消轻轻一摇，它们就会落在她的手中。

她拿着那瓶提神的饮料回到父亲身边，心中暗暗感谢上帝，那个出色的奥哈拉脑袋，终于没有能经受住昨晚那个回合的较量，她突然怀疑白瑞德大概从中耍了什么花招。

第十一章

下星期的一天下午,斯佳丽从医院里回来,又疲乏又气恼。疲乏是因为整整站了一上午,气恼是因为梅里韦瑟太太在给一个士兵裹伤臂的时候,见她坐在伤兵的床上,就毫不客气地斥责了她。她回到家里,皮特姑妈和媚兰正在门廊里,戴好了最漂亮的兜帽,打算带着韦德和普里西到四周朋友家去做每周一次的拜访活动。斯佳丽向她们说了声不想奉陪,便上楼回到自己的房间里。

她等到最后的车轮声完全消失,知道她们已经远去,便悄悄走到媚兰的房间,旋开门锁走了进去。房间不大,很整洁,像是间未出嫁姑娘的闺房,房间里很幽静,下午四点钟的阳光斜射进来,暖洋洋的。光亮的地板上没有什么家具,只有几处铺着碎呢地毯,白色的墙壁上没有什么装饰,只有一个角落里被媚兰布置得像个神龛。

这里挂着一面南方邦联的旗子,旗子下面挂着一把金柄军刀,当年媚兰的爸爸曾带着它参加过墨西哥战争,查尔斯去打仗时也佩带过它。那里还挂着查尔斯的肩带和手枪带,枪套里装着他的左轮枪。军刀和手枪之间,是一帧查尔斯本人的银板照相,身穿灰色军服,神气刚强而傲慢,一双褐色大眼睛的奕奕神采闪烁出相框之外,嘴角则带着羞涩的微笑。

斯佳丽对那相片连看也没看一眼,径自穿过房间走到小床边,从桌子上拿起一只正方形的黑黄檀木书信盒子。她从里面拿出一束用蓝缎带扎好的信,全是艾希礼亲笔写给媚兰的。最上面的一封是那天早上刚到的,她就打开了这一封。

斯佳丽偷看媚兰的信,刚开始时感到心惊肉跳,害怕被人发觉,手抖得连信封也打不开。后来偷看的次数多了，她那从来也不拘小节的廉耻心麻木了，甚至也不再怕有人发现她偷看了。偶尔她想到"母亲倘若知道会怎么说？"不免感到心情沉重。当初，她感到懊恼，因为她仍然想在各个方面都要步母亲的后尘。但她知道，埃伦宁愿看到她的女儿去死，也不愿看到她竟做出这样见不得人的事来。可是这些信的诱惑力实在太大，她也顾不得去多想埃伦了。近几天来，她已经变得非常适应排遣掉自己不愉快的情绪。她学会了对自己说："这桩事情真讨厌，我现在不去想它，到明天再说吧。"通常到了第二天，这件事要么忘了，要么因为拖了一天，已经不觉得那么讨厌了。所以关于偷看艾希礼信件的事，并不怎么使她感到心情沉重。

媚兰对她的信很大方，每回总要大声念几段给皮特姑妈和斯佳丽听，可是最叫斯佳丽心神不宁的是没念出来的那几段，这就迫使她要偷看个究竟。她一定得知道艾希礼结婚以后是不是爱他的妻子。她一定得知道他是不是假装在爱她。他信上是不是写了些甜甜蜜蜜的话？究竟表达了些什么感情，亲密到怎样的程度？

她小心翼翼地把信笺铺平。

艾希礼那清秀匀称的字迹跃入她的眼帘，开头的称呼是"我亲爱的妻子"。斯佳丽松了一口气，他没把媚兰称作"心肝"或"宝贝"之类。

"我亲爱的妻子，你来信说你心里很惊恐，因为我没有把真情告诉你。你问我近来究竟在想些什么？——"

"我的上帝！"斯佳丽暗想，感到一阵愧疚，"'没有说出真情'。媚利是不是看破了他的心思？或者看破了我的？她会不会疑心他和我——"

她把信拿近一些，竟怕得两手不住地颤抖。可是读到下面一段时，她松了一口气。

"亲爱的妻子，如果我对你隐瞒了什么，那是因为我不愿意你负担过重，不愿让你除了为我的身体安全担心外，还要为我的内心纷扰担心。可是我什么也没有对你隐瞒，因为你太理解我了。不要惊慌。我没有受伤,也没有害病。我能填饱肚子,偶尔还有床可睡。一个当兵的还有什么更多的要求。不过,媚兰,我心头有沉重的负担,不能不向你倾吐。

"入夏以来,有许多个夜晚,全营都已入睡,我却久久不能成眠,仰望星空,我反复思考:艾希礼·威尔克斯,你为什么要来到此地?你打仗是为了什么?

"肯定不是为了名声和荣誉。战争是件肮脏的事,我是讨厌肮脏的。我不是一个军人,没有要到炮口里去寻求虚名的欲望。然而我却来到了这战场上——我这个天生只会读书的乡下绅士,因为,媚兰,军号既不能使我热血沸腾,战鼓亦不能催我疾步向前。我看得非常非常清楚,我们已经被出卖了,被我们南方人傲慢的自我感觉出卖了——以为我们一个人足以抵挡一打北方佬,以为棉花大王能够统治全世界,我们也被那些我们敬仰崇拜的身居高位的人出卖了、被他们高喊的仇恨和偏见、被他们叫嚷的什么棉花大王、奴隶制、州权和该死的北佬之类的动听的空话出卖了。

"所以,每当我躺在床褥上,仰望着繁星,反躬自问'你为什么而战?'时,我会想起州权,想起棉花,想起黑奴,想起我从小就学会要加以仇视的北方佬,可是我认为这些全不是我要来打仗的真正理由。相反,我却想起十二橡树,想起月光斜射在白色的廊柱上,盛开的木兰花在月光下宛若世外奇葩,攀爬的蔷薇丛使得廊沿下即使在炎夏的正午也是一片阴凉,我仿佛看见母亲还坐在那儿做针线,还是跟我孩提时一样。我听见黑奴在黄昏时分从田里回来,带着倦意唱着歌,等着晚餐,我还听见井边辘轳声响,水桶沉到冰凉的井里。我又看见那沿着大路通向河边越过棉田的苍茫景色,见暮霭从洼地里冉冉升起。这就是像我这样一个不慕声名、与世无仇、不愿看见死亡与不幸的人为什么会在这里的原因。也许这就是所谓热爱家园和乡土的爱国主义吧。可是,媚兰,让我们进一步想想,刚才我所说的不惜为之牺牲生命的东西,以及我所热爱的生活等等,不过是一种象征的说法。我为之战斗的其实是我所留恋难舍的一个旧的时代,一种旧的生活方式,我怕这种生活方式是一去不复返了,不管这骰子掷下来结果如何。无论我们是胜是败,这一点反正是无可挽回了。

"即使我们赢得了这场战争,实现了棉花王国的梦想,我们同样是完了。因为我们会成为另一种人,不可能再过昔日的宁静生活了。到那时全世界都要跑到我们门口来跟我们要棉花,我们可以随意要价,那么,我怕我们会变得跟北佬一样,贪得无厌,唯利是图,成为我们现在所不齿的重商主义者了。再说如果我们打败了,媚兰,如果我们打败了呢!

"我怕的不是危险,不是被俘,不是负伤,也不是死亡,如果死亡是避免不了的话,我怕只怕一旦战争结束,我们再也不能回到往日的岁月了。然而我是属于旧时代的,我不属于这个疯狂的杀戮的现在,恐怕无论我怎样努力也无法适应无论怎么样的未来。你也一样,亲爱的,因为你和我属于同一个血统。我不知道将来会是个什么样子,但是反正不会像过去那样美好,那样令人满意。

"我躺在床上,看看睡在身旁的男孩们,那一对双胞胎兄弟,亚历克斯,还有凯德,不知道他们想的是不是跟我一样,他们是不是知道他们为之浴血奋战的事业,在打响第一枪的时刻起,就已注定要失败的。因为我们的事业实质上就意味着我们的生活方式已经不复存在了。不过我想他们未必会想这些,这是他们的幸运。

"当初我向你求婚的时候,并不曾为我们想到这一层。我以为十二橡树的生活会永远平安舒适地过下去,不会有什么变化。我们两人非常相像,媚兰,都喜欢宁静的事物,我看到的是在我们眼前展现着一段长长的太平时期,让我们一起读书、听音乐,让我们一起梦想。我没有想到今天的情景,怎么也想不到!旧世界的毁灭、仇恨和血腥的杀戮,想不到全降临到我们的头上!媚兰,没有一样东西是值得这样的——州权也好,奴隶制也好,棉花也好。我们现在所遭受到的和今后可能遭受到的一切都是毫无价值的,因为如果我们被北佬打败,我们的将来非常可怕,不堪设想。可是亲爱的,他们迟早会打败我们。

"我本不该写这些,甚至不该想这些。可是你问起我有什么心事,我的心事就是害怕吃败仗。你记不记得在我们宣布订婚那天的烤肉野宴上,有一个带查尔斯顿口音、名叫白瑞德的人?他因为说我们南方人无知,差点导致一场殴斗。你记不记得那对双胞胎简直想要开枪打死他,因为他说我们缺少工厂、缺少铸造厂、棉纺厂、兵工厂、机械厂、缺少船舶?你记不记得他说北佬的舰队会把我们牢牢地封锁住,不让我们把棉花运出去?他的话是对的。我们用的是独立战争时期的毛瑟枪来和北佬的新式步枪交战,而且不久以后,封锁会越来越紧,我们怕连医药用品也运不进来。其实我们对于白瑞德那种喜欢冷嘲热讽的人,倒应该多加注意,因为他毕竟懂得一些道理,不像政治家们只凭感觉——便信口开河。他实际上是说,我们南方打仗单凭棉花和骄横两样东西。现在棉花已经没有什么价值,剩下的就只有骄横了。但是我把这种骄横称之为无比的勇气。例如——"

斯佳丽读到这里,就把信小心地折好,重新放进信封里去了。这番话太令人厌烦,叫她读不下去。而且这信的调子尽是些失败的蠢话,看后未免有点沮丧。她偷看媚兰的信,毕竟不是为了要知道艾希礼那费解而乏味的思想。以前她坐在塔拉的门廊上,听他说这一类的话,实在已经听得太多了。

她想要知道的,只是他是否给他妻子写过充满热情的信。到目前为止他没有。她读过信盒里的每一封信,其亲昵的程度,没有超过像哥哥写给妹妹的程度。他写得很亲切,很风趣,无所不谈,但没有一封是情意绵绵的。斯佳丽自己接到过不可胜数的火热的情书,真正饱含激情的书信她不难一眼就看得出来。可是这样的信她却没有看到。她每回偷看过他的信以后,总不免沾沾自喜,深信艾希礼仍然并未忘情于她。她对媚兰颇有点鄙夷,她不知怎的竟觉察不到艾希礼对待她只不过把她当作一个朋友而已。媚兰显然没有发现丈夫的信里缺少些什么。这也难怪,她从来没有收到过可以拿来和艾希礼的信相比较的男人的情书。

"他尽写些疯疯癫癫的信,"斯佳丽想道,"假如我的丈夫给我写这样的蠢话,那他肯定会被我批评一顿!哼,就连查利写的信也比他的好。"

她忙又把信笺的边缘轻轻掀开,看看发信的日期,记下信中的内容。信里没有关于露营和冲锋的描写,不像达西·米德写给父母的信,或是那不幸的达拉斯·麦克卢内写给他那两个老处女姐姐,费斯小姐和霍普小姐①的信。米德家和麦克卢内家喜欢把他们的来信念给所有的邻居听,并引以为荣。斯佳丽见媚兰拿不出艾希礼类似的信件到缝纫组里来念,常暗自为她感到羞愧。

艾希礼给媚兰写起信来,往往想根本回避战争,仿佛想把他们两人引入一个永恒的魔境,远远离开萨姆特要塞事件以来所发生的一切。他仿佛要使自己相信并没有什么战争。他写的是他跟媚兰读过的书,唱过的歌,他们熟识的老友,以及他在大旅游时到过的地方。没有一封信里他不流露出对十二橡树深深的怀念。他不惜笔墨地回味起晚秋霜夜的星光中,他在寂静的森林小径里骑马打猎的情景,回味起野餐鱼宴,静谧的月夜和老家的宁静之美。

她想起刚才在信上读到的话,"没有想到今天,怎么也想不到!"似乎是一个受折磨的灵魂不能面对而又不得不面对某种东西所发出的呼喊。她不解的是:既然他不怕负伤,不怕送命,那么他还有什么可害怕的呢?因为她从来不善分析,所以对这个复杂问题,她百思不得其解。

"战争打扰了他,而他——他是不喜欢受到打扰的,就拿我来打个比方吧,他爱我,但是又害怕和我结婚,因为——因为怕我搅乱了他的思想和生活,不,他怕的不完全是这个。艾希礼不是胆小鬼。否则他的名字就不会出现在官方战报中,斯隆上校也不会写信给媚

---

① 费斯与霍普原意为信心与希望,作者以此为两位老处女命名,寓意双关。

利,称赞他冲锋陷阵的英勇事迹。他要是下定了决心,那么谁也比不上他勇敢,谁也比不上他坚决,但是——他性格内向,不愿出世人俗,而且他讨厌与人来往,还有——哦,我真不知道是怎么一回事,要是我早知他葫芦里究竟卖的什么药,哪怕一点点,我想他已跟我结婚了。"

她把信贴在胸口站了一会儿,渴念着艾希礼。从倾心于他的那一天起,她的感情始终没有改变。那时她只有十四岁,站在塔拉的门廊上,看见艾希礼骑马过来,脸上闪着微笑,头发在早晨的阳光下发出闪闪银光,那勃勃英姿把她深深地迷醉,以致说不出话来,从那一刻起,她的一颗芳心,就许给了他。她的爱是一个年轻姑娘对一个男人的崇拜。她对他并不理解,也不具有他的品质,可是她却非常欣赏他的品质。现在他仍然是她梦中的白马王子,她的梦只不过要求他承诺爱她,希望给她一个亲吻。

她读了他的信,心里觉得满有把握,他虽然娶了媚兰,但爱的仍然是她斯佳丽,她所要求的也就在于能断定艾希礼是爱她的。她还是那么年轻,风韵依旧。假如查尔斯那笨手笨脚的动作和局促不安的亲昵,曾经拨动过她内在的情欲,那么她对艾希礼的梦想就不会仅限于一个亲吻。但是和查尔斯单独在一起不多的几个月夜里并没有使她真正动情,或者说尚未使她成熟。换句话说,查尔斯并不曾使她懂得什么是温存,什么是性爱,什么是心灵上或肉体上真正的亲昵。

在她看来,所谓性爱,只不过是一种不可理喻的男性疯狂的奴役,女人对此并无感受,它是一种痛苦而恼人的过程,必然导致更为痛苦的生育过程。所以她并不惊奇,结婚就该如此罢了。埃伦在她的婚礼前夕,曾经对她暗示过,结婚是女人该用品德和毅力来忍受的一件事,她做了寡妇以后,听见某些太太们的窃窃私语,也证实了埃伦的话,所以斯佳丽很乐意让性爱和婚姻同时了结。

可是她虽然了结了婚姻,却没有了结爱情,因为她对艾希礼的爱是属于另一种性质的,和婚姻或性爱都没有关系,它非常圣洁,而且美得令人心醉，对这种爱，她不能流露，难以忘怀，寄以希望，因此随着时间一天天过去，这种爱愈来愈深，愈来愈强烈。

她把那一束信仔细地用缎带扎好，叹了口气，第一千次重新思考，艾希礼身上究竟有什么东西使她竟无法理解。她想要得出一个满意的结论，可是像往常一样，那结论还是从她那单纯的头脑里逃开了。她把信放回信盒里，把盒盖好。忽然她皱起眉头，她想起了信上最后一部分提到的白瑞德船长，真奇怪，艾希礼怎么还记得那个无赖一年前说的话呢？白瑞德尽管舞跳得好，但无可否认，他是个无赖。那次义卖会上他所说的关于邦联的那番话，只有无赖才会说。

她走到房间另一头的镜子跟前，顾影自怜地轻拍光洁的乌发。跟往常一样，当她看到自己雪白的皮肤，微微翘起的绿色眼睛时，不由得精神焕发，她一微笑，脸上的一对酒窝就出来了。她高兴地看着镜子里的影儿，她记起艾希礼一向爱她的酒窝，便把白瑞德抛到脑后去了。她对自己的青春和魅力充满喜悦，重新确信了艾希礼对她的爱，以致对于偷看别人的信、爱上有妇之夫这样的事，她良心上竟不觉得有所愧疚。

她打开门，怀着轻松的心情走下昏暗的盘旋型楼梯，走到一半，就唱起那只《待那残酷的战争结束之后》的歌来。

第十二章

战争进行着,大部分打的是胜仗,但是人们不再说"再打一次胜仗就可以结束战争",也不再说北方佬是胆小鬼了。现在大家都看得很清楚,北佬绝非怯懦,一次胜仗也决计征服不了他们。总算摩根将军和福里斯特将军在田纳西州打了几次胜仗,加上牧牛场第二战役的胜利,邦联方面才得以扬眉吐气一番。然而代价是高昂的。亚特兰大的医院和居民家里,病号和伤员人满为患,穿黑丧服的女人一天多似一天。奥克兰公墓里一排排单调的阵亡将士墓每天都在延伸。

邦联发行的货币急遽贬值,食品和服装价格相应地猛涨。军需队对食品征收的捐税极为沉重,亚特兰大的餐桌因而深受其害。白面粉不仅罕见,而且价格昂贵,黑面包普遍取代了软饼、面包卷和蛋奶烘饼。肉铺里几乎看不到牛肉,羊肉也很少,幸而猪肉相当充足,鸡和蔬菜也不少。

北佬对邦联港口的封锁加紧了。茶叶、咖啡、丝绸、鲸骨圈、香水、时装杂志和书籍之类的奢侈品十分稀少,而且价格昂贵。连最便宜的棉织品价格也在猛涨,女人们不得不把旧衣服拿来再凑合一个季节。搁置多年积满尘垢的织布机都从顶楼上取下来了,几乎每家的客厅里都可以看到织好的一匹匹土布。士兵、平民、妇女、儿童和黑人全都穿上土布衣服。灰色是邦联军服的颜色,实际上已经看不到,代之以白胡桃色的土布了。

医院里因短缺奎宁、甘汞、鸦片、氯仿和碘酒等而伤透脑筋。亚麻布和纱布绷带用过后舍不得丢掉,在医院做看护的女人都把一篮子沾满血污的布条子带回家去洗净熨平之后，再拿到医院里给另外的伤员使用。

斯佳丽因为新从寡妇的束缚中解脱出来，对这样的战争时期却只感到兴奋和欢乐。如今她又能出入于社交场合，心里非常快活，即使吃穿方面有点匮乏，也不怎么放在心上。

她回想过去一年的生活是多么沉闷，日复一日，一成不变。相形之下，如今生活节奏之快，简直令人难以置信。每天都有使她激动的经历，每天她都会遇到初次见面的男人，他们请求到她家来拜访她，称赞她如何美丽，还说能为她而战或者为她而死简直是一种特权。虽则她对艾希礼的爱，可以说至死不渝，但这并不妨碍她勾引别的男人来向她求婚。

前方战事在进行着，后方的社交关系日趋随便而不拘常礼，老一辈的人对此感到十分惊骇。做母亲的常常看见陌生男人来拜访她们的女儿，来的时候连介绍信也不带，也不知道他们身世的底细，更令人诧异的是看到她们的女儿竟和这些男人手拉手在一起。梅里韦瑟太太自己在举行婚礼之前从来没有和她丈夫接过吻，现在目睹梅贝尔在亲那个义勇兵勒内·皮卡德，简直不敢相信自己的眼睛。而且梅贝尔居然毫不觉得害臊，这就更叫她感到惊恐，虽则勒内立即向她求婚，但已无法挽回她的反感。梅里韦瑟太太觉得南方正在走向道德的彻底崩溃之中，并不断陈述她的这种观点。别的太太都由衷地赞同，并把它归罪于战争。

男人们说不定在一个星期或者一个月之内，就会死于战场，自然不能等上一年再去向姑娘请求用教名称呼她——"小姐"两字自然还要加在教名前面的——他们不愿遵循战前那一套正规求婚的繁文缛礼，通常要长达三四个月之久。女孩子们都知道，过去上等人家的姑娘对男士的求婚，总得先拒绝三次，现在听到男方的头一次启口，便轻率地冒险应允了。

战时的不拘礼节给斯佳丽平添了许多乐趣。战争若是无限期地延长下去，她也不会介意，无非是护理工作有点杂乱无章，卷绷带叫她厌烦而已。事实上她对医院工作已经安之若素，因为它是一个十分快活的男人狩猎场，伤兵们被她的美貌所迷醉，除了乖乖投降，简直无法抵挡。给他们换换绷带，洗洗脸，拍拍枕头，扇扇扇子，他们就会坠入情网。哦，经过去年那可怕的一年，现在是在天堂里了。

斯佳丽恢复了婚前的样子，仿佛她并不曾跟查尔斯结过婚，不曾经受过他死亡的震惊，也不曾生育过小韦德。战争、婚姻和生育她都经历过了，但都没有触动她的内心深处，她现在还是依然故我。她有一个孩子，由红砖屋里的其他人精心照料着，她几乎可以把他置之度外。无论在思想上和感情上她重新成为斯佳丽·奥哈拉小姐，重新成为县里的第一美人。她的思想和活动和往昔已经没有什么两样，然而她的活动天地却比以前宽广得多。她对皮特姑妈朋友们的非议，一概置之不理，她跟结婚以前一样去参加宴会，去跳舞，跟士兵出去骑马调情，未出嫁时做过的事，她没有一件不做，只差没有脱下丧服。她晓得这是会压断皮特帕特和媚兰两人背脊的最后一根稻草①。她现在是个寡妇，却和做姑娘时一样迷人。她自诩容貌出众，仰慕者不乏其人，只要听其随心所欲，她便快活无比，只要一直没有人去触犯她，她便始终亲切待人。

几个星期之前她是那么可怜，现在却是这般快乐。她所以快乐是因为有许多男人追逐她，重新确认她确有魅力。遗憾的是艾希礼跟媚兰结了婚，而且他正处于战争的危险之中。不过她想到艾希礼既已属于别人，而且又远在外地，心中也就不觉得过于难受。亚特兰大和弗吉尼亚，相隔数百英里之遥，艾希礼是属于媚兰，还是属于她自己，反正都是一回事。

于是一八六二年秋季的几个月，她就在看护、跳舞、乘马车和卷绷带中迅速地度过了。有时她回到塔拉去小住几日，可是那几回她都感到很失望。在亚特兰大的时候，她一心盼望着能和母亲静静

---

① 西谚"最后一根稻草压断骆驼的背脊"，喻使全盘垮台之最后的微小负荷。

地长谈一番。可是回到家里以后,她却很少有机会也很少有时间坐在埃伦身旁陪她缝补衣裳,闻她身上柠檬马鞭草香囊散发出来的淡淡清香,让埃伦温柔的手在她的脸颊上轻轻抚摸。

埃伦很消瘦,心事重重,从早忙到晚,连坐下来歇会儿的时间都没有,要等田里干活的人都睡下之后很久,才轮到她休息。邦联军需队的要求月月加重,她就不得不努力让塔拉生产出更多的东西来。就连杰拉尔德也忙碌起来,这在多年以来还是第一次,因为他找不到一个监工来代替乔纳斯·威尔克森的工作,只好自己去管种植场的事。斯佳丽见爸爸成天都在田里,妈妈只在她临睡前才来吻她一下,道声晚安,她觉得塔拉很乏味。她两个妹妹也都各想各的心事。苏埃伦已经和弗兰克·肯尼迪达成谅解,她每唱起《当残酷的战争结束之后》那支歌,似乎总别有一番深意,简直叫斯佳丽受不了。卡琳则对布伦特·塔尔顿魂牵梦萦,无心跟别人做伴。

斯佳丽每次动身回塔拉,心里总很高兴,但是等到皮特和媚兰写信催她回亚特兰大时,她也不觉得和塔拉难舍难分。可是埃伦却要深深叹息,为她的长女和唯一的外孙离去而心里难受。

"既然亚特兰大需要你去看护伤兵,我当然不该太自私硬把你留下,"她说,"只是——只是,我的宝贝,我总觉得我实在太忙,来不及在你离开前和你好好谈心,感受一下你依然是我以前的好女儿。"

"我永远是你的好女儿,"斯佳丽总是这样回答,说时把头埋在埃伦的怀里,内心的愧疚油然而生。她没敢告诉母亲,她回亚特兰大,不是为了给邦联做事,而是为了跳舞和被情郎所吸引。这些天来,她有好多事都瞒着母亲,其中最紧要的就是白瑞德三天两头到皮特姑妈家来走动这件事。

义卖会以后的几个月里,白瑞德每次到亚特兰大来,都要带斯佳丽驾着马车去兜风,陪她去跳舞,去义卖会,并且等在医院门口,赶车送她回家。她已经不再担心他把她的秘密说出去,但是心底仍不免惴惴不安,因为他看到了她最见不得人的事,也知道她对艾希礼的真情。所以有时他惹她生气,她也不便发作,可他偏偏老是惹她生气。

　　他年纪已经三十开外,比她过去所有的情人都大。她善于应付并控制年纪和她相仿的情人,可是要想用同样的手法来控制白瑞德,她却像个孩子似的简直无能为力。在他眼里,仿佛世界上没有什么事情值得他大惊小怪,可是有许多事情却使他感到十分有趣,特别是当他把她气得说不出话来的时候,他那副模样就仿佛看到了天下第一等好玩的事一样。他常常用他那一等的逗人本事惹得她勃然大怒,因为她虽然从埃伦那里继承了一副骗人的温柔的外貌,却从杰拉尔德那里继承了爱尔兰人的脾气。在此以前,她除了在埃伦面前,对别人从来不约束自己的急躁脾气。现在在白瑞德面前,她却只好竭力克制,否则倒让他感到有趣。只可惜他从来不发脾气,这就使她感到自己总是处于不利的境地。

　　她跟他多次交锋,总是以失败告终,于是她认定他不是个上等人,是个没有教养的无可救药的人,并发誓不再跟他打交道。可是等他回到亚特兰大时,他总会以看望皮特姑妈为由,特别殷勤地献给斯佳丽一盒从拿骚买来的夹心糖。有时他预定的音乐会的位子坐在她身旁,有时在舞会上邀请她跳舞,使得她对他这种大胆的献殷勤感到有趣,她终于原谅了他以前的过错,直到后来他再惹得她生气、不理睬他为止。

　　纵使白瑞德老是叫她恼怒,可是她却渐渐盼望着他常来看望她。他身上有某种令人激动的东西,她分析不出是什么,只觉得他跟她所认识的别的男人不一样。他那魁伟的身躯,给人以一种透不过气来的感觉,他一走进房门,就仿佛有一种肉体的冲击波突然袭来。他那对黑眼睛里闪着嘲讽和傲慢的神情,似乎在向她挑战,看她有没有制服他的气魄。

　　"看来我像是爱上他了!"她迷惑不解地想着,"可是我并不爱他,我真不明白这是怎么回事。"

　　可是那种激动的感情一直没有消失。他每次来访时,他那纯粹的男性气质使得皮特姑妈那座温雅高贵的屋子显得狭小、暗淡而有点古板。在这屋子里,不仅是斯佳丽在他面前反应古怪而勉强,就连皮特姑妈也是那样心慌意乱。

皮特晓得,埃伦不会喜欢他来看望她的女儿,也晓得查尔斯顿不容许他进入上流社会的敕令并非可以等闲视之。可是她无法拒绝他举起她的手来亲吻,跟她说一套动听的奉承话,就像苍蝇无法拒绝蜜罐一样。加以他每回都要从拿骚给她带点小礼物来,还说是特地为她买的,是冒了生命危险偷越封锁线买来的一纸包一纸包的别针、缝针、纽扣,一卷一卷的丝线以及发针等等。这些小奢侈品现在几乎已经没法弄到,女人用的是手削的木制发夹,把橡果包上一层布做成纽扣,皮特实在不具有一种顽强的精神力量能拒绝他的馈赠。此外,她还有点孩子脾气,最喜欢打开那些能使人惊喜的礼物包。打开以后,她也就不好意思拒绝接受礼物了,接受以后,她当然就没有勇气跟他说,以他的名声,实在不宜于到没有男人保护的三个女人家里来做客了。白瑞德在的时候,皮特姑妈总觉得她需要有个男性的保护人。

"我不明白他究竟是怎么样的一个人,"她无可奈何地叹息说,"可是——我觉得他若是打心底里尊重女人的话——那他也是个挺不错的人。"

媚兰自从白瑞德把她的结婚戒指赎还给她以后,一直认为他是个少有的高雅而又体贴的人,听了皮特的话,不免觉得震骇。他对媚兰始终彬彬有礼,可是她总有些胆怯,这主要是她对于不是从小就认识的男人,都是显得这样羞怯的。心里她暗中为他非常惋惜,这种感情倘若被他知道了,他又会觉得有趣。她以为他一定有一段伤心的浪漫事件摧毁了他的生活,使他变得冷酷无情,她觉得他现在需要的是一个善良女人的爱情。她自己在生活中,从来都受到很好的保护,不曾看到过也很难相信会有罪恶的存在。她听到别人议论白瑞德和那个查尔斯顿姑娘的事,觉得非常吃惊,不相信真有其事,她以为这是人家待他的不公道,并为他愤愤不平,因此她不但对他没有反感,反而更加亲切一些。

斯佳丽的想法是和皮特姑妈一致的。她也觉得他对任何女人都不尊重，只有对媚兰也许是例外。每逢他眼睛上下打量自己的时候，那神气会使她感觉自己身上仿佛没穿衣服似的。那倒不是因为他曾经说过什么。要是那样，她尽可以回敬他几句辛辣的话。可恼的是他黝黑的脸上那双无耻的眼睛，看起人来总带着使人不愉快的傲慢神情，好像所有的女人都是他的财产，都可以由他高兴时享受似的。他只有在看媚兰的时候，才收起他那种嘲讽的神情和那种冷酷的鉴别的样子。跟媚兰说话的时候也是另一种语调，谦恭、尊敬，似乎急于要为她效劳。

"我不明白你为什么对她比对我要好得多，"一天下午，媚兰和皮特都去午睡了，只有白瑞德跟斯佳丽两人在一起，她没好气地问道。

刚才媚兰在绕线团，白瑞德帮她用手绷着线。斯佳丽在一旁看了足足有一个小时，注意到在媚兰得意地详述有关艾希礼和他升迁的事时，白瑞德只显出一种茫然的令人费解的表情。斯佳丽知道白瑞德并不欣赏艾希礼，对他擢升为上校，也不觉得有什么大不了。可是他答话时仍注意礼貌，对艾希礼的英勇事迹，仍附和着说些得体的话。

可是倘使我提起艾希礼的名字，斯佳丽恼火地想道，他就会耸起眉毛，发出那可恶的心照不宣的微笑来了。

"我比她漂亮得多，"她继续说道，"我不懂你为什么反而对她更好些。"

"我是否可以斗胆希望你这是出于妒忌呢？"

"哼，别那么放肆！"

"又一个希望破灭啦。如果说我待威尔克斯太太要'更好些'，这是因为她当之无愧。她是我极其难得遇到的善良、诚实而又不存私心的人。你大概没有留意到这些品质。而且，虽然她很年轻，却已经是我有幸见到过的伟大的女性之一了。"

"听你这么说，你认为我不是一个伟大的女性了？"

"我想我们第一次见面时，就已经取得了一致意见，你根本就算不上是个上等女人。"

"哼,我要看你还敢不敢这样大胆可恶地再提起那桩事!我不过耍了点孩子脾气,你就抓住不放,来对付我,那事已经过去好久了,现在我也长大了。要不是你老那么明讽暗喻,我早就把它忘了。"

"我认为你那时并不是耍孩子脾气,你现在也没有改变。倘使事情不合你的心意,我看你照样会摔花瓶的。不过如今你没什么不顺心的事,所以并没有心思去摔那些小玩意儿罢了。"

"哦,你这个——我恨不得是个男人!那我就可以和你决斗——"

"把我打死,你好出口怨气。可是我能在五十码以外打中一只银角子。你还不如运用你自己的武器——酒窝、花瓶,以及诸如此类的东西好。"

"你是个流氓。"

"你这样骂我是想叫我光火吗?很抱歉,我得让你失望了。你骂我骂得一点不错,我怎么会光火呢?我的确是个流氓,那又怎么样?我们生在一个自由的国土上,一个人要是喜欢做流氓就可以做流氓。只有像你这样的伪君子,我亲爱的女士,才竭力想掩盖自己的黑心肠,听见别人叫出你的真名字,就会大光其火。"

面对他那平静的微笑,不慌不忙的语调,她完全无计可施。她从来没碰到过如此无懈可击的男人。她的各种武器,如轻蔑、冷漠、谩骂等等,用在他身上,一下子全变钝了,因为任凭她说什么,都不能使他感到羞耻。根据她以往的经验,撒谎的人最急于要维护他的诚实,怯懦的人最急于要维护他的勇气,粗野的人最急于要维护他的教养,无耻之徒最急于要维护他的荣誉。可是白瑞德却不这样。他什么都承认,而且付之一笑,反而激起她再多说些。

在这几个月里,他来来去去,说来就来,说去就去,从来不跟人打个招呼。斯佳丽始终不明白他为什么要到亚特兰大来。封锁线商人大都觉得没有必要深入到内地来做买卖。他们只消把货物卸在威尔明顿或者查尔斯顿,商人和投机者就会从南方各地蜂拥而至,以竞购的方式把货物套购一空。斯佳丽有时也曾想过他会不会是为了她而来，可是即使她的虚荣心胜似常人，她对此亦难以置信。假如他真的曾向她求过爱，或者对围绕在她身边的男人有些妒忌，或者想要握住她的手，向她要过相片、手帕以示爱慕，那么她真的可以认为他已经被自己的魅力所吸引，可以高奏凯歌了。可是他始终没有流露出想要追求她的意思，这已经够恼人的，而最糟的是她的种种使他降服的伎俩，似乎都已被他看穿。

每回他来到亚特兰大，女人圈子里就会引起一阵烦扰。这位风头十足的封锁线商人不仅有一种浪漫的气质，还带有另一种使人愉快的成分，但它是邪恶的和犯禁的。他声名狼藉之极。而且亚特兰大的太太们每聚谈一次，他的名声就要下降一级，可是对于年轻的姑娘们，他倒反而更有魅力。因为她们大都十分天真，只听说他这个人"跟女人很放荡"，至于怎样才算是"放荡"，她们就不得而知了。她们还听说女孩子和他在一起是危险的，可是自从他第一次来到亚特兰大以来，连一个未婚姑娘的手都没有亲过。他的名声如此之坏，这就未免有点奇怪了。不过这只能使他更加神秘莫测、更加引人注目而已。

在亚特兰大，人们谈论得最多的，除了军队里的英雄外，就要数他了。关于他因为酗酒以及"女人的事"被西点军校开除出来，人人都知道得很清楚、至于他败坏了那个查尔斯顿姑娘的名誉，枪杀了她的哥哥的丑闻，更是众所周知。有人从查尔斯顿的朋友来信中提供了进一步的信息，原来他父亲是个极好的上流人士，意志坚强，正直不阿。白瑞德二十岁那年，就被赶出家门，不仅不给他一个钱，连他的名字都从家用《圣经》上划掉了。此后在一八四九年的淘金热中他去了加利福尼亚，从那里到南美和古巴。在此期间他没做过一件体面的事，无非是玩女人，跟人决斗，给中美的革命党运枪支等等。最最糟糕的事，据亚特兰大人所知，是他曾经当过职业赌徒。

在佐治亚州，几乎没有一家人家的男人不去赌钱，以至把钱财、房屋、土地和奴隶输光。那是另一回事。一个人尽管输得倾家荡产，仍不失为一个上等人。然而一旦做了职业赌徒，就要为众人所唾弃。

假如不是因为时局动乱,白瑞德本人又在给邦联政府做事,那么他就永远别想在亚特兰大受到人们接待。现在,就连那些顶顶一丝不苟的人也意识到爱国主义精神需要他们宽大为怀了。比较重人情的一些人倾向于认为这位白瑞德家族的不肖子孙已经开始浪子回头,正在想方设法立功赎罪。太太们也觉得应该破例对他原谅一点,何况他还是个大无畏的跑封锁线商人。人人都知道对于邦联的命运来说,躲过北佬舰艇偷越封锁线的船只和在前方战斗的士兵是同样重要的。

有谣传说白瑞德船长是南方首屈一指的掌舵手,他遇事勇往直前,无所畏惧。因为从小在查尔斯顿长大,对卡罗来纳那一带的海岸非常熟悉,连每一个小港小湾,浅滩礁石,都了如指掌,对威尔明顿附近的海域也同样熟悉。他从来没丢失过一条船,也从来没有被迫扔掉过一批货物。战事甫起,他就悄悄地出来以一笔相当的款子买了只小快艇。后来,越过封锁线运来的每批货物获利高达二十倍,他成了四条船的主人。他雇了一批优秀的掌舵手,给他们以优厚的待遇,趁黑夜里驶船溜出查尔斯顿和威尔明顿,把棉花运到拿骚、英国和加拿大去。当时英国的工厂正在停工待料,工人们在挨饿,封锁线商人的船只若是能智胜北佬舰队的袭击,开到利物浦去,就可以在利物浦市场上漫天要价。白瑞德的船特别走运,既能给邦联把棉花运出去,又能运回南方急需的军用物资。所以女士们觉得,对这样一位勇士,有许多事情是可以宽恕和忘掉的。

他打扮得漂亮,人们路上遇到他,都不免要回头朝他看看。他花钱阔气,骑一匹黑色烈马,穿的衣服式样新颖,做工考究。单凭他的衣着,就足以引人注目,因为士兵穿的军服都是又脏又破,而平民即使穿上最好的衣服,也可以看出打有很巧妙的补丁。他穿一条淡黄色的方格牧人呢裤子,在斯佳丽看来,简直高雅无比。他穿的背心,也漂亮得无法形容,尤其是那件上面绣着一朵朵浅红色的小玫瑰花蕾的白色波纹绸背心。而且他穿上这些衣服,举止十分自然,丝毫没有神气活现的样子。

他若是在女人身上用功夫，那么几乎没有一个女人能抵挡得住他的魅力，连梅里韦瑟太太最后也变得圆通起来，肯邀请他星期天去吃午饭了。

梅贝尔·梅里韦瑟已经决定和那小个子义勇兵结婚，日子就在他下一次休假期间。她决心要穿白缎子的结婚礼服，可是在整个邦联根本就买不到白缎子。梅贝尔想到这件事就忍不住要哭。她想借一套也可以，可是近几年间的缎子结婚礼服全拿去做军旗了。一心爱国的梅里韦瑟太太叱责她的女儿，跟她说做一个邦联的新娘，土布结婚礼服是顶顶合适的。可是她的话毫不起作用。梅贝尔为了南方大业，可以不要发夹，不要纽扣，不要漂亮的鞋子，不要糖果和茶叶，可是她就是要一套白缎子的结婚礼服。

白瑞德从媚兰那里听到这个消息，就从英国带来许多码闪亮的白缎，外加一条网眼面纱，送给梅贝尔做结婚礼物。他送礼的方式设想得非常巧妙，使她们甚至不便启口说要付钱给他。梅贝尔喜欢得简直想要亲吻他。梅里韦瑟太太晓得如此贵重的礼物——而且还是衣服——是绝不应该收下的，可是她经不起他那如簧之舌，说什么对我们一位勇士的新娘来说，无论拿什么来打扮都不能算过分的，这就使她实在无法拒绝。梅里韦瑟太太因此邀请他去吃午饭，觉得做出这一让步，足以补偿他送的礼物了。

他不仅给梅贝尔带来了缎子，还对结婚礼服的款式，提出极好的意见。按照巴黎的时装，裙环要宽一些，裙子要短一点。褶裥已经不用，而是集拢来成扇形彩饰，露出衬裙的镶边。他还说在街上已经看不到宽松的长裤子，想必不时行了。后来梅里韦瑟太太私下里跟埃尔辛太太说，如果当时她鼓励他说下去，恐怕他连巴黎女人穿什么样的内裤，也会说出口的。

他对女人的服装、兜帽和发饰的种种细节都如此精通，若不是有着明显的男人气概，别人一定会说他娘娘腔十足了。女士们觉得围在他身边问关于时装的事，未免有点别扭，可还是忍不住要问他。她们像触礁的水手，被隔离在时装世界之外，难得看到封锁线外的时装书籍。她们只听说法国女人把头发剪掉戴上浣熊皮帽，其他一无所知。所以白瑞德竟能记住有关女人装饰的详细情况，真可抵得上一本戈德氏著的《女性之友》了。他善于洞察女人心里最感兴趣的东西，并把它的细节都记住。每次他从外面回来，都会成为一群女人的中心，他会告诉她们今年的兜帽稍小一点，顶上高一些，把大半个头顶都盖住了，帽上不插花，改用鸟羽了。法国皇后晚上不用发髻，头发高高地堆在头顶上，两只耳朵全露了出来，女人晚间穿的外衣重又流行极短的那一种款式了。

白瑞德虽说先前名声不好，最近又略有谣传，说他不单单跑封锁线，还兼做粮食投机生意，然而几个月来，他却成了亚特兰大最浪漫、最受欢迎的人物。有些对他没有好感的人说，他每来一次，粮价就要上涨五元。可是尽管外面飞短流长，他若是真的认为值得维持他的声望的话，也并不难做到。可惜他在跟当地古板的爱国市民打了一阵子交道，好不容易赢得了他们的尊敬与好感以后，他内在的某些邪恶的东西却冒出来公诸于众以示他以前的行为只是一种伪装，而且他现在不高兴再伪装下去了。

他似乎对南方的每一个人和每一件事，特别是对邦联都心怀轻蔑，而且不屑有所掩饰。他对于邦联的评论使得亚特兰大人对他先是迷惑，继而冷淡，终于勃然大怒。没等到一八六二年结束，男人们向他鞠躬时就故意摆出冷冰冰的架势，女人们一见到他出现在集会上就把女儿拉到自己的身边。

他不但有意乐于冒犯亚特兰大人的忠贞不贰，还喜欢竭力贬低他自己。有时人家真心实意地称赞他勇气可嘉，敢于跑封锁线，他却轻描淡写地回答说，凡是碰到危险，他总是非常害怕的，怕得就跟我们前方的勇士们一样。人人都知道邦联的士兵没有一个是胆小怕死的，听了他的话就特别恼火。他每次提到士兵，都把他们称之为"我们的勇士"和"我们的灰军服英雄"，可是那语气简直像是在极端的侮辱。有些大胆的年轻女人，想找机会和他调情，便说他是为她们而战斗的英雄,向他表示感谢:于是他便向她们鞠躬致意,并宣称情况并非如此,因为如果他能拿到同样数目的钱,对北佬女人也会照样效劳。

从斯佳丽在举行义卖会的晚上第一次见到他的时候起,他跟她说话就是用这种语气,现在他跟每个人谈话都带着一种稍加掩饰的嘲讽口气。如果有人称赞他为邦联出了不少力,他便毫无例外地回答说他跑封锁线无非是为了做生意。他还会说,如果和政府签订贸易合同能赚同样多的钱——说时他便故意把目光投向那些和政府签有贸易合同的商人——他一定不会冒险去跑封锁线,而把劣质的布、掺沙的糖、变质的面粉和霉烂的皮革卖给邦联政府了。

他的话大抵都和事实相符,然而只能激起人家对他更大的反感。对于那些和政府订有合同的商人,人们已经有些流言蜚语。前方的来信不断抱怨说皮鞋穿了一个星期就磨破了,火药老是点不着,马缰绳一使劲啪的一声就断,肉是臭的,麦粉里全是象鼻虫。亚特兰大人自己总认为,把这些东西卖给政府的商人必定是亚拉巴马人,或者是弗吉尼亚人,或者是田纳西人,而不是佐治亚人。因为佐治亚州的合同商人,有些是出自名门望族,他们是首先出钱资助医院、资助阵亡将士遗孤的人。是他们首先为"迪克西"①欢呼,为喋血沙场立下壮志——至少他们曾如此慷慨陈词和大声疾呼过——那时对投机商的愤恨尚未形成高潮,所以白瑞德的话只足以证明他本人缺少教养。

他不仅含沙射影地指摘身居高位的人贪污腐败、前方的将士贪生怕死,就连一般道貌岸然的市民他也要加以讥刺,使之狼狈不堪。他对他们的伪善、他们的自负和浮夸的爱国主义一定要加以挖苦,好像一个孩子一定要拿针去刺一个一戳就破的气球一样。对装腔作势的,他要挫其锐气,对狭隘无知的,他要加以揭露。而且他的手

---

① 南部邦联流行之军歌。

法非常高明，看来像是在恭维他们，不知不觉中，就把他们那夸夸其谈、言过其实并且多少有点荒谬可笑的形象给勾勒出来了。

在白瑞德受到亚特兰大人接待的几个月里，斯佳丽对他并没有存过幻想。她晓得他的煞费苦心的殷勤和满口动听的言词都不是出自他的内心。她晓得他装得像个打扮入时和勇敢无畏的爱国封锁线商人只不过是闹着玩玩的。有时候她觉得他有点像县里那些跟她一起长大的孩子，比如喜欢开玩笑的任性的塔尔顿双胞胎弟兄，满肚子鬼主意老爱戏弄别人和恶作剧的方丹家的孩子，通宵达旦出鬼点子骗人的卡尔佛特家的那几位。可是有一点不同，白瑞德貌似轻浮，实际上他巴结人的行动中掩盖着他的残忍，还隐藏着几分恶意，甚至有点近乎于阴险。

她虽然看透了他缺少诚意，但还是喜欢他扮演这个浪漫的封锁线商人角色。因为这样可以使她跟他的接近比起刚开始的时候方便得多。所以当他撕下假面具，明显地故意搞起一场疏远亚特兰大人的好意的运动时，她深深地感到懊丧。一来是因为她觉得这举动未免太傻，二来是因为有些针对他的尖锐批评，竟落到了她的头上。

白瑞德终于在亚特兰大社会跟他的绝交书上签了字。那是发生在埃尔辛太太为资助康复伤兵举行的一次银币音乐会上。那天下午，埃尔辛太太家里宾客盈门，有休假的士兵、医院里的伤兵、民团和自卫队里的人，有太太，有寡妇，有年轻的姑娘们。所有的椅子上都坐满了人，连那长长的盘旋形楼梯上也挤满了客人。埃尔辛家的仆役长捧着一只刻花大玻璃缸站在门口，已经把缸里的银币倒空过两次。这就足以说明这次活动颇为成功，因为现在一枚银元要值六十元邦联纸币。

女孩子中自觉有一技之长的，有的唱了歌，有的弹了琴，有的演了造型剧的节目，更是博得满堂掌声。斯佳丽也感到非常满意，她先和媚兰唱了一曲动人的二重唱《露滴花开》，又应听众要求唱了一支较为轻快的《哦，女士们，别管那斯蒂芬》，并且她还被推选代表"邦联的精神"演了最后一幕造型剧。

她身穿一件稍稍褶皱的白棉布希腊长袍，系着红蓝两色的腰带，样子迷人极了。一手握着一面南方邦联的旗子，另一手举着查尔斯父子两代留下的金柄军刀，伸向跪在脚下的亚拉巴马州的凯里·阿什伯恩上尉。

造型剧节目结束以后，她忙窥视白瑞德是不是在欣赏自己构成的美丽画面。可是这一看反叫她气得要命，原来他正在跟人辩论，看样子根本就没有注意到她。她再看看围在他身边的那些人，对他所说的似乎个个都现出义愤填膺的样子。

她朝那群人走去时，刚好碰上一阵出奇的肃静，这是人们在一次集会上常常出现的那种短暂的沉寂。她听见军需队里的威利·吉南清清楚楚地说道："照你的意思，先生，我们的英雄为之献身的事业算不上神圣的啰？"

"假如你被火车轧死了，你的死不见得就能叫铁路公司变得神圣起来，对不对？"白瑞德问道，那语气好像是想谦恭地聆听别人的见解似的。

"先生，"威利说道，声音有些颤抖，"假如我们不是在这屋子里面——"

"那会发生什么事情，我真不敢去想了，"白瑞德说道，"因为你的勇敢简直是无人不晓的。"

威利刷地一下涨红了脸，对话突然静止。在场的每个人都为之窘迫。威利身强体壮，正是服兵役的年龄，然而并没有上前线。当然，他是独生子，而且总得有人留在民团里保卫本州地方。可是就在白瑞德提起勇敢的时候，有几个康复期的军官却发出了嗤笑。

哦，他怎么不闭上他的嘴巴！斯佳丽愤愤地想，这次大会全被他一个人给毁了。

米德大夫双眉紧紧皱了起来。

"对你来说，年轻人，没有一件事可以算得上是神圣的，"他以发表演说时惯用的语调说道，"可是对于南方有爱国心的男男女女来说，却有许多事情是神圣的。保卫我们的土地不受侵占，此其一，州权，此其二，还有——"

白瑞德显得很倦怠的样子，说话时带着柔和的几乎是乏味的语调。

"凡是战争都是神圣的，"他说，"对不得不去打仗的人说来就是如此，试问发动战争的人如若不把它说得那么神圣，还有哪个傻子会去打仗呢？然而不管演说家们怎样对去打仗的傻瓜鼓吹战争，也不论他们把战争的目的说得多么高尚，打仗的目的只有一个，那就是为了钱。一切战争实质上都是为了争夺金钱。可惜懂得这个道理的人几乎没有。大多数人的耳朵里充斥着军号战鼓声，以及平平安安坐在家里的演说家的美妙言词。他们鼓吹战争的口号因时而异，时而大喊'从异教徒手中抢救基督之墓'，时而狂叫'打倒教皇！'时而高呼'棉花，奴隶制和州权！'"

"这跟教皇究竟有什么关系？"斯佳丽想，"跟基督之墓又有什么关系？"

她匆匆走向被激怒的人群，只见白瑞德颇有气派地鞠了一躬，穿过人群径自朝门口走去。她刚想跟过去，埃尔辛太太一把拉住她的衣襟把她叫住了。

"让他走，"她语音清晰，房间里气氛紧张，一时静寂无声，"让他走，他是卖国贼，投机商！是条毒蛇，我们还把它紧抱在胸怀里这么些日子！"

白瑞德站在走廊里，手里拿着帽子，听到他要听的话，转过身来，朝房间里环视一周。他对准埃尔辛太太扁平的胸脯特意看了一眼，忽然咧嘴而笑，鞠了一躬，走出房门去了。

梅里韦瑟太太搭乘皮特姑妈的马车回家，还没等四位太太在车上坐定，她马上发作起来。

"现在，皮特帕特·汉密尔顿，我想你该满意了吧！"

"满意什么？"皮特惴惴不安地嚷道。

"满意那个可恶的白瑞德的行为。你们一直在包庇他。"

皮特帕特浑身直打颤，被她指控得心烦意乱，竟忘记了梅里韦瑟太太本人也曾多次邀请过白瑞德上她家去做客。斯佳丽和媚兰是记得的,可是出于对长辈的礼貌,不便多说,只是把眼睛盯着自己的戴着手套的双手。

"他侮辱了我们大家,还侮辱了南方邦联,"梅里韦瑟太太说道,肥硕的胸脯在光闪闪的金线饰边下面剧烈地起伏着,"说什么我们是为了钱去打仗!说什么我们的领袖欺骗了我们!他应该去蹲监牢,是的,完全应该。我要去告诉米德大夫,假如梅里韦瑟先生还活着,准会对他不客气,现在,皮特·汉密尔顿,你得听我的,你们以后绝不能再让这个恶棍走进你们的屋子!"

"哦,"皮特可怜巴巴地咕哝了一声,仿佛她巴不得还是死了的好。她求援似的朝两个女孩子看看,见她们垂着眼睑,便又满怀希望地看看腰板笔挺的彼得。她晓得他是在一字不漏地听着,指望他像平时常做的那样,插进来帮她说几句。她希望他说:"得了,多利小姐,不要去说皮特小姐啦。"可是彼得毫无动静。他对白瑞德是打心底里不赞成的,这一点可怜的皮特也是知道的,她叹了口气道:"好吧,多利,如果你认为——"

"我确是这样认为,"梅里韦瑟太太坚定地回答她道,"我想象不出是什么鬼怪在作祟,让你把他请到你家去的。从今天下午起,亚特兰大没有一家体面人家还会欢迎他了。胆子放大一点,不许他再跨进你的家门。"

她又转向两个女孩子紧紧盯了一眼,"我希望你们俩记住我的话,"她接着说道,"你们对他这样好,多少也有点过错。你们要对他说,他那一套不忠不义的话以及他本人,无疑是你家所不能欢迎的。话不妨说得客气点,但是语气要坚决。"

此刻,斯佳丽已热血沸腾,像一匹马儿被一只陌生的手粗暴地抓住缰辔,直想扬起后腿蹦跳。可是她不敢开口。她怕梅里韦瑟太太再写信向她母亲告状,她不能冒这个险。

"你这老水牛!"她想道,拼命压住怒火,脸涨得绯红。"我要是能把我对你的看法和你的霸道丑态都说给你听,那我心里才叫痛快哩！"

"我活了这么大年纪，没想到会听到如此不忠于我们事业的鬼话，"梅里韦瑟太太继续往下说，此刻她满腔义愤，激动不已，"谁要是认为我们的事业不是正义的，不是神圣的，我们就该把他绞死，我希望你们两位从此不再理睬他——看在老天爷的面上，媚利，你哪儿不舒服？"

媚兰脸色惨白，可是眼睛睁得很大。

"我不会不理睬他，"她轻声说道，"我不会对他失礼。我不会不许他到我们家里来。"

梅里韦瑟太太噗地吐出一口气来，好像打孔机在她肺上钻了一个孔似的。皮特姑妈的胖嘴巴嘟了起来。彼得大叔转过头来瞪大了眼睛。

"唉，我怎么没胆量说出来？"斯佳丽想道，有点妒忌，也有点佩服。"这小崽子怎么竟敢顶撞梅里韦瑟老太太？"

媚兰两手不住地颤抖，但她还是急忙地说下去，好像生怕她稍一拖延，勇气就会跑掉似的。

"我不想对他失礼，因为他所说的话，因为——他这样公然说出来固然太直率——非常不明智——但是它是——它正是艾希礼所想的。我不能禁止一个想法和我丈夫一致的人到我家里来。这样做是不公道的。"

梅里韦瑟太太已经缓过气来，于是便发动进攻。

"媚利·汉密尔顿，我这一辈子也没听到过这样的谎话，威尔克斯家从来就没有出过一个胆小鬼——"

"我绝不是说艾希礼胆小，"媚兰说道，眼中闪出怒火。"我说的是他的看法和白瑞德船长一致，不过说法不同而已。他也没有在音乐会上到处乱说。但是他在写给我的信里说起过。"

斯佳丽想回忆艾希礼信上是怎么写的，使得媚兰竟说起这番话来，这时她心中感到有点愧疚。但是她曾偷看过的大部分信件刚一读完就马上抛到脑后去了。她以为媚兰大概是一时昏了头了。

"艾希礼信上说我们本不该跟北方佬打仗。我们是被政治家和演说家的偏见和他们煽动性口号欺骗了，才去打仗的，"媚利很快地说道，"他说世界上没有什么东西能补偿这场战争给我们造成的一切后果。他说战争绝不能带来光荣——带来的只是不幸与污垢。"

"哦，那封信！"斯佳丽想道，"他的意思难道是这样的吗？"

"我不信！"梅里韦瑟太太毫不动摇，"你一定误解了他的意思。"

"我绝不会误解艾希礼，"媚兰声音很平静，虽然嘴唇在颤抖，"我对他完全理解。他的意思恰恰跟白瑞德船长的意思一样，只不过他没有说得那么粗鲁。"

"你应该觉得害臊，竟拿艾希礼·威尔克斯这样一个高尚的人去跟白瑞德船长那样的无耻小人去比！据我看，你大概也以为我们的大业算不了什么吧！"

"我——我说不清楚我是怎么想的，"媚兰开始犹疑起来。她的火气消退了，想起刚才说了一番直言不讳的话不由得害怕起来，"我——我跟艾希礼一样，愿意为事业而死。可是——我是说——我想说，思考的事还是交给男人，他们要比我们聪明得多。"

"我从没听见过这种论调，"梅里韦瑟太太鄙夷地说道，"停停，彼得大叔，你赶到我家前头去了！"

彼得大叔只顾听后面的人谈话，竟把马车赶过了梅里韦瑟太太家的停车台。他忙把马匹往回退。梅里韦瑟太太下了车，兜帽上的缎带摇摇晃晃，像是风暴中的船帆。

"你会后悔的。"她说。

彼得大叔挥鞭赶马向前。

"你们年轻小姐真不害臊，使得皮特小姐受这么大的刺激，"他大声呵斥道。

"我没受什么刺激，"皮特令人惊讶地答道，平时哪怕再小一点的激动，她也会晕过去，"媚利，亲爱的，我知道你刚才都是为了袒护我，说真的，我也希望有人稍稍压压多利的气焰。她真的太霸道了。你怎么竟有这样的胆量？不过关于艾希礼的那番话，你觉得是否应该说。"

"我说的是事实，"媚兰开始轻轻地哭了起来。"我觉得他那样想并不可耻。他认为战争全是错的，可是他还是愿意去打仗，去牺牲，这比起为正义而战需要更大的勇气。"

"老天，媚利小姐，不要在桃树街上哭，"彼得大叔咕哝道，一面催马快跑。"人家会在背后瞎说的。等回到家里再哭吧。"

斯佳丽没有开口。媚兰把手搁在她的掌心里，希望得到一点安慰，斯佳丽甚至没有把它紧紧握住，她读艾希礼的信只有一个目的——让自己确信他仍然爱着她。现在媚兰给信中某些段落加上了新的意义，那是斯佳丽怎么也领会不到的，她感到诧异的是像艾希礼这样完美无缺的人怎么会跟白瑞德这样堕落的人有相同的看法？她想："他们两人都看到了战争的真相，可是艾希礼还是愿意为它去死。白瑞德却不肯。这就说明白瑞德比较明智。"她停了一会儿，忽然战栗起来，奇怪自己怎么对艾希礼会有这样的想法："他们两人都看到了战争的真相，这是非常令人不快的。白瑞德愿意正视这一真相并公开把它说出来，因而触怒了众人——艾希礼却不忍心去正视它。"

这真把人搞糊涂了。

第十三章

　　米德大夫经梅里韦瑟太太一再撺掇,便采取行动,写了一封信给报社,信上没有点白瑞德的名字,但意思是明明白白的。报纸编辑觉得这封信有点社会剧的意味,便把它登在第二版上。这做法本身就是惊人的新鲜事,因为报纸的一二两版,向来是刊登广告的,诸如奴隶、骡子、耕犁、棺材、房屋等的出售或租赁,以及出售治暗病的药、打胎的药、春药等等。

　　大夫的信发表以后,先是引起一阵愤怒的大合唱,不久,声讨投机商人、非法牟取暴利的奸商,以及和政府签有合同的商人的浪潮遍及整个南方。这时查尔斯顿已被北佬的炮艇封锁得严严实实,威尔明顿成了封锁线贸易的主要港口,因而招致物价与日俱增。投机商纷至沓来,带着现钱,买下整船整船的货物,囤积居奇,待价而沽。涨价是必然的。因为必需品的短缺日益严重,物价月月飞涨。市民除非忍着不买东西,否则就得按投机商人的高价,这样一来,穷苦的和中等生活水平的人家不免深受其害。物价上涨导致邦联货币贬值。货币贬值引起对奢侈品的狂热需求。封锁线商人本来是受委托运生活必需品来的,可是现在他们的船舱里,装的尽是高价奢侈品,反而把邦联急需的物品排除在外了。市民们见物价上涨的势头很猛,生怕今天手中的钱钞,到明天会变成废纸,便疯狂地抢购各种奢侈品。

　　更糟糕的是,从威尔明顿到里士满,只有一条铁路可通,成千桶的面粉、成千箱的咸肉,堆在道旁的铁路小站上运不出去,听任它们霉烂变质,可是投机商人的葡萄酒、塔夫绸和咖啡,在威尔明顿的码头上一卸下来，两天后准能运到里士满。

关于白瑞德有一种谣传，先前还只是窃窃私议，现在已经发展到公开谈论，说他不仅把自己四条船运进来的货物以吓人的高价出售，还买下别人船上的货物囤积起来，待价而沽。还说以他为首的一伙投机商人已经聚集了百万元以上的资金，以威尔明顿为总部，从港口收购封锁线上运来的货物。他们在该城和里士满两地拥有好几十处仓库，堆满了食品和服装，等待良机挣大钱。当兵的和老百姓都已感受到市场的压力，难免对他及其同伙啧有烦言。

"在为邦联海军服务的人员中，不乏忠勇爱国之士，"米德大夫在信的最后部分写道，"他们不为私利，而是为了邦联的生存，甘冒生命财产的危险，出入于封锁线上。一切忠贞的南方人士，无不把他们铭记在心，并不吝为他们所做的冒险，给以微薄的金钱报酬。他们人品高尚，不谋私利。我对他们深表敬意，自不待言。

"然而在他们中间也有一些不逞之徒，披着封锁线商人的外衣，却以钻营私利为目的，他们是一群蟊贼。我们的士兵因为缺乏奎宁而奄奄一息，他们运来的却是绸缎和花边；我们的英雄因为缺少吗啡而在痛苦中挣扎，他们船上装载的却是美酒和茶叶。我吁请为无比正义事业而战的人们，对他们加以愤怒的谴责，并给以严厉的惩处。这群吸血鬼在吮吸罗伯特·李将军部下将士的鲜血，从而败坏了封锁线商人在一切爱国人士心目中的名声，使之臭不可闻。我们的士兵光着脚板上前线打仗，而这些人却穿着雪亮的靴子在我们中间走来走去。我们的士兵在营火旁瑟瑟发抖，吃的是霉变的咸肉，而这些人却喝着香槟，嚼着斯特拉斯堡①肉馅饼。对这些我们难道能够熟视无睹吗？我呼吁一切忠贞于南方邦联的人士，把这些无耻之徒统统驱赶出去。"

亚特兰大人读了这封信，像是受到神谕的启示，他们都是坚贞

---

① 法国东北部一城市。

不渝的邦联拥戴者，于是迅即对白瑞德采取行动。

一八六二年秋天接待过他的人家为数不少，到了一八六三年，只剩下皮特帕特小姐的大门还对他敞开着。而且如果不是因为媚兰的缘故，他也非吃闭门羹不可。每回他到亚特兰大来，皮特姑妈都觉得心神不安，她十分清楚她的朋友们会怎么说她，却又没有勇气跟他说不欢迎他。每回她听说他到了亚特兰大，就噘起胖嘴巴跟两个女孩子说她要到大门口去拦住他，不许他进门。可是等他真的上门来了，手里提着一只小包，满口尽是对她的美貌的一番动听的恭维，她就马上畏缩进去了。

"我真不知道该怎么办才好，"她总是抱怨说，"他只要朝我看着，我——我一想起假如我跟他说不让他来，他会怎么对待我，我就吓得要死。他名声这样坏，你说他会不会打我——或者——或者——哦，天，如果查利活着该有多好！斯佳丽，你非得跟他说一声，叫他下回不要再来了——说话口气婉转一点。哦，天！我真的以为你是在鼓励他呢，现在全城的人都在议论，要是你母亲知道了，她会怎么对我说？媚利，你不能对他太好。你要冷淡一点，疏远一点，他会明白的。哦，媚利，你看我该不该写封信给亨利，请他找白瑞德船长谈谈？"

"不，我说你别写，"媚兰说，"我也不愿对他失礼。人家现在对待白瑞德船长，就像一群昏了头的小鸡。我敢说他绝不像米德大夫和梅里韦瑟太太说的那么坏。他绝不会把粮食囤积起来让老百姓挨饿。喏，他就交给过我一百块钱捐助给孤儿。我敢说他忠贞爱国，绝不亚于别人，不过他生性高傲，不愿为自己剖白罢了。你知道男人们要是动起怒来，该是多么固执的。"

皮特姑妈对男人的事一无所知，无论是发怒也好，或者别的什么也好，所以就只得无可奈何地摇摇她胖胖的小手。至于斯佳丽，对于媚兰老是从好的角度去看人的习惯，早已听之任之。媚兰是个傻瓜，可是谁也无法使她有所转变。

斯佳丽心里明白白瑞德并不爱国，但对此她并不介意，虽然她宁死不肯承认这一点。他从拿骚给她带来的一些小礼物，一些女士们受之而无伤体面的零碎小东西，才是她顶顶关心的。物价如此之高，要是不让他上门，那么她从哪里才能弄到这些引线、夹心糖和头发夹子呢？不能拒绝他。好在可以把责任轻而易举地推在皮特姑妈头上。因为她毕竟是一家之主，是监护人，是道德的裁决者。斯佳丽晓得城里人对白瑞德的来访有些闲言碎语，而且把她也牵扯进去。可是她晓得在亚特兰大人的心目中，媚兰·威尔克斯决计不会做错事，因此只要有媚兰护着白瑞德，他的来访总还不至于被人过分看轻。

不过，假如白瑞德愿意撤回他的异端邪说，那日子要好过得多。那时她要是和他一起走在桃树街上，人家就不至于公然不去招呼他，弄得她非常难堪了。

"就算你心里这样想，你又何苦要在嘴上说出来呢？"她斥责地说，"你爱怎么想都行，只要你不开口，事情就会好多了。"

"那是你的办法，对不对，我绿眼睛的伪君子。斯佳丽，斯佳丽！我真盼望你的行为能更勇敢一点，我认为爱尔兰人总是想什么就说什么，否则就会遭殃，你实话跟我说，你把话闷在心里不说出来，有时候是不是会有难受得像要爆炸的感觉？"

"嗯——是的，"斯佳丽勉强地承认，"他们要是谈起南方大业来，就会早上也谈，中午也谈，晚上也谈，简直腻烦透顶。可是我的天，白瑞德，我要是承认了这一点，那就谁都不会理睬我，男孩子谁都不来跟我跳舞了。"

"啊，对，人不能不跳舞，不论付出什么代价。我佩服你的自我约束本领，可是我却办不到。要我披上一件爱国主义和传奇色彩的外衣，我同样办不到，哪怕这样做多么适合我一时的需要。把每一个钱都拿到封锁线上去冒险的那种愚不可及的爱国人士已经太多了，他们到战争结束时就会变成穷光蛋。所以无论是为爱国主义的记录增光，或者是为扩大贫民的队伍，都毋须我忝列其中。让他们去享受这些荣耀吧，他们当之无愧——这一回我是出自真心的——而且，要不了年把时间，他们除了荣耀以外，就会什么也没有了。"

"你说这话未免太丢人了。你明明晓得英国和法国马上就会来援助我们，而且——"

"怎么，斯佳丽！你一定天天在看报吧，你真叫我吃惊。别再看啦。它会把女人的头脑搅糊涂的。我到英国去过还不到一个月，现在我把那里的情况告诉你，让你知道点消息。英国绝不会援助南方邦联，因为它从来不把赌注压在占下风的一方。英国之所以成为英国，原因就在于此。坐在英国王位上的那个荷兰胖女人①是个敬畏上帝的人，她不赞成奴隶制度。她宁可让英国的纱厂工人由于得不到我们的棉花而挨饿，却绝不肯因此而维护奴隶制度。至于法国，那位效尤拿破仑的懦夫②正忙着在墨西哥安置法国人，根本顾不上我们。事实上他欢迎这场战争，因为我们既要打仗，就腾不出手来把他的军队从墨西哥撵走……不，斯佳丽，所谓外国援助的说法不过是报纸编造出来的东西，目的是为了鼓舞南方的士气。邦联是注定要完蛋的。它好比一只骆驼，现在是在靠自己的驼峰维持生命，可是再大的驼峰也有耗尽的时候。我打算再跑六个月封锁线，然后就洗手不干，因为打那以后就太危险了。那时如果哪个英国人竟蠢到以为他能够从封锁线上溜过去，我就把船卖给他。不过无论卖不卖船，对我都无所谓。我已经赚够了钱，存在英国的银行里。全都换成了金币。邦联的纸币全变成废纸，也与我无关。"

他的话像往常一样，听起来似乎很可信。别人听见了，也许会骂他叛徒，可是在斯佳丽听来就像是普通常识，是天经地义的事。另一方面，她又知道他的话是大谬不然的，知道她应该表示震惊，表示愤慨。虽然事实上她并没有这些感觉，她也应该装出这副样子，这才像个可尊敬的上等女人。

"我觉得米德大夫信上写的是对的，白瑞德船长。你赎罪的唯一

---

① 指维多利亚女王（1837—1901）。
② 指拿破仑三世（1808—1873），1861年他派远征军去墨西哥，以失败告终。

办法，就是把船卖掉以后就去入伍。你本来就是西点军校出身，而且——"

"你的话像是个浸礼会的牧师在发表征兵演说。倘若我不想赎罪又怎么样？我为什么要为一个抛弃我的制度而战？我看到它被摧毁，心里只会感到高兴。"

"我从来没听说过什么制度不制度的。"斯佳丽没好气地说道。

"没听说吗？可是你跟我一样，也是这个制度的一部分，而且我敢打赌，你未必比我更喜欢这个制度。喏，我为什么为白瑞德家族所不容，就是为了这个原因而并非其他——我没有顺从查尔斯顿的制度。我办不到。查尔斯顿就是南方，不过是强化了的南方。我不知道你有没有弄明白为什么这种制度如此叫人讨厌？有许多事，只因为人家向来都那么做，你就非照着做不可。有许多完全无害的事，因为同样的理由，就是不许你做。还有许多毫无意义的事，老是烦扰着我。我不跟那个女孩子结婚的那桩事，我想你也许听说过了，不过那是压在我背上的最后一根稻草。难道就因为出了一点小小的意外，来不及在天黑以前把她送回家，我就得娶那个招人嫌的傻瓜吗？再说既然我的枪法比她那凶神恶煞般的哥哥打得准，为什么非得让他来打死我？当然啰，我若是个上等人，就会让他白白打死，从而给白瑞德家族抹去一个污点，可是——我想活下去。所以我就一直活下来了，而且活得很愉快……我一想起我的兄弟，住在查尔斯顿的圣牛中间，还对他们极其崇敬，我一记起他那墨守成规的老婆和他那圣塞西莉亚节①的跳舞会，他那永不泯灭的稻田——那时我就明白和这种制度决裂能够得到什么样的补偿。斯佳丽，我们南方的生活方式是如同中世纪的封建制度一样古老。它居然能够延绵得如此长久，这真令人费解。它本来早该消灭的，现在终于就要消灭了。可是你居然还指望我去听米德大夫那样的说教，以为我们的事

---

① 每年11月22日。圣塞西莉亚为音乐的保护圣者，风琴的发明人。

业是正义而神圣的吗?还指望我受了冬冬战鼓的刺激,就会抓起毛瑟枪,奔向弗吉尼亚前线,给马尔斯·罗伯特流血卖命吗?你把我看成是什么样的傻瓜了?去亲吻抽打我的棍子绝不是我的为人之道。现在我跟南方之间,已经说不上谁欠谁了。彼南方曾一度将我舍弃,要想把我饿死。然而我并不曾饿死,反而从南方临终的痛苦中赚了不少钱,足以弥补我被剥夺掉的生之权利。"

"我觉得你这个人既恶劣,又贪财,"斯佳丽说,但她说这话是脱口而出言不由衷的。他刚才的话,她大半没听进去,因为凡是不涉及私人的谈话,她总不大爱听的。不过他说的话有些确实很有道理。在那些循规蹈矩的人中间,生活上确有好多蠢事。她的心明明不在坟墓里,却偏要装得像在坟墓里的样子。她在义卖会上跳舞,竟会叫人人吃惊到那种地步。她说什么,做什么,只要跟别的年轻女人有那么一丁点儿不一样,人家就激怒万分地竖起眉毛。可是现在她听到他对她最最感到恼火的传统予以抨击时,却仍然觉得刺耳。这是因为她长期以来的生活圈子中,人们总是把自己的内心掩盖起来,一旦听到自己的真实思想叫人说穿,总有点心烦意乱的缘故。

"贪财?不,我不过是有远见而已。这也许是贪财的另一种说法。至少,不如我有远见的人,就会把它叫作贪财。在一八六一年,任何一个忠贞不贰的邦联人士,只要手头有一千块现洋,就能够做我曾经做过的事。可是谁能像我一样贪财而不错过时机呢!举例来说,就在萨姆特要塞刚刚陷落、封锁尚未开始的时候,我以极其便宜的价格,买了几千包棉花运到英国。它们至今还放在利物浦的仓库里。我一直没把它们卖掉。我要等到英国纱厂非买它不可的时候才脱手,那时就可以听凭我要价。我即使要价一块钱一磅,也并非完全不可能。"

"你想要一磅棉花卖一块钱,除非等到大象爬到树上过夜!"

"我相信我能卖到那价钱。棉花现在已经卖到七角二分一磅。战争一结束我就会是个富翁,斯佳丽,正因为我有远见——请原谅,我该说贪财。我以前曾跟你说过有两个时期可以赚大钱,一个是在某个国家创建之初,另一个是在它覆亡的时候。创建时赚钱是靠慢慢积攒,覆亡的时候却可以发横财。记住我的话,说不定哪一天会对你有些用处。"

"我的确非常欣赏你的良言,"斯佳丽说,把她所能搜集起来的讽刺话全都使上了,"可惜我用不着它。你以为我爸是个穷光蛋吗?我需要用的钱他有的是,再说我还有查尔斯的一份财产。"

"我想当年法国贵族爬进囚车以前,他们的想法实际上跟你没有什么两样。"

白瑞德屡次向斯佳丽指出,她既要参加一切社会活动,同时却穿着黑丧服,未免不太协调。他喜欢鲜艳的色彩,斯佳丽那身丧服和从头上披下来直到脚后跟的绉纱,叫他看了虽然有趣,终究很不舒服。可是她却不肯卸下披纱,换掉那身晦暗的黑衣裳。她知道她还得等上几年,否则人家愈加要说三道四,因为现在人们已经议论纷纷。再说,对母亲她又何以解释?

白瑞德直截了当地跟她说,她披了那黑绉纱,看起来活像只乌鸦,穿上那黑丧服,年纪便老了十岁。斯佳丽听见这句不尊重女性的话,急忙跑到镜子跟前,看看自己是否真的如他所说,不是十八岁,而像是二十八岁的女人了。

"我想你大概不至于想让自己看起来跟梅里韦瑟太太一个模样吧。"他故意用揶揄来刺激她,"你也犯不着披起那黑纱来做出哀伤的样子给人家看,其实我确信,你心里根本就没有哀伤。现在让我们来打个赌,我不消两个月就可以要你把那顶软帽连同披纱从你头上取下来,戴上一顶巴黎产的帽子。"

"真的吗?不,这事别再谈下去了,"斯佳丽说,听他提到和查尔斯有关的事,她就不免心里烦躁。白瑞德正打算到威尔明顿去,从那里再到国外去一次,听了这话,他只咧了一下嘴,便走开了。

几星期以后,一个明朗的夏天早晨,他手里提着一只装潢考究的帽盒子,重又来到皮特姑妈家里,见只有斯佳丽一人在家,便把盒子打开。里面是一顶软帽,用层层棉纸裹着,算得上是一件精品。斯佳丽见了,不由得喊了一声:"哦,多可爱的东西!"便忙伸手去拿。她已多时不曾见过新的服饰,别说用手摸了,现在就像是见到了她从未见过的顶顶漂亮的软帽。它的面料是深绿色的塔夫绸,衬里是浅玉色的波纹绸,用来系在颏下的两条缎带也是淡绿色的,带子有她的手那么宽。而且在帽檐上还卷曲着一根顶顶神气的绿色鸵鸟羽毛。

"把它戴上。"白瑞德微笑着说。

她飞跑到房间的另一端,对着镜子把帽子戴上,把头发掠到耳根后露出耳环,又把缎带在下巴下面系好。

"好看吗?"她嚷道,踮起脚尖转了一圈好让他欣赏一下,又摇晃起她的头让那鸵鸟羽毛跳起舞来。其实她不用等到他的目光来证实,就知道自己一定很好看。果然如此,她看起来慧黠动人,在绿帽的衬里映照下,她的一对犹如深翡翠的明眸晶莹闪亮。

"哦,白瑞德,这是谁的帽子?我要把它买下,我愿意把我所有的钱都拿出来买它。"

"这帽子是你的,"他说,"除了你,谁能戴这样绿颜色的呢?你说你眼睛的颜色我是不是记得很清楚?"

"你真的是特意为我挑选的?"

"是的,帽盒上还印着'和平街'的法文字,我希望它对你能有点意义。"

可是这几个字对她说来,并没有什么意义。她笑吟吟地照着镜子,两年来第一次戴上漂亮的帽子,她看起来简直美极了,此时的她,除了顾影自怜以外,别的一切全抛到九霄云外去了。是呀,有了这顶帽子,她还有什么事情办不到的呢?可是,她的笑容马上便消失了。

"你喜欢它吗?"

"哦,美极了,不过——哦,我真不情愿,可是又不得不在这可爱的绿色软帽上罩上黑纱,还得把羽毛也染成黑色。"

他马上快步走到她身边,用灵巧的手指从她下巴下面把缎带解开,顷刻间帽子又放回到帽盒里。

"你这是干什么?你已说过这帽子是我的?"

"可是我不是给你拿去改做丧帽的。我得另外找一个赏识我审美力的绿眼睛姑娘去。"

"哦,别那样,要是得不到它,我会活不下去的。哦,白瑞德,不要小气,给我吧。"

"让你把它弄成丑怪样子,跟你别的帽子一样?不行。"

她抓住帽盒不放。这么可爱的东西,戴上它可以使自己显得又年轻,又迷人。把它让给别的姑娘!哦,绝不,可是她立即想起皮特和媚兰那惊恐万状的样子,想起埃伦,想起她将会说些什么,不觉颤抖起来,然而虚荣心终于占了上风。

"我不改动它。我答应,好啦,你把它给我吧。"

他把帽盒给了她,脸上挂着一丝嘲讽的微笑,看着她重新戴上帽子,对着镜子打扮起来。

"它值多少钱?"她忽然问道,脸色变得阴沉起来,"我只有五十块钱,不过下个月——"

"它大约值两千块邦联货币,"他看着她那发愁的样子,不禁咧开嘴笑了。

"哦,天——好吧,我先付五十块怎么样,以后等我——"

"我不要你付一个子儿。"他说,"这是我送给你的礼物。"

斯佳丽的嘴巴张得大大的。凡是牵涉到男人送礼的事,界限必须是非常分明非常严格的。

"男人送的礼物,"埃伦曾多次跟她说过,"只有像糖果、鲜花、一本诗集、一本粘贴簿或者一瓶花露水,才是女人可以接受的。千万千万不要接受贵重礼物,哪怕它是你的未婚夫送的。首饰和衣服,甚至手套和手帕之类,都千万不能收。你倘若收了这些礼物,男人就会不尊重你,就要对你任意放肆了。"

"哦,天,"斯佳丽先朝镜子里看了看自己的身影,又朝白瑞德那张不动声色的脸上看了看,心里思忖道:"我就是对他说不出口说我不愿意接受它,它太可爱了。我宁可——宁可他对我不尊重一次,如果只是有那么丁点儿不尊重的话。"她忽然意识到自己怎么会产生这种念头,不觉害怕起来,脸刷地变得绯红。

"我要——我要先给你这五十块钱——"

"你要是给我,我就把它扔到阴沟里去。要不,我就用它给你的灵魂做弥撒。我相信你的灵魂只要稍微做几次弥撒就可以心安理得了。"

她勉强地笑了,镜子里那绿帽檐下的笑影立刻使她下定了决心。

"你打算对我怎么样?"

"我要拿精美的礼物来引诱你,直到你那些孩子气的想法消磨殆尽,可以听凭我摆布。"

他说:"'男人的礼物,只有糖果和鲜花是可以接受的,亲爱的。'"他学着埃伦的腔调,引得她傻笑起来。

"你是个挺机敏,但心肠黑透的坏蛋,白瑞德,你明知道这样漂亮的帽子我是无法拒绝的。"

他的双眼在赞赏她的美貌。可是即使在这样的时刻,仍然闪现出嘲弄的光芒。

"当然,你不妨跟皮特小姐说,是你自己打了帽子的图样,还给我提供了塔夫绸和绿丝绸的样品,我还向你勒索了五十块钱。"

"不,我要跟她说一百块,好叫她到处跟人说,让人家妒忌得要死,让人家去谈论我多么阔绰,可是,白瑞德,你下回可再不要带贵重的东西给我。我非常感谢你的好意,可是我真的不能再接受你别的礼物了。"

"真的吗?只要能使我高兴,只要能增加你的魅力,我还是要不断送给你礼物。我还要送你一块深绿色波纹绸给你做上衣,好配你的帽子。可是我得警告你,我并非出自好心。我是拿软帽、镯子之类的东西来引诱你,让你落入陷阱。永远不要忘记,我无论做什么事都是有意图的。凡是我赠送的东西,我都希望得到报偿,而且我总是能够得到报偿的。"

他的黑眼睛朝她脸上扫过去，目光落到了她的唇上。斯佳丽垂下眼睑，心里一阵激动。果然，正如埃伦预料的那样，他就要对她开始不够尊重的行动了。他是马上就来亲吻她还是想试着来亲吻她，她由于心中慌乱，一时也弄不清楚，她倘使拒绝他，他说不定会从她头上摘下帽子拿去送给别的姑娘，反过来说，她倘使答应他轻轻亲一下，那么他可能还会带给她一些可爱的礼物，希望能再次亲她。男人总是把亲吻看得特别珍贵，只有天晓得究竟是什么道理。有很多男人，只要和女孩子接过一次吻，就会全心全意地爱上她；如果女孩很聪明，让吻过一回以后就不让吻第二回，那他们就会出尽洋相，叫人忍俊不禁。要是让白瑞德爱上她，承认对她的爱，求她让他吻一下，或者求她笑一笑，那才真够味呢？好吧，就让他亲一下吧。

可是他没有走过来亲她。她从睫毛下斜睨了他一眼，低声地怂恿他道：

"你每回总能得到报偿，是吗？那么你指望我给你什么报偿呢？"

"且等着瞧吧。"

"好吧，你要是以为我为了报偿你的帽子就会嫁给你，那我是不干的。"她大胆地说道，还高傲地扬了扬头，使得那帽子上的羽毛直跳动。

他一口洁白的牙齿在他的小髭须下面闪了一下。

"太太，你把自己估计得过高了。我不想跟你结婚，也不想跟任何别的女人结婚，我是个不结婚的人。"

"真的吗？"她吃惊地喊道，以为这下他肯定要对她采取不礼貌的举动了，"可是我连跟你亲吻都不愿意呢。"

"所以你才把嘴巴鼓成那可笑的样子，对吗？"

"哦，"她从镜子里看见自己的两片朱唇翘在那里，做出标准的准备接吻姿势，不觉失声喊了出来，"哦！"她控制不住自己，又喊了一声，发起脾气顿起脚来，"你是我所见过的人当中最最讨厌的家伙。就是从此不再见到你我也不会放在心上！"

"你要是真那么想，就该去踩那顶帽子。我的天，怎么发那么大的脾气，不过，你自己很可能是知道的，你这脾气跟你的为人很相称。好吧，斯佳丽，快把那帽子放在脚底下踩吧，好叫我知道一下你对我和我的礼物的看法。"

"不许你碰这帽子，"她一把抓住缎带系成的蝴蝶结，一面往后退却。他笑嘻嘻地追上前去，一把握住了她的双手。

"哦，斯佳丽，你太年轻，真叫我心里难受，"他说，"我还是亲你一下吧，你好像是在等我亲你。"说罢，他毫不在乎地俯下身去，他的髭须仅仅掠过她的脸颊，"现在，你是否觉得应该给我一记耳光，这才无损于你的行为端庄呢？"

她的嘴唇，不听使唤，还在等他亲吻，她抬起头来看着他的眼睛，见那黑眼珠的深处，带着非常有趣的神情，不禁扑哧一声笑了起来。这家伙真会捉弄人，真叫人恼火，假如他不想娶她，甚至不想亲她，那么他想要什么？假如他并不爱她，为什么老是要来看他，给她带来礼物？

"你若是觉得该给我一记耳光，那就更好，"他说，"斯佳丽，我给你的是一种坏的影响，你若是有点头脑的话，就应该把我打发掉——如果你能够的话，要知道我是一个很难赶跑的人。可是我对你是不利的。"

"是这样吗？"

"你难道看不出来吗？自从我在义卖会上见到你以来，你的行为就一直非常令人震惊，这多半该归罪于我。是谁鼓励你去跳舞的，是谁逼你承认你认为光荣的事业是既不光荣也不神圣的？是谁唆使你承认你认为那些为好听的主义去送死的人都是些傻瓜的？是谁帮着你给那些老太太提供许多谈话资料的？是谁使得你提前好几年就把丧服脱掉的？最后，是谁引诱你去接受上等女人不该接受的礼物的？"

"别自吹自擂了，白瑞德船长。我没干过什么见不得人的事，你刚才说的那些事，没有你我也一样干。"

"恐怕未必。"他说着，脸色忽然变得平静而阴郁起来，"你可能仍然是查尔斯·汉密尔顿的伤心的未亡人，并且保持着你在伤兵中的好名声。不过，总算——"

可是她没有注意听他的，因为她又在对着镜子顾影自怜，心里盘算着当天下午就戴着新帽子到医院里去，还戴着它去给康复期的军官们送花。

她根本没有想到，他刚才未了说的几句话，其实是一点不假的。她没有想到，是白瑞德帮她撬开寡妇的牢门，使她能够再和未出嫁的姑娘在一起，并成为她们中的女王。要不她作为一个受人倾慕的漂亮女人的日子，就会永远一去不返了。她也没有想到，是在他的影响下，她才远远地摆脱了埃伦的教诲。她的转变是逐渐形成的，这回摆脱了一个小小的习俗，下回又摆脱了另一个小小的习俗，它们似乎都和白瑞德没有什么相干。她并不明白。只是在他的鼓动下，她才把她母亲顶顶严格的闺训置之脑后，把一个大家闺秀所必须遵循的种种难学的道理忘得一干二净。

她只看到那顶帽子是她曾经戴过的帽子中最最合适的一顶，而且她没花一分钱。她只看到白瑞德必定是在爱着她，不管他承认不承认。她当然要想办法使他承认他是爱她的。

第二天，斯佳丽站在镜子面前，手里握着一把梳子，嘴里衔着满嘴的头发夹子，正在学梳着一种新的发髻。据刚从里士满看望丈夫回来的梅贝尔说，这种发髻在州的首府风行一时，叫作"猫儿，大鼠和小鼠"，梳起来有一定的难度。头发从中间分开，两边各分成大小不等的三股，最靠近中间的这一股最大。是"猫儿"。"猫儿"和"大鼠"都不难对付，就是那"小鼠"，老是从头发夹子上滑下来，叫她恼火透了。可是她下决心一定要梳成功，因为白瑞德今天要来吃晚饭，要是衣服和发式上有什么新花样，他总是会注意到的，而且还会夸奖几句。

她正在满头大汗地跟她那浓密而顽固的鬈发进行搏斗时，听见楼下过道里有轻轻奔跑的脚步声，知道是媚兰从医院里回来了，只听她两步并作一步朝楼上飞跑，斯佳丽做发式的手停住了，发夹擎在半空中,她知道一定出了什么事,因为媚兰的举动,向来像贵妇人一样彬彬有礼,她走到门口把门打开,媚兰跑进来,满脸通红,惊慌失措,像个做了错事的孩子。

只见她泪痕满面,软帽挂在脖子上,裙环急遽地摆动。她手里抓着一件什么东西,一股浓烈的廉价香水的味儿随着她飘进屋里。

"哦,斯佳丽!"她大声嚷道,随手把门关上,在床沿上坐下。"姑妈回来了吗?还没有,哦,谢天谢地,斯佳丽,我羞辱到了极点,差点晕过去了,而且,斯佳丽,彼得大叔还吓唬我说要告诉皮特姑妈!"

"告诉什么?"

"就是我跟那个——那个小姐——那个太太谈话的事。"媚兰拿手帕扇着她那发热的脸孔。"那个红头发,叫作贝尔·沃特林的女人!"

"怎么,媚利!"斯佳丽嚷道,惊得两眼发直。

贝尔·沃特林就是她来到亚特兰大第一天在街上看到过的那个红头发女人。到现在,她无疑已成为本地最有名气的女人。自从亚特兰大来了许多士兵,大批娼妓群集而至,其中要数贝尔顶顶引人注目,因为她长着一头火红的头发,穿着一身显眼时髦但又华丽而俗气的衣裳。她难得在桃树街和其他规矩的地方露面。正经的女人倘若在路上碰到她,就会急急忙忙穿过马路,离她远远的。可是媚兰居然和她谈话,难怪彼得大叔要感到气愤了。

"要是叫皮特姑妈知道这件事,我还不如死了的好!你知道她会大哭大嚷,说给城里每一个人听,我可就没脸再见人了。"媚兰抽咽着说:"这件事并不是我的错。我——我不能故意避开她,那样做太无礼了。斯佳丽,我——我如对她那样,我觉得抱歉,你说我是不是不应该有这种抱歉的感觉?"

然而斯佳丽并不关心这件事的道德方面的问题。她跟大多数心地单纯、有良好教养的年轻女人一样,对娼妓有着强烈的好奇心。

"她想跟你说些什么?她的话说得怎么样?"

"哦,她的语法糟透了,可是我看得出来她是想尽量学得高雅一点，可怜的东西。我从医院里出来时，彼得大叔和马车都没有在门口等候，我就打算步行回家。谁知我刚走到埃默森家大院，她正躲在篱笆后面，哦，感谢上帝，幸亏埃默森一家都到梅肯去了。她对我说：'对不起，威尔克斯太太。跟我说几句话吧。'我不明白她怎么会知道我名字的。照说我应该马上拔腿就跑，可是——斯佳丽，我看她的样子很悲伤，而且——喏，有点哀求的味道。而且她穿一身黑衣裳，戴一顶黑兜帽，没有涂脂抹粉，除了一头红发以外，看起来完全像是个正经人。她不等我回答，就义说道：'我知道我不应该跟你说话。我本想去找埃尔辛太太谈谈，可是那个老孔雀竟把我从医院里赶了出来。'"

"她真的把她叫作老孔雀吗？"斯佳丽问，心里觉得挺痛快，不觉笑了。

"哦，别笑。这不是闹着玩的。那位小姐——那个女人像是想给医院做点事——你意料不到吧？她打算每天上午到医院里做看护。埃尔辛太太听到这个主意自然吓得要死，赶忙把她轰出医院。她接着又说：'我也想做点事，我也是邦联的人，跟你一样，不是吗？'斯佳丽，我真的被感动了。你想，她要是愿意帮助南方的大业，就不能把她看成一无是处的坏人。你说我是不是不应该这样想？"

"看在上帝面上，媚利，谁来管你是对是错？她还说了些什么？"

"她说她一直在观察经过这里到医院去的太太们，她说我——我的外貌很和气，便把我叫住了。她有一点钱，想让我拿去捐给医院，不要让任何人知道这钱是哪里来的。她说埃尔辛太太要是知道了，那是什么样的钱，一定不肯收的。什么样的钱，我一想起它，简直就要晕倒！我当时心烦意乱，只想快点走开，便对她说：'噢，好的，你真好。'或是这一类的傻话。她听了微笑着说：'你是个真正的基督徒。'说罢就把这脏手帕塞进我的手里。唷，你可闻出这香味了吗？"

媚兰拿出一块男人用的手帕，香味极浓，但很脏，包着一些钱币打好了结。

"她跟我说谢谢，说每个星期都要给我送钱来，就在这个时候，彼得大叔赶着马车来了，一眼就看见了我，"媚利此时控制不住，泪如泉涌，一头栽在枕头上，"等他看清是谁跟我在一起时，他——斯佳丽，他竟对我大声吆喝起来，我这辈子还从来没人对我这么大声吆喝过。他还说，'你马上给我上车！'我自然就上车了。他一路上不住地责怪我，不由我分辩一句，还说要告诉皮特姑妈。斯佳丽，你一定得下楼去求他不要告诉她。说不定他会听你的话，姑妈要是知道我哪怕朝那女人只看上一眼，也会吓死的。你肯吗？"

"好的，我去。不过让我先看看有多少钱。它掂上去沉甸甸的。"

她把手帕的结解开，一把金币在床上滚落开来。

"斯佳丽，总共五十块钱，而且是金币。"媚兰把这些金光灿灿的钱币数了一遍，不免有点肃然起敬。"你说，该不该把这种——这样赚来的——呃——钱用在伤兵身上，你说上帝会不会因为她的好心就原谅她，不计较她的钱来得不干净呢？我一想起医院里许多地方都需要——"

可是斯佳丽并没有在听她说些什么，她在看那块脏手帕，心中充满了愤懑和屈辱。那手帕的一角缀着由"R. K. B"组成的交织字母。而在她的梳妆台最上面的抽屉里也有一块跟这完全一样的手帕。那是白瑞德就在昨天借给她用来包他们一起采集的野花梗子的。她本来打算今晚他来吃晚饭时还给他。

如此看来，白瑞德跟那个脏货沃特林有来往，还给她钱花。那就是她给医院捐款的来源。是跑封锁线得来的金币，真想不到白瑞德在跟那个东西鬼混了以后，居然还有那么大的胆量敢来到上等女人的面前！她怎么竟会相信他是爱自己的！现在可以证明他绝不可能爱她。

对她说来，坏女人和有关她们的一切都是神秘的，令人反感的。她知道上等女人对男人们去光顾这种女人的目的是不应该提起的——或者说，即使提起的话，也只能间接地、委婉地低声谈论。以前她一直以为只有那些下等粗鄙的人才会到那种女人那里去。在此之前，她从没有料到规规矩矩的男人——就是说她在规矩人家见到过的那些男人,以及跟她跳过舞的男人——竟可能做出这等事来。这件事给她的思想打开了一个新的领域,一个令人不寒而栗的领域,说不定所有的男人都是这样,他们一方面迫使老婆跟他们干那种不体面的事,另一方面他们又去找那些下贱女人投宿并付钱给她们,这简直坏透了,哦,男人们真不是东西,白瑞德则是男人中间最坏的一个。

她真想拿起这块手帕摔在他的脸上,叫他马上走开,而且从此不再跟他说话。可是不行,她自然不能那样做,她甚至绝不能让他知道她发觉世界上有这类坏女人存在,更不能让他知道她已经发觉他跟她们有往来。一个上等女人是绝不可以这样干的。

"哦,"她愤怒地想道,"我只要不是个上等女人,有什么话不能对那个坏蛋说呢?"

她把手帕揉成一团捏在手里,下楼到厨房里去找彼得大叔,走到炉子跟前时,她把手帕扔进火里,憋着一肚子闷气看着它烧为灰烬。

第十四章

到一八六三年夏天,每个南部邦联人心里对战胜北方佬的希望,不断高涨。尽管缺衣少食,饱尝艰辛;尽管有粮食投机商和诸如此类的祸害;尽管死亡、疾病和痛苦几乎给每户人家留下了伤痕,可是"只消再打一仗就可结束战争"的老调又在重弹,而且比去年夏天更加乐观自信,北佬果然是个硬胡桃,然而终于难免要被砸碎了。

一八六二年的圣诞节对于亚特兰大以及整个南方人来说,曾是一个欢乐的节日,当时邦联军队在弗雷德里克斯堡大获全胜,北佬伤亡数以千计。圣诞节期间,南方普天同庆,为形势好转而一片欢腾,衷心感谢。这支穿灰军服的军队的军官的勇气已经经受了考验,士兵也成了经验丰富的老兵。待来春再发动一次战斗,北佬势必被彻底摧毁。

春天到了,战斗重新打响,到了五月,邦联在昌赛勒斯维尔又打了一次大胜仗,南方人为之欢声雷动。

在佐治亚后方,曾闯进一支北佬骑兵,结果成了邦联军的又一次胜利。人们至今仍在拍着彼此的肩膀笑着说:"是呀,先生,有老内森、贝德福德、福里斯特做他们的对手,他们还是早点滚蛋为妙!"事情是这样的,早在四月底,斯特赖特上校率领一千八百名北佬骑兵对佐治亚发动了突然袭击,目标是离亚特兰大以北只有六十多英里的罗马。他们野心勃勃的如意算盘是想切断亚特兰大和田纳西州之间的铁路命脉,然后挥师南下直插邦联重镇亚特兰大,把集中在该城的军用物资和工厂予以摧毁。

这是一次大胆的突击,如若没有福里斯特将军,南方难免要遭受重大损失。他的兵力只有敌军的三分之一，但是士兵无不以一当十。他一路紧迫敌军，在他们到达罗马以前就跟他们搏斗，经过日夜奋战，终于将敌军全部俘虏了。

这次捷报和昌赛勒斯维尔大捷的消息差不多是同时传到亚特兰大的，全城大为振奋，欣喜若狂。昌赛勒斯维尔的胜利可能更为重要，然而斯特赖特的偷袭竟至全军遭擒，这就使北佬显得实在可笑。

"是呀，先生，他们最好还是别跟老福里斯特胡来。"亚特兰大人兴奋地把这个故事说了又说。

此时南部邦联时来运转，已达巅峰，举国上下，无不喜气洋洋、从五月中旬以来，格兰德率领的北军固然已把维克斯堡团团围住。铁壁杰克逊将军在昌赛勒斯维尔一役受了致命伤，固然也给南方造成重大损失，科布将军在弗雷德里克斯堡以身殉国，固然使佐治亚失去了一位英勇显赫的子弟。然而北佬们却再也吃不起像弗雷德里克斯堡和昌赛勒斯维尔那样的败仗。他们只有屈膝投降，残酷的战争也就随之结束了。

到七月初，有人传说李将军已进军宾夕法尼亚，后来这传说被官方战报所证实。李将军已挺进敌方领土，李将军在迫使敌人作战，这是最后一次战斗！

亚特兰大人沉醉在胜利的兴奋和喜悦之中，并且满足了雪耻的渴望。现在战火烧到了北佬自己的土地上，他们该有些体会了。他们现在可以知道，让肥沃的田地荒芜，牛马被牵走，房屋被焚毁，男性老少，被投进监狱，妇女儿童得忍饥挨饿，这一切究竟意味着什么。

人人都知道北佬在密苏里、肯塔基、田纳西和弗吉尼亚的所作所为。连幼小的儿童也能怀着恐惧和仇恨的心情历数北佬在他们的占领区所干的暴行。现在亚特兰大已经到处都是从田纳西州东部逃来的难民，全城可以从他们亲身经历的苦难中得到第一手的消息。在那个地区，同情南部邦联的人占少数，邻居相互举报，兄弟相互残杀，那里和所有的边境诸州一样，遭受战争的打击最为沉重。因此这些难民都盼望着能看到宾夕法尼亚陷入一片火海,连最最温和的老太太对此也露出了满意而冷酷的表情。

可是消息传来,李将军发布了命令,不许侵占宾夕法尼亚州的私人财产,如有掳掠行为,一律处以死刑,军队征用的一切物件,均需照价付款——李将军此举,若不是他素孚众望,真有点冒天下之大不韪。眼下士兵们衣食不周,既无靴子,又缺马匹,宾夕法尼亚州又如此繁荣,商店里的货物如此充裕,李将军却不许部下轻举妄动,其用意究竟何在?

米德大夫收到儿子达西仓促写成的一封短信,这封信是被辗转相传在七月初亚特兰大得到的唯一的第一手消息,这封信引起了人们越来越多的愤慨。

"爸,你能不能想办法给我弄双靴子?我光着脚板已经两个星期了,眼下也没有指望可以得到靴子。我的脚长得太大,要不可以像别的男孩子那样,把北佬尸体上的靴子脱下来给自己穿。可是我至今还没有找到一双我能穿得上的靴子。你要是能弄到双靴子,千万不要寄来。因为路上会被人偷掉,我也没法责怪他们。你叫菲尔乘火车亲自送来。我们正在朝北进军,究竟去哪里,我还不知道,等到了目的地我马上写信给你。现在我们在马里兰,大家都说是向宾夕法尼亚开拔……

"爸,我以为我们该叫北佬尝尝他们自己的苦果了,可是将军说不行,我个人是想把哪个北佬的房子烧掉才痛快,就是把我枪毙我也甘心。爸,今天我们行军经过一片极好的玉米田,是我从来没见到过的,我们家乡没有这样的玉米。说实话,我们私下确实抢了一点玉米,因为我们实在饥饿极了,反正将军不知道此事,自然也无损于他。可是那些青玉米对我们一点好处也没有。兄弟们本来就在害痢疾,吃了它就害得更厉害了。行军路上拖着一条受伤的腿比害痢疾还要好走得多。爸,你一定得想办法给我弄双靴子。我现在当了上尉了,当上尉的人,哪怕没有新军服和肩章,靴子是总该有的。"

可是最重要的就是知道军队现在已在宾夕法尼亚,再打一次胜仗，战争就会结束，那时达西·米德要什么样的靴子就可以有什么样的靴子，孩子们可以重返故里，人人又可以过上快活的日子。米德太太想象着儿子终于回家安居的情景，不觉眼睛湿润起来。

到了七月三日，来自北方的电讯忽然沉默了，直到四日中午，才有些零零星星而又混乱不清的报道陆续传到亚特兰大的大本营里来。在宾夕法尼亚州的一个名叫葛底斯堡的小镇附近，爆发了一场激战，李将军的主部军队都集结在那里。消息来得较迟，又不很确切，因为战事是在敌人的领土上进行的，消息是先从马里兰发出，经由里士满，才转到亚特兰大的。

焦虑的心情在人们心中滋长着，恐惧感开始悄悄地在城里蔓延开来。不明真相是最最叫人难以忍受的。有儿子在前线的人家都在热切地祈祷，愿他们的儿子不要在宾夕法尼亚。至于那些明知自己的亲人是和达西·米德在同一个团里的，就只好咬咬牙说，能够参加这次把北佬彻底粉碎的战役，乃是莫大的光荣。

在皮特姑妈家里，三个女人相对无言，谁也掩饰不住心中的恐惧。艾希礼跟达西是在同一个团里。

到了第五天，噩耗传来，但它不是来自北方，而是来自西面。维克斯堡长期被围以后，终于陷入敌手，而且几乎整个密西西比河流域，从圣路易斯到新奥尔良，全被敌军占领。南方邦联被一分为二。这个不幸的消息，倘若在任何其他时候，都会给亚特兰大带来恐惧和悲伤。可是现在他们可以置维克斯堡于不顾。他们想的是李将军正在宾夕法尼亚攻击敌军，如果他在东部取得胜利，维克斯堡的陷落就算不了什么。李将军若是攻下费城、纽约和华盛顿，北方就会陷于瘫痪，就足以跟密西西比河流域的失败相抵而有余。

时间慢慢地挨过去，灾难的黑影笼罩全城，遮蔽烈日，直到人们抬头仰望，才吃惊地发现，老天依然万里晴空，并无阴云密布。到处都有女人攒聚在一起，有的在门廊前，有的在人行道上，有的甚至在马路当中，说什么没有消息便是好消息，强作相互安慰的样子，装出一副勇敢的神情。然而种种可怕的谣传，说李将军阵亡，战事失利,巨大伤亡的名单即将送到,像急冲的蝙蝠,在寂静的街道中上下腾扑翻飞。邻近一带地区的人,虽然不想相信这些谣传,可是在恐慌心理的驱使下,都纷纷拥向城里,拥向报社,拥向总部,急于要求知道消息。他们想要知道任何消息,哪怕是坏消息。

人群蜂拥进火车站,希望进站的列车能带来消息。人群聚集在电报局、在纷扰的总部和锁着大门的报社前面,越聚越多,但却出奇地安静,听不见谈话的声音。偶尔有老人用颤抖的声音问了一句,可是答话总是一个样子:"还没有收到北方电讯,只知道那边一直在战斗。"人群对此并无反响,因而更加沉寂。有女人乘着马车或步行,渐渐在外围越聚越多。相互紧挨着,身上散发出的热量和不停移动的脚下扬起的尘土令人透不过气来。她们都没有开口说话,可是她们苍白急切的脸上,显示出无声的祈求,比哀号还要强烈。

全城几乎没有一家没有亲人在前方打仗,有的是儿子,有的是兄弟、父亲、恋人或者丈夫。他们都在等待听到亲人殉难的消息。他们期待的是死亡的消息。他们并不期待打败仗的消息。他们已经把打败仗的念头排除掉了。就在此刻,在宾夕法尼亚的山头上,他们的亲人也许正奄奄一息地躺在被烈日烤焦的草地上。就在此刻,南方士兵也许会像被冰雹猛击的稻粒似的纷纷倒下,然而他们为之战斗的大业绝不会消亡。他们也许会成千上万地战死沙场,然而就像播种龙齿结成的果实①那样,会有大批新的武士穿着灰色军装,高声呼喊着从大地进出来接替阵亡的将士。他们不知道这些人是从哪里来的,但是他们就像知道天上有个正义而不可不信的上帝一样,深信李将军能够创造奇迹,弗吉尼亚的军队是天下无敌的。

斯佳丽、媚兰和皮特帕特小姐坐在有篷的靠背马车里,每人手中都擎着阳伞,马车停在《观察者日报》社门前。斯佳丽两手颤抖不已,握着的那柄阳伞在她头上直摇晃。皮特激动得那圆脸上的鼻

---

① 按日耳曼神话,腓尼基王子种下龙齿,化为武士,互相砍杀。

子不住地翕动着，活像是兔鼻子。只有媚兰像一尊石雕像似的端坐不动，一对黑眼睛睁得圆圆的，时间过得愈久，她的眼睛睁得愈大。在两小时内，她只说过一句话。那是在她从网线袋中取出嗅盐瓶递给她姑妈时说的，也是她生平唯有这一次对她姑妈说话的语气不那么温柔亲切。

"把这个拿去，姑妈，觉得发晕就闻闻它。我得提醒你，倘若你真的发晕，那也只好由你发晕，然后让彼得大叔送你回家，因为我听不到消息，是决计不会离开这儿的。而且我也绝不让斯佳丽离开我。"

斯佳丽并没有想要离开的意思，她抱定宗旨要最先得到艾希礼的消息，哪怕皮特小姐死在眼前，她也不肯离开这地方。艾希礼正在某地打仗，说不定生命垂危，她只有从报社才能得到事情的真相。

她看看四周的众人，认出了一些熟人和邻居。米德太太歪戴着帽子，挽着十五岁的菲尔。麦克卢内家的几个姑娘想利用簌簌发抖的上嘴唇把龅牙遮盖住。埃尔辛太太腰板笔挺，像个斯巴达人的母亲，只从她发髻边几绺散乱的灰白鬈发，才可以看出她内心的震荡。范妮·埃尔辛脸色惨白，犹如鬼魂。（她自然不会为她的兄弟休担心到如此程度，在前线她不是有一个谁都知道的恋人吗？）梅里韦瑟太太坐在马车里轻轻拍着梅贝尔的手。梅贝尔的肚子已经很大，虽然她用披肩小心地盖住也还是无济于事，她实在不该到公共场合来出什么丑，她也不必如此担心，因为没人听说过有路易斯安那的军队开拔到宾夕法尼亚去。此时此刻，她那长有绒毛的小个子义勇兵很可能太太平平地待在里士满。

人群的外围起了一阵骚动，站着的人纷纷让路，只见白瑞德骑着马，小心地挤过人群，朝皮特姑妈的马车走来。斯佳丽心想，他此刻来到这里，真是好大的胆子。就凭他不上前线杀敌这一点，说不定愤怒的人群会把他撕成碎片。当他走得更近时，她觉得自己该是第一个想要撕碎他的人。他竟敢骑着那样的骏马，穿着刷亮的靴子和漂亮的白亚麻衣服，抽着昂贵的雪茄，身子保养得那么好。而艾希礼和别的男孩子都正在跟北佬浴血苦战，他们正光着脚板，汗流浃背，忍受着饥饿的煎熬和疾病的折磨。

在他缓缓地走过人群时，仇视的眼光都向他投来。满嘴是胡子的老人发出低沉的怨言，梅里韦瑟太太大胆地从马车上微微欠起身子，清清楚楚地喊了一声："投机商！"那语调听起来令人觉得这个词是顶顶肮脏，顶顶邪恶的。可是白瑞德毫不理会别人，径自举起帽子向媚利和皮特姑妈致意，随即来到斯佳丽身边，俯身对她低声说道："你说，米德大夫平时爱发表演说，说胜利就像栖息在我们旗子上的呼啸的雄鹰，此刻不正是他演说的好机会吗？"

她的神经因为焦虑本来已很紧张，此时便像一只被激怒的猫迅速转身对他发动攻击，难听的话已经到了唇边，可是他做了个手势止住了她。

"我是来告诉你们几位太太，"他大声说道，"我刚才到总部走过，第一批伤亡人员名单马上就到。"

在他近旁的人听到这消息，立即发出一片嘈杂声，一群人蜂拥过来，想转身奔向白厅街的总部去。

"不用去，"他从马鞍上直起身子举手喊道，"名单已经送到两家报社在印了。你们等在这里就行啦！"

"哦，白瑞德船长，"媚利含着眼泪转向他喊道，"谢谢你特地来告诉我们！名单什么时候张贴出来呢？"

"随时都可能，太太。名单送到报社里已有半个钟头了，负责这事的一位少校军官要等印完了才肯发布消息，怕的是群众想要知道消息会把报社挤垮。啊！瞧！"

报社的一扇边窗开着，一只手伸在窗外，手里握着一束长条校样，印着密密麻麻的名字，纸上散发出油墨的气味。人群争先恐后地抢夺纸条，有些被扯成两半，抢到纸条的人想挤出人群看个仔细，后面的人则拼命朝前推进，嘴里大声喊着："让我过去！"

"握住缰绳，"白瑞德跳下马来，把缰绳扔给彼得大叔。人们只见他宽厚的肩膀高出于人群之上，他一股蛮劲地在人群中左推右搡，不一会儿他又回来了，手里握着半打上下的纸条。他先给媚兰一张，把其余的分发给近旁马车里坐着的女人,有麦克卢内家姑娘、米德太太、梅里韦瑟太太和埃尔辛太太。

"快,媚利,"斯佳丽嚷道,她的心快要跳到喉咙口了。她见媚利的手直哆嗦,叫她简直没法看清条子上的字,不觉恼怒万分。

"你拿去吧,"媚利轻声说道,斯佳丽便一把抓过来。找开头的名字。它们在哪里?噢,在最后画,字迹也给弄模糊了。"怀特,"她念着,声音在发抖,"威尔金斯温、泽布伦……哦,媚利,他的名字不在上面!上面没有他的名字!哦,看在上帝面上,姑妈,媚利,快找嗅盐瓶来!扶着她,媚利。"

媚利高兴得哭泣起来,也顾不得在众人跟前不该如此。她托住皮特小姐东倒西歪的脑袋,把嗅盐放在她的鼻子底下。斯佳丽从另一边扶着这位胖老太太,心里美滋滋的。艾希礼活着。他甚至没有负伤。上帝是多么慈悲,保佑他平安无事!多么——

她听见一声低低的呻吟,转身一看,只见范妮·埃尔辛把头枕在母亲的胸脯上,伤亡名单飞落在马车的底板上,又见埃尔辛太太把女儿搂在怀里,两片薄嘴唇抖动着,然而平静地对车夫说道:"快,回家去。"斯佳丽急速地朝名单瞥了一眼,上面没有休·埃尔辛的名字。范妮无疑有一个恋人,现在阵亡了。人群同情地默默给埃尔辛家的马车让路。它后面跟着麦克卢内家小姐坐的小柳条编的小型马车,赶车的是费恩小姐,她的面容像一块岩石,而且,这一回她的龅牙居然没有露出来。霍普小姐脸如死灰,直挺挺地坐在她姐姐身旁,紧紧抓住她的衣襟。她们现在看来都像是老妇人。她们的弟弟达拉斯是她们顶顶钟爱的,也是她们在世界上唯一的亲人。现在达拉斯死了。

"媚利!媚利!"梅贝尔嚷道,声音里充满喜悦,"勒内平安无事!艾希礼也平安!哦,感谢上帝!"她的披肩从肩膀上滑落下来,她的大肚子清楚地呈现出来,可是这一次她和梅里韦瑟太太却不管它了。"哦,米德太太,勒内——"她的声音很快地起了变化,"媚利,你瞧!——米德太太,你真是!达西没——?"

米德太太正低着头看着自己的膝盖,听见有人喊她的名字,她也没有抬起头来,可是她身旁小菲尔脸上的表情是明明白白的。

"好啦,好啦,妈妈,"他手足无措地说道。米德太太抬起头来,正遇到媚兰的目光。

"他现在不需要靴子了。"她说。

"哦,亲爱的!"媚兰喊了一声,便呜咽起来。她把皮特姑妈推给斯佳丽,爬下马车,朝米德太太的马车奔去。

"妈妈,你还有我呢,"菲尔说,无可奈何地劝慰坐在他身旁的脸色惨白的女人。"只要你答应,我要去杀尽那些北佬——"

米德太太一把抓住他的肩膀,好像再也不肯松手似的,用哽咽的声音说了一个"不"字,似乎再也说不出话来了。

"菲尔·米德,你不要说了!"媚兰低声说着,爬上马车,坐在米德太太身边,把她搂在怀里。"你以为你上去送命就可以安慰你妈妈吗?我从来没听见过这样的傻话。把车子赶回家去,快!"

她见菲尔拿起缰绳,便转向斯佳丽。

"你把姑妈送回家,随后就到米德太太家来。白瑞德船长,你能不能给大夫带个口信?他现在在医院里。"

马车启动了。人群正在纷纷散开;有些女人高兴得哭泣起来,可是大多数女人都是神情麻木,受不了一下降落到她们身上这么沉重的打击。斯佳丽低下头,把字迹模糊的名单迅速看了一遍,看看有没有熟人的名字。既然艾希礼安然无恙,她可以想到别人了,哦,名单真长,亚特兰大付出的代价,整个佐治亚付出的代价是多么巨大呀!

天哪!"卡尔佛特——雷福德,中尉。"雷夫!她忽然记起他们俩一起逃走的那一天,那是很久以前的事了。可是到天黑他们又决定回家去,一来因为肚子饿,二来是害怕黑暗。

"方丹——约瑟夫·K,二等兵。"那个坏脾气的乔,萨莉养过孩子后健康还没有完全恢复呢!

"芒罗——拉斐特,上尉。"拉夫是跟凯思琳·卡尔佛特订了婚约。可怜的凯思琳!她受到双重损失,一个兄弟和一个心上人。然而萨莉的损失更大,一个兄弟和一个丈夫。

哦,这真是太可怕了。她简直不敢再往下念。皮特姑妈正靠在她肩膀上,一面喘息,一面叹气。斯佳丽毫不客气地把她推到马车的一角,继续往下念着。

不可能,不可能,名单上不可能出现三个"塔尔顿"。大概——大概排字工人仓促间把名字排重复了。可是不对。三个名字全不一样。"塔尔顿——布伦特,中尉。""塔尔顿——斯图尔特,下士。""塔尔顿——托马斯,二等兵。"博伊德是战争头一年就阵亡的,埋在弗吉尼亚什么地方,根本没人知道。塔尔顿家四弟兄全完了。一个是汤姆。一个是博伊德,他跳起舞来姿势优美,像个舞师,说起话来却刻毒得像只胡蜂。还有一对懒散的长腿子双胞胎,喜欢瞎聊天,爱说些无聊的笑话。如今全死了。

她再也念不下去了。名单上是不是还有别的男孩子是从小和她一起长大,在一起跳舞、调情、跟她接过吻的,她不想知道了。她觉得仿佛有一只铁的手指在戳她的喉咙,她但愿自己能大哭一场或者做点别的什么好减轻自己的痛苦。

"我很难过,斯佳丽,"白瑞德说,她抬起头来望着他。她已经忘了他还在那里。"名单上有很多是你的朋友吗?"

她点点头,艰难地说道:"县里差不多每家人家都有——还有——还有塔尔顿家三兄弟全在上面了。"

他脸色镇静,几乎是忧郁,不过眼睛里并没有嘲讽之意。

"事情还没有结束,"他说,"这上面只是第一批,并不包括全部。明天还有一张更长的名单。"他把声音压低,不让附近马车里的人听见。"斯佳丽,李将军肯定是吃了败仗了。我在总部听说他已经撤退到马里兰了。"

她抬起惊恐的眼睛对着他的眼睛,但她的恐惧并非产生于李将军的失败。明天还会有更长的名单!明天。她不曾想到过明天。艾希礼的名字没有在刚才的那张名单上,她实在太高兴了。可是明天。

怎么，说不定现在他已经死了，而她却要到明天才能知道，或者是一个星期以后的明天。

"哦，白瑞德，为什么非要打仗不可？要是当初北佬出钱把黑奴赎去——或者我们干脆不要钱就让他们把黑奴带走，那一定比现在这局面要好得多。"

"问题不在于黑奴，斯佳丽，那不过是个借口。战争是永远存在的，因为男人喜欢战争。女人不喜欢，可是男人喜欢——是的，甚于喜欢女人。"

他嘴巴扭动一下，现出惯常的微笑，严肃的神情消失了。他举起宽边巴拿马帽子。

"再见。我要去找米德大夫。我想由我去把他儿子的死讯通知他，这事的讽刺意味他一时未必会感到。等过些时候。他想起一个英雄之死要由一个投机商来报告，很可能会怀恨在心的。"

斯佳丽扶皮特姑妈上了床，给她喝了杯棕榈酒，留下普里西和厨娘照看她，便上街到米德家去了。米德太太和菲尔在楼上等她丈夫回家，媚兰坐在客厅里，跟一群前来慰问的邻居低声谈话。她忙着用针线和剪刀把埃尔辛太太借给米德太太的一件衣裳改成丧服。屋子里弥漫着土制黑染料的辛辣味，这是因为那个厨娘在厨房里一面呜咽，一面把米德太太所有的衣裳都放在一只大洗锅里搅拌着。

"她怎么样啦？"斯佳丽低声问道。

"没有一滴眼泪，"媚兰说，"女人要是哭不出来那真可怕。我不明白男人们碰到难受的事不掉眼泪，是怎么忍受得住的。我猜这大概是因为男人比女人强壮，比女人勇敢的缘故。她说她要亲自到宾夕法尼亚去把他带回家来。因为大夫离不开医院。"

"这对她来说未免太可怕了！为什么菲尔不能去呢？"

"她怕她倘若不盯住他，他会去参军的。你知道他个儿长得挺高，而且现在十六岁的孩子他们就要了。"

邻居们不想留在这里看见大夫回家来，就一个个悄悄地走了，只剩下媚兰和斯佳丽在客厅里缝衣服。媚兰样子很伤心,泪珠簌簌地落在手中的布上,可是还能保持镇静。显然她没有想到战事仍在进行,艾希礼说不定就在这一瞬间死去。斯佳丽心里怀着恐慌,但又一时拿不定主意,不知道是不是该把白瑞德的话告诉媚兰,让她分担一点自己的忧愁,还是暂时不说给她听为好。最后她决定还是不说。绝不能叫媚兰看出来自己过分地为艾希礼担心。今天上午多亏人人都在关心自己的事,包括媚利和皮特在内,谁也没留意她的一举一动。

她们默默地缝了一会儿,听见外面有响动,从窗帘缝里看出去一见米德大夫从马背上下来。他两肩下削,低垂着脑袋,一把灰白胡子似扇子般在胸前撒开。他缓缓走进屋子,放下帽子和皮包,默默地亲吻了两个姑娘,随后疲倦地朝楼上走去,不一会儿,菲尔从楼上下来了,他长手长脚,一副笨头笨脑的样子。两个姑娘用目光示意叫他过来坐在一起,可是他却走到前廊在最上面一级台阶上坐下,把头搁在两只合拢的手掌中间。

媚利叹了口气。

"不让他去打北佬,他气坏了。才十五岁!哦,斯佳丽,要有个这样的儿子该多好!"

"让他去送命吗,"斯佳丽立即说,她想起了达西。

"有个儿子总比没有好,哪怕他会去送命,"媚兰说着不觉哽塞住了。"这你不能理解,斯佳丽,因为你已经有了小韦德,而我——哦,斯佳丽,我多么想有个孩子!我知道你认为我不该把这话说出来,可是这是事实,你知道每个女人都是想要孩子的。"

斯佳丽克制住自己,没有嗤之以鼻。

"假如上帝的旨意是要把艾希礼——带走,我想我能够忍受得住,虽说我宁愿跟着他一起去死。可是上帝会给我力量让我能承受得住。不过假如他死了而没有——没有给我留下一个他的孩子来安慰我,我怕是会受不了的。哦,斯佳丽,你真幸运!你虽然失去了查利,可是你有他的儿子。假如艾希礼去了,那么我什么也没有了。

斯佳丽,请你宽恕我,有时候我真妒忌你——"

"妒忌——我?"斯佳丽嚷道,心里感到发虚。

"因为你有一个儿子,我却没有。有时候我甚至把韦德假装当作我的儿子,因为没有儿子真是太可怕了。"

"胡扯!"斯佳丽松了一口气。她朝那个红着脸做针线的瘦弱身躯迅速瞥了一眼。媚兰可能想要孩子,可是她的身子肯定负担不了生儿育女。她的身高只不过相当于一个十二岁的孩子,她的臀部狭窄得也像个孩子,她的胸脯非常平坦,斯佳丽想起媚兰生孩子的事心里就感到厌恶,它会引起一连串叫她难以忍受的想法。倘若媚兰有了一个艾希礼的孩子,那就好比从斯佳丽那里夺走了本来属于她的东西。

"原谅我关于韦德的那番话。你晓得我喜欢他。你不至于生我的气吧?"

"别傻了,"斯佳丽马上说,"到走廊里去劝劝菲尔,他在那里哭呢。"

第十五章

邦联军被北佬赶回弗吉尼亚后,驻扎在拉皮丹河上的冬营里。这支军队在葛底斯堡遭到惨败,元气大伤,已是疲惫不堪,因为圣诞节日将近,艾希礼便回家度假了。斯佳丽和他一别两年多又初次重逢,她的感情之强烈竟连她自己也感到害怕。回想当年她站在十二橡树的客厅里,看着他跟媚兰结婚的时刻,以为她从此再也不可能爱他爱得像那一刻那样强烈、那样伤心欲碎。但是现在她才明白,她那天夜里的感情,不过是像个宠坏了的孩子得不到一个玩具时的心情罢了。现在,由于长时间对他魂牵梦萦,而且不得不把对他的思念压抑在心底,她的感情变得更深刻,更强烈了。

眼前的艾希礼·威尔克斯穿着打补丁、褪了色的军服,满头金发被太阳晒得像是褪了色的短亚麻,跟战前她苦恋过的那个从容不迫、目光困倦的男孩子判若两人。然而他却一千倍地令她心神荡漾。从前的他,皮肤白皙,身材修长匀称,现在皮肤晒成了古铜色,人又瘦。加上金黄的长髭须像骑兵惯常留着的那样,挂在嘴巴四周,这就使他看起来像个道道地地的大兵了。

他穿着旧军服,以军人的姿态笔挺地站着,手枪套在破枪套里,旧指挥刀碰击着高统靴子,失去了光泽的马刺发出暗淡的闪光——这就是邦联军少校艾希礼·威尔克斯。因为习惯于发号施令,他已养成一种颇具权威而沉着自信的风度,嘴角也开始出现了坚强的线条。他那宽阔结实的肩膀和镇静明亮的眼睛也有些跟以前不一样。过去他总是很怠惰安详,现在却像潜行的野猫那样警觉,仿佛他的神经永远像小提琴上的弦那样紧绷着。他眼睛里含着疲劳困惑的神情,他晒黑了的皮肤紧贴在轮廓很美的骨架上——就是她的同一个英俊的艾希礼,现在却又如此的不同。

斯佳丽本来打算到塔拉去过圣诞节的,可是艾希礼拍来电报以后,天底下就再没有什么力量,包括失望的埃伦直接下的命令,都不能使她离开亚特兰大了。假如艾希礼真要到十二橡树去,那她就会马上赶回塔拉去,以便更接近他。可是他已经写信给家里,叫他们到亚特兰大来跟他会面。而且威尔克斯先生带着霍尼和因迪已经到了城里,难道她还要回塔拉去,错过阔别两年以后的见面机会吗?错过听见他那令人心颤的声音,错过看见他那旧情未断的眼神?绝不,哪怕全世界的母亲都来叫她回去,她也绝不回去。

艾希礼是圣诞节前四天到家的,跟他一起来的还有几个同县的男孩子,也是回来休假的。葛底斯堡战役以后,他们的伙伴令人悲哀地不断减员。这次同来的人中间有凯德·卡尔佛特,身体消瘦憔悴,还不住地咳嗽。有芒罗家两弟兄,他们从一八六一年以来第一次休假,显得特别兴奋。还有方丹家的托尼和亚历克斯,他们总是喝得烂醉如泥,吵闹不休。他们要转车回家,得在站上等两个小时,在这期间,要让方丹两兄弟彼此不打架,或者甚至不要跟车站上素不相识的人打架,他们这伙人中得有几位头脑清醒的人使点外交手腕才行。因此,艾希礼索性把他们全都带到皮特姑妈家里来了。

"你大概以为他们俩在弗吉尼亚已经打够啦,"凯德恨恨地说,注视着那像竖起羽毛好斗的公鸡的一对,为的是谁该抢先去亲吻那心神不定而又受宠若惊的皮特姑妈。"才不呢。从我们到达里士满那一刻起,他们醉得就没有清醒过,还老是要打架。宪兵曾抓过他们,要不是艾希礼会说话。他们只好在监牢里过圣诞节了。"

可是他的话斯佳丽连一个字也没听进去,因为她得以重新和艾希礼坐在同一间屋子里,正沉浸在狂喜之中。在这两年之中,她怎么会觉得别的男人美好、英俊,叫她高兴?既然艾希礼还在世界上活着,她怎么竟能容忍别的男人向她求爱?他终于又回来了,和她只隔着客厅里的一块地毯,坐在长沙发上,媚利坐在他一边,因迪坐在另一边，霍尼靠在他的肩膀上。斯佳丽每朝他看一眼，总要竭力控制自己，不让快乐的眼泪流淌下来。她要是能够坐在他的身边，挽着他的手臂，那该有多美！她多么想每隔几分钟就去拍拍他的袖子，好知道他确实在她身旁，她多么想握住他的手，用他的手帕来擦掉她欢乐的眼泪。可是这一切媚兰都做了，毫不害臊地做了。她心里实在高兴，竟顾不上害臊，也顾不上拘谨了。她倚在丈夫的臂膀上，用她的目光，她的微笑和她的泪水，公然表达对他的爱情。斯佳丽对此情景，因为心里快乐，便不觉得憎恨，因为心里高兴，便不觉得妒忌。艾希礼毕竟回家来了！

她时时举起手来，抚摸着脸颊上他刚吻过的地方，重温他嘴唇带给她的震颤。她微笑地看着他。当然，他不是第一个吻她。媚兰语无伦次地哭喊着，一下子便投到他的怀里，紧紧搂着他仿佛再也不肯放手似的。然后他尊敬地热情拥抱并亲吻了他的父亲，表示父子之间存在着一种强烈而又温和的感情。随后因迪和霍尼跟他拥抱了一下，她们简直是把他从媚兰的双臂中拉扯出来的。接着他吻了皮特姑妈，她那双不胜负担的小脚因兴奋而跳蹦不停。最后他才转向斯佳丽，站在那许多争着要吻她的男孩子中间，说了声："噢，斯佳丽！你长得多么迷人！"便在她脸颊上亲了一下。

这一吻，把她打算要说的欢迎词吻得全不翼而飞。直到几小时以后，她才回想起来他没有吻上她的嘴唇，于是她又狂热地猜想，倘若当时他们两个人单独在一起，他会不会俯下他那高大的身躯，搂着她让她踮起脚尖，长时间地亲吻她的嘴唇，因为她这样想使自己觉得很快活，便相信他一定会这样做。好在还有整整一个礼拜，不论做什么都有的是时间。她一定得想法子跟他单独在一起，对他说："你还记得从前我们常常在那条马路上骑马的事吗？""你还记得那天夜里我们坐在塔拉的台阶上，你念那首诗的时候，月光是多么皎洁吗？"（我的天，那首诗的篇名叫什么来着？）"你还记得那次我扭伤了脚，你在傍晚时把我抱回家的情形吗？"

哦，她用"你还记得吗？"开端要说的事情还有好多好多。有好多美好的回忆可以把他带回到往昔他们像两个无忧无虑的孩子一起在县里遨游的日子。有好多事情可以使他回想起在媚兰闯进他们两人之间以前的许多日子。在他们谈话的时候,她也许能从他的目光中看出旧情复燃的迹象,看出他在跟媚兰夫妻情分之外,仍然钟情于自己,其热烈的程度并不亚于那天烤肉宴上他吐露的真情。她却没有想一想,假如艾希礼用明白无误的语言,宣称他仍然爱她,那么她该怎么办呢?反正只要晓得他还爱她就够了……是的,她可以等待,她可以由着媚兰快快活活地搂着他的臂膀去哭。总会有轮到她的时候。不管怎么说,像媚兰那样一个女孩子懂得什么叫作爱呢?

"亲爱的,你简直像个流浪汉了,"媚兰在他第一次回家团圆的激动过去之后对艾希礼说,"是谁给你打的补丁?为什么用蓝布补?"

"我觉得我这样子还挺不错呢,"艾希礼打量着自己身上说,"你把我跟那边那些衣衫褴褛的人相比,就会觉得我穿得好多了。我这军服是英斯给补的,战争以前他从来没摸过针线,能补到这样子我是很满意的。至于为什么用蓝布,我们只有从缴获的北佬军服上扯块布做补丁,要不就只好让裤子上的破洞留着——我们别无选择。你说我像个流浪汉,你还得感谢你福星高照,你丈夫才没有赤着脚回家。我那双旧靴子到了上个星期,已经破得实在没法穿了,要不是我运气好,刚好打死两个北佬侦察兵,那只好让双脚裹着粗布袋回家了。那两双靴子中有一双正好合我的脚。"

他伸出两只长腿,让大家欣赏那双疤痕累累的高统靴子。

"另一个侦察兵的靴子不合我的脚,"凯德说,"比我的尺寸要小两号,现在还把我的脚卡得好痛,不过我总算能照样体体面面地回家了。"

"只怪这蠢猪太自私,不肯把它给我们两兄弟穿,"托尼说,"这种靴子给我们方丹家的贵族气派的小脚穿正合适。真见鬼!穿了这种粗皮靴我真不好意思回去见母亲。要是在打仗以前,我母亲甚至不会拿这种靴子给黑奴穿。"

"别担心,"亚历克斯说,眼睛看着凯德的靴子。"待会儿到了火车上,我们就从他脚上剥下来。见母亲我倒无所谓,我怕该死——我是说我不想叫迪米特·芒罗看见我的脚趾戳出鞋子外面。"

"怎么,那是我的靴子。我先提出来要它的,"托尼朝他兄弟怒目而视。媚兰生怕那著名的方丹家兄弟吵架又会爆发,连忙插进来调解,总算把他们劝住了。

"我本来是有一脸大胡子献给你们女孩子看的,"艾希礼说,一面懊恼地摸摸脸颊,上面还留着一道道剃刀划破的伤痕。"我那胡子很漂亮,照我自己说,杰布·斯图尔特和内森·贝德福德·福里斯特的胡子也比不上我的。可是我们到了里士满的时候,这两个无赖,"他指了指方丹家两弟兄,"因为他们想刮胡子,就非得要我也刮掉不可。他们硬把我按倒,强行替我刮胡子,居然没把我的脑袋连同胡子一起割下来,这也是个奇迹。多亏埃文和凯德干涉,我的髭须才保存了下来。"

"污蔑,威尔克斯太太!你该谢谢我。要不你就认不出他,不许他进门了,"亚历克斯说,"因为他向宪兵说情,没把我们关进监牢,为了表示感激,我们才帮他把胡子刮了的。只要你说一声,我们马上就给你把他的髭须也刮掉。"

"哦,不用了,谢谢你们!"媚兰急忙说道,害怕地一把抓住艾希礼,因为那两个皮肤黝黑的小个子兄弟看样子是什么事都干得出来的。"我觉得他现在这样子挺不错。"

"这就叫作爱情。"两兄弟庄重地彼此点点头说。

艾希礼在寒冷中搭皮特姑妈的马车上车站去给几个男孩子送行。他刚一走,媚兰就抓住斯佳丽的手臂说:

"你看他那身军服多怕人,我给他做的那件上衣,准能叫他料想不到地高兴。哦,可惜我没有布料再给他做条裤子。"

这件给艾希礼的上衣是件使斯佳丽伤透脑筋的事,因为她曾热切地希望由她,而不是由媚兰送这样一件上衣给艾希礼作为圣诞礼物。做军服的灰色毛料如今比红宝石还要稀罕,艾希礼身上穿的就是用普通土布做的。现在连浅栗色的土布也不太多,许多士兵都穿上缴获的北佬军服。那蓝军服经胡桃壳染色后就成了深褐色。媚兰算是碰到难得的好运道,弄到点灰色的绒面呢,刚好够做一件上装,尽管未免太短了点,但毕竟是件上装。原来她在医院里曾经看护过一位查尔斯顿的伤兵,他临死时剪下一绺头发,连同他口袋里仅有的钱寄给他的母亲,媚兰还附了一封信安慰她,信上故意不谈他临终时所受的痛苦。后来那伤兵的母亲就跟媚兰通起信来,当她知道媚兰的丈夫在前线,就把她原先为儿子准备的灰布衣料,连同那些铜纽扣,一起寄给了媚兰。那衣料质地很好,又厚实,又暖和,还稍稍带有光泽,不用说是从封锁线那边来的,而且价钱一定很贵。现在媚兰已把它交给裁缝,还催他务必在圣诞节上午以前完工。斯佳丽很想不惜任何代价能把这套军装的其余部分配齐,可是在亚特兰大根本别想弄到任何衣料。

她已经准备了一件给艾希礼的礼物,可是跟媚兰的生辉的灰上衣一比,就不免黯然失色。那是个小针线包,是用法兰绒做的,里面有一整包白瑞德从拿骚给她带来的缝衣针,这在当时是不容易弄到的。还有她的三条亚麻手帕,得自同一个来源。再就是两卷线和一把小剪刀。可是她想送给他一点更体己的东西,如手套、衬衫、帽子之类像是妻子送给丈夫的东西。噢,对了,我一定得送顶帽子给他。艾希礼头上戴的那平顶军便帽看起来很可笑,斯佳丽向来不喜欢它。可是倘若铁壁将军杰克逊不喜欢垂边毡帽,偏偏要戴一顶平顶军便帽,尽管他并不见得因此就显得更神气一点,你又能拿他怎么样?在亚特兰大现在能够弄到的帽子就只有粗制的羊毛帽,比那难看的军便帽还要俗气。

她一想到帽子,就想起白瑞德。他的帽子可真不少,有夏天戴的宽边巴拿马帽、正式场合用的高礼帽,有猎帽,还有褐色的、黑色的和蓝色的垂边软帽。他要这样多的帽子有什么用?可是她的心上人艾希礼在下雨天骑马时只得让雨水从军便帽后面滴进他的衣领里,他是多么需要帽子呀!

"我要叫白瑞德把他那顶新的黑毡帽给我,"她暗自拿定主意,

"我要在帽檐上镶一道灰色缎带,再把艾希礼的花环缝在上面,那它看起来一定很漂亮。"

她停下来一想,跟他要那顶帽子,看来没有个理由是不行的。她绝不能对白瑞德说是要来打算给艾希礼的,因为往常她哪怕只提起艾希礼的名字,他就一定会扬起眉毛摆出那副讨厌的样子。对,她得编造一个伤心的故事,说医院里的一个伤兵需要这顶帽子,绝不让白瑞德知道事情的真相。

整个下午,她都在想方设法跟艾希礼单独在一起,哪怕几分钟也行。可是媚兰与他寸步不离。因迪和霍尼两人,她们不长睫毛的浅色眼睛熠熠生辉,也时刻追随在他的左右。就连约翰·威尔克斯,一副为儿子而骄傲的神气,却也找不到跟他低声聊聊的机会。

晚饭的情况也一样,大家都问了他许多关于打仗的事。打仗!谁管他打仗不打仗?斯佳丽觉得艾希礼未必很喜欢这个问题。他谈得很详细,不时发出笑声,整个饭桌上的谈话几乎完全由他一人支配,她过去从来没有见过他这样做过,可是他没有发表自己的见解。他只是讲讲笑话,说说朋友们的趣事,还高高兴兴地谈军队里的一些临时措施,以减轻饥饿和在雨中长途行军的苦恼。他还详细地描述了从葛底斯堡撤退的途中,李将军骑马从他们身旁经过时,看了看他们问道:"各位,你们是不是佐治亚军队?唔,没有你们佐治亚人我们的仗是没法打的!"

照斯佳丽看来,他这样热烈地谈个不休,好像是为了不让他们提出一些他不愿回答的问题。她看到他的父亲长时间苦恼地盯着他的时候,他的眼睛就会游移不定地低垂下来,这时她心中便会升起一阵淡淡的烦恼和困惑,不明白他心底里究竟隐藏着什么,不过这很快就过去了,因为她心里充满了只想和他单独相处的喜悦的幸福和强烈的愿望。

她心中的喜悦一直持续到围坐在炉火边聊天的每一个人都打呵欠时为止,于是威尔克斯先生带着两个姑娘回旅馆去了。他们走后,彼得大叔用灯照着艾希礼、媚兰、皮特帕特和她四人上楼,此时她情绪开始沮丧。在他们来到楼上过道里之前,艾希礼是属于她的,只属于她一个人的,哪怕整个下午他们两人没能说上一句私房话。可是现在,她说了一声晚安,她看见媚兰突然脸颊绯红,身子开始颤抖起来。她好像虽然在克服某种令人害怕的感情,却掩不住那副又害羞又幸福的神态。艾希礼打开卧室房门时,媚兰连头也不抬匆匆走进去了。艾希礼猝然道了声晚安,也没有看斯佳丽一眼。

房门在他们身后关上了,把斯佳丽留在门外。她不由得张开嘴巴,心里猛然感到一阵凄凉。艾希礼不再属于她了。他是属于媚兰的。媚兰只要活着一天,就可以和艾希礼走进卧室,把门关上——把世上别的一切都关在房门之外。

现在艾希礼又要走了,回弗吉尼亚去了,回去在雪中长途行军,回去在雪地野营中忍饥挨饿,回去忍受一切艰难困苦,回去以他满头金发的漂亮脑袋和他精力充沛的苗条身躯去冒险,就像脚下的一只蚂蚁一样,随时可能被人一脚踩死。那一星期的许多幸福时刻,散发出梦境般的美丽闪光,在匆忙中过去了。

那一星期过得真快,像是一场梦,散发出圣诞树和松枝的香味,闪烁着小蜡烛和家制金银丝装饰的光彩,梦中的每一分钟,像心跳一般迅速消逝。在那令人透不过气来的一星期间,斯佳丽怀着亦喜亦忧的心情,把每一分钟所经历的一些小事,保留在记忆里,以便他走后慢慢地回味。在今后漫长的岁月中,她在空闲的时候,可以细细咀嚼,从中得到一些慰藉。那些跳舞、唱歌、欢笑,她对艾希礼那样体贴入微,只要觉察到他需要什么,就赶快帮他拿来,看见他微笑就报以微笑,在他说话的时候就静静听着,目光一刻也不离开他的身上,以便把他身上的每一根线条、眉毛的一扬和嘴角的一动,这一切的一切,都深深地印在脑海里——一星期过得如此之快,而战争却永远不会终止。

此刻艾希礼在楼上跟媚兰话别。斯佳丽坐在客厅里的长沙发椅上,膝上放着准备给他的赠别礼物,默默祷告上苍叫他一个人下来,以便她能和他单独相会片刻。她竖起耳朵听楼上的动静。可是这屋子出奇的寂静，连她自己的呼吸声都似乎很响。皮特姑妈正在卧室里倒在枕上哭泣，因为半小时之前艾希礼已经向她辞行过。关着媚兰的卧房里也没有传出低语声或啼哭声。斯佳丽觉得艾希礼在卧室跟妻子告别似乎已有好几个钟点了，他在跟妻子告别时待在卧室里的每一分钟，斯佳丽心里都恨恨不已。因为时间过得太快，他剩下的时间已经太少太少了。

她想起了她本来想在这一个星期里跟他说的话，可是这许多话一直没有机会说。现在她晓得也许永远没有机会跟他说了。

她想要说的事情中，有些是没什么意义的小事，比如"艾希礼，你会处处小心的，是吗？""当心别把脚弄湿了，你这人很容易感冒的。""别忘了在胸口衬衫里面垫一张报纸，它是很能挡风的。"但是也有一些事是比较要紧的。还有一些更为要紧得多的事，是她想从他自己的嘴巴里说出来的，或者，如果他不说，她希望能从他的眼神里看出来。

有这样多的话要说，然而却没有时间，剩下仅有的几分钟也可能因为媚兰要送他到大门口，送他到马车上，从而被剥夺掉。她为什么不在过去的一星期里找个机会呢？可是，媚兰片刻也不曾离开他的身边，她一双爱慕的眼睛老是在关注着他。而且，从早到晚，艾希礼独处的时光，都有邻居、亲戚和朋友来看他。到了晚上，卧室门一关，就只有媚兰和他在一起。在最近几天中，他的目光，他的言谈，对斯佳丽除了像对一个亲妹妹或者对一个终身好友的挚爱以外，再没有流露出什么别的感情。她在没有弄清楚他是不是还爱着她以前，绝不能让他就此离去。因为此去说不定就是永别，如果她知道他爱着她，那么即使他死了，她也可以把他秘密的爱，珍藏在心底里，永远伴随着她，给她安慰，直到她生命最后的一刻。

她仿佛等了无穷的时间，终于听见楼上卧室里有他的脚步声以及房门打开又关上的声音。她听见他走下楼来。一个人，感谢上帝，媚兰想必经受不起那离别之情，留在房间里黯然悲伤不已。她总算能够得到和他单独在一起的几分钟宝贵的时间。

他慢慢地走下楼梯,马刺叮当作响,她还听见军刀撞击高统靴发出的声音。他走进客厅时目光忧郁,他想强作笑颜,可是却拉长着脸,脸色苍白,好像一个因内伤而出血过多的人一样。她站起身来迎着他,心里充满自豪感,觉得他是她所见到过的天底下最英俊的军人。他的枪套和腰带擦得雪亮,银马刺和刺刀闪闪发光,这都是彼得大叔的功劳。他的新上衣不大合身,裁缝只顾赶时间,有几道缝做歪了。再说它和那打了补丁的破土布裤子以及那瘢痕累累的靴子也很不配。然而,即使他真的披着银制的甲胄,在她眼里,也不会像他现在这样光彩夺目。

"艾希礼,"她突然向他央求道,"我送你上车站好吗?"

"请不要送吧。爸爸和妹妹都要去车站。再说,我宁愿在这里和你话别。我们有许多值得回忆的东西,你何苦到车站去挨冻呢?"

她马上放弃了原先的计划。因迪和霍尼对她素来没有好感。有她们两人在车站送行,她别想跟艾希礼有私下谈话的机会。

"那我就不去,"她说,"瞧,艾希礼!我还有一件礼物送给你。"

现在正是给他的时机,她略带羞涩地把包打开。这是一条黄色的长腰带,是拿厚实的中国丝绸做的,镶着密密的流苏。几个月以前,白瑞德从哈瓦那给她带来了一条黄色围巾,用紫红色和蓝色绣着华丽而俗气的花鸟。在上星期里,她耐心地把绣着的花鸟拆掉,把那方围巾剪开,拼成一条长腰带。

"斯佳丽,腰带真漂亮!是你自己做的?那我一定更珍惜它。给我带上,亲爱的。弟兄们看见我这奇妙的新上衣和腰带,一定会眼热得不得了。"

她把漂亮的腰带绕在他的细腰上,套在皮带外面,打了个同心结。媚兰虽说给了他一件新上衣,可是这腰带却是她的礼物,是她自己的秘密心意,让他带着它走上战场,让他一看见它,就会想起她来。她向后退了一步,得意地打量着他,觉得她的骑士真是漂亮到了极点,即使是那带有神气活现的腰带和鸟羽的杰布·斯图尔特,也没法跟他相比。

"真漂亮，"他摸着腰带的流苏，又说了一遍。"可是你一定是拆了一件衣服或围巾改做的。你不该这样做，斯佳丽，现在漂亮的东西是很不容易弄到的。"

"哦，艾希礼，我宁愿——"

她本来想说："假如你需要的话，我宁愿把我的心裁开给你穿戴，"可是她说的却是："什么事我都愿为你效劳！"

"真的吗？"他问道，脸上的愁云消散了些，"那么，你能够帮我做桩事，斯佳丽，让我人不在的时候心里可以稍微放心一点。"

"什么事？"她快活地问道，打算毫不犹豫地承诺哪怕是最最困难的事情。

"斯佳丽，你肯不肯帮我照顾媚兰？"

"照顾媚兰？"

她的心往下一沉，只觉一阵难受的失望。她期待中的美好瑰丽的请求原来如此！她不由得勃然大怒，此时此刻是她跟艾希礼在一起的时刻，他应该属于她。可是，尽管媚兰人不在，她的阴影却仍然阻挡在她跟艾希礼之间。他为什么在他们话别的时刻还要提起媚兰的名字？他怎么竟会向她提出这样的请求？

他并没有察觉她脸上的失望神情。像往常一样，他对她其实是视而不见，他的目光只是随意地经过她又看到别的地方去了。

"是的，请留意她，照顾她。她非常脆弱，自己却不知道。她参加缝纫，参加看护，会把身体搞垮的。她又和顺又胆怯。她除了皮特姑妈，亨利大叔和你以外，就没有别的亲人了。唯一的亲戚是梅肯的伯尔家，他们又是远亲。至于皮特姑妈——斯佳丽，你晓得她就像个孩子。亨利大叔已经老了。媚兰非常喜欢你，不单单是因为你是查利的妻子，而且因为——喏，因为她喜欢你这个人，把你当作姐姐看待的。斯佳丽，我一想起万一我被打死了，她没有一个人可以投靠该怎么办的时候，就难免要做起噩梦来。你能答应我吗？"

她被他那几个带着凶兆的字"万一我被打死了"吓懵了，竟没有听见他最后那句请求她的话。

她每天看伤亡人员名单，总是提心吊胆的，心想万一他惨遭不测，那就一切全完了。可是她内心却总觉得即使邦联军队全军覆灭，艾希礼也定能幸免于难。可是现在他竟自己说出这样可怕的话来！她不由得吓得浑身都起了鸡皮疙瘩。而且她的恐惧带着迷信的色彩，不是理智可以克服的。她身上的爱尔兰血液使她相信预感，特别是关于死亡的预见。她从他那双灰色的大眼睛中看出深深的悲哀，她只能解释为他犹如一个人感觉到有一只冰凉的手指搁在他的肩头，听到了报丧女妖①的呼号。

"你不该那么说，你根本不该那么想。说起死字是要倒霉的！噢，你快做个祷告！"

"你来帮我祷告，再点上几支蜡烛，"他说，听见她那惊慌紧张的语气，不觉笑了起来。

可是她却答不出话来。她心里浮现出一幅可怕的图景：艾希礼远远离开了她，躺在弗吉尼亚的雪地里，死了。他仍在继续对她说着话，他的话里含有一种特性，是一种悲伤的、听天由命的语气，这增强了她的恐惧，竟把她刚才的失望和愤怒都给驱散了。

"我正是为了这个原因才来求你帮忙的，斯佳丽，我不知道将来我会怎么样，或者说，我们中间的哪一个会出现什么样的情况。不过，等到结束的时候，我远在外地，即使我还活着，也因为远在他乡而无法照料媚兰。"

"结——结束？"

"战争结束——也就是我们这个世界的终结。"

"可是，艾希礼，你总不认为北佬会打毁我们吧？这整整一个礼拜你不是都在说李将军多么强大——"

"这整整一个礼拜我都在扯谎，就跟所有休假的人一样都在撒谎。不到万不得已的时候，我为什么要叫媚兰和皮特姑妈害怕呢？

---

① 爱尔兰、苏格兰民俗中预报死亡凶信之女妖精。

斯佳丽，我认为北佬会把我们打败。葛底斯堡那一仗就是结局的开始。后方的家里人现在还不明真相，不晓得我们的处境究竟是个什么样子，可是——斯佳丽，我们的人现在是光着脚板的，而弗吉尼亚的积雪是深深的。我要是看见他们冻僵了的脚，拿破布和旧布袋裹着，看见他们在雪地上留下一个个带血的脚印，再看看自己脚上完好的靴子——噢，我会觉得我该把靴子送掉，也和他们一样光着脚板才好。"

"哦，艾希礼，请答应我你不要把靴子送掉！"

"我看到我方的这种情况，再看到北佬的情况，于是我晓得一切都要完了。斯佳丽，北佬花钱从欧洲雇来成千上万的雇佣军！我们最近抓住的俘虏大多数连英语都不会说。他们中有些是德国人，有些是波兰人，有些是说盖尔语的狂暴的爱尔兰人。可是我们要是损失了一个人，就没法补充。我们鞋子穿破了，也没鞋子补充。我们被封锁了，斯佳丽。我们不可能跟全世界作战。"

她狂乱地想道：让整个邦联都化为齑粉吧。让世界毁灭吧。可是你不能死！你要是死了，叫我怎么活下去呢！

"我刚才说的话，希望你不要说出去，斯佳丽。我不想叫旁人担惊受怕。就是你，我本来也不想让你受惊。可是我既然要求你照料媚兰，就不能不把话说明白。她身子单薄，性格软弱，不像你那样坚强，斯佳丽。我要是知道将来万一我出了什么意外，有你和她在一起，我就放心了。你肯答应的，是吗？"

"哦，是的，"她喊道，因为此刻她眼看他正面对死神，她宁愿什么都答应下来。"艾希礼，艾希礼，我不能让你走！我实在没有勇气让你走了！"

"你一定要勇敢些，"他的声音起了微妙的变化，响亮、深沉、急速，似乎受着内心的驱使。"你一定要勇敢些，要不我怎么能支撑得住呢？"

听了他的话，她不由得高兴地朝他脸上迅速地扫了一眼，想看出他的意思是不是说跟她分别使他非常伤心，甚至也使她伤心。他的脸还是像刚才跟媚兰告别后下楼时那样拉长着，但是从他的眼神里她却看不出什么异样的东西。他俯下身子，捧住她的脸，在她额上轻轻地吻了一下。

"斯佳丽！斯佳丽！你真美，真好。真坚强。你不但是面貌长得美，亲爱的，你的一切，你的身体，你的思想，你的心灵，没有一样不美的。"

"哦，艾希礼，"她幸福地低声喊道，他的话和亲吻使她陶醉，"除了你再没有别人曾经——"

"我想这大概是因为我比大多数人都更理解你，更能看出埋藏在你内心深处的许多美好的东西。别的人太粗心，不留神是注意不到这些的。"

他停住了话头，手从她脸上放了下来，却还注视着她的眼睛，她等待片刻，屏住气等他说下去，踮起脚尖想听他说出那三个神奇的字，可是那三个字却没有被吐出来。她狂热地在他脸上搜寻着什么，她的嘴唇不由得哆嗦起来，因为她发现他的话分明已经说完了。

这是她的希望遭到第二次破灭，她的心再也忍受不住，孩子气地轻轻喊了一声"哦！"便坐下来，同时泪水刺得她的眼睛发痛。随后她听见车道上一阵响动从窗外传来，使她清楚地意识到艾希礼动身的时刻已经到了。彼得大叔身上裹着条被头，已经把马车赶了出来，准备送艾希礼到车站去。此时的斯佳丽，比起一个异教徒在听见水波拍打凯龙①的船只时，心里还要难受。

艾希礼非常简要地说了声"再见"，便从桌上拿起那顶她从白瑞德那里骗来的宽边毡帽，走进黑暗的前廊。他的手搁在客厅门的把手上，转过身来，带着绝望的神色，久久地望着她，仿佛要把她的脸容与身影上的每一细节都跟着他一起带走。她从迷糊的泪眼里看着他的脸，喉咙里绞痛得像要令她窒息，她知道他要走了，要离开

---

① 据希腊神话，凯龙为冥府渡神，司冥河上亡灵渡往阴府之责。

她的照料,离开这座安全的屋子,走出她的生活,也许永远不再相见,却没有说出她朝思暮想的那三个字。时间就像磨坊里推动水车的急流一样流走了,现在为时已晚了。她猛地跳起来,跌跌撞撞地穿过客厅,奔进走廊,一把抓住他腰带的一端。

"亲亲我,"她低低地说,"跟我吻别吧。"

他双臂轻轻搂着她,低头靠拢她的面庞。他的嘴唇一接触到她的嘴唇,她的双臂就紧紧地搂住他的脖子,霎时间,他把她的身子紧紧贴着自己的身子,她感觉到他全身的肌肉都紧张起来。随后,他很快地把帽子扔在地板上,这才举起手来,把她的臂膀从他的脖子上挪开。

"不,斯佳丽,别这样,"他低声地说,使劲握住她交叉的手腕,握得她手腕直发痛。

"我爱你,"她声音嘶哑,"我一直在爱你,从来没有爱过别人。我跟查利结婚是为了——想气气你。哦,艾希礼,我太爱你了。只要能够靠近你,我宁愿一步一步从这里一路走到弗吉尼亚去,我愿意帮你做饭,给你擦靴,给你喂马——艾希礼,说一声你爱我!我今后的一生就能靠你的爱情生活下去!"

他忽然弯下腰去捡帽子,这时她又瞅了他的脸。这是一张她所见到过的最最不快活的脸,那上面漠然的神色消失了。上面写着的是他对她的爱,以及因为她爱他而感到的快乐。然而与此同时,又混杂着羞愧和绝望的神情。

"再见,"他粗嘎地说道。

大门咔啦一声打开了,一阵冷风扫进屋子,卷起窗帘。斯佳丽瑟瑟发抖,目送他朝马车走去,军刀在冬天无力的阳光下闪烁,腰带上的流苏轻快地飘荡着。

第十六章

　　一八六四年的一月和二月,在凄风苦雨和阴郁压抑的气氛中过去了。葛底斯堡和维克斯堡相继失利,南方战线的中段已经崩溃。经过惨烈的战斗以后,几乎整个田纳西州都落入了敌军手中。可是屡屡的败绩并没有摧毁南方的精神。确实,坚强的决心已取代了热切的希望,人们仍然看到了希望,从乌云下面看到了银色的镶边。理由之一,去年九月,北军在田纳西州企图趁胜挺进佐治亚,就被南方将士英勇地击退了。

　　那一仗是在佐治亚州最西北角的奇卡毛加打的,是战争开始以来在佐治亚土地上第一次激烈的战斗。北军攻下查塔努加以后,就经山间狭道进入佐治亚境内,结果受重创而被赶了回去。

　　南方获得奇卡毛加大捷在很大程度上应归功于亚特兰大和它的铁路线。当时朗斯特里特将军从弗吉尼亚火速挥师南下,经亚特兰大向北直指田纳西。数百英里的铁路线上,一切客货运输全都停止,东南部所有的车辆都集中起来运送军队。

　　亚特兰大人看着一辆辆军车一个小时接着一个小时轰隆轰隆地驶过,有的是客车车厢,有的是货车车厢,还有的是没有顶篷和没有边板的货车,满载着高声呼喊着的士兵。这些士兵没有食物,顾不上睡眠,他们没有马匹,没有救护车,没有给养,没有其他的东西可等待,跳下火车立即投入战斗,把北佬赶出佐治亚,赶回田纳西去。

　　这次胜利是开战以来的最大伟绩。亚特兰大人觉得如果没有本地的铁路,这一仗就不可能打赢,因此都很自豪,都有一种内心的自我满足。

南方所需要的正是奇卡毛加的喜讯,以使军队的士气在整个冬季都振奋起来。现在人人都承认北佬士兵善于战斗,而且他们终于有了好的将领。格兰特①是个屠夫,只要取得胜利,他是杀人不眨眼的,可是他偏偏常能打胜仗。谢里登的名字是南方人一听见就害怕的。还有个叫舍曼的也越来越常为人所道及。他是在田纳西州和西部的几次战役中打出名的,以果断而残忍著称。

自然,这些人是没法跟李将军相比的。对李将军和对军队的信赖依然很牢固,对最后胜利的信心也从来没有动摇。但是战争已经拖了这样长久,有这样多的人阵亡,这样多的人负伤,这样多的人终身残疾,留下了这样多的孤儿寡妇。而且前面的战事还长着,这就意味着更多的伤亡和更多的遗孤遗孀。

更糟的是,在平民百姓中,已经隐隐约约产生了对上层人士的不信任感。不久许多报纸对戴维斯总统本人以及他进行战争的方式已经开始公开加以指责。邦联内阁内部有所纷争,戴维斯总统和将领之间也有些分歧。通货急剧贬值。军鞋和军服供应不足,军火和药品更是奇缺,铁路上有好些车厢和路轨遭受北佬破坏,需要有新的来补充。前方的将领需要补充新兵,然而兵源却越来越少。最坏的是有些州的州长,包括佐治亚州的布朗州长在内,不肯把自己州的兵力和武器派出州外去,当时各州都保留一些地方精锐部队,邦联政府非常需要他们,可是不管政府怎样向各州提出请求,全都无济于事。

随着通货又一次贬值,物价再度飞涨。牛肉、猪肉和奶油卖三十五元一磅,面粉一千四百元一桶,苏打一百元一磅,茶叶五百元一磅。御寒的服装难得见到,即使能够买到,价钱的昂贵也令人望而却步。因此亚特兰大的主妇就拿破布做旧衣服的衬里,还垫上报

---

① 南北战争时北军将领,1869—1877年任美国总统。

纸挡风。鞋子有用真皮做的,也有用纸板做的,价钱从两百元到八百元不等。女人都穿上了绑腿式的鞋子,鞋帮是拿旧羊毛围巾或者剪下旧地毯做的,鞋底用的是木头。

此时南方实际上已处于北佬的包围之中,只是很多人还不了解实情。北佬的炮艇已把港口的网绳抽紧,能够漏过封锁线的船只极其稀少。

南方人的生活向来是靠用卖棉花的钱去买他们不生产的东西,可是现在却既不能卖也不能买。杰拉尔德有三年收获的棉花堆放在塔拉轧棉房附近的棚子里,可是对他一点好处也没有。这些棉花如果在利物浦,可以卖上十五万块钱,可是根本没希望运到那里去。杰拉尔德本来是个有钱的人,现在却要担心怎样叫他的一家子和他的黑奴度过冬天了。

在整个南方,大多数棉花种植场主都处于同样的困境。他们历来都是拿卖棉花得来的钱去换取生活必需品,现在封锁一天紧似一天,棉花根本到不了英国的市场。以农业的南方和工业的北方交战,就需要许许多多工业品,这些东西在和平时期南方是从来也想不到事先买好储备起来的。

这种形势正是投机商和发国难财的人的大好时机,于是这类人就应运而生。由于粮食和服装日渐稀少,物价一再暴涨,公众反对奸商的呼声也日益强烈。在一八六四年初的一段日子里,不论打开哪一份报纸,都可以看到尖锐的社论,把投机商斥之为贪婪的兀鹰和吸血的水蛭,并呼吁政府严加制裁。政府确实也尽了最大努力,然而收效甚微,因为政府处处受到困扰,已经难以应付。

使公众深恶痛绝的莫过于白瑞德其人。他见跑封锁线已变得过于危险,便把几条船卖掉,公然做起粮食投机买卖来。他的种种劣迹从里士满和威尔明顿传到亚特兰大,使往日曾接待过他的人都深感羞愧。

亚特兰大虽然经受着种种艰苦与磨难,但它的一万人口却在战争期间翻了一番。北佬的封锁,恰恰给它增加了威望。因为在南方,海港城市无论是在商业方面和其他方面，都占有主宰的地位，这是由来已久的。现在海港被封闭了，有的港口城市被敌军占领，有的被包围，南方得靠自己救自己。倘若南方想要赢得胜利，内地便举足轻重了，因而亚特兰大现在一跃而为左右形势的中心了。本地市民和邦联其他各地一样，也在忍受着困苦、匮乏、疾病与死亡，可是就城市而论，亚特兰大在战争中却得大于失。它作为邦联的心脏，正在有力地搏动着。铁路是它的动脉，片刻不停地输送着人员、军火和给养。

斯佳丽穿着破烂的衣服和补过的鞋子，这在平时她定会觉得难堪。可是现在她并不介意，因为她所关心的人反正不在眼前，看不见她这副模样。这两个月她很快活，多年以来还没有这样快活过。她搂着艾希礼脖子的时候不是曾经感觉到他的心跳吗？她在他的脸上看到过那绝望的神色，不是比任何誓言都更明白吗？他是在爱着她。对此她深信不疑，这信念使她异常高兴，因此对媚兰也就更加友好。现在她倒可以可怜媚兰，还多少有点轻视她，觉得她太愚蠢，太没有眼力。

"等战争结束！"她想，"等战争结束——那时……"

有时候她一想起来又不免稍微有点害怕："那时怎么样呢？"可是她马上就把这念头丢开。等到战争结束，一切事情自然总会解决的，如果艾希礼爱的是她，当然不能再跟媚兰共同生活下去了。

可是，离婚是不能考虑的。埃伦和杰拉尔德是虔诚的天主教徒，绝不会答应她去嫁给一个离了婚的男人，这样做就意味着要脱离教堂；斯佳丽想好后下定决心，如果要在教堂和艾希礼二者之间做出抉择的话，她要的是艾希礼。不过，哦，这样一来势必要引起公众的非议，离了婚的人不仅为宗教而且为社会所不容。没有哪一家人家肯接待离了婚的人。然而为了艾希礼的缘故她倒也并不害怕这些，她愿意为他做出任何牺牲。

反正等到战争结束，一切总可迎刃而解。如果艾希礼深深地爱着她。就一定能想出个办法来。她会要他去想办法的。日子每过去一天,她脑子里就更进一步深信他对她的忠诚,就更有把握认为他在北佬被最终击败以后定能做出圆满的安排。不错,他曾经说过北佬会打垮他们。斯佳丽觉得那简直是蠢话,他说这话的时候一定是心神不宁,而且感到疲倦了。北佬打胜打败,她觉得无所谓。要紧的是战争快点结束,艾希礼可以快点回家。

随后,就在三月里的雨夹雪把人人都关在屋子里的时节,那可怕的打击降临了。媚兰眼里闪着快活的光辉,不安而又得意地低着头告诉斯佳丽,说她快要有孩子了。

"米德大夫说在八月底或者九月份生下来,"她说,"我前些日子就感觉到了,可是到今天才完全肯定。哦,斯佳丽,真是太好了。我一直羡慕你的韦德,一直想有个孩子。我以前总担心我不会有孩子,而我是巴不得能有一打孩子!"

斯佳丽正在梳头,准备上床睡觉,听媚兰一说,手不觉停住了,梳子擎在半空中。

"我的天!"她喊了一声,一下子没有明白过来。然后她忽然想起媚兰关着的卧室门,心里不由得像刀绞一般,仿佛艾希礼是她的丈夫,干出了不忠于她的事似的,有了孩子。艾希礼的孩子。哦,他怎么可能?他爱的是她,而不是媚兰呀!

"我晓得你要吃惊的,"媚兰喘着气喋喋不休地说道,"简直太好了,是吗?哦,斯佳丽,我不晓得给艾希礼怎么写才好!信上写怪不好意思,不如当面跟他说,要不——要不,嗯,暂时不告诉他,让他慢慢地注意到是这么回事,你晓得——"

"我的天!"斯佳丽说,差一点哭了出来,她一把抓住梳妆台的大理石台面,任凭手里的梳子掉下来。

"亲爱的,别那样,你晓得有了孩子并不是坏事。你自己就这样说过的。千万不要为我担心。你真好,这样关心我。不错,米德大夫说过我是——是,"媚兰脸一红,"太窄了,不过也许我还不至于有什么麻烦,呃——斯佳丽,你当初有了韦德的时候,是不是写信告诉查利,还是你妈妈写信,要不,是奥哈拉先生写信告诉他的?

哦，亲爱的，我要是有个母亲该多好！我简直不晓得怎样——"

"别说了，"斯佳丽猛喝一声，"别说了！"

"哦，斯佳丽，我真蠢！对不起。我猜想幸福的人大概全是自私的。我竟把查利给忘了，我一时疏忽——"

"别说了，"斯佳丽又喊了一声，竭力控制自己脸上的表情，镇静自己的情绪。千万，千万不能叫媚兰看出破绽，也不能引起她的猜疑。

媚兰是个最最机灵的女人，马上意识到自己的残酷，不由得泪水盈眶。她怎么竟这样糊涂？竟让斯佳丽想起了韦德是在查利去世几个月以后才出生的呢？

"我来帮你脱衣服吧，亲爱的，"她低声下气地说道，"我来给你揉揉头吧。"

"你走开吧，"斯佳丽说，脸色犹如石头，媚兰自怨自艾地哭着跑出房间，斯佳丽独自倒在床上，她没有流泪，她的自尊心受到伤害，心中充满妒忌和幻灭的感觉。

她觉得自己不能够再跟一个怀着艾希礼孩子的女人住在同一座屋子里，她觉得应该回到塔拉，那里才是她自己的家。她今后再要看到媚兰，她不知道怎么能叫媚兰不从自己脸上看出内心的秘密。第二天她起床后，就拿定主意，一吃罢早饭马上就打点行装。在早餐桌上，斯佳丽神情沮丧，默默不语，皮特迷惑不解，媚兰忐忑不安。就在这时，忽然送来了一封电报。

这是艾希礼的勤务兵莫斯拍给媚兰的。

"我已经到处寻遍，可是没能发现他的踪迹。我是否应该回来？"

三个女人睁大眼睛，惊恐地默默相望，不明白它意味着什么，斯佳丽一下子把要回家的事全忘了。不等早饭吃完，三个人就乘马车去给艾希礼的上校拍电报。可是刚走进电报局，上校的电报已经到了。

"威尔克斯少校三日前执行侦察任务时失踪，谨此奉闻。请静候消息。"

归途中的景象一片凄凉。皮特姑妈捂着手帕痛哭。媚兰直挺挺地坐着，脸色苍白。斯佳丽目瞪口呆地瘫倒在马车的角落里。一进家门，斯佳丽跌跌撞撞上楼到卧室里从桌子上抓起念珠，马上跪下来要祈祷。可是祈祷词却一时想不起来，只觉得有一种深不可测的恐惧，她隐约意识到上帝因为她的罪孽而不理睬她。她不该爱上一个结了婚的男人，而且想把他从他的妻子那里抢走，因此上帝要杀死他，以示对她的惩罚。她想祈祷，可是她不敢把眼睛抬起来对着上天。她想哭泣，却没有眼泪。泪水似乎在她心头汹涌，她的胸口似乎有滚烫的泪水在沸腾，只是流不出来。

媚兰推开房门走进来。她的脸像是用白纸剪成的一个心形，镶在黑发的框架里。她眼睛睁得很大，像一个在黑暗中迷路后吓破了胆的孩子。

"斯佳丽，"她伸出双手说道，"你一定要原谅我昨天说过的话，因为你是——因为我现在就只有你了。哦，斯佳丽，我知道我的丈夫死了！"

一时间，她倒在斯佳丽怀里抽泣着，小小的胸脯起伏不停。一时间，她们俩又都倒在床上，紧紧依偎着，斯佳丽也哭起来了，脸贴着媚兰的脸，泪水沾湿了彼此的脸颊。她们哭得多么伤心，但是比哭不出来却要好受些。艾希礼死了——死了，她想，是我害死他的，我不该爱他，于是她又不禁失声痛哭起来。媚兰从她的哭泣中得到一点安慰，双臂又紧紧地搂住她的脖子。

"至少，"她轻轻地说，"至少——我有了他的孩子。"

"可是我，"斯佳丽心想，一时悲痛万分，自然想不到去妒忌她，"我什么也没有——没有——没有，除了他跟我告别时脸上的表情。"

第一批报告是关于"失踪——据信已遇难"的人，接着这些人的名字就出现在伤亡人员的名单上。媚兰给斯隆上校拍了十多次电报，最后才收到一封信，深表同情地解释说，艾希礼曾率领一个小队骑马出去侦察敌情，迄今尚未返回。另据报道在北佬的战线上曾经有过一次小的开火。莫斯闻讯痛不欲生，一度冒着生命危险去寻找艾希礼的尸体，结果一无所获。媚兰此刻却出人意料地平静，给莫斯电汇了一点钱，通知他回来。

等到伤亡人员名单上出现了"失踪——据信已被俘"的名字以后，这悲惨的一家子才又出现了希望和喜悦。媚兰几乎不肯离开电报局一步，而且每班火车都要去接，希望能等到信件。妊娠期的种种不愉快的反应开始呈现出来，她已经是一个病人，可是她却不肯听从米德大夫的吩咐躺在床上。她身上有着狂热的精力，使她无法安静下来。夜晚，斯佳丽上床多时，还听见她在隔壁房间里走个不停。

一天下午，媚兰由惊慌的彼得大叔赶着马车，由白瑞德扶着从城里回到家里。原来她在电报局晕了过去，刚好白瑞德经过那里，看见当时的情景，就把她送回家来。他把她带到楼上卧室里，给她垫上枕头，让她靠在床上，其余的人手忙脚乱地跑来跑去找热砖头、毯子和威士忌。

"威尔克斯太太，"他突如其来地问道，"你快要生孩子了，是吗？"

媚兰当时若不是那么昏昏沉沉，那么疲惫不堪，那么伤心欲裂，这个问题一定会使她非垮了不可。即使女友问起她有关妊娠的事，她也会感到难堪，到米德大夫那里去，她就更觉得难受了。至于男人，尤其是白瑞德问出这样的问题，就简直是无法设想的事了。可是现在她是那么可怜而衰弱地躺在床上，只好默默地点了点头。一经点头之后，她觉得提起这事似乎也并不那么可怕，因为他态度很友好、很关切。

"那你就更加需要当心身子。你这样跑来跑去，忧心忡忡，对你不会有什么好处，说不定会对孩子有害。威尔克斯太太，我一定会运用我在华盛顿那边的影响帮你打听威尔克斯先生的消息，他若是当了俘虏，北军的名单上一定有他的名字。若是没有他——嗯，不明不白确实是最叫人难受。不过你一定要答应我你得当心你自己，要不，凭着上帝发誓，我就不来帮助你。"

"哦，你真好，"媚兰喊道，"人家怎么竟把你说得那样坏？"然后，她觉得这话说得不很得当，又想起怎么跟男人谈起自己怀孕的事来，不觉一阵战栗，又软弱地哭起来。等到斯佳丽拿法兰绒包着块热砖头飞奔到楼上的时候，看见白瑞德正在轻轻地在她手上拍着。

白瑞德还真的说到做到。谁也不知道他有什么本事，也不敢问他，生怕他会承认跟北佬有密切的联系。不到一个月工夫他就打听到了消息。这消息使她们几个听了先是欣喜若狂，可是不久便成为她们心中难耐的焦虑。

艾希礼没有死！他受伤后被俘，从记录上看他现在在伊利诺伊州罗克岛上的一个俘虏营里。她们在最初的喜悦里，只想到他还活着，别的什么都没有想到。等到她们冷静下来，相互看看，喊出"罗克岛！"几个字的时候，那语调简直就跟喊"地狱里！"没有什么两样。因为正如北佬听到安德森维尔①会觉得臭不可闻一样，南方人有亲人被俘的只要听到罗克岛不免就要心寒。

当时林肯不肯交换俘虏，认为邦联方面不胜负担看管俘虏，可以促使提早结束战事，因而在佐治亚的安德森维尔有好几千北军俘虏。邦联军本来就粮食不足，自己的伤病人员都几乎没有药品和绷带，哪里还顾得上俘虏。他们给俘虏吃的也就是自己的士兵在战地凑合着吃的东西，像肥猪肉、干豌豆之类，结果北佬吃了就像苍蝇似的大批死亡，有时一天要死掉上百人。北佬听到消息，一怒之下，决心对南方俘虏采取更严厉的报复手段，条件最差的俘虏营就要数罗克岛。吃的东西很少，三个人合盖一条毯子，加上天花、肺炎和伤寒肆虐，使那地方被人们称之为传染病医院。被送到那里去的人有四分之三不能生还。

艾希礼偏偏就在那个可怕的地方！艾希礼虽然活着，可是他受了伤，而且他是在罗克岛。他被带到那里去的时候，伊利诺伊想必积雪很深。在白瑞德打听到他的消息后，他会不会因伤重而死去？

---

① 为佐治亚州梅肯西北 55 公里处一村落。南北战争时南方在此设一大俘虏营（1864—1865），条件极差，致使大批北军俘虏死亡。

他会不会染上天花？他会不会害了肺炎在说胡话，身上连条盖的毯子也没有？

"哦，白瑞德船长，有没有什么法子——你能不能运用你的影响把他交换回来？"媚兰恳求道。

"林肯先生是仁慈的，公正的，他对比克斯比太太战死的五个孩子，洒下大量的热泪，可是他对在安德森维尔坐以待毙的几千名北佬将士，却没有眼泪可洒了，"白瑞德说着，歪了歪嘴巴。"即使他们全都死掉，他也不管。命令已经发出了。不交换。我——我以前没跟你说，威尔克斯太太，你丈夫本来有个机会可以出来的，可是他拒绝了。"

"哦，不！"媚兰喊道，不相信真有其事。

"是真的。北佬正招兵到边防线上去打印第安人，他们要在邦联的俘房中招募。不管哪一个俘虏，只要宣誓愿意服役两年去打印第安人，就可以被释放，送到西线去。可是威尔克斯先生拒绝了。"

"哦，他为什么拒绝？"斯佳丽嚷道，"他为什么不假意宣誓，等到一出监牢，马上就开小差回家来？"

媚兰激愤地朝她转过身来。

"你怎么能叫他做出这种事来？先是宣誓背叛自己的邦联，然后再违反自己向北佬许下的诺言！我宁愿他死在罗克岛，也不愿他那样宣誓。他假如死在监牢里，我会为他感到自豪。但是假如他像你说的那样，我就再也不愿跟他见面了。当然，他拒绝了。"

后来斯佳丽送白瑞德到门口，愤愤不平地问了一句："假如是你的话，你会不会先到北佬那里入伍，免得在那地方等死，然后再想法子逃回来呢？"

"我当然会，"白瑞德说，露出在髭须下面的牙齿。

"那么，为什么艾希礼不那么做呢？"

"因为他是个上等人，"白瑞德说。可是斯佳丽弄不明白，他在吐出这样一个高尚的字眼的时候，语气里怎么竟带着如此强烈的讽刺与轻蔑。

第三部

第十七章

一八六四年的五月特别干旱炎热，含苞待放的花朵纷纷枯萎，舍曼将军率领的北军又一次打进佐治亚，到了离亚特兰大西北一百英里多尔顿以北的地方。有流言说在佐治亚和田纳西的边界线上将要爆发一场激战。北军正在集结准备攻打西部——亚特兰大铁路。这条铁路线把亚特兰大跟田纳西州以及西部连接起来。去年秋天，南方邦联的军队也正是凭借这条铁路线火速行军，才取得了奇卡毛加的胜利。

可是，对于大多数亚特兰大人来说，他们并不因为在多尔顿附近会有一场大战感到惊惶，那地方是在奇卡毛加战场东南不过几英里的地方。去年北佬想突破那里的山间狭道进入内地，结果未能得逞，今年他们势必也会被击退。

亚特兰大人以及全佐治亚州的人都知道佐治亚州的地位对于南部邦联来说极其重要，因此乔·约翰斯顿将军绝不会坐视北军长期留在境内。而且他绝不会容许北佬进入多尔顿以南，因为南部邦联在很大程度上都倚仗佐治亚州机制的正常运转。该州境内迄今未曾受到战争的荼毒，所以目前已成了邦联的巨大粮仓、机械厂和货栈，军队需用的大量武器弹药以及绝大多数的棉毛织品都由该州生产。在亚特兰大和多尔顿之间的罗马城有铸炮厂和其他一些工业，埃多瓦和阿拉图纳则有着里士满以南地区最大的钢铁厂。至于亚特兰大，不仅有制造手枪、马鞍、篷帐和军火的各种工厂，而且有南方规模最大的轧钢厂、为重要铁路线服务的工厂以及众多的医院。亚特兰大同时又是四条铁路线的枢纽站，这四条铁路正是南方邦联赖以生存的命脉。

因此,谁也不觉得特别担忧。多尔顿毕竟是在靠近田纳西州战线的地方,离这里还很远。田纳西州已经打了三年仗,人们习惯把那里想象成一个远方的战场,几乎跟弗吉尼亚和密西西比河一样遥远。再说,有老乔将军率领部队挡住了北佬。人人都知道,自从铁壁将军杰克逊去世以后,约翰斯顿便成了仅次于李将军的南方名将了。

五月里一个温暖的傍晚,米德大夫坐在皮特姑妈家的走廊上,说起约翰斯顿将军驻守在山区,好似一座钢铁堡垒,亚特兰大无需担心,这话正反映了市民们的普遍看法。当时在场的人一面悠闲地摇晃着身子,看着夏季最早出现的萤火虫在暮霭中若隐若现,然而对米德大夫的话,各人感受不同,都在想着自己的心事。米德太太的手抓住菲尔的臂膀,一心指望大夫的话没有说错,否则战事一旦逼近,菲尔势必得去参军。他今年十六岁,已经加入民团。范妮·埃尔辛从葛底斯堡战役以来,就一直脸色苍白,双眼深陷,此刻心里正在竭力排除掉一幅凄惨的图景,那是过去几个月间深深地铭刻在她疲惫的心头的——达拉斯·麦克卢内中尉气息奄奄地躺在一辆牛车上,在雨中颠簸着沿着漫长的道路向马里兰撤退。

凯里·阿什伯恩上尉那条伤残的臂膀又开始疼痛起来,他想到对斯佳丽的追求毫无进展,又不免意气消沉。其实这是艾希礼·威尔克斯被俘所引起的,可是这一点他当然不会知道。斯佳丽和媚兰只要没什么要紧的事要做,没什么正经的事要谈,就一定会想起艾希礼来。斯佳丽总是想得很凄苦,以为他一定死了,要不总能听到一些消息。媚兰则不断压抑胸中时时掀起的恐惧浪潮,时时告诉自己:"他不可能死。假如他死了,我一定会知道——我一定能感觉到的。"白瑞德懒洋洋地坐在阴影里,穿着上等皮靴的两条长腿随意地交叠着,黝黑的脸庞上毫无表情。韦德舒舒服服地躺在他的怀里,手里拿着一根剔干净的如愿骨①。每回有白瑞德在,斯佳丽都允许韦

---

① 鸟类颈胸之间的叉骨。西俗两人同扯一根干叉骨,扯时默默求愿,相信扯得较长叉骨之人所求必应。

德晚些睡觉,因为那害臊的孩子挺喜欢他。奇怪的是白瑞德似乎也喜欢韦德。平时斯佳丽看到孩子,总嫌他在身边很烦,可是他在白瑞德怀里的时候,总是很乖。至于皮特姑妈,晚饭吃了那只老得嚼不烂的公鸡肉,止不住直想打嗝。

皮特姑妈饲养的一群鸡中,母鸡早就全杀掉吃了,只剩下一只公鸡,成天垂头丧气地在那空鸡场上,连啼叫也打不起精神来。皮特姑妈见它那副样子,心想不如在它老死之前把它宰了。可是那天早上她吩咐彼得大叔拧断了它的脖子以后,皮特姑妈忽然良心不安起来,觉得她的许多好友,都已经好几个星期没尝到鸡味,不该关起门来独自享用,于是便提议邀请几个客人共进晚餐。媚兰的身孕已经有五个月,不出门、不会客也已有几个星期,听见这个建议不觉大惊失色。可是这回皮特姑妈很坚决。她说独家享用那只鸡未免过于自私。媚兰只消把裙环稍稍提高一些,谁也看不出什么来,何况她的胸脯本来就是平平的。

"哦,可是姑妈,我现在不想见客,艾希礼他——"

"艾希礼现在又没有——没有去世,"皮特姑妈的声音在颤抖,因为她心里认定艾希礼已经死了。"他跟你一样活着,见见客人对你会有好处。我还要去把范妮·埃尔辛也请来。埃尔辛太太曾经求我想法子让她精神振作起来,让她出来见见客人——"

"哦,姑妈。可怜的达拉斯刚刚去世,就这样逼迫她,未免太残忍了吧。"

"得了,媚利,你要是跟我辩论,我要给你恼哭了。我是你的姑妈,我知道事情该怎么办。现在我想要请一次客。"

皮特姑妈于是便请来了客人,可是到了最后一分钟,却来了一位不速之客。就在烤鸡的香味弥漫全屋的时候,忽然响起了敲门声,原来是白瑞德刚从一次神秘的旅行回来。他腋下挟着一大盒用纸带搁着的夹心糖,满口对她说着语义双关的恭维话。皮特姑妈虽然明知道米德大夫和他太太对白瑞德的看法,也知道范妮对每一个不穿军装的人都大为反感,可是也不能不留他吃饭。米德夫妇和埃尔辛一家倘若在街上遇见他,多半不会跟他说话,可是在朋友家里,当然不能不客气一点。而且现在他比以往更受到媚兰的保护。白瑞德曾帮她打听到艾希礼的下落,为此她公开宣称,只要他活着一天,她家的大门就会向他敞开一天,不管别人怎样议论他。

皮特姑妈见白瑞德举止言行表现得特别好,便放下心来。他一心一意在跟范妮周旋,对她既尊敬,又同情,弄得范妮居然对他报以微笑,饭桌上气氛十分融洽。这顿饭可以算作一次盛宴。凯里·阿什伯恩带来了一点点茶叶,那是他在去安德森维尔的路上从一个北佬俘虏的烟袋里找着的,人人都喝上了一杯,就只是略带点烟草味。鸡肉虽老,每人都分到了一小块,配上玉米粉制成的佐料,加上洋葱调味。再就是一碗干豌豆,足够的米饭和肉汤,可惜汤是清汤,因为没有加面粉,汤不浓。最后的甜食是山芋馅饼和白瑞德带来的夹心糖。随后男人开始喝黑莓酒,这时白瑞德拿出了真正的哈瓦那雪茄,于是大家都一致认为这不啻是一次卢加拉斯式①的筵席了。

等男人们加入到前廊的女客中时,谈话便转向了战争。现在谈起话来,不管话题是什么,都离不开战争,不是从战争引申开去,就是从别的话题回到战争上来,有时谈得很悲伤,也常常谈得很高兴。谈战时的恋爱故事,战时的婚礼。谈医院里和战场上的死亡。谈发生在军营里、战斗中和行军时的种种轶事。谈英勇,谈怯懦。谈幽默,谈悲伤。谈丧失、谈希望。希望是永恒的话题,尽管遭到去年夏天的失败,希望仍然很坚定,丝毫没有动摇。

谈话中阿什伯恩上尉宣称他曾提出申请并已获准上多尔顿前线去。这时女人们都用目光去亲吻他那只僵直的手臂,而且为了掩饰她们心中的自豪感,便说不能让他上前线去,要不她们参加社交活动时,就没有男人陪伴了。

年轻的凯里听见像米德太太、媚兰、皮特姑妈和范妮这样一些

---

① 卢加托斯,古罗马将军兼执政官,以巨富及举办豪华大宴著称。

上层女士说出这样的话来，心里很高兴，又有点羞赧不安，同时又希望斯佳丽是真心实意这样说的。

"怎么，他马上就会回来的，"大夫搂住凯里的肩膀说，"只稍稍一交手，北方佬就会逃回田纳西州去。那时福里斯特将军会在那里对付他们。你太太们大可不必担心北佬会来，有约翰斯顿将军驻守在山区，就等于有一道钢铁壁垒。不错，一道钢铁壁垒，"他很欣赏自己这个用语，重复了一遍。"舍曼休想通得过，他绝不可能把老乔将军赶走。"

女人们微笑着表示赞同。他说的话，哪怕是最最无足轻重的，都被当作是无可辩驳的真理。归根到底，男人对这类事总比女人要懂得多，既然他说约翰斯顿将军是一道钢铁壁垒，那么他一定是一道钢铁壁垒。只有白瑞德开口说话了。晚饭后他一直在暮色中默默坐着，让那睡着的孩子靠在他肩膀上，嘴唇朝下撇着，听众人谈论打仗的事。

"我听见谣传说舍曼的援军已经到了，他现在手下有十万多人，是吗？"

大夫的答话很简短。他从刚来到的时候起，看到和他共餐的人中间有一个他最不喜欢的人，便一直竭力克制着。他是在皮特小姐家做客，出于对主人的尊重，自然不便公开流露自己对他的嫌恶之情。

"怎么，先生？"他粗率地答道。

"我刚才听见阿什伯恩上尉说，约翰斯顿将军只有约四万人，其中有一些曾经开过小差，因为上回打了胜仗，才回到部队来的。"

"先生，"米德太太愤愤地说，"邦联军队中是没有人开小差的。"

"对不起，"白瑞德带着嘲弄的谦卑语气说，"我指的是那些数以千计回来休假忘了归队的人，以及那些伤愈已经半年仍旧留在家里的人，这些人却在干他们的老行当或者在进行春耕。"

他说话时眼睛闪光，米德太太气得直咬嘴唇。斯佳丽见到她那副狼狈相，几乎忍不住笑出声来，因为白瑞德的话一下击中了要害。当时确有好几百逃兵躲在沼泽和山地里，宪兵来拖也不肯回部队去。

这些人宣称这是"富人的战争,却要穷人替他们去打",说他们已经打够了。但是更多的人,虽然名字也列在逃兵册上,却并没有一去不返的意思。他们都是些连续三年得不到休假的人。在他们等待期间,又总是收到家里寄来错字连篇的信,写着:"我们在挨饿。""今年怕不会有收成,因为没人种田。""我们在挨饿。""军需队把小猪也拿去了,我们几个月没收到你寄来的钱了。我们靠吃干豌豆过日子。"

一封封家信汇成了一个不断扩展的大合唱:"我们在挨饿,你的妻子,你的孩子,你的父母,都在挨饿。战争什么时候才能结束?你什么时候才能回来?我们在挨饿,挨饿。"由于部队人员锐减,请假得不到批准,这些士兵就自动回家耕田、种庄稼、修房子、造篱笆去了。指挥官对这种形势是一清二楚的,遇到战事吃紧,便写信叫他们回营,不咎既往。这些士兵要是家里粮食还能支持几个月,通常也愿意回部队。这样就出现了所谓"耕作休假",不作临阵脱逃论处,可是这同样削弱了军队的战斗力。

米德大夫急忙来填补这令人难堪的停顿,他的语调冷淡:"白瑞德船长,我军和北佬军队在人数上的差距算不了什么。一个邦联士兵抵得上一打北佬。"

女士太太们点头赞同。这本是人人都知道的。

"在战争刚开始的时候是这样的,"白瑞德说,"要是邦联士兵的枪里有子弹,脚上有鞋子,胃里有食物,现在大概还是这样的。呃,阿什伯恩上尉?"

他的声音依然很柔和,貌似十分谦卑。凯里·阿什伯恩看上去很不高兴,因为他显然也很不喜欢白瑞德。他很愿意站在大夫一边,可是他不能扯谎。他之所以要求拖着一条残臂上前线,正因为他知道战争形势的严峻。可是一般的市民都不知道。另外还有许多人,有装木腿的,有瞎了一只眼的,有炸断了几根手指的,有失去了一只手臂的,都悄悄地离开了军需部门、医院、邮政和铁路的工作,回到各自原先的战斗部队去,他们知道老乔将军需要所有人都回去。

他没有开口,可是米德大夫却勃然大怒,大声吼道:"我们的人不穿鞋子，没有食物，照样能打仗，还打过不少胜仗。他们今后还是照样能打仗，继续打胜仗！我告诉你，约翰斯顿将军是绝不会吃败仗的！那边的山地自古以来就是安全地带，是抵挡入侵者的坚强要塞，只要想一想——想一想塞英皮莱①！"

斯佳丽苦苦思索，可是想不出塞英皮莱是什么意思。

"守卫塞英皮莱的人结果战死到最后一个人，对不对，大夫？"白瑞德问道，嘴唇抽动着以免发出笑声来。

"你是想要侮辱我们吗，年轻人？"

"大夫！请原谅！你误会了！我不过是向你请教。我对古代史的记忆是很不高明的。"

"假如必要的话，要是北佬朝佐治亚迈进一步，我们的军队也会战死到最后一个人。"大夫厉声说道，"可是这种情况不会出现。只稍稍一交手，就可以把他们撵出佐治亚去。"

皮特姑妈急忙站起身来，请斯佳丽为大家弹一首钢琴曲，唱一支歌。她看出来谈话正在迅速卷入深深的风暴旋涡。她知道她每次邀请他吃晚饭，或者有他在场的时候，总会惹出麻烦来，不过她实在弄不懂他是怎么把争端挑起来的。可是天哪！斯佳丽究竟是怎样看待他？媚利为什么老是偏袒他呢？

斯佳丽顺从地起身走进客厅，走廊上静默下来，静默中可感到大家对白瑞德的憎恨。为什么竟有人不全心全意地相信约翰斯顿将军是不可战胜的？坚信不疑是一种神圣的责任。如果有谁对祖国不忠，竟到了做不到坚信不疑的程度，那么他至少应该体面地免开尊口。

斯佳丽在钢琴上弹了几次和弦，扬声唱起一支流行歌曲，甜美哀伤的声音，从客厅里飘出来：

　　四壁粉白的病房里躺着

---

① 希腊东部一山隘，公元前480年，卢尼多斯率300名斯巴达壮士在此狙击波斯大军，终于全部壮烈牺牲。

> 被刺刀与枪炮杀伤,
> 已死和垂死的人,一天
> 抬进了姑娘的一位心上人。
>
> 姑娘的心上人!多么年轻,多么英勇!
> 那苍白亲切的面容,不久
> 就将被墓穴的尘土淹没,
> 却依旧闪耀着青春的尘辉。

"那金色的鬈发潮湿蓬乱,"斯佳丽用她不太完善的女高音歌喉刚唱到这里,范妮略为抬起身子,用微弱压抑的声音说道:"唱点别的吧!"

钢琴声戛然停住,斯佳丽先是一惊,马上感到局促不安起来。她急忙弹起一曲《灰外衣》,可是刚弹了开头几小节,忽然想起这首乐曲也是十分令人伤心的,又停止不弹了。此时钢琴声沉默下来,她已经完全无能为力,因为所有的歌曲都是和死亡、别离以及哀伤有关的。

白瑞德迅速站起身来,把韦德放在范妮膝上,走进客厅。

"弹一曲《我的肯塔基家乡》吧,"他彬彬有礼地建议道。斯佳丽欣然弹唱起来,白瑞德以他那极好的男低音嗓子跟着伴唱,唱到第二段时,走廊里的人才舒了一口气,其实天晓得这首歌同样并不轻松愉快。

> 这重担虽说令人疲惫不堪,
> 我们只消再背负不多几天,
> 到那时踏上旅途步履蹒跚,
> 道一声肯塔基家乡"再见!"

米德大夫的预言本身并没有错。约翰斯顿将军屹立在一百英里外多尔顿以北的山地里，果然那是一堵钢铁壁垒。由于他奋勇拼杀，坚守阵地，舍曼想要下山谷直扑亚特兰大的企图始终未能得逞，不得不退回去重新部署。他们看到从正面攻击无法突破那道灰色防线，便在夜幕的掩护下，想从山间狭路包抄到约翰斯顿的后方，在多尔顿以南十五英里一个叫作雷沙卡的地方，把铁路线切断。

邦联军得知铁路线告急，慌忙跳出战壕，星夜沿大路赶赴雷沙加救援。等到北军从山头上蜂拥而至时，南军早已严阵以待。战壕纵横，排炮罗列，刺刀闪光，南军工事之坚固，不亚于当初的多尔顿战场。

伤兵被运到亚特兰大，从他们口中人们粗略地知道些老乔将军退守雷沙加的消息。亚特兰大人听到后不免有点吃惊不安起来，仿佛在西北角上空飘起一小朵乌云，预示夏季的第一次风暴将要来临。老乔将军是怎么想的？为什么竟会让北佬在佐治亚州又深入了十八英里？山地是个天然屏障，米德大夫早就说过，为什么老乔在那里不把北佬拒之门外呢？

约翰斯顿在雷沙加一场苦战，终于又将北军击退。可是舍曼继续采用迂回战术，调动他那支庞大的军队渡过奥斯塔瑙拉河，从侧翼包抄到南军后方袭击铁路线。于是那灰色阵线又奉命火速跳出战壕，顾不上饥饿（他们总是吃不饱）与瞌睡，顾不上连日行军与战斗带来的疲惫，急行军赶到雷沙加以南六英里的一个小镇卡尔洪，抢在北军前面在那里构筑起工事。随后是一场激战，北军又被击退。这时南军士兵都疲倦地靠在武器上，祈求上帝让他们稍稍休息一下以缓一口气。然而不行。舍曼步步进逼，他率领北军呈大弧线向侧翼运动，迫使南军再次后撤以保卫他们后方的铁路线。

现在邦联军队简直是在睡梦中行军，士兵疲乏得提不起精神来想问题。可是有时他们真的想起来，却都很信赖老乔将军。他们晓得在向后撤退，可是也晓得他们并没有被击败。他们只是兵力不足，不能既守住阵地，又击退舍曼的迂回包抄。他们每次和北佬正面交锋,总能打败他们。可是要退到哪里为止,他们却心中无数,反正老乔将军有他的谋略,知道这一点也就够了。这两次撤退他都指挥得非常出色,歼灭并俘获了不少敌军,自己的伤亡却极少,连一辆兵车也没有丢,只损失了四条枪。他们还保住了后方的铁路。舍曼尽管使用了各种手段,从正面攻击,骑兵冲锋,到侧翼运动战,但他始终未能染指铁路线。

铁路。那从阳光照耀的山谷里曲曲折折地通向亚特兰大的细细的铁轨,仍然掌握在他们手里。人们躺下睡觉时,可以看见铁轨在星空下发出微弱的闪光。人们倒下死亡时,那最后迷离的目光,看到的正是骄阳下的铁轨,在散发出阵阵热浪。

在他们沿着山谷后撤时,有一支难民队伍先他们而行。其中有种植场的人,有森林和山地里的人,有穷人,有富人,有白人,有黑人,有妇女,有儿童,有老人,有垂危的,有残疾的,有负伤的,有怀孕多时的。他们有的搭火车,有的步行,有的骑马,有的乘马车或大车,车上高高地堆着箱笼和家用什物,挤满了通往亚特兰大的道路。这支难民大军距离后撤的军队不过五英里远,他们在雷沙加停一停,在卡尔洪停一停,到金斯敦又停了停,每停一次,他们都指望听到北佬被打退的消息,以便掉过头来重返家园。可是那阳光明媚的大路上却不见返回的足迹。灰色军队所过之处,整座宅第空无一人,农田被置弃无人耕耘,偏僻的小宅连大门也是虚掩着的。时而有几个孤单的女人后面跟着几个惊慌的奴仆,见军队开过,就到路边来欢迎他们,给士兵送上一桶桶开水,为他们包扎伤口,还把死者埋葬在自家的墓地里。可是山谷里大部分地区都是荒无人烟,任凭田里的庄稼被烈日烤晒。

约翰斯顿在卡尔洪受到侧翼包抄,退到阿代斯维尔,在那里打了一小仗,就又退到卡斯维尔,再退到卡斯维尔的南部,至此敌军已从多尔顿向前推进了五十五英里。再向南十五英里的地方叫作新希望教堂,南军就下定决心在那里掘壕固守。随后那蓝色的行列像一条蜷曲的巨蟒凶狠地猛扑过来,遭到迎头痛击以后,带着创伤退回去了,可是他们并不肯就此罢休,而是连续不断地发动一次次的攻击。新希望教堂的战斗一直持续了十一天,北佬的每一次进攻都遭受重创而被击退。这时北军又继续采用侧翼包抄的老战术,迫使约翰斯顿不得不率领他日益削弱的军队又后撤了几英里。

新希望教堂一役,邦联军队伤亡惨重。一列车一列车的伤兵,似潮水般地涌进亚特兰大,使全城居民惊骇不已。伤兵之多,即使奇卡毛加战役之后,也没有见到过,医院里伤兵容纳不下,就只好躺在空店铺的地板上,或者仓库里的棉花包上。连每一家旅馆,每一个寄宿舍,每一座私人住宅都住满了伤兵。皮特姑妈家里也不例外,虽然她抗议说,媚兰身体虚弱,家里不宜接待陌生人,而且她不久将要分娩,看到伤兵那吓人的样子弄不好会引起早产,但无济于事。媚兰只好把裙环束高一点好遮住她的大肚子,让伤兵进驻她们的屋子里。接下去就有了做不完的事:给他们做饭,扶他们起来,帮他们翻身,为他们打扇,以及洗涤、卷绷带、捡线屑等等。许许多多个激动的夜晚被隔壁房间里病人的胡话搅得无法安睡。最后,这过分饱和的城市再也承受不了新的伤兵,只好把后来涌到的送往梅肯和奥古斯塔的医院去。

由于这些倒流回来的伤兵,带来了互相矛盾的消息,加以惊慌不安的难民不断地涌进城来,这就在亚特兰大引起了一阵骚动,似乎从哪里吹来一股微弱的冷风,天边那一朵小小的乌云,迅速形成了一大片阴沉的密云,预示暴风雨即将来临。

对于邦联军队不可战胜的信念,人人都还没有丧失,可是对约翰斯顿将军,至少在普通市民心目中已经不再信任。新希望教堂离亚特兰大只有三十五英里!在三个星期内这位将军竟让敌军推进了六十五英里!他为什么不把敌军堵住,却只是一个劲儿地往后退?他简直是个笨蛋,甚至比笨蛋还不如。民团里的那些老兵和州自卫队的队员们,太太平平地坐在亚特兰大,声称这个仗倘若由他们来打,总不至于糟到如此地步,还把地图拿出来摊在桌布上证明他们的论点是正确的。约翰斯顿将军的兵力,此时又消耗不少,被迫继续后撤,终于不得不向布朗州长请求派兵增援。可是州里的军队觉得自身很安全。杰夫·戴维斯总统当初要他们出兵,州长都没有答应。区区约翰斯顿将军的请求,又何必允诺呢?

打了又撤,撤了再打!二十五天的日子里,邦联军没有一天不打仗。现在已经后撤了七十英里,新希望教堂也到了灰色军队的背后,只留下了一个模糊的记忆:酷热、尘土、饥饿、疲惫。橐橐,脚步走在红土道上,啪啪,脚步踩在红泥坑里。撤退、掘壕、战斗,撤退、掘壕、战斗。新希望教堂成了一场逝去的梦魇,而大尚蒂又成了一场新的梦魇。他们在这里掉过头来跟北佬又打了一次恶仗,直杀得北佬陈尸遍野,沙场上一片蓝色,然而北佬的生力军却源源不断地补充上来。那条东南部的凶险的蓝色曲线始终不停地绕向邦联军的背后,扑向铁路线——扑向亚特兰大。

疲惫不堪、睡眠不足的邦联军从大尚蒂沿大路退到马里塔小镇附近的肯尼索山上,铺开了一条十英里长的弧形防线。他们在陡坡上挖掘战壕,在各制高点上架起大炮,这些大炮因为山势险峻,没法用骡子拖运,只好由士兵们流着汗诅咒着把它们拖上山巅。信差和伤兵给已成惊弓之鸟的亚特兰大人带来了令人宽慰的消息。肯尼索山地是无法攻克的。连它附近的松树山和迷山也已构筑了坚固的防御工事。山头的大炮射程,足以达到周围若干英里之遥,这一下北佬再也赶不走老乔了,他们的包抄战术也用不上了。亚特兰大人总算松了一口气,可是——

可是肯尼索山离亚特兰大只有二十二英里路了!

从肯尼索山来的第一批伤兵到达亚特兰大的那天早晨,梅里韦瑟太太的马车七点钟——早得令人难以置信的时刻——就来到了皮特姑妈家的门前。黑奴利瓦伊大叔进来通知,要斯佳丽马上穿好衣服上医院去,范妮·埃尔辛和邦内尔家的几个姑娘,起床起得早,坐在马车的后座上打呵欠。埃尔辛的嬷嬷情绪恶劣地坐在车夫旁边,膝盖上放着一篮子洗干净的绷带。斯佳丽昨夜在民团的晚会上通宵跳舞,两只脚还发软,她不情愿地跟着去了。当普里西帮她穿上并扣好她那件最破最旧的专为去医院干活时穿的花布外衣时,她心里却在诅咒那个讲究效率、不辞辛苦的梅里韦瑟太太,诅咒那些伤兵乃至整个南方邦联。她吞下几口发苦的焦玉米粥,吃了点干山芋,没有咖啡可喝,跟着那几个姑娘一起走了。

她对看护的事厌烦透了。就在这天她跟梅里韦瑟太太说,埃伦已有信来叫她回去一趟。这办法果然有效,因为那位可敬的太太正卷起袖子,肥硕的躯体紧紧裹着一条大围裙,朝她狠狠瞪了一眼答道:"别再跟我说这种傻话啦,斯佳丽·汉密尔顿。我今天就写信给你母亲,告诉她我们非常需要你。我相信她一定会理解我们,答应你留下来的。好啦,快围上围裙到米德大夫那里去。他需要人帮着上药呢。"

"哦,上帝,"斯佳丽郁郁地想道,"苦就苦在这里。母亲会叫我留在这里,可是再叫我闻这股臭味我实在活不下去了!我真巴不得自己是个老太太,我就可以不必让人欺侮,反而可以去欺侮年轻的女人——我要跟那些恶毒的老婆子如梅里韦瑟太太说,叫她赶快滚蛋。"

是的,医院真叫人厌烦透了,那臭气,那虱子,那疼痛、肮脏的躯体。如果说看护工作有点新鲜、有点浪漫的话,那么这种感觉在一年前就已消失了。再说,现在这些撤退的伤兵,也不像早些日子的伤员有吸引力。他们对她毫无兴趣,根本没有天好谈,除了问几句:"现在仗打得怎么样?""老乔将军在做些什么?他真是个绝顶聪明的人。"可是斯佳丽并不觉得他有什么聪明。本事再大也还是叫北佬打进佐治亚州八十八英里了。唉,这些伤兵一点也不吸引人,而且,许多人濒临死亡,都在默默地迅速地走向死亡。他们在抵达亚特兰大接受大夫治疗之前就染上败血症、坏疽、伤寒或是肺炎,他们的体力现在已不足以抵抗这些疾病了。

天气酷热,苍蝇成群地从窗口飞进来,几只肥大而怠惰的苍蝇折磨伤兵的情绪比疼痛还要厉害。斯佳丽手里托着一只盆子,跟着米德大夫走来走去,周围尽是一股股臭气,一阵阵呻吟,汗水湿透了她刚刚浆洗好的衣裳。

哦，站在大夫身边，看着他举起明晃晃的手术刀割进烂肉里，真恶心得令人熬不住要呕吐！哦，听到那手术室里截肢时的惨叫声多么令人毛骨悚然！她看到那些身上血肉模糊的伤兵，在等待大夫来治疗的时候，脸色紧张苍白，心里感到怜悯，却又无可奈何。因为他们听到的是一片惨叫声，等待到的无非是几句可怕的话："噢，孩子，我怕不得不把你那手锯掉。是的，是的，我知道。可是，你看，看到那道道的伤痕没有？只能锯掉了。"

氯仿已经很少，只用于最严重的截肢病人。鸦片成了珍品，只用于给临终者减轻痛苦，不用于给生者镇痛了。奎宁和碘酒早已告罄。是呀，对这一切斯佳丽真是厌烦透了。那天早上，她多么希望能够像媚兰一样，可以用怀孕的身子做借口。在当时要想摆脱看护的差使，这是唯一为公众所认可的理由。

到了中午，她趁梅里韦瑟太太忙着给一个瘦高个子、不识字的山民写信的当口，解下围裙，偷偷从医院里溜出去。她觉得那里实在待不下去了，真是一种强加于她的负担。她知道午班火车一到，车上下来的伤兵就又够她一直忙到天黑，很可能连晚饭都吃不上。

她匆匆地穿过两条短马路朝桃树街走去，深深地吸一下医院外边没有被污染的空气，吸足被紧身胸衣束缚住的肺部所允许的容量。她站在街角一时拿不定主意，下一步她该怎么办，既不好意思回到皮特姑妈家里，又决意不再回医院，正在犹豫不决的时候，刚好白瑞德驾着马车从那里经过。

"你像个拾破烂的孩子啦，"他说，眼睛打量着她那身补缀过的淡紫色花布衣裳，衣服已经被汗水浸透，还斑斑点点洒着盆子里溅出来的污水迹。斯佳丽又窘又恼。他这人怎么老是要注意女人的衣服，为什么如此粗鲁地公然评论她目前的邋遢打扮呢？

"你的话我一句也不想听。你快下车来扶我上车，把我送到一个没人看见的地方去。哪怕把我绞死我也绝不回医院去了！我的天，战争不是我发动的，我不懂为什么要我拼死拼活地干，而且——"

"好一个我们光荣大业的叛徒！"

"壶底还嫌锅底黑。快扶我上车。现在你带我去兜兜风，随便去哪儿都行。"

白瑞德从车上忽地跳下地来，斯佳丽突然看到有这样一个健全的人，没有瞎眼，没有缺胳膊少腿，没有痛得脸色惨白，也不因害疟疾而皮肤蜡黄。他身体健康，保养得很好，她不由得对他产生了好感。他的衣着也很好，上装和裤子是一色的衣料，大小合身，既不宽得晃晃荡荡，也不紧得迈不开脚步。而且是簇新的，不像伤兵那样衣衫褴褛，露出毛茸茸的腿和肮脏的皮肉。他那无忧无虑的神气也是难能可贵的，因为这些天来，人人都是一副忧心如焚的样子。他那褐色的脸膛显得毫不在乎，红红的唇，线条清晰得犹如女人的一样，他的嘴，明显地具有性感。他漫不经心地微笑着把她搀上了马车。

他上车在她身边坐下，他那魁伟身躯上的一块块肌肉隔着剪裁合身的衣服在起伏着，斯佳丽像往常一样，仿佛感觉到他那巨大的肉体的力量在冲击着她。她看着他那强有力的肩膀从衣服里鼓了起来，使她觉得迷醉，而迷醉又令她不安，还有点害怕。他的身体结实而强韧，就跟他锐敏的思想一样。他的力量从容自在，不露锋芒，犹如一只美洲豹，有时伸展着四肢懒洋洋地躺在那儿晒太阳，可是发动突击的时候却一跃而起，迅猛异常。

"你这个小骗子，"他说，吆喝着马儿，"你整夜跟士兵跳舞，送玫瑰花，送缎带给他们，对他们说你宁愿为了大业而死。可是一旦要你给伤兵裹上几条绷带，捉几个虱子，你就急不可耐地开小差了。"

"你可不可以讲点别的，把车子赶得快一点？要是梅里韦瑟老爹刚好从他店里出来，看见我，又去告诉那个老太婆——我是说梅里韦瑟太太——那我可活该倒霉了。"

他轻轻抽了那牝马一鞭，它便快步跑了起来，他们穿过五角场区，又穿过把城市一分为二的铁路线。运伤兵的列车已经到站，抬担架的人正在烈日下往来奔走，把伤兵抬上救护车和有篷的军用大车。斯佳丽看着他们，良心上并没有受到谴责，只是为逃过这一关而大大地感到宽慰。

"那家老医院真叫我厌烦透了，"她说，把她那似波浪般飘动着的裙子理理平，又把软帽带子上打的蝴蝶结在颏下收收紧。"而且伤兵一天比一天多。这都是约翰斯顿将军不好，他要是能把多尔顿守住，北佬就——"

"他并不是守不住多尔顿，你别孩子气了。他要是守在那里不动，舍曼就会绕到他背后，从他的两翼包抄过来把他打垮。这样他就要丢掉铁路线，可是约翰斯顿的任务正是要保卫铁路线。"

"噢，好吧，"斯佳丽说，她对军事战略一窍不通。"反正是他不对。他总该想想办法。我觉得应该把他撤职。他为什么不坚守阵地跟北佬战斗不止，却要一退再退呢？"

"你跟所有的人一样，因为他没有办到不可能办到的事，就叫嚷'把他的脑袋砍下来'。当初在多尔顿，他是救世主耶稣，现在到了肯尼索山，他就成了出卖耶稣的犹大了，总共才不过六个星期。不过，假如他把北佬赶退二十英里，他就又变成耶稣了。我的孩子，舍曼的兵力比约翰斯顿多一倍，他能用两个来拼我们一个人，可是约翰斯顿却连一个人也损失不起。他现在迫切需要增援，结果给了他没有？只有乔·布朗的得意子弟，这些人能顶什么用！"

"自卫队是不是真的要派出去？还有民团？我没听说过。你怎么知道的？"

"有类似的谣言在流传。是今天早上从米勒奇维尔开来的火车上传来的，说自卫队和民团都要派去增援约翰斯顿将军。布朗州长的宝贝部下看来终究还是得去闻闻火药味了。我想这班人多半是要大吃一惊的，他们决计料想不到会真的被叫去打仗，因为州长实际上等于答应过不把他们派出去的。这可是个不大不小的玩笑，因为当初布朗州长坚持不买杰夫·戴维斯的账，不肯把军队派到弗吉尼亚去，说是要留作州防。那时他们都觉得像是躲进了避弹室似的。谁会料到战争会打到他们的后院来，这下真的要去保卫自己的老家呢？"

"哦,你这冷酷无情的东西,怎么居然笑得出来!想一想民团里的那些老先生和孩子们吧!现在连小菲尔·米德、梅里韦瑟老爹和亨利·汉密尔顿叔叔都得去了。"

"我讲的不是那些小孩子,也不是那些参加过墨西哥战争的老兵。我讲的是像威利·吉南那样的年轻勇士,平时总爱穿着漂亮的军服,挥舞着军刀——"

"还有你自己!"

"亲爱的,我才不在乎呢!我没穿军服,没有挥舞军刀,邦联的命运如何跟我毫不相干。再说,即使我参加民团或者任何其他军队,我也不会轻易把命送掉。说起打仗,我在西点军校学到的东西足够我下半辈子用的了。……好吧,我祝老乔将军走运!反正李将军帮不了他的忙,因为他被北佬在弗吉尼亚牵制住了。约翰斯顿能够得到的唯一援军,就只限于本州部队。他实在理应有更好的军队,因为他是个了不起的战略家。他总能设法比北佬先占领有利位置。可是他为了保卫铁路线不得不后撤。你记住我的话,他倘若被迫赶出山地,来到这一带平原地区,那就只好任人宰割了。"

"到这一带?"斯佳丽嚷道,"你明明知道北佬是到不了这么远的!"

"肯尼索离这里才二十二英里地,我敢跟你打赌——"

"白瑞德,瞧,大街的那一头,有一群人!他们不是当兵的。怎么回事……?咦,全是黑人!"

只见街上扬起一阵红色的尘土,传来杂沓的脚步声,又听见百来个黑人低沉的声音在漫不经心地唱一首赞美诗。白瑞德把马车赶到人行道边上勒住马,斯佳丽好奇地看着那些汗流浃背的黑人,见他们肩上扛着洋镐铁锹,由一个军官驱赶着,后面是一小队佩着工程队肩章的士兵。

"怎么回事……?"她又开始问道。

忽然她的目光落到队伍前面一个唱歌的黑人身上。那人身高近六英尺半,像个巨人,浑身似乌木般黑,走起路来步履矫健如同一头猛兽。他正带领着同伙在唱一支《走吧，摩西》，露出雪白的牙齿。世界上除了塔拉的工头大个子萨姆之外，绝不会有哪个黑人身材这么高声音这么响亮的。可是萨姆老远从家里跑到这里来干什么？况且塔拉现在没有监工，他正是杰拉尔德的得力助手呢。

她从座位上抬起半个身子，想看得仔细一点，这时萨姆也认出了她，高兴地咧开了嘴。他停住脚步，放下手中的铁锹，朝她跑过来，对他身旁的几个黑人喊道："上帝！是斯佳丽小姐！你们几个，阿利格！圣徒！先知！斯佳丽小姐来了！"

队伍一阵骚乱，大伙儿迟疑不决地停步不前，咧嘴而笑。萨姆带着另外三个黑人，穿过马路跑到马车旁边。那个带队的军官吃了一惊，急忙跟在后面大声嚷道：

"快回到队伍里去！回去，听见没有，不然我就要——咦，原来是汉密尔顿太太。您好，太太。您好，先生。你们两位是怎么回事，为什么要煽动暴乱？天晓得，我这一上午对付这班人就已经够麻烦了。"

"噢，兰德尔上尉，不要责怪他们！他们是我家的人。这位大个子萨姆是我家的工头，伊莱贾、圣徒和先知三个都是塔拉种植场的人。他们自然要跟我说几句话。你们好，孩子们。"

她跟他们一一握手，雪白的小手一次次淹没在巨大的黑掌里。能在这里相见，四个黑人高兴得直跳，还让伙伴们看看自己有这样漂亮的女主人，心中非常得意。

"你们从塔拉老远跑来干什么？我相信你们一定是逃出来的。你们难道不晓得巡逻队早晚会把你们逮住的吗？"

他们见她这样拿他们开心，不由得高兴地大叫起来。

"逃跑？"萨姆说，"不，我们不是逃跑。是他们把我们挑选来的，是因为在塔拉，就数我们四个人个儿大，有力气。"他得意地露出了雪白的牙齿，"他们特意选中我，是因为我歌唱得好。是弗兰克·肯尼迪先生亲自把我选上的。"

"可是为什么，大个儿萨姆？"

"上帝，斯佳丽小姐！你没听说吗？我们是来挖沟的，等北佬来了,白人先生们可以躲在里面。"

兰德尔上尉和马车里的两个人,听见他这样天真地解释战壕,忍不住笑了。

"当然啰,杰拉尔德先生见他们要把我带走,差点儿大发脾气,他说种植场上不能没有我。可是埃伦小姐说:'肯尼迪先生,你把他带走吧。邦联比我们更需要萨姆。'然后她给我一块钱,告诉我要照白人先生吩咐的去做。所以我们就来了。"

"究竟是怎么回事,兰德尔上尉?"

"噢,很简单。我们必须加强亚特兰大的防务,得多挖几英里长的战壕。约翰斯顿将军在前线抽不出人来,我们只好到乡下去挑些精壮的黑人来干了。"

"可是——"

斯佳丽的心头开始产生了一种冰凉的恐惧感。多挖几英里的战壕!为什么要多挖?去年一年间,离市中心一英里的亚特兰大城四周已经构筑了一系列没有炮位的巨大土堡。这些土堡和一英里又一英里的堑壕已经把整个城市全都包围起来了。怎么还要更多的堑壕!

"可是——我们已经构筑了防御工事,为什么还要多筑?我们连现有的都不需要。约翰斯顿将军肯定不会让——"

"我们现在的防御工事离市中心只有一英里,"兰德尔上尉简略地说,"这未免太近了,既不舒服,又不安全。现在修筑的要离城远些。你知道,要是再后撤一次,就得退进城里来了。"

他见斯佳丽吓得睁大了眼睛,立刻后悔不该说那最后一句话。

"不过,当然不会再撤退的,"他急忙加上一句,"肯尼索山上的防线是绝不会被突破的。山头上四面都架设了大炮,控制着条条大路,北佬是绝对没法通过的。"

可是斯佳丽看到白瑞德用锐利的目光不经意地扫了他一眼,他便把眼睑低垂下去,这使她不由得害怕起来。她想起了白瑞德的话:"他们要是被北佬从山地赶到平原地带,就只好任人宰割了。"

"哦,上尉,你是不是认为——"

"怎么，当然不会！快不要为这事烦恼了。老乔将军喜欢多加小心，这才叫我们来挖战壕的。……可是我得走了。很高兴见到你……孩子们，跟你们女主人说声再见，我们得走了。"

"再见，孩子们。你们要是生了病，受了伤，或者有什么难处，就跟我说一声。我住在桃树街，差不多是靠城郊最末端的一幢房子。等一等——"她在手提网袋里摸了一下，"哦，我一分钱也没带。白瑞德，给我点小票子。喏，萨姆，拿去，你们几个买点烟抽吧。好好听兰德尔上尉的话。"

散乱的队伍重新排列好，又开拔了，地面上又扬起了一阵红色尘土。大个子萨姆边走边唱道：

> 走吧，摩西！到埃及的土地去吧！
> 去告诉那法老
> 让我的——人民离去！

"白瑞德，兰德尔上尉在跟我撒谎。男人都是这个样子，他们怕女人听到真情会吓晕过去。他到底是不是在扯谎？白瑞德，假如没有危险，那又何必修新的工事？军队里真的这样缺人，竟要使用黑人吗？"

白瑞德朝马儿轻轻吆喝了一声。

"军队里缺人缺得厉害。要不怎么会把民团派出去？至于战壕，那是只有在受到包围的时候才有点用处。看来约翰斯顿将军打算最后在这里死守了。"

"包围！哦，快把马车掉过头来。我要回家，回塔拉去，马上就去。"

"你不舒服吗？"

"包围！看在上帝面上，要包围了！我听说过围城的事！爸就有一次曾被困在围城里，也可能是他的爸，爸还跟我说——"

"是哪一次围城？"

"就是克伦威尔打败爱尔兰人,德罗赫达城被围的那一次。爸说当时许多人没有东西吃,饿死在大街上,最后他们只好吃猫儿,吃老鼠,甚至吃蟑螂一类的东西。他说在他们投降以前竟有人吃人的,我也不知道究竟是不是真的有这种事。后来克伦威尔拿下了这个城市,所有的女人都——围城!我的上帝!"

"你是我见到过的最最没有知识的年轻女子。德罗赫达被围大约是十七世纪的事,奥哈拉先生可能还没有出世。再说,舍曼也不是克伦威尔。"

"可是他比克伦威尔更坏!他们说——"

"至于说爱尔兰人在围城中吃的那些美味,就我个人来说,与其吃最近在旅馆里吃的那些东西,倒不如马上吃只鲜美多汁的老鼠还好些。看来我得回里士满去。在那里只要有钱,就有好东西吃。"他看着她脸上恐惧的神色,眼中闪出嘲讽的神色。

她懊恼自己不该露出害怕的样子,便大声喊道:"我弄不懂你怎么到现在还赖着不走!你成天想的就是舒服,要吃——以及诸如此类的东西。"

"不错,我觉得消磨时间最快活的方式,莫过于吃东西,以及,呃——诸如此类的事,"他说,"至于说为什么我还赖着不走——是这样,我曾经在书上读到过许多城市被包围、被攻打的事,可是我从来没有亲眼见过,所以我想留下来看看。我是个非战斗人员,所以不会有危险。再说,我想亲身体验一下。斯佳丽,你千万不要放过这新的经历,这很能增长见识。"

"我的见识已经够多了。"

"也许你最了解你自己,不过我得说——当然我这样说有点不太礼貌。我留下来不走,是想等到城市被围的时候可以救你。我从来没有救过一个遇难的姑娘。这也是一次新的经历。"

她知道他在逗她,可是她意识到他的话里含有一种不是开玩笑的成分。她于是把头一扬。

"我不需要你救我。我能照顾自己,谢谢。"

"别那么说,斯佳丽!你心里不妨这样想,可是千万千万不要当着男人的面说出来。北佬的女孩子毛病就出在这里。她们本来是最最可爱的,可是她们偏爱说她们能够照顾自己,谢谢你。一般说来她们没有说错,上帝会帮助她们的。于是男人们就由着她们去自己照顾自己了。"

"你的话怎么说个没完,"她冷淡地说,因为她觉得拿她跟北佬的女孩子相比,对她是莫大的侮辱。"我看你说要回城,根本在撒谎。你知道北佬是到不了亚特兰大的。"

"我可以跟你打赌,北佬要不了一个月就会打到这里来。我拿一盒夹心糖跟你打赌——"他的黑眼睛移到了她的嘴唇上。"打赌亲一次吻。"

片刻之前,她心里还怀着对北佬入侵的恐惧,可是一听见"吻"这个字,马上把恐惧抛到九霄云外了。这是她所熟悉的一个领域,比军事行动要有趣得多。她好不容易才忍住没露出一个欢快的微笑。白瑞德从送给她那顶绿色软帽以来,从来没有进一步采取任何行动可以被解释为一个情人的举动。纵然她百般挑逗,都总无法引起他谈些知心的话儿。可是现在她没有用钓饵,他居然谈起亲吻来了。

"我不爱谈这种亲密的话,"她冷淡地说,故意皱起眉头。"而且我宁可跟猪亲吻。"

"我们不谈各人的爱好,我老是听说爱尔兰人对猪特别有好感——事实上他们让猪睡在床底下。可是,你特别想跟人亲吻,你的毛病就在这里。你的那些情人全都过于尊重你,天知道是怎么回事,要不就是过于怕你,因此得不到你的正确对待。结果造成你傲气十足。叫人简直没法忍受。你应该让人家来吻你,而且那个人该是懂得怎样亲吻的。"

他们的谈话不是像她所希望的那样。每次和他打交道都是如此。就像是两个人决斗,她没有一回不败在他的手下。

"你大概以为自己就是那个合适的人吧?"她讽刺地问道,拼命把怒火按捺住。

"噢,是的,如果我愿意的话,"他毫不在意地说,"人家说我的亲吻是亲得很好的!"

"哦,"她见他不把她的魅力放在眼里,很觉气恼,刚开始说,"怎么,你……"忽然感到一阵迷乱,眼睑垂了下来。她看见他在微笑,可是在他眼睛的深暗处,却有一个小小的光点倏地闪烁了一下,像是一颗原生的火苗。

"当然,你很可能会想,那天我在你纯洁的嘴唇上轻轻碰了一下以后,为什么不想再亲你一下。就是我送帽子给你的那一天——"

"我从来没——"

"那么你就不是一个好姑娘,斯佳丽,我听到你这么说感到遗憾。凡是真正的好姑娘,见到男人不想亲她们的时候,都会感到奇怪,她们明知道不该希望男人来亲她们,而且如果男人真的想要亲她们,她们又会觉得受了侮辱,可是虽则如此,她们心里还是希望男人亲亲她们。……好吧,亲爱的,打起精神来。总有一天,我会来亲你,而且你也会喜欢的。不过不是现在,所以我求你不要过于性急。"

她知道他是在故意逗她,可是,像往常一样,她听了很生气,因为他的话里总是包含很多真实的东西。好吧,那就到此为止吧。下回他要是再敢这样没有教养对她放肆的话,她定会给他颜色看的。

"请你把马车掉个头好吗,白瑞德船长?我想回医院去了。"

"你这话当真,我的伺候伤兵的天使?那么我们的谈话还比不上虱子和污垢啰?好吧,我绝不能妨碍自愿为我们光荣大业效劳的尊贵的手。"说罢他拨转马头,马车便朝五角场区走去了。

"至于说我为什么不想再亲你一下,"他平和地继续说道,好像没理会她不想再谈的意思,"是因为我想等你稍微再长大一点。你知道,我现在亲你没有多大乐趣。我这个人又很自私,很想得到点乐趣。所以我从来不想去跟孩子们亲吻。"

他从眼梢里瞥见她无声的愤怒使她的胸口不住起伏,他控制住自己没有笑出声来。

"还有,"他柔和地往下说,"我想等那位可尊敬的艾希礼·威尔克斯渐渐从你脑海里消失。"

她一听见提到艾希礼的名字,浑身突然感到一阵痛楚,热泪突然刺痛她的眼睑。消失?对艾希礼的记忆,永远不会消失,哪怕他死了一千年以后。她想到艾希礼已经负伤,气息奄奄地躺在遥远的北佬监牢里,身上没有毯子盖,也没有一个爱他的人在身旁握着他的手,不由得憎恨起坐在她身旁的保养得很好的这个人来。这人慢条斯理的腔调分明掩盖着他的嘲弄。

她气得说不出话来。他们乘着马车默默地走了一阵子。

"我对你与艾希礼之间的一切,现在事实上都弄明白了,"白瑞德又恢复了话题:"我是从十二橡树你那不太雅观的一幕开始注意的,以后我随时留神,又看到许多事情。是些什么事情呢?哦,就是你对他依然怀着一种女学生式的浪漫激情,而他在他的高尚天性所允许的范围之内,对你也有所回报。可是威尔克斯太太却蒙在鼓里,看不出你们俩正在跟她玩着巧妙的把戏。我差不多一切全明白了,只对一件事还感到好奇。那位高尚的艾希礼是否曾危害他不朽的灵魂跟你亲过吻?"

斯佳丽把头别过去一声不响。

"啊,好,那么他是吻过你了。我想大概是在这里休假的那一回。现在他很可能已经死了,你不妨把他的吻珍藏在心底里。不过我深信这些终会成为过去,等你忘掉他的吻,我就——"

她愤怒地转过头来。

"你就去上——断头台,"她紧张地说,绿眼睛里冒出怒火。"赶快让我下车,要不我就从轮子上跳下去了。我从此再不理睬你了。"

他把马车停住。她不等他下车来搀扶她,就纵身而下。她的裙环被车轮钩住,刹那间,连衬裙和里面的宽松长内裤都叫五角场上的人们瞧见了。白瑞德俯身迅速把裙环挪开。她一言不发,头也不回地毅然离去。白瑞德轻轻一笑,也吆喝着马儿走了。

第十八章

战争开始以来,亚特兰大人第一次听见了战斗的声音。每天清晨,城市的喧嚣还没有开始,肯尼索山上就传来隐约的炮声,声音低沉遥远,容易被误认是夏季的雷声。偶尔传来的巨响炮声,即使在中午车马喧哗的时候也能听见。人们想不去管它,想照样谈话,照样欢笑,照样各人做各人的事,仿佛北佬不在那里,不在仅仅二十二英里以外似的,可是人们总要竖起耳朵倾听这种炮声。渐渐地,人人的脸上都显出心神不定的样子,不管手上在做什么,却都在用心听着,听着,他们的心猛跳起来,每天总要跳上百次。炮声是不是更响了?或者只不过是他们自己的心理作用?约翰斯顿将军这一回能够抵挡得住他们吗?他能吗?

恐慌只由一层薄膜掩饰着。从撤退开始以来神经绷得一天紧似一天,已经到达断裂的临界点。没人提起恐惧。这是个禁忌。然而紧张的神经却表现在对将军的不断的批评上。公众的情绪达到了狂热的程度。舍曼真的到了亚特兰大的大门口。再要退却的话,邦联军就要退进城里来了。

给我们一个不退却的将军!给我们一个能守善战的人!

在远处传来的隆隆炮声中,被称为"乔·布朗之宠儿"的州自卫队和民团,终于开出了亚特兰大城,去防卫约翰斯顿将军后方查塔胡契河上的桥梁和渡口。那天天气阴沉,队伍穿过五角场,刚踏上去马里塔的大路,天就下起了蒙蒙细雨。全城都出来给他们送行,桃树街两旁店铺的木架遮篷下,挤满了欢送的人群,站在那里给他们欢呼鼓气。

因为亨利·汉密尔顿叔叔跟梅里韦瑟老爹都在民团里，所以斯佳丽和梅贝尔·梅里韦瑟·皮卡德两人经医院准假也出来送行。她们跟米德太太一起挤进人堆，踮起脚尖好看得更清楚些。斯佳丽对战事的进展，虽也怀着南方人普遍的愿望，只相信最乐观、最令人宽慰的消息，但看到这批从身边经过的乌合之众，也不免感到心寒。前方的战事势必异常吃紧，要不这些躲在避弹洞里的老老少少的乌合之众就绝不会出动了！当然，在行军的行列中也有一些年轻力壮的、穿着有社会地位的精选民兵的漂亮军服，插着羽毛，飘着饰带。可是更多的是老人和孩子。看到他们使她感到怜悯，又感到恐惧，连心也收缩起来。有些白发苍苍的老人，比她的父亲年纪还大，走在霏霏细雨中，还竭力想把步伐跨得轻快些，以便跟上军乐队的鼓笛声的节奏。梅里韦瑟老爹走在前面的行列里，肩上披着梅里韦瑟太太的最好的格子布围巾挡雨，他向两个女孩子咧嘴而笑以示敬意。她们对他挥舞手帕，大声地跟他愉快地告别。可是梅贝尔却抓住斯佳丽的手臂，在她耳边低声说道："哦，可怜的老人，一场暴风雨就会要了他的老命！他那腰痛——"

亨利·汉密尔顿叔叔走在梅里韦瑟老爹后面的一支队伍里，把他的长黑外衣的领子翻起来，翻到了耳根边，皮带上挂着两支墨西哥战争时的手枪，手里拎着一只毛毡旅行提包。旁边跟着他的黑奴，年纪差不多跟他一样老，手里撑开一把雨伞两人合用着。跟这些老人并肩而行的是些年轻孩子，看上去都还没有超过十六岁。有许多是从学校里逃出来参军的，还有一些三五成群地走在一起，穿着军校学员的制服，过紧的灰帽子上插着黑色羽毛，腰间束着干净的白帆布带，都已被雨水淋湿了。菲尔也走在他们中间，佩着他死去的哥哥的军刀和马枪，帽子很神气地斜戴着，一副雄赳赳的样子。米德太太脸上堆起微笑朝他不住挥手，可是等他走过去以后，便把头靠在斯佳丽肩膀上，仿佛一下子一点力气也没有了。

他们中间有许多人完全没有武器，因为邦联既无枪支，也无弹药可以发给他们。他们希望从打死和俘获的北佬身上取得武器。他们有的靴子里藏着猎刀,有的手持装着铁尖头的粗长杆子,就是被称之为"布朗矛"的那种东西。那运气好的几个人肩上背着老式燧发滑膛枪,皮带上挂着角制火药盒。

约翰斯顿在这几次退却中损失了约一万人。他需要一万人补充他的队伍。现在走着的这些人,就是给他增补的生力军。斯佳丽害怕地想着:他得到的支援竟是这样一支队伍!

炮兵部队隆隆开过,把泥水溅到旁观的人们身上。她忽然看见一个黑人,骑着骡子紧挨在大炮边。那人年纪很轻,是个有马鞍色皮肤的黑人,面容严肃。斯佳丽一见到他不由得大喊起来:"那是莫斯!艾希礼的莫斯,他在这里到底干什么?"她从人群中拼命挤到路边喊道:"莫斯!停一停!"

莫斯一见是她,忙勒住缰绳,高兴地微笑,想从骡背上下来。他身后一个浑身湿透的中士喝道:"不许下来,要不就给你一枪!我们得赶到山上去呢!"

莫斯看看中士,又看看斯佳丽,一时拿不定主意。斯佳丽踩着烂泥,一直走到大炮轮子近旁,抓住莫斯的马镫索。

"哦,中士,只耽搁一分钟。你不用下来,莫斯。你在这里到底干什么?"

"还是去打仗,斯佳丽小姐。这一回不是跟艾希礼先生,是跟老约翰先生去。"

"威尔克斯先生!"斯佳丽听了目瞪口呆。威尔克斯已年近七十。"他在哪里?"

"在最后一门大炮后面,斯佳丽小姐。在后面。"

"对不起,太太。继续前进,孩子。"

斯佳丽在齐脚踝深的烂泥里站了一会儿,看着一门门大炮东倒西歪地过去。哦,不!她想。不可能。他太老了。而且他跟艾希礼一样,不喜欢战争。她后退几步,站在街边仔细观察走过的人的每一张脸。终于,那最后一门大炮和弹药车溅泼着泥浆隆隆地过来了,她看见他身材瘦削,腰板笔挺,长长的银发湿漉漉地贴在脖子上,从容不迫地骑着一匹草莓色的小牝马。那马儿态度优雅地在泥潭中择路而行,像一位穿缎子衣服的贵妇人一样。咦,它是内利,塔尔顿太太的内利!是比阿特丽斯·塔尔顿的心肝宝贝!

威尔克斯先生看见她站在泥地里,忙勒住马,露出高兴的微笑,跨下马朝她走去。

"我一直想见到你,斯佳丽。你家里人叫我捎那么多口信给你,可是我没时间去看你。我们今天上午刚到,他们马上就催我们上路了,这就是你亲眼看见的。"

"哦,威尔克斯先生,"她握住他的手,绝望地喊道,"你别去!为什么非得你去呢?"

"啊,那么你以为我太老了!"他微笑着说,那笑容跟艾希礼的一模一样,不过现在出现在老人的脸上。"叫我行军也许是太老了,可是叫我骑马射击还不算太老。塔尔顿太太还好心把内利借给我,所以我有匹好马可骑了。我只希望内利不要有什么不测,不然我真没脸回去见塔尔顿太太了。内利是她剩下的最后一匹马。"他说时高声大笑,想以此消除她的恐惧。"你妈妈爸爸跟两个妹妹都很好,要我替他们问候你。你爸爸今天差一点跟我们一起来了。"

"哦,爸不要来!"斯佳丽惊恐地喊道,"爸不要来!他不去打仗,是吗?"

"他不去,不过本来是要去的。当然啰,他膝盖不灵便,不能走长路,可是他一心要同我们一起骑马去。你母亲说,要是他能跳越牧场上的篱笆,就答应他去,因为在军队里骑马,会遇到很多障碍。你父亲以为那还不容易,可是——你信不信?他的马一到篱笆边,就死死地站着不动,把你父亲从它头顶上摔了出去!可是他居然没摔断脖子,这也是个奇迹!你晓得他这人是多么固执。他一骨碌爬起来又试跳。好家伙,斯佳丽,他一连摔了三次,这才让奥哈拉太太和波克把他扶上床去。他硬是不死心,硬说你妈跟那马咬过耳朵。其实他是干不了紧张的工作了,斯佳丽。你不必为此感到羞耻。家里总不能没人给军队种点庄稼吧。"

斯佳丽丝毫不觉得羞惭，而且心里十分宽慰。

"我已经把因迪和霍尼送到梅肯去，住在伯尔家，十二橡树就请奥哈拉先生跟照料塔拉一样一起兼顾了。……我得走了，亲爱的。让我在你漂亮的脸蛋上亲一下。"

斯佳丽抬起嘴唇，喉咙里一阵哽痛。她非常喜欢威尔克斯先生，曾经一度想要做他的儿媳妇。

"你再把我的吻带给皮特帕特跟媚兰，"他又轻轻地吻了她两下。"媚兰好吗？"

"她很好。"

"啊！"他眼睛看着她，可是跟艾希礼一样，那漠然的灰眼睛经过她，投向另一个世界。"我本想能看到我的第一个孙子就好了。再见吧，亲爱的。"

他轻松地骑上内利，慢慢地去了，帽子拿在手里，让银灰的头发在雨里淋着。斯佳丽回到梅贝尔和米德太太身边，一时还没领会他末了一句话的重要含意。可是不久她在一种迷信的恐怖之中，在自己身上画了个十字，想要做祷告了。他刚才谈到了死，跟以前艾希礼谈到的一样，可是现在艾希礼——谁也不该提起死！提起死可就有点危险。三个女人冒着雨走回医院，一路上都没有说话。斯佳丽心里在祷告，"愿上帝保佑他平安。保佑他，也保佑艾希礼平安无事！"

从多尔顿撤退到肯尼索山的这段时间是在五月初到六月中旬。等到炎热多雨的六月过去，舍曼没有能把邦联军从陡峭易滑的山坡上赶跑，希望就又抬起头来。大家的心情有所好转，评论起约翰斯顿将军来，态度也比较温和。七月份雨水更多，邦联军凭险固守，拼死奋战，终于把舍曼阻挡住了。亚特兰大人欣喜若狂，头脑里很有点飘飘然，像是喝了香槟似的。万岁！万岁！我们没让敌军迫近！于是全城宴会和舞会大为盛行。凡是有人一批一批从前线回来过夜，总要设筵款待他们，饭后少不了要跳舞。女孩子人数之多，跟男人高达十与一之比，因此她们就把男人看得很稀罕，抢着跟他们跳舞。

亚特兰大城妇女云集，有到亲友家做客的，有逃难来的，有住院伤兵的家属,还有在山上打仗的士兵的母亲和妻子,她们为的是万一他们受伤,可以就近照应。还有一些是从附近乡镇来的漂亮女人,因为她们那里的男性只剩下十六岁以下和六十岁以上的了,于是便向城里进攻。皮特姑妈对这些女人特别反感。因为她觉得她们到亚特兰大来的唯一目的,就是想找丈夫,寡廉鲜耻一至于此,她担心这世界真不知会变成什么样子。斯佳丽也不赞成她们。她倒不是怕她们打扮得漂亮,因为她们的衣裳,都是翻过两次的,鞋子也是补过的。她自己穿的衣服,是用白瑞德最后一次航运从海外带来的衣料做的,比她们的要新得多,漂亮得多。可是那些十六岁姑娘的娇嫩的脸颊,天真的微笑,叫人马上就会忘记她们寒酸的衣着。她终究已经十九岁了,而且还要一天老似一天,男人们却偏偏喜欢追逐那些年轻的傻瓜。

一个有了孩子的寡妇是很难跟这些迷人的小妖精相比的,她想。可是在近来这些令人激动的日子里,她对自己的寡妇和母亲的双重身份已不像以前那样心情沉重。她白天到医院看护伤兵,晚上去参加舞会,简直见不到韦德。在很长一段时间里她甚至有时竟忘记了自己有一个儿子。

在温暖潮湿的夏季夜晚,亚特兰大家家人家的大门,都对保卫城市的士兵敞开。从华盛顿大街到桃树街的每一幢大楼里,夜夜灯火辉煌,款待从堑壕里爬出来满身泥泞的士兵。小提琴和五弦琴的乐声伴随着嚓嚓的舞步和轻盈的笑声从夜空中飘向远处。有的人聚集在钢琴旁,起劲地唱起那哀伤的歌曲《你为时已晚的来信》。这时那些衣冠不整的情郎,便意味深长地看着那些手持羽毛扇掩面而笑的姑娘,央求她们切莫等待,以免为时已晚。当然,只要可能的话,没有一个姑娘是愿意等待的。在当时席卷全城不可遏制的欢乐与兴奋的浪潮中,一对对有情人匆匆成了眷属。就在约翰斯顿将军扼守住肯尼索山的那一个月里,举行过多少次婚礼,多少个新娘终于在害羞的幸福之中穿着从十多个好友拼凑借来的漂亮服饰,多少个新郎佩着军刀晃荡在打补丁裤子的膝上。宴会接连不断,多么令人兴奋,多么叫人激动!万岁!约翰斯顿将军正把北佬遏制在二十二英里以外!

不错,肯尼索山上的防线是不可摧毁的。经过二十五天的战斗,舍曼将军也不得不承认这一点,因为他的军队伤亡惨重。他不再继续正面攻击,他再一次把军队拉成一个人弧圈,然后插入邦联军和亚特兰大之间。他这一手居然再次奏效。约翰斯顿为了保卫后方,不得不把那固若金汤的山地放弃。他在战斗中损失了三分之一的人马,所余部队拖着疲乏的身子在雨中艰苦地向查塔胡契河退却。邦联军这时已不可能指望有部队增援,因为北佬既然控制了从田纳西州直至战地的铁路线,他们倒可以每天不断地把给养和新的部队运送给舍曼将军。就这样逼得那灰色的战斗部队穿过泥泞的田野,朝着亚特兰大方向步步后退。

丢失了据信是不可攻克的据点,一阵新的惊恐顿时横扫亚特兰大全城。在那二十五个如痴如狂的日子里,人人相互保证绝不可能发生的事,现在竟然发生了!可是将军肯定能在河的对岸挡住北佬的,虽然天晓得这条河就在附近,离亚特兰大城只有七英里之遥。

舍曼故伎重演,又从两侧包抄,在上游渡过了河,于是那疲乏的灰色部队只好又匆匆涉过浑浊的河水,撤退到入侵者和亚特兰大之间的地区,他们在离城北不远的桃树溪一带,草草挖掘浅浅的掩体。这样一来,亚特兰大城里更是惊恐万状。

打打退退!打打退退!每后退一回,北佬就离城近一步。桃树溪离城只有五英里路了!将军到底是怎么想的呢?

"给我们一个能守善战的人"的呼声甚至传到了里士满。里士满人知道如果亚特兰大有失,那么败局就无可挽回。在部队渡过查塔胡契河以后,约翰斯顿将军被撤职了。军队交由他手下的一个将领胡德将军指挥。亚特兰大人松了一口气,深信胡德不会退却。这位身材魁伟的肯塔基将军,胡须飘垂,目光炯炯,素有猛犬之称。他会把北佬从桃树溪赶走,赶过查塔胡契河,再一步步赶回到多尔顿去。可是军队里都在大喊："把老乔将军还给我们！"他们从多尔顿起，跟随这位将军长途跋涉，知道他面临的种种不利条件，这是普通市民所不能知晓的。

舍曼不给胡德以喘息的机会。就在指挥易人的次日，北军向亚特兰大以北的一个小镇迪凯特发动猛攻，迅速拿下该镇，切断亚特兰大通向奥古斯塔、查尔斯顿、威明顿和弗吉尼亚的铁路交通，使南部邦联几乎陷于瘫痪。采取行动的关键时刻到了！亚特兰大城大叫大嚷要求采取行动！

到了七月里一个酷热的下午，亚特兰大人终于实现了他们的愿望。胡德将军不仅能守善战，而且在桃树溪猛烈进攻北佬，指挥他的士兵跳出掩体向人数高出一倍以上的蓝色阵线猛扑过去。

亚特兰大人胆战心惊地祷告上帝保佑胡德将军击退北佬。人人都在倾听着大炮的轰鸣声和千万支步枪发出的噼啪声。战斗虽然在离市中心五英里的地方进行，可是枪炮声响彻云霄，听起来就像在邻街一般。人们还可以看见一股股烟雾，仿佛低挂在树梢上的云团。战斗连续进行了几个小时，城里的人对战地的形势却一无所知。

直到傍晚时分才传来了最初的消息。可是那消息并不确切，自相矛盾，而且令人惊骇。消息是由战斗中第一批伤兵带来的。他们有单独的，有成群的，轻伤的搀扶着一瘸一拐的和摇摇晃晃的，零零落落地开始走进城来。过不多久，伤兵愈来愈多，形成一支延绵不断的行列，痛苦地退入城市，拥向医院。他们满脸是火药灰、尘土和汗水，简直像黑人，他们的伤口还没有包扎，流血正在变干，成群的苍蝇在伤口四周飞舞。

皮特姑妈家是伤兵从北面进城最先到达的人家之一，他们一个接一个摇摇晃晃地走进大门，一屁股坐在草地上，嘶哑地喊着：

"水！"

天热得似火烧。整整一个下午，皮特姑妈和她的全家，无论白人黑人，站在大太阳底下，一勺一勺地舀水给伤兵喝，拿绷带给他们包扎伤口，直到绷带用完，连破床单和毛巾全都用完为止。皮特姑妈完全忘记她一见血就要晕倒这件事,一直忙到她那双小脚在那双太紧的鞋子里肿得实在支撑不住才停止工作。连媚兰现在也顾不上有失身份,挺着个大肚子跟普里西、厨娘和斯佳丽一起兴奋地工作着,她的脸部跟伤兵一样绷得紧紧的。最后她晕过去了,随即被抬到厨房里的桌子上躺下,因为家里的每一张床、每一张椅子和每一张沙发都用来安顿伤兵了。

在这一片忙乱之中,没有人想起小韦德,他独自蹲在前廊的栏杆后面,像只关在笼子里饱受惊吓的小兔子,偷偷地朝草地那边看望。他的眼睛因恐慌而睁得大大的,吮吸着大拇指,打着呃逆。斯佳丽一看见他,急忙喊道:"韦德·汉密尔顿,到后院里去玩!"可是他被眼前这疯狂的景象吓呆了,被深深地吸引住了,没有听从她的话。

伤兵躺满草地,他们疲乏得再也走不动路了,因伤势过重已虚弱得难以动弹了。彼得大叔把他们拖上马车送往医院,一趟趟来回不停,累得那匹老马也浑身汗沫。米德太太和梅里韦瑟太太把各自的马车派来帮着运送伤兵,因为装载过重,马车上的弹簧也给压得陷下去了。

到了炎夏长长的黄昏时分,从战地上隆隆驶来了一辆辆救护车以及军需队的张着沾满污泥的帆布篷的大车。随后是军医团征用来的农用大车、牛车,乃至私人马车。车队在高低不平的大路上颠簸着从皮特姑妈家门前经过,车上挤满负伤和垂死的人,鲜血点点滴滴洒落在红色的尘土上。他们见到有拿着水桶和木勺的女人,车辆都停住了,用微弱的声音异口同声地喊着:

"水!"

斯佳丽把一个个东倒西歪的脑袋用手托住,让那干枯的嘴唇能喝到点水,又把整桶的水浇在他们积满灰尘、发烧的身体上和裂开的伤口上,好让他们得到片刻的清凉。她又踮起脚尖把水勺递给救护车的车夫,提心吊胆地向他们一一打听:"有什么消息没有?有什么消息没有?"

得到的回答只有一个:"现在还说不定,女士。知道胜负还没有这样快。"

夜幕降临,闷热异常。没有一丝风,黑人手里擎着的松明使空气变得更热。灰尘塞住了斯佳丽的鼻孔,而且使她的嘴唇发燥。她身上穿的淡紫花布衫,是早上刚洗干净浆过的,现在已满是血迹,灰尘和汗水。这看来就是当初艾希礼在信上所说的,战争不是荣耀,而是污秽和痛苦了。

过度的疲劳给眼前整个景象涂上一抹虚幻的梦魇般的色彩。这一切不可能是真实的,如果它是真的,那么这个世界一定是疯狂了。不然的话,此刻她为什么会站在皮特姑妈家宁静的前院里,在摇曳的火光中,把一桶桶水浇在那些垂死的、曾经追求过她的男人身上?因为他们之中有许多人曾追求过她,他们刚才见到她时,都想向她微笑。在这尘土飞扬的黑暗的大路上走过来的人中间,有不少是她非常熟悉的,现在正奄奄一息地躺在她眼前,让蚊蚋叮着他们血迹斑斑的脸面。在这些人中间有不少她曾跟他们跳舞过,欢笑过,她曾为他们唱歌弹琴,跟他们打情骂俏,为他们百般抚慰,还多多少少有一点爱情。

她从躺在一辆牛车上最下层的伤兵中认出了凯里·阿什伯恩,他头上中了一枪,只剩下一口气了。她想解救他,但她不能打扰车上其他六个伤兵,所以她只好由他随车送到医院里去。后来听说没等到大夫来处理他就咽了气,被埋在什么地方,谁也说不准。仅仅在那一个月里,就有好多人被草草地挖个浅坑埋在奥克兰公墓里。媚兰深感遗憾的是没有能够留下他的一绺头发寄往阿拉巴马给他的母亲。

夜渐渐深了,斯佳丽和皮特都累得腰酸背痛,双膝发软,可是她们仍然逢人便问:"有消息没有?有消息没有?"

时间过去好久好久,她们才得到答复,可是那答复却使她们吓得脸色发白,面面相觑。

"我们退下来了。""我们只有后退了。""他们比我们多好几千人。""北佬在迪凯特附近把惠勒的骑兵截断了。我们得去支援他们。""我们的人全都要退到城里来了。"

斯佳丽和皮特相互抓住对方的手臂支撑着。

"是——是不是北佬就要来了？"

"是的，女士，他们就要来了，可是他们走不了多远。""别烦恼，小姐，他们拿不下亚特兰大的。""不会的，太太，我们在城的四周，构筑了一百万英里的工事呢。""我听见老乔将军亲口说的：'我能够永远守住亚特兰大。'""可是我们现在不是跟老乔将军，我们是跟——""别说啦，笨蛋！别把女士们给吓坏啦。""北佬是绝不能拿下这地方的，太太。""你们女士们为什么不到梅肯或者别的什么安全一点的地方去呢？你们在那边一个亲戚也没有吗？""北佬是拿不下亚特兰大的，可是他在攻城的时候，对女士们总是不太妥当的。""总会有大量的猛烈炮轰。"

第二天，数以千计的败兵在热气腾腾的雨中涌进了亚特兰大城。这些人经过七十六天的连续作战和退却，已经饥饿疲乏不堪。他们的军马饿得只剩皮包骨头，炮车和弹药车就用各色各样的绳子和生牛皮带套在马身上拖着。可是他们并没有溃不成军。他们身上的军衣虽很破旧，却意气昂扬地迈着整齐的步伐，手上还擎着已撕破的红旗，在雨中招展。他们在老乔将军的率领下，已经懂得退却跟挺进一样，都是伟大战略上的艺术。这支衣着褴褛、满脸胡子的队伍走在桃树街上，唱起了《马里兰！我的马里兰！》，亚特兰大万人空巷，向他们欢呼致敬。不论胜负如何，他们毕竟是自己的子弟兵。

州自卫队出征才不过短短几天，他们原先穿的华丽的军装已变得污秽不整，跟饱经风霜的老兵身上穿的军服没有多大区别了。他们的眼中有了新的神色。三年来他们一直为不上前线寻找种种托词和辩解，现在已成为过去了。他们已经把后方安全换作前线的艰辛，他们中间的好些人已经把安逸的生换来严酷的死。他们也算是老兵了，虽则战争经历很短暂，但毕竟称得上老兵了，他们的表现也不错。现在他们在人群中搜寻熟人的面孔，自豪而挑衅地注视着他们，觉得自己总算可以抬起头来了。

民团里的老人和少年走过来了，老人累得几乎提不起脚，少年全是一副疲乏的儿童脸容,他们过早地挑起了成年人的担子。斯佳丽一眼瞥见菲尔·米德,差点儿认不得他了,他的脸被尘垢和火药灰弄得如此乌黑,他的神情是那么疲惫而紧张。亨利叔叔跛着脚,没戴帽子,头套在一块旧油布的破洞里,在雨里走着。梅里韦瑟老爹坐在一辆炮车上,光脚板用破床单条裹着。可是她四下搜寻,却始终不见约翰·威尔克斯的踪影。

然而,约翰斯顿手下的老兵,依然迈着三年以来始终不懈的轻松的步伐,并且还能打起精神跟路旁的漂亮姑娘咧嘴而笑,挥手招呼,对没穿军装的男人,说几句嘲讽的粗话。这些人是走向环城的战壕——不是仓促掘成的浅沟,而是齐胸高的、用沙袋和木头尖桩加固的工事。连绵不断的红土深沟上耸立着红土壁垒,等待着这些老兵前去防守。

人群向军队欢呼,其热烈程度不亚于欢呼凯旋的勇士,人人固然心怀恐惧,可是他们既然知道了真情,知道最最不利的局面已经出现,知道战火已经烧到了前院,全城的气氛为之一变。现在已没有恐慌,没有歇斯底里。一切都埋藏在心底,不显露在脸上。人人都显得轻松愉快,尽管看起来很勉强。人人都似乎无所畏惧,对军队充满信任。人人都反复念叨着老乔将军解职前说过的话:"我能够永远守住亚特兰大。"

有好多人见胡德将军同样不得不退却,便跟士兵们一样,希望老乔将军回来,可是他们克制着不说出来,只是拿老乔将军的话来给自己鼓气:

"我能够永远守住亚特兰大!"

胡德将军摒弃了约翰斯顿的审慎战术,先从东面,继而从西面向北佬发动攻击。舍曼将军则绕着城转,像个角斗士一样,想在对手的身上找到一个破绽。胡德将军不是坐等敌军来犯。他勇敢地跳出战壕迎上前去,凶狠地扑向北佬。在短短几天内,亚特兰大和埃兹拉教堂两处都发生了激烈的战斗。回顾当初桃树溪上的战斗,只能算是小冲突了。

　　胡德将军所部在战斗中给敌人以重创，可是北佬来的人更多，对他们来说，他们有的是后援。同时他们的大炮炮弹倾泻进亚特兰大城，炸毁民宅，杀死市民，掀开了建筑物的屋顶，在街上留下巨大的弹坑。市民们尽可能地纷纷躲避在地窖里、地洞里以及铁道沟渠的浅坑里。亚特兰大受到了围攻。

　　胡德将军接任指挥以来，在短短十一天里所损失的兵力，已经相当于约翰斯顿将军在七十四天的战斗与撤退中损失的数字，而且亚特兰大已是三面受敌。

　　从亚特兰大到田纳西的铁路已经全线落入舍曼手中。他的军队不仅跨过了向东去的铁路线，而且把西南方向通到亚拉巴马的铁路线给截断了。现在只有南向梅肯和萨凡纳的一条铁路还能通车。亚特兰大城外有强敌，城里士兵成群，难民成堆，伤兵充斥，单凭这一条铁路线，远不能满足紧迫的需求。可是只要有这条铁路线在，亚特兰大总还能够维持。

　　斯佳丽知道了这条铁路线是何等的重要，知道了舍曼如何全力猛攻要夺取它，知道了胡德将军如何拼死抵抗要保卫它，她心里不由惊恐万分：因为这条铁路是通过县里，通过琼斯博罗的。而塔拉离琼斯博罗只有五英里！比起亚特兰大这个可怕的人间地狱来，塔拉像是个安全的避难港，可是塔拉离琼斯博罗只有五英里！

　　亚特兰大战斗打响的第一天，斯佳丽跟许多别的女人都坐在店铺的平屋顶上，撑着阳伞观看。可是等炮弹落到街心，她们就赶忙躲到地窖里去，当晚，老人、妇女和儿童就开始向城外疏散了。他们的目的地是梅肯，当晚搭乘火车的许多人当中，有不少是从多尔顿跟着约翰斯顿一路撤退下来已经逃过五六次难的人，他们的行装比初到亚特兰大时又减轻了。多数人只拎着一个毡制的旅行包，还有用一块印花大手帕包点简单的食物。随处可以看到惊慌失措的仆人拿着银水壶、刀叉以及从战火开始时抢出来的一两幅祖宗的画像。

梅里韦瑟太太和埃尔辛太太都不肯离去。一是医院里需要她们，再是她们自豪地说她们并不害怕，即使北佬来了，也别想把她们从自己的家里撵走。可是梅贝尔带着孩子和范妮·埃尔辛到梅肯去了。米德太太结婚以来，第一次非常干脆地拒绝了丈夫的命令，没有搭火车去逃难。她说大夫需要她在身边。而且菲尔正在壕沟里作战，她得留在这里，以防万一。

可是怀廷太太走了，斯佳丽生活圈子里许多其他的太太也走了。皮特姑妈是第一批谴责老乔将军的撤退策略的人，也是第一批打点行装的人。她说她神经脆弱，受不了噪音，她怕听见炮弹爆炸时来不及躲进地窖就会晕倒。当然，她并不害怕。她想把嘴巴抿起来装出一副英勇的样子，可是她那张宝贝嘴巴却怎么也装不像。她要到梅肯去，跟她表姐伯尔老太太住在一起，叫两个女孩子也跟她一起去。

斯佳丽不打算到梅肯去。她虽然害怕炮弹，但还是宁肯留在亚特兰大。因为她真的恨那个伯尔老太太。有一年在威尔克斯家的宴会上，那位老太太看见她在跟他的儿子威利亲嘴，便在背后说她"放荡"。所以斯佳丽就对皮特说，她打算回塔拉去，说媚利可以陪她去梅肯。

媚兰听她这样说，又害怕又伤心，不由得哭了。她见皮特姑妈飞快地去请米德大夫时，她一把抓住斯佳丽的手，恳求道：

"亲爱的，别离开我！你到塔拉去了，我会感到太孤独的。哦，斯佳丽，要是孩子出生时，没有你在身边，我真不如死了的好！是的——是的，我知道有皮特姑妈在，她为人很好，可是她毕竟从来没有生过孩子，而且她有时候把我弄得很紧张，弄得我大叫起来。别丢下我，亲爱的。你向来像是我的亲姐姐，何况，"她惨然一笑，"你答应过艾希礼你会照顾我的。他曾经跟我说过是他向你提出要求的。"

斯佳丽惊讶地睇视着她。她对这个女人，已经讨厌到难以掩饰的程度，可是为什么媚利竟然如此喜欢她？为什么媚利竟愚蠢到猜不出她在暗暗地爱着艾希礼？近几个月来，她忧心如焚地等待着他的消息,她的这种心情溢于言表的情况何止数百次,可是媚兰居然感觉不到。媚兰对自己喜欢的人是看不出有什么短处的。……是的,她曾答应过艾希礼照顾媚兰的。哦,艾希礼!艾希礼!你一定是死了,死了好几个月了!所以你现在要抓住我的诺言紧紧不放。

"好吧。"她立即说,"我确实答应过他,我说话算数。不过我不到梅肯去跟伯尔家那恶毒的老婆子住在一起。我要是见了她,要不了五分钟就会把她的眼珠给挖出来。你不妨跟我回塔拉去。我妈妈会喜欢你去住的。"

"哦,太好了!你妈待人真亲切。可是你知道我生孩子的时候,要是姑妈不在身边,她是怎么也受不了的。我晓得塔拉那地方她是不肯去的,因为离战场太近,不安全。"

米德大夫听了皮特姑妈的紧急召唤,上气不接下气地跑进来,以为至少媚兰早产了,见不是那么回事,不禁恼火起来,抱怨了几句。及至弄清楚了原委,便斩钉截铁地把事情决定了下来。

"你当然不能到梅肯去,媚利小姐。你要是动一动,我就不能对你负责了。火车上拥挤不堪,而且靠不住,一旦需要运送伤兵、军队或给养,随时都可能把乘客赶到树林里去。照你的身子——"

"不过我想跟斯佳丽到塔拉去——"

"我跟你说过不能让你走动。到塔拉跟到梅肯是一条铁路,情况是一样的。再说,谁也不晓得北佬到底在哪里,反正到处都有他们的人,你的火车说不定会被他们俘获。就算你平安抵达琼斯博罗,从那里到塔拉还有五英里崎岖的道路,对一个带着身孕的女人来说,肯定是不合适的。何况老方丹大夫参军以后,县里连个大夫也没有。"

"可是接生婆是有的——"

"我说的是医生,"他粗暴地说道,目光不自觉地上下打量着她那纤弱的身躯。"我不让你出门。否则会有危险。你总不愿意在火车上或马车上生孩子吧?"

在场的女人听他不加掩饰地把生孩子的事说出来,不觉脸红默不作声了。

"你得留在这里,我才能照顾你,而且你必须躺在床上,不能因为要躲到地窖里去,就在楼梯上奔上奔下。即使炮弹落在窗口,也不能跑,好在这地方本来没有多大危险。我们马上就要把北佬击退了……这样吧,皮特小姐,你马上到梅肯去,这两位年轻太太留在这里。"

"没有人陪护?"她喊道,简直吓呆了。

"她们都是太太啦,"大夫暴躁地说,"米德太太家跟这里只隔两座房子。媚利小姐这副样子反正不会接待男性客人了。我的上帝,皮特小姐,现在是战争时期。不能过于讲究礼节。我们得为媚利小姐着想。"

他走出房间,在前廊上等斯佳丽出来。

"我想坦率地跟你谈谈,斯佳丽小姐,"他扯了扯灰白胡子,开始说道,"你像是个有见识的年轻女人,所以就不用扭扭捏捏了。我不想再听到让媚利小姐外出的话,我怕她受不了路途的艰辛。她的情况很困难——哪怕是在最好的情况下,分娩时很可能都要用产钳,你晓得她的臀部很窄,所以我不想叫那些无知无识的黑人接生婆对她乱折腾。像她那样的女人本不该生孩子,可是——好吧,你帮皮特小姐把箱子收拾好,让她到梅肯去。她在这里害怕得要命,会把媚利弄得六神无主,这样反而不好。还有,小姐,"他目光犀利地朝她盯着说,"我也不想听你说要回家去。你留在这里陪媚利小姐,直到孩子生下来。你不害怕吧?"

"哦,不怕!"她口气坚决,其实说的是假话。

"你真是个勇敢的姑娘。你如果需要什么样的陪护,米德太太会给你安排。皮特小姐要是想把佣人都带走,我会叫老贝齐过来给你做饭的。时间不会太长。再过五个星期孩子就该出世了,不过头胎孩子很难说,大炮又成天轰个不停。孩子随时都可能来到人世。"

就这样,皮特姑妈哭得像个泪人儿,带着彼得大叔和厨娘,动身上梅肯去了。在爱国心的冲动之下,她把马车和马都捐献给了医院,可是立即又后悔起来,这给她带来更多的泪水。现在屋子里只剩下斯佳丽、媚兰、韦德和普里西,虽然炮声不断,却似乎安静多了。

第十九章

在亚特兰大城遭受围攻的最初日子里,北军从不同地点对城防工事发动猛攻。斯佳丽听到炮弹的炸裂声,直吓得两手捂住耳朵,身子不住抖缩,担心每时每刻说不定会被炸到一个永恒的世界里去,她一听见那预示炮弹飞来的呼啸声,就冲进媚兰的房间,倒在她床上,两人紧紧地偎依着,把头埋在枕头里,嘴里尖叫着:"哦,哦!"普里西和韦德匆匆躲进结有蜘蛛网的地窖里,蜷缩在黑暗中,普里西高声喊叫,韦德低声啜泣,还打着呃逆。

死神在头顶呼啸,人被枕头闷得透不过气来,斯佳丽不由得暗骂媚兰,是她害得她不能到楼下安全一点的地方去躲一躲。大夫不许媚兰走动,斯佳丽只好陪着她。她害怕炮弹把她炸得粉身碎骨,又担心媚兰的孩子随时会出生。一想到这一层,斯佳丽就不免要吓出一身冷汗。万一媚兰临产,那她怎么办?现在外面的炮弹如同四月倾注的春雨,要叫她在这时候满街去找大夫,她是宁可让媚兰死掉也不干的。至于普里西,她晓得就是把她打死也是不敢出去的。万一孩子出世,她怎么办?

一天晚上,在给媚兰准备晚饭时,斯佳丽悄悄地跟普里西谈起她的心事,可是万万没有料到普里西竟然消除了她的顾虑。

"斯佳丽小姐,等媚利小姐分娩时,即使没有大夫,你也不用担心,我能对付。接生的事我全懂,我妈不是接生婆吗?她不是教我也做个接生婆吗?你把她交给我好了。"

斯佳丽知道熟手就在身边,总算松了口气,可是她仍然盼望这道难关能够早点过去。她渴望离开那不断爆炸的炮弹,早日回到宁静的塔拉。每天夜里她祷告上帝让孩子明天就来临,那时她就可以在履行她的诺言以后离开亚特兰大了。

斯佳丽一生中,无论想念什么,都没有像现在想念家乡、想念母亲那样强烈。在埃伦身边,无论发生什么事,她都不会感到害怕。每天夜里,她听完一天刺耳的炮声上床睡觉时,就下定决心第二天一早要去跟媚兰说,她再也没法待在亚特兰大,她要回家,要媚兰搬到米德太太家去,可是,等她头一搁上枕头,脑海里就会浮现艾希礼的脸容,还是他们上次见面时那样子,他似乎怀着内心的痛苦,然而唇边挂着浅笑,对她说道:"你会照顾媚兰的,是吗?你是多么坚强……答应我吧。"当时她答应了。现在,艾希礼死了,可是不管他躺在哪里,他都在注视她,坚持要她履行诺言,她对艾希礼的忠贞生死不渝,不论付出任何代价,她绝不能背弃他。因此她日复一日留下来了。

埃伦屡次写信来央求她回家。她在回信中把围城中的危险写得少到最低的程度,说明媚兰目前的困难处境,答应等她的孩子一出生就马上回家。埃伦向来看重亲戚间的情谊,无论是本家或是姻亲都是如此,所以虽然不很乐意,还是答应她留在城里,可是要求把韦德和普里西马上送回家去,普里西自然是求之不得,她现在只要突然听见什么声音,就会吓得上下两排牙齿捉对儿厮打。而且她每天大部分时间都蹲在地窖里,若不是米德太太派她那感觉迟钝的老贝齐来,斯佳丽和媚兰简直就别想吃上一顿好饭。

斯佳丽跟她母亲一样,也急于把韦德送出城去,这不单单是为了孩子的安全,也因为看见孩子成天惊惶不安,使她心里感到恼火。韦德被炮轰吓得噤若寒蝉,即使在炮声停息的时候,也紧挨在斯佳丽身边吓得不敢出声。夜里他不敢上床睡觉,怕黑暗,怕睡着了北佬会来抓他。夜间他常常神经质地低声呜咽起来,搅得斯佳丽简直无法忍受。她自己暗地里也跟他一样害怕,可是让他那张紧张歪扭的脸时刻来提醒她害怕,却叫她生气。是的,还是叫他到塔拉去。普里西把他送去之后该马上赶回来,等孩子出生的时候她得在身边。

可是他们两人还没来得及动身回家,斯佳丽就得到消息说北佬已经转向南边,正在亚特兰大跟琼斯博罗之间的铁路沿线跟邦联军交火。倘若韦德和普里西搭乘的那次列车恰好被北佬俘虏了去——斯佳丽和媚兰想到这里,不禁脸色苍白,因为人人都知道北佬对待幼弱无依的孩子,比对待妇女还要残暴。情况既然如此,她自然不敢送他回家,韦德心惊胆战地留在亚特兰大,像个默不作声的小鬼魂,成天跟在妈妈身边,紧拽着她的衣襟,一分钟也不肯放手。

七月溽暑,围攻继续着,白天大炮轰鸣,夜晚一片阴郁不祥的寂静,亚特兰大人开始适应这种新的环境。他们仿佛觉得最坏的事已经发生,也就没有什么可以恐惧的了。他们先前怕被包围,终于还是被包围了,可是情况并不像他们想象的那样糟。生活不仅能够过得去,而且跟平常几乎差不多。他们明白他们现在是坐在火山口上,可是除了静待火山爆发以外,实在也别无良策,那么又何苦自寻烦恼?火山很可能还不至于爆发。且看胡德将军如何把城池守得固若金汤,并把北佬赶出城外去,再看看骑兵队如何把通向梅肯的铁路线牢牢地扼守住,舍曼绝不可能把它攻下来!

可是尽管他们对于炮弹纷飞、口粮短缺显得毫不在乎,也不把近在半英里之外的北佬放在心上,只是一味信赖坚守在战壕里的邦联将士,其实只是外表如此,骨子里却感到来日的命运难卜。悬念、烦恼、忧愁、饥饿以及时起时落的希望折磨得他们很有点惶惶然了。

渐渐地,斯佳丽一方面从朋友们泰然自若的神情中汲取了勇气,另一方面多亏人的天性对于无可解救必须忍受的困境有一种适应的能力,她一听见炮弹爆炸声固然还会吓得跳起来,但已经不至于一路狂奔尖叫把头埋进媚兰的枕头里了。她能够喘着气懦弱地说:"炮声很近,是吗?"

她的恐惧心理所以能够减轻,还因为生活对于她来说,已经带有一种梦幻的性质,它实在太可怕了,因此它不会是真的。她,斯佳丽·奥哈拉,怎么会陷入如此困难的境地,以至于每一小时,每一分钟都受到死亡的威胁呢?她的宁静生活,难道在如此短暂的时间里竟有可能完全变了样?

清晨,蔚蓝的天空多么柔和,可是那大炮的硝烟,就像朵朵雷云,低低地挂在城市的上空,把蓝天玷污了。中午,一丛丛忍冬和一支支蔷薇正散发出诱人的香气,然而多么危险,一枚枚炮弹在街心炸裂,犹如世界末日的霹雳,弹片飞落到几百码开外的地方,把人畜炸得粉身碎骨,这些都不该是真实的,而是荒唐怪诞的。

宁静困惫的午间小睡早已没有了,因为战斗纵然有时稍稍平息,桃树街上却始终热闹非凡,声响不断,炮车和救护车隆隆地驶过,来自掩体的伤兵跌跌撞撞从这里走过,奉命增援吃紧地段的团队从城的一边以急行军的速度经过这里奔向另一边,通信兵十万火急地奔向总部,那模样像邦联的命运就由他们肩负着似的。

炎热的夜晚带来了几分安宁,但是这安宁是一种不祥的征兆。寂静的夜晚,总是过于寂静,连雨蛙、纺织娘和困倦的反舌鸟也吓得中止了惯常的夏夜大合唱。时而,从最后的防线传来啪啪的毛瑟枪声,打破那深沉的寂静。夜深灯火,媚兰已进入梦乡,死一般的寂静笼罩全城,斯佳丽躺在床上未能成眠,这时她常常听见院门的门栓咔嗒一响,随后就传来轻轻的敲击前门的声音。

站在黑暗的门廊里总是些姓名不详的士兵,跟她说话的口音也各不相同。有时那语调很文雅:"女士,对不起,打扰了,可不可以给我和我的马喝点水?"有时是山里人硬邦邦的模糊腔调,有时是最南端的怀尔格拉斯乡下的古怪鼻音,偶尔是沿海地区徐缓而拉长的话音,那话音触动她的心弦,使她想起了埃伦。

"小姐,我有个伙伴,想送他到医院里去,可是我看他走不了那么远,你能让他进来吗?"

"女士,我得吃点儿东西,哪怕是玉米面包也行,你看有没有多余的给我一点。"

"太太,请原谅我的冒昧,能不能让我在门廊上过一夜,我看见了玫瑰,又闻到了忍冬花的香味,这里很像我自己的家,所以我斗胆——"

不，这些夜晚不是真的，是一场梦魇，这些人有的没有躯体，有的没有脸容，只是在幽冥中用倦怠的声音跟她说话，这只能在梦魇之中。送水，送食物，在前廊上放上枕头，包扎伤口，托住垂危者肮脏的脑袋，不，这些事都不该让她做的。

七月下旬的一天，又有人深夜敲门，这一回竟是亨利叔叔。如今他的雨伞和手提包都丢失了，他的大肚皮也瘪了，他的红润肥胖的脸皮像猛犬喉头的垂肉似的松弛地垂挂下来，苍白的长发污秽不堪。他身上爬满虱子，而且赤着脚，肚子空空的，可是那暴躁的脾气依然没有改变。

他嘴里尽管说："这真是一场愚蠢的战争，连我这样的老傻瓜都得去扛枪。"可是两个姑娘都看出来，亨利叔叔还相当自得其乐。需要他就像需要一个年轻人一样，而他正在承担年轻人的工作。他还高高兴兴地对她们说，他能够跟得上年轻人，梅里韦瑟老爹就办不到。那位老爹腰疼得厉害，上尉想叫他退伍，他却不肯回家，说他宁愿挨上尉咒骂，也不想回去让媳妇悉心照料，还要让她成天不停地劝他戒掉嚼烟草，劝他每天梳洗胡子。

亨利叔叔来访的时间很短暂，他只有四个小时的假，而从城防工事步行来回就花掉了一半时间。

"孩子们，我怕要有段时间不能来看你们了。"他坐在媚兰的卧室里对她们宣告说，纵情地把一双起泡的脚在斯佳丽端来的一盆凉水里摆动着，"我的连队明天一早就要开拔了。"

"开到哪里去？"媚兰吓了一跳，抓住他的手臂问道。

"别用手碰我，"亨利叔叔烦躁地说，"我身上全是虱子，打仗要是没有虱子和痢疾，那就等于是野餐了，开到哪里去，上面没告诉我们，可是我心中有数。我们早上向南开拔，到琼斯博罗去，准没错。"

"哦，为什么要去琼斯博罗？"

"因为那里就要有一场大战，姑娘。北佬一有可能就要抢占铁路线。如果铁路线被他们占去了，那么我们就只好跟亚特兰大再见了！"

"哦，亨利叔叔，你看他们能不能把铁路线拿去？"

"呸，姑娘，拿不去的，有我在，他们怎么能拿得去？"亨利咧嘴朝那两张惊慌的脸笑了。然后，又正经地说道："这会是一场艰苦的战斗。我们非打赢不可。你们当然晓得，北佬已经把除了到梅肯以外的铁路线全都拿去了。但这还不是全部。你们未必晓得，他们已经把所有的大路、大车道和小路全都占领了。只剩下通向麦克多诺的大路，亚特兰大好比在一只大口袋里，琼斯博罗是这只袋口的绳子。如果北佬把琼斯博罗的铁路线抢到手，就能把绳子收紧，我们也就成了装在口袋里的负鼠。所以我们的目标是绝不让铁路线落到他们的手里。我此去大概要些日子，姑娘们，所以特地来向你们道别，同时我想证实一下斯佳丽还是跟你在一起，媚利。"

"她当然跟我在一起。"媚兰亲热地说，"不用为我们担心，亨利叔叔，你自己要当心。"

亨利叔叔在碎呢地毯上把脚擦干，当他又把脚套进破鞋子里时嘴里发出呻吟。

"我得走了，"他说，"我得走五英里路，斯佳丽，你给我弄点中饭让我带着，不管什么都行。"

他跟媚兰吻别后，便下楼到厨房里。斯佳丽正把一只玉米面包和几只苹果包在一块餐巾里。

"亨利叔叔，真是——情况真是这样严重吗？"

"严重？老天，是的，别傻了，我们已经陷入绝境。"

"你说他们会不会打到塔拉？"

"怎么——"亨利叔叔见当前局势如此严峻，她还只想自己个人的事，对她这种不顾大局只管鼻子底下小事的女人心里非常恼火。可是看到她那么惊恐，神情忧伤，他的心肠又软了。

"他们当然不会，北佬要的是铁路线，塔拉离铁路还有五英里。你就像个六月里的昆虫，简直没有脑子，小姐。"他突然停住，换了个话题说，"我乘黑夜老远跑来，不光是来向你们道别。我是来告诉媚利一个不幸的消息，可是我实在不忍心跟她说，所以我想还是由你转告她吧。"

"艾希礼没有——你没听到什么——消息说他——死了吧?"

"得了,我站在壕沟里,烂泥一直没到我的大腿,怎么会听到艾希礼的消息?"老人暴躁地反问道,"不是,是关于他父亲的事,约翰·威尔克斯死了。"

斯佳丽突然坐下,手里捧着还没包好的中饭。

"我是特来告诉媚利的,——可是我没法启齿。你得告诉她,把这个也交给她。"

他从口袋里拿出一只沉甸甸的金表,上面挂着几枚印章,一个早已亡故的威尔克斯太太小像,以及两枚大袖扣。斯佳丽曾经上千次看到过约翰·威尔克斯手上拿着那只金表,所以马上明白艾希礼的父亲真的死了。可由于震动极大,既哭不出声也说不出话来。亨利叔叔一时手足无措,咳嗽了几声,却不敢朝她看,怕看到她流泪使他自己伤心。

"他是个英雄,斯佳丽,把这告诉媚兰,叫她写信告诉他的几个女儿。他年纪虽大,仍不失为一名好战士,是一颗炮弹击中了他,炮弹刚好落在他和他的马身上,炸断了那马的——我只好亲手开枪把它打死了。可怜的家伙。一匹多好的小牝马。你最好把这件事也写信给塔尔顿太太说一声,那马简直是她的宝贝,给我把中饭包好,孩子,我得走了。好啦,亲爱的,不要过于伤心,一个老年人做了年轻人的事,难道还有比这样的死更好的吗?"

"哦,他本不该死的,他根本不该去打仗。他应该活着看他的孙子长大,然后平平安安地死在床上,哦,他为什么要去打仗,他恨打仗,而且他本来就不赞成脱离联邦的这种主张。"

"我们中间有好多人都是那样想的,不过那又有什么用处呢?"亨利叔叔情绪恶劣地擤擤鼻子。"你以为我这样一把年纪,还喜欢叫北佬当靶子打?可是对一个上等人说来,现在别无选择。跟我吻别吧,孩子,不用为我担心。我会平平安安地挺过这场战争的。"

斯佳丽吻了他一下,听见他走下台阶,走进黑暗中去。又听见院门门栓的咔嗒声。她伫立片刻,看着手中的遗物,然后转身上楼去把这消息告诉媚兰。

到了七月末,传来了不受欢迎的消息。正如亨利叔叔所预言的,北军重新掉头直指琼斯博罗。他们曾在城南四英里外的地方切断了铁路线,但是被邦联骑兵击退了,工兵部队冒着烈日,挥汗如雨,又把铁路线修复了。

斯佳丽忧心如焚,她等待消息整整等了三天,恐惧与时俱增,后来收到杰拉尔德的来信,这才放下心来。敌军并没有到达塔拉。他们听到战斗的枪炮声,但是没有看到北佬。

杰拉尔德在信上把北佬沿铁路线被击退的情景,大肆吹嘘了一番,听起来仿佛这伟大的业绩完全是他单枪匹马完成的。他描绘军队的英勇战绩整整用了三张信笺。只在信的末尾,稍稍提了一笔说卡琳病了,奥哈拉太太说卡琳害的是伤寒,不过病情不重,叫斯佳丽不要担心,现在千万不要回家,哪怕铁路上很安全也不要回来。奥哈拉太太回想起亚特兰大刚刚被困时,斯佳丽没有带着韦德回家,现在反而觉得很高兴。她叮嘱斯佳丽一定要到教堂里去做念珠祈祷,愿圣母保佑卡琳早日恢复健康。

斯佳丽看到最后一句话,不觉良心受到谴责,因为她已经有好几个月没有上教堂去了。这要是在以前,她会感到罪孽深重,可是现在好像觉得没有什么大不了的。不过她还是听母亲的话,到她自己的房间里匆匆念了一遍《玫瑰经》。等念完站起身来,也不像以往那样,觉得有什么安慰。这一阵子以来,她觉得尽管千千万万的人每天都向上帝祷告,可是上帝却并不理会她,也不理会邦联和整个南方了。

那天夜里,她坐在前廊上,把杰拉尔德的信揣在怀里,以便不时可以触摸到它,使她觉得塔拉和埃伦都跟她靠得近了一些。客厅窗口的一盏灯,把奇特的金色光影,投在藤蔓攀缘的黑暗的走廊上,纠结成块的大片黄蔷薇和忍冬花在她周围筑起一道混合芳香的屏障。夜间万籁俱寂。夕阳西下以后,连一声枪响也没有,世界仿佛沉默了。斯佳丽坐在摇椅里,前后摇晃着,感到十分孤寂和痛苦。她自从读了塔拉的来信以后,就渴望有个人和她做伴,哪怕是梅里韦瑟太太也行。可是梅里韦瑟太太正在医院里值夜班,米德太太在家里准备宴请从前线归来的菲尔,媚兰已经入睡,甚至不会有偶然来访客人的希望。最近一个星期,上门的客人一个也没有,因为凡是能走动的男人,如果不是守在壕沟里,就一定去琼斯博罗郊区追逐敌人。

像现在这种孤独的时刻她是不常有的,也是她不喜欢的,她只要一静下来,必然会左思右想,可是在这些日子里,想来想去,想不出什么叫人开心的事来。她跟别的人一样,已经养成了想过去、想死者的习惯。

今晚,亚特兰大一片寂静,寂静得使她可以闭上眼睛想象她回到了宁静的塔拉乡间,那种田园生活过去并没有改变,现在也没有改变。然而她明白县里的现实生活再也不可能像以前那样了。她想起塔尔顿家四弟兄,那一对红头发的双胞胎弟兄、汤姆和博伊德,一阵深深的悲痛哽塞在她的喉头。斯图或者布伦特本来是可能成为她的丈夫的,可是现在,战争结束以后,等她活着回到塔拉,她再也听不见他们在雪松大道上狂呼乱叫地纵马奔驰了。那舞跳得极好的雷福德·卡尔佛特,也绝不可能再邀她做舞伴了,还有芒罗家的男孩子跟乔·方丹,以及——

"哦,艾希礼!"她把头埋在两手手掌里,啜泣起来,"如果你离开人世,我是永远无法适应生活的。"

她听见院门咔嗒一响,忙抬起头来,拿手擦擦眼泪,她站起身一看,原来是白瑞德,手里拿着一顶阔边巴拿马帽,正从小道走来。她那天在五角场从他的马车上不顾一切地跳下来以后,一直没见到过他。那天她曾跟他说过,从此她再也不愿看见他。可是此刻她正想有个人陪她谈话,好叫她不要老是想着艾希礼,所以就把那回的事抛诸脑后了。白瑞德则显然已经忘掉或者假装忘掉了当初那尴尬的场面,因为他坐在她脚下的最后一级台阶上并没有提起他们上回的分歧。

"这么说你没有去梅肯逃难！我听说皮特小姐走了，以为你也一定走了。所以我看见这里有灯光，便进来看看是怎么回事。你为什么留在这儿？"

"陪媚兰呗。你晓得，她——嗯，她眼前不能逃难。"

"唷，"他说，她从灯光下看见他皱起了眉头，"你是说威尔克斯太太还没走吗？我从没听见过这种蠢事。她这种情况留在这里是非常危险的。"

斯佳丽没有吭声，只觉局促不安，因为媚兰的情况是不适合跟一个男人商量的。使她局促不安的还因为白瑞德竟会知道媚兰会有危险。一个单身汉具有这方面的知识总有点不太像话吧。

"你怎么不想到我也可能遇到危险呢？这未免对女性有点不够殷勤吧。"她尖刻地说。

他两眼不停地闪动着，分明很觉有趣。

"我随时准备支持你对付北佬。"

"你这么说，我不明白究竟算不算是一种恭维，"她没有把握地问道。

"不是，"他回答。"你要到什么时候才不再从男人最轻率的言谈中寻找对你的恭维呢？"

"等我死在床上的时候，"她说时面露笑容，心里想即使白瑞德从来不恭维她，她也永远不愁没男人恭维她。

"虚荣心，虚荣心，"他说，"至少，你对这事是很坦率的。"

他打开雪茄烟盒，取出一支黑色雪茄，放在鼻子底下闻了一会儿，然后擦了根火柴，身子靠在柱子上，两手抱膝，默默地抽了一阵子。斯佳丽重又坐在摇椅里前后摇晃着，在宁静而温和的夜晚，他们周围笼罩着一片黑暗。栖息在蔷薇和忍冬花丛中的反舌鸟，从睡梦中惊醒，发出一声胆怯而清脆的啭鸣。然后，仿佛经过深思熟虑，它又沉默了。

忽然，白瑞德从走廊的阴影里，发出一声低沉、柔和的笑声。

"那么你是跟威尔克斯太太守在一起啰！这真是我遇到过的最奇

怪的处境了!"

"我看不出这有什么奇怪,"她感到有些不安,便立刻警觉起来。

"不奇怪吗?那么你未免有点不够客观。根据我这些天来的印象,你是很难容忍威尔克斯太太的。你觉得她愚昧低能,她的爱国思想令人生厌。你从来不放过机会说几句贬低她的话,所以现在你居然毫不自私地在大炮轰击声中留在这里陪伴她,自然会使我感到奇怪。那么,你究竟是为了什么呢?"

"因为她是查利的妹妹——也就像是我的妹妹,"斯佳丽竭力摆出庄严的神色,可是两颊却在发热。

"你的意思是不是说因为她是艾希礼·威尔克斯的寡妇。"

斯佳丽刷地站起身来,竭力压制住胸中的怒火。

"我方才正打算原谅你上回的粗野行为,可是现在我不原谅你了。我今天若不是感到心情特别郁闷,也绝不会允许你来到这走廊里的,而且——"

"你坐下,且息怒,"他说话的语气变了,伸手抓住她的手,把她拉回来坐到椅子上。"你为什么心情郁闷?"

"哦,我今天接到塔拉来的信。北佬离家里已经很近,我妹妹害了伤寒,而且——而且——就算我能够回去,妈也不会让我去,因为怕我会染上伤寒。可是,哦,我真想回家去!"

"得了,何苦为这件事难受,"他的声音更温和了,"你在亚特兰大,即使北佬来了,也要比在塔拉安全得多。北佬不会伤害你,可是伤寒病却要伤害你。"

"北佬不会伤害我!你怎么竟跟我说这种谎话!"

"我亲爱的姑娘,北佬不是魔鬼,头上没有生角,脚下没有长蹄,跟你想象的不一样。他们无非不太懂礼貌,当然啦,发音难听一点,别的都跟南方人十分相似。"

"怎么,北佬会——"

"会强奸你吗?我想不会。不过,当然啰,他们心里是想的。"

"你要是再说这种脏话,我就马上进屋里去,"她大声嚷道,满脸通红，幸亏被阴影遮住了。

"你老实说，你心里是不是这样想的？"

"哦，当然不是！"

"噢，肯定是的，我看出你的心思，你生我的气也没用，我们南方所有心地纯洁和贤淑端庄的女性都是这样想的。她们一直都在担这种心事。我敢打赌甚至像梅里韦瑟太太那样年纪的人也……"

斯佳丽说不出话来，没有作声，她想起在这些活受罪的日子里，凡是两三个太太聚在一起，就免不了交头接耳地谈起这种事来，不过都是发生在弗吉尼亚、田纳西或者路易斯安那，从来没有发生在附近一带，北佬强奸妇女，拿刺刀戳小孩的肚皮，放火烧老人的屋子。纵使她们没有到街上去大肆宣扬，但是人人都知道确有其事。白瑞德要是多少懂得点礼貌就该知道这些都是真的，就不该去谈论它。这样的事毕竟不能拿来当作谈笑资料的。

她听见他在温和地轻声一笑。他这个人有时候很可恶。事实上他大多数时候都很可恶。女人所想的和所谈的事要是让一个男人知道，那真太可怕了。女孩子遇到这种情况，就会觉得像光着身子被男人看见一样。而这种有关女人的事，男人是只能从不正经的女人那里才听得到的。她恨他看透了自己的心思。她喜欢把自己想象成男人心目中的神秘人物，可是她晓得白瑞德把她看得像玻璃一样透明。

"说起这种事来，"他接着说道，"你屋子里是不是有个陪伴或是保护人呢？比如那可钦佩的梅里韦瑟太太或者米德太太？按照她们的看法，她们总以为我到这里来一定没安什么好心。"

"米德太太每天晚上都要来看看，"斯佳丽答道，很高兴换了个话题。"可是今晚她不能来。她儿子菲尔回来了。"

"我真走运，"他轻轻地说，"见到你一个人在这里。"

他的话音中有某种东西使她心情兴奋，心跳加快，脸上发热。她以前多次听到过男人的这种语调，知道这意味着马上要向她表白爱情。哦，多有趣！只要他说一声他爱她，她就能叫他吃点儿苦头，跟他算一算三年来讽刺挖苦她的总账。她要逗着他苦苦追求她。当年他曾偷看了她打艾希礼耳光的那一幕，如今她要洗雪前耻，然后再客客气气地告诉他，她只能做他的妹妹，这样，她就可以大获全胜，结束他们两人之间的这场战斗。想到这里，她不由得激动地笑起来。

"你不要笑，"他说着，握住她的手，把它翻过来，把嘴唇印在她的掌心上。他一触及她，就像一股洋溢着生命力的电流从他的暖烘烘的嘴上跳到了她的身上，好像有一股力量在颤抖地拥抱住她的全身。他的嘴唇从她的手心移到她的手腕，她怕他从她的脉搏觉察出她心跳加快，便想把手抽回来。她胸中升起一阵变化莫测的多情的浪潮，想拿双手去抚摸他的头发，让他的嘴唇触吻她的双唇——真糟糕，她原先并没有指望这个。

她惶惑地告诉自己，她并不爱他，她爱的是艾希礼。可是这使她双手颤抖心窝发凉的感觉又该如何解释呢？

他轻轻一笑。

"别把手缩回去！我不会伤害你的！"

"伤害我？我并不怕你，白瑞德，也不怕任何男人！"她嚷道，愤怒得使声音跟两手都颤抖起来。

"你的感情值得敬佩，可是请你小声点，免得让威尔克斯太太听见。而且我求你冷静一点，"他的语气听起来似乎他很喜欢她那激动的样子。

"斯佳丽，你喜欢我，对吗？"

这话才很有几分像她所期待的。

"嗯，有时候是的，"她谨慎地答道，"就是当你的行为不像个歹徒的时候。"

他又笑了，把她的手心贴在他结实的脸颊上。

"我觉得正因为我是个歹徒你才喜欢我的。你一直过着受庇护的生活，难得见到地道的歹徒，因此我的与众不同之处就对你产生了一种奇特的吸引力。"

这不是她所预期的转折，因此她又想把手抽回去，可是被他紧紧抓住挣脱不掉。

"不是这样！我喜欢规规矩矩的男人——行为高尚而值得信赖的男人。"

"你指的是能够任你欺侮的男人。这无非是个定义的问题。无关紧要。"

他又吻了她的掌心，她脖子后面的皮肤又有一种使她激动的痒痒的感觉。

"可是你真的喜欢我。那么你能不能爱我呢，斯佳丽？"

"啊！"她得意洋洋地想道，"总算被我逮住了！"于是她故意冷淡地答道："真的，不。我是说——除非你好好改一改你的规矩。"

"可是我并不打算改。这么说你就不能爱我啰？这倒正是我所希望的。因为我虽然非常喜欢你，可是并不爱你。如果让你遭受两次单相思悲剧的苦痛，那未免太不幸了，是吗，亲爱的，我可以叫你'亲爱的'吗，汉密尔顿太太？不过我这样问，只是因为我不得不遵守礼节，其实我要叫你'亲爱的'，不管你喜不喜欢，我反正就这样叫了。"

"你不爱我吗？"

"不爱，说真的。你是不是希望我爱你？"

"别那么太放肆吧！"

"你是希望的，哎呀，我真不该毁了你的希望！我本该爱你，因为你很迷人，还有不少没多大用处的才能。可是跟你一样迷人、一样有才能的女人并不少，她们也跟你一样没多大用处。我真的并不爱你。可是我非常喜欢你——喜欢你良心的灵活性，喜欢你毫不掩饰的自私心，喜欢你机灵的实用主义。这最后一点，我想是你那不太久远的爱尔兰农民祖先遗传给你的。"

农民！怎么，他在侮辱她！她开始气急败坏地要说话，可是却说不出话来。

"请不要打断我的话，"他捏了捏她的手央求说，"我喜欢你是因为我具有和你相同的品质，这就叫作物以类聚，人以群分。我晓得你对那位貌似圣人其实愚不可及的威尔克斯先生依然念念不忘,他很可能躺在坟墓里已经六个月了。不过你心里总也该留给我一点儿余地吧。斯佳丽,不必挣脱!我想向你声明一下,我第一次看到你,是在十二橡树的走廊里,你正在迷惑那可怜的查利·汉密尔顿。从那时起,我一直想要你了。我想要你甚于任何别的女人,而且我等待你也比我等待过的任何女人的时间长。"

她听见他最后的几句话,惊讶得几乎透不过气来:他虽然老是侮辱她,可是心里是爱她的,只因为怕她取笑,才转弯抹角不敢直率地说出来。好吧,我得让他瞧瞧,而且要直截了当。

"你是不是想要我嫁给你?"

他放下她的手纵声大笑起来,吓得她蜷缩在坐椅里。

"上帝,不!我不是跟你说过,我是不结婚的吗?"

"可是——可是——什么——"

他站起身来,一只手按住胸口,装模作样地向她一鞠躬。

"亲爱的,"他平静地说,"我钦佩你很有见识,所以不敢先引诱你,我想求你做我的情妇。"

情妇!

她心里喊出这两个字,感到她受到可耻的侮辱。可是在最初受惊的一刹那间,她并未觉得受辱。她只觉得他竟把自己看成这样一个大傻瓜,不禁怒火中烧。他不是像她所料想的那样向她提出求婚,而是提出这样的建议,这分明是把她当傻瓜看待。愤怒、失望,加上受到伤害的虚荣心,搅得她内心一团纷乱,来不及找出道德上的理由对他加以谴责,那首先想到的话便脱口而出。

"情妇!那我除了养一群小崽子之外,还能得到什么好处呢?"

话一出口,她马上意识到自己说错了,吓得她下巴下垂。他却笑得几乎透不过气来,他注视着她坐在阴影里目瞪口呆地用手帕紧紧捂住嘴巴。

"这就是我为什么喜欢你的原因!你是我所认识的唯一的最坦率的女人,也是唯一的从实际出发看待事物的女人,而不是以罪恶和道德那一套好话把问题的实质掩盖起来的女人。刚才要是换作别的女人，一定会先是一阵发晕，随后就请我出去。"

斯佳丽跳起身来，羞得满脸绯红。她刚才怎么竟会说出这种话来！她，埃伦的女儿，受过埃伦的教养，怎么竟会坐在这里，听他的那些下流话，而且还给了他一个这样无耻的回答呢？她本来应该大声尖叫起来，她本来应该昏晕过去。她应该对他的话不予理睬，冷淡地转身往里屋一走。可惜现在来不及了！

"我会请你动身的，"她大声嚷道，不顾媚兰或住在不远处的米德太太是否听见，"你给我滚开！你居然敢对我说这种话！我什么地方鼓励了你——促使你以为……滚出去，从此不许再来。这一回我说话算数。你别再拿些不值钱的别针、缎带之类的东西来想叫我原谅你。我要——我要告诉我的父亲，他会宰了你！"

他捡起帽子向她一鞠躬。她在灯光下看见他咧开嘴，露出髭须下的牙齿。他并不感到羞耻，反而觉得她的话很好玩，饶有兴味地注视着她。

哦，他真是可恶之极！她刷地转过身大步走进屋去。她抓住门，想砰的一声把它关上，可是那撑开门的钩子太重了，她费力地解钩子，没有解开，已累得气喘吁吁了。

"我来帮你好吗？"他问。

她觉得如果再在那里停留一分钟，她的血管一定会破裂，她门也不关，冲冲撞撞奔上楼去了。到达楼上时，她听见砰的一声，他殷勤地替她把门关上了。

第二十章

喧嚣溽热的八月即将过去,大炮的轰击突然停止。城里顿时平静下来,然而这平静却令人惊骇。邻居们在街上相遇,面面相觑,忐忑不安,不知是凶是吉。经过一段激荡的日子,现在这骤然的平静不仅不能使人们的神经得以松弛,反而更加紧张起来。谁也不知道北佬的大炮为什么会保持沉默。得不到有关自己军队的消息,只晓得有大批人马已经从城防工事中撤出向南转移去防守铁路线了。没有人知道现在是不是在交战,如果是的话,那么是在什么地方,战况又是如何?

城市被困以来,由于缺少纸张、油墨和人手,报纸都已停止发行,消息的唯一来源只有靠口口相传,一些无中生有的离奇谣言一出现,就会迅速传遍全城。人群在焦虑的静寂中拥向胡德将军的总部,要求提供信息。另一些人则聚集在电报局和火车站,希望得到消息,得到好消息,因为人人都希望舍曼将军大炮的沉默意味着北佬全线溃退,邦联军正在把他们一路赶回多尔顿去。然而人们得不到消息。电报不通,从南方到这里的唯一铁路线也没有一辆火车驶来,连邮件也中断了。

秋天悄悄地来到了这个突然平静下来的城市,尘土弥漫,热浪滚滚,压得那些焦灼疲倦的人们几乎窒息。斯佳丽心急如焚地盼望着塔拉的消息,脸上却还装出不在乎的样子。从城市被围到陷入眼前这凶险的静寂为止,她一直生活在大炮的轰鸣之中。她仿佛已经度过了不知多少日子,其实也才不过三十天。围城中的三十天,环绕全城的是一条红土的步枪掩体带,单调的炮声不绝于耳,救护车和牛车滴着鲜血首尾相接地穿过大街向医院驶去,操劳过度的掩埋队把一具具尸骨未寒的遗体像拖着木头似的将它们扔进那无穷无尽的一排排浅坑中去。只不过短短的三十天!

北军从多尔顿向南进军到现在也还不过四个月!才四个月!斯佳丽回首往事,仿佛如同隔世。哦,不,肯定不止四个月。好像已过了一辈子。

四个月以前,那时候像多尔顿、雷沙卡和肯尼索山对她说来,不过是铁路线上的一些站名,现在却都已做过战场,在约翰斯顿率军向亚特兰大后撤之际,那里都是些经过激烈而徒劳的战斗的地方。而且,像桃树溪、迪凯特、埃兹拉教堂和乌托溪也不再是使人愉快的名胜之地。那里已不再是她回忆中的宁静的村落,住着许多好客的朋友,不再是翠绿处处,潺潺流水旁松软的河岸上,也不再是她和英俊军官野餐的地方。那里也已经历了激烈的战斗,她曾经坐过的柔软的绿草地,早已支离破碎,已经被炮车沉重的车轮碾压过,被持刀拼搏者的脚步践踏过,被痛苦中倒下的战士的躯体挣扎过……连一条条缓缓的小溪,也被鲜血染得比佐治亚的红土壤更红了。人们这样说,北佬渡过桃树溪后,溪水变得一片猩红。桃树溪、迪凯特、埃兹拉教堂和乌托溪都已不再是地名,它们成了埋葬朋友们的墓地,成了白骨盈野的荆棘密林,成了舍曼企图由此突破而胡德奋力顽抗的亚特兰大城的四个侧面。

最后,从南方终于传来了消息,这消息使紧张的全市人民感到惊慌,尤其是斯佳丽。舍曼将军又一次以城的第四个侧面为目标,再度向琼斯博罗的铁路线发起攻击。大批北军向那里集结,这次不是小股部队,也不是骑兵分队,而是主力军。因此邦联军已经调遣大量的城防军去奋力抗敌。这就是为什么城里会突然平静下来的原因。

"为什么要攻打琼斯博罗?"斯佳丽一想到那地方离塔拉有多近,心里就觉得恐怖。"他们为什么总是攻打琼斯博罗?为什么不在铁路线上另外选择一个地方?"

她已经有一个星期没有收到塔拉的来信。杰拉尔德上次给她写过一封短柬,却只增加了她的恐惧。卡琳病势转剧,到了非常非常沉重的地步。照眼下这种情况,一封信要在路上走好几天才能收到,卡琳是死是活,她一时也无从知晓。哦,要是在当初刚围城的时候她就回家去该多好,管她媚兰不媚兰呢!

琼斯博罗正在交战,这是亚特兰大人所知道的一切,谁都不知道战况究竟如何,一时谣言蜂起,全城人心惶惶。到后来总算从琼斯博罗来了个通信兵,捎来了北军被击退的确实消息。可是北佬曾一度冲进琼斯博罗,但在他们撤退之前放火烧了火车站,割断了电线,拆掉了三英里长的铁轨。现在我们的工程兵正在全力抢修,可是看来得花相当时间,因为北佬把枕木拆下来生起火堆,把铁轨架在上面烧红,然后绕在电杆木上,盘得像好多个巨大的螺旋形的开塞钻一般。现在别说更换铁轨很不容易,要更换任何铁制的东西都是很不容易的。

捎来消息的通信兵是来给胡德将军传送急件的。他告诉斯佳丽北佬没有到过塔拉。他动身来亚特兰大之前,北军已经撤走,他在琼斯博罗碰见杰拉尔德,他又请他顺便带来一封信。

可是爸到琼斯博罗去做什么?那年轻的通信兵回答时显得倒不自然,他说杰拉尔德是想找一个军医跟他到塔拉去。

斯佳丽站在前门廊的阳光底下,向那年轻人道了谢,只觉双膝发软。如果卡琳的病连埃伦都治不好,杰拉尔德正在到危险的战地去求医,那么她肯定已经病危了。斯佳丽见通信兵风尘仆仆地匆匆离去,忙把杰拉尔德的信打开,手指不由簌簌抖动。现在由于邦联纸张极其短缺,杰拉尔德的信便写在她上次写给他的信纸的行距中间,读起来非常吃力。

"亲爱的女儿,你母亲和两个妹妹都害了伤寒。她们病得很重,可是我们得从好处着想。你母亲病倒的时候叫我写信给你,嘱咐你千万不要回来,免得你和韦德弄不好也会染上这种疾病。她向你问好,叫你要为她祈祷。"

"为她祈祷!"斯佳丽马上飞奔上楼,到自己房里跪倒在床前,她从来没有像现在这样虔诚地祈祷,她没有做正规的念珠祈祷,只是一再反复地念着:"圣母啊,请不要让她死!你要是不让她死,我就一定做个好人!请不要让她死!"

在以后的一个星期里,斯佳丽像是只被打伤的动物在屋子里团团乱转,盼望着家里的消息,听见马蹄声响,便要出门去看,夜里一有士兵敲门,便忙不迭在黑暗中奔下楼梯。然而并没有塔拉的消息。她和家里似乎远隔重洋,而不是相隔仅有二十五英里。

邮件依然不通。谁也不知道邦联军队现在是在哪里,北佬是在干什么。大家只知道在亚特兰大和琼斯博罗之间,有一支灰色的和一支蓝色的大军在对峙着。整整一个星期间,没有收到塔拉的片纸只字。

斯佳丽在亚特兰大的病院里,对伤寒症早已司空见惯,深知这种可怕的疾病挨上一个星期就意味着什么。埃伦在害着这种病,说不定已经垂危,而她却一筹莫展,她正在亚特兰大陪着一个怀孕的女人,两支对峙着的军队又阻挡着她和家里的通路。埃伦病了,也许快要死了。可是埃伦不能害病!她从来没有害过病。一想到埃伦害病就令她难以置信,而且此事从根本上动摇了斯佳丽生活的安全感。人人都害过病,只有埃伦例外。她照顾病人,使他们恢复健康。她不可能生病。此刻斯佳丽一心想要回家,她想回塔拉去就像一个吓破了胆的孩子拼命想找到他所知道的唯一安全的地方去一样。

家!那杂乱无章的白色建筑,窗口飘拂着白色的窗帘,草地上茂密的三叶草吸引着成群的忙碌的蜜蜂,黑人孩子在前面台阶上嘘嘘地把鸡鸭从花坛上驱赶开去,宁静的红土田野上,一望无际的棉花在阳光下一片银白。那就是家!

如果在围城之初,人人帮忙于逃难的时候她就回家去该有多好!当时她就带着媚兰回家的话,本该早已平平安安地度过了好几个星期的时间。

"哦,可恶的媚兰!"她这样想已经上千次了,"她为什么没有跟着皮特姑妈上梅肯去呢?那里才是她该去的地方,去跟她的亲属而不该跟我在一起。我又不是她的血亲,她为什么老是拖住我不放?她当初若是去了梅肯,我本来就可以回家看母亲了。如果不是为了她要生孩子,哪怕现在,我也愿意不顾北佬冒险跑回家去。胡德将军也许会派个人护送我。他是个好人,我知道我能说服他派个人拿着白旗护送我通过前线。可是我现在必须在这里等待那孩子的出世……哦,母亲!母亲!你不能死!……那孩子怎么还生不下来?我今天得去看看米德大夫,问他有没有办法给孩子催生,让我好回家去——如果有人护送我的话。米德大夫曾说过她会有点麻烦。我的上帝!万一她死了呢?媚兰如果死了。媚兰如果死了。那么艾希礼——不,我不应该这样想,那不好。可是艾希礼——不,我不应该那样想,因为他很可能已经死了。可是我曾答应过他我照顾她的。可是——假如我没有照顾她,结果她死了,而艾希礼还活着——不,我不能那样想。那样想是有罪的。同时我答应过上帝,只要让妈妈活下去,我一定做个好人。哦,孩子早点出世该多好。我要是能够离开这里回家去——到随便什么地方去,只要不留在这里,那该多好!"

  这座斯佳丽一度爱过的城市,现在笼罩着不祥的静寂,使她一见到它就觉得可恨。亚特兰大已不再是一个她所爱过的无比欢乐的地方。它经过围攻的骚扰以后,突然寂静下来,寂静得可怕,像是个瘟疫蔓延过的令人厌恶的地方。大炮轰击的喧闹和危险给人以刺激,随之而来的寂静却只剩下了恐怖。全城的人成天提心吊胆,都觉得吉凶未卜,还有对往昔的追思。人们形容憔悴,街上的士兵屈指可数,斯佳丽见他们个个力竭神疲,像是在赛跑中已经失败却又不得不跑完最后几步的情景。

  到了八月底,有谣传说在南方某地,正在进行着一场自从亚特兰大之战以来最最激烈的战斗。这消息听来很可信。亚特兰大人迫切地想听到战事的结果,甚至说笑打趣的事也停止了。他们现在明白了士兵们在两个星期以前就已经知道的事——亚特兰大到了最后关头,如果梅肯的铁路线有失,亚特兰大便必然会陷落。

  九月一日早晨,斯佳丽醒来时带着一种令人窒息的恐惧感,这种恐惧感是她昨夜上床时就有的。她迷迷糊糊地想道:"我昨晚入睡前担心的是什么?哦,是打仗的事。昨天在某地正在打仗。哦,谁打赢了?"她急忙坐起身来,揉揉眼睛,昨天犯的愁,今又重上心头。

还在清晨时分,空气就很闷热,预示着烈日当空,中午酷热。外面路上静悄悄的,没有大车吱吱嘎嘎地驶过,也没有军队沉重的脚步扬起的红色尘土。在邻家的厨房里,听不见黑奴懒洋洋的谈话声,也没有那种她们做饭时的愉快的声音,因为除了米德太太和梅里韦瑟太太两人以外,所有的近邻都逃难到梅肯去了。而且就连这两家人家也没有一点声息。再过去一点的商业区也是一片静寂。那里的店铺和办公处都上了锁,还堵上木板,里面的人员都已拿起枪支到乡间上战场去了。

这种不寻常的寂静,已经持续了一个星期,可是今天呈现在她眼前的寂静似乎比往日更带有不祥之兆。她不像平时醒来后总要先伸伸懒腰,在床上躺一会儿,现在她立即起床,径自走到窗口,希望能见到一张邻人的脸,或是什么令她鼓舞的景象。可是街上空荡荡的。她只看到树上的叶子依旧是深绿色的,但已显得干燥并盖有一层厚厚的红尘土,前院里的花木,因没人照料,看起来已是委顿凋零的样子。

她正伫立窗前朝外看着的时候,忽然从远处传来一声低沉的声音,像是风暴来临前的第一声闷雷。

"雨,"这是她首先想到的,接着她那在农村养成的观念又加了一句,"我们可真需要下场雨呢。"可是,刹那间,她忽然领悟过来,"雨?不!不是雨,是大炮!"

她的心骤然紧张起来,忙把身子靠在窗口侧耳细听,想辨出那远处的隆隆声是来自哪个方向。可是那声音距离太远,只是隐约可闻,一时觉察不出它的方位。"啊,上帝,让它从马里塔传来吧!"她祷告道,"要不来自迪凯特,或者桃树溪。可是千万不要从南边来!不要从南边来!"她紧紧抓着窗棂,全神贯注地听着,那炮声似乎响了一些。它正是从南边传过来的。

南边响起了大炮声！可是琼斯博罗和塔拉——还有埃伦，全都在南边！

此时此刻北佬说不定就在塔拉！她继续听下去，可是血液在她耳鼓里突突撞击，使她几乎辨别不出远处的炮火声。不，他们现在不可能是在琼斯博罗。如果他们已经到了那么远的地方，炮火声听起来一定还要模糊，还要微弱一些。他们距离琼斯博罗至少还有十英里路，很可能就在那拉夫和雷狄小村落附近，可是从那里向南到琼斯博罗，只有十英里多一点的路程。

南边的炮声，那也许是为亚特兰大的陷落敲响的丧钟。可是对一心牵记着母亲安危的斯佳丽来说，南边的战斗只意味着战火，就近在塔拉。她在房间里走来走去，绞着双手，心中第一次意识到那灰色的军队可能要被击败了。她这思想是由于舍曼大军太临近塔拉而产生的，此时她感到战争的恐惧，远比围城时大炮震碎那么多的玻璃窗和总是缺衣少食以及无穷尽的垂死伤兵所带给她的，要强烈得多。舍曼的大军离塔拉近在咫尺！而且即使北军被击退，败军也可能沿着公路退到塔拉。那时杰拉尔德带着三个女病人怕也很难逃脱。

哦，不管有没有北佬，她要是能在塔拉就好了。她光着脚板来回走着，睡衣贴着两腿，愈走便愈觉得情况不妙。她想要回家，想靠在埃伦身边。

楼下厨房里传来瓷器的当当声，那是普里西在准备早餐，可是却听不见米德太太家的贝齐的声音。斯佳丽听普里西尖声尖气地唱着那支悲怆的调子："只消再背负不多几天……"，歌声使她烦躁，那忧伤的调子使她害怕，于是她披上便袍，啪哒啪哒地穿过走廊走到后面楼梯口，大声嚷道："普里西，不要唱啦！"

一声沉闷的"是，小姐"飘进了她的耳鼓，她深深地吸了一口气，忽然感到有点羞愧。

"贝齐在哪儿？"

"我不知道。她没来过。"

斯佳丽走到媚兰的房门口，打开一条缝朝里面望去。室内阳光充足,媚兰穿着睡衣躺在床上,眼睛闭着,眼睛四周有一道黑圈,心形的脸显得虚肿,瘦削的身躯扭曲骇人。那模样比她见到过的任何怀孕的女人都要难看。斯佳丽恶意地希望艾希礼最好此刻来看看她这副样子。可是就在她看着的时候,媚兰却睁开眼睛,现出亲切温和的笑容。

"进来吧,"她很不灵便地转过身子邀请她,"太阳刚升起时我就醒了,刚才我一直在想,斯佳丽,有件事我想问问你。"

她走进房里,在耀眼的阳光直射着的床沿上坐下来。

媚兰伸手温柔而信任地把斯佳丽的手紧握住。

"亲爱的,"她说,"我很担心那炮声,大炮在开向琼斯博罗,是不是?"

斯佳丽"嗯"了一声,她的心事重又被触动,心跳得更快了。

"我晓得你心里很着急。我晓得你上星期听到母亲的消息后,要不是为了我,早已经回家去了,对吗?"

"是的,"斯佳丽毫不体谅地答道。

"斯佳丽,亲爱的,你待我真好。亲姐妹也比不上你这样亲切,这样勇敢。我真爱你。我连累了你,真是过意不去。"

斯佳丽瞠目而视,爱她,真的吗?蠢货!

"斯佳丽,我躺在这里一直在想,我想求你帮个大忙。"她紧紧握住斯佳丽的手说道,"万一我死了,你肯带我的孩子吗?"

媚兰睁大了眼睛,眼中闪出柔和而殷切的光辉。

"你肯吗?"

斯佳丽感到一阵恐惧,立即把手使劲抽回来。由于恐惧,说话的声音也变粗了。

"哦,别尽说傻话,媚利。你不会死的。女人养头胎的时候总是以为自己会死的。我自己就曾经是这样的。"

"不,你不是这样的。你对什么事都不害怕。你这样说不过是想给我鼓鼓气罢了。我并不怕死,我是怕留下这个孩子,如果艾希礼——斯佳丽,答应我,万一我死了,你帮我把孩子带大。这样我就不用担心了。皮特姑妈年纪太大，带不动孩子。霍尼和因迪都很可亲，可是我还是想要你来带我的孩子。答应我，斯佳丽。如果是个男孩子，我希望你把他养得像艾希礼一样。如果是个女孩子，亲爱的，我希望她将来像你。"

"我的天！"斯佳丽从床上跳起来嚷道："现在的事情已经够糟的了，你干吗还要谈什么死不死的事呢！"

"对不起，亲爱的，可是请你答应我。我想事情就在今天。一定是今天。请你答应我吧。"

"哦，好吧，我答应，"斯佳丽说，疑惑不解地低头看着她。

媚兰果真愚蠢到如此程度，完全看不出她在爱着艾希礼吗？她会不会心里一清二楚，觉得正因为斯佳丽爱着艾希礼，才肯照顾他的孩子呢？斯佳丽心中一阵狂热的冲动，想把事情问个明白，可是就在这时，媚兰又抓住她的手，贴在脸颊上一会儿。斯佳丽话到唇边忙又止住，她见媚兰的神色恢复了平静。

"你为什么以为是在今天呢，媚利？"

"从天亮时起我就一直在肚子痛了——不过痛得不太厉害。"

"痛吗？那你为什么早不叫我？我叫普里西去请米德大夫。"

"不，斯佳丽，暂时别去请他。你晓得他现在有多忙，他们大家都够忙的。只要跟他说一声，今天说不定什么时候需要请他来一下。再到米德太太那里去，请她过来陪我坐在这儿。她会知道什么时候该去请米德大夫的。"

"哦，不要老是只顾别人啦，你知道你现在跟医院里任何一个伤员一样需要个大夫。我马上派人去请他。"

"不，不要去请。有时候生个孩子需要一整天时间。现在好多可怜的士兵都正需要他，我不能让他在这里空坐着等待那么长的时间。你还是去请米德太太吧，她会知道的。"

"噢，好吧。"斯佳丽说。

第二十一章

斯佳丽把媚兰的早餐盘送上楼，又差遣普里西去请米德太太，然后才跟韦德坐下来共进早餐。可是这一回她一点胃口也没有。一方面因媚兰产期临近而情绪紧张不安，一方面又不自觉地因竭力在倾听大炮的轰鸣而心神恍惚，她实在无心进食。她的心脏跳动得很奇怪，时而合乎规律地跳上几分钟，继而迅猛地狂跳起来，几乎弄得她的胃患病似的。稠玉米粥喝下去像胶水似的黏在喉咙口，咖啡的代用品山芋粉和焦玉米粉混合而成的饮料从来没有像今天这样难以下咽。因为没有加糖和奶油，简直苦如胆汁。虽说用了点高粱增加甜味，也无济于事。她只喝了一口，便把杯子推向一边。如果没有别的理由，就光凭她喝不上加了糖和浓奶油的纯正咖啡这一点来说，就足以使她对北佬怀恨在心了。

韦德今天却比平时要乖，居然没有像每天早上那样，抱怨他所最不喜欢喝的玉米粥。她一调羹一调羹地喂他，他安静地一口口都吞咽下去。他那柔和的褐色眼睛睁得很大，仿佛两枚圆圆的银币，注视着她的一举一动，他的眼神中带有一种孩子气的惶惑，似乎她那不加掩饰的恐惧已经传染给他。他吃完饭，她叫他到后院去玩，看着他信步穿过零乱的草地，走进他的游戏室，这才放下心来。

她站起身来，在楼梯角站了片刻，一时拿不定主意。照说她该上楼去陪媚兰坐在一起，分散一点她即将面临的磨难的念头，可是她觉得没有这种从容的心情。媚兰为什么不早不晚偏偏要在今天生孩子！又为什么偏偏要在今天谈什么死呀死的呢！

她在楼梯的最末一级上坐下，想先定一定神，但又不由得想起昨天的战事不知已打成什么样子，今天又不知打得如何。可真奇怪，一场大战就在几英里路外进行，却听不到一点消息！比起前些天在桃树溪的战斗来，城里这荒凉的一端竟安静得如此出奇！皮特姑妈家的房子是在亚特兰大城的最北端，现在战事远在城南进行，这里既没有援兵火速通过，也没有救护车和踉踉跄跄徒步归来的伤兵行列经过。她想此刻的城南不知是否正是这番情景，又暗自庆幸自己不在那边。可惜城北除了米德太太和梅里韦瑟太太两家之外，所有的人都逃难去了，这使她感到孤独凄凉。她想若是彼得大叔还在这里，就可以陪她到总部去打听些消息。其实如果不是为了媚兰，她现在就可以立刻亲自去打听，可是在米德太太没有到来之前，她却不能离开。米德太太怎么还不来？普里西现在是在哪里呢？

她起身走到前面门廊，心情焦急地寻找她们，可是米德家的屋子是在街上的树荫弯道处，她一个人也没有找到。过了好一会儿，才见普里西一个人慢吞吞地走过来，左右摆动着她的裙子，还不住地回头欣赏着自己的身姿。

"你的动作慢得简直像只蜗牛，"斯佳丽等普里西一推开门，就厉声斥责道，"米德太太怎么说？她什么时候过来？"

"她不在家。"普里西说。

"她上哪儿去了？什么时候回家？"

"哦，小姐，"普里西说，故意把话音拉长，以显示她的消息更有分量，"她家厨子说，米德太太一大早得到消息，说是菲尔先生负了伤，便赶忙驾着马车，带着老塔尔博特和贝齐去接他回家。厨子说他伤势很重，米德太太今天不会来了。"

斯佳丽眼睛瞪着她，真想抓住她猛摇一阵子。那些黑奴似乎总是以传递坏消息为荣。

"得了，别在那里傻站着，快到梅里韦瑟太太家去，请她马上过来，要不叫她家嬷嬷来也行。快去。"

"她也不在家，斯佳丽小姐。我刚才在回来的路上碰到她家嬷嬷，跟她聊了一阵子。她们全不在家，门都锁上了。我想是到医院里去了。"

"怪不得你去了这么长的时间,下回我叫你上哪儿去就到哪儿去,路上不要耽搁,不要停下来跟人瞎聊天。你去——"

她停下来苦苦思索,留在城里的朋友有谁能够帮得上忙?埃尔辛太太。不错,埃尔辛太太这些日子里对她一直没有好感,可是她向来喜欢媚兰。

"你到埃尔辛太太家去,把事情跟她好好说个明白,请她务必来一下;还有,普里西,你听我说。媚利小姐快分娩了,她随时都需要你。你快去快回,不要耽搁。"

"是,小姐,"普里西说罢,转过身子,以蜗牛的步态悠闲地走了。

"快点,慢性子的懒鬼!"

"是,小姐。"

普里西的脚步似乎是稍微快了一点。斯佳丽回到屋里,上楼之前她犹豫了一下。她本来该把米德太太不来的原因如实告诉媚兰,可是又怕她听到菲尔受重伤的消息受不了。好吧,先跟她说个假话吧。

她走进媚兰的房间,见早餐放在那里没有动过。媚兰侧身躺着,脸色苍白。

"米德太太到医院里去了,"斯佳丽说,"不过埃尔辛太太马上就到。你觉得难受吗?"

"还好,"媚兰没有实说,"斯佳丽,你生韦德经过了多长时间?"

"我是说生就生的,"斯佳丽不知不觉以轻松的口吻答道,"当时我在院子里,简直来不及走进屋子。嬷嬷还说我那样生孩子讲出去很难听——简直跟黑奴一样。"

"我也希望我能跟黑奴一样,"媚兰说,脸上刚堆起笑容,忽然一阵阵痛,笑容立即从异样的脸上消失了。

斯佳丽看着她狭小的臀部,知道情况不容乐观,可还是安慰她道,"噢,这本来没什么大不了的。"

"哦,这我晓得。我就是怕自己胆子太小。埃尔辛太太是不是马上就到?"

"是的,马上就到,"斯佳丽说,"我下楼去打盆清水,用海绵给你擦擦。今天天气好热。"

她利用打水尽量拖延时间,每隔两分钟就到门口去看望普里西回来了没有。可是始终不见人影,她只好回到楼上,用海绵擦去媚兰浑身的汗,又帮她梳理乌黑的长发。

过了整整一个钟头,她才听见下面街上有黑奴拖着脚步走动的声音,她向室外看出去,果然是普里西慢悠悠地回来了,还是那样摆弄着裙子,装模作样地摇头晃脑,好像有一大群对她饶有兴味的人在看着她似的。

"我早晚要给那个小娼妓抽一顿鞭子,"斯佳丽恶狠狠地想道,一面匆忙下楼迎上前去。

"埃尔辛太太到医院去了。她们厨子说今天早班火车来了一大批伤兵。厨子正在做汤送到医院去。她说——"

"不要管她说什么,"斯佳丽打断了她的话,心直往下沉。"系上一条干净的围裙,我要你到医院去。我给你写个条子,去交给米德大夫,如果他不在,就交给琼斯大夫,或者别的大夫都行。这回你要是再不快点回来,我要活剥你的皮。"

"是,小姐。"

"再向哪位先生打听一下打仗的消息。要是没人知道,就到火车站去问那些运伤兵回家的工兵,问他们是不是在琼斯博罗或附近一带在打仗。"

"我的天,斯佳丽小姐!"普里西的黑面孔上忽然现出惊恐的神色,"北佬是不是在塔拉,是吗?"

"我不知道。我叫你去打听消息。"

"我的天,斯佳丽小姐!他们会把妈怎么样呢?"

普里西忽然放声号哭起来,声音非常之响,搅得斯佳丽更加心神不定。

"别哭啦!媚兰小姐会听见的。快去换条围裙。"

普里西经她一催,忙快步朝屋后走去。斯佳丽拿出杰拉尔德最近寄来的信，在信纸边空余处匆匆写了几行字——那张信纸是家中唯一的纸张。她把信纸折好，让她刚写的几行字露在外面，这时她看到杰拉尔德写的几个字，"你母亲——伤寒——无论如何——回家——"她差点要哭了。如果不是为了媚兰，她会即刻动身回家，哪怕是一路步行走到家里。

普里西手里握着信快步走了。斯佳丽回到楼上，心里想找个借口解释为什么埃尔辛太太没有到来。可是媚兰并没有问她。她仰躺着，神色安详而和蔼，斯佳丽见了心情平静了一会儿。

她坐下来跟媚兰东拉西扯地谈些无关紧要的事，可是对塔拉的思念以及可能被北佬打败的情景无情地刺痛着她。她想到埃伦气息奄奄，想到北佬进入亚特兰大后烧光杀光的情景。在这整个过程中，那远处沉闷的炮声没有停歇过，一阵又一阵的恐惧卷进她的耳朵里来。终于她再也谈不下去了，只是默默地看着窗外炎热静寂的街道和木然不动的树叶。媚兰也默默无语，只是在她安详的脸上，不时现出痛苦的抽搐。

每回阵痛过后，她都说："真的，没什么大不了。"可是斯佳丽明白她不是在说实话。她觉得宁愿媚兰大声喊叫总比默默忍受要好。她知道自己应该为媚兰感到难过，可是却怎么也聚集不起一点儿同情心。她自己的痛苦已经把她的心折磨得破碎不堪。有一回她敏锐地看着那痛得扭歪了的脸，心里想在这样的非常时刻，为什么偏偏由她来陪着媚兰——她和媚兰毫无共同之处，她恨媚兰，巴不得她早点死掉。唔，也许等不到明天，她的愿望就会实现。可是出于迷信，这念头却引起她一阵寒战。希望别人死掉就跟诅咒别人一样是不吉利的，嬷嬷曾经说过，诅咒别人的人最后反而害了自己。她忙在心里祷告，愿媚兰不要死掉，接着又狂乱地跟她聊起天来，连自己也不知道在说些什么。后来，媚兰伸出一只发烫的手抓住斯佳丽的手腕。

"你不必劳神陪我谈话，亲爱的。我晓得你心里很烦。我给你增加许多麻烦，真过意不去。"

斯佳丽回复到沉默中，可是却坐不住。如果到时候大夫没来，普里西也没回来，那她该怎么办？她走到窗口，朝下面马路上看看，又回来坐下。随后又起身走到房间的另一头，朝窗外寻找来人。

一个钟头过去了，接着又是一个钟头。已是中午时分，烈日当空，没有一丝风吹动满是尘土的树叶。媚兰的阵痛渐渐加剧。她的长发被汗水浸得湿透，睡衣也一块块湿得贴在身上。斯佳丽一声不吭地用海绵帮她擦脸，同时恐惧却在咬啮她的心。我的天！万一大夫没到孩子先出世呢！她该怎么办？她对接生的事一窍不通。几个星期以来，她一直在担心出现这样的紧急情况。她本来指望万一大夫不在，可以由普里西来应付这局面，因为普里西曾经多次说过，接生的事她全在行。可是普里西到哪里去了，为什么还不回来？大夫为什么没有来？她又到窗口去张望。她侧耳倾听了一会儿，远处的大炮声似乎消失了。她不知道这会不会是她自己的错觉。如果炮声真的远离了，那就意味着战斗更接近琼斯博罗，意味着——

最后她看见普里西快步从街上走来，忙把身子探出窗口。普里西抬头看见是她，便张嘴打算叫喊。斯佳丽见她那小小的黑脸蛋上惊恐的神色，怕她大声报告坏消息会吓坏了媚兰，忙把手指搁在嘴唇上，随即离开窗口。

"我去拿点凉水，"她俯视着媚兰黑圈深陷的眼睛，勉强装出微笑说道。她匆匆地离开房间，小心地把门带上。

普里西坐在走廊里的最低一级台阶上，喘着粗气。

"琼斯博罗打起仗来了，斯佳丽小姐！他们说我们的人被打败了，哦，上帝，斯佳丽小姐！妈跟波克不知道会怎么样？哦，上帝，斯佳丽小姐，要是北佬打到这里，我们不知该怎么样呢？哦，上帝——"

斯佳丽伸手把她肥厚的嘴唇捂住。

"看上帝面上，别作声！"

是的，如果北佬来了她们会怎么样？塔拉会怎么样？她果断地把这念头弃诸脑后，决心先应付眼前更紧迫的问题。她若老想到这些事，她也会像普里西那样号叫起来。

"米德大夫在哪里?他什么时候来?"

"我没看见他,斯佳丽小姐。"

"什么?"

"他不在医院里。梅里韦瑟小姐和埃尔辛小姐也不在。有人告诉我大夫是在车棚里照看从琼斯博罗来的伤兵,可是斯佳丽小姐,我不敢到车棚里去,那里全是些快要死的人。我最怕看见死人——"

"别的大夫怎么样?"

"斯佳丽小姐,天晓得,我连找个看你的条子的人都没有,他们在医院里忙得就像发了疯似的。有一个大夫对我说,'见你的鬼!这样多的人都快死了,还跟我谈什么生孩子的事,去找个女人帮帮忙吧。'于是我就到处去打听消息,大家都说琼斯博罗正在打仗,我——"

"你是不是说米德大夫在火车站上?"

"是的,小姐。他——"

"好,你仔细听我说。我要去请米德大夫,你给我坐在媚兰小姐身边,她叫你做什么,你就做什么。你要是敢跟她漏一点风声,说什么地方在打仗,我就把你卖到南方去,我这话是千真万确说了算数的。也不许你提起别的大夫都不肯来的话。听清楚没有?"

"是,小姐。"

"把眼泪擦干。舀一大罐清水上楼去,帮她擦擦身子。告诉她我去请米德大夫去了。"

"她是不是快要生了,斯佳丽小姐?"

"我不知道。我只是担心她快要生了,但我并不知道。你应该知道的。上楼去吧。"

她从靠墙唯一的那桌子上抓起阔边草帽戴在头上,面对镜子,机械地掠了掠散乱的头发,其实并没有看见她自己镜中的面容。一阵恐惧从她胸口直放射到在抚摸脸颊的手指,那手指霎时变得冰凉,尽管她全身的其余部分都在大汗淋漓。她匆匆走出屋子,到了烈日底下。她沿着桃树街快步走去,灼热的阳光照得她头昏目眩,使她的太阳穴怦怦直跳。远处人声鼎沸。她刚走到看见莱登家房子的时候，便觉有些透不过气来，这是因为她胸衣束得太紧的缘故。可是她并没有放慢脚步。渐渐地喧哗声愈来愈响。

从莱登家到五角场，一路上是一片忙乱景象，仿佛是蚁丘被捣毁了，蚁群四散奔逃似的。黑奴们神色慌张地满街乱窜，白人的孩子坐在门口号哭无人照顾。街上挤满了军用大车和救护车，满载着伤兵，还有许多马车，车上有许多箱笼和家具堆放得高高的。男人骑着马从小街上冲出，乱纷纷地奔向胡德将军的总部。在邦内尔家门口，老阿莫斯正抓住马笼头站在马车跟前，看见斯佳丽便眼睛骨碌碌地向她招呼。

"你还没走哇，斯佳丽小姐？我们马上就要动身了，老小姐正在打点行装呢。"

"走？上哪儿？"

"天晓得，小姐。到别处去。北佬快来啦。"

她加快步伐朝前走，甚至没说一声"再见"。北佬快要来啦，到了韦斯利教堂前，她才停下来喘口气，好让她猛跳的心稍稍平一平，要不她知道自己准会晕过去了。她扶着电杆木正站在那儿，忽然看见一个军官骑着马从五角场飞奔而来，她心头一动，便跑到街心向他挥手，

"哦，停停！请停停！"

那人猛地一拉缰绳，那马朝后一退，扬起前蹄。只见他满脸疲惫和紧张的神色，但他还是刷地把他的破灰军帽脱下。

"太太？"

"告诉我，那是不是真的。北佬果真要来了吗？"

"我想是的。"

"你知道是真的吗？"

"真的，太太。半小时之前总部刚收到从琼斯博罗前线发来的电报。"

"在琼斯博罗？肯定不会错吧？"

"没错。现在想要瞒你也没什么用处，太太。电报是哈迪将军发

来的,上面写着:'战事失利,全军后撤。'"

"哦,上帝!"

那疲惫的军官黝黑的脸容毫无表情地俯视了她一下。他重又理好缰绳,戴上帽子。

"哦,先生,请稍等一等。你说我们该怎么办?"

"太太,我没什么好说的。军队马上就要从亚特兰大城里撤退了。"

"军队一撤,不是把我们留给北佬了吗?"

"恐怕就是这样。"

他一蹬刺马钉,那马像弹簧似的蹦起身就奔跑而去。斯佳丽独自站在马路中,踝上沾满了厚厚的红尘土。

北佬要来啦。军队要撤啦。北佬来了她怎么办?她该往哪里逃?不,她不能逃。媚兰还在家里躺在床上等着孩子出世。哦,女人为什么要生孩子,要不是为了媚兰,她满可以带着普里西和韦德躲到树林子里,北佬绝不可能找到她们。可是她不能把媚兰带到树林里去。不,现在不能。哦,如果她早一点生孩子,哪怕是昨天生下来,她们也许能弄到一辆救护车,把她带到什么地方藏起来。可是现在——她一定得找到米德大夫,让他跟着她一起回家。他也许有办法叫孩子早点催生下来。

她撩起裙子快步朝前跑,她的脚步配合着"北佬要来了!北佬要来了!"的节奏。五角场上满是人群,都在那里瞎闯,到处是大车、救护车、牛车和马车,全都装载着伤兵。人群的叫嚷声乱成一片,犹如浪涛拍岸。

然后她看到一种极不协调的奇怪景象。一群群女人从铁轨那边走过来,肩上扛着火腿。她们身边跟着幼小的孩子,头上顶着热气直冒的糖浆桶,走得很快但脚步不稳。年纪大些的男孩子拖着一袋袋玉米和土豆。一个老人费力地向前推着手推车,车上放着一小桶面粉。男人、女人和孩子,有白人也有黑人,个个神情紧张,急急忙忙地拖着一包包、一袋袋、一盒盒的食物——她一年来第一次看到这样多的食物。忽然人群向两旁闪开,让出一条狭道,一辆四轮马车歪歪斜斜地驶过来,那位娇弱高雅的埃辛尔太太,一手拉着缰绳,一手扬着马鞭,正站在车的前座。她脸色苍白,没戴帽子,长长的银发飘拂在身后,她使劲地抽着那匹马,那模样就像是一位复仇女神。她家的黑嬷嬷媚利西坐在马车的后座,一手拿着块油腻腻的咸肉,另一只手配合两只脚挡住身边堆放着的许多箱子和袋子。一只干豌豆的袋子破了,豆子撒落在马路里。斯佳丽尖声叫喊她,可是她的声音被嘈杂的人声淹没了。那马车疯狂似的颠簸着驶过去了。

起初她不明白究竟是怎么一回事,随后想起军需队的堆栈就在铁轨附近,她知道,是军队打开了堆栈,在北佬未到之前,把物资尽量散发给老百姓,免入敌人之手。

她从人群中迅速推挤前进,穿过乱哄哄聚集在五角场上歇斯底里的人群,沿着通向车站的小街尽快地奔跑。穿过一片弥漫的尘土和许多辆横七竖八地停放着的救护车,她看到大夫们和抬担架的人急匆匆地跑来跑去,有的正弯着腰,有的在抬着伤兵。谢天谢地,她总算快要找到米德大夫了。她绕过亚特兰大旅馆的街角,她看到了车站和铁轨的全景,不由毛骨悚然地停住了脚步。

车棚底下,一排排的伤兵成千上万,看不到头,有的肩碰着肩,有的头挨着脚,一直延伸到人行道上和铁轨两侧,曝晒在烈日下面。有些身子僵直没法动弹,多数却在扭着身躯躺在烈日下呻吟不止。到处是成群的苍蝇,在伤员身边嗡嗡飞着,在他们的脸上爬着。到处是血渍。污秽不堪的绷带、呻吟声,以及抬担架的人把伤兵抬起时伤兵痛苦的尖声咒骂。汗味、血腥味、粪溺味和伤兵身上的臭味随着一阵阵热浪散发出来,熏得她简直忍不住作呕。救护人员在匍伏的人堆里穿梭往来,有时难免踩到伤兵身上,一排排的伤兵实在太挤了,被踩的只是木然地瞪着眼,等待着被抬上救护车去。

她觉得一阵恶心,忙把手捂住嘴,后退了几步。她不能继续前进。她曾经在医院里见过伤兵。桃树溪战斗以来,她也曾在皮特姑妈的草地上见过伤兵,可是从来没有见到过眼前的景象。从来没有见过发臭的流血的躯体在烈日中炙烤。这简直是地狱,是痛苦、恶臭和喧嚷的地狱！现在要赶快——赶快——赶快！北佬就要来了！北佬就要来了！

她撑起肩膀硬着头皮，向那躺着的人堆里面走进去，还尽力注视从站立的人中间寻找米德大夫。可是她发现她没法子搜寻他，因为她一不小心就会踩着那些可怜的伤兵。她于是撩起裙子，小心看着脚下，向在指挥抬担架的一批人那儿走去。

她一路走着，有许多发烫的手抓住她的衣裙，凄惨地向她喊道："太太——水！请你，太太，水！看上帝面上，水！"

她把裙子从抓着的手中扯开，不禁汗流满面。她小心翼翼地谨防踩着那些伤兵，要不她准会尖叫起来，昏晕过去。她从死人的身上跨过去，从目光呆滞的人身上跨过去，这些人两手抓住肚皮上的破军服，那军服已经被干结的血斑沾在伤口上了。她从胡子被血沾住的人身上跨过去，这些人从破裂的牙床间发出的模糊声音想必是：

"水！水！"

她若是不能马上找到米德大夫，就很可能会歇斯底里地尖叫起来。她向车棚下的一群人望去，同时放声大叫：

"米德大夫！米德大夫在那里吗？"

从人堆里走出一个人来朝她一看。他正是米德大夫。他没穿外套，衬衫袖子一直卷到肩膀上。他的衬衫和裤子像屠夫的一样红，连他那铁灰色的胡子末梢也凝上血块。他脸色铁青，满是尘垢，汗水成行地从两颊向下流淌。他神色疲惫，表露出炽热的怜悯和无补于事的狂怒。可是他在招呼她时，他的声音却很平静而果断。

"谢天谢地，你来了。我可以把所有的人手都用上啦。"

她莫名其妙地瞪了他片刻，撩着裙子的手沮丧地垂下了。裙子的褶边落在一个伤兵的脏脸上，他虚弱地转过头，以免闷得透不过气来。大夫的话是什么意思？救护车扬起的尘土扑面而来，干燥得令她几乎难以呼吸，一股腐烂味像臭水似的直钻进她的鼻孔里。

"快，孩子！过来。"

她撩起裙子，尽快地跨过一排排躺着的人体，朝他身边走去。

她抓住他的臂膀,觉得他因劳累而颤抖着,可是他的神情却仍然十分坚毅。

"哦,大夫!"她嚷道,"你得回去。媚兰快要生孩子了。"

他朝她看看,仿佛她的话全没听进去。一个伤兵拿水壶枕着头,正躺在她脚下,听见她的话,友善地咧嘴而笑。

"他们会去料理的。"他高高兴兴地说。

她的眼睛并没有去俯视那躺着的伤兵,只是用力摇着大夫的臂膀。

"是媚兰。生孩子。大夫,你一定得去。她——那——"现在不是顾体面的时候,可是有成百个陌生人在听着,这话可真难说出口。

"阵痛越来越厉害了。请你,大夫!"

"生孩子?我的天!"大夫高声吼道,由于狂怒与憎恨,一张脸猛然变了样。他恨的不是斯佳丽,也不是任何别的人,而是恨世界上为什么会发生这种事情。"你是不是疯了?我不能离开这些人。这里有好几百人奄奄待毙。我不能为了个该死的孩子就撇下他们。去找女人帮帮你的忙。找我的夫人去。"

她张嘴刚想告诉他米德太太为什么不能去,然后突然又闭嘴不说。他并不知道自己的儿子负了伤!她想知道如果他听说菲尔受伤,他还会不会仍留在这里。可是又似乎有一种声音在告诉她,即使菲尔命在旦夕,米德大夫也会坚守在此,他不会为了一个人而置多数人于不顾。

"不,你一定得去,大夫。你说过她分娩时会有困难的——"唉,难道这真的是她,斯佳丽,在这样的酷热和呻吟声中,直着嗓门嚷着这极不文雅的事吗?"你要是不去她准活不成!"

他粗暴地甩开了她的手,似乎根本没听见她的话,也不知道她说了些什么。

"死?是的,他们全都会死——所有这里的人。没有绷带,没有药膏,没有奎宁,没有氯仿。哦,上帝,给我一点吗啡吧!只要一点点给最重的伤员镇痛一下。只要一点点氯仿也行。该死的北佬!该死的北佬!"

"叫他们下地狱，大夫！"一个躺在地上的人说，他的牙齿可以在他的胡子中看到。

斯佳丽开始颤抖起来，眼中满含着恐惧的热泪。大夫不肯跟她回去。媚兰会死的，而她原来的愿望是要她死的。唉，大夫不肯跟她回去。

"看上帝的面上，大夫！请你！"

米德大夫咬住嘴唇，牙床紧阖，他的神色又显得冷漠。

"孩子，让我试试看吧。我不敢向你保证。但我可以试试看。但要等我把这些人料理好了再说。北佬就要来了，我们的军队要从城里撤走了。我不晓得他们会怎样对待伤兵。现在一列火车也没有了。梅肯铁路线已经被敌军占领了。……可是我会去试试看。现在你快离开，不要再麻烦我了。给孩子接生也不是什么了不起的事，无非是把脐带打个结。……"

一个护理员走过来碰碰米德大夫的手臂，他便转过身去，用手点着这个那个伤兵，向那护理员发出指示。躺在斯佳丽脚下的伤兵友善地仰视着她。她见大夫已经把她诸之脑后，只好转身走了。

她从伤兵堆里择路速归，回到了桃树街。大夫没有来，她不得不亲自来应付这桩事了。幸好普里西对接生的事很在行。她刚才中了暑气，头疼，汗水湿透了胸衣紧粘在身上。她的思想麻木了，她的两条腿也麻木了，仿佛她在梦中想跑、而跑不动那样的麻木。她想到回家去的路程，觉得路长得像没有尽头。

然后，"北佬要来了！"的节拍又一次次在她心头搏动起来。她的心房开始猛烈跳动，给她的四肢带来了新的活力，她匆匆走进五角场的人群里，现在人群格外拥挤，狭窄的人行道上已水泄不通，她只得从街心里走。一长列一长列的士兵正从街上走过，风尘仆仆，困乏消沉。人数像是有好几千，个个满脸胡须，浑身污垢，肩上挂着枪，以行军的步伐急速经过。接着炮车驶过，赶车的拿着皮条使劲地抽打拉车的瘦骡。再就是军需队的遮着破帆布篷的大车，摇摇晃晃地沿着辙迹前进。骑兵扬起呛人的尘土，队伍像是永远走不完似的。斯佳丽从来没见过这样多的士兵。撤退！撤退！军队正在向城外撤退。

迅速撤退的大队人马逼得她退到拥挤不堪的人行道上，这时她闻到一股廉价的玉米威士忌酒气。在迪凯特街附近的人群里，混杂着一些女人，都涂脂抹粉，穿戴着华丽的服饰，渲染成一种跟周围气氛极不和谐的节日景象。这些女人大多数都已喝醉，她们手臂上挽着的男人喝得比她们更醉。斯佳丽瞥见了一头火红的鬈发，定睛一瞧，原来是贝尔·沃特林，正由一个醉得东倒西歪的独臂士兵搀扶着，她在发出酒醉后的尖叫和大笑声。

她在人群中一路推推搡搡，直走到五角场，又穿过一条马路，人群才稍稍减少了。她撩起裙子又开始加快了步伐。到达韦斯利教堂时，她已上气不接下气，只觉头昏胸闷。她的紧身胸衣像是要把她的肋骨割成两截似的。她只好在教堂的台阶上坐下，把脑袋埋在两手之中，这才慢慢地喘过气来。此时此刻，她真希望能把一口气深深地吸进肚子里去，真希望她的心能不要那样碰撞，那样捶击，那样腾跃，她真希望在这疯狂的地方能有人助她一臂之力。

唉，她有生以来，什么事都不需要她亲自动手，总是有人帮她做事，有人照顾她，庇护她，保卫她，纵容她。她怎么也想不到会陷入今天的困境。竟没有一个朋友或者一个邻居来帮她的忙。她向来总是有许多能干的朋友，能干的邻居，心甘情愿地为她效劳的。可是在现在这最需要的患难时刻，竟然没有人前来解救她。她竟然如此孤立无援，深受惊骇，而且远离家乡。

家乡！她若是在家里该有多好！北佬来也好，不来也好，她只要能回到家里就好，哪怕埃伦正在害病。她多么盼望见到埃伦和蔼的面容，盼望嬷嬷两只有力的臂膀搂着她不放。

她昏昏沉沉地站起身来又继续朝前走，快到家时，她看到韦德正爬在大门上荡着玩。他一见到斯佳丽，便皱起脸哭了，还竖起一个肮脏而青肿的手指。

"痛！"他哭诉着，"痛！"

"嘘！不要响！不要响！再响我要揍你。到后院里做泥馅饼玩去，不要再乱跑。"

"韦德肚子饿，"他啜泣着，又把那只青肿的手指放进嘴里。

"我不管。到后院里去——"

她抬起头见普里西靠在楼上的窗口，很担心害怕的样子，可是一见到女主人，满脸愁云立即消散了。斯佳丽招手示意她下楼，自己也就走进屋子。走廊上真凉快。她解下帽子扔在桌子上，举起前臂擦了擦额头上的汗。这时她听见楼上房门开了，从里面传出一阵轻轻的但极其痛苦的呻吟声。接着普里西三步并作一步地下楼来。

"大夫来了没有？"

"没有。他来不了。"

"上帝，斯佳丽小姐！媚利小姐疼得厉害！"

"大夫不能来。没人能来。你得给孩子接生，我可以帮帮你。"

普里西张着嘴巴，舌头震颤着说不出话来。她睇视着斯佳丽，扭着苗条的身子，两脚在地板上擦着。

"别装出一副傻样子！"她被普里西那愚蠢的表情激怒了，她嚷道，"你怎么啦？"

普里西侧身退往楼上。

"看在上帝分上，斯佳丽小姐——"她骨碌碌的眼睛里含着恐惧和羞愧。

"什么？"

"看在上帝分上，斯佳丽小姐！我们一定得有个大夫。哦——哦——斯佳丽小姐，接生的事我是一点也不懂的，人家生孩子的时候，妈从来不许我看的。"

斯佳丽听了大惊失色，怒不可遏，连肺都要气炸了。普里西想溜，从她身边猛冲出去，被她一把抓住。

"你这个爱撒谎的黑鬼——你到底是什么意思？你一直说生孩子的事你全懂的，究竟是怎么回事？快说！"她攥住她的肩膀拼命地摇她，直摇得她那黑脑袋像喝醉了酒似的东倒西歪。

"我是骗你的,斯佳丽小姐,我自己也不明白为什么要骗你。我只看过一回生孩子,妈后来骂了我一顿再也不许我看了。"

斯佳丽对她怒目而视。普里西直往后缩,想伺机脱逃。斯佳丽起初还不相信这是事实,最后她明白普里西对于接生的事并不见得比她自己懂得多,胸中的怒火就再也遏制不住了。她生平从来没有打过一个黑奴,可是今天她却举起她那乏力的手臂,狠命地给了她一巴掌。普里西直着喉咙尖叫起来,多半是出于害怕,倒不是痛得怎么厉害,同时她开始上下扭动着身子,想从斯佳丽的掌握之中挣脱出来。

在普里西的尖叫声中,楼上的呻吟停住了,过了不多一会儿就听见媚兰虚弱颤抖的声音喊道:"斯佳丽!是你吗?快来!请你快上来!"

斯佳丽放掉了普里西的手臂,普里西哭着在楼梯上坐下。斯佳丽静静地站立了片刻,抬头仰视,听到楼上又开始发出低低的呻吟声。她站在那儿觉得仿佛有一副沉重的车轭正套在她的脖子上,这车轭后面被挽上一个很重的负荷,她只要每举一步,便会感觉到这负荷是多么沉重。

她竭力思索当初她生韦德的时候,嬷嬷和埃伦为她做的每一桩事,可是当时分娩的阵痛使得一切都似乎堕入五里云雾之中。她总算多少还记得一些,于是便以不容置辩的口吻迅速吩咐普里西道:

"把炉火点旺,烧壶热水,让它在壶里一直沸着。把家里所有的毛巾和那个线团子都拿来。再给我一把剪刀。不许跟我说找不着。去拿来,而且要快,快去。"

她把普里西一把拉起来,又把她向厨房里猛推过去。然后她挺起胸脯上楼去了。她觉得,要去告诉媚兰由她和普里西两人帮忙接生,这可不大容易说明个中缘由。

第二十二章

再不会有哪一个下午能像今天这样长,像今天这样热,讨厌的苍蝇像今天这样多的。那些苍蝇成群地飞舞在媚兰身旁,斯佳丽拿着一把大棕榈扇,一刻不停地扇着,直扇得两臂发酸,但也无济于事。她在这里把媚兰脸上的苍蝇赶走,它们就飞到她的腿上和脚上,弄得媚兰一面无力地扭动双脚,一面喊着:"请你!又飞到我脚上了!"

房间里半明半暗,斯佳丽把窗帘全都放下来,以遮挡强烈的阳光和逼人的暑气。光线从窗帘的边缘和小孔里似针尖般透射进来。室内热得像火炉,斯佳丽身上的衣裳一直没有干过,而且随着时间的推移变得愈湿愈黏。普里西蹲伏在角落里,身上也在淌汗,还发出一股那么难闻的臭味,斯佳丽若不是怕眼睛不盯着她,她就会溜之大吉的话,早就打发她到房门外面去了。媚兰床上的床单,满是汗渍,斯佳丽在上面还沾了许多污渍和水渍,看上去呈一片黑色。媚兰在床上翻来覆去,时而向左,时而向右,片刻不得安宁。

有时她想坐起来,但又躺下,又开始在床上转过来翻过去。起先,她想忍住不大喊大叫,紧紧咬住嘴唇,把嘴唇皮都咬破了。这时斯佳丽的神经跟她的嘴唇一样刺痛,声音沙哑地喊道:"媚利,看在上帝面上,不要逞英雄了,你想叫喊就叫喊吧,反正除了我们,这里没有外人听见你的。"

到了下午以后,由不得媚兰要不要想逞英雄,她不得不呻吟起来,有时甚至大声尖叫了。看到这种情况,斯佳丽就拿两手捧着头,捂住耳朵,扭着身子,巴不得自己还是死掉的好。眼睁睁看着她活受罪,自己又无能为力,真是比什么都更难受。而且现在她分明知道北佬已经到了五角场,她却不得不守在这里,长时间地等待那个不肯出世的孩子,真是糟透了。

她回想起太太们曾经悄悄地谈过生孩子的事,深感自己当时未曾稍加注意,如今悔之晚矣!如果她以往对这类事真的多少有点兴趣,现在不难知道媚兰今天分娩是否需要很长的时间。她约摸记得皮特姑妈说过她有一个朋友,分娩过程足足花了两天时间,结果孩子没生下来,自己因难产而死亡。如果媚兰也拖上这么两天那怎么办!不过媚兰身子虚弱,这样的疼痛她是挺不到两天时间的。孩子要不快快堕地,她就会呜呼哀哉。可是如果艾希礼还活着,她又怎么去见艾希礼把媚兰的死讯告诉他呢?——她是答应过照看媚兰的呀!

起初,媚兰痛得厉害的时候,就抓住斯佳丽的手,可是她两手夹钳得那么紧,差点把斯佳丽的手指骨给弄断了。一个小时下来,斯佳丽的两手发青变肿,几乎不能弯曲了。后来她拿两条长毛巾结在一起,两头缚在床脚上,让媚兰手里抓住那个结。那毛巾简直就成了媚兰的生命线,她拉住它,拽紧它,放松它,扯它,撕它。整个下午,她发出的声音就像跌入陷阱里垂死的困兽发出的一样。她偶尔把毛巾松开,无力地揉着两手,用她那双万分痛苦的眼睛看着斯佳丽。

"跟我说点什么。请你跟我说点什么吧,"她低声说道,于是斯佳丽便东拉西扯地找些话题说说,后来媚兰重新抓住毛巾结,因剧烈的阵痛而身子又翻滚起来。

昏暗的房间里充溢着热浪、疼痛和嗡嗡叫的苍蝇,时光慢慢地拖过去,斯佳丽对上午的事全都记不得了,她仿佛在这昏暗的蒸笼里已经蹲了一辈子。她一听见媚兰尖声叫喊,自己也很想跟着尖声叫喊,只是拼命咬住了嘴唇,才克制住自己没有冒火,没有歇斯底里大发作。

有一回韦德踮着脚尖上楼,站在房门外面哭叫着。

"韦德肚子饿!"斯佳丽刚要向他走过去,媚兰低声说:"请不要离开我。有你在我才能支撑得住。"

斯佳丽只好叫普里西下楼去把早餐玉米粥热好后喂他。至于她自己,她觉得经历过今天这个下午,她再也吃不下任何东西了。

壁炉台上的钟已经停了,她不知道现在是什么时间,只觉得房间里没有先前那么热,点点刺眼的阳光也淡下来了,于是她便拉开窗帘。这时她不觉吃了一惊,原来时间已近傍晚,太阳像是个火红的大球,已降落到地平线了。然而,在她的想象中,她原以为酷热的正午是永远不变的。

她忽然急切地在想,城里的情况现在不知道是个什么样子。军队是不是全都撤出去了?北佬来了没有?邦联军队难道一枪不发就这样开拨了吗?可是她想到双方的兵力众寡悬殊,舍曼军队的给养又很充足,不由心向下一沉。舍曼!撒旦的名字也远没有他这样可怕!可是现在没有时间想这些了。媚兰又在叫了,要水喝,要给她额头放块冷毛巾,要给她打扇,要给她赶走脸上的苍蝇。

天黑下来了,普里西像个黑幽灵似的跑进来点亮了一盏灯。媚兰身子更加虚弱。她开始梦呓般一遍遍地喊着艾希礼的名字,斯佳丽听着这单调的声音,厌烦得真想拿只枕头把它闷住。可是她又想起,米德大夫也许终究会来的。他要是快点来就好了!她心中又有了希望。她转身吩咐普里西快到米德家去,看看米德大夫或者米德太太是不是在家。

"如果大夫不在,就问问米德太太或者她家厨子该怎么办。恳求她们来一趟。"

普里西手忙脚乱地走了,斯佳丽见她在街上一路飞奔,真做梦也没想到这卑微的孩子居然能跑得如此之快。过了好长一阵子,她仍是一个人回来了。

"大夫整天不在家。他说不定跟那些士兵一起走了。斯佳丽小姐,菲尔先生过世了。"

"死了?"

"是的,小姐,"普里西说,她得意地报告了这一重大消息,"这是他家车夫塔尔博特跟我说的。他被枪打在——"

"不要去管那些。"

"我没见到米德太太。她家厨子说米德太太正在给他洗身子,要趁北佬还没来赶快给他下葬。厨子还说要是媚利小姐疼得厉害,就在她床底下放一把刀子,就能把疼痛一刀两断。"

斯佳丽见她带回来这样一个高明的办法,真想再给她一巴掌,可是此时媚兰睁大了眼睛,低声说:"亲爱的——北佬要来了?"

"不,"斯佳丽断然说道,"普里西是在胡扯。"

"是的,小姐,我是在瞎说。"普里西连忙附和着说。

"他们就要来了,"媚兰低声说道,她不信她们的欺骗,把自己的脸埋在枕头里,她的被捂着的话声给听到了。

"我可怜的孩子,我可怜的孩子。"隔了好久又说:"哦,斯佳丽,你绝不能留在这里。你得马上离开,把韦德带走。"

媚兰说的正是斯佳丽心里想的,可是一听这些话竟公然被说穿了,却使她恼怒,令她羞愧,好像把她内心的怯懦明白地写在她的脸上似的。

"别傻啦。我并不害怕。你晓得我不会离开你的。"

"你走了也是一样。我反正要死的。"说着她又呻吟起来。

斯佳丽像个老妇人慢慢地摸索着在黑暗中走下楼梯扶着栏杆,以防摔跤。她两腿似铅一般沉重,身子由于过度辛劳和紧张而颤抖着。湿透全身的冷冰冰的汗水使她哆嗦不已。她疲乏地走到前廊,在最高的一级台阶上坐下,她放松四肢靠着廊柱,以发抖的手解开紧身衣的纽扣,让胸部半裸。夜正沉浸在温暖而柔软的黑暗之中,她躺着在这黑暗中凝视着,目光像牛一样呆滞。

一切总算过去了。媚兰没有死,她的小男婴孩呱呱坠地叫起来像小猫似的,普里西正在为他洗第一个澡。媚兰已经睡着了。经受了那梦魇般的剧烈疼痛和那败事有余的胡乱接生,她怎么居然睡得着觉?她为什么竟没有死?斯佳丽知道如果自己经人家如此折腾一翻,恐怕早已死了。可是当时在事情完了以后,媚兰竟还说了声"谢谢你",声音很微弱,她不得不凑近她才能听到。她道谢后又睡着了。她怎么能睡得着?斯佳丽忘记了自己生了韦德以后,也是马上就睡着了的。此刻她一切全忘了。她觉得她的心是真空的。整个世界也是真空的。她觉得在这冗长的今天以前一直没有生命的存在，今天以后也将永远不再有生命的存在——现在所存在的只有一个酷热的黑夜，只有她自己粗糙疲乏的呼吸，只有她身上躺着的汗水，从腋下流到腰际，从臀部流到膝弯，冷湿的、发黏的、冰凉的。

她听见自己的呼吸，先是均匀而清晰的，随后却成了痉挛的呜咽，可是她的眼睛是干枯的、炽热的，像是泪水早已流尽。她慢慢吃力地抬起身子，把沉甸甸的裙子撩到大腿上。她同时觉得又是热，又是冷冰冰黏糊糊的，四肢经夜风一吹，又觉得非常舒服。她立即想起自己这样伸展着身子坐在前廊，还撩起裙子露出了内裤，要是让皮特姑妈看见，她会怎么说呢？可是她也不去管它了。她其实什么也不管了。时间已经静止。现在也许是刚过黄昏，也许已近午夜。她不知道，也不去管它。

她听见楼上有脚步声，心里想道，"这该死的普里西，"眼睛却不觉闭上了，她陷入了似睡非睡的境地。茫茫然不知过了多久，她发现普里西正在她身边，兴致勃勃地絮叨着。

"我们干得真不赖，斯佳丽小姐。我看要是妈在，也只能做到这个样子。"

斯佳丽从阴影里没好气地瞅着她，她累得实在没有力气去奚落她，去斥责她，或者去数落她的罪过了。这孩子对接生明明一无所知，却偏要吹大牛。她惊慌失措，笨手笨脚，到要紧关头显得完全无能为力，剪刀放错了地方，脸盆里的水泼到了床上，刚生下的小宝宝掉了下来。现在居然吹嘘起她干得怎么好来。

可是北佬却要解放黑奴！好吧，北佬是会受到黑奴欢迎的。

她又靠着柱子，一声不吭。普里西见她情绪不佳，就踮起脚尖走进门廊的黑暗中去了。又过了好长一段时间，斯佳丽的呼吸终于平静了，心情也稳定了，这时她听见街上有模糊的人声，又听见从北边传来许多杂沓的脚步声。士兵！她慢慢坐起身子，放下裙子，虽然她知道在黑暗中没有人会看得见的。不一会儿，一群数不清的人像影子般经过她的门口,她便招呼他们。

"哦,请过来一下!"

一个人影从行列中走出来,走到她的门口。

"你们走了吗?你们要丢下我们吗?"

那人影似乎脱下了帽子,随后从黑暗中传来了平静的声音。

"是的,太太。我们是在走了。我们是从一英里外的工事里来的,是最后一批了。"

"你们——军队真的撤退了吗?"

"是的,太太。你知道,北佬就要来了。"

北佬就要来了!她已经把这给忘了。她的喉咙忽然收紧,再没什么话好说。那人影离去,没入在其他的黑影中,于是脚步声朝着黑暗处渐渐远去。"北佬就要来了!北佬就要来了!"那是士兵们脚步的节奏,也是她骤然猛跳的心房的节奏。"北佬就要来了!"

"北佬要来了!"普里西号叫着缩到了斯佳丽的身边。"哦,斯佳丽小姐,他们会把我们全都杀掉!他们会用刺刀戳进我们的肚子!他们要——"

"哦,别嚷!"想起这些事已经足够可怕的了,哪里还经得起听她用颤抖的声音说出来呢。一阵恐惧重新掠过她的心头。她怎么办呢?她怎样能逃脱呢?她到哪里去能寻求帮助?每一个朋友都已抛弃她不管了。

她忽然想到了白瑞德,她觉得平静立即驱除了恐怖。今天早上,她像只掉了脑袋的鸡在东奔西跑的时候,为什么竟没有想到他?她固然恨他,可是他很强壮,很能干,而且不怕北佬。他现在还在城里没有离开。不错,她还在生他的气。可是在这样的时刻她何妨暂时不去计较这些。何况他还有一匹马和一辆马车。哦,她怎么没有早点想到他!他能够把她们从这个倒霉的地方带走,避开北佬,到别的什么地方去,不管哪里都行。

她转身迫不及待地对普里西说道:

"你知道白瑞德船长住在哪里吗?——是不是在亚特兰大旅馆?"

"是的，小姐，不过——"

"喏，你马上去找他，能跑多快你就得跑多快，跟他说我要找他。我要他马上就来，把马车也赶来，要是有办法，就弄一辆救护车来也行。把孩子的事也告诉他。告诉他我要他把我们带出城去。去吧，快！"

她坐直身子，推了普里西一下，催她赶快上路。

"我的上帝，斯佳丽小姐！我可不敢一个人在黑暗里跑路，要是给北佬抓住了呢？"

"你只要跑得快，就可以赶上那些士兵，他们绝不会让你给北佬抓去。快去！"

"我害怕！要是白瑞德船长不在旅馆里呢？"

"那就问一下他在什么地方。你怎么一点脑子也没有？要是他不在旅馆里，你就到迪凯特街上的酒吧间去打听一下。到贝尔·沃特林家里去找。四处去找就是了。你这傻瓜，你不想想，要是你不赶快把他找来，北佬就一定会把我们全都抓去。"

"斯佳丽小姐。妈要是知道我到酒吧间或者到婊子家里去过，会拿棉花杆子揍我的。"

斯佳丽忽地站起身来。

"你要是不去，我先揍你一顿。你可以不进屋子里，站在街上喊他，不行吗？你还可以问问别人他在不在里面。快去。"

普里西还站在那里，擦着脚，做着怪相，斯佳丽便又用力推了她一下，差点儿没叫她一个倒栽葱从台阶上摔下去。

"你要是不去，我就把你卖到河流下游的地方，叫你一辈子见不到你妈，见不到一个熟人，我要把你卖给人家到田里去干苦活。快去！"

"我的上帝，斯佳丽小姐！"

可是她经不起女主人那只坚决的手加在她身上的压力，终于迈步走下台阶。听到前门咔嗒响了一下，斯佳丽又嚷了一声："快跑，你这蠢货！"

普西里开始快步走时，她听见了她的啪哒啪哒的脚步声，然后脚步声在松软的泥路上渐渐消失了。

第二十三章

普里西走了以后,斯佳丽疲倦地走进楼下的过道里,点亮了一盏灯。屋内闷热异常,仿佛正午时的热气,全都吸附在它的四壁里。她稍稍清醒了一点,感到肚子有点饿了,这才想起,从昨天夜里到现在,自己只吃过一小口玉米粥。她于是拿起灯,走到厨房里。炉子里的火早已熄灭,可是房间里还是热得叫人透不过气来。她见平底锅里还剩半块玉米面包,抓起来就啃,一面另找些其他吃的。罐子里还有点玉米粥,她等不及盛在盆子里,便用大调羹舀着吃起来。那粥味道太淡,可是她实在饿得厉害,也顾不上去找盐了。一口气吃了四调羹,她觉得厨房里热得受不了,便一手拿着灯,一手抓着半块玉米面包,又回到过道里。

她知道自己应该上楼去陪伴媚兰,因为如果出什么事媚兰是再也没有力气喊她的。可是在那个房间里,她已经度过了噩梦般的许多个时辰,一想到又要回去,心里实在反感,她再不想看见那个房间,哪怕媚兰真的快要一命呜呼,她也不愿上去。她把蜡烛放在靠窗的蜡烛台上,又回前廊去。外面毕竟凉快得多,连夜空也沉浸在温馨之中。她坐在台阶上继续咬着玉米面包,灯火在她周围散发出一个淡淡的光圈。

她吃完面包,感到稍稍有点精神,可是恐惧感也跟着来了。她听见从街上远远传来一阵嗡嗡声,但不明白那声音意味着什么样的灾难。她只听见声音一起一伏,但辨不出是什么声音。她竭力侧耳倾听,不久便觉得肌肉因紧张而疼痛。此刻她最最盼望的,是听到嘚嘚的马蹄声,看到白瑞德那双无忧无虑、充满自信的眼睛来讥笑她的恐惧。白瑞德会把她们带走。带到哪里,她不知道,也不在乎。

她正竖起耳朵倾听城里的声音,忽然看见树梢上空升起一抹淡淡的红光。好奇怪。她一细看,见那红光更亮了。黑暗的夜空先是呈浅红色,继而变成暗红色,随后忽然间她看到一条巨大的火舌,从树顶上直窜苍穹。她猛地跳起来,她的心又开始扑通扑通乱跳得令人作呕。

北佬已经来了!她知道他们已经来了,他们在纵火了。那火焰似乎是在城中心的东边。她惊恐地看到,那火焰愈升愈高,忽然扩展成大片火海。必定是整条街都着火了。她感觉到,飘来的微风也是热的,它还带着一股硝烟味。

她逃到楼上自己的房间里,向窗外探身看个明白。天空成了一片可怕的火红色,一股股黑烟盘旋上升,像浓云般笼罩在火焰的上空。现在硝烟味更浓了。她思绪纷乱,时而担心火势会不会很快蔓延到桃树街波及这座房子,时而想着如果北佬冲进来抓她,她该怎么办,该向哪里逃。这时,仿佛地狱里所有的鬼怪都在她耳边尖声呼喊,她的脑子在昏乱与恐慌中直打回旋,她只好紧紧抓住窗台以免跌出窗外。

"我得想一想,"她一遍又一遍地告诫自己,"我得想一想。"

可是她的思绪就像受惊的蜂鸟,在她脑子里飞进又飞出,始终躲避着她。她站在窗台前,她听到一声震耳欲聋的爆炸,比她听到过的所有炮声还要响,天空立刻被巨大的火焰所撕裂。接着又是几声爆炸。大地震荡,头上的窗玻璃碎落在她的四周。

爆炸声接连不断,大地成了一个噪声、烈焰与震颤的地狱。火星雨点般地射向天空,然后懒懒散散地穿过血红的烟云坠落下来。她觉得听到隔壁房间里有微弱的呼喊声,可是她没有加以理会。现在她没时间去管媚兰了。恐惧就像她刚才看到的火焰那样迅疾地扩展到她全身,除了恐惧,别的她全没时间去过问了。她成了吓破了胆的孩子,只想把头埋在母亲的膝上,以免看到这可怕的景象。她要是在家里该多好!在家里跟母亲在一起该多好!

在这令人心惊胆战的巨响中,她听见了另一种声音,那是一种被恐惧驱使着在三步并作一步奔上楼来的声音,接着又听见了像是丧家之犬般的嗥叫声。普里西闯进房里,扑向斯佳丽,一把抓住她的臂膀,差点没把她的肉给掐下几块来。

"北佬——"斯佳丽嚷道。

"不是,小姐,是我们自己的人!"普里西喘着气说,把指甲更深地掐进斯佳丽的手臂里。"他们正在烧翻砂厂,烧军需站和仓库,看在上帝面上,斯佳丽小姐,他们把那七十节车厢的炮弹和火药也烧了,上帝,我们怕也会被烧了呢。"

她又开始尖声号叫起来,一面使劲掐着斯佳丽,斯佳丽痛得叫喊起来,愤怒地把普里西的手挣脱掉。

原来北佬还没有来!要走现在还来得及,斯佳丽重又鼓起惊恐的余勇。

"我要是不能控制自己,"她想,"就会像只烫伤的猫那样尖叫起来!"她看见普里西吓得那副可怜的样子,反而镇定下来。她抓住普里西的两肩用力摇着。

"别那么吵吵嚷嚷的,谈点正经事吧。北佬还没来呢,蠢货!你有没有看见白瑞德船长?他说些什么?他来不来?"

普里西停止了喊叫,但是她的牙齿仍在作对儿厮打着。

"见到了,小姐。我后来找到他的。就像你说的,他在酒吧间里。他——"

"不管在哪里找到他的,到底他来不来?你有没有告诉他把他的马带来?"

"我的上帝,斯佳丽小姐,他说我们的士兵把他的马和马车都拉去做救护车了。"

"哎呀,老天!"

"可是他要来——"

"他怎么说?"

普里西这时呼吸正常起来,也恢复了一点儿自制力,只是她的眼球还在不停地转动。

"喏,小姐,就像你跟我说的,我在一家酒吧间里找到了他。我站在门外大声喊他,他就出来了。他一眼就看见了我,我刚想跟他说话,那些大兵就把迪凯特街上的一家堆栈放火烧着了。他一把抓住我,说声'快',我们就一口气跑到了五角场,他停下来对我说,什么事,你快说。我就说你说的,白瑞德船长,请你赶快来,把马跟马车都赶来。媚利小姐生了个孩子,你又拼命想逃出城外去。他问:她想到哪里去?我说我不晓得,先生,可是你总得在北佬没来之前到达这里,而且要他陪着你出城。他笑起来说,他们把他的马给拉走了。"

最后的希望成了泡影,斯佳丽的心不禁向下一沉。唉,她自己真傻,竟没有想到军队撤退的时候,势必要把城里的每一匹马和每一辆车都带走的。她心灰意冷,一时间竟没听见普里西在说些什么,可是她终于又打起精神,听她把话说完。

"他还说,请斯佳丽小姐放心,他说他会到军队里去给你偷一匹马来,哪怕只剩下一匹马也要去设法偷来。他还说他以前曾偷过马,说告诉斯佳丽小姐,他即使被枪毙也要给你偷匹马来。说罢他又笑了,说赶快回家去:我刚要动身,就听见'嘣''嘣'的爆炸声,我吓呆了,可是他对我说那没什么的,是我们自己人把军火炸了,免得给北佬拿走——"

"他要来?他还要带匹马来?"

"他是这样说的。"

她长长地舒了口气。只要还有办法可以搞到一匹马,白瑞德就一定能搞到手。他白瑞德就是个这样精明能干的人。他要是能把她们带出这个倒霉的地方,她就什么都可以宽恕他。逃走!跟白瑞德在一起她什么都不用害怕。白瑞德会保护她们。感谢上帝把白瑞德恩赐给她们。现在有了安全的前景,她得处理一些实际的事情了。

"把韦德叫醒,给他穿好衣服。再给我们大家收拾几件衣服,放在小箱子里。不要跟媚利小姐说要走的事。还不到时候。拿几条厚毛巾给小宝宝包好，别忘了再包上几件衣裳。"

普里西还抓着斯佳丽的衣襟，对她翻着白眼。斯佳丽使劲一推，把她推开了。

"快去，"她嚷道，普里西像只兔子似的一溜烟跑了。

斯佳丽想起媚兰，她听见那轰隆轰隆持续不断的巨响，看见那冲天的火光，那声音，那景象，可真像是世界末日来临，她一定会吓得魂不附体！自己该上楼去安慰她才是。

可是她此刻还是不想回到她的房间里去。她想起皮特姑妈逃往梅肯去时留下的瓷器和小银器，便下楼来想先收拾一下。可是她刚走进餐厅，她那双不住哆嗦的手竟把三只盆子掉在地上摔碎了。她跑到门廊前听听，又跑回到餐厅，手中捧着的银器当啷啷又掉到了地板上。她手里拿什么就掉什么。她在匆忙中一不留神，在碎呢地毯上滑了一下，摔倒在地板上，可是她很快一跃而起，连疼痛也没有觉得。她听见普里西在楼上像只野兽似的奔跑，不觉大怒，因为她听出来普里西完全是毫无目的地在那里瞎跑。

她一次又一次跑到门廊前张望，这已是第十二次了，这一次，她没有再回到餐厅去，她不再徒劳无益地继续收拾瓷器和银器。她坐了下来。她知道她怀着一颗七上八下的心在等待着白瑞德，是什么事也别想做成的。时间仿佛已经过去了好几个小时。终于她听见路上远处传来未经涂油的车轴发出的吱吱咯咯声，以及沉重缓慢的马蹄声。他为什么这样慢吞吞的？为什么不让马儿跑快些呢？

声音渐近，她忽地纵身而起，直呼白瑞德的名字。随后，她看见他朦胧的身影从一辆小型运货马车上跨下来，又听见大门咔嗒一响，接着他向她走过来了。他已清清楚楚地出现在灯光下面。他打扮得体体面面的就像是要参加一场舞会。他穿的是剪裁考究的白亚麻外套和裤子，镶着刺绣的灰色水绸背心，胸前打裥的衬衫。一顶宽边巴拿马帽显眼地歪戴着，裤带上插着两支象牙柄的长铳决斗手枪。上衣口袋因弹药装得过重而垂挂下来。

他从门口走过来，他的步子像个野蛮人一样轻松矫健，而他的脑袋打扮得像个异教徒国的王子一样漂亮。黑暗的危险使斯佳丽惊恐万状,但却令他陶醉。他黝黑的脸上有一种隐藏着的乘人之危的凶恶残暴的意向,斯佳丽要是能机智地察觉出来,势必会胆战心惊的。

他的黑眼睛闪动不停,似乎觉得周围的一切挺有趣的,似乎那天崩地裂的声响和那可怕的火光不过是吓唬孩子的玩意儿。他走上台阶时,她摇摇晃晃地迎上前去,她的脸色惨白,她的绿眼珠儿在渴望着什么。

"晚上好,"当他手一挥脱帽时,他拉长声调说道,"好天气。我听说你打算出去旅行一次。"

"如果你还跟我开玩笑,我就再也不睬你了。"她用颤抖的声音说。

"你不至于受惊了吧!"他装出吃惊的样子,他还装出微笑使她恨不得把他从那陡峭的台阶上推下去。

"是的,我受惊了!我简直吓得要死。你如果具有上帝给山羊的那么一点点头脑,也应该知道受惊的。不过现在我们没工夫聊天,我们得赶快离开这里。"

"你吩咐就是了,太太。不过你打算到哪里去?我到这里来,完全是出于好奇心,是想晓得你到底打算到哪里去。现在城的四周都是北佬,东南西北我们都不能去。只有一条路还没有北佬,我们的军队正在撤退的那条路。就连那条路也维持不了多久。斯蒂夫·李将军的骑兵正在拉夫雷狄打后卫战,好让这条路维持到军队撤完为止。你要是跟着军队沿着克多诺大路走,他们就会把你的马牵走。这匹马虽然不怎么好,我可费了好大力气才偷来的。你说到底从哪里走?"

她站在那里发抖,正在听他说着,什么也没听进去。但她最后听到他的发问,突然想到了自己要去的地方,在所有这些受煎熬的日子里,她一直想着要去的地方,那是唯一她想去的地方。

"我要回家去。"她说。

"回家?你是说去塔拉?"

"是的，是的！去塔拉！哦，白瑞德，我们得快走！"

他盯着她，好像她已失去了理智似的。

"塔拉？上帝，斯佳丽！你难道不晓得琼斯博罗整天在交战吗？拉夫雷狄上下十英里地段都在打仗，甚至于进入琼斯博罗巷战了，这你还不晓得？说不定现在塔拉到处都是北佬，整个县里到处都是北佬了。没人确切知道北佬在哪里，但总是在那一带附近。你绝不能回家去！你绝不能正好从北佬军队中穿过去！"

"我一定要回家！"她嚷道，"我一定要，一定要！"

"你这小傻瓜，"他的声音变得急促而且粗暴，"你不能走那条路。就算你没有碰上北佬，那些树林里也到处是敌我双方的散兵和逃兵。我们的军队还有不少正在从琼斯博罗撤退。他们会跟北佬一样马上把你的马抢走。现在你唯一的机会就是跟在撤退的军队后面沿着克多诺大路走，指望在黑暗中他们没看见你。你绝不能到塔拉去。即使你到了塔拉，那里很可能已经烧成一片废墟了。我不让你回家去，那简直是发疯。"

"我一定要回去！"她大叫大嚷，她突然尖叫起来，"我一定要回去！你不能阻拦我！我一定要回去！我要找我母亲！你要是想阻拦我，我就杀了你！我一定要回去！"

长时间的紧张生活终于使她歇斯底里大发作，恐惧的眼泪流淌满面。她双拳捶胸，大嚷大叫："我一定要回家！我一定要回家！哪怕是一步步走回去，我也一定要回家！"

忽然间她已倒在他的怀里，满是泪水的脸颊贴在他浆过的衬衫褶裥上，捶胸的两拳搁在他身上停住了。他轻轻地抚摸着她零乱的头发，使她觉得宽慰，他的声音也很温和。不但温和，而且安详，丝毫不带嘲讽，完全不像是白瑞德的声音，倒像是一个可亲的强壮的陌生人，身上散发出白兰地、烟草和马的气味，那气味使人感到很舒适，因为它使她想起了她的父亲杰拉尔德。

"得啦，得啦，宝贝，"他轻轻地说，"别哭啦，你就回去吧，我勇敢的小姑娘。你一定能回家。别哭啦。"

她感觉到他在用什么东西在替她梳理头发,她模糊地感到好像是他的嘴唇在起作用。他非常温柔,使她感到无比舒适,真想永远地躺在他的怀里,有这样两条强有力的臂膀搂着她,肯定没有任何东西能够来伤害她了。

他从口袋里摸出一条手帕,给她擦擦眼睛。

"好,做个乖孩子,擤擤鼻子吧,"他下命令说,眼睛里闪现出微笑。"你说现在该怎么办。我们得快点行动了。"

她顺从地擤了擤鼻子,身子还在发抖,可是却想不出叫他该怎么做。他看见她嘴唇在抖动,眼睛无可奈何地看着他,便决定由他来发号施令了。

"威尔克斯太太刚生了孩子,是吗?要她行动是很危险的——坐在一辆破马车里赶二十五英里路确实是够危险的。最好是把她留下来跟米德太太一起。"

"米德一家人都不在家。我不能把她留下来。"

"好吧。那就让她乘马车去吧。那个没脑子的黑人小姑娘呢?"

"在楼上整理箱子。"

"箱子?那辆马车的容量很小,什么也装不下。就坐你们几个人已经很勉强了。那车轮不用增加负荷就快要飞脱了。叫她拣一条顶顶小的鸭绒被来,垫在车子里。"

斯佳丽还是没有动。他用力紧紧抓住她的臂膀,他身上的活力似乎传递给了她。她要是能像他那样冷静,那样若无其事该多好!他把她往过道里一推,可是她依然站着不动,无可奈何地看着他。于是他咧着嘴嘲讽道:"难道这就是那位亲口向我保证过天不怕地不怕的年轻女英雄吗?"

他忽然纵声大笑,松开了她的手臂。她被他刺痛了,对他怒目而视,心中十分恨他。

"我并不害怕。"她说。

"你害怕的。你快要晕过去了。我身上可没带嗅盐。"

她想不出别的办法来对付他,只好干跺脚。随后她一声不响地拿起灯往楼上去。他紧紧地跟在她身后,她听见他在吃吃暗笑,她反而挺起了腰板。她走进韦德的育儿室,见他坐在普里西怀里,衣服穿了一半,静静地在打嗝。普里西在啜泣着。韦德床上的鸭绒被是顶小的,她叫普里西把它拿到楼下去垫在车上。普里西放下孩子遵命行事。韦德跟着她下楼,觉得这一切都很好玩,连嗝也不打了。

"跟我来,"斯佳丽说,转向媚兰的房门。白瑞德跟着她,帽子拿在手里。

媚兰静静地躺着,被单一直盖到下巴底下。她脸色像死一样的惨白,周围有一道黑圈而深陷了的眼睛却很清澈。她看见白瑞德出现在她的卧室里,并不感到惊讶,只当作是自然而然的事。她想要微微一笑,可是那笑容还没到嘴边就消失了。

"我们就要回家,到塔拉去,"斯佳丽急忙解释道,"北佬就要来了。白瑞德是来送我们去的。我们别无选择了,媚利。"

媚兰无力地点了点头,拿手指指那婴孩。斯佳丽把婴孩抱起来,赶紧拿一条厚毛巾裹好。白瑞德走到床前。

"我尽量不碰着你,"他平静地说,给她把被单裹得紧紧的。

"你试试能不能把你的双臂抱住我的脖子。"

媚兰试着抬起双臂,但马上软弱地恢复原状。他弯身一手插入她的肩下,一手托住她的膝弯,轻轻地把她举起来。她没有叫喊,可是斯佳丽看见她咬着嘴唇,脸色也越发苍白了。斯佳丽把灯高高擎着给白瑞德照路,他刚要走向门口只见媚兰指向墙壁做了一个微弱的手势。

"做什么?"白瑞德轻轻地问道。

"请你,"媚兰低声说,还想伸出手来指点,"查尔斯。"

白瑞德低头看着她,以为她在说胡话,可是斯佳丽明白她的意思,心里很觉气恼。她知道媚兰要的是墙上挂在军刀和手枪下面的那张查尔斯的照片。

"请你,"媚兰又低声说,"那把刀。"

"噢,好的,"斯佳丽说。她先小心地照着白瑞德下了楼,重新上楼,卸下军刀和手枪带。抱着孩子,带上灯,还要加上这两件东西,未免不太方便。媚兰就是这样的人,人都差点要死了,北佬又紧跟在后面,她一点不担心,而她所担心的是查尔斯的东西。

她把查尔斯的照片取下来,朝他脸上看了一眼。她的眼睛接触到他的褐色大眼睛,不由停了一会儿,好奇地看着照片。这个男人曾经做过她的丈夫,跟她仅几度云雨,给她留下一个孩子,长着跟他一模一样柔和的褐色眼睛。可是现在她已把他忘了。

那婴孩在她怀里挥舞着小拳头,轻轻地咪呀咪呀叫着。她低头看着他,这时她第一次意识到这就是艾希礼的孩子。忽然间她产生了一个强烈的愿望,以她身上剩余的全部力量,她但愿怀中抱着的是她自己的孩子,是她和艾希礼的孩子。

普里西蹦蹦跳跳上楼来,斯佳丽把孩子交给她抱着,一起匆匆下楼,灯光给墙上投射出恍惚的影子。到了过道里,斯佳丽看见有顶帽子,急忙把它戴在自己头上,并把帽带系好。这是媚兰服丧戴的黑帽子,跟斯佳丽的尺寸不合适,可是斯佳丽已记不起自己的帽子放到哪里去了。

她走出屋子,走下前面的台阶,一手擎着盏灯,小心地不让军刀碰撞自己的双腿。媚兰已经伸直身子躺上马车的后座,旁边是韦德和毛巾紧裹着的婴孩。普里西爬上车后便把婴孩抱在怀里。

马车很小,两旁的车厢板很低。轮子往里倾斜,好像轮子一转动就会使他们掉下来似的。她朝那匹马看了一眼,不由心向下一沉。那是一匹瘦弱不堪的小马,没精打采地站在那儿,头几乎下垂到两只前腿的中间。它的背脊上伤痕累累,皮肉绽开,听它那呼吸的声音也不像是一匹健壮的马发出来的。

"这马不怎么像样,是吗?"白瑞德咧开嘴笑了,"看样子它在车轭之下不要多久就会死的,不过它已经算是我所能够弄到的最好的马了。至于是在哪里偷的,怎样偷到的,以及偷的时候我差点被打死等等,以后我会详详细细告诉你的。我现在正是一帆风顺的时候,要不是对你一片痴心,我怎么也不会去做个偷马的贼——而且偷的又是这样的一匹马,让我搀你上车吧。"

他从她手里接过灯,放在地上,那马车的前座不过是搁在两侧厢板之间的一块狭窄的木板。白瑞德把斯佳丽全身抱起来,放到木板上,做个男人而且做个像白瑞德那样强壮的男人该多好。她心中暗想,一面把裙子拢了拢,有白瑞德在身边,她觉得火烧也好,爆炸也好,北佬也好,什么都不用害怕了。

他上车坐在她身边,勒起缰绳。

"噢,等一等,"她嚷道:"我忘了把大门锁上了。"

他哄然大笑,拉起缰绳在马背上抽了一下。

"你笑什么?"

"笑你——居然想把北佬锁在门外,"他说着,那匹马勉强地慢吞吞地起步了。人行道上的那盏灯还点燃着,发出一个小小的黄色光圈,随着马车渐渐远去,那光圈变得愈来愈小了。

出了桃树街,白瑞德拨转马头往西,马儿慢吞吞地进入一条车辙交错的小道,马车猛烈地颠簸起来,折腾得媚兰突然发出一声窒闷的呻吟,两旁的树木在他们的上空交织成阴暗的穹顶,路旁静寂黑暗的房屋前白色篱笆桩子闪着微光,像是一排排墓碑。狭窄的街道像是条幽暗的隧道,可是那冲天的火光还是从浓荫中微微透射进来,投下的片片暗影像是鬼怪在道路上疯狂地相互追逐。火烟味愈来愈浓,一阵热风吹来,从城市中心带来一片混杂的声响,有人群叫喊声、军车隆隆声和行军的脚步声。白瑞德刚要把马车拐进另一条马路时,听见又一声轰然巨响,一股烈焰带着浓烟从西边直冲天空。

"那一定是最后一列军火列车了,"白瑞德平静地说,"我不明白他们为什么没有在今天早上把军火运走,这些笨蛋,早上时间还宽裕得很。现在可苦了我们,我原打算绕过城中心,避开大火和迪凯特街上那群醉鬼,从西南角出城,这样不会有什么危险。可是我们走这条路线得穿过马里塔街,要是我没有猜错,刚才那声爆炸就离马里塔街不远。"

"我们非得——非得通过大火燃烧的地方吗?"斯佳丽颤抖着说。

"要是赶快还能抢在大火前头,"白瑞德说着跳下车,消失在一个黑暗的院子里。他回来时手里拿着一根小树枝,他便在那马儿擦伤的背脊上,用树枝毫不留情地抽打,那马儿拖拖沓沓地拼命朝前跑,喘着气挣扎着,马车东倒西歪地向前进。把车上的人颠得就像是爆玉米锅里的玉米一样,婴孩先大哭起来,普里西和韦德给车板碰痛了,也哭喊起来。可是媚兰却没有发出一点喊声。

他们渐渐接近马里塔街,这里树木比较稀疏,巨大的火舌窜到建筑物的上空,把街道和房屋照耀得比白昼还要明亮,投下许多奇异的阴影,像是风暴中沉船上飘卷着的支离破碎的风帆一样。

斯佳丽的牙齿震颤得咯咯响,可是她已害怕到了极点,自己竟没有感觉到。虽然炽热的火焰已经把热气直逼到她的脸上,但她却觉得冷得发抖。这里简直是地狱,现在她正在这地狱里,她要是能让自己的双膝停止发抖,她一定会跳下马车,尖叫着沿着原路逃回皮特姑妈家躲避起来。她向白瑞德身边缩拢靠近,她的颤抖的手指抓住他的臂膀,抬头看着他,希望他跟她说话,安慰她,消除她的顾虑。此时她和他都沐浴在邪恶猩红的灼热之中,他的侧影如古币上的头像清晰地浮现出来,漂亮、冷酷、颓废。经她的手一触摸,他转身看着她,他的目光灼灼似烈火般使她感到可怕,在斯佳丽看来,他那神情中带有振奋和轻蔑,仿佛对当前的处境有着浓厚的兴趣,对正在逼近的地狱深表欢迎似的。

"拿着,"他说,从皮带上抽出一支长筒手枪,"如果有人——不论白人黑人——从你这边上来想染指这匹马,就把他开枪打死再说。可是,看在上帝的面上,你不要一激动打中了马儿。"

"我——我有一支枪。"她低低地说,紧握着她膝上的枪,不过她心里非常清楚,一旦到了生死关头,她一定会吓得不敢开枪的。

"你有枪,从哪里弄来的?"

"是查尔斯的。"

"查尔斯?"

"是的,查尔斯——我的丈夫。"

"你真的有过一个丈夫吗?亲爱的,"他在她耳边说,轻轻地笑了。他要是正经一点,快一点赶路就好了。

"你以为我的孩子是哪里来的?"她严厉地嚷道。

"哦,除了丈夫,也还有别的办法。"

"你不要说话,快点赶路行不行?"

可是他猛然勒住缰绳,他们已经到了马里塔街,到了一个还没有着过火的堆栈的阴影里。

"快!"这是她心中浮起的唯一的字眼,"快,快!"

"士兵。"他说。

这时一队士兵,迈着行军的步子,沿着马里塔街走来。大街两旁的房子都在燃烧着,他们把枪胡乱地倒挂着,他们疲惫得再也走不快了,疲惫得再也无暇理会左右两边掉下来烧着的木头和在他们周围的滚滚浓烟,他们个个衣衫褴褛,连用以识别官兵的肩章和领章也都没有了,只有零零落落几个人的破帽子边上还钉着三个花体邦联军缩写字母"C.S.A",不少人都光着脚板,有的人头上或臂上裹着肮脏的绷带。他们径自朝前走着,目不斜视,默不作声。若不是踩着坚实的步伐,真会叫人误以为是一群鬼魂了。

"好好看看他们,"传来了白瑞德嘲弄的声音,"将来好对你的子孙后代说,你曾看到过我们光荣大业的后卫队撤退时的情景。"

她忽然恨起他来,这时对他的恨使她自己的恐惧感也变得微不足道了。她知道她跟马车后座几个人的安危都系在他一个人身上,现在也只有他一个人可依赖,可是她还是恨他,恨他不该嘲讽那一列士兵。她想起查尔斯已经死了,艾希礼也是凶多吉少,还有那许多勇敢快活的年轻人,躺在浅葬的墓地里腐烂着,只是她却忘记了她自己也曾一度把他们视为傻子,她一时说不出话来,只是在她的眼睛里骤然充满着憎恨和厌恶,狠狠地盯着他。

队伍走到末了,后排有一个小个子士兵,把枪托拖在地上,先是摇摇晃晃地走着，后来站定下来，呆呆地望着他的伙伴行进，他的脸孔，肮脏透顶，他的神情因太疲乏而显得木然，像是个梦游人似的。他个子只有斯佳丽那么高，跟他身上背的那支枪也差不多高，他满脸污垢，没长胡子。这孩子至多不过十六岁，斯佳丽转念一想，他一定是民团里的，或者是个从学校里逃出来的学生。

她正看着，那孩子两膝慢慢地弯曲下来，然后跪倒在地上。殿后的部队有两个人走出队伍，一声不响地往后走到孩子身边，其中一个瘦高个子，黑胡子一直拖到腰际的皮带，把自己的枪跟孩子的枪交给另一个人，然后俯下身子，像变戏法似的一下子熟练地把孩子背到自己的肩上，慢慢地跟着队伍继续赶路。他的双肩被孩子的重量压弯了，而那孩子虽然很虚弱，却像个被大人逗恼了的小孩，尖声喊着："把我放下，该死的，把我放下，我自己能走！"

那长胡子没理睬他，沉重而缓慢地继续前进，拐过一个弯便消失了。

白瑞德端坐着不动，手里的缰绳放松了，目送着他们离去，黝黑的脸上显出一种古怪阴郁的神色。接着，焚烧着的木料噼噼啪啪地掉下来了，斯佳丽见她们坐在阴影近旁堆栈的屋顶上冒出一条细细的火舌。紧接着火焰就展开呈燕尾旗和各色战旗形，胜利地直冲云霄。浓烟扑鼻而来，她自己，韦德和普里西都咳嗽了，婴孩也发出轻轻的喷嚏声。

"哦，看在上帝的面上，白瑞德！你是不是疯了，快走，快走！"

白瑞德没有回答，举起树枝向马背上狠命一鞭。那马蹦跳起来，没命地朝前奔，颠簸着穿过了马里塔街。前面是通向铁路轨道的一条狭窄的短街，街道两旁的建筑物多处燃起大火，形成一条火巷，马车冲往火巷里。火光像十二个太阳般地炫眼，灼热炙烤着他们的皮肤，噼啪噼啪作响、使人痛苦的声浪冲击着他们的耳膜。他们仿佛是在火海中受着无边的煎熬，然后忽然间，他们又进入了半明半暗之中。

他们冲过街道，越过路轨，一路上白瑞德机械地挥动着手上的树枝。他板着的脸带有茫然的神情,仿佛已忘记了自己身在何处。他那宽阔的肩膀向前弓起,下颏突出,似乎在想着什么不愉快的事,大火烤炙得他额头和满脸都是汗水,可是他并没有去擦它。

他们从一条小街拐进又一条小街,转弯抹角地尽在狭窄的街道上走,到后来斯佳丽完全辨别不出方位,只觉得烈焰的呼啸已经在身后消失了。白瑞德还是默不作声,还是机械地挥舞着树枝,这时天空的火光也渐渐消退,道路变得漆黑,非常怕人,斯佳丽希望他跟她说几句话,说什么都行,哪怕是嘲讽的话,侮辱的话,刺伤她感情的话,可是他什么也没有说。

说话也罢,不说也罢,她还是感谢上帝有他在这里。身旁有个男人是桩大好事,可以紧紧地挨着他,感觉到他臂膀上鼓起的肌肉,知道他可以给自己阻挡那不可名状的恐怖,哪怕他只是瞪着眼坐在那里。

"哦,白瑞德,"她紧紧抓住他的臂膀低声说,"我真不知道没有你该怎么办?我很高兴多亏你没有到军队里去。"

他回头看了她一眼,这一眼,却使她马上放开了他的手臂,把自己的身子缩了回去。他那眼神中没有嘲讽,却是赤裸裸的,其中含有愤怒,还有像是惶惑的神情。他把嘴唇往下一抿,便又转回头去了。他们在默默之中走了很长一段时间,除了婴孩发出轻轻的哭声和普里西的抽噎声,到后来,她实在受不了那抽噎声,便转身狠狠地拧了她一把,普里西先是放声尖叫起来,然后才吓得不敢出声了。

最后白瑞德把马车转了一个九十度的弯,不久便到了一条较为宽阔平坦的大路上。两旁朦胧的房子轮廓,渐渐稀疏了,连绵不断的树林像墙壁似的竖立在大路的两边。

"我们现在已经到了城外,"白瑞德勒住缰绳简短地说道,"这里是通向拉夫雷狄的大路。"

"快走,别停!"

"让马儿喘口气吧,"然后他转身向她慢慢地问道,"斯佳丽,你是不是仍然决心要干这桩发疯的事?"

"什么事?"

"你是不是还打算通过这里到塔拉去?这是自杀。斯蒂夫·李的骑兵跟北军正在这条路上开火呢。"

哦,上帝!她好不容易度过了这可怕的一天,他是不是又不肯送她回家了?

"哦,是的,我要回家,请你,白瑞德,我们快点赶路吧,那匹马并不怎么累。"

"等一等。你不能从这条路到琼斯博罗去:你不能沿铁路线走。在拉夫雷狄南面,铁路线附近整天都在打仗。你想想有没有什么岔路或者小道,不通过拉夫雷狄或者琼斯博罗,可以直达塔拉的。"

"哦,有的!"斯佳丽嚷道,松了一口气。"我们要是能够走到离拉夫雷狄不远的地方,我知道那里有一条大车道,是去琼斯博罗大路的一条岔路,要弯弯曲曲地绕上好几英里路,爸以前总是带着我在那条路上骑马。它通到麦金托什家附近,从那里到塔拉只有一英里路。"

"好。你也许能够顺利通过拉夫雷狄,今天下午斯蒂夫·李将军还在那里掩护撤退。也许北佬尚未到达那里。要是你的马不被斯蒂夫·李手下的兵抢去,你也许能通过那里。"

"我能够通过。"

"是的,你。"他的声音很粗暴。

"可是白瑞德——你——你不护送我们去吗?"

"是,我就在这里跟你们分手。"

她狂乱地环顾四周,她看到他们身后铅灰色的天空,看到他们左右像监狱墙壁似的幽暗的树木,看到马车后座上几个吓坏了的人影——最后看到了他。她是不是神经错乱了?是不是听错了?

他正咧开嘴在讥笑。在昏暗的光线下她看见他雪白的牙齿,在他眼睛里又出现了惯常的嘲讽神色。

"跟我们分手?那么——那么你到哪里去?"

"我要跟军队一起走,亲爱的姑娘。"

她叹了口气，又是宽慰，又是心烦。在这样的时刻，怎么还要跟她开玩笑。白瑞德到军队里去，他不是说过，只有那些傻瓜，听了演说家的豪言壮语，才会随着咚咚的战鼓声，冲向战场去拼命的吗？他说过傻子去送命，聪明人去赚钱。

"哦，你这样吓唬我，我真能把你给掐死，我们快走吧。"

"我不是在开玩笑，亲爱的，我很伤心，斯佳丽，你对我的英勇牺牲精神竟然一点也不欣赏。你的爱国主义思想，你对我们光荣大业的热爱到哪里去了？现在是你的一个机会，可以嘱咐我如不能凯旋则宁可马革裹尸之类的话。不过你得快些说，因为在我奔赴疆场之前，还有一番慷慨激昂的话要说。"

他那拖长的语调分明含有嘲讽的意味。他是在讽刺她，同时，也多少带点自我讽刺的味道。他刚才说什么？爱国主义，马革裹尸，慷慨激昂的话？他不可能是当真的！他刚才轻率地说要把她扔在黑暗的大路上，由她带着一个性命难保的女人，一个新生的婴儿，一个愚昧的黑姑娘，一个吓坏了的孩子，穿过几英里长的战地，在那里可能会遇到散兵、北佬、炮火以及诸如此类的危险，他的话是难以叫人置信的。

她记得六岁那一年，有一回她从树上摔下来，直挺挺地胸脯着地，当时她感到胸闷恶心，过了一会儿才缓过气来。此刻她眼睛看着白瑞德，又产生了同样的感觉，屏息、昏沉和恶心。

"白瑞德，你是在开玩笑！"

她抓住他的手臂，恐惧的泪水洒落在她的手腕上，他举起她的手轻松地亲了一下。

"你是自私到底的，是吗，亲爱的？只想到你，保全你自己，全不顾我们庄严的邦联了。你想想，我在紧要关头去投军，会给我们的军队带来多大的鼓舞？"他的语调似乎温柔却很恶毒。

"哦，白瑞德，"她哀泣道，"你怎么能这样对待我？你为什么要把我甩下？"

"为什么？"他得意地笑了，"也许是因为我们南方人所共有的那种潜在的感情激发起来了,也许——也许我因为感到惭愧了。谁晓得?"

"惭愧?你应该感到惭愧得要死!你竟把我们扔在这里不管,叫我们孤零零的,一点办法也没有——"

"亲爱的斯佳丽!你不是没有办法的人。任何一个像你这样自私而又有决断的人是绝不会没有办法的。万一北佬真的碰到了你,那就但愿上帝保佑他们了。"

他突然下车,她正迷惑不解地看着他,他已经绕到了她的身边。

"下车。"他命令道。

她盯着他,他粗暴地把她拦腰抱住,抱到了他的身边,他紧紧抓住她,把她从车旁拖开了几步路。她觉得鞋子里有灰沙戳痛她的脚。周围包围着她的是一片黑暗,闷热而静寂,她仿佛处在梦中。

"我并不要求你理解我宽恕我,这些我根本不放在心上,因为我自己也不理解或宽恕我自己的这种荒唐行径。我在自己身上发现还存在这样多不切实际的思想,也为此感到烦恼。可是我们物产丰富的南方需要每一个人。我们勇敢的布朗州长不是那样说过吗?这无关紧要。反正我要打仗去。"他忽然大笑,笑声爽朗自在,引起了黑暗的树林中的回响。

"'假如我不更爱荣誉,亲爱的,我爱你就不会爱得这样深。'① 这话很贴切适时,是吗?这话的确比我此刻所能想得到的话要更好,因为我真的爱你,斯佳丽,尽管上个月那天夜里在走廊上我跟你说了那些话。"

他那拖长的声调听来很亲切,同时他那双强壮温暖的手掌在她裸露的手臂上向上抚摸着。"我爱你,斯佳丽,因为我们两人非常相像,我们都是叛逆者,都是自私自利的匪类。只要我们自己安全,自己舒服,哪怕整个世界毁灭我们也丝毫无动于衷。"

---

① 这两句引自英国诗人理查德·洛夫莱斯(1618—1658)的著名诗篇,《出征前致卢卡斯塔》。

他在黑暗中继续说着,她听见了他的说话,但他的话对她却毫无意义。她的心里只是倦怠地想要弄清楚这个严酷的事实——他竟要扔下她,让她独自去对付北佬。她心里在说:"他要扔下我了,他要扔下我了。"可是她未动声色。

随后他的双臂搂住了她的腰,搂住了她的肩膀,她感觉到他大腿坚硬的肌肉抵着她的身体,他上衣的纽扣压挤着她的胸脯,一股迷惘、恐惧和富于感情的热流扫遍她的全身,使她忘却了时间、空间和处境。她像一个破布做的洋囡囡那样柔软,无力,温暖,不能自主,只觉得他那双支撑着她的臂膀使她非常有快感。

"你对我上个月说的话,不打算改变主意吗?天下没有比危险和死亡更能刺激人的。有点儿爱国心吧,斯佳丽,想一想你该用怎么样美好的记忆来送别一个即将为国捐躯的士兵吧。"

于是他亲吻她了,他的髭须轻触她的嘴唇,他火热的双唇缓缓地亲着她,从容地亲着她,仿佛这整个夜晚都将属于他似的。查尔斯从来没有像他这样吻过她。塔尔顿家跟卡尔佛特家的男孩子跟她亲吻的时候,也从来没有像现在这样吻得她发冷发热,浑身颤抖的。他又把她的身子往后仰,亲吻她的喉部,一直向下吻到她紧扣胸衣的浮雕宝石。

"真美,"他低声说,"真美。"

她隐隐约约看见黑暗中的马车,听见韦德颤抖着的尖叫的声音。

"妈妈!韦德害怕!"

她身子一晃,神志猛然从黑暗的迷雾中清醒过来,立即记起她忘掉了的事——她也跟韦德一样的害怕,因为白瑞德想要扔下她,扔下她不管,这该死的无赖,顶顶无法容忍的事,他竟然厚颜无耻到如此地步,站在大路当中,以那样下流的建议来侮辱她。她胸中立刻升起满腔怒火和憎恨,使她变得坚毅起来,猛地一下子挣脱了他的手臂。

"哦,你这个无赖,"她嚷道,同时脑子在迅速地转动,想找些恶毒的话来骂他,找杰拉尔德骂过林肯先生的,骂过麦金托什一家人的、骂过倔强的骡子的话，可是却都想不起来。"你这下贱的、怯懦的、肮脏的臭东西！"她想不出更厉害的话来，便把手往后一摆，用尽剩余的全部力气，狠狠地给了他一巴掌。白瑞德往后退了一步，举起手捂住脸。

"啊，"他平静地喊了一声，然后两个人面对面在黑暗里站立了半响。斯佳丽能听见他沉重的呼吸声，也听见自己在喘着粗气，像刚刚剧烈地奔跑过似的。

"他们是对的，每个人都是对的，你不是一个上等人。"

"我亲爱的姑娘，"他说，"你这话还远远不够的。"

她知道他在那里笑，心里感到刺痛。

"你滚开，现在就滚！我要你快滚，我再也不想见你。我希望炮弹正好落在你身上，把你炸成无数的碎片。我——"

"不必费心再说下去了。我接受你的想法便是。将来我死在我们国家祭坛上的时候，希望你会受到良心的谴责。"

当他转身又走向马车时，她听见他笑了。她看见他站在那里，听见他说话。他像往常跟媚兰说话时一样，口气又变得彬彬有礼。

"威尔克斯太太呢？"

车上传出了普里西惊恐的声音。

"上帝，白瑞德船长，媚利小姐在后面晕过去了。"

"她没有死吧？她在呼吸吗？"

"是的，她在呼吸。"

"那么她很可能还是晕过去的好。她要是清醒的话，我怕她受不了这么大的痛苦。好好照顾她，普里西。这张钞票是给你的，以后别那么傻乎乎的了。"

"是，先生，谢谢你。"

"再见啦，斯佳丽。"

她知道他已转身面对自己，可是她没有作声。对他的怨恨使她说不出一句话来，他的脚踩着路上的碎石，她立即看见他的宽阔的肩膀隐约显现在黑暗之中。不久他离去了，她听到他的脚步声渐渐地消失了。她慢慢地回到马车旁,双膝发抖。

他为什么要走,走到黑暗中去,走向战争,走向失败了的事业,走向疯狂的世界?白瑞德喜欢美酒,喜欢女人,贪图精美的食物和柔软的床铺,爱穿漂亮的衣着和考究的皮靴,那他为什么要走?他憎恨南方,而且讽刺那些为南方而战斗的傻瓜,那他为什么要走?现在他穿着雪亮的皮靴,踩上了一条凄苦的道路。在那条路上,到处是饥饿困乏、负伤,还有层出不穷的令人心碎的事情,如鬼哭狼嗥,路的尽头便是死亡。他安全、富有、舒适,本来不需要走,可是他还是走了,把她孤单单地扔在漆黑的夜里,而且北佬阻挡着她回家的去路。

现在她记起了她想要骂他的一切脏话,可为时已晚。她的头靠在低垂的马脖子上,放声大哭了。

第二十四章

早晨,耀眼的阳光从树顶透射下来,唤醒了斯佳丽。夜里她睡的地方很挤,此刻醒来她觉得身子有点僵硬,她已记不起自己是在什么地方。阳光照得她睁不开眼皮,身底下是硬邦邦的车板,两条腿上压着沉重的东西。她欠身一瞧,原来是韦德把头枕在她的膝上睡觉。媚兰的光脚板差点没碰到她的脸部,普里西像只黑猫蹲伏在车座下面,那个小婴儿躺在她跟韦德之间。

随后她清醒过来,便一骨碌坐起来,急忙向四周张望。谢天谢地,没有北佬的影子!她们躲藏的地方夜里并没有被人发现。这时她记起了发生过的一切。昨晚白瑞德走远以后,她们便开始长途的夜行。漆黑的大路上满是车辙和石块,大路两边是山沟,马车有时滑到山沟里,她和普里西出于恐惧,竟能使出浑身力气,把马车拉出山沟推回到大路上。她想起有好多次听见士兵的声音,不知是友是敌,只好硬赶着那马,把车拖到田野或者树林里去躲起来还心惊胆战地生怕一声咳嗽,一个喷嚏,或者韦德打一个嗝,会招来行进中的士兵。想到这些,她不觉打了个寒战。

哦,那漆黑的大路上,士兵悄无声息地走过,似鬼影憧憧,只听见低沉的脚步,在地面上沙沙踩过,缰辔发出轻微的咔嗒声,皮带拉紧时吱咯作响。哦,那可怕的时刻,她们的马车在路旁畏缩不前,她们屏住呼吸坐着,让骑兵队和轻炮车隆隆驶过,她靠得他们那样近,她简直可以伸手摸到他们,简直能够闻到士兵身上的汗臭。

终于,她们来到了拉夫雷狄附近,那里还有几堆闪亮着的营火,那是在等待撤退命令的斯蒂夫·李的最后一批后卫部队。她从翻耕过的田地里绕道一英里路后,才把营火抛到了后面,可是她却在黑暗中迷了路,一时找不着她非常熟悉的那条小车道,着急得哭了。最后好不容易把路找到了,那马却又一下子跪下地不肯起来,任凭她跟普里西使劲勒缰绳,它就是一动不动。

于是她只好卸下马轭,自己拖着困乏麻木的身子爬到车后,伸直疼痛的双腿躺下。在她刚要阖上眼皮之前,她隐约记得听见媚兰微弱的声音抱歉地向她请求道:"斯佳丽,请给我喝点水行吗?"

她想回答说:"没有水,"可是没等话说出口,人已经睡着了。

现在已是早晨,天空晴朗,万籁俱寂,周围一片翠绿,金灿灿的阳光铺洒在大地上。四周都没有士兵的影子。她感到又饥又渴,浑身酸痛,肌肉发麻。想不到她斯佳丽·奥哈拉,平素要没有柔软的鸭绒被褥跟亚麻床单,是再也睡不好觉的,如今竟像个在田里劳作的农妇,躺在硬木板上过了一夜。

阳光使她眨着眼睛,当她的眼光落到媚兰身上时,她不禁惊骇得差点儿喘不过气来。媚兰脸色惨白,一动不动地躺在那儿,斯佳丽当她一定是死了。她看起来确实像是死了一样。她的脸容已不像样子,她的头发纠结在一起披拂在她的脸上,看上去就像是个死了的老妇人。随后斯佳丽看到她胸口在微微地起伏,知道她总算渡过了昨夜的危难,这才放心了。

斯佳丽用手放在眼睛上面遮住太阳向她的四周察看一番。她见前面是一条砂石车道,在路旁的雪松林荫中弯弯曲曲地向前延伸,她知道她们很明显是在人家前院的树荫下过的夜。

"咦,这是马洛伊家!"她想,这下可以见到朋友,得到帮助了。她的心不由快活得怦怦直跳。

可是庄园像死一样的寂静。草坪上的青草和灌木被马蹄、车轮和脚步疯狂地来回践踏,已零落不堪,连泥土也被翻搅起来。她再向房子所在的地方看去,那所她非常熟悉的镶有白色护墙板的建筑已不复存在,只见到剩下一个长方形焦黑的花岗石墙基,还有两只高高的熏黑的砖砌烟囱竖立在烤焦的树叶丛中。

她不寒而栗吸了一口气。塔拉会不会也已夷为平地，也像这里死一样的静寂？

"我现在千万不能这样想，"她立即告诫自己，"我现在千万不能这样想，要不我又会感到害怕。"可是她的心却不由自主地急遽地跳动起来，而且每跳一次似乎在雷鸣似的大嚷，"回家！赶快！回家！赶快！"

她们得继续赶路回家，可是先得找点吃的和水，尤其是水。她把普里西推醒。普里西眼睛滴溜溜地打量着她。

"我的上帝，斯佳丽小姐，我还以为我一睁开眼睛，准会是到了天堂里了呢？"

"你离天堂还远着呢，"斯佳丽说，一面把散乱的头发重又理平。她的脸上尽是潮气，她浑身已被汗水浸得湿透，她觉得身上又脏又乱又黏，仿佛已经闻到一股臭味。她的衣服在睡觉时已经被压皱得不成样子，而且她有生以来从未有如此劳顿和浑身酸痛过。因昨天夜里她用力过度，现在她身上的肌肉只要稍一动弹，就会引起剧烈的疼痛。这是她从未经历过的。

她低头看看媚兰，见她的黑眼睛睁着，明亮得像是在发烧，眼眶周围一道松垂的黑圈，她的眼睛显然有病态。她张开燥裂的嘴唇低声祈求："水。"

"起来，普里西，"斯佳丽吩咐，"跟我到井边去打水。"

"可是，斯佳丽小姐，那边一定会闹鬼的。说不定什么人死在那地方呢？"

"你要是不赶快下车，我就叫你变成鬼，"斯佳丽说，她没心思跟她啰唆，她拖着僵直而疼痛的腿爬下车来。

此刻她又想起了马。上帝！如果马夜里死了那怎么办！她昨夜把它卸下马辕时，那样子已经半死不活。她忙绕到车后，见那马躺在地上。要是它死了，她真要诅咒一阵子上帝，自己也就跟着死了。《圣经》上记载过，有人就这样做过，先诅咒上帝，然后就死掉。她现在能够体会那人的心情了。可是那马还活着，呼吸沉重，半闭着没有生气的眼睛,可是还活着。嗯,给它喝点水可能会使它好转。

普里西咕哝着不情愿地从车上爬下来,怯生生地跟在斯佳丽后面走上平道。在那废墟后面有一排白粉墙的黑奴住房,已无人居住默默地站立在浓荫下面。她们在这排黑奴住房和主人房屋的废墟之间找到了一口井,井上的篷顶还竖在那里,水桶深深地挂在井下。她们合力摇动绞盘,把一桶清凉的水吊上来了。斯佳丽捧住水桶大声地啜着水,还把水溅泼了一身。

她自己喝着,普里西在旁边等急了,喊道:"哎!我也口渴,斯佳丽小姐。"这才使她想起其他几个人也都需要喝水。

"把绳子解开,把水桶拿到车上去给他们都喝一点,把剩下的给马喝。你说媚兰小姐是不是该喂孩子了?孩子该饿了。"

"上帝,斯佳丽小姐,媚兰小姐没有奶水——以后也不会有。"

"你怎么晓得?"

"像她这种情况我见过好多。"

"不要给我装腔作势啦。昨天你对生孩子的事还是一窍不通的。快去。我去想法子找点吃的。"

斯佳丽白忙了一阵子,后来才在果园里找到几只苹果。士兵们比她早来一步,已经把树上的苹果采摘一空。掉在地上的大多是烂苹果。她拣了些最好的用她的裙子兜着,踩着松软的泥地回来,一路上鞋子里带进了不少小石子。昨晚她怎么没想到穿结实一点的鞋子?为什么没带她的遮阳草帽?为什么没带点吃的?她简直像个傻瓜。不过,话说回来,她本来以为白瑞德当然会把一切都安排妥当的。

白瑞德,她朝地上啐了一口,想到这名字就令她讨厌。她恨透了他!他的行径真卑鄙,可是她居然站在马路当中由着他吻她——而且简直很乐意。她昨晚未免疯了。他这人可恶之极!

她走回来后,把苹果分给大家,剩下的丢在车子后面。那马已站起身来,可是喝了点水似乎并没有能使它振作起来。它那模样在大白天看起来比昨晚上更糟。臀骨突出在外面,像是匹老牛,肋骨一根根像洗衣搓板,背上伤痕累累。她驾车的时候,她的手简直不敢触到它。当她给它卸上马辔时,才发觉它的牙齿实际上都掉光了。正应了俗话说的老得掉了牙。白瑞德既然偷得到马,为什么没有偷一匹好马呢?

她登上车座,用山胡桃树枝在它背上抽了一下。那马喘息着迈开了脚步,可是它走得非常之慢,马车上路后,斯佳丽明白自己哪怕一点不花力气,也比那马儿走得快。唉,她要是没有媚兰、韦德、那婴孩以及普里西拖累她该多好!那她就可以飞快跑回家!不是吗,她可以一路飞奔,每跨一步就离塔拉,离母亲更近一步。

这里离家最多不过十五英里路,可是按这匹老马的速度,得走上整整一天,因为她得不时停下来让它休息。还得一整天!她俯视那耀眼的红土路,只见路面上有许多被炮车和救护车压过的车辙。看来还得再过好几个钟头她才能晓得塔拉是否依然存在,母亲是否还在那里。还得再过好几个小时,她才能在这九月里的骄阳下走完这段旅程。

她回头看见媚兰躺着,她病态的眼睛对烈日闭着,她解下系在颏下的帽带,把帽子扔给了普里西。

"你拿这帽子遮在她的脸上,好让她的眼睛挡住太阳,"可是当太阳火辣辣地照到她自己没遮盖的头上时,却又想道,"我怕不要到天黑,我会被晒得像个珍珠鸡蛋似的满脸是斑点。"

她有生以来在大太阳底下从来没有不戴帽子或面纱,手拉缰绳时也从来没有不戴手套以保护她的有涟漪的双手的雪白皮肤。可是现在她却赶着破车,驾着驽马,头顶烈日,冒汗、饥饿、肮脏,一筹莫展,只得在这无人居住的土地上蜗牛似的缓缓爬行。才短短的几个星期之前,她还是多么安全。她和别的人都以为亚特兰大绝不会陷落,佐治亚州绝不会被敌人入侵,也不过就像是眼前的事。可是四个月以前出现在西北角上空的一朵小小的乌云,不料竟发展成一场猛烈的风暴,继而变成呼啸的旋风,席卷了她的世界,把她从安乐的生活中卷起,坠落在这样寂寞荒凉的境地之中。

塔拉是不是依然存在?它会不会像佐治亚州一样随风而去了呢?

斯佳丽扬起树枝抽打马背，驱赶那马儿继续前进，而车轮像醉汉似的在左右晃动着。

到处是死一样的沉寂。在西下的夕阳照耀下，一片熟悉的田野和森林依然是那样苍翠和寂静。然而那寂静之中缺乏生气，这使斯佳丽心中产生了恐怖。她们经过的房舍，全都弹痕累累，空无一人，只有憔悴的烟囱兀立在那里，守卫着熏黑的废墟，这一切使她更为惊骇。从昨夜以来，她们没见过一个活着的人，也没见过一个活着的动物。看到的只是死人、死马和死骡，躺在路边，尸体已肿胀，上面聚集着成群的苍蝇。她们听不见远处的牛叫声，听不见小鸟的歌唱声，也看不见枝梢在微风中飘动。只有那倦马啪哒啪哒的蹄声和媚兰的婴儿的微弱啼哭声，才打破那死一般的沉寂。

这一带乡间像是中了可怕的魔法。更可怕的是，它像是熟悉而亲切的母亲的脸，在经过死亡的痛苦挣扎以后，终又归于美丽和宁静。想到这里，斯佳丽心里凉了半截。她觉得那些她常去的树林中满是鬼魂。有好几千人死于琼斯博罗附近的战斗中，他们的鬼魂就出没在这些林子里，其中有的是朋友，有的是敌人。当斜阳在纹丝不动的树叶间诡异地闪耀着时，他们正用被鲜血和红土掩蔽着的眼睛，可怕而钝滞地在窥视着她坐在破旧的马车上。

"母亲！母亲！"她轻轻喊道。她只要能见到埃伦就好了，她只愿上帝创造奇迹，让塔拉安然无恙，让她能赶着马车走上那长长的林荫大道来到屋前，看到她母亲慈祥而温柔的脸容，又一次触摸到母亲那双能为她消除恐惧的手，能抓住埃伦的衣襟，把自己的脸埋在里面。母亲一定会知道该怎么办。她不会让媚兰和她的婴儿死掉。母亲只要平静地说声"别怕，别怕"，就会给她把恐惧和鬼魂驱赶干净。可是母亲病了，说不定已经命在旦夕。

斯佳丽扬鞭向马屁股抽了一下。她们得快一点，她们在这条没有尽头的道路上已经爬行了酷热的一整天。天快要黑了，她们又要孤立无援地陷入荒凉的绝境。她用起泡的双手紧握缰绳，狠狠地抽打马背,在行动中,她的两臂似火烧般地疼痛。

她多么希望能投入塔拉和埃伦慈祥的怀抱,卸下她的重担,这担子对她年轻的双肩来说,未免过于沉重了——那垂死的女人,衰弱的婴儿,她自己的挨饿的孩子,吓破了胆的黑奴,全都仰仗着她的力量,她的保护,全都从她挺直的脊梁上得到勇气。其实在她身上这勇气并不存在,而力量也早已消耗殆尽了。

那疲惫不堪的老马对马鞭与缰绳毫无反应,照样拖着踉踉跄跄的脚步!脚下绊着小石块时,便摇摇晃晃像是随时要栽倒似的。可是到落暮时分,他们终于到了这漫长途程的最末一段。他们从车道拐了一个弯,转到大路上,从这里到塔拉只有一英里路了。

前面隐约出现了一排桑椹树篱,标志着麦金托什家土地的起点。稍向前一点,斯佳丽在通向老安格斯·麦金托什家的橡树夹道前勒住了缰绳。此时暮色渐浓,她从两排古树中细看过去,只见一片漆黑,屋子里和屋外黑奴的住处没有一盏灯火。她极目望去,隐约看出她这可怕的一天中经常见到的东西——两只高高的烟囱像巨大的墓碑般竖立在那里,俯视着那屋子已经倾圮的二楼,楼上黑洞洞的残破窗口嵌在墙上,像是一只只瞎了的眼睛。

"喂!"她调动全身的力气喊道,"喂!"

普里西在疯狂的惊慌中紧紧抓住她,而斯佳丽转身过来看见她的两颗眼珠子在转个不停。

"别嚷,斯佳丽小姐,请你再别嚷啦!"她低声说,她的声音颤抖着,"不知道会是什么东西来回答你呢!"

"我的上帝!"斯佳丽不觉浑身一颤,"我的上帝!她说得不错。那里面是什么东西都可能被叫出来的。"

她抖抖缰绳催马向前。麦金托什家的景象把她的最后一线希望像肥皂泡般破灭了。那屋子像她一天中经过的所有的庄园一样,被烧毁了,成了废墟,没人居住了。塔拉离这里只有半英里路,在同一条大路上,正是军队必经之地。塔拉也已夷为平地!她看到的只能是烧黑了的砖块,星光穿过了没有屋顶的四壁,埃伦和杰拉尔德走了,两个妹妹走了,嬷嬷走了,黑奴们也都走了,天晓得走到哪里去了,只剩下可恨的寂静笼罩一切。

她为什么要违背常识,带着媚兰和她的婴儿,干这愚蠢的差使?经受了一整天在大毒太阳下的颠簸折磨,到头来却要死在塔拉凄凉的废墟上,还不如早些时候死在亚特兰大的好。

可是媚兰是艾希礼托付给她的。"照顾她吧。"哦,他和她永别的那个伤心而又美好的日子!他向她吻别时说:"你会照顾她的是吗?答应我吧!"于是她答应了。当初她为什么要答应他作茧自缚?如今艾希礼走了,这负担就加倍沉重了。她恨媚兰。即使在这体力耗蚀殆尽的时刻,她还是恨媚兰,也恨那划破岑寂的婴儿微弱又微弱的啼哭声。可是她既然已经承诺过,媚兰和她的婴儿就属于她负责,跟韦德和普里西属于她一样,她只要还有力气,还能呼吸,就得为她们奋斗到底。她本来可以把她们留在亚特兰大,把媚兰交给医院,就此撒手不管。可是如果她那样做了,那么无论今生或来世,她又如何面对艾希礼,跟他说她扔下了他的妻子和孩子,听凭她们死于陌生人之手。

哦,艾希礼,今夜她带着他的妻子和孩子在这鬼魂出没的路上艰苦跋涉,此刻他在何处,他是不是还活着?他躺在罗克岛的监狱里会不会想到她?他会不会几个月以前就已经害天花死了,跟数百个其他邦联士兵躺在沟壑里一起腐烂了?

近旁的矮树丛里忽然有声音一响,斯佳丽紧张的神经差点没给绷断了。普里西尖叫一声,趴倒在车板上,把婴儿放在她的身下。媚兰虚弱地挪动身子,伸手摸索着婴儿。韦德蒙住眼睛哆嗦着,吓得不敢哭出声来。这时她们听见沉重的兽蹄踩着树枝以及低沉的哞哞声。

"不过是一头牛罢了,"斯佳丽说,因为受了惊,嗓音有些沙哑。"别傻啦,普里西。你压坏了孩子,把媚利小姐跟韦德也给吓坏了。"

"那是个鬼,"普里西呜咽着,扭歪着脸伏在车板上。

斯佳丽不慌不忙地转过身,举起代替马鞭用的树枝,往普里西背上抽了一下。她自己已经吓得够乏力够疲弱的，再也容不得别人疲弱了。

"坐起来，蠢货，"她说，"要不我就把你抽到树枝抽断为止。"

普里西嗷嗷叫着抬起头往马车旁边看过去，果然是一头牛，身上红白相间，正睁大一双惊恐的眼睛站在那里哀求似的望着他们。随后它张开嘴巴，像是痛苦似的又哞哞叫着。

"它受伤了吧？叫声听起来有点不正常。"

"听起来像是它的奶发胀，需要挤奶。"普里西有点镇定下来后说，"我想这是麦金托什先生家的牛，黑奴把它赶到林子里藏起来，没给北佬抓去。"

"我们把它带走，"斯佳丽迅速做出决定，"这样我们就有奶可喂孩子了。"

"我们怎么带着它呢，斯佳丽小姐？我们是没法子带头奶牛的。奶牛哪怕不在挤奶期也是难弄的，何况它的乳房胀得都快裂开了。这才使它哞哞叫的。"

"你既然这样内行，那就赶快把你的衬裙脱下扯开，结成一条带子，把它拴在马车后头。"

"斯佳丽小姐，你晓得我已经有一个月没穿衬裙了。就是有我也不会随便拿来用在它身上。我从来没管过牛，见到牛我是要害怕的。"

斯佳丽放下缰绳，撩起了她的裙子，下面是一条镶花边的衬裙，那是她最后一件漂亮的——也是最后一件完整的衣服。她解开腰带，把衬裙从脚下脱出来，用手把它的褶层揉皱。这衬裙的亚麻衣料跟花边是白瑞德最后一趟偷越封锁线时从拿骚给她带来的，她足足花了一个星期才把它做成。现在她坚决地抓住它的边使劲扯，又放在嘴里咬，终于把它撕开一条裂缝，撕成了一长条。随后她就拼命用牙扯，用手撕，把一条衬裙扯成许多带子，再把两头打结连成一根长带子。她那纤纤十指因用力撕扯而起泡出血，因使劲过猛而震颤不止。

"拿去缚在牛角上，"她吩咐道，可是普里西躲躲闪闪不肯去。

"我害怕牛,斯佳丽小姐。我从来没管过牛。我不是种田的黑人,我是管家的黑人。"

"你是个蠢黑鬼。我爸当初真不该把你买下来,"斯佳丽慢慢地说,累得连发脾气的力气也没有了。"等我这膀子恢复了力气,让我再好好抽你。"

她想,我刚才把她叫作"黑鬼",母亲绝不喜欢我那样叫她。

普里西任性地转滚着眼珠,先朝女主人板着的脸看看,又瞅瞅那哀鸣着的奶牛。权衡了一下,斯佳丽似乎还不太危险,于是她紧紧抓住车厢板,一步也没有挪动。

斯佳丽费力地从车座上爬下来,每移动一下都要引起肌肉的疼痛。怕牛的其实不仅是普里西,斯佳丽向来也怕牛,连最温驯的牛在她看来也都是挺凶恶的。可是现在让她受惊害怕的事实在太多了,也没有工夫计较这种区区的害怕之事了。幸好这奶牛性子温和,它又在受苦,希望有人做伴,有人帮忙,所以斯佳丽把带子套在它的角上时,它没有做出威胁人的姿态。她把带子的另一头系在车的后部,以她笨拙的手指尽力把它缚牢。然后她回到车座上,只觉浑身乏力,一阵晕眩,忙抓住车厢板才没有摔到地上。

媚兰张开眼睛,见斯佳丽站在她的身边,轻轻地问:"亲爱的,我们到家了吗?"

家!听见这个家字,斯佳丽不由热泪盈眶。家,媚兰哪里知道,她们已经没有家,她们已孤零零地被抛弃在一个疯狂荒凉的人世间。

"还没有,"她尽量抑制住悲痛,柔声说道,"不过就快到了。我刚找着一只奶牛,待会儿你和孩子就可以有奶喝了。"

"可怜的孩子,"媚兰叹息道,伸手去抚摸孩子,可是没有抚摸到。

爬回到马车座上几乎耗尽了斯佳丽所剩余的全力,她好不容易终于上了车,执起了缰绳。那老马垂头丧气地站着不肯起步。斯佳丽无情地举起了鞭子。她希望上帝宽恕她鞭打这匹疲倦的畜生,不然她会感到遗憾。毕竟塔拉就在前头,只要再坚持四分之一英里路,那时哪怕它不等卸下马轭就栽倒,也就悉听尊便了。

最后那马终于挪动了脚步,马车吱吱嘎嘎向前缓缓移动,奶牛每走一步,就要发出一声哀鸣,那声音刺激斯佳丽的神经,一时她真想停车把它放掉。要是塔拉一个人也没有,那奶牛对她们又有什么用处?她不会挤奶,而且即使她会挤,用手去碰它疼痛的奶头时,它会用蹄子踢你。不过既然她们有了这头牛,还是带着它为好,现在她在这个世界上已一无所有了。

最后,马车来到了一个缓坡的脚下,翻过这个山坡就是塔拉,这时,斯佳丽的眼睛被泪水模糊了。接着,她的心向下一沉。这匹衰老的马怕拉不上山坡。往日她骑着那匹足力矫健的牝马急驰上坡的时候,那山坡似乎总是那么平缓,可是今天不知怎么却变得十分陡峭起来。那老马拖着沉重的马车怎么也别想爬上坡去。

她重新爬下车,抓住了马笼头。

"下来,普里西,"她命令道,"把韦德也抱下来,你抱着他,或者让他自己走,把婴儿放在媚兰小姐身边。"

韦德抽抽噎噎地说了些什么,斯佳丽只听见:"黑——黑——韦德害怕!"

"斯佳丽小姐,我不能走,我脚上起泡,满脚都是。韦德跟我两个人并不怎么重——"

"下来!要不我就把你拖下来!那时我就把你一个人留在这里,留在黑暗中。下来,快!"

普里西哀叹着向围着大路两旁黑暗的树林窥视着,仿佛一经离开马车的庇护,那树枝就会伸出来把她一把逮住似的。可是她还是把婴儿放到了媚兰身边,自己艰难地爬下车,又伸手把韦德抱下来。那孩子一面呜呜地哭,一面紧紧地依偎着普里西。

"叫他别哭。我实在受不了,"斯佳丽说着,抓住马笼头,硬拉着那马走向山坡,"勇敢点,韦德,不要哭,要不我就要过来打你了。"

上帝为什么要创造孩子,她一面步履维艰地在黑暗的道路上走着,一面怒气冲冲地想,孩子哭哭啼啼,时刻要人照看,老是给人增加麻烦,叫人讨厌,简直毫无用处。此刻她那惊惶不安的孩子,正拉着普里西的手,在她旁边走着,频频地抽噎着。斯佳丽的体力已经耗尽,再没有余力去怜悯他,对生了这孩子只感到是个累赘,对嫁给查尔斯·汉密尔顿只感到一种厌倦的困惑。

"斯佳丽小姐,"普里西抓住女主人的手臂,低声说道,"我们不要到塔拉去吧。他们不在那里。他们全都走了。说不定全都死了——妈妈跟他们都死了。"

普里西的话正好说出了斯佳丽自己的想法,她勃然大怒,将普里两捏紧的手用力甩开。

"那你把韦德的手交给我。你可以坐下来就留在这里。"

"不,小姐!不!"

"那就别多嘴。"

马儿走得真慢!它嘴里淌涎的白沫滴到斯佳丽的手上。她心里忽然记起她曾和白瑞德一起唱过的一支歌——只记得下面这一句:

我们只消再背负不多几天——

"只消不多几步,"这句话此刻萦回在她的脑际,"我们只消再背负不多几步。"

他们终于爬上了坡的高处,前面便是塔拉的橡树林,黑压压的一片映衬着渐暗的天空。斯佳丽急忙看看有没有灯火。没有。

"他们都走了!"她的心仿佛变成了一块冰凉的铅块。"都走了!"

她拨转马头走上车道,道路两旁的雪松在他们头顶上交织成盖,把他们投进午夜的黑暗之中。斯佳丽往黑暗的长长的夹道极目窥视,只见前头——是不是真的看见了?是不是她疲倦的眼睛在捉弄自己?——她隐隐约约看到了塔拉的白色砖墙。家!家!那亲爱的白粉墙,那飘拂着窗帘的窗子,那宽阔的走廊——不都还站立在她前面的黑暗中吗?会不会是黑暗仁慈地把那跟麦金托什家一般的惨状给掩盖了呢?

那条夹道仿佛有几英里长,那匹被斯佳丽硬拉着的老马走得愈来愈慢。斯佳丽的眼光急切地在黑暗中搜索。屋顶似乎完整无缺。会不会——会不会——？不，这不可能。战争绝不会放过一切，哪怕是塔拉，即使这建筑足以支撑五百年，战争又怎能放过它？

少顷，那屋子模糊的轮廓显示出来了。她拉着马快步向前，看清了黑暗中的白粉墙，居然没有遭到烟熏。塔拉总算幸免于难！家！她放开马笼头，跑完最后几步路，跳上前去，立即用双臂紧紧抓住那墙壁。然后她又从黑暗中看见前廊上闪现出一个人影，正站在台阶的顶端。原来塔拉并不是荒无人烟，家里还有人在！

一声欢呼刚要喊出来，却又消失在她的喉咙口。那房屋多么静寂而黑暗，而那人影既站立不动，又不跟她打招呼。出了什么事啦？出了什么事啦？塔拉完好无损，可是它像整个受灾祸侵袭的乡间一样，笼罩着可怕的静寂。又过了一会儿，那人影才移动步子，缓慢而僵直地走下台阶。

"爸？"她沙哑地低喊了一声，简直不敢相信那就是他。"是我——凯蒂·斯佳丽。我回来了。"

杰拉尔德拖着僵硬的腿，一声不响地向她走来，就像是个梦游人。他走到她跟前，神情恍惚地瞅着她，仿佛他认为她是在梦中。他伸手搁上她的肩膀。斯佳丽感觉到他的手在发抖，抖得像是刚从一场梦魇中醒来，还处于半清醒状态中似的。

"女儿，"他费力地说，"女儿。"

接着就不作声了。

怎么——他已是个老人了！斯佳丽想道。

杰拉尔德双肩下垂，他的脸虽然在幽暗中看不真切，但显然已失去了男子汉的气概，失去了杰拉尔德常有的充沛的活力。他那双注视着她的眼睛，流露出恐惧的神色，竟跟小韦德一模一样。他已是个十足的小老头，而且身体虚弱。

对未知事物的恐惧感倏地从黑暗中跳出来扑向她，攫住了她，于是她只能呆呆地站在那儿注视着杰拉尔德，一连串的问话刚到唇边她又说不出来了。

马车上又传来了微弱的哭声，杰拉尔德像是努力想提起精神。

"那是媚兰跟她的孩子，"斯佳丽急忙低声说，"她病得很重——我把她带回来了。"

杰拉尔德把手从她的臂上放下，伸展一下他的肩膀。他缓缓地走向马车旁，这时才隐约可见昔日的塔拉主人迎接宾客的身影，连他的说话仿佛也是从他朦胧的记忆中发出的。

"媚兰姑娘！"

媚兰模糊不清地低声说了些什么。

"媚兰姑娘，这里就是你的家了。十二橡树被火烧掉了。你得跟我们住在一起。"

斯佳丽想起媚兰经受了这样长时间的苦难，迅速行动起来。现实又回到她身边。她得先把媚兰和她的婴孩安顿在柔软的床铺上，再为她做些力所能及的琐事。

"她不能走路，得让人抬着。"

这时有拖着脚行走的声音，从前廊的地窖里走出一个人影，原来是波克从台阶上快步跑下来。

"斯佳丽小组！斯佳丽小姐！"他嚷道。

斯佳丽紧紧抓住他的两只膀子。波克，他是塔拉的支柱，像塔拉的砖墙和阴凉的回廊一样可亲！他笨拙地轻轻拍着她，泪珠儿像断了线似的滴在她手上，嘴里喊着："你回来太好了！太好了——"

普里西放声大哭，断断续续地喃喃说："波克！波克，亲爱的！"小韦德见大人也这样软弱，壮大了胆子抽噎着说："韦德口渴！"

斯佳丽立刻使唤奴仆了。

"媚兰小姐跟她的婴孩都在马车上。波克，你把她抱到楼上去，要特别小心，让她睡在后客房里。普里西，把婴儿跟韦德带到里面去，给韦德喝点水。嬷嬷在不在家，波克？跟她说我找她。"

波克被她的权威性的语气所激励，走到马车旁，在后车厢里摸索着把媚兰连拖带抱地从她躺了好多小时的鸭绒被上举了起来。媚兰轻轻呻吟一声，随即躺在波克强壮的手臂上，她的头像个孩子似的伏在他的肩头。普里西一手抱着婴孩,一手搀着韦德,跟在波克后面走上宽阔的台阶,消失在黑暗的过道里。

斯佳丽淌着血的手指急切地抓住她父亲的手。

"她们都好了吗,爸?"

"你的两个妹妹好些了。"

然后是一阵沉默,在沉默中有一个可怕得无法用言词表达的念头开始形成。她不能,不能强迫这个念头说出口来。她一再把它吞咽下去,可是忽然一阵干燥,似乎把她的喉头两侧给粘住了。这难道竟是塔拉可怕的沉默之谜的答案吗?这时杰拉尔德开口了,像是在回答她的疑问。

"你的母亲——"他刚开口又停住了。

"母亲——怎么啦?"

"你的母亲昨天死了。"

斯佳丽用自己的手臂紧紧挽住父亲的手臂,摸索着走进宽阔的过道。这里的一切,即使在黑暗中,她也了如指掌。她避开高背的靠椅,空空的枪架,有突出的爪形脚的老式餐具柜,像是被本能牵引着,朝屋子后面埃伦坐着没完没了地记账的那间小办公室走去。不用说,母亲一定还坐在那张写字台前,一看见她走进房间,就会抬起头来,停下手中的鹅毛笔,随即站起身,带着窸窣的裙环和馥郁的芳香,上前迎接她疲倦的女儿。埃伦是不会死的,哪怕爸已说过,哪怕爸像鹦鹉学舌似的一遍又一遍地重复地说:"她昨天死了——她昨天死了——她昨天死了。"

奇怪的是她现在什么感觉也没有,只觉得疲倦像沉重的铁链锁住了她的四肢,饥饿使得她的双膝发颤。她此刻最好不要想到母亲,等一会儿再去想她,否则她就会变得像杰拉尔德那样愚蠢地结结巴巴说个不清,要不就像韦德那样令人厌烦地哭个不停。

波克从漆黑的楼梯上向她们走来,像只怕冷的动物靠近火堆一样赶紧贴近斯佳丽身边。

"灯呢?"她问,"屋子里为什么这样黑,波克?去把蜡烛拿来。"

"他们全拿走了,斯佳丽小姐,只剩下一支,我们留着在暗处找东西用的,也已经快点完了。嬷嬷在看护卡琳跟苏埃伦的时候,是拿破布条放在猪油里点着当灯用的。"

"那就把剩下的那支拿来,"她命令道,"拿到母亲的——拿到母亲的办公室去。"

波克哒哒地跑进饭厅,斯佳丽摸索着走进那漆黑的小房间,在沙发上坐下。她爸爸的手臂仍挽在她的手里,显得自己无能为力,只有求助于别人,信托于别人,正如幼小的儿童和龙钟的老人那样。

"他是一个老人,一个疲乏之极的老人,"她想,同时又隐约觉得奇怪,自己为什么对他竟没有做到关怀备至。

波克端了一只盆子,上面点着半支蜡烛,走进黑洞洞的房间里来,烛光摇曳着,室内恢复了生气。他们坐着的那张旧沙发,那上面附有书橱,橱顶快要碰到天花板的写字台,前面放着母亲坐的细巧的雕花椅子,一排排架格上依然塞满了出于她清秀手笔的单据,还有那破地毯——这一切的一切,景物依旧,只是埃伦不在了,那柠檬香囊的淡淡香气不存在了,她眼梢上斜的可亲的神情不存在了。斯佳丽觉得心头隐隐作痛,好似神经深受创伤已陷入麻木,而又竭力在挣扎恢复知觉。可是她现在无暇多想这些,来日方长,她悲痛的日子今后有的是。可是,现在不行!请求你。上帝,现在不行!

她看到杰拉尔德的油灰色的脸,她有生以来第一次发现他没有刮脸,他从前那红润的脸膛现在布满了银白色的胡须碴子。波克把蜡烛放在烛台上,走到她的身旁。斯佳丽觉得,他若真的是一只狗,一定会把嘴搁在她的膝上,呜呜地叫着哀求她抚摸它的脑袋。

"波克,我们这里现在还有几个黑人?"

"斯佳丽小姐,那些没出息的黑人都跑了,有的跟北佬去了,有的——"

"剩下来的还有几个?"

"有我,斯佳丽小姐,还有嬷嬷,她整天都在看护两位小姐。迪尔西现在也在陪着两位小姐。就是我们三人,斯佳丽小姐。"

"我们三人",可是这里本来有一百人。斯佳丽在她的疼痛的脖子上费力地抬起头来。她晓得她说话的声音得保持坚定。令她自己也感到惊讶的是,她说起话来,居然镇静自若,仿佛从来没有发生过战争似的,她只要一挥手,就可以招来十个家奴似的。

"波克,我饿坏了。有什么可吃的?"

"没有,小姐。全给他们拿走了。'

"那么菜园子里呢?"

"他们在园子里放过马。"

"还有那山芋地呢?"

波克的厚嘴唇显现出愉快的微笑。

"斯佳丽小姐,我把山芋给忘了。我想它们还在。北佬从来没见过山芋,他们还以为是树根,所以——"

"月亮快升起来了。你去给我们挖几个烤一烤。还有没有玉米粉?有没有干豌豆?有鸡没有?"

"没有,没有。他们把鸡全吃了,吃不完的就放在马鞍上带走了。"

他们——他们——他们——他们干的坏事难道没个完的吗?他们杀人放火还不够?还要让女人、孩子和黑奴被他们抛弃在荒无人烟的乡村里饿死吗?

"斯佳丽小姐,我还有几个苹果,是嬷嬷埋在地底下的。我们今天就吃苹果吧。"

"先把苹果拿来,再去挖山芋。还有,波克——我——我有点发晕。地窖里有没有酒?即使是黑莓酒也行?"

"哦,斯佳丽小姐,他们到的第一个地方就是地窖。"

饥饿、困倦、疲惫以及种种沉重的打击混杂在一起,使她突然感到一阵恶心,一阵眩晕,她连忙紧紧抓住那刻着玫瑰花的椅子的扶手。

"没有酒,"她木然说道,记起了地窖里一排排无穷无尽的酒瓶子。忽然灵机一动。

"波克,爸埋在葡萄棚底下的那只橡木桶里的玉米威士忌呢?"

波克的黑脸上又闪现出一丝微笑,是一种尊敬和愉快的微笑。

"斯佳丽小姐,你真是好样的!我把那桶早给忘了。不过,斯佳丽小姐,那威士忌不是好酒,它埋在那里不过一年,而且太太小姐们喝威士忌也不太合适。"

黑人多蠢!除非人家告诉他们,他们自己动不出任何脑筋,而北佬还要解放他们。

"这会儿酒对我这个女主人和我爸都有好处。快去,波克,把酒桶挖出来,给我们拿两只杯子,再拿点薄荷和糖,我要把威士忌调成冷饮。"

"斯佳丽小姐,你晓得塔拉早就没有糖了。他们的马把薄荷全吃光了。他们把玻璃杯也全打破了。"

他要是再说一声"他们",我就要尖叫起来了。我实在受不了啦,她想。随后,她大声说道:"好吧,快去把威士忌拿来。我就喝纯威士忌好了,"见他转身要走,又加了一句,"等等,波克。要做的事情太多,我一下子想不起来……噢,对了。我带回来一匹马和一匹奶牛。那牛急着等挤奶,把马从车上卸下来,给它喝点水。去叫嬷嬷看管那奶牛。跟她说一定要把那牛安顿好。媚兰小姐的婴儿要是没奶喝就得饿死,还有——"

"媚利小姐她——不能——?"波克知趣地没有说下去。

"媚兰小姐没有奶水,"我的上帝,母亲要是听到这话,准会晕过去的!

"那么,斯佳丽小姐,我家迪尔西可以喂媚利小姐的孩子。迪尔西刚生了个孩子,她的奶水够两个孩子吃的。"

"你又添了个孩子,波克?"

孩子,孩子,孩子?上帝为什么要创造这许多孩子?可是,不,上帝并不曾创造孩子。是那些愚蠢的人创造的。

"是的,一个大胖黑孩子。他——"

"去跟迪尔西说,不要去管两位小姐了,我会去照顾她们的。叫她去给媚兰小姐的孩子喂奶,再给媚兰小姐帮帮忙。叫嬷嬷去照管奶牛,把那匹可怜的马赶进马房里去。"

"马房没有了,斯佳丽小姐,被他们拆掉当柴烧掉了。"

"再不要跟我说'他们'干过些什么事。去叫迪尔西照顾媚兰小姐母子。你去把威士忌挖出来。再去掘些山芋。"

"可是,斯佳丽小姐,我没灯怎么去挖?"

"你不能拿根柴点着吗?"

"柴也没有了——他们——"

"你自己去想办法……怎么办都行。可是你得把它们赶快挖出来。快去。"

波克听她口气严厉,急忙走出房间,只剩下斯佳丽和杰拉尔德在一起。她轻轻地拍拍他的腿,发现他大腿上因经常骑马而发达的肌肉现在已萎缩了。她得想办法帮他摆脱这麻木的状态——可是她不能问起母亲。那得等到她自己心理上承受得了时再说。

"他们为什么没有把塔拉烧掉?"

杰拉尔德默默地朝她看了一会儿,好像没有听见她说什么似的,于是她重又问了一次。

"为什么——"他不敢断定地答道,"他们拿这房子做了总部。"

"北佬——在我们家里?"

她心中油然升起一种感情,仿佛这可爱的四壁都已受到玷污。这屋子是埃伦住过的,是神圣的,可是那些人——那些人——住了进来。

"是的,女儿。他们到这里来之前,我们隔河看见十二橡树升起了浓烟。幸好霍尼小姐、因迪小姐带着她们家的一些黑人,都逃到梅肯去了,我们用不着为她们担心。你两个妹妹病得很厉害——还有你母亲——所以我们走不了。我们的黑人都逃跑了——不知道他们逃到哪儿去了。他们把大车骡子都给偷走了。只剩下嬷嬷、迪尔西和波克——他们没逃。你的两个妹妹——你母亲——我们不能把她们运走。"

"是的,是的。"他千万不要谈到母亲。别的什么都行。哪怕谈到把这房间,这母亲的办公室当作舍曼将军的总部也行。反正只要谈别的什么都行。

"北佬是到琼斯博罗去截断铁路线的。他们渡过河沿着大路过来——成千上万的人——还有大炮马匹——不计其数。我在前廊碰上他们。"

"哦,勇敢的杰拉尔德!"斯佳丽想道,顿时意气风发。杰拉尔德站在塔拉的台阶上迎敌,仿佛他是率领着一支大军而不是面对着一支大军。

"他们叫我离开,说是要把这屋子烧掉。我说他们要烧就在我们头顶上烧吧。我们走不了——你两个妹妹——你母亲都在——"

"后来呢?"他是不是非得老说起埃伦不可?

"我告诉他们屋子里有病人,害的是伤寒,动一动就得送命。他们要烧就这样烧好了,反正我绝不离开——不离开塔拉——"

他的声音慢慢静止下来,眼睛茫然地看着四壁。斯佳丽明白了,在杰拉尔德身后,挤满着难以计数的爱尔兰祖先,他们死守着几亩薄田,宁愿战斗到最后,也不肯离开他们赖以生活、耕种、恋爱和生儿育女的家园。

"我说他们要烧就连三个病得快死的女人一起烧掉好了。我们绝不离开。那年轻军官是——是个上等人。"

"北佬是上等人?怎么啦,爸!"

"他是个上等人。他一转身跳上马走了,不多久带回来一个上尉和一个军医,给你两个妹妹——还有你母亲看了病。"

"你让一个该死的北佬进入她们房间里去了吗?"

"他有鸦片,我们没有。他救了你两个妹妹,苏埃伦已经在大出血。那人心肠好,知道该怎么办。他去报告说她们确实有病,结果就没烧房子。他们搬进来,一个将军,带着他的参谋人员,全挤进来了。他们除了病房以外,把所有的房间全占了。还有那些士兵——"

他又停了一停,像是说得太累了。他那长满髭须的下巴上松弛的肌肉沉重地垂在胸前,接着他费力地继续往下说。

"他们在屋子周围架起营帐,在棉花地里,玉米田里,到处都是。牧场上一片蓝色。那天晚上他们生起成千堆的篝火。他们把篱笆拆了当柴烧,把谷仓、马厩和熏腊间也给拆了。他们把牛、猪、鸡——连我的火鸡全宰了。"那么说,杰拉尔德心爱的火鸡也完了。"他们什么都拿,连图画也要,还拿了些家具和瓷器——"

"银器呢?"

"波克和嬷嬷拿银器做了手脚——丢在井里——不过我现在记不起来了,"杰拉尔德的语调烦躁不安。"然后他们就从这里——从塔拉——打起仗来,他们成天骑马飞驰,脚步杂沓,闹得没有片刻安宁。后来琼斯博罗响起了大炮——像打雷一般——连你两个病得那么厉害的妹妹也听见了。她们一遍又一遍地说:'爸爸,叫老天不要打雷吧。'"

"那么——那么母亲呢?她晓不晓得家里有北佬?"

"她——她一直不省人事。"

"谢谢上帝,"斯佳丽说。母亲总算没有被连累到。母亲不晓得,没有听见楼下的敌人,没有听见琼斯博罗的炮声,不晓得她视为宝贝的田地受到北佬的践踏。

"我一直在楼上陪着你母亲和两个女孩子,不常看见他们。我见到最多的是那个年轻军医。他心肠好,真好,斯佳丽。他每天料理过伤兵以后,总要过来陪她们坐一会儿。还给她们留下一点药。他跟我说他们开拔以后,你两个妹妹能够恢复健康,只是你母亲——他说她身子太虚弱,怕支持不了。他说她的力气已消耗殆尽了……"

接下去是一阵沉默。斯佳丽仿佛清楚地看到母亲在最后日子里的情景,看见她为塔拉奉献出自己即将垮掉的余力,不停地看护,不停地工作,顾不上吃饭睡觉,为的是让别人得到饮食和休息。

"后来他们就走了。后来他们就走了。"

他沉默了好一阵子,他又摸索着她的手。

"你回来了我很高兴。"他简单地说。

后廊有一种刮擦的声响。可怜的波克，四十年以来受到的训练是，在进屋以前要把鞋子刮擦干净，即使在这样的时刻，也没忘了这个规矩。他走进屋里，手里小心地捧着两只葫芦制的瓶子，他还没到达，一阵浓烈的酒香已扑鼻而来。

"我泼出了好多，斯佳丽小姐，从桶的孔里把酒倒进葫芦里可真不容易。"

"那没关系，波克，谢谢你。"她从他手里接过湿淋淋的酒葫芦，闻到一股怪味，不觉皱了皱鼻子。

"喝吧，爸爸，"她把那装着威士忌的古怪容器塞到他的手里，又从波克手里接过一葫芦水来。杰拉尔德像个孩子般顺从地举起葫芦，咕嘟咕嘟大口大口地喝起来。她又把水葫芦递给他，可是他摇摇头。

斯佳丽从他手中接过酒葫芦，放到自己的唇边，她看见他眼睛在注视着她，稍稍带有不以为然的神色。

"我懂得上等女人不该喝烈性酒，"她简短地说，"可是今天我不能做个上等女人了，爸，今晚我有事要做。"

她倾持酒葫芦，深吸了一口气，急速地把酒喝下。那酒火辣辣地灼着她的喉咙，直灌到她的胃里，呛得她眼泪也流出来了。她又吸了一口气，再一次举起了酒葫芦。

"凯蒂·斯佳丽，"杰拉尔德说，这是她回来后第一次听到他带有权威性的口吻，"够了。你喝不惯烈性酒，要喝醉的。"

"醉吗？"她乖戾地大笑。"醉吗？我巴不得喝醉，让我把这一切都忘记得精光。"

她接着又喝，一股热流慢慢地在她血管里点燃起来，悄悄地流遍全身，连她的指尖也热辣辣的。这温和的火，给人以多么美妙的感觉！它似乎穿透了她冰封的心房，让力量又流回到她身上。她看到杰拉尔德脸上露出惶惑和伤心的神情，又轻轻地拍拍他的膝盖，竭力装出他素来喜欢的淘气的笑脸。

"我怎么会喝醉，爸？我是你的女儿。你不是把克莱顿县里最最坚强的脑袋遗传给我了吗?"

他对着她疲倦的面孔几乎微笑起来。威士忌也使他提起了精神。她把酒葫芦又递还给他。

"你再喝几口,然后我带你上楼,让你上床睡觉。"

她连忙住口。怎么啦,她这话的口吻该是对韦德说的,她不该这样跟父亲说话。这样太不恭敬。可是他却在仔细听着。

"是的,让你上床去睡觉,"她轻轻加了一句,"还让你再喝几口——或者把酒葫芦里的喝光,会让你睡得更好。你需要睡觉,现在有我凯蒂·斯佳丽在家,你什么都不用操心。喝吧。"

他顺从地又喝了,然后斯佳丽挽着他的手臂扶他站立起来。

"波克……"

波克一手拿着酒葫芦,一手挽着杰拉尔德的手臂。斯佳丽拿蜡烛照路,三个人慢慢地走进走廊,走上盘旋的楼梯,进了杰拉尔德的卧室。

苏埃伦和卡琳睡在同一张床上,翻来覆去,咕咕哝哝。房间里放着一个小盆子,盛着咸肉油,拿破布搓成布条放在盆里点着,这是房间里唯一的光源。斯佳丽刚打开房门,只见所有的窗子都紧闭着,一股恶浊的病房气味,药味和咸肉油灯挥发出的臭味,令她差点晕过去。也许是医生说过,病人千万不能吹风,可是要她坐在这里,如果没有新鲜空气,她是简直活不下去的。她便把三扇窗子统统打开,外面飘进了橡树叶和泥土的气息,可是这房间已经密闭了好几个星期,聚集起来的恶浊气味一时难以驱散。

卡琳和苏埃伦躺在床上,面容憔悴苍白,不时从睡梦中惊醒,醒来便睁大呆滞的眼睛,喃喃地不知说些什么。她们睡的还是早先在欢乐的日子里两人睡在一起说悄悄话的那张四柱大床,房间的角落里有一张空床,那是法兰西帝国时代的单人床,床顶和床脚呈螺旋形,是埃伦当年从萨凡纳带来的。埃伦生病的时候就睡在那张床上。

斯佳丽坐在两个妹妹旁边,默默地看着她们。刚才空着肚子喝下去的威士忌，现在正在捉弄她了。她的两个妹妹，时而像是离得很远，变得很小，那断断续续的声音像是小虫在嗡嗡叫。可是忽然，她们又变得很大，像闪电的速度一样向她扑来。她非常疲乏，疲乏到了极点。她简直可以倒下即睡数日不醒。

她多么盼望躺下睡一觉，醒来的时候，看见埃伦正轻轻地摇着她的臂膀，对她说："不早啦，斯佳丽，别那么懒惰。"可是埃伦再也不会那样说了。她多么盼望埃伦，或者别的比她年长，比她聪明而不辞辛劳的人，能作为她的靠山！她多么盼望有这样一个人，可以让她把自己的头枕在她的膝上，把自己的负担卸在她的肩上！

房门轻轻地推开，迪尔西进来了。她一手拿着酒葫芦，怀里抱着媚兰的婴儿。在那摇曳不定散发着油烟的灯火下，她似乎比斯佳丽上次看见她时要消瘦一些，她脸上的印第安人血统也更明显了。她的颧骨更为突出，鹰钩鼻更尖，红棕色的皮肤更加明亮。她身上那件褪了色的印花布衣裳敞开到腰际，露出古铜色的大乳房。媚兰的孩子紧紧依偎在她胸口，苍白的小嘴贪婪地吮吸着那只黑黑的奶头，一双小拳头在那柔软的胸脯上推搡着，像只小猫在母亲肚皮上温暖的毛皮上揉擦着一般。

斯佳丽站立起来，脚步不稳，一手搁在迪尔西的臂膀上。

"你心肠真好，肯留在这里，迪尔西。"

"我怎么能跟那些没出息的黑鬼走呢，斯佳丽小姐。你爸好心肠把我和我的小普里西都买来，你妈待我又那么好。"

"你坐下，迪尔西。那么，孩子吃奶是没什么问题了吧？媚兰小姐怎么样？"

"孩子就是饿了，别的没什么，喂孩子我还是可以的。媚兰小姐没什么问题，她不会死的，斯佳丽小姐，不要为这件事心烦。像她这种情况我见得多了，有白人也有黑人。她实在太累了，心里又紧张，又担心孩子。我让她安静下来，又把葫芦里剩下的给她喝了点，她就睡着了。"

那么说玉米威士忌酒全家人都喝过了！斯佳丽不由产生了一个

傻念头：要是给小韦德也喝一点，不知道能不能治好他的打嗝——那么媚兰不会死了。等艾希礼回到家——假如他真的回来……不，那个等以后再想吧。要想的事情太多了——等以后吧！要解决的事，要决定的事，实在太多了。如若是能够永远拖下去不管就好了。这时忽然从户外寂静的夜空中传来有规律的"咔——蓬喀，咔——蓬喀"声响，斯佳丽吃了一惊。

"是嬷嬷在打井水给两位小姐擦身子。她们常常要洗澡的，"迪尔西解释道，把酒葫芦放在桌上药瓶和玻璃杯中间。

斯佳丽忽然笑起来。她从小听惯的井辘轳声，竟会使她吓一跳，这样看来，她的神经一定已经分散开了。迪尔西沉着地看着她，神情庄重而不动声色。不过斯佳丽觉得迪尔西是理解她的。她重新倒在椅子上，心里只想脱掉紧身胸衣，解开那让她透不过气来的衣领，脱下满是砂石，把她的脚磨出泡来的那双鞋子。

绞盘吱吱嘎嘎缓慢地响着，把绳子一圈圈绕起来，水桶跟着升到接近井台的顶端。嬷嬷马上就要上来跟她一起了——埃伦的嬷嬷，也是她的嬷嬷。她静静地坐着，心中并无打算。而那婴儿本来已经喂饱，可是他一失掉可爱的奶头就哭了。迪尔西不声不响忙把奶头又塞进婴孩的嘴里，把他抱在怀里哄了一阵子，斯佳丽倾听着嬷嬷的脚步声，啪哒啪哒地慢慢走过后院。夜空是多么寂静，连最轻微的声音都像是在她的耳际轰鸣。

嬷嬷朝房门走过来时，她那笨重的身躯好像把楼上的过道震动得摇晃起来。她走进房门，肩膀上压着两大木桶水，和蔼的黑脸上带着悲伤的神情，像是猴子脸上那种令人不解的悲伤。

嬷嬷看见斯佳丽，眼睛便亮了起来，她放下水桶，咧开嘴露出雪白的牙齿。斯佳丽立刻奔过去。把头埋进她那宽阔而松弛的胸口。她那胸口曾枕过多少白人和黑人的脑袋。在她的胸口，斯佳丽感到，这就是安然无恙的地方，这就是昔日生活的故乡。可是嬷嬷一开口，便把她的幻觉驱散了。

"嬷嬷的孩子回家啦！哦，斯佳丽小姐，埃伦小姐躺进了坟墓，我们该怎么办？哦，斯佳丽小姐，我还不如死在埃伦小姐旁边的好！没有埃伦小姐我什么事也做不好。我现在什么都没有了，只剩下不幸和苦恼。这令人不堪负担的重担，亲爱的，这令人不堪负担的重担。"

斯佳丽的头紧靠在嬷嬷的胸口，嬷嬷刚才说的"令人不堪负担的重担"这几个字引起她的注意。这几个字已单调地在她脑子里嗡嗡地响了一个下午，已使她非常厌恶。此时又听见它，她心情沉重地想起那支歌的另外几行：

　　这重担虽说令人疲惫不堪，
　　我们只消再背负不多几天，
　　旅途步履维艰还得有几天——

"这重担虽说令人疲惫不堪"——她把这行歌词印在她疲惫的心上。她的担子难道永远压得她疲惫不堪吗？她回到塔拉，难道不是意味着可以卸下她的担子，反而更要加重她的担子吗，她从嬷嬷的怀抱里挣脱出来，伸手轻拍她满是皱纹的黑脸。

"亲爱的，瞧你的手！"嬷嬷握住她起了泡布满血块的小手，惊骇地看着它，以非难的口吻说道，"斯佳丽小姐，我不止一次跟你说过，一双手就可以看出是不是个上等女人——而且你的脸也晒黑了！"

可怜的嬷嬷，她刚刚逃脱战争和死亡的威胁，对这些小事还是这么讲究！接下去她大概会说女孩子手上起了泡，脸上晒出雀斑就找不到丈夫之类的话。于是斯佳丽先发制人把话题扯开。

"嬷嬷，我要你跟我讲讲妈的事，我不忍听爸来讲妈的事。"

当嬷嬷俯身拎起水桶时，她泪如泉涌。她默默地把水桶提到床边放下，她把苏埃伦和卡琳身上盖的被单扯下，开始把她们的睡衣拉开。斯佳丽在昏黑的灯光下审视两个妹妹，见卡琳身上穿的睡衣还算干净，可是已经破破烂烂。苏埃伦身上裹着一件旧便服，是用棕色亚麻料子做的，镶着厚厚的爱尔兰花边。嬷嬷一面默默掉泪，一面拿一块旧围裙的碎片，擦拭着两个姑娘枯瘦的身子。

"斯佳丽小姐,是斯莱特里那一家子,那个没出息的、没用处的、下贱的贫苦白人斯莱特里家害死了埃伦小姐。我成天跟她说,给没出息的人帮忙是没有好处的,可是埃伦小姐办事总是很固执,心肠又软,只要人家求她,从来不说个不字。"

"斯莱特里家?"斯佳丽不解地问,"他们怎么会跑来的?"

"他们家害上了这种毛病。"她拿手比划着,一面拿拭布擦着两个光着身子的姑娘,水点点滴滴地落在床单上。"老斯莱特里的女儿埃米害了这种病,她妈妈便急急忙忙赶来求埃伦小姐,她向来就是这个样子。她为什么自己不去看护? 埃伦小姐说过他们可以自己对付。可是埃伦小姐还是去看护埃米去了。那时埃伦小姐的身体本来就不舒服,斯佳丽小姐。你妈不舒服已经很久了,吃的东西又少,军需队把我们种的东西全抢走了。埃伦小姐吃东西,少得就像只小鸟似的。我跟她说了又说,别去管那些没出息的白人,可是她就是不听。等到埃米慢慢好起来的时候,卡琳小姐却害起这种病来。你知道,伤寒病沿着大路飞过来,先落到卡琳身上,后来又落到苏埃伦小姐身上。埃伦小姐只好又来看护她们两个。

"大路上在打仗,北佬已经过了河,我们不知道会发生什么事,田里的黑奴每天晚上都有逃掉的。我简直要发疯了。可是埃伦小姐还是极为冷静,泰然自若,只不过稍微有点担心两位小姐的病,因为我们弄不到药,什么也弄不到。有一天晚上,我给两位小姐已经擦了十遍身子,埃伦小姐对我说:'嬷嬷,我要是能把灵魂卖掉,我一定卖,好给我两个女儿买点冰镇镇脑袋。'"

"她不让杰拉尔德先生进这屋,也不让罗莎和梯纳进来,就只让我进来,因为我害过伤寒。后来埃伦小姐也害上了,斯佳丽小姐,我一看就晓得她没救了。"

嬷嬷挺直身子,撩起围裙擦着她如泉涌的泪珠。

"她身子很快衰弱下去,斯佳丽小姐,连那好心肠的北佬医生也拿不出什么办法。她简直什么也不明白了。我喊她,跟她说话,可是她连自己的嬷嬷也不认识了。"

"她——她有没有提起我——有没有叫我的名字？"

"没有，亲爱的。她以为自己是个小姑娘，又回到了萨凡纳。谁的名字她都没叫。"

迪尔西动了一动，把睡着的孩子放在膝盖上。

"她叫过的。她叫过一个人的。"

"闭上你的嘴，你这印第安黑鬼！"嬷嬷转过身气势汹汹地吓唬迪尔西道。

"别响，嬷嬷！她叫的是谁，迪尔西？是叫爸吗？"

"不，不是你爸，那是在棉花被烧掉的那天晚上。"

"棉花烧掉了吗？快说！"

"是的，烧掉了。那些士兵把棉花从棚子里滚出来堆在后院里，大声喊着'瞧佐治亚州最大的篝火'，就点起火烧了。"

积累了三年的棉花——十五万块钱，一下子全完了。

"那火光把这地方照得就跟大白天一样。我们害怕这屋子也会烧起来。这房间里亮得你简直可以从地板上捡起一根针来。连埃伦小姐好像也被窗口的亮光惊醒了，她立刻从床上坐起来，大声地喊：'菲利普！菲利普！'先后喊了好几次。我从来没听见过那个名字，不过我晓得那是个名字，她喊的就是他。"

嬷嬷站在那里，仿佛变成了一块石头，目光却怒视着迪尔西。斯佳丽把头埋在手心里。菲利普——那人是谁，他跟母亲有过什么关系，为什么母亲临死的时候会喊他的名字？

从亚特兰大到塔拉漫长的路结束了，它本来应该结束在埃伦的怀抱里，然而它的终点却是一堵空壁。从此斯佳丽再不能像孩子般躺在父亲的安全的屋顶下，让母亲的爱像鸭绒被一样裹在她身上受到庇护。现在她没有安全保障，也无处去寻找避风港。别无蹊径可以让她避开面临的死胡同。没有一个人的肩头可以承受她身上卸下的重担。父亲老而糊涂，媚兰脆弱体衰，两个妹妹病了，孩子们幼弱无依，几个黑奴怀着天真的信念仰望着她，紧扯着她的衣襟，深信埃伦的女儿跟埃伦一样,一定能成为他们的庇护人。

窗外,初升月亮的淡淡的光辉中,塔拉展伸在她眼前,黑奴走了,田地被荒芜,谷仓被烧毁,像一个身体在她眼皮底下流着血,或者说,像她自己的身体在慢慢地流着血。这就是路的尽头。衰颓的老人、疾病、饥饿、无依无靠的手,都在拽着她的衣襟。在这道路的尽头是茫茫一无所有——只剩下斯佳丽·奥哈拉·汉密尔顿,一个十九岁的寡妇,带着一个幼小的孩子。

在这种情况之下她怎么办?皮特姑妈和梅肯的伯尔家可以把媚兰和她的孩子接去。两个女孩子病好了以后,可以到外婆家去,不管外婆家愿不愿意,总不至于拒绝她们。她和杰拉尔德可以到詹姆斯和安德鲁两位伯父家里去。

她看着床上辗转反侧的两个枯瘦的人影,她们裹着的被单被滴水弄得又湿又黑。她不喜欢苏埃伦。现在她忽然清楚地意识到,她从来也没有喜欢过她。她不太喜欢卡琳——因为她不喜欢弱者。可是她们毕竟是同胞姐妹,是塔拉的一部分。不,她不能让她们去靠姨妈过活,做人家的穷亲戚。奥哈拉家的人去做人家的穷亲戚,靠人家的施舍和宽容过活!不,决不!

难道就没法子逃出这死胡同?她那疲倦的脑子转得好慢。她把双手举到头上,可是这动作也使她觉得劳累,仿佛空气变成了水,把臂膀在水里移动,得花一番力气似的。她拿起桌上的酒葫芦一看,底里还剩有点酒,剩多少她看不清楚。奇怪的是那浓烈的酒味现在并不怎么刺鼻了。她慢慢地喝着,这一次并不觉得那酒使她灼热,只有一种麻木而温暖的感觉。

她放下空葫芦看看自己的周围。这一切都是梦幻,那烟雾弥漫而昏暗的房间,那两个身体细瘦的姑娘,那蜷伏在床边身躯上下一般粗的嬷嬷,那像一座青铜雕像的迪尔西,她胸前还偎依着一个睡熟了的小宝宝——这一切全是梦幻。她该会从梦幻中醒来,闻到厨房里油煎熏肉的香味,听见黑奴低沉洪亮的笑声和卡车驶往田里去的吱吱嘎嘎声,感觉到埃伦温柔而又坚定的手放在她的身上。

随后她发现她是在自己的卧房里，躺在自己的床上，迷蒙的月光刺破了黑暗，嬷嬷和迪尔西正在为她脱衣裳。那折磨人的胸衣已经不那么紧紧地勒住她的腰，她可以深深地、平静地把气吸到肺的底部，吸到下腹部。她觉得脚上的袜子被脱下来了，听见嬷嬷一面给她洗涤起了泡的脚，一面嘴里咕咕哝哝发出些安慰她的声音。那水好清凉，她躺在这温柔的气氛中，像个孩子似的，多美！她叹了口气，放松了全身，又过了不知多久，也许是一秒钟，也许是一年，房间里只剩下她一个人，月光从她床上照过，显得分外明亮。

她不知道她已经沉醉，是由于过度疲劳，也是由于过量的威士忌。她只知道她脱离了自己的躯体，飘浮到了一个什么地方，那里没有痛苦，没有劳累，她的脑子能够超凡地洞察一切。

她是在用一种新的眼光看待事物，在回到塔拉的漫漫长途中，她已经结束了她的少女时代。她已不是块可以随意捏塑的黏土，让每一次新的经验在它上面留下新的印迹。在这恍若千年、命运难卜的一天里，这块黏土已经变硬了。今晚是她最后一次让人当个孩子侍候着了。现在她已是个成年妇女，女孩子的妙龄时代已一去不复返了。

不，她不能够，也不愿意去求助于父亲或母亲的亲戚。奥哈拉家的人不接受施舍。奥哈拉家的人能够照管自己。她的担子得由她自己来挑，而担子本来就是由挑得动的人挑的。站在她的高度，她毫不奇怪地认为，她已经经历过她可能遇到的最困难的局面，现在足以担负任何重担。她不能舍弃塔拉，这块红土地是属于她的，可是她更属于这块红土地。她的根深深地扎在这血红的土壤之中，正像棉花一样，从这土壤中吸取生命。她要留在塔拉，保住塔拉，想方设法养活她的父亲和两个妹妹，养活媚兰和艾希礼的孩子，养活那几个黑奴。明天——哦，明天！明天她就要把牛轭套在自己的脖子上。明天会有许多事要她去做。到十二橡树和麦金托什家去看看那些荒弃的园子里有没有什么剩下的东西。到河边的沼泽地里去仔细寻找，看看有没有走失的猪和鸡。再把埃伦的首饰拿到琼斯博罗和洛夫乔伊去卖,总该还有些人留在那里肯卖点吃的东西给她的。明天——明天——她的脑子滴答滴答慢慢走着,越走越慢,像是一只钟在慢慢停下来,但是她脑中的幻想仍是十分清晰。

猛然间,那些关于她家族的故事,那些她从小听腻了的不太能理解的故事,清晰而透明地浮现出来。杰拉尔德在身无分文的情况下创立起了塔拉,埃伦克服了难解的忧患从而安身立命,外公罗彼拉德,经拿破仑王朝覆灭的大难而不死,终于在富饶的佐治亚海滨重建起他的家业;曾外祖父普鲁多姆曾在海地的莽林中划出一个小小的王国,后来虽然失去了它,却又在萨凡纳赢得了荣誉。在她父亲的祖先里,不乏像她斯佳丽这样的人,他们为了爱尔兰的自由,追随爱尔兰义勇军去战斗,因而被套上了绞索,也不乏许多像他父亲那样的人,为了保卫自己的权利,不惜在博伊恩①战斗到流尽最后一滴血。

她的祖先全经历过毁灭性的不幸,然而都没有被摧毁。帝国的崩溃,奴隶暴动的大刀,战争,叛乱,放逐,没收财产等等并没有把他们压垮。险恶的命运也许可以断其头,但却无法夺其志。他们不知道哀号,他们只知道战斗。他们战到力竭而死,死时仍未丧失斗志。在斯佳丽的血管里,流动着这些人的血液,现在,在这月光下的卧房里,他们朦胧的身影,似乎在缓缓地移动。斯佳丽看见他们,心里并不觉得奇怪,他们都曾接受了最坏的命运,而把这锤炼成最佳的形状。塔拉是她的命运,是她的战场,她一定要战胜它。

她困倦地侧转身子,心里慢慢地陷入一片黑暗。是她的祖先真的在那里悄悄地鼓励她呢,或者仅仅是她自己的幻梦?

"不管你们在不在这里,"她昏昏欲睡喃喃白语:"祝晚安——并且谢谢你们。"

---

① 爱尔兰一河流,1690年爱尔兰王詹姆斯二世在此为威廉三世所败。

第二十五章

　　第二天早上,斯佳丽感到四肢僵硬,浑身酸痛。经过马车的长途颠簸,又徒步走了许多路,现在稍一动弹,都带来极大的痛苦。她的脸被太阳晒成深红色,手心里的泡一阵阵刺痛,舌头生了舌苔,喉咙干燥得像是被火烤过,喝上再多的水也解不了渴似的。她觉得脑袋发胀,连眼睛转一下都痛得难受。胃里像怀孕初期那样,老是恶心,看到早餐桌上放着热气腾腾的山芋,甚至连闻到那味道,她都无法忍耐。杰拉尔德本该告诉她这是她初次喝了烈性酒必然产生的反应,可是杰拉尔德却什么也没有注意到。他坐在餐桌的横头,样子完全是个白发苍苍的老人,一双失神的眼睛茫然盯着门口,头微微倾侧着,管自在听埃伦衣裙的窸窣声,在闻她柠檬香囊的气味。

　　他见斯佳丽坐下,喃喃说:"我们得等一下奥哈拉太太,她今天来晚了。"斯佳丽抬起疼痛的脑袋吃惊地看着他,简直不敢相信他说的话,她的眼睛却遇见了站在杰拉尔德身后的嬷嬷的眼睛,仿佛在那里哀诉。她摇晃地站起身来,她的手按住自己的喉头,在早晨的阳光中她俯视着她的父亲。他也抬起头来毫无表情地凝视着她。斯佳丽见他的手在发抖,他的脑袋也微微颤动。

　　直到现在,她才意识到她本来一直指望由杰拉尔德当家做主,告诉她该做些什么,可是现在——咦,昨天夜里他好像还算正常,虽然不像往常那样大呼小叫,精神饱满,可是事情的前前后后,说得还算清楚,现在——现在居然记不起埃伦已经死了。北佬的到来和埃伦的死,使他承受不了这双重打击而变得神志不清。斯佳丽刚想开口说话,却见嬷嬷狠命地对她直摇头,一面撩起围裙擦她红肿的眼睛。

"哦,爸会不会是疯了?"斯佳丽想道。她的脑袋正在阵阵抽痛,加上这个压力,像是就要爆裂开了。"不,不,他不过是由于受了这些刺激一时恍惚。他像是有病。他会好起来的。他一定得好起来。要不我怎么办?——我现在不去想它。我现在不想他,不想妈妈,不去想任何可怕的事。等我忍受得了的时候再去想这些。我现在需要想的事情太多了,我实在没有功夫去想那些我无法解决的事。"

她没吃东西便离开饭厅,走到后面走廊上,波克正赤着脚坐在台阶上剥花生,身上穿的那件最好的奴仆制服已破烂不堪。她的脑子里在敲锤、在颤动,明亮的阳光刺得她眼睛生疼,就连保持一个挺直的姿势也得有点儿毅力才行。她尽量把话说得简短,平时母亲教她对待黑人的礼数,此刻已顾不上了。

她开始非常突兀地问了些问题,又不容违抗地发出一些命令,使得波克扬起眉毛深感大惑不解。埃伦小姐跟人谈话,从来不是这样三言两语,哪怕谁偷了鸡或者偷了西瓜被她抓住后也不像这样说话的。斯佳丽又问起田里的事、园里的事和关于牲口的事。她的绿眼睛变得冷峻明亮,那是波克从来不曾见到过的。

"是的,小姐,那匹马死了,就倒在我把他拴着的地方。它把水桶也打翻了,鼻子还伸在水桶里。不,小姐,那牛没死。你还不知道吧?昨天夜里它生了个犊子,难怪它那么大声吼叫了。"

"你那普里西对接生的事可真在行,"斯佳丽刻薄地评论道,"她说那牛是急着要挤奶才拼命叫的。"

"不过,普里西并不打算将来给牛接生,斯佳丽小姐,"波克机智地答道,"其实这是桩好事,犯不着去争论。生了小牛就有一头奶牛,就能挤好多牛奶供给两位小姐。那位北佬医生说她们需要多喝牛奶。"

"那好,你说下去。还有没有牲口了?"

"没有,小姐,除了一头老母猪和她养的一窝小猪。北佬来的那天我把它们赶到沼泽地里去了,不过天晓得我们怎么才能抓住它们。

我说特别是那母猪。"

"我们能够抓住它们。你和普里西两个人现在就去找那母猪。"

波克听见她的话不由吃了一惊，同时又感到愤愤不平。

"斯佳丽小姐，那是田里的黑人的事，我可向来是家里的黑人。"

斯佳丽的眼球后面，像是有个小恶魔拿着把火热的镊子在那里拨弄着。

"你们俩去抓母猪去，要不就从这里滚出去，就跟那班田里的黑人一样。"

波克伤心地簌簌泪下。哦，要是埃伦小姐还在就好了！她懂得两者的差别，田里的黑人跟家里的黑人，承担的工作是完全不同的。

"滚出去？斯佳丽小姐，你叫我滚到哪里去？"

"我不晓得，也管不着。在塔拉谁要不干活尽可以去找北佬去。我这话你可以跟其他的人说一声。"

"是，小姐。"

"玉米和棉花怎么样了，波克？"

"玉米？我的上帝，斯佳丽小姐，他们在玉米地里放马，还把马吃剩下来的和没有糟蹋掉的统统给带走了。他们的炮车和大车从棉花地里碾过去，把棉花全给毁了。就只有河边低地有几亩地没被他们发现。不过那点棉花也犯不着去操心，总共才约有三包。"

才三包。斯佳丽想起往年塔拉棉花丰收的情景，头疼得更厉害了。才三包。就跟那好吃懒做的斯莱特里家收的棉花差不多了。更糟的是现在还有个纳税的问题。邦联政府征税是以棉花代替现金的，可是三包棉花连缴税还不够。不过这对她或者对政府来说，反正都无所谓，因为干农活的黑奴都逃走了，棉花根本没有人摘。

"好吧，那个我也不去想它，"她对自己说，"纳税总不是女人的事，该由爸来操心的，可是爸——我现在不去想爸。纳税的事，就让政府去空想吧，我们现在要紧的是弄点吃的。"

"波克，你们几个人当中，有没有谁到十二橡树或麦金托什家去过，看看他们家的园子里还有没有什么剩下来的？"

"没有,小姐。我们都没离开过塔拉。我们怕被北佬抓去。"

"我要叫迪尔西到麦金托什家去看看,说不定能找到点什么。我自己到十二橡树去。"

"你跟谁一起去?"

"我一个人去。嬷嬷得在家陪几个女孩子,杰拉尔德不能——"

波克没等她说完就大为恼火地狂喊起来,"十二橡树那边说不定会有北佬,会有下流黑人,你不能一个人去。"

"得了,波克,别说了。你叫迪尔西马上就去。你和普里西去找那母猪和她下的小猪,"她简短地说罢,就转身走了。

嬷嬷的那顶旧遮阳帽,就挂在后廊的挂衣钉上,虽已褪色,但还干净,斯佳丽把它戴在自己头上,她想起白瑞德从巴黎给她带来的那顶插着卷曲绿羽毛的帽子,仿佛如同隔世。她拎起一只大橡木条篮子,从后台阶走下来,她每跨一步,头脑就震动一下,到后来,就觉得从颅顶到整个脊梁骨都要碎裂似的。

通向河边去的红土路两旁是棉花田,没有一点绿荫,烈日直射下来,戴在头上的那顶帽子,好像不是用厚棉布做的,而只是一层薄纱。同时尘土扬起飘进她的鼻孔和喉咙,使她觉得如果开口说话,喉膜准会干得裂开。一路上都是马拉过炮车留下的沟槽,连路旁的红土沟里也都有深深的车辙。骑兵和步兵不得不给炮队让路,走在棉花田里,把棉花全给糟蹋了,穿过灌木丛时,又把成片的灌木都踩倒在地。大路上和田野里,随处可以看到掉落的扣子、小段的马肚带、被马蹄或车轮压扁了的水壶、蓝帽子、破袜子、沾满血迹的破布等所有在行军途中被抛弃的东西。

她经过一片雪松树丛和一堵低矮的砖墙,那里就是她家的墓地。她竭力不去想那挨在她三个弟弟墓畔的一座新坟。哦,埃伦——她一步步走下尘土弥漫的山冈,走过一堆灰烬和一个残缺不全的烟囱,那里原来是斯莱特里的家。她狠毒地诅咒他们整个家族都变为灰烬。如果没有他们斯莱特里家——如果没有那个跟她家的监工生了个小杂种的不要脸的埃米,埃伦是不会死的。

一颗尖石子戳进了她起泡的脚,痛得她哼了几声。她在这里做什么?她,斯佳丽·奥哈拉,县里的美人,塔拉的宠儿,为什么几乎光着脚板在这崎岖的大路上奔波?她的一双小脚生来是为了跳舞,不是为了一瘸一拐地走路的。她那双小巧的鞋子是为了在鲜艳的绸裙子下面显示给人家看看,而不是用来盛装灰尘和碎石子的。她生来是让人疼爱,叫人伺候的,而不是为了像她现在这样,穷愁潦倒,衣衫褴褛,为饥饿所驱而到邻居的园子里来寻找吃的东西。

小山脚下是一条河,河边一排虬结的大树枝叶覆盖着水面,这里是多么静谧阴凉!她坐在低低的河岸上脱下破旧的鞋袜,把疼得火辣辣的一双脚伸进凉爽的河水里。在这里她看不见塔拉那一双双失望的眼睛,只有树影婆娑和水流汩汩打破这里的静寂。要是能在这里坐上一整天该多美!可是她不得不仍旧穿上鞋袜,沿着树荫下覆盖着青苔的松软河岸走去。北佬把桥给烧了,可是她知道在下游一百码的狭窄处有一座独木桥。她小心地过了桥,跋涉上山走向半英里路外的十二橡树。

早在印第安人时代就挺立在那里的十二株大橡树依然如故,只是树枝有些被火烧毁,有的被火烤焦,叶子也是一片枯黄。那橡树拱卫着的,便是约翰·威尔克斯家的宅院,那座有白色圆柱,巍峨地屹立在山巅的堂皇建筑,如今只剩下一片焦土。昔日的地窖成了一个深坑。残存的只有烧黑了的粗石墙基和两根巨大的烟囱。一根烧毁了一半的长圆柱倒在草坪上,砸碎了茉莉花丛。

斯佳丽见了这番凄惨景象,再也迈不开脚步,便在圆柱上坐下了。她的内心从未感受过这样深切的凄凉。当年是威尔克斯家的骄傲,现在成为她脚下的一片尘土,这座房子曾经对她那样友善,那样殷勤,经常盛情款待过她,曾使她梦想过有朝一日会成为它的女主人。她曾在这里跳舞、晚宴、调情,她曾在这里嫉妒而伤心地注视媚兰抛给艾希礼的微笑。也就在这里凉爽的树荫下,查尔斯·汉密尔顿欣喜若狂地捏着她的手,听她亲口允诺他的求婚。

"哦,艾希礼,"她想,"你还不如死了的好,我实在不忍心叫你看见这些。"

艾希礼是在这里和他的新娘举行婚礼的,可是他的子子孙孙却再也不会把新娘带进这座屋子里来了。这座她曾经非常喜爱、非常想成为主妇的屋子里,再不会有配对成双、生儿育女的事了。这座屋子已经死了,对斯佳丽说来,仿佛对威尔克斯全家说来,也都随着这屋子化为尘土了。

"我现在不去想它。我现在受不了。我过些时候再想吧,"她大声对自己说,把眼睛转向了别处。

她沿着房屋残址的四周寻找园子,经过威尔克斯家姑娘精心培育的玫瑰花床,都遭践踏蹂躏。她穿过后院,走过那烧成灰烬的熏腊间、谷仓和鸡舍。菜园的木篱笆已经毁坏了,原先一行行整整齐齐的绿色蔬菜遭到了跟塔拉同样的命运。松软的泥地上留下了深深的车辙和马蹄的印迹,蔬菜被碾碎在土壤里。这里她一无所获。

她从后院走回来,折入小径转向静悄悄的黑奴居住的一排刷白的小屋,一路"喂,喂!"喊着。可是没有人回答。连狗叫声也听不见。威尔克斯家的黑奴显然若不是逃跑了,就是跟北佬走了。她晓得他家的黑奴,每人都有一块自己的菜地,希望这些小菜地能有幸免于难的。

她的搜寻没有枉费心机,终于看见了萝卜和卷心菜,样子很干瘪,但还没有倒伏,还有些零零落落的棉豆和菜豆,已经变黄,也还可以吃。她看到这些东西的时候,身子实在太困乏,竟连高兴都感觉不到,只是在菜畦上坐下来,用颤抖的手伸到泥土里挖掘,慢慢地装满了一篮子。今晚塔拉可以美美地吃上一餐,可惜没有腌猪肉和着菜一起煮。也许迪尔西点灯用的咸肉油可以用来调味。她一定要记住叫迪尔西用松枝照明,把油脂省下来做菜。

在一间小屋的后台阶旁边,她找到一短行小萝卜,饥饿感猛然向她袭来。一个辛辣的小萝卜正是她所需要的。等不及把它在衣襟上擦个干净,她一口咬下半截,急忙吞进肚里。那萝卜又老又粗,而且辣得她眼泪直淌,她刚咽下去,她空空的胃里就翻腾起来,她倒在松软的泥地上，乏力地呕吐了。

从小屋里散发出黑人身上微弱的臭味，令她更加恶心，她无力抵制，她可怜地继续呕吐，只觉得天旋地转。

过了好久，她虚弱地扑倒在地上，她觉得泥土松软舒适，犹如羽毛枕头，她一时浮想联翩。想不到她斯佳丽·奥哈拉，竟躺在黑奴的小屋后面，周围是一片废墟，身子虚弱得难以动弹，而天下既没有人知道她，也没有人关心她，即使有人知道，在这人人自顾不暇的当口，谁也不会照顾她。想不到这一切竟会落在她头上，她，斯佳丽·奥哈拉，从来不曾伸手从地板上拾起一双遗弃的袜子，也从来不用亲自动手系上鞋带，她斯佳丽有生以来只要有点小病痛或闹点小情绪总是有人悉心照料和百般迁就。

她伏在地上，疲倦已极，许许多多的苦恼和回忆，像许多待死的营营小虫，不停地向她扑来，使她摆脱不掉。她已经没有力气再说一遍："我现在不想母亲，不想爸，也不想艾希礼和这些废墟的事——是的，等过些时候我能支撑得住时再想这些。"她现在确实支撑不住，可是她仍在想到他们，不管她主观上愿意还是不愿意。她的思绪似兀鹰在天空盘旋，猝然下扑，将利爪和尖喙刺入她的心房。她的脸上尽是尘土，火热的太阳冲击着她全身，她躺着一动不动，不知躺了多久。她回忆着逝去的人和事，回忆着一去不返的昔日生活——展望着一团漆黑的严酷前景。

她终于从地上爬起来，重新看见了十二橡树焦黑的残迹，这时她把头抬得高高的，而青春、娇美和内在的温柔从她的脸上从此消失了。过去的事已经过去，死去的人让他死去。昔日慵懒奢华的生活永远不会再来。于是斯佳丽把沉重的篮子挽在臂上，对今后的道路，今后的生活已经拿定了主意。

既然没有退路，她决心勇往直前。

半个世纪以来，南方有许多女人，她们老是用哀怨的目光回顾过去，回顾逝去的年代和逝去的人，让自己沉浸在痛苦而于事无补的回忆之中。她们满怀辛酸，却又自豪地忍受贫困的煎熬，因为她们留有那些美好的回忆。可是斯佳丽绝不缅怀过去。

她凝视着烧焦的房子的基石,于是十二橡树最后一次耸立在她的眼前,好像跟以前一样豪华而高傲,是一个民族和一种生活方式的象征。随后,她上路回塔拉去了,她挽着的沉重的篮子在割破她的臂膀。

饥饿又咬啮着她空空的胃壁,她大声说道:"凭上帝见证,凭上帝见证,北佬征服不了我。我靠此可以生活下去,渡过这次难关后,我从此再也不会挨饿。无论是我,还是我的亲人们。哪怕我不得不去偷,去抢——凭上帝见证,我永远再也不会挨饿。"

在以后的一些日子里,塔拉就像是鲁滨逊漂流登上的荒岛一般,一片寂静,与世隔绝。其实外面的世界仅仅在几英里路以外,可是在塔拉和琼斯博罗、费耶特维尔、洛夫乔伊之间,甚至和相邻的种植场之间,都像是隔着万顷波涛。那匹老马一死,他们的运输工具没有了,靠两条腿走上好几英里红土路,他们既没有时间也没那个力气。

斯佳丽成天累死累活干活,拼死拼活地弄吃的,还要没完没了地看护三个病人,可是有时候她不免要竖起耳朵想听见那些熟悉的声音——黑孩子们在小屋里的尖声欢笑,大车从田里归来的吱吱嘎嘎声,杰拉尔德骑马驰过牧场时的如雷轰响,以及邻居们午后来访车轮的咔嚓咔嚓声和客人们的欢声笑语。可是她什么也听不见。大路上阒无人迹,从不见红土扬起预示客人即将到来。塔拉成了一座孤岛,被包围在绿色山峦和红土田野的汪洋之中。

在别处,世界依然存在。家家户户依然在自己家里太太平平地吃饭睡觉。在别处,女孩子穿着三次翻新的衣服跟男人调情,唱着"但等残酷的战争结束",就像她自己几个星期前做过的那样。在别处,战斗在进行着,大炮隆隆,城市被焚,战士们躺在医院里在难闻的臭味中奄奄待毙。在别处,一支光着脚板的队伍,穿着肮脏的土布衣服在行军,在战斗,在睡觉,在挨饿,并且由于失去了希望而更加疲惫不堪。在别处，佐治亚州的许多山头被北佬染成一片蓝色，他们自己吃得很好，还骑着喂得油光光的马匹。

在塔拉之外存在着战争和世界。可是在塔拉种植场上，战争和世界却并不存在，而只是在人们疲惫不堪的时刻，才会浮现在他们的记忆之中。外部世界退让给空着或半空着的胃的需求，生活归结为两种相互关联的思考：食物以及怎么去得到食物。

食物！食物！为什么胃的记忆要强似心的记忆呢？斯佳丽能够摈弃伤心，却摈弃不了饥饿的感觉。每天早上在她似醒非醒之际，总蜷伏着身子，盼望闻到烤面包和煎咸肉的香味，然后才想到战争和饥饿。每天早上她总是拼命想闻到食物的香味，就这样把自己给弄醒了。

塔拉的饭桌上，吃的是苹果、山芋、花生和牛奶，可是就连这些起码的食物也常常食不果腹。斯佳丽一日三餐，看到的都是同样的东西，这时她不免要回想起过去的日子，过去的饭桌，想起那烛火辉煌，香气飘溢的景象。

那时候，他们对吃的东西简直毫不在乎，恣意浪费。面包卷、玉米松饼、软饼、烘饼，上面浇着奶油，一顿饭一应俱全。桌子的一头是火腿，另一头是炸鸡；甘蓝叶飘浮在彩虹色的浓汤里，菜豆在彩花瓷盆里堆得高高的；炸笋瓜，煮秋葵，厚厚的胡萝卜片浸在奶油汁里。每餐有三种尾食听凭取用：巧克力夹心蛋糕、香草牛奶杏仁冻糕和搅奶油甜蛋糕。想起这些佳肴美馔，能产生一种死亡和战争未能产生过的力量，使她的眼眶充满泪水，使她的辘辘饥肠难受得想呕吐。这个十九岁的姑娘，她的正常食欲向来要受到嬷嬷的限制，由于持续的艰苦劳动，如今竟比原来增大了四倍，这是她自己也未曾想到过的。

在塔拉，麻烦的不单单是她那惊人的饭量。她不管走到哪里，看到的都是一张张白人的或者黑人的饥饿的面孔。卡琳和苏埃伦到伤寒康复期，胃口很快就要大起来。小韦德已经在单调地哭叫："韦德不喜欢山芋，韦德肚子饿。"

其余的人也都抱怨：

"斯佳丽小姐，我要是还只吃那么一点点，怕没有奶水喂这两个孩子了。"

"斯佳丽小姐，我胃里要是再不多装点东西，我就没力气劈柴了。"

"好姑娘，我想吃点真正的食物。"

"女儿，我们非得老是吃山芋吗？"

只有媚兰从不叫苦。她的脸一天白似一天，一天瘦似一天，连在睡梦中也会痛苦得抽搐起来。

"我不饿，斯佳丽，把我的一份牛奶给迪尔西吧。她要给孩子喂奶。害病的人是不觉得饿的。"

媚兰的默默忍受，比起其他人喋喋不休的抱怨，使斯佳丽更为恼火。对其他的人，她能够——也确实做到——以她尖刻的讽刺大声地把他们吓住，可是在媚兰的这种无私精神面前，她却无能为力了。不仅无能为力，而且愤愤不已。现在杰拉尔德、几个黑奴和韦德都去亲近媚兰，因为她尽管产后体弱，待人却和蔼可亲，富于同情心，而在这些日子里，斯佳丽身上已毫无这两种气质。

尤其是韦德，他成天在媚兰房间里转。这孩子近来有点不对劲，究竟是怎么回事，斯佳丽没功夫去过问。她听了嬷嬷的话，以为他肚子里有虫，就拿往常埃伦给黑孩子吃的干药草和树皮的混合剂给他吃了打虫。可是孩子吃了药反而脸色格外苍白。这些天来斯佳丽简直不把韦德看成是一个人，只觉得他多添了她的麻烦，多添了一张要喂养的嘴巴。且等她度过眼前这紧急关头，那时她会跟他玩，讲故事给他听，教给他 ABC，可是现在她既没有时间，也没有这样的心思和兴趣。而且在她身子最乏心里最烦的时候，她似乎总感到他有点碍手碍脚，所以她对他也常常没有好声气。

韦德挨了他母亲性急的责骂，圆圆的眼睛里就现出极大的恐惧，看上去简直像个痴子，这使得斯佳丽更加烦躁。她不明白一个年幼孩子所感到的强烈恐惧，不是成年人所能理解的。韦德生活在恐惧之中，恐惧震撼他的心灵，使得他在睡梦中惊叫醒来。一种突然的声音或者一声责骂都能叫他发抖,因为在他的心目中,噪声和骂声是跟北佬分不开的,而他对北佬的恐惧,要超过普里西跟他讲过的妖魔鬼怪。

在亚特兰大城遭受围攻以前,他一直过着幸福宁静的生活。尽管母亲不怎么关心他,可是他始终受到疼爱,听到的都是些亲切慈祥的话语,直到那天夜里,他从酣睡中惊醒,只见火光冲天,爆炸声震耳欲聋。也就是在那天晚上,他第一次挨妈妈的打,挨她大声责骂。在桃树街那幢快活的矮屋子里,他所知道的唯一一种生活,就在那天夜里消失了,从此留下无可弥补的创伤。在逃离亚特兰大的途中,他只明白一桩事,就是北佬在后面追赶他们,直到现在,他仍然无时不在害怕北佬会抓住他们,把他们砍成碎片。他只要一听见斯佳丽提高嗓门骂他,他那幼小的心灵就会记起她第一次骂他时的恐怖情景,就会吓得一副痴痴呆呆的样子。现在,他已经把北佬跟怒骂声永远联系在一起,因而非常害怕他的母亲。

斯佳丽终于注意到孩子在开始躲避着她,在她难得有空想起这种情况的时候,心里不免非常懊丧。这比他成天跟在她后面更使她心烦。看见他在媚兰床前安安静静地玩着媚兰教他的游戏,或是听媚兰讲故事,这情形也很伤害斯佳丽的感情。韦德很崇拜"阿姨",她声音温和,总是带着微笑,从来不说:"住嘴,韦德,你把我头都吵痛了,"或者"不要烦躁,韦德,看在上帝的面上,"这一类话。

斯佳丽没有功夫也没有心思去疼爱他,可是看到媚兰疼他却不免要妒忌。有一天她看见韦德头朝下倒立在媚兰床上,又一下子摔在媚兰身上,她给他掴了一巴掌。

"阿姨在害病,你难道不知道不应该晃动她的身子?快到外面院子里去玩,以后再不许到阿姨房里来吵了。"

可是媚兰伸出她没力气的手臂把那哭哭啼啼的孩子拉到她身边。

"好啦,好啦,韦德。你不是故意撞我的,对吗?斯佳丽,他一点也不吵,让他留在我这里,我会照顾他的。我身子没有恢复以前,也只能做这件事,你就是不管这孩子,也已经够你忙的了。"

"别说傻话,媚利,"斯佳丽简短地说,"你身子还没复原,怎么能叫韦德在你肚子上摔跤。喏,韦德,我要是再看见你在阿姨床上,就要抓住你。不要抽鼻子。你怎么老是抽鼻子。学得像个乖孩子。"

韦德哭着飞跑到楼下躲藏起来。媚兰咬着嘴唇,眼中噙着泪水。而嬷嬷站在过道里,亲眼目睹这一番情景,眉头一皱,连气都喘不过来。但这些天来,谁也不敢跟斯佳丽顶嘴。大家都怕她那尖嘴利舌,大家都怕像是完全变成另外一个人的斯佳丽。

斯佳丽现在成了塔拉的最高主宰,她跟别的骤然掌权的人一样,盛气凌人的天性一下子就暴露无遗。这并不是说她的本质冷酷无情,而是因为她自己非常害怕,办事又没有把握,所以才摆出严厉的样子,免得令人看透她并无能耐,从而不服从她的调遣。还有一层,斯佳丽发现对别人大呼小叫,叫人感到害怕,其中自有一番乐趣,而且还可以缓解一下自己过度紧张的神经。她对自己性格在起变化,并非一无所知。有时她粗暴的命令,引起波克噘起嘴唇,嬷嬷咕哝说:"有些人这几天可真了不得了,"这时,她不免怀疑自己的教养是否已经丧失殆尽了。埃伦煞费苦心在她身上培育起来的全部礼貌和全部温存,就像秋天的树叶一样,在第一次寒风侵袭后很快地纷纷落地了。

埃伦曾经多次说过:"对底下人态度要坚决,可是语气要温和,尤其是对黑人。"可是如果她语气温和,黑人们就会成天坐在厨房里,尽扯些什么过去的好日子里,大家都认为家里的黑人是不到田里去干活的这类话。

"要热爱你的妹妹,要抚育她们。对受苦的人要和善。"埃伦说:"对处在忧患中的人,要有恻隐之心。"

现在她却无法爱她两个妹妹。她们成了她的沉重的负担。至于抚育她们,无非是给她们洗澡,替她们梳头,每天甚至不得不走上好几英里路,去找点蔬菜给她们吃。而且她不得不学会挤奶,尽管那可怕的畜生,对着她摇晃两只角的时候,她的一颗心都要跳到喉咙头。至于和善,那是浪费时间。你要是对她们过分和善,她们就很可能在床上多赖些日子，可是她需要她们越早起床越好，那样就可多四只手帮她做事了。

她们骨瘦如柴而虚弱地躺在病床上，恢复得非常缓慢。她们在病中人事不省的时候，世界已经变了样。北佬来过了，黑奴逃跑了，母亲去世了。这三桩事似乎是不可能发生的，因此她们难以置信。有时她们以为这些事根本没有发生过，她们只不过神志还没有清醒过来罢了。斯佳丽竟变得这样厉害，肯定也不是真的。有时她靠在她们床脚边策划待她们身体康复以后，她希望她们要做的事。这时她们就愣愣地看着她，好像她是个妖怪似的。她们无法理解现在已经没有一百个黑奴在给她们干活，无法理解奥哈拉家的小姐竟要干粗活了。

"可是，姐姐，"卡琳说，一张可爱的孩子脸被吓得不知所措，"我不能劈柴！那会把我的手弄坏的！"

"你瞧瞧我的，"斯佳丽带着吓人的微笑，伸出一双满是泡泡和老茧的手。

"你对我和小妹这样说话真是可恨！"苏埃伦嚷道，"你一定是在扯谎，想吓唬我们。假如妈妈还活着，她一定不许你像这样跟我们说话！叫我们劈柴，真是！"

苏埃伦带有厌恶的情绪看着她的大姐，她断定斯佳丽这样说是卑鄙的。苏埃伦病得差点送命，母亲又死了，她孤独，她害怕，她需要疼爱，需要服侍。可是恰恰相反，斯佳丽每天来到她的床前，她的那双斜吊的绿眼睛打量着她们，见她们身体好转了些，眼中便发出可恶的闪光，跟她们谈什么铺床、做饭、拎水和劈柴。看她那样子，对这类可怕的事，很有点儿津津乐道似的。

不错，斯佳丽对此是有点津津乐道。她欺侮手下的黑奴，伤害两个妹妹的感情，不仅仅因为她过于焦虑，过于紧张，过于疲倦，还因为她发现母亲从前教她的有关的生活之道全都是错误的，心里感到痛苦，想借此把这痛苦忘掉。

斯佳丽感到痛心，感到迷惘，为什么母亲教她的东西，现在竟一点价值也没有？她不明白埃伦竟未能预见到她赖以教养女儿的那种文化会毁于一旦，也竟未能预见到她把女儿们训练得足以适应的社会地位会骤然失去。她不明白在埃伦的心目中，女儿们的未来，本该像自己的过去那样平静安宁，所以才教她们要温和、文雅、高尚、善良、谦虚和诚实。照埃伦的话，女人只要学会了这些，生活就不会亏待她们。

斯佳丽绝望地想道："没有一点用，她教我的东西对我一点用处也没有。善良对我有什么用？温和对我又有什么用？我还不如像黑奴那样学会种地或摘棉花。哦，母亲，你错了！"

她不曾停下来好好想想，埃伦那个有秩序的时代已经一去不返，代之以一个野蛮的世界，在这个世界里，一切事物的价值和标准都已改变了。她只看到，或者以为她看到了，母亲是错了，于是她为了适应这个她并无思想准备的新世界，而迅速改变自己的观点。

她只有对塔拉的感情没有改变。每回她拖着疲倦的身子从田里归来，只要一看见那一簇白色的屋子，她心中就会涌上一阵对家的热爱和回家的喜悦。每回她从窗口望见那绿色的牧场，红色的田野和虬结成片的沼泽森林，心里总是觉得无比美好。她深深地爱着这片土地，爱着蜿蜒起伏的红土山冈，那美丽的红土有血红的，有榴红的，有砖红的，有朱红的，在那红土山冈上奇迹般地生长着绿色的灌木丛，还有白色的树菌点缀其间。世界上没有地方比这片土地更美好的了。当什么都已改变了原来的面貌时，只有塔拉在斯佳丽的心中却始终没有改变。

她看着塔拉，心里才有点领悟到人们为什么要战争。白瑞德说打仗是为了钱，他这话错了。不，人们打仗是为了广袤的翻耕好犁沟的田亩，是为了长着浓密绿草的牧场，是为了缓缓流淌的河流和木兰花丛中的白色房屋。这些才是唯一值得为之战斗的东西。这红土地一旦属于他们，将来就属于他们的子孙，为他们的子孙万代生产无穷的棉花。

现在母亲和艾希礼都已不在人世，杰拉尔德遭受沉重打击后已一蹶不振，钱财、黑奴、地位和安全一夜之间均已丧失殆尽，剩给她的就只有塔拉这被蹂躏的田亩。于是她恍若隔世地记起那次跟父亲关于土地问题的谈话。当时父亲对她说土地是世界上值得为之战斗的东西，现在她觉得自己当时太糊涂了，她竟那样幼稚，那样无知，完全不能理解父亲的意思。

"因为它是世界上唯一永世长存的……对于任何一个血管里只要有一滴爱尔兰血液的人来说，他生活的地方就好比是他的母亲……它是唯一值得为之辛劳，为之战斗，为之拼命的东西。"

是的，塔拉是值得为之战斗的，而且她毫不犹豫地接受了这种战斗。谁都不允许把塔拉从她手中夺走。谁也别想把她和她的亲人撵出去靠别人的施舍过活。她一定要保住塔拉，哪怕让全家每个人都累断脊背也在所不惜。

第二十六章

斯佳丽从亚特兰大回到塔拉已经有两个星期,这时她脚上最大的一个泡开始发炎溃烂,肿得穿不上鞋子,走起路来也只好踮着脚后跟。她看着脚趾上肿胀的伤口,心里一阵绝望。要是它像士兵的伤口那样成了坏疽,附近又没个大夫,她要是死了那怎么办?现在的生活虽然很苦,可是她还不想死。再说,万一她死了,谁来照管塔拉呢?

她刚回家时曾经指望杰拉尔德恢复从前的精神面貌,由他来当家做主。可是两个星期以来,她的希望已经破灭,现在她心里明白,不管她喜欢也好,不喜欢也好,塔拉的种植场和全家的人全得靠她这双没有经验的手办事了。杰拉尔德成天静静地坐着,犹如在做梦似的。丝毫不关心塔拉的事,样子倒是挺文雅的。有时她想听取他的意见,可是得到的回答总是:"就照你自己的意见去办吧,女儿。"或者更糟的是:"去跟你妈商量一下,孩子。"

看来杰拉尔德只好永远是这个样子了,斯佳丽意识到这一点,也就冷静地接受这个事实:直到他寿终正寝,他总是等待着埃伦,总是想听到埃伦的声音。他似乎处于幽冥的阴阳界,在那里时间总是静止的,埃伦始终就在隔壁房间里。她死的时候,就把他生存的主要动力带走了,同时也带走了他的上进心,他的闯劲和他的充沛精力。杰拉尔德·奥哈拉以前一直在表演一出喧嚣的闹剧,埃伦是他的观众。现在帷幕永远降落了,脚灯暗了,观众一下子不见了,而呆若木鸡的老演员却独自留在空空的舞台上,在等待别人给他提台词。

那天早上屋子里很静，因为只剩下斯佳丽、韦德和三个女孩子，其余的人都到沼泽地里找那只母猪去了，连杰拉尔德也活动起来，他一手拿着一圈绳子，一手抓住波克的臂膀，跟着他们步履维艰地穿过田野去了。苏埃伦和卡琳哭了一阵子，慢慢地睡着了。她们俩每想起埃伦，每天至少总要淌两次伤心的眼泪，泪水一直滚到她们瘦削的脸颊，媚兰是第一次坐起来，拿枕头垫靠在床上，身上盖一条补缀过的破被单，两臂各抱着一个婴孩，一边是一个毛茸茸的亚麻色的小脑袋，另一边是迪尔西的短发卷曲的黑脑袋，跟她自己的孩子一样轻轻地抱着。韦德坐在床的另一头，听她讲童话里的故事。

斯佳丽觉得塔拉的寂静简直难以忍受，因为这不免要使她想起从亚特兰大回家那长长的一天中一路上凄凉死寂的情景。那奶牛和牛犊一连好几个钟头没发出过一点声音，窗外听不见啾啾的鸟鸣，连世代栖居在木兰枝叶间好唱歌的反舌鸟今天也没有歌声了。她拖来一张矮椅子放在她打开的窗前坐上，把裙子撩起盖在膝上，两臂搁在窗台上，托着下巴，向窗外看着前面的车道、草坪和大路外侧空旷的绿色牧场。她身旁的地板上放着一桶水，她不时把起泡的脚伸进水桶里，但一次次的刺痛使她的脸都抽歪了。

她心里烦躁，把下巴紧紧按住手臂，这正是她最需要用力气的时候，她的脚趾偏偏溃烂了，那些蠢材一辈子也别想把那母猪逮住，他们花了一个礼拜才抓到那窝小猪，是逐只抓来的。现在两个礼拜都过去了，那母猪还没有抓到。斯佳丽知道要是自己跟他们一起去，那她能挽起衣服拿着绳子，一下就把母猪给套住。

能不能抓住姑且不论，就算抓住了又怎么样呢？吃完了母猪和她的小猪又该怎么办？日子得过下去，人是天天要吃的。冬天快要到了，到那时怕没什么可吃的，连邻居家园子里少得可怜的剩菜也不会有了，他们得有干豆、高粱、玉米片、大米和——哦，还有许多别的东西。他们需要玉米和棉花种子留着明年春播，还需要添置新衣裳。这些东西从哪里来？她又如何买得起这些东西？

· 469 ·

她曾私下翻看过杰拉尔德的口袋和钱盒,除了找到一沓沓邦联政府发行的公债券外,总共只有三千块邦联纸币。这三千块钱倒是够他们吃一顿丰盛的饭菜,她自我解嘲地这样想,因为此时的邦联纸币已快要一文不值了。可是就算她真的有钱并且真的能买到食物,那她又怎么能把食物运回到塔拉来呢?上帝为什么不让那匹老马活下来?白瑞德偷来的那匹可怜的老马要是还在,情况就会大不相同。咳,那些毛皮溜光在牧场上奋蹄的骡子,那些拉车的骏马,她的小牝马,姑娘们骑的矮脚马和杰拉尔德那匹在赛马场上飞驰狂奔的大公马——咳,只要还剩下其中的一匹,哪怕是一头脾气最犟的骡子该多好!

不过,没关系——等她脚一好,就步行到琼斯博罗去。她生平还没有走过这样远的路,可是她还是得去,哪怕北佬把全城都烧光了,她相信一定能在附近一带找到人,会告诉她到哪里去弄到吃的东西。她想起了韦德那张饿得消瘦的脸,想起他老是不停地嚷着,他不要吃山芋,要吃鸡腿,要吃米饭,要喝肉汤。

想到这里,她的眼睛湿润了,前院灿烂的阳光像是被阴云遮住了,树木也显得模糊不清了。斯佳丽把头伏在臂上,竭力不哭出声来。哭有什么用处?只有在男人身旁,你想他给你些什么好处的时候,哭才是有用的。她伏在那里,紧紧闭着眼睛不让眼泪淌出来。这时突然听见一阵马蹄声,不由吃了一惊。可是她并没有抬起头来。两星期来的日日夜夜,她经常想象听到这种马蹄声,就像她经常想象听到埃伦衣裙的窸窣声那样。她像往常的这种时刻一样,她的心怦怦直跳起来,可是她马上严厉地告诫自己,"不要痴心妄想。"

可是马蹄声渐渐缓慢下来,令她吃惊的是,逐渐成了有节奏的慢步,嘎扎嘎扎地走上了砂石车道,果然是一匹马——是塔尔顿家的,是方丹家的,她连忙抬起头,却原来是一个北佬骑兵。

她机械地闪到窗帘后面,从帘缝里窥视着那人,吓得透不过气来。

那人身体壮实,面容粗野,一蓬黑胡子散乱在敞开的蓝夹克衫前,他没精打采地坐在马鞍上,他深陷的小眼睛在阳光下眯成一条缝,从他的帽檐下悄悄地打量着这屋子。他慢慢地从马上下来,把缰绳一掷套在拴马桩上。斯佳丽像是肚子上挨了一拳似的感觉一阵痛楚,忽然又透过气来。一个北佬!一个屁股上挂着一支长手枪的北佬,可是家里就剩下她一个人,还带着三个生病的女人和两个婴孩!

那人慢悠悠地朝屋前走来,手按在枪套上。眼睛骨碌碌地向左右乱转。这时斯佳丽的心头浮起了一幅幅杂乱无章的画面,像万花筒似的在变换着。皮特姑妈平时讲的那些事情,什么袭击没人保护的女人啦,割断人家的喉咙啦,把躺着垂危女人的房屋放火烧掉啦,把哭哭啼啼的孩子拿刺刀捅死啦,种种难以诉说的恐怖暴行,全都浮现出来,而且全都联系着这一个名字:"北佬"。

在恐怖之中她的第一个念头就是躲进衣橱,钻到床底下,或者从后面楼梯飞奔而下,大叫大嚷地向沼泽地里逃去。反正只要能从他手中逃脱什么办法都行。可是紧接着她听见他小心翼翼地走上前面台阶,鬼鬼祟祟地走进过道,便知道她的逃脱之路已被切断,她吓得浑身发冷,不敢走动,只听见楼下的脚步声从一间屋又到另一间屋,因为没有见到有人影,那人的脚步渐渐更大声更大胆起来。现在他已进餐室,看来他马上就要走进厨房了。

一想起厨房,斯佳丽突然怒火中烧,像是一把利剑插进她的心头,这股怒火一下子把她的恐惧全都驱散了,厨房,厨房里的炉火上正煮着两锅菜,一锅是炖苹果,一锅是蔬菜杂烩,是她好不容易从十二橡树和麦金托什家园子里摘来的。那两锅子东西虽然只够填饱两个人的肚皮,却是为九个腹中空空的人准备的午餐。斯佳丽饿着肚子等他们回来已有好几个钟头,一想起北佬要把他们这一点可怜的东西吃掉,怎能不叫她气得发抖。

全不得好死的北佬,他们像蝗虫一样涌到这里来,害得塔拉的人正在慢慢地饿死,可是他们现在又来了,想把这剩下的一点点东西还要偷走,此刻她的胃饿得很是难受,向上帝起誓,今天这个北佬别想偷我们的东西!

她悄悄地脱掉她破旧的鞋子,光着脚,连脚痛也忘了,急忙走到五斗橱前。她轻手轻脚地拉开橱顶上面一只抽屉,把那支她从亚特兰大带来的手枪拿在手里,那是查尔斯生前佩带的枪,可是他却从来没有用过。她的手伸进挂在墙上军刀下面的皮盒子里,摸出一颗子弹,稳妥地把它装进枪膛里。她急速而无声地穿过通道,走下楼梯,一手扶着栏杆,一手把握着的手枪紧贴在腿旁裙子的褶皱间。

"是谁?"一个鼻音喝了一声,她在楼梯中间停住,太阳穴里的血怦怦地大声冲击着,连楼下的声音也听不清了。"站住,不然我要开枪了!"那声音喝道。

那人站在餐室门口,紧张地弓着身子,一手握枪,另一手拿着一只黑黄檀木的小针线盒子,斯佳丽觉得两脚冰凉,一直冷到膝盖,可是脸孔却被怒火烧得发烫,他竟把埃伦的针线盒拿在手里,那里面有金顶针,金柄剪刀和镶金小金刚石,她想大声喊:"把它放下,把它放下,你这肮脏的——"可是却发不出声来。她只能瞪眼从栏杆上俯视着他。那人的神色从紧张残酷变成了半蔑视、半讨好的微笑。

"那么这里是有人在家啰,"他说,把手枪塞回枪套里去,一面走进过道,直走到面对着她站着,"就只有你一个人吗,女士?"

像闪电一般,她举起手枪伸出栏杆,对准他那猛吃一惊的胡子脸。还不等他伸手去摸枪,她就扣动扳机。枪的后坐力叫她身子一晃,一声爆炸的轰响震动她的耳朵,一股火药味直往她鼻孔里钻。那人砰的一声往后仰翻在地,把厨房里的家具也震动了。他手中的针线盒掉下了,里面的东西撒落在他的四周。斯佳丽不由自主地走下楼梯,走到他跟前俯视着那人胡子以上的残缺不全的脸。那人的鼻子已成为一个血窟窿,呆滞的眼睛被火药烧焦了。这时她又看到两道鲜血从光亮的地板上淌着,一道是从他的脸上,一道是从他的脑后流出来的。

不错,他死了,毫无疑问,她杀了个人。

一股硝烟缓缓地升到天花板上,她脚下的血流在不断扩展,她站在那里,不知过了多少时候,只觉得在夏日早晨的寂静里,一切无关紧要的声音和气息,仿佛都扩大了,木兰树叶轻微的婆娑,远处沼泽地里鸟儿哀怨的啭鸣,都响得多了,窗外鲜花袭人的香味更浓了,连她自己心房的急速跳动也如同擂鼓一般了。

她杀死了一个人!她平时看见捕猎的场面总要远远躲开,听到杀猪时猪的号叫和兔子落在陷阱的吱吱声,都会觉得于心不忍的。杀人!她麻木地想到,我杀了人,哦,这不可能是我干的!她看到那只毛茸茸粗壮的手,那手正紧挨着针线盒。猛然间她的活力恢复了,心里很高兴而活跃,感到有一种残忍的喜悦。她甚至能够把她的脚后跟伸进他脸上的伤口里,感觉一下他的热血流在她光脚板上的快意。她总算给塔拉——也给埃伦报了一次仇。

楼上过道里传来了跟跄的脚步声,起先走得很急,中间停了一下,随后又是一阵没有力气的拖着脚走的声音,还夹杂着金属的碰撞声。现实和时间感使斯佳丽清醒起来,她抬头一看,见媚兰正站在楼梯口,穿着一件代替睡衣用的破衬衣,她衰弱的手臂不胜重负似的提着查尔斯的军刀。媚兰一眼便把下面的情况看得清清楚楚:一个穿蓝军服的人四肢伸直倒在血泊中,身旁是那只针线盒,斯佳丽光着脚站着,脸色灰白,手里握着支长手枪。

两个人的目光默默地碰到一起,媚兰总是温和的脸庞闪出冷峻自豪的光辉,含有赞许而无情的微笑,她感受到的喜悦,显然不亚于斯佳丽内心的激动。

"怎么——怎么——她竟跟我一样,她竟理解我的感情!"斯佳丽想了好一会儿,但没说出来,"她也会像我做同样的事呢。"

她激动地抬起头来,看着那身体孱弱、站立不稳的姑娘,对这个姑娘,她从来都是感到嫌恶和轻视的。可是此刻,她对这位艾希礼妻子的憎恨却动摇了,一种钦佩和志同道合的感情油然而生。她顿时摆脱了狭隘的偏见,清楚地看出在媚兰温柔的声音和可爱的眼神中,在闪烁着坚不可摧的钢铁意志,在她那沉静的血液里,也可以看到勇气的旗帜与号角。

"斯佳丽!斯佳丽!"苏埃伦和卡琳惊恐的尖叫声,透过她们紧闭的卧室房门,隐隐地传出来,中间夹杂着韦德的喊声:"阿姨!阿姨!"媚兰忙把手指放在嘴唇上示意,然后把军刀放在楼梯顶上,费力地挪动脚步回到楼上,打开了病房的门。

"别害怕,姑娘,"她用一种调皮的欢乐口吻说道,"你们的大姐想把查尔斯手枪上的锈斑擦掉,不小心走了火,差点没把她给吓死!""喏,韦德·汉普顿,你妈妈用你亲爱的爸爸的枪打了一枪,等你长大起来,她会让你打枪的。"

"说起谎来,真是面不改色,"斯佳丽钦佩地这样想。"我可没有她那种急智,不过何必说谎,她们应该知道我刚才干的事。"

她又俯视了一下尸体,这时她的恐惧和愤怒都已消退,随之而来的反应是两膝不住发抖。媚兰又费力地回到楼梯口,正扶着栏杆下楼,牙齿咬着苍白的下嘴唇。

"快回床上去,真蠢,你不要命啦!"斯佳丽嚷道,可是媚兰衣不蔽体,步履维艰地下来走进楼下的过道。

"斯佳丽,"她压低嗓门说,"我们得把他弄出去埋掉。他说不定不是一个人,要是他的同伙发现他躺在这里——"说着她靠着斯佳丽的臂膀站稳了。

"他肯定是一个人,"斯佳丽说,"我在楼上窗口没看见有别的人。他一定是个逃兵。"

"即使他只有一个人,这件事也绝不能让任何人知道。黑人们会在私底下乱说,给北佬知道了早晚要来把你抓去的。斯佳丽,我们一定要赶在他们从沼泽地里回来以前,把这尸体藏好。"

斯佳丽从思想上到行动上被媚兰万分迫切的口气所促使,她认真地思索起来。

"我可以把他埋在花园角落里的葡萄棚下面,就在波克挖出威士忌酒桶的地方。那儿的泥土松软。不过我怎么把他弄过去呢?"

"我们一个人抓住他一条腿拖过去。"媚兰果断地说。

斯佳丽虽然心里不愿意,却不得不对她更加佩服起来。

"你是连只小猫也拖不动的。还是我来拖,"她不客气地说,"你回床上去,不要把命送掉,也不用你帮我的忙,你要是不走,我就先把你背回楼上去。"

媚兰苍白的脸展现出理解的微笑,"你真好,斯佳丽。"她轻轻地吻了吻斯佳丽的脸颊,还没等斯佳丽从惊讶中清醒过来,又接着说:"如果你能把他拖出去,我就在大伙儿回来以前,把——把地上那一摊血擦干净,还有斯佳丽——"

"嗯?"

"你说我们要是搜索一下他的背包,也算不上是不高尚吧?里面说不定会有点吃的东西。"

"当然算不上,"斯佳丽说,她有点懊恼自己竟没想到这一层,"你把背包拿去看看,让我来搜他的口袋。"

她厌恶地俯下身去,把那尸体上衣的纽扣全部解开,一一翻遍了他的口袋。

"我的上帝,"她轻轻地说,拉出一只鼓鼓囊囊的皮夹,外面包着一块破布,"媚兰——媚利,我猜想里面一定都是钱。"

媚兰没有答话,突然坐在地板上,背靠着墙壁。

"你瞧,"她哆嗦着说,"我身子有点发虚。"

斯佳丽扯掉破布,两手颤抖着打开皮夹。

"瞧,媚利——快瞧瞧!"

媚兰一看,她的眼睛张大了。里面有一大把钞票,有美国联邦的钞票,也有南方邦联发行的纸币,夹在中间的,还有一枚十元的金币和两枚五元的金币。

"现在不要去数它,"媚兰见斯佳丽开始点起钞票来,劝阻她道,"我们没工夫——"

"你明白吗,媚兰?有了这些,我们就有吃的了。"

"是的，是的，亲爱的，我懂，可是我们现在没有时间。你再找找他别的口袋，我来查看他的背包。"

斯佳丽真有点舍不得放下那皮夹。她眼前展现出一派光明的前景——真正的钱，北佬的马，食物！上帝毕竟是存在的，他果然供养我们了，虽然他供养的方式有点奇特。她蹲在那里，呆呆地望着那皮夹微笑。食物！媚兰将皮夹从她手里一把夺走——

"快！"她说。

裤子袋里就只有一段蜡烛头、一把折刀、一块烟草和一根短绳。媚兰从背包里找出一小包咖啡，放在鼻子上闻了闻，仿佛那是顶顶高级的香水似的，还找出几片硬饼干，接着她的脸色倏地变了，她找出一张小女孩的相片，装在金框子里，镶着一颗颗细珍珠，又有一枚石榴石胸针，一副宽大的金镯子，上面挂着小金链条，一个金顶针，一个婴儿用的小银杯，一把金绣花剪，一只镶着单粒钻石的戒指，还有一副耳环，各挂着一粒梨形的钻石，那钻石即使在她们外行人的眼里看来，每粒也都在一克拉重以上。

"他是个贼！"媚兰低声说道，身子从尸体往后退缩。"斯佳丽，他这些东西，一定全是偷来的。"

"那当然，"斯佳丽说，"他到这里来，也是想从我们家偷得更多的东西。"

"我很高兴你杀了他，"媚兰温和的眼睛变得严峻起来。"快，亲爱的，把他从这里弄出去。"

斯佳丽弯下身子，抓住两只靴子往外拖。这家伙好重！她忽然觉得自己力气太小。万一拖不动怎么办？她转过身，背对着尸体，把两只穿着靴子的脚分别搁在左右两只胳膊弯里，然后俯身使劲向前。那尸体被拉动了，于是她继续用力拉。她那只溃烂的脚，刚才一时忘了疼痛，现在猛烈地牵扯起来，痛得她咬紧牙关，只得把身体的重心移到脚跟上来。她一步步艰难地移动着，汗水从前额滚滚而下，总算把尸体拖出了过道，可是地上却留下一道殷红的血迹。

"要是让血迹一路滴在院子里,那我们就没法收拾干净了,"她喘息着说,"把你的衬衣脱下来,媚兰,让我把他的头包着。"

媚兰的脸刷的一下红起来。

"别傻啦,我不会朝你看的,"斯佳丽说,"我要是身上有条衬裙或者长裤,我也会脱下来用上的。"

媚兰蹲在墙边,把破亚麻布衬衣从头上扯下来,一声不响地扔给斯佳丽,自己尽量拿两臂遮住身子。

"感谢上帝,我还不至于像她那样怕难为情,"她一面拿那破衣服包着尸体的头,一面默默地想道。她其实并没有目睹媚兰的窘态,心里自然是意识到的。

她瘸着脚拼命往前拖,好不容易把尸体拖过通道到达后廊,停下来用手背擦了额角上的汗水,又回头看看媚兰,见她正靠墙坐着,抱着双膝挡住裸露的胸脯。斯佳丽心中不免烦躁地想道,媚兰这人真傻,在这样的时刻,还讲究什么怕难为情。媚兰遇事向来拘泥,这也是斯佳丽看不起她的地方。然而这时她忽然感到羞愧起来。因为媚兰毕竟——毕竟刚生孩子没多久就从床上起来,还拿了一件她提都提不动的武器,前来帮她的忙。她这样做是需要勇气的。亚特兰大陷落那可怕的晚上,以及她们回家的长途中,媚兰都曾显示过她那藏而不露的钢铁意志。斯佳丽扪心自问,自己恰恰缺乏她那样的勇气,那是威尔克斯家人共有的貌不惊人而又难以捉摸的气质,斯佳丽对此并不理解,却又不得不给予吝啬的称颂。

"你回床上去,"她扭转头说道,"不然你会送命的。我把他埋了就回来把这里擦干净。"

"我会拿块破地毯来擦的,"媚兰低声说道,看着地上的一摊血,脸色显得很难看。

"那好,你自己要把命送掉,看我还管不管你!要是我还没干完就有人回来,别让他们到花园里来。门口的那匹马就说不知从哪里跑来的。"

媚兰坐在早晨的阳光下,身子瑟瑟发抖。她听到那死人的脑袋撞在走廊的一级级台阶上，发出一次次嗒嗒的声响，使劲捂住了自己的耳朵。

没有人怀疑马的来历。那匹马很显然是从战场上走散了的，有了它大家都很高兴。那个北佬就躺在葡萄棚下斯佳丽挖成的浅坑里。那些棚柱子多半已经腐烂，斯佳丽在夜里拿菜刀把它们砍断，让那棚子倒在那坟墓上。斯佳丽后来始终没有提起修棚子的事。究竟为了什么，那几个黑人如果知道，也会保持沉默的。

有时她疲劳过度，夜里难以成眠，也没有鬼魂从那浅坑里出来跟她作祟。她每想起这件事，她既不害怕，也不悔恨。她只是有点弄不明白，因为她知道要是在一个月以前，她是决计不会干出这种事来的。年轻貌美的汉密尔顿太太，笑靥迷人，耳环叮当作响，那么娇娇滴滴的，怎么竟会把一个人的脸打成肉酱，匆匆忙忙挖了个坑把他埋了！她想如果认识她的人知道了这件事，准会吓得惊愕万状，她稍稍残忍地咧嘴笑了。

"我现在再也不去想它了，"她下了决心。"事情已经做了，而且已经过去了。我当时要不杀他，才真是个傻子呢。不过我觉得我回家以后必定是有点变了，要不我不会做出那种事来。"

她并不有意识地去想这件事，可是每逢她遇到困难的和不愉快的事，她的内心就会悄悄地闪出一个念头，给她以力量："我连人都杀过了，这点事我肯定能够办到。"

她变了许多，只是她自己并不太知道。从那天她躺在十二橡树黑人院子里开始，她心上便包上了一层硬壳，现在这层硬壳一天天在变厚了。

斯佳丽现在有了一匹马，就有条件可以亲自出去打听一下邻居们的情况了，自从她回家以来，已经无可奈何地想了上千次："县里是不是就只剩下我们一家人了？是不是其他的人全都被烧杀光了？还是全都逃到梅肯去了？"对于十二橡树，麦金托什家和斯莱特里家的一切化为灰烬的惨状记忆犹新，这使她几乎不敢去打听别人家的真情。可是即使情况很不妙,知道总比不知道要好。她决定先到方丹家去,不是因为他家离得最近,而是希望老方丹大夫还在家里。媚兰需要个大夫。她身体恢复得太慢,斯佳丽见她那苍白衰弱的样子,不免有点惊慌。

她一等到脚上的伤好转到能够穿上鞋子,立刻就打点出发。她跨上北佬的那匹马,一只脚套进收短了的马镫,另一条腿弯起来搁在鞍头旁,摆出一个侧骑的姿态,随即纵马穿过田野,朝方丹家所在的含羞树①骑去,思想上做好准备她将看到的是一片焦土。

令她又惊又喜的是,那幢浅黄色的灰泥屋子,竟安然无恙地站立在含羞树丛之中。随即方丹家三个女人从屋子里出来,欢迎她,吻她,高兴得大叫起来,使她沉浸在温暖的幸福之中,她几乎掉下眼泪。

一阵热情的问候之后,大家鱼贯走进餐室入座,此时斯佳丽却不由感到一阵心寒。因为含羞树远离大路,得以免遭北佬蹂躏,因而方丹家的牲口和粮食都还保存着。可是这里跟塔拉和县里其他地方一样,笼罩着一种异样的沉寂。黑奴们听说北佬要来,吓得全逃掉了,只剩下四个在家中使唤的女仆。整幢屋子里,除了萨莉那个刚开始不用尿布的小男孩乔以外,没有一个男人。偌大的屋子里,现在就住着方丹奶奶,已经七十多岁了,还有她的儿媳,也有五十多岁,却还唤她作少奶奶,再就是萨莉,刚满二十岁。她们在家里没人保护,附近又没有人家,可是她们即使心里害怕,也不会在脸上流露出来。在斯佳丽看来,很可能是因为少奶奶和萨莉两人非常惧怕那位身体脆弱、意志却无比坚强的老祖母,所以不敢轻易表示内心的不安。斯佳丽也非常怕她,那老太太眼睛尖,嘴巴更尖,斯佳丽过去对此已深有体会。

这三个女人虽然没有什么血缘关系,年龄也相距悬殊,可是她

---

① 此处含羞树是方丹家庄园的名称。

们的亲属之情和共同经历把她们拴到了一起。三个人都穿着自家染的布做的丧服，都显得脸容疲惫，神情抑郁，心事重重，看上去三人都是哀而不怨。然而在她们微笑着欢迎来客的时候，内心的隐痛也难免叫人窥破。因为她们的黑奴全逃跑了，她们的钱成了一堆废纸。萨莉的丈夫乔死在葛底斯堡。少奶奶也成了寡妇，因为她的丈夫小方丹大夫在维克斯堡死于痢疾。另外两个男孩子，亚历克斯和托尼，都在弗吉尼亚某地，至今生死不明。老方丹大夫跟着惠勒将军的骑兵走了。

"老傻瓜今年都七十三岁了，浑身没一处不害关节炎，就像猪身上没一处没虱子一样，但他还偏要学年轻人一样到军队里去服务，"老祖母嘴里这么说，可是眼神里却流露出她对丈夫的无比自豪。

"你们有没有关于亚特兰大近来的消息？"斯佳丽等大家坐定下来，便开口问道，"我们在塔拉，简直跟外界完全隔绝了。"

"哎，孩子，"那位老奶奶答道，她已经养成习惯，跟人谈话，都要由她来主持，"我们的情况跟你们一样，就只知道舍曼终于把亚特兰大城拿下了。"

"这么说他果然拿下了。他现在在干什么？什么地方还在打仗？"

"我们三个女人，孤单单地住在乡下，哪里会知道打仗的事？我们一连几个星期没收到过一封信，也没看到过一张报纸了，"老祖母尖刻地答道，"我们家有个黑人遇到过另一个黑人，那个黑人从一个到过琼斯博罗的黑人那里得到一点消息，除此以外我们就什么也不知道了。那消息说北佬正在亚特兰大城里休整他们的人马，但不知是真是假。不过我想他们让我们的人打到现在，是该休息休息了。"

"没想到你们一直都在塔拉，我们竟不知道，"少奶奶插嘴道，"哦，都怪我为什么不骑马过去看看！不过这里黑人差不多全跑了，事情太多，我实在也走不开。可是我本该抽时间去一趟。我这人真不关心邻居。不过，自然，我们以为塔拉跟十二橡树和麦金托什家一样，给北佬烧了，你们也都到梅肯去了。我们做梦也没想到你们还在家里,斯佳丽。"

"是呀,叫我们怎么想得到,那天晚上奥哈拉先生的黑奴逃过这里,一个个吓得眼球突出,跟我们说北佬就要放火烧塔拉了。"老祖母插进来说。

"而且我们还看见——"萨莉开始说。

"让我来说好不好,"老奶奶抢着说道,"他们说北佬要在塔拉安营扎寨,说你们正在打点到梅肯去。当天夜里我们就看见塔拉火光冲天,烧了好几个钟头,把我们那些蠢黑奴吓得都逃光了。到底烧掉了些什么?"

"我们所有的棉花——值十五万块钱。"斯佳丽沉痛地说。

"你得感谢上帝烧掉的不是房子,"老祖母说,把下巴搁在手杖上,"你总还可以种更多的棉花,可是你没法子种房子。顺便问一下,你们开始摘棉花了吗?"

"没有,"斯佳丽说,"我们的棉花大部分都给毁了,剩下的我看不超过三包,都在最远的河边低地里,根本派不了什么用场。再说我们田里干活的黑人都跑了,也没人去摘。"

"发发慈悲,我们田里干活的黑人都跑了,也没人去摘!"老奶奶把斯佳丽的话学着说了一遍,又用讥刺的眼光扫了她一下。"你自己那双漂亮的小爪子出了什么毛病啦,小姐,还有你两个妹妹呢?"

"我?摘棉花?"斯佳丽惊恐地嚷道,仿佛老奶奶是在叫她去犯罪似的。"叫我去学田里干活的黑人?学贫苦的白人?学斯莱特里家女人的样?"

"贫苦的白人,真是!这年头由不得你轻轻松松地做小姐啦!听我说,姑娘,我年轻的时候我父亲把家给败了,那时我就靠一双手,什么活都干,田里的活也干,后来爸弄到了些钱才又买了些黑奴。我锄过地,摘过棉花,如果需要的话,我现在还照样能干。而且看样子我得去干。贫苦的白人,真是!"

"哦,可是方丹妈妈,"她的儿媳嚷道,哀求地朝两个姑娘瞥了一眼，似乎要她们帮着平平老奶奶的气。"那是多年以前的事，和现在完全不一样，时代不同啦。"

"有正当的事需要你去做的时候，时代是没有什么不同的，"独具慧眼的老奶奶不肯让步，"我真为你母亲害臊，斯佳丽，听你说话的口气，好像贫苦的白人老老实实干活，就算不上是正派人似的。当初亚当耕夏娃织——"

斯佳丽想换个话题，便急忙问道："塔尔顿家和卡尔佛特家现在怎么样啦？他们家的房子有没有被烧掉？他们有没有逃到梅肯去？"

"北佬没到过塔尔顿家。他们家跟我们一样，不在大路边。可是北佬到卡尔佛特家去过，抢走了所有的牲口和鸡鸭，还把他家的黑奴统统带走了——"萨莉说。

老祖母打断了她的话。

"咳！他们还给那些黑姑娘许愿，答应给她们穿绸衣裳，戴金耳环——那就是他们干的好事。凯思琳·卡尔佛特还说看见有些北佬把黑傻瓜放在马鞍后面骑走的。好吧，他们将来无非养下一批杂种的混血儿，我看北佬也不见得能让黑人的血统变得更好。"

"哦，方丹妈妈！"

"不要摆出那副受惊的样子，简。我们都是结过婚的人，不是吗？再说，天晓得，这种黑白混血儿我们以前也不是没见过。"

"他们为什么没把卡尔佛特家的房子烧掉？"

"那全靠卡尔佛特先生的第二个太太和她那个北佬监工希尔顿，"老奶奶说，她每回提起他家那位从前的女家庭教师，都要把她叫作"第二个卡尔佛特太太"，虽然卡尔佛特先生的第一位太太死了已经有二十年了。

"我们是坚定不移同情北方政府的，"老祖母的细长鼻子用鼻音模仿他们的口气。"凯思琳还说他们两个人赌神罚咒说他们现在全家都是北佬了。说卡尔佛特先生死在荒郊野外，雷福特死在葛底斯堡，凯德在弗吉尼亚军队里！凯思琳听了觉得实在屈辱，说宁可房子让他们烧掉。她说凯德回来后要是听说这情况，准会气破肚皮。那就是讨个北佬女人做老婆的好处——那种女人没有自尊心，不懂体面，就只知道保全自己。……他们为什么没有把塔拉烧掉，斯佳丽？"

斯佳丽没有马上回答，她先停下来想了一想。她晓得下面一个问题势必是："你家里人好吗？你母亲好吗？"她晓得她不能告诉她们说埃伦死了。她要是在这几个富有同情心的女人跟前说起埃伦的死，甚至想起埃伦的死，她自己准会放声痛哭，哭得死去活来。但她不能让自己哭出声来。自从回家以后她还没有真正哭过。她晓得只要一打开泪水的闸门，她那勉强支撑着的勇气就会烟消云散。可是，向她周围的几位友好的脸孔惶惑地一看，她也明白她若是隐瞒了埃伦的死讯，方丹家的人绝不会宽恕她。尤其是老祖母，她对县里的人都看不大起，可是对埃伦却最最真心实意地喜欢。

"怎么，你说呀，"老祖母眼睛盯着她说，"连你也不知道吗，小姐？"

"喏，是这样，我是在打仗告一段落后才回家的，"她急忙答道，"那时北佬都已离开。爸——爸跟我说——说是他要北佬不要把房子烧掉，因为苏埃伦跟卡琳两人都在害伤寒，病得很重，没法子移动她们。"

"我这是头一回听说北佬做好事，"老祖母说，听说北佬也有好的地方似乎有点懊恼，"两位姑娘现在怎么样啦？"

"噢，好些，好多了，简直可以说已经好了，只是身子很虚弱，"斯佳丽答道。她见她所担心的问题似乎已经到了老奶奶的嘴边，拼命想找另一个话题。

"我——我想跟你们借点儿吃的。北佬就像蝗虫一样，把我们的给全啃光了。不过，要是你们也不宽裕，不妨跟我直说，那么——"

"你叫波克赶辆大车来，把我们的东西分一半给你们，大米、玉米片、火腿什么的，还有几只鸡，"老奶奶说着，又瞟了斯佳丽一眼。

"哦，那太多了！真的，我——"

"别说啦,我不要听。不然要邻居干什么?"

"你真好,我没法——可是我该走了。不然家里人会不放心的。"

老祖母忽然站起身来,一把抓住斯佳丽的手臂。

"你们俩留在这里,"她下命令说,同时把斯佳丽推向后廊。"我要跟这孩子私下说句话。斯佳丽,你挽我走下台阶。"

少奶奶跟萨莉两人向斯佳丽说了声再见,答应不久就去看她。她们觉得很好奇,不晓得老祖母要说些什么,可是老祖母不主动告诉她们,她们是永远也别想知道的。凡是老太太都很难对付,少奶奶在萨莉耳边嘀咕了几句,两人就回去干针线活了。

斯佳丽站在那儿把手搁在马笼头上,心情阴郁。

"哎,"老祖母说,眼睛盯着斯佳丽的脸,"塔拉到底出了什么事啦?你有什么事瞒着我?"

斯佳丽仰视着她那双锐利的老眼睛,知道现在可以对她实说而自己不至于哭了。在方丹奶奶跟前,如果不经过她特殊的允许,谁都不能哭的。

"母亲死了。"她直截了当地说。

搁在她臂膀上的手抓得紧紧的,抓得她痛起来,那黄眼睛上面起皱的眼皮眨个不停。

"是北佬杀死的吗?"

"是害伤寒死的。就死在我回家的前一天。"

"别去多想了,"老祖母铁板着脸说,斯佳丽看到她喉头在吞咽着,"你爸怎么样?"

"爸——爸有点不太正常。"

"你这话是什么意思?说清楚。他是不是病了?"

"他受刺激——他很怪——他不——"

"不要跟我说什么不太正常。你是不是说他神经错乱。"

她这样直言不讳地说出了真情,反而使斯佳丽感到宽慰。这老太太真好,她并没有在这时刻深表同情,免得斯佳丽痛哭一场。

"是的,"她抑郁地说道,"他现在神志不清。他老是恍恍惚惚,有时甚至记不起母亲已经死了。哦,老奶奶,看着他一小时又一小时地耐心坐在那里等她,真叫我心里难受。你晓得的,他从前的耐心,比个孩子还不如。可是有时他要是记起来母亲死了,那就更糟。他常常坐在那里竖起耳朵听她的声音,然后他会突然跳起身来,跌跌撞撞走出屋子到墓地上去。回来的时候总是泪流满面,一遍一遍地说:'凯蒂·斯佳丽,奥哈拉太太死了,你母亲死了。'好像我是第一次听到似的,弄得我真想尖声叫喊起来。有时候我听见他半夜三更在喊她的名字,我便起床对他说,她到黑人的小屋里看病人去了。那时他就会嘀里咕噜,说她老是看护别人,累坏了身子。好不容易才能把他骗回上床,他就像个小孩子。哦,要是方丹大夫在这里多好!我晓得他会有办法给爸治病的。而且媚兰也需要个大夫。她生了孩子以后,一直没有好好恢复——"

"媚利——生孩子了?她在你们家里吗?"

"是的。"

"她到你们家干什么?为什么不到梅肯她姑妈和亲戚家里去?她虽然是查尔斯的妹妹,可是我知道你是不怎么喜欢她的。好吧,你全都说给我听吧。"

"这说来话长,老奶奶,你要不要进屋去坐下来听?"

"我站得住。"老祖母简短地说,"你若是在那些人跟前谈自己的事,她们一定会大嚷大叫的,弄得你心里不是滋味。好,你说吧。"

斯佳丽于是从亚特兰大被围和媚兰怀孕的事说起,开始还有点结结巴巴,后来看见那双敏锐的老眼睛眨也不眨地盯着她,她的话便流畅起来,说得既有力,又可怕。往事又历历在目,媚兰生孩子那一天天气多么热,她们怎样饱受惊险,怎样逃出围城,白瑞德又怎样把她们扔在半路上不管。她讲起荒野中漆黑的夜晚,敌友莫辨的熊熊营火,清晨阳光下枯焦的烟囱,一路上遍地的人马尸体,一直谈到她怎样忍饥挨饿,怎样忐忑地害怕塔拉也变成了一片焦土。

"我本来以为只要回到家里,妈妈就会料理一切,我就可以把重担卸下来了。在回家的路上我想我已经经历了最糟的事,可是等我知道母亲死了的时候,我才明白什么才真正是最糟的事。"

她垂下眼睑等待老祖母说话。可是她却好一阵子没有开口,斯佳丽以为她没有理解自己所陷入的困境。最后,老人才开口说话了,她的口气很温和,斯佳丽从来没听见她对人说话这样温和过。

"孩子,对一个女人来说,面对她所能遇到的最糟的处境,是一桩很不幸的事,因为从此以后,就不再有什么事能使她真正感到害怕的了。而一个女人要是对什么都不害怕,那确实是很不幸的。你以为我不能理解你刚才说的话,不理解你的经历?不是那样,我非常理解。我在你这样年纪的时候,经历过克里克①暴动,那是紧接着米姆斯要塞大屠杀②以后的事,——是的,"她说话时,声音仿佛很遥远,"跟你的年纪差不多,因为那是五十年以前的事了。当时我设法躲进灌木丛里,躺在地上眼看着我家的房子被烧掉,我的兄弟姐妹被印第安人剥了头皮。我躺在那里,只有默默祷告火光不要把我藏身的地方暴露出来。后来他们又把母亲拖出来给杀了,还剥了她的头皮,那地方离我躺着的地方只有二十英尺远。此后又不时有印第安人走回来拿战斧砍她的脑壳。我——我是我妈的宝贝,可是我却躺着,看到这一切。第二天一早,我就走向最近的一个白人居住区。那地方有三十英里路远,我足足走了三天,穿过沼泽地带,躲过了许多印第安人。等我到了那里,人家都当我已经疯了。我在那里认识了方丹大夫,他照顾我。……哎,得了,我说过,那是五十年以前的事了。打那以后,我对无论什么人和事都不会感到害怕,因为天底下最可怕的事,我已经经历过了。可是因为我不懂得害怕,却给我招致许多麻烦,失去了许多幸福。上帝要求女人胆小怯弱,如果她不懂得害怕,就有悖常规。……斯佳丽,你要永远保留一些

---

① 克里克人,为美国一印第安大部族,原住佐治亚和亚拉巴马州。
② 在亚拉巴马州境内,1813年克里克印第安人在其酋长威廉·韦瑟福特率领下发起暴动,被称为对白人移民之大屠杀。

让你害怕的东西,就像保留一些东西让你去爱那样。……"

她的声音渐渐消失。她默默站在那里,她的眼睛回顾到半个世纪前她曾害怕的日子。斯佳丽觉得焦躁不安。她原以为老祖母能够理解她,说不定还能帮她出主意解决些实际问题。可是她跟所有的老年人一样,尽谈些人家出生以前,谁都不感兴趣的事。斯佳丽后悔不该推心置腹地把什么都说了给她听。

"好吧,快回家,孩子,要不他们会不放心的,"她忽然说道,"叫波克下午赶辆大车来。……不要以为你能卸下担子。你办不到的。我知道。"

那年的夏天气候一直拖延到十一月份,对塔拉这家子人来说,那些暖洋洋的日子可算得上是些好日子。最困难的阶段已经过去了。现在他们有一匹马可以代步。早餐有煎鸡蛋,晚饭有煎火腿,用不着天天吃老一套的山芋、花生和苹果干,有一个节日里,甚至吃过烤鸡。那只老母猪最后终于抓回来了,她和她那窝小猪每天在猪圈里拿鼻子拱土,快活地咕噜咕噜哼着。有时候它们吵得使人说话都听不见,可是那声音听起来毕竟很悦耳,因为那意味着到了天寒屠宰的季节,家里的白人就有鲜猪肉吃,黑人能吃上猪杂碎,冬天的肉食大家都不用犯愁了。

斯佳丽到方丹家去了一趟,精神上受到很大鼓舞,只是她自己没有充分意识到。现在她知道有些邻居还在,有些熟悉的朋友家都还幸存,这就驱散了她前几个礼拜刚到塔拉时使她烦恼的失落感和孤独感。方丹和塔尔顿两家的种植场都没有经过军队的践踏,没受到多大损失,因此他们都特别慷慨地把所余无几的食物拿出来给斯佳丽家分享。邻里间互相帮助本是县里的优良传统,而且他们还不要斯佳丽付一分钱,告诉她说等明年塔拉有了收成,到那时如方便的话再归还他们。

斯佳丽现在有东西给一家人吃,有一匹马,还有从北佬逃兵那里弄来的钱和首饰,眼下最迫切需要的是添置些新衣服。她知道派波克到南方去买衣服很担风险，弄不好那匹马会叫北佬或者邦联的兵抢走。可是至少她手头有买衣服的钱，有马有大车，也许波克能不被抓住而完成这一使命。总之，最困难的时刻已经过去了。

斯佳丽每天早上起来，一见到蔚蓝的天空和和煦的阳光，就要感谢上帝，因为晴好的天气意味着可以推迟添置冬衣的时间。而且天气暖和一天，黑奴住过的小屋里堆放的棉花就多似一天。那些空着的小木屋现在成了唯一的棉花堆栈。田里的棉花看来要超过她和波克的估计，很可能有四包，这样很快就会把几间小木屋堆满。

斯佳丽并不打算亲自下田去摘棉花，尽管方丹奶奶跟她说过那一番尖刻的话。她，奥哈拉家的小姐，现在是塔拉的女主人，要到田里去干活，那是不可思议的。那岂不是把她自己跟那头发像一头乱麻的斯莱特里太太和埃米一类人降到同等地位了吗？她打算叫几个黑人下田干活，自己和几个姑娘料理家务。可是没想到她却受到一种等级观念的反抗，那等级观念甚至比她自己的还要强烈。波克、嬷嬷和普里西一听说要下田干活，马上就大嚷大叫起来，一再声称他们是干家务的黑人，不是种田的黑人。其中嬷嬷闹得最厉害，斩钉截铁地说她从来就不是干田里活的，说她出世的时候，就是养在罗彼拉德家的大宅院里，而不是在黑人的小木屋里。她说她是在老太太的卧房里长大的，晚上就睡在老太太床边的一张小床上。只有迪尔西没有作声，眼睛一眨不眨地盯着普里西，弄得她局促不安，不知如何是好。

斯佳丽拒不理会他们的抗议，还是把他们赶到棉花田里去。可是波克跟嬷嬷老是唉声叹气，干起活来磨磨蹭蹭，斯佳丽只好叫嬷嬷回厨房去烧饭，叫波克到树林里去张网捉兔子和负鼠，到河边去钓鱼。波克认为摘棉花有失他的身份，可是钓鱼打猎还不至于如此。

斯佳丽接着要她两个妹妹和媚兰下田，可是效果也不理想。媚兰摘得又好又快，而且心甘情愿，可是在大太阳底下干上一个钟头，就悄悄地晕过去了，然后就得躺上一个礼拜才能恢复健康。苏埃伦每回下田都是满肚子不高兴,眼泪汪汪的,假装也发晕了,可是斯佳丽拿一瓢凉水朝她脸上一泼,她就马上苏醒过来,像只恶猫似的直吐唾沫。后来她干脆不肯下田了。

"我不能像个黑人那样到田里去干活,你没法逼我去。要是我们的朋友听见了会怎么想?要是——要是肯尼迪先生知道了会怎么想?哦,要是母亲知道了这件事——"

"你只要再敢提起母亲,苏埃伦·奥哈拉,我马上就给你一巴掌,"斯佳丽嚷道,"母亲在这里干的活,比哪个黑人都更辛苦,这你不是不知道,你这架子十足的千金!"

"她没有!至少没有到田里干过。你不能硬逼我去。我要去告诉爸爸,他不会逼我去干活的。"

"看你敢去麻烦爸爸!"斯佳丽嚷道,她既恼她妹妹执拗,又怕她父亲伤心,自己也感到心烦意乱。

"我来帮你,苏西,"卡琳温顺地插嘴道,"让我来干苏西跟我两个人的活。她身子还没好,不宜到太阳底下去晒。"

斯佳丽感激地说道:"谢谢你,糖娃娃,"可是她担忧地看着这位小妹妹。卡琳向来长得娇嫩。脸色白里透红,像是春风吹拂过的樱花。现在她美丽沉静的脸上虽然已失去了血色,却依然似鲜花般动人。当她从大病中神志清醒过来以后,她发现母亲死了,斯佳丽变得泼悍起来,世界变了样,成天是没完没了的工作,她总是精神恍惚,沉默寡言。卡琳那纤弱的天性很难适应变化。她无法理解周围发生的事,只是像个梦游人似的行事,叫她做什么就做什么。她看来身子很脆弱,事实上也确实很脆弱,可是她听话、肯干,而且乐于助人。斯佳丽没有盼咐,她空下来的时候,手里总是拿着一串念珠,嘴里不停地为母亲和布伦特·塔尔顿祈祷。斯佳丽不曾料到她对布伦特的死看得如此严重,伤心到如此地步。在斯佳丽看来,卡琳仍是个"小宝宝",年纪太轻,还不至于真的在谈恋爱。

斯佳丽站在棉花田里的太阳底下,腰也快弯断了,手也被干棉桃磨粗了。她想若是有个妹妹脾气像卡琳那么好,力气像苏埃伦那么大,该有多好!因为卡琳摘起棉花来,又勤快,又认真。可惜她干了一个钟头,很明显的是她,而不是苏埃伦,身体还没有恢复到能够胜任干这种活的程度。于是斯佳丽只得把她打发回家了。

现在棉花田里就剩下迪尔西、普里西和她三个人。普里西做做停停,不卖力气,一会儿喊脚疼,一会儿叫腰酸,不是说肚子不舒服,就是说浑身没力气,到后来她母亲拿根棉花秆子抽得她直叫喊。这一来她稍微卖力一点,还留神离她母亲远远的。

迪尔西不知疲倦地默默干活,像是一架机器。斯佳丽背着个沉沉的棉花袋,压得她腰酸背痛,想想迪尔西,觉得真值得拿她身体一样重的金子把她买下来。

"迪尔西,"她说,"等将来我们重新过上好日子,我不会忘记你今天的辛劳。你真是太好了。"

这位古铜肤色的女巨人不像别的黑人,听到主人的赞扬,她既不龇牙咧嘴,也不扭捏作态。她毫无表情地转过脸来,语气庄重地说道:"谢谢你,小姐。不过杰拉尔德先生和埃伦小姐待我那样好。杰拉尔德先生连普里西也买下来,免得我伤心,我不会忘记的。我是半个印第安人,印第安人对人家的好处,是不会忘记的。我就是为普里西难过,这孩子太没出息。她看上去就像她爸。她爸就是最反复无常的。"

斯佳丽亲自在田里干活固然很累,找个帮手又不是那么容易,可是见到棉花慢慢地从田里搬进小屋,精神就振作起来。棉花似乎能使她恢复信念,使她坚定信心。塔拉是靠棉花致富的,整个南方也是靠棉花兴旺发达的。斯佳丽是道地的南方人,深信塔拉和整个南方能靠这一片红土地再度崛起。

当然,她收获的棉花并不算多,可是毕竟有点用处。它可以多少换回一点南方邦联的钞票,好把北佬皮夹里的金币和北佬的纸币节省下来,到非用不可的时候再用。明年春天她要想办法让邦联政府征募去的大个子山姆和别的种田的黑人放回来。要是政府不肯,就拿那北佬的钱向邻居家去雇几个黑人。明年春天，她要种棉花，要种了又种。……她直了直腰，眺望着秋天棕色的田野，似乎看到了明年茁壮而碧绿的棉株，连绵不断地一亩挨着一亩。

明年春天，说不定到了明年春天，战事已经结束，好日子重又来临。不论南方邦联是胜是败，日子总会更好过些。至少不会再受双方军队的骚扰。战争结束以后，种植场就能过上太平日子。唉，战争快点结束就好了！那时大家种了庄稼就能指望有收成了。

现在有了希望。战争早晚要结束。她有了一点棉花，有了吃的，有了一匹马，有了为数不多却已珍藏好的钱。是的，最糟的日子已经过去了！

第二十七章

十一月中旬的一天中午,他们全家团聚在餐桌旁,吃的最后一道甜点心,是嬷嬷用玉米粉和干紫黑莓做的,还加了高粱糖浆以增进甜味。气候已使人感到寒冷,这还是这一年的第一次寒冷。波克站在斯佳丽背后,搓着手兴奋地问道:"斯佳丽小姐,你看是不是到了该杀猪的时候啦?"

"你是在想吃猪肠子了吧?"斯佳丽咧嘴笑着说,"是呀,我自己也想吃鲜猪肉,要是天气持续再这样寒冷几天,我们就——"

媚兰刚把调羹举到唇边,忽然停下来打断了她的话。

"听,亲爱的!有人来了!"

"有人在喊,"波克不安地说道。

秋天清新的空气里传来嗒嗒的马蹄声,急促得像人猛然受惊时的心跳一样,同时听见一个女人在尖声高喊:"斯佳丽!斯佳丽!"

围桌而坐的众人恐怖地相对而视,旋即推开坐椅跳起身来。那喊声虽然由于惊恐有点走样,但分明是萨莉·方丹的嗓音。她上琼斯博罗去路过塔拉,一小时前还在这里聊了一会儿天。此刻,他们刚慌张地拥到大门口,就见她骑着马一阵风似的从车道上飞奔而来。那马汗沫满身,她的头发披散在背后,帽子挂在帽带上。她朝他们冲过来时,并不勒住马缰绳,只是举起手臂往她来的方向挥动。

"北佬来啦!我看见的!正沿着大路过来!北佬——"

她猛地一扯马勒,那马才没冲到台阶上。她把马头一个急转,只三大步就跃过了屋侧的草坪,然后再一跃跳过四尺高的树篱,就像是在狩猎场上似的。她们听见沉重的马蹄声穿过后院,穿过黑人住的小屋之间的小路,知道她是抄近路回含羞树去了。

她们一时间吓得茫然不知所措。稍后苏埃伦跟卡琳相互抓着手指呜呜地哭起来了。小韦德吓得呆在那里动也不动,浑身发抖,却哭不出声来。他离开亚特兰大那夜以来一直担心的事终于来临了。北佬就要来抓他了。

"北佬?"杰拉尔德茫然说道:"北佬不是已经来过了吗?"

"我的上帝!"斯佳丽嚷道,眼睛正好跟媚兰惊恐的目光相遇。霎时间,在亚特兰大最后一个夜晚的恐怖情景,重新萦回在脑际。那一路上乡间处处是残垣断壁,使她又想起一起起杀人、强奸和残酷害人的故事。她眼前又浮现出那个北佬士兵,手里拿着埃伦的针线盒,就站在过道中间。她想,"我活不成了。我就要死在这个地方。我还以为最糟的事都已经过去了呢。我活不成了。我再也支持不住了。"

随后她看到那匹马,已上好鞍子,拴在那儿,正等待着波克骑到塔尔顿去办事。她的马!她唯一的一匹马,北佬会把它抢走,把奶牛跟牛犊抢走,把母猪和一窝小猪全都抢走——哦,当初费了多大的工夫才把它们从沼泽地里弄回来!北佬还要把方丹家分给她们的雄鸡、下蛋的母鸡和鸭子全都拿走。还有食品箱里的苹果和山芋。还有麦粉、大米、干豆。还有北佬皮夹里的钱。他们会把所有的东西统统拿走,让她们在这里活活饿死。

"绝不能让他们拿走!"她大声嚷起来,众人都吃了一惊,都转过脸来看着她,以为她被那可怕的消息吓昏了。"我绝不愿挨饿,我绝不让他们拿走!"

"你说什么,斯佳丽?你说什么?"

"那马!那牛!那猪!不能让他们拿走!我绝不让他们拿走!"

她倏地把身子转向四个黑人,他们在门口缩成一团,他们的黑脸孔都被吓成特别的死灰色。

"到沼泽地里去,"她迅速说道。

"什么沼泽地?"

"河边上的沼泽地,蠢货!把那几只猪赶到那里去。你们全去。

快。波克,你和普里西爬到墙角下把那些猪弄出来。苏埃伦你和卡琳把所有吃的东西装进篮子里拿到树林子里去,拿得动多少就装多少。嬷嬷,把那些银器重新沉到井里去。波克!波克,听我说,不要站在那里发呆!把爸带走。到哪里就不用问我啦!随便哪儿都行!爸,你跟波克去吧。你真是个好爸爸。"

她虽然在狂乱之中,可是仍然考虑到,杰拉尔德眼下处于惝恍之中,如果看见穿蓝军服的北佬,怕是承受不了刺激的。她停下来绞着双手,见小韦德被惊吓得抓住媚兰的衣襟哽哽咽咽地哭着,她又增添了一分烦恼。

"我该做些什么,斯佳丽?"在一片嚎哭和仓皇的脚步声中,媚兰的声音显得很沉着。尽管她的脸色如白纸,全身簌簌发抖,然而她平静的声音却使斯佳丽的情绪稳定下来,使她意识到全家都在听她的吩咐,由她来指点。

"那奶牛跟那牛犊,"她急忙说道,"都在老牧场上。你骑马把它们赶到沼泽地里去,再去——"

她话还没说完,媚兰就摔开了韦德的手,立即跑到前台阶,高高撩起她那宽大的裙子,向马儿直奔过去。斯佳丽只见她那双细腿一闪,裙子和内裤稍稍一飘,人已跨上了马鞍,两只脚已荡在马镫上面。她抓住缰绳,脚后跟朝马肚子上一夹,刚要起步,忽然拉紧缰绳,脸上现出惊恐的神色。

"我的孩子!"她喊道,"哦,我的孩子!北佬会杀了他的!快把他给我!"

她一手抓住马鞍头,刚想滑下马来,但斯佳丽向她尖叫起来了。

"快走,快走,去赶牛去,我来照看孩子,我说你快走,你想我怎么会让艾希礼的孩子落到他们的手里?快走吧!"

媚兰绝望地回头一看,随即猛地一蹬马肚子,那马扬起一阵尘土,向牧场飞奔而去。

斯佳丽想道:"真没料到媚利·汉密尔顿居然还会骑马!"随即她赶紧进屋,韦德哭哭啼啼跟在她后面,想要抓住她飘动的衣裙。

等她一跳三级地上了楼,见苏埃伦和卡琳挽着橡木条篮子,正往食品间跑去。波克使劲抓着杰拉尔德的臂膀,把他拖往后廊。杰拉尔德嘴里咕咕哝哝,像个孩子似的由他拖着走。

她听见后院里传来嬷嬷粗糙的嗓音:"你去,普里西!你下去把小猪递给我!你晓得我个子太大钻不进那栅栏。迪尔西,快来叫这不中用的孩子——"

"我还以为把这些猪关在屋角下是个好主意,不会叫人偷去,"斯佳丽一面往自己的卧室跑去,一面心里想道,"我怎么没想到在沼泽地里造个猪圈呢?"

她拉开五斗橱最上面的一个抽屉,从衣裳堆里捡出北佬那只皮夹。她从针线筐里匆匆取出藏在里面的一枚宝石戒指和一副钻石耳环,放进了皮夹。可是皮夹藏哪里好呢?塞在床垫子里?放在烟囱上面?扔进井底里?放在怀里?哦,不,千万不能!皮夹子会从紧身衣里鼓起来,万一给北佬看见,就要剥掉她的衣服搜身。

"他们要是那样,我要羞煞人的。"她胡思乱想着。

楼底下奔跑声啼哭声乱成一团。斯佳丽此刻虽然心乱如麻,但还是想到她但愿能和媚兰在一起该多好。她说话沉着。打死北佬的那天她显得那么勇敢。媚利可抵上其余的三个人。媚利——她刚才说了什么?哦,不错,孩子!

斯佳丽手里攥着皮夹,快步穿过过道跑进媚兰的卧室,那孩子小博正睡在浅摇篮里。她把他抱在怀里,孩子被惊醒了,咿咿呀呀地挥舞着小拳头。

她听见苏埃伦在喊:"快点,卡琳!快点!我们装够了。哦,妹妹,快!"又听见后院里响起了小猪的尖叫声和愤怒的呼噜声,跑到后窗口一看,见嬷嬷两臂各挟着一只挣扎着的小猪,一摇一晃地正在穿过棉花田。她后面跟着波克,也夹着两只小猪,一面还推着杰拉尔德在他前头走着。杰拉尔德舞着手杖,蹒跚地走过田垅。

斯佳丽身子靠在窗口外,大声喊道:"迪尔西,把那母猪也带上!叫普里西把它赶出来!你可以把它放在田里赶着走!"

迪尔西抬起头来,她那古铜色的脸上现出为难的样子。她围裙里兜着一大堆银器。她的手指着屋角下。

"那母猪咬了普里西,我把它仍旧圈在屋角下了。"

"便宜了那母猪,"她想,又匆匆回到卧室,把从北佬身上搜来已收藏好的手镯、胸针、相框、银杯匆匆地找出来。可是把它们藏到哪里去呢?一只手抱着小孩,另一手拿着皮夹和一堆小玩意儿可真别扭。她于是先把小孩放在床上。

那孩子一离开她的怀抱就哇哇哭起来了。斯佳丽忽然灵机一动:把那些东西藏在孩子的尿布里岂不更妙?她忙把孩子翻了个身,把衣服朝上拉起,把皮夹塞进尿布靠背后的地方。孩子经她一折腾,哭得更凶,她忙把那三角尿布在那两条乱踢的小腿之间缚牢了。

"现在,"她深深地吸了口气,心想,"现在可以到沼泽地里去了。"

她一手抱着大声嚎哭着的孩子,另一手紧抓着首饰,冲进楼上的过道。忽然她停住快步走,一阵恐惧袭来,只觉两腿发软。这屋子里好静!静得多么可怕!他们全都走了,就撇下她一个人吗?竟没有一个人等她一下吗?她并没有要他们只让她一个人留下。这年头对一个单身女人来说是什么事都可能发生的,何况北佬就要来了——

她听见一个轻微的响声,不觉吓了一跳,忙转身一看,原来是她的儿子蜷缩在栏杆旁,她自己在慌乱中已经把他给忘了。他眼睛睁得很大,惊恐万状,想要开口说话,可是只见喉头颤动,却发不出声音来。

"起来,韦德·汉普顿,"她急忙吩咐道,"快起来自己走。妈现在没法抱你了。"

他跑到她身边,像个受了惊的小动物,一把抓住她宽大的裙子,把脸埋在里面。她感觉到他一双小手在裙子褶缝里摸索着她的腿。她从楼上走下来,可是每跨一步都被他的手牵制着,她狠狠地嚷道:"放开我,韦德!放开我,你自己走!"可是那孩子的手反而拽得更紧。

她走到楼梯口,那楼下的一切,仿佛都向她扑来。所有那一件件亲切的、妥善保管的家具似乎在向她耳语："再见！再见！"她喉咙口一阵哽咽。那间埃伦辛勤工作过的小办事室的门开着，她可以瞥见那张旧写字台的一角。那边是餐室，餐桌旁的椅子东倒西歪，餐桌上盆子里吃剩的东西还没有收拾掉。地上的碎呢地毯是埃伦亲手染色，亲手织成的。墙上还挂着外婆罗彼拉德的画像，胸口半裸着，头发高高堆着，鼻旁两道深深的纹路，使她的脸永远呈现出一种颇有气度的讥笑。这里的一切都构成她早年的回忆，都深深地扎根在她的心中。此刻都在向她呼喊："再见！再见啦，斯佳丽！"

北佬会把一切——这里的一切全都烧掉！

现在她是最后一瞥自己的家，待她从林子里或者沼泽地里回头时，看到的恐怕只有浓烟滚滚中的烟囱和烈焰腾飞的屋顶了。

"我不能离开你，"她心里想道，害怕得牙齿震颤作响。"上回爸不肯离开你。他对他们说就连他一起烧掉好了。这回就让他们连我也一起烧掉好了，因为我实在离不开你。我现在剩下的，就只有你了。"

决心既已下定，反而不觉恐惧，只是心里有一种冷却的感觉，仿佛一切希望与恐惧都已冻结了。她正这样站着时，忽然从林荫道上传来杂沓的马蹄声，銮铃的叮当声和军刀的碰撞声，接着一声刺耳的吆喝："下马！"她连忙弯下身，非常迫切地，然而却是异常和蔼地对她身旁的孩子说道：

"放开我，韦德，好孩子！赶快下楼，穿过后院，跑到沼泽地里去。嬷嬷和媚利阿姨都在那里。快点跑，宝贝，不要害怕。"

孩子听她语调变得很温和，便抬起头来看着她。斯佳丽见他眼中的神色，就像一只掉进陷阱的小兔子，不觉心里冷了半截。

"哦，圣母！"她祷告道，"千万不要让他惊厥过去！在北佬面前千万不能那样。不能让他们看出我们害怕他们。"她见孩子把她的裙子抓得更紧，明确地说道："勇敢点，韦德，他们不过是一小队该死的北佬！"

于是她下楼迎上前去。

舍曼将军此时正率军离开亚特兰大横穿佐治亚州向海边进发。临行前他下令纵火把亚特兰大付之一炬。在他面前三百英里长的领土实际上是没有设防的，因为除了人数极少的自卫队外，只有由老人和孩子组成的民团。

佐治亚州的千里沃土，种植场星罗棋布，这里还庇护着一些妇女、儿童、老人和黑奴。在这一带八十英里的狭长地带，已遭受北佬的焚烧和掳掠。无数房屋被夷为平地，无数家庭被抢劫一空。可是，在斯佳丽眼里，仿佛这不是整个南方的灾难。她见到蓝制服军拥进她家前廊，以为这完全是个别的，只是针对着她和她的一家的恶毒行径。

她站在楼梯脚下，怀里抱着孩子，韦德紧紧依偎着她，把头藏在她的裙子里，眼睁睁看着北佬蜂拥进屋，粗暴地把她推向一边，冲上楼去。楼下的北佬把家具拖到前廊里，拿刺刀往椅子、沙发、窗帘、地毯里乱戳乱捅，想找寻贵重的东西。楼上的北佬把床垫、被褥统统扯破，弄得羽毛四处飞舞，飘到楼下落在她的头上。斯佳丽无可奈何地看着他们恣意劫掠和破坏，满怀着一种无能为力的愤怒，把心里残存的一点点恐惧也都消除了。

带队的北佬是个中士，矮个子，弓形腿，头发已经花白，嘴里嚼着一大块烟草。他第一个走到斯佳丽跟前，不住地朝地板上和她裙子上乱吐唾沫，直截了当地对她说道：

"把你手上的东西给我，太太。"

她刚才竟忘记了自己手上还拿着首饰，本来是想把它藏起来的。于是她脸上挂着冷笑——她希望她的冷笑能像她外婆画像上的一样生动——把首饰扔在地板上。看着那些士兵贪婪地扑上去抢夺，不觉心里暗自好笑。

"麻烦你把你的戒指和耳环取下来。"

斯佳丽把孩子放在臂下挽住，使得孩子的脸向下涨得通红，并尖声号叫起来。她先取下一副石榴石耳环，那本是杰拉尔德送给埃伦的结婚礼物，随后又脱下那只大蓝宝石戒指，那是查尔斯送给她做订婚礼物的。

"不要扔。拿来给我，"中士伸出双手说，"那些小杂种已经捞了不少了。你还有什么？"他的眼睛拼命地打量着她的胸衣。

一时间斯佳丽头脑发晕，仿佛觉得一双粗暴的手伸进她的胸部，在摸着她的吊袜带。

"没有了。不过我想你们总要习惯地把你们的受害者剥光衣服抄身的吧？"

"噢，我相信你的话，"中士的脾气还好，说罢转过身吐着唾沫离开了。斯佳丽把孩子抱正，轻轻拍拍他，又用手托住尿布上藏皮夹的地方，心里感谢上帝，媚兰有个孩子，孩子身上又有块尿布。

她听见楼上沉重的靴子践踏声，家具从地板上拖动的吱嘎声，瓷器和镜子敲碎的声音，还加上士兵找不到值钱的东西愤而发出的诅咒声。从院子里传来高声呼喊："把它们脖子扭掉！别叫它们跑了！"接着是母鸡咯咯，鹅鸭嘎嘎，没命地叫着。又听见猪的长声尖叫，随着一声枪响，叫声骤停，她知道那只母猪这下完蛋了，心里一阵刺痛。该死的普里西！只管自己逃跑，把那母猪就那样扔下了。但愿小猪安然无恙！但愿全家人都平安躲进了沼泽地。可是究竟怎样却无从知晓。

她默不作声地站在过道里，眼看着那些北佬士兵呼喊着，咒骂着，在她身前身后窜来窜去。韦德害怕得紧紧抓住她的裙子。他紧挨着母亲，她能感觉到他身子在颤抖，但她也无法对他说出一句安慰的话。她不愿意对北佬说一个字，无论是请求，抗议，或者表示愤怒。她只感谢上帝让她的双膝还有力量支持她站着，让她的脖子还挺有力地使她的脑袋抬得高高的。可是当她看到一小队胡子兵登登走下楼梯，手里拿着各色各样东西中竟有查尔斯的军刀时，她忍不住叫喊起来了。

那把刀是属于韦德的。本来是他祖父的军刀，后来传给他父亲的。孩子去年生日那天，斯佳丽就把它送给了他。而且送刀的时候还相当郑重其事，媚兰还哭了，她饱含着自豪与怀念的热泪亲吻了孩子，嘱咐他长大后一定要做一个勇敢的军人，就像他父亲跟祖父那样。韦德也非常得意，常常爬到桌子上去，拍拍那把挂在墙上的军刀。斯佳丽可以忍受自己的东西让那些可恶的家伙抢走，可是却忍受不了这个——这个她孩子引以为荣的东西。小韦德听见母亲的喊声，竟也胆子大起来了，一面大声哭着，一面从他母亲的裙子里伸出一只手喊道：

"那是我的！"

"你不能把那把刀拿走！"斯佳丽也急忙伸出手来说道。

"我不能，嘿？"那个拿军刀的小个子大兵说道，还轻薄地咧开嘴朝着她笑；"哼，我能拿！这是叛乱分子的刀！"

"这不是。这是把墨西哥战争用过的军刀。你不能把它拿走。它是我小儿子的。是他祖父传下来的！哦，上尉！"她转向中士道，"请你叫他把军刀还给我吧！"

那中士一下子荣升了好几级，心里着实高兴，便走上前去。

"把刀给我瞧瞧，鲍勃。"他说。

小个子骑兵不情愿地把刀递给了他："这把刀柄是纯金的呢。"他说。

中士把刀拿在手里翻来覆去看了一阵子，又举起刀柄对着阳光看着刻在上面的字。

"'献给威廉·R. 汉密尔顿上校，'"他辨认道，"'表彰英勇善战。参谋部赠。一八四七年于布埃纳维斯塔。'"

"嚯，太太，"他说，"我本人也上过布埃纳维斯塔战场。"

"是吗？"斯佳丽冷冷地说。

"可不是。那可是一场激战，你听我说。在那次战争中可从来没打过那样激烈的仗。这么说，这把刀是孩子祖父的啰？"

"是的。"

"好吧，就还给孩子吧，"中士说，他手帕里包着一包首饰已经感到满足了。

"可是那刀柄是纯金的呢，"小个子骑士不肯罢休。

"就留给她做个纪念吧。"中士咧开嘴笑着说。

斯佳丽接过刀，连"谢谢"也没说一声。拿回自己的东西，为什么还要谢谢这帮强盗？她把刀靠紧身边拿着，那小个子骑兵还在跟中士争论不休。

后来，那中士按捺不住了，骂那二等兵见鬼去，还不许他回嘴，终于那二等兵喊道："那好，就让我去给那些叛党留下点什么来做纪念吧。"小个子二等兵说罢便朝后屋里赶去，斯佳丽这才松了口气。他们没提起要烧屋子，也没叫她走出房外好让他们放火。也许——也许——这时楼上的士兵和外面的士兵都正逛进过道。

"有什么吗？"中士问道。

"一头母猪，几只鸡和鸭子。"

"有点玉米、一点山芋和豆子。准是我们刚才看见那个骑马的野猫报过信了。"

"保罗·里维尔，你说呢？"

"嗯，这里没多少油水，中士。你已经捞到一点了。我们还是快点走，要不整个村子都会得知我们来到的消息了。"

"熏腊间底下挖过没有。他们总是把东西埋在那下面。"

"他们根本就没有熏腊室。"

"黑人的小屋里找过没有？"

"小屋里堆的全是棉花。我们把它烧了。"

刹那间，斯佳丽回想起在棉花田里受烈日曝晒的悠长日子，仿佛又感觉到可怕的腰酸和背痛。然而一切都是白费。棉花全完了。

"你们这里真的没多少东西吗？说实话，太太。"

"你们的军队以前来过的。"她冷冷地说。

"那是真的。我们九月份到这一带来过。"一个士兵说，手里摆弄着什么东西，"我刚才忘了。"

斯佳丽见他手里拿的正是埃伦生前常常戴的那个金顶针，她立刻记起母亲的一双纤纤玉手戴着它做针线活儿的情景，触景生情，深感悲戚。现在那顶针就躺在那陌生人的肮脏粗糙的手掌上，不久就要被带到北方，戴在一个北佬女人的手指上，还会恬不知耻地引以为荣。哦，埃伦的顶针！

斯佳丽低下头，不让北佬看见她在哭泣。她的眼泪一滴滴慢慢地落在孩子的头上,在泪眼模糊中,她看见那些北佬涌向门口,听见中士在粗声粗气地命令他的士兵。他们走了,塔拉平安无事了,可是怀念埃伦的痛苦使她高兴不起来。她听见马蹄声、军刀碰撞声,以及北佬大兵满载着抢掠的衣服、床毯、图画、鸡鸭和那只母猪,沿着林荫大道渐渐远去时,心里稍觉宽慰一点,然而当她精神上稍不紧张反而顿时觉得浑身疲软无力了。

接着她闻到一股烟火味,转过身来,可是刚从紧张中松弛下来的她,身心交困,实在顾不得那些棉花了。她从餐室打开的窗口望出去,见黑人的小屋里,余烟仍在袅袅上升。棉花完了。这就意味着纳税的钱和打算度冬的钱也都完了。可是她现在只能眼巴巴地看着棉花在焚烧。她以前曾看到过棉花着火的情形,知道即使有许多男人来扑救,也很难把火扑灭。感谢上帝的是多亏今天没有刮风,没有把火星带到塔拉的屋顶上,也多亏那一排小屋跟正屋离得很远。

忽然她倏地转过身来,刻板得像时钟的指针一样,她的一双惊恐万状的眼睛直瞪瞪地穿过过道,向厨房里望去。厨房里正在冒烟!

她连忙把孩子放在过道和厨房之间,又猛地甩开了牢牢抓住她的韦德,把他直推到碰上墙壁。她冲进厨房,里面已浓烟弥漫,她呛得咳嗽不停,眼泪直淌,立即退出来。她撩起裙子捂住鼻子,奋不顾身地又冲了进去。

厨房里只有一扇小窗,本来光线就不好,现在室内满是浓烟,简直什么也看不见,可是她能听见火苗的噼噼声和木柴的爆裂声。她举起手挥开眼前的浓烟,眯起眼睛细看,只见一道道细细的火焰穿过地板向墙上扑去。有人把壁炉里燃烧着的木柴抽出来在厨房里四处乱扔,干燥的松木地板把火焰吸进去,又把火焰像喷水似的噗哧噗哧喷出来。

她忙又赶回餐室,从地板上顺手扯起一块地毯,乒乓一声撞翻了两张椅子。

"我一个人绝扑灭不了它——我绝对扑灭不了它!哦,上帝,要有人帮忙就好了!塔拉要完了——完了!哦,上帝!一定是那个小个子大兵捣的鬼,他说过要给我们留点纪念。唉,我真不该不让他把那把刀拿走!"

她走过过道时,看见她儿子捧着刀躺在地上。他紧闭着眼睛,他脸上的神情呆滞,显得异常的平静。

"我的上帝!他死了!被他们吓死了!"她在极度的痛苦中这样想,可是她并没有停下脚步,直奔厨房门口一只盛饮水的桶旁。

她把地毯的末端浸在水桶里,深深地吸了口气,又冲进厨房,把门啪的一声关上。她持续地摇晃着、咳嗽着,可是她还是拿起地毯奋力扑打一条条迅速向她扑来的火舌。她的长裙子两度着了火,都被她用手扑灭。她的头发也已散乱披在背后,她闻到一股头发烧焦的难闻臭味。火焰似条条火蛇,扭动着跳跃着向四壁乱窜。她突然感到一阵疲乏袭来,知道大势已去,无法挽救。

正在危急关头,门忽然推开了,冷风吹进来助长了火势,火焰一下子窜得更高了。门又立即关上,斯佳丽在滚滚浓烟中勉强看清,是媚兰拿着一块又重又黑的东西在扑打火焰,同时还用她的脚在踩灭火焰。她听见她呛得直咳嗽,看见她身子摇摇晃晃,又瞥见她脸色惨白,神情坚定,她的眼睛眯成一条缝,又见她用块地毯前仰后合地猛烈扑打着。她们两人持续并肩奋战了很久,斯佳丽才见火线渐渐缩短了。就在这时,媚兰忽然转过身来,一声大喊,用尽全力扑向斯佳丽。

斯佳丽睁开眼睛时,发现自己正躺在后廊里,她的头舒舒服服地枕在媚兰的腿上,西斜的阳光正照在她的脸上。她的两手、双肩和脸孔被火灼伤,疼得简直无法忍受。小屋里仍在冒烟,浓烟把一排小屋全笼罩住了,同时棉花的焦臭异常刺鼻。斯佳丽见一缕缕烟还在从厨房里冒出来,拼命挣扎着想站起身来。

可是媚兰按住了她,沉静地对她说:"躺着别动,亲爱的,火已经灭了。"

她吁了口气,闭上眼睛,静静地躺了一会儿。她听见近旁那婴儿发出咯咯的声音,又因听见韦德在打嗝的声音而感到放心。原来他没有死,感谢上帝!她睁开眼睛仔细看看媚兰的脸,见她鬖发有些被烧焦了,脸被熏黑了,然而她仍在微笑,两眼兴奋地闪闪发光。

"你成了个黑人了,"斯佳丽低声说道,倦怠地把头埋进那柔软的枕头。

"你更像是个化装黑人乐队里的滑稽演员,"媚兰回敬了一句。

"你为什么扑在我身上?"

"因为,亲爱的,你的背上着火了。我知道今天这一折腾,真能把你的命给送掉,可是没想到你也会晕过去。我把那几头畜生拴在树林子里,就马上赶回来了。我想起你一个人在家,还有两个孩子,我几乎急死了。北佬——北佬没把你怎么样吧?"

"如果你指的是强奸,那倒没有,"斯佳丽说,挣扎着想坐起身来。媚兰的大腿固然很柔软,可是躺在走廊里却很不舒服。"可是他们把所有的东西全都抢走了。我们现在已一无所有——哎,你怎么还快活得起来呢?"

"我们两人都平安无事,我们的孩子也都好好的。我们还有房子住,"媚兰说时带着轻快的语调,"现在到了这种地步,人们所能够指望的,也只有这些……哎呀,小博撒尿了!我猜北佬大约把他的大尿布也给抢去了。他——斯佳丽,他尿布里是什么东西呀?"

她突然急忙伸手到孩子的背后,摸出了那只皮夹。她朝那皮夹瞧着,一时间像是从没见过它似的,接着就放声大笑,一阵又一阵的纵情欢笑,但绝不是歇斯底里。

"只有你才想得出这个好主意,"她大声喊道,一把搂住斯佳丽的脖子,还亲吻了她,"你真是我最经得起打击的好姐妹。"

斯佳丽由她搂着自己,因为她实在太疲乏,没有力气挣扎,因为她赞美她的话听起来非常顺耳,还因为刚才在浓烟滚滚的厨房里的一幕,使她对她的小姑产生了较深的敬意,也产生了较为亲密的伙伴情谊。

"我不能不承认,"她不太情愿地想道,"在你处境困难的时刻,她总会来到你的身边。"

第二十八章

一场严霜后,天气骤冷。寒风从门槛下扫进屋里,把松动的窗玻璃震得单调地叮当作响。落叶树光秃秃的枝丫上,最后一批叶子已经脱落,唯有松树还披着绿装,黑魆魆地映衬在灰白的寒空。车辙纵横的红泥大路冻得似燧石般坚硬,饥馑乘风横扫佐治亚州全境。

斯佳丽痛苦地回想起她跟方丹奶奶的一次谈话。那是在两个月以前的一天下午,现在却像是多年以前的事了。当时她跟那位老奶奶说,她已经经历过她可能碰到的最最险恶的遭遇。这话她原是打心底里发出的,可是如今看来,却像是小学生的夸张语言。在舍曼的军队第二次来到塔拉以前,她还多少有一点食物,有一点钱,她的邻居们比她更宽裕,她还有棉花可以换钱来度过寒冬。可是现在棉花没有了,食物没有了,钱没处买得到吃的,对她说来,也没什么用处了。邻居的处境比她还要不如。她至少还有一头奶牛,一头牛犊,几头小猪和一匹马,这些邻居们都没有。他们有的,只是藏在林子里和埋在地下的一点点东西。

塔尔顿家的费尔希尔庄园已经化为一片焦土,塔尔顿太太和她四个女儿都住在监工的屋子里。芒罗家在洛夫乔伊附近的房子也已夷为平地。含羞树的木结构厢房烧掉了,正屋多亏那耐火的厚厚灰泥,再加上方丹家主仆用浸透水的毯子和被单奋力扑救,才保存下来。卡尔佛特家的屋子这次又亏得他家北佬监工希尔顿求情,幸免于难,可是除了房子,所有的家畜家禽全被洗劫一空,连一颗谷穗也没给留下。

在塔拉乃至全县,食物是个普遍的问题。绝大多数人家,除了所剩无几的山芋和花生以外,就只有到林子里去弄点野味。他们手头所有的东西,都很愿意跟他们较为窘困的邻人共享,就像他们在富裕的往日一样。然而过不多久他们就没什么可以与人分享了。

在塔拉,如果波克运气好,弄到了野味,一家人就吃兔子、负鼠或者鲶鱼。不然就只能喝上一点点牛奶,吃点山胡桃、炒橡实和烤山芋。大家从来都不曾填饱过肚子。斯佳丽似乎时时看到的总是一双双伸着的手和哀求的目光。这简直要逼得她发疯,因为她自己何尝不同样在挨饿呢。

她命令把小牛宰了,因为它每天要吃掉好多宝贵的牛奶。当夜大家都饱餐了一顿新鲜小牛肉,可是因为吃得太多,人人的肚子都吃坏了。她知道她该杀一头小猪,可是却一天天拖延下去,想等它长得更大些。这些猪实在太小,现在杀了也没有多少肉,要是拖延些日子,就可以多吃些肉。到了晚上,她常跟媚兰商量,要不要派波克带点北佬钞票骑马出去试试看能不能买到点吃的东西。可是她们又怕马和钱都被抢走,一时拿不定主意。他们不知道北佬到底在哪里。可能远在几千英里之外,也可能近在河的对岸。斯佳丽有一回在失望之中打算亲自骑马出去找吃的,可是大家怕她碰见北佬,全家歇斯底里地嚷起来,迫使她放弃了这个计划。

波克出去寻找粮食,渐渐越走越远,有时彻夜不归,斯佳丽也从不去问他。他有时带回来野味,有时候带回点玉米或者一袋干豆。有一回他竟带回一只公鸡,说是从林子里抓到的。大家吃得津津有味,可是心里难免有点愧疚,知道那分明是波克偷来的,就跟那些玉米干豆一样,全是来路不正的。就在这事过了不久,一天夜里,全家人早已入睡,他轻轻敲开斯佳丽的房门,忸怩不安地伸出一只被子弹打中的腿。斯佳丽一面替他包扎,一面听他结结巴巴说,他在费耶特维尔怎样想钻进人家的养鸡棚里去被人发现的经过。斯佳丽没有问是谁家的养鸡棚,只是含着泪水轻轻地拍拍他的肩膀。黑人又蠢又懒,常常惹人生气,可是他们都有一颗用金钱买不到的忠心,对白人主子一心一意,为了给主人寻找食物,甘冒生命的危险。

若是在往日，波克的偷鸭摸狗，会被看成是一桩严重的过错，很可能要挨一顿鞭子。若是在往日，斯佳丽起码要狠狠责骂他一顿。"一定要牢牢记住，亲爱的，"埃伦曾经说过，"上帝把这些黑人交付给你，你不仅要对他们肉体上的幸福，也要对他们心灵上的安宁负责。你要知道他们就像是些孩子，你得把他们当作孩子那样护卫他们，你自己随时随地应给他们做个好榜样。"

可是现在，斯佳丽早把那教诲抛之脑后。她现在其实是在鼓励偷盗，而且被偷盗的人处境可能比她还要困难。可是这不再使她感到内疚。事实上她对这事的道德上的分量并不看重。她既不处罚他，也不责备他，只对他中了枪弹心中感到不安。

"下回你得当心点，波克。我们不能失去你。没有你我们怎么办？你对我们这样好，这样忠心，等我将来有了钱，我要买一只大金表送给你，刻上《圣经》上的话，'出色的、善良而忠心的仆人。'"

波克听见表扬，面露喜色，极其小心地揉擦那包扎好的腿。

"那真太好了，斯佳丽小姐，你什么时候会有钱呢？"

"我不晓得，波克，不过将来我总会有钱的。"她很快地扫了他一眼，眼光中饱含着辛酸，使他很觉不安，"总有一天，战争结束之后，我会有好多钱，那时我再也不会挨饿受冻。我们大家都不会挨饿受冻。我们大家都可以穿上漂亮的衣服，每天吃上烤鸡，而且——"

这时她停住不说了。她想起自己亲手制订并且严格执行的一条规则，那就是在塔拉，谁也不许提起曾经吃过的好东西，也不许提起如果有机会的话，现在想吃什么东西。

波克悄悄溜出房门。斯佳丽失神地凝视着远方。在那一去不复返的往昔日子里，生活是多么复杂，有那么多纠葛，那么多头绪纷繁的问题。诸如怎么去赢得艾希礼的爱，同时又要使得另外许多追求她的人既感到失望又不肯撒手。又如怎样把自己一些小小的越轨行为瞒过长辈，对妒忌她的女孩子怎样去安慰她们，或者去侮慢她们，怎样挑选时装的式样和衣料，怎样——试着梳各种各样的发式，哦，需要确定的事情太多太多了！现在的生活却简单得出奇。现在全部值得关注的事就只限于有足够的食物以免挨饿,有足够的衣服以免受冻,有一间不太漏的屋子可住就行了。

就在这些日子里,斯佳丽夜复一夜地常做噩梦,而且此后多年摆脱不掉。她梦到的情形每回都是一样,连细节都没什么不同,可是她每做一回噩梦,心里的恐惧就增加一分,到后来在醒着的时候,也担心一旦入睡又会受到噩梦的缠扰。那引起她第一次做噩梦的当天情景,她至今仍历历在目。

连日来凄风苦雨,屋子里阴冷潮湿。壁炉里的柴火受了潮,燃烧时烟雾腾腾,增加不了多少热气。早餐以后,除了牛奶便没有别的东西可吃。山芋已经吃光,波克的捕猎又一无所获。明天除了必须杀掉一头小猪就别无他法可想了。一张张饥饿的脸,无论是白人的黑人的,都紧紧绷着,呆呆地瞅着她,默默地祈求她弄点吃的东西。看来她只有冒着牺牲那匹马的危险,叫波克骑出去买点食物了。可是屋漏偏逢连夜雨,韦德害了喉咙痛,发起高烧来。眼下既没处去请大夫,又没地方去弄药。

斯佳丽空着肚子守在儿子身边,到后来乏得支持不住,请媚兰帮她照看一下,自己躺在床上想小睡片刻。她双脚冰凉,恐惧和绝望沉重地压在她心头,她辗转反侧难以成眠。她一再思忖:"我该怎么办?我的出路在哪里?世界上难道没有人能帮助我吗?"世界上竟连生活保障也没有了吗?为什么就没有个精明而强健的人接过她肩上的重担呢?她本不是个挑重担的料子,她也不知道怎样来挑这重担。想了一阵子,她迷迷糊糊地睡着了。

她到了一个荒凉陌生的地方,四周浓雾弥漫,伸手不辨五指。连脚下的大地也动摇不稳。那是个鬼怪出没的地方,笼罩着一片寂静,静得可怕。她心中茫茫,恐怖万状,像是个黑夜里迷路的孩子。她感到又冷又饿,她害怕周围的浓雾里潜藏着什么东西,她想要叫喊,却喊不出声来。浓雾中伸出许多手来,那是些无声的、冷酷的鬼怪的手,想抓住她的衣裙,把她拖到那动摇不稳的地层下面去。这时,她又知道在冥冥之中有个地方,能给她以庇护,给她以帮助,给她以安全,给她以温暖。可是那地方又在哪里?她能不能快点到达那里,以逃脱鬼手把她拖进那动荡不定的地层下面去的厄运呢?

忽然她奔跑起来,像发了疯似的在浓雾中拼命奔跑,边跑边喊,伸着双臂乱抓,可是抓到的只是空气和湿雾。避难的天堂到底在哪里?她知道有个避难所,可是它隐藏着,不让她接近。她要是能到达那地方就好了!那她就得救了!可是恐惧使她两腿发软,饥饿使她头脑发晕。她发出一声绝望的呼喊惊醒过来了,只见媚兰正焦虑地俯视着她,她的手正在把她摇动得清醒过来。

以后她只要空着肚子上床,就要重复这样的噩梦。而空着肚子又是十分经常的事。她害怕噩梦非常厉害,甚至不敢入睡。她竭力想说服自己,像这样的梦并没有什么可怕。梦境里无非是些浓雾,用不着害怕到这种地步。可是想到要跌进浓雾中去,她总不免要胆战心惊,后来她就和媚兰睡在一张床上,媚兰一见到她身子在抽动,嘴里在呻吟时,知道她又遭噩梦骚扰,就把她及时唤醒。

精神上的折磨,使得斯佳丽日益苍白消瘦。原来圆润美丽的脸蛋上,颧骨显得更高了,稍向上斜的绿眼睛显得更加触目了。她看上去竟像是一只四处觅食的饥饿的猫。

"白天的生活就如同一场噩梦,更哪堪夜晚的折腾,"斯佳丽绝望地这样想,于是她每天从自己的一份食物中,省一点下来,留着在临睡以前吃。

圣诞节快到了,弗兰克·肯尼迪带了一小队军需队员,又一次来到塔拉,枉费心机地想给军队征集粮食和军马。他们一行人衣衫褴褛,看上去像是群无赖汉,所骑的马不是瘸腿的,就是害喘息症的,显然不能在战地服役的。那些人跟他们骑的马也很相匹配,除了弗兰克以外,不是少了一条胳膊,就是缺了一只眼睛,要不就是关节僵直,转动不灵。身上的衣服,多数是从北佬那里缴获的蓝军服,所以他们刚一露面时,塔拉的人还引起了一场虚惊,以为舍曼的北佬又回来了。

他们留在塔拉过夜，睡在客厅的地板上。几个星期以来，他们一直在外面露宿，不是睡在松针上，就是躺在坚硬的泥地上，现在能在丝绒地毯上舒展身子，就可以算是一种享受了。虽然他们都是蓬头垢面，满脸胡子，然而却很有教养，谈笑风生，讨人喜欢。他们能够在一幢大房子里，和几个漂亮的女人在一起共度圣诞，像是跟打仗前一样，心里都很高兴。他们不是严肃地谈打仗的事，而是扯些无耻的谎言，逗得几个女孩子哄然大笑，给这劫后空荡荡的屋子第一次带来了轻快的、节日的气氛。

"简直跟我们以前在家里举行宴会差不多了，是吗？"苏埃伦快活地对斯佳丽低声说道。她见来客中有个追求自己的人，心里高兴得不得了，她的眼睛片刻也没有离开过肯尼迪。斯佳丽见苏埃伦今天居然颇为美丽动人，觉得非常惊讶，因为她病后一直很瘦，此时却两颊泛红，眼里闪出柔和的光辉。

"她一定是真心爱着他，"斯佳丽轻蔑地想道，"我猜她要是一旦有了自己的丈夫，就会通情达理起来，哪怕她丈夫是那个大惊小怪的老弗兰克。"

卡琳也显得开朗愉快些，眼睛里那梦幻般的神色也消失了。她得知那些人中间有一个认识布伦特·塔尔顿的，在他遇难的那天还曾跟他在一起，她拿定主意等晚饭后找那人私下里好好谈谈。

晚餐时媚兰一反平日羞怯的常态，显然活跃起来，使四座皆惊。她跟一个独眼士兵有说有笑，甚至还稍稍带点卖俏，那士兵当然也对她加倍殷勤。斯佳丽知道她这样做无论在精神上和体力上都要做出很大的努力，因为媚兰在男人面前向来羞涩得不知所措的。何况她现在身子还远远没有恢复。她硬说自己身体很好，干起活来比迪尔西还多，可是斯佳丽心里明白不是那么回事。她只要一提东西就会脸色发白，用力一过度她总是突然坐下像是两条腿再也支撑不住似的。可是今晚她跟苏埃伦和卡琳一样，想方设法尽可能让那些士兵欢度这圣诞之夜。只有斯佳丽对客人们并不感兴趣。

晚餐，除了客人们的定量有炒玉米和腌猪肉外，还有嬷嬷送上的干豆、花生和炖苹果，而且他们还宣称这是他们几个月以来吃到的最美好的一餐。斯佳丽看他们吃着，心里有点不安。一来舍不得他们把东西一口口吃掉，二来心里七上八下，生怕他们知道波克昨天杀了一头小猪。那猪肉现在挂在食品间里，为此她曾向家人发出严厉警告，谁要是敢在客人跟前提起这只小猪，或者提起这只小猪的兄弟姐妹，说它们安然无恙地藏身在沼泽地里的猪圈里，那她定要把他的眼珠子给挖掉。这班饿鬼一顿就能把整只小猪吃掉。若是让他们得知还有活猪，他们会把它们征收去的。还有那头奶牛跟那匹马，没有藏在沼泽地里，而是拴在牧场尽头的林子里，这也令她十分担心。若是她的几头牲畜被军需队牵走，塔拉就没法子过冬了。另外设法要想弄到几头牲畜是根本不可能的事。至于军队吃什么，那她管不着。军队要是有办法，就自己给自己弄吃的吧。至于她，能养活她这一家子就够费劲的了。

那几个士兵又从背包里拿出一些"通条卷"来，当作最后一道甜食。斯佳丽对这种邦联军用食品已久闻其名，有关它的笑话简直多如士兵身上的虱子，可是亲眼看到这还是第一次。那玩意儿看起来像是一根烤焦了的螺旋形木头。士兵们怂恿斯佳丽咬口尝尝，她发现这原来是用玉米面做的、表面熏黑的淡味硬面包。军队里的士兵把他们定量的玉米面，加水调和，有盐时才加点盐，然后涂在枪的通条上，放在营火上烤着吃。它硬得像冰糖，吃起来像无味的锯木屑。斯佳丽勉强咬了一口，立即还给他们，引起哄堂大笑。她和媚兰相对而视，两人分明流露出同样的想法："如果士兵们吃的尽是这种东西，可怎么去打仗呢？"

这顿饭吃得很开心，连茫茫然坐在主人位置上的杰拉尔德也竭力从他朦胧的意识中显示出做主人的样子，还失常地微微一笑。男人高谈阔论，女人含笑聆听，并恭维他们几句——可是斯佳丽猛一回头刚要想问弗兰克·肯尼迪有关皮特姑妈的消息时，一见到他脸上的表情，把想要问的话竟给忘了。

弗兰克的视线离开了苏埃伦的眼睛，在餐室里张望。他看到了杰拉尔德那双孩子般迷惘的眼睛,看到了没铺地毯的地板,没有摆设的壁炉架,看到了被北佬刺刀捅过的沙发垫子和帘幕,看到了餐具柜上破裂了的镜子和墙上原来挂画像地方的印子,看到了稀少的餐具,看到了姑娘们身上缝补得整整齐齐的旧衣衫,和韦德身上用面粉袋改缝的褶叠短裙。

弗兰克正在回忆战争以前他所熟悉的塔拉,脸上现出一种悲伤的神情,是一种疲惫不堪软弱无力的愤怒的神情。他爱苏埃伦,喜欢她的姐妹,尊敬杰拉尔德,也真心喜爱塔拉种植场。自从舍曼率军横扫佐治亚州以来,弗兰克到各处征集军需,看到过许多可怕的景象,可是没有一处像现在塔拉这样给他的内心以强烈的打击。他想给奥哈拉家的人,特别是给苏埃伦做些什么,然而却爱莫能助,于是他不自觉地出于怜悯正在摇着他满脸络腮胡子的脑袋,正在咂着嘴。可是偏偏给斯佳丽正好瞧见。他见她眼神中闪着自尊的怒火,不觉窘困起来,忙低下头来看着自己面前的盆子。

姑娘们渴望打听消息。亚特兰大陷落到现在已经有四个月,邮信一直不通,北佬现在在哪里?邦联军的命运究竟如何?亚特兰大城和她们老朋友的情况到底怎样?她们都一无所知。弗兰克因为工作关系,几乎走遍了这一带,他的消息简直就跟报纸一样,甚至比报纸还要灵,因为从梅肯以北到亚特兰大,他几乎每个人都认识,有些还是他的亲戚。他能够补充报纸上往往忽略掉的有趣的私下闲谈细节。他为了掩饰刚才被斯佳丽看穿心事的窘态,急急忙忙讲了一大堆新闻。他说舍曼的北军从亚特兰大开到别处以后,南军又重新占领了该城,可是那城市已经毫无价值。因为舍曼已把它纵火毁灭。

"可是我记得亚特兰大是在我离开的那天晚上烧掉的,"斯佳丽不解地问道,"我记得是我们自己人放火烧的。"

"噢,不,斯佳丽小姐,"弗兰克颇为震惊地嚷道,"凡有我们老百姓的城市,我们是绝不会放火烧的!你看见的是仓库和军需品,我们不愿意让北佬所获。还有就是军火和铸造厂,除此以外,我们什么也没烧过。舍曼进城的时候住宅和店铺都是好好的,他还在里面驻扎过军队呢。"

"那么城里的人怎么样了？他——他有没有在城里杀人？"

"他杀了一些——可是用的不是子弹，"那独眼士兵严酷地说，"他刚进城，马上通知市长，要所有的人统统撤离到城外，只要是活人就得撤。可是城里有许多老人，经不起颠簸，有好多病人，不该把他们动迁，还有好多女人，她们——她们也不该动迁的。可是他把这些人都撵出去，而且又偏偏碰上了从来没有见过的特大暴雨。舍曼把一批批数以百计的人赶到拉夫雷狄附近的林子里，然后通知胡德将军把他们接走。有好多人受不了这样的折磨，害肺炎死了。"

"哦，舍曼为什么要那样？城里的老百姓对他不会有什么损害的，"媚兰喊道。

"他说他需要在城里休养他的人马，"弗兰克说，"他在城里一直休整到十一月中旬，撤走的时候才把全城统统烧光。"

"哦，不见得全都烧光了吧？"姑娘们沮丧地说。

这样一个她们熟悉的热闹城市，里面住着那么多的平民，那么多的士兵，竟会毁于一旦，简直是不可思议的事。那树荫下一幢幢可爱的住宅，那些大商店和华丽的旅馆，绝不可能从此烟消云散！媚兰差一点哭出声来，因为她出生在亚特兰大，那里是她唯一的家。斯佳丽的心也下沉了，因为除了塔拉，她最喜欢的地方就算亚特兰大。

"噢，应该说差不多全烧光了，"弗兰克看到她们脸上的表情，心里很不安，连忙加以修正。他这人不愿意惹女人心烦，竭力做出愉快的样子。他若是看到女人心烦，自己也会心烦意乱不知所措的。所以他不愿亲自把最坏的消息告诉她们，留着以后由别人让她们知道吧。

他没有把军队开回亚特兰大城时一路所见讲给她们听。大量的烧黑的烟囱处处竖立在废墟上，未烧尽的废物堆和乱砖石堆处处阻塞在街道上，古树被烧得枯死了，烧焦的枝丫在寒风中乱堆在地上。他想起自己当时看到那番景象，心中多么难受，士兵们看到城市的颓垣残壁个个都发出沉痛的诅咒。他希望妇女们永远不要知道北佬挖掘公墓的行径，否则她们永远抹不掉心灵所受的震骇。查尔斯·汉密尔顿和媚兰的父母亲都埋葬在那里。弗兰克自己想到坟场上的惨状，夜里都难免要做噩梦。当时北佬士兵为了搜刮和死者埋葬在一起的珠宝饰物，掘开墓穴，把死者身上抢劫一空，把棺材上刻着死者名字的金牌银牌，银饰物和银把手统统拿走。他们把一具具残骸和尸体胡乱地扔进被劈开的棺材里，不盖不埋，曝尸于野，真够凄惨！

弗兰克也不能把有关狗和猫的事讲给她们听。女人们往往都养这类爱畜。弗兰克自己也喜欢狗和猫，他见到数以千计的这些小动物，在它们的主人被粗暴地撵出城外以后，都无家可归，无人饲养，那种悲惨的情景使他极为震惊，简直不亚于他见到墓地时的感受。那些猫和狗饱受惊骇，挨饿挨冻，凄凄惶惶，性子野得像猛兽，强的欺凌弱的，弱的等更弱的死了可以果腹。在那城池废墟之上，那些兀鹰攫取起一只只美丽而不幸的小尸体，玷污了冬日的天空。

弗兰克搜索枯肠，想找些和缓一点的信息，让几位姑娘心里好受一点。

"还有一些房子没有烧掉，"他说，"那些房子建在开阔的地方，离别的房子比较远，所以没有着火。共济会堂和几个礼拜堂也没有着火，另外还留有几家商店。可是商业区、铁路沿线和五角场，嗯，那一带全都成了平地了。"

"那么，"斯佳丽悲痛地喊道，"查尔斯留给我的货栈，就在铁轨边上，想必也是完了。"

"如果是靠近铁路，那是肯定完了。不过——"他忽然露出了笑容。他怎么没早想到？"别发愁，姑娘们！你们皮特姑妈家的房子还在，虽有点破坏，可是还在。"

"噢，它怎么没烧掉呢？"

"喏，那房子是砖砌的，屋顶上盖的是石板，这在亚特兰大是独一无二的。我猜火星掉在石板上是烧不起来的。再说那房子坐落在城北部的最末端，那一带火势不太猛。当然，进驻在屋子里的北佬胡乱拆毁，连护墙板和桃花心木的楼梯栏杆都当作柴烧掉了，呒，可是大体上还好。上个礼拜我在梅肯看见皮特小姐的时候——"

"你见过她？她现在怎么样？"

"挺好，挺好。她听我说房子还在，她就一定要马上回去。当然——那还得那个老黑人彼得同意才行。现在有好多亚特兰大人都已经回去了，因为他们住在梅肯都提心吊胆的。虽说舍曼没有夺取梅肯，可是人人都怕威尔逊的突击队很快就要到达，此人比舍曼还要坏。"

"可是如果没有房子，他们回去岂不是太傻了。他们住在哪里呢？"

"斯佳丽小姐，他们有的住在帐篷里，有的住在小木屋里，原来留下的房屋里，有的一幢房子六七家人家住在一起。而且他们想要重新建造住房。斯佳丽小姐，你不要说他们傻。你跟我是一样理解亚特兰大人的。他们在亚特兰大土生土长，就跟查尔斯顿人在查尔斯顿城里土生土长一样，绝不是北佬和一场大火就能把他们撵走的。亚特兰大人对待亚特兰大城的事——请你不要见怪，媚利小姐——是跟骡子一样倔强的。我不明白这是为什么，因为我总认为，这座城是个极其有冲劲和较鲁莽的地方。不过话说回来，我是个乡下人，素来不喜欢城市。噢，你听我说，那些最先回去的，才是些聪明人。那些最后回去的人，恐怕连自家房子的一砖一石一木都找不到了。因为先到的人为了造房子，在城里四处寻找，把可用的东西全部搜罗去了。就在前天，我还看见梅里韦瑟太太跟梅贝尔小姐带着她们的黑女仆推着一辆手车在外边捡砖头。米德太太对我说她打算等米德大夫回来以后造一座小木屋。她说当初她第一次来到亚特兰大的时候，那时候还叫马撒斯维尔，她住的就是小木屋。现在重造一间倒也并不费事。当然，她不过是在开玩笑，可是你从中不难看出来他们是怎么想的。"

"我觉得他们可真有志气，"媚兰自豪地说，"你说呢，斯佳丽？"

斯佳丽点点头，对她这第二故乡充满着坚强的自豪和向往。正如弗兰克所说，那是个有冲劲和较鲁莽的地方，这正是她喜欢它的原因所在。亚特兰大不像其他一些老城市那样守旧、狭隘,而是充满活力、无所顾忌,正合她自己的脾气。"我就像亚特兰大,"她想,"北佬也好,大火也好,都别想把我压倒。"

"如果皮特姑妈回到亚特兰大,我们还不如回去跟她住在一起,斯佳丽,"媚兰打断了她的思绪,"她一个人要吓坏的。"

"得了,媚利,我怎能离开这里?"斯佳丽没好气地说,"你如果急着要走,那就请便,我不会留你。"

"哦,我不是那个意思,亲爱的,"媚兰难过地红着脸说,"我真太没头脑,自然你不能离开塔拉,我——我想彼得大叔跟厨娘能照顾姑妈的。"

"你要走尽可以走,"斯佳丽简短地指出。

"你知道我不会离开你,"媚兰答道,"我——没有你我会吓死的。"

"你自己看着办吧。反正我不会回亚特兰大去。等他们重建了房子,恐怕舍曼又会回来把它们烧掉的。"

"他不会回来,"弗兰克说,虽然鼓足勇气,还是不敢正眼看着她们,"他已经穿越佐治亚州往海边去了,萨凡纳就在本星期已被他们占领,据说北佬正在向北卡罗来纳进发。"

"萨凡纳被占了!"

"是的。怎么,女士们,萨凡纳是守不住的,问题是兵力不足,虽然他们把每一个能拖得动两条腿走路的人都用上了。你们有没有听说过,北佬刚向米勒奇维尔进军的时候,他们就把军校里的学生,不管年龄多小,统统征召去了,甚至还打开了州监狱以补充新的兵源。是的,先生,他们把每一个肯去打仗的犯人都放了,还答应他们打完了仗就可以获释。想起那些年轻的军校学生竟和小偷杀人犯为伍,真叫我有点不寒而栗。"

"他们把犯人放出来害我们!"

"好啦,斯佳丽小姐,别犯愁。那里离这里远得很,再说,他们都成了规规矩矩的士兵。我想一个偷过东西的人,不见得就不可能做个规规矩矩的士兵,不是吗?"

"我觉得真是不可思议。"媚兰轻轻地说。

"有什么不可思议,"斯佳丽直截了当地说,"反正现在到处都是贼,还有北佬跟——"她及时把话刹住,可是那些男人都笑了。

"还有北佬跟我们的军需队,"他们补充她的话说,她满脸通红。

"可是胡德将军的军队在哪里?"媚兰急忙插嘴道,"他应该把萨凡纳守住的。"

"怎么,媚兰小姐,"弗兰克像是吃了一惊,带着责备的口吻说,"胡德将军根本不在那一带。他一直在田纳西州打仗,想把北佬引出佐治亚州。"

"是呀,他那小小的计划没有奏效!"斯佳丽讽刺地说,"他就听任该死的北佬在这里到处横行,只留些小学生、犯人和民团来保护我们。"

"女儿,"杰拉尔德振作精神说道,"你这话太放肆,你母亲要难受的。"

"他们就是该死的北佬!"斯佳丽激动地嚷道,"对他们我没别的称呼。"

众人听见提到埃伦的名字,觉得有点奇怪,谈话突然停止了。媚兰又插嘴道:

"你在梅肯有没有见到过因迪·威尔克斯和霍尼·威尔克斯?她们——她们有没有听到艾希礼的消息?"

"喏,媚利小姐,你晓得我若是有艾希礼的消息,当然会马上骑马从梅肯来告诉你的,"弗兰克内疚地说,"没有,她们没有消息,不过你不用为艾希礼着急,媚利小姐。我知道你好久没听到他的消息,可是一个人在监牢里,你就很难打听到他的消息,不是吗?幸好北佬的监狱不像我们的监狱那样糟。在那里至少可以吃饱肚皮,有毯子盖,有药治病。他们不像我们这里,连自己都吃不饱,哪里还顾得上俘虏。"

"哦,北佬的东西固然很充足,"媚兰哀叹道,"可是他们不会分给俘虏。这你一定知道,肯尼迪先生。你那样说,无非是想叫我宽心一点。你知道我们的人在那里冻死饿死,生了病没医没药,白白死掉,都因为北佬恨透了我们!哦,我真巴不得把北佬从地面上全部消灭掉!哦,我知道艾希礼是——"

"别说啦!"斯佳丽嚷道,心都跳到喉咙眼了。她觉得只要没有人说艾希礼死了,她心里就存在他活着的一线希望,可是如果她听见有人提起"死"字,好像他就会在那一刹那死去似的。

"哦,威尔克斯太太,你不必为你丈夫担心,"那个独眼人安慰她道,"我是在第一次马纳萨斯战役中被俘后来交换回来的。在战俘营里,我们吃得可好啦,有炸鸡吃,有热面包——"

"我想你在撒谎,"媚兰带着淡淡的微笑说,斯佳丽是头一回看见她在男人面前这样有精神。"你自己认为怎样?"

"我的看法和你一样,"独眼人说罢拍着腿大笑。

"你们大家要是愿意到客厅里去,我就给你们唱几支圣诞颂歌,"媚兰说,很高兴换了个话题,"北佬没法子把那钢琴搬走。苏埃伦,那钢琴是不是走调走得厉害?"

"很厉害,"苏埃伦说,对着弗兰克嫣然一笑。

大家站起身来离开房间,弗兰克走在最后,拉了拉斯佳丽的衣袖。"我跟你单独说句话好吗?"

她心里蓦然一惊,担心他要向她查问牲畜的事,便振作精神打算跟他撒个弥天大谎。

等房间里人都走了,他们两人站在炉火前,弗兰克在人前勉强装出来的轻松的样子全都不见了,她看到他像是个老人。他的脸色干瘪枯黄,像是塔拉草地上的败叶,他那姜黄色的胡子稀疏散乱,已经开始灰白。他一面不在意地拉着胡子,一面叫人讨厌地清了清喉咙,这才开口说起话来:

"我为你的母亲感到非常难受,斯佳丽小姐。"

"请你不要再提了。"

"还有你爸——他是不是一直这样子,自从——?"

"是的——他——他不太正常,这你可以看得出来。"

"他一直是非常看重她的。"

"哦,肯尼迪先生,请你不要跟我谈这些吧。"

"对不起,斯佳丽小姐,"他神经质地两脚移来移去,"事实是,我想跟你爸商量一件事,现在看来是没法谈了。"

"也许我可以帮你的忙,肯尼迪先生。你明白——家里的事现在由我做主。"

"那好,我,"弗兰克又神经质地拉拉胡子。"事实是——喏,斯佳丽小姐,我打算为苏埃伦小姐的事征求他的意见。"

"你的意思是说,"斯佳丽既感到意外,又觉得有趣,"你到现在还没有跟爸提过苏埃伦的事吗?你追求她已好多年了!"

他涨红了脸,窘困地咧开嘴笑了,他的模样像个腼腆的孩子。

"嗯,我——我不晓得她会不会要我,我年纪比她大好多,而且——塔拉又老是有许多漂亮的年轻人来来往往。"

"哼!"斯佳丽想,"他们来来往往都是为了我,不是为了她!"

"我到现在还不知道她要不要我。我从来没有求过她,不过她是应该明白我的意思的。我——我觉得应该求得奥哈拉先生的同意,并且把真实情况告诉他。斯佳丽小姐,我现在连一分钱也没有。我以前很有钱——请你原谅我提起这件事——可是现在我只有身上穿的衣服和我骑的马。你知道,当我入伍时,把大部分土地都卖掉买了邦联的公债。你知道这些公债的价值,现在比公债的纸张都不值钱了。不过反正我的公债也没了,因为我把公债寄存在我妹妹处,后来北佬把她家的房子烧了,公债也烧了。我知道在我一无所有的情况下向苏埃伦小姐求婚,未免有点冒昧,可是——喏,事情就是这样。我觉得战争结束以后,情况会变得像个什么样子,大家都没法知道,对我来说,就像是世界的末日到了。我们现在对什么都没有把握,但是——但是我想如果我能跟她订婚,那么对我,也可能对她,会是个很大的安慰。这一点是有把握的。我不要求跟她马上结婚,我要等到我有能力照顾她的时候,斯佳丽小姐,不过要等到哪一天我现在也不知道。可是如果你也赞成真正的爱情的话，那么你可以相信，苏埃伦小姐即使别的什么都没有，在这方面她是非常富足的。"

他最后几句话说得很真诚，很庄重，斯佳丽虽然觉得有趣，却不免为之感动。她不能理解的是苏埃伦竟也有人爱她。在她眼里，她这个妹妹是个非常自私、非常别扭、只会怨天尤人的怪物。

"怎么，肯尼迪先生，"她和蔼地说，"这事好办。我肯定可以代爸说句话。他向来看重你，而且他一直是希望苏埃伦跟你结婚的。"

"现在还是这样吗？"弗兰克脸上露出幸福的笑容。

"的确是这样，"斯佳丽答道，心里却在暗暗好笑，因为她想起杰拉尔德经常在晚餐桌上对着苏埃伦粗声粗气地吼叫："怎么啦，姑娘，你那热心肠的情人到现在还没有把问题提出来吗？要不要我去问问他到底是什么意图？"

"我今晚就去问她，"他的脸在颤动，说着便握住她的手，"你真好，斯佳丽小姐。"

"我去叫她到你这里来，"斯佳丽微微一笑，转身朝客厅走去，媚兰刚开始弹琴，琴声走调走得很厉害，总算有几个音听起来还和谐，媚兰在提高嗓子带领着大家唱起了"听，天使先驱在歌唱！"

斯佳丽停住脚步。多么美妙的圣诞颂歌！她们曾两度遭受敌军劫掠，如今住在这破坏无遗的乡间，几乎快要成为饿殍，似乎不可能听到这样的歌声。她突然回头走到弗兰克前面。

"你刚才说世界末日像是快要到了，这话究竟是什么意思？"

"我跟你说实话，"他慢慢说道，"不过你不要把我的话说给别的女士听，免得她们受惊。战争维持不了多久了。军队里没有新兵可以补充，开小差的越来越多，比军队愿意承认的还要多。你瞧，士兵们知道家里人在挨饿，怎么也放心不下，就跑回去想办法养活家人。我自然不好责怪他们，不过军队毕竟削弱了。还有，军队没有粮食不能打仗，可是现在就是没有粮食。这一点我很清楚，因为我的职务是征收粮食。我们夺回亚特兰大以来，这一带我已走遍，连养只樫鸟的粮食也弄不到。萨凡纳以南三百英里的地区内,情况同样如此。大家都在挨饿,铁路被破坏了,弹药快用完了,没有枪支补充,没有皮革做鞋子。你瞧,末日几乎就在眼前。"

可是斯佳丽对邦联暗淡的前景远不如对粮食的短缺更为关心。她本来想叫波克驾上马赶着车,带上金币和北佬的钞票到四乡去买点粮食和衣料。但是,如果弗兰克说的是实情,那么——

可是梅肯还没有陷落。梅肯一定会有食物。她打算等军需队的人一上路,马上就叫波克上梅肯去。当然弄不好那匹马会有被军队抢走的危险,可是除此她别无选择。

"好吧,今晚我们不要老是谈不愉快的事吧。肯尼迪先生,"她说,"你到妈妈的小办公室里去等着,我叫苏埃伦到你那里去,你们可以——可以私下谈谈。"

红着脸、微笑着的肯尼迪悄悄地走出房间,斯佳丽看着他走过去。

"可惜他不能跟她马上结婚,"她想。"否则我们可以少一张嘴巴吃饭了。"

第二十九章

第二年四月，被重新授权指挥南方残余部队的约翰斯顿将军，在北卡罗来纳州率军投降，从而结束了这次内战。可是这消息过了两星期才传到塔拉，因为塔拉的人都很忙，没有时间串门聊天。邻居家也跟他们一样忙，来往很少，消息传来很慢。

春耕进入大忙季节，波克从梅肯带回来的棉花和蔬菜种子已经开始播种。波克上次出去，带回来的有衣料、种子、鸡鸭、火腿、咸肉和玉米粉，装满了一大车，他以此为荣，再也不像是个微不足道的下等人了。他津津乐道，在回塔拉的路上，他怎样穿小径，过狭道，甚至有时要出没于荒无人迹的僻静地方，才九死一生地回到家来。他在路上足足走了五个礼拜，害得斯佳丽担足了心。可是回来以后她并没有怪他。她很高兴，他的任务完成得很出色，还剩下很多钱交还给她。她估计那些鸡和大部分食物八九不离十不是买来的。波克若是看见路旁的鸡棚或熏腊间没有人，便会觉得要花钱买那些东西，未免有点愧对自己的女主人。

现在塔拉有了点食物，大家便忙于设法要恢复生活的常态。这样每个人都得干活，活也实在太多，没完没了。要拔掉田里去年的棉花秆子，才能把种子下种。那匹马没耕过田，脾气又犟，在田里干活不肯向前进，菜园里要除掉野草，撒下种子，还要去砍柴，被北佬随便烧掉的漫长的一段篱笆和猪圈要重新造起来。波克张网逮兔子一天要去看两回，河里的钓竿得常去换鱼饵。每天要铺床，扫地，烧饭，洗碗。要喂猪喂鸡捡鸡蛋。要给牛挤奶，再把它赶到沼泽地旁的牧场上，还得整天有人看着，防止被北佬或者弗兰克·肯尼迪的人牵走。就连小韦德也有活干。每天早上他都煞有介事地拎只篮子到外面去捡些枯枝木片,拿回来好生炉子。

县里人最早从战场上带回南军投降消息的是方丹家的两兄弟。亚历克斯脚上还算有双靴子,一路步行回家,托尼光着脚板,就骑着那没有鞍鞯的骡子。托尼在自己家里,向来最爱占便宜。他们经过四年的风霜雨露,都瘦了些,也结实了些,而且比以前要黑得多,加上从战场上带回来一脸乱蓬蓬的黑胡子,叫人简直都认不出来了。

在回家的路上,他们经过塔拉,因为心里急着要回含羞树,就没有耽搁,只是亲吻了几位姑娘和告诉她们投降的消息后就走了。他们说,战争过去了,战斗全结束了。看来他们对战事不怎么关心,也不想多谈。他们急于想知道含羞树有没有被烧掉。他们从亚特兰大一路南行,看到一家家朋友的住宅,都只剩下一支支孑然竖立着的烟囱,料想到他们家的房子必然凶多吉少。现在他们知道他家房子没有被毁的好消息,宽慰地吁了一口气,又听到斯佳丽说起萨莉策马飞奔,干净利落地从她家篱笆上一跃而过,两兄弟拍着大腿,纵声大笑。

"她可真有胆量,"托尼说,"不幸的是乔被打死了。你们有没有可嚼的烟草,斯佳丽?"

"没有,我们只有兔子烟。爸是用棒子芯烟斗①抽的。"

"我现在还没有落到这种地步,"托尼说,"不过我将来很可能也得落到这一地步。"

"狄米特·芒罗好吗?"亚历克斯急切地问道,脸色稍有些发窘,斯佳丽这才依稀记起他一直爱着萨莉的妹妹。

"噢,她很好。她在费耶特维尔跟她姑妈一起生活。她们家在洛夫乔伊的房子被烧掉了。她家其余的人都住在梅肯。"

"他的意思是问——狄米特有没有嫁给民团里的一位英勇的上校

---

① 一种烟斗,它的斗是用干玉米棒子挖空了做的。

什么的?"托尼讥笑地说,亚历克斯马上对他怒目而视。

"她当然没有,"斯佳丽说,觉得挺有趣。

"要是她真的出嫁了,这也许该更好,"亚历克斯闷闷不乐地说,"这见鬼的——对不起,斯佳丽。你想要是一个人的黑奴都解放了,牲畜都没了,口袋里一分钱也没有,他怎么好开口向一个女孩子求婚呢?"

"你晓得狄米特是并不计较这些的,"斯佳丽说。她对狄米特很忠实,还帮她说几句好话,这是因为亚历克斯·方丹从来没有追求过自己的缘故。

"该死的——噢,又得说声对不起。我得改掉这爱咒骂的坏脾气,要不奶奶会用鞭子抽我的。我不会求一个女孩子跟一个叫花子结婚。她也许不计较,可是我不能不计较。"

斯佳丽在前廊上跟两个男孩子谈话。媚兰、苏埃伦和卡琳听到了投降的消息,都悄悄地溜进屋里。等两兄弟从塔拉后面抄近路走了以后,斯佳丽回到屋里,看见她们三个人坐在埃伦办事间里的长沙发上哭成一团,一切全完了,她们热爱着的、寄以希望的美丽梦想完了!把她们的丈夫、爱人和朋友带走,并使她们的家庭沦为赤贫的伟大事业完了,她们原以为不会崩溃的南方大业想不到现在已经崩溃了!

斯佳丽没有掉泪。她听到这消息的第一个念头是:"感谢上帝!现在我们可以不用担心奶牛被偷,马儿被盗。沉在井底的银器可以捞上来,大家吃饭时都可以有一副刀叉了。现在我可以毫不用担心地骑着马到乡间去寻找吃的东西了。"

多么值得庆幸!从此她听见马蹄声不必心惊。从此,她半夜醒来,不必屏住呼吸倾听,院子里马嚼嗒嗒、马蹄嘚嘚和北佬吆喝发令的声音,究竟是真的还是在梦中。而最最要紧的是,塔拉终于保全了。她最可怕的梦魇再不会成为现实。她现在再不用担心她必须站在自己屋前的草地上,亲眼看着浓烟滚滚吞噬掉她心爱的家宅,亲耳听着烈焰呼啸,屋顶倒塌。

南方的大业固然完了,可是在她看来,战争毕竟是蠢事,总不如和平为好。看到南方邦联的旗帜在旗杆上飘扬,她并不因之而热血沸腾,听到人们唱起《迪克西》①,她也不感到心情沮丧。她曾经度过极端的贫困生活,曾经做过厌烦的看护工作,曾经在围城中担惊受怕,曾经在近几个月里忍饥挨饿。她经历过所有这一切,但并不是像其余的人那样出于一种狂热,以为只要南方大业昌盛,那么一切都可以忍受。现在一切都过去了,都了结了,她再也不用为事业忍受什么苦难了。

全都过去了,这场似乎没有个穷尽和强加在人们头上的战争,把她的生活泾渭分明地截为两段,竟使得她难以回忆起过去的无忧无虑的生活。她能够冷漠地记起那个美丽动人的斯佳丽,脚上穿着精致的绿色摩洛哥山羊皮软鞋,身上穿着镶荷叶边的衣裙,散发出熏衣草的幽香。可是她怀疑,她自己是否就是那个姑娘,就是那个斯佳丽·奥哈拉,有全县的人都拜倒在她的脚下,有上百个奴仆听她使唤,有塔拉的财富作为她坚强的后盾,有溺爱她的父母事事都对她百依百顺。那个娇生惯养、不知忧患的斯佳丽,除了艾希礼的爱情,她没有一件事不能如愿以偿的。

经过四年漫长曲折的道路,那个背着书包、穿着舞鞋的小姑娘,已经一去不复返了,她已成为一个目光敏锐、锱铢必较的妇人,她的双手做过仆婢做的许多粗活,浩劫之余,留给她的唯有她脚下那摧毁不了的红土地。

她站在过道里,听着三个姑娘在啜泣,她的脑子里正在盘算。

"我们要多种些棉花,要种得多。明天我要叫波克到梅肯去再买点种子。现在北佬不会来烧棉花了,我们的军队也不会来征收棉花了。好上帝!但愿今年秋天收的棉花堆得像天一样高!"

她走进小办事间,不去理会坐在沙发上哭泣的三个姑娘,自己在

---

① 作曲家丹·艾美特 1859 年所作歌曲,用以指南方邦联诸州。此后迪克西即成为美国南部诸州别名。

写字台前坐下，拿起鹅毛笔，计算自己手头的余钱还能买多少种子。

"战争过去了，"她想，忽然心中一阵狂喜，手中的鹅毛笔掉下了。战争过去了，艾希礼——要是艾希礼还活着，他该回来了。她不知道媚兰为失去的南方大业而悲恸时，有没有想到这一层。

"我们不久就会收到一封信——不，不是一封信。信我们是收不到的。不过不久——哦，反正他总会让我们知道的！"

日子一天天过去，一直过了好几个礼拜，艾希礼还是杳无音信。南方一带的邮政还不是十分正常，乡间根本没有恢复通邮。有便人从亚特兰大来偶尔会带来皮特姑妈的短信，她悲哀地央求两位姑娘回去。可是始终没有艾希礼的消息。

南方投降以来，斯佳丽和苏埃伦之间，为了那匹马，不断郁积着长期的不和。现在出去已不存在北佬的危险，苏埃伦想要到邻居家去走走。在这些日子里她觉得很寂寞，怀念昔日欢乐的社交生活，很想去看看朋友，哪怕亲眼看到县里其他人家的处境，跟塔拉也一样不幸，那也是好的。可是斯佳丽非常专断，说那匹马主要是用来干活的，用来到树林里去拖木头，用来犁地，用来让波克骑去找食物。到了礼拜天，它有权利休息，到牧场上去吃草。苏埃伦要是想出去串门，尽可以徒步去好了。

苏埃伦在去年以前，她有生以来从未走过一百码远的路，听了斯佳丽的话很不高兴。于是，她待在家里，成天怨天尤人，并且一再说："哦，妈要是还在就好了！"斯佳丽听了就照她以前说过的那样，给她一个巴掌，这一记打得可不轻，痛得苏埃伦尖叫着倒在床上，引起全家人一片惊慌。从此苏埃伦就不大敢抱怨了，至少在斯佳丽面前是这样。

斯佳丽说要让马休息，她说的是实话，可是她只说了一半。另外一半是，在投降以后的头一个月里，她已经去县里各家兜了一圈，见到许多老朋友跟他们家种植场的情况，心里非常沮丧，只是不愿说出来。

方丹家多亏萨莉上回骑着马没命赶回去报信，处境算是最好的了，但那也只是和其他邻居穷途末路的情况相对而言。方丹奶奶率领全家为保存家园奋力救火的那天，犯了心脏病，至今没有完全恢复。老方丹大夫锯掉了一只胳膊，正在一点点恢复过来。亚历克斯和托尼开始用他们那双笨拙的手耕田锄地。斯佳丽到他们家时，两兄弟隔着篱笆和她握手，取笑她那东倒西歪的大车，可是他们的黑眼睛里却带着凄苦，因为要说取笑，他们实际上同样在取笑自己。她跟他们商量要买点玉米种子，他们答应了，彼此的谈话就转到了种庄稼的事。方丹家现在有十二只鸡、两头牛、五只猪，还有那从战场上带回来的骡子。他家刚死了一头猪，正在担心其余的猪会不会死。斯佳丽听见这两位花花公子，竟一本正经地谈起关于猪的事来，想起他们往日所关心的事，总是什么样的领结最时髦之类的话，对他们也报之以讥笑，她的讥笑声中自然也带着凄苦。

斯佳丽在含羞树受到了全家人的欢迎，而且他们坚持要把玉米种子送给她而不是卖给她。当她把一张北佬钞票放在桌上时，方丹家的暴烈脾气立刻发作起来，他们很干脆地拒绝要钱。斯佳丽只好把种子收下，悄悄地把一张一元钞票塞在萨莉手里。萨莉现在跟八个月以前斯佳丽刚回来见到她时，完全判若两人。那时她虽然脸色苍白，神情忧伤，可是心情并不沉重。现在却完全失去了那轻快活泼的样子，仿佛南方的投降夺走了她的一切希望。

"斯佳丽，"她抓住钞票，悄悄地说，"这一切有什么好处？我们为什么要打仗？哦，我可怜的乔，哦，我可怜的孩子！"

"我不明白我们为什么要打仗，我也不去管它，"斯佳丽说，"我对打仗没有兴趣，向来没有兴趣。打仗是男人的事，和女人无关。我现在感兴趣的，就希望棉花大丰收。你把这一块钱收着，给乔这孩子买件衣裳。唉，他得买件衣裳了。我不能白拿你们家的玉米，尽管亚历克斯跟托尼非常客气。"

两个男孩子送她到车旁，扶她上车。两人虽然衣衫破旧，却依然彬彬有礼，精神愉快，不失方丹家总是那么欢乐的气度。可是斯佳丽看到他家窘迫的情景,在驱车回家途中,感到一阵战栗。她受够了贫困的苦,多么希望看到别人家生活宽裕不要吃了上顿愁下顿呀!

斯佳丽也曾到过松树花,在往昔欢乐的日子里,她曾经多次到那幢老屋子里参加舞会。这时她登上他家前阶时,一眼就看见凯德卡尔佛特正坐在圈手椅上晒太阳,膝上盖着条披肩,在不停地咳嗽,形容枯槁,脸色如死一样的,可是他一见是斯佳丽,就容光焕发。他一面起身招呼她,一面说他是受了点风寒,是雨天经常露宿在外面所致,不过很快就会恢复,到那时他就可以干活了。

凯思琳·卡尔佛特听见外面的谈话声,立即从屋里出来。斯佳丽从她的眼神中可以看出,她已陷入深深的绝望之中。凯德还不知道的事,她知道得很清楚。松树花野草丛生,田里长出了松树苗,屋子里杂乱无章。凯思琳身子瘦弱,神经紧张。

他们两个,他们的北佬后母,还有四个后母生的小妹妹,以及北佬监工希尔顿,还住在那幢幽静的、会发出奇怪回声的屋子里。斯佳丽不喜欢自己家里的监工乔纳斯·威尔克森,她也从来不喜欢希尔顿,现在看见他大摇大摆地出来招呼她,好像他们之间的地位平等似的,她心里就更觉讨厌他。他从前的态度跟威尔克森一样,既有点卑躬屈膝,又有点傲慢不逊,现在卡尔佛特先生和雷福德已死于战场,凯德又在害病,他就不再卑躬屈膝了。卡尔佛特先生的第二位太太从来不知道强制她的黑人懂点规矩,更不用说强制这个白人了。

"希尔顿先生在这段艰难的日子里,始终跟我们在一起,可真不容易,"卡尔佛特太太惴惴不安地说道,同时迅速地朝凯思琳瞟了一眼,"确实不容易。我想你大概听说过舍曼到这里来的时候,两次都亏他保住了这屋子。没有他我真不知道该怎么办才好,我们手头没钱,凯德又——"

凯德苍白的脸立即涨得通红,凯思琳抿紧了嘴唇,眼睑低垂,长长的睫毛遮没了眼睛。斯佳丽明白要他们感恩于他们的北佬监工,他们在感情上是怎么也承受不了的。卡尔佛特太太几乎要哭了。她不知怎么又犯了一个大错误。她在佐治亚州虽然已经生活了二十年，但还是不理解南方人，说话总是要出差错。她始终不明白，哪些话是不该在她丈夫前妻的子女面前说的，虽然不管她说什么，做什么。他们对她都表现得非常有礼貌。有时她默默地发誓，她要带着自己的亲生孩子回北方去，要离开丈夫前妻的这两个顽固而无法理解的陌生子女。

斯佳丽到过这两家后，再没有兴趣看望塔尔顿家了。他们家四个男孩子都死于战场，他们的房子也烧掉了，全家人都挤在监工的小屋里，因此她怎么也不想去了。可是苏埃伦跟卡琳缠着要去，媚兰也说塔尔顿先生打完仗回家，作为邻居，不能不去拜访欢迎一下，这样，她们就在一个礼拜天去了。

这次的拜访，给她们的印象极糟。

当她们的车子到达他家的废墟时，看见比阿特丽斯·塔尔顿穿着一件破旧的骑装，腋下夹着一条马鞭，坐在围马场的栅栏顶上，失神地凝眸张望。她身旁蹲着个弓形腿的矮个子黑人，以前一直是替她驯马的，现在的神情跟他的女主人一样怏怏不乐。那围马场里，从前挤满了欢蹦乱跳的雄马驹和驯顺的雌马驹，如今却空空如也，除了一头骡子，那还是塔尔顿先生在南方投降以后骑回家来的。

"现在我的宝贝儿全没了，真不知道我自己该如何是好，"塔尔顿太太看见她们，从栅栏上爬下来说道。这话要让陌生人听了，一定以为她说的是指死在战场上的四个儿子，可是塔拉的几个姑娘都知道她指的是她的那些马。"所有我那些漂亮的马儿全死了。哦，我可怜的内利！我多么希望我的内利还活着，可是现在只剩下一头倒霉的骡子。一头该死的骡子，"她重复说了一句，又朝那细瘦的骡子愤愤地看了一眼。"马场里有了这匹骡子，对我记忆中的宝贝纯种马来说，简直是一种侮辱。骡子是杂种，是一种邪恶的产物，照规矩本来不该饲养的。"

吉姆·塔尔顿一脸浓密的胡子，样子完全变了，他从监工的屋子里出来，亲吻了几个姑娘，向她们表示欢迎。他后面跟着一串红头发的四个女儿，都穿着打补丁的衣服，脚前脚后是十几只碍事的猎狗，有黑色有褐色的，听见生人的声音，到门口汪汪乱叫。他们一家人像是生硬地装出一副欢乐的样子，斯佳丽看了非常寒心，她觉得这远比含羞树家的悲痛和松树花家的忧虑更令她难受。

塔尔顿家执意要留几个姑娘吃饭，说他们难得有客人上门，很想听听各种各样的消息。斯佳丽不想留下，觉得气氛过于压抑，可是媚兰和她的两个妹妹都非常想多待一会儿，因此四个人就留下吃饭了。请她们吃的东西很简单，只有干豆和咸猪肉。

餐桌上的东西虽然很少，但笑声不断。塔尔顿家姑娘讲起怎样拼拼凑凑做成衣着时都咯咯笑了，好像这些是最逗人的笑话似的。媚兰插话谈起塔拉所受的种种考验，把当时的艰难说得很轻松，她的兴致之高，大出斯佳丽的意外。斯佳丽简直没有话好说，她觉得房间里没有那四个了不起的男孩子懒懒散散地抽烟逗乐，显得很冷落，可是连她都觉得冷冷清清，那么对那几个在邻居面前强作欢笑的塔尔顿家人，他们的感觉又是怎样呢？

卡琳在饭桌上也没说什么，可是等饭一吃完，她就跑到塔尔顿太太身边跟她咬耳朵。塔尔顿太太马上收起嘴角上勉强的笑容，搂着卡琳的纤腰。她俩走出房间，斯佳丽觉得这屋子里的气氛忍受不了，也走出来跟在她们后面。她们沿小径穿过园子，斯佳丽才看出她们是在朝墓地走去。此刻，她已无法抽身独自回到屋子里去。可是塔尔顿太太好不容易装出一副颇有勇气的样子，卡琳究竟为什么又把她自己拖到了男孩子的墓地来呢？

墓地有一道砖砌的围墙，雪松树下，新竖起两块大理石墓碑，因为刚竖立不久，墓碑上甚至还没有被雨水溅上的红泥浆迹。

"这两块墓碑是我们上星期才弄来的，"塔尔顿太太自豪地说，"是塔尔顿先生赶着大车到梅肯去运回来的。"

墓碑！天知道那价钱该多贵！斯佳丽忽然觉得自己没有像开始那样同情塔尔顿家了。现在吃的东西那样贵，那样难买，还要浪费宝贵的金钱去买墓碑，这样的人哪里还值得同情！而且每块墓碑上都刻着几行字。字刻得愈多,价钱就愈贵!这一家子简直疯了!他们把三个孩子的尸体运回来,也得花很多的钱。博伊德的遗体他们始终没有找到,连一点线索也没有找到。

在布伦特和斯图尔特的坟墓之间,竖立着一块墓碑,上面刻着:"生则同欢乐,死亦不分离。"

另一块墓碑上刻着博伊德和汤姆的名字,另外有一行拉丁字,开头是"Dulce et①——"可是斯佳丽看不懂。她在费耶特维尔女子学校念书时,碰到拉丁文课就设法逃课。

把钱花在墓碑上,他们真是些傻瓜!她感到愤慨,好像是自己的钱被他们胡乱浪费了似的。

卡琳的眼睛却奇妙地闪亮起来。

"它真可爱,"她指着第一块墓碑轻轻说道。

卡琳自然会感到它可爱,因为凡是感伤的东西都能拨动地的心弦。

"它是很可爱,"塔尔顿太太的语调很柔和,"也很合适——他俩差不多是同时死的。斯图尔特先倒下,布伦特举起他丢下的旗帜,也跟着倒下了。"

姑娘们在回塔拉的路上,斯佳丽沉默了一会儿,想到在各位邻居家见到的情况,不自觉地怀念起昔日的荣华。那时县里的富裕人家,家家宾客盈门,挥金如土,供使唤的黑人川流不息,种植场上的棉花经精心培育茁壮成长。

"再过一年,这些田地里怕要长满松树苗了,"她朝四周沉沉的森林看了一眼,不由打了一个寒战。"要是没有黑人,我们就只能勉强养活自己了。要是没有黑人,谁也没本事经营一个大种植场,这么多田地始终没人耕种,就会重新变成森林。既然不能大量种植棉花,那我们怎么办?乡下人会变成什么样子?城里人总还有办法可想。可是我们乡下人只有回到一百年以前,像拓荒者那样,住在小

---

① 出自罗马诗人贺拉斯(前65—前8)之《颂歌》(*Odes*),原句为 Dulce et decorum est pro patria mori(为国而死,死得其所)。

屋里，勉强种几亩地以维持生计。"

"不，"她坚强地想道，"塔拉绝不会那样。哪怕我不得不亲自下地种田。这里整个地区，甚至佐治亚全州，要是全又恢复成森林，可是我绝不让塔拉荒废成森林。我不想浪费我的钱去买墓碑，也不想浪费我的时间为战败而悲伤。我们能够有所生产，我们能够生活下去，只要我们的人还没有死光。失掉一些黑人还不是最严重的，问题是我们失去了许多男人，特别是青年人。"这时她又想起塔尔顿家四弟兄和乔·方丹，想起雷福德·卡尔佛特和芒罗家的几弟兄，以及她在伤亡人员名单上看到过的所有来自费耶特维尔和琼斯博罗的男孩子的名字。"若是活下来的人多一些，我们就有办法，可是——"

她心里忽然浮起另一个念头——假如她又想要结婚。自然，她并不想再结婚。结过一次婚已经够受的了。再说，她看中并愿与之结婚的也唯有艾希礼一人，而他要是还活着的话也已经是有妇之夫了。可是假如她想要结婚，有谁会跟她结婚呢？这念头真可怕。

"媚利，"她说，"南方的女孩子今后会怎么样？"

"你这话是什么意思？"

"我说的就是这个意思，她们今后会怎么样？没有人跟她们结婚。怎么办，媚利，男孩子全死光了，南方这千千万万的女孩子只好做一辈子老姑娘了。"

"而且也不会有孩子了，"媚兰加了一句，对她来说，这是顶顶要紧的事。

苏埃伦坐在大车后面，听到她们谈话，忽然哭了。她们的想法对她说来，显然并不新鲜。从去年圣诞节以来，她至今没有收到过弗兰克·肯尼迪的来信，不知道是因为邮路不通，还是他玩弄了她的感情以后已经把她遗忘了。要不，会不会在战争的最后几天里死在战场上了！死在战场上，总比把她遗忘掉要好，因为至少像卡琳和因迪·威尔克斯那样，死者的爱还能使她们脸上增光，可是一个被遗弃的未婚妻就一无所有。

"哦，看在上帝分上，别哭啦！"斯佳丽说。

"哦，你说起来倒轻松。"苏埃伦呜咽起来，"你结过婚，有个孩子，而且大家都知道有人想要你。可是我怎么办，你这人真太冷酷，明晓得我没有办法，偏要在我面前说什么老姑娘的。我看你这人就是可恼！"

"哦，别吵啦！你晓得我最恨成天吵个不停的人。你完全明白那位黄胡子先生并没有死，他会回来娶你的。他这个人没有较高明的见识。可是依我之见，我宁愿做老姑娘也不要跟他结婚。"

坐在车后的人静默了一会儿，卡琳轻轻拍拍她姐姐安慰她，可是她的一颗心却飞向远方，回想起三年前和布伦特·塔尔顿同车出游的情景，她的眼睛里闪耀出欢乐的光辉。

"唉，"媚兰伤心地说，"没有这些好样的年轻人，我们南方真不知将成为什么样子。他们要是一直活到如今，南方就不会像现在这样子。我们以前可以利用他们的勇气，他们的力量，他们的头脑。可是现在，斯佳丽，我们有男孩子的人都得把孩子培养成长，接替已经死去的男人，也要像死去的男人一样勇敢。"

"再不会有像他们一样的男人，"卡琳轻轻地说，"谁也接替不了他们。"

她们默默地走完了余下的一段回家的路程。

不多几天以后，凯思琳·卡尔佛特在傍晚时分骑着骡子来到塔拉。那是斯佳丽所见到过的最最可怜的骡子，耷拉着耳朵，跛着脚。凯思琳那模样，跟那骡子也差不多狼狈。她穿的是褪了色的棉布衣裳，那是从前家里的仆人穿的。她的太阳帽用根绳子系在她的颏下。她一直骑到前廊，可是没有下来。斯佳丽和媚兰一直在看着太阳落山，忙走下台阶来迎接她。凯思琳的脸色苍白，就跟斯佳丽上回到她家去时所见到凯德的脸色一样苍白，不但苍白，而且冷漠，绷得很紧，像是一开口就会碎裂似的。可是她跟她们点头招呼时，她的背脊挺得笔直，她的头抬得高高的。

斯佳丽忽然记得在那次威尔克斯家的烤肉野宴上，她和凯思琳私下议论白瑞德的情景,那天凯思琳穿了一身轻盈的蓝色玻璃纱衣裳,衣带上插着芳香的玫瑰,她的小巧的脚上套着一双黑色天鹅绒软鞋,那模样多么娇艳动人。可是如今这个身子笔挺坐在骡背上的姑娘,却丝毫不见昔日的风采了。

"我不下来了,谢谢,"她说,"我是来跟你们说一声,我就要结婚了。"

"什么!"

"跟谁结婚?"

"卡西①,真了不起。"

"什么时候?"

"明天,"凯思琳的声音很平静,然而听起来却有点儿异样,使几个姑娘收起了笑容。"我特地来告诉你们一声,我明天结婚,就在琼斯博罗——我不打算邀请你们大家参加婚礼。"

她们默默琢磨她的话,迷惑不解地仰视着她。然后媚兰说道:

"是我们认识的吗,亲爱的?"

"是的,"凯思琳简短地说,"是希尔顿先生。"

"希尔顿先生?"

"是的,希尔顿先生,我家的监丁。"

斯佳丽听了,简直连声"哦"也喊不出来,可是凯思琳忽然低头窥视媚兰,以低沉粗暴的口吻说道:"你若是哭起来,媚利,我受不了,我会死的。"

媚兰没有答话,她低着头,轻轻拍拍那挂在鞍镫上穿着自制鞋子的脚。

"请不要拍我!我连这也受不了。"

媚兰把手放下,可是依然没有抬头看她。

"喔,我得走了。我只是来跟你们说一声。"她又转过那冷漠苍

———————
① 卡西是凯思琳的昵称。

白的脸,同时拉起了缰绳。

"凯德好吗?"斯佳丽问,她完全不知所措,急着找些话来打破这尴尬而沉默的局面。

"他快要死了,"凯思琳简短地说,她的语调似乎丝毫没有动情。"我要尽量使他平静舒坦地死去,不必担心他死了以后有谁来照顾我。你们知道,我的后母明天就要带着她的孩子到北方去,从此不再回来了。好吧,我得走了。"

媚兰抬头仰望,正好碰上凯思琳那双冷峻的眼睛。媚兰睫毛上挂着晶莹的泪珠,眼中流露出理解的神色,在这双眼前,凯思琳把嘴唇弯曲成一次微笑,像是个忍住哭泣的勇敢的孩子似的。斯佳丽始终没弄明白是怎么回事,还在想要悟出凯思琳竟会嫁给一个监工的道理——她凯思琳是个有钱的种植场主的女儿,在县里,除了斯佳丽以外,追求她的人数之多,是哪个姑娘也比不上的。

凯思琳俯下身子,媚兰踮起脚尖,两人亲吻了一下。随后凯思琳猛地一拉缰绳,骡子迈开脚步走了。

媚兰目送她远去,泪珠儿滚滚而下。斯佳丽愣愣地看着她,还是没弄明白。

"媚利,她是不是疯了?你知道她不可能爱上他的。"

"爱?哦,斯佳丽,千万不要提起这桩可怕的事吧!哦,可怜的凯思琳!可怜的凯德!"

"胡扯!"斯佳丽嚷道,开始烦躁起来。不论什么事媚兰都比她看得透彻,这令她很是气恼。在她看来,凯思琳的情况,固然令人惊骇,但算不上是一场灾难。嫁给一个穷北佬自然不是件好事,可是归根结底,一个女孩子独个人总不可能靠种植场生活,她得有个丈夫帮她经营。

"媚利,就跟我那天说的那样,女孩子现在已经没有男人可嫁,可是她们总得嫁人。"

"噢,她们并不是非嫁人不可!做个老处女也没什么见不得人的。你就看皮特姑妈好了。哦,我看凯思琳还不如死了的好!我知道凯德是宁愿她死掉的。卡尔佛特家算是完了。你想想她——她将来的孩子会是个什么样子。噢,斯佳丽,快叫波克备马,你赶上去叫她来跟我们住在一起吧!"

"我的上帝!"斯佳丽嚷道,没料到媚兰竟这样理所当然地以塔拉做人情。她当然不希望再增加一张吃饭的嘴巴。她刚想把话说出来,可是看见媚兰那张苦恼的脸,又停住了。

"她不会来的,媚利,"她换了个说法,"你晓得她是不会来的。她这人非常高傲,我们要是邀请她来这里住,她会把这看成是一种施舍。"

"那倒也是,那倒也是!"媚兰感到困惑起来,眼看着凯思琳身后一团红尘土在大路上渐渐消散。

"你在我这里已经住了好几个月,"斯佳丽冷冷地想道,眼睛看着她的小姑,"可是你从来不觉得是在靠施舍生活。我猜你永远不会这样想。你是个战争没有改变你的一切的人。你的思想行为就像是什么都没有发生过——就像是我们仍然跟克里萨斯①一样富有,食物绰绰有余,不在乎招待几个客人。我猜我这一辈子没法子摆脱你了,可是我可不想再加上个凯思琳。"

---

① 克里萨斯(Croesus),吕底亚国王(前560—前546在位),以财富著称。

第三十章

　　战争结束后的那个炎热的夏天，塔拉忽然不再与世隔绝了。此后几个月里，不断有许多形容枯槁的人，个个满脸胡子，衣服破旧，腹中空空，拖着疼痛的脚步，吃力地爬上红土山冈，到塔拉前面阴凉的台阶上歇息下来，想在这里讨些吃的和借宿一宿。这些人都是步行回家的邦联士兵。铁路把约翰斯顿将军的残兵败将从北卡罗来纳运到亚特兰大，让他们从这里各自徒步回家。约翰斯顿将军的部下过去以后，接着是弗吉尼亚驻军中的老兵，随后是从西线来的士兵，一批批走向南方，走向他们也许已经不复存在的家，去寻找他们可能已经失散或者已经逝去的亲人。他们大多数人都是步行的，少数幸运的有的骑着驽马，有的骑着瘦骡，那是根据投降条款允许他们保留的私人财产。只是那些骡马都枯瘦得可怜，即使在外行人眼里，也不难看出它们不可能经受远达佛罗里达或者南佐治亚的长途跋涉。

　　回家！回家！那是那些士兵心里的唯一念头。他们中间，有些人神情沮丧，默默不语；有的却精神昂扬，无视旅途的艰辛，觉得现在战争已经结束，大家可以平安回家，这成了他们的精神支柱。他们并不感觉痛苦。他们把痛苦的感受留给了他们的女人和老人。他们都曾英勇战斗过，问心无愧。现在既已战败，他们很乐意太太平平地安居下来，在他们曾经为之战斗过的旗帜下从事耕作。

　　回家！回家！他们一路上不谈战斗，不谈负伤，不谈被囚，也不谈未来，只谈一件事，那就是回家。等到将来，他们要把当初的战斗历程回味一番，还要讲给儿孙们听听，他们怎样胡闹开玩笑，怎样突击,怎样冲锋,怎样挨饿,怎样急行军,怎样负的伤。但不是现在。他们有的缺胳膊少腿,有的只剩下一只眼睛,许多人身上留下不少伤疤,要是他们活到七十岁,遇到天阴下雨,免不了隐隐作痛,可是现在这些似乎全是微不足道的小事。将来情况总会有所不同。

年老的和年轻的,健谈的和寡言的,富有的种植场主和面有菜色的克拉克人,随身都有两样东西,一样是虱子,另一样是痢疾。南方邦联的士兵对于虱子早已不当作一回事,甚至在女人面前,也会随随便便地抓起痒来。至于痢疾——女人们都把它准确地称之为"赤痢"——是上自将军,下至小兵,无一能够幸免的。四年的半饥饿状态,吃的全是粗粮,而且不是没有成熟的,就是烂了一半的。结果使现在来到塔拉的每一个人,不是害了痢疾刚刚在恢复的,就是还在害痢疾害得很凶的人。

"邦联军队里,没有一个人肚子是好的,"嬷嬷怏怏地说,俯身在炉子上煎熬着苦味的黑莓根汤剂,那是埃伦治疗痢疾的妙药。"依我看这回我们的人被北佬打败,毛病就出在他们自己的肚子。肚子里灌满了水,自然没法打仗。"

嬷嬷对于每个到塔拉来的军人,不必费心询问他们的健康状况,每人都给灌上一碗。他们呢,也毫无例外地皱着眉头顺从地喝下去,心里也许记起在遥远的地方那些别的严厉的黑人面孔和别的拿着钥匙的不可抗拒的黑人的手。

对于借宿做客一事,嬷嬷同样绝不迁就。凡是身上长虱子的士兵,都不准进入屋子。她把他们赶到矮树丛后面,给他们一桶水和草木灰肥皂,叫他们脱光衣服洗个澡,又给些被单毯子之类的让他们遮身,然后她又把他们脱下来的衣服放在一口大锅里煮。几个女孩子为此跟她激烈争辩,说她这样做对那些士兵来说未免太难堪了,可是嬷嬷始终不以为然。她回敬她们说,要是女孩子身上长了虱子,那才真的更为难堪呢。

后来过往的士兵日益增多,几乎每天都有,嬷嬷就提出来反对让他们进入卧室,她只怕没有消灭干净的虱子被带进去。对这件事,斯佳丽并不跟她争执,干脆把那铺着厚天鹅绒地毯的客厅改做一间宿舍。对此嬷嬷还是大喊大叫不肯同意,说什么让士兵睡在那里,未免亵渎了埃伦的地毯,可是斯佳丽很坚决。士兵们总得有地方睡。就这样几个月下来,厚厚的地毯磨损得很厉害,由于鞋跟的践踏和踢马刺的拉扯,有些地方的绒毛被磨损得露出了经纬底线。

她们见到每一个士兵,都要急切地问起艾希礼。苏埃伦总是毫无拘束地向他们打听肯尼迪先生的消息。可是没人听说过这两个人,也没人愿意谈论下落不明的人。他们自己好歹算是活下来了,实在不愿意想起那千千万万无名墓冢里躺着的长眠异乡的南方士兵。

家里人见媚兰一次次失望,怕她心里难受,竭力给她鼓气。她们说艾希礼肯定不会死在监牢里,要不监狱牧师总会写信来通知的。当然,他现在想必是在回家的路上,可是监牢离家这么远。你想,坐火车也得好几天,要是他跟这些士兵一样,是徒步走回来……可是他为什么不写信?是呀,亲爱的,你晓得现在邮政的情况——就连重新建立起邮路的地方也还是那么不正常和乱七八糟的。可是如果——如果他死在路上呢?喏,媚兰,那么总会有个北佬女人写信来的。……北佬女人!哼!……媚利,北佬女人中也是有好人的喔,不错,是这样!上帝不会创造出一个连一个好女人也没有的民族的。斯佳丽,你总记得那回我们在萨拉托加碰到过一个北佬的女人——斯佳丽,你说给媚利听听!

"好女人,得了!"斯佳丽答道,"她还问我养了多少条猎狗追逐我们的黑奴!我同意媚利的意见。我从来没见到过一个好的北佬,不论男的女的。可是别哭,媚利!艾希礼要回来的。路很远,他可能——可能脚上没穿靴子。"

斯佳丽想起艾希礼光着脚板,自己也真想哭起来。就让别的士兵身上穿着破衣,脚上裹着破布袋破地毯条子好了,艾希礼却不能那样。他应该骑着腾跃的骏马回到家里,身上穿着漂亮的衣服,脚蹬雪亮的皮靴,帽子上插着羽饰。想到艾希礼竟然处于其他士兵同样的境遇,斯佳丽真是感到难以忍受。

六月里的一天下午,一家人都聚集在后廊里,急切地看着波克在切开今年第一个半生不熟的西瓜,忽然从前面的车道上传来了马蹄声。普里西没精打采地朝大门口走去,其余的人就展开了热烈的讨论,如果来人是个士兵,那么她们该把西瓜藏起来呢,还是拿出来在晚餐上吃?

媚利和卡琳低声说,应该让她们的士兵客人分享西瓜,可是斯佳丽,在苏埃伦和嬷嬷的支持下,向波克示意赶快把西瓜藏起来。

"别傻啦,姑娘们!这一点西瓜,还不够我们自己吃,要是来了两三个士兵,我们就连味道也别想尝啦。"斯佳丽说。

波克手里捧着那只小西瓜,站在那里不知如何是好。这时他们听见普里西在外面大声叫喊。

"我的天!斯佳丽小姐!媚利小姐!快来!"

"谁来了?"斯佳丽嚷道,霍地从台阶上跳起身来,直向过道奔去,媚利紧挨着她,其余的人跟在后面。

要不是艾希礼!她想。哦,也许——

"是彼得大叔!是皮特小姐家的彼得大叔!"

大家全拥到前廊,见这位头发花白的高个子老人,皮特姑妈家的一霸,正跨下一匹细老鼠尾巴的驽马,那马背上还捆着个铺盖卷。看见了熟人,他那张习惯板着脸的宽大的黑脸孔也装着高兴的样子,结果他的双眉还是紧锁着,可是他的嘴还是乐呵呵地咧开着,像一只老掉了牙的猎狗。

一家人全跑下台阶迎接他,不管白人黑人,抢着跟他握手,向他发问,其中媚利的嗓子最响。

"姑妈是不是病了?"

"不是。她身子倒没什么,谢谢上帝,"彼得大叔答道,狠狠地先朝媚利,又朝斯佳丽瞪了一眼,弄得两人都忽然产生一种负疚的感觉,可又想不出为了什么。"她身子倒没什么,可就是在生你们两位姑娘的气。要是让我直说,我也跟她一样!"

"怎么啦，彼得大叔，到底——"

"你该问问你们自己。皮特小姐难道不曾写信要你们回去吗？我亲眼看见她写信，还亲眼看见她收到你们的信，说是这里荒芜的农田活儿太忙，不能回去，她伤心地哭了。"

"可是，彼得大叔——"

"皮特小姐在最受惊的时候，你们怎么忍心把她扔下不管？你们跟我一样清楚，皮特小姐从来没有一个人住过。她从梅肯回来以后，一双小脚就老是在发抖。她叫我明明白白告诉你们，她弄不懂为什么在她需要你们的时候，你们却偏偏不理会她？"

"得啦，别说啦！"嬷嬷刚才听他把塔拉叫作荒芜的农田心里很不舒服，她没好气地插进来说，对一个城里长大的黑人，无知到连农田跟植场都分不清楚，很有点不以为然。"她那里有难处，我们这里就没有难处啦？我们现在难道就少得了斯佳丽小姐跟媚利小姐啦？皮特小姐果真要人做伴，为什么不找她哥哥去？"

彼得大叔的严峻的目光向嬷嬷扫了一眼。

"我们家跟亨利先生多年都不来往，现在大家都老了，没法重新开始来往了，"说着他把身子转向两位姑娘，她们忙忍住了笑。"你们年轻姑娘把可怜的皮特小姐一个人留在那儿不管，应该感到惭愧，她的朋友一半死了，另一半在梅肯。现在亚特兰大到处是北佬士兵，到处是解放出来的黑人废物。"

两个姑娘先是一本正经地由着他尽情地抱怨，可是想起皮特姑妈特地派彼得来把她们先骂一顿，然后带她们回亚特兰大去，实在忍受不了，她们伏在彼此的肩膀上，放声笑起来。波克、迪尔西和嬷嬷听他全不把他们心爱的塔拉放在眼里，自然也趁机哄笑。苏埃伦和卡琳也咯咯地笑。连杰拉尔德脸上也似乎露出笑容。只有彼得一个人越想越气，把自己身子的重心在他两只大扁平八字脚间移来移去。

"你怎么啦，黑鬼！"嬷嬷咧开嘴问道，"你是不是年纪太老，保护不了你的女主人啦？"

彼得觉得这是对他莫大的侮辱。

"太老了！我太老啦？不，太太！我能够保护皮特小姐，就跟从前一样。我们逃难到梅肯去的时候，不是我保护她的吗？后来北佬到了梅肯，她吓得老是发晕，不是我保护她的吗？她回亚特兰大的时候，还带着她爸的银器，不是我弄来这匹马，一路上保护她的吗？"彼得挺起胸膛，理直气壮地给自己辩护。"我指的不是保护，我是说人家会怎么看。"

"谁怎么看？"

"我是说皮特小姐独个儿住着，外面人会怎么想。没结过婚的姑娘一个人住，旁人少不了要说闲话。"彼得接着说道，听那口气，好像皮特帕特还是个娇滴滴的十六岁姑娘，得有人保护，要不就会招来流言蜚语似的。"我不能让人在背后议论她。不能，太太。……我也不能让她为了没人做伴而心烦。所以我跟她说，'你不是有自己的亲人吗？'可是她的亲人竟不去管她。皮特小姐还不过是个孩子，而且——"

斯佳丽和媚利听他这么说，笑得更厉害，直笑得坐在台阶上。最后媚利擦拭了欢欣的眼泪。

"可怜的彼得大叔！真真对不起，我不该笑的。好啦！请千万原谅。斯佳丽和我现在实在没法回去。也许九月里摘了棉花以后我会回去。姑妈打发你老远跑来，是不是就为了要叫我们骑着那头皮包骨的骡子回家去？"

彼得经她一问，下巴忽然垂落下来，起皱的黑脸，现出惶惑愧疚的样子。向前突出的下唇刷地缩了一下，就像乌龟脑袋缩进龟壳里一样。

"媚利小姐，我大概是有点老糊涂，竟把她关照我的事忘了，那倒也是件要紧的事，我们收到一封给你的信。皮特小姐不放心从邮局里寄，也不放心别人，就特地叫我把信送来。"

"一封信？给我的？谁寄来的？"

"嗯，是——皮特小姐跟我说，'你，彼得，你要轻轻地对媚利小姐说,'我就说——"

媚利从台阶上站起来,一手按住胸口。

"艾希礼!艾希礼!他死啦!"

"没有,小姐!没有!"彼得嚷道,声音响得震耳,一面伸手在上衣的口袋里摸着。"他活着,这封信是他写的。他要回家了。他——我的天!扶着她,嬷嬷!让我——"

"你不要碰她,你这老傻瓜!"嬷嬷怒喝一声,一面拼命扶住媚兰,不让她倒到地上:"你这黑猢狲!还说轻轻对她说!波克,抓住她的脚。卡琳小姐,托住她的头。我们把她抬到客厅里的沙发上躺着。"

屋子里一阵骚乱,人人都围着晕过去的媚兰团团转,有的去打水,有的去拿枕头,一片惊惶,过道里只剩下斯佳丽跟彼得大叔两个人。她刚才听见他说到艾希礼,猛地一下跳起来,可是此刻两脚却像生了根似的,站在原地动也不动,眼睛直愣愣地看着老人,彼得虚弱地站在那儿,手里挥舞着那封信。他的黑脸上的庄严的神色不见了,现出一副可怜相,像个挨了妈妈训斥过的孩子似的。

一时间斯佳丽既说不出话来,也不知所措。她心里在呼喊:"他没有死!他就要回家了!"可是这突如其来的消息并没有使她喜悦,也没使她激动,只是令她目瞪口呆,连彼得大叔的话也像是从远处传来似的,既带有哀伤,也带有安慰。

"这封信是我们家在梅肯的亲戚威利·伯尔先生带给皮特小姐的。威利先生跟艾希礼先生关在同一座监牢里。威利先生骑马,所以很快就到家了。可是艾希礼先生是靠两条腿走的——"

斯佳丽把信从他手里一把抢过来。信是皮特小姐的手迹,写给媚利的,可是她并不理会这一点,随手把信封拆开,皮特小姐附来的条子落到地上。信封里还有一张折叠的纸,因为带信人把它放在口袋里弄得很脏,边上已经有些磨损了。它上面的笔迹是艾希礼的,写着:"萨拉·简·汉密尔顿小姐烦交佐治亚州,亚特兰大城,或,琼斯博罗,十二橡树,乔治·艾希礼·威尔克斯太太收。"

她手指颤抖着打开了信读道:

"我爱，我要回到你的身边来了——"

热泪从她的脸上滚滚而下，激动得使她读不下去了。她心潮汹涌，快活得简直难以控制自己。她把信紧紧捏住，奔上台阶，走进过道，经过客厅门口，见塔拉的全体人员，都在里面手忙脚乱地救护人事不省的媚兰。她径自走进埃伦的小办公室，关上门，上了锁，扑倒在长沙发上，哭着、笑着，吻着手里的信。

"我爱，"她轻轻地说，"我要回到你身边来了。"

根据常识，她们知道除非艾希礼长了翅膀，从伊利诺斯州走到佐治亚，少则几星期，多则甚至要几个月。可是只要有个士兵模样的人转上塔拉的林荫道，她们的心就难免要狂跳一阵。每一个衣着破破烂烂、满脸胡子的人，都可能是艾希礼。即使不是艾希礼，也许可以从那人口里听到点关于艾希礼的消息，或者捎来皮特姑妈写有艾希礼情况的信。她们只要每次听见脚步响，白人黑人就会一起冲到前廊去，只要一见是穿军服的，她们就会或是从柴堆旁，或是从牧场上，或是从棉田里，迎着他飞奔过来。信到后整整有一个月，大家的工作几乎停顿下来。谁也不希望艾希礼回来的时候，自己不在家里，斯佳丽更是如此。她自己没有心思干活，当然不好硬要其他人恪尽职守了。

可是好几个星期慢慢地过去了，大家始终不见艾希礼归来，也听不到他的音信，塔拉的生活又回复到原来的模样。渴望的心老是在渴望着毕竟也有一定的限度。斯佳丽开始担心起来，生怕他路上出了什么事。罗克岛路途遥远，他获释出狱时身子可能很虚弱，也可能已经有病。他身无分文，经过的地区又是仇视南方人的地方。她假如知道他现在在哪里，就会寄钱给他，把每一分钱都寄给他，情愿让家里人挨饿，好让他乘火车早点回到家里。

"我爱，我要回到你身边来了。"

斯佳丽最初看到这一行字，心里一阵狂喜，只觉得艾希礼就要回家，回到她的身边来了。现在她冷静地一想，才明白他是要回到媚兰的身边,难怪媚兰这些日子以来,在家里成天都欢欣地唱着歌。斯佳丽偶尔很想媚兰在亚特兰大生孩子时为什么没有难产死掉。如果她当时死了,事情该多么十全十美。适当地过些日子以后,自己就可以跟艾希礼结婚,还可以做小博的好后母。她每念及此,并不立即向上帝祷告,向上帝表白自己并非存心如此。如今她对上帝已无所畏惧了。

士兵们络绎不绝,有单身的,有成双成对的,有十几个人一伙的,无不面有饥色。斯佳丽对此一筹莫展,觉得还不如飞来一群蝗虫。她诅咒本地那种好客的传统,那传统在富足的年代里,曾经盛极一时,对过往的旅客,无论贵贱尊卑,都要留他们住宿,给他们和他们的马匹饱餐一顿,都要以最佳的礼遇招待。她知道那样的年代已经一去不返,可是她家里其余的成员都不这样想,来到塔拉的士兵也不这样想。而且他们所受的礼遇就像是招待盼望已久的客人一样。

士兵们来了一批又一批,永无止境,到后来斯佳丽的心肠也硬起来了。士兵们吃掉的食物,意味着抢走了塔拉一家子饭碗里的东西。他们吃掉的蔬菜,是斯佳丽弯腰屈背在园里辛苦种出来的,他们吃掉的食物是她赶着大车跑了不知多少路才买回来的。现在吃的东西很难买到,而那只北佬皮夹子里的钱,也不是永远花不完的。现在只剩几张钞票和两枚金币了。战争已经结束,他们已无需士兵保护,她为什么非得填饱这些人的肚子不可呢?因此她盼咐波克,以后凡是有士兵来吃饭,餐桌上就只准端上少量的食物。这道命令执行了一些日子,直到有一天,她发现媚兰——她生了小博以来,身子一直很亏——暗暗地叫波克在她的餐盆子里只放很少一点把她那份里省下来的给士兵吃。

"不许你这样做,媚兰,"她责备她道,"你身子本来就不比病人强,若是不多吃点东西,你会病倒在床上,那时又得我们来看护你。你就让那些士兵挨饿好了。他们能顶得住。他们四年都已过来了,再稍微忍耐些日子也无妨。"

媚兰转过脸来，斯佳丽在她那双清澈的眼睛中，第一次看到她的赤裸裸的感情。

"哦，斯佳丽，不要责怪我，让我这样做吧。你不晓得这样做我倒好受。我每回把我的一份分给士兵吃，心里就想说不定在北方什么地方，有个女人也在把她的一份分给我的艾希礼吃，这样他就可以早点到家了！"

"我的艾希礼。"

"我的爱，我要回到你的身边来了。"

斯佳丽默默地转身离去。从此以后，媚兰注意到每逢有士兵来吃饭，饭桌上的食物就增多些，尽管斯佳丽平时对家里人的饭菜还是精打细算的。

有时候士兵害了病，不能继续赶路，这样的士兵还不在少数。斯佳丽没奈何只好让他们在床上躺着。多一个病人意味着多一张嘴吃饭，还得有人看护他，这样一来，又少了一个人造篱笆、锄地、除草和种田。有一个男孩子，脸上刚开始长出金黄色的胡须，被一个骑兵在前廊一放，就不管他了。那人是到费耶特维尔去的。看见那孩子昏迷不醒倒在路旁，就把他搁在马背上，带到最近的人家来，刚好就来到塔拉。几个姑娘估计那孩子大概是个军校的学生，在舍曼将军的大军逼近米勒奇维尔时应征入伍的，可是谁也没法证实，因为那孩子一直没有恢复知觉，不久就死了。在他的口袋也没有找出任何可提供他情况的东西。

那孩子长得很漂亮，一看就是个上等人的样子。此时此刻，在南方某个地方，一定有个女人，在牵记着他现在在什么地方，什么时候才能回到家里。那女人一定跟她斯佳丽和媚兰一样，怀着狂热的希望注视着大路，注视着每一个走向家门长满胡子的男人。她们把那孩子埋在自家的墓地上，埋在三个奥哈拉家男孩子的旁边。媚兰见波克在给墓穴填土时，突然大哭起来，她想起高个子艾希礼会不会也像这孩子一样被一些陌生人埋葬掉呢？

不久以后，又有一个士兵，跟那无名男孩一样，被他的伙伴放在马鞍上带到塔拉来。他名叫威尔·本亭,害的是急性肺炎,到达时已不省人事。几个姑娘把他躺在床上,担心他不久就会加入墓地里的士兵的行列。

他脸色灰黄,很像是南佐治亚州的克拉克人,浅红色的头发,一双淡蓝色的眼睛,即使在神志不清醒的时候,也显得温和而且坚忍。一条腿已经齐膝锯掉,装上一条木腿。他显然是个克拉克人,就跟那个不久前埋葬掉的孩子显然是个种植场主的儿子一样。至于她们根据什么看出这一点,她们自己也说不上来。威尔比起任何一个来到塔拉的上等人来,身上未必更脏,胡子未必更长,虱子未必更多。他在昏迷状态中所说的话,也未必比塔尔顿家的双胞胎弟兄讲的话更不合语法。可是她们凭本能就能看出他不属于她们这一阶级,就像她们能够分辨纯种马和杂种马一样。不过这并不妨碍她们尽力挽救他的生命。

威尔曾在北佬的俘虏营里蹲过一年,弄得瘦弱不堪,又拖了一条假腿长途跋涉,实在没有力量抵挡肺炎的侵袭。他一连好几天躺在床上呻吟,有时昏迷中他挣扎着要起床,还要去打仗。可是他从来没有叫喊过母亲、妻子、妹妹或者恋人的名字,这使卡琳十分困扰。

"一个男人总该有些亲人,"她说,"可是他好像是连一个亲人也没有。"

威尔虽然瘦长,但很结实,加上姑娘们的精心护理,终于使他逃脱了死神的魔掌。有一天早上,他睁开浅蓝色的眼睛,清醒地看到了周围的一切。他看见卡琳坐在他身边,手里拿着一串念珠在祈祷,阳光正穿过她金色的秀发。

"那么你毕竟不是在我的梦里,"他的声音很平淡,"我希望不要给你增添太多的麻烦,小姐。"

他的健康恢复得很慢,成天静静地躺着,朝窗外看着木兰树,不给任何人添麻烦。卡琳喜欢他,因为他平和安静,不打扰别人。她常坐在他身边陪着他度过长长的炎热的下午,还默默地替他打扇。

这些天来卡琳简直不说话,她举止轻盈,像是幽灵一般,做些她力所能及的事。她常做祷告,斯佳丽没有敲门走进她的房里时,经常看见她跪在床边。看到这情景,斯佳丽觉得很是心烦,她觉得祈祷的时代已经过去了。如果上帝认为她们现在受到这样严厉的惩罚是应该的,那么她们又何必祈祷呢?宗教信仰对斯佳丽说来,无非是一种交易。她答应上帝守规矩为的是得到上帝的恩宠。既然上帝常常违背他自己的准则,那么,按照她自己的逻辑,她也不必对上帝承担什么义务。所以每当她看见卡琳跪在那里,既不午睡,也不做针线活儿,觉得她是在逃避自己应尽的职责。

一天下午,威尔·本亭已能坐在椅子里,她跟他谈起自己的看法,没想到他却很干脆地说:"让她去吧,斯佳丽小姐。她这样做可以得到一点安慰。"

"可以得到安慰?"

"是的,她是为你妈和为他祈祷。"

"他是谁?"

他的浅蓝色眼睛从沙色睫毛下冷冷地打量着她。他似乎从不感到惊讶或者激动。也许他曾经历过太多难以预料的事,因此对一切事情都并不觉得有惊慌的必要。斯佳丽对自己妹妹的心思竟一无所知,这对他说来,似乎也不足为奇。他把这看得很自然。犹如卡琳乐意于跟他这个陌生人谈话,而感到宽慰,他同样觉得很自然。

"她的情人,就是那个战死在葛底斯堡的名叫布伦特什么的男孩子。"

"她的情人?"斯佳丽简短地说:"她的情人,胡扯!他和他的兄弟都是追求我的。"

"是的,她跟我说过。看来县里大多数人都在追求你。可是,这没什么,后来你拒绝了他,他就成了她的情人,而且在他最后一次休假期间,跟她订了婚。她说他是她唯一心爱的人,所以为他祈祷,多少能得到点安慰。"

"得了,简直胡闹!"斯佳丽心头上来一丝妒意。

她好奇地看着这个身材瘦长的男人。他双肩伛偻,头发浅红,双眼沉着坚定。如此看来,他对她家里的事,知道得比她自己还要清楚。原来卡琳成天祈祷,如痴似狂,就是为了这个。好吧,这事她早晚会摆脱掉的。多多少少的姑娘对死去的恋人,不错,还有死去的丈夫,迟早总会淡忘的。她也一定会把查尔斯忘掉。她知道亚特兰大有个姑娘,在战争中三次成了寡妇,可是仍然没有失去对男人的兴趣。她把自己这看法跟威尔说了,可是他却摇摇头。

"卡琳小姐绝不会这样。"他斩钉截铁地说。

威尔这人说话不多,却很能理解别人,因此斯佳丽觉得跟他谈话很愉快。她跟他谈起自己在除草、锄地、种棉花以及养牛、给猪催肥等方面遇到的问题,他都能给她提出有益的意见,因为他自己在南佐治亚有一小块农田,有两个黑奴。他知道他的黑奴已经解放了,田地荒芜了,长出了松树苗。他唯一的亲人姐姐几年前已跟丈夫迁到得克萨斯州去了。他现在孑然一身。可是似乎最令他烦恼的还是他在弗吉尼亚州时失去了一条腿。

在这些艰难的日子里,斯佳丽成天听到的,不是黑奴的低声抱怨,就是苏埃伦的哭喊叫骂,还有杰拉尔德不停地问埃伦在哪儿。因此,威尔便成了她的安慰。她跟他无话不谈,甚至把杀死北佬的事也说给他听了,听威尔说了声,"干得好!"斯佳丽心里着实得意。

到了后来,全家人都要到威尔那里去倾诉自己的烦恼,甚至包括嬷嬷,她起初不愿跟他接近,因为他不属于上流社会,家里只有两个黑奴,现在也常去他屋里了。

等到他能够在屋子里走动时,他就帮着做些手艺活儿,比如拿橡木条子编篮子,修理被北佬损坏的家具等等。他擅长切削木头,能给韦德做些玩具,韦德从来没有玩具,所以就整天挨在他的身边。大家到外面去干活,有威尔在家管着韦德和两个婴儿,都很放心。他管孩子的本领,简直不亚于嬷嬷,而且那一白一黑两个婴儿哭起来时,家里除了媚兰,就数他哄得最好。

"你待我真好,斯佳丽小姐,"他说,"而我是个陌生人,我对你们毫无用处。反而给你们带来了一大堆麻烦,我想要是没有什么不方便的话,我就暂时留下来,给你们干点活,多少可以报答你们一点。当然,我所能报答的也是很有限的,你们救了我的命,那是没有办法可以报答的。"

他于是留了下来。渐渐地,塔拉的一大部分担子不知不觉地从斯佳丽的肩上移到了威尔·本亭瘦削的肩上。

九月里摘棉花的季节到了。斯佳丽坐在前面的台阶上,沐浴在初秋下午的阳光中,觉得非常惬意。威尔坐在她的脚下,用单调的声音跟她在慢吞吞地谈轧棉花的事。在费耶特维尔附近有一架新轧棉机,可是轧棉的收费极高。那天他到费耶特维尔去,听那轧棉机主人说,要是把马和大车借给他使用两个礼拜,轧棉的价钱可以降低四分之一。他当时没有回绝那老板,想等和斯佳丽商量后再说。

她看着威尔瘦削的身躯靠在廊柱上,嘴里咬着根稻草。毫无疑问,他这人就像嬷嬷经常宣称的那样,是上帝特地恩赐给她们的。斯佳丽常这样想:要是没有他,塔拉不知怎样才能度过前几个月艰难的日子。他从不多话,从不显示他的能耐,对周围任何事情,他似乎都没有太大的兴趣,可是他对塔拉的每一个人每一件事全都了如指掌。他埋头苦干,从不声张。他办事很有耐心,而且相当能干。他虽然只有一条腿,干起活来却比波克要快,而且他还有本领能叫波克实实在在地干活,这对斯佳丽说来,可真是个奇迹。有一回那牛害了疝痛,那马也害了一种怪病,看来性命难保。可是威尔整夜整夜地守着它们,终于把病给治好了。此外,他做起生意来很精明,使斯佳丽深为佩服。有时他早上赶车出去,带去一蒲式耳①的苹果、山芋和别的蔬菜,回来的时候,就带回不少种子、布匹、面粉和其他生活必需品。斯佳丽虽然也精于此道,但是她自认绝对没法跟他相比。

---

① 容量单位,在美国1蒲式耳等于35.238升。

渐渐地，他取得了塔拉家庭成员的地位，夜里睡进了杰拉尔德卧室外面的梳妆室里的小床上了。他没有提起过要离开塔拉，斯佳丽也小心地不问他，免得引起他要走掉。有时她觉得如果他有点志气，有点进取精神的话，即使他已经没有了家，也应该回到自己的家乡去。可是她虽则这样想，却还是热切地祈祷他永远留在这里。家里有个男人毕竟要方便得多。

斯佳丽又想，卡琳要是有哪怕像小老鼠那样的一点点头脑，也应该看得出来威尔对她是有心的。如果威尔向她请求要娶卡琳为妻，那她对他会感激不尽。如果在战前，威尔自然没法跟她家攀亲。他毕竟不属于种植场主阶级，虽然不算贫穷白人，却无疑是个普普通通的克拉克人，是个小农，所受的教育有限，说话常犯语法错误，而且不懂像奥哈拉那样上等人家的优雅风度。事实上，斯佳丽曾问过自己他究竟能不能被称之为一个上等人，她得出的结论是不能。媚兰则不同，她竭诚为威尔辩护，说不论什么人，只要像威尔那样心地善良，肯为他人着想，就算得上是一个上等人。斯佳丽知道，如果埃伦听说她的女儿要嫁给这样一个人，准会晕过去的。可是斯佳丽受环境的逼迫，早已远离埃伦的教诲，现在也顾不上许多了。这年头男人难找，女孩子总得嫁人，塔拉不能没有男人。可是卡琳每天在祈祷书中愈陷愈深，几乎不大和现实世界接触。她对待威尔很和善，像对待亲兄弟那样，就是对待波克，她同样是十分和善的。

"我为卡琳操了那么多的心，她要是知道感恩，就应该嫁给威尔，免得他离开这里，"斯佳丽愤慨地想道，"可是她偏不，却要没日没夜地痴想着那个傻孩子，而他很可能从来没有真心实意地爱过她。"

威尔继续留在塔拉。斯佳丽不明白他为什么不走，可是他坦率务实的态度使她觉得很愉快而很有帮助。威尔对杰拉尔德非常恭敬，可是他知道斯佳丽才是这里真正的主人，遇事总跟她商量。

她同意威尔的计划把马借给那轧棉机主人，可是家里暂时就缺乏交通工具。苏埃伦对此特别懊恼。她生活中最大的乐趣，就是在威尔出去办事的时候，搭他的车到琼斯博罗或者费耶特维尔去玩玩。

每次出去之前,她把一家人所有的最好的东西搜来打扮得漂漂亮亮,然后拜访各位老朋友,听她们闲谈县里面的长短是非,这时,她仿佛自己又是塔拉的奥哈拉小姐了。苏埃伦从来不错过一次出门的机会,在那些不知道她在家里要亲自铺床叠被,还要去园里除草的人面前,还装出一副小姐的架子。

我们的"优美仪态"小姐只好两个星期不出门啦,斯佳丽想,我们也只好耐着性子听她哭闹撒泼了。

媚兰抱着孩子,走到走廊和她们在一起,她把一条旧毯子铺在地上,让小博在上面爬来爬去。自从收到艾希礼的信以来,媚兰要不是欣喜若狂,就是急切期待。可是无论是喜是忧,她都经受不起,因为她实在太消瘦,太苍白了。对于她分内的事,她毫无怨言,默默地做着,但她老是要生病。老方丹大夫以前曾经诊断过她的症状,确定为生育机能的疾患。米德大夫也是这个看法,认为她根本不该生小博,而且毫不掩饰地说,如果再生一个孩子,就会要她的命。

"我今天到费耶特维尔去,"威尔说,"看到一样很有趣的东西,我想你们一定有兴趣,就把它带回来了,"说罢他从裤袋里摸出一只花布钱包,那是卡琳给他做的,里面还用树皮把它衬硬。他从钱包里抽出一张邦联的钞票。

"你要是以为邦联钞票有趣,威尔,我可不这样想,"斯佳丽干脆地说,她一看见那东西心里就冒火,"爸箱子里现在还放着三千块钱的这种钞票。嬷嬷一直缠住我要我拿出来糊塞顶楼上的墙洞,以免风吹进来。我想她这主意不错,这些钞票至少总算可派点用场吧。"

"'凯撒大将固不可一世,而今安在,'"媚兰慨叹地说,忧伤地一笑,"不要糊墙壁吧,斯佳丽,还是给韦德留着。将来有朝一日他会为此感到骄傲。"

"我倒并不是一点也不知道不可一世的凯撒,"威尔耐心地说,"可是媚利小姐,我跟你刚才的意见是一致的。这张钞票的背面贴有一首诗。我知道斯佳丽小姐不大喜欢诗,可是这首诗可能会引起她的兴趣。"

他把钞票翻过来,钞票的背面粘着一张棕色的粗包装纸条,纸条上用很淡的土制墨水写有几行字。威尔清了清嗓子,吃力地慢慢读着:

"这首诗的题目叫《邦联纸币之诗》。"他说。

>无论在陆上或在海底,
>如今它只是废纸一张,
>何不妥藏以之示人,
>可视为故国的征象。
>
>何不以之示人,以展现
>在狂飙中殒落的故国
>以及爱国的仁人志士
>曾梦寐求过的自由理想。

"哦,多么美!多么感人!"媚兰喊道,"斯佳丽,你不要给嬷嬷拿去糊顶楼。它毕竟不是废纸,它就像诗上写的:'可视为故国的征象!'"

"哦,媚利,你不要那么多愁善感!废纸就是废纸,我们现在又没有别的纸张,给了嬷嬷省得她老跟我抱怨顶楼上有不少裂缝。等韦德长大了,我倒希望能给他许多北佬政府的钞票,而不是这些南方邦联的废纸。"

她们两人在这里争论,威尔拿那张钞票在给在毯子上爬着的小博玩,他抬头一看,忽然发现了什么,忙用手遮在眼睛上面,向车道一瞥。

"又来人了,"他眯着眼睛说,"又来了一个士兵。"

斯佳丽跟着他的视线望过去,看到一个熟悉的身影,一个满脸胡子的人正沿着雪松林荫大道慢慢走来。那人穿着蓝灰混杂一起的破烂军服,疲倦地低着头,慢慢地拖着脚步。

"我还以为这些士兵该走完了，"她说，"我希望这一位饿得不太厉害。"

"他一定是饿着肚子的。"威尔立即说。

媚兰站起身来。

"我去叫迪尔西多准备一份餐盆，"她说，"再跟嬷嬷说一声，不要那么鲁莽地一下子把人家衣服剥掉，再——"

她猛然收住了话，斯佳丽立即转身看她。媚兰的纤手按住她的喉咙，抓得很紧像是忍受着极大的痛苦，斯佳丽可以看到，在她的雪白的皮肤下面，血管突突地跳得很快。她的脸色愈加苍白，褐色的眼睛睁得老大。

她要晕过去了，斯佳丽想，跳起身来一把抓住她的臂膀。

可是霎时间，媚兰甩开她的手走下台阶，像只轻盈的小鸟一般沿着碎石小路飞奔过去，两臂前伸，裙子在身后飘拂。斯佳丽在受到猛烈的冲击中猛醒悟过来。她靠在廊柱上，这时那人抬起头，肮脏的脸上满是金黄的胡子，站在那儿一动也不动，只是注视着屋子，似乎疲倦得再也提不起脚步。斯佳丽的心猛地一跳，一停，然后又急速地猛跳起来，这时，媚利断断续续地叫喊着扑倒在那肮脏的士兵的怀里。

那人就俯首贴着她的头。斯佳丽全神贯注地奔向前去，刚走了两步，却被威尔抓住了衣裙。

"不要使他们扫兴。"他平静地说。

"放开我，笨蛋！放开我，是艾希礼来了！"

他没有松手。

"不管怎么说，他是'她'的丈夫，是吗？"威尔镇静地问道。斯佳丽这时又喜又怒，她俯视着他，她在他的平静的目光深处，看到了他的理解和同情。

飘

（下）

[美] 玛格丽特·米切尔 著　朱攸若 译

北京长江新世纪文化传媒有限公司
www.cjxinshiji.com
出品

第四部

第三十一章

一八六六年一月里一个寒冷的下午,斯佳丽坐在办事间里给皮特姑妈写信,跟她详细解释为什么她、媚兰和艾希礼三人谁也不能回亚特兰大陪她一起住的原因。她写得很不耐烦,因为这样的信,她已写了十封,而且她晓得皮特姑妈看不了几行,就会把信搁下,拿起笔来又要给她写信,内容依然是哀叹:"可是我独个儿住着多么害怕呀!"

她的手冷得很厉害,她搁笔搓了一会儿,又把她的双脚往包裹的被絮里再伸进去一点。她的鞋底已经磨穿,用破地毯补缀过,这样才使她那双脚没有直接和地板接触,可是那破鞋子简直无法使她的脚感到暖和。斯佳丽想起那天早上威尔把那匹马带到琼斯博罗去上马蹄铁的事,不禁苦笑起来,她觉得世事未免滑稽,马还可以钉掌,人却反而要像家里养的狗一样赤脚。

她拿起鹅毛笔继续写信,可是听见威尔从后门进来的声音,又把笔放下。橐橐的木腿声到了办事间外面的过道里停住了。她等了片刻,不见他进来,便喊了他一声。威尔走进屋,他的耳朵冻得通红,他的浅红色的头发披向一边,他俯视着她,他的嘴角挂着一丝幽默的微笑。

"斯佳丽小姐,"他问道,"你现在一共还有多少现钱?"

"你是不是为了我的钱打算跟我结婚,威尔?"她没好气地反问道。

"不是,小姐,可是我只是想晓得。"

她诧异地注视着他。他的神情并不严肃,他这个人向来不怎么很严肃的。可是她觉得一定有什么蹊跷的地方。

"我还有十块钱金币,"她说,"那北佬的钱就剩下这一点了。"

"可是,小姐,那点钱是不够的。"

"有什么用途还嫌不够?"

"不够纳税。"他回答说,一面走到壁炉旁,俯下身子烘手。

"纳税?"她重复了一遍,"我的上帝!威尔,我们已经纳过税了。"

"是的,小姐。可是他们说还不够。这是我今天在琼斯博罗听到的。"

"可是,威尔,我实在不明白。你这话到底是什么意思?"

"斯佳丽小姐,你成天操心的事够多的了,我本来不想给你增加烦恼,可是这桩事不能不跟你说。他们说你还得补交好多好多的税金。他们把塔拉的税额定得比天还高——我敢说比县里哪一家都高。"

"可是我们已经纳过税,他们总不能叫我们再纳更多的税吧?"

"斯佳丽小姐,你近来不常到琼斯博罗去,我觉得这样也好,近来那里已经不是个女人该去的地方了。可是如果你去多了,就会看见那里最近有一大批无赖汉①、共和党人和拎包投机家②在大肆活动,你见了准会把肺都气炸。还有那帮黑鬼,走起路来大摇大摆竟把白人挤下人行道,还有——"

"可是那跟我们的纳税有什么关系?"

"你先别急,斯佳丽小姐。那帮无赖不知为了什么,把塔拉的税额定得非常之高,好像这里每年能收一千包棉花似的。我听到这消息,便赶到酒吧间里去听人家闲聊,才晓得是有人想让你交不出税款,等公家把塔拉没收后拍卖,他就可以占便宜买下塔拉了。现在大家都知道你肯定付不出这笔税款。至于是谁在动塔拉的脑筋,我

---

① 此处用以专指美国南北战争后重建时期参加共和党的南方白人。
② 指美国南北战争刚结束时,去南方谋取政治或经济利益的北方投机分子。因手拎毡制旅行包而得名。

一时还没法弄明白。不过我想那个胆小鬼希尔顿,就是跟凯思琳小姐结婚的那个人,他心里一定有数,因为我跟他打听的时候,他那皮笑肉不笑的样子,一看就知道心里有鬼。"

威尔说罢往沙发上一坐,揉着他断腿的残肢。它天气一冷就会疼痛,加上那木腿镶得不好,也很不舒服。斯佳丽失魂落魄地看着他,他在敲响塔拉的丧钟的时刻,居然若无其事!由公家拍卖掉?那么她们大家到哪里去?塔拉让别人拿走!不,那完全是不可想象的!

她一心扑在塔拉的生产上,对外界发生的一切几乎是不闻不问。如果有事需要到琼斯博罗和费耶特维尔去办,反正有威尔和艾希礼在,她用不着离开种植场。就连晚饭后威尔跟艾希礼谈论起开始重建①的情况,她也懒得去听,正如在战前她不爱听她父亲谈论打仗一样。

哦,关于那些无赖汉,她自然是听说过的,那是些为了想捞好处而去加入共和党的南方败类。还有拎包投机家,他们都是些北佬,在南方投降以后,把他们全部家当,塞在一只手提包里,到南方来碰碰运气,这类人现在多如牛毛。至于那个"被解放者局"②,她曾和它打过几次不愉快的交道。她也听说过有些被解放了的黑人变得相当傲慢的事,可是她不太相信,因为她还从来没碰到过这样的黑人。

可是有好多事情威尔跟艾希礼商量好不让她晓得。战乱结束以后,继之而来的重建时期是一场更大的灾祸。他们两人在家里谈起当前的形势时,有意避开那些会令她感到惊恐的细节。幸好斯佳丽也不怎么爱听他们谈话,偶尔听到,她也大抵是一只耳朵进,另一只耳朵出的。

她曾听艾希礼说,南方现在被当作被征服的领地对待,北佬的主要政策是对南方进行报复。可是这话对斯佳丽说来,似乎毫无意

---

① 美国南方诸州于南北战争以后重新组织并加入联邦之过程,史称重建时期(1865—1877)。
② 1865 年美国联邦国会通过设立"难民、被解放者及被遗弃土地管理局"简称为"被解放者局"。

义。政治是男人的事。威尔曾经说过，看来北佬是不打算叫南方有翻身的日子了。男人家可也真是，斯佳丽想道，老喜欢杞人忧天，就她自己来说，北佬以前没用鞭子抽过她，今后想来也未必会那样。现在要紧的是拼命干活，犯不着担心北佬政府会把他们怎么样。战争毕竟已过去了。

斯佳丽不明白，事物的法则都已变了。诚实的劳动不可能再得到应有的报酬。佐治亚州现在实际上已处于军管之下，到处驻扎着北佬士兵。被解放者局掌有一切权力，他们为了自己的利益制订各种法规。

这个局是由联邦政府组织的，主要是为了维护被解放了的黑奴的利益。被解放者局把成千上万的黑奴从种植场吸引到各乡村和城市里去，在他们一时无所事事心情激动的情况下，为他们提供生活费，并且教唆他们去仇视先前的主人。当地的被解放者局，就是由杰拉尔德的前监工乔纳斯·威尔克森主管。凯思琳·卡尔佛特的丈夫希尔顿当了他的助手。他们两人不遗余力地在那里散布流言，说南方人跟民主党人正在等待时机，还想把黑人弄回去做奴隶，眼下黑人唯一的出路，就是寻求被解放者局和共和党的保护。

威尔克森和希尔顿还对黑人说，他们无论在哪一方面，都不比白人差。要不了多久，黑人就可以跟白人通婚。要不了多久，他们以前的主人的财产，就要拿来分给黑人，每个黑人都可以分到四十亩地和一头骡子，他们还竭力宣扬白人的残暴，煽动黑人，使得这个素来以主奴关系融洽著称的地区，如今也开始滋长起仇恨和猜忌来了。

被解放者局在北佬驻军的支持下，对当地被征服的居民的行动发布了一系列法令，有时甚至是互相抵触的。谁哪怕只是怠慢了局里的人，就有遭到逮捕的危险。学校教育、环境卫生，甚至连衣服上的纽扣、商品的买卖，以及几乎一切别的行动，都由军法管制。威尔克森和希尔顿有权干预斯佳丽进行的任何买卖，而且有权由他们标定价格。

幸而斯佳丽和这两个人很少接触，因为威尔劝她把买卖的事交给他去办，她自己专门经营种植场。威尔遇事心平气和，好几个棘手的问题，都由他一一解决，而且从不在斯佳丽面前提起。在非得跟北佬或者拎包投机家们打交道的时候，威尔通常能够应付。可是眼前的问题实在太大。这笔额外的税款危及塔拉的生存，他不能不让斯佳丽知道，而且刻不容缓。

她目光灼灼地瞅着他。

"哦，该死的北佬！"斯佳丽嚷道，"他们打败了我们，把我们变成了叫花子。难道还不够，还要让这些流氓来对付我们吗？"

战争已经结束了，和平已经宣布过了。可是北佬还可以掠夺她，还可以叫她挨饿，还可以把她从自己的屋子里撵出去。她真蠢，这几个月来天天含辛茹苦，她以为只要熬到春天，就可渡过难关。威尔带来这一毁灭性的消息，使她一年来苦不堪言的劳动和生活好转已渺无希望，是使她无法忍受的最后一击。

"哦，威尔，我还以为仗打完了以后，麻烦事就会过去了呢！"

"没有，小姐，"威尔抬起他那张土里土气的瘦长脸，坚定地久久注视着她，"我们的麻烦事还只是刚刚开始。"

"他们要我们补交多少钱？"

"三百块。"

她吓得半晌说不出话来。三百块！对她说来简直就是三百万。

"怎么，"她几乎站不稳脚跟，"怎么——怎么，那么说我们一定得想办法筹措三百块钱啦？"

"是的，小姐——简直像是要你上天摘月亮。"

"哦，可是威尔！他们不能拍卖我们的塔拉。为什么——"

他那温和的浅色眼睛里流露出强烈的憎恨和凄苦，那是斯佳丽想象不到的。

"喔，他们不能吗？唉，他们不但能够，而且他们还乐意这样做！斯佳丽小姐，请原谅我直说，这地方成了十足的地狱了。那些拎包投机家跟无赖汉都有选举权，而我们民主党人却多数都没有选举权。本州的民主党人,若是在一八六五年的征税册上,数额超过两千元的,就没有选举权。这样一来,像你爸、塔尔顿先生、麦克雷家和方丹家的两个男孩子,就都没有选举权。凡是在战争期间有过上校以上军衔的,也同样无权选举。斯佳丽小姐,我敢说在南方邦联军队里取得上校以上的军衔的,哪个州都没有比我们佐治亚州多。此外,凡是在邦联政府里任过职的,上至法官,下至公证人,也一律不准参加选举。这样的人,在这里山林地带,可以说到处都是。事实上,北佬还想出个什么效忠的花样,凡是战前有选举权的人一律不得参加选举,把那些有才能的人,有地位的人,有钱的人——一句话,把凡是在战前有点名气的人,统统剥夺他们的选举权。

"嘿!我只要肯去表示一下那个活见鬼的效忠倒是可以有选举权的。我在一八六五年根本就没钱,我没当过上校,也没什么名望。可是我才不会去效忠呢,我觉得那简直不像话!假如北佬办事公道,我早就去效忠了,可是现在我不去,哪怕我从此得不到选举权。可是像希尔顿那样行为卑劣的人,像威尔克森那样流氓成性的人,像斯莱特里那样微不足道和麦金托什那样不值一提的人,却全都有选举权。现在是这些人掌权,他们要是把你的税额再增加十几倍,你也拿他没奈何。如今一个黑鬼杀了个白人,仍可以逍遥法外,而且——"说到这里,他觉得不便说下去,住口了,可是两人心里却同时想起了不久前在洛夫乔伊附近一个僻静的农场上,一个孤身白种女人遭遇到的事情。……"现在那班黑鬼爱怎么样就可以把我们怎么样,他们有被解放者局跟军队的枪杆子给他们撑腰。可是我们既没有选举权,也拿他们毫无办法。"

"选举!"她嚷道,"选举!这跟我们有什么关系,威尔?我们谈的是纳税。……威尔,人人都知道塔拉是个多么好的种植场。我们可以将它抵押,抵押得来的钱是足够纳税的。"

"斯佳丽小姐,你这人并不傻,可是有时也会说些傻话。你想现在谁还有钱借给你要你的种植场?除了那些拎包投机家在动塔拉的脑筋以外,家家都获得了土地,而且家家的土地都不景气,你的土地是无人要抵押的。"

"我还有那北佬的钻石耳环可以卖掉。"

"斯佳丽小姐,这年头谁还买得起耳环?人家连买肉的钱都没有,哪里还有钱去买这中看不中用的东西。你现在有十块钱金币,我敢说是够阔气的了。"

两人又都不说话了。斯佳丽觉得自己的脑袋撞在石壁上。在去年一年中,她已经碰过好多次壁了。

"你说我们该怎么办,斯佳丽小姐?"

"我不晓得,"她心中黯然,万念俱灰。这一道石墙终于超过了她承受的限度,她忽然觉得浑身乏力,骨骼疼痛。她为何要努力奋斗,弄得精疲力竭,等待着她的到头来每次总是失败。她何苦呢?

"我不晓得,"她说,"不过你不要跟爸说,免得他心烦。"

"我不会说的。"

"你跟别人说过没有?"

"没有。我一回家就先来找你。"

是呀,她想,谁要是得了坏消息,准会第一个找她,她已经厌倦了。

"威尔克斯先生在哪里?也许他能想点办法。"

威尔转过他温和的目光注视着她。斯佳丽觉得跟艾希礼头一天回家时一样,威尔能洞察一切。

"他在果园里劈栏杆,我刚才拴马时听见他的斧头声。可是他身边的钱恐怕未必比我们多。"

"可是如果我想和他商量一下,总还是可以的吧?"她大声说道,提起脚把裹着的被絮踢开。

威尔听了这话并不动气,照样在炉火旁搓他的手。"把披肩围上,斯佳丽小姐,外面很冷。"

可是她没带披肩,因为披肩放在楼上,她需要见到艾希礼,以对他一吐她的苦衷为快,简直等不及了。

他若是独自一个人在那里的话,她可真是太走运了!他回来以后,她至今还没有跟他私底下说过一句话。一家人通常总是围在他身边,媚兰更是寸步不离,还不时碰碰他的袖子,她好像这才放心他人确实存在似的。几个月以来,她以为艾希礼可能已不在人世,本来由于妒忌而对媚兰产生的敌意已经潜伏下去。可是现在看到她把艾希礼占为己有的那种幸福姿态,她又妒火重生。现在她决心要和他单独见面。这一回总不会有人来阻拦他们单独见面了吧。

她在果园里光秃秃的树枝下面走过,地上的野草沾湿了她的双脚。她听见斧头的啪啪声,那是艾希礼在把从沼泽地里拖来的木头劈成一根根栏杆木条。家里的篱笆被北佬烧得七零八落,修补起来可是桩艰苦费时的活计。没有一桩事不是费时费力的,她一想到这些,疲乏、厌倦、恼怒和懊丧的感觉就会一齐袭来。她但愿艾希礼不是媚兰的,而是她的丈夫,那么她就可以走到他身边,把头搁在他的肩膀上痛哭一场,把自己肩上的重担卸给他,由他来尽力承担。

前面是一丛石榴树,树枝在寒风中摇曳,她转过树丛,便看见艾希礼正倚着长斧头柄站在那儿,用手背擦着额上的汗珠。他穿着一条破得不成样子的灰布裤子,上身是一件杰拉尔德的衬衫,镶有折边,是往日参加烤火野宴和听地方法庭开庭时才穿的,现在穿在艾希礼身上,显得非常之小。他干活干得很热,把外衣挂在树枝上,站着休息一会儿,正好看见她走过来。

她看见艾希礼身上穿得破破烂烂,手持一柄大斧,心里一阵爱怜,又觉愤愤不平。她实在不忍心看到她的温文尔雅、尽善尽美的艾希礼落到如此地步。他的一双手生来不是做工的,他应该穿上细毛料和亚麻布的衣裳。按照上帝的旨意,他应该坐在大宅院里,和愉快的朋友们谈天说地,弹弹钢琴,写一些听起来很美妙的、尽管是毫无意义的诗句。

她能够忍受让她的亲生孩子穿上粗布袋改制的围裙,让她的妹妹穿上肮脏的条格布衣衫,让威尔像田里的黑奴那样去干活,可是却不能忍受让艾希礼受苦。他的品性实在太高雅了,对她来说,对他的钟情实在太深了。她看见他劈木头,心里难受,宁愿自己为他代劳。

"他们说阿贝·林肯总统也是劈木头出身的,"他见她走来时这样说道,"你不难想象我将来会有多么远大的前程!"

她皱了皱眉头。他老是爱把他们的苦难说得很轻松。在她看来,这些都是极其艰难困苦的事,因此听到他的这种论调,她有时不免要发火。

她一下子把威尔的消息说给他听了,三言两语,简单明白。说出来后,心里觉得宽慰些。当然,他能够帮她出个主意。但他没有答话,见她冷得发抖,取下他的外衣,披上她的肩头。

"哎,"她最后说道,"你说我们是不是得想些办法把钱凑起来?"

"是倒是,"他说,"可是到哪里去弄呢?"

"我在问你呀。"她恼火了,刚才那如释重负的宽慰的感觉消失了。即使他想不出办法,那也该说句安慰她的话,哪怕就说一声"噢,可真难为你了"也是好的。

他微微一笑。

"我回来以后的几个月里,只听说有一个人是真正有钱的,那就是白瑞德。"他说。

上个礼拜皮特姑妈写信给媚兰,曾经说起过白瑞德回到了亚特兰大,驾着一辆由两匹骏马拉着的马车,口袋里满是北佬联邦政府的钞票。她信里还暗示,他的钱的来路不正。按照皮特姑妈的说法——大多数亚特兰大人也有这个意思——南方邦联国库里有好几百万块钱,不知怎么被白瑞德设法给弄走了。

"不要谈他了,"斯佳丽突然说,"他是个十足的下流坯。我们自己今后怎么办呢?"

艾希礼放下手里的斧头,转移了他的视线,似乎在凝视着她所不能随及的遥远地方。

"我想的,"他说,"不单单是我们塔拉今后怎么办,我还在想,我们南方的每一个人今后不知会变成什么样子。"

她听了这话，真想破口嚷道："见他南方人的鬼去！我们自己还顾不上呢！"但是她保持沉默，因为那种疲倦的感觉重又向她袭来，而且比以前更强烈。艾希礼简直什么忙也帮不上。

"每逢一种文明遭到毁灭，最终的结局往往是历史的重复。只有有头脑有勇气的人能够生存下来，没有头脑没有勇气的人必将被淘汰。我们有幸目睹一次戈特旦默朗①，即使未必舒服，至少也是桩有趣的事。"

"一次什么？"

"一次'天神的黄昏'。很不幸，我们南方人偏偏把自己都看成是天神。"

"看在上帝面上，艾希礼·威尔克斯！别站在那里跟我胡扯，现在眼看我们自己就要被淘汰掉啦！"

她那扰人的倦怠感似乎多少穿入了他的心里，把他从迷惘中唤醒过来。他温柔地握住她的双手，把她的掌心向上，看着上面的老茧。

"这是我看到过的最美的一双手。"他轻轻地把两只手掌都吻了一下。"这双手很强壮，所以才很美丽。这上面的每一个老茧都是一枚奖章，斯佳丽，每一个水泡都是对你的勇敢和无私的奖励。你的这双手是为了我们大家，为了你爸爸，你妹妹，为了媚兰和她的婴儿，为了几个黑人和我，才弄得这样粗糙。我亲爱的，我知道你在想什么。你在想，'这个不切实际的傻瓜，活着的人遇到了危险，他却尽谈些关于死了的天神的梦话。'是不是这样？"

她点点头。她但愿他就永远这样握住她的手，可是他却把她的手放了。

"你来找我，是希望我能帮你点忙。可是我实在无能为力。"

他看着斧头和那一堆木头，眼睛里饱含着辛酸。

"我的家毁了，我的钱没了——以前我一直以为我从来没有意识

---

① 德国作曲家瓦格纳（1813—1883）所作四部歌剧《尼伯龙根的指环》的最后一部名为《天神的黄昏》。剧中各主要角色在末尾均告毁灭。

到有钱——我所属于的世界已经不复存在,因此我现在毫无用处。我能够为你做的,斯佳丽,无非是尽量学会去做个笨拙的农人罢了。可是这并不能帮助你把塔拉维持下去。我现在是靠你的周济过活——哦,是的,斯佳丽,靠你的周济——你想我能不知道我们当前处境的艰难吗?你出于一片真心待我的好处,我是一辈子报答不了的。对此我的感受一天比一天更深。而且我也一天比一天更清楚地意识到我对于面临的困难,简直束手无策。再说我愈是回避现实,就愈没有力量去应付新的现实。你明白我的意思吗?"

她点点头。她并不十分理解他的话,可是她还是屏息聆听着他的话。他跟她之间虽然像是还有相当的距离,然而他却是第一次对她说出自己的心里话。他的这次谈话使她激动得似乎她已经到了发现他的真情的边缘。

"不肯正视赤裸裸的现实,这是我的大不幸。在这次战争以前,生活对我来说就像是放映在幕布上的影子戏。我偏偏喜欢那样。我不想看到事物的轮廓过于清晰,我喜欢一切都带上朦胧的色彩,像是笼罩着一层薄薄的迷雾。"

他停住说话,微微一笑。冷风吹进他的薄薄的衬衣,他颤抖了一下。

"换句话说,斯佳丽,我是一个怯懦的人。"

他说什么影子戏,什么朦胧的轮廓之类的话,她听起来莫名其妙,可是最后一句话她是明明白白的。她晓得那不是事实。怯懦两字是与他的为人不相称的。他的纤弱的身体上每一根线条都记载着他家世代的英勇和侠义。他在战斗中的丰功伟绩,斯佳丽是铭记在心的。

"怎么,你不能那么说!一个怯懦的人难道敢于爬到葛底斯堡的大炮上集合他的队伍吗?难道将军会亲笔写信给媚兰表彰一个怯懦的军人吗?而且——"

"那谈不上是勇敢,"他疲倦地说,"战斗跟香槟酒一样,既能使英雄喝醉,也能叫懦夫喝醉。到了战场上,任何一个傻子都会勇敢起来，因为他要是不勇敢，就会送命。可是我指的怯懦是另外一回事，我所表现的怯懦比起一听见炮声就要逃跑还要怯懦得多。"

他的话说得很慢，很费力，似乎说这番话他很难受，又似乎他站在旁边，很伤心地在听这番话。这些话若是出自另外一个人的口中，斯佳丽一定以为他是在故作谦虚以博得赞扬，她绝不会跟他争辩。可是艾希礼似乎说的是真心话，而且他眼睛里带有某种令她困惑的神色——不是恐惧，不是辩解，而是对一种不可避免的巨大压力在竭力振作精神。寒风扫过她潮湿的脚踝，她又颤抖起来，虽然也由于寒风所致，可是多半却由于他那些可怕的话打动了她的心。

"可是，艾希礼，你到底在怕什么？"

"哦，是些莫可名状的东西，那些东西若是拿语言表达出来，听起来就很可笑。大体说来，我害怕的是生活忽然变得太真实，太和个人息息相关，使你不得不接触生活中一些简单的事实。我并不害怕站在烂泥地里劈木头，我害怕的是，这件事究竟意味着什么。我尤其害怕的是，我失去了往昔生活中的美。斯佳丽，在战前，生活是美丽的。那时的生活就像希腊艺术品那样匀称，那样完美，那样令人迷醉。也许并非每个人的感受都是如此，这一点我现在明白了。可是对我来说，十二橡树的生活有一种真正的美。我属于那种生活，我是它的一部分。可是现在我一旦失去了那种生活，就觉得无所适从，就觉得害怕。现在我才懂得我过去的生活像是在看影子戏。我竭力躲开一切不是影影绰绰的东西，无论是人物，是情景，凡是过于真实，过于富有活力的，我都要躲开他们，不让他们闯进我的生活里来。我也曾经想躲开你，斯佳丽。你太真实，生活气息太浓，可是我却非常怯懦，宁可去追求影子与梦幻。"

"可是——可是——媚利呢？"

"媚利是一个顶顶温柔的梦，是我梦境的一部分。假如不曾有过战争，我就会像个旁观者那样，满足于观察生活，自己并不参加进去，就这样过一辈子，到末了快快活活地埋葬在十二橡树的墓地里。可是战争来了，真实的生活冲击了我。我第一次参加战斗——那是在牧牛场那地方,你也许还记得——我亲眼看见童年的伙伴被炸成碎片,听见马儿垂死的悲鸣,领略到看见被我击中的敌人喷出鲜血而倒地时我心里的那种难受的滋味。可是战争中最坏的还不是这些事,斯佳丽。最坏的事是你不得不跟他们生活在一起。

"我在生活中从来不跟别人接近,仅有的几个朋友也是经过慎重挑选的。可是战争教育了我,我过去创造的是和一些梦中人生活在一起的一个自己的天地。战争还教育了我真正的人是什么样子的,可是没有教育我怎样跟他们生活在一起。而且我怕我永远也学不会这一点。现在我明白,要想养活妻子和儿子,我就得在那些跟我毫无共同之点的人们中间,去开辟一条生活道路。你,斯佳丽,遭遇了艰难险阻,而你能主宰生活。可是在这个世界上,哪里能容我存身呢?我怕就怕在这里。"

斯佳丽听着他低沉悦耳的话语中有点凄凉,可是却不能理会他的意思。她捕捉他的片言只语,想揣摩出其中的含义,可是他那些话像野鸟似的从她手中扑腾飞去,她实在把握不住。她只觉得像是有一根残酷的生刺的棒在驱赶着他,可是不明白那棒究竟是什么东西。

"斯佳丽,我不知道是在什么时候,凄凉的现实才使我明白过来,我个人的影子戏已经不复存在了。也许就在牧牛场亲眼看到被我开枪打死倒在血泊中的人那最初的五分钟里。总之我明白从此我再也不是个旁观者了。我忽然发现自己站在舞台上,帷幕已经拉开,我正在手足无措地摆动姿势,扮演一个角色。我那小小的内在天地给一些人侵占了,那些人的思想跟我的完全不一样,他们的行为就像霍屯督人①一样陌生。他们拿污秽的脚践踏我的天地,在情况糟到无法容忍的时候,他们没有给我留下一席容身之地。我在俘虏营里曾经想过:但等战争结束,我就可以回到我原来的生活,原来的梦

---

① 西南非洲一未开化民族。

幻中去，继续看我的影子戏，可是，斯佳丽，我是再也回不去了。我们当前的处境是比战争还坏，比俘虏营还坏——对我来说，甚至比死还坏。……所以。你瞧，斯佳丽，因为害怕我正在受着惩罚呢。"

"可是，艾希礼，"斯佳丽在困惑的泥淖中竭力挣扎，"如果你害怕我们会挨饿，那么——那么——哦，艾希礼，我们总会有办法的！我知道我们一定会有办法的！"

他那澄澈的灰色大眼睛回到她的脸上，不无赞赏地注视着她。可是不久那目光又忽然变得漠然，于是她知道他脑子里想的，并不是关于挨饿的事，不由得心向下一沉。她每次跟他在一起，两人都像是用不同的语言在交谈着似的。可是她因为爱他爱得非常之深，一见到他那漠然的眼光，就仿佛太阳忽然沉落，自己陷入黄昏的寒露之中一样。她真想一把搂住他的双肩，好让他知道自己是有血有肉活生生的人，而不是书本上或者他梦境里虚幻的东西。她梦寐以求的，就是能够和他心心相印。那是多年以前，在他从欧洲旅游归来，站在塔拉的台阶上，微笑看着她的那一刻起，她就无时不向往着的。

"挨饿可不是件愉快的事，"他说，"我有过切身的体会，可是我并不怕挨饿。我害怕的是要面对一种新的生活，要失去那种优哉游哉的往日生活中的美。"

斯佳丽觉得心灰意冷，她想他的话大概只有媚兰听得懂。媚利跟他老是谈这种莫名其妙的东西，什么诗歌啦，书本啦，梦境啦，月光跟星辰之类，她怕的东西，他却并不害怕。他不怕饥饿煎熬，不怕寒风凛冽，也不怕被从塔拉撵出去。他害怕的东西是她所不能理解也是她所无法想象的东西。在这个残破的世界上，除了饥饿、寒冷和无家可归以外，还有什么是可怕的呢？

可是她本来还以为只要用心倾听艾希礼的话，她就能够弄明白如何跟他对话。

"哦。"她失望地喊了一声，那声音就像是个孩子打开一个装潢得很美丽的包裹而里面却空无一物似的。艾希礼听见她的声音，歉疚地露出了忧郁的微笑。

"原谅我跟你说这些,斯佳丽。我没法叫你理解我,因为你不知道害怕两字的意义。你有一颗勇猛的心,而又完全没有想象力。我羡慕你的这两种品质。你从来不怕面对现实,也从来不像我那样,想要逃避现实。"

"逃避!"

他说到现在,仿佛只有这两个字是她能够理解的。这么说,艾希礼跟她一样,已经倦于斗争,想要逃避了。她的呼吸急促起来。

"哦,艾希礼,"她嚷道,"你错啦。我也想到逃避。我对这一切厌烦透了!"

他扬了扬眉毛,不信她这话是真的。斯佳丽伸出一只手,急切而狂热地搁在他的肩膀上。

"你听我说,"她急忙说道,像连珠炮似的把话吐出来,"我对这一切厌烦透了,再也不能忍受了。我为了食物为了钱拼死拼活地干,我拔草锄地摘棉花,我种地累得几乎站立不住。我跟你说,艾希礼,南方已经完了!南方已经被北佬、被解放了的黑鬼和拎包投机家占去了,什么也没有给我们留下。艾希礼,我们俩逃走吧!"

艾希礼敏锐地盯了她一眼,又低下头来看她的脸,这时,她的脸红得像火烧一样。

"是的,我们俩一起逃走——不要去管他们!我不想为他们再去忙忙碌碌了。有人会去照顾他们的。对于不能照顾自己的人,总会有人来照顾的。哦,艾希礼,我们逃走吧,你和我两个人。我们可以到墨西哥去——那里的军队需要军官。我们在那里会幸福的。我来给你做事,艾希礼,无论什么事我都给你做。你知道你并不爱媚兰——"

他脸上现出一副遭受了打击的苦恼相,刚想开口说话,却被她那滔滔不绝的话给堵住了。

"那天你跟我说过,跟媚兰比,你是更爱我的——哦,你不会忘记那一天的!我晓得你没有变心!我敢肯定你没有变心!你刚才还说她不过是一个梦罢了——哦，艾希礼，我们走吧！我能够使你幸福。不管怎么，"她恶毒地加上一句，"媚兰不能——方丹大夫说她不能再生孩子，可是我能够给你——"

他的两只手紧紧抓住她的肩膀，抓得她痛起来。她不说话了，屏住了呼吸。

"我们得把那天在十二橡树的事忘掉。"

"你以为我能够忘掉吗？你自己忘掉没有呢？你能够说真话你不爱我吗？"

他深深地吸了口气，迅速答道：

"是的。我并不爱你。"

"那是谎话。"

"就算我说的是谎话，"艾希礼的声音极其平静，"这种事也是无法讨论的。"

"你是说——"

"你以为——就算我非常不喜欢媚兰和她的孩子——我能够撇下她们一走了之吗？你以为我能够叫媚兰心碎，由着她们靠人家的周济过活吗？斯佳丽，你是不是疯啦？你难道把忠诚两个字全忘光啦？你不能扔下你的父亲和妹妹，就像我不该扔下媚兰和小博一样。你疲倦也好，不疲倦也好，既然他们在这里，你就得负担他们，这是你的天职。"

"我能够撇下他们——我对他们感到厌倦，感到心烦——"

他的身子向她靠近，她心里一动，以为他要把她搂进怀里。可是，他只是轻轻地拍拍她的手臂，说话像是在哄个孩子。

"我晓得你心里很烦，又很劳累。所以你才说出这种话来。你已经挑起了三个男人的担子。不过我会来帮助你的——我不至于总是这样笨拙的——"

"你要帮我的忙只有一条出路，"她呆滞地说，"那就是带我离开这里，到别的地方去重新开始生活，那样我们还有得到幸福的机会。这里是没有什么值得留恋的。"

"是没有什么，"他平静地说，"是没有什么值得留恋的——只还有我们以前的声誉。"

她怀着压抑不住的渴望看着他，像是第一次看到他一样，他那弯弯的睫毛，好似金色的麦穗一般；他的头高傲地竖立在光着的脖子上；他那挺直而匀称的身躯，尽管穿着古怪的破烂衣衫，仍显示出他的身世和尊严。两人的目光碰在一起。在她的眼睛里明显地流露出祈求的神情，而他的眼睛却像是灰色天空下的远方山上的湖水，清明而遥远。

她从他的眼睛里，看到她自己的一片痴心妄想破灭了。

她顿时一阵伤心，浑身无力，把头埋在手掌心里哭泣起来。艾希礼是第一回见到她哭泣，他没想到像她这样坚强的女性居然也会哭泣，觉得有些悔恨，同时心里升起一片柔情。他迅速走到她身边，把她拥在怀里，轻轻摇晃她的身子安慰她，把她的头贴在他的胸口，低声对她说："亲爱的！我的勇敢的姑娘——别哭！你不能哭！"

他感觉到斯佳丽经过他的触摸，起了明显的变化。她那婀娜的身躯产生了一种魔力，一种疯狂。她抬起眼睛看着他，那一对绿眼睛闪耀着柔和而炽热的光辉。霎时间，艾希礼觉得这里已不是凄凉的寒冬，春天回到了人间。只见绿叶沙沙，流水潺潺，一派悠闲自在，无忧无虑的旖旎春光，他的心里重新洋溢起青春的热情。艰辛的岁月随之消逝了，他低头看见斯佳丽两片鲜艳的嘴唇正向他的嘴唇翘着微微颤动，于是他亲吻了她。

她觉得耳畔有一种奇怪的轰鸣声，像是有许多海贝紧贴着他们的身子，通过这种轰鸣声她模糊地听见她的心在急速地怦怦跳动。她觉得她的身体，仿佛和他的融合在一起，他们久久地站着紧紧搂抱在一起，他如饥似渴地吻着她，他似乎永远不会满足似的。

他猛然把她的手松开，她站立不稳，抓住篱笆才支撑住身子。她抬起充满爱情和胜利的炽热的眼睛瞅着他。

"你真的爱我，你真的爱我！说呀——说呀！"

他的一双手仍然搁在她的肩膀上。她感觉到那双手在颤抖，也很乐意于感受那样的颤抖。她的身子热情地靠近他，可是他却不让她靠拢。他朝她看着，眼睛里漠然的神情不见了，却有一种折磨着他的绝望和挣扎的神情。

"不要这样！"他说，"不要这样！否则此时此地，我就要约束不住自己了。"

她脸上闪现出光辉灿烂的微笑。她忘掉了时间，忘掉了空间，忘掉了一切，就只记得他的嘴唇吻在自己的嘴唇上。

忽然间，他抓着她狠命地摇动，直摇得她黑发散乱，披下双肩，仿佛他对她——也对他自己在暴怒似的。

"我们再也不能这样干！"他说，"听我说，我们再也不能这样干！"

她被他摇得头晕目眩，眼睛被头发遮住了。要是他真的再摇下去，她的头颈就会啪的一声折断了，她挣脱身子，愣愣地看着他。他的额头上满是小粒的汗珠，两手似乎疼痛得成鹰爪状痉挛着。他正视着她，他的一双灰色眼睛狠狠地盯着她。

"刚才完全是我的错——不能怪你。不过这种事以后再不会有，因为我马上就要带着媚兰和孩子离开这里。"

"离开这里？"她悲痛地喊道，"哦，不！"

"我凭着上帝说，我得离开！经过刚才的事，你以为我能够继续留在这里吗？这种事万一再发生——"

"可是，艾希礼，你不能走。你为什么要走？你爱我——"

"你非要我说不可吗？那好，我就说。我爱你。"

他突然以一种鲁莽的姿态凑近她，吓得她直往背后的篱笆退缩。

"我爱你，爱你的勇敢，爱你的顽强，爱你火样的热烈，爱你万分的狠心。若问我爱你爱到怎么样的程度？我爱你爱得几乎摧残掉你收留我们全家的深厚情谊，爱得几乎忘掉了世界上顶顶贤惠的妻子，爱得几乎在这泥地里对你进行非礼，像一个——"

她思绪纷繁，像一团乱麻，找不出头绪，只觉得心头像是刺进了一根冰条，冷飕飕地刺痛，她结结巴巴地说道："你心里想要我——可是又没有要我——那么你就是不爱我。"

"我怕没法叫你理解我。"

他们相视无语。忽然，斯佳丽身上一阵颤栗，像是远游归来，面对着寒冬和留着残梗的田野，她觉得很冷。她看见艾希礼脸上又重现他那惯有的漠然的神色，那是她非常熟悉的神色，现在也处于严冬之中，还增添了悔恨与痛苦。

她本想转身离开他，到屋子里去躲起来，可是她累得简直挪不动脚步。连说话也觉得非常乏力。

"什么也没有留下，"她最后说，"什么也没有留给我。我没有可爱的，我也没有可为之奋斗的。你要走了，那么，塔拉也快完了。"

他久久地注视着她，随后他俯下身子，从地上掘起一小块红土。

"给你留下的东西不是没有，"他说，脸上泛起一丝他惯常的笑容，既是讥笑她，也是讥笑自己，"有一样东西你爱它超过了爱我，虽然你也许并没有觉察到。那就是你的塔拉。"

他握住她一只乏力的手，把那一团潮湿的红泥土塞进她的掌心，把她的手指合上。这时他的手没有发烫，她的手也没有发烫。她朝手里的红土看了一会儿，觉得它毫无意义。她朝他脸上看看，隐约地意识到他的心灵是完整的，绝不是她那双洋溢着激情的手，也不是任何一双手，能够使它瓦解的。

哪怕斯佳丽的激情置他于死地，他也不会舍弃媚兰，哪怕他爱斯佳丽爱得火热，直爱到他生命的最后一刻，他也要竭力跟她保持一定的距离，绝不会去占有她。她今后再也别想刺透他的这一层铁甲。对于诺言、情谊、忠诚和荣誉，他远比她看重得多。

她觉得手中的红土冰凉，又朝它看了一次。

"不错，"她说，"我还有这个。"

起初，她觉得红土就是红土，艾希礼的话并没有什么意义。可是她随之想起了塔拉四周浩瀚的红土海洋，从而想起塔拉是多么可爱，为了保住塔拉自己曾历尽艰辛，今后还得继续努力为之奋斗。她又朝艾希礼看看，不明白刚才的那股激情消退到哪里去了。她能够思索，但不能感觉，无论对艾希礼或者对塔拉，都毫无感觉，因为她的感情已经枯竭了。

"你用不着离开，"她把话说得很明白，"我不会让你们挨饿。刚才只是我向你表示我的亲热。这种事今后不会再有了。"

她转过身，穿过高低不平的田野，径向家里回去，边走边把头发在脑后挽成一个髻。艾希礼目送她离去，见她瘦削的双肩挺得笔直，那姿势比她的任何语言都更加深刻地印在他的心坎里。

第三十二章

她走上前面的台阶,手里还捏着那团红土。她有意回避后门,因为嬷嬷那双敏锐的眼睛一定会察觉出她出了什么岔子。斯佳丽不想见到嬷嬷,什么人都不想见。在这个时候看见任何人,和任何人说话都会叫她受不了。她不觉得羞愧,不感到失望,也并不心酸,只觉得双膝发软,心绪茫然。她使劲捏紧拳头,红土从指缝中挤出来了,她嘴里像鹦鹉学舌般喃喃自语:"我还有这个。是的,我还有这个。"

的确,除了这片红土地,她现在一无所有。可就是这块红土地,在短短几分钟以前,她还毫不在乎地要把它当块破手帕扔掉,此刻却又成了她心爱的东西。她茫然自问,刚才把这片土地看得如此之轻,莫非是鬼迷心窍?假如艾希礼听从她的主意,她定会抛下亲人随他而去,绝不回头看上一眼。可是尽管她心头空虚,她还是能够意识到,要她离开红土山冈,离开那被雨水长年冲刷的溪谷和那苍老遒劲的黑松林,就等于扯碎她的心。她至死也会成天惦记着它们。把塔拉从她的生活中抹掉,在她心头会留下一片空白,那是连艾希礼也无法弥补的。艾希礼真聪明!真善于体察她的内心!他只抓起一把红土塞进她的手里,就使她头脑清醒过来。

她走进过道,刚想把门关上,忽然听见外面有马蹄声,便转身朝车道望去。真不巧,最不想见人的时候偏偏有客人来,不如赶快躲进自己房里假装头疼吧。

这时马车渐渐靠近,她吃了一惊,她不躲避了。这是辆新马车,漆得油光贼亮,马具也是新的,抛光的黄铜片上点点发亮。一定是个陌生人,她的熟人中没有一个买得起打扮得如此富丽堂皇的簇新的马车的。

她站在门口张望,冷风掀动她的裙边,刷刷地拂打着她潮湿的脚踝。马车在屋子前面停住,塔拉从前的监工乔纳斯·威尔克森从车上跳下来。斯佳丽见他穿着那么华丽的大衣,赶着那么精致的马车,简直都惊呆了。她听威尔说过,乔纳斯进了被解放者局以后,便大大发迹起来。他欺骗政府,坑害黑人,还动不动就把人家的棉花没收掉,硬说那是南方邦联的东西,前后搜刮了不少钱。现在看来,威尔的话是对的。如今生活这样艰难,乔纳斯的钱肯定是来路不正的。

现在他居然来到塔拉,下了车,挽下一个浓妆艳抹的女人。斯佳丽见那女人一身大红大绿的衣服,简直俗不可耐,可是她已经好久没见到过时髦的新装,不免如饥似渴地上下打量着她。见她穿着大红方格子的长外衣,才知道今年时行的裙环不像往年那么宽了。她身上那黑色天鹅绒外套,竟那么短!多别致的帽子!看来无边软帽已经过时,那女人的帽子是大红天鹅绒质地,又扁又平,套在头上像是一块硬烙饼。帽子上的缎带不系在下巴下面,却在脑后一大束鬈发下面打个结。斯佳丽一眼就看出那鬈发的颜色和质地跟上面的头发都很不相配,显然是装的假发。

那女人下了车便朝屋子这边张望。斯佳丽见她那怯生生的脸上,涂着厚厚的一层粉,看上去有点面熟。

"怎么,是埃米·斯莱特里!"斯佳丽万没料到居然是她,大声喊了起来。

"是的,小姐,是我,"埃米说着,脸上现出媚人的微笑,扬起头往台阶走过来。

埃米·斯莱特里!这黄头发的贱货!她养的私生子是埃伦给施的洗礼,她得了伤寒症,把病传给埃伦,害得埃伦送掉了命。这么个一文不值的下等白人,今天竟打扮得这样摩登,神气活现地跑到塔拉来,好像这里她也挨得上似的。斯佳丽一想起埃伦,无名怒火便填满了她的空虚的胸膛。由于愤怒之极,浑身竟不住打颤。

"别踏上台阶,你这没人要的东西!"她厉声喝道,"你给我走开!给我滚出去!"

埃米的下巴松垂下来,她朝正在走过来的乔纳斯瞥了一眼。乔纳斯双眉紧锁,竭力压下怒火,勉强维护自己的尊严。

"你不可以这样对我的妻子说话。"他说。

"妻子?"斯佳丽说着发出一阵大笑,笑声中带着强烈的蔑视,"你娶她做老婆可正是时候。可是你害死我母亲以后,谁来给你的小杂种施洗礼呢?"

埃米"哟"的一声,急忙从台阶上退下走向马车。

可是乔纳斯使劲一把抓住她的臂膀。

"我们特地来登门拜访——是出于友好,"他咆哮着说,"顺便想跟老朋友谈点正经事。"

"朋友?"斯佳丽的语调听起来就像是在用鞭子抽打,"我们什么时候跟你这种人成为朋友的?斯莱特里家过去靠我们施舍过日子,结果他们反而害死了我的母亲。至于你——你——你就因为跟埃米养了那小崽子,爸才把你给解雇的,这你心里有数。朋友?哼!你马上给我从这里滚出去,别等我把本亭先生和威尔克斯先生叫来。"

埃米听见这番话,急忙挣脱她丈夫的手,奔向马车,只见她脚上的大红皮靴子的流苏一闪,人便钻进了车子。

此刻乔纳斯胸中的愤怒,丝毫不亚于斯佳丽。他上下直哆嗦,蜡黄的脸涨得血红,红得像只公火鸡。

"怎么,还那么自以为了不起!哼,你的事我全知道。你连双鞋子都买不起,你爸爸现在成了个白痴——"

"你给我滚开!"

"哼!你那调门唱不了多久啦,我晓得你已经倾家荡产,我晓得你没钱纳税。我来的目的,是打算出个好价钱,把这地方买下来,因为埃米想要住在这里。不过现在,凭上帝起誓,我不会给你一个子儿,等你这爱尔兰乡下人交不出税来,不得不把屋子卖掉的时候,就会知道这一带是谁的天下了。到那时我要把这地方统统买下来——连同房子家具。到那时我要搬到这里来住。"

这样看来是乔纳斯·威尔克森在动塔拉的脑筋。他和埃米两人,因为以前曾在这里受过屈辱,便挖空心思想做这里的主人,以为这样一来,就可以把从前的耻辱洗刷掉。斯佳丽想到这里,直恨得根根神经嗡嗡作响,那光景就跟那天她对准北佬的脑袋开枪时一样,恨不得此刻手中正握着那管枪。

"我不要等你的脚跨进我的门槛,就把这屋子的一块块石头拆掉,放把火烧掉,我还要把每一亩地都撒上盐,"她大声喊道,"现在你给我滚出去!快滚!"

乔纳斯凝视着她,嘴里回敬了几句,这才转身走向马车,爬上车坐在哭哭啼啼的妻子身旁,调转马头走了。斯佳丽忽然想要啐他们一下,她真的啐了一口。她知道这有点孩子气,但是心里似乎好过些,遗憾的是她刚才没有当面啐他们。

这种跟黑奴称兄道弟的混账东西竟敢跑到这里来奚落她的贫穷!那家伙根本就不是存心来购买塔拉,他不过是找个借口带着埃米到她面前来耍耍威风。这种巴结北佬的下流坯居然扬言说要住到塔拉来,哼!

可是忽然,她的暴怒被一阵恐惧感代替了。我的上帝,他们要来的!她没法不叫他们买下塔拉,没法不叫他们把每一面镜子、每一张桌子和每一张床,把埃伦的每一件桃花心木和黑黄檀木的家具,统统扣押起来。那一件件光闪闪的家具,虽然被北佬弄得伤痕累累,却是她的心爱之物。还有那些罗彼拉德外公家的银器。我绝不让他们如愿以偿,斯佳丽恨恨地想,哪怕我不得不放火把屋子烧掉!埃米·斯莱特里的脚别想踩上我母亲走过的任何一块地板!

她关上门,背靠着门,心里非常害怕,害怕的程度超过了舍曼部队到她家里的那个夜晚。那回她最怕他们放火把房子烧掉,可是这回更糟。那帮低三下四的家伙要住在这里,还要在他们那些不三不四的同伙面前吹嘘他们是怎样把高傲的奥哈拉一家撵出屋子的。

说不定他们甚至会把黑鬼带进来吃饭睡觉。威尔跟她说过，乔纳斯成天在那里喧嚷，说跟黑人要一律平等。他跟黑人一块吃饭，到黑人家里做客，跟黑人同乘一辆马车，还亲亲热热地用双臂搂着他们。

想到塔拉最后可能受到的种种之屈辱，她的心怦怦直跳，跳得要透不过气来了。她想冷静下来想点办法出来，可是一阵阵恐惧和狂怒交替袭来，使她很难集中心思。最后她想，办法总会有的，总能到什么地方，找到个什么人借到点钱。钱这东西不会枯干掉，不会被风吹走。有钱的人总归是有的。于是她想起了艾希礼笑着说过的话：

"只有一个人，白瑞德……他有钱。"

白瑞德，对！她急忙走进客厅把门关上。已是落暮时分，又在冬季，室内已拉上窗帘，所以光线分外昏暗。没人会上这儿来找她，她此时需要安静，需要好好想想。刚才的念头似乎很简单，她奇怪为什么早没想到。

"我要找白瑞德弄到点钱，把钻石耳环卖给他，要不就向他借，拿耳环当抵押，等有了钱再赎回来。"

她心中感到大大宽慰了一会儿，她又觉得疲软乏力。她有了钱，就可以付清税款，就可以当着乔纳斯的面讥笑他。可是高兴了没多久她忽然想起了一个严酷的事实。

"纳税不单单是今年的事，还有明年，还有后年，我得交一辈子的税。这回我付清了税款，下回他们就要提高税率，早晚把我逼出塔拉才肯罢休。我若是有了棉花好收成，他们就提高棉花税，叫我什么也得不到。他们说不定会把我的棉花硬说成是南方邦联的，把它没收掉。那帮无赖跟北佬串通一气，爱怎么对付我就可以怎么对付我。我这一辈子，活一天就要担一天的心事，哪怕累得要死，也只好拼命去挣钱，到头来还是一无所有，眼睁睁看着自己的棉花落到别人手里……借三百块钱债纳税只能救急一时，我需要的是跳出困境——一劳永逸，好叫我夜里安心睡觉，不用今天愁明天，这个月愁下个月，今年愁明年。"

她冷静地细细盘算，脑子里渐渐形成一个合乎逻辑的念头。她想起白瑞德，想起他黝黑的皮肤映衬着一排雪白的牙齿，想起他那双好讥讽的眼睛抚慰着她。她那想起亚特兰大被围的末期的那个炎热的夜晚。当时他坐在皮特姑妈的走廊里，半隐在夜色之中。他用热乎乎的手，捏住她的臂膀对她说："我需要你，超过需要任何女人——我等待你已经比等待任何女人都更久了。"

"我要嫁给他，"她冷漠地思忖道，"这样我就再不用为钱发愁了。"

哦，多好的主意！比天堂的美景还要动人，从此塔拉会安如磐石，一家人衣食无忧，不用为钱发愁，也无需四处碰壁。

她觉得一下子老了许多。下午发生的事把她的感情给耗尽了。先是关于纳税的吓人的消息，继而是跟艾希礼的那一幕，最后是对乔纳斯的狂怒。真的，她的感情全耗尽了。假如她的感知还没有告罄，那么必然对她心中的打算会提出抗议，因为她在世界上顶顶痛恨的不是别人，正是白瑞德。可是此刻她只有思想，没有感情。她的思想倒非常实际。

"那天夜里，他把我在半路上扔下不管，那时我对他说过一些可怕的话，可是我能够叫他忘记掉那些话，"她鄙夷地想道，对自己的魅力仍然满有把握。"我在他跟前要现出一副娇羞的样子，要让他相信我心里一直在爱着他，那天夜里，我是受了点惊吓，才显得心烦意乱。嗯，男人家都自以为了不起，但都喜欢听女人家奉承……我要先把他弄到手，千万不能让他晓得我处境困难。对，千万不能叫他晓得！他哪怕只要起了疑心，就会猜到我要的是他的钱而不是他的人。好在他不可能晓得，因为连皮特姑妈也不晓得我们已经落到现在这种地步。等我们结了婚，他就没法撒手不管。他总不能叫妻子家里的人挨饿吧。"

做他的妻子。做白瑞德太太。被埋藏在她的冷漠的思想深处的一点厌恶感稍稍动了一动，旋即又平静下来。她回想起和查尔斯的短短的蜜月期间，一些令她为难而讨厌的情景——他那么动手动脚,他那么笨头笨脑,他那她所不能理解的激情——后来她就有了韦德·汉普顿。

"现在我不去多想。等我嫁给他以后再说……"

如果真的嫁给他以后。记忆之弦被拨动了。一阵寒气直逼她的背脊。她记起了那天夜里在皮特姑妈家的走廊里,她问他是不是打算向他求婚,那个可恶的家伙竟笑着回答:"亲爱的,我不是一个想做丈夫的男人。"

假如他还是不打算做丈夫。假如不论她怎么施展魅力诱惑他,他还是不肯娶她。假如——唉,多可怕的念头!——假如他正在追求别的女人,早已把她给忘了呢?

"我需要你,远远超过需要任何别的女人……"

斯佳丽使劲捏紧拳头,指甲都掐进手掌心里了。"假如他已经把我忘了,我会叫他想起我来,叫他重新想要我。"

还有,假如他不肯娶她,却又想要她,那么就有办法可以弄到他的钱。他毕竟曾经求过她,要她做他的情妇。

在灰暗的客厅里,她和自己心灵中三个顶顶难以摆脱的束缚展开了决定性的搏斗。这三个束缚是:对埃伦的思念、对艾希礼的爱情以及对宗教的虔诚。她晓得她心中的念头,在她母亲看来——尽管她远在天国——也一定会深恶痛绝的。她晓得通奸是不可饶恕的大罪,而且由于她对艾希礼的爱情,她的行为可以算是双重的卖身。

可是在绝望的驱使下,在她那颗冷酷的心里,所有这一切全被抛到了脑后。埃伦已经不在人世,对万事谅必总能宽容。宗教禁止通奸,违者要下地狱遭火烤。可是如果教会晓得她是为了挽救塔拉,为了不让全家人挨饿而不得不出此下策——好吧,教会爱怎么想就怎么想吧,反正她顾不上这许多,至少眼下她顾不上。至于艾希礼——艾希礼不要她。不,他是要她的,从他的火热的嘴唇吻在她的嘴唇上看来,她已完全明白了。然而他偏不肯带她逃走。真怪!为什么跟艾希礼私奔她不觉得是一种罪过,可是跟白瑞德——

就在那个幽暗的冬天黄昏,她走完了从亚特兰大陷落那晚开始的一段人生历程。在她刚踏上那段旅程的时候，她还是个骄纵自私的姑娘，活力充沛、热情洋溢、涉世不深，容易被生活所迷惑。现在到了终点，她已完全变了样。饥饿和劳苦，恐惧和疲惫，内战和重建带来的灾祸，把她的青春、热情和温顺消磨殆尽。她心灵的外面，形成了一层硬壳。在她受尽煎熬的几个月里，那硬壳一点一点，一层一层，越积越厚。

可是到今天这一天为止，一直有两种希望在支撑着她。一个是希望战争结束以后，一切能恢复到从前的老样子，另一个是希望艾希礼回来，给生活带来点意义。现在这两种希望都已成为泡影。乔纳斯·威尔克森出现在塔拉的门前，使她意识到战争无论对她或对整个南方来说，都还没有结束。最艰苦的战斗，最残酷的报复，只是刚刚开始。至于艾希礼，已经被他自己的话，永远地禁锢起来，这种禁锢的力量，比牢狱的门还要难以打破。

和平使她失望，艾希礼也使她失望，都在同一个日子，这样一来，就好比那硬壳的最后一道裂缝弥合了，最外面的一层凝结了。她变成了方丹奶奶劝她要提防的那种女人，她因为经历过顶顶险恶的事，对任何事情就不会感到害怕了。她不怕生活严峻，不怕母亲伤心，不怕丧失爱情，不怕公众指摘。她只害怕饥饿，害怕关于饥饿的噩梦。

她终于硬起心肠，摆脱了过去的日子和过去对自己的束缚，周身感到一种奇妙的自由和轻松。感谢上帝，主意总算拿定，心里丝毫不觉得害怕，反正她不会失去什么。

她只消哄得白瑞德娶她，那就万事大吉。要是他不肯——嗯，她照样能弄到他的钱。她曾经从旁观者的角度好奇地揣摩过做情妇该是什么个样子。白瑞德会不会一定要她住在亚特兰大，就像人家说他要那个叫沃特林的女人那样呢？要真是那样，他得给好多钱，多到足够补偿她为离开塔拉而付出的代价。斯佳丽对男人生活中隐秘的一面一无所知，无从知道情妇关系包含着什么样的内容。她不清楚她是不是可能有孩子，那可是桩可怕的事。

"现在我不去想它，等到以后再说，"她把这令人心烦的念头搁在脑后，免得动摇她的决心。晚上她就跟家里人说要到亚特兰大去借钱，不得已时也可能把种植场抵押出去。眼下跟他们就说这些。至于以后，说不定有倒霉的一天，叫他们发现原来不是那么一回事。

既然主意已定，她便昂起头，挺起胸，准备行动。她晓得事情不会那么轻而易举。从前是白瑞德求她，答不答应得由她。如今她是去乞讨，要乞讨就不能讲条件。

"可是我不会跑到他那里去像个要饭的那样。我要装得像个女王，去赐给他以恩宠，绝不叫他看出实情。"

她走到穿衣镜前，把头抬得高高的，看看自己的风姿。可是从那有裂纹的镀金镜框里显现出来的，却是一张陌生人的脸，仿佛在这一年里，她是头一回真正看到她自己。她虽然每天早上都对着镜子，看看脸孔是否干净，头发是否整洁，可是她因为事情烦杂，从来没有心思认认真真地打量自己。可是这个镜中人，这个两颊凹陷的瘦削女人绝不可能是她斯佳丽·奥哈拉！斯佳丽·奥哈拉长着一张风骚标致容光焕发的面孔。她现在看到的这张面孔既不动人，也不存在她记忆所及的半点妩媚。这张脸苍白憔悴，一对绿眼睛上的两道向上斜挑的乌黑的眉毛，宛若惊鸟的翅膀，映衬在白皙的肌肤上，构成一副困兽般的冷峻神情。

"凭我这副模样，只怕未必能把他迷住，"她想到这里，绝望情绪又在她心头升起，"我实在太瘦——唉，简直瘦得可怕！"

她拍拍脸颊，又狂乱地在胸前摸摸，她的锁骨从紧身衣里突出来了，乳房小得简直跟媚兰的一模一样，看来她不得不拿点零头褶皱塞进胸脯里好让乳房显得丰满一点，可是从前她是最瞧不起女孩子拿这种办法来伪装的。从褶皱她联想起衣服。她低头朝身上的衣服看了眼，把打过补丁的摺层摊开。白瑞德喜欢衣着讲究、装扮入时的女人。她回想起居丧期满时穿的那件镶荷叶边的绿衣裳，不觉充满怀念。那衣裳配上插着鸟羽的绿色软帽，是白瑞德给她买来的，穿在身上，曾经博得过他的赞赏。她又想起埃米·斯莱特里那件大红格子衣裳和那双有流苏的大红靴子,还有那顶烙饼帽子。现在想起来都不免眼红,心里就更加恨她。那身打扮虽然俗不可耐,可是毕竟很时髦,引人注目。现在,唉,她最需要的就是引人注目,特别是要把白瑞德吸引住。若是叫他看见她穿着一身旧衣服,他就会知道塔拉的情况一定不妙。这一点万万不能叫他察觉。

她如果以为凭她那精瘦的脖子、饥饿的猫眼和破旧的衣衫,一跑到亚特兰大,就能把白瑞德勾引住,未免过于愚蠢!当初她服饰华丽,貌美出众,尚且未曾促使他向她求婚,如今容貌丑陋,衣着寒酸,又怎么能对此有所指望?皮特姑妈的话如果并非虚构,那么他就是亚特兰大的头号富翁,所有的俊俏女郎,正经的跟不正经的,尽可凭他挑选。可是,哼,她冷峻地想道,我有一样东西是多数漂亮女人所没有的,那就是坚强的意志。我只消有一套像样的衣裳——

可是在塔拉,不要说像样的衣裳,就连一套没有打过补丁,没有翻过两次的衣裳也找不出来。

"就是那么回事,"她想道,闷闷不乐地瞅着地板。她见埃伦留下的草绿色丝绒地毯,经无数士兵睡过,弄得斑斑点点,破旧得不成样子。这光景使她的压抑感又增添了几分,使她意识到如今的塔拉,也跟她一样憔悴不堪。室内的光线愈来愈昏暗,她感到郁闷,便走到窗口,把下面一扇窗推上去,打开百叶窗,让落日的余晖射进室内。她拉下玻璃窗,把头枕在丝绒窗帘上,目光透过荒凉的牧场,朝坟地上朦胧的雪松看去。

她感觉到那草绿色的丝绒窗帘拂着她的脸庞非常柔软,便像只小猫似的,她愉快地把脸贴在上面擦着。忽然她灵机一动,急忙仔细地朝那窗帘打量着。

一分钟过后,她把一张沉重的大理石面桌子拖过来,不顾那桌子生了锈的小脚轮吱吱嘎嘎刺耳的抗议声,硬是把它推到窗下,撩起裙子爬上桌子。她踮起脚尖伸手去抓窗帘杆,好不容易勉强够得到手,性急地用手一拉,竟把钉子拔出了,窗帘、窗帘杆什么的,咔嗒一声统统掉到地板上。

好像变戏法似的，客厅的门忽然打开了，露出嬷嬷宽大的黑面孔，脸上的一条条皱纹中显示出满腹的狐疑与极大的好奇。她不以为然地看着斯佳丽，见她站在桌子上，裙子撩到膝盖上，摆好姿势正要往地上跳。嬷嬷见她一脸兴奋与胜利的表情，立刻起了疑心。

"你拿埃伦小姐的东西做什么？"她查问道。

"你为什么要在门外偷听？"斯佳丽反问一句，马上敏捷地从桌子上跳下来，把积满灰尘的窗帘从地上收拾起来。

"你管不着，"嬷嬷反驳道，准备跟她干一场，"埃伦小姐的东西，用不着你去动它，看你把窗帘杆都拉掉了，掉在地上。埃伦小姐向来爱惜她的东西，我不能眼看你拿去乱糟蹋。"

斯佳丽转过绿眼睛瞅着嬷嬷，眼睛里充满极度的欢快，简直又成了从前好日子里嬷嬷为之摇头叹息的顽皮小姑娘了。

"快到阁楼上去，替我把那放服装纸样的盒子拿下来，嬷嬷，"她喊道，在她背上轻轻推了一下，"我要做件新衣裳。"

要嬷嬷把她那两百磅重的躯体移动到不论什么地方去，都会叫她光火，更不用说要她上阁楼去，加上她刚才疑心的事已经露出端倪，她心中很是恼怒。她一把从斯佳丽手中抢过那块窗帘，把它紧贴在干瘪的胸脯上，像是抓着什么圣物似的。

"你要是打算拿埃伦小姐的东西去做新衣服，那办不到。只要我还有口气，你就别想。"

女主人脸上露出嬷嬷习惯上称之为"执拗"的表情，顷刻之间，就变成令嬷嬷难以抵挡的微笑。可是这一回她没能骗过这老妇人。她懂得斯佳丽小姐的微笑不过是想哄她让步，她拿定主意在这件事上绝不上她的当。

"嬷嬷，不要那么小气。我要到亚特兰大去借钱，得有件新衣裳。"

"你用不着新衣裳。别人家小姐都没有新衣裳。她们穿着旧衣裳，并不觉得丢人。要是埃伦小姐的孩子愿意穿旧衣裳，人家会像穿绸衣裳一样敬重她的。"

执拗的表情悄悄回到斯佳丽脸上。我的天！这位小姐怎么年纪越大，就越像杰拉尔德先生，越不像埃伦小姐。真怪！

"得了，嬷嬷。你不是不晓得，皮特姑妈写信来说，范妮·埃尔辛小姐下星期六结婚。我自然得去参加婚礼，少不了要件新衣裳。"

"你身上穿的衣裳，并不比范妮小姐的结婚礼服差。皮特小姐的信上说过，埃尔辛家现在也很穷。"

"可是我一定得有件新衣裳，嬷嬷，你不晓得我们多么需要钱。那税款——"

"是的，小姐，纳税的事我全知道，不过——"

"你真的知道？"

"是的，上帝给了我耳朵叫我听，不是吗？何况威尔先生是从来不肯费心把门关上的。"

这么说，所有的事全叫嬷嬷给偷听去了。斯佳丽不明白，这个走起路来连地板都要晃动的大个儿，在偷听人家说话的时候，怎么竟跟潜行的猛兽一般，没出一点声响的。

"好吧，既然你什么全听见了，那么你大概也听见了乔纳斯·威尔克森跟那个埃米——"

"是的，小姐。"嬷嬷答道，眼中闪着怒火。

"那好，嬷嬷，别固执。你难道不知道我是为了交税款才到亚特兰大去借钱的吗？这笔钱我非借不可，"她捏紧拳头往另一只手上使劲敲了一下，"看在上帝的面上，嬷嬷，你该明白他们会把我们撵到大街上去，那时我们到哪里去呢？那个害死母亲的贱货埃米·斯莱特里，正一门心思想要搬到塔拉来住，想要睡在埃伦睡过的床上。在这种情况下，你难道还为了窗帘这点小事跟我争个没完吗？"

嬷嬷把身体的重心在两只脚上移来移去，像一只烦躁不安的大象。她隐约意识到自己就快要被她说服了。

"不是，小姐，我不愿意看见那贱坯睡在埃伦小姐的床上，也不愿意我们被赶到大街上去，不过——"她忽然用责备的目光扫了斯佳丽一眼，"你到底想去跟谁借钱，才一定要穿件新衣裳呢？"

"那个,"斯佳丽不由吃了一惊,"那个不用你管。"

嬷嬷用锐利的目光瞅着她。斯佳丽从小做了错事,枉费心机地找些话来搪塞时,嬷嬷就是用这种看透她肚肠的眼光看着她。斯佳丽对自己的意图开始感到内疚,不由垂下眼睑。

"那么说你要穿件新衣裳,才好去借钱。这话我听起来有点不对劲。而且你还没跟我说去向谁借钱。"

"我什么也不想说,"斯佳丽愤愤地说,"这是我私人的事。你到底给不给我那窗帘?帮不帮我做衣服?"

"好吧,小姐。"嬷嬷轻轻地说。这突如其来的让步引起了斯佳丽的疑窦。"我来帮你做。这窗帘的缎子夹里可以做条衬裙,花边可以改成一副褶边。"

她把丝绒窗帘交还给斯佳丽,脸上闪着一丝狡黠的微笑。

"媚利小姐是不是跟你一起到亚特兰大去,斯佳丽小姐?"

"不,"斯佳丽没好气地答道,预料到嬷嬷将要提出的问题,"我一个人去。"

"原来你是这样打算的,"嬷嬷强硬地说,"可是我要陪着你和你那件新衣裳。是的,小姐,我一步也不离开你。"

霎时间斯佳丽像是预见到,在去亚特兰大的途中以及在跟白瑞德谈话时,无时不有嬷嬷在旁监视着,仿佛隐藏在冥冥之中的三头巨犬①一样。她连忙满脸堆笑,一手搁在嬷嬷的肩膀上。

"好嬷嬷,你真好,肯陪我去做我的帮手。不过这里没有你怎么行?你知道塔拉的里里外外,都少不了你来张罗的。"

"哼!"嬷嬷说,"别尽跟我说好听的,斯佳丽小姐。你的第一块尿布就是我给你垫的,我早就把你摸透了。我说要跟你到亚特兰大去,那就去定了。现在亚特兰大到处是北佬,是刚出来的黑鬼和那一类货色,我要是让你单独跑到那里去,埃伦小姐在坟墓里只怕也

---

① 据希腊、罗马神话,冥府由一名叫塞巴鲁斯之三头巨犬守卫。

不得安宁。"

"可是我是去住在皮特姑妈家里，"斯佳丽竭力想说服她。

"皮特小姐是个好心肠的女人，她以为她什么都懂，其实她是不懂的，"嬷嬷说罢，神态庄严地转身离去，仿佛就此宣告会谈结束。只听她走进过道，大声嚷着，连板壁都震动起来：

"普里西，快快上楼去，到阁楼上把斯佳丽小姐装衣服纸样的盒子拿来，再拿把好剪刀。可不要找一个晚上都不下来。"

"真糟糕，"斯佳丽沮丧地想道，"这下我可有只猎狗在后面盯着了。"

吃过晚饭，收拾掉碗盏，斯佳丽和嬷嬷两人把纸样在饭桌上铺开，苏埃伦和卡琳忙着把窗帘上的缎子衬里拆下，媚兰拿一把干净的头发刷子把丝绒上的灰尘刷掉。杰拉尔德、威尔和艾希礼坐着抽烟，面带微笑看着几个女人手忙脚乱。斯佳丽显得兴高采烈，她的情绪似乎传染给了每一个人，可是谁也说不上是怎么回事。只见她容光焕发，眼里闪着光辉，不住开怀大笑。她的笑声使得人人感到高兴，因为大家已经多时不曾听见她这么笑过。杰拉尔德尤其高兴，他目光追随着斯佳丽优美的身姿，也不像平时那么迷迷糊糊。他见斯佳丽从他身旁走过，就要赞许地拍拍她。几个女孩子兴奋的程度，好似在准备参加一场舞会。她们拆着、剪着、缝着，像是在给自己缝制舞衣。

斯佳丽要到亚特兰大去借钱，也可能拿塔拉去做抵押。可是究竟什么叫做抵押？斯佳丽说他们不难从明年的棉花收成中归还这笔钱，还可以有剩余。她说得极其果断，因此大家都没想到要提出什么问题。在问起跟谁借钱的时候，她回答得很俏皮："谁爱管闲事，谁就要在半路上抛锚。"大家听了都讥笑她一定有个百万富翁朋友在等着她。

"准是白瑞德船长。"媚兰调皮地说，引得大家又是一阵哄笑，都知道这句话荒唐，因为斯佳丽最恨的就是白瑞德，提起他就要把他叫作"臭鼬白瑞德"。

可是斯佳丽却没有笑。艾希礼看见嬷嬷戒备地朝斯佳丽扫了一眼,突然不笑了。

苏埃伦被这种友爱互助的气氛所感动,慷慨地献出镶有爱尔兰花边的衣领,虽然已经很旧,但看起来还算漂亮。卡琳一定要斯佳丽把她的便鞋穿去,在塔拉就数她那双鞋比较像样一点。媚兰央求嬷嬷给她留下一点丝绒零头,她好拿来修补好破软帽。她又说那只老公鸡如果不赶快逃到沼泽地里去,它尾巴上漂亮的古铜色和墨绿色羽毛,怕就要保不住了。这里室内又响起一片欢笑声。

斯佳丽看见姑娘们那么忙碌,听见她们那么欢笑。她自己的内心却是十分痛苦和屈辱。

"他们对我,对他们自己,以及对整个南方究竟面临怎么样的局面,居然什么都不知道。眼下情况这样困难,他们还以为绝不会有什么真正可怕的事会降临到他们任何人的头上,只因为他们原来是奥哈拉家族、是威尔克斯家族、是汉密尔顿家族的。连黑人都那么想。唉,全是些笨蛋!他们还会继续像过去那样看问题,像过去那样生活,什么都改变不了他们。他们永远不会明白过来!媚利能够穿上破烂的衣衫,能够到地里去摘棉花,甚至能够帮助我杀人,可就是改变不了她自己。她还是教养良好的威尔克斯太太,十全十美的大家闺秀。艾希礼能够面对死亡与战争,能够忍受创痛与囚禁,可是回到家里居然若无其事,仍旧一副绅士气派,跟他当初拥有整个十二橡树的时候几乎没有什么两样。威尔跟他不同,他晓得真实情况,但是他本来就没有多少东西可失掉的。至于苏埃伦和卡琳,她们以为现在的一切不过是暂时的。她们没有以变应变,因为她们以为这一切很快就会过去。她们以为上帝会特意创造出有利于她们的奇迹。可是上帝是不会的。这里唯一可能出现的奇迹只有靠我去在白瑞德身上作文章。……他们不会改变,可能是他们根本无法改变。我是唯一能够改变的人——然而我要是能够不改变,我又何尝愿意改变呢。"

最后嬷嬷把几个男人赶出餐室,关上门,以便试穿新衣裳。波克把杰拉尔德扶到楼上去睡觉。艾希礼和威尔留在前厅里。他们在灯光下默默坐着,威尔嚼着烟草,像一只安静的反刍动物,可是他那温和的面孔却丝毫也不平静。

"她到亚特兰大去的事,"他终于慢慢地开口了,"我实在不喜欢。一点也不喜欢。"

艾希礼迅速瞟了他一眼,又把目光移向别处,他没有答腔,心里却在盘算威尔会不会跟他一样,担心着一桩可怕的事。可是那是不可能的。因为威尔不知道下午发生在果园里的事,不知道那件事使斯佳丽陷于绝望的境地。刚才提到白瑞德的名字时,嬷嬷脸色陡变,威尔却未必注意到。再说,威尔未必知道白瑞德有钱,也未必知道他声名狼藉。当然,这是艾希礼以为他不知道这些。可是,艾希礼在回到塔拉的这些日子里,渐渐发现威尔跟嬷嬷一样,似乎对没有人告诉他的事,他能察觉到,对将要发生的事,他能预料到。现在空气中似乎有某种不祥之兆,它意味着什么呢,艾希礼对此无从揣测,他只觉得自己没有力量把斯佳丽从凶险的征兆中解救出来。刚才整个晚上斯佳丽没有正视过他一眼,而她在他面前兴致勃勃的样子实在叫他心寒。他所疑心的事可怕得简直难以用言词表达。他没有权利问她他所疑心的事是否符合实际,因为那会是对她的侮辱。他紧紧地捏住拳头。他无权过问她的事,今天下午他已经把一切权利都丧失了。不仅他帮不了她,也没有别的人帮得了她。可是他想起了嬷嬷,想起在剪裁窗帘时嬷嬷脸上冷峻果断的神情,他的心里略为宽慰了一些。他相信嬷嬷一定会照顾她的,不管她心里愿意不愿意。

"都怪我不好,"他绝望地想,"是我逼她走上这条路的。"

他想起下午她离开他时执拗地抬起头来挺起肩膀的样子,他的心重又回到了她这一边,他为自己对她爱莫能助和对她的爱慕而深感痛苦。他知道在她的词汇里不用英勇这个词,他知道如果对她说,她是他见到过的顶顶英勇的人,她一定会睁大眼睛茫然地瞪着他。他知道她不理解他把许多美好的东西归之于她就因为他认为她具有英勇的美德。他知道她对待生活非常实际，对可能出现的障碍往往能以坚强的毅力去克服它。她不承认失败，即使她看到了不可避免的失败，她依然能坚持斗争。

可是四年来，他曾经见到过另外一些不肯承认失败的人。他们正因为英勇无比，才高高兴兴地向着必然的灾难走去。然而结果照样是失败。

他坐在昏暗的客厅里，眼睛注视着威尔，心里不停地在想，斯佳丽·奥哈拉小姐居然披着母亲的丝绒窗帘，佩着公鸡的尾羽，勇往直前地要去征服这个世界，像她这样勇敢的人，他还从来没有见到过。

第三十三章

　　第二天下午，斯佳丽和嬷嬷乘火车来到亚特兰大。车站在城市的那场大火中已成为一片废墟，一直没有重建，她们在离车站旧址几码远的烂泥地里下车。地上到处是煤渣，冷风一个劲地刮着，铅灰色的天空中乌云在疾驰。斯佳丽抬头张望皮特姑妈的马车和彼得大叔的人影。这是出于她的习惯，因为在战争年代，她每回从塔拉到亚特兰大来，彼得大叔总是赶着马车来接她的。可是她忽然嗤笑自己真是糊涂。她这回来亚特兰大事先没有写信通知皮特姑妈，彼得当然不会来接她。再说皮特姑妈在以前的信上曾经悲戚地说过，彼得从梅肯"弄"来的那匹老马已经死了。南方投降后她从梅肯回到亚特兰大，还多亏有了那匹马儿。

　　她朝车站四周那车辙纵横分割成一块块的空地张望，希望能看到老朋友或者熟人的马车，让她们乘到皮特姑妈家里。可是不管白人黑人，她一个人也不认得。看来皮特姑妈信上说得不错，恐怕没有一个老朋友家还有马车的。日子这样艰难，连人的吃饭睡觉都很成问题，哪里还养得起马。这些日子里皮特姑妈跟她的朋友们都是全靠两条腿走路的。

　　几辆大车停在火车旁边装货，还有几辆溅满污泥的单座马车，赶车的都是些陌生的莽汉。只有两辆家用马车，其中一辆是轿式的，另一辆是敞篷的，里面坐着一个衣着讲究的女人跟一个北佬军官。斯佳丽一看见军官的服装，不由倒抽一口冷气。其实皮特姑妈早就在信上说过，亚特兰大城里有北军在驻守着，满街都是士兵，可是她初次看到北佬，仍不免大吃一惊。她毕竟很难忘掉战争已经过去，很难忘掉北佬不会来追她，抢她，侮辱她。

她看到车站四周这样的冷冷清清，回想起一八六二年那天上午她来到亚特兰大的情景。当时她是个年轻寡妇，头上披着黑纱，心里非常抑郁。她记得这一带挤满了大车、马车和救护车。赶车的嚷着骂着，人们在高声招呼他们的友人。她想起战时一些轻松激动的场面，心里不胜感慨，想起要一路步行到皮特姑妈家去，不禁又叹气了。可是她仍然希望到了桃树大街，有可能会碰上个熟人让她们搭上便车。

她正在那里东张西望，一个马鞍色皮肤的中年黑人赶着一辆轿式马车来到她身边，靠在车厢上问道："要马车吗，太太？两块钱，随便到城里什么地方都行。"

嬷嬷朝他狠狠地盯了一眼。

"是辆出租野鸡车！"她咕哝着说，"黑鬼，你晓得我们是什么人？"

嬷嬷是个乡下黑人，可是她见过世面，晓得一个正经女人是不肯随随便便乘坐出租野鸡马车的——尤其是轿式的出租马车——除非有她家里的男人陪同，单单有个黑女佣人陪着还是不够的。她见斯佳丽渴望地看着那马车，怒冲冲地瞪了她一眼。

"别理他，斯佳丽小姐，一辆出租的马车，加上一个新放出来的黑鬼，真是双料的好货！"

"我可不是什么新放出来的黑鬼，"赶车的激动地说，"我是塔尔博特小姐家的，赶着她的车不过是想赚点钱罢了。"

"哪一个塔尔博特小姐？"

"米勒奇维尔的苏珊娜·塔尔博特小姐。老马尔斯先生被打死以后，我们就搬到这里来了。"

"你认不认识她，斯佳丽小姐？"

"不认识，"斯佳丽不无遗憾地说，"米勒奇维尔的人我认识的很少。"

"那我们走，"嬷嬷严厉地说，"你走吧，黑鬼。"

她提起拎包，那里面放着斯佳丽的衣裳、软帽和睡衣。她又拿起一个印花大手帕打的包袱，里面是她自己的东西，把它夹在腋下，赶着斯佳丽穿过潮湿的煤渣堆走去。斯佳丽虽然心里很想乘车，可是并没有跟她争辩，以免把关系弄僵。嬷嬷从昨天下午看见她拉下丝绒窗帘以后，一直十分警觉地注意着她，弄得斯佳丽好不自在。她明白要想从这位陪护人的眼皮子底下逃脱掉不是桩容易的事，因此决心不到万不得已，绝不去触怒嬷嬷的好斗的脾气。

她们沿着狭窄的人行道朝桃树街走去，斯佳丽见路上一片荒凉，跟她记忆中的亚特兰大大不一样，心里十分沮丧。她们走过当年白瑞德跟亨利叔叔下榻过的亚特兰大大旅社，那豪华的建筑只剩下一座空壳和几堵断垣残壁。铁路沿线绵延有四分之一英里长的许多堆栈，里面曾经堆满了成吨成吨的军用物资，如今只剩下长方形的地基，在阴暗的天空下，显得分外凄清。铁路路轨两旁没有建筑物遮挡，原来的车棚也不见了，赤裸裸暴露在那里，在这一带废墟中，有一处是查尔斯留给她的堆栈的遗址，现在已无法辨认。去年堆栈该纳的税，亨利大叔已经代她付了，这笔钱早晚得还给他。这又是一件叫她烦恼的事。

她们拐过弯到了桃树街，她抬头朝前面五角场一看，猛地一震，失声大叫起来。尽管弗兰克跟她说过，亚特兰大城已经烧成平地，可是她万万没料到毁坏的程度会这样彻底。她心里始终以为这座她十分喜爱的城市，一定依然是建筑物鳞次栉比，住宅漂漂亮亮的。可是此刻见到的桃树街她却完全认不出来了，像是到了一个完全陌生的地方。在战争期间，她曾经在这条泥泞的街道上，乘车往来过不知多少回。在围城期间，她曾在炮火纷飞中低头弯腰地快步奔逃。在撤退的那天，也是在这条街上，她目睹过当时那急急忙忙、慌慌张张、凄凄惨惨的情景。然而现在她对这条街竟这么陌生，心里真想痛哭一场。

舍曼大军撤走和南方军队又回到这座焚毁的城市以后，虽然陆续新建了不少房子，可是在五角场一带，依旧处处是残垣断壁，埋没在荒烟蔓草之中。有几幢残存的建筑物的屋顶已被掀掉，窗子的玻璃已被震碎,烟囱危然耸立着。偶尔可以看到几家熟悉的店铺,只是部分地受到炮火摧残,经过修复,新砌的红砖与旧墙上的烟炱形成鲜明的对照。新开的店铺门前和新开的事务所窗口上,她看到有些名字是她熟悉的,可是大多数她却不认识,特别是好几十家律师、医师和棉花商人的招牌,上面的名字都是陌生的。她从前在亚特兰大,差不多每一个人都认识,现在看到这许多陌生名字,不免感到抑郁,可是一路上看到有新房子在造起来,又有点感到高兴。

在这条街上,新造的房子,也有好几十家之多,有的居然是三层楼房!她想熟识一下新的亚特兰大,放眼朝四下看去,只见各处都在造新房子,她听到的是榔头和锯子的欢唱,她看到的是高高的脚手架,梯子上爬着人,肩上扛着满满的砖斗①。她看着自己热爱的街道,眼睛不觉湿润了。

"他们把你烧毁,"她想,"他们把你夷平,可是他们没有把你消灭。他们不可能把你消灭。你还会恢复起来,像从前那么漂亮,像从前那么巨大。"

她走在桃树街上,后面跟着摇摇摆摆的嬷嬷,路上的行人熙熙攘攘,不亚于战事最紧张的时刻。那为了城市复兴而热烈忙碌的气氛,简直就跟几年前她第一次来到亚特兰大时的感受一模一样。在泥地里颠簸前进的车辆,跟从前一样多,就只少了军队的救护车。店铺的雨篷前面,照样拴着许多骡子和马匹。可是街上的行人跟店铺的招牌一样,大都是陌生的。男人大多相貌粗野,女人服装艳俗,还有不少无所事事的黑人,有的靠在墙上,有的坐在街沿石上,怀着天真的好奇心,观看过往的车辆,像是孩子们在看马戏团的游行一样。

"是些新放出来的黑人,"嬷嬷喷着鼻息说,"一辈子没见过马车,那样子真叫人讨厌!"

---

① 搬运砖瓦之工具,有长柄,可放于肩上。

果然叫人讨厌，斯佳丽觉得她说得不错，因为他们全是那么毫无顾忌地盯着她看。可是她忽然看见许多穿蓝军服的人，心里一惊，就把黑人给忘了。只见街上到处是北佬士兵，有的骑马，有的步行，有的乘着军车，有的在街头闲逛，有的从酒吧间里摇晃着出来。

我怎么也看不惯这种人，她心里想着，捏紧她的拳头。永远看不惯！随即回头喊道："快点，嬷嬷，让我们快点走出这堆人群。"

"我要把这挡路的黑鬼踢开，"嬷嬷大声答道，挥动手里的拎包朝她前面一个碍事的黑人背上一撞，把他推到一边，"我不喜欢这地方，斯佳丽小姐，满街都是北佬和那些放出来的没用的黑鬼。"

"只要不太挤就好了。等我们过了五角场就会好些。"

到了泥泞的横马路迪凯特街，她们小心翼翼地踩着滑溜的踏脚石穿过马路，继续走在桃树街上，这时行人开始渐渐稀疏起来。到了韦斯利教堂，斯佳丽想起一八六四年那天她去找米德大夫，跑得上气不接下气，曾在这里稍停舒了一口气，现在她看着这老地方，纵声大笑，笑得唐突，笑得冷酷。嬷嬷的一双敏锐的老眼，紧紧地盯着她瞧，目光中含着质询和狐疑。可是嬷嬷的好奇心马上得到满意的解决。因为斯佳丽正在不屑一顾地回想起那一天她被恐惧缠住的情景。当时北佬要来她害怕，媚兰要生孩子她害怕，怕得她心惊胆战，怕得她四肢发麻。现在想想，她当时简直像个孩子，听见响声就会害怕。她当时把北佬、火烧、败仗看成是顶顶可怕的事，未免太孩子气了。比起埃伦的死、杰拉尔德的疯，比起挨饿受冻，比起腰都快要累断了，比起生活全无保障，那些算得了什么！她现在觉得有勇气面对一支入侵的军队，却难以应付塔拉当前的危机。除了贫穷以外，她觉得再没有什么是可以害怕的。

离皮特姑妈家还有几条马路，这时对面来了一辆马车，斯佳丽急忙走到街沿石边，想看看是否认识车里的主人。马车到了跟前，她和嬷嬷往前靠上一步，斯佳丽装出一副笑容，差点没喊出声来，一个女人的头在车窗里探出了一会儿——一头血红的头发，上面戴着一顶上好的皮帽。斯佳丽不由倒退一步，因为两人相互认出了对方的面孔。原来那女人就是贝尔·沃特林,斯佳丽见了她厌恶地翕动着鼻孔,沃特林赶紧缩进车厢里去了。可真怪,她见到的第一个熟人竟是贝尔!

"她是谁?"嬷嬷怀疑地问道,"她明明认识你,却不跟你打招呼。我这一辈子从没见过那种颜色的头发。就连塔尔顿家的女孩子的头发也不是那种颜色。看起来——嗯,看起来像是染过的。"

"是的,"斯佳丽简短地说,加快了脚步。

"你认识那染头发的女人吗?我是问她是什么人?"

"她是城里的坏女人,"斯佳丽说,"我向你保证,我确实不认识她,你不必再问了。"

"我的上帝!"嬷嬷低声说,下巴垂下,怀着极大的好奇心目送马车远去。她从二十多年以前跟埃伦离开萨凡纳以来,还从来没见过一个妓女,真后悔刚才没有把贝尔看个仔细。

"她穿得那样漂亮,坐那么漂亮的马车,还有个车夫,"她喃喃低声说,"我不懂上帝是怎么想的,叫坏女人过好日子,我们好人反而挨饿,反而要赤脚。"

"上帝不为我们着想已有好多年了,"斯佳丽恨恨地说,"我说这话,你不要又说什么母亲在坟墓里不得安宁了。"

她想把自己想象得比贝尔优越,比贝尔高尚,可是却办不到。如果她的计划得以顺利实现,那么她和贝尔没有什么两样,而且还是由同一个男人养活。虽然这件事的本身使她够狼狈的,但她的决心并没有丝毫动摇,她对自己说:"我现在不去想它。"于是加快了步伐。

她们经过米德家的原址,那里只剩下两道台阶,一条小径。怀廷家的屋子成了一片平地,连地基石跟烟囱上的砖头,都被拆掉运走了,地上还留有大车的车辙。埃尔辛家的屋子还在,二楼和屋顶全是新盖的。邦内尔家的屋子草草修补了一下,没有屋顶板,就用粗木板凑合着,屋子的墙壁虽说有点内倾,看来还勉强可以住人。所有这几家人家的窗口和门口都未见一个人影。斯佳丽心里巴不得这样，因为她此刻实在不想跟任何一个人交谈。

随后皮特姑妈家的屋子出现在她眼前。她看到那红砖墙和新盖的石板屋顶，心里怦怦直跳。仁慈的上帝，总算没把那屋子夷为平地。这时彼得大叔从前院里走出来，他手上挽着一只篮子，看见斯佳丽和嬷嬷，脸上马上堆起笑容，又似乎感到很意外。

看见这老傻瓜我真高兴，我真想吻他一下，斯佳丽心想，又高兴地大声嚷道："彼得！快去给姑妈准备好嗅盐瓶，这回我真的来了！"

当天的晚餐桌上，除了少不了的玉米粥之外，就只有干豆子。斯佳丽一边吃，一边心里暗暗起誓，将来等她有了钱，就绝不允许这两样东西再出现在她的餐桌上。她要不惜一切代价去弄钱，而且要弄到不止塔拉纳税所需要的数目。总有一天，她一定能够弄到好多好多的钱，哪怕她不得不为此犯杀人之罪。

在餐室里昏黄的灯光下，她问起皮特的经济状况，明知查尔斯家里的人不可能有钱，她仍然怀着一线希望想借到她所需要的钱。她问得很直率，皮特因为有个自己家里人跟她谈心，十分高兴，也就不觉得问题提得太唐突。她含着眼泪把自己的苦处向斯佳丽一一倾吐。她说她乡下的田庄和城里的财产，还有现金，不知是怎么回事，反正全没了。至少亨利兄弟是这么对她说的。亨利说他没钱帮她交纳税款。皮特现在所剩的，就只有这幢房子，可是她没想到就连这房子也不全属她的，是她和媚兰和斯佳丽共有的财产。亨利除了勉强帮她把房产税付掉外，就只能按月给她一点生活费。皮特觉得用他的钱未免有伤自己的自尊心，可是她又不得不拿。

"亨利说他负担重，税率高，简直入不敷出，不过他很可能是在撒谎，藏着许多钱，就是不肯给我多用。"

斯佳丽明白亨利大叔说的是实话。他曾经为了查尔斯财产的事，给她写过几封信。这位老律师竭尽全力挽救皮特姑妈的屋子，还想保住商业区的一个堆栈，这样让韦德和斯佳丽在劫后残余中多少留下点东西。斯佳丽知道他为了给她纳税，做出了极大的牺牲。

"他自然不会有钱，"她快快地想道，"好吧，把他和皮特姑妈在我的名单上除掉，没有别人就只有白瑞德了。看来我只有走这条路，我别无选择。不过我现在不去想它。……我得让她先提起白瑞德，然后我就有意无意地要她请他明天到家里来。"

于是她面带微笑，亲昵地把皮特姑妈的胖手捏在自己的掌中。

"亲爱的姑妈，"她说，"不要去谈钱什么的叫人心烦的事了，还是把它忘了谈些快活的事吧。你就告诉我那些我们的老朋友的情况吧。梅里韦瑟太太跟梅贝尔都好吗？听说梅贝尔的克里奥尔人平安地到家了。埃尔辛家，米德大夫跟米德太太现在怎么样？"

皮特见换了个话题，脸色顿时开朗起来，她那婴孩脸上的眼泪也不淌了。她把几个老邻居家的人做什么，吃什么，穿什么乃至想些什么都详详细细地说给她听。她还绘声绘色地说，在勒内·皮卡德从战场上回来以前，梅里韦瑟太太跟梅贝尔是靠卖馅饼过日子的。谁想得到！梅里韦瑟家的后院，有时候竟会有二三十个北佬士兵在那里等馅饼吃。现在勒内回来了，就由他每天赶着破大车，到北佬营房里去卖蛋糕、馅饼和薄软饼。梅里韦瑟太太说等她攒了一点钱，就打算开一家面包铺子。皮特不想对她说短道长，至于她自己，宁愿饿死也不肯去跟北佬做这种买卖。她在街上只要见到任何一个北佬，绝不会朝他轻蔑地瞥上一眼，她马上穿过马路，走到另一边，以示对他的侮辱；不过这样做，她也承认，在下雨天有点不太方便。斯佳丽就此得出结论，皮特小姐为了表示对南方邦联的忠诚，自己不惜牺牲，即使把鞋子上弄得全是泥泞，也是心甘情愿的。

北佬纵火焚城时，米德太太家的屋子被烧掉了，米德太太没有钱，加上菲尔跟达西都死了，也没有心思重造房子。她说没有儿子孙子，家还有什么意思呢？她们两口子觉得很寂寞，因为埃尔辛家的屋子修理好了，就搬到她家去住了。怀廷家两夫妻也借了她家一间房间住着。邦内尔太太说，她家的屋子要是能够出租给一个北佬的军官，她也打算搬到埃尔辛家去住。

"这么多人怎么挤得下呢？"斯佳丽嚷道，"她们家就有埃尔辛太太、范妮和休——"

"埃尔辛太太跟范妮睡客厅，休睡在顶楼上，"皮特解释说，她对邻居家的情况知道得一清二楚，"亲爱的，我本来不想跟你说，不过——"她压低了嗓门，"她们住在她家里，是要付钱的。当然钱付得不多，不过是点膳宿费。埃尔辛太太把她的家办成了个寄宿舍了。你说多可怕！"

"我觉得这是个好主意，"斯佳丽说，"去年一年我们塔拉要是向来往的客人收膳宿费，也不至于穷到这地步了。"

"斯佳丽，你怎么好说这种话？你母亲一向好客，她要是晓得塔拉收客人的钱，在坟墓里也会不安的。当然，埃尔辛太太是迫不得已，她做得一手好针线，范妮画画瓷器，休出去卖柴，就这样，挣来的钱还不够开支。想不到休这样的好孩子竟不得不去卖柴！他本来是一心想做个律师的。想起我们的孩子会落到这种地步，我真忍不住要掉眼泪！"

斯佳丽想起了塔拉那红铜色火辣辣的天空底下一行行望不到头的棉花地，想起她那满是水泡的手吃力地扶着铁犁的把手，把腰弯得都快要折断了。相比之下，休·埃尔辛并不值得特别可怜。皮特一直有人庇护着没吃过多大苦头，对周围的大破坏若无其事，真是个幼稚的老傻瓜！

"他如果不喜欢卖柴，为什么不去当律师？难道亚特兰大现在没人当律师吗？"

"哦，亲爱的，有的，当律师的人多得很。现在没有一家不打官司的。城里经大火一烧，地界全找不着了，谁都不知道自己的地究竟从哪里起，到哪里止。可是打起官司来，律师却拿不到报酬，因为如今大家手头都没钱，所以休就只好继续卖柴了……哦，我差点给忘了！我给你写过信没有？范妮·埃尔辛明天晚上结婚，你当然得去参加婚礼。埃尔辛太太要是晓得你在城里，一定会非常高兴的。我希望你最好另外还有一件连衣裙。我并不是说你身上这件不漂亮，亲爱的，不过好像旧了一点。哦，你果然有一件漂亮的连衣裙？我太高兴了,因为这是亚特兰大陷落以来,第一次真正的婚礼呢。有蛋糕有美酒,还要跳舞,我不明白埃尔辛家这么穷,究竟是怎么张罗的。"

"范妮跟谁结婚?我想达拉斯·麦克卢内在葛底斯堡战死以后——"

"亲爱的,你不要怪范妮,不是每个人对待死者都能像你对待查尔斯那样忠诚的。让我想想看,他叫什么名字来着?我就是记不住人的名字——叫汤姆什么的。我跟他母亲很熟,我们是拉格兰奇女子学校的同学。她是拉格兰奇地方汤姆利森家的人,她母亲是—我想想……是帕金斯?是帕金斯?帕金森!对,帕金森。斯巴达人。是个名门望族,不过那也没用——好吧,我本不该对你说,不过我弄不懂范妮为什么会嫁给他!"

"他是不是酗酒,还是——"

"我的天,不是!他的品德是没说的,不过他下身受过伤,被弹片打在腿上——弄得他——弄得他,我真不想说出口,他走起路来叉开两条腿,那样子可不大好看。我弄不懂她怎么会嫁给他。"

"女孩子总得要嫁人的。"

"那倒不见得,"皮特听了有点生气,"我就从来没有这个必要。"

"噢,亲爱的,我不是说你。大家都知道你从前非常受人欢迎,到现在也还是这样。我记得那个老法官卡尔顿老是眼睛甜腻腻地瞟着你,一直到我——"

"哦,斯佳丽,别说啦!那个老傻瓜!"皮特咯咯笑起来,气也平了。"不过,不管怎么说,范妮非常受人欢迎,不难找个好一点的丈夫,我想她未必爱那个叫汤姆什么的,也未必已经把达拉斯·麦克卢内给全忘了。当然,她没法跟你比,亲爱的。你要是想嫁人,早就可以嫁过几十次了,可是你一直对查尔斯忠贞不贰。人家在背后说你没心肝,说你卖弄风骚,媚利却常跟我说你对查尔斯是非常忠诚的。"

斯佳丽不去理会她这种不合时宜的信任,却巧妙地把皮特从一个朋友扯到另一个朋友,心里急不可待地想把话锋绕到白瑞德身上。她刚来不久,绝不可以马上就提出他来,否则就会把这位老太太的思想引向她本来想不到的轨道上去。要是白瑞德不肯跟她结婚,那慢慢地就会引起皮特的猜疑,进而看破她的机关。

皮特姑妈喋喋不休地谈着,今天有个听众,她高兴得简直像个孩子,她说因为那班共和党人尽干坏事,亚特兰大城里的情况非常可怕。他们干的坏事可以说是不胜枚举,最坏的莫过于给那些黑鬼的脑子里装进了许多莫名其妙的思想。

"亲爱的,他们居然叫黑人投票选举!天底下还有比这更荒唐的事吗?虽然——我说不上来——不过既然我想起这件事,我倒觉得彼得大叔比任何一个共和党人都更有头脑,也更懂礼貌。当然,彼得大叔很有教养,绝不会想到要去投票。可是这投票的念头把那些黑鬼给搅糊涂了,他们中有些人简直傲慢得不得了。天黑以后,你要是在街上走,说不定就会把命送掉,就是大白天,他们也会把女人从人行道上推到烂泥地里。如果哪一个男人敢出来打抱不平,就会被他们抓到监牢里去——哎,亲爱的,我有没有跟你说过,白瑞德船长被抓起来了。"

"白瑞德?"

这消息虽然叫她吃惊,斯佳丽仍然从心底里感谢皮特姑妈,因为毕竟可以不必由她来提出这个名字了。

"是的,千真万确!"皮特坐直身子,兴奋得两颊泛起淡淡的红晕。"他此刻就蹲在监牢里,说是他杀了个黑人,可能要上绞架。想不到白瑞德船长居然要被绞死!"

斯佳丽听到这个坏消息,直惊得连气都透不过来,只是愣愣地瞅着那胖老太太。皮特见她的话收到如此明显的效果,心中好不得意。

"有个黑人因为侮辱白种女人,叫人给杀了,这案子现在还没弄清楚。北佬见近来常有好多傲慢不逊的黑人被人杀掉的事发生,非常恼火。据米德大夫说,他们虽然不能证实是白瑞德船长干的,可是他们准备找个替罪羊做个样子。大夫说要是北佬把白瑞德送上绞架,这才是他们做的第一桩好事,不过我不明白……你想,白瑞德船长上个礼拜还在这里,他送给我一只顶顶可爱的鹌鹑,他还问起你,说他在围城时得罪过你,怕你再也不肯原谅他了。"

"他要在牢里关多久?"

"谁也不知道。说不定一直关到把他送上绞架的时候为止,不过也许他们没法证明是他作的案。其实北佬现在就是想弄个人送上绞架,不管他有罪没罪。他们近来头痛得要命。"——皮特压低了声音,神秘地说,"就为了三K党的事。你们乡下有三K党没有?亲爱的,我相信一定有的,不过艾希礼不肯跟你们女孩子说罢了。三K党人据说是很秘密的。他们夜间出来活动,装扮得跟鬼一般,专门找骗钱的拎包投机家和无法无天的黑人的麻烦。有时候不过是吓唬他们一下,警告他们要离开亚特兰大,要是他们还不检点,就要拿鞭子抽他们,"皮特凑在她耳朵边说,"有时还把他们杀了,把尸体暴露在醒目的地方,上面放着三K党的卡片。……北佬对这种事非常恼恨,想拿个人开刀,杀一儆百。可是休·埃尔辛对我说北佬可能不会把白瑞德船长绞死,因为他们认为他知道钱藏在哪里,只是不肯说出来。他们正在想法子逼他说出来。"

"钱?"

"怎么你不晓得?我信上没跟你说吗?亲爱的,你在塔拉,消息实在太不灵通了。当初白瑞德船长回来的时候,赶着马车,驾着好马,口袋里装满了钱,可是我们那时都是吃了上顿没下顿的。大家愤愤不平的是,为什么我们这样穷,而这个一贯诋毁南方邦联的投机商人却这样有钱。全城人都在背后议论纷纷,都急于想知道他的钱是怎么弄来的,可是谁也没勇气去问他。只有我倒是问过他的,可是他只是笑着说:'反正来路不正就是了。'你看要他这号人嘴里吐出句正经话可真不容易。"

"不过,他的钱自然是偷越封锁线弄来的——"

"是的,亲爱的,不过那只是一部分。比起他所有的钱来,只能算是一水桶里的一滴水罢了。现在大家都相信,包括北佬在内,南方邦联有好几百万金币落在他的手里,不知道被他藏在什么地方。"

"几百万——金币?"

"喏,亲爱的,你想我们南方政府的金币到哪里去了?有人拿走了,那么白瑞德船长就是其中之一。北佬本来以为戴维斯总统离开里士满的时候把钱带走了,可是后来把他抓住以后,发现他连一分钱也没有。战争结束以后,国库里又是空空的,因此大家都认为这笔钱必定是落到了封锁线商人手里,只是始终没有漏出风声来。"

"几百万——金币!可是怎么——"

"白瑞德船长不是曾经替南方政府带了好几千包棉花到英国和拿骚去卖吗?"皮特得意地问道,"其中有一部分是他自己的,有一部分是政府的。你晓得在战时棉花运到了英国简直可以由你漫天要价!他当时是代理政府的自由商人,卖掉棉花的钱是用来购买军火运回我们南方来的。后来封锁加紧,军火运不进来,实际上他用来购买军火的钱还不到卖掉棉花的钱的百分之一。于是白瑞德船长和其他的封锁线商人就把几百万块钱存在英国银行里,想等到封锁放松的时候再说。他们当时存的钱当然不会用南方邦联的名义,而是用私人的名字。这笔钱现在还在。……我们投降以后,人人都在议论这桩事,都在对封锁线商人严加谴责,北佬自然不会没有风闻,他们以杀害黑人的罪名把白瑞德抓起来以后,就一直想从他嘴里找到那笔钱藏在什么地方。你看,我们南方邦联的钱现在都属于北佬的了——至少北佬是这么看的。可是白瑞德船长却推说他对此事一无所知。……米德大夫说像他这样的贼,这样的投机商,送他上绞架是天经地义的——怎么,亲爱的,你的脸色真难看!是不是觉得发晕?我刚才的话是不是叫你心里难受?我知道他从前追求过你,不过我还以为你早就不理会他了。我个人向来不赞成他,因为他是个十足的坏蛋——"

"他跟我不算是朋友,"斯佳丽费力地说道,"围城期间,你到梅肯去了以后,我跟他吵过一次。他——他现在关在哪儿?"

"就在大众广场附近的消防站里。"

"消防站？"

皮特姑妈得意洋洋地笑了。

"是的，他就关在消防站里。现在北佬把这地方当作军事监狱了，因为北佬是在市政厅周围的广场上扎营，消防站就在附近街上。白瑞德船长就关在那里。噢，斯佳丽，昨天我还听说一件关于白瑞德船长顶顶有趣的事。我忘了是谁告诉我的。你晓得他一向打扮得干干净净，是个道地的花花公子。他被关进消防站以后，他们没让他洗过澡，他就每天吵着要洗澡。后来他们就把他带到一个场子上，那里有一个饮马的长水槽，全团的人都在那水槽里洗澡，那水是难得换的。他听他们叫他在那水槽里洗澡，就说'不'，说要他沾上北佬身上的肮脏，他宁愿在自己身上留着南方人的污秽，而且——"

斯佳丽听她兴致勃勃地唠叨个没完，其实她一句话也没听进去。她心里只记住两件事，一件是白瑞德的钱比她所期望的要多，另一件是他现在关在监牢里。他不但关在监牢里，而且说不定要上绞架，这就使事情的面目起了些变化，事实上变得对她比较有利。对于白瑞德要被绞死她并不关心。她迫切地需要钱，极度渴望，哪里还有心思管他最后的命运如何。再说，她大体上同意米德大夫的观点，认为把白瑞德送上绞架是再合适不过的。一个男人在半夜三更，把一个女人扔在两支敌对的军队之间不管，说什么要去为已经失败了的事业而战斗，这样的男人就应该上绞架。……她若是能够跟他马上结婚，那么等他上了绞架，那几百万块钱就都是她的了。若是因为他在监牢里，不可能马上结婚，那么也不妨先向他借一笔钱，答应等他一放出来就跟他结婚，或者答应他——哦，答应他什么都行！他若是被绞死了，她答应过的事当然就不用兑现了。

一时间，她的想象似灿烂的火焰在升腾，若是北佬政府好心地让她再做一次寡妇，几百万元的金币就是她的！她就可以重修塔拉，雇用农工播种望不到边的棉花田。她，苏埃伦和卡琳都可以穿上漂亮的衣裳，吃上喜欢吃的东西。韦德可以有营养品吃得白白胖胖的，可以穿得暖暖的，可以给他请个家庭教师，将来还可以去念大学……不像现在光着脚板无知无识，跟克拉克人一般。还可以给爸请个好大夫。至于艾希礼——还有什么事不能给艾希礼办到的呢！

皮特姑妈的独白忽然中断，只听她问道："怎么，嬷嬷？"斯佳丽这才从幻想中清醒过来。她见嬷嬷站在门口，两手放在围裙下面，一脸警觉的神色。她不知道嬷嬷在那里站了多久，听到些什么，注意到了什么。从她闪烁着的目光来判断，她很可能什么也没漏掉。

"斯佳丽小姐像是累了，我看她该上床睡觉啦。"

"我是累了，"斯佳丽说着站起身来，像是个幼小的无依无靠的孩子那样看了嬷嬷一眼，"我怕是伤风了。皮特姑妈，我想明天卧床一天，不奉陪你出门拜客行不行？反正以后随时可以出去，我现在一心想去参加明天晚上范妮的婚礼，要是伤风重起来就去不成了。我看治伤风最好的办法，就是卧床一天。"

嬷嬷朝斯佳丽脸上瞧瞧，又摸摸她的手，有点担心起来。斯佳丽刚才的激动突然消退以后，显得脸色苍白，身子发抖。

"你的手冷得像冰，亲爱的。你马上去睡吧，我去给你煮一碗黄樟茶，再拿块热砖头给焐焐，发发汗。"

"我真糊涂，"胖老太太嚷道，从椅子上站起身拍拍斯佳丽的臂膀，"我只顾自己说话，把你给忘了。亲爱的，你明天在床上睡上一整天，好好歇歇，我们可以一起聊聊。——哦，不行！我不能陪你。我答应明天去陪邦内尔太太。她和她家的厨娘都害了流行性感冒。嬷嬷，你来了正好，明天早上你陪我去帮帮我。"

嬷嬷催着斯佳丽爬上黑暗的楼梯，一路唠叨着她的手多么冷，鞋子多么薄。斯佳丽看起来很听话，心里却很满意。她只要能叫嬷嬷不起疑心，使得她明天一早就出门，那就万事大吉。那么，她就可以乘机溜到北佬牢房里去探望白瑞德。她在上楼梯的时候，隐隐听见有雷声传来，她爬上熟悉的楼梯口时，那雷声正像是围城时的隆隆炮声。她不由颤抖起来。对她来说，打雷似乎永远意味着炮声，意味着战争。

第三十四章

　　第二天早上,风很大,呼啸着疾吹进屋子,震得窗玻璃嘎嘎作响,太阳时而被飞驰的乌云遮住,时而漏出笑脸。斯佳丽昨夜睡在床上,听着窗外淅淅沥沥的雨声,担心她那身新衣裳和新帽子要是叫雨水一淋,那就完了。早上见雨停了,她立即做了个感恩祈祷。看见阳光透射进来,她的情绪更高涨了。现在她再也不能继续躺在床上,继续装出疲惫不堪的样子,继续干咳那么几声,因为这时皮特姑妈带着嬷嬷跟彼得大叔已走出屋子到邦内尔太太家去了。最后前门砰的一声关上,屋里除了厨娘在厨房里唱着歌以外只剩下她一个人,她就一个骨碌起床,立即从橱里的衣钩上取下她的新衣裳。

　　睡了一夜,她恢复了精力,也使她从心底里冷冰冰的硬核中汲取了勇气。期望着跟一个男人——不管那男人是谁——进行智力的较量又使她意气风发。几个月以来,经受了无数次跟挫折的搏斗,如今她知道她终于要面对一个明确的对手,凭借她自己的努力,她有可能制服他,这给了她以轻快的感觉。

　　梳妆打扮没人帮忙,本不是桩容易事,可是她终于穿上了新连衣裙,插上漂亮羽毛的软帽也戴好了,她忙跑到皮特姑妈的房间里照镜子,镜子里的她真美!鲜艳的雄鸡毛使她显得挺精神,暗绿色的丝绒软帽映衬下,她的眼睛分外明亮,差不多成了翡翠色。那连衣裙更是无与伦比,既漂亮,又气派!又有了件好看的衣裳真是太妙了,穿上了它,自己看起来是那么美,那么动人。她一阵高兴,不由得俯身向前亲了亲镜中自己的影子,随即又讥笑自己多傻。她拿起埃伦留下的佩斯利①细毛围巾披在肩上,那围巾已褪色,显得寒酸些,跟那新衣服不很配。她再打开皮特姑妈的衣橱,取出一件黑色薄毛葛斗篷,那是皮特姑妈的秋装,礼拜天才舍得拿出来穿着。斯佳丽把它披在身上,又戴上从塔拉戴来的钻石耳环,摇晃着脑袋看效果怎样。她听耳环发出清脆的叮当声,非常悦耳,便提醒自己,等会儿和白瑞德在一起的时候,不要忘了应时常摇摇头。跳动的耳环总是能吸引男人,而且使女孩子显得很活泼。

遗憾的是皮特姑妈除了自己手上戴着的手套外,没有一双多余的。女人不戴手套,未免有失体面,可是她离开亚特兰大以后,就一直没有戴过手套。这几个月在塔拉成天干粗活,把那双手弄得怎么也谈不上好看的了。可是,没法子,她只好拿起皮特姑妈的暖手筒②,把两只手插在里面。这样一来,大功总算告成,看见她的人绝不至于怀疑她手头拮据,缺衣少食的。

重要的是绝不能叫白瑞德引起疑心。一定要叫他相信,她去看他,完全是出于感情,没有别的意图。

她踮着脚走下楼梯,走出屋子。那厨娘还在厨房里放声歌唱,丝毫没有察觉。她匆匆走过贝尔街以避开邻居们的眼睛,到了艾维街一幢烧毁了的屋子前面,她在一块马车踏木③上坐下,想等待有没有过路的便车可以带她一段路。太阳在飞驶的云块间忽隐忽现,给街上投下若明若暗的光线,却没有给她带来温暖。冷风拂打着她的长内裤的裤脚,天气比她预料的要冷,她裹紧身上的斗篷,还是不住瑟瑟发抖。她不想再等,刚要起步朝那穿过城市较远的北佬兵营走去,忽然看见一辆破大车过来,车子套着一头慢吞吞的老骡子。车上坐着一位老太太,一张饱经风霜的脸,上唇沾满了鼻烟,头戴一顶土褐色的遮阳帽。她的去向正是去市政厅的方向,她见斯佳丽

---

① 佩斯利为苏格兰一市镇。18世纪已成为英国线纺中心。
② 圆柱形中空毛皮手袋,两头开口,女人插手防寒用。
③ 一长条形木块,上马车时踏脚用。

要搭她的车,虽然心里不愿意,但还是答应了。看样子,她并不喜欢斯佳丽那一身打扮。

"她把我看成是个轻佻女人了,"斯佳丽想,"不过,她也许并没有看错。"

到了市中心的大众广场,市政厅高高的白色圆屋顶便隐约可见。斯佳丽下车后向那乡下老妇人道了谢,看着她驱车走了,又看看四周没人在注意着她,她便拧着自己的脸颊,咬着自己的嘴唇,硬挤出一点血色来。然后她把头发捋捋平,帽子戴戴正,向广场四周东张西望。市政厅那两层楼的红砖房总算没有在大火中烧掉,孤零零地站在灰色的天空下,外貌很不整洁。它的四周是一排排临时的木造营房,墙上溅满了烂泥,污秽不堪。到处都有北佬士兵在闲逛,斯佳丽朝他们看看,有点害怕,有点拿不定主意。这里是敌人的营房,她怎么进去找白瑞德呢?

她往前面不远的消防站看去,见那宽大的拱门关在那里,并且用粗铁条闩着,两个岗哨在屋子两头来回走动。白瑞德就在里边。可是她该怎么跟那北佬士兵说呢?他们又会怎么问她呢?她挺起了胸脯。如果过去她连杀死北佬都不曾害怕,现在和北佬谈话又有什么可怕的呢?

马路上都是泥泞,她步履不稳地踩着踏脚石朝前走到消防站门口,有一个穿蓝军大衣的士兵,为了挡风纽扣一直扣到最上面,阻止她进去。

"你有什么事,太太?"他说话很客气,带有奇怪的中西部土音。

"我来看一个人——他是个犯人。"

"嗯,这我不知道,"那哨兵摇摇头说,"他们对到这里来探望的人是卡得很紧的,而且——"他停下来朝她脸上注意地看了一眼,"我的上帝,太太!你可别哭!你到那边哨兵所里去问当官的。他们一定会让你进去的。"

斯佳丽本来没有要哭的意思,便朝那哨兵嫣然一笑。那哨兵转身朝另一个踱着方步的士兵喊道:"比尔,你过来。"

那第二个哨兵身上裹着蓝大衣，一脸浓黑的大胡子，踩着烂泥走过来。

"你把这位太太带到指挥部去。"

斯佳丽道了谢，便跟在第二个哨兵后面走。

"当心别叫踏脚石扭伤了脚踝，"那哨兵搀住斯佳丽的手臂说，"你把裙子撩起一点，免得沾上烂泥。"

大胡子同样带着中西部的鼻音，也很和气，他的手很有力，很有礼貌地搀着她。怎么，北佬原来并不是坏人！

"今天天气特别冷，太太们出门可不太方便，"他说，"你家离这里远吗？"

"哦，是的，很远，在城的另一头。"她回答，从那哨兵关心的语气里感受到一点温暖。

"这样的天气，太太们是不该出门的，"他带着责备的口吻说，"弄不好就会害上流行性感冒。哨兵指挥所到了，太太——你怎么啦？"

"这屋子——这屋子是你们的指挥所吗？"斯佳丽仰视着这面向广场的可爱而熟识的屋子差点叫出来。战争期间她曾在这屋子里参加过很多次舞会，而现在——一面大大的联邦旗帜在它上面高高地飘扬着。

"没什么——不过——不过我认识从前住这屋里的人。"

"噢，那真可惜。我想要是他们自己看见这屋子也会认不出来了，因为屋子里已破得不像样子。好，你自己进去吧，太太，找队长去。"

她走上台阶，一手抚摸着断裂的白栏杆，到了上面，推开了大门。过道里光线很暗，冷得像是在地窖里，一个哨兵抖抖索索地靠着一扇关着的折叠门，里面从前是一间餐室。

"我要见队长。"她说。

他拉开房门让她走进去。斯佳丽觉得局促不安，又有点激动，不觉脸上泛起了红晕。屋子里很窒闷，混合着烟火、皮革、烟草、湿军衣和肮脏的身体散发出来的臭味。斯佳丽见室内一切都杂乱无章,四壁空空,墙纸都扯碎了,钉子上排着一排蓝军大衣和垂边软帽,一盆熊熊的炉火,一张长桌子上堆满文件,桌子旁坐着几个军官,穿有铜纽扣的蓝军服。

她先咽一口气,这才鼓起勇气开口说话。她绝不能让这些北佬看出她害怕什么的。她外表显得美丽动人,而且还是非常落落大方毫不在乎。

"哪一位是队长?"

"我就是。"一个上衣没扣纽扣的胖子应道。

"我想见一个犯人,白瑞德船长。"

"又是来找白瑞德的?那家伙的人缘可真好,"队长笑道,从嘴里拿下一支雪茄,"你是他亲戚吗,太太?"

"是的——是他的——他的妹妹。"

他又笑了。

"他的妹妹可不少,昨天还来了一个。"

斯佳丽脸红了。想必是跟白瑞德来往的贱货,很可能就是那个沃特林。那些北佬一定把她看成是她们同一路货色。真叫人受不了。即使是为了塔拉,她也不能再在这里受人家侮辱。一分钟也不行。她怒冲冲地转身走到门口,刚伸手去抓把手,另一个军官很快走到她跟前。他年纪很轻,胡子刮得很干净,目光和善而愉快。

"等一下,太太。你先坐下烤烤火。我帮你想想法子。你叫什么名字?他不肯见——昨天来看他的那位太太。"

她在椅子上坐下来,瞪了那胖军官一眼,报了她的名字。那年轻军官披上大衣出去了。另外几个人坐到桌子另一头,低声谈论着,翻着文件。斯佳丽愉快地伸出脚烤火,这时才意识到她的脚冷得厉害,后悔出门时忘了在一只鞋子底里的破洞处垫上一块硬纸板。过了一会儿,门外传来低语声,还夹杂着白瑞德的笑声。随即门被打开,一阵冷风灌进来,白瑞德出现在门口,他没戴帽子,肩上胡乱地披着件披风。他身上很脏,没刮胡子,也没打领结。他样子虽然狼狈,精神倒是蛮好,一看见斯佳丽,黑眼睛里立刻闪露出快活的光辉。

"斯佳丽!"

他一下把她的双手紧紧握住。像往常一样,她感到一股暖流,一种活力,一阵兴奋。随后,还没等她反应过来,他俯身亲吻她的脸颊,髭须轻轻擦着她的脸庞。他见她似乎吃了一惊,身子往后退缩,一把搂住她的肩膀叫着:"我亲爱的小妹妹!"咧开嘴对着她笑,好像因为她不能不接受他的抚爱,心里非常得意似的。斯佳丽见他此时还抓住机会不肯放过她,也觉得有点好笑。这家伙真是个大无赖!监牢也改不了他的本性。

那胖军官嘴里衔着雪茄,对那年轻军官嘟哝道:

"太不懂规矩。他应该待在消防站里。你知道是有命令的。"

"哦,看在上帝面上,亨利!叫这位太太到那空空洞洞的房子里会冻坏的。"

"那好吧,好吧!反正是你的责任。"

"我向你们保证,先生们,"白瑞德回过头跟他们说,一面还紧紧搂着斯佳丽的肩膀,"我的——妹妹没带锯子和锉刀来帮我逃跑。"

众人哄堂大笑,斯佳丽向四周窥视了一下。我的上帝,她难道得在六个北佬军官眼皮子底下跟白瑞德谈话不成!白瑞德难道是个非常危险的犯人,随时都得有人盯着吗?那好心的年轻军官见她那焦虑的神色,推开一扇门,走进去对里面两个二等兵低声吩咐了一声。那两个兵一见那军官,立即站起来,听他说罢,提起步枪走进过道,随手把身后的房门带上。

"你们要说话,可以坐在值班室里说,"那年轻军官说,"可是不要把门闩上,外面有人看守着。"

"你瞧我是个多么危险的人物,斯佳丽,"白瑞德说,"谢谢你,队长,你真太好了。"

他随随便便鞠了一躬,便抓住斯佳丽的手臂,扶着她站起来,推着她走进那肮脏的值班室。那房间究竟是个什么样子,她后来怎么也记不清楚,只知道它很小很冷,墙壁千孔百疮,用图钉钉着一份份手抄的文件,椅子的牛皮坐垫上的毛还没拔掉。

白瑞德把房门关上,迅速走到她身边俯下身来。斯佳丽明白他的意图,把头扭过去,眼角却含笑向他送了个秋波。

"我现在不能真正地吻你一下吗?"

"吻在额头上,像个好哥哥那样。"她假惺惺地说道。

"不,谢谢。我宁可怀着希望再等些日子,"他眼睛看着她的嘴唇,一直没有挪开。"你真好,肯到这里来看我,斯佳丽!我被关起来以后,你是第一个来看我的正经人。人蹲了监狱才知道友情的可贵。你什么时候到城里来的?"

"昨天下午。"

"可是你今天一大早就来看我!哦,亲爱的,我不知怎么说才好。"他带着微笑低头看着她,斯佳丽这是第一次看到他出自内心的快乐的表情,兴奋得打心底里笑起来。她低下头,像是很困窘的样子。

"我当然马上就来。昨天晚上皮特姑妈说起你以后我——我一夜没睡好觉。你的情况这样糟,白瑞德,我非常难过。"

"啊,斯佳丽!"

他的声音很柔和,却带着颤音。斯佳丽抬起头来,见他那黝黑的脸上,丝毫没有他那惯常的怀疑和讥讽的神色。在他逼视下,她真正地感到羞惭,又低下了头。事情的进展似乎比她所希望的还要好些。

"能够再见到你,听你说出这一番话来,我蹲监牢也是值得的。刚才他们提到你的名字,我简直不敢相信自己的耳朵。你瞧,那天夜里在拉夫雷狄附近,我出于爱国热忱,把你扔在半路上,我以为你这一辈子再不会宽恕我了。不过你今天来看我,就意味着你已宽恕我了。"

虽然事隔多日,她一想起那夜的情景,仍不免恨恨不已,可是她把怒火压住,只把头往后一扬,扬得耳环直晃荡。

"不,我没有宽恕你。"她说着噘起嘴唇。

"又一次希望破灭了。我把自己以身许国,在富兰克林的雪地里光着脚板战斗,而且害了顶顶严重的痢疾,难道我遭受了这许多痛苦,你却无动于衷?"

"我不想听你谈你的——痛苦，"她说，嘴巴还噘着，却从她上斜的眼梢抛给他一个微笑。"我想起那晚的事，至今还觉得可恼，绝不会宽恕你。你把我扔在那里不管，那是什么事情都可能发生的。"

"可是结果你还是安然无恙。由此可见，我对你的信任完全没有错。我料定你能平安到家，而且若是哪个倒霉鬼北佬碰到你，只好祈求上帝保佑他了。"

"白瑞德，你到底为什么要去干这种蠢事呢？我们明摆着是吃了败仗，可是到最后一分钟你偏要去投军。何况你还说过只有白痴才会去白白送死！"

"斯佳丽，饶恕我！一想起这件事我就免不了要脸红。"

"是呀，你那么对待我，是应该感到脸红。"

"你误会了。至于我把你扔在半路上那件事，请你原谅，我还是觉得心安理得的。我说脸红，指的是投军的事。穿着雪亮的皮靴和洁白的衬衫，带着两支决斗手枪就去投军，这未免荒唐。后来靴子破了，大衣丢了，又没有东西吃，还得在冰天雪地里长途行军……我不明白我为什么居然没有开小差，这简直愚不可及。这是血统决定的，我们南方人对于明知要失败的事业，也还是不肯舍弃的。不过不谈这些。我能够得到你的宽恕就足够了。"

"我并没有宽恕你，我认为你这个人非常可恶。"可是那最后两个字她说得很亲切，听起来就跟"可爱"差不多。

"不要哄我，你已经宽恕我了。一个年轻的太太，绝不会出于慈悲心肠，敢跟北佬哨兵打交道来看一个犯人的。何况还穿着丝绒衣裳，戴着羽毛帽子，笼着海豹皮手筒。斯佳丽，你真漂亮！感谢上帝，你没穿得那么破破烂烂，也没穿丧服。我现在一看见女人身上衣衫褴褛或者一年到头老是披着黑纱，就觉得心烦。你看起来，就像 Rue dela Paix①。亲爱的，你转个身，让我好好看看。"

---

① 法语：和平大街。此处系指巴黎大街上的时髦女郎。

这么看，他已注意到她身上穿的衣裳。当然，像白瑞德这样的人，这些事他不会不注意的。斯佳丽略带兴奋地笑笑，踮起脚尖转了一圈，伸开两臂让裙环向一旁倾侧，露出长内裤下面的花边。白瑞德从头到脚一丝不漏地细细打量着她，他那厚颜无耻的样子，就像她身上没穿衣服似的。从前他用这种目光看着她时，她全身就要起鸡皮疙瘩。

"你看起来挺富裕，而且非常非常体面。要不是门外有北佬，我几乎要想占有了你，——不过你尽可放心，亲爱的。你坐下吧，我不会像上回看见你那样占你的便宜。"他装出忏悔的样子摸着自己的脸颊，"斯佳丽，你老实说，那天晚上你是不是觉得有点自私？你想一想，我冒了生命危险给你偷来一匹马，那匹马可不是那么好偷的！然后我急急忙忙赶去捍卫我们的光荣大业！可是我这些辛苦的报酬是什么呢？让你骂了一顿，再加上挨了你狠狠的一巴掌。"

她坐下来。他们的谈话，并没有按照她所预期的方向进行。他刚看到她的时候，态度很好，像是真心实意地感谢她来看他，很有点人情味，不像往常那么不可理喻。

"你付出了辛苦是不是都要得到报酬呢？"

"那当然，我是个极其自私自利的人，这你应该知道。凡是我付出的东西，我都要收取代价。"

听了这话她不由微微一颤，可是她马上振作起来，又把头摇得耳环直晃。

"哦，你其实并不真的那么坏，白瑞德，你不过喜欢卖弄罢了。"

"说真的，你现在变了！"他笑着说，"是什么使得你变成个基督徒啦？我一直通过皮特小姐了解你的情况，可是从她那里我从来没有得到过暗示，说你身上培养出了女性的美德。跟我详细说说，斯佳丽，我们分手以后你做了些什么？"

往日对他的恼怒，对他的敌意，一下子又涌上心头，她恨不得给他来几句刻薄话。可是她却微笑起来露出了她的酒窝。他拉来一张椅子在她身旁坐下，她也自然而然把身子靠了过去，一只手温柔地搁在他臂膀上。

"噢,我现在很好,谢谢你,塔拉的一切也还过得去。当然,舍曼的军队经过我们那里的时候,日子是很艰难的,幸好他没把我们的房子烧掉,黑人把牲口赶到沼泽地里藏起来,这才把大部分牲口保存下来。去年的棉花收成还不坏,有二十包。跟从前当然没法比,可是现在田里人手不够。爸说明年我们可以多收一些。可是白瑞德,现在乡下的生活真枯燥。你想,没有舞会,又没有烤肉宴,谈起话来不外是说日子艰难。我简直腻烦透了,到上礼拜,我实在闷得受不了,爸说我得出去旅行,出去轻松一下。所以我就到这里来了,我打算先做几件连衣裙,再到查尔斯顿去看看姨妈。要是还能去跳舞该有多好。"

斯佳丽感到很得意,她想,我这番话说得可算恰到好处,不把自己说得太阔气,可是肯定也不算穷。

"你穿上跳舞衣裳很漂亮,亲爱的,这你也知道。你真不走运!我想你这次出来的真正原因大概是乡下情郎你都领教过了,所以到较远的地方来图个新鲜。"

斯佳丽听了白瑞德的话,心里暗暗庆幸。她想他近几个月一定是在外边,不久前才回到亚特兰大来的,否则他绝不会说出这样可笑的话。他所说的乡下情郎,像穿着破衣烂衫的方丹家弟兄,穷愁潦倒的芒罗家男孩子,和琼斯博罗、费耶特维尔一带的年轻人,他们成天在忙着种田、劈木头、饲养牲畜等等,早就不知道什么叫舞会,什么是谈情说爱了。可是她却故意忸忸怩怩地咯咯笑着,好像被他说中了似的。

"哦,得了。"她那语气像是希望他不要说下去。

"你真是没有心肝,斯佳丽,不过这也许是你的一种魅力吧,"他像往常一样,把嘴角一撇,微笑起来,可是她知道他是在恭维她。"因为,当然,你晓得你的魅力,已经大到超过法律所允许的程度了。甚至连我这样麻木的人,也不能不感觉到你的魅力。我时常在想,你究竟有什么地方,能使得我如此难以忘怀。我接触过许多女人,有比你美丽的,有比你聪明的,而且,我怕她们都比你善良,品行比你高尚。可是我却始终忘不了你。南方投降以后的几个月里,我在法国和英国,常和许多美丽的女人在一起。我见不到你,也听不到你的消息,可是我却无时不想起你,无时不想知道你的情况究竟怎样。"

斯佳丽听他说到别的女人比她美丽,比她聪明,比她善良,当时就憋了一肚子气,可是后来听他说一直想念她,说她有魅力,马上高兴起来,气也消了。原来他并没有忘记她,这样事情就比较好办。而且他现在的举动上很规矩,跟个上等人差不多。现在只要把话题引到他身上,她可以向他暗示她也并没有忘记他,然后——

她轻轻地捏了捏他的肩膀,又露了一下她的酒窝。

"哦,白瑞德,你再说下去,你怎么老拿我这个乡下姑娘开玩笑!我晓得自从那天晚上我们分手以后,你从来就没想到过我。你身边有那么多漂亮的法国和英国女孩子,怎么还会想到我呢?可是我老远跑到这里来,不是来听你捉弄我的。我来——我来——因为——"

"因为什么?"

"哦,白瑞德,你到了这种可怕的地方我真为你忧伤,为你害怕。你说他们几时会放你出去?"

他迅速地一把抓住她的手,并把它紧紧地按在他自己的臂上。

"我很感激你为我忧伤。至于几时能出去,那是说不准的,很可能要等他们把绳子再拉紧一点。"

"绳子?"

"是的,我是打算好脖子上套着绳子离开这里的。"

"他们不会真的把你绞死吧?"

"他们会的,只要他们能够再找到一点点对我不利的证据。"

"哦,白瑞德!"一手按住胸,她哭了。

"你觉得难过吗?你若是着实难过,我就要把你的名字,写进我的遗嘱里。"

他的黑眼睛在肆无忌惮地讥笑她,同时使劲捏她的手。

他的遗嘱！她忙放低眼光，免得被他看出破绽，可惜动作不够迅速，因为他的眼睛已突然闪烁出好奇的光辉。

"按照北佬的看法，我应该立下一个像样的遗嘱。他们对于我眼下的经济状况，似乎感到极大的兴趣。我每天都要被提审一次，审讯的人每次都不一样，问的尽是些可笑的事。现在有一种谣传，说是南方邦联有一笔神秘的金币被我拐走了。"

"哦——这事当真？"

"好一个诱惑性的问题！你跟我一样清楚，南方邦联只有一台钞票的印刷机，并没有一家金子的造币厂。"

"那么你的钱是怎么弄来的？靠投机吗？皮特姑妈说——"

"好一个查究性的问题！"

该死！当然，那笔钱是在他手里。她此刻非常兴奋，现在跟他说话不那么容易说得甜甜蜜蜜的。

"白瑞德，你在这里，我总觉得心里不安。你说你还有没有机会出去？"

"'Nihil desperandum'① 就是我的座右铭。"

"这话是什么意思？"

"就是'也许会'的意思，我迷人的小笨蛋。"

她眨动浓密的睫毛抬起眼睑看他，又眨动睫毛垂下眼睑。

"哦，你这样机敏的人，怎么会叫他们绞死呢？你一定能想出巧妙的办法对付他们！等你走出了这地方——"

"那时怎么样？"他把身子靠近些，轻声问道。

"嗯，我——"她装出心里很矛盾的样子，并且脸也红了。脸红倒也不难，因为此刻她心跳得像擂鼓似的，简直透不过气来，"白瑞德，那天我不应该——我是说那天夜里——在拉夫雷狄——我不该跟你说——你瞧——我非常害怕，心里很烦，你又那么——那么——"

---

① 拉丁语，有"天无绝人之路"之意。

她低下头,看见他棕色的大手紧紧按在自己手上。"而且——我还以为我从此绝不会宽恕你。可是昨天皮特姑妈跟我说你——说他们要绞死你——我就忽然——我就——"说到这里,她抬起头,用祈求的目光看着他的眼睛,那神情简直是芳心欲碎。"哦,白瑞德,他们若是把你绞死,我真活不下去了。我实在忍受不了。你要知道,我——"她见他眼睛里跳动着炽热的光,觉得抵挡不住,忙又把眼睑低垂下去。

她心里非常兴奋,一时又疑惑不定,她想,我怕要哭出来了,可是我该不该哭呢?哭出来是不是更自然一些呢?

这时白瑞德急促地说道:"我的上帝,斯佳丽,你的意思不是——"说时他握着她的手一使劲,她的手被捏得生痛。

她把眼睛紧紧闭上,想挤出几滴眼泪,同时没忘了把脸稍稍抬起一点,好让他可以毫不费力地亲吻她。好,他马上就要来吻她了。她忽然清楚地记起他的吻是那么热烈,那么迫切,能叫她浑身无力。可是他并没有吻她。她觉得失望,有些不解,把眼睛睁开一条缝,冒险地偷觑了他一眼。他正俯身举起她的手吻了一下,又拿住她另一只手在他脸颊上贴了一会儿。她原来以为他会有热烈放肆的举动,没料到他这样情意绵绵的姿态,使她感到吃惊。她想看看他脸上的表情,可是他低着头,她根本看不到他的脸。

她怕他忽然抬头看出她脸上的表情来,急忙垂下眼睑。因为她知道自己那胜利的感觉一定会在眼神中明明白白地显示出来。要不了一分钟他就要求她嫁给他——至少他会说他爱她,那时……她的眼睛正从睫毛下偷偷地注视着他时,他把她的手翻过来,掌心朝上,亲了一下,他忽然抽了一口冷气。斯佳丽连忙低头看自己的手,一年以来,她是第一次仔仔细细地看自己的手,这一看,使她大惊失色,浑身冰凉。这哪里是斯佳丽·奥哈拉小姐那柔软、白皙、纹理细腻、娇嫩无比的手,分明是另一个人的!那手又粗又黑,满是斑斑点点。指甲长短不齐,有的折断,有的破裂。手板上长满厚厚的老茧,拇指上有一个水泡,还没有完全愈合。上个月熬猪油时烫出来的红疤既难看又显眼。她在恐怖之中见到了自己的这双手,还来不及思索,她赶快捏紧她的拳头。

他却依然没有抬头,因此她无法看见他的脸。他毫不容情地把她的拳头掰开,眼睛死死地盯着它,又把她另一只手抓起放在一起,一言不发地俯视着她的一双手。

"看着我,"他终于抬起头来,十分平静地说道,"用不着再假装正经了。"

她勉强地抬头,接触到他的目光,她的脸上现出心烦意乱和不服输的神色。他扬起黑眉毛,目光闪烁。

"如此说来,你在塔拉干得挺好,是吗?卖棉花得了不少钱,尽可以出来玩玩了。你这双手到底是干什么的——种田吗?"

她想把手抽开,可是他捏得很牢,还用拇指从一个个老茧上按过去。

"这不是一双闺阁千金的手。"他说着把她的手扔在她膝盖上。

"喔,别说啦!"她嚷道,觉得能够诉说自己的感情,享有一种暂时的极大的宽慰。"我的手做什么干谁什么事?"

她嘴巴虽硬,心里却很不平静。我实在太蠢,她想,为什么不把皮特姑妈的手套借来,或者干脆偷来。可是我没料到我这双手竟会这样难看。他当然不会看不出来。我现在发了脾气,这下恐怕坏事了。唉,真倒霉,就在他快要表白的时候,偏偏出了这种事!

"你的手自然不干我的事。"白瑞德冷冷地说,懒懒地靠在椅背上,脸上毫无表情。

看来有点不大好对付。好吧,她如果想要扭转局面,不管心里多么不愿意,也得耐着性子忍受。也许跟他说上几句甜言蜜语——

"我说你拿我的手乱甩,未免太不礼貌了。我只不过上个礼拜骑马没戴手套,把手弄得不大像样罢了。"

"骑马,见鬼!"他的语调还是那么平静,"你那双手是在干活,像黑鬼一样在干活,才弄成这种样子的。到底是怎么回事?你为什么要骗我说塔拉的日子过得不错?"

"你听我说,白瑞德——"

"不用再兜圈子了。你说你来看我的真正目的是什么？你刚才跟我卖了一阵子俏，害得我差点上你的当，以为你真的喜欢我，为我难过呢。"

"哦，我是真的为你难过的——"

"不，你说的不是实话。我哪怕被吊得比海曼①还高，你也不会把我放在心上的。这明明白白地写在你的脸上，就像你干苦活明明白白地写在你手上一样。你想跟我要什么东西，而且想得非常迫切，所以就表演了这么精彩的一幕。我不懂你为什么不爽爽快快地跟我明说，要是那样，你成功的机会要多得多，因为如果女性的美德中有什么值得我看重的话，那就是坦率。可是你偏要戴着那副丁零当郎的耳环，丑态百出地像个娼妓在拉客。"

他说到最后一句时，没有提高嗓门，也没有加重语气，可是斯佳丽却像重重地挨了一鞭子。她明白他绝不可能向她提出求婚。他如果跟别的男子一样，对她大发雷霆，刺伤她的虚荣心，甚至于痛骂她一顿，她还能有办法应付。可是他的声音却是像死一般地平静，这使她害怕，使她对下一步应如何动作束手无策。她忽然意识到，尽管白瑞德已是个犯人，门外还有北佬守着，可是他是个危险人物，绝不能冲撞他。

"我看我的记忆力渐渐不中用了。我本该记得你这人跟我一样，不论做什么事，都不会没有目的的。那么，让我想想，你的葫芦里到底在卖什么药，汉密尔顿太太？我想你不可能那么糊涂，会指望我向你求婚吧？"

斯佳丽脸变得通红，没有答话。

"可是你一定不会忘记我多次跟你说过的话，我是一个不结婚的男人。"

他见她还是不吭声，便突然凶暴地说道：

---

① 海曼为一波斯牧师，因阴谋对付犹太人败露，被吊死在他自己的绞架上（见《圣经·旧约》）。

"你到底忘记了没有?回答我。"

"没有忘记。"她可怜巴巴地说。

"好一个赌徒,斯佳丽,"他嘲弄她说,"你可真会利用机会,以为我现在关在牢里,没有机会亲近女人,就会像条鳟鱼一样,一口把你的钓饵吞进肚里。"

你可不是吞进了吗,斯佳丽内心愤愤地想道,如果不是我那双手——

"好,现在一切都明白了,就只剩下你的道理。你能不能告诉我,你为什么要引诱我向你求婚呢?"

他的声音很和蔼,几乎有点逗弄的意味,斯佳丽听了,精神又振作起来。事情也许不是没有转机。当然,结婚的希望是破灭了,可是即使在失望之中她还自得其乐。因为他这人如此铁石心肠,跟他结婚未免是桩可怕的事。可是如果她用一点策略,打动他的同情心和他的怀旧之情,也许能向他借到一笔款子。她于是立刻摆出一副天真的和解的样子。

"哦,白瑞德,你能够给我很大的帮助——要是你肯答应的话。"

"我顶顶喜欢的事就是帮助人家。"

"白瑞德,看在老朋友面上,我想求你一件事。"

"那么,手上长满老茧的太太终于说出她的真正使命来了,我想'探望病人和囚犯'恐怕不是你所扮角色的任务。你需要什么?钱吗?"

经他这单刀直入地一问,原来设想好的迂回的和运用感情的路线,肯定此路不通了。

"不要小气,白瑞德,"她把声音放得甜甜的,"我想跟你借三百块钱。"

"终于把实话说出来了。谈的是爱,想的是钱。多么标准的女性!你急需钱用吗?"

"哦,是——嗯,不太急,不过我想派点用场。"

"三百块。那可是一大笔钱。你到底有什么用?"

"给塔拉纳税。"

"那么说,你是要借钱。既然你当桩正经事跟我谈,我也就正经一点。你打算拿什么做抵押呢?"

"什么什么?"

"抵押。我的借款的担保。当然,我不愿意把我的钱白白丢掉。"他的语气彬彬有礼,几乎像是在讨好她,那分明是假情假意,可是她却没听出来,还以为事情大有希望。

"拿我的耳环。"

"我对耳环不感兴趣。"

"我拿塔拉给你做抵押。"

"我现在要农田有什么用?"

"这个,你可以——你可以——塔拉是个好种植场。你的钱不会丢掉。明年收了棉花,我就把你的钱还清。"

"我想未必靠得住,"他仰靠在椅背上,两手插在口袋里。"棉花价钱一天天在跌。如今日子很艰难,钱又非常紧。"

"哦,白瑞德,你别逗弄我了,你明明是个百万富翁。"

白瑞德打量着她,目光中跳动着一种深深的恶意。

"那么一切都很顺利,你也不急需钱用。好吧,听到老朋友们生活得很好,我感到非常高兴。"

"哦,白瑞德,看在上帝面上。"她开始失望了,她的勇气和自制力在溃退。

"声音轻一点。你不想叫北佬听见吧。有没有人跟你说过,你的眼睛像只猫——像只黑暗中的猫?"

"白瑞德,别这样,我把一切都跟你说了吧。我的确急需钱用。我——我说一切都很好,那是骗你的。我现在的情况坏透了。父亲他——他神经不正常。母亲去世以后他就变得失常了,一点也不能帮我的忙。他现在就像个孩子。田里种棉花的黑人我们一个也没有了。却有十三张嘴巴要吃饭。而且税款简直高得吓人。白瑞德,我把一切全说给你听。这一年多以来,我们简直都快饿死了。哦,你真不知道,你也不可能知道,我们从来没有吃饱过。每天空着肚子上床,空着肚子醒来,那味道真可怕。我们连件暖和一点的衣裳也没有,孩子们都在挨冻,在害病,而且——"

"你身上的漂亮衣裳是从哪里弄来的?"

"是拿妈妈的窗帘做的,"她出于无奈,也就顾不得为了面子编造谎话了。"挨饿受冻我还可以忍受一下,可是现在——现在那些拎包投机家提高了我们的税款,而且要我们非得马上交纳不可。我现在总共只有五块钱金币。我非得弄钱交税不可,你懂吗?如果我不付清税款,我就要——我们就要失掉塔拉,可是我绝不能失掉塔拉!我绝不肯放手!"

"可是你为什么不早一点把这一切都告诉我,却偏要来折磨我这颗易动感情的心呢?我这颗心只要跟漂亮女人打交道,向来是非常脆弱的。得了,斯佳丽,你别哭。你刚才各种手段都使过了,就只剩下这一招,要是真的拿出来,我怕吃不消。因为我既发现了你要的是我的钱,而不是我这个可爱的人,我的感情就被失望扯得支离破碎了。"

斯佳丽想起每逢他在冷嘲热讽——嘲讽别人,也嘲讽自己——的时候,他其实是在赤裸裸地道出真情,于是她急忙抬头看着他。他是不是真的感情受到了伤害?他是不是真的喜欢她?他刚才若是没有留神她这双手,真的马上就会向她求婚吗?还是他企图像前两次那样提出那可恶的建议呢?如果他真的喜欢她,那她也许还能叫他平息下来。可是在他扫视她的目光中,看不出有爱她的样子,只听他轻轻一笑。

"我不喜欢你的抵押品,我不是个种植场主。你还能提供别的什么可抵押的?"

好吧,她终于只有这一招了,就横下一条心吧!她深深地吸了口气,毫不回避地看着他的眼睛,因为她此刻急于想抓住的正是她顶顶害怕的东西,因此一切装模作样,卖弄风情,都大可不必了。

"我——我还有我自己。"

"嗯？"

她的下巴绷得紧紧的，变得方方的，眼睛变成翡翠色。

"你还记得围城的时候，那天夜里在皮特姑妈家走廊里的事吗？你说——你那时说你要我。"

他随随便便地靠在椅背上，看着她那紧张的脸容。他的目光深处有什么在闪烁着，但却无从捉摸。他一言不发。

"你说——你说你从来没有想要一个女人，比想要我更加迫切。你如果还想要我，我可以答应你。白瑞德，你怎么说，我都可以答应，不过，看在上帝面上，开一张支票给我。我说话算数。我可以发誓我绝不反悔。如果你要，我可以写张字据给你。"

她急急忙忙说着。他看着她，样子很古怪，还是难以捉摸，不晓得对她的话是喜欢还是不喜欢。他若是肯开口说话就好了，不论他说什么。斯佳丽觉得自己脸上有点发热。

"我得尽快弄到钱，白瑞德，要不我们就会被人从塔拉撵走，这地方就要归爸爸从前那个该死的监工所有，而且——"

"等一等，你怎么晓得我现在还要你？你又怎么晓得你值三百块钱呢？大多数女人的价钱，都没有那么高呢。"

她的脸一直红到头发根，这简直是奇耻大辱！

"你为什么一定要这样做？你为什么不干脆放弃塔拉，搬到皮特姑妈家去住？那屋子有一半是属于你的。"

"看在上帝面上，"她嚷道，"你是个白痴吗？我不能放弃塔拉。那是我的家，我绝不放弃。只要我还有一口气，我就不能放弃它！"

"爱尔兰人，"他坐正身子，两手从手袋里抽出来，"是最最该死的民族。许多不该看重的东西，他们偏偏看得非常重。比如土地。其实土地这东西，这一块跟那一块，到处都是一样的。好吧，斯佳丽，我们实话实说。你来看我，是打算跟我做个交易，我给你三百块钱，你就做我的情妇。"

"是的。"

这个本来是叫她深恶痛绝的字眼，现在终于说出来了，她心里觉得轻松些,也觉得重新燃起了希望。他刚才已说出"我给你"。他的眼神中发出怀有恶意的闪光,仿佛有什么东西使他觉得极其有趣似的。

"可是,当初我老着脸皮跟你提出这件事的时候,你把我撵了出去。你还骂了我一连串很难听的话,还说你不想跟我养一窝'小崽子'。哦,斯佳丽,我并不是要旧事重提刺激你,我只是觉得你的心思很特别。叫你快快活活,你不干,现在怕饿肚子,你就干了。这就证明了我的一个论点,一切美德无非是一个价格问题罢了。"

"哦,白瑞德,你怎么老说这些,你若是想要侮辱我,你尽管说下去,可是钱你得给我。"

她现在觉得呼吸渐渐舒服起来。像白瑞德这种人,自然不会放过眼前的机会折磨她、侮辱她,报复他从前受到的轻蔑和刚才对他玩弄的花招。好吧,她可以忍受,她什么都能忍受,为了塔拉是值得的。霎时间她仿佛慵懒地躺在塔拉草地上密密的苜蓿花丛中间,像是在仲夏季节里,下午的天空一片蔚蓝,波涛般的云层变幻多姿,四周花香飘溢,耳边蜜蜂嗡嗡。午后的静谧从远处盘旋伸展的红色田野里,传来大车驶过的声音。为了塔拉,还有什么不值得忍受的呢?

她抬起头来。

"你肯把钱给我吗?"

他那神情好像是自得其乐,可是他开口说话时,语气虽温和,实质却非常残酷。

"不,我不给。"他说。

一时间她的心思简直无法适应他的说话。

"就算我想给你钱,我也没办法给你。我口袋里没有一分钱,也没有一块钱存在亚特兰大。钱我是有一点,可是不在这里。我不能告诉你我有多少钱,放在什么地方。我要是开一张支票给你,那么北佬像鸭子啄六月里的甲虫似的向我扑过来,我们两个人谁也拿不到那钱。你觉得怎么样?"

她的脸顿时蒙上一层难看的绿色,鼻子上的雀斑一颗颗竖立起来,嘴巴歪扭着,跟杰拉尔德暴怒的时候简直一模一样。她歇斯底里地喊了一声,倏地跳起身来,隔壁房间里低低的谈话声随即停住。这时,白瑞德像一头豹子那样迅疾地闪到她身边,一手捂住她的嘴,另一手搂着她的腰。斯佳丽拼命挣扎,想要咬他的手,踢他的腿,发出尖声怪叫,把她的愤怒,她的绝望,她的仇恨,她的自尊心所受的伤害,统统发泄出来。她在他那铁箍似的手臂里前弯后仰,扭来扭去,紧身衣束得她透不过气来,她的心简直快要迸裂。他紧紧搂着她,动作粗暴,搂得她生痛,那只捂住她嘴巴的手,挤压着她的下巴,差点没把她的牙床压碎。他黝黑的脸色发白,目光严峻而焦虑,把她使劲地整个儿抱起来,紧贴着自己的胸膛,然后坐在椅子上,由她在他膝上挣扎。

"亲爱的,看在上帝面上,你不要动,不要响,你要一嚷他们马上就会跑进来。冷静一点。你是不是要北佬跑进来看见你这副样子?"

她简直气疯了,只想杀了他,谁进来看见她,谁怎么样,全都顾不上了,可是她忽然一阵晕眩。她的嘴被他紧紧地捂住,她气都透不过来了。她身上的紧身衣像道铁环,她心里又恨又恼,她怎么也挣不脱他的手臂,渐渐地他们的声音变得稀疏和模糊起来,他的脸在迷雾里旋转,那雾愈来愈浓,终于他的脸她也看不见了——什么也看不见了。

她慢慢地恢复了知觉,只觉浑身酸痛、软弱,迷迷糊糊。她靠在椅背上,软帽掉下了,白瑞德正在轻轻地拍着她的手腕,目光焦急地看着她的脸。那个好心的年轻军官端来一杯白兰地,想灌进她的嘴里,结果却洒泼到她的脖子里。另外几个军官站在一旁束手无策,时而轻声交谈,时而挥舞双手。

"我——想我一定是晕过去了。"她说,那声音听起来很遥远,使她自己吃了一惊。

"把这喝下去。"白瑞德把杯子拿过来贴在她的唇边。这时她记起了刚才发生的事,便对着他怒目而视,可是她实在太虚弱,连发火的力气也没有了。

"看在我的面上，请你喝下去吧。"

她喝了一口，呛住了，咳了几声，可是他仍把杯子放在她唇边，她喝了一大口，一般热流火辣辣地灌进了她的喉咙。

"我想她现在好些了，先生们，"白瑞德说，"我非常感谢。她听说我要上绞架，就实在受不了啦。"

几个军官听了有点站立不安，脸上现出窘困的神色，清了清喉咙，便走出去了。那年轻军官在门口停住脚步。

"还有没有什么事需要我帮忙——"

"没有，谢谢。"

他走出去，把房门从身后带上。

"再喝一点。"白瑞德说。

"不。"

"喝下去。"

她又喝了一口，一阵暖流流遍全身，颤抖的两腿慢慢恢复了力气。她推开杯子想站起来，可是他把她搂回到椅子上。

"把你的手放开。我要走了。"

"你还不能走。再等一等。弄不好你还会晕过去。"

"我宁愿晕倒在马路上，也不想在这里跟你在一起。"

"你愿意也好，不愿意也好，我总不能让你晕倒在马路上。"

"让我走。我恨你。"

听了她的话，他脸上泛起了淡淡的微笑。

"这话才像是你说的，看来你开始恢复过来了。"

她靠着休息了一会儿，想以重新大发脾气来支撑住自己，想聚集一点力气。可是她实在乏力。乏力到既无力恨他，而且连什么也不想予以理会。失败压在她的心灵上像是沉重的铅块。她把一切当作赌注，现在却输得精光。连自尊心也丧失无遗。这是她最后希望的毁灭，是塔拉的毁灭，是她们全家的毁灭。她靠在椅背上好久，闭上眼睛，听着身旁他沉重的呼吸，白兰地的炽热缓缓地通向她的全身，给她以虚假的力量和温暖。最后她睁开眼睛，一看到他的脸，怒气便又上来了。她两道上斜的眉毛紧锁着,白瑞德的脸上又露出惯常的微笑。

"你现在好些了。这从你那绷着脸的样子,就可以看出来。"

"是的,我很好,白瑞德,你这人真可恶,是个十足的下流坯,你明明一开始就知道我要说些什么。你既然不借钱给我,为什么还要叫我说下去,你本来可以叫我不必说——"

"不让你说下去,那我不是听不到那些话了吗?其实也不算过分。我在这里没什么可以消遣的。我从来没听见过这样令人满意的话呢。"他忽然发出嘲弄的笑声。斯佳丽听见这笑声,立刻跳起来,抓起她的帽子。

他忽然按住她的肩膀。

"别忙。你是不是已经恢复过来,可以谈些正经的了。"

"让我走。"

"我看你已经恢复过来了。那么,跟我说,你那钓杆上想钓的鱼,是不是就只有我这一条。"他目光炯炯,警觉地注视着她脸上的每一个变化。

"你这话是什么意思?"

"我是问你用这把戏对付的男人,是不是就我一个?"

"这事跟你有关系吗?"

"这关系比你想象的要更大。你的钓绳上是否还有其他目标呢?你说!"

"没有。"

"我不信。我想你一定有五六个候补的。而且毫无疑问一定会有人接受你这有趣的建议。我因为对此深信不疑,所以想给你提供一点小小的忠告。"

"我不需要你的忠告。"

"可是我还是愿意提出来。我现在能够给你的,也只有忠告了。你听,这是个很好的忠告。你如果想从男人身上得到些什么,千万不要像刚才那样不假思索地冲口而出。要含蓄一点,带点诱惑性。

这样效果会更好。其实你对此道是十分精通的,可是你刚才要拿你自己给我做——呃,做抵押品的时候,你那神气,简直硬得像钉子。我记得从前我跟人家用手枪决斗,双方站在二十步开外,对方眼睛里的神色就跟你刚才那样子差不多。那样子可不是叫人喜欢的,绝不会在男人心里激起热情。对付男人可不能那样,亲爱的。你早年所受的训练怎么全给忘了。"

"我用不着你教我该怎么做,"她说着疲倦地戴上帽子。她不明白他这人脖子上已经套上绞索,面对她如此悲惨的处境,他怎么还能够在那里打趣说笑。她甚至于没有注意到,他当时两手正攒紧了拳头,塞在裤袋里,似乎为自己的无能为力而忍受着沉重的压力。

"不要发愁,"他在她系帽带的时候对她说,"你可来到我上绞架的现场,那时你就会更加舒服,我从前欠你的账,包括今天的,都可以一笔勾销。而且我还要把你的名字写进我的遗嘱里。"

"谢谢你,不过他们总不会先绞死你再让我去交纳税款吧,那不是太晚了吗?"她说这话的时候,跟他一模一样的恶毒,而且她说这话是出于她的内心的。

第三十五章

　　她从消防站走出来。天正在下雨,阴暗的天空一片灰蒙蒙,广场上的士兵都到营房里躲雨,街上阒无一人。街上不见有马车,她知道回家的长长的路程必须靠自己的两条腿走了。
　　她步履艰难地往回走,这时白兰地的酒性已渐渐消退。寒风吹得她簌簌发抖,冷雨打在她脸上犹如针刺一般。皮特姑妈的薄薄的斗篷很快地就被雨水浸透,一块块地粘在她身上。她明白她那件丝绒新装算是完了,她帽子上的几根羽毛的狼狈模样,跟在它们原先的主人的塔拉谷场上雨中跑来跑去的大雄鸡身上也相差不远。人行道的砖块残缺不全,有些地方,整段地面没有一块砖头,一脚踩下去,污泥陷到脚踝深,鞋子像被胶水粘牢一样,一使劲,脚反而从鞋子里拔出来。她弯身取鞋子,裙边就拖到烂泥里。碰到泥坑,她并不绕着走,径自木然地踩进去,听凭长裙沉沉地拖在后面。长内裤的裤脚和衬裙的裙边碰着她的脚踝,冷飕飕的,可是此刻她对于身上的那件作为大赌注的湿得不成样子的衣裳已经毫不在乎。她觉得寒气逼人,心灰意冷,山穷水尽。
　　她怎么回塔拉见大家的面呢?出来借钱的时候说得挺有把握,现在却要大家都得离开塔拉,这叫她如何交代?再说那红色的田野、高高的松林、幽暗的沼泽地和那雪松荫下的埃伦安息着的墓地,这一切叫她怎样舍得离开呢?
　　她在滑溜的人行道上费力地走着,心里在暗暗地怒斥白瑞德。好一个无赖!她在他面前已出过丑,她希望他们真的把他绞死,今后她永远不要再见到他。其实他如果存心给她钱,她当然有办法把钱拿到手的。哼，绞死他也还是便宜了他！感谢上帝，他没看见她现在这副模样：披头散发，牙齿打战，浑身上下像只落汤鸡。要是让他看见她如此狼狈，他准会讥笑她。

她急忙赶路通过黑人的地方，他们都回头咧开嘴放肆地讥笑她在烂泥里滑来滑去，有时还停下来喘着气把脱落的鞋子重新穿上。这班黑鬼，竟敢取笑塔拉庄园的斯佳丽·奥哈拉小姐，她恨不得拿鞭子好好抽他们一顿，直抽得他们鲜血从背上淌下来。北佬真该死，竟会想到要解放他们，让他们放肆地嘲弄白种人！

她走到华盛顿街时，见那里的景象跟自己的心情一般凄凉。跟桃树街迥然不同，她看不到丝毫热闹欢快的场面。这一带许多曾经一度都是美观的建筑物，现在经过重新修整的寥寥无几。烧焦的屋脊和乌黑屹立的烟囱——现在被称之为"舍曼的哨兵"随处可见，叫人看了心酸。屋前的小径杂草丛生，草坪上密密地覆盖着枯黄的野草，马车的踏脚木上还可以看到刻着她熟悉的名字，拴马柱上再也不会出现缰绳的绳结。凄风苦雨，秃树泥泞，荒凉岑寂，她的双脚已经湿透，回家的路程还是那么遥远！

她听见身后有马蹄的溅水声，尽量靠人行道的里侧走，让皮特姑妈的斗篷少溅一点泥水。一辆单座马车缓缓地驶过来，她回头细看，假如赶车的是个白人，她也许可以搭便车回家。雨下得很大，马车到她附近时，她还是看不大清楚，却见赶车人正从那挡水板一直拉到他下巴的油布上面盯视着。她跨到马路当中仔细一看，觉得好像有些面熟。那人疑惑地轻轻一声咳嗽，随即一个熟悉的声音又惊又喜叫嚷起来："哎呀，这不会是斯佳丽小姐吧！"

"噢，肯尼迪先生，"她喊道，忙穿过马路，走到车轮边，也顾不得把斗篷弄脏了，"想不到在这里看到你！我可一辈子也没这样高兴过！"

肯尼迪听她的说话非常真挚，高兴得脸都红起来。他忙向马车的另一侧吐了一口嚼烟草的口水，随即敏捷地跳下来。他亲热地跟她握手，撩起油布，搀她上车。

"斯佳丽小姐,你独个儿到这里来干什么?你不晓得近来这里很不太平吗?瞧,你浑身都湿透了,这里有车毯,快把你的脚裹好。"

他对她关怀备至,像只团团转的母鸡,她乐得享受一下。身边有个男人对她奉承、絮叨,哪怕斥责,总是件惬意的事,即使那男人只不过是婆婆妈妈的弗兰克·肯尼迪,像是个老处女式的男人,总也聊胜于无。尤其是刚才在白瑞德那里受了委屈,此刻更觉莫大的安慰。何况,啊,在远离家乡的地方看到乡亲的熟脸又是何等亲切;她留意到他身上穿得很整洁,马车也是新的。那马喂养得很好,还是匹小马,可是弗兰克却看起来很老,比去年圣诞节在塔拉见到他时又老了许多。他的脸灰黄消瘦,一双黄眼睛深陷进去,暗淡无光,皮肤松弛,满是皱纹。姜黄胡子似乎越来越稀疏,上面沾着烟草汁,好像被他不断地抓得很不雅观。可是虽然他脸色苍老憔悴,却显得兴致勃勃,挺有精神。

"看到你很高兴,"他热情地说,"我不晓得你到城里来了。我上星期还见到皮特小姐,她没提起你要来。有没有——呃——啊哈——塔拉有没有人跟你一起来?"

这老傻瓜想的是苏埃伦。

"没有,"她说,把膝上的毯子裹得更紧,又把它拉上一点,想把脖子也围住,"我独个儿来的,事先也没通知皮特姑妈。"

他吆喝了一声,那马儿小心翼翼地在又湿又滑的路上迈步前进。

"塔拉大家都好吗?"

"噢,是的,还好。"

她得找些话聊聊,可是她实在无话可说。经历这次挫折以后,她的心头像是压上了一块铅,她眼下需要的就是仰靠在这暖和的毯子里,默默地告诉自己:"现在不要去想塔拉,等过些时候再想,到那时再想就不会像现在这样伤心。"她只想找个话题,好让他一路滔滔不绝地讲下去,自己只消偶尔应一声"真好","你真行"之类的话。

"肯尼迪先生，我真没想到会碰到你。我知道我不是个好姑娘，跟老朋友的联系少。可是我不晓得你就在亚特兰大。我记得有人跟我说过你到马里塔去了。"

"我在马里塔做生意，在那里做了不少生意，"他说，"苏埃伦小姐没有跟你说过，我已在亚特兰大定居吗？她没有跟你说过我开店的事吗？"

她还依稀记得，苏埃伦是跟她唠叨过弗兰克跟他的店铺的事，可是她从来不把苏埃伦的话放在心上。只要弗兰克还活着，有朝一日把苏埃伦从她手里接过去，她已心满意足了。

"没有，她一句也没提起过，"她撒了个谎，"你开店了吗？你可真有本事！"

他听说苏埃伦没有宣布他的消息，像是有点伤心，可是听了斯佳丽的恭维，又面有喜色。

"是的，我已开了一家店铺，而且我觉得这店还满不错的。人家说我是个天生的生意人呢。"说着高兴地咯咯笑起来。斯佳丽每次听到他那胆怯而神经质的笑声，心里就觉得不舒服。

真是个自以为了不起的老傻瓜，她想。

"喔，你不论办什么事，总能办成功，肯尼迪先生。可是你这店究竟是怎么开起来的？去年圣诞节你还跟我说，你连一分钱也没有。"

他尖声怪气地清清喉咙，用指甲抓抓他的黄胡子，脸上闪出怯懦的微笑。

"这事说来话长，斯佳丽小姐。"

感谢上帝！她想。这下说不定可以由他一路说到家门口了。她大声道："快说呀！"

"你还记得上回我们到塔拉征集军需品吗？自那以后不久，我就去服役了，我是说去打仗，不干军需那一行了。当时军需队实在也没什么事情好做，斯佳丽小姐，因为到处都弄不到东西。我想一个身强力壮的人应该到前线去，我参加了骑兵队，在一次战斗中我肩上中了一颗米尼弹①。"

他脸上现出自豪的样子,斯佳丽忙说:"哎呀,多可怕!"

"噢,没什么大不了,不过伤了点皮肉,"他不以为然地说,"我被送到南方一家医院里,可是就在我快要康复时,北佬的突击队忽然来了。哎唷,哎唷,那时候可真够紧张的。我们一时措手不及,仓促之中,凡是走得动的伤兵,都帮着把军需品和医院里的设备搬到车站运走。我们勉强装好一列车东西,北佬就冲进城来,这时我们就赶快从城的另一头开出城外。哎唷!哎唷!我们坐在车顶上回头一瞧,那光景真凄惨,我们堆在铁路边的军用品,足有半英里路长,全被北佬放火烧了。我们只是幸免于难。"

"多可怕呀!"

"是的,确实可怕。那时我们的军队已经回到亚特兰大,所以我们的火车也开到这里来。哦,斯佳丽小姐,过不多久战事就结束了。此后医院里留下许多瓷器、帆布床、床垫、毯子之类的东西,没有人认领。我想这些东西,根据投降条款,都该归北佬所有,你说对吗?"

"嗯。"斯佳丽心不在焉地说道,此时她身上暖和起来,有点昏昏欲睡了。

"我直到现在,还不晓得自己到底有没有做错,"他稍稍有点烦躁地说道,"不过我想这些东西反正对北佬没什么用处,他们很可能一把火把它们烧了。可是我们的人却是花了钱把它们买来的,所以我觉得应该归南方邦联或者南方邦联的人所有。你明白我的意思吗?"

"嗯。"

"我很高兴你同意我的意见,斯佳丽小姐,不知怎的,这件事一直压在我的心头。有不少人跟我说:'得了,弗兰克,不要去想它了,'可是我办不到。我要是觉得做了什么错事,我就抬不起头来,你以为我做得对吗?"

---

① 一种锥形来复枪子弹,多用于19世纪中叶。

"当然。"她说,心里却感到奇怪,这老傻瓜到底在说些什么。他像是在跟自己的良心斗争。其实一个人到了肯尼迪这样的年纪,应该学会不必为无关紧要的事自寻烦恼,可是他这人偏偏总是那么神经过敏,婆婆妈妈,像个老处女似的。

"你这样说我听了很高兴。投降之后,我除了只有十块钱银币,其余一无所有。我在琼斯博罗的店铺和房子全被他们搞光了,这你是知道的。我当时简直一筹莫展。后来我就在五角场用我的十块钱利用一家旧店铺搭了个屋顶,把医院里的物资搬到那里去卖。床铺、瓷器和垫子是人人用得着的东西,我又卖得很便宜,因为我把那些东西看成既属于我也属于别人的。不过我还是卖了不少钱。我拿出售来的钱进了点货色,这店就维持得相当不差。我想要是生意兴隆,我可以赚可观的一笔钱。"

一听到"钱"这个字,她的心神又来劲了,而且非常清醒。

"你说你赚了钱吗?"

肯尼迪见他的话引起斯佳丽的兴趣,顿时热情洋溢。女人除了苏埃伦外都只是出于礼貌才勉强敷衍他一下,想不到像斯佳丽这样一个出名的美人居然会耐心听他说话,真叫他喜出望外。于是他放慢了马步,好让他们到家之前,他可以把他做生意的故事讲完。

"我不是百万富翁,斯佳丽小姐,跟我从前的财产相比,现在这一点钱简直微不足道。可是今年我总算也赚了一千块钱。当然,办新货、修店铺、付租金花了五百块,可是毕竟还净剩五百块。而且,因为生意肯定会兴旺,明年我当可净赚两千块钱。这笔钱我也一定能派上用场,因为,你听我说,我还有一桩事要办。"

斯佳丽听他谈到钱,兴致立刻强烈起来。她让密密的多而粗的睫毛遮住眼睛,把身子向他挪近了一些。

"你这话是什么意思,肯尼迪先生?"

他笑了笑,拿缰绳在马背上抽了一下。

"我跟你谈做生意的事,怕叫你厌烦了,斯佳丽小姐。像你这样的漂亮女人,是无须谈什么做生意的事的。"

这老傻瓜!

"哦,我晓得我对做生意的事一窍不通,可是你说的我多么有兴趣,你统统说给我听,不懂的地方,你就解释一下。"

"那好吧,我要办的另一桩事就是办一家锯木厂。"

"一家什么厂?"

"一家锯木头刨木头的工厂。我现在还没有把它买下来,可是我打算买。出桃树街就有一家这样的厂子,老板名叫约翰逊,他急于想把它脱手。他因为立等要用现钱,想把它卖给我,他自己留下帮我经营,我按周付他工资。这一带锯木厂很少,斯佳丽小姐,大部分都给北佬毁了。谁若是有一家锯木厂就好比有一座金矿,因为如今说到木材,完全可以由你漫天要价。城里的房子,好多被北佬烧掉了,大家住房不够,现在掀起一阵建房热,可是木料一时弄不到,即使寻到一点,也远远不能满足需要。再说人们正在不断涌进城里来,乡里人没有黑奴种不成田,只好搬进城里来住,北佬和拎包投机家们还想把我们的血再榨干一点,也纷纷涌进城来。你听我说,亚特兰大很快就会变成一座大城市。人们要造房子,就得买木料,所以我得尽快——等到把账收起来——就把这锯木厂买下来。到明年这个时候,在钱的问题上我就可以松一口气了。我——我猜你一定晓得我为什么这样急于要弄钱,是吗?"

他脸一红,又呵呵笑起来。他在想苏埃伦,斯佳丽厌恶地想道。

斯佳丽盘算此刻要不要开口向他借三百块钱,可是终于消沉地打消了这念头。她明白他会面红耳赤,结结巴巴,借故推托,总之他绝不会答应借钱给她。他的钱来之不易。有了这笔钱,到了春天他就可以和苏埃伦结婚。若是把钱给借了,他的婚期就不知要延到何时。而且即使她能够打动他的同情心,唤起他对未来家庭的责任感,从而答应借给她这笔钱,苏埃伦也一定不会同意。苏埃伦实际上已经是个老姑娘,为此她一天急似一天,对于任何耽误她婚姻的事,势必要竭力反对的。

那个成天唉声叹气、怨天尤人的苏埃伦究竟有什么地方值得这老傻瓜迫不及待地要为她设置一个安乐窝呢？苏埃伦不配有个忠诚的丈夫，也不配当个店铺和锯木厂的老板娘。苏埃伦只要稍有一点钱，马上就会神气十足叫人无法忍受，而且她绝不肯拿出一分钱来帮助维持塔拉。苏埃伦就是这样的人，她只要有好衣服穿，只要有个"太太"的称谓，那么塔拉被人家拿去也好，烧成平地也好，对她都无所谓，她甚至会觉得自己能摆脱塔拉是件值得庆幸的事。

斯佳丽想起苏埃伦倒终身有个依靠，想起塔拉跟她自己却朝不保夕，不由怒火中烧，深感世道之不公。她急忙把目光移向车外泥泞的街道，免得叫弗兰克看到她脸上的表情。她就要失去她所有的一切，然而苏埃伦——猛然之间，她心中萌发了一个决心。

弗兰克和他的店铺，连他的锯木厂都不应该属于苏埃伦！

苏埃伦不配得到这些。她自己要去占有这一切。她想到塔拉，记起那站在台阶下似响尾蛇般恶毒的乔纳斯·威尔克森，赶紧抓住她人生的沉舟之上漂浮着的最后一根稻草①。白瑞德使她失望，可是上帝却又赐给她弗兰克。

可是我怎么才能把他弄到手？她捏紧拳头，目光视而不见地投向雨中。我能不能在很短的时间里叫他忘掉苏埃伦转而向我求婚呢？我想是可以的，因为连白瑞德都差点要向我求婚，弗兰克当然不在话下。她的眼睛闪烁着，她打量着他。是的，他长得一点也不帅，她冷冷地想道，一口很糟的牙齿，嘴里有股臭味，而且年纪大得可以做我的父亲。他又是那么胆小，那么神经过敏，不通权变，我实在看不出他身上有什么男人的品性。可是他至少是个上等人，跟他一起生活，总比跟白瑞德要容易相处。我自信能够比较容易驾驭他。反正我已没有选择的余地，因为乞丐是没有选择权的。

弗兰克是苏埃伦的未婚夫，这一点，并不足以引起斯佳丽良心上的不安。从她下定决心到亚特兰大来找白瑞德那一刻起，她的道

---

① 西谚：将淹死的人，见草就抓。

德观念就已全盘崩溃了。此时此刻,她想把自己妹子的未婚夫抢夺过来,似乎是没有什么大不了的。

在新的希望激励下,她的脊梁又挺立起来,脚下的潮湿和寒冷也给忘了。她眯起眼睛,目不转睛地看着弗兰克,直把他看得有点惊慌失措,急忙把眼睑垂下。她想起了白瑞德的话:"我看到过人家握着决斗手枪时的眼神,就跟你现在的一模一样……这种眼神绝不会勾起男人心中的钟情。"

"你怎么啦,斯佳丽小姐?着凉了吗?"

"是的,"她显得可怜地,"你不会介意,"她带着羞怯的神情迟疑地说,"你不会介意我把手伸进你的大衣口袋里吧?我的暖手筒湿透了,手好冷呀。"

"噢——噢——当然不介意,你连手套也没戴,哎唷!哎唷!我真该死,只顾自己说话,这么慢吞吞的,竟没想到你在受冻,得赶快回去烤火。快!快!驾!萨利①!呃,斯佳丽小姐,我刚才忘了问你,这样的下雨天,你到这里来干什么?"

"我是到北佬的指挥部里去的,"她不假思索地答道。弗兰克听了大为惊骇,黄眉毛都竖起来了。

"可是斯佳丽小姐!那些士兵——怎么——"

"哦,圣母玛丽亚,快帮我想出个真正好的谎话来,"她默默祷告,绝不能叫弗兰克疑心她见到过白瑞德。弗兰克向来把白瑞德看成是个最要不得的无耻之徒,规矩的女人跟他说话是很危险的。

"我到那儿去——我到那儿去是想找有没有——有没有哪个军官肯向我买点刺绣带回去给他们的老婆,我的刺绣是很不错的。"

弗兰克一下子吓呆了。他靠在座位上,心头交织着愤怒跟困惑。

"你竟到北佬那里去——可是斯佳丽小姐!你不应该去的。哎——哎……你爸爸当然不知道你去,皮特小姐当然——"

---

① 马名。

"哦，你要是告诉皮特小姐，我就只好去死了，"她真是很担心，突然哭了。其实此时她要哭也很容易，因为她身上又冷，心中又苦，可是她这一哭，效果却着实惊人。弗兰克顿时惶惶不安，没了主意，那模样即使看到她突然赤身裸体，恐怕也不过如此。他多次把舌头抵着牙齿咔嗒作声，嘴里喊着"哎唷！哎唷！"又跟她做了几个轻浮的姿态。忽然他起了个十分大胆的念头，想把她的脑袋搁在他的肩膀上，好轻轻地拍拍她，给她些安慰。可是他从来没对女人这么做过，不知如何着手。斯佳丽·奥哈拉，这样一个勇敢活泼的美人，竟在他的马车里哭起来。斯佳丽·奥哈拉，佼佼者中的佼佼者，竟会到北佬那里去卖针线活。他心焦如焚。

她啜泣不止，时而断断续续地说上几句，弗兰克听出她话中的意思是塔拉的处境很糟。奥哈拉先生依然"不太正常"，家里人口多，粮食不足，她不得不到亚特兰大来给她的孩子和她自己赚点钱。弗兰克又咔嗒咔嗒咋起舌头来，忽然他发现她的脑袋枕在他的肩上了。他不明白是怎么一回事，他肯定自己没有碰过她，可是她的脑袋分明是靠在他肩上。斯佳丽依偎着他瘦削的胸口哭泣，这对他来说，可是一种既新鲜又令人激动的体验。他轻轻拍拍她的肩膀，起初是极度小心的，见她并不拒绝，胆子渐大，拍得更强有力了。她是多么娇柔妩媚，无依无靠！她要靠做针线活赚几个钱，这行动多么勇敢，然而又多么幼稚，不过跟北佬做买卖——未免走得太远了。

"我不去告诉皮特小姐，不过你一定要答应我，斯佳丽小姐，以后别再做这一类的事。要想到你爸爸的女儿——"

她湿润的绿眼睛可怜地瞅着他的眼睛。

"不过，肯尼迪先生，我总得想点办法。我不能不管我那可怜的孩子，现在又没人来照顾我们。"

"你是个勇敢的女人，"他声言道，"可是我不想让你去做这种事情。这实在有辱你的门庭。"

"那我该怎么办呢？"她充满泪水的眼睛瞅着他，像是她知道他无所不晓，并且在用心聆听他的吩咐似的。

"嗯,一时我还说不准,不过我总会想点办法。"

"哦,我晓得你会的,你真行——弗兰克。"

她以前从来没有用教名称呼过他,现在是头一回,虽然使他感到意外,听来却十分悦耳。这可怜的姑娘一时心烦意乱,没有注意到有失言的地方。他觉得感情上非常亲近她,因而非常愿意保护她。倘若他能够为苏埃伦·奥哈拉的姐姐做些事,他自然乐于承担。他取出一条大红印花手帕递给斯佳丽,她接过来擦擦眼睛,脸上开始现出羞怯的微笑。

"我是个十足的小傻瓜,"她带着歉意说,"请你原谅我。"

"你并不是一个小傻瓜。你是个非常勇敢的女人,想要挑起一副你实在挑不起的重担。我怕皮特小姐帮不了你什么忙。我听说她的财产已丧失殆尽,亨利·汉密尔顿先生健康状况不佳。我只愿自己有了个家,好让你有个庇护之处,不过斯佳丽小姐,请你记住我的话,等我和苏埃伦小姐结婚以后,你尽可以带着小韦德到我们家里来住。"

机会来了!天使和圣徒一定随时在守护着她,才给了她这样不可多得的良机。她马上装出一种非常吃惊而又非常困扰的神情,装出张开嘴像是想说什么而又突然闭上的样子。

"到了春天我就是你的妹夫了,你可别跟我说你全不知晓呀,"他带着打趣的口吻说道,又显得有些神经质,随后,他忽然看见她眼睛里饱含着泪水,忙吃惊地问道:"怎么啦?苏埃伦小姐莫非病了吗?"

"哦,不!不是!"

"那么一定出了什么事。你一定得告诉我!"

"哦,我不能说!我不晓得,我还以为她一定已经写信给你了——哦,真丢人!"

"斯佳丽小姐,到底是怎么回事?"

"哦,弗兰克,这事我本不想说出来,不过我想,当然,你一定已经知道了——她已经写信告诉你了——"

"写信告诉我什么?"他的声音在颤抖。

"哦,对你这样的好人,真不该做出这种事来!"

"她做了什么啦?"

"她没写信给你?哦,我想她是没脸给你写信。她应该感到害臊,哦,有这样一个妹妹,真丢人!"

此刻,弗兰克简直连问题也问不出口。他脸色发青,直愣愣地瞅着她,缰绳松垂在手里。

"她下个月要跟托尼·方丹结婚了。哦,我很难受,弗兰克。没想到这话还得由我来跟你说。她害怕做老姑娘,再也等不及了。"

弗兰克把斯佳丽搀下马车的时候,嬷嬷正站在屋前的走廊里。她显然已经在外面等待一阵子了,因为她的包头布是湿的,紧裹着的披肩上都是雨点。她起皱的黑脸上尽是怒气和忧虑,嘴唇朝外突出到那样的程度,是斯佳丽从来不曾见到过的。她一见到弗兰克,就盯着他看,等看清了是谁,她的脸色忽然变了——快乐、惶惑,还略带点儿歉疚。她摇摇摆摆地走到他跟前,愉快地跟他招呼,见他跟她握手,还咧开嘴行了个屈膝礼。

"看到家乡人真叫人高兴,"她说,"你好吗,弗兰克先生,唷,你的气色真好,我要早知道斯佳丽小姐是跟你出去的,就用不着担心了。我刚才回到家,见她出去了,便像只掉了脑袋的鸡那样没了主意,怕她一个人在街上转,身边没人照顾,现在满街都是刚解放出来没出息的黑鬼。亲爱的,你出去怎么不跟我说一声,而且你着凉了。"

斯佳丽朝弗兰克悄悄使了个眼色,他明白这是要他跟她串通一气,不要把刚才的事声张开去,他朝她微微一笑,尽管他听了那关于苏埃伦的坏消息,心里还在苦恼着。

"你快去给我准备几件干衣服,嬷嬷,"她说,"再去弄点热茶来。"

"我的上帝,你的新衣裳全给毁了,"嬷嬷嘟哝着说,"我得费点功夫把它烘烘干,刷一刷,好让你晚上穿了去参加婚礼。"

斯佳丽等嬷嬷进了屋,身子靠近弗兰克低声说道:"今天你来吃晚饭。我们这里冷冷清清的,没人做伴。晚饭后我们要去参加婚礼。你来护送我们吧!还有,你在皮特姑妈跟前,千万不要提起——提起苏埃伦。她要知道了准会心里难受,我也不忍心让她知道我妹妹——"

"哦,我不会说的!不会说的!"弗兰克急忙说道,像是对苏埃伦的事连想也不敢想似的。

"你今天对我真亲切,给了我很大的帮助。我像是又鼓起了勇气。"分别的时候,她紧紧捏住他的手,对他大送秋波。

嬷嬷就在门里等着,见她进屋来,意味深长地瞟了她一眼,随即气喘吁吁地跟着她上楼到她的卧房里。她一声不吭地帮斯佳丽脱掉身上的湿衣服晾在椅子上,给她盖好被子。随后,她拿来一杯热茶,一块用法兰绒裹着的热砖头,这才低头看着斯佳丽,用一种近似谢罪的口气说道:"孩子,你到底是为什么来的,为什么不肯告诉你自己的嬷嬷,你要是早告诉我,我也用不着老远跑到亚特兰大来了。我年纪这么大,身体这么胖,实在也走不动这么远。"

"你说的是什么意思?"

"亲爱的,再别骗我啦。我是知道你的。我刚才看见弗兰克先生的脸色,又看见你的脸色。我看你的心思,就跟牧师看《圣经》一样,一看就懂的。你刚才跟他咬耳朵,说苏埃伦小姐的事,全被我听见了。我要是早知道你在动弗兰克先生的脑筋,我就留在家里不出来了。"

"那好,"斯佳丽立即说,她舒适地蜷伏在毯子里,她心里明白,要想嬷嬷不追究这些事,那是枉费心机,她索性问道:"你认为我找的是谁呢?"

"孩子,我不晓得,可是昨天你脸上那副样子,我看了真不舒服。我记得皮特小姐写给媚利小姐的信上,说起那个流氓白瑞德非常有钱。我听到的话自然不会忘记。可是弗兰克先生却是个上等人,虽然他的相貌长得不怎么样。"

斯佳丽盯了嬷嬷一眼。嬷嬷带有无所不晓的神情,毫不示弱地回敬她一眼。

"好吧,那你打算怎么办,向苏埃伦告密吗?"

"我要尽我的力量帮助你,获得弗兰克先生的欢心。"嬷嬷说着,帮她把被头在她的脖子周围塞紧。

嬷嬷在房间里瞎忙着的时候,斯佳丽静静地躺了一会儿,为她们两人之间的默契深感宽慰。嬷嬷理解她,不需要她解释,也不责备她,做到心中有数。斯佳丽发现嬷嬷这个人比她自己还要现实,还要不肯妥协。她那双聪明透顶的老花眼看问题真是入木三分,同时如果她心爱的东西遭受危险的威胁时,她就像野人跟孩子一样厚着脸皮直率地和毫不迟疑地予以保护。斯佳丽是她的小宝贝,凡是这位小宝贝想要的东西,即使是属于旁人的,嬷嬷也要帮她弄到手。至于苏埃伦跟弗兰克·肯尼迪的权益,她是绝不会放在心上的,充其量不过冷酷无情地窃窃暗笑罢了。斯佳丽现在处境困难,她正在奋力拼搏,她又是埃伦小姐的孩子,嬷嬷随时随地坚决站在她的一边。

斯佳丽感到有了嬷嬷暗中的支援,同时脚下的热砖头焐暖了她的身子,在归途中寒冷的马车上萌发的希望的火花,开始熊熊燃烧起来。这火焰扫遍她的全身,使她热血沸腾。她的力气恢复了,一阵兴奋,真想不顾一切地纵声大笑。她欣喜若狂地想道,败局尚未成为定局呢。

"嬷嬷,把镜子给我。"她说。

"不要把肩膀露出来。"嬷嬷递镜子给她时吩咐道,同时厚厚的嘴唇出现微笑。

斯佳丽在镜子里打量自己。

"我的脸色白得像鬼,"她说,"头发乱得像马尾巴了。"

"你看起来是不那么有精神。"

"嗯……外面雨下得很大吗?"

"真是倾盆大雨。"

"噢,不过你还得给我上街去一趟。"

"这样大的雨,我不去。"

"你得去,要不我就自己去。"

"有什么事不能稍微等一等呢?我看你今天也够累的了。"

"我要,"斯佳丽仔细端详她镜中的影子,"我要一瓶花露水。你给我洗好头发,用花露水涮一下。再给我买一瓶榅梨胶,把头发胶平伏。"

"这样的天气,我不会给你洗头,而且你也不能学那些放荡女人的样,在头发上倒上花露水。我只要有口气,就不会让你这样做。"

"噢,可是我要。把我钱包里的那五块钱金币拿出来,马上上街去。还有,呃——嬷嬷,到了街上,你再给我买——买一盒胭脂回来。"

"那是什么?"嬷嬷怀疑地问道。

斯佳丽不自觉地用冷漠的目光对着嬷嬷的目光,她也弄不明白,她到底能够迫使嬷嬷让步到什么程度。

"不用你管。问店里人买就是了。"

"我要是不晓得那是什么东西,我是不去买的。"

"好吧,那是胭脂,有什么可好奇的,是抹脸用的胭脂。别站在那里鼓着气像个蛤蟆似的。快去吧。"

"胭脂,"嬷嬷突然大嚷,"抹脸的胭脂,好哇,你不要以为我不能拿鞭子抽你,我这辈子还没碰到过这样叫人气愤的事,你是疯了。埃伦小姐此刻正在坟墓里伤心呢!把脸抹得像个——"

"你知道罗彼拉德外婆也涂脂抹粉的,而且——"

"是的,而且她只穿一条裙子,还洒点水让它贴在身上,让人家看出两条腿的线条来。你现在是不是也这样?那是老姑娘年轻时的风气,本来就叫人讨厌,如今时代变了,他们——"

"我的上帝!"斯佳丽大发脾气,把身上披着的衣服掀掉,叫嚷道,"你马上滚回塔拉去。"

"你没法赶我回塔拉,除非我自己想走。我是自由的,"嬷嬷也火了,"现在我偏不走。回床上躺下。你大概不想害肺炎吧?把胸衣穿上!穿上,亲爱的。好了,斯佳丽小姐,这样的天气你哪里也不能去。上帝,你那样子真像你爸,快去上床躺下——我不会给你买胭脂，要是叫人家知道了，我还怎么见人！斯佳丽小姐，你看上去够漂亮的，用不着涂胭脂。那种东西只有坏女人才用。"

"可是她们涂搽后不是挺漂亮吗？"

"耶稣，你听她的！孩子，不要说这种不像样的话。把湿袜子放下，亲爱的，我不能让你亲自去买那东西，埃伦小姐的鬼魂要来纠缠我的。躺到床上去。还是我去吧，说不定我能找到一家不认识我们的铺子。"

那天夜里在埃尔辛太太家里，范妮按既定程序举行婚礼。随后老利维率领众乐师奏起舞曲，斯佳丽满怀喜悦地向四周看望。她终于又能参加舞会，这使她非常兴奋；她受到大家热烈的欢迎也叫她心里高兴，她挽着弗兰克的臂膀，刚一走进屋子，就听见一片欢呼声，大家拥上前来，跟她亲吻，跟她握手，诉说他们多么想念她，要求她留下来再不要回塔拉。男人们都颇有骑士风度，像是早已忘记当初她是怎样千方百计叫他们伤心绝望的。女孩子们对于她曾经施展魅力，把她们的情郎吸引过去的事，也不再耿耿于怀。甚至像梅里韦瑟太太、怀廷太太、米德太太跟别的几位老一辈的女人，在战争的末期对她是非常冷淡的，此刻也不再计较她过去的轻浮行径。她们只想到她是皮特的侄女，查利的遗孀，同样遭受过战败的苦痛。她们亲吻她，含着泪水轻声谈起她逝去的母亲，还详细地问及她父亲和两个妹妹的情况。大家都问起媚兰和艾希礼为什么也不回亚特兰大来。

斯佳丽对大家的欢迎感到十分愉快，可是她总想掩盖内心的不安，使她不安的是她身上的那件丝绒连衣裙。尽管嬷嬷和厨娘两个人用一把热气腾腾的水壶和一柄干净的头发刷子，在炉火旁拼命地刷，拼命地想弄出波纹来，可是那衣裳到膝盖部位还是潮湿的，折边上还有许多水渍。斯佳丽怕叫人看出破绽从而推导出这是她唯一像样的衣裳。令她多少宽慰一点的是，在座的客人中有好多人的穿着都远不如她。她们的衣服很旧，一眼就可以看出是经过细心补缀和熨烫过的。至少,她的衣服是新的,没有打过补丁,只不过有点潮湿——事实上,除了范妮的白缎子结婚礼服外,就只有她身上穿的才是一件新衣裳。

斯佳丽记得皮特姑妈曾经谈起过埃尔辛家的经济状况,那么新娘的缎子礼服,婚礼上的装饰、点心和乐队所需要的钱,是哪里来的呢?这笔开销相当可观,多半是借来的,要不就是整个埃尔辛家族都出钱资助这次奢华的婚礼了。斯佳丽觉得,在如今的艰难时世举行这样的婚礼,无疑是一种浪费,对此她很反感,她心中的感受,简直跟当初站在塔尔顿家的墓地面对两块大理石墓碑时一模一样,花钱似流水的年代早已一去不返,他们何苦非要摆出昔日的排场不可呢?

可是她马上摆脱这暂时的烦恼。反正不是花她的钱,她大可不必为他人的愚蠢行为自寻烦恼,她又何必为这样一个欢乐的夜晚扫兴呢。

她发现新郎很面熟,原来他就是斯巴达城的汤米·韦尔伯恩,一八六三年他肩上受了伤,斯佳丽曾经看护过他。那时他还是个身高六英尺的英俊青年,正在学习医学,后来投笔从戎参加骑兵队。如今他大腿负过伤,已弯腰曲背,像个小老头。他走起路来步履艰难,正如皮特姑妈所说的那样,两腿撑开,样子很难看。可是他自己似乎对此全不知晓,要不就是毫不在乎,而且显出一种无求于人的超然态度。他已放弃继续学医的愿望,现在当上了承包商,指挥一群工人为一个爱尔兰人建造一家新旅馆。斯佳丽颇觉诧异,像他这种身体怎么能担当如此繁重的工作。可是她没有问他。她不无伤感地意识到,在为生活的必须所驱使的情况下是什么事都有可能要做的。

客厅里的椅子和家具都被移靠墙边腾出地方准备跳舞,这时汤米、休·埃尔辛和小个子勒内·皮卡德就站着跟斯佳丽聊天。休并没有怎么变样,还跟她一八六二年看到他时一样瘦削、敏感,一绺浅褐色的头发依然老样子披在前额,那双手还是那样纤细,看来一无用处。可是勒内却跟他上次休假回来跟梅贝尔·梅里韦瑟结婚时大不一样了。他的黑眼睛依然像高卢人那样闪烁发亮,他对生活仍然怀着克里奥尔人特有的热忱,他笑起来时照样轻松自如。然而,他的脸上却现出战争初期所看不到的严峻神色,至于他当初穿着引人注目的义勇兵制服时那睥睨一切的气势,早已荡然无存了。

"脸似玫瑰,眸若翡翠!"他抬起斯佳丽的手一吻,对她脸上抹的胭脂赞赏不已。"跟我第一次见到你时一样漂亮动人。那是在义卖会上,你还记得吗?我永远忘不了你把结婚戒指丢在我篮子里的情景。哈,多么勇敢的行为!可是我没想到你等了那么久还没弄到第二枚戒指。"

他的眼睛不怀好意地闪耀着,还用肘弯在休的肋骨间戳了一下。

"可是我没想到你居然会赶起馅饼车来,勒内·皮卡德。"她回敬了一句。他听她提起这不光彩的行当,不仅不以为忤,反而纵声大笑。

"妙!"他拍着休的背部大声说道,"这是我的好丈母娘梅里韦瑟太太给我的好差使。我勒内·皮卡德向来只会养马拉琴,这是我头一回干正经事。不错,我现在在赶馅饼车,可是我喜欢干,我的好丈母娘有本事叫男人什么事都干,当初应该由她当将军,那我们的仗肯定是打胜了,呃,汤米,对吗?"

咳!斯佳丽想,他家在密西西比河畔的土地足有十英里长,在新奥尔良还有幢大房子,可是他说他喜欢赶车卖馅饼,真是不可思议!

"倘若我们的丈母娘都在军队里,我们不消一个礼拜就可以把北佬打垮,"汤米附和着说,目光向那身材瘦削而毅力百折不挠的新丈母娘身上投去。"这次战争我们所以拖得这样长久的唯一原因,就是在于我们幕后的女士们都不肯罢休。"

"她们永远也不会罢休,"休补充一句,脸上现出苦笑,又带点自豪,"今晚在这里的女士们没有一个是投降了的,不管男人们在阿波麦托克斯①干了些什么。投降的后果对她们来说,比对我们要糟得

---

① 美国弗吉尼亚州中部一市镇。1865年4月9日李将军在此向北军统帅格兰德将军投降,从而结束南北战争。

多。我们男人至少摆脱了打仗的危险。"

"可是恨北佬的是她们,"汤米接着把话说完。"呃,斯佳丽,你说呢?女人看到她们的男人没落,比男人们自己还要难受。休本该是当法官的,勒内本该在欧洲的王公贵族跟前演奏提琴的——"他一闪身,躲过勒内挥来的一拳。"我本该当个大夫的,可是现在——"

"给我时间!"勒内嚷道,"我就能够成为南方的馅饼大王,我们好样的休就能成为木柴大王,还有你,汤米,你会有好多爱尔兰奴隶以代替你从前的黑奴。多大的变化——多么有趣,可是斯佳丽小姐,你干什么?还有媚利小姐。你们是不是在挤牛奶、摘棉花?"

"哪里,不!"斯佳丽冷冷地说,不明白勒内怎么竟这样乐天知命,甘受苦难。"这些事是我们家黑奴干的。"

"我听说媚利小姐给她的孩子取名叫'博勒加德'①,请你转告她一声,就说我,勒内,对此表示欣赏,并且认为世界上除了'耶稣'以外,再没有比这更好的名字。"

他在提到这位路易斯安那州的英雄人物时,虽然脸上挂着微笑,眼中却闪出自豪的光辉。

"不错,还有罗伯特·爱德华·李,"汤米说,"我不想贬低老博将军的声望,不过我等第一个儿子出世,就给他取名叫'鲍勃·李·韦尔伯恩'。"

勒内耸耸肩笑了。

"我给你说个笑话,不过这真有其事。从这个故事中你可以知道克里奥尔人对我们勇敢的博勒加德和你们的李将军是怎么看的。有一回在新奥尔良附近的一列火车上,有一个弗吉尼亚人,他是李将军的部下,遇见了一个克里奥尔人,他在博勒加德将军的部队里服役。一路上那个弗吉尼亚人滔滔不绝地谈着,谈的尽是李将军的事,什么李将军做了这个啦,李将军说了那个啦,没完没了。那个克里

---

① 美国南北战争时之南军将领。

奥尔人,很有礼貌地洗耳恭听,一面皱起眉头像是在苦苦思索,随后他恍然大悟地微笑着说:'李将军,哦对,是有那么个人,博勒加德将军说过,那个人很不错。'"

斯佳丽想跟着他们笑,可是实在不明白这故事到底是什么意思,只知道克里奥尔人是跟查尔斯顿人和萨凡纳人一样地傲慢。至于她自己,一直主张艾希礼的儿子也应该取名叫艾希礼。

乐师们调好音,起劲地奏起《志丹·塔克》的曲子,这时汤米朝她转过身来。

"你跳舞吗,斯佳丽,我怕不能陪你,不过休和勒内——"

"不,谢谢你。我还在为我母亲服丧,"斯佳丽急忙说,"我在旁边坐一会儿。"

她的目光看到弗兰克·肯尼迪坐在埃尔辛太太身旁,便向他招手。

"我坐在那边的凹室①里等你,你去给我拿点点心来,我们俩好好谈谈。"她等那三个男人走了后吩咐弗兰克道。

弗兰克听罢便匆匆离去,给她拿来一杯葡萄酒、一块薄得像纸片的蛋糕。斯佳丽坐在客厅一头的凹室里,小心地把裙子理好,不让斑点最明显的地方露出外面。今晚她碰见许多熟人,还重新听到音乐演奏,感到非常兴奋,早上在白瑞德那里受到的屈辱,一下子抛到脑后了。明天她还会要为想到白瑞德的卑劣行径和她蒙受的羞辱而感到痛苦。明天她急着想要知道自己给弗兰克那颗受过创伤而迷惘的心留下多深的印象。可是且等明天吧。今晚,她浑身是劲,感到一切都充满希望,她的眼睛闪烁发亮。

她从凹室里朝宽敞的客厅望去,看见翩翩起舞的人群,不由想起她在战时第一次来到亚特兰大时这客厅多么富丽堂皇,硬木地板像镜子般闪闪发亮,挂在天花板上的枝形吊灯,镶着数以百计的小小棱镜,几十支烛光投射得满房间蓝闪闪、光亮亮的,像是钻石在

---

① 客厅或起居室墙上凹入的一部分。

发光。四壁挂着的祖先画像，显得庄重尊贵，俯视着宾客，神情殷勤而大方。黑黄檀木的长沙发，柔软、舒适，其中最大最好的一张，从前就放在此刻她坐着的地方。每次参加舞会，这是她最喜欢的座位。从这里她能看见客厅里和外面餐室里的令人愉快的全部景色。餐室里有可以坐二十个人的椭圆形桃花心木餐桌，靠墙放着二十张细腿的椅子。餐具柜里沉甸甸地放着银餐具、七个插签的烛台、高脚玻璃杯、调味瓶、细颈酒瓶①和闪亮的小玻璃酒杯。在战争的第一年间，斯佳丽常坐在那张沙发上，由一个英俊军官陪伴着，在打蜡的地板上窸窸窣窣的舞步声中，欣赏着小提琴、低音大提琴、手风琴和班卓琴的演奏。

现在那枝形吊灯黯然无光，斜吊在那里，上面的小棱镜多已破碎，仿佛曾经被北佬士兵作为靶子打过似的。客厅里点着一盏油灯、几支蜡烛，可是室内的照明主要还是靠那大壁炉里的熊熊火焰。晦暗的地板，在火光映照下，可以清楚地看出处处是裂缝和斑痕，大概几乎难以修复。褪色的墙纸上一块块四方印痕，显示墙上曾挂过画像。墙壁灰泥的大裂缝使人回想起围城期间屋子曾中过一枚炮弹，掀掉了屋顶和二楼的一角。那张沉重的桃花心木餐桌，上面放着蛋糕和细颈酒瓶，依然雄踞在空荡荡的餐室中央，然而却已遍体鳞伤，桌腿的断裂处看得出经过粗陋修理的痕迹。餐具柜、银餐具和细长腿的椅子都已不知去向。房间后面法国式拱窗上原有的暗金色锦缎帷幕也不见了，只剩下花边窗帘洗得还算干净，但是已经补缀过了。

原来她非常喜欢坐的弧形长沙发的地方，现在放着一张硬木长椅，坐在上面完全谈不上舒服。她尽量耐着性子坐着，若不是连衣裙弄成这样子，她早就可以参加跳舞了。再上场跳舞该多好！可是，跟弗兰克两人坐在这没人打扰的凹室里，比跳那叫人透不过气来的苏格兰舞对她更有意义。她可以装出为他的谈吐所倾倒的样子，并

---

① 用以盛放滤去沉淀物的酒，以便置于餐桌上饮用。

且鼓励他干出更大的蠢事来。

可是音乐确实诱人。等老利维拨动铮铮的班卓琴奏起苏格兰双人对舞的乐曲,她的脚渴望地随着利维的大八字脚打起拍子来。这时脚步声嚓嚓,时而轻击地板,时而从地板上拖过。双双舞伴列成两行,时而相向移近,时而后退,时而旋转,时而双臂交叉成拱形。

  老丹·塔克喝醉了酒——
  (转动你的舞伴呀,)
  他跌进火里把柴块踢起!
  (轻轻地跳吧,女士们!)

在塔拉度过乏味而劳累的几个月以后,重新听到音乐和舞步的声音,看到一张张亲切熟稔的面孔在暗淡的灯光下欢笑着,大声说着陈年的笑话和时髦的套话,相互逗弄挖苦,打情骂俏,这真使人多高兴啊。这简直像是死后复活一样。这简直像是又恢复到五年前的欢乐的日子似的。倘若她闭上眼睛,看不见那翻新过的破旧衣裳和打过补丁的靴子和鞋子,倘若在苏格兰双人舞她心里不去回忆那些已见不到的男孩子,那么,她几乎认为一切都没有什么两样。可是当她看到的是,那些老年人聚集在餐室里的细颈酒瓶旁;太太们靠着墙边闲聊,手里连把扇子也没有;年轻人在轻快地跳舞、摇摆着身子,这时,她忽然感到不寒而栗,她意识到一切都发生了巨大的变化,这些熟悉的身影都仿佛是鬼魂一般。

这些人看起来和以前没有什么不同,可是实际上他们已经变了样。变在哪里?是年纪大了五岁吗?不,不仅仅是岁月留下的痕迹。有某种东西已经从他们身上、从他们的世界里消失了。五年以前,他们沉浸在一种安全感之中而不自觉,在这种安全感的庇护下他们生气勃勃,似鲜花般盛开。如今这种安全感消失了,从而那往日的振奋感,那无处不在的欢乐和激动,那令人迷醉的生活方式,也都随之而消失了。

她明白自己也在改变，可是跟他们变得不一样，这使她感到迷惑不解。她坐在凹室里注视着他们，心中有一种孤独感，好像自己是个外来人，来自另一个世界，说的话他们听不懂，她也听不懂他们说的话。随后她发现她的这种感觉是跟当初和艾希礼在一起时的感觉是一样的，然而跟艾希礼以及和艾希礼同类型的人相处恰恰构成了她对生活的绝大部分的看法，于是她觉得她是置身于某种她无法理解的境地之外。

他们的相貌未变，风度依旧，然而她似乎感到在她这些老朋友身上剩下的，也就只有这两样东西了。他们至死都不会舍弃他们那永存的尊严和永恒的豪爽，可是他们至死也无法摆脱那难以用言词描绘的深深的苦难。他们言谈温雅、勇猛无畏、疲惫不堪，已战败了却不承认失败，被制服了却仍毅然屹立。他们是被征服的土地上的人民，一蹶不振，束手无策。他们眼睁睁看着自己热爱的家乡遭受敌人践踏，流氓恶棍无视法纪，他们先前的奴隶咄咄逼人，他们的女人遭受侮辱，他们自己被剥夺了选举权。于是他们怀念墓地里的先烈。

旧世界的一切全变了，只有旧的形式没有变。因袭的习俗依然如故，而且必须继续下去，因为除此以外，再没有别的形式遗留给他们。他们牢牢把握住他们往日最喜欢、最熟悉的东西，像那从容的风度、殷勤的礼节、人际交往间的无拘无束，尤其是对女性的庇护姿态。他们对于自己赖以培养成长的传统忠贞不渝，他们显得谦恭有礼、温文尔雅，而且几乎成功地造成一种气氛，以保护他们的女人看不到粗鲁的和不适合女人看见的东西。在斯佳丽看来，这已荒唐透顶，因为现在已荡然无存，在这五年中间，即使和外界很少接触的女人，有什么没有见到过呢？她们看护过伤员，为死者闭合眼睛，经受过战争、大火和破坏的浩劫，领略过恐怖、逃亡和挨饿的滋味。

可是，无论他们见过多么可怕的景象，做过而且不得不继续要做多么卑贱的工作，他们依然是上流社会的先生和女士，是流放中的王族——辛酸、淡然、超脱、友爱、坚毅,像他们头顶上破碎的枝形吊灯一样玲珑剔透。尽管过去的时代已不复存在,他们却依然如往日一样地悠闲自在,拿定主意不跟着北佬追逐财富,也拿定主意不改变过去的处世之道。

斯佳丽明白她自己身上也起了很大的变化,否则她离开亚特兰大以后就不会做她做过的那些事情,现在也不会拼命想做她打算做的事。可是他们这些人的困难和她的困难,有些不同的地方,究竟有什么不同,她现在还说不清楚。也许那不同在于她是没有什么事不肯做的,然而他们却有许多事情宁死也不肯做的。也许在于他们虽已失去希望,都仍旧能够微笑面对现实生活,在现实生活中优雅地躬身施礼,并从它旁边悄悄地走过,然而她斯佳丽却做不到这样。

她不能无视现实生活。日子她得过下去,可是即使她对严酷的生活一笑置之,生活还是毕竟太残忍,太难为她了。斯佳丽对她的朋友们一无所知,看不到他们的可爱、他们的勇敢和他们不屈的自尊心,只觉得他们愚蠢、固执,看到了现实却不敢正视现实,只是站在一旁微笑。

她凝视着双人舞跳得满脸通红的人群,她心里在想他们是否也像自己一样经受过种种磨难:逝去的恋人、伤残的丈夫、挨饿的孩子、失去的田地和被外人强占的心爱的家园。可是,不用说,他们是经受过的。她对他们的境遇的理解跟对她自己的其实相差无几。他们失去的东西她也失去过,他们缺衣少食她又何尝不是如此,他们面临的问题同样是她所面临的问题。然而他们的反应不同于她。她在客厅里看到的脸孔并不是他们真正的脸孔。都是些假面具,是些栩栩如生永远戴着的假面具。

可是如果他们跟她一样也忍受着险恶环境带来的剧烈痛苦——他们当然是的——那么他们又怎么能保持欢快的神态和轻松的心情,而且,又有什么必要这样做呢?对此她无法理解,并且感到很不愉快。她做不到像他们那样无动于衷地冷眼旁观世界的毁灭。她像一只被追捕的狐狸,心惊胆战地没命奔逃,想在猎狗猛扑上来以前躲藏进洞穴之中。

忽然间,她对他们满怀憎恨,因为他们跟她不一样,因为他们对自己蒙受的损失所持的态度她是无法学到手的,她也不愿意学到手。她憎恨他们,他们是些面带笑容、脚步轻快的陌生人,是些傲慢的蠢货,他们把失去的某些东西引以为荣,而且似乎失去了反而更值得自豪似的。那些女人全都是上等女人的气派。不错,她们是上等女人,可是她们每天干的却是些卑贱的工作,而且她们连下一次要穿的衣服在哪里现在都没有着落。全都是上等女人,哼!至于她自己,尽管她穿着丝绒衣裳,头发上洒着香水,尽管她门第高贵,出身豪富之家,她却感觉不到自己是个上等女人。只要她的纤纤玉手每天在跟塔拉的红土地打交道,她就高贵不起来。若要她自己感觉像个上等女人,除非她的餐桌上放的是银餐具跟玻璃器皿,吃的是热气腾腾的精美食物,除非她的马厩里又有了马车和马匹,除非摘棉花的是黑人的而不再是白人的手。

"啊,"她吸了一口气,愤愤地想道,"我跟她们的不同,就在这里,她们尽管贫穷,却仍旧把自己看成是上等女人,可是我办不到。那班蠢货好像不懂得如果没有钱,就做不成上等女人。"

就在这新发现的一闪念间,她模糊地意识到,她们虽则愚蠢,采取的态度却是正确的。假如埃伦在世,也一定会这样想。斯佳丽想到这里,不免有些心烦。她知道她应该跟她们的想法一致,可是她办不到。她知道她应该跟她们一样,坚信她生来就是上等女人,即使贫穷没落,仍将永远是个上等女人,可是她现在无法使自己相信这一点。

她有生以来,不断听到人家嘲讽北佬,说他们想假充做上等人,不是由于教养,而是凭借财富。然而此时她却不能不认为,北佬的话固然多半是异端邪说,在这一点上却是正确的。要做个上等女人得有钱才行。她知道埃伦若是听见自己的女儿说出这种话来,准会吓得晕过去,因为无论多么贫穷都不能使埃伦感到羞耻。可是斯佳丽感觉到的恰恰是羞耻,她羞于贫穷,羞于没落到难堪的地步,几乎一无所有，不得不从事该由黑人承担的劳作。

她烦躁地耸耸肩膀。也许他们是对的，她自己是错的。不过反正一样，那些高傲的蠢货不会像她现在所做的那样，尽自己最大的努力勇往直前，甚至不惜以荣誉和名声冒险去夺回他们丧失的东西。他们任何人都认为不择手段抢夺金钱是有失体面的。然而这是一个艰难的时世，一个残酷的时世。要征服这个时世就得进行艰难而残酷的斗争。斯佳丽明白，他们中有许多人的家族传统，强有力地阻止他们进行这种斗争——无可否认地以挣钱为目的的斗争。他们全都认为，不加掩饰地搞钱，甚至谈及金钱，都是极其庸俗的事。当然，有些人是例外，像梅里韦瑟太太烘烤点心和勒内赶馅饼车，如休·埃尔辛砍柴叫卖，如汤米承包建造房子。还有弗兰克，具有开设店铺的创业精神。可是其他的人怎么样，种植场主宁愿守着几亩薄田含辛茹苦。律师和医生宁可回到自己的事务所耐心等待着也许永不再来的顾客。至于那些以产业收入过着悠闲生活的人，他们今后会怎么样呢？

不过她可不会甘心穷苦一辈子。她也不会耐心地坐等奇迹出现。她要向生活冲击，从生活中夺取她能够夺取的东西。她父亲当年就是以移民者的身份白手起家，买下塔拉的大量田地。他办得到的事，他的女儿自然也办得到。她不像那些人把一切都押赌注于已经失败了的南方大业上，而且满足于为大业的失败而自豪，因为他们认为对大业做出牺牲是非常值得的。他们从过去汲取勇气，可是她则从未来汲取勇气。眼下的弗兰克·肯尼迪就是她的未来。至少他拥有一家店铺，手头还有些现钱。倘若她能跟他结婚，把他的钱弄到手，那么塔拉就可以再维持一年。以后呢——弗兰克得把锯木厂买下来。她眼前浮现出亚特兰大城大兴土木的繁荣景象。是的，鉴于时下很少有人竞争，谁要是建立起木材业，真不啻是拥有了一座金矿。

于是她内心深处唤起了战争初期白瑞德说过的关于偷越封锁线弄钱的那番话。当时她不高兴费心思琢磨他的话，到现在方领悟了。她想她当时不能欣赏他的精辟见解，如果不是由于她年幼无知，显然就是出于她生性愚钝。

"在一个文明破灭的时刻跟在一个文明创建的时期同样能赚到很多钱。"

"他预见到了这种破灭,"她想,"他是对的。一个人如果不害怕工作——或者说不害怕去抢夺——那么一定能搞到好多钱。"

她看见弗兰克走过来,一手端着一杯黑莓酒,一手端着一只放着一块蛋糕的盆子,她朝他嫣然一笑。她心里从未怀疑过为了塔拉跟他结婚是否值得。她认为是值得的,因此她对此事并无第二种想法。

她啜饮着黑莓酒,对着他展颜微笑,她知道自己粉腮泛红,比任何一个在跳舞的女郎都更有魅力。她把裙子挪开一点,让他在她身旁坐下,有意无意地挥舞手帕,把花露水的香味飘入他的鼻孔。她很为这花露水感到骄傲,因为在场的女士中她是唯一用上花露水的人,而且弗兰克已注意到这一点。他居然鼓起勇气低低向她说了声她跟玫瑰花一般芳香红艳。

他若是不那么羞怯就好了,她不由想起了她见到过的一只褐色老野兔。他若是像塔尔顿家的男孩子那样豪爽热情,或者甚至像白瑞德那样肆无忌惮就好了。不过假如他具备了他们的品质,也许他就能够察觉出来,在她映动着的眼睑深处,正隐藏着她走投无路的阴影。可是事实上他对女性一无所知,甚至对她是否怀着什么样的意图都不曾想过。这自然是她求之不得的,可是这并不能提高他在她心目中的地位。

第三十六章

两星期后,斯佳丽跟弗兰克·肯尼迪结婚了。求婚的过程是旋风式的,斯佳丽脸红地告诉他,他的热情逼得她简直透不过气来,使得她再也无法拒绝他。

弗兰克不知道,在这两星期中,斯佳丽其实心急如焚,晚上睡不着觉,半夜里还起床在房间里踱步。他对她的暗示也好,鼓励也好,都那么温吞吞的,使她恨得咬牙切齿。她默默祷告上帝苏埃伦不要写信给他,毁了她的诡计。幸亏她这位妹子生来最不善于通信,只喜欢收别人的来信,却不乐意给人家写回信,可是夜里她披着埃伦的披肩,在冰冷的地板上来回走着的时候,总觉夜长梦多,心神不定。再加上她最近收到威尔写来一封信,把乔纳斯·威尔克森又到塔拉去过的事,简略地告诉了她。乔纳斯听说斯佳丽到亚特兰大去了,就大吵大闹,弄得威尔跟艾希礼不得不把他撵走。威尔的信给她的心头以沉重的压力,她明白交纳塔拉额外税款的期限越来越逼近了。眼看日子一天天过去,她但愿能一把抓住沙漏①,不让沙子掉下,叫时光静止不动。

斯佳丽把她的真实感情掩盖起来,扮演了一个非常巧妙的角色,使弗兰克对他所看到的表面现象深信不疑。每天晚上他到皮特小姐家里去,查尔斯·汉密尔顿的这位美丽动人的小寡妇,总静静地听他述说怎样经营铺子,打算赚多少钱,把锯木厂买下来。她对他显

---

① 一种计时器,两只玻璃泡上下相连,有小孔相通,置沙其中,沙自小孔中自上泡中自由落下。沙落尽后将瓶倒置,重复其过程,以计算时间。

得颇为倾心，对他讲的每一个字都感兴趣，而且表示赞同，这对于他因苏埃伦变节而留下的创伤，无疑是一帖良药。他对苏埃伦的行径感到惶惑，感到痛苦。他是一个人到中年的单身汉，对自己不受女性欢迎这一点有自知之明，加以性格敏感内向，因此他的虚荣心深受伤害。他没有写信给苏埃伦责备她不忠实于爱情，这念头他连想也不敢想。可是他在跟斯佳丽的谈话中得到了慰藉。斯佳丽无需由他来数说苏埃伦的不是，她常常责怪她妹妹有眼无珠，说像他这样的人完全应该受到女人最好的对待，不过那女人要能真正赏识他才行。

　　脸蛋儿红红的汉密尔顿的小寡妇喜忧无常，时而想起她不幸的身世，便唉声叹气，时而经弗兰克说些笑话一逗，便发出银铃般的笑声。她那件绿色的连衣裙，经嬷嬷收拾得干干净净，整整齐齐，穿在身上，显得风姿绰约，把她的软软纤腰，衬托得完美无缺。加上她头发和手帕飘出的阵阵香气，怎不令人迷醉。可怜这样一位美丽的小妇人，甚至还不懂得生活的严酷性，就被抛在无依无靠的和如此艰难的人世间。如今她既没有丈夫，也没有兄弟，连她的父亲也没有能保护她。弗兰克认为，这世界处置这样一个孤苦的弱女子未免太不公正了。斯佳丽对他的这种看法默默地和由衷地表示赞同。

　　皮特小姐的家里他现在每晚必到，因为他觉得那里的气氛很愉快，能给人以安慰。嬷嬷每次给他开门时脸上的笑容，是只有上等人才见得到的。皮特总是围着他转，端给他的咖啡里，还特地加点白兰地。斯佳丽对他的每一句话，都洗耳恭听。有时他下午出去办事，就带着斯佳丽坐在他的马车里同出同进。斯佳丽一路上总要提出许多十分幼稚的问题，使他觉得非常有趣——"这才像个女人"，他心里暗自得意，见她对做生意的事一窍不通，忍不住笑出声来。斯佳丽自己也笑着说："得了，你总不能指望我这样头脑简单的女人也要懂得男人的事情吧。"

　　弗兰克在他那老处女般的生活中，头一回听到这样的话，便以为自己是一个比一般男人更为高贵的堂堂男子，是上帝特意创造出他来专门保护孤苦无依无靠的女人的。

最后,他们终于双双站到结婚的礼坛前面,她把一只小手交托给他的手中,低垂的眼睑在她娇嫩的桃腮上投下两道新月般的阴影,可是他却依然弄不清楚这一切究竟是怎么一回事。他只觉得自己是今生第一遭够罗曼蒂克和够兴奋的,他,弗兰克·肯尼迪,居然有幸被这个美人儿弄得心醉神迷,把她抱入自己强壮的双臂之中。这怎不叫人感到飘飘然呢。

婚礼上没有亲戚,没有朋友,连证婚人也是临时从大街上找来的陌生人。弗兰克本想把住在琼斯博罗的妹妹跟妹夫请来,另外再请几个好友在皮特姑妈家的客厅里聚聚,喝几杯酒向新娘表示祝福,可是由于斯佳丽坚决反对只好作罢。斯佳丽甚至连皮特姑妈都没有邀请出席她的婚礼。

"就我们两个人,弗兰克,"她紧紧搂住他的臂膀央求道,"好像私奔一样,我一直都想私奔外出结婚。亲爱的,为了我,你就答应吧!"

她那几句甜言蜜语,至今还在他的耳际回荡,加上她抬头向他恳求时,她那浅绿色的眼睛里闪动着晶莹的泪珠,使他不得不俯首听命。不管怎么说,男人对自己的新娘总得做出让步,何况像婚礼这类能引起柔情蜜意的事,女人总是非常重视的。

他就这样稀里糊涂地结了婚。

弗兰克给了斯佳丽三百块钱。起初他不太愿意,因为这样一来,他想马上买下锯木厂的希望就落空了。她要钱要得那么急,使他一时不知所措,可是又不能眼看着她家人被别人撵走。不过他见她拿到钱以后,立刻容光焕发,对他的慷慨大方,报之以火样的热情,这时他的失望感马上消除了。他这一辈子,还从来没有一个女人对他这样亲密过,因此他觉得这一笔钱花得非常值得。

斯佳丽立即派嬷嬷回塔拉去,给她三重任务:第一,把钱带给威尔;第二,宣布她的婚事;第三,把韦德带到亚特兰大来。两天以后,她收到威尔一张回条,她把那张条子带在身边,一读再读,越读越喜欢。威尔的条子上说,税已经交清,乔纳斯·威尔克森听到这消息后"大为光火",可是到目前为止,并没有来恫吓。末了他出于礼节,简短地向她表示祝贺,然而对于婚事本身,他个人的看法只字不提。斯佳丽知道威尔理解她的苦衷,因而对此没有妄加评论。可是艾希礼会怎么想呢?为此她坐立不安。不久以前在塔拉的果园里,她还跟他说了那一番话。现在他会怎样看待我呢?

她还收到苏埃伦写来的一封信,满纸泪痕,连篇别字。苏埃伦用恶毒的语言、激烈的措词和中肯的评论把斯佳丽的本质揭露无遗,使她从此再也忘不了信的内容,也无法宽恕信的作者。可是塔拉毕竟得救了,至少可以摆脱迫在眉睫的危机,苏埃伦的谩骂还不至于给她的快乐蒙上阴影。

她一直没有意识到,如今是亚特兰大,而不是塔拉,成了她永久的家。当初她不顾一切地筹集税款,脑子里只想到塔拉的命运遭受威胁,只想到如何挽救塔拉,别的一概置之度外。甚至直到结婚的那一刻,她仍然没有好好想一想,她为了保全自己的家园所付出的代价,竟然是要永远离开它,现在她想办的事办成了,然而一阵思乡之情却随之而来,怎么也排解不开。不过既然事已至此,交易已经做成,她打算恪守契约。而且因为弗兰克为她挽救了塔拉,她在感激之余,对他温情脉脉,心里暖烘烘的,她下定决心绝不让他为跟她结婚而感到后悔。

亚特兰大城里的女人对于邻居家的事,向来知道得一清二楚,并不亚于自己家的事,而兴趣则比对自己家的事要浓厚得多。她们都知道弗兰克·肯尼迪和苏埃伦·奥哈拉之间存在着某种"默契",已经有几年的历史。事实上他曾胆怯地说过,打算到春天就要办理婚事。现在忽然爆出冷门,就那么偃旗息鼓地改为跟斯佳丽结婚,自然不能不引起她们深深的怀疑和种种的揣测。其中梅里韦瑟太太是个不满足好奇心绝不罢休的人,当着弗兰克的面就直截了当地问他,既然和妹妹订了婚,却又跟姐姐结婚,究竟是何道理?可是她得到的回答,据她告诉埃尔辛太太,是只见弗兰克一脸的傻相。可是在斯佳丽跟前,即使像梅里韦瑟太太这样以大胆泼辣著称的人,也绝不敢触及这个问题。这些天来,斯佳丽外表上看来端庄温柔,然而顾盼之间,常常流露出自满得意的神气,叫人看了很不舒服。她又摆出一副好吵架的架势,因此谁也不敢惹她。

她知道亚特兰大人在背后议论她,可是她并不在乎。跟一个男人结婚,无论如何谈不上不道德。现在反正塔拉保全住了,人们喜欢饶舌,由着她们去,她需要操心的事多得很,哪里顾得上这些。眼下顶顶要紧的就是要让弗兰克明白——不过要策略些——他得在铺子里多赚些钱。她自上回吃了乔纳斯·威尔克森的惊吓以后,心里一直忐忑不安,现在左思右想,觉得即使不发生什么急需用钱的事,明年塔拉的税款,还是不能不早点准备起来的,因此就得想法多挣些钱。再说弗兰克说起过的锯木厂,也一直在她心里盘算着。若是买下锯木厂,弗兰克准能赚不少钱,因为现在木材价格奇贵,谁手头有木材,都不愁卖不到好价钱。可是弗兰克手头的钱,付了塔拉的税款以后,就不够买锯木厂,对此她感到烦躁,暗自下定决心,一定要设法在铺子里多赚钱,而且要快,省得锯木厂的交易被别人捷足先登。她看准了这笔买卖值得一做。

假如她是个男人,就会毫不犹豫地买下锯木厂,即使以铺子做抵押也在所不惜。在他们婚后的第二天,她就委婉地把她的想法透露给弗兰克,可是他却微微一笑,叫她不必用她那可爱的小脑袋去管男人家的事情。他没料到斯佳丽居然懂得什么叫抵押,起初觉得挺有趣,可是没过几天,他这种有趣的感觉就被心中的疑虑不安取代了。有一回他偶一不慎,说起了有些人(他留意着未提他们的名字)欠他的钱一时无力偿还,那些人都是老朋友、上等人,因此不便向他们催讨。不料斯佳丽听见这话,竟刨根究底地再三追问,弄得他后悔不迭。斯佳丽总是一副天真可爱的样子,说她出于好奇,很想知道是哪些人欠他的钱,欠了多少。弗兰克对此躲闪唯恐不及,一面假装咳嗽,一面不住摇手,嘴里照例搬出要她的小脑袋不用管男人的事作为挡箭牌。

从此弗兰克开始明白过来,这个可爱的小脑袋其实是一个精于算计的脑袋,而且比他自己要高明得多。这使他感到不安。接着令他大为震惊的是他发现她能够把一长串的数字,很快地用心算加起来,而他自己对三个以上的数字就得用纸和笔计算。而且她对于分数也丝毫不觉得困难。在弗兰克看来,一个女人根本就不应该懂得分数和做生意的事。若是不幸生来就有这方面的禀赋,也不该表露出来。因此他现在很不乐意跟她谈做生意的事。结婚以前,他以为这类事她不会懂得,乐得说给她听听,以博得她的敬仰,谁知她原来不是不懂,而是非常精于此道,这使他对女人的表里不一感到愤慨,一个女人居然很有头脑,这又使他深感失望。

至于弗兰克到什么时候才弄明白,斯佳丽为了达到跟他结婚的目的,使用了欺诈的手段,始终没人知道,或许是托尼·方丹到亚特兰大来办事的时候,显然是凭他的想象被他察觉出来的。或许是他在琼斯博罗的妹妹,对他的结婚大为惊骇,直接写信把真相告诉他。可以肯定的是消息的来源不是来自苏埃伦。她从没有写过信给他,他自然也不便写信向她解释。何况他既已结婚,解释又有什么用呢?他想到苏埃伦也许永远不会知道内情,还以为他就那么稀里糊涂地把她给抛弃了,他内心深感愧疚。而且看来人人都是这个看法,都在批评他,这使他难以做人。他没法为自己剖白,总不能说是自己被一个女人迷住了,昏了头,更不能公开宣扬,说中了老婆的圈套,听信了她编造的谎言。

斯佳丽现在是他的妻子,做妻子的有权利要求丈夫对她忠诚。何况他也不肯相信,斯佳丽跟他结婚,竟会对他没有一点感情。他的男性的虚荣心不允许他心里存在这样的念头。他倾向于认为她突然爱上自己,为了跟自己结婚,甚至连扯谎也在所不惜。可是这一切又着实费解。斯佳丽长得漂亮,人又精明,他自己年纪比她大一倍,对她说来,并无可取之处,不过弗兰克是个上等人,他把疑团闷在肚里。斯佳丽是他的妻子,用难堪的问题问她,等于是侮辱她。何况即使知道了,也已经于事无补了。

其实弗兰克并没有什么需要挽回的东西。他的婚姻看来很美满,斯佳丽是个顶顶美丽动人的女人,在他眼里简直是十全十美——只是过于固执。结婚后不久,弗兰克发现若是顺了她的心意,生活就会过得很愉快,若是违拗了她,那就——反正斯佳丽只要觉得称心如意,就会高兴得像个孩子,成天笑声不断,说些荒谬的笑话,有时还坐在他膝盖上拉他的胡子,直至他发誓说像是年轻了二十岁。她对弗兰克能做到体贴入微,他晚上回到家里,他的拖鞋已经放在火上烘着,他脚湿了,头冷了,她会悉心照料;她记得他喜欢吃鸡肫,咖啡里喜欢加三调羹白糖。总之,跟斯佳丽在一起生活可以说得上是舒适甜蜜——不过你得顺着她的心意。

婚后两个礼拜,弗兰克患了流行性感冒,米德大夫叫他卧床休息。战争的第一个年头里,弗兰克曾害过肺炎,在医院里待了两个月,从此他就害怕再染上这种疾病。所以这回一病,就乖乖地躺在床上,盖上三条毯子发汗,每隔一小时,喝一杯嬷嬷跟皮特姑妈为他调制的热饮料。

可是弗兰克的病拖延不愈,日子一天天过去,他心里牵挂着店铺里的情况,总是放不下心。那店铺是由一个伙计在照管,每天晚上来一趟,报告当天的营业情况,可是弗兰克还感到不满意。斯佳丽见这是一个她等待已久的良好时机,用手摸了摸他的额头说:"哦,亲爱的,见你这样着急,我心里也不好受,还是我到店里去看看情况如何。"

他有气无力地想劝阻她,可是她微笑着抚慰他,她还是不听劝阻去了,他也无可奈何。三个礼拜以来,她一直想看看他的账簿,了解一下他的经济状况。如今他卧病在床,可真是个天赐良机!

那店铺就在五角场附近,新盖的屋顶对照烟熏的砖墙,显得格外醒目。店铺前搭着木棚,一直伸到街沿石旁,棚柱之间的长铁条横档上,拴着马和骡子,在寒冷的蒙蒙细雨中垂着脑袋,它们的背上盖着破毯子破被单。店铺的里面跟琼斯博罗的布拉德家铺子差不多,只是里面没有许多人围着熊熊的炉火,嚼着烟草消磨时光,对着一个个沙箱吐烟草水。它比布拉德家铺子大些,光线暗些。因为室内的光线被木棚遮去大半,只有侧面墙上一扇沾满苍蝇污点的小窗透射进一点亮光。地板上洒满木屑,沾着烂泥,到处是灰尘,肮脏不堪,屋子前面像是稍稍整齐一点,一排排货架高高地伸向暗处,堆放着色彩鲜艳的布匹、瓷器、炊具以及针线之类的杂物。架子后面用隔板隔着,隔板后面一片杂乱。

这里没有铺地板,硬泥地上杂七杂八地堆放着许多东西。她在半暗的光线下,看见货物有装箱的,有打包的,还有犁头、马具、马鞍和廉价的松木棺材。还有一些旧家具,从不值钱的橡胶木到桃花心木甚至黑黄檀木的,堆得很高。此外还有些破旧然而华丽的锦缎椅套和马鬃椅垫,跟周围的肮脏环境很不调和。瓷盆、水罐和瓷器便壶散乱地堆在地上。四壁靠墙放着许多大箱子,斯佳丽用灯照着才看清楚里面盛放的是种子、洋钉、插销和木匠工具等物。

"我还以为弗兰克这个人像个老处女那么爱挑剔,一定是什么都料理得井井有条的,"她用手帕擦掉手上的污秽,心里想道,"这里简直像个猪圈,他这店是怎么开的!他若是把货物都掸刷干净,放在前面顾客易见的地方,生意一定会好得多。"

他的货物是这副样子,他的账目也就可想而知了。

我得去看看他的账簿,她想着,便拿起灯走到铺子前面。伙计威利拿来一本积满灰尘的总账本,不情不愿地递给了她。他年纪很轻,但看来是抱着跟弗兰克同样的意见,认为女人不该过问做生意的事情。斯佳丽声色俱厉地给了他一个下马威,立即吩咐他出去吃饭。等他走开以后,她才觉得好过一些,因为他那不表赞同的情绪实在叫她懊恼。她先坐在火炉旁一张绷子坐垫的椅子上,抬起一只脚塞在另一只大腿下,把账簿打开放在膝盖上。此时正是午饭时间,街上没有行人,店里也没有顾客,店堂里就只剩下她一个人。

她慢慢地翻动账页,细细审视一行行的名字和数目。账是弗兰克亲手记的,像铜版雕刻那样,难以辨认。她看着看着,不禁皱起眉头。果然不出她所料,从账簿上出现了新的证据,足以说明弗兰克缺少做生意的头脑。赊欠的总数至少有五百元之多,有些已经拖欠了好几个月。欠款的大多是他们的老朋友,其中包括梅里韦瑟家和埃尔辛家在内。平时她听弗兰克说起人家欠账的事时,略有微不足道的意味,她以为数字一定很小,没料到竟是一笔巨款。

"他们若是付不出钱,为什么还要不断地来买呢?"她烦躁地想道,"他若是知道他们还不起钱,为什么还肯继续卖给他们?他若是肯向他们催讨,有不少人还是还得起的。比如埃尔辛家,他们能够给范妮做缎子结婚礼服,为她举行盛大的婚礼,当然是还得起欠他的钱的。弗兰克心肠太软,人家正好利用他这个弱点。他只要把欠款收回一半,就可以买下锯木厂,而且不难为我储存准备明年需付的税款。"

于是她想:"弗兰克居然要办锯木厂,真是活见鬼,一个小小的店铺,被他弄成了个慈善机构,他还怎么能从锯木厂里赚钱,只怕要不了一个月,就会被司法长官没收。哼,这店铺让我来管,也会比他管得更好。锯木厂由我来办,也一定比他强,尽管我对木材生意完全是外行。"

认为一个女人能够把做生意的事办得跟男人一样好,甚至比男人更好,这是种惊人的思想,在认为男人是无所不能而女人则一无所能的传统中萌发出来的这个思想,又是一种革命的思想。当然,她过去就曾发现过这个传统未必正确,可是她一直把这个不寻常的思想,当作一个有趣的假想埋藏在心头,从没有把它流露出来。她静静地坐在那里,厚厚的账簿摊在膝盖上,嘴巴微微张开,颇为惊讶地回想起在塔拉那艰辛的几个月间,她承担了男人的职责,而且干得非常出色。她从小脑子里就被灌输进一种思想,说是女人单独是办不成事情的。可是在威尔到来之前,偌大的塔拉庄园一直是由她一人经营的。不错,不错,她在心里断断续续地想道,我看没有男人的话,世界上不论什么事女人都能够做到——只除了生孩子,不过,天晓得,神经正常的女人,若是能够办得到,是谁也不愿意生孩子的。

　　她一想起自己居然跟男人一样能干,心里猛然升起一阵自豪感以及想证实自己能力的强烈愿望。她要像男人一样地挣钱,挣来的钱归她自己,既不需要向男人要钱,也不需要向男人说明用途。

　　"我假如自己有钱把那锯木厂买下来该多好,"她大声说了,又叹了口气。"我一定能办得很兴旺,而且我连一个木片都不允许赊账。"

　　她又叹了口气。她明白没地方可弄到钱,所以这念头只不过是空想。可是弗兰克只消把欠款收回就可以把锯木厂买下来。买下厂子以后,赚钱是不成问题的,到那时她定要想办法把经营改善一下,改变以前的老样子。

　　她从账簿背后撕下一页纸,把欠款达几个月仍没有归还的名单抄下来,打算一回到家里就跟弗兰克谈这桩事。她要叫他明白,欠账的人即使是老朋友,但欠账总是该还清的。她一定要跟他说,即使惹得他烦恼她也不管。她晓得弗兰克胆子小,脸皮嫩,爱听人家说好话,宁肯丢了钱也不愿逼人家还债。

　　他也许会说,人家现在拿不出钱来。那也可能是事实,因为大家的确都很穷。可是家家多少都有几件首饰或是银器,或是有点不动产之类,不妨拿来抵现金折价。

　　她想象得出,要是跟弗兰克说出这个主意,一定会使他唉声叹气,怎么,要把老朋友的首饰和财产拿过来?好吧,她耸耸肩膀,他爱叹气尽管叹气。反正我要跟他说,也许他乐意为了友谊而受穷,可是我不干。弗兰克若是一点胆量也没有,就别想弄出什么名堂来。可是他非得有所发展不可,他一定得去挣钱,哪怕是由我来当家逼着他干。

　　她于是急忙把名单抄下来,眉头紧锁着,舌尖舔着牙齿咂咂作响。忽然门一开,一阵冷风灌进店堂,只见一个高个子踏着印第安人的轻快步伐走进来,她抬头一瞧,原来是白瑞德。

　　他穿着华丽,一身新装,大衣外面一件时髦的斗篷披在他宽阔的肩膀上。他接触到她的目光时,把高礼帽摘下来,朝她深深地鞠躬，一手放在胸前洁白的打褶衬衫上。他的眼睛大胆地扫视着她，一口雪白的牙齿在褐色的脸庞上闪闪发亮。

"我亲爱的肯尼迪太太，"他朝她走过来，"我最最亲爱的肯尼迪太太！"说着他发出一阵爽朗的笑声。

她先是吃了一惊，像是见到鬼魂进了店堂，随即她连忙把脚放下，身子坐直，冷冷地瞅着他。

"你来干什么？"

"我拜访过皮特小姐，知道你已结婚，赶紧前来向你道喜。"

她想起那天在他面前受到的屈辱，羞得满脸通红。

"亏你还有胆来见我！"她嚷道。

"恰恰相反，你怎么有胆见我？"

"哦，你是个顶顶——"

"我们休战好不好？"他低头看着她，脸上闪现随便的微笑，笑得很轻率，可是并不对自己的行为感到羞耻，也不对她的行为有所责难。于是她也不由自主地笑了，然而却是一种难堪的苦笑。

"真可惜他们没把你绞死！"

"我怕别人的想法也都跟你一样。得了，斯佳丽，放宽松一点，你那模样像是忍受了一次奇耻大辱，这可有点不太合适。我上回跟你开的，呃——开的小玩笑，你早已不放在心上了吧。"

"玩笑？哈！我这一辈子都不会忘记！"

"哦，你会忘记的。你不过是故意装出愤慨的样子，以为这样才合适，才值得尊敬罢了。我可以坐下吗？"

"不。"

他坐在她身旁的椅子上，咧开了嘴。

"我听说你连两个星期都不肯等我，"他假装叹了口气，"女人可真是水性杨花！"

他见她不吭声，便接着说下去。

"跟我说，斯佳丽，这话只限于我们两人之间——只限于我们两个老朋友，两个知己朋友之间——你说你若是耐心等我出狱，是不是更明智一点？要不，你是不是觉得，跟弗兰克·肯尼迪结婚，比起跟我非法来往更有吸引力呢？"

像往常一样，他的冷嘲热讽总要引得她火冒三丈，他的厚颜无耻总要弄得她又好气又好笑。

"别胡说八道。"

"有一个问题我思索再三，始终得不到解答，你是不是可以满足一下我的好奇心呢？我想要知道的是，你能够跟一个你对他既不热爱，又无深情的男人结婚，而且尝试了一次以后，还愿意经历第二次，难道你跟所有的娇柔女性全不一样，对这样的婚事不觉得嫌恶，不会巧妙地退缩吗？要不也许是我弄错了，原来南方女性并不是那么娇柔的吧？"

"白瑞德！"

"好，答案有了。我始终觉得女人有一种坚韧性和耐受力，是男人所不知道的，尽管我从小就听人家说女性都是脆弱、温柔和敏感的。不过按照欧洲大陆的成规，夫妻双方有了爱情，是一种很不可取的结合方式。事实上毫无情趣可言。欧洲人的这种婚姻观念，我向来认为是正确的。结婚为了方便，恋爱得到快乐。这是一种明智的制度，你说对吗？你跟欧洲人的观念，其实比我想象的还要更接近一些。"

她真想对着他大吼大叫："我结婚不是为了方便！"可是不幸的是，她此刻已经吃瘪了，她对自己的无辜无论怎么提出抗议，只会招致更加犀利的抨击。

"你现在怎么样啦？"她冷冷地说，急于想换个话题，"你是怎么从监牢里出来的？"

"噢，那个！"他打了个轻松的手势说，"没费多大事，他们今天上午就给我放了。我只是在我华盛顿的一位朋友身上使了点微妙的敲诈手段。他在联邦政府的议会里占有相当高的地位，是个杰出的人物。当年我给南方邦联买毛瑟枪和裙环，他就是把货物卖给我的北佬英勇爱国志士之一。我通过适当的渠道，让他知道我的困难处境后,他马上运用他的权势,于是我就被释放了。权势就是一切,至于有罪无罪,无非是一个学术问题罢了。"

"我敢起誓,你不会是无罪的。"

"不错。现在反正我不会陷入法网,我不妨跟你实说,我的罪孽,简直不亚于该隐①。那黑鬼确实是我杀的。他竟敢在一个白种女人面前傲慢不逊,我作为一个南方的上等人,还有什么别的办法?还有我既然对你招认了,我得承认我曾经在一家酒吧间里,跟一个北佬骑兵争吵了几句便开枪打死了他。我那件小小的过错至今没有受到过追究,所以看来大概别的什么倒霉的替死鬼为此上了绞架。"

她听见他对杀人的事如此津津乐道,吓得血都凉了。她刚想从道义上谴责他几句,忽然记起了埋在塔拉葡萄藤下的那个北佬。她自己对那件事并没有感到良心上有什么不安,仿佛她不过在路上踩死了一只蟑螂似的。现在她才意识到自己是跟白瑞德一样有罪,没有资格对他进行审判。

"而且,既然我像是要把一切都和盘托出,那么我还得告诉你,不过要绝对保密(就是说不要告诉皮特小姐),那笔钱确实是我拿的,现在安全地存在利物浦的一家银行里。"

"那笔钱?"

"是的,就是北佬急于想知道的那笔钱。斯佳丽,那天我没有把你要的钱给你,并不完全是因为小气。我若是开张支票给你,他们就可以跟踪追查,恐怕你连一分钱也未必能到手。我只能寄希望于自己千万不能轻举妄动。我知道这笔钱放在那里相当安全,因而万一出现了最最不利的情况,就是说,叫他们发现了存钱的地方,要想把那笔钱取走,那么我就要把战争期间出售枪支弹药给我的每一个北佬爱国志士的名字,统统公布于众,这样就会闹得满城风雨,叫他们没法收场,因为其中有些人现在已经在华盛顿身居高位。事

---

① 《圣经·旧约》载,该隐为亚当与夏娃之长子,杀害其弟亚伯。

实上,我这一次能够出狱,正是我恫吓他们说要吐露真情的效果。我——"

"你的意思是不是说——南方邦联的金币真的落到了你的手里。"

"不是全部,我的上帝,不,跑封锁线的商人大约有五十来人或五十多人,大家都在拿骚、英国和加拿大存有不少钱。我们在南方邦联人中间很不得人心,因为他们还不如我们狡猾。不过我得了将近五十万,你想,斯佳丽,五十万块钱,假如你能按捺一下你那火冒的性子,不急着跟别人再次结婚的话!"

五十万块钱。她想到这么多的钱,便觉心里一阵隐隐作痛。他最后那句嘲讽她的话,她根本没有听进去。她觉得在这个贫困受苦的世界上有这样多的钱,简直叫人难以置信,钱这样多,多得令人吃惊,却叫别人轻而易举地拿走了,而且拿到钱的人又并不是急于需要钱的人。可是她只有一个年长多病的丈夫和这肮脏寒酸的小店铺,同时她又要面对一个充满挑战和敌意的社会。像白瑞德这样一个为人所共弃的败类有这样多的钱,她肩负着沉重的担子反而没有多少钱,世道未免太不公允了。她恨他,恨他坐在那里,打扮得像个花花公子,对她揶揄笑骂。哼,她绝不恭维他,说他乖巧机灵,叫他得意忘形。不,她要挖空心思用恶毒的话刺痛他。

"我想你大概觉得拿了南方邦联的钱,可以问心无愧吧。你自己也知道这分明是百分之一百的偷窃行为。凭我的良心,你这种钱送给我,我也不要。"

"我的天,今天的葡萄怎么特别酸起来啦!"他假装皱起眉头嚷道,"那么你说我是偷了谁的钱呢?"

她没有作声,一时想不出他到底是偷了谁的。归根到底,弗兰克所做的跟他并没有什么不同,只不过程度上远远不及他罢了。

"我手头的钱,有一半是应该归属于我的,"他继续说,"是那些北佬爱国志士帮我正正当当地赚来的。他们背着政府把禁运的货物卖给我,我可得到百分之一百的利润。有一部分我是靠囤积棉花赚来的。战争刚开始的时候,我廉价买进一批棉花,等到后来英国纱厂急需棉花,我就以一块钱一磅的高价抛出。还有一部分是做粮食投机买卖赚来的。你想这些钱都是我辛辛苦苦挣来的,为什么要叫北佬白白拿走?至于其余的部分,那是属于南方邦联的。当时我受邦联政府的信任,把棉花偷运出封锁线,在利物浦以吓人的高价卖出去,再以卖棉花的钱买皮革、枪支和机器运回来。这些,我全都一一办到了。我还奉命把卖得的金币以我私人的名义存在英国的银行里,以便建立我个人的信用。我总还记得,后来封锁线加紧控制,连一条船也出不去,进不来,那笔钱就只好存在英国银行里。你说我该怎么办?把钱从银行里提出来,想办法运到威尔明顿去,结果势必被北佬截去,我不成了白痴吗?封锁线被严加控制能说是我的过错吗?我们的战事失利能说是我的过错吗?那笔钱是南方邦联的,固然不错,可是现在已经没有南方邦联了——虽然听有些人说,你们始终不愿接受这一事实——我该把钱交给谁呢?交给北佬政府吗?所以我很不情愿别人把我当作窃贼看待。"

他从口袋里摸出一只皮烟匣,抽出一支长雪茄,得意地闻了一闻,同时装出一副焦急的神情看着她,像是想仔细听听她的意见。

见他的鬼去,她想,他总是能比我抢先一步。我明明晓得他的论调有不对头的地方,可我就是抓不住他的要害。

"你可以,"她很庄重地说,"把这笔钱分给生活穷困的人。邦联政府固然没有了,可是邦联人民还在,有不少家庭都正在忍饥挨饿。"

他的头往后一仰,粗鲁地纵声大笑。

"你最最动人、也最最荒唐的时候,就是你装出一副伪善样子的时候,"他高声说着,看得出真是很开心,"斯佳丽,你千万要说实话。你不会扯谎。爱尔兰人是世界上顶顶不会扯谎的人。好吧,让我们开诚布公。你绝不会想到我们可怜的南方邦联,更不会想到挨饿的邦联人民。假如我真的有意把我所有的钱散发给他们,你恐怕要尖声怪叫表示抗议了。除非我把极大部分分给了你。"

"我不要你的钱。"她竭力装出冷漠庄重的神气。

"噢,真的不要吗?我看你的手心此刻就在发痒,我若是拿出一枚二角五分的银币,你准会扑过来抢的。"

"你若是到这里来侮辱我,取笑我贫穷的话,我只好跟你说声再见了。"她一边反唇相讥,一边把厚厚的账簿从膝盖上挪开,以便站起身来说话更有力些。可是他却马上站起身来笑嘻嘻地把她挡回去坐在椅子上。

"你这一听见说真话就要动气的老脾气,到什么时候才改得掉呢?对别人的事说真话,你是不会放在心上面,那么为什么对你自己的事,你就不肯听几句真话呢?我其实并不是侮辱你。我认为渴望获得钱财是一种良好的品性。"

她不太明白渴望获得钱财到底意味着什么,可是听他说那是一种良好品性,心里的怒气稍稍平息了一点。

"我不是来取笑你贫穷,我是来祝愿你健康长寿,婚姻美满。顺便问一下,你的妹妹苏埃伦对你的盗窃行为,是怎么想的呢?"

"我的什么?"

"你从她的眼皮底下把弗兰克偷走的事。"

"我并没有——"

"得了,我们不必抠字眼了。她怎么说?"

"她没说什么。"斯佳丽说。

"哦,她可多么为他人着想啊,"白瑞德目光闪烁着,言不由衷地说了一句,"好吧,现在让我听听你是怎么个穷法。不久以前你曾为这事到监牢里看过我,所以我有权利知道,弗兰克有没有那么多钱来满足你的希望呢?"

他话说得很放肆,可是无可回避。她只得忍受着,要不就请他离去,然而她并不想请他走开。他虽然话中带刺,那些刺本身却都是真情。他知道她做过的事,知道她为什么要那样做,而且似乎并不因此而看轻她。他的问题虽然听起来刺耳,却像是出于善意,出于关心。在他面前,她不妨说出自己的心里话,这样可以得到一些宽慰,因为她已有多时不曾把自己个人的情况和意图向别人倾吐。有时她把自己的心事稍稍披露一点,反而引起旁人的惊骇。只有跟白瑞德谈话，就好比穿了一双太紧的鞋子跳了一场舞下来又换上一双旧软鞋，觉得既轻松又舒服。

"纳税的钱你到手没有？塔拉的日子还可以过得去吧？"说话中那嘲讽的语调已经没有了。

她抬起头，她的绿眼睛接触到他的黑眼睛，他那眼中的神情先是令她吃惊，令她惶惑，可是忽然她脸上现出微笑，笑得那么甜蜜动人，是这些天来难得见到的。他是个多么古怪的家伙，可是有时他又非常可爱。她现在明白他来访的真正目的，不是为了作弄她，而是担心她那笔急于需用的钱，至今尚未到手。她现在明白他一出监牢就急忙赶来看她，表面上显得毫不在意的样子，为的是想知道她是不是还需要钱用，如果需要，他就借给她。可是他偏故意招惹她，侮辱她，即使她识破了他的意图，他也不肯承认，实在叫人捉摸不透。他是真的有意于她，只是嘴里不肯承认，还是另有其他意图？很可能是后者，她想。可是谁晓得？他的一举一动，往往不同于常人。

"塔拉的威胁已经消除了，"她说，"我——钱我得到了。"

"恐怕是经过一番斗争的吧，我敢说。你是不是耐心等到结婚戒指戴上了手指才向他开口的呢？"

他对她的行动的估计果然准确无误，她想尽量不笑，可还是露出了笑靥。他又坐下来，舒舒服服地把两条腿向前伸开。

"好吧，把你的穷困情况说给我听听吧。弗兰克那混蛋有没有把他发财的前景跟你胡吹一通，他若是欺骗一个无依无靠的女孩子，就该狠狠地吃一顿鞭子。快，斯佳丽，把一切都告诉我，你用不着隐瞒我什么，我连你最见不得人的事全知道了。"

"哦，白瑞德，你是个最坏——我不晓得该怎么形容你才好！不，他说不上欺骗我，不过——"她忽然觉得说出自己的心里话是一种快乐。"白瑞德，如果弗兰克把别人欠他的钱都收回来，我就什么也不用担心了。可是白瑞德，欠他钱的人足有五十家，而他又不肯去催还。他这人脸皮太薄，他说一个上等人不该去向另一个上等人逼债。那么那些欠的债不知到哪年哪月才能到手,说不定永远收不回来呢。"

"嗯,你为什么要急着收回来?是日常开销不够用吗?"

"不是,不过——喏,事实上,我自己想用点钱,"她想起锯木厂,眼睛就亮起来。也许——

"做什么用?还要交税吗?"

"这跟你有关系吗?"

"有的,因为你心里正在盘算,想跟我借钱。这一套我是很懂的。我可以借钱给你,而且不要求你不久前提出来的那迷人的抵押品。当然,除非你坚持要给。"

"你是个顶顶粗鲁的——"

"一点也不。我不过是想让你放心罢了,我知道你为了那件事还在担心,自然不是担心得很厉害,但多少总有点担心。钱我是乐意借给你的,不过我要知道你做什么用。我想这点权利我应该是有的。如果你拿去买漂亮衣服、买马车,我当然不会拒绝,可是如果你拿去给艾希礼·威尔克斯买新裤子穿,我怕就爱莫能助了。"

她一听这话,不由怒火上升,结结巴巴了好一阵子才说出话来。

"艾希礼·威尔克斯从来没有要过我一分钱!他哪怕饿死,也绝不肯拿我一分钱的!你根本不理解,他是个多么高尚、多么自尊的人!当然,你不可能理解他,因为你是一个——"

"我们还是把骂人的话收起来吧。说到骂人,我能想得出的话是绝不会比你更差的。你别忘了关于你的情况,全是皮特小姐提供给我的。她只要碰到一个同情她的人,几乎是无话不谈的。是她告诉我艾希礼从罗克岛回来以后,就一直住在塔拉。是她告诉我你容忍他妻子在那里住着,虽然我知道她对你一定是个沉重的负担。"

"艾希礼是——"

"噢,是的,"他毫不在意地挥了挥手。"艾希礼这人极其崇高,远非我这个凡夫俗子所能理解,可是请不要忘了你在十二橡树跟他表演的那情意缠绵的一幕。当时我是个深感兴趣的见证人。自那以后，我发现他始终没有改变，你也没有改变。假如我没有记错，他那天显示的形象看来并不崇高，而且至今没有多大进展。他为什么不把家眷带走自谋生路？为什么偏要留在塔拉？当然，这不过是我在那里瞎胡猜。可是如果你想让塔拉维持他的生活，那我是一分钱也不借给你的。在我们男人中间，谁要是让女人养活自己，说起来是很难听的。"

"你怎么敢说出这种话来？他一直都像田里的劳工那样在干活呢！"她感到一阵暴怒，可是想起艾希礼在劈篱笆木条的事，又是一阵心酸。

"我敢说他是尽力而为了，他若是做起施肥料工作来一定更为出色，而且——"

"他是——"

"噢，是的，我明白。我们姑且认为他是在尽力而为，不过恐怕没多大用处。你绝不能叫一个威尔克斯家族的人成为一个田里的劳工，或者任何类型的有用之材。他们这一种族是纯粹的装饰品。好啦，我刚才对我们高尚而自尊的艾希礼，说了些粗野的话，请你不要见怪。可是令我诧异的是，像你这样一个讲求实际的人，怎么总也摆脱不掉这些幻觉。你到底需要多少钱，打算用在什么地方？"

他见她不答话，便重复问道：

"你打算用在什么地方？你看能不能跟我说实话，说实话跟说假话的效果是一样的，事实上只会更好，因为你若是跟我说假话，迟早会被我察觉出来，你想到那时该多尴尬。你要牢牢记住，斯佳丽，你无论怎样对待我我都可以忍受，只要你不对我说谎。你可以不喜欢我，可以对我发脾气，可以跟我撒泼，唯独不可跟我扯谎。你到底打算用在什么地方？"

斯佳丽听他在攻击艾希礼，一怒之下真想不顾一切狠狠地啐他一口，再把他借钱给她的建议高傲地反弹回去。而且她差一点这样做了，可是冷静的常识制止了她。她勉强吞下怨气，尽量摆出一副和善庄重的样子。这时白瑞德背靠椅子，两腿伸向火炉边。

"如果世界上有什么事能使我得到最大的乐趣,"他评论说,"那就是看着你在道德观念跟实际利益——比如金钱——两者之间的思想斗争。当然,我知道你的务实精神必然会占上风,可是我还是想留在你身旁继续观察,看看你天性中美好的一面是否有朝一日终于取得胜利。倘若那一天果然来了,我就卷起铺盖离开亚特兰大,永远不再回来。在女人中间美好的天性占上风的大有人在。……噢,我们还是谈正事吧。你需要多少钱,用在什么地方?"

"准确的数字我说不上来,"她闷闷不乐地说,"我打算买一家锯木厂,我想我能够买得很便宜。另外我要两辆大车、两头骡子,骡子要上好的。我还要一匹马和一辆马车,是给我自己用的。"

"一家锯木厂?"

"是的,你若是借钱给我,我可以把工厂的一半产权归你。"

"我要锯木厂有什么用?"

"赚钱呀!我们可以赚好多的钱。要不我付利息给你——嗯,让我想想,多大的利息才算是好利息。"

"一般认为五分利是很不错了。"

"五分利——哦,别开玩笑!不要笑,你这魔鬼。我是跟你谈正经事。"

"所以我才要笑。你那骗人的漂亮脸蛋后面在动些什么脑筋,恐怕除了我以外,谁都弄不明白。"

"得了,谁管那个?你听我说,白瑞德,你觉得对你来说,这个买卖是不是值得一做?弗兰克跟我说有个人在桃树街上有一家小锯木厂,想把它卖掉。他因为急着等钱用,所以卖得很便宜。现在大家都要重新造房子,这一带锯木厂又不多,我们可以把木材高价出售。那人愿意留下来帮我们办厂,我们付工资给他。这些全是弗兰克跟我说的,他说他有了钱就打算把厂子买下来。我猜他给我纳税的钱大概本来是想用来买厂子的。"

"可怜的弗兰克,可是等你告诉他说你背着他已经把厂子买下来,他会怎么说呢?我借钱给你的事,你又怎样解释才不至于有损你的名誉呢?"

斯佳丽一门心思扑在弄钱买厂子上面,竟不曾想到这一点。

"那么,我就不告诉他。"

"他一定知道你的钱不会是从树林里拾来的吧。"

"我就跟他说——噢,对了,我就说我把钻石耳环卖给你了。我真的把耳环给你。那就算是我的抵押品——我的——不管你叫它什么吧。"

"我不要你的耳环。"

"这耳环我也不想要,我不喜欢它。它本来也不是我的东西。"

"那么是谁的呢?"

她的心立刻飞回到塔拉,眼前浮现出那个酷热的午昼,在寂静的过道里,四肢伸展扑倒在地的北佬的尸体。

"是人家留给我的——那人已死了,现在当然是属于我的。你拿去吧。我不想要它。我宁可把它变换为钱。"

"我的上帝!"他不耐烦地嚷道,"你除了钱,难道就没想过别的东西吗?"

"没有,"她的一双冷漠的绿眼睛瞅着他,坦率地答道,"你倘若曾有过我那样的经历,也一定会跟我想的一样。我发现天底下顶顶要紧的就是钱。上帝是我的见证,今后我再不要没钱度日了。"

她回忆起那天在十二橡树的废墟后面的情景,头上骄阳似火,脚下是柔软的红土地,小屋里散发出黑人身上的气味。她自己则昏昏沉沉,疲软乏力。她还回忆起当时她心头有节律地跳动,像是在一遍遍呼唤:"我一定不再挨饿,我一定不再挨饿。"

"总有一天我会有钱,有很多的钱,我爱吃什么就买什么。我的餐桌上再不会总是玉米粥和干豌豆。我要买好多漂亮的衣服,全都是绸子做的——"

"全都是吗?"

"是的,"她简短地答道,并不因他弦外之音感到脸红。"我要有很多钱,那么北佬就没法把塔拉从我手里抢走。我要给塔拉盖一座新房子，一个新仓房。我要买些好骡子耕田，种好多棉花，多到你从未见过。韦德将来要什么就有什么，永远不知道什么叫贫乏，绝不！世界上的一切他都有。至于我家里所有的人，他们全都不再挨饿。我说话算数。字字当真。不过这些你是不懂的，因为你这人自私卑鄙。你从没有被拎包投机家从家里撵出过，你从没有挨过饿，从没穿过破衣裳，也从来没为了怕挨饿而干活干得几乎累断腰。"

他平静地说："我在邦联军队里待过八个月。说起挨饿，恐怕没有一个地方比得上那里。"

"军队，呸！你从来没摘过棉花，没除过草。你——不许你笑我！"

他听见她嚷起来，声音很刺耳，便把两只手放在她的手上。

"我不是笑你。我是笑你的外貌和你的内心实在相差太大了。我在回想我第一次见到你的时候，那是在威尔克斯家的烤肉宴会上。那时你身上穿一件绿衣裳，脚上穿一双小小的绿软鞋，被男人团团包围着，你处处想到的，就只有你自己。我敢打赌当时你连一块钱可以换多少分都不知道。你脑子里只有一个念头，就是要缠住那个艾希——"

她把手猛的抽了回去。

"白瑞德，你若是还想跟我打交道，就请你最好不要提起艾希礼·威尔克斯的名字。提到他我们就要吵架，因为你根本不理解他。"

"那么你一定非常熟悉他，"白瑞德不怀好意地说道，"不，斯佳丽，倘若你要跟我借钱，我就要保留议论艾希礼的权利，我爱怎么说就怎么说。我可以放弃利息，但不能放弃这权利。而且有关他的很多事情，我都想知道。"

"我没有跟你谈论他的必要，"她简短地答道。

"哦，有必要！因为金钱掌握在我手里。将来你发了财，你有权利也这样对付别人。你显然至今还爱着他——"

"不。"

"噢，这是再明显不过的，要不你就不会急急忙忙为他辩护了，你——"

"我不愿忍受叫我的朋友被人家嘲讽。"

"好吧，那就暂时不谈这个。那么他是不是还爱着你呢？或者是，他在罗克岛关了一些日子，就把你给忘了呢？要不，或者是，他终于弄明白了，他有一个像宝石般可贵的妻子呢？"

斯佳丽听他提到媚兰，呼吸也变得困难起来，几乎控制不住把全部真情都要嚷出来，要他知道艾希礼若不是出于道义，早就跟媚兰分离了。她张嘴刚想说话，忽又闭上了。

"噢，那么他还没有能够领会威尔克斯太太的价值。严酷的牢狱生活，也没有减轻他对你的热情，对吗？"

"我看我们不需要讨论这个问题。"

"可是我很希望讨论，"白瑞德说，语调低沉，斯佳丽不理解这意味着什么，只觉得听起来很不舒服，"而且，凭上帝做证，我一定要讨论它，还希望你回答我的问题。他是不是依然未能忘情于你呢？"

"好吧，是的又怎么样？"斯佳丽被他激怒了，"我不高兴跟你谈，是因为你不能理解他，也不能理解他那样的爱。你所懂得的爱就只有——喏，就只有你跟那个叫沃特林的女人之间的那种关系。"

"噢，"白瑞德轻轻地说，"那么说我是只能具有肉欲的了。"

"你心里明白，就是那么回事。"

"好，我对于你不愿意跟我讨论这件事，现在表示欣赏。原来你是怕我这不干净的手和唇，玷污了他纯洁的爱。"

"嗯，是的——大体上是这样。"

"我对这种纯洁的爱情很感兴趣——"

"别那样讨人嫌，白瑞德。假如你以为我们之间有什么不规矩的地方——"

"噢，说真的，我可从来没有这样想过，所以我才很感兴趣。可是为什么你们之间却没有不规矩的事呢？"

"如果你以为艾希礼会——"

"啊，如此说来，这种纯洁的爱，是靠艾希礼，而不是靠你维持的了。说真的,斯佳丽,你不该如此随便地委身于别人。"

她看着他那张平静而莫测高深的脸,心里又是惶惑又是气恼。

"我不想继续跟你谈这个,我也不要你的钱了。你给我滚出去吧!"

"噢,钱你是想要的。我们已经谈到现在,何不继续谈下去呢?像这样一曲纯洁美妙的田园牧歌,深入探讨一下有何不可呢——既然其中并无不妥之处?如此说来,艾希礼爱的是你的思想、你的心灵和你崇高的品德了。"

斯佳丽听了他的话,心里觉得很苦恼。艾希礼爱她,确实爱的是这些。她之所以觉得生活还可以忍受得住,正因为她知道这一点,知道艾希礼受道义上的约束,只能跟她保持一定的距离,默默地爱着她深藏在心底里的美好的东西。她知道自己内心的美,只有艾希礼一人才了解。可是现在经白瑞德一说,尤其是用那假装平静实则讥笑的语调,就像是不那么美了。

"在这个邪恶的世界上,居然还有如此纯洁的爱情,这使我那孩子气的理想,重又回到我的身边,"他继续说道,"如此说来,他对你的爱,并不牵涉到皮肉的接触。假如你长得丑陋,没有那一身雪白的肌肤,他照样会爱你。假如你没有那一双勾魂的眼睛,诱得男人妄想着你在他怀中会是什么情景,他也照样会爱你。假如你不那么善于扭动屁股使得九十岁以下的男人个个见了动心,他还是照样爱你,不是吗?还有你那两片嘴唇——噢,我不能叫我的肉欲也闯进来。那么艾希礼对这些全都没有看见?要不他是不是虽然看见了,却不足以使他动心呢?"

斯佳丽不由自主地想起那天在果园里的情景。当时艾希礼紧紧搂着她,双臂不住地颤抖,他火热的嘴唇贴在她的嘴唇上,永远不肯把她放开似的。想到这里,脸刷地红起来,这一下自然逃不过白瑞德的目光。

"那么,"他说,声音中带着颤抖,几乎像是愤怒,"我明白了。他爱你纯粹是爱你的心灵。"

这个肮脏的家伙,怎么竟敢刺探起她的私事,使她一生中最美好神圣的东西显得卑下了。他是在不动声色下决心攻破她最后一道防线,他要得到的情报眼看就要到手了。

"是的,是这样。"她嚷道,把关于艾希礼嘴唇的回忆置之脑后。

"亲爱的,他甚至连你有个心灵都不知道。倘若他爱的真的是你的心灵,那么他就不需要那么费力地跟你抗争,以保持这种爱情——就算是'神圣'的爱情吧。他完全可以心安理得,因为一个男人尽可以爱慕一个女人的心灵而不失其为高尚并保持对妻子的忠诚。可是像他那样,既贪图你的肉体,又要维护威尔克斯家的荣誉,那就并非易事了。"

"你这是以小人之心度君子之腹。"

"噢,倘若你指的是我贪图你的肉体的话,那我可没有否认过。感谢上帝,我这人从来不把荣誉放在心上。凡是我想要的,只要能到手,我就毫不犹豫地接受之,因此我既不用跟天使也不用跟魔鬼去较量。而你却给艾希礼构造了一座多么快活的地狱!我几乎只能为他感到难受。"

"我——我给他构造了座地狱?"

"是的,是你,你对于他,永远是一种诱惑,可是他也像他家族里的大多数人一样,是宁要所谓的名誉而不要爱情的。可是在我看来,这个可怜的家伙现在是既无荣誉也无爱情足以使他感到温暖的。"

"他有爱情,我是说,他爱我。"

"他爱你吗?你能回答我这个问题,我们就可以到此结束,你可以把我的钱拿走,即使你把它扔进阴沟里我也不管。"

白瑞德站起身来,把吸了一半的雪茄扔进痰盂里。他的动作具有一种异教徒的无拘无束的姿态,又有一种潜在的力量,那是斯佳丽在亚特兰大陷落的那天夜里特别注意过的,那动作有点使人害怕,是一种不祥之兆。"倘若他真的爱你,那么他为什么允许你到亚特兰大来筹措税款呢?我若是答应我心爱的人去做这种事,我首先要——"

"他并不知道,他根本不曾想到我——"

"你难道没有想到,他是应该知道的吗?"他的语调完全暴露出他的粗鲁,"他如果是像你所说的那样爱着你,就应该知道你在走投无路的情况下,有可能做出什么样的事来,他哪怕杀了你,也不该让你到这里来——尤其是不该让你来找我,我的上帝。"

"可是他并不知道。"

"如果他连这一点都猜不到的话,那么他就永远对你一无所知,更不用说你那可贵的心灵了。"

他这人真是太不公允,好像艾希礼非得猜透别人心思似的!好像艾希礼知道了这件事,就一定能够阻止她似的,可是她忽然意识到,艾希礼确实是能阻止她的。在果园里的时候,他只要稍稍给她一点暗示,说将来的日子迟早会有所好转的,那么她就绝不会想要找白瑞德了。在她登上火车的时候,他只要说一句柔情的话,给她一点临别的温存,也能使她改变主意。可是他谈的只是荣誉什么的。那么——难道白瑞德的话是对的吗?艾希礼是应该知道她的心思吗?哦,不,她急忙把这个不忠实的念头抛开。艾希礼不会怀疑她。他绝不会怀疑她做任何不道德的事。艾希礼人格高尚,绝不会往这方面想。白瑞德不过是想破坏她的爱情,想打碎她顶顶珍爱的东西。看着瞧吧,她恨恨地想道,等这店铺子站稳脚跟,锯木厂进展顺利,她手头有钱,到那时再跟白瑞德清算他给她的屈辱和痛苦。

白瑞德站着居高临下俯视着她,还有点自得其乐的意味。刚才那使他激动的情绪已经消失了。

"这一切跟你有什么关系?"她问道,"这是我的事,是艾希礼的事,不是你的事。"

他耸耸肩。

"只有一点。我对你的忍耐性怀有一种深深的客观的钦佩,斯佳丽,可是我不愿意看到你的精神过多地在磨盘下被碾得粉碎。塔拉的工作,是一个成年男人才负担得了的,再加上你有病的父亲,他什么忙也帮不上你,还有那几个女孩子和黑人。现在你又要承担一个丈夫,说不定还有皮特小姐。即使没有艾希礼和他的老婆孩子,你的担子也够重的了。"

"他并不靠我生活。他帮我——"

"哦,看在上帝面上。"他不耐烦地说,"别再来这一套啦。他现在靠你,将来靠他们或者别人,一直到死。对我个人来说,我也不高兴以他做话题让我们来谈论。……你到底要多少钱?"

一连串咒骂的话涌到她的唇边。在他对她横加侮辱以后,在他把她视为最宝贵的东西骗出来又加以践踏以后,他居然还以为她要他的钱。

可是她的话欲言又止。对他的恩赐不屑一顾,命令他滚出店堂,该多么痛快,然而只有真正富裕和确有保障的人才能享受这么痛快的事。她现在只能逆来顺受,贫穷一天,就得忍受一天。有朝一日她若是有了钱——哦,多么美好而令人兴奋的念头,——等她有了钱,就再不用去忍受她不喜欢的事,再不用因为得不到想要的东西而勉强凑合,对于不能博得她欢心的人,也用不着对他们客气了。

到那时我要叫他们统统下地狱,她想,第一个就是白瑞德。

想到这里,她高兴起来,她的绿眼睛里闪着光辉,嘴上挂着微笑。白瑞德也跟着微笑。

"你这人真可爱,斯佳丽,"他说,"尤其是在你动坏脑筋的时候,单凭你脸上的酒窝,我就愿意给你十十足足买上一打骡子,只要你心里喜欢。"

这时门一开,伙计走进来,手里拿着根鹅毛在剔牙齿。斯佳丽站起身来,把披肩裹上,把帽子带上系好。她的主意已经拿定。

"你今天下午有空吗?现在能跟我去吗?"她问。

"去哪儿?"

"我要你赶车送我到锯木厂去。我答应过弗兰克一个人不单独出城。"

"这样的雨天也去吗?"

"是的,我要马上把锯木厂买下来,免得你改变主意。"

他纵声大笑,那伙计在柜台后面吃了一惊,好奇地看着他。

"你是不是忘了你是个结过婚的人?白瑞德是个被人唾弃,上等人家客厅里不肯接待的人。肯尼迪太太叫人看见跟这样的一个人一起赶车到乡下去,恐怕不行吧。你难道不为自己的名誉着想吗?"

"名誉,活见鬼!我要把锯木厂买下,省得你变卦,也省得让弗兰克先知道。动作别那么慢,白瑞德,一点儿雨算得了什么,快去吧。"

那锯木厂,后来弗兰克一想起它来就要唉声叹气,深悔自己先前不该跟斯佳丽提起此事。她把耳环卖掉,不是卖给别人,偏偏卖给白瑞德船长,而且不跟自己的丈夫商量一下就把锯木厂买下来,这已经是够糟的了。可是她并不把厂子交给他经营,那就更糟。事情看来不大对头,她好像并不信任他,也不相信他的能力。

弗兰克跟所有他认识的人一样,认为做妻子的应该听从她丈夫的超人一等的知识的指导,应该完全接受丈夫的意见,不能自作主张。至于女人想做些什么,他并不加以干涉。他觉得女人娇小有趣,对她们的一些怪念头迁就一下,未必有什么坏处。他天性平和,好说话,不大愿意拒绝妻子的建议。对于妻子的一些傻主意,他喜欢先满足她,同时又怜爱地责怪几句,指出她的愚蠢和浪费。可是斯佳丽一心要做的事简直是太不可思议了。

拿锯木厂的事来说,他的生活犹如发生了一次地震。那天他提起锯木厂,她竟带着甜蜜的笑容,跟他说她打算自己来经营,"我要自己进入木材行业。"她就是这么说的。弗兰克永远忘不了他当时受到的惊吓。她自己去经营木材,真是不可思议。别说亚特兰大城里从来没有女人经办企业,就是在任何地方,弗兰克都没有听说过。女人若是因为如今时世艰难,不得不挣点钱贴补家用,那么也得守女人的本分,比如像梅里韦瑟太太那样烘馅饼,像埃尔辛太太跟范妮那样在瓷器上绘彩,从事缝纫、办寄宿舍,要不就像米德太太那样当教师,像邦内尔太太那样绘画。这些太太们虽然都在挣钱,可是仍守在家里,并不到外面抛头露面。可是如果一个女人竟离开家庭的保护,冒险跑到急风骤雨般的男人世界中去,跟他们摩肩接踵,在事业上竞争,稍一不慎就会受到侮辱,招致物议……何况她有个丈夫足以供养她的需求，远非迫于无奈而出此下策。

弗兰克本来还希望她是在逗他，跟他开玩笑，经营这不是一个可以随便开的玩笑。可是他很快就明白过来这不是玩笑。她是当真在经营锯木厂。每天一大早他还没起床，她就赶着马车驶出桃树街，晚上常常关了店门到皮特姑妈家吃过晚饭以后很久，才回到家里。到锯木厂去有好几英里路远，只有彼得大叔抱着并不赞同她的态度在保护着她，路上要经过一片树林，那里到处是解放了的黑奴和不务正业的北佬。弗兰克成天都在店里，不可能陪她去。有时他劝她不要去，她回答得很干脆，"我若不监视约翰逊，那个狡猾的无赖就会把木材偷偷卖掉，把钱塞进他自己的腰包。我若是能找到一个可靠的人帮我经营，我就用不着去得那么勤，那时我就可以留在城里推销木材了。"

在城里推销木材，那岂不糟糕透顶，现在她就经常抽出一整天时间，在城里挨户兜售木材。碰到那样的日子，他就恨不得躲在铺子后屋里见不到人。他的老婆居然在外面兜售木材。

人们背后议论纷纷，说不定还会牵扯到他身上，因为他竟容许她的活动超出一般女性的规范。最令他难堪的是听见顾客在柜台旁说："我刚才看见肯尼迪太太在……"斯佳丽不论做些什么，总有人不厌其烦地跑来向他报告。比如某处新建一家旅馆的事，就成为大家说长道短的绝好材料，那天斯佳丽驱车走到那里，刚好汤米·韦尔伯恩正在跟另外一个木材商人进行交易。她马上从车上下来，走到那些正在砌墙基的爱尔兰石匠中间，告诉汤米说他做那笔买卖是受骗上当的。她说她的木材质量又好，价钱又便宜。她当场就用心算算出一长串数字，给汤米一个估价。一个女人，跑到一群干粗活的工人中间，已经是不成体统，她还公然显示出她的计算本领，岂不是当众出丑。后来汤米接受她的估价，订购她的木材，她就该赶快悄悄地离去，可是她偏偏不走，还跟那个爱尔兰工头谈天。那人名叫约翰尼·加勒格尔，身材矮小，脾气倔强，在地方上名声极坏，斯佳丽跟他这一谈，叫人家议论了足足有好几个星期之久。

撇开这些不论,斯佳丽的锯木厂,还真的能够赚钱。一个女人做了本不该由女人做的事,居然做得成功,做丈夫的心里自然不会舒服。何况她赚来的钱,从来不花一文在他经营的铺子里。极大部分的钱都寄往塔拉,还长篇大论写信给威尔告诉他钱该有哪些用途。她还告诉弗兰克,等塔拉的修葺事项一一完成以后,她打算拿钱放债做抵押贷款。

"哎呀,哎呀。"弗兰克一想起这桩事,就免不了要叹气。一个女人根本就不应该懂得什么叫抵押。

这些天来,斯佳丽满脑子是各种各样的盘算,可是在弗兰克看来,一个比一个更叫他头痛。她本来有一个货栈,后来叫舍曼的军队给烧了。现在她竟想利用那块地皮造一家酒店。弗兰克本人并非滴酒不沾,可是对这个主意却竭力抗议。建造酒店出租是个倒霉的行业,是个坏行业,简直就跟把房子租给人家开妓院差不多。可是为什么是坏行业,他却说不清楚,因此他那站不住脚的论据就只博得她一声"胡说八道"。

"承租酒店的人全是好租户。亨利叔叔就是这样说的,"她告诉他,"他们从来不拖欠租金,听我说,弗兰克,我可以拿卖不出去的劣等木料造一家酒店,造价便宜,租金却不低。有了租金,有了锯木厂赚的钱,再加上抵押贷款的利息,我就可以再买几家锯木厂了。"

"可是亲爱的,你哪里还需要再买锯木厂,"弗兰克听说后吓了一跳,急忙说道,"我看你应该把手头这一家卖掉。你的身体都快拖垮了,而且你知道叫那些解放的黑人好好干活该多麻烦——"

"解放的黑人实在没有用处,"斯佳丽表示赞同,对他说要卖厂的事却置若罔闻,"约翰逊先生说,他每天早上来上班时,到底有几个工人会来干活,心中完全无数。那些黑人根本无法信赖。他们干了一两天就不肯再干,要等工钱花完了才回来再干。而且全班工人说不定一个晚上会统统跑光。解放黑奴的事,我越看越像是在犯罪。简直是把黑人给毁了。上千的黑人成天不干活,干活的黑人又都是懒懒散散,没精打采,起不了多大作用。你若是为他们好,骂他们几句——更不用说动手打几下了——被解放者管理局的人就会像鸭子看见六月里的硬壳虫那样向你猛扑过来。"

"亲爱的,你没让约翰逊先生打那些——"

"当然没有,"她不耐烦地答道,"你没听见我刚才说,我若是打了他们,北佬准会把我投入监牢。"

"我敢打赌,你爸一辈子也没打过一下黑人。"弗兰克说。

"噢,只有一次。他打了一天猎回来,那马夫没擦干净马的身子,便挨了他几下子。不过,弗兰克,那时的情况跟现在不一样。新解放的黑人是另一种人,给他们好好抽一顿鞭子对他们是大有好处的。"

弗兰克不但对他妻子的见解和计划,而且对她婚后几个月来的变化,都感到非常吃惊。他们刚结婚的时候,她是那么温柔,那么甜蜜,那么富有女性气质,现在却判若两人,在他向她求婚的短短过程中,他觉得他从来没见到过一个女人对生活的反应,像她那样具有女性的魅力:天真、羞怯、又无依无靠。然而她现在的反应却全然是男性化的。尽管她依旧是粉面桃腮,笑靥醉人,可是她的言谈行动都一如男人。她说话爽朗坚决,遇事当机立断,不像女孩子通常那样犹豫不决。她知道自己需要什么,而且对于自己需要的东西,像男人那样取道捷径达到目的,不像女人那样躲躲闪闪地循着迂曲的路线去接近目标。

有胆有识的女人,弗兰克以前并不是没见过。亚特兰大跟南方所有其他城市一样,也有一定数量有身份的太太,她们是没人敢于冒犯的。比如那身躯肥硕的梅里韦瑟太太就谁也比不上她盛气凌人,那体质虚弱的埃尔辛太太,谁也比不上她专横傲慢,至于那满头银发、声音悦耳的怀廷太太,为了达到目的而使用的手段,谁也比不上她狡诈。可是她们要按自己的意志行事,不管采取什么样的策略,总不外乎是女性的策略。她们对男人的意见,始终认为应该予以尊重,尽管是否唯命是从是另一回事,但表面上是听从的,而最要紧的也就在这里。可是斯佳丽完全是男人气派,凡事独断独行,从不理会丈夫的意见,结果自然引起全城的非议了。

"而且,"弗兰克可怜地想道,"人家大概也在背后议论我,说我不该纵容她不守女人的本分。"

还有白瑞德那家伙,老是要往皮特姑妈家跑,这是最叫他丢脸的事。白瑞德在战前跟他有过生意上的往来,但他向来不喜欢他。他把白瑞德带到十二橡树去,把他介绍给他的朋友以后,一直后悔不迭。他瞧不起白瑞德,因为他在战时做投机生意,只顾赚钱,心狠手辣,还因为他未曾参军打过仗。白瑞德在邦联军队里服役八个月的事,只有斯佳丽一个人知道,因为他曾经装出害怕的样子,恳求她不要把这桩"可羞的行为"让任何人知道。弗兰克最最鄙视他的地方,就是他侵吞了邦联政府的金币,始终不肯归还,然而当时跟他情况相同的那些人,像海军上将布洛克和另外一些人,都比较诚实,先后把成千上万的巨款归还给联邦政府国库。可是弗兰克喜欢也好,不喜欢也好,白瑞德始终是皮特家的常客。

白瑞德名义上是来看皮特姑妈,对此皮特居然信以为真,若有其事地接待他。可是弗兰克觉得吸引他的,未必是皮特小姐,因此心里很不舒服。小韦德平时怕见生人,可是偏偏喜欢白瑞德,叫他"白瑞德叔叔",这也叫他心烦。他还记得在战争时期,白瑞德曾经对斯佳丽大献殷勤,当时曾引起不少流言蜚语。那么,他想,人家现在的议论,一定会甚于往日了。事实上,弗兰克的朋友们,对斯佳丽经营锯木厂一事,虽然还能直抒己见,可是在这个问题上,却无不讳莫如深。他发现现在人家已经不大请他和斯佳丽同去吃饭跳舞,到他家来访的客人也越来越少。斯佳丽跟邻居素来不很接近,锯木厂里的事情又忙,不见客人常来串门倒也不以为意。可是弗兰克却感触颇深。

弗兰克一生中,无时不受下面这句话的支配:"邻居们会怎么说?"现在他的妻子如此无视行为的规范,这就使他处于无可自卫的境地。他感觉到由于人人都不赞成斯佳丽的所作所为,从而也轻蔑他对妻子听之任之让她"女性男性化"。按照她的观点,她所做的好多事都是做丈夫的所不应容许的,可是如果他制止她、劝说她或者批评她,那么一场风暴势必会降临到他头上。

"哎唷!哎唷!"他感到束手无策,"她会一下发起疯来,而且比我见到过的任何女人都不容易罢休。"

即使在家庭气氛最最融洽的时刻,他这位讨人喜欢而热情的妻子在屋子里高高兴兴地哼哼唱唱,可是转瞬之间,她可能变成完全不同的另一个人。只要他说上这么一句:"亲爱的,我要是你的话,我就不——",就会霎时天昏地暗,暴风雨说来就来。

这时她的两条黑眉毛就会皱拢来在鼻梁上面形成一个锐角,弗兰克则现出一副哆哆嗦嗦的窘相。斯佳丽的脾性,完全像个鞑靼人,发起威来,跟野猫一般凶暴。在这种情况下,不管人家受不受得了,她是什么话都说得出口的。于是屋子上空,顿时乌云密布,弗兰克往往识相地一早出门,到很晚才从店里回来。皮特姑妈就像小兔子进洞似的赶快躲到她卧室里去。韦德和彼得大叔也退进马车房。厨娘不离厨房一步,也不敢提高嗓门唱她的赞美诗。只有嬷嬷还能稳住阵脚,这是因为杰拉尔德·奥哈拉的大吼大叫给她多年训练的缘故。

斯佳丽并不想动辄发脾气。她喜欢他,还感激他保全了塔拉,真心实意地想做一个好妻子,可是他有好些地方,好多次,使她实在忍无可忍,终于不得不爆发出来。

一个男人倘若听凭她压倒她,她就不可能尊敬这个男人。一个男人倘若在某种令人不快的场合,在她或者在别人面前,表现得羞怯和踌躇不决,是她最无法忍受的。可是现在钱的问题已经部分得到解决,因而她对于这一类事已比较可以不太计较,甚至觉得有些快乐。唯一令她经常烦恼的是弗兰克处处显示出他自己既不善于做生意,又不乐意让她做个好的生意人。

至于人家欠店里的账款,不出她之所料,弗兰克从来不主动催收。一直等到她催急了,才勉勉强强地跑到人家那里,还未开口,先表歉意。由于这些经验使她最后明白肯尼迪这种人家注定只能勉强糊口,除非她自己决心去挣钱,才不致落空。她现在开始明白,弗兰克只要守住他那邋里邋遢的小店过一辈子也就满足了。他似乎不懂得靠现在所有的钱以保障他们的生活是微不足道的。他似乎不懂得在当前这个动乱的时代顶顶要紧的是要挣到更多的钱才能应付新的灾祸。

在战前安逸的日子里，弗兰克有可能成为一个成功的生意人。可是他实在太守旧，守旧得叫人心烦，斯佳丽想，而且他不论办什么事，总要死守着过去的老框框，全然不顾旧的时代已经过去，旧的一套已经行不通了。他最最缺乏的是在这个严酷的新时代里所需要的进取精神。然而她身上却具有这种进取精神，而且她还要加以发挥，不管弗兰克乐意不乐意。他们需要钱，她现在就在挣钱，而挣钱并不是一桩容易的事。弗兰克能做到的最起码的事，在她看来，就是不要干扰她的计划，因为她的计划已经开始收到成效了。

斯佳丽缺少经验，办锯木厂原非易事，比起刚开始的时候，行业间的竞争日趋激烈。她晚上回到家里，又是困乏，又是担心，情绪很坏。可是弗兰克还要先是表示歉意似的几声咳嗽，接着就说什么"亲爱的，我如果是你，我就不做这个"或者"亲爱的，我就不做那个"之类的话，弄得她除了尽量忍耐之外，再也没有别的办法。可是她常常忍耐不住，终于发作起来。因为她想，他既然没有能耐赚钱，为什么老是要挑剔她呢？而且他指摘她的话又是那么愚蠢！在如今这种年头，不像个女人又有什么不好？何况正是那个不像女人的她办的锯木厂，挣回了大家急需的钱：她所需要的钱，塔拉所需要的钱，一家人所需要的钱和弗兰克所需要的钱。

弗兰克需要休息和安静。他在战争中尽力而为过，结果损害了健康，失去了财产，成了一个年纪一大把的人。可是他并不后悔这一切。经过四年的战争以后，他对生活的全部要求就只有和睦和友善，听到的是朋友的赞许，看到的是亲切的脸容。他很快就发现家庭的和睦需要代价，他所付的代价就是不论斯佳丽想做什么，都得顺着她的心意。因为他感到疲乏，所以就按照斯佳丽的条件，换取了和睦。有时他在寒冷的傍晚归来，她打开大门笑脸相迎，在他的耳朵上、鼻子上或者其他什么地方乱吻一通，有时在深夜暖呼呼的被窝里，她困倦地把头枕在他的肩膀上，这时他就觉得他付出的代价是完全值得的。只要事事依着她，家庭生活就过得乐滋滋的。可是他所得到的和睦，其实是空虚的，徒有其表而已。他为了得到这样的和睦，付出的却是他结婚生活中应该享有的权利。

"一个女人应该把她的心思放在她的家和她的亲人身上，不该也像个男人那样成天在外面闯荡，"他想，"现在，只要她有个孩子——"

他想到了孩子，不觉微笑起来，从此便经常想到孩子。至于斯佳丽，她是毫不隐讳地宣称她不要孩子，可是孩子是否出世，并不是等着你邀请的。弗兰克知道有好多女人说不要孩子，是因为害怕和无知。倘若斯佳丽有了孩子，就会喜欢他，就会像别的女人一样满足于留在家里照料他。那时她就不得不把锯木厂卖掉，他的问题也就迎刃而解。女人必须有孩子，才能充分得到快乐，斯佳丽恰恰并不快乐，那就未必和孩子没有关系。弗兰克虽然对女人一无所知，但总算还不至于盲目到连斯佳丽有时不快活也看不出来。

有时他夜里醒来，听见枕边有压抑着的低低的啜泣声。他头一回醒来听到时斯佳丽呜呜咽咽哭得连床也动摇了，他惊慌失措地忙问："亲爱的，你怎么啦？"可是得到的却是一声愤怒的叱责："哦，不用你管！"

是的，有了一个孩子她就会快活的，她的心思就不会放在她不该过问的事情上。有时候，弗兰克不胜感慨地想道，他像是捉住了一只热带鸟，似火焰般耀眼，珠宝般灿烂，其实他只要有只鹪鹩就够了，说不定还要更好。

第三十七章

四月里一个风狂雨骤的夜晚，外面忽然响起一阵敲门声，把斯佳丽和弗兰克从睡梦中惊醒过来。他们不知发生了什么事，都提心吊胆的。打开门一看，原来是托尼·方丹骑马从琼斯博罗来，那马浑身大汗淋漓，已经累得半死不活。他这一来，使得斯佳丽在四个月中第二次深刻地体会到"重建"的真正含义，使她更充分理解威尔说"我们的麻烦还只是刚刚开始"那句话的想法，也使她明白艾希礼那凄惨的话真是一点也不假，那是他在塔拉的寒风凛冽中的果园里说的："我们大家所面临的比战争还要糟——比监狱还要糟——比死还要糟。"

她第一次领教"重建"是在她知道乔纳斯·威尔克森可以在北佬的支持下把她逐出塔拉的时候。可是托尼此次让她知道的却要比第一次可怕得多。托尼是趁黑冒着大雨而来的，几分钟之后，他又消失在茫茫黑暗之中，而且从此销声匿迹。可是就在这一瞬间，他却拉起帷幕展现出新的恐怖的一幕，斯佳丽觉得这帷幕恐怕永远也没有希望再降落下来。

在这暴风雨之夜大门的门环如此急促地被来人敲着时，斯佳丽站在楼梯口。把晨衣紧紧抓在胸前，看着楼下过道，她刚见到托尼那黝黑而阴沉的脸庞，托尼立即俯身吹灭弗兰克手中的蜡烛。她急忙摸黑奔下楼梯，一把抓住他冰冷潮湿的手，只听他低声说道："后面有人追我——我要到得克萨斯去——我的马快累死了——我饿坏了。艾希礼说你们会——不要点蜡烛，不要把黑人吵醒。我不想给你们带来麻烦。"

他们到厨房里把百叶窗的窗叶放下,又把所有的窗帘拉到底,托尼这才允许点上一盏灯,他跟弗兰克谈的话很急促,同时,斯佳丽忙着给他设法勉强弄顿饭吃。

他没穿大衣,浑身湿透了。头上也没戴帽子,一头黑发贴在他小小的头颅上。可是他在吞下斯佳丽递给他的威士忌时,一对小眼睛依旧闪动着方丹家男孩子惯有的欢乐神情,虽然其中略带沮丧。此时楼上的皮特姑妈没有被惊动正在鼾声大作,斯佳丽深感庆幸,她知道若是让皮特看到这午夜出现的幽灵,她定会晕过去的。

"那些该死的杂种——这一下又少了一个无赖,"托尼说着把空酒杯伸过来请她又斟了一杯。"我一路上拼命跑,而且我得赶快离开这一带,要不怕就没命了。不过我觉得很值得。凭上帝做证,值得!我现在要设法跑到得克萨斯州躲藏起来。我在琼斯博罗时,艾希礼也在,是他叫我来找你们的。我得要一匹马,弗兰克,还得要点钱。我的马一路狂奔,都快要累死了。我这人真没脑子,今天从家里出来,就像只从地狱里飞出来的蝙蝠,没穿大衣,没戴帽子,身上连一分钱也没带。不过我们家里也没什么钱。"

他一边笑,一边狼吞虎咽那涂有厚厚的奶油冷玉米饼和冷萝卜缨子。

"你可以把我的马骑去,"弗兰克平静地说道,"我手头只有十块钱,你要是能等到天亮——"

"地狱着火啦,我等不及,"托尼说,语气很重,兴致还是很浓,"他们说不定就紧跟在我屁股后头。我跑出来的时候已经太晚了。要不是艾希礼及时把我拖出来让我上马,我还会像个傻瓜等在那里,这会儿我的脖子上怕已被套上绞索了。艾希礼真是好样的。"

那么说,艾希礼也卷进这骇人听闻的不解之谜了。她一阵战栗,不由把手按在喉咙口。艾希礼会不会叫北佬给逮住了?弗兰克怎么,他怎么不问个究竟呢?他为什么那么冷静,好像不当作一回事理所当然似的,她决心还是自己启齿打破这个谜。

"是什么——"她说,"是谁——"

"你父亲从前的监工——那个该死的——乔纳斯·威尔克森。"

"是不是你——他死了吗?"

"我的上帝,斯佳丽·奥哈拉,"托尼暴躁地说,"我要是动刀子砍人,你以为我会拿刀背刮他几下就肯罢休吗?不,凭上帝做证,我把他砍成几段了。"

"干得好,"弗兰克毫不在乎地说道,"我向来就讨厌那家伙。"

斯佳丽看着他。弗兰克似乎变了,变得不是平常那个驯服的、爱拉扯胡子、可以由她肆意轻侮的弗兰克了。在紧急的情况下,他变得冷静,干净利落,说干就干。他是个男人,托尼也是个男人,应付暴力的行为是男人的事,没有女人的份。

"可是艾希礼——他是不是——"

"不。他想要杀他,可是我跟他说这是我的权利,因为萨莉是我的弟媳妇,后来他也想通了。他陪我一起到琼斯博罗去,以防万一威尔克森先动手把我干掉,不过我想这件事不至于给艾希礼带来什么麻烦,我希望这样,有没有果酱给我涂上玉米饼?另外能不能包点吃的给我带走?"

"你把事情赶快全说给我听吧,要不我要急得尖声叫起来了。"

"你一定要叫等我走了再叫吧。现在,我趁弗兰克给马上鞍子,把事情说给你听。那个该死的威尔克森,这一阵子已作恶多端,要你给塔拉纳税,就是他干的好事,顶顶可恶的是他老是在那里挑拨黑人。我可做梦也没想到竟会有这种叫我憎恨黑鬼的日子,他们的良心也真黑,对那些流氓的话句句都听,把我们待他们的好处全给忘了。现在北佬说要让黑人选举,可是反而不让我们选举。凡是参加过南方军队的,都被剥夺选举权,被允许参加选举的民主党人全县竟没有几个。如果黑人有了选举权,那我们就全完了。真该死,佐治亚是我们的州,不是北佬的州,凭上帝做证,斯佳丽,这叫人无法容忍,我们绝不容忍,我们要有所行动,哪怕再来一次战争。要不了多久就会有黑人法官、黑人议员——这些从莽林里爬出来的黑猢狲——"

"请你——快说,你是怎么干的?"

"再给我吃一小块玉米饼,然后你把它包好。喏,后来大家都在传说,威尔克森那家伙宣扬黑人平等走得愈来愈远,几乎整个小时整个小时跟黑人宣传黑人平等之说。他居然有胆量——有——"托尼唾沫飞溅,而又无可奈何地说道,"有胆量说黑人有权跟——跟——白种女人——"

"哦,托尼,他怎么能这么说!"

"凭上帝做证,他是这么说的!你听了自然要难受。可是地狱是着火啦,斯佳丽,你不该不知道,他们在亚特兰大一直是这么说的。"

"我——我没听说。"

"嗯,弗兰克想必觉得不要告诉你为好。自那以后,我们都觉得该在夜里私下拜访威尔克斯先生,照料他一下,可是还没等到我们能实行我们的计划——你还记不记得我们家从前那个黑人工头,叫作尤斯蒂斯的?"

"记得。"

"今天上午萨莉正在烧饭,他跑到厨房门口,不知跟她胡说了些什么,反正是说了些不三不四的话。因为我听见萨莉尖叫,我连忙奔进厨房,那家伙正在那儿,喝得烂醉如泥,狗娘养的——对不起,斯佳丽,我说漏了嘴了。"

"快说下去。"

"我开枪打死了他。等妈赶来照顾萨莉,我就跳上马直奔琼斯博罗找威尔克森算账。因为他才是罪魁祸首,都是他教唆出来的,否则那些黑傻瓜绝不会想到这种念头的。路上经过塔拉遇见艾希礼,他自然就跟我一起去了。他说因为威尔克森在塔拉干过坏事,这该交给他去干,我说不行,应该由我动手,因为萨利是我弟弟的遗孀。我们一路走,一路争辩,当我们到达镇上时,我的上帝,斯佳丽,你晓得我连手枪也没带。我出门的时候,正火冒三丈,竟把它给忘记在马厩里了。"

他停顿一下,啃起硬玉米饼,斯佳丽吓得直打哆嗦。方丹家的人见义勇为,在本县的历史上是闻名已久的。

"这样我就只好带着刀去找他。我在一家酒吧间里找到他。我把他逼到角落里,艾希礼挡住其他的人。我先跟他把来意说清楚然后才动手,一转眼就把他解决了。"托尼说着一面在思考,"我只记得艾希礼把我扶上马,让我来找你们。艾希礼在紧急关头可真是好样的。他头脑始终很冷静。"

弗兰克走进来,把挽在臂上的大衣交给托尼。这是他唯一的一件厚大衣,可是斯佳丽并无异议。她好像是个十足的局外人,这纯属男人的事情。

"可是托尼——你家里需要你。你若是回去解释——"

"弗兰克,你可是娶了个傻瓜,"托尼咧开嘴笑着说,好不容易把大衣穿上身,"她以为一个男人不许黑人招惹他家的女人,会受到北佬奖赏似的。可惜他们的奖赏是送你上军事法庭,然后给你一根绞索。斯佳丽,吻我一下,弗兰克不会介意的,因为我也许从此见不着你们了。得克萨斯路途遥远,我又不敢写信,所以请转告我家里人,我到此刻为止,还算是平平安安的。"

她让他亲了一下,两个男人便冒着大雨穿过后院,到后廊上站着谈了片刻,随即她听见马蹄涉水而过的声音,知道是托尼走了。她把门打开一条缝,见弗兰克把一匹跌跌撞撞直喘气的马牵进了马棚。她关上门坐下来,两膝直打哆嗦。

她现在明白了"重建"到底意味着什么。她看得很清楚,仿佛她的屋子被一群野蛮人包围着,他们赤身裸体,只在下身遮了一块布。近来她很少留神的好多事,现在都涌上她的心头。比如有些人们的谈话,她只是听见了,可是没有加以注意;比如有时男人们在商量什么,一见她进屋,就忽然停住了,又比如有些她看起来在当时像是没有什么意义的小事,而弗兰克一再警告她,反对她身边只有个年老体衰的彼得大叔保护着她赶车到锯木厂去。可是现在把这一切拼凑在一起,就构成了一幅恐怖的画面。

在这幅画面上,前面是许多黑人,在他们背后是一排排北佬的刺刀。她可能被杀死,被强奸,也许,什么事也没有。而为她报仇的人说不定要被北佬绞死,甚至不需要经过法庭的审判。北佬军事当局既不懂法律,更不会考虑犯罪的客观情况,就那么形式主义地审讯一下,便把绞索套到了一个南方人的脖子上。

"我们怎么办?"她想,心里感到极大的恐惧,无可奈何地绞着双手。"他们是一群恶魔。像托尼那样的好青年,只不过为了保护自己家里的女人,杀死了一个醉鬼和无赖,他们就想要把他绞死。我们该怎么办呢?"

"我们无法忍受!"托尼的话是对的,的确叫人无法忍受。可是他们现在完全无能为力,不忍受又怎么样?她开始簌簌发抖,这是生平头一回,她除了自己以外,还想到了别的人和事。她清楚地看到,她斯佳丽·奥哈拉心惊胆战而又束手无策还并不是顶顶重要的。整个南方,像她这样心惊胆战而又束手无策的女人,何止成千上万。还有千千万万的男人,他们在阿波马托克斯放下武器,现在又重新拿起枪支,随时准备着为保护他们的女人而要冒生命的危险。

托尼脸上有一种表情,同样反映在弗兰克的脸上;在亚特兰大别的男人脸上,她近来也见到过这种表情,只是她从来没有去分析过。这种表情,跟投降后从战场上归来的男人的那种疲倦而又无可奈何的神情截然不同。那些人当时除了急于想回家以外,别的什么也不想,现在他们开始关心起别的事情来,他们麻木的神经正在复苏,旧有的气概重新开始燃烧。他们满怀冷酷无情的悲痛,又在担心着什么。跟托尼一样,他们想的是:"我们无法忍受!"

她所见到的南方人,在战前个个说话温柔,十分迷人,在战争已经到了无望的最后日子里,则表现为不顾一切,冷酷无情。可是刚才在烛光下相互对视着的两个人脸上的表情却完全不同,那表情既使她振奋,却又令她害怕——那是一种无法用言语来表达的狂怒,一种勇往直前的决心。

她头一回感觉到,在她跟她周围的人中间,有一种亲缘关系,感觉到她分担着他们的痛苦,他们的恐惧,他们的决心。是的,确是无法忍受,南方如此美丽,怎么能轻易拱手奉送别人!南方如此可爱,怎么能听任北佬践踏,听任北佬把他们仇视的南方人碾为尘土,南方如此可亲,是南方人的家园,怎么能把它交付给那些被威士忌和"自由"弄得迷迷糊糊的无知的黑人之手。

她想到托尼的突然出现和迅速消失,觉得他仿佛是自己的近亲一般,因为她记起她自己的父亲当年也是趁着黑夜,为了一桩跟他自己和他的家里都没有关系的谋杀案,匆匆逃离爱尔兰老家的。在她的血管中,流动着杰拉尔德的暴烈的血液。她记得那回她开枪打死一个北佬,拿了他的钱包时,有一种强烈的快感。他们大家的血管里都流动着暴烈的血液,危险得一直到了血液的表层,仅潜伏在一层彬彬有礼的外膜之下,所有她熟识的人,包括那目光呆滞的艾希礼和那婆婆妈妈的弗兰克,在一定的气候条件下,也会变得杀气腾腾。连那没良心的坏蛋白瑞德,照样会把一个黑鬼杀掉,就因为他"对上等女人傲慢不逊"。

"哦,弗兰克,这样的日子,还得过多久呀?"她一见弗兰克进屋,就跳起来问道。

"北佬恨我们一天,这样的日子就得过下去一天,亲爱的。"

"那么就没有人能做点什么吗?"

弗兰克拿一只疲倦的手在他自己湿漉漉的胡子前面一摆说:"我们正在采取行动。"

"什么行动?"

"事情还没做成,何必去谈它呢?也许要好多年。也许——也许南方永远就像现在这样子了。"

"哦,不!"

"亲爱的,睡吧。你身子在发抖,一定是着凉了。"

"这一切到什么时候才会结束呢?"

"等到我们大家都有了选举权的时候,亲爱的。等到每一个曾经为南方战斗过的人能为南方和民主党人投票的时候。"

"投票?"她绝望地喊道,"投票有什么用?现在黑人都中了北佬的毒反对我们,他们已经失去理智。"

弗兰克耐心地继续解释，可是选举能使他们摆脱困境的道理实在太复杂，不是她所领会得了的。她只觉得乔纳斯·威尔克森从此不能再威胁塔拉，心里很感激，不由想起了托尼。

"哦，可怜的方丹家，"她嚷道，"现在只剩下亚历克斯，含羞草庄园里要干的活又多。托尼真没头脑，他为什么不等到半夜里在没人看见时干呢？春耕若有他在家帮忙，不是要好多吗？"

弗兰克搂住她的腰。平时他总是战战兢兢的，生怕被她不耐烦地挡开，可是今夜他的目光深沉，把她搂得紧紧的。

"有些事情比春耕重要得多，亲爱的。比如吓唬吓唬那些黑鬼，教训教训那些无赖。我们只要有像托尼这样的好青年，就用不着为南方过分担忧。快睡吧。"

"可是，弗兰克——"

"只要我们拧成一股绳，对北佬寸步不让，我们早晚能赢，不过你不必为这事麻烦你的漂亮的小脑袋，亲爱的，让男人去管好了。也许我们的愿望，在我们这一代还不能实现，可是将来一定能实现。等到北佬发现他们甚至无法削弱我们而感到厌倦且不再为难我们时，我们便可以太太平平过日子，抚育我们的子女了。"

她想起韦德，想起埋藏在她心头已经有好些日子的一个秘密。现在，在平静的表面下，潜藏着一片纷扰，有仇恨、动荡、痛苦、强暴、贫穷、磨难和缺少保障。她不愿她的孩子们在这纷扰中成长，也不愿意她的孩子们知道这些东西。她需要一个有保障的、井井有条的世界，使她能寄希望于未来，知道她的孩子们会有一个安全的明天，只知道和蔼温暖，只知道丰衣足食。

弗兰克说这些可以通过选举来实现。选举？选举有什么用？规规矩矩的南方人再也不会有选举权了。在这个世界上，能抵挡命运带来的灾难的唯一靠得住的东西就是钱。她狂热地想钱，想要有好多好多的钱，多到足以抵挡灾难的侵袭。

她出其不意地忽然对他说，她肚子里已经有孩子了。

托尼逃走以后，一连好几个星期，皮特姑妈家不断受到北佬士兵的搜查。他们不论什么时间，说来就来，从不事先通知。他们一来，就涌进房里，又是盘问，又是打开壁橱，刺破衣箱，连床底下也不放过。军事当局得知有人叫托尼来过皮特家里，便断定他现在还躲在她家，或者在她家附近某处。

这样一来，皮特姑妈因为不知道什么时候北佬军官都会带着一队士兵闯进她的卧室，就经常处于一种彼得大叔所说的"精神不振"的状态之中。托尼那天夜里来过的事，弗兰克跟斯佳丽都没有漏过口风，因此即使皮特姑妈愿意吐露真情，却也无可奉告。她心绪不宁地向他们抗议，说她这一辈子就只见过托尼·方丹一面，那还是在一八六二年的圣诞节。她说的完全是实话。

"而且，"她为了表示愿意向他们提供帮助，还气喘吁吁地向北佬士兵补充了一句，"当时他已经喝得醉醺醺的了。"

斯佳丽在妊娠的初期，经常作呕，情绪也很消沉。北佬士兵闯进她的内室，看见有中意的小玩意儿，就顺手牵羊，使她非常痛恨。托尼的事会不会连累她这一家，又令她非常恐惧。现在监牢里关满了人，逮捕他们都没有什么多大的理由。她知道托尼的事哪怕只漏出一点点真相，她和弗兰克连同天真的皮特姑妈都得被关进监牢。

近来有一阵子，华盛顿有人一直在鼓吹要没收所有的"逆产"以偿还联邦政府的战争债务。斯佳丽听了忧心忡忡，非常痛苦。谁知更有甚者，现在亚特兰大又谣传四起，说凡是触犯军法的人，财产一律没收。这一下斯佳丽更加担心，怕她和弗兰克不但要失去自由，连房子、店铺和锯木厂都也难保。即使他们的财产没有被军方占有，那也等于完全丧失，因为他们两人倘若进了监牢，谁还会代管他们的企业呢？

她开始怀恨起托尼来，觉得他不该连累他们。对待朋友，怎么能干出这种事来？艾希礼怎么会把托尼送到他们家里来？以后有人来找她，若是有可能把北佬像黄蜂般招惹来，她就一概拒之门外，不给任何帮助。至于艾希礼，那当然是例外。托尼走后的几个星期里，她夜里睡不好觉，外面路上一有响动，就会惊醒过来，害怕艾希礼因为帮助过托尼，不得不也逃往得克萨斯，路经这里。她不知道艾希礼的情况到底怎样，因为他们不敢写信给塔拉提托尼的事，怕信给北佬截去，反而给塔拉带来麻烦。直到几个星期以后，他们见没有坏消息传来，才料定艾希礼没有出事。到后来，他们这里北佬也不再光顾了。

可是从托尼半夜敲门那一刻带来的恐惧却始终没有消除，这恐惧比起围城期间炮弹的震撼所引起的，比起战争末期舍曼的士兵所造成的，还要入木三分。托尼的出现似乎拨开了她眼前慈悲的云翳，迫使她看清了自己的生活确实还处于变幻莫测之中。

就在一八六六年那个寒冷的春天，斯佳丽环顾四周，终于认清她跟整个南方面临的是怎样一个局面。她可以设计，可以筹划，可以干得比她的奴隶还要劳累，可以克服重重困难，可以凭借自己的决心解决她早年生活中不曾学过如何对付的种种难题。然而她凭她的勤劳、牺牲和机智，花了极大代价换得的区区家业，却随时都有可能被别人夺走。万一发生了这样的事，她也得不到法律保障，得不到补偿。要想去申诉的话，除了托尼所说的那个专横独断的军事法庭外，也没有别的去处。如今只有黑人有法律保障，并能得到补偿。北佬用武力征服南方，用一只狠毒的巨掌压着它，叫它永世不得翻身。从前的南方统治者，现在比他们过去的奴隶还要一筹莫展。

佐治亚州驻有重兵，亚特兰大驻军的人数尤多。北佬在各地驻军的司令官对当地的居民握有生杀予夺的绝对权力，他们绝不吝啬使用这种权力。他们可以以任何理由，甚至以莫须有的罪名，肆意把人投入监狱，掠夺他们的财产，随后把他们绞死，他们制定种种自相矛盾的规章制度，使当地居民深受其害，比如经营商业的条例，付给佣人的工资，以及在公私场合以及报纸上发表的言论。他们甚至还规定必须在什么时间，什么地点才准倾倒垃圾，前南方邦联人员的妻女应该唱什么歌。如果有人敢于唱《迪克西》或者《美丽的蓝旗》，其罪名只比叛逆稍轻一点点。居民还必须进行无可推诿的

"宣誓"，否则就不准到邮局领取信件。不肯宣誓的人，有时甚至不准领取结婚证。

由于新闻自由受到钳制，军队的侵犯和掠夺行为不受舆论的谴责。如有私人敢于提出抗议，那就难免要受坐牢之灾。监牢里关满了知名人士，而审讯则遥遥无期。陪审制度和人身保护法实际上已被搁置一旁。民事法庭虽然多少仍在行使职权，然而却受制于军事当局，军方对法庭的判决可以横加干涉，因此那些不幸被捕的人，命运就掌握在军事当局手里。被捕的人确也不在少数，凡涉嫌反对政府的煽动性言论的，涉嫌参与三K党活动的，或者受到黑人控告对他们有侮慢行为的，就足以构成犯罪而锒铛入狱，既不需要物证，也不需要人证，只要有人指控就可定罪。多亏被解放者管理局的人在背后煽动，乐意告状的黑人比比皆是。

现在黑人还没有拿到选举权，但是北佬已决定给他们选举权，同时还决心让他们选举支持北方。出于这样的居心，他们就处处纵容黑人。不论黑人爱干什么，都会得到北佬士兵的支持。至于白人如果向黑人提出控告，那就无异于自找苦吃了。

从前的奴隶，现在成了"天之骄子"。在北佬的扶植下，最低贱、最无知的人，个个春风得意。而他们中间较好的一个阶层，对北佬赋予他们的自由竟不屑一顾，宁愿追随过去的主人忍受苦难，数以千计的"家奴"，他们原是奴隶中的最高阶层，依旧不愿离去，留下来干着低于他们从前地位的粗活。还有许多田里干活的黑奴，忠实于原先的主人，也拒绝接受给予他们的自由。至于获得自由的黑人中最爱肇事的一伙败类，也多半出自田里干活的最下层的黑奴。

在奴隶制时代，在家里的黑奴和院里的黑奴眼里，田里的黑奴是一文不值的。从前南方各地种植场的女主人，都像埃伦那样，对小黑奴加以训练，然后进行筛选，把最好的委以较重要的工作，被派到田里干活的，全是些最不肯学习，最缺少活力，最不诚实，最不可靠，最恶毒，最野蛮的。然而现在使得南方白人处于悲惨境地的，却正是黑人社会中最底层的黑奴。

当时的北佬，对南方似乎怀着宗教般的狂热的仇恨心理，被解放者局里掌权的又全是些寡廉鲜耻的冒险家，在他们的纵容下，一些从来是在田里干活的黑奴，很快就爬上了重要的位置。由于他们的智能低下，他们的行为自然可想而知。就像是一群猴子或者幼年儿童置身于宝藏之中，势必任性胡作非为。他们无法理解宝物的价值，肆意破坏，这或者是为了取乐，但也许是出于无知。

在黑人中，包括智力最最低下的黑人，也未尝没有可取之处，那就是他们一般并无恶意，即使在奴隶制时代，被称为"低贱黑鬼"的人也为数极少。黑人作为一个整体来看，就像孩子一样单纯，容易驾驭，而且长期以来，他们已习惯于服从命令。从前是听从他们的白人主子发号施令，现在换了新主子，就听命于被解放者局和拎包投机家们。这些人给他们的命令是："你们并不比任何白人差，所以你们应该采取相应的实际行动。一等到你们可以给共和党人投票的时候，你们就可以取得白人的财产。因此他们的财产，现在也如同是你们自己的一样。要是能拿到手的，尽管拿就是了。"

黑人们听了这番美丽的神话，便把自由看成是一次没完没了的野餐，是天天举行的宴会，是闲逛、偷窃、无法无天的狂欢节。乡下的黑人涌进城里，田地荒芜无人耕种。亚特兰大城早已人满为患，进城的人仍源源而来。这些人受了挑唆，变得懒散而危险。许多人挤在肮脏不堪的小屋里，他们突然患了天花、伤寒和肺炎。他们从前习惯于由女主人照料他们的疾病，此刻对待自己的病人，竟不知如何是好。对老人和孩子的情况也是如此，离开了女主人，就不知怎样照顾他们，至于被解放者局里的人，他们只是对政治才有兴趣，自然不会像种植场主人那样照料他们。

黑孩子无人过问，像受惊的小动物那样满街乱窜，有好心肠的白人把他们收留放在厨房里抚养起来，才算有了归宿。老年的黑人被子孙遗弃了，在这忙乱的城市里，惶然不知所措，只得坐在街沿石上，向过往的女人哭诉："太太，行行好，给我在费耶特维尔的老主人写封信，告诉他我在这里，他会来把我领回去的。我的上帝，这自由的味道我可尝够了！"

被解放者局里的人，见进城的黑人愈来愈多，方才意识到他们的错误，便设法打发他们回老主人那儿去。他们对黑人说，如果他们愿意回去，身份是自由劳动者，有书面契约做保证，可以按日领取固定工资。年老的黑人听了都欢欢喜喜地回去了，结果加重了种植场主的负担。他们本来就已经很穷困，现在又不忍心把老黑人赶出去，至于年轻的黑人，都仍旧留在亚特兰大。不论到什么地方干活，干什么样的活，他们都不高兴。肚子吃得饱饱的，为什么还要干活呢？

在奴隶制时代，黑人是不许喝酒的。每年只有到了圣诞节，在给他们圣诞礼物的时候，才允许他们喝上一口威士忌。可是现在，他们要多少就可以喝多少，他们本来就受到被解放者局和拎包投机家的唆使，加上灌足了威士忌，胡作非为的事，自然就无法避免了。白人的生命财产受到威胁，又得不到法律保障，一时引起极大的恐慌。酒醉的黑人白天公然在大街上侮辱白人，夜晚纵火焚烧房屋仓库。马、牛、鸡等在光天化日之下被人偷走，各种各样的犯法行为层出不穷，可是很少有人受到法律制裁。

可是这一切，比起白种女人所受的危险，却又算不了什么。有不少白种女人，战争使她们失去了男人的保护，又住在边沿地区和僻静的路旁，面临的危险就更大。由于发生了大量侮辱妇女的事件，以及对自己妻女的安全惴惴不安，使南方白人义愤填膺，于是一夜之间，便出现了三K党的组织。北方报纸对这个夜间活动的团体必然会产生的悲剧的原因一无所知，只知道对三K党的活动大加抨击。北佬则认为南方的制度与法律程序既已被他们推翻，三K党人竟敢擅自对罪犯加以处置，那就应该将其成员个个处以绞刑。

于是出现了一幅触目惊心的景象：同一民族中的一半，用刺刀迫使另一半人忍受黑人的统治，而这些黑人中有相当一部分人是到他们的父辈才开始脱离非洲莽林的。这些黑人应该取得选举权，同时，他们从前的主人，多数被剥夺了选举权。北佬认为对南方一定要压制，压制的方法之一便是剥夺他们的选举权。凡是为南方邦联打过仗，在联邦政府机构中任过职，帮助或支持过邦联的人，都不准投票，无权挑选自己的公仆，必须完完全全地接受外来的统治。有许多人清醒地想起李将军的言论和榜样，愿意宣誓效忠，重做公民，把过去忘记掉。可是北佬偏偏不准他们宣誓。至于准许宣誓的人，却又坚决拒绝那样做。他们认为北佬处心积虑地要置他们于残暴与屈辱的统治之下，他们自然不肯俯首听命。

斯佳丽常听到人们在说："刚投降的时候，若是北佬的行为像样一点，我早已宣誓，重新做公民了。可是现在，凭上帝做证，照这么个'重建'法，我是怎么也接受不了的！"这番话她听到过不知多少遍，到后来简直会厌烦得尖声大叫起来了。

斯佳丽在这些忧心如焚的日日夜夜里，人已憔悴不堪。黑人跟北佬士兵无法无天的行为，构成了无时不在的威胁，财产被没收的危险一直压在她的心头，甚至惊扰她的睡梦。而且她还要担心会不会有更可怕的事情发生。由于她自己，她的朋友，以及整个南方，都处于一筹莫展的困境，在心情压抑的情况下，她难免时时要想起托尼·方丹的那句慷慨激昂的话：

"凭上帝做证，斯佳丽，这是无法忍受的！我们绝不再忍受下去！"

虽然经历了战争、大火和重建，亚特兰大重新又成为一个欣欣向荣的城市。从很多方面看来，它跟南方邦联初期那个忙忙碌碌的新兴城市，有不少相似之处。唯一令人难以容忍的是，满街的士兵穿的是另一种军服，钱都掌握在外人手里，黑人却悠闲自在，他们先前的主人反而在挣扎，在挨饿。

亚特兰大城里实际上充满着苦难与恐惧，可是外表上却是一派兴旺发达的景象，废墟上到处在大兴土木，一片喧闹的忙乱，好像这座城市不论在何种情况下，都非得那么匆忙不可似的。别的城市，像萨凡纳、查尔斯顿、奥古斯塔、里士满和新奥尔良是从来不会那么匆忙的。匆忙是缺少教养和北佬化的表现。可是在这段时期里，亚特兰大是空前绝后地那样缺少教养和北佬化。"新来者"从四面八方蜂拥而来,街道上从早到晚吵吵嚷嚷,拥挤不堪。北佬军官的妻子和新发迹的拎包投机家坐着雪亮的马车,把泥水溅泼在本城居民的破烂单座马车上;外地富人的华丽而俗气的新屋,密密地挤在本城居民的朴实住宅中间。

战争确立了亚特兰大在南方事务中的重要地位,这个无名小城如今已名闻遐迩。那几条当初使这城市得以建立的铁路线,舍曼将军曾为之战斗了整个夏天,打死了好几千士兵,现在重又成为亚特兰大的生命线,使之成为周围广大地区的活动中心,恢复了它被毁以前的原来面貌。大量的新公民从各地向这里云集,有受欢迎的,也有不受欢迎的。

从北方侵入的拎包投机家,把亚特兰大作为他们的大本营,在街上挤撞那些新迁居来的最早的南方世家的人。那些南方人在舍曼进军时房子被烧掉了,加以没有黑人帮他们种棉花,在乡间无以为生,就到亚特兰大来谋求出路。他们有的来自田纳西州,有的来自卡罗来纳州,因为那里的重建,比佐治亚州还要严厉得多。还有好多爱尔兰人和德国人,原来在北佬军队里当雇佣军,退役以后也到亚特兰大来定居。北佬驻军的家眷,对南方经过四年战争后是个什么样子觉得很好奇,有些人便到这里来观光。还有各种各样的冒险家,想到这里来发横财。至于从乡间来的黑人,仍络绎不绝,无法制止。

亚特兰大在沸腾,它像一个边境乡村那样敞开着门户,对种种坏事与罪恶丝毫不加掩饰。酒吧间通宵营业,有时一条街上就有两三家之多,入夜以后,满街都是醉汉,有白人有黑人,东倒西歪地从街沿石边撞到墙上,又从墙上撞到街沿石边。暴徒、扒手和妓女隐藏在没有路灯的小巷和阴暗的街道里。赌场里热闹非凡,而且没有一个晚上不闹事的,不是动刀就是动枪。最使品德高尚的市民们感到愤慨的是,亚特兰大现在出现了一个范围很大而且兴旺发达的红灯区,其范围和兴旺的程度,甚于战争时期,钢琴弹奏伴着粗野的歌声和笑声从窗帘后面飘荡出来，通宵达旦，偶尔夹杂着女人的尖叫声和手枪的射击声，这些地方的女人比战时的妓女更加大胆，竟老着脸皮从窗口探出身子，招徕街上的行人。星期六的下午，红灯区的老板娘就会带着打扮得花枝招展的姑娘，乘着精致的马车，挂着丝绸窗帘，招摇过市地到外面兜风。

贝尔·沃特林是这些老板娘中最著名的一个。她独自开一家院子，是一幢两层楼的豪华建筑，相形之下，邻近人家的屋子就好比是养兔场。楼下是一间长形的酒吧，墙上挂着优美的油画，每天晚上都有个黑人乐队在这里演奏。据外面人传说，楼上有华丽的家具，装上长毛绒的套子垫子，挂着厚实的花边窗帘，放着镀金框架的进口镜子。院子里的十二个姑娘，经过浓妆艳抹，看来倒也赏心悦目。她们的举止比起其他院子里的姑娘，也要文静一些。至少在贝尔的院子里，难得有警察光临。

这个院子，通常是亚特兰大的太太们私下谈论的资料，也是牧师在传道时，小心翼翼地斥之为藏垢纳污的场所。人人都知道像贝尔那样的人，不可能有那样大的经济实力，能建立起这样一个豪华的院子。她必定有个靠山，那个靠山必定相当阔绰，因为白瑞德从不讳言他跟她的关系，所以显而易见她的靠山就必定是他。贝尔有时出门，由一个胆小而冒失的黑人赶车，人家偶尔朝车内一瞥，可以看出她非常阔气。街上的孩子看到两匹雄壮的红棕马拉着马车驶过，便要躲开他们的母亲，跑到马车旁偷偷地瞧她，然后兴奋地低声说："那正是她！是贝尔，我见到了她的红头发！"

城里的老房子大都满是弹坑，用熏黑的砖块和旧木头修修补补支撑着。在它们的旁边是一幢幢拎包投机家和发战争财的人新建的住宅，都有复折屋顶、三角墙和塔楼，有彩色玻璃窗和大片的草地。夜复一夜，这些新房子的窗口闪耀着煤气灯光，音乐和舞步声在空中飘扬。女人们穿着色彩鲜艳、有衬垫的丝绸衣服，在长长的游廊上漫步，身旁有穿着夜礼服的男子护卫着。香槟酒瓶的软木塞一只只被噗噗地打开，铺着花边台布的餐桌上放着七道菜肴的晚餐，酒浸的火腿、鸭肉冻、鹅肝酱及四季珍果,极其丰盛。

在老房子破旧的大门里面,看到的是贫穷与饥饿——住在里面的人由于出身高贵,因而更觉凄苦,由于他们对于物质的匮乏要显示出不为所困的高傲气质,因而痛苦愈深。米德大夫曾见到许多家庭从大厦迁移到寄宿舍,又从寄宿舍迁移到小街上的陋室。他有许多女病人,患的是"心脏衰弱"和"消耗性疾病"。他心里明白,而他的病人也知道他明白,她们害的病实质上是慢慢地在饿死。他曾见到一个肺病患者,不久就传染给了全家,他还看到从前只有穷苦白人才会害的癞病,现在亚特兰大最上等的人家也出现了。还有孩子刚生下来不久,两腿就成佝偻,有的母亲没有奶水喂孩子。从前这位老大夫每给一个孩子接生,都要诚心诚意地感谢上帝的恩赐。如今他并不觉得新的生命是一种福音,因为对新生儿来说,这个世道实在过于艰难,不少孩子活不了几个月就死了。

一边是灯红酒绿,轻歌曼舞,另一边则是挨饿受冻。征服者是骄横和冷酷,被征服者则是煎熬和仇恨。

第三十八章

斯佳丽对当时的一切看得一清二楚,白天生活在如此的环境之中,夜晚在睡梦中也不得安宁,无时不在担心发生不测之祸。她晓得由于托尼的事,她和弗兰克的名字都已上了北佬的黑名单,灾祸随时可能降临。可是,在现在这个顶顶紧要的时刻,倘若她要被迫退回到原来的起点,她是无论如何受不了的——她有一个孩子将要出世,锯木厂刚开始有收益,塔拉要靠她寄钱去维持生活,直到秋天棉花有了收成时为止。哦,万一她失去了一切怎么办?万一她不得不重新开始运用她的微不足道的武器以对抗这个疯狂的世界,万一她不得不用她鲜红的嘴唇、浅绿的眸子和她那精明然而肤浅的头脑,跟北佬以及北佬所代表的一切相抗衡,那该如何是好?恐惧已经折磨得她疲惫不堪,她觉得若是再要从头开始,真还不如死了的好。

在一八六六年春天的混乱与破灭之中,她全力以赴地经营锯木厂。亚特兰大当时正有钱可赚。兴建房屋热给了她大好机会,她知道自己只要没有入狱之灾,挣钱是不成问题的。她经常告诫自己,走路时要不慌不忙,小心翼翼。受到侮辱要逆来顺受,遇有委屈要步步退让。对待任何人,不论白人黑人,即使他们可能做出有损于她的行为,也不要去得罪他们。她跟大家一样,十分痛恨那些傲慢不逊的自由黑人,她从他们身旁走过时,听见他们的轻薄话语和浪声大笑,气得毛发直竖,可是她总是装出若无其事的样子。她同样痛恨那些拎包投机家和无赖们,他们能轻而易举地发家致富,她自己却要奋力拼搏,可是对此她并没有一句怨言。至于北佬,在整个亚特兰大没有一个人比她对他们更为憎恶,只要一见到蓝军服,她心里就觉得讨厌,可是即使在自己家里,她也从来不议论他们的长短。

我不会去做一个爱饶舌的傻瓜,她坚强不屈地想道。让别人去为了往昔的日子和逝去的亲人而伤心欲碎;让别人为了北佬的统治和丧失了选举权而恨恨不已;让别人为了直言不讳而进监狱,为了参加三K党而上绞架吧。(哦,三K党,多么可怕的名字,在斯佳丽听来,简直就跟黑人听来一样可怕。)让别的女人为她们的丈夫参加三K党而自豪。感谢上帝,弗兰克总算没有被牵扯进去,让别人去为他们无能为力的事而烦恼、愤怒、策划、图谋吧。眼下的情况这样紧张,将来如何难以预料,过去的事有什么意义呢?现在要紧的是有面包,有住房,不要被抓去坐牢,至于选举不选举,有什么关系呢?哦,上帝,保佑我平安无事到六月为止!

只要到六月,斯佳丽晓得,到了六月,她就再也不能出门,只好乖乖地守在皮特姑妈家里,等待孩子出生了。就是现在,已经有人在背后议论,说她不该到公众场合出丑了。一个女人有了身孕照理就不该抛头露面。弗兰克和皮特姑妈一直在央求她不要让人家笑话她——还有他们——她已经答应他们到六月份一定停止出门。

只要到六月,到了六月,她的锯木厂一定可以站稳脚跟,她就可以放心在家了。到了六月,她手头一定会有不少钱,万一碰到什么不测,多少总有点保障。要做的事很多,时间却非常紧迫。她拼命设法赚钱,赚得愈多愈好,成天忙忙碌碌,简直分秒必争,恨不得一天时间超过二十四个钟头才好。

胆小怕事的弗兰克,经她不住在耳边絮叨,店铺的生意总算有点起色,甚至人家欠的旧账也收回了一些。可是她的希望仍然寄托在锯木厂。亚特兰大城犹如一株巨大的树木,被砍倒在地后,发出的新苗长得格外茁壮,渐渐分出更多的枝丫和更茂密的叶子。对建筑材料来说,需求远远超过供应,木材、砖头、石块的价格直线上升。斯佳丽的锯木厂,从黎明开始工作,一直到掌灯时分才下班。

她每天都要花一些时间在厂里,事无大小,都要亲自过问,尤其要竭力防范偷窃行为,这她晓得肯定是存在的,可是大多数时间她都在城里打转,跟营造商、承包商以及木匠接洽生意,有时听说有人打算造房子,即使是个陌生人,她也会找上门去,一番甜言蜜语,一定要骗得他答应只向她一个人购买木材才肯罢休。

于是她很快就成为亚特兰大街上人们常见的一个人物。她坐在马车上,膝毯①拉得高高的,戴着手套的一双小手交叉着搁在膝上,旁边给她赶车的就是那个神态严肃心里却大不以为然的彼得大叔。皮特姑妈给她做了件绿色的小斗篷,又漂亮,又可以遮盖肚子,还给她做了顶扁平帽,颜色跟她的眼睛正好相配。从此她出去兜生意,就总是穿戴这两样。脸上薄施脂粉,再稍稍洒点香水,看来十分动人。反正只要不下马车,就不会叫人看出她的体态。其实她难得有需要下车的时候,因为她只要轻轻招手,甜甜一笑,男人马上会跑到马车前和她谈生意,碰到下雨天,他们也心甘情愿地站在雨里淋着。

当时看到做木材买卖能赚大钱的人自然不止她一人,可是她不怕竞争。她知道自己的商业才干足以和他们之中的任何人相匹敌。她是杰拉尔德的亲生女儿,继承了她父亲精明的做生意的本能,这种本能经过她在困境中的奋斗,已经变得更加敏捷了。

起初她的对手都笑她,不过并非出于恶意,只不过觉得女人居然做起生意来,未免可笑,如此而已。可是现在他们都不笑了。不仅不笑,看到她乘着马车走过,还要默默地咒骂她。她是个女人这一点,给她带来了有利条件,因为有时她一副可怜而央求的姿态,常能使人的心肠软了。她可以不用开口,轻而易举地给人以一种印象,认为她是个羞怯然而勇敢的女性,迫于生计而不得不从事这可厌的行业,若是主顾不购买她的木材,她很可能因此要忍饥挨饿。可是她的这种淑女风度如果不能奏效的话,她就会使出生意人的冷酷手段,情愿赔本也要压低价钱,从竞争对手中争取到一个新的主顾。在她以为不致露馅的时候,也会以次充好,蒙骗顾客,还毫不

---

① 毛毯、皮褥等置于驾马车者之膝上做御寒之用。

踌躇地诋毁她的同行。她向她未来的主顾揭露别的木材商人时,总是不愿启口的样子,一面叹息,一面诉说他们木材的售价过于高昂,木材的质量过于低劣,上面满是节孔,而且腐朽不堪等等。

斯佳丽第一次以这样的方式扯谎时,心里感到慌乱,也感到愧疚——慌乱的是她没料到自己扯起谎来,竟会如此自然,如此轻松,愧疚的是因为一个思想忽然从她心头闪过:母亲知道了会怎么说呢?埃伦若是晓得她的女儿扯谎、欺骗,她会说些什么,那是再清楚不过的。她会目瞪口呆,她会不敢置信,然后她会跟她的女儿谈荣誉,谈坦诚,谈真实,谈对邻里的责任,她的话一定很温和;然而会刺伤女儿的心。斯佳丽想起母亲脸上会出现什么样的表情,不由身子一阵抖缩,可是那表情忽然被一种冲动模糊了,淡化了。那是一种冷酷、无耻和贪婪的冲动,它产生于塔拉那一段艰苦的岁月中,而眼前的生活飘忽不定使它得到了加强。就这样,她像以前一样,又跨过了一个新的里程碑——对于她不像是埃伦所希望的那样这一点,她只是一声叹息,耸一耸肩,重复一遍永远有效的咒语:"这一切,我以后再想吧。"

从此对待做生意的事,她就再也不想到埃伦,不论采取何种手段抢夺同行的生意,也绝不感到问心有愧。她知道自己尽管扯谎,却是百分之一百地安全,因为有南方的骑士精神在保护着她。在南方上等社会里,女人可以对男人说谎,可是男人不仅不能对女人说谎,甚至不能戳穿女人的谎言。所以其他一些木材商人对她只能内心怨恨,只能在他们自己家里人面前怒气冲冲地表示,但愿肯尼迪太太只要有五分钟时间是个男人就好了。

有一个穷白人在迪凯特街经营一家锯木厂,想对斯佳丽以其人之道还治其人之身,公开宣称她扯谎,是个骗子。可是效果适得其反,大家听了都大感震惊,觉得一个穷白人怎么可以攻击一个出身高贵的太太,即使她的行为有的地方像个男人似的,他也不该如此。斯佳丽先是默默地忍受着,随后就把她的全部注意力集中到他和他的顾客身上。她不惜拼命压低价钱,并且抛售上好的木材,逼得那穷白人不久就破了产。然后她又用极低的价钱把他的厂子买下来,这使弗兰克大吃一惊。

厂子到了手,便出现了一个扰人的问题,那就是要找一个可靠的经营人。她不想再找一个像约翰逊那样的人,因为她晓得尽管她防范很严,他还会在背后做点手脚。不过她觉得找个合适的人大概不会太难,现在不是人人都穷得精光,不是满街都是人,不是有些人从前虽很有钱而如今却没有工作吗?几乎没有一天弗兰克不给些钱打发饿着肚子的退伍士兵,几乎没有一天皮特和厨娘不包点吃的打发身体枯瘦的乞丐。

可是斯佳丽自己也不晓得为什么她总不想要这类人。"停战已经一年,还找不到工作,这样的人我不想要,"她想,"他们如果不能适应和平环境,一定也不能适应我的需要。而且他们的模样那么低三下四,那么一蹶不振。我不喜欢那样的人。我喜欢的人要精明能干,干劲十足,像勒内,像汤米·韦尔伯恩,像凯尔斯·怀廷,像西蒙斯家的男孩子——或者那同类型的人。他们还没有染上刚投降时南方士兵那种心灰意懒的神情。他们看上去对很多事情都非常关心,而且劲头挺足。"

西蒙斯家的几个男孩子,刚办起一座砖窑。凯尔斯·怀廷在出售一种他在自己母亲厨房里配制的发膏,说是黑人的头发不管卷曲得多么厉害,只要使用六次,包管可以变得光滑平整。大大出乎斯佳丽意料的是,他们听到她的邀请,只是客气地笑笑,便婉言谢绝了。她又找了十几家,结果还是一样。她不得已采取提高工资的办法,然而还是没人接受她的邀请。梅里韦瑟太太有一个外甥竟毫不客气地说,他虽然并不特别喜欢赶车,但如果要他赶的话,他宁可为自己的事赶车,也不愿替斯佳丽干活。

有一天下午,斯佳丽看见勒内·皮卡德的馅饼车,她便停车招呼他,这时残疾人汤米·韦尔伯恩正搭他朋友勒内的便车回家。

"喂,勒内,你为什么不到我的厂子里来做?经营一个锯木厂总比赶馅饼车看来要被人更加敬重吧?我想你赶馅饼车会觉得羞愧的。"

"我吗，羞愧两个字，对我已经不存在了，"勒内咧开嘴笑着说，"谁稀罕受人敬重？我本来是一直受人敬重的。战争解放了黑奴，我也给解放了。从此我用不着装出威严的仪态，而满肚子装的却是烦恼。现在我自由自在，简直像只小鸟一样！我喜欢馅饼车，喜欢我的骡子，喜欢那些好心买我漂亮丈母娘的馅饼的北佬。不，我的斯佳丽，我要做个馅饼大王。这是我的命运，我就跟拿破仑一样，听天由命。"他说时戏剧性地挥舞着鞭子。

"可是你生来并不是卖馅饼的，就好像汤米生来并不是为了跟那些爱尔兰石匠打交道一样。我的工作比较——"

"我想你大概是生来经营锯木厂的吧，"汤米说着，他的嘴角骤然一抽，"是的，我能够想象小斯佳丽坐在她母亲的膝下，口齿不清地在背她的功课，'假如坏木材能够卖上好价钱，千万不要把好木材卖出去。'"

勒内听了哈哈大笑，一双细小的猴眼高兴地闪动着，使劲地拍打汤米那扭曲的背部。

"别那么不要脸，"斯佳丽冷冷地说，并不觉得汤米的话有什么幽默的地方。"当然，我并不是生来经营锯木厂的。"

"我并没有意要触犯你。可是不论你是不是生来经营锯木厂的，毕竟你是在经营锯木厂，而且经营得很不错。据我所知，我们中间没有一个人是在做自己想要做的事，可是我们都还过得去。一个民族，一个人，倘若因为生活跟他所希望的不完全一样，便要坐下来痛哭流涕，那才真是条可怜虫。斯佳丽，你为什么不找个拎包投机家来帮你干？这种人有创业精神，树林里有的是，上帝知道的。"

"我不要拎包投机家。这种人见到任何东西，只要不是烫手的或者钉死的，就要动手偷。他们要是有一点点出息，也不会到这里来找我们的麻烦了。我要一个规规矩矩的人，一个出身于上等家庭的人，一个忠诚老实、精明能干、富有活力而且——"

"你的要求不算高，不过按照你出的价码，这样的人你是找不着的。具备你那种条件的人，除非是个严重残疾的人，他一定早已有工作了。也许他做的事并不恰当,但总是有事可做,而且干他自己的事总比替一个女人办事要强。"

"你们男人已经陷入生活的低谷,还要这样子,未免有点不大理智吧?"

"也许是,可是他们的自尊心非常强。"汤米冷静地说。

"自尊心!自尊心的味道好极了,特别是在它的外壳已经裂为碎片,你给它裹上一层蛋白酥皮的时候。"斯佳丽尖刻地说道。

两个男人都笑了,笑得有点勉强,斯佳丽觉得他们是从男性的角度联合起来反对她。她把曾经接触过以及打算要接触的男人逐个想了一遍,觉得汤米的话并没有说错。他们全都很忙,忙着各人的事。他们全在努力工作,比战前他们所能想象的都要努力得多。他们现在所做的,也许不是他们想做的,不是最最容易做的,也不是从小培养他们做的,可是他们总算在做这样那样的事。日子实在艰难,不容他们有选择的余地。倘若他们还在哀叹失去的希望,渴望过去的生活方式,那也只有他们自己心里明白。他们正在打一场新的战争,一场更为艰苦的战争。他们重新关怀起生活来,其迫切与强烈的程度,不亚于把他们的生活截然一分为二的战争之前。

"斯佳丽,"汤米局促不安地说道,"我刚才说话冒犯了你,本不想再求你什么的,不过我还是想求你一件事。也许这件事对你有些好处。你知道我那内弟休·埃尔辛卖柴火的生意不太景气,现在除了北佬,大家都是自己捡柴烧。我晓得埃尔辛一家日子过得很艰难。我——我自然要尽力而为,可是现在我要养范妮,还有住在斯巴达的母亲和两个守寡的妹妹要我照顾。休是个规规矩矩的人,正是你所需要的,他又出身于上等家庭,人也很可靠。"

"可是——可是休缺少胆识,否则他卖柴火也会成功的。"

汤米耸耸肩。

"你看问题真是从来不转弯子的,斯佳丽,"他说,"休的事我劝你还是仔细想想,省得白跑许多冤枉路。我觉得他的忠诚老实和心甘情愿地工作足以弥补他胆识之不足。"

斯佳丽没有作声,她不想显得过于唐突。可是她心里认为缺少胆识这一点是其他的品质无法替代的。

后来她在城里实在找不到合适的人选,拎包投机家的纠缠又被她一一拒绝,终于决定接受汤米的建议把休请来。在战争期间,他本来也是个勇敢机智的人,可是四年战斗,两度重伤,把他身上的全部力量都耗尽了。面对着严酷的现实,他变得像个孩子茫然不知所措。他在叫卖木柴的时候,眼睛里的神色,颇有点像丧家之犬,实在不是她所希望要雇用的人。

"他这人头脑迟钝,"她想,"对生意经一窍不通,我敢说他连二加二都不会算,而且看来也学不会。不过,他总算为人很诚实,不会跟我耍花招。"

最近以来,斯佳丽对自己并不要求诚实。可是愈是自己不讲诚实,对别人就愈是要讲诚实。

"真可惜约翰尼·加勒格尔被汤米·韦尔伯恩拉走干建筑业了,"她想,"他才是我所需要的人。他硬得像钉子,却又滑得像条蛇。我若是出高价收买他,他也会对我很诚实。我理解他,他也理解我,我们两人能很好地合作。也许建造好旅馆后他肯到我这里来,在他来到之前我只好用休和约翰逊先生了。我若是叫休管新厂,约翰逊留在老厂,我就可以专管在城里卖木材,锯木头和拖木头的事就交给他们去办。约翰尼没来之前,我若是整天都在城里,约翰逊会不会偷我的木材,就只好担点风险了。他若是不偷东西,那该多好。我打算用查尔斯留给我的那块地的一半造个木材场,只要弗兰克不那么大声抱怨的话,另一半我就用来造一家酒店。对,只要我手头的钱够了,我马上就造,不管他受不受得了。弗兰克的脸皮要不那么薄就好了。哦,上帝,我怎么偏偏在这个时候有了孩子,过不了多久,我的肚子就要鼓得不能再到外面去了。哦,上帝,我要是没孩子就好了!哦,上帝,要是该死的北佬不来管我就好了!要是——"

要是!要是!要是!生活中有这样多的要是,没有一件事是把握得住的,没有一点安全感,无时无刻不在害怕,害怕失去一切,害怕重新挨饿受冻,弗兰克近来赚的钱固然多了些,可是他感冒一直没好,经常一连几天躺在床上。他要是变成个久病体弱的人那该怎么办?不,她不能对弗兰克寄以很大希望。除了她自己以外,任何人任何东西都不足以依靠。然而她自己能赚的钱似乎少得可怜。哦,假如北佬把她的钱全都拿走,那她怎么办呢?假如!假如!假如!

她每月挣的钱一半带到塔拉交给威尔,一部分还给白瑞德,余下的就存起来。世界上没有一个守财奴数钱数得像她那么勤,也没有一个守财奴担心钱会丢掉担心得像她那样厉害。她不敢把钱存在银行里,怕银行倒闭,又怕被北佬没收,所以有的她就带在身上,塞进紧身胸衣里,有的就放在屋子里的什么地方,像壁炉松动的砖头下面,废纸袋里,《圣经》书页中间等等。时间一星期一星期地过去,她的脾气变得愈来愈急躁,因为每多攒一块钱,就意味着万一灾难降临,就要多损失一块钱。

斯佳丽每次大发脾气的时候,弗兰克、皮特和几个佣人总是对她倍加亲切,他们认为这是她怀孕引起的,却不明了真正的原因。弗兰克懂得怀孕的女人需要人家迁就她,因此他暂时抑制他的自尊心听任她去锯木厂和到街上各处去转,尽管他知道她应该守在家里,尽管她的行为令他烦恼,可是他觉得他再忍耐一阵子,只要孩子一出世,她就会重新成为当初他追求时那个温柔可爱的姑娘。只是他对她愈是姑息,她发脾气的次数愈多,使他觉得她像是着了魔似的。

似乎没人知道究竟是什么支配着她,逼得她简直成了个疯女人。其实那是出于她自身的一种激情,她想在她退居内室之前把一切安排妥当,想积聚一笔可观的钱,以防万一洪水泛滥,她可以拿金钱筑起一道坚固的堤坝,以对抗北佬仇恨的狂潮。这些天来迷住她心窍的就只有一个钱字,倘若她想起腹中的婴儿,那么她一定会恨他来得不是时候。

"死亡、纳税和生孩子,这三件事是永远不会有个合适的时间的!"

斯佳丽以一个女人的身份经营锯木厂,本来已引起亚特兰大人的愤慨,后来随着时间的推移,她不仅没有有所收敛,反而愈走愈远。她做买卖的门槛之精,令人咋舌,何况她母亲又出自门第显赫的罗彼拉德家族。她怀有身孕已众所周知,她却照样招摇过市,实在不成体统。按理一个受人尊敬的白种女人一旦觉察自己有怀孕的迹象,就不该走出家门,这个道理,连少数黑种女人也是懂的。所以梅里韦瑟太太愤愤地宣称,从斯佳丽的行为看来,她很可能要把孩子生在大街上了。

可是现在城里对斯佳丽又兴起了一种新的议论,这与以前对她的批评相比,简直算不了什么,大家传说的是斯佳丽不仅跟北佬做交易,而且从各方面看来,她是真的很乐意跟北佬打交道。

梅里韦瑟太太和其他一些南方人也在跟北佬做生意,可是她们跟斯佳丽不同,她们不喜欢北佬,而且清楚地表现出不喜欢他们的姿态。斯佳丽喜欢北佬,至少在表面上如此,这就够糟了。何况她真的到北佬军官家里去过,跟他们的妻子一起喝过茶。事实上她跟北佬的关系已经十分密切,只差没邀请他们到她家里做客。据城里人猜测,这大概也是碍于皮特姑妈和弗兰克的缘故。

斯佳丽知道全城都在议论她。她不理会这些,因为她担当不起理会的后果。她对北佬的刻骨仇恨,至今不减当年他们企图放火烧掉塔拉的时候,可是她能够把仇恨掩饰起来。她知道自己如果想赚钱,就得赚北佬的钱。要想赚北佬的钱最保险的办法就得用巧言令色讨好他们,这样准能把他们的生意拉到自己的厂里来。

将来有朝一日她有了很多很多的钱,她把钱藏在北佬找不着的地方,到那时她会实实在在地告诉他们,她心里到底是怎么想的。她要对他们说她憎恨他们,讨厌他们,蔑视他们。那该有多痛快!然而现在却不能不应付他们,这是极其浅显的道理。如果这算是虚伪,那么让亚特兰大人把这种虚伪形容得淋漓尽致吧。

她发现跟北佬军官交朋友,就跟射击停歇在地上的鸟儿一样容易。他们像是一群被流放的人,在这充满敌意的土地上感到很孤独,渴望着跟上流社会的女性交往。可是上等女人从他们身边走过时,却总是提起裙子侧身而过，恨不得吐他们一口唾沫，只有妓女和黑种女人才对待他们好声好气。至于斯佳丽，不论她的所作所为如何，毕竟是个上等女人，而且出自名门望族，只要她浅绿色的眸子闪出愉快的光辉，朝他们轻盈地一笑，就足以使他们受宠若惊了。

斯佳丽坐在马车上跟他们谈话时，脸颊上强作笑靥，心头却厌恶得要命，恨不得当面骂他们一顿。可是她总是竭力克制住自己。她发现那些围着她转的北佬，跟南方的男人一样，尽可由她牵着鼻子走。只是跟从前不同，以前是为了娱乐，现在是为了做严肃的买卖。她扮演的角色，是一个在贫困中的南方的高雅女人。她神态端庄稳重，使得她得以和他们保持一定距离，同时她又和蔼亲切，使得他们一想起肯尼迪太太，颇有温暖之感。

他们这种温暖的感觉对斯佳丽非常有利——这正是她的意图所在。有好多北佬军官，因为不晓得在亚特兰大驻扎多久，把家眷接来，他们见旅馆和寄宿舍都已人满为患，于是自己建造一些小房子。所需的木料自然就乐意向和气的肯尼迪太太购买，因为她对待他们比城里任何别的人都要客气。一些拎包投机家跟无赖汉，骤然发迹起来，纷纷建造新居、旅馆和店铺。他们也发现，跟她做交易要比跟南方邦联的退伍士兵打交道愉快得多。那些人虽然也很客气，可是那表面的客气比公开的憎恨更令人心寒。

因此，由于她美丽动人，时而又显得可怜而孤立无援，北佬都愿意光顾她的木材场，连弗兰克的店铺也沾上光。他们觉得应该帮助这个娇小勇敢的女人，因为她唯一的依靠只是一个不中用的丈夫。斯佳丽见自己的生意蒸蒸日上，意识到她不仅现在能赚到北佬的钱，将来也能得到北佬朋友的庇护。

跟北佬军官保持她所希望的这种水平的关系比她所想象的要容易，因为他们对南方女人往往抱着一种敬畏的心理。可是他们的妻子却成了问题，这是她所没有预料到的。斯佳丽本不想跟北佬女人接触，若能回避，她求之不得，然而她却无法回避，因为那些女人决心要见她。她们对南方和南方女人，有一种热切的好奇心，斯佳丽正好给她们提供了第一个机会。其他的亚特兰大女人都不爱理睬她们，甚至在教堂里碰到也不跟她们点头招呼。所以她们见斯佳丽为了做生意来到她们家里，就像是报答她们的祈祷似的。她通常停车在北佬的大门前，自己坐在马车上，跟屋子的主人谈屋面板和门柱的生意，这时女主人就会跑出屋子加入他们的谈话，或是执意邀请她进屋喝杯茶。斯佳丽难得拒绝她们，尽管她心里很不愿意，因为她希望能设法找到机会，有意无意地拉她们到弗兰克的店铺去买东西。可是其间她的自我克制能力却也受到很大考验，因为她们常爱问到有关私人的问题，而且对待南方的一切，总要摆出一副屈尊俯就和沾沾自喜的模样。

北佬女人把《汤姆叔叔的小屋》看成是仅次于《圣经》的启示。她们听说南方人家家都有凶猛的猎犬，用以追踪逃跑的奴隶，想一知究竟，听斯佳丽说她至今只见过一只猎犬，体型很小、性情温和，并不是一只巨大的猛犬时，她们却怎么也不相信。她们还想知道庄园主用在黑奴脸上烫字的烙铁和抽打黑奴至死的九尾鞭是什么样子。她们对纳黑奴为妾的事也很感兴趣，这使斯佳丽觉得她们缺少教养，格调低下，尤其因为北佬士兵在城里定居以后，黑白混血儿一下子多起来，这就更使她对这个问题感到憎恶。

别的亚特兰大女人若是听到这种心地狭窄而愚昧无知的论调，准会气得发昏，可是斯佳丽却尽量沉住气。因为事实促使她对她们的轻蔑，超过了她对她们的愤怒，她们毕竟是北佬，北佬还能好到哪里去。因此她们对于她，对于南方人和南方的伦理道德所给予的莫名其妙的侮辱，只不过引起她潜藏在心底里的鄙夷而已。可是不久以后发生的一件小事，竟使她怒不可遏，使她清清楚楚地看出来——假如她以前没看清楚的话——南方与北方之间存在着一条鸿沟，而且是完全没法可填补的。

一天下午，彼得大叔赶着马车送她回家，路经一幢房子，其中住有三户人家，都是北佬军官，他们造房子就是买的斯佳丽的木材。三个军官的妻子刚好站在门口，见她经过，便招手要她停车，都跑到马车边招呼她。斯佳丽觉得北佬一切都可以原谅,唯有他们的口音,实在叫人难受。

"你正是我们要找的人,肯尼迪太太,"一个从缅因州来的瘦高个子女人说,"我想打听一下有关这个愚昧的城市里的情况。"

斯佳丽把她对亚特兰大的侮辱一口吞咽下去,心里很不服气,脸上却挂着微笑。

"你想打听什么呢?"

"我的保姆布里奇特回北方去了。她说她在这些'黑鬼'——她是这么叫的——中间是一天也待不下去的。我那几个孩子,吵得我简直快要发疯了。你说我能到哪里再找个保姆呢?我一点主意也没有。"

"那倒不难,"斯佳丽说着笑起来,"你可以去找一个刚从乡下出来,还没有给被解放者局教坏的黑女人,我想你一定能找到一个最好的。你只要站在门口,见有黑女人走过问一下,就一定——"

三个女人气愤地大嚷起来。

"你以为我会把孩子交给一个黑鬼吗?"缅因州的女人喊道,"我要一个可靠的爱尔兰女孩子。"

"我怕你在亚特兰大找不到爱尔兰女仆,"斯佳丽回答说,语调冷淡,"就我个人来说,我从来没见到过一个白人仆人,而且我家里也不想雇用白人。我还可以郑重告诉你,"说时她稍稍带点嘲讽的口气,"黑人并不是吃人的野人,恰恰是十分靠得住的。"

"上帝,不,我家里绝不要黑人。亏你想得出来!"

"我见到他们那样子就讨厌,别说把我的小宝宝交给她们了。"

斯佳丽想起嬷嬷那双粗糙、善良的手,她是为了给埃伦、给她自己、给韦德干活才磨成那副样子的。她们这些北佬哪里晓得那双黑手多么可亲,多么令人安慰,她们哪里晓得那双黑手多么善于哄你、拍你、抚爱你。想到这里,她唐突地笑了。

"主张解放黑人的正是你们,可是你们对黑人却这样看法,可真是件怪事。"

"上帝,我可没有主张过,"缅因州女人笑着说,"我上个月到南方后才第一次见到黑人,而且今后我也不想再见到他们。我一见到黑人就觉得厌恶,更不用说信任他们了。"

斯佳丽觉察到彼得大叔直挺挺地坐着,呼吸急促,两眼一动不动盯着那匹马的耳朵已经有一阵子了。待那缅因州女人突然一阵大笑,把彼得大叔指点给她的同伴看时,她的注意力才被迫集中到他的身上。

"瞧那老黑鬼,那副模样,简直像只蛤蟆,"她咯咯笑起来,"我敢说他在你们家一定是只老爱畜吧?你们南方人就是不懂得怎样对待黑人,把他们全给宠坏了。"

彼得喘一口气,起皱的额头显出了一道道深深的纹路,可是他的眼睛还是牢牢地看着前方。他这一辈子还从来没有听到过一个白人把他叫作"黑鬼"。别的黑人这样叫他是有过的,可是白人没有过。他,多年以来一直是汉密尔顿家的一根柱,如今竟被说起什么不能信任,还有"老爱畜"什么的了!

斯佳丽与其说是看到,还不如说是感觉到彼得的下巴在颤抖,于是她顿时怒火中烧。这些女人贬低南方军队,诋毁戴维斯总统,诬陷南方人杀害和虐待黑奴,她能够心怀蔑视,平静地听着她们。即使她们对她的品德和诚实肆加侮辱,只要对她有利,她也能够忍受。可是她们竟以无知的污言秽语中伤她忠心耿耿的老黑奴,那就好比一根火柴扔进了炸药堆,轰地一下炸开了。她眼睛盯了好一会儿彼得腰带上挂着的那支大马枪,觉得手痒痒地想要把它抓到自己的手里。这些狂妄无知的征服者简直该杀,可是她只是咬紧牙关,直咬得牙床肉都鼓起来了。她暗暗告诫自己,现在还不是时候。总有一天,她会叫北佬知道,她心里是怎么看待他们的。是的,我的上帝,是的,总有一天,但不是现在。

"彼得大叔是我们自己家里人,"她说,声音颤抖着,"再见。走吧,彼得。"

彼得猛地一挥鞭,马一惊,腾跃奔跑,马车跟着一跳,车开动了。斯佳丽听那缅因州女人迷惑不解地说道:"她家里的人?总不见得是她的亲戚吧？他长得可真黑。"

该死的东西！真该把她们从地面上消灭掉。等我赚足了钱，我一定要啐她们的脸！我一定要——

她朝彼得瞟了一眼，见泪珠正从他鼻子上滴流下来。她立刻为他所遭受的屈辱而感到同情和伤心，也几乎掉下眼泪。这几个女人伤了彼得的心，就像是毫无意义地对一个无辜的孩子施加暴虐。彼得当年曾跟随老汉密尔顿上校参加墨西哥战争，主人死的时候，就躺在他的怀里。他带大了媚利和查尔斯。他一直在照料那愚蠢无能的皮特帕特，在逃难途中他保护她，在投降以后，他又"弄"到一匹马从梅肯经过兵荒马乱的乡下护送她回到亚特兰大。可是那几个女人竟说什么不能信任黑人！

"彼得，"她抓住他枯瘦的臂膀喊了一声，她的声音变了，"你流泪我真替你害臊。你何苦理睬她们？她们不过是些该死的北佬罢了。"

"她们当着我的面说，好像我是头骡子，听不懂她们的话——好像我是个非洲人，不知道她们谈些什么，"彼得说着，他的鼻子使劲吸了口气，"她们叫我黑鬼。我是从来没人叫我黑鬼的。她们还说我是老爱畜，说黑鬼都不能信任。我难道不能信任！怎么，当年老上校临死的时候对我说，'你，彼得，你要好好照顾我的孩子。你要照顾皮特帕特小姐，'他说，'她就像只小蚱蜢一样，一点脑子也没有的。'这许多年来，我是一直把她照顾得好好的——"

"是呀，除了加百利天使外①，谁也比不上你这样好，"斯佳丽抚慰他道，"我们要没有你，日子可真没法过呢。"

"谢谢你，你真好，小姐。这一切你晓得，我晓得，可是北佬不晓得，他们也不想晓得。斯佳丽小姐，她们怎么会跟我们来往的？她们并不理解我们南方人。"

斯佳丽没答话，她刚才当着北佬女人的面没发作的怒火仍闷在

---

① 加百利，七大天使之一，上帝传送好消息给世人的使者。

心里。一路上两人都默不作声,彼得不再抽鼻子了,他的下嘴唇渐渐外伸,愈伸愈出,叫人看了吃惊。他最初感到的伤心正在消退,怒气反而不断上升。

斯佳丽心想,那些该死的北佬真叫人弄不懂!她们好像以为彼得大叔皮肤长得黑,就不长耳朵听懂人家的话,也不像她们有细腻的感情会觉得伤心,她们不懂得对黑人要温和,要像对待孩子那样指导他们,爱抚他们,称赞他们,责骂他们。北佬根本不理解黑人,也不理解黑人跟他们先前的主人之间的关系,却要发动战争解放他们。解放以后,又不愿跟他们打交道,只是利用他们给南方人制造恐怖局面。他们不喜欢黑人,不信任黑人,不理解黑人,然而他们却常大叫大嚷,说南方人不懂得跟黑人如何相处。

对黑人不能信任!斯佳丽对黑人的信任远远超过大多数白人,当然更超过她对北佬的信任。他们热爱主人,忠贞不贰,刻苦耐劳,而这些优秀的品质,不是暴力所能摧毁,也不是金钱所能买得的。她想起留在塔拉的那几个黑人。北佬打进来时,他们本来可以逃走,或者跟着北佬的军队去过舒服日子。可是他们都留下来了。她想起迪尔西跟着她在棉花田里干苦活,波克冒着生命危险偷鸡给大家吃,嬷嬷陪着她到亚特兰大来让她不出差错,她又想到邻居家的黑人,他们对主人一片忠心。主人上了战场,他们就保护着女主人,在战争的恐怖中陪着她们逃难。他们看护伤员,埋葬死者,安慰遗族。他们干活,乞讨,偷窃,为了让主人不至于挨饿。即使现在,尽管被解放者局里的人说得天花乱坠,他们依然厮守着从前的主人,工作得比奴隶制时更加辛苦。可是北佬对这一切却并不理解,也永远不会理解。

"可是,他们解放了你们。"她大声说道。

"不,小姐,他们没有解放我。我用不着这种一钱不值的解放,"彼得恨恨地说道,"我还是皮特小姐的人,等我死了,她会把我埋在汉密尔顿家的墓地上……我若是告诉皮特小姐,说你让北佬女人侮辱我,她一定会激动不已的。"

"我并没有让她们侮辱你呀!"斯佳丽嚷道,心里吃了一惊。

"怎么没有,斯佳丽小姐,"彼得说着,下嘴唇突出得更厉害了。"你也好,我也好,我们跟北佬没有来往,她们就侮辱不到我头上。你刚才要不跟她们谈话,她们就没机会把我当作骡子和非洲人看待了。而且你也没有袒护我。"

"我袒护你的,"斯佳丽说,他的批评刺痛了她,"我不是跟她们说你是我家里的人吗?"

"那算不上是袒护。我本来就是你们家里人嘛,"彼得说,"斯佳丽小姐,你不该跟北佬来往,别人家的太太小姐谁也不跟北佬来往的。皮特小姐连睬也不高兴睬他们的。她要是听见刚才那几个女人说我的坏话,一定非常不高兴的。"

彼得的指摘比起弗兰克或者皮特姑妈或者邻居的说话,更加伤她的心。她恨不得抓住这老黑人猛摇一阵子,摇得他那掉了牙的牙龈碰到一块。彼得的话说得一点不错,可是她很不愿听到这话竟从一个黑人特别是自己家里的黑人嘴里说出来。对南方人来说,一个人若连自己家的仆人都不十分敬仰,那是莫大的屈辱。

"一个老爱畜!"彼得咕哝着说,"我想皮特小姐听见人家那样叫我,就不会叫我再给你赶车了。她一定不会的,小姐。"

"皮特小姐会叫你赶的,跟往常一样,"她严厉地说道,"这件事不要再说了。"

"我的背可麻烦了,"彼得微带威胁的口吻警告说,"我的背这会儿疼得好厉害,简直坐也坐不直。皮特小姐要是见我背疼,准不会叫我赶车……斯佳丽小姐,如果我们自己的人不赞成,你跟北佬和那些没出息的白人哪怕相处得再好,对你也是没有好处的。"

这一番话,把斯佳丽当前的处境,可说是总结得十分精辟。她心里感到愤懑,一时默默不语。不错,征服者确实赞成她,可是她家里人,她的邻居都不赞成她。她知道城里人在背后是怎么议论她的。现在,连彼得也不赞成她,而且甚至不屑跟她一起在公开场合露面。这可是使她再也无法忍受的最后一击。

在此以前,她并不把公众的舆论放在心上,而且还对它多少带点蔑视。可是彼得的话却引起她的憎恨,强烈得似火在心头燃烧,迫使她不得不加以戒备,并突然引起她对邻居的嫌恶,跟她对北佬的嫌恶一样。

"他们为什么要管我的闲事?"她想,"他们一定以为我喜欢跟北佬来往,喜欢像田里干活的黑奴一样做苦工。他们这样,只能使我本来就不容易做的事增加难度。不过我不管他们怎么想,我自己可不予理睬。现在我只能置之不理。不过总有一天——总有一天——"

哦,总有一天,等到她所处的世界重新有了保障,那时她就可以跟从前的埃伦一样,交叠着手坐着,像个大户人家的太太。那时她又会变得那么娇柔,那么需要有人庇护,人人也都会喜欢她。哦,等她又有了钱该多么了不起,那时她就会像埃伦一样善良,一样和气,处处为他人着想,举止都合乎礼仪。她无需日夜为恐惧所驱使,生活可以过得宁静,过得从容。她可以有时间跟孩子玩,听他们做功课。到了天气暖和的时候,长长的午后来客不断,太太小姐穿着塔夫绸裙子窸窸窣窣地走动着,手握棕榈扇有节奏地拍打着,她给她们端茶,送上可口的蛋糕和三明治,一起在闲聊中消磨时光。她对不幸的人会非常乐善好施,拿一篮子一篮子的食物周济穷人,送给病人以羹汤和冻肉,还带着稍有不幸的人乘坐她精致的马车出去兜风。她会像她母亲一样,做一个真正的南方型的太太。那时人人都会像从前爱埃伦一样地爱她,夸耀她多么毫不利己,称她为"博爱太太"。

其实她的内心并不是真的要帮助别人和关心别人,她要的只是一个好名声。可是即使她发现了这一点,也无损于她在描绘未来的美景时所感到的乐趣。因为她大脑里的筛眼太大又太粗,留不住细微的差别。但等有朝一日她有了钱,人家都赞成她,她就满足了。

有朝一日,可是不是现在。现在,人家爱怎么说她都不予理睬。现在还不是做贵妇人的时候。

彼得的话倒也灵验。皮特姑妈果然身子气坏了,彼得的背疼,一夜之间厉害起来，从此不能给斯佳丽赶车了。于是她只好自己动手，手心里已经快要消失的老茧又回到了她的掌上。

春天又这样匆匆过去了，四月的冷雨过后，换来了五月的温馨。一星期接着一星期，不断的工作，不断的烦恼，还有妊娠的不方便也愈来愈甚。老朋友变得更加冷淡，家里人变得更加亲切，更加焦虑，更加不明白她究竟是在想些什么。对斯佳丽来说，在这一段她内心不安而又不得不奋力挣扎的日子里，世界上唯一可以依赖和唯一理解她的人就是白瑞德。这也真是咄咄怪事。因为白瑞德这个人，就像水银一样难以把握，像刚从地底下钻出来的魔鬼那样倔强邪恶，可是偏偏他能给斯佳丽以同情。这种同情，是她从任何人那里未曾得到过的，也是她从来没有希望从他身上得到的。

白瑞德经常离城去新奥尔良，他行踪诡秘，从不作任何解释，可是斯佳丽却稍稍生有妒忌之心，从而断定他是在跟一个什么女人——或许不止一个女人——来往。然而自从彼得大叔不肯为她赶车以后，白瑞德留在亚特兰大的时间就愈来愈长了。

白瑞德在城里的时候，大多数时间是在一家叫作"当代姑娘"的酒店楼上房间里赌钱，要不就在贝尔·沃特林的酒吧间里跟一些比较有钱的北佬和拎包投机家们策划挣钱的勾当，使得城里人对他的厌恶，甚至要超过上述两种人。现在他不到她家里来看她，大概是尊重皮特和弗兰克的感情，因为要让男人来拜访怀孕的女人，那是他们怎么也接受不了的。可是她几乎每天都会在路上跟他邂逅。在她独自赶着车经过桃树街和迪凯特街到有几家锯木厂的僻静地段时，他常常骑着马跟上来，勒住缰绳跟她交谈几句，有时就把马拴在她的马车后面，帮她赶一阵子车。近日来，她嘴里虽然不说，其实赶车时已愈来愈容易感到疲倦，所以每次他接过缰绳，她内心总是暗地里感激他。他总是不赶到城里，就离开她走了。可是即使这样，城里人还是知道他们相会的事，于是在斯佳丽一长串有悖妇道之事上又增添了新的闲话资料。

有时候她觉得，他们这样经常相遇，恐怕未必完全出自偶然。

后来时间一星期一星期过去，发生黑人暴行事件多起来，他们相遇的次数也愈来愈多了。斯佳丽不解的是，现在是她样子最难看的时候，他为什么偏偏要来找她？若是他以前曾对她有什么意图，那么现在肯定没有。而且她已开始怀疑，即使在以前，他到底是不是对她怀有某种目的？她在北佬监牢里出丑的事，他已经有好几个月没有提出来取笑她了。他也从来没有提到艾希礼，提到她对艾希礼的爱，以及关于"垂涎她的美色"之类的粗话了。她觉得不要招惹麻烦总是上策，因此就不问他们之间的巧遇为什么如此频繁，最后她自己得出结论，他是因为除了赌博之外，没事可做，在亚特兰大又没有好朋友，所以就来找她做伴。

不论他来的理由是什么，她觉得她最乐意跟他在一起。他总是耐心地听她诉苦，什么生意难做，欠债难收，约翰逊怎样欺骗，休又多么无能等等。对于她取得的胜利，弗兰克只是微微一笑，皮特恍恍惚惚地叫声"啊呀"，然而白瑞德却总是拍手叫好。她还断定白瑞德平日常常帮她拉些生意，因为他跟所有有钱的北佬和拎包投机家的交情都很不错，可是对此他总是矢口否认。她理解他的为人，对他并不信任，可是她只要一见到他骑着那匹大黑马在阴凉的大路弯道出现时，情绪总是会高涨起来。当他爬上马车，从她手里接过缰绳，跟她说上几句放肆的话，她就觉得自己又变得年轻貌美，兴高采烈起来，她那日益膨大的肚子和种种烦恼，一下子都抛到九霄云外。在他面前，她可以无话不谈，连她的意图，她的真实思想，都不必对他隐瞒。然而有许多事她却从来不曾对弗兰克——甚至不曾对艾希礼说过。当然，在跟艾希礼的谈话中，因为要顾及体面，有许多事是不能说的，因此连其他许多话也不说了。所以有像白瑞德这样一个朋友是很称心的，何况不知为什么缘故，他现在对她的举止非常庄重，这些日子来她很少有朋友交往，他就更令她觉得称心满意了。

"白瑞德，"彼得大叔向她发出不再赶车的最后通牒之后不久，她大发雷霆地问道，"城里的人为什么对我这样不讲道理，为什么这样议论我？看来他们谈起我和拎包投机家来，究竟哪一个更坏，还没个准呢。可是我只顾我自己的事，我并没有做什么错事，而且——"

"你若是还没有做错事，那是因为你没有机会罢了。也许他们已经隐约地意识到这一点。"

"哦，别不正经！我真被他们气坏了。我不过想挣一点钱，想——"

"你的所作所为跟别的女人完全不一样，而且你又有了一点成就。我记得以前曾跟你说过，女人做生意取得成功，在任何社会都是一种不可饶恕的罪过。谁想与众不同，谁就该天诛地灭。斯佳丽，你的锯木厂取得了成功，那么对没有取得成功的男人来说，就是对他们的侮辱。记住，一个有教养的女人就应该待在家里，对这个忙碌而又残酷的世界应该一无所知。"

"可是我若一直待在家里，恐怕早就没有一个家可让我待了。"

"那得出的推论你应该高傲而有教养地慢慢饿死。"

"哦，胡说八道！可是你瞧梅里韦瑟太太，她做馅饼卖给北佬，这不是比开锯木厂更不如吗？还有埃尔辛太太，她在家承接缝纫，供人膳宿。至于范妮，她在瓷器上画的图可真难看，简直没人要，可是大家为了帮助她，还是买她的瓷器，另外——"

"可是你没抓住要领，亲爱的。她们谈不上成功，所以没有伤害南方男人的自尊心。她们的男人照样可以说：'可怜的小傻瓜，她们干得多苦呀，好吧，我就让她们以为自己很有用处吧。'而且你刚才提到的几个女人并不是喜欢干工作，她们是在等待着男人来卸下那不该由女人承担的重负。因此她们能得到大家的同情。可是你显然是喜欢工作，而且不要任何男人来过问你的事，因此你就得不到人家的同情。亚特兰大人永远不会原谅你。因为他们觉得同情别人是件非常愉快的事。"

"我希望你什么时候能正经一点。"

"你有没有听见过这句东方谚语：'不管狗群怎么叫，大车照样朝前跑'？让他们去叫吧，斯佳丽。我想没有什么能阻挡你的大篷车的。"

"可是为什么我挣一点钱,人家就那么看不顺眼呢?"

"你不能两全其美,斯佳丽。要么你就像现在这样子,不守妇道拼命弄钱,处处遭到冷遇,要么你就为了保持体面而安贫乐道,这样你可以得到许多朋友。你得自作抉择。"

"我可不要过穷日子,"她脱口而出道,"可是我选择得不错,是吗?"

"如果你最需要的是钱。"

"是的,我要钱,我简直嗜钱如命。"

"那么你别无选择了。可是你的选择附带给你一种惩罚,正如你所要的大多数东西一样都要受这种惩罚。这就是孤独。"

这一下使斯佳丽沉默了片刻。这话说得不错。她细细一想,她果然有点孤独——缺少女性的伴侣。在战时,她如果感到沮丧,可以回家去看埃伦。埃伦去世后,她一直有媚兰跟她做伴,尽管她和媚兰两人除了同在塔拉干苦活之外,别无共同之处。可是现在她连一个可以做伴的人也没有。皮特姑妈除了跟她几个要好朋友瞎聊天之外,对生活是完全不理解的。

"我想——我想,"她吞吞吐吐地说道,"在女人的网子里,我总是很孤独的。亚特兰大的女人不喜欢我,并不是因为我现在的工作。其实除母亲外,从来没有一个女人是喜欢我的。连我的妹妹都不喜欢我。我弄不明白是怎么回事,可是即使在战前,在我和查利结婚以前,我不论做什么,好像也没有一个女人是赞成的——"

"你把威尔克斯太太给忘了,"白瑞德的目光不怀好意地闪烁着,"她一直是百分之一百支持你的。我敢说你不论做什么,她样样赞成,当然杀人除外。"

斯佳丽冷酷地想道:"她是连我杀人也支持的。"她轻蔑地笑了。

"噢,媚利!"她说,接着又感慨地说道,"如果她是唯一赞成我的人,那也并不能给我增添光彩。因为她的头脑,不见得比一只珍珠鸡强。她若是有一点头脑的话——"她忽然感到一阵不安,忙把话煞住。

"她若是有点头脑,就一定会发现有些事她是不能赞同的,"白瑞德帮她把话说完,"当然,在这一方面,你知道得比我多。"

"哦,你这该死的好记性!你连一点礼貌都不懂。"

"你这话才真的不讲礼貌,不过我只好置之不理了。让我们还是言归正传吧,你要拿定主意。你若是跟别的女人不一样,那你就注定要孤立,不仅你同辈的人会把你孤立起来,你父母辈和子女辈的人也会把你孤立起来。他们永远不能理解你,不论你干什么都会使他们感到惊骇。可是你的祖父母一代可能会为你感到骄傲,会说:'我们家出了个与众不同的人物啦。'你的孙儿孙女会羡慕地说,'奶奶真了不起!'而且他们会想学你的榜样。"

斯佳丽被他的话逗乐了。

"你的话有时确实说得很准。我家罗彼拉德外婆就是这样。我小时候要是不听话,嬷嬷就要把她抬出来。外婆这个人冷得像根冰棱,对自己对别人要求非常严格。可是她结过三次婚,而且为了她还不知引起过多少次决斗。她还搽胭脂,衣领低得吓人,而且——嗯,而且里面连内衣也不穿的。"

"你心里是非常佩服她的,虽然你想学的是你母亲的榜样。可是我的祖父却是个海盗。"

"真的吗?是那种叫人走跳板①的海盗吧?"

"我敢说只要能弄到钱,他是会叫人走跳板的,不管怎么说,他弄到不少钱,留给我父亲大笔遗产。家里人都很小心,把他叫作'船长'。他在我出生之前,有一次在酒店里跟人家斗殴被打死了。他的死不用说使一家人都松了口气,因为他非常嗜酒,酒杯一端到手里常常就会忘记他是个退职的船长,把往事一一诉说出来,吓得他的孩子们毛发为之倒竖。可是我却非常佩服他,想以他而不是以我父亲做榜样。我父亲是个性情温和的绅士,品德高尚,信奉可靠

---

① 海盗处死俘虏的一种办法,盛行于17世纪;把俘虏蒙住眼睛,然后驱使他在一个伸出舷外的跳板上前进,掉落海中。

的格言。你看,其结果如何。我敢说你的孩子,斯佳丽,绝不会比梅里韦瑟太太和埃尔辛太太那些人更赞成你。你的孩子将来很可能性格软弱而拘谨,大凡自己受过苦的人,子女往往如此。更不幸的是,你跟其他的母亲一样,总是决心不让自己的孩子吃你所吃过的苦,这其实是不对的,艰苦可以叫人毁灭,也可以使人成材。看来你只好等你的孙儿孙女来赞成你了。"

"我不知道我们的孙子一代会是个什么样子?"

"你说'我们的',是不是指你和我两人共同的孙子呢?咄,肯尼迪太太!"

斯佳丽突然察觉自己失言,脸变得通红。使她感到羞涩的固然由于他的取笑,更难堪的是她联想起自己日益膨大的肚子。他们两人在一起时,谁也没有提示过她怀孕的事,而且她又总是把膝毯一直拉到腋下,天气再热也从不拿掉,以为这样一来就不会被他看破。现在听他话里有话,不觉又羞又怒。

"你给我马上滚下去,你这龌龊的歹徒。"她的声音颤抖着。

"我不下去,"他平静地答道,"你还没有到家,天就要黑了。就在前面的泉水附近,小屋和帐篷里住着一群新来的黑人,全是些下流坯。我看不出你有什么理由要叫那些爱冲动的三K党人半夜里穿上夜行衣出动忙一阵子吧。"

"滚开!"她嚷道,刚想伸手抓住缰绳,忽然感到一阵恶心。他迅速勒住马,递给她两块干净的手帕,一面熟练地扶着她,把她的头托到车板外面。斜阳低低地透过枝头的嫩叶,把金黄与浅绿交织成一幅令人眼花缭乱的图案。一阵发作后,她两手撑住脑袋,懊丧地放声哭了。在男人面前呕吐,本来就是最叫女人尴尬的事,何况这样一来,她那怀孕的丑态就暴露无遗了。她觉得从此再没脸见他。这种事偏偏给白瑞德碰上,他这人是从来也不懂得尊重女人的。她不停地哭着,以为他一定会说出什么开玩笑的粗话来,使她一辈子也忘不了。

"别傻了,"他平静地说,"你若是为了怕难为情,那你哭得就未免太傻了,得了,斯佳丽,不要那么孩子气。你总该知道,我又不是瞎子,当然看得出你已怀孕了。"

她惊慌失措地"哦"了一声,紧紧捂住绯红的脸。听到"怀孕"两个字,她感到恐怖。因为对这两个字,有教养的人是避免直说的,弗兰克平常总是惴惴不安地说"你的现状",杰拉尔德一直来文雅地说"有喜",女人通常都是体面地采用"身子不太方便"的说法。

"你若是以为我不知道,那你真是个孩子了。你拿那块厚毯子把身子严严实实地遮着,我怎么不知道是怎么回事。要不我为什么一直——"

他忽然不说了,两人相对无语。他拿起缰绳,又朝马儿喀啦一声。然后他继续平静地说下去,他那缓慢而拉长的声调使她听来很愉快,于是她低垂着的脸上的红晕渐渐消退了。

"我没想到你会如此震惊,斯佳丽。我本来还以为你是个明白人,可是我失望了。难道你心里现在还没有把羞涩摆脱掉吗?我想我不是个上等人,才跟你提到这种怀孕的事。女人怀孕并不使我感到害臊,就这一点说,我知道我就算不了是个上等人。我觉得倒完全可以把一个怀孕的女人当作正常的女人看待,而不必故意看着天,看着地,看着宇宙间的任何地方,唯独不看她的腰身。可是趁人不备之际,又要偷偷地朝那地方瞟上一眼。我觉得那样才是顶顶不礼貌的举动。我完全不必要那样。女人怀孕本是一件完全正常的事。欧洲人就比我们通情达理,他们向快要做母亲的女人表示祝贺。我并不建议我们应该开明得同他们一样,不过我觉得我们没有必要躲躲闪闪。这是正常现象,女人应该感到骄傲,用不着躲在家里,关上房门,像犯了罪似的。"

"骄傲!"她嗓音嘶哑地喊道,"骄傲——唷!"

"你怀了孩子不觉得骄傲吗?"

"哦,上帝,不!我——我恨孩子!"

"你是说——弗兰克的孩子。"

"不——不论是谁的孩子。"

话刚出口,她便发觉又说漏了嘴,懊丧了好一会儿,可是他好像并没有注意到自己说过的话,继续不慌不忙地说下去。

"这么说我们两人不一样,我喜欢孩子。"

"你喜欢孩子?"她听了大吃一惊,把刚才的窘相也给忘了,抬头仰视着他嚷道,"你可真会撒谎!"

"我喜欢的是婴儿和幼小的儿童,因为他们还没有长大,没有学会成人的思想习惯,还没有学会说谎、欺骗和干肮脏的勾当。这对你并不是新闻,你知道我非常喜欢韦德·汉普顿,虽然他本不该像他现在这模样。"

他说的是实话,斯佳丽想,忽然惊讶起来。他确实喜欢跟小韦德玩,还常常带礼物给他。

"我们既已把这个可怕的问题提出来,而且你也承认不久以后你就会有个孩子,那么有些事我放在心里已好几个星期,现在就跟你说——两件事。第一,你独自一人在外面赶车非常危险。这你不是不知道,我跟你说过多次了,即使你自己并不担心是否会被强奸,你也应该想想事情的后果。由于你的固执,你可能会导致城里那些爱好伸张正义的人士不得不为你报仇而绞死几个黑人。北佬自然不会放过他们,因而不免要有人为此而上绞架。你有没有想过,城里的女人不喜欢你的原因之一,会不会是害怕你的行为会给她们的丈夫和儿子带来杀身之祸。再说,倘若三K党把黑人弄得太过分,北佬就会对亚特兰大城采取极其严厉的措施,到那时,你就会觉得舍曼将军跟他们相比,就像天使一般可爱了。我这么说,因为我跟北佬的关系非常密切——真是愧对我们南方——他们把我看作自己人,我听他们公开说过,他们打算消灭三K党,即使把全城再次烧毁,把十岁以上的男人全部绞死,也在所不惜。那样对你是大大不利的,斯佳丽。你的钱会受损失。而且这场燎原之火一旦点燃,就不知道到什么时候才会熄灭。他们会没收财产,提高税率,对形迹可疑的女人处以罚金,这些我听他们全提到过了。至于三K党——"

"你认识三K党人吗?汤米·韦尔伯恩或者休或是——"

他不耐烦地耸耸肩膀。

"我为什么要认识?我背叛自己人,我投靠北佬,我是个无赖汉,你想我可能认识吗?不过我知道那些被北佬怀疑的人,只要走错一步,就等于上了绞架。我晓得若是你的邻居上绞架,你是不会感到难受的,可是若是你失去锯木厂,就不会觉得那么好受了。看你那一脸倔强的模样,我知道你不相信我,我的话算是废话好了。现在我只能跟你说一句话:随时把你的手枪带在身边——我若是在城里,一定设法来替你赶车。"

"白瑞德,你是不是真的——为了保护我你才——"

"是的,亲爱的,这是我一贯来自我宣扬的骑士精神在促使我保护你,"他的黑眼睛里开始跳动着嘲讽的闪光,刚才脸上那诚挚的表情顿时不见了,"这是为什么?因为我深深地爱着你,肯尼迪太太。是的,我一直如饥似渴地默默地想念着你,离你远远地向你顶礼膜拜。可是因为我跟艾希礼·威尔克斯先生一样,是个顾全体面的人,所以只好把我的感情藏在心底里。你是,哎呀,弗兰克的妻子,叫我怎么向你启口,可是即使是像威尔克斯那样体面的人,也会有约束不住的时候。我的情况也一样,现在我实在情不自禁,不得不向你倾吐为快。"

"哦,看在上帝面上,嘘!"斯佳丽打断他的话。每逢白瑞德故意把她捧成自命不凡的傻瓜时,她总感到烦恼,同时她也不愿意以艾希礼作为他们的谈话资料。"你打算跟我说的第二件事是什么呢?"

"怎么!我正暴露出我的一颗热爱而破碎的心,你怎么忽然改变话题了?好吧,另外一件事是这样的。"他眼中嘲讽的闪光不见了,脸上重新现出平静而阴沉的神色。

"我想你的那匹马得留神一点。它的脾气非常倔强,嘴巴跟铁块一样麻木。你赶它很吃力,不是吗?它倘若突然奔跑起来,你是不可能使它停步的。你若被掀进水沟里,你和你孩子的命都会被它送掉。你得去弄一副最重的马勒给它套上,要不让我调换一匹比较驯服的和嘴巴比较灵敏的马给你。"

她抬头审视着他那毫无表情的光滑的脸蛋。她心头的烦恼消失了,正好像刚才他的一番话消除了她对怀孕的困窘一样。刚才她正觉得无地自容时,他善意地设法宽慰她,现在他更体贴入微,连她的马也想到了。她对他的一阵感激之情,油然而生,只是不懂得他为什么做不到一贯如此?

"这匹马是难于驾驭,"她温顺地赞同说,"有时候我因使劲赶着它使两臂彻夜疼痛。你觉得怎样对付它最合适,就怎么办吧,白瑞德。"

他的眼睛里又闪出调皮的亮光。

"你这话听起来又温柔又甜蜜,肯尼迪太太,跟你平时专横的腔调完全不一样。可见只要手段得当,也能叫你变得千依百顺的。"

她面露愠色,老脾气又发作了。

"这回你可给我滚下车吧,否则我要用鞭子抽你。我自己也不知道为什么要容忍你——为什么老是想待你好一点。你这人不懂礼貌,没有道德。你一钱不值,简直是个——得了,快下车,我是说话算数的。"

但当他下车后,把拴在车后的马解脱,站在暮霭沉沉的大路上,朝她挑逗地咧嘴而笑时,斯佳丽赶着马车向前而去,却也忍不住咧开嘴笑了。

是的,他这人粗鲁、狡诈。你跟他打交道很不安全,因为你若是给他一把钝刀子,什么时候他会猝不及防地把它变成一把锋利无比的快刀子,可是,他毕竟很叫人兴奋,像是叫人偷偷地喝了一杯白兰地一样。

这几个月里,斯佳丽已学会喝白兰地。每逢她下午很晚回家,赶了一天车,又淋了雨,浑身酸痛,手脚痉挛,这时她脑子里就只想到藏在五斗橱顶上抽屉里的那瓶酒,那是她瞒过嬷嬷的窥视的眼睛锁好的。米德大夫没有警告她说有身孕的女人不能喝酒。因为他绝不会料想到一个清白人家的女人竟会喝比葡萄酒更加烈性的酒。通常女人只有在参加婚礼时才喝上一杯香槟,在害重感冒躺在床上时才喝一杯加热水的威士忌。当然,也有些不幸的女人,因为喝上了酒,给她们家里带来永远洗刷不掉的羞辱,就像她们是精神失常的,或是离过婚的,或是受了苏珊·B. 安东尼小姐①的蛊惑主张女人应有选举权似的。可是,尽管米德非常不赞成斯佳丽喝酒,他永远没有怀疑到她会喝酒。

斯佳丽发现在晚饭前喝上一杯白兰地是大有裨益的。喝酒以后,她总放点咖啡在嘴里嚼着,或者用花露水漱口,把酒气解掉。她想人们为什么这样愚蠢,既然男人如果想要喝酒,随时都可以喝得酩酊大醉,那么女人为什么就不能喝酒呢?有时她躺在床上,身边的弗兰克鼾声如雷,她却翻来覆去难以成眠,为贫穷而流泪,害怕北佬的暴行,怀念故乡塔拉,思慕心爱的艾希礼,真是千头万绪,若不是有个白兰地酒瓶,她怕自己真会发起疯来。当那熟悉而惬意的热流涌进她的血管,她的烦恼便开始消退,喝上三口以后,她就能对自己说:"等到明天我能更好地顶得住时再去想这些事吧!"

可是有几个晚上,即使白兰地也无法止住她心头的疼痛,那是渴望再见到塔拉的疼痛,远比担心失去锯木厂的疼痛更强烈。现在的亚特兰大,有许多新的建筑物,许多陌生的面孔,狭窄的街道上车水马龙,行人熙熙攘攘,一派喧嚣的景象,令她感到窒息。她爱亚特兰大,可是——哦,怎么比得上塔拉那乡间的和平与宁静,以及它周围的红土田野和郁郁苍松!哦,只要能重回塔拉,只要能靠近艾希礼,看见他的人,听见他的声音,知道他爱着她,生活再苦也在所不惜!媚兰每回写信来,总说大家都很好;威尔的每一封短柬,总要谈些关于耕地、关于播种、关于棉花生长的情况,使她更加渴望返回家乡。

到了六月我就回家,因为那时我在这里没有什么事可做了,我回家住上两三个月。她想,她的心情就会振奋起来。到了六月她果然回家了,可是并不是如她所渴望的那样,而是因为在六月初接到威尔一封短信,告诉她杰拉尔德去世了。

---

① 苏珊·B. 安东尼(Susan Brownwell Anthony,1820—1906),美国改革家。

第三十九章

　　火车到达很晚，斯佳丽在琼斯博罗下车时，乡间笼罩着那六月里深蓝的暮色。从村子的房舍和店铺里还可见到点点的黄色灯光，原来村子里还有些残余的房子，然而寥寥无几。大街上的建筑物之间，处处是大片的空隙，那是遭到大炮轰击和纵火焚烧的地方。那些倾圮的房屋，墙壁半已倒塌，屋顶弹痕累累，在黑暗中默默地瞪视着她。布拉德老店的木棚外面，拴着几头上了鞍子的马和骡子。灰尘厚积的红土路上空荡荡地全无生气，整个村镇只有一些醉汉的喧笑声，从街道远处的酒店里飘散到寂静的黄昏的空气中。
　　车站在战时被毁以后，至今没有重建，现在只搭了个木棚子，没有四壁可以挡风。斯佳丽走到木棚底下坐在一只空桶上，那里放着一些空桶显然是用来代替坐椅的。她朝街道两头张望，看看有没有威尔的人影。她想威尔一定会上车站来接她，因为他应该明白，她得到杰拉尔德去世的噩耗后，必然会乘头一班火车赶回来的。
　　她来时行色匆匆，手提包里只放了一件睡衣和一支牙刷，连换洗的内衣也没带。她来不及做丧服，就向米德太太借来件黑衣服穿着。米德太太近来身体消瘦，斯佳丽穿她的衣服本来就嫌太紧，加上她的肚子比前更大，穿在身上就倍加不适。杰拉尔德的去世，虽然给她带来悲痛，然而她并没有因此忘记注意自己的形象，她低头看看自己，觉得实在难看，身段已完全没说的了，连脸孔和脚踝都显得有些浮肿。在此以前她对自己的外貌并不十分介意，可是现在她马上就要见到艾希礼，这就使她觉得十分重要了。再说她身上怀着别的男人的孩子，她简直有点不敢想去跟他见面。她是爱他的，他也爱着她,这个不受欢迎的孩子似乎成了她不忠实于爱情的见证。可是现在一切已无可避免,不管她多么不愿意,也无法不让他见到她已失去了纤细的腰肢和轻盈的步态了。

她不耐烦地跺着脚。威尔应该来接她的。当然,她可以到布拉德老店去打听他的消息,若是他因事不能来接,她就在那儿找个赶车的把她送到塔拉去。可是她不愿到那店里去,因为那天刚好是星期六,县里的人很可能有一半都聚集在那里。她挺着个大肚子,又穿着那件不仅不能掩盖反而显得增宽腰身的紧身黑衣服,再说人家一见到她,定会就杰拉尔德的去世,对她深表同情。她现在需要的不是同情。她害怕听见人家一提起她父亲的名字,她就会痛哭起来。她现在不愿意哭,因为她心里明白,她若是哭开了头,就会像当初在亚特兰大陷落的那天可怕的夜里,白瑞德把她扔在城外黑暗的半路上那样,她对着马鬃号啕大哭,一发而不可收拾。

不,她不愿意哭,自从她得到父亲的噩耗那一刻起,喉咙口就常常像是堵着一块东西,现在这块东西又升上来了。可是哭又有什么用,哭只能使她慌乱,使她软弱。唉,为什么威尔或者媚兰或者她妹妹,不早点写信把父亲害病的事告诉她呢?要是那样,她就可以马上乘火车赶回塔拉来照顾他,如果必要的话,还可以从亚特兰大请个大夫来。这些笨蛋——没有一个不是,没有她在他们什么事也办不了。她没有分身术,不能照顾两头,而且上帝知道,她在亚特兰大为他们大家已尽了最大的努力。

威尔还没有来。她坐在空桶上扭动身子,开始烦躁不安起来。他现在在哪里?随后从身后的铁路轨道上,她听到有脚步踩着煤渣的嚓嚓声,她转身一瞧,见是亚历克斯·方丹,肩上扛着一袋燕麦,正跨过铁轨朝一辆大车走去。

"我的上帝!那不是你吗,斯佳丽?"他大声嚷道,一面放下麦包,跑过来握住她的手,他黝黑凄苦的小脸上,充满喜悦,"见到你真高兴。我刚才在铁匠铺里见到威尔,在给马上蹄铁。今天火车晚点,他以为还来得及来接你。要不要我赶快去把他叫来?"

"好的,那就麻烦你了,亚历克斯。"她说,尽管满怀悲伤,她仍现出笑容。重见一个同乡的熟人毕竟是令人高兴的事。

"哦——呃——斯佳丽,"他讷讷地说道,仍然握着她的手,"我为你的父亲深为悲痛。"

"谢谢你,"她说,心里却很不愿意他提起这事,因为经他一提,杰拉尔德那红润的脸膛和洪亮的嗓音就十分清晰地浮现在眼前。

"不过,也许能使你得到宽慰的是,斯佳丽,我们这一带的人都为他感到骄傲,"亚历克斯放松她的手继续说道,"他——嗯,我们认为他死得像个战士,而且是为了战士的事业而献身的。"

他说这番话到底是什么意思?斯佳丽惶惑不解地想道,一个战士?他是被人开枪打死的吗?他会不会像托尼那样,跟那些无赖汉搏斗过呢?可是她不能听他再说下去了,他再提起她的父亲,她就要哭了,而她现在千万不能哭,要等她坐上威尔的马车,到了乡下没有陌生人看见的地方,她才能痛哭一场。威尔倒并不碍事,他就像她的兄弟一样。

"亚历克斯,我现在不想谈此事。"她简短地说。

"我一点也不怪你,斯佳丽,"亚历克斯说着,顿时怒形于色,黝黑的面孔胀得通红。"假如是我自己的妹妹,那我——噢,斯佳丽,我对女人从来没有说过什么难听的话,不过我个人还是认为,对苏埃伦还是应该给她吃一顿皮鞭的。"

他到底是在说些什么胡话,她诧异地想,苏埃伦跟此事究竟有什么关系?

"我不能不说,在这里人人的看法都跟我一样,只有威尔一个人支持她——当然,还有媚兰小姐,不过她是个圣人,在任何人身上都看不到一点坏处的,而且——"

"我说过我现在不想谈此事。"她冷冷地说道,可是亚历克斯似乎不以为忤,面对她的唐突能够予以谅解。这使她很烦恼。她不愿意从外人口里听到自己家里的丑事,也不愿意叫他知道自己对家里所发生的事竟一无所知。她不明白威尔为什么不在信里把详情向她说清楚。

她希望他的眼睛不要老是那么盯着她。她感觉到他看出她怀了身孕，不免很是发窘。可是亚历克斯想的是另一码事，他在暮霭之中见她的脸孔完全变了样，然而他怎么竟还能认出她来，他自己也感到诧异。这也许是因为她快要生孩子的缘故。女人在这种景况中，看起来就真像个鬼似的。而且，当然啰，奥哈拉老人之死，必定使她非常难受，因为他向来是十分宠爱她的。不过，她的变化还不限于此。她看起来，像是一日三餐吃得饱饱的，以前那种饿兽般的神情已经从她眼神中消失。她的目光过去流露出恐惧和绝望，现在则很坚定。她的风度显得有把握，有决断，惯于发号施令，甚至当她微笑时也是如此。想必她叫老弗兰克生活得异常快活，是的，她是变了。她仍然是个美丽的女人，这是不用说的。可是她脸上的温柔甜美，以及她抬头看着男人时的媚态，这些他比上帝都更为熟悉的东西，却已完全荡然无存了。

不过，他们大家谁没有改变呢？亚历克斯低头看看自己一身粗布衣裳，脸上又现出了不寻常的凄苦的皱纹。夜晚躺在床上，他常常难以入眠，想着她母亲不知到哪一天才有钱去动外科手术，乔遗留下的儿子要到哪一天能上学念书，他自己又到哪里去弄钱来添买一头骡子？他恨不得战争还在继续，而且永远不要结束。在战争期间，他们还不知道未来的命运如何。在军队里总还有东西可吃，尽管那不过是些玉米面包；总还有人负责指挥，用不着自己操心面对一大堆无法解决的难题——除了害怕送掉性命以外，在军队里是什么都不用担心的。还有迪米特·芒罗，亚历克斯一心想要娶她，可是眼下已有这许多人要他负担，此时他已力不从心。他爱她的时间已经太长久了，现在她双颊上的玫瑰色和她眼神里的欢乐之情已渐渐消失了。假如托尼没有逃到得克萨斯州去该多好。家里多一个男人，世界就会变得大不相同。可是如今他那坏脾气的可爱小兄弟，却身无分文地漂泊在西部。是呀，大家全变了。又怎么能不变呢？想到这里，他深深地叹息了。

"你和弗兰克给托尼帮了忙,我还没谢你们呢,"他说,"他走的时候,全靠你们帮助,不是吗?你们真好。我从旁人那里间接得到消息,他在得克萨斯平安无事。只是我不敢写信问你们,弗兰克借钱给他没有?我想该由我来还——"

"哦,亚历克斯,嘘,现在可不是说这话的时候!"斯佳丽嚷道。仅此一遭,斯佳丽对钱竟毫不在乎。

亚历克斯沉默了片刻。

"我给你把威尔叫来,"他说,"明天我们大家都要来参加葬礼。"

他扛起麦包刚转身要走,一辆轮子摇动不稳的大车从小巷里摇摇晃晃吱吱嘎嘎地朝他们驶来。威尔在车夫座上大声喊道:"对不起,我来晚了,斯佳丽。"

威尔费力地从车上下来,一瘸一拐地走到她跟前,俯身亲了亲她的脸颊。在此以前,威尔从来没有亲过她,在称呼她的时候,也从来没有不加上"小姐"的头衔。现在这一来,斯佳丽在惊诧之余,心里却是暖烘烘的,感到非常高兴。他小心地托着她跨过车轮,上了马车,她低头一瞧,原来还是她从亚特兰大逃走时乘坐的那辆破车。它怎么到现在还能继续使用?看来一定多亏威尔的精心维修和保管。可是她见到那辆车,难免睹物生情,想起那晚的遭遇,心里稍稍感到不太舒服。因此她暗自下定决心,要给塔拉买辆新车,把这破车烧掉,哪怕她脚上没有鞋子穿,饭桌上没有东西吃,她也在所不惜。

上车以后,威尔先不开口说话,斯佳丽心里很感激。他把破草帽朝车子后部一扔,对马儿吆喝了一声,大车便启程了。威尔还是老样子,个子瘦瘦长长的,浅红的头发,温和的眼睛,像是头任重道远的牲口。

他们出了琼斯博罗,转入通向塔拉的红土大道。天边还残存着一抹淡红,朵朵洁白似羽毛的蓬松的云彩边上,镶着金黄色和浅绿色。乡间黄昏的寂静,如同在做祷告时一般。她想,这几个月以来,她离开了这乡间清新的空气,这耕耘过的土地,这甜蜜的夏日夜晚,日子不知怎么竟能被她熬过来的?这湿润的红土多么芳香,多么熟悉,多么亲切,她真想下车捧起一掬土放在掌心里。大路两侧红土的浅沟挂满的忍冬花在雨后散发出袭人的香味,是世上最沁人心脾的。头顶上,一群燕子突然穿梭似的掠过,路面上,一只受惊的兔子急速地穿过,它的雪白的短尾像是鸭绒粉扑噗噗地在跳动。他们一路向前,两旁都是棉田,棉花长势良好,一丛丛绿株茁壮地挺立在红土地里,斯佳丽看了心里好不喜欢。这一切多么美好,那沼泽地上灰蒙蒙的轻雾,那红色的土地和健壮的棉株,那斜坡上一行行弧形的田畦,那似高墙般屏蔽着一切的一排排黑松!她怎么竟能在亚特兰大待得那样长久呢?

"斯佳丽,在我跟你谈有关奥哈拉先生的事之前——我想在我们到家之前把一切都说给你听——有一件事我想先征求一下你的意见。现在我把你看成是一家之主了。"

"什么事,威尔?"

他转过温和而冷静的目光朝她注视了片刻。

"我只是想请你同意我跟苏埃伦结婚。"

斯佳丽听了猛吃一惊,急忙抓住坐板,几乎往后面倒下去了。跟苏埃伦结婚,她自从把弗兰克从苏埃伦手中夺过来以后,从来没想到过有谁会跟她结婚。谁会愿意娶苏埃伦呢?

"我的天,威尔!"

"那么我就当作你是并不反对的了。"

"反对?不。不过——威尔,你真叫我吃惊,跟苏埃伦结婚?威尔,我一直以为你是爱着卡琳的。"

威尔把目光盯在马的身上,抖了抖缰绳。他的侧影并没有变化,可是她觉得他在微微叹息了。

"我也许是爱过的。"他说。

"那么,是她不想要你吗?"

"我从来没有问过她。"

"哦,威尔,你真傻。问她去。她是抵得上两个苏埃伦的。"

"斯佳丽,塔拉的事有许多你并不知道。最近几个月来,你对我们是不怎么关心了。"

"我不关心你们,是这样吗?"她骤然光火起来,"你以为我在亚特兰大干些什么呢?成天乘着四匹马拉的马车去兜风,去参加舞会吗?难道我没有按月寄钱给你们?没有给塔拉纳税,没有给塔拉修理房顶,购买耕犁和骡子吗?难道我没有——"

"得啦,别冒火,收起你那爱尔兰人的脾气,"他沉着地打断了她的话,"要说你在干些什么,那我心里最清楚,你干的事足足抵得上两个男人。"

她稍稍平息了一点,问道:"那么,你刚才的话是什么意思呢?"

"噢,你让我们有房子住,有东西吃,这我不否认,可是你很少关心这里每个人心里是怎么想的。我并不是怪你,斯佳丽,你就是这么一个人,对别人心里的想法,从来都不怎么感兴趣的。不过我现在想告诉你的是我始终不曾向卡琳小姐求过婚,因为我明白她是不会答应我的。她一直像是我的小妹妹,而且我相信,她跟我说话,比跟世界上任何其他人说话都更坦率。可是她一直未能忘情于那死了的小伙子,今后也永远不会忘情于他。我不妨对你直说,她正打算到查尔斯顿进修道院去。"

"你在开玩笑吧?"

"不,我知道这会叫你吃惊,可是我正为了这事想请求你,斯佳丽,不要去跟她争辩,不要责骂她,也不要耻笑她。由她去吧。她需要的就只有这个。她的心已经碎了。"

"可是上帝!心碎的人多的是,可谁也没想到要上修道院去。就拿我来说吧,我就曾经失去过一个丈夫。"

"可是你并没有心碎。"威尔平静地说道,一面从车板上拣起一根稻草,放在嘴里慢慢咀嚼。他的话使得斯佳丽一下子失去了锐气,像往常一样,凡是听人说破真情,不管多么不中听,她天性中诚实的一面总迫使她予以承认。她沉默了片刻,想让自己适应一下卡琳要当尼姑的这个念头。

"答应我不要埋怨她。"

"哦，好的，我答应。"说着她朝他看看，她觉得对他有了新的理解，同时又带有几分惊异。威尔爱过卡琳，到现在还帮她说话，为她的退隐铺平道路。可是他却要跟苏埃伦结婚。

"嗯，那么苏埃伦又是怎么回事？你并不爱她，对吗？"

"噢，我爱的，我有几分爱她，"他说着把稻草从嘴里拿下来，细细地看着它，像是极感兴趣似的，"苏埃伦并不像你想象的那么坏，斯佳丽。我相信我们能相处得很好。苏埃伦唯一的烦恼就是需要有个丈夫和几个孩子，这正是每个女人所需要的。"

大车在布满车辙的道路上颠簸向前，大约有好几分钟，两个人都沉默不语，斯佳丽则心里在不住地翻腾。她觉得不能看表面现象，像威尔那样性情温和、说话轻声细语的人，居然要跟爱唠叨而喋喋不休的苏埃伦结婚，其中必有更为深刻、更为重要的原因。

"你没有把真实的理由告诉我，威尔。如果你认为我是一家之主的话，那么我应该有权利知道。"

"你说得不错，"威尔说，"我想你是能够理解的。我离不开塔拉。塔拉是我的家，斯佳丽，是我唯一真正的家，我爱塔拉的一草一木。我为塔拉工作，就好像为我自己的家工作一样。一个人若是在那儿工作久了，他就会产生爱屋及乌的感情。你明白我的意思吗？"

她明白他的意思。她听说他同样爱着她顶顶喜爱的塔拉的一切，因而对他由衷地涌起一阵热烈的感激之情。

"我是这样想的。你父亲去世以后，卡琳要去当尼姑，这里就只剩下苏埃伦跟我两个人。我若是不跟她结婚，就不便在塔拉再住下去。别人会在背后怎么议论，你是不会不知道的。"

"可是——可是威尔，还有媚兰和艾希礼——"

听见提起艾希礼的名字，威尔转身瞅着她，那浅灰色的眼睛显得深不可测。这时斯佳丽重又感觉到，威尔对于她和艾希礼之间的一切，全都知道，全都理解，只是既不表示责难，也不表示赞同。

"他们就快要离开了。"

"离开？上哪儿？塔拉是你的家，也是他们的家。"

"不,塔拉不是他们的家。艾希礼正是为了这苦恼着。这里不是他的家,而且他觉得他干的活并不足以养活他自己。他干起农活来,简直糟糕透了,这他自己也明白。凭良心说,他确实尽了最大的努力在做,可是他天生不是这块料,这一点你知道得跟我一样清楚。要他劈木柴,他说不定会把脚砍下一块来。要他在田里把犁,他不见得比小博把得更直。关于种庄稼的事,要是把他不懂的地方统统写出来,足足可以写一本书。这不能怪他。他生来本不是干这一行的。可是他一个堂堂男子汉,却住在塔拉靠一个女人的周济过活,而且无以为报,就难免不感到苦恼了。"

"周济?他有没有说过——"

"不,他从来没有提过一个字。你是知道艾希礼的。可是我看得出来。昨天夜里我们守着你爸爸灵床的时候,我告诉他我已经向苏埃伦求过婚,并且得到了她的同意。艾希礼听了便说,这样一来他倒可以得到解脱了。因为他一直住在塔拉,总有一种寄人篱下的感觉。奥哈拉先生去世以后,为了免得别人说我跟苏埃伦的闲话,他和媚利小姐就只好继续住下去。不过现在情况不同了,他说他打算离开塔拉另找工作。"

"工作?什么工作?在哪儿?"

"我说不准他到底打算干什么,不过他说他打算到北边去。他有个北佬朋友住在纽约,曾写信给他,邀他到一家银行里去工作。"

"哦,不!"斯佳丽从心底里喊出来。威尔听见这声喊,又以他那深不可测的眼光朝她一瞥。

"他若是真的去北方,说不定对他一切都会更好。"

"不!不!我不同意你的看法。"

她的思潮在狂热地翻腾。艾希礼不能到北方去!要不她也许再见不着他了。自从经历过果园里那注定命运的一幕以后,她虽然已经有几个月不见他的面,也不曾跟他单独说过话,她却没有一天不在想念他,她也一直以来并不因为他住在自己的家里而感到高兴。她每寄一块钱给威尔,都会想起这钱能使艾希礼的生活有所改善而感到快慰。不错,干起农活来,他完全是个门外汉,可是她不无自豪地想道,他生来不是干农活,而是治理别人的,他应该住大房子,骑好马,读诗书,使唤黑奴。而现在他虽没有大房子可住,没有好马可骑,没有黑奴可供使唤,也很少有书本可读,但是艾希礼并不因此而有所改变。他本来就不该种田劈柴的,难怪他想要离开塔拉了。

可是她不能让他离开佐治亚州。必要的话,她会逼着弗兰克把他店铺里站柜台的伙计辞掉,叫艾希礼顶替他。可是,不——艾希礼既然不该站在犁把后面耕地,自然也不该站在柜台后面做买卖。威尔克斯家的人怎么好去做一个店员!哦,绝不能那样!得另外找个别的事——咦,对了,到她自己的锯木厂里去!这念头使她大大松了一口气,脸上也露出了笑容。可是他会不会接受呢?会不会还认为这是她对他的一种施舍呢?她一定得想办法叫他相信这是他在帮她的忙。她要解雇约翰逊先生,叫休去管那家新厂,老厂就交给艾希礼负责。她要向他解释说,弗兰克身体不好,店里的事情又忙,没有办法帮她。她还可以把怀孕的事作为另一个理由,说明她的确需要他的帮助。

她要让他明白,在现在这个时刻她实在少不了他。他若是愿意接手,她愿意把工厂的一半产权归他——她愿意给他任何东西,只要能看到他脸上重现明朗的笑容,只要能有机会从他的眼中看不到戒备的神色,说明他依然在爱着她。可是,她答应自己,绝不,绝不再挑逗他说出爱那个字眼来,绝不再逼迫他舍弃他比爱情还更看重的那种愚蠢的荣誉。她一定得十分婉转地让他知道她的决定,要不他会因害怕重演上回那可怕的一幕而拒绝她的。

"我能在亚特兰大给他找个工作。"她说。

"噢,那是你跟艾希礼的事,"威尔说着又把稻草放进嘴里。"驾!舍曼①。斯佳丽,在我把你爸的事告诉你之前,我还要求你一件事。我

---

① 马名。

求你不要责怪苏埃伦。现在事已如此,不论你拿她怎么样,反正奥哈拉先生也回不来了。再说她确实出于真心想把事情尽量办好。"

"我正要问你,苏埃伦到底怎么啦?亚历克斯说她该吃鞭子,真叫我莫名其妙。她到底干了什么啦?"

"不错,她的行为把大家都惹火了。今天下午我在琼斯博罗所碰到的人,没有一个不说,若是下回见到她,非把她脑袋砍下来不可。不过再过些时候,他们的气大概就会消了的。喏,答应我不要责怪她。奥哈拉先生躺在客厅里尸骨未寒,我不希望看见你们今晚就争吵起来。"

"他不希望看见争吵!"斯佳丽愤愤地想道,"好像塔拉已经是属于他的了!"

于是她想起杰拉尔德已长眠在客厅里,她突然哭了,哭得抽抽咽咽,凄苦万状。威尔伸出一条手臂搂着她,让她靠近他身边感到舒服些,然而没有开口跟她说什么。

天色愈来愈暗,大车在路上慢慢地颠簸着。她靠在他的肩头,帽子侧向一边。两年以来,她几乎把杰拉尔德给忘了。那茫然的老人,成天凝视着门口,等待着永远不会出现的亡妻。此刻,她重新记起他来,记起他充沛的精力,记起他鬈曲的白发,记起他洪亮的哭声,记起他索索的脚步声、他拙劣的笑话和他那宽阔的胸襟。她记起在她小时候,她这个性子暴烈的父亲在她眼里,是世界上最了不起的人。他骑马跳篱笆的时候,把她带在马鞍上,在她调皮的时候,会抱她起来打她,可是听她一哭,又拿出二角五分的银币,哄她安静下来。她记起他每回从查尔斯顿或者亚特兰大回来,总要带来许多不恰当的礼物。她又记起每逢琼斯博罗法庭开庭的日子,他总要到凌晨时分方才回家,喝得酩酊大醉,见篱笆便纵马一跃而过,还放开嗓门唱着《佩上绿徽章》①,第二天早上见到埃伦时,又不免

---

① 爱尔兰的标志。

要脸红。想到这里,她的泪痕中现出一丝微笑。唉,他现在总算能够跟埃伦在一起了。

"你为什么不早点写信,通知我他病了呢?那我就可以快点赶来——"

"他没有生病,一分钟也没病过。给,亲爱的,把我的手帕拿去,听我把一切都告诉给你。"

她拿他的大手帕擤了擤鼻子,她从亚特兰大来时,连手帕也没带。随后她重新靠进威尔的臂弯。威尔可真好,从来不会心烦意乱。

"喏,是这样的,斯佳丽。你一直不断地寄钱给我们,艾希礼和我把税款付了,还买了骡子种子什么的,又买了几头猪、几只鸡。媚利小姐把鸡喂养得好极了。是的,媚利小姐是个好女人,是真的。可是我们买了这些东西以后,就没有余钱给姑娘们买衣服和装饰品了。大家对这个都没什么意见,只有苏埃伦心里不乐意。

"媚兰小姐跟卡琳小姐成天待在家里,穿着旧衣服,好像还感到自豪似的。可是苏埃伦你是知道的,斯佳丽。她若是没有件像样的衣服,那是怎么也不习惯的。我每回带她上琼斯博罗或者费耶特维尔去,她不得不穿旧衣服时,便显得难以忍受,尤其是她见到那些拎包投机家的女人,穿着奇装异服招摇过市。被解放者局里那班该死的北佬,他们的女人竟都穿得那么漂亮!我们县里的女人,穿着难看的旧衣服进城,其实是一种自尊心的表现,说明她们不仅不在乎,而且以穿旧衣服而自豪。可是苏埃伦却办不到。她想要一辆马车,她说你已经有了一辆。"

"可是我这并不是一辆四轮马车,不过是一辆两轮单座车罢了。"斯佳丽气愤地说。

"好吧,这姑且不去说它。我不妨告诉你,她对你跟弗兰克结婚的事,始终未能忘怀。我想这自然不能怪她。你知道跟自己的妹妹来这一手,委实是一种卑鄙的行径。"

斯佳丽猛然坐直身子,狂怒得如同一条响尾蛇准备出击之势。

"卑鄙的行径,是吗?我很感谢你,话居然说得这样文明。我问你,威尔·本亭,他若是宁愿要我,不想要她,我又有什么法子?"

"你是个精明能干的姑娘,斯佳丽。我觉得你是能够使得他挑中你的。女孩子都有这种本领。我猜你诱惑过他。你若是想俘虏谁,那是一定会成功的,可是不管怎么说,他是苏埃伦的情人。喏,就在你到亚特兰大去的头一天,她还收到他一封信,甜言蜜语一大堆,还说等他再多攒些钱便打算跟她结婚。她把这封信给我看了,所以我才知道。"

斯佳丽不吭声了。她知道他说的是实情,所以无话可说。她万万没有料到,坐下来对她进行审判的,不是别人,竟是威尔。何况她对弗兰克扯谎,自己良心上从来不曾感到过愧疚。一个女孩子连个情人也保不住,失去了他也是活该。

"得了,威尔,别那么小心眼,"她说,"假如苏埃伦跟他结了婚,你以为她会花一分钱用在塔拉和我们身上吗?"

"我刚才是说,你如果想要他,你就一定会成功的。"威尔说着,转过身咧开嘴朝她平静地一笑,"不错,那样我们就不用想拿到弗兰克一分钱。可是这并不能为你开脱,卑鄙的行径总归是卑鄙的行径,如果你想以手段为目的辩护,那么这事与我无关,而我也没有资格抱怨。可是自那以后,苏埃伦就成了个大黄蜂。我认为这并不是因为她深深地爱着弗兰克,而是因为她的虚荣心受到伤害。她一直在说你穿着好衣服,坐着四轮马车,住在亚特兰大城里,她却冷清清地被埋没在塔拉。她爱出门做客,参加宴会和穿着漂亮的衣服,这你是知道的。我并不想怪她,女人大抵都是像她那样的。

"嗯,大约一个月以前,我带她到琼斯博罗去。到了那里以后,我去办我的事,由她自己去看望朋友。回家的时候,她依然还像个小耗子似的,可是我看出来她非常激动,简直欣喜若狂。我还以为她是遇到了什么人打算向她求——或者听了什么有趣的新闻,所以没把她放在心上。在回来后的大约一个星期里,她一直很兴奋,很有精神,话却不多,她还去看过凯思琳·卡尔佛特小姐——提起她来,斯佳丽,你真能把眼睛都哭瞎了呢!可怜的姑娘,她嫁给那个没出息的北佬希尔顿，真还不如死了的好。你晓得吗？他把房子抵押出去，又没钱赎回来，只好打算离开那地方了。"

"不，我不晓得，也不想晓得。我要晓得关于我爸的事。"

"好吧，下面我就要谈到他，"威尔耐心地说，"那天她从凯思琳小姐家回来以后，便说我们全把希尔顿看错了。她把他叫作希尔顿先生，说他是个精明能干的人，可是我们只觉得她可笑。从那时起，她下午就经常带着你爸出去散步，有好多次我从田里回来，都看见她跟你爸两个人坐在坟地的矮围墙上，挥舞着双手起劲地在对他说些什么。老人只是迷惑不解似的瞅着她，不时摇摇头。你是知道他的情况的，斯佳丽，他现在一天比一天糊涂，连他自己在什么地方，我们是些什么人，都不大弄得明白了。有一回，我见她指着你妈的坟墓，你爸就哭了。后来等她进了屋，我见她满面春风，兴奋异常，便找她谈了一次话，说得很不客气。我说：'苏埃伦小姐，你干吗要拿你妈来折磨你爸呢？他几乎不知道她已是去世了，你这不明明是故意提醒他吗？'她听了我的话，只把头一扭，笑了笑说：'管你自己的事吧。几天后你知道我所做的事，你一定会高兴的。'昨天晚上媚利小姐对我说，苏埃伦曾把她的计划说给她听过，可是她当时并没有当真。她说这件事她对我们谁也没说过，因为她一想起这个主意，就觉得不是滋味。"

"什么主意？你怎么老是把话说到题外去？我们已经一半路走过了。我要晓得爸的情况到底怎样。"

"我不是正在说吗？"威尔说，"现在我们已经离家很近，我看我们不如停下来等我把话说完了吧。"

他勒住缰绳，马停下步来，喷着鼻息。那里有一道枝叶蔓生的山梅花树篱，正好标志着麦金托什家的地界。斯佳丽从幽暗的树底下望过去，见几根高大的烟囱似鬼影幢幢，依旧竖立在寂静的废墟后面。她见此情景，心里真希望他把车停在另一个地方。

"喏，关于她的主意，总的说来，就是想叫北佬赔偿他们烧掉的棉花和牵走的牲口，以及他们拆掉的篱笆和谷仓。"

"要北佬赔偿？"

"你没听说过吗？北佬政府这一阵子对于拥护他们的南方人，正在把他们所受损失的全部财产，都给予赔偿。"

"当然我听说过，"斯佳丽说，"可是那跟我们有什么关系？"

"照苏埃伦看来，有很大的关系。那天我带她到琼斯博罗去，她到麦金托什太太那里闲聊天。她见麦金托什太太穿着一身漂亮衣服，便忍不住问起她来。于是麦金托什太太神气活现地对她说，她丈夫怎样向联邦政府提出申请，要求赔偿他们被毁掉的财产，说他们是北佬的忠实的拥护者，从来没有以任何形式给南方邦联帮助和慰劳。"

"他们对任何人都从来没有帮助过，"斯佳丽怒气冲冲地说道，"这些苏格兰爱尔兰的杂种！"

"嗯，你的话也许是对的，我不清楚他们的情况。不过反正政府给了他们，呃——我记不起到底是几千块钱，总之是相当可观的一笔款子，苏埃伦一听便动了心，回来后她把这事整整想了一个星期，可是跟我们谁也没有谈起过，因为她知道我们准会笑话她。可是她总得找个人商量商量，于是她就去凯思琳小姐家。那个该死的希尔顿给她出了许多点子，他说你爸不是本县出生的，他自己从来没有打过仗，也没有儿子参过军，他又没有在南方邦联的政府里任过职。照这种情况，奥哈拉先生勉强可以算是个北佬的忠实拥护者。苏埃伦听了他这一通胡说，回到家里，便开始在奥哈拉先生身上下功夫。我敢打赌你爸有一半时间甚至连她在说些什么都不知道。可是这正是她所指望的，她想让你爸糊里糊涂地向北佬政府宣誓。"

"让爸向北佬宣誓！"斯佳丽嚷道。

"嗯，最近一两个月，你爸的头脑真的不行了，我想这正合她的意。请你注意，这件事丝毫没有引起我们疑心。大家只知道她在耍什么花招，却没有料到她在利用你死去的妈责备他，说他放着十五万块钱不到北佬那里去拿，却叫自己的女儿穿破衣裳。"

"十五万块钱。"斯佳丽喃喃地说道，对宣誓的恐惧感渐渐消退了。多么大的一笔钱！只要向联邦政府签署一张效忠宣誓，表明自己一贯支持政府，从来不曾向它的敌人提供过帮助，这笔钱就可以到手。十五万块钱！扯一个小小的谎就可以换来那么多的钱！她不能责怪苏埃伦。哦，上帝！亚历克斯说要拿皮鞭抽她，难道就为了这个吗？县里人说要杀了她也就是为了这个吗？笨蛋，全是些笨蛋！扯一个小小的谎有什么大不了的？不管怎么说，只要能从北佬的口袋里掏出钱来，那都是正当的，无论用什么办法都行。

"昨天，大约是中午时分，我和艾希礼正在劈柴，苏埃伦跟谁也没吭一声，就带着你爸，赶着大车到镇上去了。媚利小姐对这件事心里是明白的，她只暗暗希望苏埃伦能改变主意，所以没有跟我们说。她只是弄不懂苏埃伦怎么竟会做出这等事来。

"到今天我才把发生的事弄明白，原来那个没出息的希尔顿，跟镇上的一班无赖汉和共和党人都有些勾搭，苏埃伦答应事成之后给他们一笔钱——具体数字我不清楚——只要他们写一封推荐书，说奥哈拉先生是爱尔兰人，一贯忠实于北佬，没有参过军打过仗等等。你爸只要宣一下誓，签个名，然后他们就会把文件送到华盛顿去。

"他们把誓言急急忙忙地念了一遍，你爸没说什么，一切进行得很顺利，随后就该你爸签字了。可是那一刻老人忽然清醒过来似的摇了摇头。我想他未必知道是怎么回事，只是一时不大高兴罢了，因为苏埃伦平时就老是惹他生气的。可是这一来苏埃伦却受不了啦，眼看她费尽心机策划的事就要成为泡影，她便把你爸领出办公室，乘上马车在大街上来回奔跑，同时指摘他有钱不拿，却让自己的孩子受苦，说她妈在坟墓里都会因此而哭泣。我听人家说你爸坐在车上，哭得就像个小孩子，他只要一听到提起埃伦的名字，他往往总是那副样子。当时镇上人人都看见他们，亚历克斯·方丹想过去看看是怎么回事，不料苏埃伦竟不客气地叫他少管人家的闲事，气得他马上离开了。

"我不知道她那脑筋是怎么动出来的。到下午，她弄来一瓶白兰地，又把你爸带回办公室，给他灌酒。斯佳丽，塔拉已经有一年没有烈性酒了，迪尔西做的黑莓酒和野葡萄酒，奥哈拉先生又喝不惯。

所以当时他立即喝得酩酊大醉，经不住苏埃伦跟他纠缠了一两个钟头，他终于答应说不论她要他怎么样他都签字。于是他们重新把那誓约拿出来，可是奥哈拉先生刚要提起笔来时，苏埃伦却犯了一个错误。她说：'这下好了，斯莱特里和麦金托什家别再想在我们跟前摆架子了！'你知道，斯佳丽，斯莱特里家那被北佬烧掉的小棚屋，竟申请到了一大笔钱，还是埃米的丈夫帮他们到华盛顿去打通关节的。

"我听人家说，你爸一听到苏埃伦提到那两家人的名字，顿时坐直身子，挺了挺肩膀，目光紧紧地盯着她，毫不含糊地问道：'斯莱特里家和麦金托什家是不是也签过这一类东西呢？'苏埃伦一听吃了一惊，一会儿说是，一会儿说不，结结巴巴说不清楚。那时你爸便大声吼道：'你说，那个该死的奥兰治党人跟他该死的穷白人到底签过这种东西没有？'希尔顿那家伙便和颜悦色地答道：'是的，先生，他们签过的，而且跟你一样，都拿到了一大笔钱。'

"谁知老人当即发出一声怒吼，简直像头公牛一般，亚历克斯说他在街上的酒店里都听见了。你爸接着又带着一口爱尔兰腔说道：'你们以为塔拉奥哈拉家的人，会跟那该死的奥兰治党人和那该死的穷白人一个样子吗？'说着他就把那誓约扯成两半，扔在苏埃伦的脸上吼道：'你不是我的女儿！'然后猛地冲出了办公室。

"亚历克斯说他亲眼看见他在街上跑，像一头公牛似的横冲直撞。他说你妈死后，他是第一次看到你爸恢复到从前的样子。他喝得醉醺醺的，走路摇摇晃晃，嘴里大声漫骂。亚历克斯说他从来没听到过他骂得那么痛快。恰好亚历克斯的马正拴在路边，你爸不管三七二十一就跃上马背，掀起一阵尘土，飞也似的奔跑而去，嘴里还是骂个不停。

"到了太阳落山时分，艾希礼和我两人坐在前面台阶上，眼睛瞅着大路，心里万分焦急。媚利小姐躲在楼上哭，可是什么也不肯对我们说。忽然，大路上传来一阵马蹄声，又听见人的呼喊声，像是在捕猎狐狸似的。艾希礼说：'真奇怪，像是奥哈拉先生的声音，战前他每回骑马上我们家里，就是那样子大声喊叫的。'

"接着我们就看见他到了牧场的另一头。他一定是跃过那儿的篱笆过来的。他似箭一般地急驰奔上山坡,嘴里大声唱着,像是在这世上完全无忧无虑。他唱的是《低靠背车上的假腿人》,一边唱一边拿帽子拍打马背,打得那马发疯似的飞奔。快到山顶时,他没有勒住缰绳。我们见他打算跳过牧场的篱笆,我们都吓得要死。只听他大声喊道:'瞧,埃伦!瞧我这一跳!'谁料那马到了篱笆跟前,忽然身子一缩,停住脚步,把你爸从它头顶上摔了出去。他并没有遭受多大的痛苦,等我们赶到他身边,他已经死了。我猜是折断了他的颈骨。"

威尔说罢稍停片刻,怕她有什么话要说,可是她并未开口。于是他提起缰绳吆喝一声,"驾,舍曼!"马车就启程前往塔拉去了。

第四十章

那天夜里斯佳丽几乎没有睡着。第二天清晨太阳刚爬上东边山头的黑松林，她从那乱糟糟的床上起来，坐在靠窗的凳子上，把她的昏沉沉的脑袋搁在她的臂膀上，穿过仓房的院子和塔拉的果园时眺望着远处的棉田。一切都那么新鲜，那么宁静，一片碧绿，满洒露珠，而棉田的景象给她痛苦的心多少带来一点慰藉。塔拉的主人虽已停止了呼吸，可是在日出时的塔拉是显得可爱的，和平的，有条不紊的。那低矮的木头鸡舍，用泥涂得严严实实的，防止耗子和黄鼠狼的入侵，还用石灰水粉刷得干干净净。那木头马棚也是如此，菜园里一行行的玉米、鲜黄的南瓜、利马豆和萝卜地里的杂草除得很干净，还拿橡树条整整齐齐地围好篱笆。果园里的矮树丛都已清除掉，只剩下果树下长着长长的一排排的雏菊。半藏在绿叶中间的苹果和毛茸茸的粉红桃子在阳光照射下，发出微微的闪光。再过去是一行行弧形的棉花畦，在早晨的金色阳光下，一片翠绿，幽静自在。成群的鸡鸭摇摇摆摆地朝田野里走去，因为在灌木丛下犁过的松软的土地里容易找到最肥美的小虫和蛞蝓。

这一切都是由于威尔的努力，斯佳丽的心里充满了对他的感激之情。虽然她对艾希礼忠贞不渝，但她无法相信这些良好的成就应归功于艾希礼。因为塔拉的兴旺绝不是一个富有贵族气质的庄园主所能胜任的，而得倚靠一个热爱土地的小农不知疲倦地埋头苦干才成的。现在的塔拉，是只有两匹马的农场，和昔日那牧场上骡马成群、田野里棉花和玉米望不到边的气派当然不可比拟。可是现在耕种的部分，照管得都很不错，至于那些休闲的土地，时局好转后仍可重新开垦,再说土地经过休闲,肥力也会更足。

威尔所做的事,还不仅仅是耕种几亩土地。他还把佐治亚州种植场主的两大敌人拒之于塔拉之外,那就是松树幼苗和多刺的黑莓。它们悄悄地肆无忌惮地在佐治亚州全境蔓延到无数的种植场,可是却没有能入侵塔拉的菜园、牧场、棉田和草地。

斯佳丽想起塔拉差点变成一片荒野,心都要停止跳动了。总算靠着她跟威尔两人的努力,才把北佬和拎包投机家及自然界的侵袭,一一给抵挡住了。最令人满意的是,威尔曾对她说过,等到秋天棉花有了收成,她就不用再寄钱回来——除非又有哪个拎包投机家想动塔拉的脑筋,再把税金猛地往上提高。斯佳丽知道,如果没有她的帮助,他要支撑确实很不容易,可是她佩服而且尊敬他的独立精神。只要他处于雇佣的地位,他自然应该拿她的钱,如今他就要做她的妹夫,成了家里的当家人,他得靠自己的努力了。不错,威尔真是上帝赐给她的好帮手。

波克在前一夜挖好了墓穴,它就紧挨在埃伦的墓边,此刻他手里拿着洋锹,站在一堆潮湿的红土后面,准备着待会儿把墓穴封平。斯佳丽站在他身后的一株枝丫低矮树干多节的雪松阴影下,六月的骄阳透过枝叶,一点点洒在她脸上,她的眼睛故意躲开不看她前面的红土墓穴。吉姆·塔尔顿、休·芒罗、亚历克斯·方丹和麦克雷老人的小孙子拿两块橡木块笨拙地抬着杰拉尔德的棺材,缓缓地从小径走来。在他们后面相隔一段距离,为了表示对死者的敬意,跟着一大群散散落落的邻居和朋友,个个衣着破旧,沉默无语。当众人走过园子来到阳光下的小径时,波克把他的头弯到铁锹柄上哭了。斯佳丽见到波克的头发,在她数月前上亚特兰大去的时候,还是乌黑的,如今已成花白,虽然并不奇怪,却也难免心惊。

她疲倦之极,她感谢上帝,昨天夜里她的泪水全都哭干了,此时她才能控住不哭,笔直地站在那里。紧挨在她肩后,传来苏埃伦的哭泣声,刺得她难以忍受,她必须使劲捏紧拳头,才忍住没转身在她浮肿的脸上打她一记耳光。她父亲的死是苏埃伦造成的,不管她是有意无意,在许多对她心怀愤懑的邻居面前,她应该懂得约束自己,才比较体面。从早晨起,没有一个人跟她说过一句话,或者向她表示同情的一瞥。大家都默默地亲吻斯佳丽,跟她握手,还向卡琳甚至向波克都低声表示亲切的慰问。可是大家对待苏埃伦,就像没有她这个人存在似的。

在众人眼里,她简直比谋杀她的父亲还要坏。她企图出卖他,使他背叛南方。这对于本地这个严肃而紧密团结的社会来说,无异是企图出卖他们集体的荣誉。她破坏了县里对外部世界的坚固防线。为了想从北佬政府那里弄到钱,她竟然跟拎包投机家和无赖汉勾结起来,而南方人对这批家伙比对北佬士兵更为深恶痛绝。她自己出身于南方一个大庄园主的家庭,一个忠诚于邦联的世界,却投靠自己的敌人,这给全县每一家人家都蒙上了羞辱。

送葬的人个个心情抑郁,既悲哀,又愠怒。尤其是其中的三个人:一个是麦克雷老人,他多年前从萨凡纳迁来后,就一直是杰拉尔德的密友;一个是方丹奶奶,她喜欢他因为他是埃伦的丈夫;另一个是塔尔顿太太,她对他比对所有别的邻居都更亲近,因为就像她常说的那样,他是县里唯一能够辨别种马和阉马的人。

在葬礼尚未开始,杰拉尔德的灵柩还停在客厅里时,这三个人脸上阴云密布,使艾希礼和威尔深感不安,因而退到埃伦的小办事间里去商量对策。

"我看他们今天像是要指摘苏埃伦的,"威尔直截了当地说道,一口把手里的稻草咬为两段。"他们认为他们有正当的理由可说。他们也许是对的。我也对他们不好说话。可是艾希礼,不管他们说得是对是错,我们总不希望他们说话,因为我们都是塔拉的人,他们说起来难免要引起麻烦。那麦克雷老人开起口来,谁都拿他没办法,因为他的耳朵是彻底聋的,你要叫他住嘴,他反正听不见。那方丹奶奶的话若是没有讲完,那么天下谁也无法叫她停下来的。至于塔尔顿太太——你看见没有,她只要朝苏埃伦一看,那黄褐色的眼珠子就骨碌碌地在转？看那模样，简直是等不及了。如果他们要说话，我们也只好耐着性子听着，因为现在塔拉的麻烦事已够多的，再也经不起跟邻里不和了。"

艾希礼忧心忡忡地叹了口气，他比威尔更清楚他的邻居们的脾气。他记得在战前，县里十足有半数的争吵和一些枪击事件都是由送葬时要为死者说几句话的习俗所引起的。这些话通常都是把死者捧上了天，可是有时也并非如此。有时是一些含意极其尊敬的话，由于死者的亲属神经过度紧张而被误解了，结果等不到填毕墓穴的最后一锹土，就已引起了纷争。

葬礼上，琼斯博罗和费耶特维尔的卫理公会跟浸礼会的教士都借故推托不来，又没处去请天主教牧师，就只好由艾希礼拿着卡琳的祈祷书主持仪式。卡琳是个比她两个姐姐更虔诚的天主教徒，见斯佳丽竟没有从亚特兰大带个牧师同来，怏怏不乐。幸而经人提醒，等日后牧师来给威尔和苏埃伦证婚时，顺便可给杰拉尔德做次祈祷，她心里才稍稍宽解一点。当时她坚持反对请邻近的新教教士来主持仪式，而主张交给艾希礼办，还在祈祷书上选好章节叫艾希礼念。艾希礼身子靠着旧写字桌，知道防止纠纷的重担压在自己肩上，又深知县里人那一触即发的火暴性子，一时不知如何是好。

"我毫无办法，威尔，"他说着，搔了搔他发亮的头发，"我既阻拦不住方丹奶奶和麦克雷老人，也没法不叫塔尔顿太太开口。而且他们不说则已，若是一开腔，最温和的话也得把苏埃伦说成是杀人凶手和卖国贼，说如果不是她，奥哈拉先生一定还能活着，这种过分为死人说话的习俗真该死，简直很野蛮！"

"哎，艾希礼，"威尔慢慢地说道，"我想不让他们来数说苏埃伦的不是，不管他们怎么想都行。这件事你交给我办。等你念完祈祷，说'有谁想说话吗'时，你就瞧着我，那么我就可第一个发言了。"

可是斯佳丽当时在注视着几个抬着灵柩的人，困难地穿过狭窄的通道走向墓地，却丝毫没有意识到葬礼后可能出现的纷扰。她怀着沉重的心情，想到的只是在埋葬杰拉尔德的同时，也想到连接那为所欲为的欢乐的往日的最后一环,也随之被埋葬了。

最后,灵柩总算被抬到墓穴旁放下,几个抬棺材的人站着把疼痛的手指捏拢又放松,好活动一下指关节。艾希礼、媚兰和威尔三人排成纵行,站在奥哈拉家三姐妹后面。在他们后面站着的是一些近邻,其余的人都站在砖墙外边。斯佳丽起先没有留神,现在一看竟有这么多人来送葬,不免又惊讶又感动。现在交通如此不便,来的人居然不下五六十人之多,有些还来自远处,不知他们是怎样得到消息能及时赶到的。有的是全家从琼斯博罗、费耶特维尔和洛夫乔伊赶来的,还带着少数几个黑奴。有不少小农从远处渡河而来,有些克拉克人来自山林里。还有些人则来自沼泽地里,他们躯体巨大,个子却很瘦,留着胡子,穿着土布衣服,戴着浣熊皮帽,臂上毫不费力地挽着步枪,嘴里还嚼着烟草块。他们全带着自己的女人,一个个赤着脚陷进松软的红泥地里,下嘴唇上沾满了鼻烟。她们头上戴着遮阳帽,脸色灰黄,像是害过疟疾,可是脸洗得很干净,身上的花布衣服新近熨过,浆得也很挺括。

附近的邻居都全家出动。方丹奶奶拄着拐杖满脸皱纹,干瘪枯黄,像是只脱毛的老鸟。萨莉·芒罗和方丹太太跟在她后边,她们牵扯方丹奶奶的衣裙,轻轻跟她耳语,想劝她在砖墙上坐下,可是她不领她们的情。她的丈夫老方丹大夫在两个月以前刚刚去世,带走了不少她老人家眼中的快乐而又带有痛苦的生活情趣。凯思琳·卡尔佛特孤零零地站在一旁,用褪色的太阳帽遮住她低垂的脸面,因为她知道自己的丈夫也是造成这场悲剧的角色之一。斯佳丽见她身上的棉布衣服满是油渍,一双手上布满斑点,而且污秽不堪,指甲里也都是黑垢,连一点昔日大家闺秀的痕迹也不存在了。她看起来竟像个克拉克人,甚至比克拉克人还不如。她那一副懒懒散散,邋里邋遢,不求上进的模样,完全成了个穷苦白人。这使得斯佳丽感到非常诧异。

"看她那样子,即使现在还没有吸上鼻烟,恐怕也为时不久了,"斯佳丽惊恐地想着,"上帝!她已经堕落到这种地步!"

她意识到上等人与穷白人之间的间隙是多么狭窄时,她浑身颤抖,连忙从凯思琳身上转移自己的目光。

"我可多亏自己有足够的创业精神。"想到这一层,她心头涌起一阵自豪感,因为她明白在投降以后,她跟凯思琳一样,也是一无所有,只凭自己的一双手和自己的头脑。

"看来我干得还不算差。"她想着不觉抬起下巴,现出了笑容。

可是她忽然看见塔尔顿太太正朝她怒目而视,急忙收起笑容。塔尔顿太太眼圈哭得红红的,她朝斯佳丽责备地瞅了一眼以后,又转过去紧紧盯着苏埃伦,那凶狠的目光一看就知道不是什么好兆头。在她身后站着她丈夫和她的四个女儿,她们都披着一头红发,在这庄严的场合显得不合礼仪。她们黄褐色的眼睛依然像是有生气的小动物的眼睛,勇猛而危险。

此时艾希礼手持凯思琳的破旧的祈祷书,走到前面。众人忙站定脚跟,摘下帽子,交叉双手,连衣裙的窸窣声也静止了。艾希礼低头俯视片刻,他头上的金发闪耀着阳光。人群里一片深深的寂静,静得连微风吹动木兰树叶的飒飒声都清晰可闻,静得连远处的反舌鸟那令人厌烦的鸣叫,听起来也那么响亮,那么哀伤。艾希礼开始诵读祈祷文,众人都把头低下来,听他那铿锵而抑扬顿挫的语调吐出简短庄严的词句。

"哦!"斯佳丽想道,她的喉头紧缩,"他的声音多美,我真高兴由艾希礼来给爸祈祷,我宁愿要他,不要牧师。让一个自己人给爸主持葬礼,总比一个陌生人强。"

在艾希礼读到祈祷文中"灵魂在炼狱里涤罪"的那一段时,那本是卡琳特意选给他念的,可是他却突然把书阖上了。所有在场的人,只有卡琳注意到这一点,她见艾希礼接着就开始念《主祷文》,她抬起头来,迷惑地看了他一眼。艾希礼明白他们中有半数人从来没有听到过炼狱这个名字,至于那些听到过的人,要是听到他在祈祷中哪怕只是暗示一下,像奥哈拉先生这样的好人,也不能直接升上天堂,他们就会认为这是对奥哈拉的一种人身侮辱。因此,为了尊重公众的感情,他就把这一段给省略了。艾希礼在念《主祷文》的时候,众人都热心地跟着他念,可是等他开始念《万福玛丽亚》时,他们的声音却逐渐低沉,终于陷入了沉默。原来他们都不曾听到过这种祈祷,只得偷偷地面面相觑。只有奥哈拉家三姐妹和媚兰以及塔拉的佣人应答着:"为我们祈祷吧,在现在和在我们死亡的时刻,阿门。"

然后艾希礼抬起头来,站立片刻,心里踌躇着。这时众人都调整姿势,站立得随便一些,一面都看着他,准备听他发表长篇演说。大家都以为仪式还要继续下去,绝没有想到一次天主教的祈祷式就这样快的告一段落。县里的葬礼通常总是拖得很长,主持仪式的卫理公会和浸礼会的牧师一般都没有固定的祈祷词,他们往往根据环境需要,即兴编出一套话来,一直讲得送葬者眼泪汪汪,逝者亲属中的女性伤心得尖叫起来才肯罢休。如若邻居们看到牧师在他们敬爱的朋友灵前的祈祷式做得十分简短,他们就会感到震惊,感到悲痛和愤慨。这一层,艾希礼知道得比谁都清楚。今后一连几个星期,这件事会在人家的饭桌上作为谈话资料,而且县里人一定会指摘奥哈拉家的几个姑娘对父亲没有尽到应尽的孝道。

于是他急忙向卡琳投去表示歉意的一瞥,接着又低下头,一句句地背诵圣公会的葬礼祈祷文,那是他在十二橡树给黑奴举行葬礼时念惯了的。

"我是复活之主,是永生之主……不论是谁……信仰我者永不死灭。"

这段话他记得不太清楚,所以他说得很慢,有时他稍微停顿一下,一面想,一面说。可是这一来却加强了节奏感,使他的话更有感染力,刚才一些泪痕已干的人,又重新摸出手帕。在场的大都是坚定的卫理公会和浸礼会教徒,他们本以为天主教的祈祷式定是冷冰冰的、罗马天主教的仪式,此刻却开始改变了他们的看法。斯佳丽和苏埃伦同样莫名其妙,只觉得他念的祈祷词很美,给人以安慰。只有媚兰跟卡琳两人心里明白,这位笃信天主的爱尔兰人现在却用英国国教的祈祷式送他长眠地下。至于卡琳，过分的哀伤已使她要晕过去了，艾希礼的背叛行为更叫她难受万分，也没有力量表示异议了。

艾希礼念完以后，睁大他忧伤的灰眼睛环顾了一周，稍一停顿，他的眼睛盯住威尔的眼睛问道："还有谁想说些什么吗？"

塔尔顿太太神经质地颤动了一下，可是还没等她来得及动作，威尔已抢先一步，站到棺材前头，开始说话了。

"诸位朋友，"他用平淡的声音说道，"我第一个在这里说话也许你们认为我未免不太懂礼。因为我认识奥哈拉先生才不过一年，而诸位跟他已经有二十年甚至更长时间的交情。可是我这样做是有理由的。假如他能多活一个月左右的话，我就有权利可以叫他一声爸爸了。"

人群里顿时掀起了一阵惊诧的微波，因大家都有良好的教养，还不至于交头接耳，却也站不安稳，都把眼光投向低头默立的卡琳。威尔暗中钟情于她，这是人所皆知的。威尔注意到众人目光的投向，但只是佯作不知，他继续往下说：

"但等亚特兰大城里的牧师一到，我马上就要跟苏埃伦小姐举行婚礼，因此我觉得也许我有权利第一个发言。"

人群中发出一片轻微的呲呲声，像是一群惹恼了的蜜蜂在人群中飞过，把威尔后面的话声给淹没了。那呲呲声中含有愤慨，也含着失望。人人都喜欢威尔，并且因他为塔拉所做的事而敬重他。人人都知道他爱的是卡琳，现在忽然听见他要娶的竟是为众人所唾弃的苏埃伦，心里都感到很不舒服。一个好好的威尔，怎么去跟那个令人讨厌、鬼头鬼脑的苏埃伦结婚呢？

一时间气氛紧张。塔尔顿太太的眼睛开始喷出怒火，嘴唇努着像要想说话，却还没发出声来。在沉默之中，大家听见麦克雷老人在大声问他的小孩子，刚才威尔说了些什么。威尔面对着大家，依然神态自若，然而他淡蓝色的眼睛却似乎在说："看你们谁敢说我未婚妻的不是！"这时出现了两种力量的较量，一种是对威尔的敬爱，一种是对苏埃伦的蔑视。终于威尔取得了胜利,他接着往下说,仿佛刚才只不过是自然地略为停顿了一下而已。

"我不像诸位那样,能有幸见到奥哈拉先生的壮年时代。我认识他的时候,他已是一个老年绅士,而且头脑也有些不太清楚。可是我曾经听到过诸位说起他一直以来是怎么样的一个人,因此我想说,他是一个爱尔兰的战士,一个高尚的南方人,一贯忠实于南方邦联。我想同时具备这三个条件的人是最完美的了。我们今后不大可能再看到很多像他那样的人,因为产生他这种人的时代,已经跟他本人一样,一去不复返了。他出生于外国,可是他却比我们今天为他送葬的每一个人都更具有佐治亚州人的气质。他过着佐治亚州的生活,爱着佐治亚州的土地,而且,他跟我们的战士一样,也是为了我们的事业而献身的。他是我们中间的一员,我们的优点与缺点,我们的长处与短处,他都同样具有。他的优点在于他一旦下定决心,就没有任何东西可阻挡他,也没有任何人能吓退他。任何外来的力量都不能挫败他。

"当初英国政府想绞死他,并没有把他吓倒,他大不了离家出走。到了美国以后,贫穷也没能把他吓倒。靠自己的辛勤劳动,他发了家。在印第安人刚刚离开,这一带还处在半开化状态时,他毫无畏惧地来到这里,在荒野中开辟出一个大种植场。战事起来以后,他的钱没了,他又陷入了贫困,可是他还是没有被吓倒。后来北佬经过这里,要烧他的房子,要杀他,他毫不惊慌失措,北佬也没能拿他怎么样。他可以说得上是站稳立场,寸步不让。所以我说他有着我们共同的优点。任何来自外界的力量都不能挫败我们。

"可是他也具有我们共同的弱点,那就是却会被我们自己内在的力量所击败。我的意思是说如果全世界都对付不了他,他自己的心却能征服他自己。奥哈拉太太死了以后,他的心也随之死了,他就这样被击败了。所以后来我们见到的他,早已不是真正的他了。"

威尔停下来平静地朝众人的脸上扫视一周。大家站在烈日下面,像是被魔法牢牢地钉在地上,对苏埃伦满腔怒火,都已忘得干干净净了。威尔的目光在斯佳丽脸上稍稍停留一下,眼角微微眯着,像是带着内心的微笑,给她一点安慰似的。斯佳丽刚才一直在控制自己不要掉泪,也确实得到了些安慰。威尔讲的,全是些实实在在的话,而不是什么劝人把自己交托给上帝的意志,以便将来在天国里团聚之类的废话。从实实在在的话里,斯佳丽是常常能得到力量和安慰的。

"我希望诸位不要为他后期所受的挫折而对他有所看轻。诸位以及我本人,全都跟他一样。他的缺点和弱点,也正是我们的缺点和弱点。任何两条腿走路的人,北佬也好,拎包投机家也好,不能挫败他,同样不能挫败我们。艰难的时世,高昂的税金,极度的饥饿,也不是我们的克星。然而我们内心的弱点,<u>一旦</u>蒙住了我们的眼睛,就足以使我们一蹶不振。这倒不一定要像奥哈拉先生那样,因为是死了爱妻。人身上的主发条各不相同。我想说的是,一个人的主发条若是断了,那还不如死了的好,因为在如今这个年头,世界上已没有容身的地方,死了反而快活些……所以我才说我们大可不必为奥哈拉先生感到悲伤。既然他的身躯是去跟他的心连在一起的,那么除非我们相当自私,我们是没有理由哀悼他的。我这样说,是因为我爱他,就像他是我爸一样……现在请大家多多原谅,我不打算再说下去了,因为奥哈拉先生的亲人都悲痛万分,不忍再听这些了,我们不能不为她们着想。"

威尔停下来,随即把身子转向塔尔顿太太,压低了嗓音说道:"请你扶斯佳丽进屋去好吗,太太?她不该在大太阳底下站这么久的。还有方丹奶奶,并非我对她失敬,她看来精神也有些不济了。"

斯佳丽见威尔从对死者的赞颂突然一下子转到自己身上,不觉吃了一惊,又见众人都转过来瞧着她,窘得脸也红了。她想自己挺着个大肚子已感到难堪,威尔怎么怕人家没注意到还要帮她张扬?想到这里,又羞又恼地瞅了他一眼。可是威尔那泰然自若的目光压倒了她的不满情绪。

"请你原谅,"他的目光似乎在说,"我做的事我心里是清楚的。"

威尔现在已经是自家人，斯佳丽不希望在外人面前跟他争执，无可奈何地转往塔尔顿太太身边。那位太太正如威尔预计的那样，把她的注意力一下子从苏埃伦身上转到她最感兴趣的生育问题上，因为不论是人或者其他动物的生育，对她都有极大的吸引力，此时她一把挽住斯佳丽的臂膀。

"快进屋去吧，亲爱的。"

塔尔顿太太的脸上现出亲切而全神贯注的神态，斯佳丽只好由她挽着，从人群闪开的一条狭道间穿过，只听到两旁的人一阵同情的低语，有几只手伸出来轻轻地拍拍她表示慰问。走过方丹奶奶身边时，那老奶奶伸出一只枯瘦的手说道："孩子，让我扶着你的手臂。"又朝萨莉跟她儿媳狠狠瞪了一眼说："不，你们不要跟来，我不需要你们。"

三人慢慢地走出身后密集的人群，沿着树荫下的小径走向家里。塔尔顿太太使劲托着斯佳丽的胳膊肘底下，弄得她每走一步，脚都快要离地了。

"哼，威尔不知怎么搞的，"斯佳丽远离众人时恨恨地说道，"他不是等于在说：'瞧她！她快要生孩子啦！'"

"嗯，哎呀，你是快生孩子了，不是吗？"塔尔顿太太说，"威尔做得不错，你本不该站在大太阳底下，你也许会晕过去，那就说不定要流产。"

"威尔并不是怕她要流产，"方丹奶奶说，她穿过前院，走向台阶，累得已有些微微喘息。她脸上展现严酷而会心的微笑，并接着说："威尔机灵得很。他不愿意让你我和比阿特丽斯都留在墓地那儿。他怕我们俩要站出来说话，他知道这是唯一能打发我们离开的办法……而且他还有另一层意思，他不想让斯佳丽听到在棺材上掩土的声音。他做得对。斯佳丽，你好好记住，你只要没听见那声音，就不觉得那墓中人已真的死了。你一旦听见了那声音……咳，那真是世界上最可怕的一种最终的声音……挽我上台阶吧，孩子，比阿特丽斯，你也帮我一把。斯佳丽不需要你扶她，就像她不需要拐棍一样,我也不像威尔所说的那样,精神那么不行了……威尔知道你爸最疼的是你,所以不愿意叫你心里再增添几分难受。他估量你两个妹妹比起你来要好些,苏埃伦羞愧还来不及,哪里还顾得上难受,卡琳有上帝支持她。可是你却没有什么可以倚仗,你说对吗,孩子?"

"是的,"斯佳丽答道,一面扶着她走上台阶,一面暗暗吃惊,那老妇人细弱的声音,竟说得那么透彻。"我是从来没有得到什么支持的——除了我的母亲。"

"可是你失去她以后,你也能够独立生活,对吗?嗯,可是有些人就不能,你爸就是其中之一。威尔的话说得不错。你不必为你爸爸悲伤。他离开了埃伦就没法生活,现在他反而更加快活。我也一样,将来等我和老方丹大夫在一起的时候,我会觉得比现在快活的。"

她这样说,并不是想得到别人的同情,斯佳丽和塔尔顿太太也没有表示。她的话说得轻松自如,仿佛她丈夫还活着,就住在琼斯博罗,乘着一辆单座马车不消多久就能到她身边似的。这位老奶奶毕竟年纪老了,经历多了,对死也就不感到害怕了。

"可是——你也是能够独立生活的。"斯佳丽说。

"是的,可是有时我会感到极其不舒服。"

"呃,方丹奶奶,"塔尔顿太太插嘴道,"你不该跟斯佳丽说那些,她心里已经够烦的。你看她从老远一路跑来,身上穿那么紧的衣服,天气又热,又很伤心,委实可以使她因此而流产,怎么还经得起你尽谈些伤心和烦恼的事呢?"

"你得了吧,"斯佳丽恼火地说,"我并不心烦!我也不是那种动不动就要流产的傻瓜!"

"谁说得准呢,"塔尔顿太太无所不知地说道,"我怀头胎的时候,只因为看到一头公牛抵伤了我家一个黑奴,结果就流产了。还有我那匹红牝马,内利,你还记得吧?它那样子看起来是再健康不过的,可是它很敏感,容易激动,我若是不留神看守着它,它就——"

"别说啦,比阿特丽斯,"方丹奶奶说,"我敢打赌斯佳丽绝不会流产。我们还是到过道里去坐着,那边凉快一点,可以吹到令人愉快的清风。比阿特丽斯,你到厨房里去,有脱脂牛奶就给我拿一杯来,要不就到食品间里去看,有没有葡萄酒。我现在已能喝上一杯了。我们就在这里坐会儿,等大家来告别之后再走。"

"斯佳丽该到床上去躺着,"塔尔顿太太坚持道,一面上下打量着她,那神情像是个产科专家,能把怀孕期从头到尾计算得分毫不差似的。

"你快去吧。"方丹奶奶拿手杖戳了她一下,于是塔尔顿太太脱下帽子随手往碗橱上一扔,两手掠了掠汗淋淋的红头发,转身到厨房里去了。

斯佳丽靠在椅背上,解开紧身上衣最上端的两个纽扣。过道里的天花板很高,凉风从屋后吹到屋前,刚才受了太阳的曝晒,此刻她觉得很是凉爽。她从过道看到客厅,那儿曾是杰拉尔德停灵柩的地方,她现在不愿再去多想他,她抬头看到壁炉上方罗彼德拉外婆的画像。那画像被北佬的刺刀穿了许多孔洞,可是那高高的发髻,半裸的胸脯和那冷漠傲慢的神情,她每回看到,都像是服了一贴补剂似的。

"我不明白到底什么更使比阿特丽斯伤心,是死掉了儿子呢,还是死掉了马,"方丹奶奶说,"她对吉姆和几个女孩子,从来都不是十分关心的。她正是威尔刚才所说的那种人。她的主发条已经断了。有时我想她会不会变成像你爸那种样子。她看到的人也好,马也好,只要看到他(它)们繁衍后代,她才感到快乐。现在她几个女儿都没有出嫁,看来也没有在本县找到丈夫的希望,因而她没有什么可操心的了。她若是本性不是这么有教养的女人,那她就会变成一个粗俗的人了……威尔说要跟苏埃伦结婚,是真的吗?"

"是真的。"斯佳丽正视着方丹太太答道。上帝,她还记得从前她见到方丹奶奶时简直怕得要死的情景。不过现在她已经长大了,倘使方丹太太想要干涉塔拉的事务,那她一定会毫不犹豫地告诉她,请她见鬼去吧。

"他本可以找个更好的。"方丹奶奶直率地说。

"真的吗?"斯佳丽傲慢地说道。

"不要那么高傲,小姐,"老奶奶尖刻地说道,"我现在并不打算攻击你那宝贝妹妹,刚才我若是留在墓地上,说不定倒要忍不住说几句的。我的意思是说因为这一带男人很少,威尔是有机会从很多姑娘中选择一个结婚的。比如比阿特丽斯的那四个小野猫,芒罗家的姑娘,以及麦克雷家的——"

"他要跟苏埃伦结婚,就是那么回事。"

"她跟他结婚可真走运。"

"塔拉有了他同样是很走运的。"

"你爱塔拉,是吗?"

"是的。"

"所以只要能有个男人来照管塔拉,那么即使你妹妹嫁给一个身份跟她不相称的人,你也在所不惜,是吗?"

"身份?"斯佳丽感到吃惊,"身份?一个女孩子只要有个丈夫能照顾她就行了。身份有什么关系呢?"

"这是个有争议的问题,"老奶奶说,"有些人会认为你是个切合实际的人。另一些人会认为你降低了应该寸步不让的标准。威尔出身低微,你们家却是有相当名望的。"

说到这里,她的敏锐的老眼瞟到了罗彼拉德外婆的画像上去。

斯佳丽想起了威尔,他身材瘦长,态度温和,嘴里老是嚼着根稻草,像大多数克拉克人一样,貌不惊人,容易使人误以为是个碌碌无能之辈。他的祖先既不是殷实富裕,也不是门庭显赫、出身高贵。他家迁到佐治亚州来的最初一代,可能是奥格尔索普将军[①]的债务人,或者是一个奴隶。威尔没有受过高等教育,事实上,他总共不过在边远地区的小学里念过四年书。他为人忠心耿耿,刻苦耐劳,然而并非出身于上流社会。若是拿罗彼拉德的标准来衡量,苏埃伦

---

① 奥格尔索普(1695—1785),英国将军,美国佐治亚州早期开拓者。

当然算是降格而求了。

"那么你是赞成威尔成为你家里的人了?"

"是的。"斯佳丽恶狠狠地答道,一面心里做好准备,只要老奶奶说出不中听的话来,便毫不容情地加以反击。

可是大大出乎她意料之外,老奶奶忽然带着微笑,以极其赞同的口吻说道:"那好,你可以亲我一下了,我从来没有像现在这样喜欢你呢,斯佳丽。你从小起,就老是硬得像个山核桃似的。我不喜欢硬脾气的女人——当然我自己除外。可是我很喜欢你对待事物的态度,对于无可奈何的事,哪怕你心里多么不喜欢,你从不大惊小怪。你就像是个好猎人,总是把防卫工作做得好好的。"

斯佳丽似笑非笑地看到她把干瘪的脸颊凑上来,顺从地轻轻一吻。她重又听到人家赞许的话,心里觉得很高兴,虽然她并没有听懂她的话究竟是什么意思。

"你让苏埃伦嫁给一个克拉克人,这一带恐怕有不少人会说你的不是——尽管人人都很喜欢威尔。他们会异口同声地说威尔是个多么好的人,一面却要说奥哈拉家的姑娘,嫁给一个身份比她低的人,是一件多么可怕的事。不过你可不要去理会那些。"

"别人的闲话我是从来不放在心上的。"

"这我是听说过的,"老奶奶话中带有酸味,"好吧,别管人家说什么吧。他们的婚姻很可能是美满的。威尔生来就是一副克拉克人的样子,婚姻并不能使他的语言变得更合乎语法一点。即使他赚了大钱,也不能像你爸那样,给塔拉增添什么光彩。克拉克人缺少的就是光彩。可是且看威尔的内心世界,他是个道地的上等人。他有正确的天性。只有一个天生的上等人,才能够正确无误地指出我们的舛误,像他刚才在墓地里所做的那样。全世界都不能挫败我们,然而我们对已经失去的东西老是念念不忘,朝思暮想,反而把我们自己挫败。不错,威尔今后会很好对待苏埃伦,对待塔拉的。"

"那么你赞成我让他们俩结婚啰?"

"不,上帝!"老奶奶的声音显得疲倦而凄苦,却很强劲,"赞成克拉克人跟名门望族联姻吗？呸！拿家畜来说，我能让劣种去跟纯种杂交吗？噢，克拉克人固然是好的，是诚实可靠的，然而——"

"可是你刚才还说他们的婚姻会是美满的呢！"斯佳丽迷惑不解地喊道。

"噢，我是说跟威尔结婚对苏埃伦来说是好的。其实不论跟谁结婚对她来说都是好的，因为她急于想要个丈夫。可是除了他以外她又上哪里去找呢？除了他你又到哪里去给塔拉找个好的经营者呢？可是这并不等于说我比你更喜欢这样的局面。"

可是我是喜欢这局面的，斯佳丽想道，一面竭力想要揣摩老奶奶的意思。她为什么以为我会反对呢？她大概是想当然地以为我跟她一样，是持反对态度的。

她感到困惑，又有点羞愧。大凡别人有什么样的感情和心思，若是认为她同样也有，往往就会使她产生上述的感觉。

老奶奶拿棕榈叶扇一面扇着，一面兴致勃勃地继续说道："我跟你一样，不赞成这桩婚事，我也跟你一样，讲求实际。一个人若是碰到一些不愉快的事而又无从回避，就不应该大叫大嚷，弄得鸡犬不宁，对人生的兴衰，不该那样对待，我知道这一点，因为我娘家跟老方丹大夫家都比别人家经历过更多的沉浮。我们家有句格言：'且莫抱怨，何妨一笑；时机终会来到。'有许多事情，我们就是这样过来的——付之一笑，等待时机。我们都成了渡过难关的专家了。我们是迫不得已。因为我们没有一次不判断失误，先是跟胡格诺派①逃出法国，继而跟保王党人②逃出英国，后来跟快活王子查理逃出苏格兰，再后来被黑人赶出海地，如今又被北佬打败。可是我们不消几年就重新站立起来，你知道这是什么原因？"

她翘起脑袋，斯佳丽觉得她简直就像是一只机灵的老鹦鹉。

"不，我确实不知道，"她客气地答道。她心里其实非常厌烦，

---

① 16、17世纪法国新教徒（属加尔文宗）受天主教徒迫害，一度纷纷逃往国外。
② 17世纪时，支持英王查理一世与克伦威尔战争者。

就跟那天听她讲述克里克印第安人起义的往事时一样。

"好吧，是这样的。对于无法回避的事，我们能够低头。我们不是小麦，是荞麦！风暴刮来的时候，小麦往往被刮倒，因为它是干的，不能随风势而弯曲。可是成熟的荞麦含有水分，能够弯曲。等到风暴过去，便可以弹回来跟以前一样挺直茁壮。我们并不顽固不化。碰到风暴我们就变通一下，因为这样对我们有好处。所以在患难的时候，我们毫无怨尤地向无法回避的事低头，我们微笑着默默工作，坐待时机。我们不惜敷衍那些比我们身份低下的人，从他们身上能得到什么，我们便拿什么，等我们强大了，就把那些我们跟过的人一脚踢开。孩子，那就是我们赖以生存的秘密，"稍停一下后，她又加了一句，"我把这传授给你了。"

老奶奶说罢咯咯地笑了，像是觉得她的话很有趣，全不理会话中那恶毒的意味。她又似乎在等斯佳丽发表点评论，可是斯佳丽并不理解她的意思，因而她无话可说。

"我们是垮不了的，"老奶奶又接着说道，"我们的人栽倒了还能爬起来，可是这一带有好多人却办不到。你瞧凯思琳·卡尔佛特，她现在变成什么样子了，一个穷白人！比她嫁的那个男人还要大大不如。再看麦克雷那一家子，一贫如洗、一筹莫展，不知道该做什么，也不知该怎么去做。只是成天哀叹往昔美好的日子。至于县里所有其他的人——除了亚历克斯、我的萨莉和你，还有吉姆·塔尔顿跟他家的女孩子以及一些别的人——他们全都垮了，因为他们不像荞麦，身上没有汁液，因为他们没有进取精神，所以爬不起来。他们就只知道钱和黑奴，现在钱和黑奴没有了，他们的下一代就只好做穷白人了。"

"你忘了威尔克斯家了。"

"不，我没有忘记他们。不过因为艾希礼是你们家的客人，我出于礼貌，不提他们罢了。现在你既然提起他家的名字，那就不妨让我们瞧瞧吧。先说因迪，就我所知，她已经成了个干瘪的老姑娘，一副寡妇腔，就因为斯图尔特死在战场上，她就怎么也忘不了他，也不打算另找男人。不错,她年纪是大了点,可是她若是有心的话,去找个有老有小的鳏夫还是办得到的。再看那可怜的霍尼,成天就知道想男人,脑子比只珍珠鸡好不了多少。至于艾希礼,你就瞧吧!"

"艾希礼可是个出色的男人哪。"斯佳丽热情地说。

"我不曾说过他不出色,可是他现在像是个四脚朝天的甲鱼一样,一筹莫展。如果说威尔克斯一家还能够度过这艰难岁月的话,那么靠的是媚利,而不是艾希礼。"

"媚利!哦,老奶奶!你在说些什么呀?我跟媚利在一块住了那么久,知道她身子多病,胆子又小,连对只鹅都不敢嘘一声的。"

"人活在世界上,要嘘鹅干什么?对我来说,那就等于是在浪费时间。她也许不会嘘鹅,可是她会嘘这个世界,嘘北佬政府,嘘威胁艾希礼、威胁她的宝贝儿子和她认为高贵的任何东西。她的做法跟你不一样,也跟我不一样。你母亲假如还活着,倒是会跟她一致的。我一看到媚利,就会想到你妈年轻的时候……她也许能够帮助威尔克斯一家渡过眼前这个难关。"

"噢,媚利是个好心肠的傻瓜。不过你对艾希礼未免太不公道了。他是——"

"哦,得啦!艾希礼生来除了只会读书,一无用处。他那样的人,处在我们现在这样的困难境地,就很难自拔。我听人家说,论种田的本领,他在全县恐怕是倒数第一。你不妨拿他跟我的亚历克斯比较一下。在战前,亚历克斯是个顶顶没出息的花花公子,就只知道打新领结,酗酒开枪,到处滋事,成天跟在不值得他追求的一些女孩子后面。可是现在呢,他学会了种田,因为他非学不可,要不他就得饿死。我们大家的情况也是这样。现在他种的棉花算得上全县第一——是的,姑娘!他种的棉花比塔拉的要好得多!他还懂得怎样养猪,怎样养鸡。哈!他尽管脾气坏,却是个好孩子。他懂得随机应变。懂得时代变了,他得跟着变。一旦这重建时期的苦难过去,他就会成为一个富人,跟他的父亲和祖父一样。至于艾希礼——"

斯佳丽见她对艾希礼如此轻视,心里似针扎般难受。

"你那一套我听起来全是废话。"她冷冷地说。

"哦,你不该那样想,"老奶奶目光敏锐地盯着她说,"因为你到了亚特兰大以后,你也正是那样做的。哦,对了!你的那些出格的事,我们全听到过,虽然我们住在乡下很闭塞。你现在也在跟着时代变了。我们听说你去巴结北佬、新发迹的拎包投机家和穷白人,从他们身上赚钱。而且我听说你还装得那么一本正经的。好吧,就那么办,我说。把你能够从他们身上赚到的每一分钱都尽量赚吧。等你钱赚足了,他们对你不再有利用价值时,就把他们一脚踢开。不过你得当心,一定要处置得当,因为你的衣服后襟上拖着贫穷的白人会把你毁掉。"

斯佳丽瞅着她,皱起眉头玩味她话中的意思,可是始终不太明白。想起刚才她把艾希礼比作四脚朝天的甲鱼,心里的气还没消。

"我想你给艾希礼的评价错了,"她忽然说道。

"斯佳丽,你这人真不聪明。"

"那是你的看法。"斯佳丽不客气地说,如果不是碍于礼数,真想给那老太婆一巴掌。

"噢,在钱的问题上你是很聪明的,其实那是男人的聪明之道。可是作为一个女人,你一点也不聪明。至于识别人这一点,你是一丁点儿聪明也谈不上的。"

斯佳丽的眼睛冒出火来,两只拳头捏紧了又放松。

"我叫你气极了,是吗?"老奶奶微笑着问道,"我是有意这样做的。"

"哦,是吗?那么,为什么呢?"

"我有充分的理由。"

老奶奶把身子陷在椅子里,斯佳丽忽然发现她神色异常疲惫,而且老得吓人。那双交叉着搁在棕榈叶扇子上的小手像是两只爪子,蜡黄得跟死人的一样。斯佳丽转念之间,一腔怒火顿时消失了,她向前俯身握住了她的双手。

"你真是个可爱的扯谎老人,"她说,"你刚才胡说了一通原来并不是出于真心。你是想叫我不要老想念爸，对吗？"

"别跟我胡扯了！"老奶奶甩开她的手，粗暴地说，"这也是理由之一。但是我刚才告诉你的都是真情，可惜你太蠢，还不能领会罢了。"

说罢她微微一笑，没有把带刺的话再说下去。斯佳丽刚才因艾希礼而引起的怒火已经平息了。老奶奶的话原来并不当真，那可真太好了。

"不过我还得谢谢你，跟我说了不少话——我很高兴关于威尔和苏埃伦的事你跟我的看法是一致的，即使——即使有好多人不赞成这桩婚事。"

塔尔顿太太端出两杯脱脂牛奶，回到过道里来。她向来不善于做家务事，牛奶被弄得从杯子里泼溅出来。

"我是一直跑到冷藏间才弄来的，"她说，"快喝吧，墓地上的人都在回来了。斯佳丽，你是不是真的要让苏埃伦跟威尔结婚？我并不是说他人品不好，不过你知道他是个克拉克人，而且——"

斯佳丽的目光跟老奶奶的目光相遇。老奶奶眼睛里有恶毒的闪光，在她自己的眼睛中也有同样的闪光。

第四十一章

等最后的客人告别和最后的车马声消失以后,斯佳丽走进埃伦的小办事间,从写字台上的文件格中取出一个亮晶晶的东西,那是头一天晚上她把它藏在那格子里发了黄的账单中的。她听见波克在餐室里抽着鼻子,准备晚饭,喊了他一声。波克应声走过来,一张黑脸显得孤独凄凉,茫茫然如丧家之犬似的

"波克,"她板起脸说,"你要是再哭,那我——我也要哭了。你得马上停住。"

"是的,小姐。我想不哭。可是我刚想不哭,我就会想起杰拉尔德先生,我——"

"那就不要想吧。别人哭我还不怎么样,唯独听见你哭我可受不了。好啦。"她稍稍停了一下又说,"你明白吗?我受不了听到你的哭声是因为我知道你多么爱他。擤擤鼻子,波克。我有一件礼物要送给你。"

波克大声擤着鼻子,眼睛里稍稍闪现出感兴趣的样子,其实与其说是兴趣,不如说是礼貌。

"你记不记得有一天夜里到人家鸡舍里偷鸡,挨了人家一枪吗?"

"我的上帝,斯佳丽小姐!我从来没有——"

"得了,你干过的。现在事情已经过去了,你又何必赖呢?你还记不记得我跟你说过,因为你忠心耿耿,我要送你一只表吗?"

"是的,小姐,我记得。我想你一定已经忘了。"

"我没有忘记。喏,这就是给你的表。"

她递给他一只大金表,表面上有厚厚的浮雕花纹,还有一根表

链,表链上又有些短链和印章。

"看在上帝面上,斯佳丽小姐!"波克嚷道,"这是杰拉尔德先生的表!我见他看那表何止千万次!"

"是的,这是爸的表。波克,现在我把它送给你。拿着吧。"

"哦,不!"波克恐惧地往后退缩,"这是白人先生用的表,而且是杰拉尔德先生用过的表,你怎么好说给我呢,斯佳丽小姐?照理这表是应该归韦德·汉普顿的。"

"这表归你。小韦德给爸做过什么啦?爸害病的时候,他侍候过他吗?他给爸洗过澡,穿过衣服,刮过脸吗?北佬来的时候,他始终忠于爸吗?他为了爸,不惜冒险偷过东西给他吃吗?别傻啦,波克。如果说谁应该受奖赏得这只表,那就只有你波克,我晓得爸一定会赞成我的。拿去吧。"

她抓住他的手,把表放在他的掌心里。波克恭恭敬敬地注视着它,脸上渐渐展现出快活的神色。

"给我,真的吗,斯佳丽小姐?"

"真的。"

"嗯——谢谢你,小姐。"

"你要不要我把它带到亚特兰大去替你刻上几个字。"

"刻字是什么意思?"波克的语气里有点狐疑。

"就是在表的背面刻上几个字,比如'给奥哈拉家的波克——善良忠心的仆人'这一类的字。"

"哦,不,谢谢你,小姐,不用费心刻字啦。"波克退后一步,把表牢牢地抓在手里。

她嘴角上浮起一丝笑意。

"怎么啦,波克?怕我不带回来给你吗?"

"我不怕——不过,说不定你会改变主意。"

"我不会改变主意。"

"不过,你也许会把它卖掉。它大概值很多钱吧?"

"你以为我会把爸的表卖掉吗?"

"是的——如果你需要钱用的话。"

"你这样说，真该挨揍，波克。现在我想把表要回来。"

"不，你不会的!"波克整日哭丧着的脸，此刻才第一次浮起微笑，"我是知道你的——还有，斯佳丽小姐——"

"嗯，波克，还有什么?"

"你对待白人，若是有对待黑人一半那样好，我想人家就会对你更好了。"

"人家对我是够好的，"她说，"去找艾希礼先生，跟他说我在这里等他，叫他马上就来。"

艾希礼坐在埃伦那小小的写字椅上，与他高大的身躯相形之下那椅子显得格外矮小，斯佳丽跟他谈锯木厂的事，提出要把厂里的产权分一半给他。艾希礼一声不吭地坐着，眼睛一直不正视斯佳丽，低着头一个劲看着自己的一双手，慢慢地翻过来先看看手心，又翻过去看看手背，像是头一回见到似的。他虽然干的是粗活，但他的手看起来仍然细长灵敏，保养得很好，不像是做农活的。

斯佳丽见他老是低头不语，心里有点着急，加倍卖力地把锯木厂的好处宣扬一番，还向他频频抛出迷人的微笑和秋波，可是全都徒劳，因为他始终没把眼睛抬起来过。他倘使朝她看一眼就好了!威尔告诉她艾希礼决心到北方去的事，她故意只字不提，显得没有什么事情足以妨碍艾希礼同意她的计划似的。然而艾希礼始终不开口，最后她的话只好慢慢停下来。她见他瘦削的肩膀挺得很直，看得出他已下定决心，感到暗暗吃惊，照说他一定不会拒绝她的。有什么理由能使他拒绝她呢?

"艾希礼。"她刚一开口，又不说下去了。她害怕艾希礼看见她的大肚子和难看的样子，她当然不愿用怀孕做理由去说服他。可是既然别的话都不起作用，她只好无可奈何地打出这最后一张牌了。

"你一定得到亚特兰大来。我现在急需你的帮助，因为我自己没法照管厂里的事。也许还得过好几个月，因为——你知道——嗯，因为……"

"请不要说了!"他粗暴地说,"我的上帝,斯佳丽!"

他站起身来,唐突地走到窗口,背对着她,眼睛看着窗外一群鸭子,正排成单行庄严地从仓房前的场地上走过。

"是不是因为那个——因为那个你才不要看我吗?"她几乎无望地问道,"我晓得我的样子——"

他倏地转过身来,一双灰色的眼睛炽热地盯着她的眼睛,吓得她举起两手捂住自己的喉头。

"见你这副样子的鬼!"他狂暴地说道,"你明明晓得你在我眼里永远是美丽的。"

幸福感掠过她的全身,她眼睛里涌出快乐的泪水。

"你这么说真叫我高兴,因为我很不好意思叫你看见我——"

"你不好意思?为什么要不好意思?不好意思的应该是我。当初倘若不是由于我的愚蠢,你就不至于陷入现在的困境。你绝不会嫁给弗兰克。去年冬天我真不该让你离开塔拉。哦,我真蠢!我本应该明白——明白你已经走投无路,这才不得不——我应该——我应该——"说到这里,他脸上蒙上一层阴影。

斯佳丽的心一阵狂跳。他在追悔当初没有跟她一起私奔。

"我至少也该到大路上去,哪怕去抢劫,去杀人,也得替你把税款弄到手,因为当初你是把我们当作叫花子收留下来的。哦,我把事情全都弄糟了。"

她的心因失望而收缩起来,刚才的幸福感有点消失了。因为艾希礼说的并不是她所希望听到的话。

"我反正是要去的,"她疲倦地说,"我绝不能让你干现在这样的事。而且不管怎么说,现在已经无可挽回了。"

"是的,无可挽回了,"他带着木然凄苦的神色说,"你不愿意让我干不光彩的事,却把自己卖给一个你不爱的男人——还怀了他的孩子,让我一家人不至于饿死。你人真好,在我们走投无路时庇护了我们。"

他的话锋里隐含着他内心的创伤旧痛未愈新痛又生,使她的眼里流露出羞惭的神色。他很快觉察出这一点,脸色变得温和起来。

"你不会以为我是在责备你吧?我的上帝,斯佳丽,不。你是我见到过的最勇敢的女人。我责备的是我自己。"

他又转身看着窗外,此时他的双肩在她看来已经不像刚才那样挺得笔直了。斯佳丽默默地等了良久,希望艾希礼恢复刚才赞美她时的样子,希望他再说上几句能叫她珍藏在心里的话。她已经很久没有见到他,几乎无时不在思念他,思念得可厉害。她晓得他仍然爱着她。从他身上的每一根线条,从他说的每一个悲苦自责的字眼,从他对她怀着弗兰克的孩子的嫌恶,都清楚地证明了这一点。她非常希望听到从他嘴里说出爱她的话来,也非常希望自己说些什么,以引起他承认对她的爱,可是她不敢。她记得去年冬天在果园里,她曾经答应过不再挑逗他。她伤心地意识到,倘若她想要艾希礼继续跟她接近,她就必须遵守诺言。只要她喊出一声对他的爱,对他的思念,或者眼中流露出要和他拥抱的神情,那么他们之间从此就算完了,艾希礼必然会到纽约去。而她是绝不能让他去的。

"哦,艾希礼,千万不要怪你自己!怎么能说是你的错呢?你到亚特兰大来帮帮我,好吗?"

"不。"

"可是,艾希礼,"由于失望与痛苦,她的声音开始变了,"可是我一直在指望你。我实在太需要你了。弗兰克帮不了我的忙。他管店里的事就已忙不过来。你若是不来,我真不知道到哪里才能找到一个合适的人。亚特兰大每一个能派上用场的人,都在忙着自己的事,剩下的人又全那么不中用,而且——"

"你再说也没用,斯佳丽。"

"你是不是说你宁肯到纽约去跟北佬在一起,也不愿到亚特兰大来吗?"

"是谁告诉你的?"他转身对着她,眉头稍稍皱起,显得有些烦躁。

"威尔。"

"不错,我已经决定到北方去了。我有一个老朋友战前曾跟我一起去旅行过。他在他父亲的银行里给我找了一个工作。我看还是去那里更好,斯佳丽,我对你没多大用处,我对木材生意完全一窍不通。"

"可是你对银行业知道得更少,你会感到困难得多!因为我知道我对你缺乏经验是能理解宽容的,北佬就未必如此了。"

艾希礼听了,身子突然往后一缩,斯佳丽明白自己又说错话了。只见艾希礼重又转身看着窗外。

"我不需要别人对我宽容。我要靠自己的力量站稳脚跟:我这一生,到现在为止,干了些什么呢?现在正是时候,去做一番事业,要是自己不争气,就只好沉沦了。我依靠你生活的时间已经太长久了。"

"可是我要把锯木厂的一半产权归你,艾希礼,这不等于是你站稳脚跟了吗?因为——你看,你经营的正是你自己的事业。"

"这结果是一码事。那一半产权不是我买来的,是你送给我的。我拿你的东西,已经拿得太多了,斯佳丽——吃的住的,甚至我和媚兰和孩子身上穿的。可是我却没有什么东西报答给你。"

"哦,你有的!否则威尔就不可能——"

"现在我劈柴是在行了。"

"哦,艾希礼,"她绝望地嚷道,听到他语调中带有嘲讽,她眼里噙着泪水,"我走了以后,你出了什么事啦?你的话为什么这样冷酷,这样刻薄?你向来不是这样的。"

"出了什么事吗?出了了不起的事,斯佳丽,那就是我一直都在思考。自从投降以来直到你离开这里,在这一段时间里,我从没有认真思考过。我那时是处于一种生机暂停的状态之中,觉得只要有饭吃,有床睡,也就满足了,后来你到亚特兰大去,挑起了男人的担子,我这才发现我简直算不上是个男人——甚至远远比不上一个女人。接受这种想法可不是一件愉快的事,因此我决心不再接受它。打完仗回来的时候,别人的处境比我还要不如,可是你瞧瞧他们现在的情况。因此我才决心要去纽约。"

"可是——我真不明白!如果你要的是工作,那么在亚特兰大跟在纽约不是一样的吗?我的工厂是——"

"不一样,斯佳丽。这是我最后的机会,我一定得去北方。我若是到亚特兰大给你工作,从此我就算完了。"

"完了——完了——完了",这两个字似丧钟般反复在她心头撞击,吓得她心惊胆战。她急速地瞟了艾希礼一眼,只见他那双澄澈的灰眼睛睁得大大的,正透过她的身子望着一种命运,那命运是她无法看见也无法理解的。

"完了,你的意思是——你是不是做了什么事,亚特兰大的北佬因此会难为你?我是说,关于帮托尼逃脱的事,或者——或者——哦,艾希礼,你没有参加三K党吧?"

他把眺望的目光迅速地收回来投到她的脸上,同时微微一笑。那笑容刚一闪现,瞬即消失了。

"我忘了你太爱从字面上理解别人的意思。不,我并不是因为害怕北佬。我是说如果我到亚特兰大去,还是要靠你的帮助,那么我就永远没有自立的希望了。"

"哦,"她总算松了口气,"原来是那么回事。"

"是的,"说着他又笑了,笑得比刚才还要冷淡,"仅此而已。仅仅是为了我男性的骄傲和我的自尊心,还有,如果你愿意的话,也可以称之为我不朽的灵魂。"

"可是,"她又把话题转折过来说道,"你可以慢慢地把工厂从我手里买过去,它就成为你自己的了,然后——"

"斯佳丽,"他凶狠地打断了她的话说,"我告诉你,我不干!我还有别的原因。"

"什么原因?"

"你比世界上任何人都更清楚。"

"哦——那个吗?可是——那没什么,"她马上向他保证说,"你知道,去年我在果园里答应过你的,我一定会遵守诺言,而且——"

"那么说,你比我对自己更有把握遵守诺言。我可不能保证自己一定能遵守这诺言。刚才我本不该跟你提起这个,可是我一定得叫你理解我。斯佳丽,我们不要再谈了。事情已经定了。等威尔和苏埃伦结过婚,我马上就动身去纽约。"

他眼睛睁得很大,神情激动,朝她扫视一下,匆匆走到门口,抓住门上的把手。斯佳丽眼睁睁看着他,痛苦万分。他们的会谈已经结束,她失败了。昨天的哀伤和疲劳,加上今天的失望,使她顿时虚弱不堪,她的精神一下子崩溃了,她尖叫起来:"哦,艾希礼!"随即把身子扑倒那下陷的沙发上,放声痛哭起来。

她听见他的脚步踌躇地从门边走回来,又听见他一遍又一遍无可奈何地喊着她的名字。随即又听见从厨房里有急速的脚步声沿过道走来,只见媚兰冲进屋里,眼睛睁得大大的,一片惊恐之状。

"斯佳丽……是不是孩子……?"

斯佳丽将头埋在满是灰尘的沙发靠垫下,又尖叫起来。

"艾希礼——他真卑鄙!他卑鄙透了——他可恶之极!"

"哦,艾希礼,你对她怎么啦?"媚兰猛地扑倒沙发边上,把斯佳丽搂在怀里。"你说了些什么啦?你怎么能这样!她正怀着孩子呢。噢,亲爱的,把你的头靠在我肩上吧!是怎么回事?"

"艾希礼——他太——太固执,太可恶!"

"艾希礼,我真没想到!你怎么把她气成这副样子?奥哈拉先生才刚刚过世,她又怀着孩子。"

"你不要怪他!"斯佳丽前言不搭后语嚷道,一面从媚兰肩上抬起头来,一头粗糙的黑发从发网里散出来了,脸上满是泪痕,"他爱怎么做,自然有权利怎么做。"

"媚兰,"艾希礼脸色苍白地说道,"你听我说,斯佳丽好心想叫我到亚特兰大去,到她的锯木厂里去当经理——"

"经理!"斯佳丽气愤地嚷道,"我愿把产权的一半给他,可是他——"

"我告诉她我已经安排好到北方去,可是她——"

"哦,"斯佳丽喊了一声,又哭了,"我一遍一遍跟他说我多么需要他——跟他说我实在找不到人帮我经营工厂——跟他说我快要生孩子——可他就是不答应!现在——现在我只好把工厂卖掉,可是我知道我卖不出好价钱,我要亏本了,或许我因此而要挨饿,可是这些他全不管,他真是太卑鄙了!"

她又把头埋进媚兰瘦削的肩膀下,心里产生了一线希望,痛苦也减轻了一些。她意识到她在媚兰那颗虔诚的心里,找到了一个盟友,如果有人弄得自己哭起来,媚兰就会感到愤慨,哪怕那人是她心爱的丈夫。果然,媚兰像只果敢的小鸽子,一下子飞到艾希礼跟前,生平第一次啄起他来了。

"艾希礼,你怎么可以拒绝她?你想想她是怎么对待我们的!你这不是叫我们忘恩负义吗?她现在正在困难时刻,怀着孩子——你真太没有男子汉的气概了,在我们困难的时候,她帮助我们。现在她碰到困难,你居然撒手不管!"

斯佳丽偷偷朝艾希礼一瞥,见他正窥视着媚兰义愤的黑眼睛,脸上显得惊讶而犹疑。斯佳丽也感觉很惊异,她没料到媚兰对他的攻击会如此强烈,因为她知道媚兰一向认为自己的丈夫是绝不该挨妻子责备的,而他的一切决定,仅次于上帝的决定。

"媚兰……"他唤了一声,把手一摊,停住不说了。

"艾希礼,你还犹豫什么?你想想她为我们——为我做过的事,小博出世的时候,若不是亏得她,我早就死在亚特兰大了!而且她——不错,她为了保护我们,还亲手杀了一个北佬。你恐怕还不知道吧?她为了我们而杀过人。在你跟威尔没有回家以前,她像个奴隶般拼死干活,使我们有东西吃。我只要一想起她在种田和摘棉花的情景,我简直就——哦,我亲爱的!"说着她低下头来,忠诚地亲吻着斯佳丽那一头乱发,"现在她是头一回求我们帮她的忙——"

"她为我们帮了那么许多忙,不用你来告诉我。"

"艾希礼,你想想!且不说她需要我们帮忙,对我们来说,不是还可以到亚特兰大跟自家人住在一起,用不着到北边去跟着北佬过日子了。我们在亚特兰大有姑妈,有亨利叔叔,有许多朋友,小博能够上学校念书,可以有好多小伙伴;倘若我们到北边去,我们就不能让他进学校,要跟那些北佬的孩子和黑小鬼在班里混在一起。

我们不得不请个家庭教师，可是怕我们又请不起——"

"媚兰，"艾希礼开口道，他的声音死一般地平静，"你真的那么迫切地想去亚特兰大吗？我们谈到去纽约的时候，你可从来没有这样说过。你甚至从来不曾暗示过——"

"哦，可是我们当初谈起去纽约时，我还以为你在亚特兰大没有什么工作可做，再说这种事，我是不该多嘴的。丈夫想到哪里去，做妻子的就该跟着去。可现在既然斯佳丽非常需要你去帮忙，又有个只有你才合适的位置，我们不是正好还可以回家吗？哦，我的老家！"她紧紧搂着斯佳丽，声音中带着狂喜，"而且我又可以重新看见五角场，看到桃树街，而且——而且——哦，我多么怀念那一切！也许我们还可以有一个小小的自己的家！哪怕再小再差——只要它是我们自己的家！"

她眼中迸发出幸福与热情的光辉，艾希礼和斯佳丽呆呆地看着她，艾希礼显得茫然不知所措，斯佳丽则惊讶中混杂着羞惭。她从来没料到媚兰对亚特兰大思念得这般厉害，如此迫切地想回去，迫切地想有一个自己的家。她住在塔拉看起来像是非常心满意足，心里却原来如此想家。斯佳丽对此着实感到震惊。

"哦，斯佳丽，你心肠真好，给我们安排得这样周到。你早知道我是多么想家了。"

像往常一样，碰到媚兰把斯佳丽并不存在的好意硬栽在她身上时，她总感到羞愧和困扰，一时她不敢抬起头来接触艾希礼和媚兰的眼睛。

"我们能够给自己弄到一幢小小的屋子。你有没有发现我们结婚已经五年，还从来没有自己的家？"

"你们可以跟我们一道住在皮特姑妈家里。那里就是你的家，"斯佳丽喃喃地说，故意玩弄着一只枕头，低垂着眼睑，想掩盖她胜利的神色，她心里感到形势已转向有利于她的一边。

"不，谢谢你的好意，亲爱的。住在一起太挤了。我们自己找房子——哦，艾希礼，你快答应吧。"

"斯佳丽,"艾希礼唤道,他的语调很沉闷,"看着我。"

斯佳丽吃了一惊,她抬起头来,见他灰色的眼睛流露出有苦难言和万般无奈的味儿。

"斯佳丽,我答应去亚特兰大……我斗不过你们两个。"

他转身走出房间,斯佳丽心里的胜利被恼人的恐惧蒙上一层阴影。他刚才说话时眼睛里的神色,就跟他说他若是到亚特兰大去他就算完了时,是一模一样的。

苏埃伦跟威尔结婚以后,卡琳到查尔斯顿进了修道院,艾希礼和媚兰带着小博来到亚特兰大。他们把迪尔西带来做饭管孩子,普里西跟波克暂时留在塔拉,等到威尔找到另外的黑人帮着干田里的农活时,他们也到亚特兰大来。

艾希礼在常春藤街租了一幢小小的砖房,正好背靠皮特姑妈的屋子,两房的后院连在一起,中间只隔着一道参差不齐的水蜡树篱。媚兰所以看中这屋子,原因就在于此。她回到亚特兰大后的第一天上午,就一边搂着斯佳丽和皮特姑妈,一边笑着嚷着,她说她跟亲爱的人分离这么久,现在只希望住得愈近愈好。

这屋子本来有两层,亚特兰大遭到围攻时,楼上被炮火毁掉了。投降以后,屋主回来,没有钱把它修复,只盖上个屋顶,改成了平房。结果这屋子就显得矮小而不成比例,像是拿皮鞋盒子搭起来的儿童游戏室一般。可是这屋子的地基却很高,下面有个很大的地窖,有一道长长的阶梯通到上面,看起来令人有点可笑。有两株挺拔的老橡树遮盖在屋前,台阶的一侧,又有一株木兰,叶子上虽然沾满灰尘,却开着朵朵白花,这就使那扁平屋子的外观有所改善。屋前的草坪很大,厚厚地铺满绿色的三叶草,四周是没有经过修剪的水蜡树篱,篱上交织着芳香的忍冬花藤。草地上处处有一丛丛的玫瑰,从砸断的老枝上重新滋长出浅红和白色的桃金娘顽强地盛开着,像是没受到过战争的蹂躏,北佬的军马也没咬啮过它们的枝叶似的。

斯佳丽觉得这是她见到过的最丑陋的屋子,可是在媚兰眼里,即使在十二橡树最豪华的时候,也不见得比它更美。这是她的家,她、艾希礼和小博终于有了他们自己的家了。

因迪·威尔克斯从一八六四年以来,一直和霍尼同住在梅肯,现在回到亚特兰大,跟她哥哥住在一起。这样一来,小小的屋子就显得有点挤,可是艾希礼和媚兰都欢迎她来。时代固然变了,钱也紧了,可是南方生活的准则并没有变。对于贫困的或是未婚的女性亲戚,亲属总是愉快地接待的。

听因迪说,霍尼已经结婚,嫁给一个身份比她低的西部大老粗,是从密西西比州定居梅肯的。那人是红脸膛,大嗓门,喜欢说笑。因迪本不赞成这桩婚事,因此住在妹夫家里觉得不是滋味。她听到艾希礼有了个自己的家,感到很高兴,因为她可以摆脱那个跟她格格不入的环境,也不用老是看到她那愚蠢的妹子竟满足于一个跟她不相配的丈夫。

家里其他的人都认为像霍尼那样头脑简单傻乎乎的人,居然能找到个丈夫,已大大超出他们的意料之外。她的丈夫其实也是个上等人,有些产业,只是因迪因出生在佐治亚州,而受了弗吉尼亚州的传统教养,因此在她眼里,凡不是来自东海岸的人,都只能算是乡巴佬,是野蛮人。她这一走,对霍尼的丈夫来说,大概也松了口气,因为这些日子以来,跟她相处也并不是件容易的事。

因迪的肩上,现在已是十分明显地披上了老处女的大氅。她年纪已经二十五,看起来也确实有这点年纪,因此她已无需考虑自己的魅力。她那一对没长眉毛的浅色眼睛,毫不妥协地正视着当前的世界,她那薄薄的嘴唇傲慢地紧紧闭着。她身上有一种庄重而高傲的气度,说也奇怪,比起她在十二橡树时那任性而孩子气的甜美,现在似乎对她更为合适,她现在所处的地位几乎跟个寡妇差不多。人人都知道斯图尔特·塔尔顿假如没有在葛底斯堡阵亡,一定会跟她结婚,因此大家都把她看作一个虽未过门而已经定亲的女人,都给以应有的尊敬。

常春藤街上那幢小宅的六个房间里,不久就简单地布置好了。

家具全是从弗兰克店里买来的最便宜的松木和橡木制品，因为艾希礼手头分文不名，他不得不赊账，因此不是最便宜的和必不可少的东西，他统统不要。这使得弗兰克心里很是不安，因为他素来喜欢艾希礼，斯佳丽自然更加苦恼。他们两人都很想把店里上好的桃花心木和雕花的黑黄檀木家具送给艾希礼，不收他一分钱，可是威尔克斯一家坚绝不肯收。他们的屋子很简陋，没多少东西，叫人见了心里不是滋味。斯佳丽非常不愿意看见艾希礼住在没铺地毯没挂窗帘的房间里，可是艾希礼好像并不把这些放在心上。至于媚兰，结婚以来第一次有了自己的家，已感到心满意足了。斯佳丽若是让朋友看到自己家里没有帘幔，没有地毯，没有坐垫，没有足够的椅子、茶杯和调羹，就会感到屈辱。可是媚兰在接待客人的时候，那神情就仿佛屋子里挂着老毛绒窗帘、陈设着锦缎沙发似的。

媚兰虽然心里非常快乐，身体却并不好。小博的出世，大大地损害了她的健康，加以产后在塔拉干了不少苦活，进一步消耗了她的体力。她瘦得像是身上的根根骨头随时都会刺破她雪白的皮肤似的。她在后院里跟小博玩耍时，远远看去，就像是个小女孩，因为她的腰肢细得叫人不敢相信，而且她事实上根本没有曲线可言。她没有高耸的胸脯，臀部几乎跟小博一样平坦。斯佳丽觉得她既缺少常识，又不知自爱，不懂得在胸衣里面缝点皱褶，不会在紧身褡后面衬上几块衬垫，因此她形体的细瘦，就丝毫得不到遮掩了。她的脸庞跟她的身体一样，也是过于苍白瘦削，两道弯弯的眉毛，柔滑纤细，像是蝴蝶的触须，映衬着没有血色的皮肤，未免过于乌黑。她小小脸庞上的一对眼睛，本来就嫌太大，谈不上好看，再加上有一圈黑晕，大得分外显眼，然而她眼中那无忧无虑的神情，却仍和童年时代一样，丝毫没有改变。它始终是那么亲切，那么安详。无论战争、痛苦和辛劳都不能使它改变，那是一双生性快乐的女人的眼睛。像那样的女人，周围尽管掀起阵阵风暴，都吹不皱她内心的宁静。

她的一双眼睛，为什么总能保持这样子呢？斯佳丽看着她时，难免不无妒忌之意。她知道她自己的眼睛有时候看起来就像是一只饥饿的野猫。白瑞德有一次曾经说起过媚兰的眼睛，他是怎么说的——是不是说那傻乎乎的神情像一对蜡烛？哦，是的，他说她的眼睛像似在一个卑劣世界里的两盏明灯。对，是像一对蜡烛，像是有风也吹不灭的蜡烛。现在因她重新回到家里和朋友当中，这蜡烛又发出柔和的光辉。

媚兰那小小的屋子里经常宾朋满座。她从小就讨人喜欢，城里人听说她回来了，就三三两两地前来向她表示欢迎，来时少不了总要带点礼物，像小摆设、图画、一两只银调羹、亚麻布枕套、餐巾、拼呢地毯之类，这些小玩意儿全是躲过了舍曼的掠夺珍藏到现在的。如今他们都奉献出来，还说对他们自己来说，反正也没什么用处了。

有些跟她父亲一起参加过墨西哥战争的老人，特地带了一些客人来看她，说是会会"老汉密尔顿上校可亲的女儿"。她母亲的老朋友们也喜欢群集到她的身边，因为如今世道不太平，年轻人不懂规矩，只有媚兰十分尊敬长辈，因而对有身份的老太太们来说，是一种很大的安慰。和她同一辈的、年轻的妻子、母亲和寡妇们，也都很喜欢她，因为她们受过的苦，她也曾受到过，同时她又没有显得满腔怨愤，而总是怀着同情，倾听她们诉说各自的苦衷。年轻人到她这里来，是因为可以消磨一段愉快的时光，还能遇见他们希望遇到的朋友。

媚兰为人谦逊得体，在她的周围，很快形成了一个集团，有老有少，尽是些亚特兰大战前社会残余的精英代表人物。他们虽然个个囊中空空如也，却都出自名门，富有坚强不屈的精神。似乎亚特兰大的上层社会，一度为战争所摧毁，为死亡所耗蚀，为变化所迷惑，如今有了媚兰这样一个坚硬的核心，又可以恢复起来了。

媚兰虽然年轻，却具有那个不肯妥协的旧社会所珍视的一切品质：贫穷而又以贫穷自傲、坚忍的勇气、欢乐的精神、好客、善良，以及顶顶重要的对一切旧传统的忠贞不贰。媚兰抗拒变动，甚至拒绝承认在这个变动的世界上有任何需要变动的理由。人们到媚兰家来似乎回到了往昔的生活里，大家都感到精神振奋，而对于拎包投机家和暴发户共和党人的奢侈放荡的时尚，人人都嗤之以鼻。

他们从她的年轻的脸上看出她对旧时代坚定不移的忠诚,大家暂时可忘却那些使他们愤恨、恐惧和心碎的本阶级叛徒的嘴脸。当时这样的叛徒为数并不少,他们出身于上等家庭,因忍受不住贫困的煎熬而投靠敌人,成了共和党人,接受征服者给予的位置,以免他们的家庭不得不靠赈济过日子。他们中有的是在军队中服役过的年轻人,因缺乏面对需要长年的艰辛才能创业的勇气,于是学了白瑞德的样,跟拎包投机家勾结一起,干些肮脏的弄钱勾当。

在这些叛徒之中,最最不争气的要数亚特兰大一些原先门庭显赫的大户人家的女孩子。这些女孩子都是在投降以后成年的,对战争的记忆都是很孩子气的,不像她们的老一辈那样,尝到过苦涩的滋味。她们没有失去过丈夫或情人,对往日的财富与荣耀也没有多大的印象。如今北佬军官都那么风度翩翩,服饰华丽,又那么无忧无虑。他们举行盛大的舞会,赶着高大的骏马,对南方的姑娘都拜倒在石榴裙下,把她们看成女王一般,而且非常小心,绝不伤害她们的自尊心,在这种情况下,她们有什么理由不和他们接近呢?

比起本地的青年人来,他们的吸引力要大得多。本地的青年人衣着那么破旧,神情那么严肃,工作又那么艰苦,很少有时间玩乐。因此就出现了许多南方姑娘跟北佬军官私奔的事,使亚特兰大一些人家大为伤心。以致有的人在大街上跟自己的亲姐妹都不打招呼,做父母的绝口不提女儿的名字。由于这类悲剧的出现,使一些奉"不投降"为箴言的人产生了一种冷冰冰的畏惧感。然而他们只要一见到媚兰那柔和而坚毅的面容,那种畏惧感就随之消失。媚兰正如一些有身份的老太太所说的那样,是城里年轻姑娘的最佳楷模。同时,因为她并不故意显示自己的美德,年轻的姑娘对她倒也并不反感。

媚兰从来没有要做个新社会首领的念头。她只觉她们出自一片好心,到她家里来看她,邀请她去参加缝纫会、考特林①俱乐部和音

---

① 考特林为19世纪一种活泼轻快之交谊舞。

乐社。亚特兰大向来爱好音乐，是一座音乐之城，尽管它的姐妹城市对它缺少文化传统这一点常有微词。如今随着时世变得愈艰难、愈紧张，人们对音乐的兴趣，也愈高涨。人们只有在倾听音乐的时候，才比较容易忘却马路上那些厚颜无耻的黑面孔和那些守卫部队的蓝军服。

媚兰发现自己成为新建立的"周末之夜音乐社"的社长，不免有些困窘。她觉得自己并无别的能力足以荣任此职，除了她能弹钢琴为任何人伴奏，其中包括麦克卢内太太，这位太太不善于辨别音调，却偏喜欢唱二重唱。

事情的真相是，媚兰凭着她得体的手腕，设法把"女竖琴家协会"、"男声合唱俱乐部"和"女子曼陀铃吉他协会"统统合并到"周末之夜音乐社"里来，从此亚特兰大才有像样的音乐可听。事实上，"周末之夜音乐社"演出的《波希米亚姑娘》，好多人都认为比纽约和新奥尔良专业乐队的演奏还要精彩得多。就在媚兰把"女竖琴家协会"合并进来以后，梅里韦瑟太太向米德太太和怀廷太太提出建议，要让媚兰当音乐社的头头。梅里韦瑟太太宣称，媚兰既然能和竖琴家们和平共处，就一定能跟任何人交往。这位太太自己在卫理公会的唱诗班弹奏风琴，作为一个风琴师，对竖琴和竖琴手是不大看得上眼的。

媚兰同时又兼任了"死难烈士陵园美化协会"和"南方邦联遗孤遗孀缝纫会"的秘书。她是在这两个组织的一次激烈的联席会议之后才取得这个光荣职位的。在那次会议上，两个组织的终生不渝的友谊差点在狂暴的冲突中宣告决裂。问题的起因是在清除南方邦联烈士墓上的野草时，是否要把附近北佬士兵墓上的野草同时除掉。因为那些野草成为美化烈士陵墓的一大障碍。霎时间女士们紧身衣里郁积的火焰都窜了出来，两个组织形成互相对立的两派。缝纫会的人支持一并清除的主张，美化会的人则坚决反对。

米德太太的发言代表后一派人的观点，她说："把北佬坟墓上的野草除干净？那好，只要给我两分钱，我就把北佬的坟统统挖出来，扔在城里的垃圾堆里。"

在她这一番慷慨陈词的激励下,每一位太太都踊跃发表自己的高见,可是谁也不去理会别人的话。会议是在梅里韦瑟太太的客厅里举行的,梅里韦瑟老爹被赶到厨房里去,据他后来说,当时那客厅里的吵声,简直就像富兰克林战役①中大炮的轰鸣。他还补充说,据他猜想,以激烈的程度而论,恐怕富兰克林的战场上比之于太太们的聚会上还要安全一点。

媚兰好不容易挤到激动的人群当中,又好不容易把她那轻柔的声音提高到能引起大家的注意。她没料到自己竟敢面对愤怒的人群讲话,惊吓得自己的心都快要提到喉咙头,声音也在发颤,可是她还是一个劲儿嚷着:"女士们!请听我说!"直到众人的声音安静为止。

"我想说——我是说,我已经想了很久,觉得——觉得我们不仅仅应该把野草拔掉,还应该在坟上种上花——我——我不在乎你们会怎么想,可是我每回把鲜花放在查利坟上时,我总在他坟旁一个无名北佬墓上,也放上一束鲜花。那墓看起来是那么孤独凄凉!"

话音刚落,会场上引起一片骚动,声音比刚才更响,这一回两派人的意见是一致的。

"在北佬坟上放上鲜花!哦,媚利,你怎么能这样!""何况是他们杀死了查利!""你忘了,小博出世的时候,差点给北佬杀了!""他们想把塔拉烧了,把你们撵出去!"

媚兰紧紧地靠在椅背上,有生以来她第一次遭到如此强烈的反对,差点没把她给压垮了。

"哦,女士们!"她大声祈求道,"请听我把话说完!在这个问题上,我知道我没有权利发言,因为除了查利以外,我再没有别的亲人死于战争。感谢上帝,我总算知道了查利的葬身之地。然而在我们中间有好多人,到今天为止,还不知道她们死去的儿子、丈夫和

---

① 富兰克林为美周田纳西州一市镇,1864 年 11 月 30 日南方邦联军在胡德将军率领下,在此与北军激战受挫。

兄弟,到底埋葬在什么地方,而且——"

她的声音哽咽住了,一时场上鸦雀无声。

米德太太冒火的眼睛阴沉下来。葛底斯堡战役以后,她曾长途跋涉到那里去过,想把达西的遗体运回家来,然而没人能告诉她他的葬身之处。只晓得在敌方地区草草挖了个坑给埋掉了。阿伦太太的嘴唇颤抖了。她的丈夫和兄弟在摩根将军向俄亥俄州发动的那次突击中不幸遇难。她得到的最后消息是:他们在北佬骑兵发动猛攻时,在河岸上中弹倒下,可是至今不知道他们的坟墓所在。阿利森太太的儿子死在北方的俘虏营里,她是个一贫如洗的人,自然没有力量去领回他的尸体。还有其他一些人,他们的名字出现在伤亡将士的名单上,注明:"失踪——据信已阵亡。"这几个字也就成了他们出征以后的最终消息了。

大家的目光都集中在媚兰身上,似乎在问:"你为什么又把这创口重新打开?这不知他们葬身何处的创伤,是永远不会愈合的。"

在屋子里一片寂静之中,媚兰的声音凝聚起了力量。

"他们的坟墓都在北佬地区,正如北佬的坟墓在我们这里一样。哦,如果我们知道,有哪个北佬女人在说要把它们都挖出来,那是多么可怕的事,而且——"

米德太太发出一声低低的、恐怖的叹息。

"若是我们晓得有哪个好心的北佬女人——好心的北佬女人肯定是会有的——那该有多好。我不在乎人家怎么说,可是北佬女人不可能个个都是坏人。若是我们知道她们拔掉我们的人坟头的野草,还放上鲜花,即使他们是我们的敌人,那该有多好!假如查利死在北方,那么我会感到极大的安慰,如果知道有谁——至于诸位女士怎样看我,我并不介意,"她稍停了一下,又接着说,"我宁可退出这两个俱乐部,可是我要——我要把我见到的每一个北佬坟墓上的野草拔掉,还要种上花,而且——我绝不允许任何人阻拦我!"

媚兰发出这最后的挑战以后,突然哭了,同时跌跌撞撞地走向门口。

一小时之后，梅里韦瑟老爹在"现代姑娘"酒馆的男人之角里，对亨利叔叔报道说，大家听了媚兰的一番话，都大声呼喊起来，拥抱着媚兰，会议以一次爱的享受而结束，媚兰被推举为两个组织的秘书。

"于是她们都去拔野草。最妙的是多利竟说我非常愿意帮她们去拔草，因为我没别的事情好做。还说我没有什么理由反对北佬，说我认为媚利小姐是对的，其余那些雌野猫都是错的。可是你们想想，像我这样的年纪，还害着腰痛病，居然也去拔草！"

媚兰又是孤儿院女管事委员会的成员，还为新成立的"青年图书协会"筹募书籍，连每月举行一次业余演出的演员们也请她帮忙。她胆子太小，不敢在煤油灯照明的舞台脚灯下露面，可是在缺少衣料的情况下，她能够用粗布袋改制成演员们穿的服装。在"莎士比亚读书会"上，是她投了决定性的一票，才决定选用狄更斯先生和布沃特·利顿的作品，以代替莎翁的剧作，而不是按照一个年轻人的提议，选用拜伦勋爵的诗作。媚兰暗暗地担心，那个年轻人可能是一个放荡不羁的单身汉。

到了夏末，她那灯光暗淡的屋子里，每晚宾客盈门。女客们见椅子不够，常常坐在前廊的台阶上，男人们聚集在她们周围，有的坐在栏杆上，有的坐在粗板箱上，有的就坐在屋前的草坪上。斯佳丽有时看到客人们坐在草坪上呷茶，那是威尔克斯家招待客人的唯一饮料，她心里觉得奇怪，媚兰怎么竟把自己的贫穷暴露在客人面前而丝毫不感到羞愧。至于斯佳丽，她若是不把皮特姑妈家里布置得跟战前一模一样，不能给客人提供上好的葡萄酒和威士忌、烤火腿和冷鹿肉，她就不打算在家里招待客人——特别是像媚兰家里的上等客人。

约翰·B. 戈登将军，佐治亚了不起的英雄，是媚兰家座上的常客。瑞安神父，是南方邦联知名的诗僧，每次经过亚特兰大时，都要来拜望媚兰一下。他妙语如珠，使满座生辉，又非常乐意朗诵他的诗作《李将军之剑》以及他的传世名篇《被征服的旗帜》，使女客们流泪不止。亚历克斯·斯蒂芬斯,南方邦联的前副总统,也是每到城里,必来做客。有他在的时候,屋子里总是挤满了人,一连几个小时,沉醉于这位伤病老军人的琅琅声中。做父母的有的也把孩子带来,通常每回大约有十多个孩子,靠在母亲身上打瞌睡,早已过了他们的睡眠时间,还不叫他们回去。因为父母们不愿意自己的孩子失去这样一个机会,以便将来可以夸耀自己曾经被领导南方大业的副总统亲吻过,或者跟他握过手。可以说每一位重要人物,只要来到亚特兰大,都要设法找到威尔克斯的家,并在那里过夜。这就使那小小的平房更加拥挤,因迪不得不睡在给小博做育儿室而搭建起来的小屋里。同时迪尔西就被匆匆打发出去,穿过后院的树篱,去向皮特姑妈的厨娘借几个鸡蛋做次日的早餐。尽管如此窘迫,媚兰却始终不失风度,仿佛她的家是幢高楼大厦似的。

可是媚兰从来不曾料到,大家到她这里集会,是因为把她的家看成是一面大家所热爱的破碎了的旗帜。因此,有一天晚上,米德大夫出色地念了一段《麦克佩斯》① 以后,举起她的手吻了一下,跟她说了下面一番话,竟使她大为震惊和窘困。米德大夫说话的语调,跟当初他发表《我们的光荣大业》时一模一样,他的话是这样说的:

"我的亲爱的媚利小姐,大家能够到你家里来,是一种特权,也是一件愉快的事,因为你——以及像你这样的女人——就是我们大家的心,就是我们大家所剩有的全部所在。他们夺去了我们的青春年华,夺走了我们年轻女人的笑声。他们摧毁了我们的健康,改变了我们的生活,搅乱了我们的习惯。他们把我们的繁荣毁于一旦,使我们倒退了五十年,他们把沉重的负担压在我们的孩子和老人身上。这些孩子本该在学校里念书,老人本该在阳光下休息的。可是我们必能重建我们的未来,因为我们都有你这样的心可以作为我们

---

① 莎士比亚四大悲剧之一。

的基石。只要我们有这样的心,别的就尽管让北佬占有吧!"

在斯佳丽的肚子还没有大到连皮特姑妈那条黑色大披肩也遮盖不住的程度,她和弗兰克经常穿过后院,到媚兰的前廊上来参加夏夜的聚会。斯佳丽总是避开灯光,坐在阴影里,一来可以不引人注目,同时又可以观察艾希礼的脸容以满足她的心意。

她到这屋子里来,仅仅是为了艾希礼,因为那些谈话既叫她厌烦,又使她感到压抑。它们永远是同一种模式:第一,谈世道艰难;第二,谈政治形势;第三,谈战争,那更是少不了的。女人们不外是哀叹物价飞涨,还要问问男人们从前的好日子会不会再来。那些无所不晓的男人们,必然会回答说,那是肯定要来到的,不过是时间问题罢了。艰难的时世只不过是暂时的。女人们知道他们说的是假话,男人们也知道女人们并不相信他们的话。可是他们照样高高兴兴地说,女人们也就假装信以为真。其实人人心里都明白,艰难的日子他们要长期过下去了。

艰难的日子谈过以后,女人们就谈起黑人怎样越来越无法无天,拎包投机家们怎样蛮横逞凶,无所不在的北佬大兵又怎样使她们受到屈辱。随后她们又要问男人们,北佬重建佐治亚会不会有结束的一天呢?对这个问题,男人们总是安慰她们说,这一天马上就会到来——具体地说,就是等到民主党人有了选举权的时候。女人们很懂事,便不再追问到哪一天才会有选举权。政治问题谈过以后,就开始谈论战争。

不论在什么地方,只要有两个前南方邦联的人碰到一起,除了战争就不会有别的话题。如果有十多个这样的人聚拢来,就必然会得出结论说一场斗志昂扬的战争会再度爆发。在他们的谈话中,"假如"两个字常常占据最最显著的地位。

"假如当初英国承认我们——""假如戴维斯总统在封锁线收紧之前,就把所有的棉花征集拢来运到英国去——""假如朗斯特里特在葛底斯堡战役中不曾违抗军令——""假如杰布·斯图尔特在马尔斯·鲍勃急需他的时候,不曾在外面袭击敌军——""假如石墙将军约翰逊还健在——""假如维克斯堡不曾陷落——""假如我们能够再坚持一年"以及少不了的"假如他们没有叫胡德去取代约翰斯顿将军——",或者"假如在多尔顿一役是由胡德将军而不是约翰斯顿指挥——"

假如!假如!他们在宁静的黑暗中轻声谈着,拖长了的声音加速了他们回首往事的激动心情——他们谈步兵、谈骑兵、谈炮兵,唤起对生活处于高潮时的回忆,犹如在寒冬日暮时回想仲夏的烈暑。

"他们从来不谈别的,"斯佳丽心想,"只谈战争。永远谈论战争。他们将来也会只谈战争。一直谈到死。"

她环视四周,见一些小男孩躺在父亲的臂弯里,听大人讲述发生在半夜里的故事。狂热的骑兵怎么冲击,怎样把军旗插在敌方的胸墙①上,直听得呼吸加快,两眼放光。他们仿佛听见战鼓、军号和战士的呐喊响成一片,仿佛看到败兵手持破碎歪斜的军旗,在雨中奔跑。

"这些孩子们将来长大了,恐怕也只会谈战争,不谈别的。他们会认为最光荣最了不起的事莫过于跟北佬打仗,然后缺胳膊少腿或者瞎了眼回家,或者根本回不了家。他们全都喜欢回忆战争,谈论战争。可是我不喜欢谈论战争。如果我能办得到,我连想也不愿意想起战争。我要把战争忘得一干二净。哎,我如果能办到这一点就好了!"

她听媚兰讲起塔拉的往事时,常常会毛骨悚然。可是媚兰总爱把她说成是个女英雄,说她怎样敢于面对侵略者,硬是把查尔斯的军刀保存下来,还夸耀斯佳丽怎样扑灭了厨房里的大火。可是斯佳丽对这些既不感到骄傲,也不感兴趣。她根本就不愿意回想这些往事。

"哦,他们为什么不肯忘记?为什么他们老是朝后看而不肯朝前看?上回我们去打仗本是一桩蠢事,应该把它忘掉,愈快愈好。"

---

① 胸墙,军事建筑。

可是看来除了她自己以外,谁都不愿意忘记,所以她觉得高兴她能跟媚兰说真话:她即使坐在阴暗角落里人家看不见她,她还是觉得很窘。可是媚兰对于一切牵连到生儿育女的事,总是特别敏感,一听到斯佳丽的解释,立刻就联想及此,而且表示对她充分理解。媚兰很想再生个孩子,可是米德大夫跟方丹大夫都说,如果她要再有一个孩子,就会要她的命。于是她只好听天由命,但又不甘心,她花大部分时间跟斯佳丽待在一起,从假想自己的妊娠中得到一点快慰。斯佳丽心里则并不想要肚子里的孩子,而且它来得又不是时候,更增添她的烦恼。她见媚兰这副样子,觉得她这种感情上的愚蠢已到了极点。另一方面,她又怀有一种愧疚的欣喜,因为既然大夫宣称媚兰不能生育,那么艾希礼跟他妻子之间,就不可能有真正的肌肤之亲了。

斯佳丽现在跟艾希礼可以经常相见,只是从来没有单独跟他会面的机会。每天晚上他从锯木厂回来,总要到她家里向她报告一天的工作情况,可是通常弗兰克和皮特姑妈总是在场,有时甚至媚兰和因迪也在。因此她只能向他提几个业务上的问题,给他一些建议,然后就说:"谢谢你来一趟。再见。"

她假如没怀着孩子该多好!目前正是个天赐良机。她每天早上可以跟他一起赶车去工厂,路上经过偏僻的树林,远离人们窥探的眼睛,他们尽可以想象重温战前在县里时那些悠闲的日子。

不,她绝不想要他对她说出一个爱字!她绝不以任何方式提起爱情。她已经对自己发过誓,绝不再干那样的事。不过,在他们两人单独在一起时,也许他会把来到亚特兰大以来一直戴着的那副假面具扔掉,不再装出彬彬有礼而没有感情的样子。也许他又会成为从前的他,成为那次烤肉野宴以前的艾希礼,成为在他们两人之间没提过爱这个字眼之前的艾希礼。假如他们不能彼此相爱,那么至少他们可以重新成为朋友,她可以他友谊的热情,温暖她那冰冷而寂寞的心。

"我只要能早点分娩,"她不耐烦地想道,"我就可以每天跟他一起乘车，我们可以谈些——"

她迫不及待而又无可奈何地想早点分娩，也不单单是为了想跟艾希礼在一起。锯木厂里也需要她。自从她退居在家，把厂子交给休和艾希礼经营以后，厂里就一直亏损。

休尽管工作非常卖力，却实在太无能。他既不会做生意，又管不了工人。谈起买卖来，任何人都不难杀他的价。任何一个滑头的承包商只消说一句，他的木材质量较次，值不上他索要的价钱，这时，休便觉得作为一个上等人，他应该向人家道歉，并把要价降低。有一回斯佳丽听到他卖掉一千英尺地板木料的价钱以后，竟气得掉下泪来。那本是她厂里最上等的地板木料，休简直等于把它白白送掉！再说他对付那些工人也是毫无办法。那些黑人坚持要按日给工资，钱拿到手他们常常喝得烂醉如泥，以致第二天早上不能来上班。碰到这种情况，休不得不临时雇用新工人，上工的时间只好推迟。由于这种种困难，休一连几天不能到城里来销售木材。

斯佳丽见工厂的利润从休的手指缝里不断流失，想到他如此低能，自己又用不上力气，真是气得发昏。她打算一等孩子生下来，她能重新工作以后，马上就把他打发掉，再另外雇一个人。不管是谁，总比他要强。此外她也不打算跟那帮自由黑人打交道了。若是听凭他们老是不来上工，那么什么事都别想做成功了。

"弗兰克，"她有一回因工人不来上班，对休发了一通脾气以后说，"我现在大体上已拿定主意，打算雇犯人到厂里做工。前些日子我跟汤米·韦尔伯恩的工头约翰尼·加勒格尔谈起过黑人不好好干活的事，他问我为什么不雇些犯人。我听那主意不坏。他说犯人的工资极低，伙食费也非常便宜。还说你想要他们干多少活，便可以叫他们干多少活，不用担心被解放者局里的人像群黄蜂似的到处找你的麻烦。我想一等约翰尼跟汤米的合同到期以后，就雇他经营休的那家工厂。他对于那些野性子的爱尔兰工人，尚且能叫他们好好干活，自然能叫犯人干出更多的活来。"

犯人！弗兰克说不出话来。在斯佳丽想出来的荒唐计划中，雇用犯人要数其中最荒唐的,比她那造酒馆的计划还要荒唐。

至少,在肯尼迪以及跟他往来的那个保守圈子里的人看来,事情是这样的。这种雇用犯人的新制度,是因为战后州里财力不足而开始实施的。州政府无力养活犯人,便把他们让那些需要大量劳动力的部门,像修筑铁路、采集松脂、砍伐木材等部门,雇去当工人。弗兰克跟他那些笃信上帝的朋友,虽然明知这种办法是不得已而为之,仍不免感到痛心。他们中有些人连奴隶制也是不以为然的,对这种制度,他们认为比奴隶制还要等而下之。

如今斯佳丽居然打算雇用犯人!弗兰克明白,若是她真的那样干,那么他从此就再别想抬起头来。这件事比她买下锯木厂并亲自管理还糟,或者说比她做过的任何别的事都要糟。他从前反对她的时候,总要提出这个问题:"人家会怎么说呢?"可是这一回——这一回却不只是一个害怕公众舆论的问题。他觉得这是以人体做交易,跟娼妓制度没有什么两样,他若是答应斯佳丽这样做,等于给自己的灵魂加上了一条罪孽。

弗兰克既认定这件事切不可为,便鼓起勇气禁止斯佳丽的做法,而且他的措词十分严厉,竟使她吃了一惊,一下子说不上话来。最后她为了让他平息下来,柔顺地说她并不是真的想那么做,只因为被休跟那些自由黑人惹恼了才说的,是些气话。可是她实在还是非常希望这个计划能够实现。雇用犯人可以解决她最感困难的问题,可是如果弗兰克对这事继续表现出非常激愤——

她叹了口气。她的两家工厂中,若是有一家能赚钱,那她还可以顶得住。可是艾希礼经营的那一家,情况较之休的那一家,也好不了多少。

斯佳丽见艾希礼没能一下子掌管好工厂,没能创收比她经营时双倍的利润,开始有点吃惊,也有点失望。像他那样出色的人品,又读过那么多书,没有理由不能把工厂办得非常成功,能赚好多的钱。可是事实上他并不见得比休高明。他没有经验,易出差错,缺乏生意眼光,以及在交易中相持不下时过于拘谨,都跟休没有什么两样。

斯佳丽出于对他的爱，很快找理由为他辩护。她不以同样的眼光看待他们两人。在她看来，休愚蠢得简直无可救药，而艾希礼则不过因为是个新手的缘故。然而她也不免要想，艾希礼绝不可能像她自己那样，通过心算就可以迅速地报出正确的要价。有时她怀疑他连铺板和窗台板都分辨不清。又因为他自己是一个上等人，是一个靠得住的人，因此把每一个前来跟他做交易的无赖都看成是诚实可靠的人。有好几次若不是她机灵地插手干预，他就要吃大亏。再说他如果喜欢哪一个人——他喜欢的人偏偏又特别多！——他便把木材赊销给他，也不打听一下那人银行里有没有存款，或者有没有不动产。在这一方面，他跟弗兰克又如出一辙。

不过他肯定能学会！在他学习期间，她就像个宠爱孩子的母亲那样，对他的错误百般纵容，十分耐心。每天晚上，他拖着疲倦的身子神情沮丧地来到她家里，而她总是不知疲倦地给他提供一些有益的建议。可是无论她怎样给他打气，他的眼睛里总是流露出一种古怪而呆滞的神色，使她无法理解，使她感到害怕。他是变了，变得跟从前大不一样。她想如果能跟他单独相会一次，也许她就能发现其中的原因。

这种情况使她度过了许多不眠之夜。她为艾希礼担心，一来因为她知道他心里不快活，二来因为她知道他心中的不快，有碍于他成为一个很好的木材商。她把工厂交给休和艾希礼这两个毫无生意头脑的人经营，眼睁睁看着她几个月来艰苦创业惨淡经营的工厂，竟被她的同行把她最好的主顾都给抢走了，怎不叫她伤心欲碎！哦，她若是能回工厂工作该多好！她愿手把手地教艾希礼，那么他当然可以学会。另一家厂就交给约翰尼经营，她自己负责推销，这样一来，一切就可以重新走上轨道。至于休，如果还想为她工作，就让他赶车送货，那是他唯一能做的工作。

当然，约翰尼此人虽然能干，看起来却像是个肆无忌惮的人，可是——除了他又能找谁呢？那些既能干又诚实的人，为什么都那么别扭，偏不肯为她效劳呢？他们当中只要有一个人肯代替休的位置，她就不用操心到如此地步了，可是——

汤米·韦尔伯恩虽说是个残疾人，却是城里最忙的承包商，据说赚了不少钱。梅里韦瑟太太跟勒内的生意也很兴隆，现在在大街上开了一爿面包铺，由勒内以法国人特有的勤俭精神在那里经营着。他原先那辆馅饼车，已交给梅里韦瑟老爹赶了。这位老爹从此不必再坐在烟囱角落里，心里倒也高兴。西蒙斯家几个孩子开的砖窑生意也很忙，每天都三班制干活。凯尔斯·怀廷的直发器也赚了些钱，这是因为他向黑人宣传说，如果他们的头发是鬈曲的，就不准投共和党人的票。

她所认识的其他一些能干的青年人，有的当医生，有的当律师，有的当了零售店老板，情况都很不错。战争刚结束时那种麻木状态已不复存在，各人都在忙着创建自己的家业，自然不可能来帮她的忙。至于闲着无事的往往属于休——或者艾希礼这种类型的人。

正想干些事业的时候偏偏又要生孩子，真是糟透了！

"下回我再不要孩子了，"她下定决心，"我不能像别的女人那样，一年生一个孩子，上帝，要是那样，就意味着一年中有六个月不能到厂里工作。现在我才明白厂里一天也少不了我。我干脆跟弗兰克说清楚，今后我再不要孩子了。"

弗兰克希望有一个大家庭，不过她总有办法对付他。她反正决心已定。这是她最后一个孩子。锯木厂要重要得多。

第四十二章

斯佳丽生的是个女孩子，一个光脑袋的小东西，丑得像没长毛的猴子，模样像弗兰克一样愚蠢。除了宠爱她的父亲谁也看不出她有半点美的地方，可是好心的邻居们都说丑孩子长大起来，最后都会长得漂亮的。母亲给她取名叫埃拉·洛雷纳，埃拉是为了纪念她的外婆埃伦，洛雷纳则是当时女孩子最时髦的一个名字，恰如男孩子时兴取名叫罗伯特·李或杰克逊，黑人孩子时兴取名叫林肯或解放一样。

孩子出世的那个星期，正是亚特兰大城人心激动、气氛紧张、预示着灾难将临的时刻。事情是这样引起的，有个黑人向人夸耀说他曾强奸过一个白种女人，当局知道后便把他拘捕起来。可是还没等到开庭审汛，三K党人突然袭击监狱把那黑人给悄悄地绞死了。他们这样做的原因是怕如果被害人被迫出庭做证以后，她的父兄为了不让她蒙受的羞辱暴露在公众面前，很可能会开枪把她打死。因此三K党人认为，对那个黑人使用私刑是最明智，也是唯一最体面的解决办法。可是军事当局对此却大为恼怒，他们认为那女孩子没有理由不出庭公开做证。

士兵在全城四处搜捕，他们发誓要把三K党彻底消灭，哪怕把亚特兰大城的每一个白人都投进监狱也在所不惜。黑人又是惊慌又是愠怒，咕哝说要报复焚毁白人的房子。一时谣言四起，有的说北佬若是抓到肇事者，就要把他们统统绞死；有的说黑人准备一致起来暴动对付白人。因此城里人都吓得紧闭门窗，不敢外出。男人怕家里的女人孩子没有人保护，甚至不敢外出工作。

斯佳丽精疲力竭地躺在床上，默默地感谢上帝，亏得艾希礼是个有头脑的人，弗兰克年纪又大，性格又温顺，所以两人都没有参加三K党。不然的话，北佬随时可能猛扑进来把他们抓走，那该多么可怕！三K党里那些头脑发热的年轻傻瓜何苦招惹北佬，弄到如此地步，那姑娘很可能并没有被强奸，无非被吓昏罢了。现在为了她，许多男人可能会因此而送掉性命。

当时气氛紧张，人们的神经绷得紧紧的，好像看着一根点燃的导火线往一桶火药烧过去似的。可是就在这时候，斯佳丽的体力却迅速地恢复了。她身上旺盛的活力当初曾帮助她度过塔拉那些艰苦的日子，如今同样给她带来好处。小埃拉出世才两个星期，她就能够坐起来，急着想活动活动。又过了一个星期，她就下床并宣称她必须去照管厂里的事。她知道这几天厂里已停产，因为休和艾希礼两人都不放心她整天离家到厂里去上班。

然而这一回麻烦来了。

弗兰克新做父亲，正得意之至，而外边又如此危险，他鼓足勇气，命令斯佳丽不许离开家里。他的命令本来对斯佳丽完全不起作用，她仍可出去干自己的事。可是他却把她的马跟马车都锁在马厩里，还吩咐除了他本人以外，不得让任何人使用。更糟的是，在她坐月子的时候，他和嬷嬷两人耐心地搜遍全屋，把她所有的私房钱给找了出来，弗兰克又以他自己的名字存入银行。这样一来，她现在连想雇一辆马车也办不到了。

斯佳丽先是对弗兰克和嬷嬷两人大发脾气，但不起作用，她只好改为向他们恳求，最后像个没有达到目的而生气的孩子那样哭起来，整整哭了一个上午。可是尽管她使尽浑身解数，她听到的却是："得啦，亲爱的，你身子还没好呢，"以及"斯佳丽小姐，你要是照这样哭下去，你的奶水就会变酸，小宝宝吃了准会肚子痛，这我倒可以保证的。"

斯佳丽一怒之下，冲过后院，走到媚兰家里，大嚷大叫发泄了一通，宣称她要靠两条腿，一路走到厂子里。又说她要走遍亚特兰大全城,告诉每一个人她嫁的是怎样一个坏蛋,说她不愿被他看作是一个头脑简单的顽皮孩子。她要带支手枪,谁敢威胁她,就打死谁。她曾开枪打死过一个人,现在她想要,不错,想要再打死一个人。她要——

媚兰这些日子连前廊上也没敢去,听到斯佳丽的这一番恐吓,差点没吓破了胆。

"哦,你可千万别冒险!你若是出了事,我可也别想活了!哦,请你——"

"我要!我要!我要走——"

媚兰看着她,发觉这并不是女人产后虚弱引起的歇斯底里。在斯佳丽脸上,显示出一种轻率的、不顾一切的决心,这神情是她过去在杰拉尔德·奥哈拉的脸上经常看到的。于是她急忙伸出双臂,把斯佳丽的腰紧紧搂住。

"这都怪我不好,不像你那么勇敢,硬把艾希礼留在家里,不让他到厂里去。哦,天哪!我真是个大傻瓜!亲爱的,我就跟艾希礼说,我一点也不害怕。我要到你那边和你以及皮特姑妈在一起,那他就可以放心再去厂里工作,而且——"

艾希礼一个人是应付不了这种局面的,这一点连斯佳丽自己心里也不得不承认。于是她大声嚷道:"你可别那么做!艾希礼若是成天担心着你,即使到厂里工作,又有何裨益,现在每个人都那么可恶,连彼得大叔都不肯跟我一起出去!可是我不在乎!我一个人也可以走。我要一步一步地走出去,走到什么地方找一批黑人给厂里做工——"

"哦,不!你千万不能那样!搞不好会出大事的。据说迪凯特街的贫民窟里到处是下流黑人,那里又是你必经之路。哦,等等——亲爱的,答应我今天不要出去,让我想想办法。答应我回家躺着。你脸色不大好。答应我吧。"

斯佳丽生了半天气,体力全耗尽了,没奈只得绷着脸答应了。回到家里以后,气还未消,目空一切地拒绝跟家里人和解。

当天下午，一个异乡人艰难而笨拙地穿过媚兰家的树篱，进入皮特姑妈的后院。那人的外貌，一看便知道正是嬷嬷跟迪尔西所说的那个"媚利小姐从街上带回来让他睡在地窖里的流浪汉"。

媚兰家的地下室共有三间，原先两间是佣人住房，一间是酒窖。现在迪尔西占用一间，另两间经常让一些贫苦无依无靠的过客暂时寄宿。那些人从哪里来，到哪里去，媚兰是在哪里把他们收留进来的，这些除媚兰外，没有第二个人知道。她家黑人说他们是她从街上带回来的，也许是这么回事。反正就像一些重要的跟比较重要的人都被吸引到她小小的客厅里来一样，不幸的人常会住进她的地窖，他们有东西可吃，有床可睡，临走的时候，还能带上一包食物。他们大都是前南方邦联的士兵，比较粗野，又目不识丁，既没有亲人，也无家可归，因此到处流浪，希望找工作做。

另外经常也有些面色黝黑、形容枯槁的乡下女人拖着几个头发蓬松、不声不响的儿女前来投宿。战争使她们成了寡妇，失去了田地，只好外出四处寻找失散的亲戚。有时候她家里竟也有外国人来，他们不大会说或者根本不懂英语，这使邻居们非常惊讶。那些人听了南方容易赚钱的神话，才来淘金的。有一次，甚至有一个共和党人跑到这里来过夜。自然，那只是嬷嬷坚持这样说的，她说她能够用鼻子闻出一个共和党人，就好像一匹马能用鼻子闻出一条响尾蛇一样。别的人自然都不相信，因为至少人人都相信，媚兰的博爱精神，并不是没有限度的。

那异乡人穿过后院走来时，斯佳丽正把孩子放在膝上，坐在屋侧走廊十一月的阳光底下，她一眼就看出那人定是媚兰收留的一块废料。说他是废料倒也不能算错，因为他有一条腿确实是残废的。

那人跟威尔一样，也镶着一条木腿。他是个高个子瘦老头，秃顶，头皮红得发亮，看上去很脏，颏下的花白胡子挂在胸前，长得几乎可以塞进裤带里。从他那冷酷而满是皱纹的脸孔判断，他的年纪应在六十开外，然而他身子却不见龙钟老态。他的身材瘦长而难看，可是即使镶着木腿，走路却像蛇一样迅速。

他登上台阶朝斯佳丽走来。他刚一开口,斯佳丽从他浓重的鼻音和他发"r"音时小舌颤动的粗喉音中,便知道他是个山里人。他身上虽然肮脏破烂,可是却跟大多数山里人一样,一副凶狠骄傲的神气,似乎绝不允许被别人冒犯或愚弄,他胡须上沾满了烟草汁,嘴里含着一大块烟草,这使他的脸看上去变了形似的。他的鼻子又细又粗糙,他的眉毛又浓又乱成"魔女头发"状。一绺头发从耳后挂下来,乱蓬蓬地像是山猫的耳朵。在他的额下有一个空的眼眶,一道刀疤从额头往下划到面颊,成一条对角线切过颏下的胡子。另一只眼睛很小,冷漠无情,眨也不眨。他的裤带上毫无遮掩地挂着一支沉甸甸的手枪,他的一只破靴筒上端露出一把长猎刀的刀柄。

他冷冷地还瞥斯佳丽一眼,说话之前,先朝栏杆外吐了一口唾沫。他的独眼目光中含有轻蔑之意,这倒并不是针对斯佳丽个人,而是针对全体女性的。

"威尔克斯太太叫我来替你工作,"他的话很简短,声音嘶哑,像是不常开口说话,吐字很慢,几乎有些困难,"我叫阿奇。"

"对不起,我没工作可给你做的,阿奇先生。"

"阿奇是我的名字,不是我的姓。"

"请你原谅。你姓什么?"

他又吐了口唾沫。"你不用管那个,就叫我阿奇好了。"

"我自然不用管你姓什么!可我没什么事要你做的。"

"我看你是有的。威尔克斯太太见你像个傻瓜似的,打算独自一个人到处乱跑,她心里很着急,才特意叫我来替你赶车的。"

"真的吗?"媚利多管闲事,这人又出言不逊,她很是恼怒。

怀着对女性的敌意,他用他的独眼迎着她的目光。"是真的。一个女人不该去干男人的事,这样干家里的男人是不放心的。可是你若一定要出去,那就让我给你赶车。我恨那些黑鬼——我也恨北佬。"

他把嘴里的烟草移到牙床的另一边,没等她邀请,就在台阶顶级坐下。"我并不喜欢给女人赶车,可是威尔克斯太太待我很好,让我睡在她家地窖里,是她叫我来给你赶车,我这才来的。"

"可是——"斯佳丽无可奈何地说道,然后她停下来,又仔细看着他。随即她脸上现出微笑。她不喜欢这个年纪一大把的亡命之徒的模样,可是有了他事情倒变得简单了。有他赶车,她尽可以到城里,到工厂里,到顾客那里去。有他在一起,没人会担心她的安全,凭他的外貌也绝不会引起任何流言蜚语。

"那就这样定了。"她说,"我是说,如果我丈夫同意的话。"

弗兰克跟阿奇私下谈了一阵子,心里虽不甚情愿,还是勉强答应了,他吩咐打开马厩把马车拉出来。斯佳丽并不像她丈夫所想象的那样,做了母亲后会有所改变,这使他既失望,又伤心。不过如果她执意要到那该死的工厂去工作,那么阿奇倒是个上帝派来的好帮手。

于是亚特兰大街头,出现了斯佳丽跟阿奇这两个极不相称的搭档,使人人都感到吃惊。一个是肮脏凶恶的老人,装着一条木腿,笔直地坐在车板上,另一个是衣着整洁的年轻女人,皱着眉头出神地坐在车上。每天从早到晚,城里城郊,都可以看见他们的踪迹。他们很少交谈,显然彼此都没有好感,只是出于各自的需要,才凑到一块。一个是为了钱,另一个是因为需要保护。不过,城里的女人都认为,她这样总比厚颜无耻地跟白瑞德那家伙到处乱转要好些。她们感到奇怪的是白瑞德在三个月以前突然销声匿迹,至今没露过面,连斯佳丽也不知道他的下落。

阿奇不爱说话,除非人家跟他搭腔,他从不开口。回答人家时,也是那么咕咕哝哝地。每天早上他从媚兰家的地窖里出来,坐在皮特家的前面台阶上,嚼着烟草,吐着唾沫,等斯佳丽来到外面,彼得大叔把马车从马厩里拉出来。彼得大叔非常怕他,只比怕魔鬼和怕三K党人略微好一点,连嬷嬷走近他身边时,也吓得战战兢兢不敢做声。阿奇憎恨黑人。黑人也知道他恨他们,所以怕他。他原有一支手枪,一把猎刀,现在又添置支手枪以加强他的实力。他在黑人中间名闻遐迩。他从来不用拔出手枪,甚至用不着把手按上皮带。单凭他那副吓人的架势就足够了。阿奇在的时候,附近的黑人没有一个敢笑出声来的。

阿奇不喜欢人家问他，通常他的回答总是："那是我自己的事。"可是有一回，斯佳丽出于好奇，问他为什么恨黑人，却出乎意料地给了她解释。

"我恨他们，因为所有的山里人都恨他们。我们从来没有买过一个黑奴。战争都是那班黑鬼引起来的，我也为此而恨他们。"

"可是你自己不是也打过仗吗？"

"我认为打仗是男人的特权。我也恨北佬，比恨黑鬼还恨得厉害，就跟我恨爱多嘴的女人一样。"

像他这样直言不讳使斯佳丽常常生一肚子闷气，她一心想把他早点撵走，可是没有他又不行。若是没有他，她的行动哪有这样自由？他这人粗鲁、肮脏，有时还有股臭味，可是他工作很尽职。他赶马车接她送她，到工厂去，到各处顾客那里去。她在跟人谈话和下命令时，他坐着吐唾沫，他的眼睛看着天边。她从马车上下来，他踩着她的脚印紧紧跟在身后。她在粗野的工人、或者在黑人中、或者在北佬士兵中间时，他跟着她更是寸步不离。

过不多久，亚特兰大人对于斯佳丽和她的保镖，就变得司空见惯了，由于见惯了，城里女人对她的行动自由不免羡慕起来。自从前些日子三K党对黑人用了私刑以来，女人等于被禁闭在家里，没有五六个人在一起，从来不敢上街买东西。亚特兰大的女人生性喜欢交际，这样一来，很是心神不定。于是她们只好放下自尊心，纷纷去向斯佳丽借阿奇这个人。斯佳丽倒也很大方，只要自己不需要时，总很乐意把他借给其他的太太们。

不久阿奇成了亚特兰大的知名人物。在他的空余的时间，他成为女人争夺的对象。几乎每天早饭时总有个孩子或者黑人仆人拿着条子上门，上面写着："今天下午你若是不需要阿奇，可不可借给我，我打算带些鲜花上坟去。""我打算上街买顶帽子。""我想让阿奇赶车送内利姨妈兜兜风。""我得到彼得大街去一趟，爷爷身体不好，不能送我去。阿奇能不能——"

阿奇替她们一一赶车，有姑娘，有太太，也有寡妇，反正不管是谁，他都是一脸轻视的样子，毫无调和之余地。很显然他不喜欢女人，就跟不喜欢黑人和北佬一样，只有媚兰一个人例外。女人对他的粗野，起初颇有些震惊，久而久之，也就习以为常。又因为他除了不时吐一口烟草汁外，老是一声不吭，她们就譬如当他是只牲口而忘却他的存在似的。事实上，梅里韦瑟太太不厌其详地把她侄女儿坐月子的事讲给米德太太听的时候，竟没有感觉到马车的前座还有个阿奇坐在那里。

这种情况，只有在当前的情势下才可能出现。若是在战前，阿奇连这些太太的厨房也别想跨进一步。通常就在后门口塞点吃的东西给他，把他打发走完事。然而现在女人们都欢迎他，有他在，她们觉得放心。他粗野、无知、肮脏，可是他却是女人和重建时期种种恐怖之间的一座堡垒。他算不上是朋友，也不是佣人，而是雇来的保镖，在她们的男人白天外出工作，或者晚上不在家的时候，是他保护她们的安全。

斯佳丽仿佛感觉到，自从阿奇为她工作以来，弗兰克夜晚经常外出。他说他得到店里结清账目，因为现在白天生意很忙，结账时间不够，只好利用晚上。又说有几个朋友生病，得去陪他们坐一会儿，此外民主党人有个组织，每星期三晚上聚会一次，讨论如何重新取得投票权的问题，弗兰克是每次必去的。在斯佳丽看来，这个组织无非想论证一下，约翰·戈登将军的功绩除了李将军外谁也无法跟他相比，以及如何重开战端的问题。至于重新取得选举权的事，她知道他们是弄不出什么名堂的。可是弗兰克显然对这种会议很感兴趣，从不缺席，常常通宵达旦才回到家里。

艾希礼也常外出陪伴病人，也参加民主党人的会议，而且他参加的会议常常又跟弗兰克在同一个晚上。碰上这种情况，阿奇就护送皮特和斯佳丽并带着韦德和小埃拉穿过后院去媚兰家，两家人就在一起消磨时光。几个女人在一起做针线，阿奇平躺在客厅沙发上打呼噜，脸上的大胡子随着鼾声一起一伏地飘动。那沙发是家里最好的一件家具,谁也没请他躺在那里。几个女人见他把靴子搁在漂亮的沙发垫子上,暗暗心疼,可是谁也没胆量跟他说一声,尤其是他说过,他能在沙发上好好睡一觉,算是大大的运气,他若是听到一群女人像珍珠鸡似的唧唧喳喳,准会弄得他发疯。在那以后,她们就更不敢招惹他了。

斯佳丽有时候很想知道,阿奇到底是从哪里来的,以前是干什么的,可是并没有问他。她见他那独眼一副凶相,再没有勇气满足她的好奇心了。她只从他口音中听出他是北方山里人,此外只晓得他参过军,在投降前不久失去一条腿和一只眼睛。直到有一天,她一时按捺不住,骂了休·埃尔辛几句,无意中却把阿奇过去的历史给弄明白了。

一天上午,阿奇赶车送斯佳丽到休的厂里,厂子正停止生产,休垂头丧气地坐在树下。原来那天早上连一个黑人也没来上班,休也拿不出主意。斯佳丽一时怒火中烧,把休当面叱责了一顿。因为她刚接到一大笔木材订货,对方要货很急。她好不容易才把那笔订货弄到手,可是厂里却在停工。

"马上赶车上另一家厂去,"她吩咐阿奇说,"这得花不少时间,我们连中饭也顾不上吃了,不过你既然是我雇来的,只好辛苦一点了。我得叫威尔克斯先生把他那边的活停下来,先把这批木材赶紧加工出来再说。不过我看他厂里的黑人也未必在那里干活。真要命!我从来没见过像休·埃尔辛那样没用场的人!我等约翰尼·加勒格尔的店铺建造完工以后,立刻打发他回家。加勒格尔替北佬打过仗又怎么样,我不在乎。只要他能工作。爱尔兰人干活没有一个偷懒的。那班自由黑人我是看透了,简直不能信赖,我要加勒格尔给我雇些犯人来做工。他有本事叫他们干活,他会——"

阿奇向她转过身来,目露凶光,说话时冷冰冰粗哑的声音里含着愤怒。

"你哪一天雇用犯人,我就哪一天离开你。"他说。

斯佳丽为之一惊。"我的上帝!为什么?"

"我知道雇犯人做工的事。那简直是杀害他们，等于把他们像牲口一样买来。对待他们比对待牲口还不如。打他们也好，饿他们也好，杀他们也好，谁来管你？政府只要拿到你雇他们的钱，别的什么也不管。雇他们的人更不管他们的死活，伙食越便宜越好，干活越多越好。那是地狱，太太。我本来看不起女人，现在我更看不起了。"

"这事跟你有什么关系吗？"

"有的，"阿奇简短地说，稍停一下，又说，"我做犯人将近有四十年。"

斯佳丽喘了口气，蜷缩在车垫上，半晌说不出话来。原来这就是关于阿奇的不解之谜的答案。他对自己的过去只字不提，甚至不愿说出自己的姓和出生地点，他说话吞吞吐吐，对世界充满仇恨，原来因为这个，四十年！他进监牢的时候年纪一定很轻。四十年！咦——他定是被判了无期徒刑。被判无期徒刑的犯人一定是因为——

"你是不是——杀人犯？"

"是的，"阿奇抖了抖缰绳，简短地答道："我杀了我的妻子？"

斯佳丽吓得眼皮直跳。

阿奇那胡子底下的嘴唇似乎在动弹，像是在讥笑她的恐惧，"我不会杀你的，太太，你不用害怕。只有一种理由我才会杀女人。"

"你杀了你自己的妻子！"

"她跟我兄弟通奸。他逃掉了。我杀了她并不后悔，淫荡的女人就是该杀。法律不应为此将男人关进监牢，可是我还是被投入牢狱。"

"可是——你是怎么出狱的呢？是逃出来的吗？还是被赦免的？"

"可以算是赦免我的，"他的两道浓眉蹙在一起，像是竭力把自己的话说得连贯起来。

"一八六四年舍曼将军率军入侵时，我正蹲在米勒奇维尔的监牢里，好像已经蹲了四十年了。有一天看守长把全体犯人召集起来说，北佬就要来了，他们要来杀人放火。而要说我这个人对谁比女人和黑鬼还要恨得更厉害，那就是北佬。"

"为什么呢？你曾——你从前曾认识北佬吗？"

"没有。可是我听人家说起过。我听说他们专爱管别人的闲事。我最恨爱管闲事的人。他们凭什么跑到佐治亚州来,解放我们的黑人,烧我们的房子,杀我们的牲口?嗯,看守长说军队里缺人缺得发慌,谁若是愿意参军,那么打完仗以后就可以释放回家——如果能活到那一天的话。不过他说被判处无期徒刑的人,像我们这样的杀人犯,军队里一律不要,说要把我们送到另一所监牢去。我对看守长说,我跟另外被判处终身监禁的人不一样,我不过杀了自己的妻子,而且是她罪有应得。看守长听我的话也还有点道理,悄悄地把我跟其他犯人给一起释放了。"

他停了一下又咕哝起来。

"嘿。可真有趣。他们因为我杀人,把我关进监牢。现在却放我出来,给我一支枪,叫我去杀人。我有了自由,手里还有支枪,自然是高兴的。我们从米勒奇维尔出来的人仗打得很出色,杀了不少人——自己人也死了不少。可是没有一个开小差的。投降以后,我们都获得了自由。我失去一条腿和这只眼睛。可是我并不后悔。"

"哦。"斯佳丽虚弱地说。

她开始回想当初为了遏制舍曼进攻的浪潮,最后不得不把米勒奇维尔的犯人放出来的事。那是她在一八六四年圣诞节听弗兰克提起过的,他是怎么说的呢?关于那个时期的情况,她脑子里简直是一片混乱。只要一想起来,她依旧感到恐怖,仿佛重又听见围攻的炮声,看见一长串大车驶过,鲜血点点地滴在红土路上。她还仿佛又看见民团在开拔,队伍里尽是些年轻的军校学员,以及像菲尔·米德那样的孩子和亨利叔叔和梅里韦瑟老爹那样的老人。当时犯人也上了前线,为了气息奄奄的南方邦联而战死在田纳西州最后一役的冰天雪地之中。顷刻之间,她觉得这个老人未免太傻,竟肯为剥夺了他生命中四十个年头的政府卖命。佐治亚州为了一个不成其为罪名的罪名,夺去了他的青年时代和中年时代,可是他还甘愿为佐治亚州献出一条腿和一只眼睛。她不由回想起在战争初期白瑞德说过的那些辛酸话,她记得他说过绝不为一个把他抛弃的社会而战斗。

可是真正到了危急关头,他还是去了,就跟阿奇一样。在她看来,所有南方的男人,不论出身贵贱,全是些感情用事的傻瓜,把一些毫无意义的话看得比他们自身的躯体还要重要。

她瞧着阿奇那双粗糙的手,他那两支手枪和他的猎刀,她心里又觉得害怕起来。像阿奇这样的犯人,比如盗窃犯、谋杀犯以及别的亡命之徒,还有没有以南方邦联的名义被释放在外的呢?看来街上见到的陌生人可能就有杀人犯!阿奇的真相若是让弗兰克知道那还了得!若是让皮特姑妈晓得了,说不定吓得她送了她的命。至于媚兰——斯佳丽巴不得让媚兰马上知道阿奇是怎么样一个人。这可以叫她清醒一下,该不该把这些人类的渣滓捡来硬塞给她的亲戚朋友。

"我——我很高兴你说给我听这一切,阿奇。我——我不会告诉别人。要是叫威尔克斯太太和别的太太们知道了,准会吓一大跳。"

"嘿。威尔克斯太太早知道了。那天夜里她让我睡到她家地窖里时,我就跟她说了。你想像她这样的好太太,我怎么好不把话说清楚就住在她家里呢?"

"上帝保佑!"斯佳丽吓得目瞪口呆。

媚兰明知道此人是个杀人犯,而且是个杀女人的凶手,可是居然不把他撵走,还放心让她自己的儿子、她的姑妈、她的嫂子、她的朋友们跟他在一起。而且她自己是一个顶顶胆小的女人,却不怕他住在她的家里。

"威尔克斯太太虽是个女人,却很懂道理。她说一个说谎的人永远会说谎话,一个做贼的人永远要偷别人的东西,可是一个杀过人的人,一辈子却不会再次杀人。她说一个人只要给南方邦联打过仗,他做过的坏事便可一笔勾销。虽然我并不认为杀死我自己的妻子是做了坏事……不错,威尔克斯太太尽管是个女人,却是很懂道理的……我还得跟你说一声,你什么时候雇用犯人,我就什么时候离开。"

斯佳丽没有答话,可是心里却想道:

"你越早离开越好。你这个杀人凶手!"

媚利怎么会这样——这样——她把个老恶棍收留到家里来,也不跟朋友们说一声他本是个犯人,这是怎么也说不过去的。只要参过军便可以把过去的罪恶一笔勾销!媚兰简直把服军役看成是受洗礼了。这么看来,媚兰关于南方邦联,关于它的士兵以及一切同它的士兵有关的东西,她脑子里的想法实在太愚蠢了。斯佳丽默默地诅咒北佬,因此对北佬的旧仇又增添了新恨。逼得一个女人不得不把个杀人凶犯留在身边保护自己,这还不是北佬所造成的吗?

阿奇在寒冷的黄昏时分赶车送斯佳丽回家。经过"现代女郎"酒店门口,她看见许多上鞍子的马、马车、大车停在门口。艾希礼骑在马上,他脸上是紧张惊觉的神情;西蒙斯家的几个孩子靠在马车旁,使劲地指手画脚;休·埃尔辛的一缕棕色头发下垂,蒙着眼睛正在不住挥手。梅里韦瑟老爹的馅饼车被围在中心,等她的车子靠近他的车时,她看见汤米·威尔伯恩和亨利叔叔也挤在他的车座上。

"我真不愿意看见,"斯佳丽烦躁地想道,"亨利叔叔搭那辆车子回家。他应该感到害臊。一叫人家看起来好像他连一匹马也没有似的。他搭他的车无非是想每天晚上可以跟梅里韦瑟老爹一块儿上酒店罢了。"

到了大家跟前时,她虽并不怎么敏感,却也不由得随着大家紧张起来,她的手恐惧地抓住自己的胸前。

"哦!"她想,"我希望不要又是谁被强奸了!假如三K党再把个黑人私下弄死,北佬怕就要把我们统统干掉了。"她忙对阿奇说,"停一停,这里出事了。"

"你不该把车停在酒店外面。"阿奇说。

"你听我的。停下。大家晚上好。艾希礼——亨利叔叔——出了什么事吗?你们看来都非常——"

大家朝她转过身来,都把帽檐往上一推,向她微笑致意,每个人眼睛里都带有异常激动的神色。

"可以说出了事,也可以说没有出事,"亨利叔叔大声嚷道,"全凭你自己去看。照我看来,立法机关本来就不可能采取别的办法。"

立法机关？斯佳丽这才松了口气。她对立法丝毫不感兴趣，认为这跟她反正没有关系。她担心的是只怕北佬士兵又要出来到处横冲直撞。

"到目前为止，立法机关怎么啦？"

"他们坚绝不肯批准那个修正案，"梅里韦瑟老爹说，声调得意洋洋，"这就叫北佬显出真面目了。"

"可是后果真不堪设想，该死——对不起，斯佳丽。"艾希礼说。

"噢，修正案吗？"斯佳丽问道，假装知道那是怎么一回事的样子。政治问题本不是她能理解的，她也很少浪费时间去想它。前些日子，议会曾批准过一个什么第十三修正案，或者是第十六修正案，可是她并不明白批准是什么意思。而男人们对这类事情总是非常激动。这时，艾希礼从她脸上看出她不怎么理解，便笑着解释道：

"那个修正案，就是关于让黑人选举的事。那个提案已经交给了州议会，可是议会没有批准它。"

"他们真傻！你知道北佬会硬逼着我们接受的，"

"我刚才说后果不堪设想，正是这个意思。"艾希礼说。

"我真为议会感到骄傲，为他们的胆识感到骄傲！"亨利叔叔嚷道，"只要我们不接受，北佬也没法强迫我们。"

"他们能够强迫我们，而且他们注定要来强迫我们，"艾希礼的语调平静，可是目光中流露出担心的神色，"这样一来，我们今后的日子，就更不好过了。"

"哦，艾希礼，绝不会的！今后的日子不可能比现在更艰难！"

"可能的，今后的日子会比现在更加艰难。假如我们有一个黑人议会，一个黑人州长，假如今后的军事统治比现在更坏，那么我们的日子会怎么样呢？"

斯佳丽稍稍明白过来，吓得眼睛睁得大大的。

"我一直在想，怎样才能对佐治亚州最有利，对我们大家最有利，"艾希礼的脸歪扭着，"一种办法是：我们像州议会那样，跟他们进行抗争，这样会使得整个北方反对我们，出动全部北佬军队来迫使我们接受黑人选举的法案，不管我们愿意不愿意。另一种办法是：我们尽可能地抑制我们的自尊心，以逆来顺受的态度对待势必强加在我们头上的东西。这两种办法，哪一种更明智些呢？结局是一样的，我们反正无能为力。他们决心要给我们吃的药，我们只好吞下去。也许我们还是不要反抗为好。"

艾希礼的话，斯佳丽多半没有听进去，话里的含意更是她无法理解的。她知道艾希礼对待一切问题，总是看到它的正反两面。她自己往往只看到一面。比如说给北佬一记耳光，她只考虑对自己有没有影响，别的她全置之脑后。

"那么你打算成为激进党人，去投共和党的票吗，艾希礼？"梅里韦瑟老爹拖着刺耳的调门讥刺地说道。

接着是一阵沉默，空气顿时紧张起来。斯佳丽见阿奇倏地伸手去摸手枪，随即又停住了。阿奇对梅里韦瑟老爹向来没有好感，不止一次说他是个只会说空话的老家伙，自然不能容忍他侮辱媚兰小姐的丈夫，即使她丈夫说话活像个傻瓜似的。

艾希礼眼睛里迷惘的神色忽然消失了，闪出一股怒火。可是没等他开口，亨利叔叔向梅里韦瑟老爹发起攻击了。

"你天杀的——你该死的——对不起，斯佳丽——梅里韦瑟老爹，你这个蠢驴，你居然这样对艾希礼说话！"

"艾希礼能自己照顾自己，用不着你给他辩护，"老爹冷冷地说，"听他的口气，简直像个无赖汉。逆来顺受，见鬼！对不起，斯佳丽。"

"我不相信退出联邦的主张，"艾希礼的声音因愤怒而有些颤抖，"可是既然佐治亚州脱离了联邦，我服从佐治亚州的决定。我并不相信战争，可是我还是为了南方邦联去打仗。我同样不相信惹恼北佬的做法，可是既然州议会决定这样做，我就站在议会一边。我——"

"阿奇，"亨利叔叔忽然说道，"送斯佳丽小姐回家去吧。这不是她待的地方。政治本不是女人的事，再说这里马上就要吵架了。走吧，阿奇。再见，斯佳丽。"

马车到达桃树街时，斯佳丽心里害怕得怦怦直跳。州议会采取的愚蠢行动会不会妨碍她的安全呢？他们激怒了北佬，她会不会因此丢掉她的锯木厂呢？

"嗯，"阿奇低沉地说，"我从前听说过兔子往猎狗脸上吐唾沫的故事，可是直到今天才终于看到了。州议会不妨为戴维斯总统和南方邦联的功绩而大声欢呼，可是那些偏爱黑鬼的北佬却已下定决心要叫黑鬼来当我们的主人。不过议会的精神还是值得钦佩的。"

"佩服他们？胡说八道！佩服他们？应该把他们枪毙，他们把北佬招惹来像鸭子扑向六月里的虫子似的扑向我们。他们为什么不肯批——批——批准那个他们想做的什么议案，让北佬平息下来，反而要惹恼他们呢？他们反正早晚要叫我们屈服，何不现在就向他们屈服呢？"

阿奇冷冷地盯了她一眼。

"不打一仗就屈服吗？女人的自尊心简直比山羊好不了多少。"

斯佳丽雇来十个犯人，她的两家厂子各分五个。阿奇果然说话算数，从此不再跟她打交道。尽管媚兰好言相劝，弗兰克答应给他增加工资，都没能使他重新拿起缰绳。他愿意护送媚兰和皮特、因迪，以及她们的朋友到城里各处去，唯独不肯护送斯佳丽。如果有斯佳丽坐在马车里，那么他就连其他的女人也不肯护送了。这样一来，斯佳丽显得很狼狈，因为看来就像那个老亡命之徒居然可以公然指责起她来了，更何况她家里人跟她的朋友们，都站在那老家伙阿奇一边。

弗兰克求她不要采用这种办法。艾希礼先是不答应雇用犯人干活，经不住她又是眼泪，又是哀求，还说等情况好转后，她会继续雇用自由黑人，他才勉强同意了。邻居们老实不客气地表明他们的反对态度，弄得弗兰克、皮特和媚兰简直都抬不起头来。连彼得大叔和嬷嬷都宣称雇用犯人是要倒霉的，绝不会有好结果。没有一个人不说，利用别人的不幸和苦难是一种错误的行为。

"你们为什么不反对叫奴隶干活呢？"斯佳丽怒气冲冲地嚷道。

"啊，那不一样。奴隶既谈不上不幸也没有什么苦难。黑人在奴隶制下比他们取得自由以后，日子要好过得多。你若不信，你看看周围便明白了。"可是斯佳丽还是那个老脾气，你越反对，她就越要顶着干。她把休从经理的位置上撤下来，叫他赶木材车，同时商定雇用加勒格尔的详细办法。

加勒格尔似乎是她所认识的唯一赞成雇用犯人的人。他稍稍点了点他那个橄榄头，说这确实是个好办法。斯佳丽看着这位赛马会里的前骑马师，见他长着两条弓形腿，人却站得笔挺，他的一张侏儒脸很严肃，像是能够认真办事的样子，她心里这样想："谁若是肯借马给他骑，他自然不会顾惜马的肉体。可是我可不允许他进入我任何一匹马的十英尺距离之内。"

可是她把一批犯人交给他管理，却丝毫没有不放心的感觉。

"那么对于这些人，我是完全可以自由处置的啰？"他问，眼珠儿冷得像两颗灰玛瑙。

"完全可以。我对你的全部要求就是要让工厂天天开工，及时提供我所需要的木材，而且做到要多少能提供多少。"

"我接受你的雇用，"约翰尼简短地说，"我这就通知威尔伯恩先生我不再去他那里做事了。"

斯佳丽见他摇摇晃晃地穿过石匠、木匠和泥水小工群里走过去，她觉得松了一口气，精神也马上振作起来。约翰尼果真是她需要的人。他这人严厉、强硬，从不做毫无意义的事。"一个拼命往钱眼里钻的穷爱尔兰人。"弗兰克轻蔑地这样评价他，可是斯佳丽却正为此而器重他。她明白一个下定决心有所作为的爱尔兰人就是值得她雇用的人，至于他个人的品格如何则可不必计较。而且她觉得比起她同阶级的许多男人来，约翰尼跟她的气质更接近一些，因为他知道金钱的价值。

他接管工厂的第一个星期里，他所做的事就完全符合她的希望。他用五个犯人所干的活，比休用十个自由黑人干的活还要多。而且斯佳丽自从一年前来到亚特兰大以后，也从来不曾像现在这样不需事事为厂里操心。约翰尼公开向她表示,他不希望她亲自过问厂里的事情。

"你管你的销售工作,生产木材的事交给我办,"他简短地说,"犯人营不是太太们该去的地方。如果别的人不愿意跟你说,那么我约翰尼现在就不妨对你直说。我只要提交木材给你,不是吗?我不希望像威尔克斯先生那样,成天叫人盯着。他需要有人盯着,我可不需要。"

斯佳丽虽然心里不太情愿,也只好不常去他的厂里,她怕若是去得太勤,他一旦撒手不干,那她就会给毁了。她听他说艾希礼需要有人盯着,她心里有点刺痛,因为他说的正是事实,只是她不肯承认罢了:艾希礼用犯人干活,成绩并不见得比用自由黑人好多少。究竟是什么原因,他自己也说不上来。而且他叫犯人干活,好像感到很羞耻似的,这些天来,跟斯佳丽也没有什么话好说。

斯佳丽对他近来的变化,觉得很是不安,他的光亮的脑袋上出现了灰发,双肩也有些因劳累而下陷,而且很少笑容。他已不再是几年前深深吸引着她的那个轻松愉快的艾希礼,看上去像有一种难以忍受的痛苦在暗中咬啮着他。他嘴唇紧绷着,一副怏怏不乐的样子,使她感到困惑,使她难受。她真想使劲把他的脑袋按倒在她的肩膀上,抚摩着他的灰发,对他大声喊道:"告诉我,是什么使得你苦恼?我能帮你解脱!我能使你不再烦恼!"

可是他那冷漠的正经态度终于使她无法跟他过于接近。

第四十三章

十二月里的一天,天气特别好,犹如晚秋晴暖宜人的小阳春。皮特姑妈院子里的橡树上,还残留着几片干枯的红叶,草地呈一片淡淡的黄绿,生机还没有完全消失。斯佳丽怀里抱着孩子,出来走到侧廊,坐在一张沐浴在阳光中的摇椅上。她身上穿一件绿色的薄毛料衣服,上面镶着Z字形黑色花边,头上戴一顶有带子的便帽,这都是皮特姑妈为她做的。这两件穿戴的东西对她都很合适,她自己也觉得十分高兴。好几个月以来,她的样子一直那么难看,现在又显得美丽动人,这真是件大好事!

她坐在那里,一面摇着孩子,一面轻轻哼着歌,忽然听见外面小街上传来马蹄声,她从纠结的枯藤缝隙里好奇地朝外张望,她看见白瑞德骑着马正向她家走来。

白瑞德离开亚特兰大的时候,杰拉尔德刚刚去世,小埃拉还远没有出世,迄今已有好几个月了。她曾惦记过他,可是现在却非常不愿见到他。事实上,她一见他那黝黑的面孔,心里就会产生一种愧疚的惊慌感。有关艾希礼的事,一直压在她的心头,她不愿和白瑞德讨论它,可是她晓得尽管她不愿意,他一定会强迫她讨论的。

他在门口勒住马,轻轻地跳下来。斯佳丽心神不定地瞅着他,觉得他那副模样,活像韦德老缠着她要她读给他听的一本书中的那个海盗的画像。

"就只差一副耳环和嘴里衔的一把短刀了,"她想,"好吧,不管他是不是海盗,我尽量不让他割断我的喉咙。"

当他走上走道,她向他招呼致意,并装出她最甜蜜的微笑,今天她真走运，穿着新衣服，戴着合适的帽子，看上去这么漂亮！当他的目光从她身上迅速掠过时，她意识到他也一定觉得她非常漂亮。

"一个新的小宝宝！哦，斯佳丽，真了不起！"他笑了，同时俯身掀起盖在埃拉那小丑脸上的毯子。

"别傻了，"她说，脸涨得通红，"你好吗，白瑞德？你已好久不在这里了。"

"是的。让我来抱这孩子，斯佳丽。噢，我挺会抱孩子，我有好多特别的本领。嗯，他看起来可真像弗兰克，只差没有胡子，不过以后也会长的。"

"我怕不会。她是个女孩子。"

"女孩子？那更好。男孩子总是叫人讨厌。下回你不要再生男孩子了，斯佳丽。"

她刚想尖刻地回答他说，不管男孩女孩，反正她再不想生孩子了，幸而话到唇边，她及时煞住没说出口，只是微微一笑，同时她心里立即另找话题，免得他把这个她害怕的题目提出来争论。

"你在外头过得不错吧，白瑞德？这一阵子你到哪里去了？"

"噢——古巴——新奥尔良——还有别的一些地方，喏，斯佳丽，把孩子抱着。她在淌口水了，我抱着她，不好拿手帕。她真是个可爱的孩子，可是我衬衫的胸口被弄湿了。"

她把孩子抱回去，放在膝上。白瑞德懒洋洋地坐在栏杆上，打开银烟盒取出一支雪茄。

"你老是到新奥尔良去，"她稍稍噘着嘴说，"可是你从来没跟我说你到那里去干什么。"

"我是个勤奋工作的人，斯佳丽，也许是我的生意让我到那里去的吧。"

"勤奋工作！你！"她毫无顾忌地笑起来，"你这一辈子从来也不工作。你这人实在太懒了。你做的事不过是经济上支持拎包投机家，好让他们偷人家的东西并把得到的好处分一半给你。再就是贿赂北佬当官的，好让你跟他们合伙剥削我们纳税人的钱。"

他的头一仰,哈哈大笑。

"你何尝不想多弄些钱贿赂北佬当官的,学我的样搞钱呢!"

"亏你想得出——"她开始光起火来。

"那么也许你想多弄些钱,一旦行贿时规模可搞得更大。或许你能在雇用的犯人身上发财致富。"

"噢,"她有点泄气地说,"你的消息怎么这样灵通?"

"我昨天晚上到达这里,在'现代女郎'酒店里消磨了一阵子,全城的新闻都听到了。那地方是个新闻交流场所,消息比太太们的缝纫会里还要灵通。人人都说你雇了一批犯人,交给那个城市无赖加勒格尔管理,叫那些犯人劳动累得要死。"

"那是胡扯,"她愤怒地说,"他不会把他们累死的。我会去照顾的。"

"你会吗?"

"我当然会!你怎么对这种事也要含沙射影?"

"噢,对不起,肯尼迪太太!我知道你的动机是无可指责的。不过,约翰尼确实是我见到过的一个顶顶冷酷的恶棍。你还得好好监视他,不要等监察员检查起来,就够你麻烦的了。"

"你管你自己的事,我管我的,"她愤慨地说,"我不想再谈雇犯人的事。人家爱管这闲事真可恶!我雇犯人是我自己的事——可是你还没有告诉我你在新奥尔良干些什么,你老是往那里跑,人家都说——"她忽然住口,因为她本来不想多噜苏。

"人家说什么?"

"嗯——说你那里有一个情人,说你就要跟她结婚了。是吗,白瑞德?"

她对此感到很好奇已有很长一段时间,现在她直截了当地向他提出了这问题她一想到白瑞德要跟别人结婚,便有那么一点奇怪的妒忌和痛苦感,可是为什么要妒忌,她自己也不明白。

他那毫无表情的眼睛忽然警觉起来,立刻紧紧盯住她的目光,直盯得她脸上悄悄泛起红晕。

"难道跟你有很大的关系吗?"

"嗯,我怕因此会失去你的友谊,"她一本正经地说道,又要装作并不关心此事的样子,便弯下腰把小埃拉身上的毯子盖得严实一点。

他忽然笑起来,可是马上又停住笑声说道:"瞧着我,斯佳丽。"她勉强抬头看着他,她的脸更加红晕了。

"你不妨告诉你那些好奇的朋友们,就说除非我没有别的办法得到我想要的女人,我才想结婚。不过到目前为止,我还没碰到过我想非跟她结婚不可的女人。"

这一下她可真有点又心慌又发窘了。因为这话使她回想起亚特兰大被围的那天夜里,也就是在这走廊里,他跟她说过的话:"我是个不结婚的男人。"而且当时他还有意无意地暗示要她当他的情妇。同时还使她回想起他关在牢里那天的可怕情景,令她羞愧难当。他看出她的心思,脸上慢慢展开不怀好意的微笑。

"不过你既然直率地提出这个问题,我愿意满足一下你的好奇心。我到新奥尔良去不是为了一个情人,而是为了一个孩子,为了一个小男孩。"

"一个小男孩!"这意想不到的话使她大吃一惊,她的窘困反而消除了。

"是的,我是他的法定监护人,应该对他负责。他在新奥尔良的学校里念书,所以我常去那里看他。"

"带些礼物给他吗?"她说,难怪他知道韦德喜欢什么样的礼物了。

"是的。"他勉强答道。

"哦,我可从来没听说过!他漂亮吗?"

"太漂亮了,这对他反而不好。"

"他懂规矩吗?"

"不,他是个十足的捣蛋鬼。我宁可他没有出世的好。男孩子总是惹人讨厌。你还有什么想知道的吗?"

他像是忽然恼怒起来,眉头一片乌云,仿佛后悔完全不该跟她提起此事似的。

"好吧，如果你不想跟我多说，我也没什么要问了，"她高傲地说道，虽然她心里迫切地想再多知道一些，"可是我实在看不出像你这样子居然能当监护人，"她说着笑起来，希望能叫他心里发慌。

"你自然看不出我。你的眼光本来就是很短浅的。"

他不再说下去。于是默默地吸了一会儿雪茄。她想回敬他一句同样无礼的话，但苦于想不出来。

"这件事你如果不在别人面前宣扬，我一定万分感谢，"他终于开口说道，"不过我知道想叫女人闭上嘴巴，简直是不可能的事。"

"我能够保守秘密，"她说，觉得自尊心受到伤害。

"你能吗？我可没有想到，那真是太好了。不要再噘着嘴啦，斯佳丽。我说话不该不讲礼貌，不过你那样刨根究底，你也活该。你对我笑一下，让我们先快活一会儿，我就要提一个不太愉快的问题出来了。"

哦，上帝！她想，看来他马上就要提起艾希礼和锯木厂了！于是她急忙对他一笑，并露出两个酒窝投其所好。"你还到过什么地方，白瑞德？你不见得一直都待在新奥尔良，是吗？"

"不，上个月我在查尔斯顿，我父亲去世了。"

"哦，真不幸。"

"你不要这样想。我敢说他对自己的死一定不会感到难过，我对他的死也并不感到难过。"

"白瑞德，你怎么说出这样可怕的话来！"

"我明明心里不难过，却偏要装出难过的样子来，那才是真正可怕的事，不是吗？在我和他之间从来不曾有什么爱，因而也谈不上丧失什么爱。在我的一生中，我简直记不起他老人家曾赞成过我什么。他太像他自己的父亲，而他是打心底里不赞成他的父亲的。我慢慢长大成人，他对我的不赞成明显地变为不喜欢。对我来说，我承认自己也一点没有改变。我父亲要我做的事，希望我养成的习性，没有一样不使我感到厌烦。最后他把我撵出家门，不给我一分钱，也没教会我一项技能。我只凭一个查尔斯顿家的上等人的身份，一手开手枪的本领,以及玩扑克的高超技巧,就到世界上闯荡了。我靠赌扑克不仅没有饿死,日子还过得挺舒服。可是这却大大触犯了我父亲的尊严,他没想到一个白瑞德家的人居然堕落成为一个赌徒。在我第一次回家时,他竟不许母亲见我。后来在战争期间,我偷渡封锁线出入查尔斯顿时,母亲只得瞒着他偷偷地来看我。这自然不能使我增添对他的爱。"

"噢,这些我一点都不知道。"

"他当时是一般人所认为的那种老派绅士,这类人往往无知、顽固、不能容人,而且思想狭隘,永远跳不出老派人的圈子。那些老派人见他把我撵出家门,只当我是死了,对他还大为赞赏,认为他的行动完全符合圣谕:'如果你的右眼冒犯了你,便把右眼挖掉。'我是他的右眼,是他的长子,于是他出于报复把我给挖掉了。"

他微微一笑,回忆往事似乎感到快意,但神情颇为严峻。

"嗯,我别的都能宽恕,唯独战争结束后他对待我母亲和妹妹的态度,使我怎么也无法宽恕他。那时我们家实际上已到山穷水尽的地步。庄园被烧掉了,稻田重新成了沼泽地。城里的房子因交不出税而没能保住,一家人住两间房间,那是连黑奴也不愿住的。我寄钱给母亲,却被父亲退回来——嫌我的钱肮脏,真是!有几次我回到查尔斯顿,偷偷地把钱塞给我妹妹。可是每次都被他发觉,于是他跟她闹得不可开交,弄得她简直活不下去,可怜的姑娘!结果钱还是退回给我。我真不明白他们是怎么生活下去的……其实我也并不是不知道,他们依靠我的弟弟,他的钱不多,但总是尽量接济他们。他也不肯要我的钱——拿投机家的钱是倒霉的,真是!再就是靠朋友的周济。你的姨妈尤拉莉,她的心肠极好,她是我母亲的最要好的朋友。她给他们些衣服,还有——真是天晓得!我的母亲靠别人的周济过日子!"

斯佳丽难得看到他现在这样脱下他的假面具。她见他脸色严峻,真诚地流露出他对他父亲的憎恨和对她母亲的悲伤。

"尤拉莉姨妈!可是上帝!白瑞德,她自己还靠我寄钱给她呢!"

"啊，原来她的钱是这么来的！可是你，亲爱的，你真没教养，怎么好在我面前说这话来羞辱我，我得把这钱还给你。"

"那再好不过，"斯佳丽说，她突然龇牙咧嘴而笑。白瑞德也报之一笑。

"啊，斯佳丽，你只要一想到钱，眼睛就会闪闪发光！你说，你的血管里除了爱尔兰人的血液外，是不是还有苏格兰人甚至于犹太人的血液呢？"

"别那么可恶！我刚才不是故意利用尤拉莉姨妈来羞辱你。说实话，她把我看成是个活财神，老是写信给我要钱。可是天晓得，我的担子已经够重了，根本无力养活查尔斯顿一家人，你父亲是怎么死的？"

"体面地饿死的，我想是——我希望是。他这是活该。他很想要我母亲和罗斯玛丽跟他一起饿死，现在他死了，我就可以帮助她们两人了。我在巴特雷那地方给她们买了一幢房子，有佣人侍候她们。不过当然啰，她们不能让人家知道是我给的钱。"

"为什么不能？"

"亲爱的，你不会不知道查尔斯顿，你到那里去过。我的家尽管很穷，可是家庭的面子却不能不顾。倘若让人知道她们用的是赌徒的钱，是投机家的钱，而且有些钱还和拎包投机家有关，那么她们就无法保持家庭的面子了。所以她们就对外宣称父亲生前保了一笔巨大的人寿险，说父亲宁可穷得像叫花子，情愿挨饿，也按期付保险金，以便他死了以后，她们的生活有个保障。所以现在他在人们眼里，成为一个比以前还要了不起的老派绅士……事实上，他是个为了自己的家庭的殉难者。他的所作所为，其实是要叫母亲和罗斯玛丽受苦受难，可是如今她们却生活得很舒服，他若是有知，在坟墓里也会不得安宁。我希望他这样……只有一点，对他的死我很难受，因为他自己要死，而且很乐意死。"

"为什么？"

"哦，他其实在李将军投降时就已经死了。你知道他这种类型的人。他永远无法适应新的时代，只会成天谈论往昔的好日子。"

"白瑞德，是不是所有的老年人都是这样子？"她想起杰拉尔德以及威尔说过关于杰拉尔德的话。

"噢，不！你只要看看亨利叔叔和梅里韦瑟老爹那只老野猫，你就明白了。他们两人从民团里回来以后，倒像是获得了新生，变得更加年轻，更加泼辣了。今天上午我看见梅里韦瑟老人，他赶着勒内的馅饼车和吆喝着那马的架势，就像是个赶军用骡子的人。他跟我说，他摆脱他媳妇的过度关怀，出家门给勒内赶馅饼车，年纪好像轻了十岁似的。还有你的亨利叔叔，他在法庭内外跟北佬斗，为了保护孤儿寡妇的利益跟拎包投机家斗，分文不取，而且乐此不疲。假如没有经过战争的话，他恐怕早就退隐家居，护理他的风湿病了。他们现在感到人家还需要他们，他们还能做些有益的工作，所以觉得自己年轻了。他们喜欢新时代，因为这个时代给老年人以另一次奋发的机会。可是另外还有许多人，年纪很轻，却跟你父亲和我父亲一样，既不能也不愿适应这个新时代，这就给我带来了这个我想跟你谈谈的不愉快的问题。"

他的话锋突兀地一转，使斯佳丽猝不及防，她结结巴巴地说："什么——什么——"同时心里又在嘀咕："哦，上帝，终于现在来了。我不知道能不能再用花言巧语把他打发掉？"

"我深知你的脾气，照说我不该指望你做到诚实、守信，跟我公平交易，可惜我太笨，还是相信你。"

"我不明白你这话是什么意思。"

"我想你是明白的，至少你看起来像是非常愧疚。我刚才来看你的时候，经过常春藤街，听见有人从篱笆后面招呼我，我一看是威尔克斯太太，于是我就停下来跟她聊了几句天。"

"真的吗？"

"是的，我们谈得很愉快。她跟我说她一直想告诉我，她认为我是一个非常勇敢的人，甚至到了最后关头，还能为南方邦联而战斗。"

"哦，胡说八道！媚利是个傻瓜。你那天晚上的英勇行为差点没把她的命给送掉。"

"要是那样,她一定会认为她自己是为了崇高的事业而献身的。后来我问她到亚特兰大来干什么,她对我什么也不知道像是很惊讶似的,她告诉我她家就住在这里,说你好心叫威尔克斯先生做了你的合伙人了。"

"嗯,那又怎么样?"斯佳丽简短地反问道。

"当初我借钱给你买锯木厂时,我曾提出过一个条件,就是你不能拿我的钱资助艾希礼·威尔克斯。那条件你是同意了的。"

"你这人真无礼。你的钱我已如数归还,现在锯木厂是属于我的,我爱怎么做是我自己的事。"

"你可否告诉我你还我的钱是怎样挣来的?"

"当然是卖木材得来的。"

"你这不等于说,你拿了我借给你的钱做木材生意赚钱吗?现在你等于拿我的钱在养活艾希礼。你是个不讲信用的女人。你若现在还不把钱还我,我就逼着你还,你如还不出我就拿你去拍卖场拍卖。"

他嘴里说得很轻巧,可是眼中却闪出怒火。

斯佳丽迅速把战火烧到敌方的领土上。

"你为什么恨艾希礼恨得这样厉害?你一定是在妒忌他。"

她话一出口,便觉后悔不迭,因为他一听便仰头大笑,羞得她满脸通红。

"你恬不知耻,还要自高自大,"他说,"你永远忘不了你自己是县里的美人,对吗?你以为你永远是一个穿着上等皮鞋最最逗人喜爱的年轻姑娘,每一个男人见了你都会神魂颠倒,是吗?"

"我并不是这样!"她愤怒地说,"不过我就是不懂你为什么那么恨艾希礼,我想不出别的解释。"

"不妨从别的方面考虑一下,迷人的姑娘,因为你刚才的解释并不正确。要说我恨艾希礼——与其说我恨他不如说我更爱他。事实上,我对他和他这种人只有一种感情,那就是怜悯。"

"怜悯?"

"是的，还带点轻蔑。好吧，现在你尽可以像只雄火鸡那样，昂起头扑着翅膀，说我这样的恶棍一千个也抵不上他一个人，说我既不配轻视他也不配怜悯他。等你平静下来以后，如果你愿意听的话，我可以把我的意思跟你说个清楚。"

"嗯，我不想听。"

"可是我还得说，因为你认为我在妒忌的那种愉快的错觉，实在叫我受不了。我对他怜悯，因为他本该死了，而至今未死。我对他轻视，因为他的世界已经消亡，而他却束手无策，不知如何是好。"

他话里的意思听起来很熟悉，她好像曾听到过，只是记不起什么时候在什么地方。她此刻正在盛怒之下，也没工夫细想。

"假如照你的心意行事，那么所有南方的规矩人统统都该死光了。"

"假如照艾希礼这一类人的心意行事，我相信他们是宁愿死的。死后还可以在他们的墓前竖一块体面的碑，上面刻着：这里躺着一位南方邦联的战士，为南方的大业而献身，或者为祖国牺牲是愉快和光荣的——，或者别的常见的墓志铭。"

"我不明白你为什么要那样？"

"除非用一英尺大的字母写的字放在你鼻子底下，你是什么也看不见的，是不是？假如他们死了，他们的烦恼就解脱了，就不需要面对那些他们解决不了的问题了。况且他们的家庭可以拿他们引以为荣，并把这种荣耀一代一代地传下去。我听人家说死去是快活的。你觉得艾希礼·威尔克斯现在快活吗？"

"怎么，他当然——"她刚一开始，忽然想起艾希礼近来眼中的神色，便停住没有再说下去。

"你说是他快活？是休·埃尔辛快活？还是米德大夫快活？你说他比你的父亲和我的父亲更快活吗？"

"嗯，也许他们不像原来那么快活，因为他们全都没有钱了。"

他大笑了。

"不是因为没有钱，宝贝，是因为失去了他们的世界，失去了把他们养育长大的那个世界。他们像是鱼儿离了水，给猫安上了翅膀一样。他们本来是教养成为某种人物,做某种工作,担任某种职务的。可是自从李将军在阿波马托克斯投降以后,那样的人物,那样的工作,那样的职位,便永远不存在了。哦,斯佳丽,别那么一副傻相!你想艾希礼现在家也没有了,种植场交不出税被没收了,像他这样的上等人,二十个也值不了一分钱,那么他能够做什么事呢?他的大脑和双手能用得上吗?我敢打赌他接管你的工厂后,你已亏本了。"

"我没有亏本。"

"真美。那么哪个星期天晚上你有空,可不可以让我翻翻你的账本呢?"

"你可以见鬼去,用不着等到你有空。你现在就可以去,反正不关我的事。"

"好宝贝,我已去见过鬼了,可他是个乏味的家伙。我不想再去了,哪怕是为了你的缘故……当初你迫切需要钱时,就把我的钱拿去用了。关于钱应该怎么用,我们有过一个协议,可是你把协议给撕毁了。你记住,我的骗子小宝贝,下回你总还有向我借钱的机会。你想要我以极低的利息借钱给你,让你再买几家木厂,几头骡子,再造几家酒店。到那时你休想我借给你了。"

"谢谢你。不过我如果需要钱,我可以到银行去贷款,"她冷冷地说道,可是她的胸脯已经气得在不住起伏了。

"是吗?那就请试试吧。我在银行里拥有大量的股份呢。"

"真的吗?"

"真的。我对某些正当的企业是很感兴趣的。"

"还有别的银行——"

"是的,有很多。不过倘若我能设法控制一下,你就休想从任何一家银行借到一分钱。你除非向放高利贷的拎包投机家去借。"

"我很乐意找他们。"

"你若是知道他们贷款的利率有多高,恐怕就不会那么乐意了。亲爱的,在商业界,不正当的交易是要受到处罚的。你对我本来是不该不讲信用的。"

"你是个规矩人,不是吗?你有钱有势,可是还要来捉弄像我和艾希礼这样落难的人。"

"不要把你自己跟他归入同一类型。你并没有落难。他可真是落难了,而且再也爬不起来,除非他有个强有力的、保护他指导他一辈子的靠山。我可不打算用我的钱帮这种人的忙。"

"可是我落难的时候,你并不反对帮助我,而且——"

"帮助你固然要担些风险,可是值得一试,而且很有趣。为什么这么说呢?因为你不依附男人,不哀叹过去。你摆脱困境,奋力拼搏。你靠从死人皮夹里偷来的钱,以及别人从南方邦联弄来的不义之财,奠定了你的产业。你干了种种足以使你增光的事,诸如杀人、抢别人的丈夫、试图跟人通奸、扯谎、做生意不择手段,以及种种一戳就穿的欺诈勾当。这些事全都令人钦佩。这也说明你是个有决心而且有相当能量的人,也是个值得我承担经济风险的人。我乐意帮助能自助的人。那个坚忍不拔的梅里韦瑟太太,我借给她一万块钱,连张字据都不要她的。她是以一篮子馅饼起家的,现在怎么样!开了一家面包房,雇了五六个伙计。她家老爹赶着馅饼车觉得很满意,连那小个子克里奥懒虫勒内也干得很起劲,还爱上了那一行。……还有那个可怜的汤米·韦尔伯恩,身子只抵得上半个男人,却干着两个男人的活,还干得挺不错,再说——噢,我不再说下去了,我使你忍受不住了。"

"你是使我忍受不了,我都快发疯了,"斯佳丽冷冷地说,她想使他生气以便转移有关艾希礼这倒霉的话题。可是他只是突然大笑,没有应战。

"像他们那样的人才是值得帮助的。至于艾希礼·威尔克斯——呸!在如今这个乾坤颠倒的世界上,像他这种人,无用处和无价值可言。碰到这种世道,他这种人,总是首先灭亡。他们不配生存下去,因为他们不愿意斗争,也不懂得怎样斗争。世道的颠倒这不是头一回,也不是最后一回。它从前发生过,今后还会发生。每逢这种情况出现，人人都失去一切，人人一律平等。大家一无所有，大家都得在同一条起跑线上出发，全凭各人一双有力气的手和一个灵活的头脑。可是有些人，比如艾希礼，既没有力气，也没有头脑，或者有是有的，却顾虑重重，没有利用起来。他们理所当然要没落，他们也应当没落。这是自然的规律。他们被淘汰以后，世界的境况就会更好。可是每回总有少数顽强的人，他们能渡过难关，一旦时机成熟，他们又能卷土重来，于是世界重新转向反面。"

"你以前也曾经穷困过。你刚才还说你父亲把你撵出家时身上连一分钱也没有。"斯佳丽怒气冲冲地说，"我想你是应该理解艾希礼，同情艾希礼的。"

"我确实理解他，"白瑞德说，"可是倘若我要同情，我真该死了。艾希礼在投降以后比起我被撵出家的时候，他所有的东西要比我多得多。至少他有朋友肯收留他，而我却是个以实玛利①。可是艾希礼自己干了些什么呢？"

"若是以你自己跟他比，你这个自鸣得意的家伙，那么——感谢上帝，他跟你大不一样。他不愿弄脏他的手，像你那样去跟拎包投机家、跟无赖汉和北佬在一起弄钱。他人格高尚，对自己要求严格。"

"可是还没有高尚和严格到不接受女人的钱和帮助的程度。"

"别的他又有什么办法？"

"这话可不是由我说的。我只知道我自己在被逐出家门的时候以及我现在是怎么做的。我只知道其他一些人是怎么做的。我们在一次文明的毁灭之中见到了机会，就最大限度利用它，有的很诚实，有的未必诚实，但是一直在最大限度地利用它。然而这世界上的艾希礼之流，他们有同样的机会，却不去利用。他们实在不够聪明，斯佳丽，而只有聪明人才能生存。"

斯佳丽几乎完全没有听到他在说些什么，因为几分钟前他刚开

---

① 见《圣经·旧约·创世记》。亚伯拉罕与其侍女所生之子，为其父摈弃喻为社会唾弃之人。

始所说的那几句取笑她的话对她很熟悉,她确切地记起来了。她记得那是在塔拉的果园里,冷风一阵阵吹来,艾希礼站在一堆围栏木旁,眼睛远远地看着她。当时他说——说什么?他讲了一个可笑的外国名字,听起来像是渎神的话,他还谈起什么世界末日的话。当时她不明白他是什么意思,此刻都似乎有些似懂非懂,而且还有一种懊丧、疲倦的感情。

"咦,艾希礼说过——"

"嗯?"

"有一回他在塔拉说起过那个——一个——诸神的黄昏和世界的末日这一类的傻话。"

"啊,戈特丹默龙!"白瑞德的眼睛因他感兴趣而发亮,"他还说了些什么?"

"噢,我不太记得清楚。我不太留意。不过——是的——说什么弱者要被筛选掉,强者能生存下来。"

"啊,这么说他也是懂的。那只能使他更加难以忍受。他们的大多数却不知道也永远不会知道这道理。他们不明白过去美好的东西消失到哪里去了,因而只能骄傲地而又无可奈何地默默忍受着。可是艾希礼明白,他明白他是要被筛选掉的。"

"哦,他不会!只要我还活着,他就绝不会被筛选掉。"

他平静地瞅着她,他棕色的脸上丝毫没有表情。

"斯佳丽,你是怎么叫他同意到亚特兰大来接管工厂的呢?他曾竭力抵制过你吗?"

她马上记起杰拉尔德葬礼后她跟艾希礼之间的那次情景,可是她又把这记忆丢诸脑后。

"怎么,当然不曾,"她愤慨地答道,"我跟他解释我需要他的帮助,因为我不信任那个帮我经营工厂的坏蛋,弗兰克工作太忙,帮不了我,而且我又要——喏,你瞧,我有小埃拉。于是他便愉快地同意了。"

"母亲身份的用处可真美妙!原来你是这样争取他的。好吧,你总算把他弄到你需要的地方来了,可怜的家伙,他是像犯人一样被镣铐锁住了,不过锁住他的是义务的镣铐。我愿你们双方都快活。不过,我一开头就说过,你倘若再搞什么有失大家风度的小计划,可别想从我手里搞到一分钱,我的两面派太太。"

她听了又是气恼,又是失望。因为她原来确实打算再向白瑞德借点钱,在城里买块地皮建造一处木材场。

"我用不着你的钱,"她嚷道,"现在我不用自由黑人,能够从加勒格尔的厂子里赚钱,赚好多好多的钱。我还有些钱放在外面做抵押贷款。我们店里跟黑人做买卖也赚到不少现款。"

"不错,我听说过了。你真有本事,会在走投无路的人头上弄钱,会在孤儿寡妇和无知无识的人头上弄钱。你既然这样唯利是图,斯佳丽,你为什么不从有钱有势的人而偏偏要从贫苦懦弱的人身上搞钱呢?自从出了岁宾汉①以来,锄强扶弱,一直被当作是一种美德的。"

"因为,"斯佳丽简短地说,"从穷人身上弄钱要更容易、更可靠一些。"

他耸耸肩膀,默默地笑了。

"你真是个诚实的无赖,斯佳丽!"

无赖!她若听到这个字眼会感到刺痛,那倒是桩奇怪的事。因为她强烈地告诉她自己,她不是一个无赖,至少她心里并不愿意做一个无赖。她想要做一个了不起的上等女人。顷刻间她的思想迅速地飞回到往昔的日子,她看见她母亲拖着窸窣的长裙在走动,身上散发出淡淡的香气,一双小手不知疲倦地为他人而忙碌着,她受爱戴、尊敬和热爱。忽然,她心里一阵伤感。

"你倘若想要嘲弄我,"她倦怠地说,"那是没有用处的。这些天来,我知道我自己的行为不够检点,也显得不够和善文雅,跟我所受的教养并不协调。可是我是出于无奈,白瑞德,真的,我是出于

---

① 英国中古传说的绿林好汉,以劫富济贫为宗旨。

无奈。要不我该怎么办？那个北佬跑到塔拉的时候，我若是对他很文雅，那么对韦德，对塔拉，对我们大家，不就完了吗？我本来应该——可是我现在甚至连想都不愿去想它。还有，当初乔纳斯·威尔克森想把塔拉占领，假如我那时表现得和善而又小心的话，那么我们现在不知在哪里呢？再说倘若我性情温和，头脑简单，不老缠着弗兰克把人家赖的债讨同来，我们自己就要——哦，得了。就算我是个无赖，可是我并不打算一辈子做个无赖。可是在前两年——甚至现在，我不这样又怎么办？我感觉到自己像是在风暴中划着一条负载沉重的船。我想要船继续漂行，已经费了好大的劲，再没有力量管那些无关紧要的事，那些可以轻易丢掉而于我无损的事，像举止风度以及——反正那一类的东西吧。我因为太害怕我的船会沉没，因此就只好把一些看来最不重要的东西，扔之船外。"

"自尊、荣誉、真诚、德行和和善，"白瑞德一一列举出来，"你是对的，斯佳丽，在一只船快要沉没的时候，这些东西是无足轻重的。可是看看你周围的朋友们。他们如若不能把满船货物一样不缺地安全送达岸上，他们就宁可让船沉入水底，只剩下所有的旗帜在那里飘扬。"

"他们是一群笨蛋，"她简短地说，"不论做什么事，总得有个合适的时机。等我有了很多的钱，我也能叫人处处满意的。到那时我就有条件干得一本正经了。"

"你现在就有条件这样做，只是你不愿意罢了。扔到水里的货物是不容易打捞的，即便打捞起来，也往往损坏得无法修复了。我怕等你认为有条件把你扔掉的荣誉、美德和善心重新捡回来时，它们经海水浸泡，已变得黯然失色了……"

说到这里他忽然站起身拿起帽子。

"你要走了？"

"是的，你是不是觉得宽慰些？我把你交给你自己剩下的那点良心吧。"

他停下来看看孩子，伸出一只手指给孩子紧握。

"我想弗兰克对这孩子一定感到非常得意吧?"

"噢,当然。"

"大概已经给这孩子作种种安排了吧?"

"噢,是的,你知道男人对自己的孩子总是那么痴的。"

"那么,你跟他说,"白瑞德说着忽然停下来,脸上露出一种奇怪的表情,"就说他希望给他孩子的安排能够实现的话,他最好晚上经常待在家里,不要像现在那样经常外出。"

"你这话是什么意思?"

"就是这个意思,叫他待在家里。"

"哦,你这个无耻的东西!你暗示可怜的弗兰克会——"

"哦,上帝!"白瑞德发出一阵狂笑,"我不是说他会去跟女人鬼混。弗兰克吆!哦,我的上帝!"

他走下台阶,继续大笑不止。

第四十四章

这是三月的下午,天气很冷,有风,斯佳丽赶车出迪凯特街驶向加勒格尔的锯木厂,把盖膝的毯子高高地拉在腋下。这些天来,独自赶车外出非常危险,比以往任何时候都更危险,因为现在对黑人已完全不加管束。自从州议会拒绝批准修正案以来,正如艾希礼所预言的那样,严厉的惩罚局面出现了。州议会坚绝不批准不啻给北佬一记响亮的耳光,北佬一怒之下,立刻采取报复行动。他们决心强行给黑人以选举权,把佐治亚州宣布为叛区,并把它制于最严格的军事管制之下。于是佐治亚不复以州的形式存在,而是和佛罗里达、亚拉巴马一起,划为"第三军营区",归一个北佬联邦将军统治。

倘若以前的生活是不安全和恐慌的,那么如今是加倍的不安全和恐慌了。倘若一年以前的军管条例使人感到非常严厉的话,那么比起如今皮普将军颁发的新条例来显得非常宽厚了。亚特兰大人面对黑人统治的前景,只觉得一片黑暗,束手无策,内心忍受着痛苦的折磨。至于黑人意识到自己比以前更重要,加上有北佬军队在后面撑腰,他们头脑发热有恃无恐,越发蛮横凶暴,使全城人人感到自危。

在这狂乱恐怖的时代,斯佳丽自然也感到害怕。可是她依然意志坚决,独自赶着车做她的例行工作,只是随身带着弗兰克的手枪藏在马车坐垫下面。她心里暗暗诅咒州议会,不该给大家带来更大的灾祸。他们那勇敢的立场,那人人称之为英勇的姿态,究竟有什么好处?只不过把事情弄得更糟罢了。

她走到一条小路附近,从那条小路经过几株光秃秃的树便到小河的尽头,这里就是贫民区。她于是吆喝着马加快速度,她每回经过这里,总是提心吊胆。这里都是些污秽不堪的奴隶住的小木屋和被军队置弃不用的帐篷。里面住的是些下流的黑人、最低级的穷苦白人及黑人娼妓,是亚特兰大城里城外最糟糕的藏污纳垢的地区。据说无论黑人白人,凡是犯了法的,常常躲到这地方来。北佬如果要抓人,总是首先到这里来搜查。动刀动枪的事,在这里是家常便饭,当局也管不了许多,索性不问不闻,由棚户区的人自己处理解决。在附近树林后面,有一家酿酒厂,专门制作廉价的玉米威士忌。到了夜晚,棚户区的小木屋里回荡着醉汉的叫骂喧闹声。

就连北佬也承认这地方是个罪恶的渊薮,应予铲除,然而他们并没有采取实际行动。亚特兰大和迪凯特的市民都怨声载道,因为这里是两地来往必经之路。男人经过这里,都把手枪的枪套打开。正经的女人即使有男人保护,也不愿意打这里经过。因为那里经常有喝醉的黑人妓女坐在路旁侮辱她们并高喊种种不堪入耳的粗话。

斯佳丽若是有阿奇在身边,经过这贫民区是用不着担心的,因为即使最厚颜无耻的黑人女人,也不敢在她面前取笑。可是自从她不得不独自赶车以后,各种各样的麻烦和疯狂意外事件层出不穷。她每回经过这里,那些放荡的黑女人似乎总要出来尝试一遍。她只好按捺住怒火不理睬她们。而且她不能向她家里人或者邻居诉苦,要不那些邻居就会胜利似的说:"可不是吗,这种事肯定会发生的。"至于她家里人,就又要拼命阻止她外出了。可是她自己一点也没有不外出的意思。

感谢上帝,今天路边上竟没有一个衣衫褴褛的女人。她走在通向贫民区的小路上,嫌恶地看着在午后阴郁的斜阳下霸占着洼地的一排棚屋。这时一阵冷风刮来,她闻到一股烧木柴的烟味、炸猪肉的香味,还夹杂着没人打扫的厕所里的臭味。她急忙捂住鼻子,拿缰绳狠狠地抽着马背,让它赶快跑过这里,拐弯上大路去。

马车上了大路,她刚想透一口气,忽然看见一个身材魁伟的黑人,悄悄地从一棵大橡树后面溜出来,吓得她差点没把一颗心从喉咙口跳出来。可是她虽然害怕，神志却还清醒，霎时间勒住马头，把弗兰克的手枪拿在手中。

"你想干什么？"她鼓足力气厉声喝道：那黑大汉急忙闪回到橡树背后，很害怕地回答说：

"上帝，斯佳丽小姐，可别开枪打大个子萨姆呀！"

大个子萨姆！一时间她几乎不相信自己的耳朵。萨姆是塔拉的工头，她上次见到他是在亚特兰大城被围的时候。他怎么……

"走出来让我看看你是不是真萨姆！"

他迟疑地从藏身处走出来，赤着脚，穿一条粗棉布裤，上身是一件北佬的蓝军装，套在他那粗大的骨架上，实在显得太短太紧了。斯佳丽见果然是萨姆，把手枪放回枪套里高兴地露出笑容。

"哦，萨姆！看见你我真高兴！"

萨姆飞快地跑到马车跟前，眼睛里闪着喜悦，雪白的牙齿也在闪光，两只大黑手一把抓住斯佳丽伸出的手。他那瓜瓢红的舌头伸在外面，身子迅速地摆动，那模样就跟一头欢蹦乱跳的猛犬一样看了叫人发笑。

"我的上帝，重新看到家里人可真是太好了，"他大声喊道，同时使劲地捏着她的手，捏得她觉得骨头都快断裂了，"你怎么也像个男人一样，带起枪来啦，斯佳丽小姐？"

"这几天坏人多得很，萨姆，我不能不带枪。你是个体面的黑人，怎么跑到贫民区这种地方来啦？你为什么不到城里来看我？"

"哦，斯佳丽小姐，我不是长住在这里，我不过暂时住几天。这鬼地方就是叫我白住我也不高兴住。这些肮脏的黑鬼我可从来没见过。你住在亚特兰大，我一点不知道，还以为你在塔拉呢。我一有机会，打算马上回塔拉去。"

"你是不是从亚特兰大被围以后一直没离开过这里。"

"不，小姐。我到外地去了。"说罢他放松了她的手，斯佳丽忙伸屈她那疼痛的手，看伤了骨头没有，"你还记得上回看见我的情景吗？"

斯佳丽想起在亚特兰大刚要被围攻前的一个大热天，她跟白瑞德两人坐在马车上,看见一队黑人从街上走过,大个子萨姆走在头里,他们边唱着《走吧,摩西》,边走向城外的防御工事。她向萨姆点点头。

"嗯,我给他们拼命干活,又是挖壕沟,又是填沙袋,一直干到邦联军离开亚特兰大。后来带领我们的队长被打死了,我不知道该怎么办,只好躲在矮树林里。我想回塔拉,又听说塔拉附近乡下统统被烧掉了。再说我也没办法回去,因为我没有派司,我怕巡逻队把我给抓走。后来北佬来了,有个北佬先生是个上校,他看中了我,叫我给他看马、擦靴子。

"就这样,小姐。我那时真觉得自己了不起,因为我本来是干田里活的,现在跟波克一样,当起跟班来了。我没告诉他我是个干田里活的,他呢——噢,斯佳丽小姐,北佬是什么都不懂的,那上校根本分不清干田里活的和干家里活的。于是我就跟着他,后来舍曼将军到萨凡纳,我们也跟着到萨凡纳。上帝,斯佳丽小姐,那一路上的情况真可怕,不是抢,就是烧——呃,他们有没有把塔拉给烧了,斯佳丽小姐?"

"他们放了把火,可是被我们扑灭了。"

"哦,听到这消息真叫人高兴。塔拉是我的家,我正打算回那里去呢,噢,仗打完以后,上校跟我说,'萨姆,你跟我到北方去,我给你大笔工钱,'那时我跟别的黑人一样,想过自由生活,就跟着他去北方了。我到过华盛顿,到过纽约,还到过波士顿,上校的家就在那里。哎呀,小姐,我可是个旅游过的黑人呀。斯佳丽小姐,北佬那儿街上的马和马车多得简直使你眼花缭乱。我在街上穿马路时心里都要怦怦跳。"

"你喜欢北方吗,萨姆?"

萨姆搔他那长满鬈发的脑袋。

"我喜欢——又不喜欢。上校是个大大的好人,他理解我们黑人。可是他的太太就不一样。她头一回看见我时,把我叫作'先生'。是的,她真是这样叫的。可是我听她一叫,当时我真手足无措。后来上校叫她叫我萨姆,她才改口。可是所有别的北佬第一次见到我时,都叫我'奥哈拉先生'。他们还叫我跟他们坐在一起,好像我跟他们能平起平坐似的。我从来没跟白人在一起坐过,现在我老了,学不会了。他们对待我好像我跟他们是自己人一样,可是斯佳丽小姐,他们心里并不喜欢我——他们不喜欢黑人。他们还害怕我,因为我个子太大。他们老爱问我被猎狗追逐过没有,是怎么挨主人打的。上帝,斯佳丽小姐,我可从来没挨过打。你知道像我这样值钱的黑人,杰拉尔德先生是绝不会让人打我的。

"我告诉他们说埃伦小姐待黑人多么好,我害肺炎的时候,她怎么整整一个礼拜守在我的身边,可是他们不相信我的话。后来我开始想念埃伦小姐,想念塔拉,再也待不下去了,有一天夜里就溜出来搭上一辆货车来到亚特兰大。你若是给我买张去塔拉的火车票,我就可以回家了。我很想再见到埃伦小姐和杰拉尔德先生。自由的滋味我尝够了。我需要有人天天给我饭吃,告诉我什么该做什么不该做,在我害病的时候照看我。万一我再害上肺炎会怎么样?那位北佬太太肯照看我吗?不会的,小姐!她嘴巴上叫我'奥哈拉先生',可是我害病她就不管了。埃伦小姐就不一样,她会照看我——怎么啦,斯佳丽小姐?"

"爸和妈都死了,萨姆。"

"死了?你是跟我闹着玩吧,斯佳丽小姐?你可不能跟我开这种玩笑呀!"

"我不是闹着玩,是真的。妈是舍曼的军队到塔拉时死的,爸——他是去年六月故世的。萨姆,哦,不要哭。请你不要哭!我们现在不要谈这。萨姆,你一哭,我也要跟着哭了。我实在受不了。过些时候我再详详细细地说给你听吧……苏埃伦小姐现在住在塔拉,她跟威尔·本亭先生结婚了,他是个非常好的人。还有卡琳小姐,她在一个——"斯佳丽没有说下去,因为她实在没有办法给这位眼泪汪汪的巨人说清楚修道院是怎么一回事,"她现在住在查尔斯顿。可是波克跟普里西还在塔拉……得啦,萨姆,拿这揩揩鼻子。你真的想回家吗?"

"是的。可是现在跟我想的不一样,埃伦小姐和——"

"萨姆,你看你留在亚特兰大替我做事好不好?我要有个人为我赶车,近来坏人特别多,我就更不能没个赶车的人。"

"是的,是不能没有。我想跟你说,你可不能独自赶车在外面到处跑,斯佳丽小姐。你不知道现在有些黑鬼多下流,特别是住在这贫民区的人。你这样不安全。我到贫民区来才不过两天,就听见他们谈起你。昨天你赶车经过这里时,有几个下流黑女人对你叫喊。我认出是你,你车子跑得太快,我没赶上。可是我把那些黑鬼揍了一顿。我确实揍了。你看到没有?他们今天一个也不敢出来了。"

"我确实注意到了,真该谢谢你,萨姆。呃,你说你为我赶车怎么样?"

"斯佳丽小姐,谢谢你,不过我想我还是回塔拉更好些。"

萨姆低着头,一只光着的脚趾头在地上胡乱地划着,像是有什么不可告人的心事。

"噢,那为什么?我会给你很高的工钱。你一定要留下来跟我在一起。"

他抬起呆板的大黑脸瞅着她,那张似孩子般什么也遮盖不住的脸上流露出害怕的神色。他走近一步,身子靠在马车边,低声跟她说道:"斯佳丽小姐,我得离开亚特兰大。我得去塔拉,才不会被他们找到。我——我杀了一个人。"

"一个黑人吗?"

"不,一个白人。一个北佬士兵,他们正在找我,所以我才躲到这贫民区来。"

"是怎么一回事?"

"他喝醉了,跟我说了些不三不四的话,我受不了,我就卡住他的喉咙——我并不想弄死他,斯佳丽小姐,可是我力气太大,没等我明白过来,我已把他给掐死了。这一下我吓坏了,不知该怎么办才好,就逃到这里躲起来。昨天我看见你经过这里,我想,谢谢上帝！是斯佳丽小姐！她会照顾我，不会让我被北佬抓去的。她会把我送回塔拉。"

"你说他们正在搜捕你吗？他们知道是你干的吗？"

"是的。我个子特别大，所以他们不会看错。我猜亚特兰大城里就数我个子最大了。昨天夜里，他们已经到这里来搜查过，幸亏有个黑姑娘把我藏在树林里的一间小屋里，才没被他们发现。"

斯佳丽皱着眉头在车上坐了一会儿。大个子萨姆杀了一个人，这些丝毫不使她感到惊慌或者焦虑，然而却使她非常失望，因为他不能为她赶车。让萨姆这样的大个子黑人给她当保镖并不比阿奇差。嗯，她得想办法把他平平安安地送到塔拉，不能让当局把他抓走。像他这样有价值的黑人，不能让他被绞死。他是塔拉最好的一个工头。在斯佳丽心里，从来没有想到过他现在已经是一个自由黑人。她还把他看成是跟波克、嬷嬷、彼得、厨娘和普里西一样，依然是属于她的。他依然是"我家里的一个成员"，因此她必须保护他。

"我今晚送你去塔拉，"她最后说："萨姆，你听着，我还得赶一段路来办事，不过我在太阳落山之前准能回到这里。等我回来时，你在这里等我。不要跟人家说你要到哪里去。你若是有顶帽子，就把它带上，把你的脸掩盖起来。"

"我没有帽子。"

"那好，你把这二角五分银币拿去，向那小木屋里的黑人买一顶。别忘了在这里等我。"

"是，小姐，"现在重新有人告诉他该做些什么，他的脸上闪现出宽慰的表情。

斯佳丽一路思索着赶车向前。塔拉增添一个田里干活的好手，威尔肯定是欢迎的。波克干田里活怎么也干不好，今后也不可能有什么进步。萨姆去后，波克可以到亚特兰大来跟迪尔西在一起了。杰拉尔德去世时，这是她曾允诺过他的。

她赶到锯木厂，太阳已快落山，时间比她预计的要晚。加勒格尔正站在一间简陋的木屋门口，那木屋便是厨房。另外一间扁平的小木屋是犯人的寝室，屋前的一根圆木上，坐着四五个犯人。他们的囚服肮脏不堪，散发着汗臭。在他们疲倦地移动身子的时候，脚上的脚镣发出银铛的声响。几个人的脸上全都是麻木绝望的神情。斯佳丽仔细地打量一下，他们竟变成枯瘦病弱的一伙，然而不久前他们刚来时，他们的体态姿势都还是可以的。斯佳丽下车的时候，他们都连头也没抬，可是加勒格尔却转身随意地脱帽向她致意，他那褐色的脸孔看上去硬得像是胡桃。

"我不喜欢那几个人的样子，"她突然说道，"他们看起来身体都不好。还有一个人呢？"

"他说他有病，"加勒格尔简短地说，"他在寝棚里。"

"是什么病？"

"多半是懒病。"

"我去看看。"

"你还是别去。他很可能光着身子。我会去照看他。他明天就能出工的。"

斯佳丽略一迟疑，忽然看见一个犯人疲倦地抬起头来以强烈的憎恨瞪着加勒格尔，随即他又低头俯视着地上。

"你抽打过这些犯人吗？"

"得啦，肯尼迪太太，容我说一句，是谁在管理这家厂子？是你把它交给我，叫我负责的。你说我可以完全做主。你没有什么可以责怪我的，现在厂里锯出的木材，不是比休·埃尔辛先生经营时要多出一倍吗？"

"是这样，"斯佳丽说着，却像一个傻瓜走过自己的墓地时打起寒战来。

斯佳丽看了看那几间丑陋的小木屋，觉得周围的气氛有一种不祥之兆，这情况在休·埃尔辛经营时是没有的。这里似乎给她一种荒芜、与外界隔绝的感觉，令她不寒而栗。这几个犯人现在完全在加勒格尔的掌握之中，他用鞭子抽他们也好，不管用什么别的办法虐待他们也好，她可能永远不会知道。犯人多半不敢在她面前诉苦，怕她走后会遭到更厉害的处罚。

"这几个人看起来很瘦。你到底有没有让他们吃饱?真是天晓得,我在他们伙食上花的钱是足够把他们养得像大肥猪一样的。单单面粉和猪肉两样上个月就花了我三十块钱。晚饭你给他们吃些什么?"

她走到厨房门口朝里面张了一眼,是一个黑白混血的胖女人正俯身在一只满是铁锈的炉子上,看见斯佳丽,向她行了个礼,又继续搅拌那锅里煮着的黑眼豆。斯佳丽知道加勒格尔已跟这女人同居,但觉得还是装作不知道为好。除了那锅黑眼豆外,她看见还有一平锅玉米饼,别的什么也没有。

"另外没别的给这些人吃吗?"

"没有,太太。"

"豆子里有没有加点腌猪肉呢?"

"没有,太太。"

"豆子里也不放点熏猪肉吗?黑眼豆里不加点熏猪肉是很不好吃的。吃下去也不长力气。为什么不加熏猪肉呢?"

"加勒格尔先生说用不着放猪肉。"

"你得加点熏猪肉。你们的食品放在哪里?"

那黑女人一双惊惶的眼睛骨碌碌地转动着,走到一具小壁橱前,那就算是食品间了。斯佳丽打开橱门一看,里面有一桶开着的玉米粉、一小袋面粉、一磅咖啡、一加仑罐装高粱糖浆,还有两只火腿。其中一只放在架子上,刚煮熟不久,只切掉一两片。斯佳丽转身对加勒格尔大发雷霆,可是对方却眍着愤恨的眼睛冷冷地盯着她。

"我上星期差人送来的五袋白面粉到哪里去了?还有那袋糖和那咖啡?我还差人送来五只火腿,十磅腌猪肉,另外天晓得还有多少蒲式耳的山芋和马铃薯。你说,它们到哪里去了?这许多东西,你哪怕一天给他们吃五顿,一星期总也吃不完的。你把它们给卖掉了。那就是你干的好事,你是个贼!你把我的好食品卖掉,把钱塞进你自己的腰包,给他们吃干豆和玉米饼。难怪他们一个个都变得那么瘦!你让开!"

她猛地从他身旁冲到房门口。

"你,最尽头的那一个——对,就是你!你过来!"

那犯人站起身很不灵便地向她走来,脚镣铛锒铛锒地响着,脚踝上的皮给擦破了,红红的一片。

"你上次吃火腿是哪一天?"

那人低下头看着地面。

"你说呀。"

那人垂头丧气地还是不开腔。末了他抬头以哀求的目光瞥了斯佳丽一眼,又把头低下。

"不敢开口,呃?好吧,到壁橱那里把架子上的火腿拿来。丽贝卡,把你的刀给他。你把火腿拿去,跟他们几个人分了吃掉,丽贝卡,你给他们做点软饼,煮点咖啡。多给他们点高粱糖浆。马上动手,让我看着你做。"

"那是约翰尼先生私人的面粉和咖啡,"丽贝卡害怕地讷讷说道。

"约翰尼先生的,好哇!我看那火腿大概也是他私人的。你照我的话去做,快点。约翰尼·加勒格尔,跟我到外边马车那儿去。"

她大步走过到处是垃圾的院子,爬上马车,见那几个犯人在一片片地扯下火腿,贪馋地往嘴里塞,像是生怕人家从他们手里抢走似的,这才使她的怨气稍稍有所平息。

"你是个少见的流氓!"她怒火满腔地嚷道。约翰尼站在车轮旁,脸色阴沉,帽子推到脑后。"你得把我买食物的钱赔还给我,从现在起,我每天发放吃的东西,不像以前那样按月发放,让你甭想再捣鬼。"

"反正我再也不在这里了,"约翰尼说道。

"你是说你想辞职不干吗?"斯佳丽刚想喊出:"你滚,滚了也好!"终于还是冷静下来没有说出声。若是约翰尼真的辞职,那么她怎么办?现在厂里的木材产量比起休经营时要多一倍。她最近刚接到一笔订货,是她接到的订货中最大的一笔,又是一笔紧急订货,必须及时送到亚特兰大。倘若约翰尼辞职,那么谁能接替他的位置呢?

"是的，我要辞职。当初你是叫我到这里来全面负责的，你只要我生产尽可能多的木材，并没有告诉我应该怎样管理工厂。现在我仍不想你来插手厂里的事。我怎样生产木材不关你的事。我该做的事没有什么可让你指责的地方。我替你赚钱，我拿我的工资。另外在我的职责范围内，我能赚的钱当然要赚。现在你跑到这里，横加干涉，当着犯人的面质问我，使我失去威信，那么你叫我今后怎样维持纪律？我以后还能碰他们一下吗？这些懒鬼根本就不配好好对待他们。不给他们吃饱有什么大不了？他们本来就不配吃好东西。现在你看着办，要么你不要来干预我的事，要么我今晚就辞职不干。"

他板着的脸硬得像燧石，斯佳丽感到为难了。倘若他今晚辞职，那她怎么办？总不能整夜不回家留在这里看着犯人吧？

约翰尼从她的眼色中看出她进退两难的样子，于是他的表情起了微妙的变化，不像刚才那么生硬，说话的语气也显得从容悦耳了：

"时候不早了，肯尼迪太太，你还是赶快回家吧。我们总不见得为了这点小事就闹别扭吧？你下个月从我工资里扣掉十块钱，这事我们就算了结了吧。"

斯佳丽的眼睛不情愿地看着那几个正在大啖火腿的可怜犯人，她又想到躺在漏风的棚屋里的生病的犯人。照说她该叫约翰尼·加勒格尔滚蛋，他是个贼，是个残酷无情的人。她不在的时候，他对待那些犯人，是什么事都干得出来的。可是，另一方面，他又非常精明能干。而她现在需要的正是个精明能干的人。好吧，她现在不能不用他，他正在为她赚钱。反正她留神着让犯人能吃饱肚皮就算了。

"我要扣掉你二十块钱，"她简短地说，"其余的事我明天早上再来跟你谈。"

她拿起缰绳，心里明白明天是没什么好谈的。这件事其实已经告一段落，约翰尼对此也心照不宣。

她赶着马车，沿小路走向迪凯特大道时，她的良心和她对金钱的欲望在一路上斗争着。她知道她不该把几条生命交给那个小个子约翰尼摆布。万一其中有一个人死于非命的话，她同样负有罪责，因为她是在知道他的暴虐情况后仍旧继续把他们交给他管的。可是另一方面——不错,从另一方面看,一个人根本不应该犯法。既然犯了法被关押起来,那么一切都是咎由自取怨不得别人了。这么一想,她良心上的压力稍微减轻了一点,可是那些囚犯呆滞的脸孔一路上还是不时地在她心头闪现。

"哦,我以后再想吧,"于是她决心把这方面的思绪推进她心头的破烂储藏室,砰地把储藏室的门关上。

斯佳丽到达贫民区外面大路的弯道上时,太阳已经没入地平线,周围的树林里一片黑暗。太阳落了山,一阵凉气上升,冷风从林间穿过,枯枝被劈啪折断,败叶随风沙沙作响。她从来不曾这样晚还在外面,心里有些不安,但愿立即到家。

她不见大个子萨姆的人影,勒住缰绳等他,心里却在嘀咕,怕他会不会已经让北佬给逮住了。随后从棚户区的小路上传来脚步声,她这才松了口气。她一定得数落他几句,不该要她等候着他。

可是等来人转过弯道,她一看却不是萨姆。

来人有两个,一个是白人,身材高大,衣服破烂,另一个是黑人,矮矮胖胖,肩背蜷缩着活像头猩猩。斯佳丽赶紧在马背上狠狠抽了一记,同时拔出手枪。那马刚要起步,那大汉猛一挥手,马惊退了。

"太太,"他说,"给我一个银币吧,我饿坏了。"

"闪开,"她说,尽量保持镇定,"我没带钱。驾!"

那人倏地一下紧紧地抓住马笼头。

"抓住她!"他对那黑人嚷道,"她的钱大概揣在怀里。"

接下去的事就像是梦魇一般,发生在一刹那之间。她迅速拔出手枪,可是本能告诉她不要对着那白人开枪,以免误中了自己的马。这时那黑人已经向马车奔过来,一张黑脸歪扭着,嘴巴咧开,眼睛斜睨。斯佳丽忙对准他开了一枪,这一枪打中没有她并不知道,只觉得她的手随即被人抓住猛地一扭,手枪脱手,连手腕也差点给扭断了。转眼间那黑人已到她身边,身上散发出一股恶臭,一面伸手想把她拽下车来。斯佳丽用她另一只自由的手拼命抵挡,用指甲尖抓他的脸。接着她感觉到他的大手扼住了她的喉咙,又听到哗的一声,她的胸衣被他从领口一直撕裂到腰际,一双手又在她两个乳房之间摸索着。她从来没有感到如此的恐怖和嫌恶,像个发疯的女人尖声狂叫起来。

"捂住她的嘴!拖她下来!"那白人嚷道,那黑手伸到她脸上。她先狠命将那手咬了一口,又接着尖声叫喊,同时她忽然听见那白人在咒骂,她知道有第三者来了。这时那黑人放松手,猛地跳开了,原来是大个子萨姆赶到了,他在袭击那黑人。

"快跑,斯佳丽小姐!"萨姆一边跟那黑人格斗,一边大声喊着。斯佳丽浑身颤抖着,嘴里还在尖叫,同时一把抓住缰绳和马鞭,使劲挥动。那马一跳就奔跑了,斯佳丽觉得轮下有个障碍物,是个柔软的东西。那正是被萨姆打翻在地躺在马路当中的那个白人。

她心里恐怖至极,拼命抽打着马,马被抽得稳不住脚步,弄得马车东摇西晃。她在恐怖之中,又听到后面有脚步声在追赶,吓得她对着马儿尖声怪叫,要它跑得更快些。她绝不能再叫那黑鬼抓住。倘若再让那黑鬼的手碰上她的身子,她宁可死了为好。

只听后面有人大声喊道:"斯佳丽小姐!停住!"

她没有放松缰绳,先颤抖着回头一看,只见大个子萨姆在大路上飞跑着,两条长腿像两根被使劲推动着的活塞。她这才勒住马头。他赶到爬上车,庞大的身躯把斯佳丽挤到一边。他脸上淌着血和汗,气喘吁吁地说道:

"你受伤没有?他们伤害了你吗?"

她一时说不出话来,可是看见他的眼光瞥了她一下就急忙转移掉,她马上明白她的紧身衣被扯到腰际,胸脯裸露着,连紧身褡也看得见了。她急忙把扯破的地方抓着遮住胸口,低下头呜咽地哭个不停。

"把缰绳给我,"萨姆说着从她手里接过缰绳,吆喝一声,"马儿，快跑吧！"

马鞭啪地一响，马便向前狂奔，马车随时有可能被颠进路旁的沟中。

"我希望那黑鬼已被我打死，不过我没看清楚，"他喘着气说，"他若是伤了你，斯佳丽小姐，我就回去叫他一定活不了。"

"别——别——快赶路吧。"她啜泣着说。

第四十五章

当晚弗兰克把斯佳丽、皮特姑妈和两个孩子送到媚兰家里后就跟艾希礼外出了。斯佳丽心里又气又伤心。他怎么今天晚上居然还要去参加政治集会,什么政治集会!竟就在这天晚上,她受人袭击险遭不测,他还要外出!他这人真薄情,真自私。可是,刚才萨姆送她哭到家,她的胸衣被撕裂到腰际,弗兰克却表现得出奇地平静。听她哭诉事情的经过时,他甚至连一次也没有捋他的胡子。只是好声好气地问道:"亲爱的,你受伤没有——只是吓坏了吧?"

她抽抽搭搭哭个不停。加上心里气恼,竟答不上话来。萨姆在旁代她回答说她不过受惊罢了。

"他们正在扯她的衣裳,我就赶到了。"

"你真是好样的,萨姆,今天的事我决忘不了你。你如果有什么事需要我帮忙——"

"是的,你把我送到塔拉去,越快越好。北佬正在抓我。"

弗兰克静静地听他讲述,没有向他发问。他脸上的神情,就跟那次托尼深夜敲门求救时一模一样,仿佛这是桩只有男子汉才能办的事,既要尽量少费唇舌,亦不宜感情用事。

"你坐上马车,我今晚叫彼得送你到拉夫雷狄,你可躲在树林子里,等天亮时你就搭早班火车到琼斯博罗。这样比较安全……好啦,宝贝,别哭啦。事情已经过去了,你又没有真的受伤。皮特小姐,可不可以把你的嗅盐给我,嬷嬷,你去给斯佳丽小姐拿杯葡萄酒来。"

斯佳丽忽又放声大哭,这一回大哭是因为她很愤怒。她本来希望弗兰克看到她这副模样,会好言安慰她,会怒火中烧,会声称要为她复仇。她甚至宁可他对她大发雷霆，说他早就警告过她，迟早会出这样的事——而不是像现在这样漠不关心，把她遭到的危险，看得这么轻描淡写。他对她很温存，很亲切，然而却那么心不在焉，像是有什么重大的心事似的。

原来那重大的心事不过是个小小的政治集会！

他叫她换好衣服，说要护送她到媚兰家里，晚上跟媚兰在一起，她听了简直不相信自己的耳朵。他应该明白她经历的事多么可怕，他应该明白她神经受了刺激，身子疲惫不堪，需要的是温暖的床和毯子，要好好休息一下，而不是要到媚兰那儿去。她需要有块热砖头焐她的脚，一杯热甜酒驱散她的恐惧。他倘若真的爱她，那么哪怕今晚有天大的事，他也不该扔下她只管自己往外走。他应该在家里陪着她，一遍一遍地跟她说，要是她不幸出了事，他也不愿意活了。好吧，等他晚上回家以后，只有他们两个人在一起的时候，她一定要把她满肚子的委屈诉说给他听。

每逢弗兰克和艾希礼一起外出，两家的女人便聚在媚兰家做针线。今晚上她的小客厅里跟往常一样宁静，在炉火照耀下显得温暖而愉快。桌上的灯盏发出暗淡的黄光照在四个女人光洁的头发上。她们都在埋头做针线，四条裙子适度地展开着，八只小脚优雅地搁在脚凳上。从隔壁开着门的育儿室传来韦德、埃拉和小博均匀的鼻息声。阿奇坐在壁炉旁的凳子上，背对着壁炉，嘴里一边塞着烟草块，手里拿着一块木头在起劲地削着。这个形容可怖的肮脏老人和那四个衣着整洁的女人在一起，相形之下，就仿佛一只凶恶的灰毛看门狗守着四只小猫似的。

媚兰柔和的声调中带有愤慨，娓娓地讲述女竖琴手协会的人因对下一次演奏会的节目跟男声合唱团的意见不合有点意气用事，今天下午特地来找她声称打算完全脱离亚特兰大音乐协会。媚兰好不容易凭她的外交手腕说服她们推迟她们的决定。

斯佳丽此时，哪里有心思听她讲这些。她真恨不得喊出声来："哦，该死的女竖琴手！"她想跟大家谈谈她的可怕经历。她急于要把事情的经过详细地说给她们听,叫她们听了心惊胆怕,分担一部分自己心里的恐惧。她还想告诉她们,自己刚才表现得多么勇敢,想用自己的话使自己相信,自己确实曾临危不惧。可是她只要一提起这个话题,媚兰总是巧妙地把话题转移到她不感兴趣的事情上。这简直叫斯佳丽心烦得难以忍受。她们怎么都跟弗兰克一样讨厌。

她刚刚逃脱了一场可怕的厄运,她们怎么竟无动于衷?她想把胸中的委屈一吐为快,可是她们竟连普通的礼貌也毫无表示。

今天傍晚发生的事,确实对她震撼极大。她只要想起大路边树林阴影里那张窥视着她的邪恶黑脸,就会吓得浑身颤抖。她想起那只在她胸口乱摸的黑手,倘若萨姆不及时赶到,真不堪设想!这时,她头低着,紧紧地闭上眼。她坐在和平安静的房间里做着针线和听着媚兰说话,时间愈长,她的神经愈紧张。她觉得它仿佛是绷紧了的班卓琴弦,随时都有可能啪的一声断裂似的。

阿奇削木头的声音吵得她心烦,她向他皱起眉头。她忽然觉得奇怪,阿奇今天坐着削起木头来了。平时他担任守卫,总是直挺挺地躺在沙发上睡觉,他的长胡子随着沉重的鼾声一起一伏。更奇怪的是媚兰也好,因迪也好,听凭他在壁炉前的地毯上弄得满是木屑,却不叫他在地板上垫一张纸头,好像她们都视而不见。

她正看着他的时候,阿奇忽然转身往炉火里吐了一口烟草汁,声音非常之响,吓得因迪、媚兰和皮特姑妈三人都跳起来,像是听到炸弹爆炸似的。

"你用得着吐得那么响吗?"因迪大声嚷道,显得她的神经受到了惊扰。斯佳丽惊异地看了她一下,因为因迪从来都是很能自我克制的。

阿奇回看了因迪一眼。

"我想我用得着。"他冷冷地回答了一声,他又吐了。媚兰稍稍皱起眉头瞥了因迪一眼。

"我从前见爸爸不嚼烟草,心里一直觉得很高兴。"皮特开始说道,谁知媚兰一听,眉头锁得更紧,竟用斯佳丽从来没有听到过的尖刻语气说道：

"哦，别说啦，姑妈！你这人真不识时务。"

"哎唷！"皮特把针线放在膝上，受了委屈似的噘起嘴巴，"我说你们两位今晚上怎么啦？你跟因迪怎么变得这么浮躁起来啦？"

没人答她的腔，媚兰甚至没有因为刚才说话冒犯了她而向她表示歉意。她低下头继续做她的针线，手上的动作，比平常要猛些。

"你的针脚有一英寸宽呢，"皮特得意地说，"你得全部拆掉重缝。你到底出了什么事啦？"

媚兰还是没有答话。

她们会不会出了什么事啦？斯佳丽想道，会不会只顾自己心里害怕，没有留神到她们的事？不错，媚兰虽然想让今天晚上看起来跟她们在一起度过的五十个晚上没有什么不同，可是由于今天傍晚的事使她们受了惊吓，气氛总不可能不有点异样。斯佳丽窥视她们几个，却正好碰到因迪的目光。因迪久久的一瞥是在打量着她，冰冷的眼光深处含有比憎恨更为强烈、比轻蔑更令人难堪的因素，这使斯佳丽很不安。

"看她那模样，好像她认为今天发生的事全都是我咎由自取。"斯佳丽愤愤地想道。

因迪的目光转移到阿奇脸上，刚才嫌他烦扰的神色全消失了，代之以一种隐藏着的焦灼的询问。可是阿奇并没有看她，而在盯着斯佳丽，目光跟因迪一样冷冰冰地含有敌意。

媚兰没有再说话，房间里陷入一片沉闷之中，斯佳丽听见外面的风声越刮越猛，她觉得今晚忽然成为一个最不愉快的夜晚，空气似乎很紧张。她不知道是不是一直就很紧张，因为她心里烦闷，所以开始她并没有注意到。阿奇脸上有种警觉等待的神色，毛茸茸的耳朵直竖着像是山猫的耳朵。媚兰和因迪都心神不定，又拼命压抑着，外边大路上传来的每一次马蹄声，枯枝在劲风中的每一声呻吟，以及落叶在草地上的飞舞声，都会使她们搁下手中的针线，抬起头来倾听。甚至连炉中木柴轻轻的爆裂声都会惊动她们，她们误认为那是悄悄的潜行的脚步声。

斯佳丽明白肯定是出了事,她很想知道到底是什么事。有什么事在进行着,她可一无所知。她向皮特姑妈那张坦诚的胖脸一瞥,她噘着嘴巴,显然跟她一样,什么也不知道。可是阿奇、媚兰和因迪知道。在静默中她几乎能够感觉到媚兰和因迪的思绪,就像关在笼子里的松鼠疯狂地在扑腾。她们虽然装作若无其事的样子,可是她们知道有事,而且在等待着什么。她们内心的不安,很快感染了斯佳丽,使她也变得神经格外紧张起来。她的手指不听使唤,一不小心把针尖刺进了拇指,痛得轻轻尖叫一声,把大家吓了一跳。她紧捏针刺处,捏得指头上挤出一滴鲜红的血。

"我实在安不下心来缝纫,"她说着把手中缝补的东西扔到地上。"我紧张得快要歇斯底里大叫大嚷了。我要回家去睡觉。弗兰克不是不知道,他今晚根本就不该出去。他成天说要保护女人,不让黑鬼和拎包投机家伤害她们。可是到了真正需要他保护的时候,他到哪里去了,他在家里照顾我吗?不,他跟一伙男人闲逛去了,那些人就会说空话,而且——"

她闪亮的目光落到因迪的脸上,话停止不说了。因迪呼吸急促,一双浅色眼睛冷冷地盯着她。

"假如不至于使你过于痛苦的话,因迪,"她讽刺地说道,"我想请你告诉我你今晚老是这么盯着我。是不是我的脸色发青或者怎么样了?"

"告诉你不但没有什么痛苦,而且我非常愿意告诉你,"因迪的眼睛闪闪发亮,"我就是不喜欢你这样低估肯尼迪先生这样一个好人,你若是知道——"

"因迪!"媚兰向她警告说,两手紧紧握住针线。

"我想我对自己的丈夫,比你总要更了解。"斯佳丽说,她从来没有公开跟因迪争吵过,今天眼看两人针锋相对,她的劲儿上来了,神经也不紧张了。媚兰朝因迪看了一眼,因迪勉强闭上了嘴,可是过不了几秒钟又开口说了,她的声调憎恶而冷酷。

"你居然还说什么要男人保护,斯佳丽·奥哈拉,我真听不下去。你根本不在乎要男人保护!你若是真要保护,这几个月来你就不会在城里到处乱跑,在陌生人面前卖弄风情,盼人爱慕你了。今天傍晚发生的事全是你自作自受,而且按理该给你更大的惩罚。"

"哦,因迪,别说啦!"媚兰嚷道。

"让她说,"斯佳丽喊道,"我喜欢听。我晓得她一直在恨我,却又那么虚伪,不肯承认。我看她要是认为有哪个男人会爱慕她,她准会光着身子从早到晚在街上跑的。"

因迪站起身来,她的精瘦的身子因受侮辱而簌簌发抖。

"我确实恨你,"她的声音颤抖着,但很清晰,"我没跟你明说,不是由于我的虚伪,而是有些事因为你不能理解,因为你缺乏任何——任何普通的礼貌和普通的良好教养。因为我知道我们必须团结一致,不计较个人间的怨恨,才有希望击败北佬。可是你——你——你却在竭尽全力降低我们上等人的威信——你到外面工作,给一个好丈夫带来羞辱,给北佬和那班下贱坯以口实来耻笑我们,说我们缺乏教养。北佬不知道你并不是我们当中的一员,你从来不跟我们一样。北佬不知道你根本没有什么教养。你在树林里乱跑,招来黑鬼和下流白人对你的袭击,实际上等于把城里每一个有教养的女人都暴露在受袭击的地位。而且这样一来,你又使我们的男人的生命处于危险之中,因为他们不得不——"

"我的上帝,因迪!"媚兰嚷道。斯佳丽虽很恼怒,但听见媚兰用上帝的名义也没能制止因迪不免感到吃惊。媚兰接着说道:"你马上住嘴!她并不知道而且她——你马上住嘴!你答应过——"

"哦,姑娘们!"皮特姑妈的嘴唇颤抖着哀求道。

"我不知道什么?"斯佳丽怒不可遏地站起身来,面对着横眉冷对的因迪和苦苦哀求的媚兰。

"一群珍珠鸡!"阿奇忽然说,语有轻蔑之意,没等谁来得及责备他,他那灰白色的脑袋敏捷地一扬,快速地站起来说,"有人来了,不是威尔克斯先生,不要叽叽喳喳的。"

他的语气带有男性的威严,几个女人立即住嘴默默地站着,脸上的怒气迅速消失了。阿奇一跷一拐地走到了门口。

"是谁?"他没等外面敲门便问。

"是白瑞德船长。请开门让我进来。"

媚兰飞快地跑到门口,裙环猛烈地摆动着,裙边飘起来,长内裤从裤脚到膝部都露在裙子外面。她没等阿奇伸手抓到把手,刷地一下就把门打开了。白瑞德站在门口,一顶黑垂边软帽低低地遮住他的眼睛,狂风呼呼地把他的披肩吹得紧裹在身上。他不像往常那么彬彬有礼,既不脱帽,也不跟大家招呼。眼睛只看着媚兰,突然劈头便问:

"他们到哪里去了?快告诉我。这是有关生死的大事。"

斯佳丽和皮特一时惊惶不解,迷惑地面面相觑。因迪像只精瘦的老猫倏地穿过房间跑到媚兰身边。

"什么都不要跟他说,"她急忙嚷道,"他是个奸细,是个无赖汉。"

白瑞德甚至不屑朝她一顾。

"快,威尔克斯太太!也许还来得及。"

媚兰似乎给吓蒙了,只是呆呆地瞪着他——

"到底是——"斯佳丽开始说道。

"住嘴,"阿奇喝了一声,"还有你,也别作声,媚利小姐。你滚出去,你这该死的无赖汉。"

"哦,阿奇,别那样!"媚兰喊道,伸出她一只颤抖的手搁在白瑞德肩上,仿佛保护他不让阿奇一碰似的。"出了什么事啦?你怎么——你怎么晓得的?"

白瑞德黝黑的脸上,急躁和礼貌在交战。

"威尔克斯太太,他们一开始就一直受到怀疑——幸亏他们干得非常巧妙——可是今天晚上出事了!我怎么知道的?我刚才跟两个喝醉的北佬中尉打扑克,是他们泄露给我知道的。北佬知道他们今晚要闹事,已做好准备对付他们。那些傻瓜要掉入陷阱了。"

霎时间,媚兰像挨了沉重的打击身子摇摇晃晃的,白瑞德伸臂搂住她的腰使她站稳。

"不要告诉他!他是想骗你上当!"因迪怒视着白瑞德嚷道,"你没听他说他今晚跟北佬军官在一起吗?"

白瑞德还是没有瞧因迪。他的目光牢牢地盯着媚兰苍白的脸庞。

"告诉我,他们上哪里去了?他们有没有一个集会的地点?"

斯佳丽不明白是怎么同事,只觉得害怕。在她看来,白瑞德脸上从来没有像今天那样毫无表情,然而媚兰分明看出有使她觉得可以信赖他的地方。于是她挣脱他的手臂,挺直身子,平静而颤抖地说道:

"在贫民区附近的迪凯特大道,在沙利文家庄园的地窖里聚会——就是那被烧掉了一半的庄园。"

"谢谢你。我立即快马赶去。要是北佬来这里,你们就说什么都不知道。"

转眼间,他黑色的披肩消失在夜幕之中,她们好像还不曾意识到他来过这里,随即听见一阵砂砾声响,嘚嘚的马蹄声飞也似的远去了。

"北佬到这里来?"皮特嚷道,两只小脚一软,身子就倒在沙发上,吓得连哭也哭不出了。

"到底是怎么回事?他的话是什么意思?你要再不告诉我,我就要发疯了!"斯佳丽抓住媚兰拼命摇着,像是她一用力,就能把答话摇出来似的。

"什么意思?他的意思是说艾希礼和肯尼迪先生的性命,说不定就断送在你的手里!"因迪的话音虽带有恐惧和痛苦,但也含有胜利的意味,"你不要摇媚兰吧,她就要晕过去啦。"

"不,我没有。"媚兰低声说着,同时她抓住了椅背。

"我的上帝,我不明白!杀死艾希礼?对不起,你们谁告诉我——"

阿奇的声音像生了锈的铰链,一下子把斯佳丽的话打断了。

"坐下，"他简短地命令道，"把针线拿起来，只当什么事也没有发生过。据我看，太阳落山以后北佬说不定一直在监视这座房子。坐下，我说，做你们的针线！"

几个女人战战兢兢地听从了他的话，连皮特姑妈的颤抖的手指也捡起一只袜子，可是她的一双眼睛却像个受惊的孩子睁大了轮流看着她们，希望得到一个解答。

"艾希礼在哪里？他出了什么事啦，媚利？"斯佳丽嚷道。

"你的丈夫在哪里？难道你对他不感兴趣吗？"因迪的浅色眼睛里闪烁着疯狂的恶意，一面把她手中在补缀的破毛巾揉拢又铺平。

"因迪，请不要说啦！"媚兰总算控制住自己的声调，可是她苍白震颤的脸孔和她痛苦的眼神说明她在竭力克制自己的感情，"斯佳丽，也许我们本该早跟你说，可是——可是你今天下午已经受了一场风波，所以我们——所以弗兰克认为——而且你一向来公开反对三K党——"

"三K党——"

她说出这三个字，仿佛她头一回听到这名字，还不明白它是什么意思，可是随即：

"三K党！"她几乎尖叫了，"艾希礼不是三K党人！弗兰克不会参加三K党！哦，他答应过我的！"

"毫无疑问，肯尼迪先生是三K党人，艾希礼也是的，所有我们认识的男人全都是的，"因迪嚷道，"他们是男人，是不是？是白人，是南方人。你应该为他感到骄傲，不该劝他卑躬屈膝并以加入三K党为耻，而且——"

"你们全都早知道了，可我却不——"

"我们怕你担心。"媚兰悲伤地说。

"那么他们说是参加什么政治集会，其实是参加三K党活动。哦，他答应过我的呀！这一下北佬要将我的锯木厂和店铺都没收，要将他抓去投入牢狱了——哦，刚才白瑞德的话是什么意思？"

因迪抬起眼睛正巧碰到媚兰的目光，她的目光中含有极大的恐惧。斯佳丽站起身来把手中的针线活扔在地上。

"你若是不肯告诉我，我就到城里去找。我要见人就问，一定要找到才——"

"坐下，"阿奇说，眼睛牢牢地盯着她，"让我来告诉你。因为你今天下午在外面乱跑，你自己闯了祸，这全是你的不是。可是威尔克斯先生、肯尼迪先生和别的一些男人为了此事，决定今晚去找那个黑鬼和那个白人，要是找到，就把他们杀了，还打算把整个贫民区全消灭干净。刚才来的那个无赖汉，他的话要是真的，那么北佬对他们的行动一定有所怀疑，要不就是听到风声派军队埋伏在那里等待着我们的人上钩。要是白瑞德扯谎，那么他就是个奸细，就会到北佬那里告密。北佬同样会把我们的人杀掉。假如他真的告密，我一定要把他杀掉，哪怕用我自己的生命奉陪。即使我们的人没有被杀，也只好赶快逃到得克萨斯州躲藏起来，也许从此一去不复返了。这一切全是你的不是，你的双手是沾有鲜血的。"

媚兰见斯佳丽慢慢明白过来，脸上不安的神色为愤怒所扫除，并很快出现恐惧的神色，她站起身把一只手搁在斯佳丽肩上。

"你若再敢说这样的话，就不要再待在我家里，阿奇，"她毫不留情地说，"这不能怪她。她只不过做了她认为不能不做的事。我们的男人所做的也是他们认为非做不可的事。人们必须做他们应该做的事。人各有志，做法各不相同。我们不应该以——以自己的标准衡量别人。你和因迪怎么能够跟她说这样冷酷的话，你想她的丈夫和我的丈夫说不定——说不定——"

"听！"阿奇轻轻地打断了她的话，"坐下，外面有马蹄声。"

媚兰坐下，捡起一件艾希礼的衬衫，低下头，竟不自觉地把衣服绉边扯成一根根带子。

马蹄声越来越响，逐渐接近门口。随即传来勒马的叮当声，拉扯皮带声和说话声。马蹄声在大门口停了，只听一个人大声发命令，接着脚步声穿过屋侧的院子走向后廊。四个女人觉得有一千只怀有敌意的眼睛从前面没有窗帘的窗子看着她们，吓得忙低头默默地做着手里的针线活。斯佳丽的心在胸膛里不住尖叫:"我杀了艾希礼啦,是我杀了他!"在狂乱之中她竟没想到她可能还害死了弗兰克。此时她心中只能容纳一幅艾希礼的图像,倒在北佬骑兵的脚下,漂亮的头发上沾着斑斑的血渍。

外面传来急促粗暴的敲门声,斯佳丽瞅了媚兰一眼,见她那疲惫不堪的小脸上忽然换了一副表情,跟白瑞德刚才的表情一样,丝毫不动声色,就像一个玩扑克的赌徒,手里拿着两张最小的两点的牌却想吓唬人的样子。

"阿奇,把门打开。"她平静地说道。

阿奇把猎刀插进靴筒,把手枪解开塞在裤带上,走过去刷地一下把门打开。皮特看见门口站着一个北佬中尉,带着一队士兵站着黑压压的一片,她像小耗子看见鼠夹子啪的一声压下来,吓得吱吱地叫了一声。其余的人都没有吭声。斯佳丽认识那军官,心里稍有一点点宽松。他是汤姆·贾弗里中尉,是白瑞德的朋友。他家里造房子就是向她买的木材。她知道他是个上等人,他也许不至于把她们抓去坐牢。那人一眼就认出她来,忙脱帽鞠躬,神情有些局促不安。

"晚上好,肯尼迪太太。你们哪一位是威尔克斯太太?"

"我就是,"媚兰说着站起来,她身材虽小,气质却很高贵,"不知你先生来此有何见教?"

中尉的目光迅速地向室内扫视一遍,又在每个人的脸上稍停一下,然后又从桌子上转移到帽架上,像是在寻找男人的踪迹。

"我想跟威尔克斯先生或者肯尼迪先生说句话行吗?"

"他们不在家。"媚兰柔和的话音很冷淡。

"真的吗?"

"你不用怀疑威尔克斯太太的话。"阿奇说着胡子直竖。

"对不起,威尔克斯太太,我并不想对你失礼。你若是向我保证,我就不必搜查这屋子了。"

"我可以保证。可是你要搜查尽可搜查。他们在肯尼迪先生的店铺里开会。"

"他们不在店铺里,今晚他们没有开会,"那中尉板着脸说,"我们在外面等他们回来。"

他一躬身便往外走,随手把身后的门带上。室内的人随即听见外面被风声压抑着的严厉的命令声:"把屋子包围起来。每一个窗口和门口都站一个人守着。"然后响起一阵杂沓的脚步声。斯佳丽模糊地看见窗口有胡子脸在窥视着她们,她竭力控制自己的惊恐。媚兰坐下泰然自若地伸手到桌上拿起一本书,那是一本破烂的《悲惨世界》,是南方士兵最喜欢看的。他们喜欢坐在营房的火堆旁读这本书,苦中作乐地把它称之为《李将军的悲惨世界》。媚兰打开书本的中间部分,用单调而清晰的声音读着。

"做针线活,"阿奇粗哑而低声命令道。同时媚兰沉着的读书声也给三个女人带来勇气,于是大家都低下头做针线活。

媚兰在外面监视的目光下到底诵读了多久,斯佳丽说不上来,只觉得仿佛过去了好几个时辰。媚兰读的书她连一个字也没有听进去。现在她除了想艾希礼外,也开始想起弗兰克来。他今晚态度那么镇静,原来是为了这个!可是他曾经答应过她不牵扯到三K党里去的。哦,这恰恰是她最最担心害怕的事。她去年一年的辛苦全都白费了。她的拼搏,她的恐惧,她在凄风苦雨中的勤劳,全都将化为乌有。谁能料到那个萎靡不振的老弗兰克竟会参加那班头脑发热的三K党人的活动呢?说不定就在此时此刻,他已经死了,如果他没有死,给北佬逮住了,不免要上绞架。艾希礼也同样如此!

她心里想着,攥紧拳头,把手掌心里掐出了四个鲜红的指甲印。艾希礼有上绞架的危险,可是媚兰还能这样平静地继续念书!而且艾希礼说不定已经死了。可是媚兰阅读让·华尔强①的悲惨故事时那柔和安详的话音使她镇静,使她不至于跳起来尖叫。

她回想起那晚托尼·方丹来到她家里的情景。当时他正遭追捕,

---

① 雨果名著《悲惨世界》中的男主角名。

精疲力竭,身无分文。倘若那天他没到她家,没得到钱和马,那么他一定早就被绞死了。此时艾希礼和弗兰克如果还活着,他们的处境想必和托尼那时一样,说不定更坏。现在家里被士兵包围了,他们若想回来拿钱拿衣服,就难逃被逮捕的厄运。说不定这条街上每家人家都有北佬士兵看守着,不让他们找到帮忙的朋友。说不定他们此刻在黑夜里纵马狂奔,逃向得克萨斯州去。

可是白瑞德——也许白瑞德能及时赶到他们那里。白瑞德口袋里老是揣着好多现钞、或许他会借钱给他们渡过这一关。可是也很怪。白瑞德怎么关心起艾希礼的安全来呢?他肯定不喜欢艾希礼,而且公开声称瞧不起艾希礼。那么为什么——可是这个谜她暂时不想了,因为她心里又担心起艾希礼和弗兰克的安全了。

"哦,全怪我不好!"她悲痛不已,"因迪和阿奇没有说错。全是我的不是。可是我绝没料到他们两人竟那么傻,去参加三K党!我也绝没料到真的会碰到今天下午的事。媚利说得对。人必须去做他们该做的事。我得让锯木厂办下去!我得赚钱,可是现在看来我的一切全要毁了,而这些又是我自己造成的。"

媚兰读了很久,声音开始发颤,渐渐拖长,终于停下来了。她的头转向窗口看着,好像窗外已没有北佬在窥视她们。其余的人也都抬起头来,见她那倾听的姿势,便跟着注意静听。

外面传来马蹄声和歌唱声,虽然门窗密闭,风声又大,但还是清晰可辨。唱的是一只最叫人讨厌的歌,是舍曼率军《进军佐治亚》的歌。唱歌的人正是白瑞德。

他第一句还没唱完,便听见另外两个醉汉的声音在责骂他,激起他一连串的胡言乱语,几个人的声音搅在一起,分辨不清。这时只听到前面走廊里贾弗里中尉迅速的一声命令,马上就响起杂沓的脚步声。可是屋里的几个女人,在听到这些声响之前,已吓得目瞪口呆地在那里面面相觑。原来她们听出来那两个跟白瑞德争吵的不是别人,正是艾希礼和休·埃尔辛。

外面门前小道上的声音更响了,有贾弗里中尉简短的问话声,休的尖锐傻笑声,白瑞德的低沉粗鲁声,以及艾希礼古怪而不真实的喊声:"该死!该死!"

"那不可能是艾希礼!"斯佳丽狂乱地想道,"他从不醉酒!还有白瑞德——咦,白瑞德越是醉得厉害就越安静,从来不像现在这样大吵大嚷的!"

媚兰站起来,阿奇跟着也站起来。他们听到中尉的尖嗓门在说:"这两个人被逮捕了。"阿奇马上把手按在手枪柄上。

"不,"媚兰坚定地低声说,"别动,让我来。"

此时媚兰脸上的表情,就跟当初她站在塔拉的楼梯顶上,手里拿着一柄沉甸甸的腰刀,注视着楼下北佬的尸体时一模一样。一个温文胆小的人,在环境的逼迫下,竟会变成像母老虎般的凶猛机警。她刷地打开门。

"扶他进来,白瑞德船长,"她用一种清晰的声音招呼道,声音里含着恼怒,"瞧你又把他给灌醉了。扶他进来吧。"

北佬中尉站在风里的黑暗小道上说:"对不起,威尔克斯太太,你丈夫和埃尔辛先生被逮捕了。"

"逮捕?为什么?因为喝醉吗?亚特兰大城里的人若是喝醉就要被逮捕,那么城里卫戍部队里天天都得有人坐牢了。噢,扶他进来吧,白瑞德船长——要是你自己还能走路的话。"

斯佳丽的脑子不怎么灵敏,一时间没弄明白是怎么回事。她知道白瑞德和艾希礼两人都没有真的喝醉,也知道媚兰心里是一清二楚的,可是媚兰为什么一反她温和文雅的常态,当着北佬的面像个泼妇般大吵大闹,硬把他们两人看成醉得连路都不能走似的呢?

外面黑暗中有模糊的争辩声,夹杂一些诅咒声,接着是登上台阶的踉跄的脚步声。艾希礼出现在门口,脸色苍白,头倒向一边,头发蓬乱,从头颈到肩部裹着白瑞德的黑披肩。休·埃尔辛和白瑞德脚步不稳地在他的两边挽着他,只要他们一松手,他准会栽倒在地上。北佬中尉跟在他们后面,脸上的表情像是觉得又怀疑又有趣。他在门口站定,身后的士兵好奇地向里面张望,冷风一阵阵刮进屋里。

斯佳丽又是害怕又是不解。她瞅着媚兰,再瞧着艾希礼,心中终于有点明白了。她刚想喊出声:"他可并没有喝醉!"又急忙把话吞下。她明白他们是在演戏,演的是一场生死攸关的戏。她知道她和皮特姑妈两人不是剧中人,可是其他几个人都是。他们像在演一出排练得很纯熟的戏,彼此配合默契。她虽然只是一知半解,但是已足够使她保持缄默了。

"扶他坐上椅子,"媚兰气愤地嚷道,"现在你,白瑞德船长,请你马上离开这屋子!你又把他弄成这样子,怎么还好意思到我这里来!"

两个男人搀着艾希礼坐在一张摇椅上。白瑞德摇摇晃晃地一把抓住椅背才站直身子,以抱怨的口吻对那中尉说:

"我可好心不得好报,不是吗?我怕他这样子会叫警察抓走,才送他回家,可是他还大嚷大闹,还要抓我的脸。"

"还有你,休·埃尔辛,我真为你害臊!你那可怜的妈妈会怎么说?喝醉了,还跟——跟白瑞德船长那样和北佬交朋友的无赖汉在一起!哦,威尔克斯先生,你怎么做出这种事来?"

"媚利,我醉得不怎么厉害。"艾希礼喃喃地说着,脸向下扑在桌子上,头埋在臂膀中间。

"阿奇,扶他进屋上床去睡——就跟往常一样,"媚兰吩咐道,"皮特姑妈,你快去帮他铺床吧。哦——唔,"她忽然哭了,"哦,他怎么又这个样子?他曾答应过我的!"

阿奇已经把手臂伸到艾希礼肩膀下面,皮特姑妈吓得没了主意,刚刚站起身来时,中尉发话了:

"别碰他。他被逮捕了。中士!"

中士拖着枪刚走进屋,白瑞德却挣扎着站稳身子,一只手搁在中尉的臂膀上,勉强地睁大惺忪的眼睛。

"汤姆,你抓他干什么?他喝得不算很醉。上回他醉得还要厉害呢。"

"醉他妈的鬼,"中尉嚷道,"他醉得躺在阴沟里也不干我的事,我不是警察。我们逮捕他和埃尔辛先生,是因为三K党今天晚上袭击贫民区,杀死了一个白人跟一个黑人,这事他们俩都有份。威尔克斯先生还是其中的为首分子。"

"今天晚上?"白瑞德不禁笑起来,越笑越来劲,直笑得倒在沙发上,两手捧住了脑袋。"不是今天晚上,汤姆,"他缓过气来接着说,"他们两位今晚跟我在一起,从八点钟开始,也就是他们家里人以为在开会的时候起,一直到现在。"

"跟你在一起吗,白瑞德?可是——"中尉皱起眉头,拿不定主意地看着艾希礼和媚兰,他们俩一个已经呼呼入睡,另一个正在呜呜哭泣。"可是——你们在哪里呢?"

"我不便说出来。"白瑞德一副醉鬼的狡黠样子,向媚兰瞟了一眼。

"你还是说出来的好!"

"我们到走廊里去。到那里我再告诉你。"

"你现在就说。"

"我不好在太太们面前说。如果太太们肯到房门外面——"

"我不出去,"媚兰怒冲冲地喊道,一面拿手帕擦眼睛,"我有权利知道。我丈夫到底去过哪里?"

"在贝尔·沃特林的妓院里,"白瑞德说着,像是很羞赧的样子,"除了他,还有休和弗兰克·肯尼迪,还有米德大夫和——和一大群人。在举行宴会。大宴会。有香槟。有女孩子——"

"在——在贝尔·沃特林那里?"

媚兰猛的提高嗓门,随后她痛苦得使她的嗓音哑了,吓得大家都转过脸看着她。她伸手抓住自己的胸口,阿奇还没过去扶住她,她已经晕过去了。接着是一片混乱,阿奇把她抱起来,因迪冲到厨房里拿水,皮特和斯佳丽一个给她打扇,另一个轻轻拍她的手腕。休·埃尔辛一遍一遍地在高声喊着:"瞧你干的好事!瞧你干的好事!"

"这下全城都要知道了,"白瑞德凶暴地说,"我想你该满意了吧,汤姆。明天亚特兰大城里,做妻子的怕没有一个肯理睬她的丈夫了。"

"白瑞德,我不知道——"虽然冷风从门外灌进来吹到中尉的背部,他却仍在冒汗,"呃,你起个誓,说他们果真是在——嗯——在贝尔那里。"

"见鬼,好吧,"白瑞德咆哮着说,"你不相信就去问贝尔本人。来,把威尔克斯太太抱到她房里。把她交给我,阿奇,我抱得动她。皮特小姐,你拿着灯走在前面。"

他毫不费力地从阿奇手中接过媚兰。

"你扶威尔克斯先生上床,阿奇。我从此不想再见他了。"

皮特的手抖得厉害,拿着那灯可真是对房子的安全有威胁,可是她居然拿着它一步步走进那黑暗的卧室。阿奇咕哝一声,一只手伸进艾希礼的腋下,把他抱起来。

"可是——我一定得逮捕他们!"

白瑞德从幽暗的过道里转过身来。

"那么你明天早上来逮捕。他们这样子反正是跑不了的。我还从来没听说过在妓院里喝醉了酒是犯法的。得啦,汤姆,足足有五十个人可以证明他们确实是在贝尔那里。"

"你们南方人要想证明一个人是在他本来不在的地方,总是能够找到五十个证人的,"中尉阴沉地说,"埃尔辛先生,你跟我去一趟,总得有人给威尔克斯先生宣誓作保,我才能假释他。"

"我是威尔克斯先生的妹妹。我可以担保他听候传讯,"因迪冷冷地说,"现在你总可以走了吧?这一晚你可把我们折腾得够了。"

"我万分抱歉,"中尉笨拙地一鞠躬,"我只是希望他们能证明他们确实是在——呃——沃特林小姐——太太家里。你可不可以告诉你哥哥一声,他明天上午一定得去听候宪兵司令的问话。"

因迪冷冷地点点头,把手放在门的把手上,默默地暗示他快点离开是很受欢迎的。中尉和中士退出,休·埃尔辛跟在后面,因迪随手把门啪地关上。她没瞧斯佳丽一眼,赶快走到各个窗口并把窗帘放下。斯佳丽只觉双膝发软,一把抓住艾希礼刚才坐过的椅子,才支撑住自己的身子,她低头往椅子上一瞧,椅背靠垫上有一块比巴掌略大的湿漉漉的黑斑。她觉得奇怪,伸手一摸,不觉大吃一惊,只见手上有黏糊糊的一大块鲜红的血渍。

"因迪,"她轻声道,"因迪,艾希礼——他受伤了。"

"你这蠢货!你以为他真的喝醉了?"

因迪把最后一道窗帘放下,飞快地奔向卧室,斯佳丽紧跟在后面,她的心跳到她的喉咙头。白瑞德高大的身躯挡住了门口,斯佳丽从他肩膀上看过去,见艾希礼躺在床上,脸色苍白。媚兰虽然刚刚晕过,动作却出奇地敏捷,正拿着一把绣花剪剪开艾希礼身上浸透了血渍的衬衫,阿奇一手掌灯低低地给媚兰照着,另一只手的手指按着艾希礼的脉搏。

"他死了?"两个姑娘同声喊道。

"没有,因为失血晕过去了。枪弹打穿了他的肩膀。"白瑞德说。

"你为什么把他带到家里来,你这傻瓜?"因迪嚷道,"让我进去!你让开!你为什么把他带到家里来,差点没被他们抓走?"

"他身子太虚弱,走不了远路。又没有别的地方可去,威尔克斯小姐。再说——你是不是要他像托尼·方丹那样逃亡出去呢?你是不是愿意你的邻居们成群地逃到得克萨斯隐姓埋名地在那里过一辈子呢?现在有一个机会叫他们全都不会吃官司,只要贝尔——"

"让我进去!"

"不,威尔克斯小姐,有事要请你做。你得马上去请个医生——不要米德大夫。他和这件事有牵连,说不定此刻正在受北佬的盘问。另找一个医生。你晚上独自出去害怕不?"

"不,"因迪说,一对浅色眼睛闪闪发亮,"我不怕,"她从过道的衣钩上把媚兰带兜帽的披肩取下,"我去请迪安大夫,"她的声音不再是那么激动,因为她竭力控制已平静了,"很对不起,我刚才把你叫作奸细和傻瓜。我不了解情况。我非常感谢你帮了艾希礼大忙——不过我照样看不起你。"

"我欣赏你的坦率——为此表示感谢,"白瑞德一鞠躬,抿起嘴唇现出一个感到有趣的微笑。"你快去吧,往小路走,回来的时候要是看到有士兵在附近,就别进屋子。"

因迪又痛苦地匆匆扫了艾希礼一眼,把披肩裹在身上,轻轻穿过过道从后门出去,消失在夜幕之中。

斯佳丽竭尽目力从白瑞德肩上看过去,见艾希礼睁着眼,她的心又怦怦跳了。媚兰从脸盆架上拿来一块折叠的毛巾,按在他流血不止的肩膀上,艾希礼虚弱地装出让她放心的微笑看着她的脸。斯佳丽感到白瑞德正以洞察一切的目光在盯着她,她知道自己的心思明明白白地写在自己的脸上,可是她也不管了。艾希礼正在流血,也许快要死了。她爱着他,却是她给他肩上带来这个枪洞。她想冲进房里,倒在他的床边,把他紧紧搂住,可是她两膝直抖,挪不动脚步。她的手捂住嘴,她睁大眼看着媚兰换了一条毛巾贴在他肩上拼命地按住,像是这样就能把血按回他身体里似的。可是那毛巾简直像着了魔,顷刻间就红透了。

一个人流了那么多的血怎么还能活着?可是,感谢上帝,他嘴唇边没有出现血泡沫——哦,那些带血的泡沫,是死亡的前奏,这对她曾一度是很熟悉的。当年桃树溪可怕的一役,好多伤兵死在皮特姑妈家的草地上,嘴角上都泛出过血泡沫。

"振作点,"白瑞德说,语调生硬,略带嘲讽,"他不会死的。你拿灯照着威尔克斯太太,我要差阿奇办点事。"

阿奇透过灯光看着白瑞德。

"我不听你的差遣。"他说着把嘴里的烟草从脸颊的一边移到另一边。

"你照他的吩咐办,"媚兰厉声道,"要赶快办。白瑞德船长怎么说,你就怎么办。斯佳丽,接过他手中的灯。"

斯佳丽上前接过灯,两只手捧着,生怕它会从她手上掉下来。艾希礼的眼睛重又闭上了。他敞开的胸口慢慢地升起来,却很快地瘪下去。鲜血从媚兰震颤的指缝间渗出来。她迷迷糊糊地听见阿奇走到门口。白瑞德低声很快地跟他说了几句话。她因为全神贯注着艾希礼,白瑞德前半段的话她只听见:"骑我的马……拴在外面……拼命快跑。"

阿奇咕咕哝哝问了几个问题,斯佳丽听见白瑞德回答说:"老沙利文庄园。那最大的烟囱上藏有几件袍子。你把它们烧掉。"

"嗯。"阿奇咕噜一声。

"还有两个——两个男人在地窖里。把他们尽量好好地驮在马背上带到贝尔家屋后的空地上——就是在屋子跟铁轨之间的那块空地。千万小心,你若是被人发觉了,就要跟我们一起上绞架。把那两个人放在空地上,每人身旁放一支手枪——还是塞在他们手里吧。喏——把我的枪拿去。"

斯佳丽往门口看着,看见白瑞德伸手到背后上衣下面摸出两支左轮枪,阿奇接过来插在裤带上。

"你把每支枪都打一发子弹。让人家看起来显然是一场枪击事件,明白吗?"

阿奇点点头,像是深谙此道,冷冷的目光流露出不得不承认的敬意。可是斯佳丽依然莫名其妙。刚才的半个钟头简直是一场梦魇,她觉得自己怎么也弄不明白。幸亏对这种扑朔迷离的处境,白瑞德始终泰然自若,这对她可说是个小小的安慰。

阿奇转身要走,忽然又回头用他的独眼探询地看着白瑞德。

"是他?"

"是的。"

阿奇咕哝一声,往地上吐了一口唾沫。

"真糟糕。"他说着从过道走向后门口。

他们最后的两句话,引起斯佳丽新的恐惧和怀疑,像是胸中有个冰冷的泡泡在不断膨胀。等到那泡泡啪的一声破裂时——

"弗兰克在哪儿?"她惊呼道。

白瑞德快步走到床边,他那高大的身躯摆动着,像猫儿般灵巧而不声不响。

"总算还不赖,"他说着微微一笑,"把灯拿稳,斯佳丽,你总不想烫着威尔克斯先生吧。媚利小姐——"

媚兰抬起头。像个等待命令的善良的小兵。由于此时情况紧张,她竟没有注意到白瑞德第一次以家里人和老朋友才使用的名字称呼她。

"对不起，我该说，威尔克斯太太……"

"噢，白瑞德船长，不用道歉。你若是叫我媚利而没有小姐两字，我会觉得荣幸。我把你看成是我的——我的兄弟或者——或者我的表兄弟。你真好，真聪明。我不知道怎么感谢你才好。"

"谢谢你，"白瑞德说着，一时显得有些发窘，"你的话我真不敢当，不过媚利小姐，"他深表歉意地说，"我很抱歉我刚才不得不说威尔克斯先生是在贝尔·沃特林那里，我很抱歉把他和其他一些人都卷进这样一个——一个地方。可是我刚才离开这里时我得赶快动脑筋，而我灵机一动想到的唯一办法就只能是这样。因为我有许多北佬军官朋友，所以知道他们会相信我的话。他们给了我一个得打上问号的荣誉，那就是把我看成是他们的自己人，因为他们知道我在这里本地人的心目里——或者就叫作'不得人心'吧。而且你瞧，今晚早些时我刚好就在贝尔的酒吧间打扑克。有十几个北佬士兵可以为我做证。贝尔和她的那些姑娘都很愿意当他们的面说谎话。就说威尔克斯先生和另外一些人整个晚上都待在她们的楼上。北佬会相信她们的话。北佬在这种地方可也怪，他们以为做那种生意的女人是不可能爱国和讲什么忠诚的。北佬想要知道那些他们认为在开会的人的行踪，可是他们绝不相信亚特兰大城里正派的上等女人的话，却偏偏相信卖笑姑娘的话。我想凭着我这个无赖汉和十几个卖笑姑娘的证词，他们今天也许能躲过这一关。"

他说到最后一句话时，脸容带着讥笑，可是他一见媚兰抬头看他并满脸是无比感激之情时，他的讥笑消失了。

"白瑞德船长，你真能干！只要能救他们，哪怕你说他们今晚在地狱里，我也不会介意的。因为我知道，所有和我们有关的人也都知道，他是绝不会到那种可怕的地方去的。"

"嗯，"白瑞德尴尬地说，"事实上，他今晚是在贝尔家。"

媚兰坐直身子冷冷地说：

"我绝不相信这种谎话！"

"请听我说,媚利小姐!你听我解释,今晚我们从老沙利文庄园出来,我发现威尔克斯先生负了伤,和他在一起的有休·埃尔辛、米德大夫和梅里韦瑟老爹——"

"怎么会是梅里韦瑟老爹呢!"斯佳丽嚷道。

"要做傻瓜的人是不用怕年纪太大的。还有你的亨利叔叔——"

"哦,发发慈悲吧!"皮特姑妈嚷道。

"其余的人跟军队打了一场遭遇战后都散掉了。他们几个人到沙利文庄园把袍子藏到烟囱里,同时看看威尔克斯的伤势究竟怎样,倘若不是因为他受了伤,他们此刻恐怕已经上得克萨斯去了——所有他们几个人。可是威尔克斯不能骑马远行,他们又不能把他扔下不管。当时我知道必须要能证明他们不在出事的地点,所以就从小路把他们带到贝尔·沃特林家。"

"哦——我明白了。请原谅我刚才的冒昧,白瑞德船长。我现在知道你必须带他们到那里去,可是——噢,白瑞德船长,你们进去时,总会有人看见的呀!"

"一个人也没看见。我们是从靠铁轨那一边一扇秘密的后门进去的。那里是漆黑一片,而且门总是锁着的。"

"那么你怎么——?"

"我有钥匙。"白瑞德简短地说,并不回避媚兰的眼光。

媚兰领会到这话的全部含义,不觉猛地一愣,感到十分窘困,以致手里乱摸那毛巾,竟把它从伤口上完全滑掉了。

"我并不是故意打听——"她用压抑的声音说道,脸已涨得绯红,一边把毛巾按回到创口上去。

"我很抱歉不得不把这种事说给一位太太听。"

"那么说是真的了!"斯佳丽想着,心里感到一种奇特的痛苦,"那么他跟沃特林那个可怕的女人同居了!她的房子是属于他的!"

"我见到沃特林,向她解释了一下。我把今晚在外边的男人的名单交给她,请她跟她的女孩子证明一下今晚他们全都在她那里。我们出来时,为了更惹人注目,沃特林叫两个她雇来维持秩序的亡命之徒把我们几个一面殴打,一面拖下楼、穿过酒吧间、扔到大街上,把我们当作吵架打架的醉汉处理。"

他咧嘴笑着回忆道:"米德大夫装得不太像。到这种地方去,实在有失他的尊严。可是亨利叔叔和梅里韦瑟老爹表演得精彩极了。假如少了这两个伟大的演员,这幕戏一定大为逊色。他们似乎觉得挺有趣。不过由于梅里韦瑟老爹演得过于认真,我怕亨利叔叔的一只眼睛被他打青了。他——"

后门猛地推开,因迪进来,后面跟着迪安大夫,他一头长长的白发乱蓬蓬的,披肩下鼓着一只破皮包。他没和在场的人说话,只稍稍点点头,立刻走到艾希礼身边掀开他肩上的毛巾。

"还在肺的上边,"他说,"若没有击碎锁骨,本来也不算太严重。多准备些毛巾,太太,有棉花的话也给我一点,还要点白兰地。"

白瑞德从斯佳丽手里接过灯放在桌上,媚兰和因迪按大夫的吩咐忙着准备去了。

"你在这里派不上用场。到客厅里去烤火吧。"白瑞德说着抓住斯佳丽的手臂把她推出房门,他的手和声音都很温和,这是他从来没有过的。"今天这一天真糟糕,你受够了,不是吗?"

她由他带到客厅里。她虽然站在壁炉前,身上却开始颤抖起来。她心中的那个怀疑的泡泡又在膨胀了。现在已不止是怀疑。她几乎已经可以肯定,而这一肯定又是多么可怕!她仰视着白瑞德不动声色的脸,一时无话可说。

"弗兰克在——在贝尔·沃特林那里吗?"

"不在。"

白瑞德的话是粗率的。

"阿奇正在把他运到贝尔家附近的空地上。他死了,枪弹击穿了他的头颅。"

第四十六章

那天夜里,听到三K党遭殃的消息,城北端没有一户人家睡觉的。深夜,因迪·威尔克斯溜出自家的后院,悄悄地从厨房门溜进一家家人家,把白瑞德的计划秘密通知他们,随即又消逝在黑暗之中。她所到之处,留下了恐惧和失望中的希望。

从外面看,一幢幢屋子全都静悄悄漆黑一片,里面的人早已沉沉入睡,其实低低的耳语一直在热切地交谈,直到天明。所有的三K党人,不仅参加夜晚袭击的人,都在做逃亡的准备,桃树街上每户人家的马都上好鞍子在黑暗中站在马棚里,手枪装进枪套,粮食放进鞍囊。就在此时,他们听到因迪捎来的信息:"白瑞德船长叫大家不要逃走。各条大路都有北佬把守着。他已经和那个叫沃特林的女人安排好了——"于是在黑暗房间里男人轻声说道:"可是叫我怎么能信任白瑞德那个该死的无赖汉呢?说不定是他故意设下的圈套!"接着女人请求说:"别走啦!他既然救了艾希礼和休,也可能救大家的命。既然因迪和媚兰信任他——"这样他们便将信将疑地留下来,因为除此以外,也没有别的出路。

那天夜里早些时候,士兵敲开了十几家人家的大门,凡是说不出或者不愿意说出他们当晚待在哪里的人,都遭到逮捕,其中有勒内·皮卡德、梅里韦瑟太太的一个外甥、两蒙斯家的几个男孩子和安迪·邦内尔。他们都参加了这场命运不佳的袭击,北佬赶到,他们被打散,各自匆匆回到家里,还没听到白瑞德的计划,就被捕了。幸亏他们的答话全都一个样:他们晚上在哪里,是他们自己的事,不碍该死的北佬的事。北佬拿他们没办法,只好先关起来,等第二天早上再审讯。梅里韦瑟老爹和亨利叔叔竟然老着脸皮宣称,他们当晚就在贝尔·沃特林的妓院里。而且他们听贾弗里中尉恼火地说他们年纪太大,不适合到这种地方去,他们竟提出要跟中尉决斗。

贾弗里中尉把贝尔·沃特林也叫去问话。没等他开口,她哇里哇啦先向他告状说,她的生意没法做了,说天黑不多时,有一群醉鬼闯进她那里,又是吵嘴又是打架,把她屋里弄得一塌糊涂,连最好的镜子也打碎了,那些姑娘也被吓坏了,害得她只好关门停业。不过如果贾弗里中尉想去喝一杯,她的酒吧还是开着的——

贾弗里中尉见他手下的人个个都咧开嘴觉得好笑,知道自己是在那里捕风捉影,怒气冲冲地宣称自己既不要姑娘,也不要喝酒。他问贝尔知不知道那群闹事的人叫什么名字。噢,不错,贝尔知道。这些人全是她的常客,他们每星期三晚上都来,还把他们自己叫作"周三民主党人",不过那究竟是什么意思她既不明白,也不想弄个明白。她要的是要他们赔偿她楼上大厅里被砸碎的玻璃镜子,要是他们不赔,她就要告他们。她做生意,向来是规规矩矩的,绝不答应人家胡来——哦,他们的名字吗?贝尔毫不犹豫地一连串报出十几个名字,全都是北佬想要调查的嫌疑分子。贾弗里中尉愠怒地苦笑。

"这些该死的叛徒简直跟特工处组织得一样严密,"他说,"你和你的姑娘们明天要到宪兵司令那里听候问话。"

"宪兵司令会不会叫他们赔我的镜子?"

"见你镜子的鬼!叫白瑞德赔给你。那地方本来是他的,不是吗?"

不等到天明,城里前南方邦联的每一家人家,对夜里发生的一切,全都知道了。就连各家的黑人,尽管主人对他们守口如瓶,可是他们通过自己秘密的白人无法破译的黑葡萄藤电报系统,早已把一切打听得一清二楚,昨夜突然袭击的详细经过,弗兰克·肯尼迪和汤米·韦尔伯恩的遇害,以及艾希礼运走弗兰克尸体时受伤,都已尽人皆知。

女人们因为斯佳丽是这场悲剧的罪魁祸首,对她本来深恶痛绝,现在斯佳丽知道丈夫已死,但不敢声张,连前去收尸的小小安慰也得不到，她们的怒气才有所缓和。在天明北佬发现尸体、当局通知她之前，斯佳丽必须装作什么都不知道。此刻汤米和弗兰克僵直的身体，正躺在空地的衰草之中，两人冰凉的手中，各握着一管手枪，但等北佬来确认他们是因为醉酒后争夺贝尔屋里的一个姑娘而开枪彼此射杀的。汤米的妻子范妮刚分娩不久，最博得大家的同情，可是谁也无法到她家里去慰问她，因为她家已被一队北佬士兵包围着，在等待汤米回家来逮捕他。皮特姑妈家也一样，也有一队士兵在守着等待弗兰克回家。

不等到天明，消息传出说，当天军事当局要进行查询。城里人由于一晚没睡，加上心里焦急，一个个都显得睁不开眼皮的样子。他们知道城里一些最杰出的公民的安危，就系在三件事上：第一要看艾希礼·威尔克斯能不能直挺挺地站在军事委员会面前，除了由于早晨醒来有点头痛之外，看不出任何受过伤的迹象；第二要看贝尔·沃特林肯不肯做证那些人确实整晚都在她那里；第三要看白瑞德是不是说他一直跟那些人在一起。

这第二第三两件事，实在叫城里人心里难忍。贝尔·沃特林！要救这些人的命，竟要靠她出来说话！真叫人无法忍受，有些女人以前在街上碰到贝尔时，故意走到马路对面去，表示对她不屑一顾，现在不免担心她是不是还记得那往事而怀恨在心。男人中有许多人认为贝尔不失为一个好人，并不觉得她使他们受多大的屈辱。他们忍受不了的是白瑞德，他是个投机家兼无赖汉。如今他们的性命和自由竟要仰仗于他了。不过不管怎么说，反正贝尔和白瑞德，一个是城里最有名的妓女，一个是城里最被人痛恨的男人，现在大家都得受恩惠于他们两人。

另外还有一种想法刺激他们产生一种无济于事的狂怒，那就是知道这回他们会遭到北佬和拎包投机家的耻笑。哦，那些人简直会笑破肚皮！十多个全城最优秀的公民却原来是贝尔·沃特林赌场里的常客！其中两个人为了争风吃醋死于决斗。其余的酗酒闹事，连贝尔都忍受不了，被她撵出门外。还有几人因死不承认他们明明去过的地方而遭到逮捕。

城里人担心北佬的耻笑倒也并非没有道理。北佬长期受南方人的冷眼和鄙视,现在是扬眉吐气的时候了。北佬军官迫不及待地叫醒他们的同僚,把这新闻转述给他们听。做丈夫的天一亮就把妻子叫醒,把事情的经过,除了不便在女人面前提起的以外,都一一详细说了。女人们一听说,忙不迭穿好衣服敲邻居家的门就把故事传播扩散。北佬女人对此大为开怀,直笑得眼泪也掉下来。南方的英勇与豪侠气概原来是这么回事!南方女人向来把头抬得老高,一副拒人于千里之外的样子,如今她们的丈夫以参加政治集会为名夜晚究竟到什么样的地方去消磨已经为人所共知,她们也许从此不再那么盛气凌人了。政治集会!哈,可真有趣!

可尽管她们对南方女人幸灾乐祸,但对斯佳丽及其不幸却采取同情的态度。斯佳丽毕竟是个上等女人,而且她对待北佬比较好,这在南方上等女人中,本是不多见的。她丈夫不能保障她过上体面的生活,因此她不得不外出工作,这本来已赢得她们的同情。如今她发觉她那不合格的丈夫竟对她不忠实,真是件可怕的事,而他的死和他不忠实行为的被发现,又发生在同一时刻,这就加倍地可怕了。再说,丈夫不管怎么不行,总比没有丈夫要好,从这一点来看,北佬女人都觉得应该对斯佳丽要特别慎重对待。至于对别的女人,像米德太太、梅里韦瑟太太、埃尔辛太太、汤米·威尔伯恩的寡妇,尤其是艾希礼·威尔克斯太太,她们只要见到,就要当面嘲笑。她们认为经过这次教训,南方女人应该能懂点礼貌了。

在城北一带,亚特兰大本地女人当晚在漆黑的房间里悄悄谈论的,也是同一个话题。她们热切地对自己的丈夫说,对北佬的耻笑,她们丝毫都不放在心上。可是内心里,她们宁可丈夫受笞刑,也不愿忍受北佬的轻蔑,更何况她们丈夫的品行都是清清白白的,却又没法把她们丈夫的真相告诉别人。

米德大夫因陷入白瑞德精心设计的有失身份的圈套而感到不胜愤慨,他私下对米德太太说,若不是因为这事牵扯到其他人,他宁可说出事实真相上绞架,也不愿说自己到过贝尔家里。

"这是对你的侮辱,米德太太。"他愤愤地说。

"可是大家都知道你不会到那里去的,因为——因为——"

"可是北佬不知道。而且如果我们为了保全性命,就非得使他们相信不可。可是这样一来,他们就会笑话我们。我只要一想起有人相信这件事并且因此要耻笑我们,心里就很气愤。何况这又是对你的侮辱,因为——亲爱的,我是始终忠实于你的。"

"我知道,"米德太太在黑暗中露出笑容,还伸出一只瘦手握住大夫的手,"可是倘若你要遭受丝毫的危险,我宁可你真的到过贝尔家里。"

"米德太太,你明白你在说些什么话?"大夫嚷道,对他妻子这种不容置疑的现实态度大为震惊。

"是的,我明白。我已经失去了达西和菲尔,现在就只剩下你了。只要我不再失去你,哪怕你永远住在那种地方,我也心甘情愿。"

"我看你忧虑得心不在焉,简直不知道自己在说些什么!"

"你这老傻瓜。"米德太太温柔地说着,把头靠在他的肩膀上。

米德大夫气还未消,把手抚摩着她的脸颊沉默片刻后又发作道:"还要接受白瑞德那家伙的恩惠!那真不如上绞架的好。不,就算是他救了我的命,也别想我会对他客气起来。他这人傲慢到了极点,一想起他那种无耻的投机行为真叫我把肺都气炸。叫我向一个从来不曾上前线打过仗的人感恩戴德——"

"媚利说他在亚特兰大陷落后参过军的。"

"那是扯谎。媚利小姐对任何一个表面说得天花乱坠的歹徒的话全都相信。我不明白白瑞德为什么要这样做——为什么情愿给自己添麻烦。我本不想说,可是——嗯,有人在说他跟肯尼迪太太的闲话,去年一年,我就常看见他们两人一起从外面赶车回来。他一定是为了她才肯那么卖力。"

"假如他是为了斯佳丽,他就不会插手了。他为何不任凭弗兰克·肯尼迪上绞架呢?我看他是为了媚利——"

"米德太太，你不见得是暗示他们两人之间有什么暧昧吧！"

"哦，别傻啦！可是自从他在战时设法把艾希礼交换回来后，她一直非常喜欢他。而且我得替他说句话，他在她面前，从来没有伪装过那种叫人讨厌的假笑。他在她面前，总显得很友善，很体谅别人，完全成了另一个人。从他跟媚利在一起时的态度，你不难看出，他这人如果肯走正路，并不难成为一个规规矩矩的人。喏，在我看来，他为什么要插手这桩事，是因为——"她说到这里停了一停，"大夫，你一定不喜欢我的看法。"

"凡是和这桩事有关的，我一概都不喜欢。"

"噢，照我看来，他一方面固然是为了媚利，可是主要是想利用这次机会大大地捉弄我们一下。我们大家都非常恨他，而且大家都很坦率地恨他。现在他将我们处于左右为难的境地：要么承认自己是在沃特林那里，叫你和你的妻子在北佬面前丢脸；要么说出真相，那你就要上绞架。而且他知道，如果承认是在沃特林那里，那我们就等于受惠于他和他的情妇，而我们几乎是宁愿上绞架也不愿接受他的恩惠的。哦，我敢打赌他对这一着，一定感到非常得意呢。"

大夫叹了口气道："他带领我们上楼的时候，并看不出有快活的样子。"

"大夫，"米德太太迟疑地问道，"那地方看起来像什么样子呢？"

"你说什么，米德太太？"

"我问她那屋子，看起来是什么样子？有没有雕花玻璃吊灯？有没有红丝绒窗帘和几十面镀金的穿衣镜？那些姑娘——她们全都光着身子吗？"

"我的上帝！"大夫嚷道，如同遭了雷击一般，他万万没有料到，一个贞洁的女人，对于她不贞的姐妹，竟有如此强烈的好奇心。"你怎么会问出这种不该问的问题来？我看你不太正常，我得给你配点镇静剂。"

"我用不着镇静剂。我就是想知道。哦，亲爱的，这是我唯一的机会，可以知道一个坏女人的屋子是什么样子，你却这么不大方，硬是不说给我听！"

"我什么也没留神。当时我到了那种地方，心里懊恼还来不及，哪里还有心思去看它是个什么样子呢？"大夫正经地说，他没料到自己妻子的本性竟会是这样，这比起一晚的种种遭遇来，更叫他心里烦闷，"很对不起，我想要睡一会儿了。"

"嗯，那就睡吧，"她回答道，语气显得很失望，可是等米德大夫弯下腰脱靴子的时候，她的声音却又变得高兴起来，"我猜多利一定已向梅里韦瑟老爹打听得详详细细了。等一会儿她会说给我听的。"

"我的上帝，米德太太！你是不是告诉我上等女人之间居然会谈论这种事情？"

"哦，你去睡吧。"米德太太说。

第二天下雨夹雪，到雨雪交加的傍晚时分霰子不下了，只是刮着冷风。媚兰裹着大氅跟在一个陌生的黑人马车夫后面，穿过前院走到大门口。门外停着一辆神秘的马车，四面遮挡得严严实实的。她走到车旁，车门就马上打开，隐约看见里面坐着一个女人。

媚兰靠近车子往里面张望，问道："这位是谁？请到屋里坐吧？外面很冷——"

"请你上车来坐一会儿，威尔克斯太太，"从马车的最里面传出稍稍有点熟悉而困窘的声音。

"噢，你是沃特林小姐——太太！"媚兰喊道，"我真想见你！快请进屋里坐。"

"那可不行，威尔克斯太太。"贝尔·沃特林的声音有些震惊，"还是请你上车来坐一会儿吧。"

媚兰上车，车夫随手关上车门。她在贝尔身边坐下，伸手跟她握手。

"为今天的事，我真对你感激不尽呢。我们大家对你都感激不尽。"

"威尔克斯太太，今天上午你不该叫人送条子给我。我不是不看重你的条子,是怕它落到北佬手里。你说要到我家里来谢我,哎呀,威尔克斯太太,你可真糊涂,这千万使不得!我等天一黑就急忙赶到你这里来,告诉你千万不能那样做。你瞧,我——嗯,你——反正那样很不合适。"

"对我来说,当面感谢一位救我丈夫性命的好心肠女人,并没有什么不合适。"

"哦,得啦,威尔克斯太太,你要明白我的意思!"

媚兰静默片刻,对她的言外之意感到为难。这个坐在黑暗中马车上服饰庄重的漂亮女人,无论外貌和言谈都不像那个想象中的坏女人、一个操贱业的人。她的话虽然很粗俗不雅,但却很亲切热心。

"你今天在宪兵司令面前的表现可真了不起,沃特林太太。多亏你和另外一些——的姑娘,救了我们男人的命。"

"威尔克斯先生才真的了不起呢。我不知道他竟能挺住站着把事情经过说得头头是道,而且他的态度是那么冷静沉着。昨天晚上我见到他时,他确实在大出血。他现在不要紧吧,威尔克斯太太?"

"不要紧,谢谢你。大夫说只伤了皮肉,就是失血太多。今天上午他表现得挺像是由于白兰地给了他活力,否则恐怕他难以从头到尾支撑住而且一点也不露马脚。不过真正救他们的还是你,沃特林太太。你大发脾气和谈到被打碎的镜子时,你的话听起来多么——多么使人信服。"

"谢谢你,太太。不过我——我想白瑞德船长可也真不错,"贝尔说道,她的声音又害羞又自豪。

"哦,他表现出色!"媚兰热情地说,"北佬简直没法不相信他的证词。他把这事件的前前后后,计划得非常周到。我不知该怎么谢他——还有你!你们两人真好!"

"谢谢你,威尔克斯太太。我非常乐意这样做。我——我刚才说威尔克斯先生常到我那里去,希望你不要见怪。你知道,他从来不——"

"是的,我知道的。我当然不会见怪。我真是非常感激你。"

"我敢说别的太太都不会感激我,"贝尔忽然用怨恨的口气说,

"而且我敢说她们也不会感激白瑞德船长。我敢说她们只会恨他恨得更厉害,我敢说你是唯一跟我说声谢谢的太太。我敢说她们今后在街上碰到我,一定连瞧也不瞧我一下。不过我不在乎。她们的丈夫若是都被送上绞架,我也不想多管闲事。可是我不能不管威尔克斯先生,在战争时期你替我把捐款送到医院去的事,我是永远忘不了的。在亚特兰大城里,没有一位太太像你这样待我好。人家待我好,我是不会忘记的。我想万一威尔克斯先生被绞死,你就要成为寡妇,带着一个孤儿——那是个好孩子,威尔克斯太太。我自己也有个男孩子,所以我——"

"哦,你有个男孩子吗?他住在——呃——"

"哦,不!他不住在亚特兰大,他从来没到这里来过。他在念书。他从小离开我,我一直没见过他。我——噢,不谈这个。后来白瑞德船长要我为那些人说谎时,我请他把名字告诉我。我一听到威尔克斯先生的名字,毫不迟疑地答应了。我把我那些姑娘叫来说:'你们谁要是不说整个晚上都跟威尔克斯先生在一起,小心我拿鞭子把你们活活抽死。'"

"哦!"媚兰喊道,她见贝尔那么随便地把她的那些"姑娘"说出来愈加显得有些发窘,"哦,你真好,还有——她们也真好。"

"对你我是应当如此的,"贝尔热心地说,"若是别人,我就不管了。若是这事就只涉及那位肯尼迪太太的丈夫一人,那么不管白瑞德船长怎么说,我是不会插手的。"

"为什么?"

"喏,威尔克斯太太,干我这一行的人知道的事情可真不少。要是城里的上等太太们知道我们对她们的情况了解得很清楚,准会大惊失色。那位肯尼迪太太不是什么好人,她丈夫和威尔伯恩家的好小伙子,等于是她亲手开枪把他们打死的。她成天独自到处乱跑,招惹黑鬼和下流白人,这事的祸根是她。你瞧,就连我的姑娘们,没有一个——"

"你不该在我面前说我嫂嫂的不是。"媚兰冷冷地坐直身子。

贝尔急忙把一只手搁在媚兰的臂上表示和解，又急忙缩回来。

"请不要生我的气，威尔克斯太太。你待我那么好，要是生我的气，我会受不了的。我忘了你是非常喜欢她的。我刚才不该那么说。可怜的肯尼迪先生死了我也感到难受。他是个好人。我常到他店里买东西，他待我总是很亲切。可是肯尼迪太太——嗯，她的为人跟你不属同一类型，威尔克斯太太。她是个极其冷漠无情的女人，我实在不能不这样想……你们什么时候给肯尼迪先生出殡？"

"明天上午。肯尼迪太太并不像你所说的那样坏，她此刻正悲伤得快昏倒了。"

"也许是的，"贝尔说着表现出明显的不相信，"哦，我得走了。我怕时间长了，有人会认出我的马车，那样对你没有好处。威尔克斯太太，你若是在街上见到我，你——你不用跟我说话。我能够理解的。"

"我把跟你说话和得到你的帮助，看成是件值得骄傲的事。我希望——希望能再见到你。"

"不，"贝尔说，"那不合适。晚安。"

第四十七章

斯佳丽坐在卧室里,慢慢地吃着嬷嬷端来的一盘晚饭,一面倾听着窗外夜风的呼号。整座屋子静寂得可怕,比几小时前弗兰克停尸在客厅里时还静寂。因为那时她还能听见踮起脚尖走路和压低嗓门说话的声音,还能听见轻轻的敲门声后邻居窸窸窣窣走进屋里低低的悼念声,还能听到弗兰克妹妹偶尔的啜泣声,她是特地从琼斯博罗赶来参加葬礼的。

可是现在却是一片沉寂。虽然房门打开着,却听不见楼下有丝毫声息。弗兰克的尸体刚抬回家后,韦德和埃拉一直待在媚兰那里,她也听不到韦德的脚步声和埃拉的咯咯笑声。厨房里似乎暂时休战,彼得、嬷嬷和厨娘三人的争吵声也消失了。连楼下藏书室里的皮特姑妈由于对斯佳丽的悲痛表示尊重,也不让椅子摇摆得吱吱嘎嘎直响。

没有人前来打搅她,大家认为她在悲伤的时刻需要安静,殊不知她现在最不愿意的就是没人跟她做伴。此刻在心中折磨她的如果只有悲伤,她还能够忍受得住。可是除了弗兰克之死带给她深沉的悲痛外,还有恐惧、悔恨,以及突然觉醒的良心给她的折磨。有生以来,她第一次对自己做过的事感到悔恨,悔恨得带有强烈的迷信的恐惧,这使她不由得朝那她和弗兰克共枕的卧床连连瞥了几眼。

是她害死弗兰克的。她害死他,简直等于她亲手扣动扳机打死了他。他曾请求她不要单独外出,可她就是不听。现在他就死于她的一意孤行。上帝因此会惩罚她。可是此外,在她良心上还负有比害死他更沉重更可怕的事。这桩事直到她看到弗兰克躺在棺材里的脸容时,才第一次引起她的不安。她见他静止的脸上有种悲怆和无奈的神情,像是在对她控诉。她在他真心爱着苏埃伦的时候,把他抢过来跟自己结婚,对此上帝绝不会饶恕她。等到末日审判的时候,她将不得不蜷缩在上帝的座前,把当初从北佬营房里出来坐在他的马车上跟他编造的一套谎言全部招认并受应得的惩罚。

时至今日,她如果还想以她的目的为她的手段辩护,说她因为要养活一大家子人,因而没法考虑到他和苏埃伦的权利和幸福,那已经无济于事了。事实已明显地摆在面前,她也不得不在事实面前瑟瑟发抖了。她跟他结婚时本来没有什么情义,结婚后对待他也无情无义。特别是最近半年来,她本来可以使他生活非常幸福,然而她却使他丝毫得不到幸福。她老是骂他,刺激他,跟他发脾气,奚落他,她不让他跟他的朋友接近,还做出种种使他蒙受羞辱的事,像开办锯木厂、建造酒店、雇用犯人等等。就为这些,她逃不了上帝的惩处。

她使他的生活过得很不幸福,这她心里是清楚的。可是他却像很有教养的人那样把一切都容忍着。她唯一使他感到真正幸福的事是给他生了个小埃拉。可是她也清楚,她若是能够避免的话,小埃拉是绝不会出世的。

她不由得害怕起来,颤抖起来,假如弗兰克还活着该多好!那她一定好好待他,对他非常之好,以弥补过去的一切。哦,上帝为什么如此狂暴,如此不能宽容!哦,时间为什么过得这样慢,屋子里为什么这样静,她若是能有个人陪着该多好!

假如媚兰能来陪着她,准能帮她消除恐惧。可是媚兰得在家里看护艾希礼。一转念之间她想把皮特姑妈叫来,好让她站在自己和自己的良心之间,可是她又拿不定主意。皮特来了,情况说不定会更糟,因为她是真心实意地哀悼弗兰克的,比起斯佳丽来,她和弗兰克两人更像是同代人,而且她是全心全意地对待弗兰克的。皮特需要一个"家里的男人",弗兰克正好完美无缺地填补了这一个空缺。他常给她带些小礼物,给她说笑话、讲故事、读报纸,传播些无伤大雅的闲言碎语,还把当天的时事解释给她听。皮特姑妈对他则是关怀备至,除了帮他补袜子外,还专门给他准备些饭菜,在他那没完没了的感冒期间,悉心地照料他。此时她正在深深地怀念着弗兰克,一面擦拭着红肿的眼睛,一面一遍一遍地絮叨:"他若是不跟三K党人出去就没事了。"

她多么希望有人来安慰她,帮她消除恐惧感,解释给她听这种令她心情沮丧手足无措而又冰冷难挨的恐惧感究竟是怎么一回事。若是艾希礼——可是她马上把这念头排除了。就跟她害死了弗兰克一样,她差点也把艾希礼给害死了。而且假如他知道她当初为了要跟弗兰克结婚,用了怎样的欺骗手段,婚后又是怎样对待他的,那么他就再也不会爱她了。艾希礼为人诚实、正派、善良,看问题总是那么正确,那么清楚。他如果知道事情的全部真相,一定能谅解她。哦,是的,他一定非常能谅解,可是从此他不会继续爱她了。所以她不能叫他知道真相,因为她不能没有他的爱。他的爱是她力量的秘密源泉,没有了它,叫她怎么生活下去呢?可是她若能把头靠在他的肩膀上,哭着把她内心的欷歔尽情地向他倾吐,那又多么宽慰呢。

静寂的屋子以及笼罩着这屋子里的死亡的气氛沉重地压在她孤单的心头,使她再也无法忍受。她小心翼翼地起身把房门半掩上,打开五斗橱最下面一个抽屉,从内衣底下摸出一瓶皮特姑妈发晕时提神用的白兰地,那是她偷偷藏在那里的,拿到灯下一照,已经只剩下半瓶了,没想到从昨晚到现在,她竟喝掉那么多了。她往杯子里倒了好多,一口气喝干。她想她得把瓶里灌满水,在明晨之前把它放回到酒橱里。刚才举行葬礼之前,抬棺材的人想喝一口,嬷嬷到处没找到,弄得厨房里嬷嬷、厨娘和彼得三个相互猜疑,空气十分紧张。

白兰地火辣辣的真够味。你需要它的时候,再没有什么比它更好的了。事实上,白兰地不论在什么时候都是很好的,比那淡而无味的葡萄酒要好得多。可是为什么女人就只该喝葡萄酒,不该喝点烈性酒呢?刚才在葬礼上,梅里韦瑟太太和米德太太显然闻出她身上的酒味,她还看见她们胜利似的交换了一下眼色。这两个老恶婆!

她又倒酒喝了一次。今晚她略醉也无妨,反正她就要上床睡觉,待会儿嬷嬷替她脱衣服,她事先用花露水漱漱口就行了。她真想跟过去杰拉尔德那样,每逢法院开庭的日子,总要稀里糊涂地喝得酩酊大醉。也许那样就可以忘掉弗兰克那张凹陷的脸,忘掉他脸上那控诉她毁了他一生害了他性命的神情。

她不知道城里的人是不是都以为弗兰克是她害死的。刚才在葬礼上,大家确实对她都很冷淡。对她表示同情的,只有几个跟她有生意往来的北佬军官的妻子。好吧,城里的人怎么说她并不在乎,因为她还得向上帝交代,相比之下这一点似乎微不足道。

想到这里,她又喝了一次,一股热流从喉咙里灌下去,身上瑟瑟发抖。接着她感到很暖和,可是心头依然摆脱不了弗兰克。男人们说喝了酒可以忘记忧愁,完全是蠢话!她除非喝得人事不省,否则弗兰克的脸就会一直呈现在她眼前,那神情始终是他最后一次求她不要单独外出时的样子:胆怯、还带有责备和抱歉之意。

前门的门环忽然被人敲起沉闷的响声,使寂静的屋子发出回音。她听见皮特姑妈脚步不稳地穿过过道去开门,接着是招呼声和一阵分辨不清的低语。想必是邻居们来聊聊关于葬礼的事,或者送点牛奶冻来什么的。皮特会觉得很高兴,因为她跟前来吊唁的人谈话,可以排遣悲怀,从中得到极大的慰藉。

她不知道来人是谁,也不很感兴趣,可是她一听到一个男人洪亮而拖长的声音盖过了皮特哀伤的低语时,立刻就知道他是白瑞德,心中立刻感到宽慰和高兴。自从他把弗兰克的死讯通知她以后,至今她还没见到过他。现在他一来,她心里深深感到今晚能帮助她的正是他这个人。

"我想她是肯见我的。"白瑞德的声音传到楼上。

"可是她已经睡了,白瑞德船长,不再见客人。这可怜的孩子,不知有多哀伤。她——"

"我想她是肯见我的。请你告诉她我明天要离开这里,要过一段日子才回来。我有桩很要紧的事想跟她说。"

"可是——"皮特姑妈有些烦躁不安。

斯佳丽急忙跑到过道里,感到她两膝有些不稳而有些吃惊,她把身子靠在栏杆上。

"我马上下来,白瑞德。"她嚷道。

她见皮特姑妈仰起胖脸,眼睛睁得圆圆的像猫头鹰似的,流露出惊异和不赞成的神色,斯佳丽想道,我丈夫今天才出殡,我的行为实在太不合适,势必引起全城的非议。可是她仍匆忙回到房里,把头发梳理一番,又把黑色紧身上衣的纽扣自下而上扣到下巴下面,将皮特姑妈的丧服领针别在领口上。然后她俯身在镜子里一照,显得脸色过于苍白惊魂未定的样子,那模样看来不很美,她想。一会儿她伸出手想摸那锁着的藏有胭脂的盒子,可是她又决定不要了。她若是抹得红艳艳的光彩照人的下楼来,可怜的皮特恐怕真正会被吓倒的。于是她拿起花露水瓶,喝了一大口,仔细地漱了口,然后把它吐在脏水罐里。

她窸窸窣窣地下楼时,他们两人还站在过道里。皮特听斯佳丽说愿意见白瑞德,一时心慌意乱,竟忘了请白瑞德坐下。他很得体地穿了一套黑衣服,衬衫镶着绉边,上过浆,那副神态,竟像是按照习俗前来吊唁一个老朋友的故世一般。事实上他过分做作,反而显得有些滑稽,只是皮特姑妈看不出罢了。他先恰如其分地向斯佳丽致歉,说不该此时来惊扰她,又解释说他因为在离开亚特兰大以前要安排一下生意的事,所以没有能前来参加弗兰克的葬礼。

"他来的目的到底是什么?"斯佳丽心想,"他说的一套全不是真话。"

"我本不想这么晚来打扰你。可是我有件生意必须马上跟你谈谈,那是肯尼迪先生生前跟我商量打算——"

"我一点不知道你跟肯尼迪先生还有生意来往,"皮特姑妈说着,有点愤愤不平的样子,似乎怪弗兰克办事不该有瞒着她的地方。

"肯尼迪先生的兴趣非常广泛,"白瑞德毕恭毕敬地说,"我们到客厅里去谈好吗？"

"不！"斯佳丽说着，朝客厅关着的折叠门瞥了一眼，仿佛看见那棺材还停在里面，她希望从此不再跨进那客厅里去。皮特这一回虽然有些勉强居然也采纳了她的暗示。

"那就到藏书室里去谈吧。我得——我得上楼去补衣服了。哎呀，我已经一星期没顾得上补了。我敢说——"

她上楼梯时，又以责备的眼光回头看了一下，可是斯佳丽和白瑞德都没有注意。他闪身让斯佳丽先进藏书室。

"你跟弗兰克有什么生意经呢？"她突然问道。

他靠拢她轻声说道："什么事也没有。我只是要皮特小姐不要妨碍我们。"他停了话俯身更靠拢她，"这样不好，斯佳丽。"

"什么不好？"

"那花露水。"

"我不明白你在说什么。"

"你明白的。你喝得相当多了。"

"怎么，那又怎么样？你管得着吗？"

"即使在深深的悲痛之中，也不要忘了礼貌。斯佳丽，你不要一个人喝闷酒。早晚让人家知道会把你的名誉给毁了。再说，一个人喝酒不是桩好事。你怎么啦，亲爱的？"

他把她搀到黑黄檀木沙发旁，她默默地坐下。

"我关上门行吗？"

她知道若是让嬷嬷看见门关着，一定会大为气愤并接连好几天地数落她埋怨她。可是若是让她偷听到他们关于喝酒的谈话，特别是在丢失了白兰地酒瓶的情况下，那岂不更糟。于是她点点头，白瑞德便把那折叠门拉上。他走过来坐在她身旁，他的一双黑眼睛警觉地在她脸上搜索。顿时，他身上散发出的活力驱散了死亡的阴影，房间里似乎恢复了愉快的家庭气息，灯光也变得明亮温暖起来。

"你怎么啦，亲爱的？"

他这一声"亲爱的"，世界上谁也比不上他说得这么亲昵，即使开玩笑的时候也是这样。不过此刻他并不像是在开玩笑。她抬起一双痛苦的眼看着他的脸，从他那不可揣摸的脸上多少得到一些安慰。她不明白这是为什么，因为她明明知道他是个难以捉摸的无情的人。也许像他常说的那样，是因为他们两人非常相似吧。有时候她觉得在她所认识的人中，除白瑞德外其他的都像很陌生似的。

"你可以告诉我吗？"他握住她的手，动作出奇地温柔，"这不仅仅因为弗兰克离开了你，是吗？你是不是需要钱用？"

"钱？上帝，不！哦，白瑞德，我非常害怕。"

"别傻啦，斯佳丽，你这一辈子从来就没有害怕过。"

"哦，白瑞德，我真的害怕！"

这句话一下子涌出来，比她平时说话的速度要快。是的，她可以告诉他，对白瑞德她什么话都可以说。他自己的品行那么坏，自然没资格来审判她。世界上多数人哪怕为了拯救自己的灵魂，也不愿说一句谎话，宁愿饿死，也不肯做不名誉的事。她现在认识的是一个从说谎到欺骗什么坏事都干的人，多么有意思呢！

"我害怕我会死，死后还会下地狱。"

如果此刻他听她提起会死会笑她，那她可受不了，可是他竟没有笑。

"你非常健康——也许世界上根本就没有什么地狱。"

"哦，有的，白瑞德，你知道是有的！"

"我知道是有的，不过它就在我们这地球上，不在我们死后。我们死后便什么也没有了，斯佳丽。你现在就在地狱里。"

"哦，白瑞德，你这话是触犯神明的！"

"可是听起来异常舒服。告诉我，你为什么会下地狱？"

他又在逗弄她了，她从他目光的闪烁中可以看出，不过她并不介意，他的双手温暖而有力，让他握着她觉得非常惬意。

"白瑞德，我不应该跟弗兰克结婚。这事我做得不对。他追求苏埃伦，他爱的是她，不是我。可是我骗了他，说苏埃伦就要跟托尼·方丹结婚。哦，我怎么会做出这种事来的？"

"啊,原来是那么回事!我对这事始终感到不解。"

"后来我又害得他处处不顺心。我逼着他去做种种他不愿意做的事,比如在人家还不出钱时,硬逼着人家还钱。我还办锯木厂、造酒店、雇犯人,这些都给他带来耻辱,叫他抬不起头来。白瑞德,他是我害死的,是的,是我害死的!我不知道他参加三K党。我做梦也没想到他有这胆量。可是我应该早就知道的。唉,是我害死了他。"

"'倾东海之水,能否洗净我手上之血迹?'"

"什么?"

"没什么。你说下去。"

"说下去?说完了。难道还不够吗?我跟他结婚,使他得不到幸福,后来又害死他。哦,上帝!我不知道怎么会做出这种事来!我欺骗他,跟他结婚。当初我以为是完全正确的,现在才知道是大错特错。白瑞德,这些事看起来简直不像是我做的。我待他太卑鄙了,可是我并不是一个真的卑鄙的人。我不是那样教养长大的。母亲——"说到这里,她停下来,咽下口水。她一整天来都尽量避免想起埃伦,现在却再也没法抹掉她母亲的形象了。

"我常常在想,不知她是个什么样子。在我看来,你好像非常像你的父亲。"

"母亲是——哦,白瑞德,我这是第一次为她的死感到高兴,因为她无法看到我现在的情况。她并不想把我教养成一个卑鄙的人。她对每一个人都很亲切,很善良。她宁可让我饿死,也不愿我做出这种事来。我非常想处处像她,可是偏偏一点都不像她。我不曾好好想过——需要想的事情实在太多了——可是我确实很希望像她。我不希望像爸爸。我爱他,可是他太——太——太没有头脑。白瑞德,有时候我也竭力想要好好待人,待弗兰克要好些,可是我每念及此,我那做过的梦魇就会重新出现,害得我一个劲儿横冲直撞,到处从别人身上搞钱,不管那钱来得是不是正当。"

泪水不自觉地从她脸上淌下来,她紧紧抓住他的手,以致指甲掐进他的肉里。

"什么梦魇?"他的声音安详而带有抚慰。

"哦——我忘了你并不知道。喏,我每回想要好好待人,想跟自己说有钱并不等于有了一切时,晚上就会做噩梦我回到了塔拉,重新经历母亲刚刚去世和北佬刚刚来过的情景。白瑞德,你无法想象——我一想起来身上就会发冷。我仿佛看见所有的东西全烧光了,到处一片寂静,什么吃的东西也没有。哦,白瑞德,我又梦见我在挨饿。"

"说下去。"

"我在挨饿,所有其他的人也在挨饿。爸和几个女孩子,还有黑人,都快饿死了。他们不停地在喊:'我们肚子饿。'我自己也饿得难受,心里又害怕。我听见我的心声在反复地说:'我只要能逃出这里,就再也不会挨饿。'于是我的梦境变成一片灰蒙蒙的迷雾,我在雾中不停地奔跑,没命地奔跑,直跑得心都快要迸裂。我身后像是有什么在追赶着我,叫我透不过气来。可是我还是在想,只要我到了那边,我就安全了。可是我不知道我到底想到哪里去。然后我就醒了,吓得浑身冰凉,害怕又会挨饿。在做过这样的噩梦后,我总觉得世界上非要有这许多钱,不能消除我对饥饿的恐惧。可是弗兰克说话老是那么转弯抹角,没精打采的,叫我忍不住要发脾气。我猜他不理解,我也没法叫他理解。我一直在想,我先多搞点钱,等到我用不着担心挨饿时,再跟他和解。可是现在他人已死了,我已经太晚啦。哦,我当初干的时候好像一点没错,现在回头看看,一切又全做错了。假如我能从头做起,我的做法一定要改弦易辙了。"

"别说啦,"他说,从她紧握着的手中抽出手,从口袋里掏出一块干净的手帕,"把脸擦一下,你这样戕害自己,实在是毫无意义的。"

她接过手帕,擦了擦泪湿的双颊,心里稍觉宽慰,像是一部分负担已转移到他宽阔的肩膀上。他看上去是那么能干,那么沉着,就连他那稍稍扭曲的嘴唇也像是在安慰她并证明她的痛苦和惶惑都是完全没有必要似的。

"觉得好点了吗?那么让我们把事情的实质弄个明白。你刚才说,假如你从头做起,你一定要改弦易辙了。可是你真的会这样做吗?好好想想,是真的吗?"

"嗯——"

"我看不是真的,你还是照样要重蹈覆辙。你说你有没有别的选择?"

"没有。"

"那么你有什么好遗憾的呢?"

"当初我那么卑鄙,如今他已经死了。"

"假如他没有死的话,你还是照样要卑鄙下去。照我的理解,你跟弗兰克结婚,你欺侮他,无意中造成他的死亡,对这些你并不真正懊悔。你之所以后悔不该这么做,是因为害怕要下地狱。对不对?"

"嗯——你这话把我给搅糊涂了。"

"你的道德标准本来就是稀里糊涂的。你的情况,跟一个小偷完全一模一样。小偷偷东西被当场抓获,他后悔的并不是偷了东西,而是非常非常懊恼怕坐监牢。"

"一个小偷——"

"哦,不要尽看字面!换句话说,倘若你没有这种傻念头,以为你会到不灭的地狱烈火中受煎熬,那么你就会乐意把弗兰克给丢诸脑后了。"

"哦,白瑞德!"

"哦,得啦!现在你在忏悔,那么你也可以把真理当作体面的假话。当初你为了三百块钱,不惜把比生命更可贵的宝贝奉献给别人,那时你的——呃——你的良心是不是曾感到不安过呢?"

刚才喝下的白兰地此刻开始在她的脑子里旋转,她觉得头晕,又有点不在乎。在他跟前说假话有什么用?他好像总能看透她的心思似的。

"那时我确实没有想到上帝——和地狱。即使偶尔想到,我也认为上帝是会谅解我的。"

"可是你跟弗兰克结婚这事,你就不认为上帝会谅解你吗?"

"白瑞德,你明知道你自己根本不相信上帝存在,你怎么可以这样谈论上帝呢?"

"可是你却相信有天罚这么一回事,这在现在很重要。那么上帝为什么不该谅解呢?现在塔拉仍然归你所有,没叫拎包投机家占去,你觉得懊恼吗?你现在不用忍饥挨饿,也不用衣衫褴褛,你觉得懊恼吗?"

"哦,不!"

"好吧,你当初除了跟弗兰克结婚,还有别的选择吗?"

"没有。"

"他并不是非跟你结婚不可,对吗,男人是自由的。他不想做的事,也并不是非要由着你逼迫他做不可的,对吗?"

"嗯——"

"斯佳丽,你又何苦要烦恼?假如你真的从头做起,你还是不得不跟他说谎,他也还得跟你结婚。你照样会遇到危险,他也只得为你报仇。他假如跟苏埃伦结婚,固然不会为她而送命,可是她很可能使他加倍地不幸福。情况一定会那样。"

"不过我本来可以对待他更好些。"

"你若想对待他好些,除非你换一个人。因为凡是能让你欺侮的人,你一定要欺侮的,这是你的生性如此。强者生来就要欺侮人,弱者生来就是挨欺侮的。弗兰克没拿马鞭子抽你,这是他的不是……你真叫我吃惊,斯佳丽,到了这样的年龄,忽然萌发起良心来了。其实像你这样的机会主义者是不该讲良心的。"

"什么叫作机——你刚才怎么说的?"

"一个专门会利用机会的人。"

"那样做不对吗?"

"这样做是被认为很不名誉的,特别是在那些有机会而不利用的人眼里是这样认为的。"

"哦,白瑞德,你又在开玩笑了。我还以为你会变得有教养起来了。"

"我现在是有教养的——我的确如此。不过斯佳丽,亲爱的,你可有一点不太清醒。我想你的毛病就在这里。"

"你怎么敢——"

"是的,我敢。不过你现在已经快要成为俗话所说的一只'哭皮袋',一碰就要哭了。我还是换个题目说点新闻给你听让你高兴高兴吧。事实上,我今晚到这里来就是为了在我离开之前把关于我的消息说给你听的。"

"你打算去哪儿?"

"去英国,可能要去好几个月。把你的良心忘掉,斯佳丽,我不想跟你继续谈论你的灵魂的安宁问题了,你要不要听听我的消息?"

"可是——"她软弱无力地刚开口又停住了,白兰地正在把她悔恨的棱角渐渐磨平,再加上白瑞德那嘲讽然而令人宽慰的言谈,弗兰克那暗淡的鬼影渐渐消退而去。也许白瑞德是对的。也许上帝能够谅解。此时她已恢复到有足够的力量把刚才的念头从心上排斥开去,并且下定决心:"我明天再想吧!"

"你有什么消息呢?"她使劲地问道,用他的手帕擤了一下鼻子,又把她那开始散乱的头发理了一下。

"关于我的消息是这样的,"他咧开嘴笑着说道,"我现在依然想要你,想得比我见到过的任何女人都厉害。我想弗兰克现在已经死了,你听到这消息也许会有兴趣的。"

斯佳丽把自己的手从他紧握的手中猛地一拉,一下子跳起身来。

"我——你是世界上顶顶没有教养的人,你居然会在这种时候跑来讲这样的脏话——我早该料到你是永远也改不了的。弗兰克尸骨未寒!你若是多少有点教养的话——请你马上出去——"

"请你安静一点,要不皮特小姐马上就要下楼来了,"他说着,没有站起身,只伸手捏住她那只拳头,"我怕你误会我的意思了。"

"误会你的意思?我什么也没有误会,"她说着,一面使劲想把手抽出来,"放开我,马上给我出去。我从来没听见过这种低级下流的话,我——"

"嘘!"他说,"我是求你跟我结婚。我若是跪下来求你,你会不会相信呢?"

斯佳丽透不过气来只说了声"哦",重重地坐倒在沙发里。

她呆呆地看着他,嘴巴张得大大的,不明白是不是白兰地在跟自己开玩笑。同时她不自觉地想起他那句捉弄人的话:"亲爱的,我是个不结婚的男人呢。"她想若不是她醉了,就一定是他疯了。可是他看上去不像是发疯的样子。他态度安详,就像是在跟她谈论天气一样,他那流畅拖长的语调听起来并没有特别加重语气。

"我从在十二橡树第一次见到你以后,斯佳丽,我就一直想要你。那时你正在摔花瓶,在咒骂,在显示出你不是一个合格的大家闺秀——从那时起,我就一直想用这种或那种办法来得到你。现在你跟弗兰克已经挣了一点钱,你不会再被逼来向我提出抵押贷款之类的动人建议,因此我只好求你跟我结婚了。"

"白瑞德,这是不是你的又一种下流的玩笑呢?"

"我把灵魂赤裸裸地暴露给你,你反而疑心起来了。不是玩笑,斯佳丽,是一次诚实的宣言。我承认在这种时刻来找你算不上很高尚,可是我这种缺少教养的举动有一个非常好的借口。我明天就要离开这里,要隔很长时间才回来。我怕等我回来时,你已嫁给一个有点钱的男人了。所以我想,为什么不叫你嫁给我和我的钱呢?说实话,斯佳丽,我总不能一辈子老等着在你的一个个丈夫的缝隙中寻找机会逮住你呀。"

他说的是真心话,这是不用怀疑的。她明白了他的意图以后,只觉嘴唇发燥。她一边吞咽着口水,一边注视着他的眼睛,想从中看出点线索来:他眼睛里充满笑,可是还有些别的,那是在它深处的一丝闪光,她以前从来没有见到过,也是她无从分析的一种光辉。他随随便便自由自在地坐在那里,可是她觉得他像只守在老鼠洞口的猫,正在警觉地注视着她。在他表面安详的神情之下潜伏着一种力量,使她往后退缩而感到有些害怕。

他真的在向她求婚,在做一桩令人难以置信的事。以前她曾打算过,如果他真的向她求婚,她定要叫他吃点苦头。那时她想只要他开口说向她求婚的话,她要好好挫一下他的锐气,叫他知道她的威力,也算出了她的一口怨气。现在他的话果真说了,可是她从前的打算她甚至连记也没记起来,因为他丝毫没有把自己置于她的支配之下。事实上,整个局面完完全全都由他掌握着,她就像初次接受人家求婚的女孩子那样心慌意乱,一脸的娇羞,结结巴巴说不上话来。

"我——我再不打算结婚了。"

"哦,你要结婚的。你生来是要结婚的。那么为什么不跟我结婚呢?"

"可是白瑞德,我——我不爱你。"

"那算不了什么。我记得你前两次结婚,爱都不是主要的。"

"哦,你怎么能这么说?你知道我是喜欢弗兰克的。"

他没有答话。

"我喜欢的,我喜欢的!"

"好吧,我们不要争了。等我走后你愿不愿意考虑一下我这建议呢?"

"白瑞德,我不喜欢拖泥带水。我现在就告诉你。我打算不久回塔拉,让因迪·威尔克斯在这里陪皮特姑妈。我要回到家里去多过些日子,而且我——我不打算再结婚了。"

"胡说。为什么?"

"哦,好吧——不要问为什么。我就是不想再结婚了。"

"可是,可怜的孩子,你其实并没有真正结过婚。你怎么知道你心里不想结婚呢?你的运气不好,两次结婚,一次为了赌气,一次为了钱。你有没有想过——为了结婚的乐趣而结婚呢?"

"乐趣!别尽说傻话。结婚是没有什么乐趣的。"

"没有乐趣吗?为什么没有?"

她稍稍平静了一点,同时白兰地又把她的天性坦率全都表面化了。

"对男人来说是有乐趣的——虽然天晓得为什么。我怎么也弄不明白。可是女人结婚不过是混口饭吃,要做许多工作,要忍受男人的愚弄——还要一年生一个孩子。"

他放声大笑,回声在静寂中振荡。斯佳丽听见有人打开厨房间的门。

"嘘!嬷嬷的耳朵跟山猫一样灵,才刚刚——不久,你就这么个笑法,叫人听见像什么样子。别笑啦。你知道我说得不错。乐趣!胡说八道!"

"我说你运气不好,而你刚才说的话,正好证明了这一点。你结过两次婚,一次跟个孩子,一次跟个老头。而且我敢说你母亲一定告诉过你,女人对'这些事情'必须忍受,因为能从做母亲的快乐中得到补偿。其实,那全错了。你为什么不跟一个出色的年轻人结婚呢?他名声虽坏,却很会应付女人。这是很有乐趣的。"

"你这人又粗鲁又自以为是,我看我们的谈话扯得太远了。这些话——非常庸俗。"

"可是也很有趣,对吗?我敢说你从来没有跟一个男人谈论过婚姻关系方面的事,哪怕是跟查利或者弗兰克。"

她皱起眉头。白瑞德知道得太多了。她奇怪他对女人的事,知道得这样多,不知是从哪里得来的。这未免有点不大正派。

"不要皱眉头。给我一个日子,斯佳丽。我并不想马上结婚,以免影响你的名誉。我们可以等一段日子,以便合乎礼仪。不过你说多久才可以算是'合乎礼仪的间隔期'呢?"

"我没有说答应跟你结婚。在这种时刻谈这种事情本来就不合乎礼仪。"

"我已经跟你说过我为什么要现在就谈。我明天要离开这里,我又是个感情过于热烈的情人,再也压制不住自己的热情。不过也许我的求婚是太急促了些。"

忽然,他从沙发上溜下来,双膝跪在地上,叫她猛吃一惊。他一手姿态优美地按住心口,一面快速地朗诵道:

"请你宽恕我,因为我奔腾的激情使你受惊了,我亲爱的斯佳丽——我是说,我亲爱的肯尼迪太太。你不可能没有注意到,在过去的一段日子里,我心中对你的友谊,已经发展成熟,已成为一种更深的感情,一种更美丽、更纯洁、更神圣的感情。我敢不敢把这种感情的名字对你说出来呢?啊!它的名字就是爱,是爱使我如此大胆。"

"快起来!"她央求他道,"你那副傻样子,要是让嬷嬷进来看见了怎么办?"

"她看到我风度这样优雅,一定会吓得不敢相信和目瞪口呆。"白瑞德说着轻轻地站起来。"得啦,斯佳丽,你不是孩子,也不是女学生,何苦以是否合乎礼仪之类的傻话为借口拒绝我呢?跟我说一声,等我回来后和我结婚,要不,凭上帝见证,我绝不离开你。我要每天晚上在你窗下弹吉他,放开嗓门唱歌,直到你让步为止。那时你为了保全自己的名誉,就不得不和我结婚了。"

"白瑞德,理智一点,我不打算跟任何人结婚。"

"不结婚吗?你没有把真正的原因告诉我。这不是因为女孩子的胆怯。那么是什么原因呢?"

忽然间她想起了艾希礼,仿佛他清楚地站在自己面前一般,金灿灿的头发,昏沉沉的眼睛,气宇庄重,跟白瑞德迥然不同。他便是她不愿意再结婚的真正原因。她虽然对白瑞德并无反感,有时还真心喜欢他,可是她永远是属于艾希礼的。她从来没有属于查尔斯或者弗兰克,也绝不可能真正属于白瑞德。她自身的每一部分,她所做的,所追求的,所得到的几乎每一样东西全都属于艾希礼的,都是为了爱他才做的。她以前给过查尔斯和弗兰克的笑和吻,也都是属于艾希礼的,虽然他从来不曾要求过,今后也不会再要求她。在她内心深处,她有一种愿望,想把自己保留下来奉献给他,虽然她知道他绝不会要她。

她没有意识到她的脸容霎时间已起了变化。她刚才的梦幻已给她带来一种温柔的风韵,那是白瑞德从未见到过的。他瞧着她上斜的绿眼睛,大大的,朦朦胧胧,还有她那双唇的柔和曲线,不觉呼吸都暂停了。随后他把嘴唇使劲往下一拉,以热情的迫不及待的态度咒了一声:

"斯佳丽·奥哈拉,你是个笨蛋!"

她的心思还没有来得及撤回她的遐思,他的双臂已把她紧紧搂住,就像那年回塔拉途中在黑暗的大路上那样,搂得那么使劲,那么结实。她感到那股使她无可奈何浑身瘫痪四肢乏力的热流重又袭来,于是艾希礼那平静的脸容变得模糊而隐没了。他把她的头仰着靠在他的臂上亲吻她,起初轻柔地亲吻,旋即猛烈地亲吻,使得她紧紧地贴着他的身子,仿佛他是一个摇晃得令人头昏眼花的世界上的唯一支柱。他的嘴唇黏住她的,挤开她颤抖的双唇,将一阵猛烈的震颤传递给她的神经,激起她从来没感受过的一种强烈的感觉。她觉得一阵眩晕,好像自己在不住地旋转,这时她知道她正在回吻着他。

"请暂停——我要晕过去了!"她低声说道,想把自己的头无力地离开他。可是他又把她的头按回到他的肩上。这时她隐约地往他脸上瞥了一眼。他眼睛睁得很大,闪出奇特的光辉,他的双臂猛烈地颤抖着,使她感到害怕。

"我就是要你晕过去,我一定得叫你晕过去,你已亲吻过好多人了,可是谁也没有像我今天这样亲吻你——有谁这样亲过吗?你那宝贝查尔斯和弗兰克,还有你那乏味的艾希礼——"

"请你——"

"我要说你那乏味的艾希礼。他们全是上等人——可是对女人他们知道些什么?他们对你知道些什么?只有我知道你。"

他又把嘴唇贴在她的嘴唇上,她不战而降毫不挣扎,她虚弱得连头也转不动,也不想转动,而她的心怦怦直跳,跳得她身子也颤抖了。她害怕他的威力,她觉得无力抵抗。他还想怎么样?他要是再不停止她就要晕过去了。他要是停止就好了——他要是永远不停止呢?

"说一声答应!"他的嘴正对着她的嘴,他的眼睛跟她靠得那么近,显得特别大,似乎填满了整个世界,"说声答应,你这该死的,要不——"

她不假思索,脱口而出低低说了声"答应"。仿佛这两个字是由他的意志力驱使着从她嘴里不由自主地吐出来似的。可是话一说出口,她的精神便突然安定了,头也不再旋转了,白兰地带来的眩晕,也减轻了。她在不想答应的情况下,竟答应了跟他结婚。她自己不明白是怎么一回事,可是她并不后悔。她在说"答应"两个字时,说得极其自然,仿佛冥冥之中有神明在指使,有一只强有力的巨手在干预她的事情,帮她解决问题。

他听她说了这两个字,急速地吸了一口气,俯身像是又要亲吻她,她闭上眼睛仰着脸。可是他又退缩回去,使她稍稍有点失望。她觉得这样的亲吻可真奇怪,其中有种令她兴奋的东西。

他静静地坐了一会儿,把她的头仍搁在他的肩上,他那颤抖的双臂似乎被他竭力控制住了。稍后,他稍稍离开她一点低头看着她。她睁大眼,见他脸上吓人的红光已经消退了。可是不知怎么,她还是不敢接触他的凝视,而在一阵刺痛的惶惑中低垂自己的眼睑。

白瑞德开口说话了,声音很平静:

"你说话算数吗?你不会反悔吧?"

"不会。"

"你不是因为我——那句话是怎么说的?——我的——呃——是我的热情支配了你的感情吧?"

她没有回答,因为她不知道该说什么。她也不敢接触他的目光。他的一只手放在她的颏下,抬起她的脸。

"我曾跟你说过,我对你的一切都能忍受,只除了说谎。现在我要知道实情。刚才你为什么要说'答应'?"

她还是不知怎么说是好,不过情绪已多少有点稳定了,她于是庄重地垂着眼睑,嘴角现出浅笑。

"看着我。是不是为了我的钱?"

"怎么啦，白瑞德！你怎么能这样问我！"

"你看着我，别想跟我说甜言蜜语。我不是查尔斯和弗兰克，也不是县里那些男孩子，被你那对飞舞的睫毛骗得神魂颠倒。你说是不是为了我的钱？"

"嗯——是的，有一部分。"

"一部分？"

他似乎并没有因此而懊恼：他急速地抽了口气，竭力把她的话给他的眼睛里带来的急切神情抹掉，他那神情因为她心里过于慌乱而没能看到。

"嗯，"她无可奈何地勉强说道，"钱是很有用的，这你知道，白瑞德。弗兰克没有留下很多钱。可是，白瑞德，你知道我们有些进展。在我认识的人中间，你是唯一能容忍女人说真话的。有个不把我当作傻瓜不希望我说谎话的丈夫，自然是好的——而且——嗯，我喜欢你。"

"喜欢我？"

"嗯，"她烦躁地说，"假如我说我疯狂地爱你，那么我是在扯谎，而且，你心里自然是有数的。"

"有时候我觉得你说实话说得有些过头，亲爱的。你有没有想过，即使是假话，可是你说一声'白瑞德，我爱你'，哪怕有口无心，是不是更合适一点呢？"

他到底是什么用意，她想，她更弄不明白了。他看上去是那么古怪，那么急切，带有伤感和嘲讽。他放松她的手，把自己的双手深深地插进裤袋里，她见他裤袋里立刻鼓起两个拳头。

"即使我为此失掉一个丈夫，我也要说实话。"她倔强地想道。像往常当他用说话折磨她时一样，她很气恼。

"白瑞德，那样说无非是句假话，我们何必做那种蠢事呢？我刚才说过，我喜欢你。你知道是怎么回事。你曾经跟我说过，你并不爱我，只是因为我们有许多共同的地方。照你的说法两个人都是无赖——"

"哦，上帝！"他转过头急速地自言自语道，"我掉进自己设的陷阱了！"

"你说什么？"

"没什么，"他朝她看着，笑了，可是笑得并不愉快，"定个日子吧，亲爱的。"说着又笑起来，随后弯腰吻她的手。她见他的坏情绪消退了，明显恢复了惯常的好脾气，颇觉宽慰，因而她也微笑了。

他玩弄了一会儿她的手，然后咧开嘴笑着对她说："在你读过的小说中，有没有常常碰到一个感情冷淡的妻子终于爱上自己丈夫的情况呢？"

"你知道我是不读小说的，"她说，同时想学他的样跟他打趣，她继续说，"而且你自己说过，夫妻结合最坏的形式就是彼此相爱。"

"我还说过上帝对许多事都要惩罚下地狱的。"他突然反驳一句后又站起身来。

"你不要咒骂。"

"你得设法习惯我的咒骂，你自己也得学会咒骂。你还得习惯一下我所有的坏习惯。这就是你该付出的一部分代价——如果你喜欢我，并且想把你那可爱的小爪子碰我的钱的话。"

"哼，不要因为我不肯说谎以满足你的虚荣心而莫名其妙地光火。你并不爱我，不是吗？那么我为什么非爱你不可呢？"

"不错，亲爱的，我并不爱你，就跟你不爱我一样，而且即使我爱你，我也绝不会让你知道。愿上帝帮助那个真心爱你的人吧。你会使他的心碎，亲爱的，你这残酷的、害人匪浅的小猫，你太自信，太不顾别人，你甚至不肯收敛一下你的爪子。"

他将她从沙发上拉起来又亲吻她，可是他的嘴唇跟上一回不一样，似乎并不在乎他会不会伤害她，似乎他要伤害她，要侮辱她。他的嘴唇向下移到她的喉咙，最后贴在她胸口的塔夫绸内衣上，贴得那么紧，时间那么长，他的气息烫着她的皮肤。她挣扎着举起双手，使劲把他推开，觉得他太粗暴无礼了。

"不许你这样！你怎么敢这样放肆！"

"你的心跳得就像只小兔子吧,"他嘲弄她道,"如果我真的想入非非的话,我想你仅仅是喜欢我而已,总不至于跳得太快的。安静下来吧,不要装出处女娇羞的样子了。跟我说要我从英国给你带什么回来。戒指吗?你喜欢什么样的?"

他最后一句话引起她的兴趣,同时她那女性的爱闹爱发脾气的特点使她一时还不肯罢休,她在两者之间摇摆了片刻,终于说道:

"哦——一枚钻戒——白瑞德,你一定得买一枚最大的。"

"好让你在你那些穷朋友面前炫耀说,'瞧,是我搞来的!'好吧,我给你带一颗顶大的,大到使你那些不太走运的朋友们在背后议论说那么大的东西戴在手上可真够俗气的,这样也好让他们有所自我安慰。"

他忽然拔脚就走,她困惑地跟着他直走到关着的房门。

"你怎么啦?上哪儿去?"

"回我房间里打点行装。"

"噢,可是——"

"可是什么?"

"没什么。希望你一路顺风。"

"谢谢。"

他打开房门走进过道。斯佳丽跟在后面心中若有所失,她没料到高潮就此突然降落,不免有些失望。他穿上大衣,拿起手套帽子。

"我会写信给你的。你若是改变了主意,跟我说一声。"

"你难道不——"

"什么?"他似乎急着要走,有些不耐烦的样子。

"你难道不跟我吻别吗?"她轻声说道,小心地不让屋里的人听见。

"一个晚上这样多的吻,难道还嫌不够吗?"他顶了她一句,又咧嘴而笑看着她,"没想到一个端庄而有教养的年轻女人——好吧,我跟你说过很有乐趣的,不是吗?"

"哦,你这人真讨厌!"她愤怒得嚷起来,也不管嬷嬷会不会听见,"你永远不回来我也不在乎。"

她转身愤愤地走向楼梯,希望他温暖的大手拉她一把,留着她。可是他却拉开大门,一阵冷风随即卷进室内。

"可是我会回来的。"他说罢出去了,把她留在楼梯脚眼睁睁地看着关上的大门。

白瑞德从英国带回来的戒指确实很大,大得使斯佳丽戴上它觉得很为难。她固然喜欢华美价昂的珠宝,可是对这一枚戒指,她非常清楚地知道,没有一个人不说它俗气,这使得她心里很不自在。那戒指当中是一颗四克拉重的钻石,四周镶着许多翡翠,戴在手指上一直碰到指关节,看上去像连她的手也被压得下坠似的。斯佳丽怀疑白瑞德是没安好心,是特意找人定做的,做得越显眼越好。

在白瑞德回到亚特兰大把戒指套在她指上之前,她对任何人包括她自己家里人在内,都没有把她的打算透露过一句,所以等她一宣布订婚,各种非议就沸沸扬扬四处传开了。自从上回的三K党事件以来,白瑞德和斯佳丽已成为亚特兰大城里最最不得人心的两个人,只有北佬和拎包投机家们对他们好些。斯佳丽当初脱下查利·汉密尔顿的丧服,就引起众人的不满。后来她又有违妇人之道经办锯木厂,怀了孕还不顾羞耻到处乱跑,加上种种诸如此类的事,使得人们对她的不满更加深了。等到她祸及弗兰克和汤米的死亡,并危及十多个男人的性命以后,大家对她的不满发展成为公开的责难了。

至于白瑞德,他在战时的投机行为早已引起公众的憎恨,后来他跟共和党人勾勾搭搭,大家对他的印象自然更坏。而且奇怪的是,他虽然挽救了亚特兰大城里几个最出色的男人的生命,却反而引起女人们对他的极大痛恨。

她们之所以恨他,并不是因为她们不愿意自己的男人活着,而是因为救他们丈夫的偏偏是白瑞德这样的人,用的又是这种见不得人的伎俩。几个月以来,她们受到北佬的耻笑和轻蔑,内心深感痛苦。她们在想在说,白瑞德如果真的为三K党人着想,就应该采取比较像样的方式处理这件事。她们说他是有意把贝尔·沃特林牵扯进来,好叫城里有教养的人蒙受羞辱。所以他救人的事既不值得感谢,他过去的罪行,也不应该得到宽恕。

这些女人,对于做善事毫不迟疑,对别人的痛苦关怀备至,在危难的时刻坚忍不拔,可是谁若是稍稍触犯了她们心中不成文的道德法规,她们就会像对付变节的叛徒那样绝不罢休。她们的法规很简单。对南方邦联要崇敬,对老战士要尊重,对旧体制要恪守,对贫穷要感到自豪,对朋友要慷慨解囊,对北佬的仇恨要永远铭记在心。在她们看来,斯佳丽和白瑞德两人可以说把这些信条全都破坏无遗了。

被白瑞德救了性命的男人,为了合乎礼仪,也出于感激之情,曾劝说他们的女人不要对他们加以非议,可是收效甚微。在他们宣布订婚之前,虽然不得人心,大家表面上总还对他们客气。现在连那样冷淡的礼貌也无法保持了。他们订婚的消息像是一次突如其来的破坏性的爆炸,震撼全城,连态度最温和的女人也忍不住激愤地说出她们的看法。弗兰克死了才一年,她又要结婚了,何况弗兰克还是她害死的!而且她嫁的偏偏又是白瑞德那家伙。他是一家妓院的老板,还跟北佬和拎包投机家在一起,尽干各种骗钱的勾当!他们两人分开还可以容忍,如今两人竟厚颜无耻地结合在一起,叫人怎么忍受得了。两人都那么低级,那么恶劣!应该把他们驱逐出城!

他们两人的订婚恰好选在拎包投机家和无赖汉被城里人最痛恨的时候,因此就使他们更加令人难以容忍。因为此时此刻,佐治亚州对北佬抵抗的最后一个堡垒刚刚陷落。四年以前舍曼将军从多尔顿以北挥师南下而开始的漫长战役终于达到高潮,佐治亚州蒙受的屈辱至此已到了无以复加的地步。

重建时期已三年了,这三年实际上是恐怖时期。原来人人以为情况已经坏到极点,现在佐治亚州人才发现重建时期的最坏阶段才刚刚开始。

三年以来,联邦政府一直想把外来的思想和外来的统治强加在佐治亚州头上,由于有军队的支持,取得了很大的成功。可是新政权唯一的支柱,只有军队的力量。北佬对佐治亚州的统治并没有得到本州的同意。佐治亚州的领袖们一直在为州权而斗争,他们想以自己的思想治理自己的州。他们竭力抵制种种使他们屈服的压力,不接受华盛顿的指令当作本州的法律。

在公务方面,佐治亚州的政府从来没有投降过,可是他们的斗争却是无效的、屡战屡败的。这是一场不可能打赢的战斗,可是,却至少可以把不可避免的事拖延缓办。在南方其他各州,已有一字不识的黑人身居要津,有的地方的议会,已操纵在黑人和拎包投机家手里了。可是在佐治亚州,由于顽强抵抗的结果,至今还没有陷入这最后的一步。在这三年中的大部分时间里,本州的议会还掌握在白人和民主党人手里。由于到处都是北佬军队,州里的官员除了抗议和抵制以外,不可能有别的作为。他们的权力只是名义上的,可是他们至少能使州政府保持在佐治亚本地人手里。现在连这最后的据点也已陷落了。

四年前,约翰斯顿将军率领他的部下被迫从多尔顿向亚特兰大节节败退。从一八六五年以来,佐治亚州的民主党人和他一样,也是一步步地被迫后退。联邦政府对本州事务以及对本州人民的生杀大权日益扩大。压力愈来愈大,军事当局的法令愈来愈多,使得文官政府更加无能为力。最后,由于佐治亚州处于军事管制之下,军方下令不论本州法律许可与否,黑人一律给以选举权。

在斯佳丽和白瑞德宣布订婚前的一个星期,这里举行过一次州长选举。南方民主党人推举约翰·戈登将军为候选人,他是一个最孚众望的本州公民。他的竞选对手是共和党人布洛克。选举不像通常那样当天结束,却持续了三天之久。一列车一列车的黑人从这个城镇赶到那个城镇,在沿途各选区投票。结果自然是布洛克获胜。

如果说舍曼将军占领佐治亚州曾引起本州人民的痛恨,那么本州的州权最终落到拎包投机家、北佬和黑人手中,给本州人带来前所未有的深恶痛绝。亚特兰大和整个佐治亚州顿时激荡起愤怒的情绪。

白瑞德偏偏又是为人所痛恨的布洛克的朋友!

斯佳丽对于不是直接发生在她鼻子底下的事情向来是不闻不问的，对于选举的事甚至一无所知。白瑞德没有参加选举，他和北佬的关系跟以前并没有什么不同。可是他是个无赖汉，又跟布洛克是朋友，这个事实是改变不了的。如果他们结婚，斯佳丽就会转变成跟他一样的人。亚特兰大人对于敌人营垒里的人素来是不能容忍不讲友好的。所以，他们订婚的消息一经传出，城里人立刻记起他们两人的种种坏事，而把他们的好处统给忘了。

斯佳丽知道她的事引起全城的震动，可是对公众的感情强烈到什么程度，却并不知晓，直到有一天梅里韦瑟太太由于教友的敦促主动前来向她进言的时候。

"因为你自己的母亲已去世，皮特小姐又不是一位太太，没有资格来——呃，跟你谈这种事，所以我觉得有必要向你提出警告，斯佳丽，白瑞德船长这种人，不是上等人家的女人应该跟他结亲的。他是一个——"

"可是，是他想办法救了梅里韦瑟老爹，还有你侄儿的生命的。"

梅里韦瑟太太更生气了。就在不到一个钟头之前，她为这事刚跟老爹斗过嘴。老人说不论白瑞德是个无赖汉也好，坏蛋也好，她若是对他一点也没有感激之情，那她肯定没有把他这块老骨头放在心上。

"他那样做的目的，不过是要捉弄我们大家，叫我们在北佬面前抬不起头，"梅里韦瑟太太接着说，"你知道得跟我一样清楚，那人是个恶棍。他向来就是的，现在更不值一提了。一个规规矩矩的人家根本就不能接待他这种人。"

"不能吗？那倒怪了，梅里韦瑟太太，在打仗的时候，他不是经常出现在你的客厅里吗？梅贝尔穿的那件白缎子结婚礼服，不是他送的吗？要不大概是我记错了吧？"

"打仗的时候跟平时完全不一样，规矩人跟一些不怎么样的人来往，是为了南方大业，没有什么不正当的。可是他既没有打过仗，还要嘲笑参军的人，我想你总不能跟这样的人结婚吧？"

"他参过军的。他在军队里服役八个月时间。他参加最后一次战役,在弗兰克林打过仗。约翰斯顿将军投降的时候,他就在他的部队里。"

"这我可没听说过,"梅里韦瑟太太说着,一副不相信的神气,"可是他没负过伤。"她胜利地加了一句。

"没受伤的人多得很。"

"凡是参加打过仗的都负过伤。我可没听说有谁没负伤过。"

斯佳丽被这话刺痛了。

"那么依我看你认识的那帮人全是些笨蛋,既不会躲避阵雨,也不懂得躲避枪弹。好吧,梅里韦瑟太太,让我给你把话说清楚,你尽可带信息给你那些爱管闲事的朋友。我已经决定跟白瑞德船长结婚,哪怕他以前帮北佬打过仗我也不管。"

这位可敬的太太离开屋子的时候,气得头上的软帽都微微颤动起来。斯佳丽知道,从今以后这位不赞成她的朋友会成为她的公开的敌人。可是她不在乎。梅里韦瑟太太不管怎么说,怎么做,都于她无损。别人怎么说她全不在乎,只有一个人例外——嬷嬷。

皮特姑妈听到她订婚的消息而晕厥,这斯佳丽还能忍耐得住。艾希礼前来向她道贺的时候有意回避她的目光,她偷偷地看到他像是忽然衰老了,这她也挺过来了。波林姨妈和尤拉莉姨妈听到这消息吓了一大跳,急忙从查尔斯顿写信给她制止这桩婚事,说这不仅毁灭她自己的而且也危及她们的社会地位。斯佳丽读了她们的信只觉又好气又好笑。媚兰满面愁容,真诚地对她说:"当然,白瑞德船长其实比大多数人所理解的要好得多,而且当初他救艾希礼时心肠又好,方法又巧妙。而且他毕竟还为南方邦联打过仗。可是,斯佳丽,你是不是可以不要过于仓促就做出决定。"斯佳丽听了这番话,也只是一笑置之。

别人的话,她全不放在心上。只除了嬷嬷。嬷嬷的话最叫她心里恼火,也最叫她伤心。

"我看见你做了许多事情,要是埃伦小姐知道了,准会伤心的。

那些事也真的叫我伤心。可是没想到如今你竟做出最不像话的事,要嫁给一个白人败类了。是的,我说他是个败类!你不用跟我说他是好人家出身,反正那也一样。上等人家也好,下等人家也好,都会出败类。他就是个败类。斯佳丽小姐,我看见你把查尔斯先生从霍尼小姐手里抢过来,其实你并不爱他。我还看见你把弗兰克先生从你的亲妹妹手里抢过来。你做过许多不该做的事,我都没说过一句话,像你把坏木头当好木头卖,你骗那些做木头生意的人,你一个人在外面到处乱跑,招惹那帮自由黑人,害得弗兰克先生把命都送掉,你还不给那些囚犯吃饱肚子,这些我都没有说过你一句。甚至连埃伦小姐在天堂里说:'嬷嬷,嬷嬷,你没有好好照看我的孩子!'我都采取容忍态度。可是我今天不能不说了,斯佳丽小姐,我不许你嫁给那个白人败类。只要我还有口气,我绝不答应。"

"我爱嫁给谁就嫁给谁,"斯佳丽冷冷地说,"我想你大概忘了你的身份了吧,嬷嬷。"

"现在是我说话的时候了。我不跟你说这些话,那么谁会跟你说呢?"

"我已经把这事仔细想过了,嬷嬷,我已经做出决定,你最好还是回塔拉去。我给你一点钱,而且——"

嬷嬷以她极大的尊严挺直身子。

"我是自由的,斯佳丽小姐。你没法叫我到我不愿意去的地方。你要我回塔拉,除非你也一起去。我不会撇下埃伦小姐的孩子,谁也别想叫我走。我也不会撇下埃伦小姐的外孙,交给那个败类继父抚养。我现在在这里,我就在这里待下去。"

"我不让你留在我家里冒犯白瑞德船长。我要跟他结婚,这件事已经定了。"

"这件事还没有定。"嬷嬷反驳道,她那昏花的老眼睛慢慢地闪出战斗的光芒。

"我从来没有想到要说埃伦小姐亲骨肉的不是,可是,斯佳丽小姐,你得好好听听。你只不过是头配上马鞍马辔头的骡子罢了。你可以把骡子的蹄子磨光,把它的皮擦亮,给它的鞍辔镶上铜片,驾在漂亮的马车上,可是它还是一头骡子。骗不了任何人。你也跟它一样。你穿上绸衣服,你有锯木厂,有店铺,有钱,你装出一副好马的样子,可是你还是一头骡子,你也骗不了人。还有白瑞德那家伙,他是好人家出身,打扮得就像一匹赛马场上的好马,可是他跟你一样,也不过是一头配上马鞍辔的骡子罢了。"

嬷嬷说罢又以锋利的目光盯着她的女主人。斯佳丽气得浑身发抖,却没话可说。

"你如果一定要嫁给他,那也只好随你的便,因为你的头脑很固执,简直就像你爸。不过你记住,斯佳丽小姐,我不会离开你。我要留下来看着你们的事。"

嬷嬷说罢,不等斯佳丽回答,便转身离开了,可是听她那语气简直比说"咱们后会有期,你等着瞧吧"还要狠毒三分。

后来他们在新奥尔良度蜜月的时候,斯佳丽把嬷嬷的话说给白瑞德听。使她又惊又气的是,白瑞德听了嬷嬷关于骡子配上马鞍辔的话,竟放声大笑。

"我从来没听过一个深刻的真理能表达得这么简洁,"他说,"嬷嬷这人可不简单,我很乐意于接受她的尊敬和好意,这在我认识的人中间,是并不多见的。可是我既然是头骡子,看来她的尊敬和好意我都得不到了。那天我们结婚之后,我怀着新郎的喜悦,送给她一枚十元的金币,不料竟被她拒绝了。我平时很少遇到不见钱眼开的人,可是她无所畏惧地看着我说,谢谢我,她不是一个刚获得自由的黑人,不需要我的钱。"

"她为什么这样激愤?那些女人为什么又老是像群珍珠鸡似的在我背后嘀咕?我跟谁结婚,结几次婚,是我自己的事。我向来只管自己的事,她们为什么不去管她们自己的事呢?"

"亲爱的,人们其实对世界上的任何事都能原谅,唯独对不愿多管别人闲事的人偏偏不能原谅。不过你又何苦要像只被烫伤的猫儿那样大声尖叫呢?平时你常说你不在乎人家背后议论你,现在为什么不能证实一下你自己说过的话呢?你知道以前人家常常为了一些小事批评你,如今对这样一件大事,怎么能指望人家不在背后说闲话呢?你既嫁给我这样一个坏蛋,就知道人家必定会议论的。如果我出身低微,又很贫穷,人们还不至于十分气愤。可是我这个坏蛋很有钱,很成功,自然是不可饶恕的了。"

"我希望你什么时候能正经一点。"

"我是在说正经话。大凡正派人看到不正派人像月桂树那样蓬勃生长兴旺发达的时候,心里总会觉得懊恼的。振奋起来,斯佳丽,你不是跟我说过,你要有好多钱的主要理由是可以叫每一个人都见鬼去吗?现在你的机会来了。"

"可是我想叫他见鬼去的人最主要的就是你呀。"斯佳丽说着笑了。

"你现在是不是还想叫我见鬼去呢?"

"嗯,不像以前常想得那么厉害。"

"只要能叫你喜欢,你爱什么时候就什么时候叫我去见鬼好了。"

"这并不使我感到特别快活。"斯佳丽说,弯腰随意亲吻他一下。他的黑眼睛很快在她脸上掠过,想从她的眼睛里寻找什么,可是没有发现。于是他立即笑了。

"忘掉亚特兰大。忘掉那些老恶婆子。我带你到新奥尔良来是为了让你快乐,我希望你能得到快乐。"

第五部

第四十八章

她的确很快活,从战争爆发前的那个春天以来,从来没有这样快活过。新奥尔良是个奇异迷人的地方,斯佳丽在这里纵情享乐,就像一个判处终身监禁的犯人,一旦获得赦免一般。其实这座城市正遭受拎包投机家的掠夺,许多正直的本地人被从自己的家里驱逐出去,连下一顿饭在哪里都还没有着落。而且有一个黑人,居然登上副州长的宝座。可是白瑞德带她去的地方是新奥尔良最繁华的地区,是斯佳丽从来没见到过的。她所遇见的人,似乎个个都有用不完的钱,而且不知道什么叫烦恼。白瑞德介绍给她认识的几十个女人,全都长得很美,打扮得漂漂亮亮的,柔嫩的手一伸出来,便知道不是干苦活的。她们不论见到什么,都会发出欢笑,从来不谈枯燥乏味的正经事,从来不诉说日子如何艰难。至于她碰到的男人——他们跟亚特兰大的男人完全不同,才叫她高兴呢!他们抢着跟她跳舞,对她极尽赞美之能事,把她看成最受人倾慕的年轻美人。

那些男人脸上的表情跟白瑞德一样,凶暴而无所顾忌。他们的目光随时都在警惕着,像是长期生活在危险之中形成的。他们似乎没有过去与未来。斯佳丽有时为了找些谈话资料,随便问起他们到新奥尔良以前家住哪里,做什么工作,他们态度很客气,却都无可奉告。这看来很奇怪,因为在亚特兰大,若是新见到一个有身份的人,他往往会迫不及待先介绍自己的背景,一一叙述他的家境和门第,直至追溯遍及整个南方曲折的亲属网络。

可是那些男人却都不太喜欢多说话,开起口来,又很注意斟酌字眼。有时候她在隔壁房间里听白瑞德跟他们一起聊天,她听他们在笑,听到些谈话的片段,却不明白是什么意思,比如像封锁时期的古巴和拿骚、淘金热、侵权行为、军火走私和海盗行径、尼加拉瓜和威廉·沃克①以及他怎样在特鲁克西罗撞死在墙上等等。有一回她突然走进房间里,听他们正在谈匡特里尔②手下游击队的遭遇,见她进去,谈话立即停止,她只听见提到弗兰克和杰西·詹姆斯的名字。

可是他们都很彬彬有礼,衣着考究,而且很明显对她非常欣赏,因此尽管他们及时行乐,斯佳丽也毫不介意。要紧的是他们还是白瑞德的朋友,家里有宽敞的住宅,有漂亮的马车,经常带着她和白瑞德兜风,还请他们吃晚饭,为他们举办舞会。所以斯佳丽很喜欢他们。白瑞德听她这样说,觉得非常有趣。

"我知道你会喜欢的。"他说着笑起来。

"有什么理由不喜欢呢?"她跟往常一样见他一笑就产生怀疑。

"他们全是二等货,是害群之马,是坏蛋。他们全是冒险家,是拎包投机家里的贵族。他们跟你亲爱的丈夫一样,是靠做粮食投机生意发的财,要不就是靠卖次货给政府,或者靠一些经不起调查的肮脏勾当。"

"我不信。你在逗我。他们全是顶顶规矩的人……"

"城里顶顶规矩的人都在挨饿,"白瑞德说,"都是非常优雅地住在棚屋里,而且我不敢说他们是否肯在他们的棚屋里接待我。亲爱的,你知道吗,我在战时曾在这里干过一些十恶不赦的勾当,这里的人记性偏偏又特别好。斯佳丽,你这人永远能使我感到高兴,因为你选择的人也好,选择的事也好,总是一定要选择错误的。"

"可是他们是你的朋友啊!"

"噢,不错,可是我喜欢坏蛋。我年轻时就是在船上靠赌钱过日子的,所以我理解那种人,可是对他们的本质,我并不是瞎子。你呢,"他又笑了,"你没有识别人的本能,你分辨不出低贱和伟大。

---

① 威廉·沃克(1824—1860),南美革命家。
② 威廉·匡特里尔(1837—1865),美国南方邦联游击队领袖。

我有时想,你所接触过的伟大女人就只有你母亲和媚利小姐,可是她们似乎都没能给你什么影响。"

"媚利!怎么,她长得像只旧鞋子,穿得又很平常,说起话来连三言两语也说不上。"

"不用妒忌吧,太太。高尚的女人靠的不是美貌,伟大的女人靠的也不是衣着。"

"哦,真的吗!你等着瞧,白瑞德,我会叫你看到的。现在我已——我们已有了钱,我要做一个你所见到过的最伟大的女人!"

"我有兴趣等待着。"他说。

比她遇到的那些人更叫她喜欢的,是白瑞德给她买的一些外衣。那些衣服的颜色、衣料和式样,都是白瑞德亲自挑选的。裙环现在已经过时,新款式是把衣襟从前面往后拉束在腰垫上,腰垫上镶着花环、蝴蝶结和花边等作为装饰。可是斯佳丽想起战时的裙环,觉得这种新式衣襟把腹部的轮廓都显出来,总叫她有点难为情。还有那可爱的小软帽,简直算不上是一顶帽子,只不过是一块扁平的东西遮在一只眼睛上边,帽子上绣着花果,镶着飘带羽毛。(她戴上那帽子,有一绺头发露在外面,她曾经买些假鬈发想加在上面,可惜被白瑞德傻乎乎地烧掉了。)还有那些修女做的精致的内衣。全都那么漂亮,她一套一套的多得穿不完。衬衣、衬裙、睡衣,全是上等亚麻布做的,镶着华美的刺绣和极细的褶裥。还有白瑞德买给她的缎子软鞋,后跟有三英寸高,钉着亮晶晶的人造宝石鞋扣。还有一整打丝袜,没有一双的上端部分是用棉纱织的。多气派!

她又尽情地给家里人买了好多礼物。给韦德买了一只毛茸茸的玩具圣伯纳狗,这是他一直想要的,给小博买了只小波斯猫,给小埃拉买了只珊瑚手镯,给皮特姑妈一条沉甸甸带有月长石垂饰的项链,给媚兰和艾希礼一套《莎士比亚全集》,送给彼得大叔一套漂亮的制服,连同一顶马车夫戴的丝绸高帽子,上面还有一把刷子,给迪尔西和厨娘各买了一块衣料,给塔拉的每一个人也都买了值钱的礼物。

"你给嬷嬷买了些什么呢？"他看着放在旅馆客房里床铺上的一大堆礼物问道，一边把小狗和小猫搬到梳妆间里。

"什么也没买。她真可恶，把我们叫作骡子，我为什么还要给她买礼物？"

"你为什么这样恨人家说真话，亲爱的？你一定得买件东西送给她，要不她会伤心的。她的这颗心实在太可贵了，你不应该伤害它。"

"我什么也不买给她。她不配接收我的礼物。"

"那么我买。我记得从前我的嬷嬷常说，等她进天堂的时候，她希望穿一条塔夫绸的裙子，要挺括得自己能竖起来，颜色要红褐色的，红得像用天使的翅膀做成的。我去买些红塔夫绸给嬷嬷，让她做件漂亮的裙子。"

"她不会要你的东西，她宁死也不肯穿的。"

"这我知道。可是我总得表示一下我的心意。"

新奥尔良的店里货物琳琅满目，跟白瑞德出去买东西，就像是一场令人兴奋的探险。可是跟他出去吃饭，却是一场比买东西更叫人激动的探险了。他对点什么菜，菜怎么个烧法，都非常在行。新奥尔良的葡萄酒、烈性酒和香槟都是她没有尝到过的，很能给她助兴。那是以前家里酿的黑莓酒和野葡萄酒甚至皮特姑妈的白兰地都无法比拟的。可是，哦！白瑞德点的菜那才算得上是美味佳肴。新奥尔良最著名的是吃，斯佳丽想起在塔拉挨饿的日子，以及随后的食物缺乏，就觉得眼前这些好东西怎么也吃不够似的。比如像秋葵鸡肉汤、克里奥尔虾、酒渍鸽肉、奶油脆蚝饼、蘑菇牛胰和火鸡肝，以及用油纸和石灰巧妙烤成的鱼。她的胃口从来没有减退过，因为她一想起在塔拉每天总是吃花生、干豆和山芋，恨不得马上再吃上一客克里奥尔虾才解馋。

"你每次吃起来都好像在吃最后一顿以后再也没得吃似的。"白瑞德说，"不要刮盆子，斯佳丽，厨房里一定还有，你只要招呼侍者添一份就行了。你要再这样贪吃，会胖得像个古巴女人，那时我会跟你离婚的。"

可是她只对他伸一伸舌头，又要了一客浇上厚厚一层巧克力的蛋白甜饼。

钱爱怎么花就怎么花，用不着一分一厘精打细算地节省下来纳税买骡子，这样的日子有多快活！结交的人都那么有钱，那么欢乐，不像亚特兰大人那么穷却偏要摆架子，这多么有意思！穿着窸窣的锦缎衣服，腰肢束得细细的，项颈、臂膀、好大一部分的胸口都裸露在外，眼见男人都在艳羡地瞅着你，多么称心！爱吃什么，就吃什么，没有爱挑剔的人指摘你有失大家闺范，多么惬意！而且爱喝多少香槟可尽量喝，这又多么开心！她第一次喝醉酒后，早上一觉醒来，头疼欲裂，想起前一天晚上回旅馆的情景，坐在敞篷马车上一路唱着《美丽的蓝旗》穿过大街，心里懊丧不已。她有生以来，还从来没见过一个哪怕是仅仅稍有醉意的上等女人。至于喝醉的女人，她只见到过一次，就是亚特兰大陷落那天她遇见的那个沃特林。她感到非常自卑，不知怎么去见白瑞德的面，可是白瑞德却对这种事觉得非常有趣。他对她的一切似乎都感到有趣，仿佛她不过是一只欢蹦乱跳的小猫。

跟他一起到外面去，也叫她非常快活，因为他长得很英俊。以前她从来没注意过他的形象，在亚特兰大时，人人都只顾指摘他的不是，谁也不去谈论他的相貌。在新奥尔良她发现女人的目光常常在追随他的身影，他弯腰亲她们的手时，使她们显得很激动。她见女人们被她的丈夫所吸引，或许还在羡慕她，忽然觉得站在她丈夫身边是很值得自豪的。

"嗯，我们真是漂亮的一对。"斯佳丽满意地想道。

不错，正像白瑞德预言的那样，结婚是有好多乐趣的。不但有好多乐趣，还叫她学会好多东西。这似乎很奇怪，因为斯佳丽本来以为不可能再从生活中学到什么。现在她觉得就像个孩子，每天都有新的发现。

首先，她明白跟白瑞德结婚和跟查尔斯或弗兰克结婚完全不一样。他们两人都尊重她，怕她发脾气。他们乞求她的眷爱，她在高兴的时候,也会给他们一点。白瑞德并不怕她,而且她常常想,他好像并不怎么尊重她。他想要做的事,他自行其是,如果她不喜欢,他只是一笑置之。她并不爱他,可是跟他生活在一起,的确很叫她开心,最令她满意的一点是,虽然他有时候发起脾气来显得很凶暴,有时候他喜欢招惹人家从中取乐,可是他似乎有很强的自我控制能力来克制自己的感情。

"我想那大概是因为他并不真的爱我,"她想着觉得现在的情况很满意,"不管如何他一旦彻底放任自己,我定要嫌恶他的。"可是她仍想到了这种可能性,这不免使她的好奇心大发。他又能激动地逗弄她的好奇心。

从前她以为她很理解白瑞德,现在和他生活在一起,才发现有好多她原先不知道的新东西。她知道他的说话声一时会像猫皮一样柔滑,可是一时又会刚硬得破口咒骂。他有时用真诚赞许的口气,讲述他到过的地方所见到的关于英勇、荣誉、美德和爱情的故事,可是紧接着又会讲一些最无情的愤世嫉俗的下流故事。她觉得一个男人不该把这种故事说给自己的妻子听,可是她觉得这些故事很有趣,迎合她内心之中粗俗的一面。他可以是一个短暂的热情而十分体贴的恋人,可是霎时间他又可以成为一个嘲讽的恶魔,惹得她像打开火药筒似的大发脾气,他就在点燃火药和她的脾气爆炸中取乐。她又发觉他赞美她的话常常是两面三刀的,他最温柔的话也会令人怀疑。事实上,在新奥尔良的两个星期里,她已熟悉他的一切,可就不知道他究竟是怎样的一个人。

有几个早晨,他差开女佣人,亲自把早饭端来,像喂孩子那样喂给她吃,又从她手里夺过发刷刷她的一头乌黑的长发,直刷得刷子啪啪发响。有时候一大早她好梦方酣,他会猛地掀掉她的被头粗暴地折磨她,还要搔她的光脚板。有时她把自己经营的生意详细地讲给他听,他很有兴趣地洗耳恭听,还点头称赞她精明能干。可是有时候他又说她出卖劣等货坑人,等于拦路抢劫,敲诈勒索。他带她上剧场看戏,却又对她说,上帝很可能不赞成这样的娱乐。他带她去教堂,在她耳边低声讲些猥亵的趣事,把她逗笑起来后,又责备她不该发笑。他鼓励她说话大胆尖锐有话直说。从他那里她学会话中带刺,学会使用讥诮,并以此在谈话中刺痛别人。可是她学不会他的话刻薄中有幽默感,也学不会他嘲讽别人时又有自嘲的特点。

他要她玩乐,可是她简直已忘了怎样玩乐。因为她的生活一直很令人担心,很艰苦。他懂得怎样玩乐,又总是带着她一起去玩。可是他玩起来从来不像个孩子。他是个成年男人,他不论玩什么,都不会使她忘掉他是个成年的男人。她不可能从女性优越感的高度居高临下地俯视着他。就像女人通常讥笑那些童心未泯的成年男人的滑稽姿态那样。

每次想到这一点,她总感到有点烦恼,要是能在白瑞德面前有点优越感那才有劲。她对她认识的所有其他男人,都用一句半带轻蔑口吻的"真是个孩子!"就可打发掉。比如她父亲、塔尔顿家的双胞胎兄弟,他们老是爱逗她,爱恶作剧,还有那小个子的方丹家兄弟,他们性情暴躁,一触即怒,还有查尔斯、弗兰克以及在战时追求过她的所有男人——只有艾希礼例外。事实上,只有艾希礼和白瑞德是她无法理解和无法驾驭的,因为他们两个都是成年男人,他们身上没有孩子气的成分。

她不理解白瑞德,也不想费心去理解他,虽然有时候有些地方使她感到迷惑。有时候他以为她不在意的时候,他会偷偷地注视着她,此时她若突然转过头来,往往会撞见他正在看她,他的双眼含有一种警觉、渴望和期待的神色。

"你为什么要这样看着我,"有一次她烦躁地问道,"简直像只猫守着老鼠洞似的。"

但是他的脸色立即改变,他只笑不答。她也很快把它忘了,对刚才的事,对有关白瑞德的任何事情,她都不想费心思捉摸。她觉得白瑞德这个人反正是捉摸不定的,现在日子过得挺快活——除了有时要想起艾希礼。

白瑞德弄得她成天很忙，没时间想念艾希礼。白天她是很难惦念艾希礼的，可是在夜里，当她舞跳累了，或者香槟喝多了头脑发晕时，她就会想到艾希礼。每逢她昏昏沉沉地躺在白瑞德怀里，月光洒在床上，她常常会想，倘若在她身旁紧紧搂着她的那个人是艾希礼，倘若是艾希礼把她乌油油的长发拉过去绕在他的脖子上，那么生活该多完美呀。

有一回，她这样想着时，叹了一口气，脸转向窗口。可是不一会儿她觉得她脖子下面那沉重的臂膀变得像铁一样硬，听见在寂静中白瑞德的声音说道："你这虚情假意的小精灵，愿上帝把你永远打入地狱！"

说罢，他起床穿上衣服出门去了，对她吃惊的抗议和质问，一概置之不理。直到第二天她在卧室里吃早饭时，他才回来，头发散乱，酩酊大醉，一副嘲讽挖苦的神气，既不向她道歉，也不说明他在什么地方。

斯佳丽什么也不问他，只是像个受委屈的妻子那样，对他很冷淡。她吃罢早饭，在他充血的眼睛逼视下她穿好衣服径自上街买东西去了。她回来时他已出门，直到吃晚饭才回来。

吃饭时两人都默不作声。斯佳丽竭力克制自己的脾气，因为这是她在新奥尔良最后一顿晚餐，她想饱啖一顿小龙虾。可是在他的盯视下，她吃得不很舒畅。不过她还是吃了一只大的，又喝了不少香槟。大概是加上这方面的原因，使她当天夜里又做起从前的噩梦来，醒来时浑身是冷汗，还断断续续哭泣着。她梦中又回到了塔拉，只见那里一片荒凉。母亲死了，她把世界上的一切力量和智慧都带走了。在茫茫大地上她没有地方可去，没有人可依靠。她身后像是有什么可怕的东西在追赶着她，她没命地跑，在一片浓雾里跑，跑得心都快迸裂了。她大声呼喊，盲目地摸索着，想在周围的迷雾中找到一个无名的、不可知的避难所。

她醒来时，白瑞德正俯身瞧着她。他不发一言把她搂在怀里，像抱一个孩子那样抱得很紧。他结实的肌肉使她感到舒服，他无语的喃喃声使她感到安慰，她的呜咽声渐渐地停息了。

"哦，白瑞德，我又冷，又饿，又累。我找不着它。我穿过雾里跑，可就是找不着它。"

"找不着什么，亲爱的？"

"我不晓得，我要晓得就好了。"

"你做的是不是以前常做的梦？"

"哦，是的！"

他温柔地让她躺在床上，在黑暗里摸到并点亮了一支蜡烛。在烛光下，他脸上有一对血红的眼睛和许多粗糙的皱纹，像石头似的毫无表情。他的衬衣解开到腰部，露出褐色的胸膛，长着浓密的黑毛。斯佳丽仍是害怕得发抖，见他的胸膛那样结实强壮，她低声说："抱着我，白瑞德。"

"亲爱的！"他急忙喊了一声，把她抱起来，他坐在一张大椅子里，把她贴在自己的怀里摇哄着。

"哦，白瑞德，挨饿可真可怕。"

"是呀，刚吃了一顿七道菜的晚餐，其中又有那么大的一只龙虾，夜里梦着挨饿，自然是非常可怕的。"他微笑着说，目光却是和善的。

"哦，白瑞德，我只是在跑呀跑呀，一边在寻找，可是又不知道我要找的是什么，它似乎一直藏在迷雾里。我晓得我要是能找到它，我就永远可以得到安全，再不会挨饿受冻了。"

"你要找的是一个人还是一件东西呢？"

"我不晓得。我从来不曾想过。白瑞德，你说我会不会梦中找到那个安全的地方呢？"

"不，"他一面说，一面把她凌乱的头发理平，"我想不会。做梦不会像这样做的。不过我觉得你的日常生活如果一直很安全，吃得很好，穿得很暖，就不会再做这种梦了。而且，斯佳丽，我一定设法使你有安全感。"

"白瑞德，你真好。"

"谢谢你桌上掉下的碎屑，戴夫斯太太①。斯佳丽，你每天醒来我要你对自己这样说：'我再不会挨饿，再没有什么东西能碰我，只要有白瑞德在，只要联邦政府能维持下去。'"

"联邦政府？"她坐起身来吃惊地问道，脸上的泪痕还没有干。

"那笔前南方邦联的款子，现在已成为规矩的女人。我把它的大部分买了政府的公债。"

"怎么！"斯佳丽在他膝上坐直身子嚷道，刚才的恐怖全给忘了，"你是说把你的钱已借给北佬了吗？"

"利息还不算低。"

"哪怕是百分之百的利率我也不要！你得把它们马上卖掉。亏你想得出来的，把你的钱让北佬去用！"

"那么我该把我的钱做什么用呢？"他微笑着问道，注意到她的眼睛已不像刚才那样因害怕而睁得大大的。

"咦——咦，你可以在五角场买地皮呀。我敢说，你有那么多钱，可以把五角场全买下。"

"谢谢你，可是我不想买五角场。现在拎包投机家的政府既然事实上已控制整个佐治亚州，那是什么事情都可能随时发生的。那些兀鹰从四面八方扑向佐治亚州，我是无法抵挡他们的。所以你知道，我只能像个无赖汉该做的那样，在表面上跟他们周旋，然而却不信赖他们。我不购置不动产，宁可买公债。因为你可以把公债藏起来，可是你没法隐瞒不动产。"

"你认为——"她想起她的锯木厂和铺子，脸色吓得发白。

"我不知道，不过你不用吓成这个样子，斯佳丽，我们可爱的新任州长是我的朋友。我不过是因为时局太不稳定，所以不想以很多的钱买不动产罢了。"

他让斯佳丽转移到他的另一只膝上，身子后倾，伸手拿到并点

---

① 语出《圣经·新约·路加福音》，稍有改动，指一乞丐每天要靠从奢华的财主桌上掉下的碎屑充饥。此处白瑞德用此典故，语含讥讽之意。

着一支雪茄。她的一双光脚板荡在那里，看着他褐色胸膛上肌肉在活动，她的恐怖全给忘了。

"不过既然谈到不动产，斯佳丽，"他说，"我打算造一幢房子。你可以逼迫弗兰克住到皮特小姐家里，可是你逼迫不了我。一天三次听她说废话，我可受不了。再说，我怕不等我搬进汉密尔顿神圣的府邸，彼得大叔会先把我杀了。皮特小姐可以让因迪·威尔克斯小姐跟她做伴，这就不用担心鬼怪缠绕她了。我们回到亚特兰大以后，先住在国民旅馆的新婚套间里，等我们的房子造好再搬迁出去。我们到新奥尔良来以前，我已出价在桃树街买下一大块地皮。那地方就在莱登家附近，你知道那地方吗？"

"哦，白瑞德，真好！我非常想有一幢自己的屋子。一幢很大很大的屋子。"

"那么我们终于意见一致了。你看外墙用白灰泥，有的制件用锻铁怎么样？就像这里克里奥尔人的屋子。"

"哦，不，白瑞德。这些新奥尔良的房子都太老式了。我知道该造什么式样的。我要造一幢最新式的。我在一张照片上看到过——我想想看——是在《哈珀周刊》上。仿照瑞士别墅的样式。"

"瑞士的什么？"

"别墅。"

"你把这字拼给我听。"

她遵命。

"噢。"他说着捋了捋髭须。

"它很可爱。屋顶是复折式的，上面有尖桩栅栏，两头各有一座塔，外墙嵌着杂色的卵石，窗上装着红蓝色的玻璃。看起来非常时髦。"

"走廊栏杆大概是用钢丝锯锯成的图案吧。"

"是的。"

"走廊的顶上，又有涡形装饰垂下来吧？"

"是的。你一定在哪里见到过的。"

"我见过——不过不是在瑞士。瑞士人是一个聪明的民族,对建筑美的感受很敏锐。你是不是真的想要那样的屋子。"

"噢,是的。"

"我本来希望你跟我在一起,审美力会有些进步的。为什么你不喜欢克里奥尔式的或者美国初期有六根白圆柱式的呢?"

"我跟你说过我不喜欢俗气的、老式的东西。里面墙上我们糊上红墙纸,所有的折叠门都挂上红色的丝绒门帘,还有,噢,要许多高级的胡桃木家具和名贵的厚地毯,还有——哦,白瑞德,要叫每一个见到我们屋子的人都眼红得不得了。"

"叫人人见了都眼红,有这必要吗?好吧,假如你喜欢,我们尽可以叫他们眼红。不过斯佳丽,你有没有想过,现在人人都很穷,你把家里弄得过分豪华,你的情趣怕算不得很高吧?"

"我喜欢那样,"她固执地说,"我要叫每一个待我不好的人都心里难受。我们要举行盛大的酒会招待客人,叫全城的人都后悔不该在背后说我们的坏话。"

"那么,谁会来参加我们的酒会呢?"

"怎么,大家都会来的。"

"我不信。他们这种人是宁死不屈的。"

"哦,白瑞德,你怎么能这样说!你只要有钱,人家自然会喜欢你。"

"南方人可不是这样。投机家的钱要想进入上等人家的客厅,简直比骆驼穿针眼还难。至于无赖汉——那就是指你和我,亲爱的——如果他们不向我们吐唾沫,我们就该感到幸运了。不过你若是愿意试一下,我一定支持你,亲爱的,而且对你这一项活动感到极大的兴趣。现在既然谈到钱,我想跟你把话说清楚。凡是用在房子上的钱,用在你装饰打扮上的钱,你需要多少我都可以给。如果你要买首饰,那可以买,不过得由我来挑选,因为你的鉴赏力,实在太差了,亲爱的。你要买给韦德和埃拉的,什么都可以。假如威尔·本亭棉花种得成功,我也愿意帮着把棉花收进来卖出去,因为克莱顿县的那头白象①，是你最心爱的。我这样做应该算说得过去吧，是吗？"

"当然，你确实是很大方的。"

"可是你听仔细。你别想我用一分钱在你的铺子和你的锯木厂上。"

"哦。"斯佳丽的脸沉下来。在整个蜜月期间，她一直在心里盘算着怎么样向他开口要一千块钱，再买五十英尺土地扩大她的木材场。

"我记得你一直夸口说你肚量大，不计较人家说我做生意的闲话，怎么你现在又跟别人一样，那么害怕人家说我女人当家呢？"

"在白瑞德家里到底是谁在当家，我看任何人心里都不会怀疑的，"白瑞德拉长着声调说，"那班傻瓜说的话，我才不会理会呢。事实上，我这个没教养的人对于有个精明的老婆只会感到骄傲。我要你继续办那两家锯木厂跟那爿店铺。那是你孩子的产业。韦德长大了，他会觉得不该靠他继父养活，那时他可以接管它们。可是我的钱一分一厘都不许流入这几家企业里。"

"为什么？"

"因为我不愿帮助艾希礼·威尔克斯。"

"你怎么又提起这事呢？"

"不。可是你要问我为什么，我只好如实告诉你了。还有一点，你可别想向我报假账，谎说买衣服用掉多少钱，家用又花掉多少钱，把钱揩油下来给艾希礼买几头骡子或者再买一家锯木厂。我已决定要仔仔细细地查你的账。什么东西卖什么价，我是一清二楚的。噢，你不要觉得受了侮辱，其实你是会那样干的。我不会撒手不管。事实上，任何跟塔拉或者跟艾希礼有关的事，我都不会听之任之。塔拉我不在乎。可是对艾希礼我就不能不划一条界限。我的缰绳放得很松，亲爱的，可是你别忘记马勒和马刺还照样是由我在控制着的。"

---

① 白象，指累赘而无用的珍品，转喻沉重的负担。此处指塔拉。

第四十九章

埃尔辛太太竖起耳朵在听过道里的动静。她听见媚兰的脚步声消失在厨房里,随即响起银餐具的叮当声,知道是在准备点心,便转身加入太太们低声谈话的行列。那些太太正围坐在客厅里,各人的膝上都放着一只针线筐。

"就我个人来说,我打算从此再不上斯佳丽的门了。"她说,神态高雅,只是比平时更为冷漠。

在座的"支援南方邦联遗孀孤儿妇女缝纫会"会员忙放下手中的针线,把各自的摇椅互相靠拢。这些太太们早就迫不及待地想议论斯佳丽和白瑞德的事,只因碍于媚兰在场。他们两人前一天刚从新奥尔良回来,住在国民饭店的新婚套间里。

"且不说因白瑞德救过他的性命,就是出于礼貌,我也得去拜访他一下,"埃尔辛太太继续说,"可怜的范妮也站在那儿,她也说要去。我对她说,'范妮,要不是斯佳丽的缘故,汤米现在还活着,你怎么还去看他们呢?'可是范妮真没头脑,居然对我说,'我又不是去看斯佳丽,我是去看白瑞德船长。他曾尽力救过汤米,虽然没有成功,那也不能怪他呀。'"

"年轻人真幼稚!"梅里韦瑟太太说,"拜访,真是!"她想起那天她劝斯佳丽不要嫁给白瑞德时,斯佳丽对她生硬的态度,气得她肥大的胸脯起伏不停,"我家的梅贝尔跟你那个范妮一样,她说她跟勒内也要去看他们,因为勒内多亏白瑞德,才没有上绞架。我跟她说若不是斯佳丽在外头乱跑,勒内怎么会有危险的呢。还有梅里韦瑟老爹也打算去,我听他的话,是老糊涂了,竟说如果我不知道感恩，他对那个无赖可是很感激的。我看梅里韦瑟老爹自从到过沃特林女人那里以后，简直变得不知羞耻了。拜访，真是！我肯定不去。斯佳丽嫁给这样一个人，等于是自绝于公众。在战争时期，大家都挨饿，那家伙却做投机生意赚钱，本来就够坏的，现在又跟拎包投机家和无赖汉一起鬼混，还跟那个臭不可闻的州长布洛克是朋友——拜访，真是！"

邦内尔太太叹了口气。她是个皮肤褐色的胖女人，一副愉快的面孔。

"他们不过是出于礼貌，去看他们一次而已，多利，我觉得不该责怪他们，我听说那天夜里出去过的男人，全都打算去一次，我认为也是应该的。可是那个斯佳丽，真不像是她母亲的孩子。从前我在萨凡纳跟埃伦·罗彼拉德是同学，她是个顶顶可爱的姑娘，跟我很要好。可惜她父亲反对她跟她堂兄弟菲利普·罗彼拉德的婚事。其实那男孩子并没有什么大的不好——男孩子年轻时放荡一点情有可原。可是埃伦却跟那个奥哈拉老头走了，生下斯佳丽这样一个女儿。不过，说真的，我觉得看在埃伦的面上，我也应该去一趟。"

"如此感情用事，简直荒唐！"梅里韦瑟太太从鼻子里狠狠地哼了一声道，"基蒂·邦内尔，你是不是打算拜访一个丈夫死了不到一年又嫁人的女人呢？这个女人——"

"肯尼迪先生简直就是被她害死的。"因迪插嘴说。她的语调冷静而尖刻。她每想起斯佳丽，就要联想起斯图尔特·塔尔顿，愤愤之情，随时流露出来，"而且我一直认为，肯尼迪先生遇害之前，她跟那个白瑞德之间的关系就非同一般了。"

在座的太太们听了这一番话，而且出自一个老处女之口，大为震惊，而正在她们震惊之中，媚兰已来到了房门口。刚才大家谈得起劲，竟没听见她轻轻的脚步声，现在骤然看见女主人站在面前，就像一群唧唧喳喳的小学生被老师撞见一样，显得惊慌失措。尤其是她们见她脸气得通红，眼睛冒火，两只鼻孔不住歙动，都吓呆了。因为她们从来没见过媚兰动怒，大家都认为像她这样顶顶温柔善良的年轻女人，素来尊敬长辈，没有主见，绝不会大发脾气的。

"你怎么敢这样说，因迪？"她声音颤抖着低声问道，"你为什么要这样妒忌她？真丢人。"

因迪的脸刷地变白了，可是头还是抬得高高的。

"我的话说了算数。"她简短地说，可是内心却在翻腾起伏。

"我是妒忌她吗？"她反躬自问。她想起斯图尔特·塔尔顿，想起霍尼和查尔斯，难道她没有理由嫉恨斯佳丽吗？尤其是现在，她怀疑斯佳丽故意让艾希礼陷入她张开的网里，那还不该恨她吗？她想："关于艾希礼和你那宝贝斯佳丽之间，我有不少事可以告诉给你。"此刻的因迪，心里交织着两种思想，一种是想缄口不语，以保护艾希礼的名誉；另一种是想把她疑心的事，向媚兰以及向全世界公布，以解救艾希礼。这可以使他从斯佳丽对他的一切控制之中解脱出来。可是现在看来还不到时候，因为她虽然疑心，还没抓到真凭实据。

"我的话说了算数。"她又说了一遍。

"那么幸亏你现在不住在我家里了。"媚兰冷冰冰地说。

因迪猛地跳起身来，她的灰黄的脸孔涨得通红。

"媚兰，你——你是我嫂子——你不见得为了那个放荡的女人跟我争吵吧？"

"斯佳丽也是我的嫂子，"媚兰说，面对面地盯着因迪的眼睛，好像她是个陌生人似的。"她比我的亲姐妹还要亲。要是你记不得她待我的好处，我自己可不会忘记。当初亚特兰大城遭到围攻的时候，皮特姑妈到梅肯逃难去了，她本来可以回塔拉，为了陪伴我而留下来没走。后来北佬都快进城了，她还替我接生。以后她本可以把我扔在医院里听凭北佬处置，可是她带着我和小博，历尽千辛万苦，才回到塔拉。她不顾自己挨饿受累，看护我，养活我。那时我害病身子虚弱，她把塔拉最好的垫子给我睡，我能起床走动时，全家就我一人还能穿上一双完好的鞋子，她待我的这些好处，因迪，你能忘记，我可怎么也忘不了。后来艾希礼回来，身上有病，精神沮丧，连个家也没有，口袋里又没一分钱，那时，斯佳丽就把他看成是个亲哥哥那样。等到我们觉得不得不到北方去又舍不得离开佐治亚时，又是斯佳丽帮助我们，把锯木厂交给艾希礼经营。至于白瑞德船长，他救了艾希礼的性命，纯粹是出于一片好心，并不是因为受过艾希礼什么好处。我对斯佳丽和白瑞德船长，内心万分感激。可是你，因迪，你怎么竟忘了斯佳丽对我和艾希礼的好处呢？人家救了你哥哥的命，你反而把她说得一钱不值，你这不是看轻了你哥哥的性命吗？你就是跪下来感谢斯佳丽和白瑞德船长，也还是谢不尽的。"

"得啦，媚利，"梅里韦瑟太太已安静下来，急忙道，"你可不能这样跟因迪说话呀。"

"你刚才说斯佳丽的话，我也听见了，"媚兰嚷道，猛地朝那位胖太太转过身来，像是一个决斗士，刚刺倒一个对手，又抽出剑来转向另一个似的，"还有你，埃尔辛太太，你们的小心眼儿是怎么想她的，那是你们自己的事，我管不着。可是你们在我的家里说，或者让我听见你们在说她的坏话，我就不能不管了。你们所说的那些可怕的事。我不明白你们是怎么想出来的，更不用说居然说出口来了。难道你们的男人就那么不值钱，宁可让他们死吗？难道对一个冒了生命危险去救他们的人，你们竟不知道感恩吗？这件事的真相万一叫北佬知道了，他们自然而然会把他也看成是个三K党人，说不定会把他绞死。他冒了生命的危险救的是你们的男人，救的是你的公公，梅里韦瑟太太，还有你的女婿和两个侄儿。邦内尔太太，有你的兄弟。埃尔辛太太，有你的儿子和女婿。你们全都太不知感恩了。我要你们一个个都表示歉意。"

埃尔辛太太站起身把针线活塞进她的盒子里，嘴唇紧紧抿着。

"真没想到你居然也这样没教养，媚利——歉意吗，我并不觉得抱歉。因迪是对的，斯佳丽是个轻佻放荡的女人。她在战争时期的种种表现，我是怎么也不会忘记的。后来她有了几个小钱，所作所为就简直像个白人中的败类，我也是忘不了的。"

"你不会忘记的是，"媚兰把两只拳头捏紧叉在腰里说，"休因为没本事管理工厂,被她给降职了。"

"媚利!"众人异口同声喊起来。

埃尔辛太太昂起头走向门口,等到一手抓住大门的把手时,她停住脚步转过身来。

"媚利,"她喊了一声,声音变软了,"亲爱的,你太叫我伤心了。我是你母亲最要好的朋友,你出世的时候,是我帮着米德大夫替你接生的,我一直把你当我亲生女儿看待。这事与你有何相干,你这样说话,我真听不下去。像斯佳丽·奥哈拉这种女人,我怕她马上像对付我们一样只会给你恶报的。"

媚兰听到埃尔辛太太开头的几句话时,泪如泉涌,可是等她说完以后,她反而板起脸来。

"我现在把话说明白,"她说,"你们哪位如果不去看望斯佳丽,那么从此请不要上我的门。"

屋子里立刻响起一片嘈杂的说话声,接着太太们乱哄哄地站起身来。埃尔辛太太把针线盒扔在地上,又回到房间里来,头上的一圈假发也震歪了。

"这怎么成!"她嚷道,"这怎么成!你糊涂啦,媚利,你的话我是不会当真的。你是我的朋友,我也是你的朋友。我绝不让这件事妨碍我们之间的友谊。"

她说着哭了,不知怎的,媚兰也倒在她的怀里哭了,可是她边哭着边说,她刚才的话还是算数的。这时又有几位太太跟着哭了,其中梅里韦瑟太太竟一把抱住埃尔辛太太和媚兰两人,对着一块手帕号啕痛哭。皮特姑妈是这场骚动的见证人,一直呆呆地站在一旁,此刻忽然倒在地上,很难得地真正昏厥过去了。于是屋里顿时乱成一团,有哭她的,有吻她的,有急忙跑去拿嗅盐瓶和白兰地的。当时只有一个人神色镇定,眼睛里没有泪水,那就是因迪·威尔克斯,她悄悄地离开这屋子,谁也没注意到她。

几个小时后,梅里韦瑟老爹在"现代女郎"酒店里见到亨利·汉密尔顿叔叔,把从梅里韦瑟太太那里听来的上午发生的事讲给他听。他得知竟有人敢于降服他那可怕的儿媳,心里很是高兴,说起来就特别来劲,因为他自己是绝没有这种勇气跟他儿媳交锋的。

"嗯,那些蠢货到底打算怎么办呢?"亨利叔叔烦躁地问道。

"我不能肯定,"老爹说,"不过看起来媚利占了上风。我敢打赌她们全都会去看他们的,至少去一次,大伙儿都要讨好你那侄女儿的,亨利。"

"媚利是个傻瓜,那些太太们的看法才是正确的。斯佳丽是个靠不住的货色,我不明白查利怎么会娶她的,"亨利叔叔阴郁地说,"不过媚利的话未尝没有道理。被白瑞德船长救过的那些人家,照理是该去一下。现在你既然提到这桩事,据我看白瑞德这个人并不坏,那天夜里他想办法救我们,说明他不失为一个好人。倒是斯佳丽,就像是沾在我衣服上面的苍耳①那样叫人讨厌。她过于精明,这样对她不会有什么好处。嗯,我得去看他们一下,不管是不是无赖汉,再说斯佳丽总算是我的侄媳妇。我打算今天下午就去。"

"我跟你一起去,亨利。多利要是知道我去了,准会气得要命。你稍等一下,让我再喝上一杯。"

"不,我们到白瑞德船长家去喝个痛快。我会开口要的,他家里有的是好酒。"

白瑞德说那些老自卫队员怎么也不肯妥协,这话一点不假。他明白有那么少数几个人来拜访他对他来说并没多大意义,他知道他们为什么会来拜访他。最先来拜访的是参加三K党人那夜不幸的袭击事件的人家,来了一次以后,就很少再来,而且也没邀请白瑞德到他们家去做客。

白瑞德还说那些人如果不是害怕媚兰采取过激行动,本来是不肯来的。斯佳丽不知道他怎么得到这个信息的,但她毫不在乎,处

---

① 草本植物。果实有刺,易附于人畜体上到处传播。

之泰然。试想对埃尔辛太太和梅里韦瑟太太那样的人,区区媚兰能有多大的影响力呢?至于她们来了一次后不再上门,并没叫她感到烦恼,事实上她根本没把这事放在心上,因为她所住的套间里有另一类型的客人不断前来拜访。他们被当地人称之为"外地人",有时还被赋予更不礼貌的称谓。

国民旅馆里住着不少这样的"外地人",他们跟白瑞德和斯佳丽一样,也在等待新居落成。他们都是服饰华丽的有钱人,跟白瑞德在新奥尔良的朋友非常相似,个个风度翩翩,挥金如土,对家世则讳莫如深。他们全都是共和党人,是"到亚特兰大来为他们州政府办事的",到底是什么事呢,斯佳丽不知道,也不想知道。

到底是什么事呢?白瑞德自然是十分清楚的,他们要干的事其实就是兀鹰对将死的动物要干的事。他们从老远闻到死亡的气息,准确无误地跟踪而来,要把它们吞食掉。由本州人民管理的佐治亚州政府已没有生命力,她正处于一筹莫展的情况,于是冒险家们蜂拥而来。

白瑞德的那些拎包投机家和无赖汉朋友的妻子一群群络绎不绝地来访,再加上那些斯佳丽曾卖过木材给他们的"外地人"。白瑞德说既然跟他们有过生意往来,就应该接待他们。而她一跟他们接触,便发觉他们全是些很愉快的人。他们个个衣冠楚楚,谈起话来,不外乎时装、桃色新闻和惠斯特①,从不提起打仗和日子艰难的话。斯佳丽从来没玩过扑克,现在也学会玩惠斯特,而且很快就精于此道。

凡是她不外出的时候,她的套间里总是有一群客人在玩惠斯特。不过她近来并不常待在旅馆里,因为她正忙着造新房子的事,顾不上招待客人,对有没有人来看她,也不怎么放在心上。她要延缓她的社交活动,等她的新房子造好再说。到那时她的住宅将成为亚特兰大首屈一指的大厦,她便是全城最最殷勤好客的女主人。

---

① 一种纸牌游戏,桥牌即由此演变而来。

在这些长长的温暖的日子里,她眼看着那红砖灰顶屋子耸立起来,雄踞在桃树街上所有的房屋之上。这时,她已把店铺和两家锯木厂抛诸脑后,成天在工地上,不是和木匠争辩,跟石匠吵架,便是跟承包商纠缠。她见一堵堵墙壁迅速竖立起来,心里很满意,她想等这屋子一旦建成之后,一定是全城最大最富丽堂皇的屋子,比起附近那幢被买来给布洛克州长做官邸的詹姆斯家宅院,看上去还要更宏伟一些。

州长的邸宅,栏杆和屋檐用镂花锯锯成的图案,看上去十分美观,可是比起斯佳丽屋子上那精巧的涡卷形装饰,就不免大为逊色了。州长屋里有一间跳舞间,可是斯佳丽屋子的整个三楼是一间大舞厅,相形之下州长那间简直小得像张台球桌了。事实上,斯佳丽屋子里的一切,不仅比州长的屋子,也可以说比城里任何一幢屋子都要多,圆顶多,楼塔多,角楼多,阳台多,避雷针多,彩色玻璃的窗子多得更多。

整座屋子外面,环绕着一圈游廊,屋子四边,各有一道往上通的阶梯。庭院开阔,地面绿草如茵,四处放着田园风味的长铁椅。还有一座铁凉亭,据斯佳丽宣称,是纯歌德式的设计,还按照新式的叫法,称之为"gazebo"①。此外又有两座铁塑像,一座是头雄鹿,一座是头猛犬,足足有什得兰矮种马那样大。对韦德和埃拉两个人,这屋子面积之大,装饰之华丽,以及这新屋的时兴的幽暗色调,令他们有些眼花缭乱,只有这两座金属动物像看起来叫他们心里很是高兴。

房屋的室内装饰全是按照斯佳丽的心意做的,地上整间屋铺着厚厚的红地毯,门上挂着红丝绒门帘,最新式的黑胡桃木家具漆得油光贼亮,件件都经过精雕细镂,椅垫是用滑溜的马鬃做的,太太们坐在上面要分外小心以防滑下来。墙上到处挂着镀金框架的镜子,

---

① gazebo,凉亭的又一叫法。

另外还放着许多长穿衣镜,白瑞德曾随便说起过,镜子的数量几乎跟贝尔·沃特林那里一样多。在一面面镜子之间挂着一些铜版画,放在沉重的架子里,那是斯佳丽特地从纽约定购来的。墙上糊着颜色深浓的墙纸,天花板很高,窗子上挂着深紫色的厚绒窗帘,遮住大部分的阳光,室内光线幽暗。

这屋子里里外外的一切,人人见了都啧啧称羡。斯佳丽踩着柔软的地毯,躺在厚厚的羽绒床垫上,回想起塔拉冰凉的地板和麦秸褥套,觉得称心如意。她认为这是她见到过的最漂亮、装饰得最精致的屋子。可是白瑞德却说这只是一场梦魇。不过只要能叫她喜欢,就请她尽情享用吧。

"谁要是见了这座屋子,哪怕他不知道我们的底细,也能猜到造屋子的钱的来路一定是不正的,"他说,"你明白吗,斯佳丽,有一句格言说,钱来得不正,一定也用得不正,这屋子就是一个证明。像这样的屋子,只有投机家才会造的。"

可是斯佳丽此时又是自豪又是快活,一心在盘算等搬进新居后怎样招待宾客,听了他的话,只是调皮地拧了拧他的耳朵道:"瞧你说的,别跟我胡扯啦!"

斯佳丽现在知道,白瑞德这个人,喜欢故意招惹她,在她高兴的时候讥刺她,给她泼冷水。她知道她若是严肃对待他,那么两个人就会争吵起来,吵到后来,往往以她的失败告终。因此不论他说些什么,她根本不去听他,有时不得不听,也只当作他是在说笑话。这个对策灵验与否,姑且不论,至少她曾经试用过一段时期。

在他们的蜜月期间,以及住在国民旅馆的大部分时间里,他们还算能和睦相处,可是等他们搬进新居,斯佳丽身旁围聚起一批新朋友之后,两人之间的激烈争吵突然发生了。吵架的时间每回都不长,因为跟白瑞德吵嘴是不可能持续的。当斯佳丽火冒三丈时,他总能保持冷静而毫不在意的态度,一旦有隙可乘,便猝不及防地刺她一下。所以说他们的吵嘴往往是斯佳丽一个人在吵,白瑞德并不吵,而他只是毫不含糊地表达对于她自己,对于她的行动,她的屋子和朋友们的看法而已。可是有时候他的看法的性质,简直使她无法忽视和当作玩笑看待。

比如有一回,她决定把"肯尼迪杂货铺"换上一个更有意义的店名,其中要用上"emporium"。白瑞德建议她用"Caveat Emporium",说这名称跟她店里的货色正好匹配。她听这两个词声音很好听,便决定采用,连招牌也已送去油漆了,可是等到艾希礼把意思解释给她听了以后,她才知道上当了。可是白瑞德却乐不可支地大笑一场。①

又如白瑞德对待嬷嬷的态度。嬷嬷把白瑞德看成是配上马鞍辔的骡子,对这个立场她寸步不让。她对白瑞德表面上客气,但很冷淡。她一直叫他"白瑞德船长",从不叫他"白瑞德先生"。白瑞德送给她那条红裙子,她连个礼也没还,那裙子也从来没穿上身过。她尽量让韦德和埃拉避开白瑞德,尽管韦德很崇拜白瑞德伯伯,白瑞德显然也喜欢这孩子,可是白端德不仅不解雇她,对她不粗暴严厉,反而对她极其尊敬,尊敬的程度,远远超过任何一位斯佳丽所认识的太太。他带韦德出去骑马,总要先取得嬷嬷的同意,买洋娃娃给埃拉,也要事先跟嬷嬷商量。可是嬷嬷对他始终不怎么客气。

斯佳丽认为白瑞德是一家之主,应该对嬷嬷严厉一点,可是白瑞德只笑了笑说,嬷嬷才真的是一家之主。

他曾一本正经地对斯佳丽说,他思想上正在做好准备,几年后将为她深感不安,因为到时候一旦共和党人失势,民主党人会卷土重来。他这一说使斯佳丽非常恼怒。

"等到民主党人有了他们自己的州长和议员,你的那些共和党新朋友就要被从棋盘上抹掉,回到各自该去的地方,给人家看门或打扫厕所。到那时你就无依无靠,既没有一个共和党朋友,也没有一个民主党朋友。好吧,明天的事何必去想它呢。"

斯佳丽听了只觉好笑,其实她倒觉得也未尝没有道理,因为那

---

① emporium 的意思是商场,Caveat Emporium 是拉丁语,意思是"购者留心",即"货物出门,概不退换"之意。

时布洛克的州长宝座平安无事,议会里有二十七个黑人议员,佐治亚州数以千计的民主党人被剥夺了选举权。

"民主党人再也不会回来了。他们所做的事只是激怒北佬,这就使他们回来的日子愈来愈远。他们除了说大话,就只会在夜里干三K党的勾当。"

"他们会回来的。我理解南方人,也理解佐治亚州人。他们非常顽强,非常执拗。如果为了回来他们得再打一次仗,那么他们会再进行一次战争。如果他们不得不跟北佬一样,要收买黑人的选票,他们也会收买的。如果他们不得不照北佬的办法,把上万个死人编进选民册里,他们也会把佐治亚州墓地里每一具尸体都弄来投票的。现在在我们的好朋友布洛克州长所施行的仁政之下,佐治亚州的情况糟到如此地步,看来他早晚非得被轰走不可。"

"白瑞德,你说话不要这样卑鄙!"斯佳丽嚷道,"听你的口气,像是我不喜欢民主党人回来似的!你知道事实不是这样!我非常喜欢他们回来。你难道以为我喜欢看见北佬士兵赖在这里不走,好叫我想起——你难道以为我喜欢——怎么,我也是佐治亚人哪!可是他们不会回来,永远不会。而且即使他们回来,跟我们的朋友又有什么关系?他们还是很有钱,不是吗?"

"那要看他们能不能守住他们的钱财。照他们现在这样挥霍,我怀疑他们谁也维持不了五年以上。来得容易去得快。他们的钱财并没有给他们带来什么好处,就像我的钱财也没有给你带来什么好处一样。不过我漂亮的骡子,我的钱毕竟使你变成了一匹马,不是吗?"

他最后的一句话引起了两人间一场争吵,一直延续了四天。等到四天过去,白瑞德见斯佳丽怒气还是没有消除,摆出一副要白瑞德向她道歉的架势,他带着韦德,不顾嬷嬷的抗议,径自到新奥尔良去了。他一直等斯佳丽怒火平息以后才回家,可是斯佳丽因为没能叫他认输,心里一直很不舒畅。

白瑞德从新奥尔良回来以后,还是一副冷冰冰不在乎的样子。斯佳丽竭力把怒火压抑着不去想它,准备以后再跟他算账。眼下她不希望有什么不愉快的事打扰她,因为她的全部心思都放在准备她迁入新居以来的第一次舞会上。这是一次规模宏大的晚宴,有乐队演奏,棕榈枝叶装饰,游廊上全张上帆布,丰盛的食物,斯佳丽一想起来几乎馋涎欲滴。她打算把亚特兰大城里她认识的人统统请来,包括所有的老朋友和她度蜜月回来后结识的所有新朋友。举办这样的舞会,她心情十分激动,多年以来,从来没有这样快活过。因此把白瑞德给她的刺痛暂时抛诸脑后。

哦,有了钱做人多么快活!你可以举办盛大的舞会而不用担心花多少费用!你可以买顶顶昂贵的家具、服装和食物而不必考虑付多少钞票!有了钱你可以把大笔款项汇给查尔斯顿的波林姨妈和尤拉莉姨妈,同时汇给塔拉的威尔,简直太美了!可是那些爱妒忌的蠢货还说有了钱不等于有了一切。连白瑞德居然也说钱对她没有什么好处的荒唐话!

斯佳丽向她所有的新老朋友和熟人都发了请帖,其中包括她所不喜欢的人。上回梅里韦瑟太太到国民旅馆看她的时候,态度近乎粗暴。还有埃尔辛太太,冷淡到了极点。可是她并没有忘记邀请她们。她也给米德太太和怀廷太太发了请帖,虽然她知道她们不喜欢她,也知道她们参加这样豪华的宴会没有像样的衣服可穿会感到难受,因为斯佳丽为乔迁之喜而举办的庆祝会,按当时时髦的叫法,是一次"大聚会",带有半宴会半舞会的性质,其盛大的程度,在亚特亚大城里可说是空前的。

这天夜晚,屋子里和有帆布遮着的游廊上,宾客如云,大家喝着香槟五味酒,吃着小馅饼和奶油牡蛎,合着乐队演奏的舞曲翩翩起舞。乐队与舞池之间,由一排棕榈和橡胶树隔着。老朋友中被白瑞德称之为"老自卫队员"的,一个都没到,只来了媚兰和艾希礼、皮特姑妈和亨利叔叔、米德大夫和米德太太以及梅里韦瑟老爹。

许多"老自卫队员",本来已勉强决定前去参加这次大聚会。有的是碍于媚兰的面子,有的是因为白瑞德救过他们或者他们亲戚的性命。可是在宴会前两天,外面有谣传说布洛克州长也在被邀之列。于是老自卫队员们纷纷写信谢绝邀请,以表达他们的反感,至于少数出席的老朋友,见州长一进斯佳丽的屋子,都为难而坚决地告辞了。

斯佳丽见他们态度如此轻慢,又是惶惑,又是气恼,觉得这次晚会彻底给毁了。这可是她精心安排的"大聚会"!老朋友来了没有几个,老对头一个没来,这还不是使她白费了一番心血。到了黎明,最后一个客人告别之后,她本想大哭大闹一场,可是又怕引起白瑞德放声大笑,而且他即使嘴里不说,他那跳动的黑眼珠里也会表达出"我早跟你说过了"这样的意思,因此她只好勉强忍着,装出若无其事的样子。

第二天早上,她见到媚兰,这才把一腔怨气发泄出来。

"你是在侮辱我,媚利·威尔克斯,而且是你使得艾希礼和其他人也侮辱了我。你知道若不是你拉走他们,他们是不会走得那么快的。哦,我看见你的!我刚想把布洛克州长带过来介绍给你,你像只小兔子似的一溜烟跑掉了。"

"我没想到——我绝没料到他真的会来的,"媚兰怏怏不乐地说,"虽然大家都说——"

"大家?那么说大家早就在背后说我的闲话了,是不是?"斯佳丽怒气冲冲地嚷道,"你的意思是不是说,假如你知道州长要来,你就不来了呢?"

"是的,"媚兰眼睛看看地板轻轻地说,"亲爱的,假如我事先知道,我是不会来的。"

"真是活见鬼!那么你就会跟大家一起侮辱我了?"

"哦,天呀!"媚兰出自内心的悲痛喊起来,"我绝没有伤害你的意思。你是我的姐妹,亲爱的,你是查利的妻子,我——"

她怯生生地抓住斯佳丽的手臂,可是斯佳丽却把她的手甩开了,心里恨不得像杰拉尔德发脾气时那样大吼大叫一场。此时媚兰对她的暴怒并不退缩,她正视着斯佳丽一双冒火的绿眼睛,挺直肩膀,显示不可侵犯的庄严神态,跟她那瘦削的身材和孩子气的脸孔极不协调。

"我觉得很难过,亲爱的,没想到会使你这样伤心。不过我不能会见布洛克州长或者任何共和党人和无赖汉。不论在你家里或者在别的地方,我都不愿意跟他们会晤。哪怕我不得不——不得不——"媚兰竭力想找出她能想得出的分量最重的话来——"哪怕我不得不冒犯他们。"

"你是在批评我的朋友吗?"

"不,亲爱的。不过他们是你的朋友,并不是我的朋友。"

"你是不是批评我不该邀请州长到我家来呢?"

媚兰被逼得无路可走,可是她仍然毫不畏缩地注视着斯佳丽的眼睛。

"亲爱的,你不论做什么事,都是有一定道理的。我爱你、信任你,不该由我来批评你。而且我也不允许任何人当着我的面批评你。可是,哦,斯佳丽!"说到这里,她的话突然开始滔滔不绝地发起一连串的攻击,她低低的话音吐露出不解的仇恨,"你能忘记他们是怎么对待我们的吗?你能忘记查利是怎么死的,艾希礼的健康是怎样毁掉的,十二橡树又是怎么烧掉的吗?哦,斯佳丽,你不该忘记那个你开枪打死的北佬,当时他手里还拿着你母亲的针线盒,你不能忘记舍曼部下开到塔拉时,连我们的内衣也被抢走!他们想把房子烧掉,还想把我父亲留下的军刀抢走!哦,斯佳丽,你邀请来参加宴会的那些人,不正是那些抢劫我们,迫害我们,叫我们差点要饿死的那些人吗?那些叫黑人骑在我们头上,那些现在还在掠夺我们,剥夺我们选举权的人,不正是他们吗?这些我绝不会忘记,绝不愿忘记。我要我的小博也不要忘记,而且要教我的孙子辈仇恨他们——甚至叫我孙子的孙子也仇恨他们,如果上帝允许我活到那一天的话!斯佳丽,你怎么能把这一切都忘掉呢?"

媚兰停下来歇了一口气,斯佳丽愣愣地看着她,听了她强烈的颤抖的语气,自己因吃惊而息怒了。

"你当我是傻瓜吗?"她不耐烦地反问道,"我当然不会忘记。可是那些已经过去了,媚利。现在应该由我们把事情弄得更好一些,而我便是这样做的。像布洛克州长和另外一些好一点的共和党人,只要我们应付得当,是能够给我们很大帮助的。"

"共和党人中没有一个是好人,"媚兰断然地说,"我不需要他们帮助。我也不打算把事情弄得更好些,假如那些事情跟北佬有关的话。"

"我的上帝,媚利,何苦生那么大的气呢?"

"哦!"媚兰嚷道,像是内心有些不安,"瞧我说了些什么!斯佳丽,我并不是要伤害你的感情,也不是要批评你。各人思想不同,自然都有权利保持各自的看法。得啦,亲爱的,我很爱你,这你是知道的,不论你做什么都不会改变我对你的爱。而且你依然爱着我,不是吗?斯佳丽,我们一起共同经历那样多的患难,如果在我们之间出现不和,那是会叫我受不了的。你对我说一声,我们一切都跟以前一样吧!"

"简直是胡闹,媚利,你这真是小题大做,"斯佳丽抱怨地说,可是在媚兰悄悄地伸手搂住她的腰时,她并没有把她的手推开。

"好啦,我们又跟以前一样啦,"媚兰愉快地说,接着又轻轻加上一句,"我希望今后还是像往常那样常来常往。共和党人和无赖汉什么时候来看你,你事先告诉我一声,我就留在家里不来。"

"你来不来对我一丁点儿关系都没有,"斯佳丽说罢,戴上帽子,怒冲冲地回家去了,她见媚兰脸上略有难色,她那受损的虚荣心似乎有点满足。

斯佳丽在举办第一次晚宴以后的几个星期里,一直竭力装出对公众舆论毫不在乎的样子。这些日子里,除了媚兰、皮特、亨利叔叔和艾希礼以外,没有一个老朋友来看望过她,也没邀请她参加他们的聚会,这叫她既感到惶惑,又觉得伤心。她难道不是特意跟他们摒弃前嫌,并向他们表示她对她们背后的议论和诽谤并不耿耿于怀吗?他们不会不知道她并不比他们更喜欢布洛克州长,她之所以和他来往,无非是一种权宜之计。这些笨蛋!假如人人都对共和党人友好一点，那么佐治亚州很快就能从眼下的困境中解脱出来。

她当时不明白这样一来，她把她和旧世界和老朋友维系的那根脆弱的纽带永远地割断了。即使以媚兰的影响力，也不足以将那细如游丝的纽带重新连接起来。媚兰感到惶惑，感到伤心，她仍然忠实于对斯佳丽的友情，然而却无意于修补这断裂了的纽带。对斯佳丽来说，即使她有心要回到从前的道路上、回到老朋友中间去，也已经不可能了。亚特兰大人向她绷紧着一张似花岗岩般的脸，他们对布洛克政权的仇恨已经把她包括进去了。他们的仇恨不是像烈焰在燃烧，而是冷冷的、不可平息的。斯佳丽现在闯进了敌对阵营，她的出身，她的家族关系网，全不起作用了。她已经被归入变节分子、黑人支持者、叛徒、共和党人——以及无赖汉的类属中了。

斯佳丽难挨的日子好在不长，不久她就从假装的不在乎变成真的不在乎了。她这个人从来不会因为人们的行为难以捉摸而自己久久烦恼，也不会因为一次失败而就此一蹶不振。梅里韦瑟家、埃尔辛家、怀廷家、邦内尔家、米德家以及其他的人家怎样看待她，很快便被她抛诸脑后。至少她有媚兰来看她，来的时候，总是跟艾希礼同来。而艾希礼才是顶顶要紧的。再说亚特兰大城里来参加她的舞会的人有得是，这些人的气质，比那些顽固不化的老珍珠鸡要好得多。无论什么时候，只要她想到宴请宾客，不愁不宾客盈门，而且全都衣着华丽，谈笑风生，远远强似那些既不喜欢她又十分呆板拘谨的老傻瓜们。

他们全是外地人。有些是白瑞德的熟人；有些是跟白瑞德有交往，然而行踪诡秘却被白瑞德称之为"纯粹有生意来往"的人；有些是斯佳丽住在国民旅馆时认识的一对对夫妻，还有的则是布洛克州长任命的部属。

跟斯佳丽交往的人中，各色人等，无所不有。比如盖特勒那一家子，几乎在十多个州里待过，而且每次换地方，都显然是因为骗局露了馅，不得不仓促离境的。又如康宁顿那家人是从一个偏远的州里来的，他们在那里跟"被解放者局"有些勾搭，利用黑人的无知，以保护他们为名，着实捞到不少好处。再如迪尔家是靠把"纸板"皮鞋卖给南方邦联谋利的，一直到战争结束前一年，才不得不逃到欧洲去躲避。亨登家在许多城市的警察局里都有备案，可是居然有本事在不少国家合同中投标成功。卡拉汉家是靠赌博发家的，现在拿了州政府的钱，以承建子虚乌有的铁路线为名，在骗取巨额的投资。弗莱厄蒂家在一八六一年，以一分钱一磅的食盐买进囤积起来，到一八六三年盐价涨到五角钱一磅时抛售，就此发了大财。巴特家在战争时期在北方某大都市拥有一家最大的妓院，如今出入于拎包投机家最上层的圈子里。

这类货色现在都成了斯佳丽的亲密伙伴，不过出席她盛大的招待会中，也不乏出身上等家庭、有教养、风格高雅的人士。因为除了拎包投机家外，北方的殷实富户，鉴于亚特兰大重建与扩展期间的无休止的商业活动，他们也纷纷拥进来。有些富裕的北佬家庭把子弟送到南方来开拓新的边疆。有些北佬军官退伍以后，把这座他们经过苦战才得以占领的城市当作他们永久的家乡。起初，他们作为外地人来到一座陌生的城市，对于阔绰而好客的白瑞德太太的宴请，十分乐意接受，可是过不多久，都退出了斯佳丽的宾客圈子。因为他们是些正派人，跟拎包投机家以及投机家式的统治者接触不久，便跟佐治亚州本地人一样对他们深恶痛绝。有不少人竟转变为民主党人，比南方人更南方化。

另外有一些不适合斯佳丽社交圈子的人留下来，因为他们没有别的地方可去。主观上他们宁可加入到老自卫队员安静的客厅里去，可是却得不到他们的接待。这些人有些是北方的女教师，她们是抱着提高黑人地位的理想来到南方的。还有一些是无赖汉，他们本来是正统的民主党人，投降以后变节投靠共和党的。

在本地居民眼里，上述的两种人，究竟哪一种更招人嫌恶，是不切实际的北佬女教师，还是无赖汉呢？相比之下，结论很可能是后者。对于北佬女教师，只消说："得啦，这种喜欢黑鬼的人，你能指望她们什么？她们自然以为黑鬼是跟她们不相上下的啰！"一句话,便可以把她们从心目中打发掉了。可是对于为了个人利益转向共和党的佐治亚人,却苦于找不到借口了。

"既然我们能忍饥挨饿,你们也应该能做到这一点。"这是老自卫队员的想法。至于前南方邦联的士兵,懂得男人对自己妻儿老小缺衣少食而怀着的强烈恐惧感,见他们先前的战友,为了让家人填饱肚皮而不得不改变政治立场,常常比较能够宽容。然而老自卫队员的女人却不那样想,她们是社会势力背后最不妥协、最不动摇的力量。在她们心里,南方邦联失败了的事业比在它光辉的巅峰时更亲密、更重要。它成了她们崇拜的偶像。任何和它有关的东西都成了圣物,比如为它而牺牲的战士的坟墓,以前的战场,以前破碎的战旗,挂在过道里交叉的军刀,褪了色的前方来信以及参加过战斗的老兵。这些女人对昔日的仇敌绝不给以帮助,给以安慰,给以宽恕,如今斯佳丽是被归入敌人的一边去了。

斯佳丽周围这一个社会杂烩,随当时的政治形势应运而生,他们之间只有一点是共同的,那便是钱。又因为他们中的大多数人,在战争以前,口袋里从来没有超过二十五元钱,现在一旦暴发,便任意挥霍,那种奢靡的程度,也是亚特兰大从来没见过的。

随着共和党人掌权,亚特兰大城便进入一个铺张浪费的时代,邪恶和庸俗只用薄薄一层表面的文雅遮盖着。贫富之间的差距从来没有像现在这样显著。身居要职的人不为市民着想,对黑人却另眼相看。黑人的一切应该是最好的,最好的学校,最好的住宅,最好的服装,最好的娱乐。因为他们是一支政治力量,每一张黑人的选票都在起着作用。至于新近陷于赤贫境地的亚特兰大市民,即使成为饿殍倒毙街头,新富的共和党人也是不闻不问的。

在这庸俗浪潮的高峰时期,斯佳丽颇有点意气洋洋。她又刚做新娘,打扮得珠光宝气,美艳动人,有白瑞德的巨大财富做靠山,不愁享用。这个时期的粗野、虚浮、炫耀,对斯佳丽最为合适。到处是过分打扮的女人,过分装饰的屋子,过多的珠宝,过多的马匹,过多的食物和过多的威士忌。斯佳丽偶尔静下心来,想想她新结识的那些女人，按照埃伦的严格标准，没有一个够得上是上等女人的条件的。可是她自己自从当初在塔拉的客厅里暗自决定做白瑞德的情妇起，已经不知有多少次违背了埃伦的教诲，现在也不大感觉到良心遭受谴责了。

她的那些新朋友，严格地说来，也许算不上是先生太太，可是他们跟白瑞德在新奥尔良的朋友一样，都非常有趣。比起早些日子她在亚特兰大时，那些态度温和，笃信上帝，喜欢阅读莎士比亚作品的朋友，他们要有趣得多。很久以来，除了跟白瑞德度蜜月的那短短一段时间外，她既没有任何乐趣，也没有安全感。现在她既然没有什么好害怕的，她就开始想要跳舞，想要玩乐，想要放纵，想要佳肴美酒，想要服饰华美，想要羽绒褥垫。而这一切，她都样样办到了。她现在没有受到孩提时代的约束，没有对贫穷的恐惧，在白瑞德宽容态度的鼓励下，她听任自己享受她梦想的一切——爱怎么做，便怎么做，谁若是不喜欢，便请他们见鬼去。

斯佳丽对目前的生活，产生一种如醉如痴飘飘然的感觉，这种感觉，是那些赌徒、骗子和文雅的女投机家们所特有的。他们凭借各自的神通发迹后，他们的生活方式成为对井井有条的社会一记响亮的耳光。斯佳丽很有些这种味儿，她一下子变得为所欲为，肆无忌惮地冒犯别人。

她不仅在她的共和党人和无赖汉朋友面前态度十分傲慢，而且对待驻扎在本城的北佬军官以及他们的家属更显得傲慢无礼。在从外地拥入亚特兰大城来的人中，只有北佬军人是斯佳丽不肯接待，不能容忍的。有时她甚至一反常态，故意冒犯他们。忘记不了蓝军服意味着什么，这并不只有媚兰一人。对斯佳丽来说，蓝军服和它的金色纽扣永远意味着可怕的围攻，意味着逃难的恐怖，意味着掳掠焚烧，意味着一贫如洗和在塔拉时难挨的辛劳。现在她既然有的是钱，又有州长和许多显赫的共和党人做朋友，尽可以有恃无恐地对她见到的每一个穿蓝军装的人予以冒犯。事实上她正是这样做的。

有一回白瑞德懒洋洋地向她指出，她家里绝大多数的男性座上客,不久以前都穿着同样的蓝军装,可是她却反驳说,北佬只要脱下蓝军装,看上去就不再像是个北佬了,对此白瑞德耸耸肩说:"始终不渝,你诚可贵。"

斯佳丽对穿蓝军装的人十分嫌恶,那些人对她的轻慢态度很迷惑不解,她便更加轻慢地对待他们。至于那些在驻军中服役的人家,他们之所以感到迷惑不解,并不是没有理由的。他们中的大多数人,是一些沉静的、有教养的人。他们来到一个怀有敌意的地方,感到孤单,急于想回北方,对于不得不支持那低贱的统治者,内心多少怀有歉疚。比起斯佳丽所结交的那些人来,他们属于一个优秀得多的阶级。因此他们的妻子见那风头十足的白瑞德太太对那一无可取的红头发布丽奇特·弗莱厄蒂竟大加青睐,而对她们却故意简慢,自然感到莫名其妙了。

可是,即使是斯佳丽所喜欢的女人,往往也不得不忍受她的傲气,不过她们乐意忍受。因为在她们眼里,斯佳丽不仅代表着财富和高雅,还代表着过去的统治、名望、家族和传统,这些都是她们非常向往能置身其中的。其实斯佳丽也许已被她们所渴慕的家族逐出门庭了,可是这些新贵族太太们对此并不知道。她们只晓得斯佳丽的父亲是位大农奴主,她的母亲出自萨凡纳的名门罗彼拉德家族,她的丈夫是查尔斯顿的白瑞德。这些对她们就已足够。她是她们进入过去的社会的一道阶梯。她们渴望进入这个社会,可是这个社会却瞧不起她们,对她们的拜访不回拜,在教堂里见到也只是冷冰冰地招呼一下。事实上,斯佳丽还不只是使她们进入过去的社会的一道阶梯,她本人就代表着过去的社会。因为她们都是刚刚从卑贱的地位爬上来,是一些冒牌的上等女人。因此,斯佳丽自命为上等女人的种种做作,她固然不自觉,她们也都看不出来。她们以她自己的评价来看待她,她们对她的神态、她的风度、她的脾气、她的骄横、她的傲慢,以及对她们的短处直截了当的指责,统统承受下来。

那些女人因为本来都一无所有,对自己毫无把握,因此加倍地想要显示出优雅的风度,不敢轻易动怒或对别人的话反唇相讥,害怕弄不好会贻笑大方。她们得摆出个上等女人的样子,任何代价在所不惜。她们装出极度娇柔、谦逊和天真的样子。听她们谈起话来,叫人觉得她们仿佛是既没有两条腿,也没有身子的官能,对世界上的邪恶,仿佛一无所知似的。比如那个红头发的布丽奇特·弗莱厄蒂,长着经不起太阳晒的雪白的皮肤,说着一口娇滴滴的爱尔兰土腔,谁也不会想到她曾偷了她父亲的积蓄,逃到纽约当了旅馆的女仆。再看西尔维亚·康宁顿(从前叫萨迪·贝尔)和玛米·巴特,从她们两人那娇柔忧郁的气质上,没人能够料到,前者是在鲍厄里她父亲的酒店里长大的,在生意繁忙时,还帮着做过女招待;后者据说是来自她丈夫开办的妓院之中。不过,她们现在都成为受保护的娇弱太太了。

男人们尽管发了财,都不大容易改变他们的本来面目,或者说,对于冒充上流的种种要求,没有那样的耐性。他们在斯佳丽的宴会上,常常喝得酩酊大醉,结果每次宴会以后,不得不让一两个醉得走不动的客人留下来过夜。他们和斯佳丽在家做姑娘时的那些男人喝酒的情况大不一样。他们变得恍恍惚惚,痴痴呆呆,丑态百出,甚至低级下流。而且,不论在他们眼睛跟前放多少只痰盂,到第二天早上,地毯上依然到处可见烟草汁的污迹。

她瞧不起他们,却又喜欢他们。因为她喜欢,所以他们不断地来她家里做客。因为她瞧不起他们,有时候他们惹恼了她,她就毫不客气地叫他们见鬼去。可是他们能够容忍她。

他们也能容忍白瑞德,不过那并不容易,因为白瑞德能看透他们,他们自己也知道。白瑞德往往要毫不迟疑地揭露他们,即使在他家里也是如此,而且总是逼得他们答不上话来。白瑞德并不以他的财富来路不正为耻,因此,他认为他们一定不齿于暴露他们的底细。有许多事情,他们一致认为最好还是体体面面地掩盖为妥,白瑞德却一有机会便要不加斟酌地把它们揭露无遗。

谁也没法预料,在什么时候,白瑞德一面喝着五味酒,一面会带着友善的态度说出这样的话:"我说拉尔夫,我若是聪明一点,当初不去跑封锁线,而学你的样,把金矿股票卖给孤儿寡妇骗钱,那要保险得多。"或者,"比尔,我看见你新买了一对马,是不是又把那子虚乌有的铁路卖掉几千块钱股票啦?真有你的,好家伙!""恭喜你,阿莫斯,又把那州里的合同弄到手了。只可惜你为了它不得不花大本钱行贿。"

太太们觉得他这个人非常讨厌,而且庸俗得叫人无法忍受。男人们在背后骂他是猪猡,是杂种。亚特兰大城里新来的人跟本地人一样不喜欢他,而白瑞德对他们,也跟对本地人一样,丝毫没有想要和解的意思。他依然我行我素,别人对他的意见,他丝毫不为所动,反而加以鄙视。他对人常常装得过分彬彬有礼,使得他的礼貌也成为一种对人的冒犯。对斯佳丽来说,他仍然是个谜,不过对这个谜,她现在已不想把它解开。她深信没有东西曾使他快活过,或者能使他快活的。他大概是非常想要什么东西,可是没有能得到它。要不他就是什么都不想要,因此什么都不在乎。她不论做什么事,都会引起他发笑。他鼓励她浪费和傲慢,嘲弄她虚伪——而又替她付钱。

第五十章

　　白瑞德这个人,从来不失他那平静而泰然自若的风度,即使在和斯佳丽顶顶亲密的时刻,也是如此。可是斯佳丽始终觉得他在暗中窥视着她,她知道假如她猛一回头,定能从他的目光中看出一种在揣测、等待的神色,那神色是她所不理解的,其中几乎含有一种可怕的容忍。

　　白瑞德有个很不幸的习惯,那便是他绝不允许任何人在他面前撒谎、弄虚作假,或者连珠炮似的向他提出问题。不过跟他生活在一起,有时是非常舒服的。她在讲关于店铺里的、锯木厂里的和酒店里的事,以及关于犯人和他们的伙食费用时,他注意地听着,还教给她一些精明而又切合实际的办法。对于她喜爱的跳舞和宴会,他始终保持充沛的精力,从不知道疲倦。偶尔他们两人单独在家消磨黄昏,用罢晚饭,桌上端来白兰地和咖啡,他会有说不完的粗俗故事供她消遣。她发现如果她想要什么,想知道什么,只要直截了当地向他提出来,他是绝不会不应允的。可是她若是转弯抹角,以暗示或者媚态想达到目的,那就必然要落空。他有一个叫她发窘的习惯,喜欢戳穿她的心思,然后发出一阵大笑。

　　斯佳丽有时细想他通常对待她的那种温吞吞无所谓的态度,不免感到奇怪他为什么要跟她结婚。不过对这个问题她并不真的感到好奇。男人结婚,无非是因为爱上一个女人,或者为了要有个家和孩子,或者是为了钱,可是她知道白瑞德为的不是这些。他肯定并不爱她。他把她心爱的屋子说成是一个极其可厌的建筑物,说与其住在家里,不如住在一个管理有方的旅馆里。他从来不曾像查尔斯和弗兰克那样暗示过要有孩子,有一回她想跟他卖俏,问他为什么要跟她结婚,谁知他居然闪烁着逗趣的眼光说:"我是为了要把你当作一只爱畜养着呢,亲爱的。"把她气得简直火冒三丈。

是的,他跟她结婚,和男人们通常跟女人结婚的理由全然不一样。他跟她结婚,仅仅是因为他想要她,而又没有别的办法可以得到她。这一点,他在向她求婚的那天夜里,已经承认过了。现在看来他想要她,就跟他想要贝尔·沃特林一样。哦,这个想法可不大愉快,这岂不是对她的公然侮辱。幸好,她只耸耸肩膀,不再理会它了。这是她学会的一种法宝,对于不愉快的事,耸耸肩膀便过去了。她跟白瑞德算是做了一项交易,在她这一方面,她是相当满意的。她希望他也同样感到满意,不过他到底满意不满意,她并不怎么放在心上。

可是一天下午,她因为消化不良去看米德大夫,不料却得知了一件不愉快的事,这事可不是耸耸肩膀就可以过去的。傍晚时,她眼里冒着怒火冲进卧室,告诉白瑞德说她要有孩子了。

那时他正披着绸子晨衣,他的周围都是烟雾,听她说时,只警觉地注视着她脸上的表情,却没有说话。他默默地听她说下去,看样子也有些紧张,可是她此刻满怀愤怒和绝望,一时竟不知说什么是好。稍停,她又接着说:

"你知道我再不打算要孩子。我从来不曾想要过孩子。每回等我把事情弄顺当,就准会有孩子。哦,你别坐在那里笑了。你也是不要孩子的。哦,我的圣母。"

如果说他刚才是在等她说些什么,那么这显然不是他希望听到的话,他的脸色稍稍有些难看起来,他的眼神茫茫然。

"嗯,那你何不把他送给媚利小姐呢?你不是说她像迷了心窍似的一心只想再要个孩子吗?"

"哦,我真能杀了你!我不要生孩子,你听着,我不要生孩子。"

"不要生?你打算怎么办?"

"哦,有办法的。我现在不像以前那样,是个没头脑的乡下傻瓜了。我晓得女人如果不想要孩子，并不是非要不可的。有东西可——"

他猛然站起身来搂住她的腰，脸上现出急迫而害怕的样子。

"斯佳丽，你这傻瓜，快跟我实说！你没做过什么吧？"

"还没有，不过我就要去做了。我的腰身刚细一点，我正打算好好快活一阵子，你以为我还会再把它毁掉吗？"

"你这主意是哪里来的？是谁把这种东西往你脑子里灌的？"

"玛米·巴特——她——"

"这种事是妓院的女人才懂的。那女人从此不许上我的门，你听见没有？不管怎么说，这是我的家，我是一家之主。我要你从今以后再不要理睬她。"

"我要是喜欢照样会睬她。你放开我就是了。你为什么要管这个？"

"你生一个或者生二十个孩子我可以不管，可是你要干送命的事我是不能不管的。"

"送命？我？"

"是的，把命送掉。我想玛米·巴特大概没有告诉你，一个女人干这种事得担多大风险？"

"没有，"斯佳丽勉强地说，"她只说这种事是再好不过的。"

"我的上帝，我真恨不得杀了她。"白瑞德恨恨地嚷道，脸涨得发紫。他低头看见斯佳丽满脸泪痕，怒火稍稍平息一点，可是脸色依然很严峻，他忽然把她抱起来，搂在怀里，在椅子上坐下。他紧紧地搂着她，像怕她从他身边跑掉似的。

"听着，我的宝贝。我可不能让你在你自己手里把你的性命送掉，听明白没有？上帝，我跟你一样不想要孩子，可是孩子我能养得起。我再不愿听你跟我说那些傻话了，你若是敢去试试——斯佳丽，我曾见过一个姑娘就是那样死的。她只是个——嗯，不过她是个好姑娘。那种死法可不是好受的。我——"

"怎么，白瑞德！"她嚷道，听他的话音很伤感，吃了一惊，一时把自己的烦恼也给忘了。她从来没见到他这样动感情过，"在哪里——她是谁——"

"在新奥尔良——哦，多年以前的事了。那时我年轻，容易被感动，"他忽然低下头，把嘴唇埋在她的头发里，"你得把孩子生下来，斯佳丽，哪怕在今后九个月里，我不得不用手铐把你和我的手腕铐在一起。"

她在他膝上坐起来，怀着明显的好奇心，紧紧地盯着他的脸孔。在她的注视下，他的脸像有魔法似的，忽然又变得平静而漠然了。他的眉毛上挑，他的嘴角拉下。

"我对你这样重要吗？"她问时，垂下眼睑。

他向她平视了一眼，像是在估计这问题背后含有多少卖弄风骚的成分。他从她的表情中看出真意，才懒懒地答道：

"嗯，是的。你知道吗，我在你身上投了大笔资金，自然很不愿意失去它。"

斯佳丽生了一个女孩子。媚兰从她的卧室里出来，累得筋疲力尽，却高兴得眼睛里闪出泪花。白瑞德情绪紧张地站在过道里，身旁雪茄烟蒂甩了一地，把精致的地毯上烫出许多洞来。

"你可以进去了，白瑞德船长，"她有点不好意思地说道。

白瑞德迅速从她身旁走进房间，她一眼瞥见他向嬷嬷膝上赤条条的婴儿俯下身子，米德大夫随即把门关上。媚兰在一张椅子上坐下，想起刚才无意中见到那隐秘的情景，窘得脸上泛起红晕。

"啊，"她想，"多么好呀！白瑞德船长这些天来可真担心！这一阵子他滴酒不沾。他真是个好人。有好多男人在孩子出世时还喝得那么醉醺醺的。我看他一定非常想喝上一杯了。我要不要去提醒他一声？哦，不，那样未免过于孟浪了。"

她把身子陷在椅子里，觉得好受一点。这些天来，她的腰一直在痛，腰围一圈简直像快要断了似的。哦，斯佳丽真走运，生孩子时有白瑞德船长守在门外。当初她生小博的情景真可怕，假如有艾希礼在，她的痛苦至少可以减少一大半。假如斯佳丽生的小女孩是自己生的，那该有多好！哦，我太不应该了，她愧疚地想道。斯佳丽待我那么好，我怎么好见她的孩子眼红呢？宽恕我吧，上帝，我并不真的想要斯佳丽的孩子，可是——可是我多么想自己再有一个孩子！

她拿一只小垫子塞在背后靠着，一心渴望着想要生个女孩子。可是对这桩事米德大夫的看法始终不曾改变。为了有个孩子，她虽然宁愿冒生命的危险，可是艾希礼却不肯听她。一个女儿。艾希礼一定会多么爱她！

一个女儿！天哪！她吃惊地坐起身来。我没对白瑞德船长说是一个女孩子。他自然想要一个男孩子。哦，太可怕了！

媚兰懂得，对女人来说，生男生女都是一个样子，可是对男人来说，特别是对白瑞德船长那样固执己见的人，生个女孩子可能是对他的一种打击，是叫他丢脸的事。哦，感谢上帝她自己唯一的孩子总算是个男孩子。她明白，假如她自己是那可怕的白瑞德船长的妻子，头胎便生了个女孩子，她是宁死也不敢把孩子抱给他看的。

就在这时，她见嬷嬷咧开嘴一路笑着摇摇摆摆地从房间里走出来，她这才放心，同时她又猜疑，白瑞德船长到底是属于哪一种类型的人呢？

"刚才我在给那孩子洗澡，"嬷嬷说，"见到白瑞德先生进来，我向他谢罪说，生的不是男孩子。可是，上帝，你知道他怎么说，媚利小姐？他说，'别说啦，嬷嬷！谁说过要男孩子？男孩子多没意思，只会给你添麻烦。女孩子才有趣。你就是给我一打男孩子，我也不肯把我这女孩子换给你。'说着他伸手想把孩子接过去，也不管她还光着屁股。我在他手腕上拍了一下说，'放规矩一点，白瑞德先生，我就等着看你将来有了个男孩以后，会乐成个什么样子。'他笑着摇摇头说，'嬷嬷，你真傻，男孩子给谁都是没用的，我自己不就是个证明吗？'是的，媚利小姐，对这件事他可真像是个上等人了。"嬷嬷亲切地说。媚兰注意到白瑞德此番居然赢得了嬷嬷的重新评价，只听她接着说，"也许从前我错怪白瑞德先生了。今天这日子真叫我高兴，媚利小姐，我给罗彼德拉家三代的姑娘包过尿布，今天真是个快活的日子。"

"哦，是的，是个快活的日子，嬷嬷，生孩子的日子确实是最快活的日子。"

可是今天家里有一个人却并不快活，那是韦德。他今天挨了骂，老大半天没人理会他，只好一个人可怜巴巴地在餐室里打发时间。今天一大早，嬷嬷猛地把他摇醒，给他穿好衣服后，便带他和埃拉到皮特姑妈家去吃早饭。他只听说妈妈病了，怕她在家里玩嫌他吵妈妈。谁知这样一来，皮特姑妈家乱得一团糟，因为皮特一听见斯佳丽害病，身体马上支持不住，躺在床上由厨娘料理着。孩子们的早餐，是彼得大叔草草给弄了一点吃的。上午慢慢过去了，韦德心里开始产生一种恐惧感。倘若母亲死了怎么办？有些男孩子的母亲死了。他看到过柩车从他们家里出来，听见过他的小伙伴的哭声。万一母亲真的死了呢？韦德非常爱他的母亲，就跟他非常怕她一样。他一想起母亲躺在黑色的柩车里，被黑色的马匹拉走，马辔上捆着羽毛，他那幼稚的心口疼痛起来，连呼吸都感到困难了。

到了中午，他趁彼得大叔在厨房里忙着，他悄悄走出大门，因为心里害怕，放开两条短腿，飞快地往家里跑。他想白瑞德伯伯和媚利姑妈或者嬷嬷一定会把实情告诉他。可是白瑞德伯伯和媚利姑妈不知上哪儿去了，嬷嬷和迪尔西从后楼梯上上下下忙个不停，又是拿毛巾，又是端热水，根本没留意到他站在前面过道里。楼上房门打开时，他偶尔能听见米德大夫简短的说话声。有一次他听见母亲在呻吟，一边打嗝，一边抽抽搭搭地哭了。他知道母亲快要死了。为了得到安慰，他见那蜂蜜色的雄猫汤姆躺在前廊的窗台上晒太阳，走过去逗它，可是那是只老猫，不高兴人家打扰它，晃动尾巴呼呼直叫。

最后，嬷嬷从前面的楼梯下来，围裙起了皱，上面斑斑点点的，头巾歪在一边。她一看见韦德，便皱起眉头。嬷嬷是韦德的重要依靠，他见她皱眉，吓得发抖。

"真没见过你这样不听话的孩子，"她说，"我不是送你到皮特小姐家去了吗？快回那里去！"

"母亲是不是快要——她会死吗？"

"真没见过你这样调皮的孩子！死？我的上帝，不会的！哎，男孩子真叫人受罪。我不懂上帝为什么要给人家男孩子。好啦，你快走吧。"

可是韦德并没有离开。他躲在过道的门帷后边，对她的话只是将信将疑。她说男孩子调皮，这话有点刺伤他，因为他一直都在努力做一个乖孩子的。过了半个钟头光景，媚利姑妈匆匆忙忙从楼上下来，她脸色苍白疲倦，却一副喜滋滋的模样。她见韦德半躲在帷幕后面，像是很伤心的样子，大吃一惊。媚利姑妈通常把她全部的时间都给他的。她从来不像他妈妈那样，说什么"不要来麻烦我，我正忙着"或者"快走开，韦德，我忙着呢"之类的话。

可是今天她却说："韦德，你今天真太不听话了。为什么不待在皮特姑妈家里呢？"

"母亲是不是快要死了？"

"上帝，不，韦德！别说傻话，"随后她又温和地说，"米德大夫刚带给她一个可爱的小宝宝，是一个小妹妹，以后可以跟你一块玩，你如果听话，今天晚上就可以看见她。好，快出去玩吧，不要出声。"

韦德悄悄溜进冷清清的餐室里，他那本来就不安全的小天地动摇了。这样一个大晴天，大人们的行动跟平日却全不一样，他这个满心烦恼的七岁小男孩，竟没有一个地方好去吗？他在餐间凹室的窗台上坐下，见阳光下放着一盆秋海棠，轻轻咬了一小口。不料那秋海棠竟那么辣，辣得他淌出眼泪，他忍不住哭了。母亲大概快要死了，他们大家没有一个人理会他，大家忙来忙去就因为有了个新的小宝宝——一个女娃娃：韦德对小宝宝向来不感兴趣，尤其是女娃娃。他最亲近的女娃娃是埃拉，可是到目前为止，小埃拉既不能引起他的好感，也不能引起他的尊敬。

又过了好久，米德大夫和白瑞德伯伯从楼上下来，两人站在过道里低声谈了一会儿话。白瑞德伯伯等米德大夫走了，关上门，匆匆走进餐室,拿出酒瓶给自己倒了一大杯酒,这时他才看见韦德。韦德见到他身子想往后退缩。以为他也要说他是个调皮的孩子,要叫他回皮特姑妈家去。可是白瑞德伯伯不但没有说他,反而对他现出微笑。韦德从来没见他那样微笑过,也没见过他显得那样高兴,这使他受到鼓舞,于是他从窗台上跳下,跑到他身边。

"你有个妹妹了,"白瑞德紧紧抱着他说,"我敢说,她是你见到过的顶顶美丽的小宝宝!咦,你怎么哭啦?"

"母亲——"

"你母亲正在那里好好地吃上一顿中饭,有鸡,有米饭、肉汤和咖啡。稍过一会儿,我们还要给她做点冰淇淋,你要是喜欢,也可以吃两盆。我还要让你看看你的小妹妹。"

韦德紧张的心情一放松,身子反而发软,他想对自己的新妹妹说几句客气话,却一时无话可说。每个人都对这个女娃娃感到兴趣,谁都不再关心他了,连媚利姑妈和白瑞德伯伯也是那样。

"白瑞德伯伯,"他问,"大人们都更喜欢女孩子吗?"

白瑞德放下酒杯,仔细地端详他那张小脸,立刻弄懂了他的心思。

"不,我想不是,"他一本正经地答道,像是经过认真思考似的,"因为女孩子比男孩子麻烦,麻烦的孩子又要叫人多操心。"

"嬷嬷刚才说男孩子麻烦。"

"嗯,嬷嬷心里有事,她并不真是这个意思。"

"白瑞德伯伯,你是不是喜欢要个小男孩呢?"韦德满怀希望地问道。

"不,"白瑞德迅速地答道,看见他脸上失望的神色,接着说,"我已经有了一个男孩子,为什么还要呢?"

"你已经有了?"韦德喊道,听到这消息吃惊得张着嘴巴,"他在哪里?"

"就在这里,"白瑞德说着,把他抱起来放在自己的膝上。"有你这个儿子我就够了,孩子。"

韦德知道有人要他,觉得安心了,心里一快活,差点哭出来,他的喉头抽动着，于是他把头靠在白瑞德的背心上。

"你是我的孩子，对吗？"

"一个孩子可不可以是两个男人的孩子呢？"韦德问道，他的内心交织着两种感情，一方面他想忠实于他从来不曾见过的亲生父亲，一方面他又热爱着这个能够体谅他的男人。

"可以的，"白瑞德肯定地说，"就跟你又是你母亲的孩子，又是媚利姑妈的孩子一样。"

韦德仔细想想他的话，听懂了他的意思，觉得高兴起来，羞怯地在白瑞德怀里扭动着身子。

"你很了解小男孩，是吗，白瑞德伯伯？"

白瑞德阴暗的脸上又现出往常那一道道粗糙的皱纹，嘴角向下拉了一下。

"是的，"他沉痛地说，"我了解小男孩。"

一时间，韦德又害怕起来，害怕中还带着突然产生的妒忌。白瑞德伯伯想的不是他，而是另外一个男孩子。

"你没有别的——"韦德还没说完，白瑞德忽然把他从膝上抱下来。

"我要喝杯酒了，你也喝一杯，韦德，你的第一杯酒，为你的新妹妹祝愿。"

"你没有别的——"韦德刚想再问，却看见白瑞德伸手去拿红葡萄酒瓶，想起自己也要参加大人们的仪式，心里一阵兴奋，把要问的话给忘了。

"哦，我不能喝，白瑞德伯伯！我答应过媚利姑妈，要等到我大学毕业，才开始喝酒，她说我要是不喝酒，她会送给我一只表。"

"那我就送给你一根表链——就是我现在带的一根，你要是喜欢，就送给你，"白瑞德说着，脸上重新闪出微笑，"媚利姑妈的话说得很对，不过她指的是烈性酒，不是葡萄酒。你一定要学会喝葡萄酒，像个上等人那样，儿子，现在正是最好的时候。"

他说着拿了只玻璃水瓶，非常熟练地把葡萄酒冲淡成微红色，然后把酒杯递给韦德。正在这时,嬷嬷走进来,她换了一套礼拜天才穿的最好的黑衣服,围裙和头巾都是干干净净的,她扭着身子,摇摇摆摆地走来,裙子发出丝绸的窸窣声。只见她笑容满面,咧开嘴巴,掉了牙的牙床也露在外面,脸上烦恼的神色已经不见了。

"孩子出生得庆祝一下啦,白瑞德先生。"她说。

韦德刚把酒杯端到唇边,不由停住了。他知道嬷嬷向来不喜欢他的继父,总是叫他"白瑞德船长",对他的态度一直很冷淡,很庄重。今天在他跟前,居然兴冲冲的,还侧着身子走路,称呼他"白瑞德先生",真有点颠三倒四了。

"我看你不要喝葡萄酒,还是喝杯朗姆酒吧,"白瑞德说着,伸手到酒橱里拿出一只矮胖的酒瓶,"这小宝宝长得很美,是吗,嬷嬷?"

"可不是吗。"嬷嬷说着接过酒杯,咂了咂嘴唇。

"你见过比她漂亮的宝宝吗?"

"嗯,斯佳丽小姐出世时,跟她差不多漂亮,不过还比不上她。"

"再来一杯,嬷嬷。嗯,嬷嬷,"他的声音很严厉,可是目光却在那里闪烁,"那窸窣的声音是什么?"

"噢,没什么,白瑞德先生,那是我的红绸裙子。"嬷嬷咯咯笑着摆动身子,整个巨大的身躯都在晃荡。

"你的红绸裙子!我不信。听起来就像一大堆干树叶在那里摩擦,你把外面的裙子撩起来给我看看。"

"白瑞德先生,你这人真坏!哟,哟,上帝!"

嬷嬷轻轻尖叫一声,退到一码开外的地方,把外面的裙子稍稍撩起几英寸,露出里面红塔夫绸衬裙的褶边。

"这衣服你一直放到现在才穿哪。"白瑞德嘴里在咕哝,黑眼睛里却跳荡着欢快的光辉。

"是的,先生,是放得太久了。"

接着白瑞德又说了些什么,可是韦德一句也听不懂。

"不再是套马鞍的骡子了吧?"

"白瑞德先生,斯佳丽真坏,把这话也说给你听!你不会生我这个老黑奴的气吧?"

"不会,我不会放在心上的。我只是想要知道罢了。再来一杯,嬷嬷,把这一瓶全喝光。韦德,把酒喝干!给我们敬一杯。"

"为妹妹干杯。"韦德喊着,一口吞下去,不料在喉咙口呛住了,又是咳嗽又是打嗝,引得两个大人哈哈大笑,忙替他轻轻拍背。

自从女儿出世以后,白瑞德的行为使旁观的人很有些迷惑不解。他从前对问题的有些看法,是城里人和斯佳丽不愿接受的,现在居然被他自己推翻了。谁也不曾料到,做了爸爸那么公开老着脸皮沾沾自喜的不是别人,竟是他白瑞德!何况他的第一个孩子是个女儿而不是个儿子,照说是应该感到难以有脸见人的。

白瑞德对做父亲的新奇感久久不衰,这就使有些女人暗自羡慕不已。她们的丈夫,孩子还没受洗礼,就早不放在心上了。可是白瑞德若是在街上碰到熟人,准会硬把他们拉住,说上一套夸耀他女儿的话,甚至连一些虚假的客套话,比如:"当然啰,每个人对自己的孩子总是偏爱的,不过——"他也全免了。他认为他的女儿非常了不起,别人的小杂种跟她是没法比拟的,而且他不怕这话叫人家听了生气。有一天,新来的奶妈给孩子喂了点肥猪肉,竟引起孩子第一次腹绞痛,白瑞德见状,忙把米德大夫请来,还另请两位大夫来会诊。他自己好不容易忍住怒气没拿鞭子抽那奶妈一顿,只把她解雇罢了。可是后来陆续请来的奶妈,没有一个能做满一个礼拜以上的,因为谁也满足不了白瑞德规定的严格要求。这件事叫那些有经验的爸爸妈妈们知道后个个都笑痛肚皮。

嬷嬷见一个个奶妈来了又去,心里老大不高兴,一来她对那些陌生的黑人有些妒忌,二来她不懂为什么不把小宝宝和韦德、埃拉一道都交给她带?其实嬷嬷年纪已经老了,她害了风湿痛,路也走不快。白瑞德不便跟她直说,推说照他这样的地位,自然不能只雇一个奶妈。他打算另雇两个来做嬷嬷的下手,干些杂活。嬷嬷觉得这办法不错,多两个佣人,对白瑞德对她都更有好处。可是她又坚决地对白瑞德说,她不要新解放的黑鬼到她的育儿室里来。因此白瑞德就派人到塔拉把普里西叫来。他知道她的短处,不过她毕竟是家里的黑奴。另外,彼得大叔叫来他的一个侄孙女,名叫卢的,卢本来是皮特姑妈在伯尔的表亲家的一个黑奴。

斯佳丽在能起床走动以前,看出白瑞德的全部心思都放在这婴儿身上。她见他当着客人的面,把孩子当个宝似的捧着,觉得又不好意思,又有点不安。男人家爱自己的孩子固然是桩好事,可是如此在客人面前炫耀,就有失男子的气度了。他应该像别的男人那样不要插手孩子的事和表现出无所谓的样子。

"你是在给自己出洋相,"她懊恼地说,"我不明白是怎么回事。"

"不明白吗?嗯,你是不明白。因为她是第一个完完全全属于我的孩子。"

"她也是属于我的。"

"不,你另外还有两个孩子。她是属于我的。"

"真是活见鬼!"斯佳丽说,"孩子是我生的,不是吗?再说,亲爱的,我也是属于你的呢!"

白瑞德从孩子的黑脑袋上望着她,古怪地朝她笑了笑。

"是真的吗,亲爱的?"

媚兰这时刚好走进来,要不两口子说不定马上会爆发一场激烈的口角。近来不知怎么,他们一碰就会争吵起来。斯佳丽这时只好强忍怒火,看着媚兰把孩子抱过去。这孩子的名字,本来一致商定叫尤金妮亚·维多利亚①,可是媚兰一来,无意中说出一个名字,竟把这个名字给取代了,就好像当初"皮特帕特"这名字,取代了她的原名萨拉·简一样。

当时白瑞德正弯腰看着孩子,嘴里说了一句:"这孩子的眼睛,长大后一定是像豌豆般碧绿的。"

---

① 尤金妮亚在1850—1870年间,为法国拿破仑第三皇后。维多利亚在1837—1901年间,为英国女王。

"才不是呢,"媚兰愤慨地说,她一时忘了斯佳丽的眼睛正是那种颜色,"这孩子的眼睛,长大了一定是蓝色的,跟奥哈拉先生眼睛的颜色一样,蓝得像——蓝得像美丽的蓝旗。"

"邦尼·布卢·白瑞德①,"白瑞德一面笑着,一面从她手里接过孩子,仔仔细细地瞧她那双小眼睛。从此这婴儿的名字便叫作邦尼,到后来连她的父母亲都忘了当初曾用两个女皇的名字为她命名过。

---

① 邦尼·布卢,为"美丽的蓝色"译音。

第五十一章

斯佳丽等到终于能够重新外出的时候,叫卢把她的束腰尽量收紧,随后她用皮尺量了一下自己的腰围。二十英寸!她不由大声叹了一口气。这就是生孩子的好处!如今她的腰身,简直跟皮特姑妈和嬷嬷的一般粗了。

"再收紧点,卢,试试能不能收到十八英寸半,要不我就没有一件衣服能穿得上了。"

"会把带子崩断的,"卢说,"你的腰身是稍粗了,斯佳丽小姐,现在是没法可想了。"

"办法总会有的,"斯佳丽一面想,一面狠命扯开衣服的接缝处,使衣服稍微放宽一点,"我只要不再生孩子就是了。"

当然,邦尼长得很漂亮,给她增光不少,白瑞德又很宠爱她,不过反正她再不要生孩子了。至于怎么才能不生孩子,她却也心中无数。因为她不能用对付弗兰克的办法对付白瑞德。白瑞德并不怕她。看白瑞德对邦尼那痴心的样子,尽管他曾经说过,倘若她生个男孩子,他是要把他溺死的,可是到了明年,他又想要个儿子了,那倒也说不定。好吧,儿子也好,女儿也好,总之她不再生了。一个女人生了三个孩子,总是足够了。

等卢把扯开的接缝重新缝好熨平,替斯佳丽把衣服穿上扣好扣子,叫人准备好马车,斯佳丽乘上车,直奔木材场而去。她一路上精神焕发,把自己的粗腰身也给忘了,因为她此去木场,为的是和艾希礼核对账目,如果运气好,也许能和他单独一起。邦尼出世前很久以来,她一直没见到过艾希礼,因为她不想叫他看见她明显地怀着孩子。可是她心里却一直希望能像以前那样跟他天天相见,即使旁边总有人在场。她在家里足不出户的那些日子,也很挂念她的木材生意,想到这生意对她的重要性。当然,她现在并不是非要工作不可,她尽可把锯木厂卖了,钱可拿来为韦德和埃拉投资之用。不过这样一来,除非在众目睽睽的正式的社交场合,她就休想跟艾希礼见面了。对她来说,能够跟艾希礼在一起工作,是她最大的愉快。

到了木材场,她看见一垛垛木材堆得老高,许多顾客站在那里和休·埃尔辛谈话,心里觉得很高兴。又见有六队骡子和大车,黑人车夫正在忙着装木料。六队骡子,斯佳丽心里好不得意,这全是我一手创办起来的!

艾希礼走到小办事间门口,重又见到她的来到,眼里闪出喜悦的光辉。他搀她下车,扶她进办事间,就像是在侍候一位女皇。

可是等她把艾希礼的账簿跟约翰尼·加勒格尔的对比之后,她快乐的表情顿时黯然失色。艾希礼勉强做到收支相抵,约翰尼却有相当多的盈利。她眼看着两本账册,尽量忍着没说什么,可是艾希礼看懂了她的脸色。

"斯佳丽,我很抱歉。别的我不想多说,只想请你答应我不再使用犯人而雇自由黑人干活。我相信那样会更好些。"

"黑人!怎么啦!他们的工资会把我们给毁了的,犯人便宜得多。既然约翰尼雇用犯人能赚那么多钱——"

艾希礼的目光越过她的肩膀看着她所看不见的地方,刚才他那喜悦的光辉消失了。

"我不能像约翰尼那样使用犯人,要我驱使他们干活,我办不到。"

"我的上帝,约翰尼真有本事。艾希礼,你的心肠实在太软,你应该要他们多干活。约翰尼告诉我,那些懒鬼不论什么时候不想干活,只要跟你说声有病,你就会给他放假一天。上帝呀,艾希礼!你那样可没法赚钱。只要不是断腿的,给他们抽上几鞭子他们的病都会好的。"

"斯佳丽!斯佳丽!别说啦,我实在听不下去啦,"艾希礼嚷道,他的目光又转向她的脸上,他那恶狠狠的态度吓得她顿时不说话了,"你难道不知道他们也是人——有的害病,有的挨饿,那么可怜——哦,亲爱的,你向来都那么和善,现在被他教得这样残忍,我实在忍受不了——"

"你说谁把我教坏了?"

"我虽然没有权利说这话,可是我还是不得不说。你的——白瑞德。不论什么东西,只要被他一接触,就要受他的毒害。现在他已娶了你,你虽脾气急躁,可是你亲切、大方、和善,他接触你以后,你的心肠变硬了,人也变得残忍了。"

"哦。"斯佳丽喘了一口气,见艾希礼依然如此关切她,依然认为她很和善,不觉又愧疚,又欣喜。感谢上帝,他把她那钻钱眼的做法,归咎于白瑞德。其实这全是她自己的错,跟白瑞德毫无关系。不过对白瑞德来说,再加上一个污点也算不了什么。

"假如换一个人,我也不至于如此担心——可是偏偏是白瑞德!我已经看到他对你所做的一切。他在你不知不觉之中,把你的思想引入他自己走上的歧途。哦,是的,我知道我不应该说这些——他救过我的性命,对此我非常感激。可是我祈求上帝替你换一个人,任何人都行,唯独不要是他!我知道我没有权利跟你说这些——"

"哦,艾希礼,你有这种权利——只有你才有。"

"我要说我看到你那优美的品质被他搞粗俗了,看到你的美貌和妩媚,交托给这样一个人,我实在无法忍受——我一想起他抚摸着你,我——"

"他就要来亲吻我了,"斯佳丽欣喜若狂地想道,"这总不是我的错吧,"她摇晃着凑上前去,可是他却忽然往后一缩,像是发觉他话说过了头,说了他本不想说的话似的。

"我万分抱歉,斯佳丽。我——我像是在暗示你丈夫不是一个上等人,可是我这样说恰恰证明了我自己不够高尚了。任何人都没有权利在一个妻子面前批评她的丈夫。我没有什么可以辩解的,除了——除了——"他的声音颤抖着,脸也扭歪着。她屏住呼吸等他说下去。

"我没有什么可以辩解的。"

在回家的路上,斯佳丽坐在马车里思绪驰骋。他没有别的辩解,除了——除了他爱她。他一想到她躺在白瑞德的怀里便会对白瑞德气愤填膺,这一点她可不曾料到。不过她还是能够理解的。她假如不知道艾希礼和媚兰之间的关系,只是如同兄妹之间的关系,那么她自己的生活也会出现很大的痛苦。白瑞德的拥抱使她变得粗俗,变得残忍!那好,既然艾希礼那样想,她今后就不让他拥抱她。她想起如果他们两人,尽管各自跟别人结婚,在肉体上却依然能做到彼此忠贞不渝,那该多浪漫,多甜蜜。这念头使她感到非常快活,而且它还有现实的一面。她既不让白瑞德拥抱,以后也就不会再有孩子了。

等她回到家里,把马车打发掉,刚才艾希礼的话所引起的喜悦便开始消退了,因为她必须面对怎样向白瑞德提出两人分床睡觉以及这一措施所包含的意义这个问题。这显然是个难题。再说,她又怎样告诉艾希礼,她已经按照他的意愿,不再和白瑞德同床共枕了呢?假如不让他知道,那么她的牺牲是毫无意义的了。羞怯与娇柔真是个沉重的包袱!她跟艾希礼说话,若是能像跟白瑞德说话那样爽快该多好!好吧,没什么大不了。她总有办法暗示给艾希礼知道的。

她上楼打开育儿室的房门,见白瑞德正坐在邦尼的小床旁边,埃拉坐在他膝上,韦德在把他口袋里的东西一样样拿给他看。白瑞德喜欢孩子,把孩子看得那么重,真是谢天谢地。有些做后父的,对前夫所生的孩子,是怎么也看不惯的。

"我想跟你说句话。"她说着从他们身旁走过进了卧室。既然她已决心不要再生孩子,艾希礼的爱又给了她力量,何不趁热打铁,先把这事解决了呢?

"白瑞德,"她等他进了房间,刚把门带上,她突然说道,"我已经决定再也不生孩子了。"

倘若她这话是他不曾料到的,使他感到吃惊的话,那么在外表上,他并没有流露出来。他懒懒地在一张椅子上坐下,把椅背往后仰着。

"亲爱的,邦尼还没有出世之前,我不是跟你说过,你生一个孩子也好,二十个孩子也好,对我都是无关紧要的吗?"

瞧他多恶劣,就这样把问题推得一干二净,好像生不生孩子,他并不在乎,孩子到底怎么来的,跟他毫无关系似的。

"我觉得有三个孩子尽够了。我不打算一年生一个孩子。"

"三个可以说是个差强人意的数目。"

"你知道得很清楚——"她开始说道,两颊窘得通红,"你知道我的意思吗?"

"我知道。不过你知道不知道,如果你不让我享受结婚的权利,我是会跟你离婚的?"

"你这人真低级,居然会这样想,"她见事情不像她想象的那样顺利进行,不由懊恼起来,"你若是有点骑士风度,你就该——就该像——喏,你瞧艾希礼·威尔克斯。媚兰不能生孩子,他——"

"艾希礼果然是个上等人,"白瑞德说着眼睛古怪地发出闪光,"请你接着往下说吧。"

斯佳丽一下子给问住了,因为她的话已经说完,没有什么可以接着说的了。现在她才看出来,像这样一个重大的问题,要想轻易解决未免太天真了,何况跟白瑞德这样一个自私的下流坯打交道。

"今天下午你到木材场的办事间去过了,是吗?"

"那跟这事有什么关系?"

"你是喜欢狗的,对吗,斯佳丽?你喜欢狗在狗窝里,还是在马槽里呢?"①

斯佳丽的愤怒和失望正在心头涌起,竟没听懂这个比方的意思。

他轻轻站起身来走到她身边,拿手托起她的下巴,把她的脸对着自己。

"你真是个孩子!你已经有过三个男人,怎么对男人的天性还是

---

① 狗占马槽,喻占着茅坑不拉屎。指占住自己不能享用的东西又不肯给别人享用。

一无所知呢？你好像以为男人都跟过了更年期的老太太那样没有情欲似的。"

他闹着玩似的在她下巴上拧了一记，这才把手放下。他扬起一道黑眉，冷淡地仔细端详着她。

"斯佳丽，你听着。只要你和你的床还对我有魅力，那么你用脸色也好，用恳求也好，都休想我会做出让步。我这个人不论做什么事，从来不懂羞耻。我跟你做了一笔交易，我是遵守契约的，你却想要毁约。坚守你那贞洁的卧床吧，亲爱的。"

"你的意思是不是告诉我。"斯佳丽愤愤地嚷道，"你不在乎——"

"你对我厌倦了，是吗？好吧，通常总是男人比较容易厌倦的。保持你的圣洁吧，斯佳丽。反正无所谓，苦不着我，"他耸耸肩咧开嘴笑了笑，"幸亏世界上床铺多的是——床铺上又多的是女人。"

"你是说你真的这样——"

"你真天真，我的亲爱的！不过，当然是真的。在此之前，我老早就没有不走正道，这倒是个奇迹。我从来不把贞操看成是美德。"

"我要每天晚上把门锁上！"

"何苦费神呢？如果我想要你，什么锁也阻挡不住我的。"

他转过身去，好像谈话已经结束，径自走出房间。斯佳丽听见他走进育儿室，又听见孩子们欢迎他的声音。她突然坐下来。她的主张已经实现了，这是她希望的，也是艾希礼希望的。可是她并不觉得快活。她的虚荣心一碰就痛。她感到屈辱。没想到白瑞德竟会这样不在乎，并不怎么想要她，竟把她跟别的床上别的女人相提并论。

她希望能找出个巧妙的办法，叫艾希礼知道她和白瑞德之间已经不再有真正的夫妻关系。可是她知道这是办不到的。现在事情似乎已被她弄得一团糟，她或多或少地后悔不该跟白瑞德提出这事。她怀念着跟白瑞德躺在床上时看着他雪茄的余烬在黑暗中闪亮，听着他有趣的长谈的情景。她同样怀念着每当她做着在冷雾中奔跑的噩梦吓醒过来后发觉自己躺在他怀里时多舒服的感觉。

猛然间她觉得很不快活，把头枕在椅子的扶手上，放声大哭。

第五十二章

邦尼刚过周岁。这天下午,外面下着雨。韦德在起坐间里闷闷不乐地走来走去,有时走到窗前把鼻子贴在淋湿的窗玻璃上看着窗外。他今年已八岁,个头小,身材细瘦,性格文静得近乎胆怯,别人不跟他说话他从不开口。此时他没什么好玩,显得有些无聊和厌烦。因为埃拉正在角落里玩她的洋囡囡,斯佳丽坐在写字桌旁忙着记一长串数字的账目,同时嘴里在喃喃地念着,白瑞德伏在地板上,一手拎着表链在邦尼眼前晃荡着逗她不让她抓住他的表。

韦德捡出几本书,一不小心,啪地全掉在地上。他深深叹了口气。斯佳丽烦躁地转过身来。

"上帝,韦德!你到外面玩去。"

"我没法去,外面在下雨。"

"真的吗?我倒没注意。那么,找点事情做做吧,你在这儿干扰我,弄得我头也昏了。你去叫波克把车套上,马上送你去跟小博玩吧。"

"他不在家,"韦德叹了口气说,"拉乌尔·皮卡德今天做生日,他上他家去了。"

拉乌尔是梅贝尔和勒内·皮卡德的小儿子——一个讨厌的小崽子,斯佳丽认为,活像一只类人猿。

"那么,你爱找谁就到谁家去吧。去跟波克说一声。"

"今天没人在家,"韦德说,"全都参加拉乌尔的生日宴会去了。"

韦德的语气中隐隐含着"全都去了——除我以外"的意思,只是没说出口,可是斯佳丽只顾算账,没有留神他的心思。

白瑞德从地板上坐起身来说:"那么你为什么不去参加呢,儿子?"

韦德侧着身子朝他挪近一些,一只脚在地板上拖着,快快不乐地答道:

"他们没有邀请我。"

白瑞德把他的表塞进邦尼那老是会弄坏东西的小手,轻巧地站起身来。

"把那些该死的数字放下,斯佳丽。他家为什么不请韦德参加宴会?"

"看在上帝面上,白瑞德!你这会儿不要来打扰我好不好?艾希礼把账都弄得一团糟啦。噢,那个宴会吗?嗯,他家不请韦德没什么大不了,就算他家请了,我也不让他去。你别忘了拉乌尔是梅里韦瑟太太的外孙,而梅里韦瑟太太在她那神圣的客厅里邀请自由小黑鬼跟邀请我们的孩子是不分彼此的。"

白瑞德以沉思的神色注视着韦德的脸色,看到孩子显得畏缩不前的样子。

"过来,儿子,"他把韦德拉到身边,"你是不是想去参加他家的宴会。"

"不。"韦德勇敢地说,可是双眼却低垂着。

"哦。告诉我,韦德,如果是乔·怀廷家或者弗兰克·邦内尔家,或者——嗯,别的小伙伴家举行宴会,你会去吗?"

"不,我是不大会有人请的。"

"韦德,你说谎!"斯佳丽转过身来嚷道,"上个礼拜人家举行孩子的生日宴会,你就去过三家——巴特家、吉勒特家和亨登家。"

"真是一伙套上马鞍的骡子,"白瑞德细声细气慢吞吞地说,"你在那些宴会上玩得快活吗?你说吧。"

"不快活。"

"为什么?"

"我——我不晓得。嬷嬷——嬷嬷说他们都是没出息的白人。"

"我现在就去剥嬷嬷的皮!"斯佳丽跳起身来嚷道,"至于你,韦德,你就这样说妈妈的朋友——"

"孩子说的是真话,嬷嬷说的也是真话,"白瑞德说,"可是你这个人,即使面对面碰到真理,你也绝不会认识真理……不要懊恼,儿子。你如果不想去参加宴会,尽可以不去。喏,"他从口袋里掏出一张钞票,"你叫波克把马车套好带你上商场去,去买些糖果——买好多好多,够你吃得肚子疼。"

韦德高高兴兴地把钱塞进口袋里,又不放心地看着妈妈,希望获得她的首肯。可是她正皱着眉头瞅着白瑞德。白瑞德正把邦尼从地板上抱起来,把她的小脸贴着自己的脸,轻轻地摇着她。她看不出他脸上的神色,可是他的眼睛里近乎含有恐惧——恐惧以及自责。

韦德见他后父这样大度,心里受到鼓舞,怯生生地朝他走过去。

"白瑞德伯伯,我可以问你一桩事吗?"

"当然可以,"白瑞德把邦尼的脑袋托得更紧些,他的目光显得又焦虑,又茫然,"什么事,韦德?"

"白瑞德伯伯,你——你打过仗吗?"

白瑞德目光顿时警觉起来,敏锐地看着他,说话的语气却很随便。

"你为什么要问这个,儿子?"

"嗯,乔·怀廷说你没有打过仗,弗兰克·邦内尔也这样说。"

"啊,"白瑞德说,"那你是怎么跟他们说的?"

"我——我说——我跟他们说我不知道,可是我不买他们的账,我打他们。白瑞德伯伯,你到底打过仗吗?"

"打过的,"白瑞德的声音突然强硬起来,"我在军队里待过八个月。我从洛夫乔伊一路打到田纳西州的弗兰克林。约翰斯顿将军投降时,我就是他的部下。"

韦德骄傲地扭着身子,斯佳丽却哈哈大笑。

"我还以为你对自己这段参战的历史会感到害臊呢,"她说,"你不是叫我不要跟人家提起它吗?"

"嘘!"他示意她别说,"你觉得满意吗,韦德?"

"哦，是的。我知道你是打过仗的。我知道你不像他们说的那样胆小。可是——你为什么不跟那些孩子的父亲在一起呢？"

"因为那些孩子的父亲全是些傻瓜，只好让他们当步兵。我是西点军校出身，所以我参加的是炮兵部队，是正规炮兵，韦德，不是自卫队。要很有见识的人，才能参加炮兵，韦德。"

"那还用说，"韦德脸上发亮，"你受过伤吗，白瑞德伯伯？"

白瑞德犹豫了。

"把你患过痢疾的事说给他听吧。"斯佳丽揶揄地说。

白瑞德小心地把邦尼放在地板上，从裤带里拉出他的衬衣和汗衫。

"过来，韦德，让我把受伤的地方指给你看。"

韦德兴奋地走过来，仔细地看着白瑞德指点的地方。只见一道长长的刀疤从他棕色的胸口一直延伸到他肌肉发达的腹部。那是他在加利福尼亚金矿区一次斗殴刀伤留下的纪念，韦德自然不会知道。他深深地吸了一口气，心里非常快活。

"我以为你一定跟我父亲一样勇敢，白瑞德伯伯。"

"差是差不多，不过还比不上他那样勇敢，"白瑞德说着，把衬衫塞进裤带里。"快去把你那块钱花掉，以后要是有哪个孩子说我没有打过仗，你就狠狠揍他。"

韦德欢蹦乱跳地喊波克去了，白瑞德重又把邦尼抱起来。

"我说，我的勇敢的大兵，你为什么跟他说那么多假话？"

"一个孩子应该为他的父亲——或者后父感到骄傲。我不能让他在别的小畜生面前抬不起头来。儿童也有残酷的世态炎凉的鬼心眼儿。"

"哦，胡说八道！"

"我从来不曾想到这桩事对韦德意味着什么，"白瑞德慢慢地说道，"我从来不曾想到他心里多么难受。我不能让邦尼将来也这样子。"

"什么样子？"

"你以为我会让邦尼为她的父亲感到羞耻吗？让她到了八九岁还没人邀请她去参加宴会吗？你以为我会让她像韦德那样，为了你的和我的过错而感到屈辱吗？"

"哦,孩子们的宴会嘛,有什么大不了的!"

"女孩子们初次在社交场合露面,是以孩子们的聚会为基础的。你以为我会让我的女儿长大以后,被摒弃在亚特兰大城所有的体面场合之外吗?我不会因为她在这里,或是在查尔斯顿、萨凡纳和新奥尔良没有人家愿意接待她,把她送到北方去念书,去游览。我也不会眼看着她因为南方正派的家庭嫌她妈妈是个傻瓜,爸爸是个无赖而不肯娶她,不得不让她跟北佬或者外国人结婚。"

韦德这时已经回到房门口,听见他们的谈话,觉得很有趣,但又迷惑不解。

"邦尼可以跟小博结婚的,白瑞德伯伯。"

白瑞德脸上怒气顿消,他朝韦德转过身来,对他的话显出认真思考的样子。他在跟孩子谈论事情时,他的话向来都是显得这样严肃的。

"你说得很对,韦德。邦尼可以跟小博结婚,那么你将来跟谁结婚呢?"

"哦,我将来不打算结婚,"韦德自信地说,他爱用一种成年人相互谈论的风度说话,除了媚利姑妈之外,只有她从不责备他而且总是鼓励他,因此他很乐意把真心话说给她听,"我要上哈佛大学,将来当一名律师,像我父亲一样,我也要像他那样当一名勇敢的士兵。"

"我希望媚利能少说几句就好了,"斯佳丽嚷道,"韦德,你将来不上哈佛大学,那是所北佬的学校,我不会让你进北佬的学校。你将来上佐治亚州立大学,等你毕业以后,就帮我管店铺。至于说你父亲是个勇敢的士兵——"

"嘘,"白瑞德打断了她的话,他注意到韦德刚才说起他父亲时,眼中闪出光彩,"等你长大了,你要做一个跟你父亲一样勇敢的人,韦德。你要学得跟他一模一样,因为他是个英雄,你不要让任何人说他不是。他跟你妈妈结了婚,不是吗?那就足以证明他是个英雄了。我会让你进哈佛大学,将来做一名律师的。好吧,快去叫波克带你上街去吧。"

"我谢谢你,让我来管教我自己的孩子吧。"当韦德言听计从地快步一出房门,斯佳丽就叫嚷起来。

"你是个糟透了的管教婆。你糟蹋了埃拉和韦德一切可教育的机会,我现在不允许把你那一套教育邦尼了。我要让邦尼教育成为一个小公主,让世界上人人都想要她。我要让世界上的人无不喜爱她。她要上哪儿去就可以上哪儿去。哦,上帝,你以为我肯让她长大后跟常到我们家来的那一类社会渣滓来往吗?"

"对你来说,他们可是挺不错的——"

"他们那种该死的样子,对你来说是再好不过的,我亲爱的。可是对邦尼却不是这样。现在跟你在一起消磨光阴的这班人,他们有些是唯利是图的爱尔兰人,有些是北佬,有些是没出息的白人,有些是暴发的拎包投机家,你以为我会让邦尼将来跟这样的人结婚吗——我的邦尼可是有着白瑞德家族跟罗彼德拉家族的血统的——"

"还有奥哈拉家族——"

"奥哈拉家族在爱尔兰,也许曾声名显赫一时,可是你的父亲却仅仅是一个精明而唯利是图的爱兰尔人罢了。你也好不了多少——不过,也都怪我不好。我就像只从地狱里飞出来的蝙蝠,死活不管地到处瞎闯,对我来说,因为一切都是无关紧要的。可是邦尼对我来说是顶顶要紧的。上帝,我不该做那么多蠢事!邦尼在查尔斯顿这地方是不会受到欢迎接待的,不管我母亲或者你的尤拉莉姨妈和波林姨妈有多大影响——而且她显然在这里不会受到人家欢迎接待,除非我们赶快设法加以补救——"

"哦,白瑞德,你这人真可笑,把问题看得这样严重。凭我们手中的钱——"

"我们的钱一文也不值!拿我们所有的金钱也别想买到我想要给她的东西。我宁可她被邀请到皮卡德和埃尔辛太太家的破屋子里去啃干面包,也不愿她成为一个共和党人就职舞会上受众人倾慕的美人儿,斯佳丽,你真是个蠢货。你在几年之前就应该想到为自己的儿女保留一个社会地位——可是你并没有这样做。你甚至连保持自己的既有地位也没操过心。而现在再希望你改变作风为时已晚没有希望了。你太热衷于挣钱,而且太喜爱盛气凌人。"

"我看你真是没事找事。"斯佳丽冷淡地说,一面把账页翻得瑟瑟响,表示她认为对这事的争论已到此结束。

"现在就只有威尔克斯太太一个人在帮助我们,可是你还要拼命疏远她,侮辱她。哦,请你再不要对我说她贫穷,说她穿着褴褛了。亚特兰大城里一切最有价值的事,都是以她为灵魂,以她为核心的。感谢上帝,她现在就要帮我做些事了。"

"你有什么事需要她帮忙呢?"

"什么事?我要力求去结交城里老自卫队家中的每一位女中英豪,特别是梅里韦瑟太太、埃尔辛太太、怀廷太太和米德太太那几位。哪怕要我必须在对我怀恨在心的每一只胖老猫面前匍匐前进,我也照办。我要甘心忍受她们对我的冷遇,我要向她们表态痛改前非。我要出资捐助她们那见鬼的慈善事业,我还要到她们那见鬼的教堂里去做礼拜。我不仅要承认,而且要吹嘘我是怎么样为南方邦联效劳尽力的。实在万不得已,我会去参加那该死的三K党——不过仁慈的上帝大概不至于对我的赎罪,要给予那么沉重的惩罚吧。同时我要毫不犹豫地提醒那些傻瓜,我曾经救过他们的性命,他们是欠了我一笔债的。至于你,太太,请你不要拆我的墙脚,对于我想讨好的人,千万不要不让他们赎回抵押品,或者把腐烂变质的木材卖给他们,或者再以别的什么方式侮辱他们。布洛克州长从此不许再进我家的门,你听见没有?那些跟你往来、衣冠楚楚的蟊贼也一样。你若是不听我的劝告,把他们请来,那只会叫你自己难堪,因为他们来这家里是见不到我这男主人的。他们什么时候进这屋子,我就什么时候到贝尔·沃特林的酒吧间里去消磨时光。如果有人爱听,我便告诉他我是不愿意跟那些人同在一间屋子里鬼混才跑出来的。"

斯佳丽被这番话刺得好伤心,她唐突地笑了一声说:

"那么说我们的赌棍和投机家打算改邪归正啰!那好,我看你改邪归正的第一步,最好把贝尔·沃特林那个窝给卖掉。"

这是斯佳丽虚晃一枪。因为她并不能肯定那屋子到底是否属于白瑞德的。可是白瑞德忽然纵声大笑，像是看透了她的心思。

"多谢你的启发。"

白瑞德如果想要走上一条正道的话，那么他所选择的恰恰是最最不利的时机。因为此时拎包投机家统治的腐败已经达到顶点，共和党人和无赖汉的名字简直臭不可闻。然而自从投降以来，白瑞德的名字，一直是跟北佬、共和党人和无赖汉紧密地联系在一起的。

在一八六六年，亚特兰大人对当时严厉的军事统治满腔愤恨而又无可奈何，以为那是坏到不能再坏的地步了。如今在布洛克的统治下，他们才领会到什么才是真正最坏的情况。由于黑人参加了投票，共和党人和他们的同伙得以牢固地建立起他们的统治地位。他们为所欲为，对那些已处于无权地位而仍在对抗的少数派，则丝毫不予理会。

在黑人中间流传着一种说法，说在《圣经》中只提到过两种政治派别，一种是收税官，另一种是罪人。黑人们都不愿参加一个全部由罪人组成的政党，便急忙参加共和党。他们的新主子一次又一次地叫他们投票，把穷苦白人跟无赖汉选举到重要的职位上，其中甚至包括一些黑人。这些黑人坐在议会里，成天吃花生打发时间，穿不惯鞋子，不住把脚在新鞋子里伸进又伸出。他们都刚刚离开棉花地或甘蔗丛，简直没人会读书写字的。可是他们有权投票，决定该征多少税，该发行多少公债，以及该给他们自己和他们的北佬朋友多么巨大的开支金额。而这些都是经他们的手通过的。沉重的赋税使得举州震撼，使纳税人愤愤不已，因为大家知道，相当部分以公众名义征收的税金，结果都从各种渠道流人私人的腰包。

州议会被新企业的筹办人、投机家、承包商以及形形色色的企图从政府的无节制的铺张浪费开支中谋利的人团团包围，其中不少人发了不义之财。他们轻而易举地从政府那里骗钱去建造那永远不可能建成的铁路线，去购买那永远不会买来的机车与车厢，去建筑那永远停留在筹办人脑子里的建筑物。

公债的发行额高达数百万元,大部分是非法和欺骗性的,然而却照样发行。州财政局长是个共和党人,可是为人正直,对这种非法发行的做法提出抗议,并且拒绝签署。然而他和另外一些力图制止这一弊端的人,对当时一股盛行慷公家之慨的腐败潮流也束手无策。

州属铁路线本来是州政府的一项资产,如今却成了债务,而且负债突破百万大关。它已经算不上是一条铁路,而成了一个巨大的无底食槽,由着一群猪猡在其中翻来滚去,在其中狼吞虎咽。铁路线上工作人员多达需要人数的三倍,对他们的委派,往往出于政治上的理由,而不考虑他们的实际工作能力。乘客中间,共和党人是凭派司免费乘车的,黑人则一车厢一车厢高高兴兴地免费乘车到州内各地为同一次选举重复投票,等于给他们一次旅游观光的机会。

州属铁路的经营不善特别触怒了纳税人,因为铁路收益是公费学校资金的来源。铁路背上了债务,没有收益可言,公费学校办不起来。这就意味着这一代儿童要在愚昧无知中成长起来,这样的一代人将播下文盲的种子,并不知要绵延多少年之久。

纳税人对铺张浪费、经营不善和贪污受贿固然愤愤不已,可是他们最最深恶痛绝的却是州长在北方把他们说得一无是处。在佐治亚州激起反对腐败的怒吼声中,州长却急忙赶到北方,陈说白人对待黑人的种种暴行,说什么佐治亚人在策划发动另一次叛乱,需要进行严厉的军事管制。其实佐治亚人并不想找黑人的麻烦,相反他们总是竭力避免发生事端。谁也不想再打仗,谁也不需要刺刀下的统治。佐治亚州需要的只是不要受折腾,让它可以休养生息。可是在州长的"造谣工厂"大肆活动之下,北方见到的只是一个叛逆的州,需要以铁腕对待,于是铁腕便压在佐治亚州人的头上。

这批掌握佐治亚州人命脉的人以纵情狂欢为荣。除了恣意掠夺之外,最叫人寒心的是那些身居高位的人,竟以一种冷酷的玩世不恭态度,干着明目张胆的盗窃勾当。对这种行为的抗议或抵制全都无济于事,因为州政府是由联邦军队加以扶植与支撑的。

亚特兰大人诅咒布洛克,诅咒他手下的无赖汉和共和党人,也诅咒所有跟他们有瓜葛的人。白瑞德正是其中之一。人们众口一词，都说他一直跟他们相勾结，参与了他们的一切图谋。可是白瑞德本人，不久以前还在随波逐流，现在忽然掉转身来，奋勇地逆流而上了。

白瑞德为自己恢复名誉的行动计划进行得很慢，他不动声色，不给人造成一种印象，仿佛豹子在一夜之间，改变了身上的斑点①，因此也就没有引起亚特兰大人的疑心。他回避那些不可靠的亲密朋友，也不再跟北佬军官、无赖汉和共和党人来往。他出席民主党人的聚会，选举时特意让人家看到，他投的是民主党人的票。他不再参与巨额输赢的赌博，对饮酒也能有所节制。偶尔上贝尔·沃特林那里去，他也像其他多数较正经的城里人一样，在夜晚悄悄地溜进去，不像以前那样，有好多个大白天的下午跑到她那里去，把马拴在大门口，仿佛在做广告表明他人在里面似的。

有一回，圣公会礼拜堂的礼拜已经快要结束，教友们刚要离开座位，白瑞德搀着韦德的手却蹑手蹑脚地走进来，使教友们大为吃惊。因为大家认为韦德这孩子应属于天主教的。至少斯佳丽是天主教徒，或者大家以为她是个天主教徒。可是事实上，她已经有好多年没有跨进教堂，宗教和埃伦的许多别的教诲一样，早已被她撇到一边了。人人都认为她不该忽视对韦德的宗教教育，而对白瑞德企图弥补这一不足，大家都有好感，尽管他没有把孩子带进天主教堂，而只是把他带到圣公会的礼拜堂里来。

白瑞德如果愿意，也能做到嘴巴不那么刻薄，眼睛不闪动着嘲讽的光辉，那时他的态度就比较庄重，对人也有一定的吸引力。虽然他多年不曾如此，但现在却变得庄重起来，变得有吸引力，连身上穿的背心，色调也比较朴实了。白瑞德对他曾经救过他们性命的那些人，要想赢得他们的友谊并不是一桩难事。如果白瑞德不是一直显得把他们的赞赏看得无足轻重的话，他们早就会表达他们的赞

---

① 俗话：豹子不能改变身上的斑点。喻本性难移。

赏了。现在休·埃尔辛、勒内、西蒙斯家的几个孩子,安迪·邦内尔和其他一些人当他们说起他们都受过他的恩惠向他表示感激时,他们发现他显得很愉快,不爱出头露面,还有点困窘不安的样子。

"那算不了什么,"他总是声言说,"你们如果处在我的地位,也会那样做的。"

他为修缮圣公会礼拜堂,资助了一大笔捐款,同时也给"阵亡将士墓地美化协会"捐了一笔钱,数字很大,但不过分,他特意把捐款交到埃尔辛太太手里,还局促不安地恳求她千万不要声张。因为他知道这样一来,这位太太必定会出去大肆宣扬。埃尔辛太太不愿拿他的钱,因为那是投机家的钱,可是协会里却急需钱用。

"我不明白,为什么,连你这些人都来捐款。"她尖刻地说。

白瑞德以恰当的审慎态度告诉她,他之所以这样做,是为了纪念他以前的战友,他们都比他勇敢,却不幸地安眠在这无名的墓地里。埃尔辛太太拉下她那高贵的下巴,颇有点不以为然的样子。多利·梅里韦瑟曾经告诉过她说斯佳丽提起过白瑞德参过军的事,她当然不相信。没有人相信这是真的。

"你参加过军队?是在哪一连?哪一团?"

白瑞德说出了番号。

"哦,炮兵!我认识的人不是骑兵,就是步兵。那么说,原来——"她突然停住了,感到有些不安,满以为他眼中定会现出恶意的闪光。谁知他只是低着头,拨弄着手里的表链。

"我本想参加步兵,"他并不理会她的暗讽,"可是他们见我进过西点军校——虽然因为我幼稚胡闹的缘故,埃尔辛太太,我并没有能毕业——他们把我编入了炮兵,是正规炮兵,不是民团。他们在那最后的战役里,部队多么需要具有专业知识的人。你知道他们的伤亡十分惨重,好多炮兵阵亡了。我在炮兵部队里很寂寞,连一个熟人也没有。我在整个服役期间,没有见到过一个亚特兰大人。"

"噢!"埃尔辛太太有些不知所措了。如果他真的在部队里待过,那么是她自己错了。她曾经说过不少挖苦他怯懦的话,回想起来,不免感到愧疚,"噢!那么你为什么不把你参军的事早点说给人家听呢?你像是觉得这事并不光彩似的。"

白瑞德正视着她的眼睛,脸上毫无表情。

"埃尔辛太太,"他真诚地说道,"请你相信我,我对在南方邦联军队里服役这件事,觉得比我以前做过的和今后要做的任何事都更值得骄傲。我觉得——我觉得——"

"那么,为什么你要隐瞒不说呢?"

"因为——因为我以前的种种行为,使我觉得羞于谈及此事。"

埃尔辛太太把他的捐款以及这番谈话详详细细地报告了梅里韦瑟太太。

"还有,多利,我向你保证,他在告诉我时还说羞于谈及此事,他掉泪了!真的,他掉泪了!连我都差一点忍不住要掉泪。"

"简直胡扯!"梅里韦瑟太太大叫起来,她表示怀疑,"我不相信他参过军,也不相信他会掉泪。而且我很快就能把这事弄明白。如果他是在那个炮兵部队,那么真相不难查明,因为炮兵指挥官卡尔顿上校是我姑婆的女婿,我可以写信去问他。"

她给卡尔顿上校去了信。使她大为狼狈的是,回信竟把白瑞德大大赞扬了一番,说他是个天生的炮兵人才,是个勇敢的军人,是个坚忍、高尚、谦虚的人。给他委任时,他竟辞谢不受。

"瞧!"梅里韦瑟太太把信递给埃尔辛太太,"真是万万没有料到!我们说他没有打过仗,看来是我们错了。斯佳丽跟媚兰说他是在亚特兰大城陷落那一天参的军,看来她们的话是对的。不过即使那样,他总还是个无赖汉,是个坏蛋,我照样不喜欢他。"

"不知怎么,"埃尔辛太太迟疑地说,"不知怎么,我觉得他并不那么坏。一个肯为南方邦联打仗的人一定坏不到哪里去。真正坏的是斯佳丽。你知道吗,多利,我真的相信他——嗯,他是为斯佳丽感到惭愧,只因为他过于高尚,所以不曾流露出来。"

"惭愧!啐!他们两人是同一块料子上裁下来的布。你这傻念头是从哪里来的?"

"这不是傻,"埃尔辛太太愤慨地说,"昨天,天下着大雨,他带着三个孩子——连那婴儿也在内,你听明白——乘着马车在桃树街上来回跑,半路上还让我搭他的便车回家。我问他:'白瑞德船长,你怎么糊涂啦,下这样大的雨,还把孩子带到外面来?怎么不赶快把他们带回家去?'谁料他一言不发,只是显得有点局促不安的样子。可是嬷嬷坐在旁边却忍不住说:'家里来了那么些没出息的白人,还不如在外头更有益于身心健康。'"

"那他怎么说?"

"他还能怎么说?他只是皱眉看了一眼嬷嬷也就没事了。你知道昨天下午斯佳丽邀人到家里玩惠斯特,所有的下贱女人全去了。我想白瑞德大概是不愿意叫她们亲吻他的小宝宝。"

"嗯。"梅里韦瑟太太动摇了,但还固执己见。不过一个星期后,她也跟埃尔辛太太一样被白瑞德降服了。

现在,白瑞德在银行里设了一张办公桌。他到底在办什么公?银行的职员全都迷惑不解。可是他在银行里拥有极大的股份,谁也不敢对他的来临有什么非议。过了一阵子,大家见他人很稳重,态度又好,也确实懂得银行与投资的业务,就把原先反对他来这儿的念头给淡忘了。不管怎么说,他一天到晚坐在办公桌旁,能给人以勤奋工作的印象。而他的目的,正是要让自己能跟城里受尊敬的人处于相同的地位,跟大家一样工作,而且工作得很努力。

梅里韦瑟太太的面包铺生意满不错,她想向银行借两千块钱把店面扩充一下,拿她的房子做抵押。银行拒绝了她的申请,因为她已经拿她的屋子做了两次抵押。胖老太怒冲冲走出银行时,被白瑞德拦住了。他得知她的烦恼后显得很不安地说道:"这一定有些误会,梅里韦瑟太太,很大的误会。像你这样的太太,哪里还需要抵押。我只要凭你一句话,就可以借钱给你。一位太太,若是能够经办起像你经办的事业,她本人就是最好的保证。银行借钱,就是要借给像你这样的人。喏,你在我椅子上稍坐一会儿,我马上就替你去办。"

不一会儿,他笑容满面地走回来,对她说事情正像他所想的是一场误会。两千块钱已经准备好了,她随时可以提取。至于那房子——就请她在这上面签个字吧。

梅里韦瑟太太见她不得不受恩赐于一个她不喜欢也不信任的人,觉得是一种侮辱,心里非常气愤,向他有礼貌地道谢时也显得很勉强。

可是白瑞德并没有觉察到这一点。他陪她走到门口,又说:"梅里韦瑟太太,我一向佩服你知识渊博,不知道可不可以向你请教一件事?"

她轻轻点了点头,轻得连她帽子上的羽毛也没有飘动。

"梅贝尔小时候要是吮大拇指,你是怎么办的?"

"什么?"

"我家邦尼老是爱吮大拇指,我没法子叫她不吮。"

"你应该不让她吮,"梅里韦瑟太太着力地说,"要不会有损于她的嘴形的。"

"是呀!是呀!邦尼的小嘴又长得很美的。我就是不知道怎么办。"

"不过,斯佳丽应该知道,"梅里韦瑟太太不客气地说,"她以前生过两个孩子了。"

白瑞德低头看看自己的鞋子,叹了一口气。

"我试过把肥皂涂在她指甲上。"他说,故意回避她对斯佳丽的评论。

"肥皂!哼!肥皂管什么用。我是拿奎宁涂在梅贝尔的大拇指上的。你听我说,白瑞德船长,保管她马上就不吮手指头了。"

"奎宁!我怎么竟没想到用奎宁!我真不知该怎么谢你才是,梅里韦瑟太太。我正为这事心烦呢。"

他朝梅里韦瑟太太微微一笑,显得又高兴,又感激,一时间,她不知该如何是好。可是在跟他道别的时候,她也对他笑了笑。后来在埃尔辛太太面前,她固然不肯承认自己错怪了白瑞德,可是她毕竟是个诚实的人,所以她说,一个男人如果爱他的孩子,就一定有他好的地方。可惜斯佳丽对邦尼这样一个美丽的孩子,居然不感兴趣。而一个小女孩，要由一个男人来一手抚养长大，可真是够可怜的。白瑞德心里非常清楚这样做下去会获得别人的怜悯和同情。至于这是否有损于斯佳丽的名誉，那他也管不了那么多。

等到孩子开始学会走路，白瑞德经常把她带在身边，有时一起坐马车，有时把她放在他坐的马鞍前面。每天下午他从银行下班回家以后，搀着她的手在桃树街上散步，一路上尽量放慢脚步，配合她摇摇晃晃的步伐，同时耐心地回答她提出的数不清的问题。日落时分，大家通常都站在自家的前院里或是门廊上，看见邦尼这样一个和气美丽的女孩，一头乌黑的鬈发，一对明亮的蓝眼睛，都喜欢跟她聊上几句。这时，白瑞德站在一旁从不插嘴，只是对女儿受到那么多人的关注，流露出做父亲的自豪和喜悦。

亚特兰大人的记忆力非常牢固，他们生性多疑，不会轻易改变。由于时世艰难，他们对布洛克及其有牵连的一伙都恨之入骨。但是现在在邦尼身上，把斯佳丽和白瑞德两人最大的优点融合一起，从而成为一个为白瑞德突破亚特兰大人对他冷淡的屏障的小小楔子。

邦尼一天天很快地长大起来，越来越明显可以看出她是杰拉尔德·奥哈拉的外孙女儿。她的两条腿又矮又结实，她的眼睛大大的，呈爱尔兰人的蓝色，她的方方的下巴动起来显得倔强任性。她也具有杰拉尔德一样的急性子，发作起来会又叫又嚷，可只要愿望得到满足，脾气马上就会消退。她不论想要什么，只要她父亲在，定会马上得到满足。他对她百般姑息，无论嬷嬷和斯佳丽怎样想加以制止，都无济于事，因为她处处都使他感到欢喜——只有一事例外，那就是邦尼害怕黑暗。

两周岁之前，她一直和韦德、埃拉三人睡在育儿室里，晚上总是很容易入睡。可是后来，不知是什么缘故，只要嬷嬷把灯一拿出房间，她便开始呜呜咽咽地哭起来。后来发展到她会在深夜突然醒来，发出恐怖的尖叫，把另外两个孩子吓得要命，闹得全家不得安宁，有一回甚至不得不把米德大夫请来。诊断的结果，大夫说那不过是因为做了噩梦,白瑞德则颇不以为然。可是大家不论用什么方法问她,从孩子嘴里都只能听到一个词,"黑暗"。

按斯佳丽的脾气是很容易被孩子惹恼而主张打她一顿屁股的。她不肯迁就孩子在育儿室里放上一盏灯,因为她怕韦德和埃拉会因此睡不着觉。白瑞德心里也很着急,可是态度比较温和,他还想从女儿那里弄清情况,因此冷冷地说,如果要打屁股,那么他一定亲自动手,而且是打斯佳丽的屁股。

最后的解决办法是把邦尼搬到白瑞德卧房里去睡,反正他现在是一个人睡。邦尼的小床放在白瑞德的大床边,桌上通宵点着一盏灯,上面用灯罩罩着。这事传到外面,引起全城议论纷纷。女儿睡在父亲房里,似乎总有些不太合适,尽管女儿只有两岁。至于斯佳丽则受到两种指摘:第一,这件事无可置疑地证明她跟她丈夫已分居两室,这就已经令人感到震惊;第二,大家都认为,如果孩子害怕单独睡觉,那就应该跟妈妈而不是跟爸爸睡。斯佳丽想要说在房里点上灯她自己就会睡不着,而且白瑞德又不肯让孩子跟她睡,可是她觉得这样解释似乎不大妥当。

"孩子不大声哭叫起来,你是不会醒的,你被她吵醒以后,很可能就会打她。"白瑞德毫不客气地冲着她说道。

白瑞德把孩子夜里害怕黑暗的压力施加在斯佳丽身上,这使她心里很觉不快。可是她认为她最终总能把这事弄顺当,把孩子仍送回育儿室去睡。在她看来,孩子个个都害怕黑暗,唯一的办法就是不能一味迁就。可是白瑞德在这件事上,偏偏颠三倒四,无非是因为她不许他进她的房间,借机报复,叫人家说她不是个好妈妈罢了。

那天晚上,她跟他说再不生孩子以后,他从没有踏进过她的房里,甚至连她门上的把手也不曾碰过。而且,直到他因为邦尼害怕才开始留在家里陪着她之前,晚饭他总是不在家里吃的,有时甚至整夜不归。斯佳丽躺在锁上门的房间里难以成眠,听时钟一记记把黎明敲醒,心想他不知在哪里过夜。她想起他说过"别处也有床铺,亲爱的"那句话,心里非常难受,却也无可奈何。她若是要指摘他,就会争吵起来,那时他必然会提起她把房门上锁的事,很可能还会把艾希礼牵扯进去。不错,他让邦尼睡在点着灯的房间里——他自己的卧房,正是一种对她报复的卑劣手段。

她其实并不明白,白瑞德是多么全心全意地爱着女儿,把女儿害怕黑暗的事又看得多么严重。这样直到一个可怕的夜晚,而那个夜晚是全家人怎么也不会忘记的。

那天白瑞德遇见了一个以前一起跑封锁线的商人,两个人有许多话要说。至于他们是到什么地方去喝酒谈话,斯佳丽并不知道,她怀疑是在沃特林那里。总之,他下午没有回来带邦尼出去散步,也没有回来吃晚饭。邦尼整个下午不耐烦地守在窗口等他,急于想把一大堆已弄伤的甲虫和蟑螂拿给她爸爸看,可是不见爸爸回来,最后她又哭又闹地让卢安置上床睡觉。

不知是卢忘了点灯,还是灯油烧尽了,究竟是怎么回事,谁也弄不明白。总之白瑞德喝得醉醺醺回到家的时候,屋子里正乱哄哄闹成一片,邦尼的尖叫声在马厩里就能听见。她醒来的时候发觉四周一片黑暗,叫她爸爸,他又偏偏不在。于是她想象中种种无名的恐怖,猛地攫住了她。斯佳丽和佣人们给她又是点灯又是抚慰,都无济于事,怎么也没法叫她安静下来。这时,白瑞德从楼梯上三级一步来到大家面前,他被吓坏了,脸无血色,好像是见了死神一般。

他把她抱在怀里,他从她的呜咽喘息中只听清了"黑暗"一词,他顿时勃然大怒,向斯佳丽和几个黑人转过身来。

"是谁把灯熄灭的?是谁把她一个人扔在这漆黑的房间里的?普里西,我要剥你的皮,你——"

"我的上帝,白瑞德先生!不是我!是卢!"

"看在上帝的面上,白瑞德先生,我——"

"闭嘴。你知道我是怎么关照的。我凭着上帝说,我要——滚出去!再不许回来。斯佳丽,给她点钱,把她马上打发掉,不要让我下楼时再看到她。现在,你们都给我出去,统统出去!"

几个黑人赶紧逃走,卢撩起围裙掩脸失声痛哭。可是斯佳丽留在那儿。她见自己心爱的孩子,在自己手里一直哭喊不停,到了白瑞德怀里,马上安静下来,心里很不是滋味。而且她两只小小的手臂,搂住白瑞德的脖子,嘶哑着嗓子向他诉说她是见到了怪物才受惊的,可是她斯佳丽却怎么也哄不出她一句完整的话来。

"原来那怪物坐在你的胸口上了,"白瑞德轻轻地说,"它很大吗?"

"哦,是的!大极了,还有爪子。"

"啊,还有爪子。那好,我在这里坐一个晚上,它要是再来,我就开枪打死它。"白瑞德的话把邦尼吸引住了,使她感到安慰,抽泣声渐渐停了。她继续描述梦中的妖怪,嗓子不那么嘶哑了,可是她的话只有白瑞德一个人能听懂。当白瑞德认认真真地像真有其事在跟小女儿谈论时,斯佳丽怒火中烧。

"看在上帝的面上,白瑞德——"

可是他示意她不要作声。他等邦尼睡着,把她放在床上,给她盖好毯子。

"我要活剥那黑鬼的皮,"他镇静地说,"这也是你的不是。你为什么不上楼看看有没有点灯?"

"别傻啦,白瑞德,"她低声说道,"都因为你迁就她,才养成这种坏脾气。好多怕黑暗的孩子慢慢地都变好了。韦德从前也怕黑暗,我可没纵容他。你如果让她哭叫上一两个夜晚——"

"让她哭叫!"斯佳丽听那语气,以为他会打她了。"你要不是个蠢货,便是个顶顶狠心肠的女人。"

"我不想让她长大以后变得又胆小又神经质。"

"胆小?活见鬼!在这孩子身上,没有一根骨头是胆小的。可是你是连一点想象力也没有,自然不能察觉有想象力的人——尤其是个孩子——所受到的痛苦。你要是见到一个有爪有角的东西坐在你胸口,你也会设法叫人把它撵走,你不会这样做吗?你必定也会害怕的。你还记不记得,太太,我就见过你像只被烫伤的猫那样尖叫着惊醒过来,只不过因为梦到在迷雾里奔跑罢了。而且这件还是发生在不久前的事。"

斯佳丽被击退了,因为她最讨厌重温那次旧梦。再说,她想起白瑞德曾经像安慰邦尼那样安慰过她,不免有些发窘。于是她连忙转移攻击点。

"你一直在纵容她,而且——"

"而且今后我还要继续纵容她。正因为我这样,她才能改掉它,忘掉它。"

"那么,"斯佳丽刻薄地说,"假如你想做她的保姆,你得改变一下,每晚总该回家,而且喝酒也该有所节制。"

"晚上我会早点回家,可是我仍要像个不规矩的女人那样随心所欲地喝酒。"

此后他果然每天回来得很早,通常总离邦尼上床睡觉还有一段时间。等她睡到床上,他坐在她旁边,握住她的手,等她睡着了才把手松开。然后他才踮着脚尖走下楼,让灯点得亮亮的,房门半开着,这样如果她醒来时感到害怕,他可以听见她的声音。他决心不再让她被黑暗吓醒的事再度发生。全家人也都特别留意那盏亮着的灯,斯佳丽、嬷嬷、普里西和波克常常轻手轻脚上楼看看那灯是不是还亮着。

他回到家里时,也不再喝得那么迷迷糊糊,不过这并不是斯佳丽的作用。因为这几个月来,他一直喝得很厉害,虽然他从不真的喝得烂醉。有一天晚上,他嘴里威士忌的气味特别强烈,他抱起邦尼,让她靠在他肩上,问道:"你肯让你亲爱的爸爸亲一下吗?"

邦尼皱起她那翘起的小鼻子,从他怀抱里挣脱下来。

"不,"她毫不掩饰地说,"臭。"

"我怎么啦?"

"有股臭味。艾希礼叔叔没有臭味。"

"哎,我真该死,"他懊丧地说着,把她放在地板上,"我怎么也没想到,在我自己家里,竟出了个提倡戒酒的人!"

自此以后,他喝酒只限于晚饭后一杯葡萄酒。每回喝的时候,他把杯里剩下的最后几滴给邦尼喝,这样,她便不嫌葡萄酒的酒味难闻了。由于减少酒量的结果,他的脸孔丰满了,他两颊的皱纹渐渐由模糊而消退了,他黑眼睛下的眼圈也不再像以前那么黑和粗了。又因为邦尼喜欢坐在他的鞍子前面骑马,他在户外的时间多了,经常在太阳底下曝晒,原本黝黑的脸膛比以前更黑了。他显得比以前更健康,高兴的笑声也比以前更多了,重新又像当年在战争初期置亚特兰大的安危于不顾的那个大胆年轻的封锁线商人的模样。

从前对他没有好感的人见他骑马走过,马鞍上带着那个小小的孩子,脸上开始现出微笑。有些女人以前一直认为任何女人跟他在一起便不会有安全,现在在街上碰见他也停下来跟他说几句话,赞美几声小邦尼。连那些最最刻板的老太太们也觉得一个男人能像他那样关心孩子的痛苦和烦恼,总不能把他说成是一个十十足足的坏人。

第五十三章

艾希礼的生日到了。媚兰准备当晚为他举办一次出其不意的茶会①。这事除艾希礼本人外,家里人个个都知道。连韦德和小博也感到得意非凡,还发誓一定要严守秘密。亚特兰大城里,凡是有教养的人,没有一个不受邀请,也没有一个不肯前来的。戈登将军和他的一家已同意光临。斯蒂芬斯副总统表示,只要他健康条件许可,到时一定出席。就连绰号为"南方邦联之海燕"②的鲍勃·图姆斯③也在来宾之列。

整个上午,斯佳丽和媚兰、因迪以及皮特姑妈一起,在他们那幢小小的房子里忙忙碌碌,指挥几个黑人把洗干净的窗帘挂好,把银餐具擦亮,把地板打上蜡,同时调制各种各样的点心。斯佳丽从未见过媚兰这样激动,这样快活过。

"你瞧,亲爱的,艾希礼已经好久没做过生日,自从——自从十二橡树举行的那次烤肉宴会,你还记得吗?就是我们听说林肯先生号召志愿从军的那一天。是的,从那以后,他就没有做过生日。现在他工作很辛苦,晚上回到家里身子很乏,不会想到今天是他的生日。等到吃过晚饭,他看见络绎不绝的客人到来,岂不大大感到惊喜吗?"

---

① 西俗,为某人生日或其他喜庆而准备的庆祝会,事先不让本人知道,目的在使其惊喜。
② 相传海燕一来就有暴风雨,喻一来就引起麻烦或斗争的人。
③ 鲍勃·图姆斯(1810—1885),南方邦联政治家、美国国会议员。

"草地上的那些灯笼,你打算如何处理使威尔克斯先生回来吃晚饭时看不到呢?"阿奇粗暴地问道。

他一上午都坐在那里看着她们在准备,虽然嘴里不愿承认,心里却很感兴趣,因为这是他生平头一回看到城里人举行大规模的茶会。他见那几个女人只因为有客人要来,便忙得像家里着了火似的,他有些不以为然才这样直率地说,可是他却怎么也舍不得离开。那些彩色灯笼是埃尔辛太太和范妮为今晚的聚会特地制作描绘的,阿奇对它们特别感兴趣,因为他从来没见到过这种"新奇的玩意儿"。这些灯笼暂时藏在他住的那间地下室里,他已仔仔细细地都看过了。

"上帝!我可没想到这个,"媚兰嚷道,"阿奇,幸亏你提醒我!哎呀,哎呀,我该怎么办?我们得用绳子把它们挂在树上和灌木丛里,插上小蜡烛,等客人快到时才点起来。斯佳丽,你能不能趁我们吃晚饭时叫波克干这件事。"

"威尔克斯太太,你是顶顶明白事理的人,怎么一下子糊涂起来啦,"阿奇说,"说起那个蠢黑人波克,他是对付不了那玩意儿的。他会把它们马上都给烧掉。那玩意儿可真漂亮,"他承认。"待会儿你们和威尔克斯先生吃晚饭时,还是让我来给你们挂吧。"

"哦,阿奇,你真好!"媚兰的稚气的眼光表示对他感激和信赖,"要不是你,我真不知该怎么办。你可不可以现在就去插上蜡烛,等一会儿可省些工夫呢?"

"嗯,好吧。"阿奇粗野地应了一声,便一瘸一拐地朝地下室的楼梯走去。

"这就叫请将不如激将,"媚兰见老人走下楼梯,吃吃地笑着说,"我早就打算叫阿奇去挂上那些灯笼,可是你知道他这人的脾气。你要叫他去做,他就偏不肯做。现在就让他在下面待一会儿吧。那几个黑人见他怕得要命,有他在他们背后直喷鼻息,他们怕得什么事也不敢做。"

"媚利,这种亡命之徒,我就不要他待在家里,"斯佳丽没好气地说道。她憎恨阿奇,就跟阿奇憎恨她一样,两人几乎都不理睬对方。除在媚兰的家以外,只要有斯佳丽在,他会马上离开。即使在媚兰家,他也用怀疑和轻蔑的眼光瞪着她。"你记住我的话,他早晚会给你添麻烦的。"

"噢,不会的。你只要奉承他几句,做出你要依靠他的样子,"媚兰说,"而且他对艾希礼和小博一片忠诚,有他在家,我就会感到安全。"

"你的意思其实是说他对你一片忠诚,媚利,"因迪一面天真地盯着她的嫂嫂,另一面,她冷冰冰的面孔现出一丝温暖的微笑,"我相信你是这老流氓爱上的第一个女人,自从他的妻子——呃——他的妻子死了以后。我以为他真的希望有人来侮辱你,他就可以把那人杀掉,以表示对你的敬重。"

"上帝!你怎么能那么说,因迪!"媚兰的脸刷地一下红起来,"你晓得他把我看成是个大傻瓜。"

"得啦,我看不出这山里的臭老家伙的看法有什么要紧,"斯佳丽唐突地说道。她只要一想起阿奇责怪她不该雇用犯人的事,心里就不免来气。"我得走了。我得回去吃中饭,饭后要到店里去给伙计发工钱,然后还要到木材场去给马车夫和休·埃尔辛发工钱。"

"噢,你要到木材场去吗?"媚兰问道,"下午稍晚些时,艾希礼要到木材场去看休。你能不能设法让他留在那里,到五点钟再回家?倘若他回来得早,看见我们正在做蛋糕或者别的什么的,那么晚上的茶会,就不称其为出其不意的了。"

斯佳丽不由暗自庆幸,心情立刻好转起来。

"好的,我一定把他留住。"她说。

她说着的时候,看见因迪那双没有睫毛的浅色眼睛,正锐利地盯着她。为什么只要我提起艾希礼,她便要那么古怪地看着我呢,斯佳丽想道。

"嗯,你尽量把他留到五点钟以后,"媚兰说,"到那时因迪会赶着马车来接他回家的……斯佳丽,今晚你一定得早点来,我希望你自始至终参加茶会,一分钟也少不了你。"

斯佳丽在回家的路上怏怏不乐地想道:"她要我参加茶会,说一分钟也少不了我,不是吗?那么她为什么不请我跟她和因迪以及皮特姑妈一起接待客人呢?"

一般说来,斯佳丽对于媚兰家的普通聚会是不是由她来接待客人,她都无所谓的。可是今天是艾希礼的生日茶会,是媚兰所举办过的最大一次聚会。斯佳丽多么希望能和她肩并肩站在一起接待客人,可是她知道为什么她没有被请接待客人。而且即使她不知道,白瑞德对这件事发表的评论也已够明白了。

"在所有著名的前南方邦联人士和民主党人在场的场合,难道会让一个无赖汉的妻子接待宾客吗?你这想法真是又可爱又糊涂。你今天能接到邀请,多亏媚利小姐对你的好意。"

下午,斯佳丽为了要去店里和木材场,特地着意打扮了一番。她上身穿一件暗绿色的塔夫绸新外衣,这种衣料能变色,在某种光线照射下,能呈现淡紫色。她头上戴着一顶浅绿色的新软帽,镶着一圈深绿色的羽毛,可惜白瑞德不许她的前额留下刘海和发鬈,要不那软帽要好看得多。可是他甚至说如果她在前额披着刘海,他要把她的头发剃光。近来他的举止异常凶暴,说不定真的会干出这种事来。

下午的天气很好,阳光明媚,却不太热,灿烂而并不刺目。和风拂过桃树街的树梢,沙沙作响,吹得斯佳丽帽子上的羽毛轻轻跳荡。她的芳心也在荡漾着,她每回去见艾希礼时总是如此。今天她如果早一点把工钱发给休和那些马车夫,他们可能会早点回家,那么只剩下她和艾希礼两人留在木材场当中那间四方的小办事间里。这些天来,她难得有机会跟艾希礼单独在一起,然而媚兰居然请求她把他留住。真是妙极了!

她怀着愉快的心情到了店里,把工钱发给威利和另外几个伙计,连店里的事也没问一声。那天刚好是星期六,是店里一星期中生意最好的一天,因为所有的农民都进城来买东西,可是她却什么也没问他们。

去木材场的路上,她不断遇见拎包投机家的眷属,全都华服美饰——不过谁也比不上她,她沾沾自喜地想道——她不得不停下来跟她们应酬几句。路上还碰到许多男人,他们一看见她,便摘下帽子,穿过红土马路跟她招呼,她只好也停车跟他们寒暄。下午天气极佳,她风姿绰约,心情舒畅,此行又是个极好的差使。可惜路上有些耽搁,到达木材场时,比她预计已晚了些。只见休和几个马车夫正坐在木头堆上等她。

"艾希礼在这里吗?"

"在,他在办事间里,"休说,看见她那快活跳荡的眼睛,他那一贯担忧的表情宽松下来,"他在设法——我是说,他是在查看账簿呢。"

"噢,今天他用不着管那个了,"她说着又压低了声音,"媚利叫我把他留在这里,好让她们准备好今晚的茶会。"

休现出微笑,因为今晚他也要出席茶会。他喜欢参加聚会,从斯佳丽的神情看来,他猜想她跟他一样,是为茶会的事心里高兴。斯佳丽把工钱发给马车夫和休以后,突然转身走向办事间,那神气分明是不让别人跟着她的样子。艾希礼站在门口迎接她,他的头发在午后的阳光下闪闪发亮,唇边的微笑几乎使牙齿露出来。

"咦,斯佳丽,你这时候怎么跑到这里来了?为什么不在我家里帮着媚利准备叫我出乎意料的茶会呢?"

"怎么,艾希礼·威尔克斯!"她愤愤地嚷道,"大家都以为你一点不知道。假如你不觉得惊喜,媚利一定会大失所望。"

"哦,你放心,我会做出比亚特兰大城里任何一个人都更加惊奇的样子。"艾希礼眼里带着笑意说。

"那么,究竟是谁那么无聊,要把这事捅给你的呢?"

"可以说是媚利邀请的每一个人。首先是戈登将军,他说根据他的经验,大凡女人要给她们的男人举行出其不意的聚会,往往是男人打算留在家里擦枪的那个晚上。梅里韦瑟老爹还警告我说,有一回梅里韦瑟太太为他举办出其不意的聚会,结果倒是她自己顶顶感到意外,因为老爹那天犯了风湿痛,偷偷喝了一瓶威士忌,醉得竟起不了床,还有——噢,凡是人家替他举行过出其不意的聚会的人,个个都跟我说了。"

"全是些无聊的家伙!"斯佳丽嚷道,却又不得不微微一笑。

艾希礼此刻微笑的神情,看上去就跟往日在十二橡树时一模一样。在如今这些日子里,他难得这样笑过。空气那么温馨,阳光那么和煦,艾希礼的脸色那么欢欣,他的谈吐那么无拘无束,斯佳丽心中充满幸福。幸福感在不断膨胀,直胀得她胸口发痛,是因为快活,是因为有一股欢乐的热泪压抑着还没有外流。忽然间她觉得自己又回到十六岁的芳龄,快乐、激动、稍稍有些喘不过气来。她有一种疯狂的冲动,想把帽子扯下抛向空中,高喊一声"万岁"!随后她想倘若她真的那样做了,艾希礼不知该多么吃惊,于是突然纵声大笑,直笑得泪水直往下淌。艾希礼也笑了,仰起脖子笑得很开怀,他以为她之所以如此快活,是因为那些男人出于善意泄漏了媚利的秘密而引起的。

"进来吧,斯佳丽,我正在查看账簿呢。"

她走进阳光灿烂的小办事间,在那张拉盖书桌①前的椅子上坐下。艾希礼跟进来坐在一张粗桌子的一角上,两条长腿随意地荡着。

"哦,今天下午我们不要管账簿了,艾希礼。它简直叫我心烦。我只要戴上一顶新帽子,脑子里的数目字似乎就全跑掉了。"

"戴上那么一顶漂亮的帽子,数目字是应该跑掉的,"他说,"斯佳丽,你总是越来越漂亮了。"

他从桌子上滑下来,笑着握住她的双手又把它们拉开,以便看清楚她那一身衣服,"你真美!我不相信你将来会衰老的。"

她的手一经和他的接触,她不自觉地意识到,这本是她所希望发生的事。她所希望的整个幸福的下午,正是他温暖的手,他柔和的眼光,和他的甜言蜜语。自从塔拉果园里的会晤以来,这是第一

---

① 一种有可以卷缩之顶盖的写字台。

次他们两人单独在一起,第一次他们两人的手不是一般礼貌性的接触,而是很久以来她一直渴望着的亲近。可是现在——

真奇怪,他双手的接触并没使她感到激动!在过去,只要一靠近他,她就得浑身颤抖。然而此刻她只感到异样温暖的友善和满足。他的手递给她的不是狂热,而是使她的心得到快活和宁静。这使她迷惘,令她有些不安。他依然是她的艾希礼,是她光彩熠熠的心上人,她爱他甚于生命。那么,为什么——

可是她把这念头从她心上排遣掉。现在他跟她在一起,握住她的手,带着微笑,既不紧张,又不狂热,而是极其亲切,这样也就够了。她脑子里想的是横亘在他们两人之间的许多事,如今竟出现这样的局面,似乎是个奇迹。他看着她的眼睛,他的眼睛清澈、明亮。他像从前那样微笑着,那是她最爱的微笑,那微笑像是表明在他们两人之间,除了幸福之外,再不曾发生过什么别的似的。现在,他们双方的眼神之间,没有障碍,也没有令她迷惘的冷漠。她笑了。

"哦,艾希礼,我年渐长色渐减了。"

"啊,那自然再明显不过。可是斯佳丽,即使你到了六十岁,在我眼里也还是跟从前一样。我永远不会忘记,在我们最后一次烤肉野宴上你的模样,那时你坐在橡树下,一群男孩子围在你的身边。我还记得你当时的装束,你身上穿一件白底绿色小花的衣裳,披着花边白披肩。脚上是一双绿色轻便鞋,镶着黑花边。头上是一顶大宽边草帽,垂着长长的绿色飘带。我记得这样清楚,是因为我蹲在监牢里情况很糟,我让往事一幕幕地像图片似的在我的脑际萦回,回忆起每一个细节——"

他突然停住,容光焕发的脸孔变得暗淡了,他轻轻地把她的两手放下,她坐在那里等着,等他继续往下说。

"从那一天以后,我们两人都走了一段漫长的道路,不是吗,斯佳丽?我们走过的路是我们从未想到要走的。可是你走得很快,毫不犹豫,我却走得很慢,勉勉强强。"

他重新坐在桌子角上,看着她时一抹浅笑又回到他的脸上。这笑容跟片刻之前使她非常快活的笑容不同。它是一种凄凉的微笑。

"是的,你走得非常快,让我跟在你的车轮后被拖着走。斯佳丽,有时我不由自主地感到好奇,如果没有你,我真不知会变成个什么样子。"

斯佳丽一听,急忙为他辩护,尤其因为她想起白瑞德在这个问题上说过的话,更加急切地说道:

"可是我并没有为你做过什么,艾希礼。没有我,你还是一样:你将来总有一天,会成为一个有钱的人,成为一个伟大的人。"

"不,斯佳丽,我身上并没有伟大的种子。我觉得如果不是因为你,我早已湮没无闻——跟那可怜的凯思琳·卡尔佛特以及许多曾显赫一时的人一样。"

"哦,艾希礼,别那么说。你的话听起来多么悲伤。"

"不,我不是悲伤。我再也不会悲伤了。我曾一度悲伤过。现在,我只是——"

他停住不往下说,她忽然明白他在想些什么。有生以来这是第一遭,她看着他那怅然若失的澄澈目光从她眼前掠过就明白了他的心思。以前,她心中对他充满狂热的爱,他的心扉却是闭着的。现在,他们之间只存在平静的友情,因此她能稍稍闯进他的心田,对他有些理解。他现在不复悲伤。投降以来,他一直很悲伤,她请求他到亚特兰大来时,他还是那么悲伤。现在,他只是听天由命而已。

"我不喜欢你那么说,艾希礼,"她热切地说道,"你的话听起来跟白瑞德的一样。他老爱弹那种调子,说什么'适者生存'之类的话,让我腻烦得真要大叫大嚷。"

艾希礼微笑了。

"你有没有想过,斯佳丽,白瑞德跟我基本上是很相似的?"

"哦,不。你那么好,那么高尚,而他——"她觉得心里慌乱,停住不说了。

"不过我们是很相似。我们出身于同一类型的家庭,受过同样模式的教养,对事物具有同样的看法。在前进的道路上,我们只是在不同的地方各自拐弯。我们思想相同,只是反应各异。比如说,我们两人都不相信战争,可是我参军打仗,他却一直等到战争快结束时才入伍。我们都知道这场战争是错误的,是注定要打败的。我心甘情愿地投身于这场注定要失败的战争,他却不去参战。有时我觉得他是对的,可是后来,又——"

"哦,艾希礼,你到什么时候才不再从两个方面看待问题呢?"她问,可是她的语气不像从前那样不耐烦,"一个人若是老从两个方面看问题,那是什么事也办不成的。"

"话是不错,不过——斯佳丽,你究竟要达到哪一步?我常常想要知道这一点。你瞧,我从来不想要达到什么目的。我只想我行我素。"

她想要达到哪一步?这问题很可笑。她的目的自然是要有钱财和保障。可是——她的心里在揣摩。她有的是钱,至于保障,在这个没有保障的世界上,她也可算是有保障的了。可是,现在既然她想到这个问题,她觉得光有这两项还是很不够的。她细细一想,有了这两项,虽然她不至于那么苦恼,也不必老是为明天担忧,可是她也并不特别快乐。如果我有了钱财和保障,同时又有了你,那才是我想要得到的全部,她想到这里,渴慕地瞅着他。可是她并没有把这些话说出口,她唯恐让他们之间现存的相互吸引力给冲断,唯恐他的心扉又要对她关闭。

"你只希望成为你自己?"她笑着说,多少带点忧伤!"我最大的烦恼正是不能成为我自己呢!至于说我想要达到的目的,我想我已经达到了。我要有钱,有保障,还要有——"

"可是,斯佳丽,你有没有感到,我倒并不在乎有没有钱?"

没有。她从来不会感到有人不希望富有。

"那么,你想要什么?"

"现在,我不知道。我虽也知道过但现在已忘记殆尽了。我主要想自由自在,不要由我不喜欢的人来打扰我,不要由人牵着我的鼻子做我不愿意做的事。也许——我想重度从前的日子,可是那些日子已一去不复返了。现在成天萦绕在我心头的是对业已崩陷的旧世界以及对往昔的追忆。"

斯佳丽执拗地抿紧着嘴唇。她并不是不明白他的意思,没有东西比他说话的语调,更能勾起她对往日的回忆,更能使她突然感到伤心。可是自从那天在十二橡树的园子里她晕倒以后,她曾说过:"我今后绝不回顾过去。"从此她便以无情的态度对待一切往事了。

"我比较喜欢现在的日子,"她说时没有看着他的眼睛,"现在总有让你激动的事,像宴会什么的。每一样东西都有它的光彩。可是过去的日子都是那么乏味。"(哦,慵懒的日子和乡间宁静温暖的黄昏!那住处的响亮而温柔的笑声!那黄金般惬意的生活以及可靠的舒服的明天!叫我如何来否定你的意义呢?)

"我比较喜欢现在的日子。"她说时声音有些颤抖。

他从桌子上滑下来,不相信地低声一笑。他的手托住她的下巴,将她的脸对着自己的脸。

"啊,斯佳丽,你可是个蹩脚的说谎者!不错,生活在今天是有光彩——有种光彩。可是问题就在这里。过去的日子虽没有光彩,却有一种魅力,一种美,一种节奏缓慢的神奇景色。"

她的心被引入歧途,她低垂眼睑。他说话的声音,他手的触摸,让那被她永远关上的门给轻轻地打开了。在那门的后面,呈现出往日的美好,使她的心头涌起一阵哀愁的渴慕。可是她明白不管过去的日子多么美好,它只能停留在那门的后面。谁也无法担负着沉痛的回忆向前迈进。

他的手不再托住她的下巴,温柔地将她的一只手揉在自己的双手之中。

"你还记得吗?"他说时,一只警铃在她的心头响着:不要留恋过去!不要留恋过去!

可是这时她全身掠过一股幸福的暖流,使她立刻置那警告于不顾了。她终于能够理解他,他们的心终于相通了。这样的时刻实在太宝贵,再也不能失去它,再也不管它会导致怎样的痛苦。

"你还记得吗?"他说时,由于他的话音的魔力,那小办事间的四壁猛然隐没,岁月突然倒流,他们俩又在那多年前春天里的乡间车道上并肩而骑了。他一边说着,一边将她的手握得更紧,他的声音里具有一种差不多已被遗忘了的古老歌曲的动人的魅力。他们像是骑着马儿在山茱萸树下去赴塔尔顿家的野宴,她能听见马具欢快的叮当声,听见她自己无忧无虑的欢笑声。她能看见阳光照在艾希礼头发上闪出的银光,看见他坐在马背上那优美自然的身姿。在他的声音中她听见音乐,那是小提琴和班卓琴的乐声,伴着他们在那已经不复存在的白色大厦里跳舞。远处沼泽地里,传来残月下猎狗的吠叫声,她闻到蛋酒①的香味,那酒碗上装饰着圣诞节的冬青花环。一张张白人黑人的脸,笑逐颜开。老朋友们接二连三地到来,洋溢着欢声笑语,仿佛这些年来他们并没有离开人世。他们中间有红头发长腿爱说笑话的斯图尔特和布伦特双胞胎兄弟。有性烈似野马的汤姆和博伊德。有性情急躁黑眼珠儿的乔·方丹。有打不起精神的凯德和雷福特这卡尔佛特家两兄弟。还有约翰·威尔克斯和白兰地喝得满脸通红的杰拉尔德。再就是轻声低语身上散发着香气的埃伦。压倒一切的是寄希望于有一种安全感,是寄希望于知道明天一定会带来和今天同样的幸福。

他的说话停止了,两人默默地久久地彼此相对而视,他们之间已失去了他们没有好好共享的美好青春。

"现在我明白你为什么不快活了,"她伤感地想道,"我以前一直不理解你,也不理解我自己为什么总是不快活。可是——怎么,我们这样谈话不是跟老年人那一套一样了。"想到这里,她心里吃了一惊,情绪马上低落,"像是回顾五十年前往事的老年人。可是我们并不老!不过在这段时间里发生的事情太多了。变化这样大,一切都像是五十年以前的事。可是,我们并没有老!"

可是当她再仔细一看艾希礼时,发现他已不复年轻,不再那么

---

① 加鸡蛋、香料、砂糖于酒中之混合饮料。

光彩照人了。他正低着头,心不在焉地看着她那只被他握住的手。她原先看见他亮闪闪的头发,已经呈一片灰色,犹如月光照在静止的水面上一般。她觉得暮春下午的光辉,美景消失了,她心头的光辉美景也消失了,她觉得那令人悲伤的甜蜜回忆竟苦如胆汁了。

"我不该让他使我留恋过去,"她绝望地想道,"我说绝不留恋过去是对的。留恋过去真叫人苦恼,它揪住你的心,使你除了回顾往事以外,什么事也做不成。艾希礼的毛病就出在这里。他没有期待。他漠视现实。他惧怕未来。他只好缅怀往昔。我一直不明白这个道理,一直不理解艾希礼。哦,艾希礼,我的宝贝,你不应该缅怀往昔!缅怀往昔有什么好处?我不该让你要我谈论往事。回顾往日的欢乐,带来的却是痛苦、伤心和不满。"

她站起身来,手还是让他握着。她得离开这里。她不能留下来老想从前的日子,看看他那疲倦、忧伤、苍白的面容。

"从那时到现在,我们已经走过一段漫长的道路,艾希礼,"她说着,想尽量保持语调平静,尽量克服喉咙口的紧缩感,"那时我们有种种美好的想法,不是吗?"接着,她又急忙地说:"哦,艾希礼,可是事情全不像我们希望的那样。"

"它永远不会,"他说,"生活并没有义务要满足我们的愿望。我们只有安于现状,而且我们没有沦于更加不堪的境地还得感谢上帝。"

她想起走过的漫长道路,感到痛苦,感到疲倦,她的心忽然变得麻木了。在她心头,浮现出斯佳丽·奥哈拉的身影。她爱好打扮,喜欢情郎,一心想有朝一日能成为跟埃伦一样的一位了不起的太太。

霎时间,泪水夺眶而出,慢慢地滚下两颊。她默默地站在那里看着他,像个受了委屈不知所措的孩子。他也没有说话,只是轻轻地把她搂在怀里,把她的头贴在自己的肩上,然后他低下头,把自己的脸颊贴着她的脸颊。她对他毫无拘束,伸出双臂抱住他的身躯。她让他搂在怀里,觉得非常舒服,立即不哭了。啊,让他拥抱着有多好,没有激情,不觉紧张,只当他是个挚爱的友人。只有艾希礼才能如此,他们有共同的青春时代,有共同的回忆。只有艾希礼才能理解她,因为他知道她的过去,也知道她的现在。

她听见门外有脚步声,可是并没有加以注意,以为是马车夫劳动结束回家去。她仍在艾希礼的怀里躺了一会儿,听着艾希礼的心房在缓缓地跳动。忽然他使劲把她推开,令她迷惑不解。她惊讶地仰视着他的脸,他却并不看着她,只是从她的肩头向门口看去。

她转过身,只见门口站着因迪,脸色发白,灰色眼睛闪耀着。还有阿奇,是个恶毒的独眼应声虫。在他们身后站着的是埃尔辛太太。

她当时是怎么走出那办事间的,她后来怎么也记不起来了。她只记得艾希礼一声吩咐,她立即迅速地走了。小办事间里只剩下艾希礼和阿奇在严肃地交谈。因迪和埃尔辛太太站在门外,背对着她。羞耻和惧怕迫使她赶紧回家了。在她心里,阿奇和他那像主教的胡子简直就像《旧约全书》中描述的复仇天使的化身。

在四月的日暮时分,家里空荡荡的,静悄悄的。仆人全到人家参加葬礼去了,孩子们都在媚兰的后园里玩。媚兰——

媚兰!斯佳丽爬上楼梯走进卧室时,一想起她,不由浑身冰凉。这事一定会传到媚兰耳朵里去的。因迪说过要告诉她。哦!因迪一定会得意洋洋地讲给她听,只要能伤害斯佳丽,她会不顾艾希礼的名声,也不怕让媚兰伤心。还有埃尔辛太太,她也会到处宣扬,虽然事实上她什么也没看见,因为她站在因迪和阿奇两人的背后。可是她照样会说。等不到吃晚饭的时刻,这桩新闻就会传遍全城。到明天早饭前后,那就每一个人,甚至连黑人都会知道了。在今晚的茶会上,太太们坐在角落里,少不了要幸灾乐祸地窃窃私语。斯佳丽·白瑞德这个红极一时的女人,如今终于栽了个大跟头。这段丑闻还会加油添醋,不断扩散,谁也无法阻止。因为无法掩盖的事实是在她发出惊呼时,艾希礼正把她搂在怀里。等不到天黑人家就会到处传说,说她跟人通奸被当场捉住。然而事实上他们是多么纯洁!多么甜蜜!斯佳丽疯狂地空想着:倘若那年圣诞节他回来休假,我跟他吻别时叫人撞见——倘若那回在塔拉的果园里,我要他跟我私奔时叫人当场抓住——哦,倘若不论什么时候,只要我们真的有私

1005

情,叫人窥破我也没话可说。可是偏偏在今天!今天我投入他的怀抱纯粹是出于友情——

没有人会相信她。没有一个朋友会站在她一边,没有一个声音会说"我不相信她会做出不规矩的事"这样的话。老朋友全被她得罪遍了,得罪得太久了。新朋友受够了她的傲慢无礼,自然很高兴乘机贬低她一下。有关她的闲言碎语,不管怎么说,大家总会相信的,虽然他们会对艾希礼感到惋惜,像他这样一个规规矩矩的人,怎么会卷入这种不光彩的丑闻里去的呢?通常对这类事,人们总爱谴责女人不正经,对男人的罪过,耸耸肩就算完事。而这一回,他们认为准错不了,一定是斯佳丽主动投到他的怀抱里去的。

哦,她能够忍受全城人的种种中伤、蔑视、暗中耻笑以及不管什么样的流言蜚语,如果她不得不忍受的话——可是她唯独忍受不了媚兰,哦,媚兰!她不明白她为什么特别害怕媚兰知道这件事。对往事的愧疚感沉重地压在她的心头,她感到非常害怕,竟使她没有力量能想出个究竟。可是,当媚兰听到因迪告诉她说,她亲眼看见艾希礼拥抱斯佳丽,她会出现什么样的神色,斯佳丽一想到这里,她掉泪了。而且媚兰知道以后怎么办呢?离开艾希礼吗?要不,她又怎么维护她的面子呢?再说,艾希礼跟我该怎么办?她一面在胡思乱想一面泪水从两腮流淌而下。哦,艾希礼要难为情死了,他会恨我怪我。可是她忽然又产生了极大的恐惧,连眼泪也不淌了。白瑞德会怎么样?他会怎样对待我?

也许他不会知道。有句挖苦人的老古话不是说吗:"妻子有外遇,丈夫最后知。"也许没有人去跟他说。把这种事情告诉白瑞德,得有点勇气才行,因为他这个人的脾气人人都知道,谁要是冒犯了他,他是先开枪然后才跟你讲道理的。哦,上帝,求你千万不要让谁胆敢跟他说吧!可是,她忽然想起刚才在木场办事间门口阿奇的那张脸,他那冷冰冰的暗淡的眼睛,冷酷而充满对她以及对一切女人的憎恨。阿奇不怕上帝,什么人也不怕,对放荡的女人深恶痛绝。而且他痛恨到已经杀死过一个女人的地步。他刚才说过他要告诉白瑞德，他会去告诉的，不管艾希礼怎么想方设法劝阻他都不起作用的。除非艾希礼把他杀了，要不他一定会去告诉的，因为他以为这是他作为基督教徒的本分。

她解衣上床，头脑眩晕，思绪纷乱。她真巴不得锁上房门，躲在这平安的小天地里，从此再不见人。白瑞德今晚也许还不会得到消息。她可以推说头疼，不想去参加茶会。到明天早上她会找到借口，找到为自己辩护的站得住脚的理由。

"我现在不去想它，"她绝望地想着，把脸埋在枕头中间，"我现在不去想它。我要等我受得了的时候再想。"

天黑了，她听见佣人们回来了。她觉得她们在准备晚饭时是那么轻手轻脚的。会不会是她良心不安的心理作用呢？嬷嬷来到房门口敲敲门，斯佳丽说不想吃晚饭，把她打发走了。过了好一阵子，她听见白瑞德走上楼梯，已走到前面的过道。她立刻紧张起来，鼓足全身的力量，准备一场较量，可是他却走进他自己的卧室去了。她松了一口气。他还没有听到消息。感谢上帝，他依然尊重她的请求，从不踏进她的房门，否则的话，要是他现在进来，看她的脸色就不难看出她做了亏心事。她现在一定得打起精神，跟他说她身子不舒服，实在不能出席晚上的茶会。嗯，好在时间还早，她尽可慢慢地镇定下来。可是时间真的还早吗？从今天下午那个可怕的时刻起，一直如坐针毡，度日如年。她听见白瑞德在房间里走动了很久，偶尔跟波克说些什么。她还是鼓不起勇气唤他。她静静地在黑暗中躺着，浑身抖个不停。

过了很久，他来敲她的房门。她竭力控制她的嗓子说：
"进来。"
"我真的被邀请进这圣堂吗？"他打开房门问道。房间里很黑，她看不见他的脸色，从他的声音里也听不出什么。他进入房间把房门关上。
"你已准备好参加茶会吗？"
"我头疼，真太遗憾了，"没想到她的声音听起来居然很自然，感谢上帝,多亏是在黑暗中。"我看我去不成了。你去吧,白瑞德,替我向媚兰道个歉。"

半晌没有声音。随后才从黑暗中传出他拖长语调带有讥讽的语音。

"你是个多么没有胆量、多么不中用的贱货呀!"

他知道了!她躺着发抖,说不出话来。她听他在黑暗中摸索,随后他擦火柴点亮了灯。他走到床边俯视着她,她见他身上穿的是晚礼服。

"起来,"他说,声音非常平静,"我们参加茶会去,你得快点儿了。"

"哦,白瑞德,我不能去。你瞧——"

"我瞧得见的。起来。"

"白瑞德,阿奇真的敢——"

"阿奇敢的。他是个非常勇敢的人。"

"他胡说八道,你该把他杀了。"

"我有个怪脾气,不杀说真话的人。现在不是争辩的时候。起来。"

她坐起来,把身上的睡衣裹紧,目光在他脸上搜索着。他脸色阴沉,然而丝毫不露感情。

"我不去,白瑞德。误会没有澄清之前,我不能去。"

"倘若你今天晚上不露面,那么你这一辈子休想再在城里露面了。我能容忍一个不贞洁的妻子,我可容忍不了一个胆小鬼。今晚你一定得去,哪怕从斯蒂芬副总统起没有一个人肯理睬你,哪怕威尔克斯太太不欢迎我们,你也还得去。"

"白瑞德,你听我解释。"

"我不想听,也没有时间听。把衣服穿上。"

"他们是误会了。因迪和埃尔辛太太和阿奇都非常恨我。因迪恨我可厉害,甚至不惜造她哥哥的谣,让我下不了台。你要是肯听我解释——"

哦,圣母呀,她忽然惊恐地想道,如果他说:"那么请解释吧!"我能说些什么呢?我又怎么解释呢?

"他们会向所有的人造谣。今晚我不能去。"

"你一定得去,"他说,"哪怕我不得不拽着你的脖子,一步步踢着你的屁股,也得把你拖去。"

他眼中发出冰冷的闪光,一下子把她从床上拖下来,又把她的紧身衣扔给她。

"穿上。我给你束腰。噢,不错,束腰的事我全懂行。我不用叫嬷嬷来帮你,让你把门锁上像个胆小鬼似的躲在这房里。"

"我不是胆小鬼,"她嚷起来,一时被激怒了,"我——"

"得啦,别跟我再提你那打死北佬和敢于面对舍曼军队的英勇事迹啦。你在别的方面,照样是个胆小鬼。如果不是为了你自己,那么为了邦尼,你今晚也得去。你想把她的前途都给毁了吗?快把紧身衣穿上。"

她急忙脱掉睡衣,身上就只剩下一件没有袖子的内衣。她站在那里,心想他倘若朝她看上一眼,看见她只穿一件贴身内衣,模样有多么动人,也许他脸上的神色,便不会那么怕人了。他毕竟已经很久很久没有见到她只穿着一件贴身内衣了。可是他并没有朝她看,只是在壁橱里匆匆地翻检她的衣服。他搜寻出一件新的碧玉色水绸上衣,它的领口在胸前开得很低,衣襟成褶皱披在背后一个很大的裙垫上,裙垫上绣着一束粉红色的丝绒玫瑰花。

"把这件穿上,"他把衣服扔在床上,走到她的身边,"今晚你不能穿那种庄重朴素的鸽灰色和淡紫色衣裳。你想掩耳盗铃显然是过不了关的。你还得多搽些胭脂。法利赛人①抓住的通奸女人,我相信脸上绝不会没有血色的。转过身去。"

他两手抓住紧身衣的带子使劲一抽,抽得她叫出声来。他这样毫不顾惜她,她觉得又怕又窘,又感到屈辱。

"痛吗?"他嘿嘿一笑,她看不见他的脸色。"可惜不是勒在你的

---

① 古犹太教一个派别,以拘泥形式、墨守传统礼仪著称。

脖子上呢。"

媚兰家的每一个房间，全都灯火辉煌，斯佳丽和白瑞德从街上老远的地方就能听见她家的音乐声。他们将近大门口时，里面传来一阵阵的欢声笑语。屋子里满是宾客，走廊里挤得满满的，在灯笼照亮的院子里的长凳上也坐有许多贵客。

我不能进去——我不能，斯佳丽坐在马车里想道，捏紧握成一团的手帕。我不能进去。我不愿意进去。我要跳出马车逃走，逃往何处，逃回塔拉去。白瑞德为什么要逼我上这儿来呢？人家会怎样对待我？媚兰会怎样对待我？她的脸色会是什么样子？哦，我不能见她。我得逃走。

白瑞德仿佛看透了她的心思似的，一把抓住她的臂膀，抓得那么粗鲁，那么紧紧的，像是个毫不关心她的陌生人，像是能把她臂上抓出一道伤痕来。

"我还从来没见过一个爱尔兰人是个胆小鬼。你那自吹自擂的胆量到哪里去了？"

"白瑞德，请你让我回去跟你解释吧。"

"你想要解释，有的是时间，但要在大舞台上表现一名殉道者可只能看今晚。下车吧，宝贝，我倒要看看那些狮子怎么把你吃掉。下车。"

她不知怎么走上了媚兰家的走道，她只觉得她挽着的那条手臂，像花岗石似的，又强硬又坚固，输送给她一些勇气。好，她现在能去跟他们见面，愿意去跟他们见面了。他们有什么了不起！无非是一群乱叫乱抓的猫①在那里妒忌她罢了。她要叫他们知道，他们怎么想她并不在乎。只有媚兰——只有媚兰。

他们走到前廊，白瑞德把帽子拿在手里，向左右两边频频鞠躬招呼，他的声音轻柔、镇静。他们刚走进来，音乐声停住了。斯佳

---

① 喻用心恶毒的女人。

丽脑子里乱纷纷的，好像看见人们像怒潮般向她涌来，随后又渐渐消退了，那潮声愈来愈轻，愈来愈轻了。真的没有一个人肯理睬她吗？那好，见他们的鬼去，就让他们不理睬吧！她下巴一扬，脸上现出微笑，眼角眯成波状。

还没等她跟最靠近门口的人打招呼，有一个人推开众人走上前来。霎时间一片寂静，静得出奇，斯佳丽的心揪紧了。细看，原来是媚兰在挪动她的一双小脚，急忙穿过人群来门口迎接斯佳丽，想抢在众人之前跟她交谈。她挺起窄窄的肩膀，愤慨地抿紧着小小的牙床，看那模样，像是在她的心目中，除了斯佳丽，没有第二个客人似的。她一直走到斯佳丽身旁，伸臂搂住她的腰肢。

"你这衣服多漂亮，亲爱的，"她细声细气而又清清楚楚地说道，"你要成天使了！因迪今晚不能来帮我，你来帮我接待客人好吗？"

第五十四章

斯佳丽又回到她安全的卧室里,她全身瘫在床上,连她的波纹绸衣、裙撑和玫瑰绣花也都顾不得了。刚躺下时,她满脑子尽是站在媚兰和艾希礼之间接待客人的情景。真可怕!她宁可面对舍曼的军队,也胜似再经历这样的场面,过了一会儿,她从床上起来,心神不定地在地板上踱来踱去,一面走一面把外衣一件件脱下。

刚才的紧张现在反映出来了,她开始颤抖了。发夹从她的指缝间叮叮当当地掉到地板上,往常她梳头总要梳上一百下,可是今天梳子却不听使唤,砰地一下把梳背敲在太阳穴上,敲得生疼。她一次又一次踮起脚尖走到房门口,想听听楼下的动静,可是楼下过道却像个黑洞洞的深坑没有一点声息。

茶会结束以后,白瑞德让她一个人乘马车先回家,她像是得到缓刑似的心里暗暗感谢上帝。他此刻还没有回来。感谢上帝,多亏他不曾回来。她今晚又羞又怕,战战兢兢,实在不能见他。可是他上哪儿去了?多半是在那个货色那里。斯佳丽对于世界上有贝尔·沃特林这个人,第一次感到很高兴,高兴白瑞德另有去处,让他那凶狠暴烈的性子在那里平息下来。希望自己的丈夫到妓女那里去鬼混似乎说不过去,可是她是出于迫不得已。只要她今天晚上能不碰见他,哪怕他死了,她大概也会感到高兴的。

那么明天——好吧,反正明天是另一天的事。到了明天她就能想出点借口,想办法反击,可把白瑞德说成是错的。到了明天,再想起这可憎的夜晚就不至于硬是逼得她直发抖。到了明天,她不至于老是要想起艾希礼的脸容,想起他被破碎的自尊心和他蒙受的羞辱——那羞辱全是她一手造成,本来跟他根本没有关系的。那么她心爱的可尊敬的艾希礼,会不会因为她使他蒙受羞辱而要恨她呢?他现在自然要恨她——现在事情已经过去,是媚兰挺起她窄窄的肩膀救了他们。媚兰穿过光亮的地板,走到斯佳丽身边,挽住她的臂膀,面对着好奇而存心不良隐怀敌意的人群,她公开地显示出她对斯佳丽的爱和信任,这才拯救了他们俩。整个夜晚,她一直让斯佳丽待在她的身边,从而巧妙地遏阻了众人的流言蜚语。客人们有些冷淡、迷惑,然而都不失礼貌。

哦,保护她不至于遭受那些嫌恶她的人恶语中伤的,竟然是媚兰!是媚兰对她的盲目信任!不是别人而偏偏是媚兰,真叫她难以忍受!

斯佳丽想到这里,浑身一阵寒颤。她得喝点酒,得好好喝上几杯,要不就别想睡得安稳。她在睡衣外面披上一件便袍,匆匆走进黑暗的过道,她脚下的拖鞋在静寂中发出啪哒啪哒的响声。她走到楼梯中途时,才想起往楼下的餐室瞥了一眼。见餐室的门关着,门底下透出一线灯光。她的心跳似乎骤停了一会儿。那灯是不是早就点在那里,自己回家时没有注意到呢?还是白瑞德已回家了呢?他说不定不声不响从厨房的门进来的。果真是那样,她得赶快踮着脚尖回卧室去,不管她多么需要,白兰地还是不要喝了。只要进了卧室,她可以把门闩上,用不着跟白瑞德见面了。

她俯身刚打算脱掉拖鞋悄悄地赶快回卧室去,餐室的门却倏地被打开,门口出现白瑞德的身影。他站在那里,在他背后幽暗的烛光映照下,他的身躯显得异常巨大。她看不清他的面目,只见一个可怕的黑色躯体站在她面前微微晃动着。

"请来跟我做伴吧,白瑞德太太。"他说话时有点口齿不清。

他喝醉了,而且显出一副醉态。他以前不论醉成什么样子,从来都不会失态的。她迟疑不决地停住了脚步,没有开口。他举起手臂,做了一个命令的姿势。

"该死的,进来!"他粗暴地说。

他一定醉得非常厉害,她的心扑通扑通地跳着。按往常的情况,他喝得越醉,他的态度越文明。他固然更爱讽刺,他的话更尖刻,可是他的态度却反而更拘谨——而且往往过分地拘谨。

"我千万不能让他看出来我不敢和他见面。"她这样想着,把便袍的领口裹得紧紧的,昂着头走下楼梯,还故意把鞋跟拖着咔嗒咔嗒作响。

他让在一旁鞠着躬把她迎进室内,那副嘲讽的样子叫她真想往后退缩。她见他没穿外衣,领口敞开着,领结歪在一边。衬衫的纽扣已解开,胸口露出密密的一簇黑毛。他的头发散乱,他的眼睛布满血丝和眯着。桌子上点着一支蜡烛,微弱的灯光散射在高高的房间里,使那些大餐具柜和食品橱看上去就像一头头蹲着的野兽。桌上的银托盘里放着酒瓶和配有刻花玻璃的瓶塞,酒瓶四周围着几只玻璃杯。

"坐下。"他跟着她走进来说道。

这时斯佳丽心里忽然产生一种新的恐惧,她刚才跟他见面时的恐惧若与此时的恐惧相比,简直算不了一回事。她发现他的神气、他的言谈和举止竟像个陌生人一般。像现在这样粗野的白瑞德,是她从来不曾见到过的。他不论在什么时候,哪怕在他们顶顶亲密的时刻,也总是那么满不在乎的。他即使动了怒,也还是态度温和,语带讥讽。威士忌只能使他更加如此。起初她对他这种满不在乎的态度很感烦恼,想要他改变掉,可是不久她觉得这样对她倒也方便。多年以来,她一直以为他这个人,把一切都看得无所谓,把人生的一切,包括她在内,看成是一种具有讽刺意味的玩笑。可是此刻她隔着桌子面对面看着他的时候,她感到她的心在下沉,因为她看出有件事终于对他不是无关紧要,而是至关紧要的。

"即使我太没有教养此刻不该留在家里妨碍你,你也没有理由在你临睡前不再喝上一杯吧?"他说,"要我给你倒上一杯吗?"

"我不想喝,"她很不自然地答道,"我听见响声,就下来——"

"你什么也没听见。你若是以为我在家,就不会下来了。我坐在这里,听见你在楼上不停地来回走动,你一定需要痛饮一番。喝吧。"

"我不——"

他拿起酒瓶,匆匆地泼溅着倒了满满一杯。

"喝吧",他把酒杯塞在她手里,"你浑身都在发抖。哦,何必装腔作势。我知道你在偷偷喝酒,也知道你酒量有多大。我曾经一度想跟你说,要喝酒就大大方方地喝,无需遮遮掩掩。你难道以为你喝白兰地我会介意吗?"

她接过湿漉漉的酒杯,心里在暗暗诅咒他。他简直把她一眼看透了。他老是能看透她的心思,而她偏偏最希望在他面前掩盖自己的真实思想。

"我说,你喝下去。"

她举起酒杯,手腕不动,只是手臂突然一扬,酒就喝下去了,那动作就跟杰拉尔德喝威士忌时一模一样。她没来得及想想这动作有多熟练,对她来说多么不合适。可是这姿势被白瑞德看得清清楚楚,他的嘴巴立即往下一撇。

"你坐下,让我们愉快地谈谈今天晚上那高雅的茶会吧。"

"你喝醉了,"她冷冷地说,"我要上床去睡了。"

"我是很醉了,可是今晚我还想尽情地喝得更醉。你也不要上床去睡——现在还没到上床的时候。坐下!"

他说话时依然稍稍带着他惯常那冷静的拖长的语调,可是她感到在他的话音底下有一种比鞭子的劈啪声还要残酷的暴力正在冲击上来。她稍一犹豫,他已到了她的身边,抓住她的臂膀轻轻一扭,使她痛得哎呀一声急忙坐下。此时的她,害怕得比她一生中任何时候都要强烈。他朝她俯下身子,她见他黝黑的脸膛发红,眼睛里依然闪出骇人的光亮。在他的眼睛深处,有一种她不认识,也不理解的东西,它比愤怒还要厉害,比痛苦还要强烈,它不住地逼迫他,使他的两眼像炭火似的在炽烈地燃烧。他低头久久俯视着她,直到她那对抗的目光承受不住了,低垂下去了,他这才在她对面的一张椅子上坐下来,又给自己倒了一杯酒。这时她心里在急速地思考,想给自己筑起一道防线。可是在他开口之前,她不知道该说什么才好,因为她实在不晓得他想给她个什么样的罪名。

他一面慢慢喝酒,一面注视着她。她竭力绷紧神经,想叫自己不要发抖。他脸上的表情有一阵子一直没有改变,可是最后忽然放声笑了,同时双眼仍盯着她不放。听见他的笑声,她止不住又颤抖起来。

"今晚上真是一幕有趣的喜剧,是吗?"

她没有答话,只是把脚趾头在拖鞋里钩曲起来,想借此控制住自己不要发抖。

"一幕愉快的喜剧,剧中人一应俱全。村里人聚集拢来要用石块砸死一个淫妇。那淫妇的丈夫是个高尚的人,甘愿掩护他的妻子。那个奸夫的妻子这时踏进会场,怀着基督徒的精神,以她洁白的名誉把这桩丑事给掩盖了,至于那个奸夫——"

"请你不要——"

"我要。我今晚要,因为实在太有趣了。那奸夫看上去活像个大傻瓜,像是他巴不得死了的好。你是怎么想的,亲爱的,就让你嫌恶的女人站在你身旁替你遮盖你的罪孽吗?你坐下。"

她坐下。

"我想,你不见得因此而就更喜欢她吧。你在想她是不是真的晓得你和艾希礼之间的一切——你在想假如她晓得的话,她为什么还要这样做——会不会是为了要保住她自己的面子。而且你会觉得她这样做未免太傻,尽管她这样做是救了你。可是——"

"我不要听——"

"你要听。我把这些话说给你听,减轻你的烦恼。媚利小姐是个傻瓜,可是并不像你想象的那种傻瓜。这事显然已经有人跟她说过,只是她不愿轻信。她的天性过于高尚,因此她无法想象她所爱的人会做出不高尚的事来。我不晓得艾希礼对她编了一套什么样的谎话,可是不管他编得多么拙劣都能叫她相信,因为她爱艾希礼,她也爱你。我弄不明白她为什么会喜欢你,可是事实上她确实喜欢你。那正是你的烦恼之一。"

"你假如没醉得这么厉害,说话不这么伤人,我是可以把一切跟你解释清楚的,"斯佳丽说时,恢复了一点神气,"可是现在——"

"我对你的解释不感兴趣。事实的真相我知道得比你自己还要清楚。我发誓,你若再从那椅子上站起来——

"我发现比今晚的喜剧更为有趣的是这样一个事实:一方面你品性贞洁,因为我的种种罪过不肯和我同床共枕,可是另一方面,你却一直在心里跟艾希礼犯奸淫。'在心里犯奸淫'① 这个用语挺好,不是吗?在那本书里有不少好的用语,不是吗?"

"什么书?什么书?"她脑子里一面在胡思乱想,一面目光狂乱地扫向四周,只见在暗淡的光线下,那许多银器在发着晦暗的闪光,四个角落黑魆魆的显得很怕人。

"我被你赶出你的房门,因为我的热情太粗俗,配不上你的高雅——因为你不想再生孩子。可是,宝贝,你使我多么难受!多么伤心!所以我只好到外面去寻欢作乐,寻找安慰,把你的高雅留给你自己,而你也就利用那段时间追逐那长期受苦受难的威尔克斯先生。那该死的到底有什么地方不痛快呢?他在精神上不能忠实于自己的妻子,在肉体上,却又不能不忠实于她。他为什么下不了决心呢?他下了决心,你是不会反对替他生孩子的,不是吗?——还可以冒充是我的孩子。"

她大喊一声跳起来,他也从自己的坐椅上冲出来,轻轻地几声冷笑,吓得她血都凉了。他用那双褐色的大手把她按回到椅子上,俯身对着她。

"你看看我的手,亲爱的,"他说着把手指在她眼前弯拢来,"我用这一双手可以不费多大力气就把你撕碎。假如这样做能把艾希礼从你的心里挖出来,我是会这样做的。可惜我挖不出来。所以我想

---

① 见《圣经·新约·马太福音》第 5 章第 28 节,原文为"只是我告诉你们,凡看见妇女就动淫念的,这人心里已经与她犯奸淫了"。

只好用另一种办法。我要把两只手放在你脑袋的两边,挤你的脑壳,就像是挤一只胡桃那样,这就可以把他从你脑袋里挤出去了。"

他的双手放在她的披发下面轻轻抚摩,渐渐紧迫,随后把她的脸转过来对着他的脸。她见他的脸竟像是个陌生人,是一个喝醉酒的拖长着语调的陌生人。她在危险面前是从来具有一种兽性的勇气的,此刻她的勇气似一股热流涌进她的血管,使她脊梁挺直,眼睛细眯。

"你这醉鬼,"她嚷道,"快放手。"

奇怪的是,他果然放手了。他在桌子角上坐下,又倒了一杯酒。

"我一向佩服你的勇气,亲爱的。可是我从来没有看见你像今天这样在受到逼迫时表现得如此勇敢。"

她裹紧身上的便袍。哦,她真想回到卧室里去,把房门牢牢地闩上,让自己单独待在里面。无论如何她得想办法甩掉他,得想办法制服他。现在站在她面前的这个白瑞德她简直从来不曾见到过。于是她从容地站起来,虽然她的双膝还在发抖。她把便袍在臀部紧紧一裹,把脸上的头发往耳后一掠。

"我并没有受到逼迫,"她尖刻地说,"你永远逼迫不了我,白瑞德,也永远吓唬不了我。你不过是一头喝醉的野兽。你成天跟坏女人在一起,除坏事以外,你什么也不能理解。你根本不能理解艾希礼,也不理解我。你全身都是肮脏,自然不知道什么是干净。你对不理解的东西只好妒忌。晚安。"

她毫不在乎地转过身子走向门口,他的一阵狂笑使她停住脚步。她回头一看,他正摇摇晃晃地朝她走来。天哪,他要是能停止那可怕的笑声多好啊!有什么可笑的呢?他朝她走来时,她往门口后退,一直退到靠在墙上。他用双手重重地按着她,把她的双肩紧贴墙壁。

"你不要笑啦。"

"我笑因为我为你难受。"

"难受——为我?为你自己难受吧。"

"是的,我为你难受,我亲爱的,美丽的小傻瓜。这话刺伤你了，是吗？你是既不能忍受别人的笑，也不能忍受别人的怜悯的，是吗？"

他不笑了，他的身子重重地压在她肩膀上，压得她肩膀疼痛。他脸色变了，他身子压得更紧了，他的一股浓烈的威士忌酒味逼得她忙把头转了过去。

"我妒忌？"他说，"为什么不？噢，不错，我妒忌艾希礼·威尔克斯。为什么不？噢，你不用跟我分辩，跟我解释。我知道你肉体上是忠实于我的。你要说明的是不是这一点呢？噢，这我一直是晓得的。这些年来始终如此。我怎么晓得呢？喏，因为我晓得他的为人和他是什么样的人。我晓得他是一个正直的君子。在这一方面，无论是你——或者是我，都应自愧弗如的。我们都算不上是个君子，也不够正直，不是吗？所以我们才能像绿色的月桂树似的欣欣向荣呢。"

"让我走。我不想站在这里让你侮辱。"

"我并没有侮辱你，我是在赞扬你肉体的贞洁。可是这一点我没有受骗上当。你把男人都看成是傻瓜，斯佳丽。低估对手的力量和智慧是不会有什么好处的。何况我并不傻。你以为我不知道，你虽然躺在我的怀里，却把我当成是艾希礼·威尔克斯，难道不是这样的吗？"

她的下巴垂下，她的脸上明显地充满着恐惧和惊讶。

"那是件愉快的事，可是事实上却很可怕。像是本该两个人睡的床上竟睡了三个人。"他轻轻地摇摇她的肩膀，打着嗝，现出嘲讽的微笑。

"噢，是的，你对我忠实，那是因为艾希礼不要你。可是，见鬼！我并不吝惜你把肉体给他，我知道肉体算不了一回事——尤其是女人的肉体。可是我舍不得你把你的心也给他，你这颗无情的、肆无忌惮的、执拗的然而可贵的心。他不想要你的心，他那笨蛋，而我却不想要你的肉体。我能很便宜就买到女人。可是我要的是你的真诚，要的是你的感情。这我始终没能得到，就像你始终没能得到艾希礼的心一样。所以我才说我为你感到难受。"

她心里虽然感到恐惧和迷惑,他的嘲讽仍然刺痛了她:
"难受——为我?"
"是的,为你难受,因为你简直像个孩子,斯佳丽。一个哭着要摘天上月亮的孩子。那孩子若是真把月亮摘下来了,对他又有什么用处呢?同样,艾希礼对你到底有什么用处呢?是的,我为你难受,因为我眼看着你双手捧着幸福而又把它扔掉,却伸手去抓那永远不能使你幸福的东西。我为你难受,还因为你竟愚蠢到看不出只有同类型的人结合在一起才有幸福可言。假如我死了,媚兰也死了,你跟你那高尚的宝贝恋人在一起了,你以为你会幸福吗?不,不会的!因为你永远弄不懂他,不知道他在想什么。你永远不能理解他,就好像你不能理解音乐、诗歌、书本和任何金钱以外的东西一样。然而,我们两个人,我心头亲爱的妻子,只要你给我半点机会,我们就一定能幸福美满,因为我们两人实在非常相似。我们都是无赖,斯佳丽,凡是我们想要得到的东西,我们都会毫不犹豫地把它弄到手。我们能够非常幸福,因为我爱你,而且斯佳丽,我对你理解得非常透彻,从某一方面来说,那是艾希礼怎么也办不到的。而且他假如真的理解了你的话,他便会看轻你……但不,你得跟一个你所无法理解的男人虚度一生。至于我,亲爱的,只好跟那些妓女混日子了。不过,我敢说我们比大多数的夫妻总算略胜一筹。"

他突然放开了她,东倒西歪地回到桌旁去拿那酒瓶。斯佳丽一动不动地站了片刻,脑子里思绪纷繁,一闪即逝,也来不及抓住细加思考。白瑞德刚才说他爱她。他这是真心话吗?还是一句醉话呢?会不会又是不怀好意地在逗她?他还说艾希礼——月亮——哭着要摘月亮。她急忙奔向黑暗的过道,像是魔鬼在后面追她似的。哦,只要能进了卧房就好了!她脚踝一歪,一只拖鞋脱出了一半。她停住脚步,想使劲把那只鞋甩掉,而白瑞德却不声不响地像个印第安人一样在黑暗中已站到她的身旁。他的气息没有喷到她的脸上,可是他的一双手却伸进她的便袍下面,贴着她的肌肤粗暴地摸索着。

"你把我赶出去,自己倒去追求他。好吧,今天晚上我的床上却只能容你我两个人。"

他猛地把她托起来，抱着她上楼。她的头紧贴着他的胸膛，听见他的心搏鼓似的在她耳边怦怦直跳。他紧抱她痛得叫起来，但她的叫声被闷住了，她十分惊慌。他在漆黑的黑暗中一步步地上楼，她的心里充满着恐惧。他是个陌生人，是个疯子，这里是漆黑一团，比地狱里还要黑暗。他就像个死神，抱着她把她带走，抱得她好痛。她尖声叫喊，可是贴着他身子，声音被闷住了。到了楼梯顶端，他突然停住脚步，迅速把她翻了个身，俯身在她脸上狂吻，吻得那么野蛮，那么强烈，除了他的嘴唇和周围漆黑的黑暗以外，她竟什么也感觉不到了。他浑身颤抖着，像站在疾风中似的，他的嘴唇，从她的嘴上下移，直移到她便袍脱落，露出肌肤的地方。他嘴里在喃喃地说些什么，她听不清楚，只觉得他的嘴唇给了她一种从未有过的感觉。她在黑暗之中，他也在黑暗之中，除了黑暗，就只有他的嘴唇印在她的唇上。她想要说话，可是他的嘴唇又压上来了。霎时间，她感觉到一种从未有过的强烈震颤，交织着欢乐、恐惧、疯狂和激动，使她把自己交托给那太强壮的臂膀，太粗野的嘴唇，太倏忽的命运。有生以来，她第一次碰到一个比她更强的人，一个她不能欺凌，不能挫败，反而要受他欺凌，被他挫败的人。不知怎的，她的双臂已搂住他的脖子，她的嘴唇在他的嘴唇下面颤抖，他们重又一步步走进黑暗，走进那温柔、混乱、无所不包的黑暗之中。

第二天早上她醒来时，他已经走了，如果她身旁没有那只皱褶的枕头，她定会把昨夜的事，看成是一场荒诞的梦。她想起昨夜的情景，脸上一阵绯红，把床毯拉上盖到颈下，她在阳光照射下躺着，想把心里纷乱的记忆理出个头绪。

有两件事首先浮现出来。她跟白瑞德在一起生活了几年，睡在一起，吃在一起，跟他吵过架，替他养过孩子——可是，她对他并不深知。昨天夜里把她抱上黑暗的楼梯的，是她未曾梦想过的陌生人。现在她虽然想对他表示憎恨，表示愤慨，她却办不到，在昨天那疯狂的一夜，他野蛮地对待她，伤害她，屈辱她，可是她又从中感到非常美妙。

哦,她应该感到羞耻,她不该回想那火热的、天旋地转般的黑暗中的情景。一个大家闺秀,真正的大家闺秀,经历如此一个夜晚,再也抬不起头来了。可是,那一夜销魂的回味,那顺从的狂喜,已使她并无羞耻之感。她头一回享受到人生的乐趣,体会到激情是一种原始的、横扫一切的力量,就跟她逃离亚特兰大那晚所感到的恐惧一样,同时它又是一阵子令人头昏目眩的欢快,就跟她那天多么仇恨地开枪打死北佬时一样。

白瑞德爱着她!至少,他说过他爱她,现在她有什么好怀疑的呢?这个和她共同生活的野蛮人一直非常冷漠,却居然在爱着她,这多么古怪,多么令人迷惑,多么难以置信。这个发现,她自己感到还没大把握,可是她忽然想出一个主意,她不禁高兴得笑出声来。他既然爱她,那就说明她终于击败他了。她差点忘了她的宿愿,她要诱使他爱她,那时他非得拜倒在她的石榴裙下不可。现在她重新想起这个念头,心中极为满意。他让她处在他的掌握之中只不过一个夜晚,却让她知道了他防护体系中的薄弱环节。从现在起她随时可以把他掌握在自己手中。长期以来,她一直忍受着他的嘲弄,如今却可以任凭她来指挥他了。

可是她想起等一会儿要在光天化日之下跟他见面,不免有些窘困,有些惴惴不安,然而又使她感到快活,感到激动。

"我简直紧张得像个新娘子了,"她想,"而且是为了白瑞德!"想到这里,她咯咯傻笑起来。

可是白瑞德并没有回来吃午饭,也没有回家吃晚饭。过去了一个漫长的夜晚。她彻夜未眠,躺在床上竖起耳朵等着听他的钥匙在锁孔里转动的声音。可是他没有来。第二天过去了,还是没有他的消息。她又失望又害怕得烦躁不安。她到银行里去找,他不在那里。她又到店里去找,她对每一个来人都很敏感。只要门一打开有顾客进来,她焦急地抬起头来,希望进来的是白瑞德。她到木材场,吓得休躲在木材堆后面不敢出来。可是白瑞德也没上木材场来找她。

她没有去向朋友们打听他的下落，因为那样未免太失面子，她也不便向佣人们问他的消息。可是她感觉到他们知道一些她不知道的事情。黑人们通常什么事全都知道。嬷嬷这两天很沉默，她从眼角里注视着斯佳丽的一举一动，可是什么也不说。第二个夜晚过去以后，斯佳丽决定去报告警察局。说不定他出了什么事故，比如说从马背上摔下来，躺在沟渠里动弹不得。说不定——哦，可怕——说不定他已经死了。

早上她吃罢早饭，正在房间里戴帽子，忽然听见楼梯上有急促的脚步声。她刚倒在床上有一点儿高兴起来，白瑞德跨进了房门。他刚理过发，修过面，经过按摩，看上去很清醒，可是眼睛里布满血丝，脸上因饮酒过度显得浮肿。他轻快地向她挥手喊道："嗨，你好。"

一个男人跑出去两天不回家，也不作解释，这么一声"嗨，你好"就算数了吗？他们俩刚度过一个如此疯狂的夜晚之后，他居然还能若无其事吗？他不可能那样，除非——除非——这念头太可怕了。除非这样的夜晚，对他说来，只不过是家常便饭而已。她一时间说不出话来，她为他准备好的甜蜜的微笑和奉承的媚态也全忘记了。他甚至不像往常那样，走到她身边随随便便地给她一个吻，而只是站在那里咧开嘴看着她，手里夹着一支点燃着的雪茄。

"你到——你到哪里去啦？"

"别跟我假装不知道啦。我想这会儿全城都传遍了。也许只有你不知道，正像俗话所说：'丈夫不正经，妻子最后知。'"

"你这话是什么意思？"

"我想，前天夜里，警察到贝尔家里去过以后——"

"贝尔家里——那个——那个女人。你是在跟——"

"当然。我还能到别的什么地方去呢？我希望你没有为我担心。"

"你从我这里出去，就到——哦！"

"得啦，得啦，斯佳丽！别装得像个受了欺骗的妻子那样。关于贝尔的事，你是早就知道了的。"

"你从我这里出去，就到她那里去，经过——经过——"

"噢,那个,"他不在意地挥了挥手说,"下回我一定改正。那天夜里的事,我向你道歉,我醉得很厉害,我想你不会不知道,而且你又是那么动人——要不要我把你动人的地方一一列举出来呢?"

忽然之间,她冲动了,她想痛哭一场,想倒在床上永无休止地痛哭一场。他还是老样子,什么也没有改变。她居然以为他爱着她,真是又笨又傻,自作聪明。他不过是喝醉了酒拿她开心,想起来真令人讨厌。他跟她取乐,和他跟贝尔家的姑娘取乐并没有什么不同。现在他回来了,照样地侮辱她、嘲笑她,她照样拿他没办法。她强把泪水咽下,振作起精神。她绝不能叫他知道她心里是怎么想的,要不反遭他耻笑。嗯,她绝不能叫他知道。她迅速抬起头来看着他,见他眼睛里像以前一样发出迷惑而警觉的闪光——那目光敏锐而迫切,像是在等待她说话,像是希望她说——希望什么呢?希望她出丑,希望她大喊大叫,好让他笑话吗?她绝不!于是她把她那上斜的眉毛立即冷冷地紧锁起来。

"我自然怀疑你跟那东西的关系是不干不净的。"

"仅仅是怀疑吗?那你以前为什么不问我以满足你的好奇心呢?你若是问我,我一定会告诉你。自从你跟艾希礼决定要我们分房的那一天起,我便跟她睡在一起了。"

"你居然有脸皮见我,在你妻子面前吹嘘说什么——"

"噢,不要跟我讲什么伦理道德了。我做事总是付钱的,而你根本就不在乎。你知道我近来又没有成为天使。至于说你是我的妻子,那么自从邦尼出世以来,你就没有尽到做妻子的义务!我在你身上投资可不太合算,斯佳丽,还不如投在贝尔身上。"

"投资?你是说你给她——"

"正确的说法是'资助她的事业'。贝尔是个能干的女人,我希望看到她有所进展,她只需有钱办一家她自己的院子。你应该知道,一个女人若有一点钱,就能创造出什么样的奇迹来。瞧瞧你自己吧。"

"你把我比作——"

"嗯,你们两个都是头脑精明、能办事业的女人,而且都很成功。贝尔自然要胜你一筹,因为她心地善良,脾气又好。"

"你给我从我的房间里滚出去,好吗?"

他走向房门口,古怪地翘起一边的眉毛。他竟如此侮辱她,斯佳丽又气又恨。他是有意伤害她,作践她。她想起她在盼他回家的时候,他却在妓院里酗酒和跟警察争吵。想到这里,她心里苦恼之极。

"你给我从这房间里滚出去,从此不要进来。我以前跟你说过,可惜你不是个上等人,听不懂我的意思。从现在起,我要随时把门锁上。"

"何劳费心呢。"

"我一定要锁上。因为你那晚的行为——醉得那么厉害,那么讨厌——"

"得啦,宝贝!你肯定并不讨厌。"

"出去。"

"别烦恼,我就出去。而且我保证绝不再打扰你。就这样最后定了。我还觉得不如对你说,假如你认为无法忍受我不名誉的行为,我可以答应你离婚。你只要把邦尼给我,别的一切听便。"

"我不想做出这种对一个家庭不光彩的事。"

"假如媚利死了,我怕你就迫不及待要做出这种不光彩的事了,对吗?你急着要跟我离婚,真使我头脑发晕。"

"你出不出去?"

"我就走。我今天回来,是跟你说一声,我要到查尔斯顿和新奥尔良以及——噢,我要到好多地方去旅行。今天就动身。"

"哦!"

"我要把邦尼带走。叫那个傻普里西把她的东西收拾一下,我把她也带走。"

"我不许你把我的孩子带出这屋子。"

"她也是我的孩子,白瑞德太太。我带她到查尔斯顿去见见她的奶奶,我想你总不会介意吧?"

"她的奶奶,真见鬼!你以为我会让你把孩子带出这屋子吗?你每天晚上喝得醉醺醺的,有很大的可能会把她带到像贝尔的家里——"

他猛地把雪茄往地上一扔,地毯立刻咝咝咝冒出烟来,一股烧焦的羊毛味直刺他们的鼻孔。他立即跑到她面前,脸气得发青。

"假如你是个男人,我非打断你的脖子不可。可惜你不是,我就只好请你闭上尊口了。你以为我不爱邦尼,会把她带到那种——她是我的女儿!上帝,你真蠢,至于你,可不要摆出这副可尊敬的母亲的样子吧。你这母亲,比只母猫还不如。你为你的孩子做了些什么?韦德和埃拉看见你怕得要死,如果没有媚兰·威尔克斯,他们恐怕连什么叫慈爱都不会知道。可是邦尼,我的邦尼!你以为我照顾她不比你强吗?你以为我会由着你欺侮她,折磨她的精神,就像你当初对待韦德和埃拉那样吗?绝不!赶快叫她去收拾,在一个钟头之内准备好,否则我就要对你不客气,让你知道那天夜里还算不了什么。我早就想用马鞭狠狠抽你一顿,那样也许对你会大有好处。"

他转过身,不等她开口说话,快步走出房门。她听见他穿过过道,走向孩子们的游戏室打开了门。里面随即传出一阵孩子们的嬉笑声,先听见埃拉的声音,随后是邦尼大声喊道:

"你上哪儿去啦,爹爹?"

"找一张兔子皮把我的小邦尼裹好。给你最最亲爱的爹爹亲一下,邦尼——你也给我亲一下,埃拉。"

第五十五章

"亲爱的,找不需要你解释,也不要听你解释,"媚兰坚定地说道,一面拿她的小手轻轻地捂住斯佳丽那痛苦的嘴唇,不让她说下去。"你若是认为在我们之间还需要解释的话,便是侮辱了你自己,侮辱了艾希礼和我。你想,我们三个人,就像是三个战士,共同跟世事战斗了这许多年,如今你竟以为几句闲言碎语就能离间我们,真叫我为你害臊。难道你以为我会相信你和我的艾希礼——哼,亏他们想得出来!难道你不晓得我比世界上任何人更理解你吗?难道你以为我会忘记你为我,为艾希礼和小博做过的种种无私的,令人叹服的事吗?是你救了我的命,是你让我们不至于饿死。我不会忘记当初你几乎光着脚板,在田畦上跟在那北佬的马匹后面扶着犁,手上起了水泡,为的是让我和我的孩子能够有东西吃。那么,别人造你的谣,难道我会相信吗?我不要听你解释,斯佳丽·奥哈拉,我一个字也不要听。"

"可是——"斯佳丽迟疑了一下把话停住了。

一小时之前,白瑞德带着邦尼和普里西走了。斯佳丽在羞愧和恼怒之中,又加上一重孤寂。她跟艾希礼之间的事,她有一种负疚感,而媚兰为她辩解,却加重了她心灵上的负担,使她难以承受。假如媚兰听信了因迪和阿奇的话,在茶会上不理睬她,或者甚至于故意冷淡她,她倒可以把头抬得高高的,拿出她武器库里各式武器进行反击。可是没想到媚兰缅怀往事,对她充满信任,眼神里竟含着战斗的激情,像一把寒光闪闪的短剑,替她抵挡舆论的责难。这样一来,她反而只好在媚兰面前认罪了。是的,她应该把一切和盘托出,从那年在塔拉阳光明媚的走廊上发生的事从头说起。

她受良心的驱使,她那天主教的良心虽然长期受到压抑,却并没有被毁弃,依然能复活起来。埃伦曾经对她说过不知多少遍,"你要承认你的罪过,用忧愁和悔悟接受惩罚来赎你的罪。"现在到了危急关头,埃伦平时给她的宗教训诫,回到她的心中,牢牢地把她抓住。她要去认罪——是的,承认一切,承认他们之间的每一句话,每一次含情脉脉的相对而视,还有几次拥抱,然后上帝才会减轻她的痛苦,让她得到平静。至于说接受惩罚赎罪,那么她所受到的惩罚,将会是看到媚兰脸上的表情,从挚爱和信任一下子变为恐怖和憎恶,那将是多么可怕的景象。哦,这种惩罚实在太严厉了,她痛苦地想道,她一生一世,都要时时想起她那张脸,想起在媚兰心里她是多么渺小,多么卑劣,多么虚伪而不忠不义。

她曾经想过,她若是把事实真相带有嘲弄的意味扔向媚兰的脸上,眼看着这傻瓜的天堂崩坍下来,这未尝不是一件乐事,足以抵偿她为此招致的损失。可是一夜之间,一切全变了,现在她最不愿意这样做。至于她为什么会这样,她自己也答不上来。在她脑子里,有太多相互矛盾的思想搅在一起,她理不出个头绪。她只知道就像从前希望自己在母亲眼里那样的端庄、善良和纯洁,现在她迫切地希望媚兰对她有较高的评价。她只知道不管世人怎么看她,艾希礼和白瑞德怎么看她,她全不放在心上,唯独希望媚兰不要改变她以前对自己的看法。

她非常害怕向媚兰说出实情,可是她身上罕有的那一点诚实的本能却显灵了,她不能不在那个为保护她而奋战过的女人面前撕下自己的假面具。因此那天上午,她等白瑞德和邦尼一离开,便匆匆赶到媚兰的家里。

可是她刚急急忙忙说了"媚利,那天的事,我得跟你解释——"这几个字,媚兰便强行打断了她的话。斯佳丽见她那一对乌黑的眼睛,闪着爱与怒的光,便羞惭满面,一颗心下沉了。她明白即使承认了自己的罪过,内心也还是得不到安宁。媚兰刚才的话,已经把她原来的意图打破了。斯佳丽多少有些良知,她想要解脱自己心中的痛楚,是出于一种纯粹的自私。尤其是把自己心上的负担,转嫁给一个纯洁而信任她的人身上,就更加如此。媚兰保护了她,她对媚兰欠下了一笔只有用沉默来偿还的债。倘若她让媚兰知道她丈夫对她不忠实,而和他有暧昧的竟是她亲密的朋友,那岂不要毁了她的一生。那样的报答,岂不是太残忍了吗?

"我不能告诉她,"她苦恼地想道,"绝不能,哪怕我的良心把我折磨死了。"她脑子里又胡乱地想起白瑞德的话来:"她无法设想她所爱的人会做出不光彩的事来……那就是你该背的十字架。"

是的,那是她的十字架,她一直要背到死为止。耻辱一直附在她身上,搞得她内心老是痛苦,年复一年。媚兰对她每一个充满情义的目光和姿势,都会使她感到烦扰,使她不得不竭力压制住心中的冲动,才不至于喊出来:"你不要待我那样好,不要为我尽力,我是不配那样的!"

"假如你不那么傻,不那么单纯、那么善良,不那么轻信,那么我还不至于这样难受,"她绝望地想道,"我挑过不少重担,而这副担子是最沉重,最叫人难以忍受的。"

媚兰坐在她对面的一张矮椅子上,两只脚搁在有垫褥的矮凳上,高高地耸起两个膝盖,就像个孩子似的。她倘若不是心中气恼,疏忽了举止的规范,是不会有这种坐相的。她手里拿着一块花边,一根闪亮的织针一起一落上下翻飞,像是决斗时举着利剑在刺杀一样。

斯佳丽若是像她这样动起怒来,她一定会像杰拉尔德壮年时那样,顿足怒吼,叫嚷着要上帝来做见证,看看人世间的欺诈和奸猾,扬言要进行报复,然而媚兰内心的沸腾却只表现在她飞舞的织针和鼻梁上皱拢的眉心上。她的语言冷静,措词比平时还要简练。可是她的话非常有力,这些话是她平时从来不曾说过的,因为媚兰向来很少发表意见,更没有说过一句苛刻的话。她的一番话,使斯佳丽突然意识到,威尔克斯家和汉密尔顿家的人,也能够像奥哈拉家的人那样大发雷霆,甚至于有过之而无不及。

"我听人家在背后批评你,已经听得腻烦透了,亲爱的,"媚兰说,"这一回是超过了我忍受的限度,我得采取一些对策了。这一切都是由于妒忌你而引起的,人家妒忌你能干,妒忌你成功。你甚至连男人遭到失败的事也都能做成功。我这样说,请你不要生气。我并不是像别人所说的那样,嫌你不守妇道,说你不像女人,你其实并不是那样,人家所以那样说,是因为他们不理解,他们不能容忍女人能干。可是他们不能因为你能干,你成功,就有权利说你跟艾希礼——我的老天!"

这最后一声惊叹,若是从男人嘴里吐出来,毫无疑问是亵渎神灵的。斯佳丽没料到她竟然这样从未见过地发作起来,惊异地呆呆地看着她。

"至于到我跟前编造脏话的那三个人——阿奇、因迪和埃尔辛太太,他们怎么竟有这样大的胆子?当然,埃尔辛太太不曾来,是的,她不曾来,因为她没那种胆量。可是她一向恨你,亲爱的,因为你比范妮更受大家喜欢。你把休从木厂经理的职位上撤下来,这就更加激怒了她。可是你做得对,休这个人既做不来什么事,也不做什么事,一点用处都没有!"媚兰这样一说,把她年幼时的小伙伴和少女时代的男友,迅速地否定了,"至于阿奇,那都怪我不好,我不该把那老恶棍收留下来。当初大家都劝我,可是我没听大家。他因为你雇用犯人,对你怀恨在心,可是他是什么人,他配批评你吗?一个杀人凶手,而且杀的是一个女人!他忘了我待他的种种好处,竟跑到我跟前来说——倘若艾希礼开枪把他打死,我是丝毫不会觉得惋惜的。我告诉你,我狠狠地训了他一顿,把他打发走了!他现在已经离城走了。

"说到因迪,她真是个贱坯!亲爱的,我第一次看见你们两个人在一起时,我便注意到她妒忌你,恨你。因为你比她漂亮得多,有许许多多男人追求你。她尤其因为斯图尔特·塔尔顿的事,恨得你要命,她成天郁郁地思念着斯图尔特——我不愿意对艾希礼的妹妹说长道短,可是我想她一定是思念过度,以致精神恍惚,要不我就实在没法解释她的行为了……我叫她从此不要跨进我的门,我告诉她,我若是再听见她说这种卑劣的话,我就——我就当着众人的面说她扯谎!"

媚兰说到这里,突然停了,满腔的愤怒,换成了一脸的愁容。媚兰身上,有着佐治亚州人特有的强烈的家族感,想起自己家里姑嫂不和,不免心酸。她犹疑片刻,可是比较起来,还是跟斯佳丽最亲,斯佳丽在她心里占首要位置。于是她忠诚地接着说道:

"她一向妒忌你,还因为我顶顶爱你,亲爱的。从此再不许她进我的家门,谁要是接待她,我就从此不上他们家去。艾希礼同意我的意见,虽然他心都快要碎了,想不到他的亲妹妹竟会说出这——"

斯佳丽听她提到艾希礼的名字,她那过于激动的神经再也控制不住,她掉泪了。她为什么老是往他的心底里捅刀子呢?她的本意是想要让他快活,让他太太平平,可是结果没有一回不是害了他的。她已经毁了他的生活,损了他的自尊,乱了他内心的和平和他完整的人格的宁静,现在她又迫使他离开他深深爱着的妹妹。为了挽救自己的名誉和妻子的幸福,他只好牺牲因迪,把她说成是一个心妒言谗、如癫似狂的老处女。其实因迪所怀疑所指控的,没有一点不是实情。艾希礼每回看着她的眼睛,都能看到其中闪耀着真实、谴责和威尔克斯家族特有的冷淡的轻蔑。

斯佳丽深知艾希礼视荣誉重于生命,因此内心必然十分痛苦。他跟斯佳丽一样,是被迫接受媚兰的保护的。她虽然明白这样做的必要性,知道使他陷于这种违心的处境,一多半应归罪于她,可是,可是作为一个女人,假如艾希礼开枪打死阿奇,向媚兰和公众承认一切,那么,她对他一定会更加尊敬。她知道她现在对他并不公平,可是她自己处在如此被动的境地,实在顾不上公平这种美德了。她想起白瑞德那些贬低艾希礼的讥刺话来,倒有点怀疑艾希礼在这件事上是不是真的像个男子汉大丈夫的样子。于是,自从她爱上他以来,他全身一直焕发着的光辉,似乎第一次在不知不觉中淡化了。沾在她身上的羞耻和罪过也染到他身上。她坚决要摆脱这种思想,以自己认罪来恢复艾希礼的声誉，可是媚兰却更坚绝不让她这样做。

"不！不！"媚兰嚷道，一面扔下花边，坐到沙发上，把斯佳丽的头捧过来靠在自己的肩膀上。"我不该跟你谈这些，害得你心里这样烦恼。我知道这事对你来说是多么可怕。好，我们从此再也不要提起它了，自己不要提，也不要跟别人提。譬如这事没有发生过。不过，"她狠毒地加了一句，"我得叫因迪和埃尔辛太太头脑清醒点，不要以为我可以由着她们造我丈夫和嫂子的谣，我要叫她们在亚特兰大从此抬不起头来。谁要相信她们，接待她们，谁便是我的仇敌。"

斯佳丽郁郁地瞻望前景，意识到未来的岁月里，亚特兰大的家庭与家庭之间，以及同一个家庭之内，将会分裂成为世代的仇人，而她正是造成这一局面的罪魁祸首。

媚兰说到做到。她果然跟斯佳丽和艾希礼不提这件事，也不跟城里任何人讨论这件事。倘若谁敢于对这件事有所暗示，她便摆出一副漠不关心的神态，而且随时有可能转变为冷若冰霜的神态。在她为艾希礼举行茶会后的几个星期里，白瑞德神秘的失踪，致使亚特兰大城处于狂热的状态之中，一时街谈巷议，一片骚动，在看法上还形成了不同的派别。媚兰对于所有毁谤斯佳丽的人，不论是老友还是至亲，一概不予宽容。她不说空话，切实付诸行动。

她成天守在斯佳丽身边，像一支多刺的苍耳①，她要她每天早上照常去店铺和木材场，由她陪伴着。她还要斯佳丽下午赶车出去兜风，斯佳丽虽然不愿让城里人那么好奇地盯着她，可是媚兰坚持要她去，还跟她并排坐在车上，她还带着斯佳丽参加一些正式的社交活动，把她带进她已经有两年没有去过的客厅，对着那些惊慌失措的女主人，一边跟她们说着，一边摆出一副"爱屋必须及乌"的神气。

她和斯佳丽下午去拜访人家时，总是到得早，走得晚，要等最

---

① 菊科植物，有刺，易附于人。

后一批客人走后才向主人告辞,让那些太太们没有机会在背后议论斯佳丽,或者对她妄加猜测。她这样做,稍稍引起了她们一些愤慨。对斯佳丽来说,这些访问简直是一种折磨,可是她不敢拒绝媚兰,不敢说不陪着她一道出去。她不愿意跟那些女人坐在一起,因为她知道她们心里都在暗暗猜测她跟艾希礼是不是真的有奸情。她也知道那些女人若不是因为深爱媚兰,不愿失去媚兰的友谊,是不会理睬自己的。不过斯佳丽又知道,她们既然接待了她,今后便没法不理睬她了。

人们对斯佳丽批评指摘也好,为她辩解也好,一个显著的特点是,很少有人以尊重她的人格为出发点。通常大家都是采取就事论事的态度。斯佳丽平日树敌过多,因而站在她一边的人很少。她的种种言行刺伤了好多人的心,现在这些人自然不会顾及这桩传闻是否会有损于斯佳丽的面子。可是大家都不愿让媚兰或者因迪受到损害,他们所关心的,与其说是斯佳丽,不如说是她们两人,而大家探讨的问题,集中在一个焦点:"因迪的话到底是真是假?"

站在媚兰一边的人得意洋洋地举出这个事实,最近以来,媚兰经常和斯佳丽形影不离。像媚兰这样一个有高度原则性的人,难道会庇护一个犯有罪行的女人,尤其是一个跟她丈夫有暧昧关系的女人吗?当然不会,因迪是个头脑不清楚的老姑娘,她因为恨斯佳丽,就编了一套话诋毁她,骗得阿奇和埃尔辛太太都相信她的话。

可是,支持因迪的人问道,假如斯佳丽是无辜的,那么白瑞德船长到哪里去了呢?他为什么不守在他妻子的身边,给他妻子以力量呢?这可是个无法回答的问题。而且,随着时间一星期一星期过去,外面又传出流言,说斯佳丽怀孕了。这下子那亲因迪的一派都满意地频频点头,他们说那不可能是白瑞德的孩子,因为他们夫妻间的疏远,早已成为众所周知的事实。大家早就知道他们两人是分房而居的。

流言愈传愈广,不仅亚特兰大城里的人全都卷了进去,他们已分成两派,而且连一些紧密结合的家族,如汉密尔顿家、威尔克斯家、伯尔家、怀特曼家和温菲尔德家,也都分裂成两派。每个家庭里的每个成员,都必须做出抉择,不能保持中立。面对这种情况,媚兰保持沉着而不失尊严,因迪则显得尖刻而内心沉痛。可是她们的亲戚不管站在哪一边,却没有一个不痛恨斯佳丽,把她看成是造成他们家族分歧的祸根,觉得为了她真是太不值得了。他们不管站在哪一边,又都感到痛心,觉得因迪不该把家丑外扬,让艾希礼处于如此屈辱的境地。可是既然她已经说了,不少人急忙站出来为她申辩,反对斯佳丽,另一些喜欢媚兰的人,则站在媚兰跟斯佳丽一边。

亚特兰大城里几乎有半数是,或许他们宣称是媚兰和因迪的亲戚。有近亲、姻亲、表亲、表亲的表亲,其分支之复杂和覆盖面之大,不是土生土长的佐治亚人是怎么也弄不清楚的。他们是一个宗亲的部族,到了危难的时候,他们不论对自己的宗亲的行为有什么样的看法,却能团结一致,以各人手中的盾牌交叠成严密而完整的抗敌方阵。多年以来,在他们友爱的家族关系中,从来不曾出现过公开的裂痕。至于皮特姑妈跟亨利叔叔之间的长年游击战争,不过是家族内部的谈笑而已。他们温和、保守、说话文雅,甚至不爱跟人友善地争执,这些就构成了大多数亚特兰大家庭的特征。

可是现在他们却分成了两大派,亚特兰大城里的人有幸目睹那些五等六等表亲们在亚特兰大最耸人听闻的丑闻中,各自加入不同的阵营。至于城里和她们两人没有亲戚关系的另一半人,要想在这场纷争中表现得很圆通,很能克制,却也非常困难,因为因迪——媚兰争端事实上已经使得每一个社会组织遭到破裂。像"喜剧团""支援南方邦联遗孀遗孤妇女缝纫会""阵亡将士墓地美化协会""周末乐团""妇女交谊舞协会""青年读书会"等都卷了进去。还有四个教会和教会所属的"妇女救护布道协会"各组织都尽极大努力避免内部出现对立的派别。

亚特兰大的家庭主妇每逢到她们家例行接待客人的下午,从四点到六点钟,总要提心吊胆,生怕媚兰跟斯佳丽来到她们家客厅时,恰好因迪跟她的好友也同时前来。

在所有的家庭中,可怜的皮特姑妈受害最深。皮特生平唯一的愿望,就是舒舒服服地生活在亲戚的爱怜之中。碰到这种事情,她非常乐意既跟着兔子一起逃跑,又跟着猎狗一起追逐。可是兔子和猎狗都不允许她这样做。

因迪现在和皮特姑妈住在一起,倘若皮特按本性站在媚兰一边,那么因迪势必要搬出去住,因迪一走,那么皮特怎么办?她不能单独一个人住。她要不是另找一个不相识的人来住,就得把屋子锁上,住到斯佳丽家去。皮特隐约地感觉到白瑞德船长似乎不喜欢她住到他那里,那么她只好到媚兰家去,睡在原来给小博做育儿室的小房间里。

皮特不太喜欢因迪,因为因迪那生硬而缺乏人情味的态度和她那狂热的信念叫她感到害怕。可是有因迪在,皮特可以保持有相当的经济收入。而皮特向来是把生活的舒适看得比道德问题要重的。她因此让因迪留下来。

可是这样一来,皮特姑妈成了风暴的中心,因为斯佳丽和媚兰两人都认为这说明她站在因迪一边。斯佳丽干脆表示,只要因迪不搬出去,她拒绝给皮特姑妈经济上的帮助。艾希礼每个星期给因迪送一回钱,可是每回都被因迪傲慢地默默地退了回去,这使皮特既吃惊又懊丧。在这种情况下,倘若亨利叔叔不来干预,这幢红砖房里的经济状况势必处于悲惨的境地,可是要拿亨利叔叔的钱,皮特又会感到非常屈辱。

皮特爱媚兰,甚于爱世界上任何别的人,仅次于爱她自己,可是如今媚兰却像个陌生人似的对她敬而远之。媚兰其实等于住在皮特家的后院里,以前走进走出,一天总有十多趟,可是现在她却不肯穿过那道分隔两家的矮树篱了。皮特到媚兰家里,流着泪跟她诉说她对媚兰的爱和忠诚,然而媚兰既不跟她谈正经事,也从不回访她。

皮特心里非常清楚,斯佳丽对她恩重如山——她几乎是依赖斯佳丽生存的。在战后最艰难的年代,皮特曾面临不是依附亨利叔叔,便得饿死的困境。全仗斯佳丽的帮助给她维持了这个家,给她吃的,给她穿的,她才能在亚特兰大的社会上抬起头来。斯佳丽跟白瑞德结了婚,搬入新居以后,对她更是慷慨之至。还有那位又令人害怕又迷人的白瑞德船长,每回他跟斯佳丽一起来过以后,皮特常常在靠墙的小桌子上发现崭新的钱包,里面鼓鼓囊囊塞满了钞票。要不在她的针线盒里会找到不知是谁悄悄地塞在里面、用花边手帕包好并打好结的光灿灿的金币。白瑞德总是矢口否认这些事跟他有关,还毫不含蓄地指摘她有个秘密的爱慕她的老汉,说那人通常是长着络腮胡子的梅里韦瑟老爹。

是的,媚兰给了皮特友爱,斯佳丽给了她保障。可是因迪给了她什么呢?什么也没有。因迪的出现只是使她能保持她愉快的生活,使她可以不用自己给自己拿主意。皮特有生以来自己从未拿过主意,她觉得这事太令人苦恼,也太庸俗,因此遇事不闻不问,听其自然,而结果常常要在得不到安慰的泪水之中打发日子。

到最后,有一部分人完全相信斯佳丽是无辜的。这倒并不是因为他们相信她的品德,而是因为媚兰相信她无辜。另一部分人心里有保留意见,但是对斯佳丽仍礼貌相待,还上她家去拜访她,因为他们深爱媚兰,希望能保持对她的爱。支持因迪的人对斯佳丽很冷淡,见到她只不过略一点头,有的甚至公开不理睬她。这使得她很窘迫,很恼火,可是她晓得如若不是媚兰竭力维护她并迅速采取行动的话,恐怕全城的人早已对她沉下脸,她早已成为一个被社会唾弃的人了。

第五十六章

白瑞德离家已有三月，斯佳丽没有收到他片言只字，不知他现在在哪里，也不知他要多久后才回家，说真的，他是不是打算回来，她也心中没数。在这几个月里，她每天出去办事，头抬得老高，心里却很不是滋味。她身子不太舒服，可是，由于媚兰逼着，只好每天上店铺去看看，对那两家锯木厂，她表面上也做出关心的样子。对她那家铺子，她第一次开始感到厌倦，尽管店里的营业已经扩大三倍，钱财源源不断地滚进来，但她并不感兴趣，对几个伙计反而更加苛刻，动不动发脾气。约翰尼·加勒格尔的锯木厂办得很兴旺，他厂里的产品，在木材场里销路很好，可是不论约翰尼说什么，做什么，总不能使她称心满意。约翰尼的爱尔兰人脾气，丝毫不逊于斯佳丽的，见她老是吹毛求疵，终于按捺不住提出撒手不干。他跟她大大发作了一通，最后说："愿你倒运，太太，克伦威尔会诅咒你的。"斯佳丽拿他没办法，反而只好向他做最最低三下四的道歉。

艾希礼那家锯木厂，她从此没有去过。就连那木材场的办事间，如果她估计艾希礼可能在里面，她也不到那里去。她晓得他在躲着她，她也明白，因为媚兰经常相邀，她不得不经常出入他家里，这使他很是痛苦。他们私下没有交谈过，可是斯佳丽却迫切希望问问他，他到底恨不恨她，他是怎么对媚兰说的。可是他竭力避免跟她接近，还流露出恳求她不要跟他说话的神情。她瞧他那张脸，苍老、憔悴、充满悔恨，加重了心头的负担。他管的那家锯木厂每星期都蚀本，又叫她有苦难言。

艾希礼对眼前的处境，显得完全束手无策，这使斯佳丽很不高兴。她虽然不知道他应该怎样做才比较有利，但总觉得他应该有所作为。假如换了白瑞德，他一定会有办法应付，哪怕那办法不太正当，但毕竟是个办法。在这方面，她不得不佩服白瑞德。

白瑞德走的时候，她恨白瑞德，恨他对她的侮辱，现在恨他的心渐渐淡漠了，她开始想念起他来，而且时间一天天过去，一直得不到他的消息，想念之情与日俱增。回想起白瑞德在的时候，生活如汹涌的浪潮，一阵狂喜、一阵暴怒、一阵伤心、一阵委屈，那时她心中会有一种压抑感，像黑兀鹰似的压在她的肩头。她想念他，因为他常以轻率的口吻说些有趣的逸事逗她开心，还因为他遇有争执会咧开嘴露出讽刺的笑容把大事化小。她甚至想念他对她的嘲弄，虽然常常气得她忍不住要反唇相讥。最令她想念的地方，是在他面前可以无话不谈，这一点她感到最最满意。她可以毫不害臊地在他面前吹嘘她如何无情地剥削别人，而他听后会大声喝彩。可是这些事若是说给别人听了，他们准会大惊失色。

他和邦尼不在，她觉得寂寞。她如此怀念孩子，连她自己也没估计到。她想起白瑞德临走时最后那几句指摘她不爱护韦德和埃拉的话，她想利用她空余的时间设法弥补过去之不足。然而她的努力毫无效果。白瑞德的话和孩子们的反应让她看到的事实真令她吃惊而又可恼。在两个孩子的婴孩时代，她一直太忙，太为挣钱的事操心，太严厉，太容易动气，因而没有能赢得他们的信任和爱心。到现在，看来为时已晚，要不便是她自己没有耐心也没有能耐打进他们隐秘的小心灵里。

埃拉！这是个傻孩子。斯佳丽想起这一点心里便觉得烦躁，然而事实上她确实很傻。任何事情，在她心里都放不了多久，就像鸟儿不能在树枝上停留很久一样。甚至在斯佳丽讲故事给她听的时候，她会打断她的话，问出跟故事本身毫不相干的问题来，然而不等斯佳丽来得及回答她，她早把自己所问的事给忘了。至于韦德，也许白瑞德说的是对的。他可能怕她。她觉得奇怪，也觉得伤心，为什么她自己的儿子，她唯一的儿子，会害怕她呢？有时她试着逗引他说话,他却睁着查尔斯那样柔和的褐色眼睛,局促不安地扭动身子,绞着双脚发窘。可是在媚兰跟前,他却很活泼地说个不停,还从口袋里把鱼饵、钓鱼绳子什么的,统统掏出来给她瞧。

媚兰对孩子有一套办法,谁也及不上她。她的小博是亚特兰大城里最懂规矩最可爱的孩子。斯佳丽觉得他比自己的儿子还要容易相处,因为小博在大人面前并不觉得不自然,他看见斯佳丽,不用等她招呼,会自己爬到她膝盖上。一个多么漂亮的金发男孩,长得就像艾希礼。若是韦德能像小博该多好!当然,媚兰之所以能够把孩子带得那么好,是因为她只有一个孩子,不像斯佳丽那样要外出工作,又要操那么多的心。可是,虽然斯佳丽想以此做借口为自己开脱,却不能不承认媚兰是真心喜欢孩子的,而且喜欢孩子多多益善。她以热情洋溢的爱倾注在韦德和邻居的孩子身上。

斯佳丽永远不会忘记,那天她驱车到媚兰家里接韦德时,那令她震惊的一幕。她刚走上她家前面的甬道,听见她儿子在大声呐喊,非常像南方邦联士兵在战场上的喊杀声,接着又听见小博的尖声喊叫。等她走进起坐间,两个孩子正手持木剑向沙发进攻,见斯佳丽进来,怪不好意思地立刻住手了。媚兰蹲在沙发后面,这时也站起身来,一面笑着,一面手握发夹和她散乱的鬓发。

"这是葛底斯堡战场,"她解释道,"我是北佬,遭到他们一场痛击。这位是李将军,"她指指小博,"这位是皮克特将军。"她又拍拍韦德的肩膀。

不错,媚兰对孩子果然有办法,斯佳丽望尘莫及。

"至少,"她想,"邦尼很爱我,喜欢跟我一起玩。"可是平心而论,她可不得不承认,比较起来邦尼更喜欢白瑞德。不过,她可能从此再也见不到邦尼了,因为据她所知,白瑞德也许已经到了波斯或埃及,说不定打算一辈子住在那里了。

斯佳丽有一天去米德大夫那里看病,原以为她大概是肝气不和或神经衰弱,不料诊断的结果却是有了身孕。斯佳丽这一惊非同小可,她于是回想起那疯狂的一夜,脸涨得绯红。原来孩子的孕育,是来自极度狂欢的时刻——即使对那狂欢的记忆,由于随后发生的事而淡漠了。斯佳丽这回怀孕,跟以往不同,她心里非常高兴。她想,要是能生个男孩子该有多好,一个优异的男孩子,不像韦德那样萎靡不振。她一定会非常爱他。她现在有的是时间,可以全心全意地爱护他,她有的是钱,可以为他的前途铺平道路。她会多么幸福,她忽然产生一种冲动,想写封信到查尔斯顿请白瑞德的母亲转告他,告诉他有了孩子的事。上帝,他得马上回家!试想若是等孩子出生后他才回来,那么她又怎么解释?可是倘若她写信给他,那么他一定以为她想他回来,他又要沾沾自喜了。她绝不能让他以为她要他回来,或者她需要他回来。

过些日子,她收到波林姨妈从查尔斯顿的来信,暗暗高兴自己未曾主动给白瑞德写信。这是她第一次听到关于白瑞德的消息,从信上看来,白瑞德是看他妈妈去了。斯佳丽看了波林姨妈的信,差点没气破肚皮,可是她知道白瑞德依然没离开美利坚合众国的土地,毕竟是一种宽慰。白瑞德曾带了邦尼看望过波林姨妈,信上对那孩子简直赞不绝口。

"多么漂亮的孩子!长大以后,一定是个人人倾慕的美人儿。可是我想你一定晓得,将来哪个男人想要追求她,恐怕先得通过白瑞德船长才行,我从来没见过像他这样慈爱的父亲。现在,亲爱的,我想坦率地告诉你,在我见到白瑞德船长以前,我以为你跟他的结合是一门可怕的、不相称的亲事。在查尔斯顿城里,没有人听到过一句关于他的好话,而且人人都认为他家门不幸,出了这样个子弟。说实话,我和尤拉莉起初还拿不定主意要不要接待他。后来觉得不管怎么说,那孩子总是我外甥女的孩子。见了他的面,我们感到非常意外,又大为高兴,这才知道轻信流言是违反基督教义的。他原来是个极其和善的人,长得很英俊,又庄重,又懂礼貌。又那么爱你,那么爱孩子。

"现在,亲爱的,我们不得不写信给你,把我们听到的事说给你听。这些事情,尤拉莉和我,最初是很不愿意相信的。我们曾经听说过肯尼迪先生留下来的铺子，你常去过问那里的事，我们另外还听到一些谣言，可是我们都不予理会。因为我们知道，战后的日子起初非常艰难，在那种情况下，你不得不外出工作。可是现在你就完全不必再继续做下去了。我知道白瑞德船长手头很宽裕，而且有足够的能力经营你的事业和财产。所以为了把事情弄个明白，我们不得不直截了当地把这个叫我们大家感到困惑的问题向白瑞德船长提了。

"他心里虽然不愿意，但还是跟我们说了。说你每天上午都消磨在铺子里，而且一切账目不许别人经手。他又说你对一个锯木厂很感兴趣，（也许不止一个，这件事我们是头一回听到，叫我们实在心烦，所以就没逼着他细说。）每天都得亲自赶车到厂里去，要不就让一个恶汉来替你赶车，据白瑞德说，那人是个杀人犯。我们看得出来，他心里非常痛苦。我们觉得，他一定是个非常纵容妻子的丈夫，事实上，他纵容得未免太过分了。斯佳丽，你不能再这样继续下去了，你母亲不在世了，我们应该代替她履行职责。你想想，等你的孩子稍稍长大以后，知道你在做生意，他们会怎么想呢？他们若是知道你为了经营锯木厂的事，就要担当遭受粗人侮辱的风险，还有那些由此而引起的不负责任的流言蜚语，孩子的心里又会多么难受呢？这种不合妇女规范的——"

斯佳丽没等念完信，咒骂了一声，便把信扔了。她可以想象，坐在那里指摘她的两位姨妈现在正住在炮台街她们的四壁空空的破房子里。而且若不是她斯佳丽按月寄钱去，她们怕早已成了饿殍了。不合妇女规范？哼，若是她合乎妇女规范的话，恐怕她们两人此刻连可以安身的房子也保不住了。那该死的白瑞德居然把铺子、管账、木厂的事统统说给她们听！他心里不愿意，真的吗？她非常清楚白瑞德的脾性，他是以蒙骗两位老太太取乐，才故意装得庄重、有礼、和善，是一个专情的丈夫，一个慈爱的父亲。他是故意把她开铺子、办木厂、造酒店的事一一搬出来，弄得两个老人心神不安。他真是个魔鬼！为什么从这类邪恶的事情中，他偏能得到那么大的乐趣呢？

可是很快,她的愤怒变得麻木了。近来,她对生活的热情已经大大衰退。她多么希望自己能重新满怀激情,艾希礼容光焕发——多么希望白瑞德回到家中,给她带来欢笑。

他们又回到了家中,事先并没有通知。回来的第一个迹象是行李在前走廊的地板上碰撞的橐橐橐声响,接着是邦尼在叫喊:"妈妈!"

斯佳丽急忙从卧室里跑出来,站在楼梯口,见她女儿挪动一双胖胖的短腿,正想往楼梯上爬,怀里抱着一只乖乖的条花纹小猫。

"奶奶给我的。"她抓住小猫颈背上宽松的毛皮,兴奋地嚷道。

斯佳丽一把把孩子搂在怀里,吻着她,心中暗自庆幸有这孩子在,她可以不必第一次就单独和白瑞德见面。她从邦尼的头上望过去,见他正在楼下过道里,付钱给那赶车的。他一抬头看见她,以夸张的姿势脱下帽子,又像往常那样向她一鞠躬。她一看到他的黑眼睛,心头怦怦地跳。不管他是怎么样一个人,在外边干了些什么事,他毕竟回来了。她感到高兴。

"嬷嬷呢?"邦尼问,一面挣扎着要下来。斯佳丽只好放她下地。

现在看来,要以恰如其分的不冷不热的态度来接待白瑞德,并不像她想象的那么容易,至于说把怀孕的事告诉他恐怕更困难了。斯佳丽抬头看看他的脸,见他正跨步上楼,那张黑黑的脸膛,还是那么毫不在乎,那么无动于衷,那么没有表情。不,怀孕的事她不能马上告诉他,她还得等些时候。可是这种事,丈夫是应该第一个知道的,因为做丈夫的听到后一定会高兴的。可是她觉得他未必会高兴。

她站在楼梯口,身子靠在栏杆上,不知道他会不会亲她一下。可是他没有,只说了声:"你的脸色苍白,白瑞德太太,是不是家里没胭脂啦?"

连一句想念她的话也没有。即使他心里不想她,口头上总该表示一下。再说,在嬷嬷面前至少也该亲她一下吧。现在嬷嬷向他行了个屈膝礼,领着邦尼走向育儿室去了。白瑞德站在楼梯口,漫不经心地打量着她。

"你这一副病容,可不可以理解为由于想念我而引起的呢?"他问道。他的嘴唇现出笑意,他的眼睛却没有这种表情。

那么看来这就是他的态度,还是跟从前一样可恶。霎时间她觉得她身上所怀的孩子不再叫她高兴,反而成为讨厌的负担。她眼前的这个人,随随便便地站在那里,一顶宽边巴拿马草帽贴在他的大腿旁,简直是她的死敌,是她一切烦恼的根源。于是在她回答他的时候,眼中射出恶毒的光芒,她的这种恶毒的神色流露得非常明显,谁也不至于注意不到。他脸上的笑容消失了。

"如果我脸色苍白,那就得怪你,并不是因为我想念你。你不要把自己看得那么了不起。这是因为——"哦,她本来不想以这种方式告诉他,可是话在生气时吐了出来,也就顾不得可能让佣人们听见了,"因为我又怀有孩子了。"

他猛然吸了一口气,目光迅速从她身上掠过。随后他向前跨上一步,像是要伸手抓住她的臂膀,可是她一扭身闪开了。他见到她狠毒的眼光,他沉下了脸。

"真的吗?"他冷冷地说,"那么,谁是幸福的爸爸呢?艾希礼吗?"

她紧紧抓住栏杆柱,抓得她手心都被那木雕的狮子耳朵刺痛了。她虽然深深了解他的脾性,却没料到他会这样侮辱她。当然,他不过跟她闹着玩,可是这种玩笑开得未免过分,使她实在忍受不了。她恨不得把她尖尖的指甲掐进他的眼睛里,把他眼睛里闪耀着的奇怪光芒挖出来。

"该死的东西!"她的声音气得直抖,"你——你明知道是你的孩子。这孩子你不想要,我更不想要。不要——像你这种下流坯的孩子,哪个女人也不想要的。我只想——哦,上帝,我只希望他不是你的孩子,不管是谁的都行。"

她瞧见他那黝黑的脸庞忽然变了样,现出怒容和一种她无法分析的表情,像是挨了一针似的在抽动着。

"好!"她心中暗暗高兴,"好!总算也让我伤害了你的自尊心。"

可是他脸上很快恢复了那不动声色的样子,一面抚摸着他半边的髭须。

"高兴起来吧,"他说着,转身想要上楼,"要不你弄不好会流产的。"

霎时间,她头脑昏乱,生孩子的过程一一涌上心头,从令人难受的恶心呕吐,乏味的等待,到腰身一天天膨大,最后是难熬的阵痛。这些,男人是不会知道的。可是他竟敢拿这跟她开起玩笑来了。她要用指甲去抓他,非把他脸上抓出血来,才解她心头之恨。她像只野猫一般,向他猛扑过去,他把身子一闪,脚向旁边挪动一步,一面伸出手臂挡开她。她正站在楼梯口,地板新打过蜡,很滑,她全身的重量都压在她那手臂上,那手臂经白瑞德一挡,顿时失去平衡。她想抓住楼梯栏杆,可是没有抓住。身子往后一仰,倒在楼梯上,只觉肋骨一阵剧痛,一阵头晕目眩,什么也把握不住,一路滚到了楼梯角。

除了前几次生孩子外,斯佳丽这是头一回害病卧床,不过生孩子不能算是害病,不像现在这样可怜,这样害怕,也并不像现在这样痛苦,这样昏乱。她知道自己病得很重,大家不肯把实情告诉她。她隐约地意识到自己也许会死掉。她一呼一吸之间,那根断了的肋骨就像把尖刀似的在刺着她。脸上和头上的瘀伤一阵阵疼痛。浑身上下,好像有许多恶鬼拿烧烫的钳子在拧她,拿钝刀子在锯她。偶尔也有停歇的时候,可是她一点力气也没有,不等缓过气来,疼痛又开始了。哦,生孩子可不是这样子。她生韦德、埃拉和邦尼的时候,才过了两个小时,就能美美地吃上一顿了。可是她现在除了喝凉水以外,吃什么都会感到恶心。

有一个孩子是那么容易,而弄掉一个孩子竟那么痛苦!为什么她在痛苦之中,听说这孩子保不住了,心里会那么难受?更奇怪的是,这个就要失去的孩子,偏偏是第一个她心里想要的孩子。她打算好好想一想,为什么她想要这个孩子,可是她的心太疲倦了,除了对死的恐惧以外,什么也不能思想了。死神就在她的房间里,她却没有力量对抗它,击退它,因此她害怕了。她需要强有力的人站在她旁边,握住她的手,帮她把死神抵挡住,好让她恢复力气,自己再去战斗。

她对白瑞德的愤恨已经被她自己的痛苦所吞没,她需要他。可是他不在,她自己又不愿意叫人去唤他。

她对他最后的记忆,是他在黑暗的过道里把她从楼梯角抱起来的情景。当时他脸色惨白,害怕到极点,嘎着嗓子呼喊着嬷嬷。她隐隐记得自己被抱上楼梯之后头脑便懵懵然了。后来她觉得痛,痛得愈来愈厉害。房间里到处是嗡嗡声,有皮特帕特的嘤嘤啜泣声,米德大夫粗暴的命令声,楼梯上匆忙的脚步声,以及过道上蹑手蹑脚的走动声。然后,像一道炫目的闪电,她突然意识到死亡和恐惧,一时想尖声喊叫一个名字,然而喊出来的只是一声低音。

然而那可怜的低音却从床边的黑暗中得到了回音。她喊叫的那个人以催眠曲般的柔和声调轻轻答道:"我在这里,亲爱的,我一直都在你的身边。"

媚兰说时举起斯佳丽的手,把它轻轻地贴在她冰凉的脸颊上,于是死亡和恐惧慢慢地退却了。斯佳丽想转过身看看她的脸,然而却办不到。她仿佛觉得媚兰怀了孩子,北佬正在赶来。全城都着了火,她得快逃,快逃。可是媚兰怀了孩子,她没法快逃。她得留下来陪着她,等孩子出世,而且身体要好,因为媚利需要靠她的力量支持。媚利受了重伤——火红的钳子在钳她,钝刀子在锯她,一阵阵的剧痛。她得握住媚利的手。

可是米德大夫终于来了,尽管车站上的士兵很需要他。她听见他的声音:"她在说胡话。白瑞德船长在哪里呢?"

夜里一片漆黑,随后又亮起来。有时她像是自己怀了孩子,有时像是听到媚兰在叫喊。可是在这期间,媚利一直守着她。她的双手冰凉,可是她既没有无谓的焦灼的样子,也不像皮特那样光是哭泣。不论什么时候,斯佳丽睁开眼,只要喊声"媚利呢"马上能听到她的答应声。这时斯佳丽通常会低低地说:"白瑞德——我要白瑞德。"然后,又像如梦方醒似的,记起来白瑞德并不要她,记起他那张脸,黑得像印第安人,而牙齿雪白,脸色直闪着讥刺。她要白瑞德,然而白瑞德不要她。

有一回她问:"媚利呢?"回答的却是嬷嬷:"是我,孩子。"说着拿一块冷毛巾盖在她的额头。她烦躁地一遍又一遍地喊着:"媚利——媚兰。"可是过了好久,媚兰也没有来。原来媚兰此时正坐在白瑞德的床边。白瑞德已经烂醉,在呜咽着,懒散地伸出四肢躺在地板上。头搁在媚利的膝上。

媚兰每回从斯佳丽的房间里出来,总看见白瑞德的房门大开着,他坐在床上,牢牢地看着过道对面斯佳丽的房门。他的房间凌乱不堪,满地雪茄烟蒂,桌上放着没有碰过的饭菜。床也没铺,被褥乱作一团,他坐在床上,不停地吸烟。他没有刮脸,看上去像是突然瘦了许多。他看见媚兰,从来不问她什么。媚兰总是在他门口站一下,跟他说声:"我很难过,她的病又更重了。"或者,"不,她没有问起你。你瞧,她还在说胡话呢。"以及,"你不要灰心,白瑞德船长。我给你煮杯热咖啡,再给你弄点吃的吧。你不要把自己给弄出病来。"

这两天,媚兰又累又困,简直觉得麻木不仁了,可是她心里仍深深地为怜悯白瑞德而痛苦。她眼看着他一天天瘦下去,眼看着他满脸痛苦的神情,人家为什么还要说他那么许多坏话——说他没有心肝,说他狠毒,说他不忠实于斯佳丽呢?她虽然疲惫不堪,但每回从病房里出来,跟他传递病情时,总是尽量对他更和蔼些。他却像是一个被打入地狱的灵魂在等待审判,又像是个孩子生活在充满敌意的世界上。不过对媚兰来说,似乎所有的人都像是孩子。

可是,到后来,当她高高兴兴地跑去告诉他斯佳丽的病情开始好转时,她看到的情景竟大出她意料之外。床边桌子上的威士忌半瓶已经空了,满屋子全是酒气。他抬起一双炽热的眼睛看着她,一面使劲咬紧牙床,可是下巴的肌肉仍在不住颤抖。

"她死了吗？"

"哦，没有。她好多啦。"

他说了声："哦，上帝。"便把双手捧住自己的头。她见他那宽阔的肩膀直哆嗦，像是在神经质地打寒战。媚兰怜悯地注视着他，可是她的怜悯忽然变成了恐惧，因为她看见他在那里哭泣。媚兰从来没看到男人哭过，尤其是像白瑞德，那么沉着、那么毫不在乎、那么能自我克制的人竟也哭了。

她听见他发出那极度嘶哑的声音，吓了一大跳，以为他喝醉了。她最害怕喝醉酒的人。可是他抬起头来，当她看见他的眼睛时，才知道他并未喝醉。她急忙走进房间，顺手把房门带上，径自走到他的身边。她从来没见到一个男人哭过，可是她曾经安慰过许多哭泣的孩子。她一手轻轻放在他肩上，这时他的双手忽然围住她的衣襟，不知怎么一来，她在床边上坐下，他也在地板上跪下，头枕在她膝上，两手使劲抓住她，抓得她发痛。

她轻轻地抚摸他的黑发，安慰他道："得啦！得啦！她就会好起来啦。"

他听了她的话，手抓得更紧，嘴里开始喋喋不休地说起来，像是在朝着一个不会泄露秘密的坟墓在诉说，说得很快，声音沙哑。他这是生平第一次，把他的内心世界，毫无保留地——向媚兰倾吐。起初，媚兰对他的话完全不能理解，只是以一种母性的态度倾听他的诉说。他断断续续地说着，头埋在她的膝上，两手抓住她衣襟的褶层。有时他的话音沉闷、模糊，有时却太清楚不过了。因为他是在自我忏悔，在自我谦卑，听起来非常刺耳，叫人难受。他说的一些事情她从来没有听到从女人嘴里说出来过。他讲的一些秘密叫她听了满脸绯红，幸亏他的头是伏在那里的。

她轻轻拍拍他的头，就像在拍小博一般，说道："别说啦，白瑞德船长！你不该把这种事说给我听。你有点失常了。别说啦！"可是他还是滔滔不绝地继续往下说，一面抓紧她的衣服，好像那是他生命的希望似的。

他责怪自己不该做的许多事,但她并不能理解。他还咕哝贝尔·沃特林的名字,又拼命摇着她的身子大声嚷道:"是我杀了斯佳丽,是我杀了她。你不明白。她不要这个孩子,是——"

"你不能再说了!你今天很不正常!不要孩子?女人哪有不要——"

"不,不!你要孩子,可是她不要。她不要我的孩子——"

"不要说啦!"

"你不明白。她不要孩子,是我逼着她要的。这个——这个孩子——我真该死。我们早就分床睡了。"

"不要说啦,白瑞德船长!这话不合适跟——"

"那天我喝醉了,神志不清醒。我存心要伤害她——因为她已经伤害了我。我想要——我确实想要——可是她不要我。她从来不要我。因为她从来不想要我,我就想试试看——我想拼命试试,可是——"

"哦,请不要说啦!"

"我一直不知道她有了这孩子,直到那天——她摔倒的时候。她不知道我在什么地方,没法子写信告诉我——可是即使她知道,她也不会写信给我。你听我说——我若是知道她有了孩子——我马上就会回来——不管她要不要我回来……"

"哦,是的,我知道你会的。"

"我的上帝,这几个星期我是疯了,又疯又醉!那天她在楼梯口告诉我的时候,我做了什么?我说了什么?我竟笑着对她说:'高兴起来吧,要不你弄不好会流产的。'现在她——"

媚兰低头看着那在她膝头上扭动的痛苦的黑脑袋,恐惧得睁大了眼睛,脸刷地变白了。午后的阳光从开着的窗口照射进来,她像是头一回突然发现,他褐色的手有多么大,多么结实,手背上的毛长得多么密,多么黑。她吓得不由自主地想向后退缩。那双手看上去那么凶狠,那么残暴,然而却又那么颓丧而无可奈何地牵扯着她的衣襟。

他会不会轻信关于斯佳丽跟艾希礼的那种荒唐的谣言而生了妒

忌心呢？不错，那个谣传一散布出来后，他马上离开亚特兰大了，不过——不，不是这个缘故。白瑞德船长的习惯老是突然出门的。他不会听信别人的闲话，他是很能判别是非的。假如他为了那事而烦恼，那么他为什么不想开枪打死艾希礼呢？至少，他得要艾希礼跟他解释清楚。

不，不是那个缘故。他不过是喝醉了，神经又过于紧张，思想混乱，所以就像个说胡话的人，信口胡诌罢了。男人跟女人一样，经受不住过度的紧张。他大概碰到什么叫他心绪烦乱的事，也许不过是跟斯佳丽发生一点口角看得过于严重罢了。他刚才说的那些可怕的事，也许有些是真的，但不会全是真的。哦，那最后一部分肯定不是真的！他爱斯佳丽爱到如此程度，绝不可能对她说出那样的话来。媚兰这个人，从来不知道什么叫罪恶，什么叫残忍，现在第一次要她来判断这种事情，她自然是无法相信的。她认为白瑞德是醉了，是病了。对一个有病的孩子，你得迁就他一些。

"得啦！得啦！"她柔声细气地说，"别说啦，我全明白了。"

他猛地抬起头，他的布满血丝的眼睛看看她，他又使劲地甩开她的手。

"不，你不明白！你不可能明白！你是——你心肠太好，不会明白的。你不相信我，可是我说的全是实话。我不是人，是条狗。你知道我为什么要那样做？因为我妒忌，妒忌得发疯了。她从来没有喜欢过我，我还以为我能叫她喜欢上我。可是她从来没有。她现在并不爱我，从来没有爱过我。她爱的是——"

他那炽热迷离的眼光碰到她的眼光。他突然停住话头，嘴巴张大着，像是到此刻才知道他是跟谁在说话。她的脸色苍白，有些不自然，可是她的目光仍然很镇定、很温和，含有对他怜悯和不相信的神情。她那柔和褐色的明眸那么清澈纯洁，像是在他脸上猛击一掌，让他的脑子里多少清醒了一点，那一连串的疯话，也就戛然止住了。他避开她的凝视，眼睑急速地眨动着，嘴里仍咕咕哝哝，头脑慢慢地清醒过来。

"我是个下流坯,"他喃喃地说着,他的头疲倦地垂倒在她的膝上,"不过还算不上太下流。假如我跟你说了,你也不会相信,对吗?你心肠太好,不会相信我的话。我从来没有见到过像你这样真正的好人。你不会相信我的,对吗?"

"是的,我不会相信,"媚兰安慰他说,一面又开始抚摸他的头发。"她就快好起来了。好啦,白瑞德船长,别哭了,她就快好起来啦。"

第五十七章

　　一个月以后,白瑞德送斯佳丽上了去琼斯博罗的火车,韦德和埃拉跟着她一起去。斯佳丽脸容消瘦苍白。两个孩子见母亲静默憔悴的神情,感到惴惴不安,只是默默地紧靠在普里西的身边。在他们的母亲和后父之间有一种缺少情感的冷漠气氛,在他们幼小的心灵里也感到有点恐惧。

　　斯佳丽身子还很虚弱,可是她决定非回塔拉不可,因为现在她脑子里成天不由自主而徒劳无益地一遍遍想着她所陷入的尴尬处境,她觉得如果在亚特兰大再多住一天,就要烦闷死了。她身心交瘁,犹如一个在梦魇中迷途的孩子,找不到熟悉的路标给她指明方向。

　　上一回是敌军入侵,她曾匆匆逃离亚特兰大,现在是第二次,为的是想用她那自我防卫的老办法,驱逐自己心底里的烦恼。"我现在不去想它,要不我会无法忍受的。等我到了塔拉,到明天再想吧。明天毕竟是另一天了。"她似乎只要回到家乡的宁静之中,回到绿色的棉花地里,她的一切烦恼就会消散,她就能把她的已经垮掉的种种想法重新形成她能赖以生存的新的想法。

　　白瑞德目送火车开动,直到看不见它为止。他神情凄苦,若有所思。随后他一声叹息,打发走马车,骑上自己的马,径自沿常春藤街骑向媚兰家。

　　上午的天气很暖和,媚兰坐在葡萄藤下的走廊里,针线筐里待补的袜子堆得高高的。她见白瑞德下马,把缰绳套在人行道上一个站着不动的黑孩子的手臂上,她的心里充满惶惑与烦恼。自从斯佳丽重病的可怕的日子里,他醉得那么厉害的那一次以后,她还没有跟他单独见过面。那天他说过的那些可怕的话,她连一句话也不愿意想到它。在斯佳丽身子逐渐恢复的那些日子里,她只是泛泛地跟他说上几句,而且很怕跟他的眼睛接触。然而他却始终神态自若,他的言谈举止,好像他们之间不曾有过那次谈话似的。媚兰记得艾希礼跟她说过,男人喝醉后所说所做的,酒醒后都记不起来的。她心里但愿白瑞德果然把那天的事忘了,要不岂不叫她觉得难堪。白瑞德走上甬道,她又是窘迫,又是胆怯,脸上泛起一阵红晕。不过她想他大概是来领小博去跟邦尼做伴,必定不至于是为了那天的事竟冒冒失失地来跟她道谢吧。

她起立迎接他,跟往常一样,见到他身材如此魁伟,行动却那么灵活,总是感到惊异。

"斯佳丽走了吧?"

"走了。回塔拉去对她会有好处,"他微笑着说,"有时我想,她就像巨人安泰①一般,只要接触大地母亲,就会变得更加坚强有力。斯佳丽不能长期离开她喜爱的红土地。让她看看正在生长的棉花,比米德大夫的补药更为有效。"

"请坐吧,"媚兰说时,两手有点哆嗦。他非常魁梧健壮。媚兰见到过于健壮的男人,便要惴惴不安。他的健壮似乎辐射出一种力量和生机,相形之下,她愈益觉得自己的渺小、软弱。他看上去黝黑可畏,他发达的肌肉在肩部顶着白亚麻上衣高高隆起,叫她看了害怕。他的力气,他的傲慢,似乎不可能有屈服的时刻,然而他的脑袋,竟曾伏倒在她的膝盖上!

"哦,上帝!"她苦恼地想道,脸又红了。

"媚利小姐,"他温和地说道,"我在这里使你心烦吗?你是不是觉得我还是离开为好?请你坦率地说吧。"

"哦,"她想,"他果然记得!他还知道我多么心烦!"

---

① 希腊神话中的大力士,大地之子,只要脚站在大地上就不可战胜。

她抬起头，以央求的眼光仰视着他，可是忽然间，她的窘困，她的慌乱，全消失了。他的神色非常安详、非常亲切、非常体谅，她觉得丝毫没有恐慌的理由。他一脸倦容，而且使她惊讶的是，显得十分悲伤。她刚才怎么竟以为他如此缺乏教养会提起那双方都不愿意记起的事来呢？

"可怜的家伙，他一直多么担心斯佳丽，"她想，又勉强笑着说："请坐，白瑞德船长。"

他沉重地坐下，瞧着她又拿起缝补的袜子。

"媚利小姐，我是来求你帮我一个大忙，"他微笑着说，嘴角向下一撇，"我是想求你帮我做件骗人的事，你想必会退缩吧。"

"骗人？"

"是的。说真的，我是来跟你谈生意的。"

"哦，上帝。那么你不如去找威尔克斯先生。做生意的事，我是一窍不通的。我不能跟斯佳丽相比。"

"我怕斯佳丽那么精明，只是对她自己没有好处，"他说，"我现在正是找你商谈此事。你晓得她曾多么——病得多么厉害。她从塔拉回来以后，她又要全力以赴投入经营铺子和锯木厂的事。我真恨不得那铺子和工厂哪天夜里炸掉才好。我担心她的身体，媚利小姐。"

"是的，她实在太辛苦了，你得要她少操劳些，当心自己的身体。"

他笑了。

"你知道她是多么固执。我甚至从来不跟她争辩。她就像个任性的孩子，不肯让我帮忙——也不让任何人帮忙。我曾劝她卖掉厂里的股份，可是她不肯。现在，媚利小姐，我想跟你谈的就是这件事。我知道要叫斯佳丽将工厂的股份卖给别人，她是不会答应的，可是如果卖给威尔克斯先生，我想她是愿意的。我希望威尔克斯先生能买下来。"

"哦，上帝！那固然很好，不过——"媚兰没有说下去。她咬了咬嘴唇。钱的事她不便对外人说。艾希礼虽然厂里有收入，可是他们手头从来不很宽裕。钱一直积蓄不起来，她心里很烦恼。她也不知道是怎么花掉的。艾希礼给她的钱，维持家用是足够的，至于遇有另外用度，就难免拮据了。当然，她的医药费是一笔巨大的开销，还有艾希礼从纽约订购的书籍和家具费。另外，他们还负担住在他家地下室里的流浪者的吃和穿。艾希礼要是碰到有人跟他借钱，如果那人以前在南方邦联军队里服役过的，他是怎么也不会拒绝的。还有——

"媚利小姐，我想把钱借给你。"白瑞德说。

"你真太好了，不过我怕我们将来没钱还给你。"

"我不要你还钱。请你不要动气，媚利小姐！请你听我把话说完。只要能让斯佳丽不要每天奔波辛劳，就等于你们还了我的钱。有那一家铺子，就够她忙、够她快活的了……你明白我的意思吗？"

"嗯——明白——"媚兰迟疑地说。

"你希望你的孩子有匹小马，不是吗？你希望他将来上大学，上哈佛大学念书，到欧洲去旅行，不是吗？"

"哦，当然啰，"媚兰喊道，她跟平常一样，一提到小博，马上容光焕发。"我希望他什么都有，不过——不过如今人人都那么穷——"

"威尔克斯买下锯木厂，将来准可以赚好多钱，"白瑞德说，"将来小博就可以得到许多他应得的好处了。"

"哦，白瑞德船长，你真滑头！"她嚷道，微笑着，"你是想打动我做母亲的心，我早把你给看透了。"

"但愿不是这样吧，"白瑞德说时，眼睛里才第一次现出闪光，"那么你是不是同意我借钱给你呢？"

"可是，这有什么骗人之处呢？"

"我们两人一定要商量好，既要骗斯佳丽，又要骗艾希礼。"

"哦，不！那我办不到！"

"倘若斯佳丽知道我在背后耍花招，哪怕是为她好——喏，你是晓得她的脾气的。另外我怕威尔克斯先生不肯接受我借给他的钱。因此他们两人都不能知道钱的来路。"

"哦，不过我相信威尔克斯先生如果知道是怎么回事，他是不会拒绝的。因为他非常喜欢斯佳丽。"

"是的,他是很喜欢她,"白瑞德平和地说,"不过他还是会拒绝的。你晓得威尔克斯家的人全是那么高傲的。"

"哦,上帝,"媚兰可怜地嚷道,"我希望——真的,白瑞德船长,我不能欺骗我的丈夫。"

"连为了帮助斯佳丽也不行吗?"白瑞德显得很伤心的样子,"而她是那么喜欢你的。"

媚兰的泪珠在眼眶里滚动。

"你知道,为了她,我是什么事情都肯做的。你知道,她为我做过的事,我是怎么也报答不了的。"

"是的,"他简短地说,"我知道她为你做过不少事。你能不能跟威尔克斯先生说,你有个什么亲戚,在遗嘱里给你留下一笔钱呢?"

"哦,白瑞德船长,我的亲戚中没有一个人是有一分钱多余的。"

"那么,我从邮局里匿名寄一笔钱给威尔克斯先生,你能不能想办法让那笔钱用来买锯木厂,而不是——嗯,拿去接济贫困的前南方邦联的人呢?"

他最后那句话,似乎有批评艾希礼的意思,媚兰开始听了心里有点受不了。可是她见白瑞德满脸笑容,一副理解她的样子,她也报之以微笑。

"我当然愿意。"

"那就这样定了?这算是我们两人的一个秘密,行吗?"

"可是我对我丈夫,从来没有保守过什么秘密。"

"这一点我是深信不疑的,媚利小姐。"

她看着他时,心中不禁想起,她一向对他的看法是多么正确,别人对他的看法又是多么谬误。人家说他残忍、无礼、轻狂,甚至说他欺诈。现在总算许多正派人都承认他们过去看错人了。只有她自己,从一开头便看出来他是个规规矩矩的人。他对待她,从来都是很亲切,很体贴,尊重她并且谅解她。再说,他对斯佳丽爱得多么深!为了减轻斯佳丽的担子,他竟煞费苦心想出这转弯抹角的办法，多么好的人哪！"

她心里一阵激动，不禁脱口而出道："斯佳丽真幸运，有个待她这样好的丈夫。"

"你这样认为吗？不过她若是听见你的话，我怕她是不会同意你的意见的。而且，我也希望待你好，媚利小姐，我想要给你的，其实比想要给斯佳丽的还要多。"

"给我！"她不解地问道，"噢，你是指小博。"

他拿起帽子，站起身来。他站立了片刻，低头看着她那长得平常的心形脸，看着她脑门上的V形发尖和那双严肃的黑眼睛。那是一张多么不谙世故的脸，一张对生活多么不加防范的脸。

"不，不是小博。我除了给小博的东西以外，还想给你一些东西，不知道你猜想得到吗？"

"不，我猜想不到，"她还是迷惑不解，"世界上没有什么比小博更宝贵了，除了艾希礼——除了威尔克斯先生。"

白瑞德没有说话，仍低头看着她。他黝黑的脸膛很平静。

"你想为我做好事，白瑞德船长，你实在太好了。不过，说真的，我是多么幸运。一个女人想要得到的东西，我全都有了。"

"那很好，"白瑞德的脸色忽然阴沉下来，"我希望我看到你能始终保持它们。"

斯佳丽从塔拉回来时，脸上的病容已经消失，两颊圆圆的有了血色，一对绿眼睛又变得那么灵活，那么明亮。白瑞德带着邦尼上车站去接她，见到韦德和埃拉，也见到她几个星期来第一次放声大笑——笑得既有趣又气恼。因为她看见白瑞德的帽檐插着两根零落的火鸡毛，邦尼身上是星期天穿的漂亮外衣，却被她扯破显得很狼狈的样子。她脸颊上画了两道靛蓝色对角线，鬈发上插着一根有她半人高的孔雀毛。很显然他们父女俩在上车站之前，正在进行一场印第安人的游戏。从白瑞德脸上那无可奈何的滑稽相，以及嬷嬷那一副怒容来判断，邦尼一定是连上车站迎接母亲也不肯卸掉她的化装。

"瞧这孩子多脏!"斯佳丽说着亲了亲邦尼,又转过脸让白瑞德亲一下。她若不是见到车站上人很多,本来是不想跟他亲热的。她见邦尼那副模样,有点不好意思,可是她注意到周围的人群对着这一父一女的打扮,却都面带笑容——不是出于嘲讽,是带着真诚的善意和欣赏。人人都知道斯佳丽最小的女儿最能摆布她的爸爸,亚特兰大人对此感到有趣,也很赞成。白瑞德对孩子的慈爱大大有助于公众舆论对他的好评。

在回家的路上,斯佳丽讲了好多县里的新闻。今年的天气暖和干燥,棉花长得很快,快得她几乎能感觉出来,可是威尔却说到了秋天,棉花的价格会下跌。苏埃伦又要生小宝宝了——她把宝宝这个词,用字母拼读出来,让几个孩子都听不懂——还有埃拉不知怎么竟咬了苏埃伦的大女儿一口。据斯佳丽说,小苏西那是活该,因为她脾气越来越像她妈妈了。可是苏埃伦却大发其火,结果弄得姐妹俩像从前那样又大吵了一场。韦德有一回打死了一条水蛇,竟没有要别人帮忙。塔尔顿家的兰达和卡米拉都到学校里教书去了,真是个天大的笑话,塔尔顿家的人,连个猫字也没有一个拼得上来的。贝齐·塔尔顿嫁给了一个洛夫乔伊人,是个一条胳膊的大块头。他们和赫蒂以及杰姆在费尔希尔种棉花,种得挺不错。塔尔顿太太有了头传种的母马和一头雄马驹,高兴得就像有了一百万块钱似的。老卡尔佛特家的屋子里,住进了一批黑人,有好大一群。他们简直成了那屋子的主人,因为他们是从行政司法官手里买下来的。现在那房子被他们弄得破烂不堪,你要是见到也是要伤心的。凯思琳跟她那不中用的丈夫不知到哪里去了。亚历克斯娶了他哥哥的遗孀萨莉。你想,他们在同一幢屋子里住了这许多年,到现在才结婚!人家说因为他家老奶奶和奶奶相继去世,外面已经有好多闲话,为了更方便起见,他们才决定结婚的。可是这一来却叫迪米特·芒罗心碎了。这只怪她自己。她倘若有点胆量,早就应该另找一个男人,何苦老等着亚历克斯挣钱后娶她呢?

斯佳丽兴致勃勃地一路谈个不停,可是有一些事情,她却避而不谈,因为她一想起来便觉得难受。她曾经和威尔两人驾着车到各处去转了一下,几千亩肥沃的田地里,已经见不到绿油油的棉花,一家接着一家的棉花种植场重新变成了森林。蓑衣草、发育不良的橡树和矮小的松树悄悄地在房屋的废墟和棉花地里蔓延开来。从前每一百亩耕地现在大约只有一亩是种上庄稼的。所以他们仿佛进入了一片死寂的土地。

"这一带要想恢复到从前的样子,需要五十年时间——倘若能够恢复的话,"威尔这样说过,"塔拉是全县最好的农场——多亏了你和我,斯佳丽——不过只是个小农场,只有两头骡子的小农场,算不上是个大种植场了。其次是方丹家的,再其次就要算塔尔顿家的了。他们没挣多少钱,可是总算能维持过去。他们有进取精神。至于大多数其他的人,其他的农场——"

斯佳丽不愿意回想县里那一派荒凉的景象。因为面对着繁华兴旺的亚特兰大,回想起来,难免会倍感凄凉。

"家里没发生什么事吧?"她到了家里在前走廊坐定下来问了一声。刚才一路上她不停地说着,说得很快,生怕大家会陷入沉默。她那天从楼梯上摔下来以后,一直没有单独跟白瑞德说过话,现在也丝毫没有想跟他单独说话的意思。她不知道他心里现在是怎么看待她的。在她身体逐渐复原的那段时期里,他对她极其亲切,可是那种亲切缺乏感情,就像对待一个外来人那样。他能揣摸她需要什么,他叫孩子们不要打扰她,他替她监督铺子里和锯木厂里的事。可是他从来没跟她说过一声:"我很抱歉。"也许他并不觉得抱歉。也许他仍然认为那个没能出世的孩子不是他的。她怎么知道,在他那张毫无表情的脸孔的后面,安着一颗什么样的心呢?可是他显示出一种意向,像要表现得谦恭有礼,这在他们婚后还是头一回。他还显示出一种愿望,要让日子过得像他们之间从来没有发生过什么不愉快的事一样——就像,斯佳丽郁郁地想道,就像他们两人之间,什么也没有发生过一样。那好,如果他需要这样,她可以奉陪。

"家里一切都好吗?"她又问了一遍,"铺子里有没有盖上新屋顶板?骡子换了没有?看在上帝面上,白瑞德,快把你帽子上的羽毛拿掉。看你戴着它那副傻样子,你待会儿上街时别也忘了把它拿下来呢。"

"不。"邦尼拿起她父亲的帽子,保护着他说。

"家里一切都很好,"白瑞德答道,"邦尼跟我过得很快活。你走了以后,她还从来没梳过头呢。不要把羽毛放在嘴里吮着,宝贝,那上面恐怕很脏。是的,屋顶板已经盖好,骡子调换得也很合算。说真的,这里没什么新鲜事,一切都沉闷得很。"

随后,他像是临时想起来似的,又补充道:"我们可尊敬的艾希礼昨天晚上来过了。他想打听一下,你是不是乐意把你的一家锯木厂和另一家锯木厂的你的股权一起转卖给他。"

斯佳丽正坐在一张摇椅里,一边摇着,一边用火鸡毛扇扇着,一听到他的话突然停住不动了。

"买锯木厂?艾希礼哪里来的钱?你知道他们连一分钱也不剩的。艾希礼赚多少,媚兰就花多少。"

白瑞德耸耸肩。"我一向以为她是很会过日子的,现在看来,关于威尔克斯家的情况,我不如你了解。"

斯佳丽听他那口气,有点他惯常说话的味道,不觉烦躁起来。

"走开,亲爱的,"她对邦尼说,"妈要跟你爸说句话。"

"不。"邦尼说得很坚决,随即爬上白瑞德的膝头。

斯佳丽朝孩子皱皱眉,邦尼也朝她皱皱眉,那神情竟跟杰拉尔德·奥哈拉完全一模一样。斯佳丽差点没笑出声来。

"就让她留在这里吧,"白瑞德轻松自在地说道,"至于说他的钱是哪里来的,好像他在罗克岛时,有一个同牢狱的难友害了天花,多亏他的照料才好起来。他的钱是那人汇给他的。这事使我恢复了对人性的信念,因为它说明人们并没有忘记感恩图报。"

"那人是谁?我们认识吗?"

"信是从华盛顿寄来的,没有署名。艾希礼因此没法知道到底是谁寄的。以艾希礼的无私精神,做过那么多好事,怎么可能一一记得起来呢？"

斯佳丽见艾希礼得了一笔意外之财，并非觉得非常惊讶，要不她说不定又会为这事跟白瑞德争执起来，尽管她在塔拉时已拿定主意绝不为艾希礼的事跟他争论。现在她在这件事上的立足点究竟在哪里，她自己还完全心中无数，她得先确切弄明白她在这两个男人之间应站在哪一边。她不能轻易表态。

"他要买我的厂子？"

"是的。不过我当然跟他说你不肯卖。"

"我希望，我自己的事让我自己管。"

"好吧。不过我知道你是不肯放弃那两家锯木厂的。我告诉他说，他跟我一样清楚，你最爱插手别人的事，倘若你把厂子卖给了他，岂不是从此不能再跟他说，他该怎样管他自己的厂子了吗？"

"你怎么敢在他跟前把我说成这个样子！"

"为什么不？我说的是实话，不是吗？我相信他一定非常同意我的话，不过，当然，他是个正人君子，不便直说出来罢了。"

"你胡说！我决定卖给他两家厂子。"斯佳丽怒冲冲地嚷道。

在此之前，她本没有卖掉锯木厂的意思。她想经营锯木厂，有好几个原因，经济上的考虑还是诸多原因中最最次要的。最近几年里，她如果想把厂子卖掉，随时可以卖个好价钱，可是每次人家出价要买，都被她拒绝了。这两个厂子是她克服重重困难自我奋斗的结果，她为它们，也为自己感到骄傲。最重要的是，木厂是她得以和艾希礼接近的唯一通道，所以她不愿意把它卖掉。她如果失去对工厂的控制，那就意味着她难得有机会再见到艾希礼，甚至永远没有机会跟他单独相见。可是她必须跟他单独会面。自从媚兰为他举行茶会的那个可怕的夜晚以来，他对她是怎么想的，他对她的爱是否已在羞耻中熄灭了，这些问题一直萦绕在她的心头，她觉得再也不能这样继续下去了。通过经营锯木厂的事，她不难找到机会跟他谈话，不至于让人家以为她故意去找他。而且只要有时间，她就能重又赢得她在他心中失去的地位。可是假如她卖掉锯木厂——

不，她不打算卖。可是，如今白瑞德竟在艾希礼面前贬低她，把她的内心世界暴露无遗，那怎么行，好吧，她于是马上拿定主意，要把锯木厂卖给艾希礼，而且价钱要卖得非常低，好叫他知道她多么慷慨大方。

"我决定卖！"她恼怒地嚷道，"看你还有什么好说！"

白瑞德弯腰替邦尼缚鞋带，眼中微微闪出一丝胜利的光芒。

"我想你将来会后悔的。"他说。

其实她已经开始后悔，话不该说得那么急。这话假如是跟别人而不是跟白瑞德说的，她说不定会厚着脸皮收回诺言。她为什么竟这样冲口而出呢？她不高兴地皱起眉头看着白瑞德，他正跟以前一样，以猫儿守在老鼠洞口似的敏锐的目光盯着她，见她皱着眉头，突然大笑起来，闪出雪白的牙齿。斯佳丽在怀疑自己是不是陷入了他的骗局。

"这事跟你没什么关系吧？"她急忙问道。

"我？"他耸起眉毛装出惊讶的样子，"你应该非常了解我。只要有法子回避，我是绝不会做好事的。"

那天晚上，她将两家锯木厂连同全部股权都出卖给艾希礼。在价钱上她并没有吃亏，因为艾希礼拒绝她提出的最低价，而是按别的买主出过的最高价成交的，她在卖契上签字后，媚兰给艾希礼和白瑞德各倒一杯葡萄酒，庆祝交易成功。这时，斯佳丽觉得犹如卖掉了自己的孩子似的怅然若失。

这两家锯木厂是她的宝贝，她的骄傲，是她贪婪的巧手获取的成果。当初亚特兰大到处是一片废墟与灰烬，她面临着贫困的威胁。就是在那样黑暗的日子里，她开始办起一家小小的锯木厂，那时候，银根很紧，连精明强干的人也一筹莫展，她头上还笼罩着厂子被北佬没收的阴影。可是她奋斗，她筹划，她苦心经营。到如今，亚特兰大城已渐渐掩盖它的疮疤，新房子到处拔地而起，新来的人每天蜂拥入城。现在她有了两家像样的锯木厂、两个木材场、十多个骡队,还以低廉的代价,雇来犯人为她干活。告别这两家锯木厂,等于关上了她一部分生活的大门,这一部分生活虽然曾经历过严峻的凄苦,但回味起来她觉得很是满意和留恋。

她自己亲手创建的事业,又亲手把它卖掉。她还确实感到难受的是,锯木厂没有她掌舵,艾希礼肯定会把她苦心经营的一切统统给断送掉。艾希礼信任每一个人,他甚至连二分厚四英寸宽跟六分厚八英寸宽的木板的区别也分不清。现在她再也不可能提供他一些有益的建议,因为白瑞德已经对艾希礼把话说在前头,说她喜欢到处插手,主宰一切。

"哦,该死的白瑞德!"她一面心里暗暗在骂,一面注视着白瑞德的举动,愈来愈觉得是白瑞德在幕后策划此事。至于他是怎么策划的,为什么要策划,她却无从知晓。这时白瑞德正在跟艾希礼谈话,他的话突然引起她的注意。

"我想你大概马上就会把那些犯人打发回去。"他说。

把犯人打发回去?为什么要打发他们回去?白瑞德知道得很清楚,工厂的大量利润,是从犯人的廉价劳动力刮来的。白瑞德为什么对艾希礼未来的行动说得这样有把握?他对艾希礼了解些什么呢?

"是的,他们马上就回去。"艾希礼答道,他避开斯佳丽目瞪口呆地盯着他的目光。

"你头脑发昏了吗?"她嚷道,"这样你会把雇用契约上付的钱白白丢掉,再说,你还能上哪儿去雇得到工人呢?"

"我想雇用自由黑人。"艾希礼说。

"自由黑人!胡说八道!你知道他们的工资要多高。再说北佬会一天到晚跟在你后头,看着你是不是一天给他们三顿鸡吃,晚上是不是给他们盖鸭绒被。假如你想要哪个懒鬼快些干活,抽他两鞭,北佬会大叫大嚷,从这里一直闹到多尔顿,结果会把你抓去坐牢。喏,只有犯人——"

媚兰低头看着自己交叠着放在膝上的双手。艾希礼看上去不很愉快,可是很执拗。他先是不吭声,后来又看看白瑞德,像是从他的神色中得到理解与鼓励——那神色并没有逃过斯佳丽的注意。

"我不想叫犯人干活,斯佳丽。"他平静地说。

"嗯,先生,"她大为惊讶地说,"为什么不?你是不是怕人家在背后议论你,就像他们从前议论我那样?"

艾希礼抬起头。

"我只要自己做得对,不怕别人议论。可我从来不认为雇用犯人干活是正当的。"

"可是为什么——"

"我不能从别人的不幸和强迫劳动中挣钱。"

"可是你从前自己就拥有过奴隶。"

"他们说不上是不幸。再说,即使这场战争没有解放他们,我也打算在父亲去世以后,让他们统统得到自由。可是雇用犯人的情况不一样,斯佳丽。这种制度造成的弊端实在太多了。这些你也许不太清楚,可是我知道。我知道约翰尼·加勒格尔在他的工场里至少杀死过一个犯人,也许还不止一个——不过谁会管犯人的死活,多一个少一个又怎么样?他说那人想逃跑,他只好开枪杀了他。可是我从别处听到的情况并非如此。我知道他硬逼着那些病得很厉害的犯人干活。你不妨说我是迷信,可是我不相信建筑在别人痛苦的基础上挣来的钱能叫人得到幸福。"

"见鬼,你的意思是——上帝,艾希礼,你总不至于把华莱士牧师大喊大叫不要用臭钱的说教全吞下了吧?"

"我用不着吞它。在他宣讲这个道理之前,我早就相信这一点了。"

"那么,你一定认为我的钱全都是不干净的啰,"斯佳丽开始动起气来,"因为我用犯人干活,又拥有一家酒馆的房地产,以及——"她忽然停住了。威尔克斯两夫妻看上去都有点局促不安,白瑞德却咧开嘴嬉笑着:他真该死,斯佳丽恨恨地想道,他大概又以为我在插手别人的事了。艾希礼也这样想。我真恨不得把他们两人的脑袋一起砸开。她竭力压下怒火,想装出一副庄严而冷漠的样子,可惜怎么也装不像。

"当然，这不关我的事。"她说。

"斯佳丽，不要以为我是在批评你。我没有。我们只是看问题的角度不同，对你合适的事，对我未必同样合适。"

忽然间，她但愿他们俩单独在一起。她还但愿白瑞德和媚兰两人此刻都在地球的另一端，这样她就可以大声说出："可是我要和你的看法相同，告诉我你到底是什么意思，让我能理解你，然后照你的办法办！"

可是此时有媚兰在，她正为这尴尬的场面着急，还有白瑞德也在，他悠闲地咧开嘴笑着，于是她只好冷漠地和受委屈地说道："这完全是你自己的事，艾希礼，自然不需要我来告诉你该怎么做。不过我得说一句，我不理解你的态度，也听不懂你到底是什么意思。"

哦，假如他们俩单独在一起该多好！那么她不用说这种冷冰冰的话，叫他心里不快活了。

"我的话冒犯了你，斯佳丽，不过我是无意的，请你相信我，原谅我。我刚才的话并没有什么难以理解的地方。我不过是说，我相信用某种途径搞来的钱，并不能叫人幸福。"

"可是你说得不对，"她再也控制不住自己嚷起来了，"你瞧我，你知道我的钱是怎么来的。你知道我没有钱的时候，是个什么样子。你总记得那年冬天在塔拉，天那么冷，我们把地毯剪下来做鞋子穿。我们吃不饱肚子，我们老是担心，不晓得将来怎样才能让小博和韦德受到教育。你记——"

"我记得，"艾希礼倦怠地说，"可是我宁可忘掉它。"

"嗯，你总不能说那时我们有谁是幸福的，对吗？再看看我们现在！你有个很好的家，有很好的未来。至于我，有谁的房子比我的更漂亮，谁的衣服和马匹比我的更好呢？谁也没有我们吃得好，谁家里举行招待会也比不上我们阔绰。我们的孩子要什么有什么。请问，我是从哪里弄到钱的呢？从树上掉下来吗？不，先生！是从犯人身上，是从酒店的租金，以及——"

"别忘了还有从你打死的北佬身上，"白瑞德轻轻地说道，"你其实是靠了他起步的。"

斯佳丽霍地转身向着他,恶语已经挂到唇边。

"这些钱使你非常、非常之幸福,不是吗,亲爱的?"他问道,声音很甜,意思却很毒。

斯佳丽顿时张口结舌,被问住了。她的眼光迅速地从三个人脸上掠过。媚兰窘得快要哭出声来,艾希礼忽然脸色苍白,往后退缩,白瑞德衔着雪茄以旁观者的态度饶有兴味地注视着她。斯佳丽刚想喊出:"当然,钱能使我幸福!"

可是不知怎的,她却说不出口。

第五十八章

斯佳丽患病以来,注意到白瑞德的态度起了变化。这种变化,她自己也说不上是喜欢还是不喜欢。他变得清醒、安静、心事重重。他回家吃晚饭,经常待下人比从前和气,对韦德和埃拉也更加喜欢。对于过去的事,不论是愉快的或是不愉快的,他从不提起,而且似乎在暗示斯佳丽,让她也别提往事。斯佳丽没有故意惹过他,因为相安无事还是比较容易做到的。因此从表面上看她的生活过得很平静。从她康复期间开始,他对她采取尊重而漠然的态度,一直持续到现在。他不再用慢吞吞拖长的声调说些刺激她的话,也不再嘲讽她。她现在才发觉,以前他老是以恶毒的评论激怒她,引起她恶语反驳,正是因为他关心她所做的事和所说的话。现在她不知道他是不是依旧关心她。他对她很客气,很冷淡。她怀念他往日的关心她,虽然他的关心表现得任性和反常。她还怀念往昔的许多争吵和辩驳。

他现在跟她相处很好,简直像把她当作生客似的。以前,他的目光跟着斯佳丽转,现在却跟着邦尼转。他的生活激流仿佛已转入狭窄的河道。有时候斯佳丽觉得,如果他能把他用在邦尼身上的过分的关心与柔情,分一半用在她身上,生活就会截然不同。有时她听人家说:"白瑞德船长多么钟爱那孩子呀!"她竟难以现出笑容。可是假如她毫无笑容,人家又会感到奇怪。斯佳丽不愿承认,哪怕是对自己承认,她是在妒忌一个小女孩,尤其是这小女孩就是她自己心爱的女儿。斯佳丽向来喜欢自己在周围人的心目中,占有首要的地位。可是现在很明显在白瑞德和邦尼之间,彼此的心目中都以对方占有首要的地位。

近来有好多个夜晚，白瑞德回来得很迟，可是回来时总是清醒的。她常常听见他从她关着的房门口走过，嘴里轻轻吹着口哨。有时深更半夜，他带了男人回来，坐在餐室里喝着白兰地聊天。那些男人不是他们婚后第一个年头时他的酒友。他现在请来的客人，没有拎包投机家，没有无赖汉，也没有共和党人。斯佳丽有几回踮起脚尖走到楼梯口的栏杆边倾听他们。令她非常惊奇的是，她常常听到的声音竟是勒内·皮卡德、休·埃尔辛、西蒙斯家几弟兄及安迪·邦内尔的。梅里韦瑟老爹和亨利叔叔每回也都在。有一回，使她大为意外的是居然听见了米德大夫的声音。而这些人曾一度都认为绞死白瑞德还是便宜他的。

这一伙人一起聚会，斯佳丽老是把他们跟弗兰克之死联系起来。近来白瑞德晚上经常迟回家提醒了她以前三K党人夜间的那些聚会，聚会的结果是三K党人发动突击，弗兰克便是在那次突击中送命的。她记得白瑞德曾说过，为了要受人尊敬，他甚至连那该死的三K党也会参加的，虽然他说过他希望上帝不要把如此沉重的苦难加在他的肩上。万一白瑞德像弗兰克一样——

一天夜里，他回家比平时还要晚。斯佳丽再也沉不住气了。她一听见他的钥匙在锁孔里转响，就披上便袍，穿过点着煤气灯的过道，跑到楼梯口等他。他茫茫然若有所思地走上楼梯，一看见斯佳丽站在那里，立刻现出惊讶的神色。

"白瑞德，我一定要晓得，我一定要晓得是不是——你是不是三K党——所以你每天才那么晚回来？你是不是参加了——"

在闪耀的煤气灯下，他不感兴趣地看着她，随即微笑着说：

"你太落后于时代了。现在亚特兰大已没有三K党，恐怕连佐治亚州也没有了。你这样想是因为你一直在听你那些拎包投机家和无赖汉朋友讲三K党暴行的缘故。"

"没有三K党了？你是故意这样说，想让我放心吧？"

"亲爱的，我什么时候故意这样说让你放心的？三K党是没有了。我们认为三K党的存在，现在已有害无益，它只能激起北佬的骚动,并给布洛克州长的造谣工厂提供更多的资料罢了。布洛克知道,他如果想要保住自己的地位,就得设法让联邦政府和北佬的报纸相信,佐治亚州正在酝酿叛乱,那里的每一片丛林后面,都潜伏着三K党人。为了保住他的地位,他拼命编造许多无中生有的三K党暴行,说什么忠诚的共和党人用大拇指被吊起来,无辜的黑人以强奸罪被私刑处死等等。这些都是无中生有,他心里自然明白。谢谢你为我担心。不过自从我不当无赖汉成为民主党人以后不久,就已没有三K党人的活动了。"

他刚才说了一大堆有关布洛克州长的话,她大部分只是一只耳朵进另一只耳朵出。她最大的安慰是听到现在已没有三K党,那她就不用担心白瑞德会像弗兰克那样被杀害,不用担心会丢掉她的铺子,丢掉白瑞德的钱了。不过他刚才的话里有一个词儿引起她的注意。他说"我们",那岂不意味着他跟那些老自卫队的人成为一伙了吗?

"白瑞德,"她突然问道,"三K党人的解散,跟你有什么关系吗?"

他注视她良久,他的眼睛开始闪动。

"亲爱的,有的。三K党的解散,主要是艾希礼和我促成的。"

"艾希礼——和你?"

"不错。这本不足为奇,但确是事实。政治常使人不择伙伴。艾希礼和我本来是无法合作的,可是——艾希礼向来不相信三K党,他反对任何形式的暴力行为。我也从来不相信三K党,因为这种做法太愚蠢,绝不会达到我们的目的。这样做,无异于让北佬一直卡住我们的脖子,卡到我们进入天国为止。艾希礼和我都十分相信,那些急性子的人,如果能做到密切地注视着,耐心地等待着,默默地工作着,一定要比穿上夜行衣,点燃十字架有益得多。"

"你的意思是说那些男人真的听从了你的忠告吗?你可是一个——"

"一个投机家?一个无赖汉?一个跟北佬串通一气的人?你忘了,白瑞德太太,我现在是一个立场坚定的民主党人,为了把我们热爱的佐治亚州从掠夺者手中夺回来,不惜流尽我最后一滴血呢!我的忠告是金玉良言,所以他们接受了。我在其他政治问题上的忠告也同样是金玉良言。我们民主党人现在在议会里占了多数,不是吗?要不了多久,亲爱的,我们便要叫我们的一些共和党好朋友尝一尝铁窗的风味了。他们近来实在过于贪得无厌,又过于明目张胆了。"

"你打算帮着把他们投进监狱?怎么,他们是你的朋友呀,上回那铁路债券的事,他们答应你也参加,不是让你赚了好几千吗?"

白瑞德忽然咧开嘴笑起来,这是他以前那种嘲讽的笑。

"噢,我对他们并无恶意。可是我现在的立场站在另一边,如果我能够有助于把他们送到他们该去的地方,我当然会这样做的。而且那样会大大提高我的声望。他们进行的有些交易,我知道一些内情,如果议会调查起来,我提供的情况会有很大的价值——从眼下的迹象看来,这样的日子不会太远了。他们也会去调查州长,如果他们办得到,也会把他投进监牢。你最好通知你的好朋友吉勒特家和亨登家,叫他们做好准备,一有风声,随时离开亚特兰大,因为他们倘若能逮住州长,自然也能逮住他们。"

斯佳丽看见共和党人在北佬军队的支持下,在佐治亚州掌权已有好多年了。白瑞德这几句轻飘飘的话,她自然不相信。凭州长的雄厚实力,议会根本奈何他不得,更不要说把他关进监狱了。

"瞧你说的!"她说。

"即使他不被关进监狱,至少他不会被连选连任。下一回我们有希望选一个民主党人的州长。"

"我猜你大概也能起点作用吧?"她讽刺地问道。

"不错,亲爱的。我现在已在开始行动了。那就是我为什么很晚回来的原因。我们正在把选举的事组织起来,为此我工作非常卖力,卖力的程度大大超过我当年拿着洋镐淘金时的劲头。而且——我知道你听了要恼火,白瑞德太太,不过我确实为这事捐了不少钱。你记不记得几年前,你在弗兰克的铺子里跟我说过,说我保存着南方邦联的钱,是一种不诚实的行为吗?至少我现在是同意你的看法,所以把那笔钱用以重新恢复南方邦联的权力。"

"你是在把钱往耗子洞里扔!"

"什么?你把民主党叫作耗子洞吗?"他用眼光嘲弄着她,随后又平静而没有表情了。"选举的结果谁胜谁败,跟我毫无关系。要紧的是让人人都知道我为选举出过力,花过钱。将来人家会记得这件事,这样对邦尼会有好处。"

"我刚才听你说得那么诚心诚意,还以为你的心肠变了。现在我才知道,你对民主党跟对任何别的事一样,从来不是出于真心的。"

"我的心肠根本一点没变,只是变了表皮。你有可能擦掉豹子身上的斑点,可是豹子依然是豹子,它的本性不变。"

邦尼被过道里的声响惊醒了,她迫切而迷迷糊糊地喊:"爹爹!"白瑞德立即从斯佳丽身边走过去。

"等一下,白瑞德,我还要跟你说件事。你下午参加政治集会,可不要再把邦尼带去。让人看到不好。一个小女孩,怎么好到那种地方去!这只会让人家觉得你可笑。我从来没想到你会带她去,后来是亨利叔叔提起的,听他口气,好像他以为我不会不知道,还——"

白瑞德倏地朝她转过身来,板着脸。

"一个小女孩坐在她爸爸的膝上,听她爸爸跟朋友谈天,有什么不对?你尽可以认为这可笑,可是这并不可笑。在今后的年代里,人们都会记得,我在帮着设法从州里撵走共和党人时,邦尼是坐在我的膝上的。人们好多年都不会忘记——"说到这里,他的脸色有所缓和,眼睛里却跳动着恶意的闪光,"你知不知道,人家问她最爱的是谁,她说:'爸爸和民主党。'问她最恨的是谁,她说:'无赖汉。'感谢上帝,人们将会这样记在心上。"

斯佳丽怒气冲冲地提高嗓门说:"我想你一定跟她说我是个无赖汉。"

"爹爹!"邦尼又喊了,这回有点生气了,白瑞德仍笑着,经过过道走向他的女儿。

这年十月，布洛克州长提出辞职，从佐治亚州溜走了。在职期间，他滥用公款，贪污浪费，极为严重，于是他的统治成为一幢摇摇欲坠的大厦。由于群情激愤，造成共和党内部的分裂。现在民主党人已在议会里占有多数席位，这意味着要对布洛克州长进行调查乃至加以弹劾。布洛克见势不妙，便匆忙秘密逃走。他经精心安排，在他安全抵达北方之后，才向公众披露他辞职的消息。

辞职的宣布大约在他走后一个星期，亚特兰大城里顿时一片欢腾，激动异常。人们蜂拥到街头，男人们欢笑握手相贺，女人们拥抱亲吻热泪盈眶。家家户户都举行庆祝宴会。孩子们喜气洋洋到处点起篝火，害得消防队员到处去灭火，忙得不可开交。

难关就要渡过！重建时期即将过去，代理州长不用说还是共和党人，可是十二月里的选举结果如何，人人心里都很有把握。到了选举期间，尽管共和党人拼命活动，佐治亚州新选的州长，终于是一个民主党人。

亚特兰大城里，又掀起一番欢腾和激动，可是这回跟布洛克逃走时不同，是一种清醒的、由衷的喜悦，一种发自肺腑的感恩，因此教堂里人头济济，牧师为佐治亚州得以解脱苦难而感谢上帝。人们在喜气洋洋之中，颇感自豪，因为无论是华盛顿的统治，军队的力量，或是拎包投机家、无赖汉和土生土长的共和党人，都无法阻止佐治亚州回到它自己人民的手中。

国会曾经七次以压倒多数通过法案，置佐治亚州于被征服省份的地位，军队曾三度置民法于不顾。通过立法黑人胡闹不已，政府掌握在贪婪的外来者手中胡作非为，公款被私人利用大发横财。佐治亚州曾一度被打翻在地，遭虐待，受折磨，真是一筹莫展。可是，尽管如此，它经受了这一切，现在通过它自己人民的努力，终于重新站起来了。

共和党的倒台并不能叫每一个人都笑逐颜开。拎包投机家、无赖汉和共和党阵营中的人，惊恐万状。吉勒特和亨登两家，在布洛克悄悄溜走之前，显然已得到通知，倏忽之间，当初来也无影，现在去也无踪。那些没有走掉的拎包投机家跟无赖汉,都心惊胆战,命运难卜,常常聚集一起寻求安慰。个个心怀鬼胎,不知议会的调查结果,他们各自的隐私将会暴露到何等程度。他们收起盛气凌人的架势,变得目瞪口呆,不知所措。他们的妻子跑到斯佳丽家里,一遍又一遍地向她诉说:

"谁能想到事情会变成这种样子!我们都以为州长强大无比,都以为他会一直统治下去,都以为——"

虽然白瑞德对时局发展的趋势,事先曾向斯佳丽发出警告,可是她对事态的转变,依然大惑不解。布洛克倒台,民主党卷土重来,她并不感到遗憾。她对北佬的统治终于被推翻,有一种幸灾乐祸的快感,人家自然不会相信。可是重建初期她的艰苦奋斗,她的金钱财产要被北佬没收的恐惧,她至今记忆犹新。她没有忘记她当年无依无靠的情景,以及无依无靠多么恐慌,也没有忘记仇恨北佬,因为是北佬把这种可恨的制度强加在她的头上。而且她从来没有停止过仇恨北佬。可是,为了尽可能改善她的处境,为了得到绝对的保障,她终于倒向了征服者一边。不管她多么不喜欢北佬,还是跟他们交往,甘愿抛弃她从前的老朋友和过去的生活方式。然而如今征服者的权力已经完蛋。她一直以来把赌注押在布洛克的继续统治上,结果她输了。

一八七一年的圣诞节,是佐治亚州十多年来最快乐的一次。可是斯佳丽四顾茫然,心情焦急。她不能不注意到,白瑞德在亚特兰大,曾是最为人深恶痛绝的,如今却为最受欢迎的人,因为他已反躬自省,摆脱了共和党的邪说,并且把他的时间、金钱和精力用来帮助佐治亚州的复活。当他骑马经过大街,一路微笑着向行人举帽致敬,邦尼坐在马鞍前的小蓝包裹上,人们也都报之以微笑,热情地跟他招呼,并亲切地看着那小女孩。然而,她,斯佳丽——

第五十九章

邦尼·白瑞德变得一天天任性起来,大家都觉得这孩子需要管教,可是她那么讨人喜欢,谁也没有勇气对她严格要求。她变得任性,是从跟她爸爸出去旅行的那几个月开始的。他们在新奥尔良和查尔斯顿的时候,她父亲由她爱多晚睡就多晚睡,有时甚至在剧院里、饭店里、在牌桌上,躺在她父亲怀里,就那么睡着了。从那以后,她不再像埃拉那么听话,跟她同时上床睡觉了。她跟白瑞德外出期间,她爱穿什么衣服,白瑞德就让她穿什么衣服。回家以后,嬷嬷倘若叫她穿棉布外衣,戴上围嘴,而不是穿她喜欢的蓝塔夫绸外衣,配上花边衣领,她会大发脾气。

邦尼渐渐长大,斯佳丽想给她立点规矩,不让她过于放纵,然而毫无效果。因为先是她跟她爸出门了几个月,随后斯佳丽又害病,以及后来在塔拉休养了一段时期,她已经给娇宠惯了。再说不管邦尼的要求多么荒谬,行为多么蛮横,白瑞德老是包庇她。他故意把她当作大人看待,鼓励她说话,一本正经地听她发表意见,还装出依她的话办事的样子,结果弄得邦尼常常要干预大人的事,有时还反对她父亲,指摘他的不是。可是白瑞德只是笑笑,甚至连斯佳丽想要惩戒她一下,打她几记手心,他也不允许。

"她若不是长得这样可爱,这样讨人喜欢,那是不可能这样的。"斯佳丽沮丧地想道,不过她发现她有一个跟她自己具有同样意志力的孩子,"她崇拜白瑞德。他若是愿意的话,是能够叫她不那么任性的。"

可是白瑞德并没有要让她规矩点的意思。凡是邦尼所做的,总是没有一样不对的。假如她要天上的月亮,白瑞德只要办得到,也一定会摘下月亮给她。她的美貌,她的鬈发,她的笑靥和她的优美姿态,他都感到无比自豪。他爱她的淘气,爱她的情绪高涨,爱她喜欢他时那古怪而又有趣的样子。她虽然受到百般纵容,虽然十分任性,然而她仍然是那么可爱,他舍不得约束她。他现在是她的上帝,是她那个小小世界的中心。这对他来说是太可贵了,他自然不愿因惩戒她而冒失去它的危险。

她像个影子似的成天跟着他。早上他还在酣睡之中,她把他叫醒。吃饭时她坐在他身边,一会儿吃自己的盘子里的,一会儿吃他的盘子里的。他骑马时她坐在他的马鞍前面。晚上睡觉时别的人都不行,她只要白瑞德帮她脱衣服,抱她睡在他床边的小床上。

斯佳丽见这样一个孩子竟能以铁腕手段控制她的父亲,觉得十分有趣,又深有感触。谁能料到像白瑞德这么一个人,做起父亲来竟那么认真?有时候,她会突然产生妒忌之心,因为一个只有四岁的女孩子,居然比她过去还要理解白瑞德,比她过去还要善于控制白瑞德。

邦尼满了四岁,嬷嬷开始嘀咕说,"女孩子叉开两腿,跟着她爸骑在马上,让衣服高高飘起实在不成体统。"嬷嬷平时所说教养小女孩的话,白瑞德向来是很注意的,这回也不例外。于是他买来一匹什得兰小马,配上镶银的女用偏坐鞍。那是一匹褐白两色的花马,长着长长的银色马鬃和马尾。表面上,这匹马是他买给三个孩子的,而且给韦德也买了一副马鞍。可是韦德特别喜爱他那只圣伯纳德狗,埃拉是见了什么动物都害怕的,所以这匹马就成为邦尼一个人所有,她还给它取了个叫"白瑞德先生"的名字。现在邦尼觉得唯一美中不足的是不能像她爸爸那样跨着马骑,可是经过她爸一番解释,说骑偏坐马多么不容易,她也就满意了,而且学得很快。白瑞德见她坐得那么稳,拉缰绳的动作那么熟练,心中十分得意。

"等她再长大起来,我就可带她去打猎,"他夸耀说,"在打猎场上谁也比不上她。到那时我要带她到弗吉尼亚州去,那里才是真正打猎的地方。我还要带她到肯塔基州去,那里的人最能赏识好骑手。"

接下去是给邦尼做女骑装,颜色自然还是由她自己挑选,她挑选的自然又是蓝色。

"可是,亲爱的,别挑选那蓝丝绒的。那料子是给我做夜礼服的,"斯佳丽笑着说,"小女孩该穿黑细布的,"她见两条小小的黑眉毛皱起来,便又说,"看在上帝面上,白瑞德,你跟她说,穿这种料子的衣服多么不合适,是很容易弄脏的。"

"哦,就让她做一件蓝丝绒的吧。弄脏了就再给她做一件。"白瑞德轻描淡写地说。

就这样,邦尼做了件蓝丝绒的女骑装,还有裙子可在小马的一侧飘着。她还戴一顶黑帽子,帽上插一根红羽毛,那是媚利姑妈讲过杰布·斯图尔特①帽子上插羽毛的故事,引起了她的想象所致。天气晴朗的日子,父女俩老是骑过桃树街,白瑞德总是勒住缰绳,让他的大黑马跟那小胖马保持步调一致。有时他们俩骑过城里僻静的小巷,惹得鸡飞狗跳。这时邦尼就鞭打她的马,一头鬈发在脑后飘扬,白瑞德则勒住马头,让邦尼以为她的马奔跑一路领先。

等到白瑞德认为邦尼骑马的坐姿已很安稳,操纵缰绳已很有把握,而且也很有胆量,他决定教她学习跳栏,先从那匹小马的短腿能达到的高度跳起。因此在后院里造了一个低栏。又把彼得大叔的一个侄子沃什找来,每天付给他二角五分工钱,叫他教邦尼跳栏。开始时横竿的高度只有两英寸,渐渐地增加到一英尺。

白瑞德这种安排,对有关的三方面来说,没有一方面是满意的。沃什看到马就害怕,他是贪图那么高的工钱,才勉强骑着那倔强的小马,一天越栏跳上几十次。至于"白瑞德先生",它可以默默地忍受它的小主人拉它的尾巴,摆弄它的蹄子,可是却认为马的造物主绝对无意一天要把它的胖身躯从栏上搬过去几十回。邦尼呢,她不能容忍目睹别的人骑在她的小马身上,因此沃什在驯马的时候,她

---

① 杰布·斯图尔特(1833—1864),美国南方邦联将军。

总是不耐烦地在旁边跳跳蹦蹦。

后来白瑞德确认那小马的训练已经合格,可以放心交给邦尼自己骑时,她心情之激动,简直无法形容。小邦尼跳栏,居然一试成功。从此以后,她就再也不满足于跟着她父亲骑马兜风了。斯佳丽见父女俩那么得意,兴致那么浓,觉得好笑。她以为要不了多久,邦尼的新鲜感便会过去,又会要找别的事玩,邻居从此也可以清静点。可没料到邦尼对这玩意儿始终没有生厌,后来从后院尽头的亭子边直到那低栏,竟被踩出一条寸草不生的跑道来。每天整个上午,都听见后院里兴奋的喊叫声。梅里韦瑟老爹曾在一八四九年出门旅行过,他说那喊声简直就跟阿柏支①印第安人剥了敌人头皮时的喊声差不了多少。

过了一个星期,邦尼便要提高栏的横竿,要求提高到离地一英尺半。

"要等你满了六岁,"白瑞德说,"到那时你才能够跳高一点的栏,我再给你买一匹大一点的马,'白瑞德先生'的腿还嫌不够长。"

"够长的。我跳过媚利姑妈家的玫瑰花丛,那花丛是很高的。"

"不行,你得等着。"白瑞德这一回很坚定。可是由于邦尼不断地纠缠和吵闹,他终于向她让步了。

"那好吧,"一天早上他笑着说道,一面把那窄窄的白色横竿抬高一些,"不过你若是从马上摔下来,可不要哭,也不要怨我。"

"妈妈!"邦尼回过头朝斯佳丽的卧室尖声喊道,"妈妈,瞧我的!爹爹说我可以跳了!"

斯佳丽正在梳头,走到窗口微笑着看着那激动万分的小家伙,她那蓝骑装上满是尘土,真是荒唐可笑。

"我真该替她再做件女骑装了,"她想,"不过天晓得她怎么才肯不穿身上那件脏骑装。"

---

① 北美印第安人一部族,聚居美国西南部一带。

"妈妈，你瞧！"

"我在看着，亲爱的。"斯佳丽微笑着说。

斯佳丽见白瑞德把她抱上马，邦尼坐得笔直，神气地昂着头，她突然感到一阵自豪而叫喊起来：

"你真漂亮极了，宝贝！"

"你也一样！"邦尼大方地回答同时用脚跟使劲蹬了一下马肚子，往亭子那边飞奔而去。

"妈妈，瞧我这一下子。"她边喊着，边猛抽一鞭。

瞧我这一下子！

回忆之钟敲响了斯佳丽心头的好久以前的往事。这句话像是一种不祥之兆。是什么呢？她为什么记不起来？她低下头看着她的小女儿轻盈地坐在马背上朝前飞奔。忽然，她心头一阵冰凉，眉头马上皱起来。邦尼正在快跑着，鬈发高高飘起，一对蓝眼睛闪闪发亮。

"她的眼睛简直跟爸的一模一样，"斯佳丽想，"一双爱尔兰人的蓝眼睛。她在其他方面也都像他。"

她一想起杰拉尔德，刚才在搜索着的记忆忽然闪现出来，像是夏天的闪电，照耀得整个乡间无比的明亮。她的心几乎停止跳动。她像是听见杰拉尔德在唱歌，听见他嘚嘚的马蹄声急速地驰上塔拉牧场的山坡，听见他那鲁莽的声音，就跟邦尼刚才的声音一样，大声喊着："埃伦！瞧我这一下子！"

"别跑！"她急忙喊道，"别跑！哦，邦尼，快停住！"

她的身子还没探出窗口，外面就传来可怕的木竿断裂声和白瑞德沙哑的惊呼声。她只见蓝丝绒骑装乱成一堆，马蹄在地上乱踢，随后"白瑞德先生"挣扎着站起身来，背着一副空马鞍跨着小步离开了。

邦尼死后的第三天晚上，嬷嬷摇摇摆摆地慢慢爬上媚兰家厨房的台阶。她脚上穿了一双男人穿的大鞋子，前面开了一条缝让脚趾可以松动一点。从脚上的大鞋子一直到头上的头巾，全都是黑色的。她昏花的老眼睛布满血丝，眼皮也哭肿了。她那庞大的身躯的每一根线条都浸透了悲伤。她的脸孔皱得像一只悲哀迷惑的老猿一样，可是从她的下巴还能看出她仍然很有主见。

她跟迪尔西轻轻说了几句话，后者好心地点点头，像是默默地表示暂时终止她们之间的宿怨。随后迪尔西放下手中的盆子，悄悄地穿过食品间走进餐室。紧接着媚兰来到厨房，手里拿着餐巾，满脸是焦灼的神情。

"斯佳丽小姐不是——"

"斯佳丽小姐还挺得住，跟以前一样，"嬷嬷忧郁地说道，"我本不想打扰你吃晚饭，媚利小姐。可是我心上有句话，不能不马上跟你说。"

"晚饭等一下吃吧，"媚兰说，"迪尔西，你服侍其他人先吃。嬷嬷，跟我来。"

嬷嬷摇摇摆摆地跟着她，沿着过道经过餐室门口。餐室里，艾希礼坐在长餐桌的横头，小博坐在他旁边，斯佳丽的两个孩子坐在对面，手中的汤匙碰得很响。屋子里满是韦德和埃拉高兴的说笑声。他们到媚利姑妈家来做客这么久，简直像参加野餐一样。媚利姑妈向来待他们好，现在比平时更好。小妹妹的死给他们的影响很小。他们只知道邦尼从马上摔下来，妈妈哭了好久，随后媚利姑妈带他们回家，让他们跟小博一起在后院里玩，并提供糕点，让他们随时食用。

媚兰带领嬷嬷到那靠墙排满书架的小起坐间里，关上门，示意嬷嬷在沙发上坐下。

"我打算一吃完晚饭就过去，"她说，"白瑞德船长的妈妈现已来了，我想明天早上大概可以举行葬礼了。"

"葬礼，可不是吗，"嬷嬷说，"媚利小姐，我们大家都弄得一点办法也没有，所以我才来找你帮忙。多么令人厌烦的重担，亲爱的，多么令人厌烦的重担呀。"

"斯佳丽小姐支持不住了吗？"媚利担心地问道，"我这两天一直没见到她，自从邦尼——她成天把自己关在房间里，白瑞德船长又不在家。而且——"

泪水忽然从嬷嬷的脸颊淌下来。媚兰在她身旁坐下,轻轻拍着她的臂膀。过了一会儿,嬷嬷撩起衣襟擦干眼泪。

"你得来帮帮我们,媚利小姐。我是尽了最大的努力,可是一点用处也没有。"

"斯佳丽小姐——"

嬷嬷挺直身子。

"媚利小姐,你跟我一样,是知道斯佳丽小姐的。关于孩子的事,好心的上帝给了她力量。她虽然伤心,但总算挺过来了。我说的是白瑞德先生。"

"我早就想见到他,可是每回我到他家去,他不是上街去了,便是把自己关在房间里——斯佳丽又像个幽灵似的总是不开口——你快说,嬷嬷。你是知道的,只要我办得到,我一定尽力相助。"

嬷嬷用手背擦了擦鼻子。

"我说斯佳丽小姐能挺得住,因为她曾经历过好几次苦难。可是白瑞德先生——媚利小姐,他从未经受过痛苦的事,他也从未想到会碰到痛苦的事。我来找你,就是为了他。"

"可是——"

"媚利小姐,今晚你跟我一块回去,"嬷嬷的语气很迫切,"也许白瑞德先生肯听你的话。他向来尊重你的意见。"

"哦,嬷嬷,到底是怎么回事?你的话是什么意思?"

嬷嬷挺直肩膀。

"媚利小姐,白瑞德先生他——他糊涂了。他不肯让我们把小小姐运走。"

"糊涂了?哦,嬷嬷,不会的!"

"我不是瞎说,这是千真万确的。他不让我们埋葬孩子:这是他亲口跟我说的,说了还不到一个钟头。"

"可是他不能——他不是——"

"所以我才说他糊涂了。"

"可是为什么——"

"媚利小姐,我什么都跟你说了吧。这事我本不该说的,可是你是我们自家人,我也只有对你说。现在我全说给你听吧。你知道那孩子是他的命根子,我从来没见过有哪一个人,不论白人黑人,像他那样疼爱孩子的。他听米德大夫说她头颈摔断了,他马上就疯了似的,抓起枪就跑出去把那小马打死了。我的上帝,我真怕他开枪把自己也打死。斯佳丽小姐当时就晕过去,我也吓呆了,所有的邻居都来了,里里外外挤满了一屋子。白瑞德先生抱着孩子,连我想给孩子清洗一下脸孔他也不让我洗。后来斯佳丽小姐苏醒过来,我想,谢天谢地,他们可以相互安慰一下了。"

嬷嬷说着,又淌眼泪了,可是这一回她连擦也没有擦。

"可是她苏醒过来后便跑进他的房间,他坐在那里正抱住已故的孩子,她对他说:'你杀了我的孩子,你得赔还给我。'"

"哦,不!她不能那么说!"

"她是那么说的:她说:'你杀了她。'我见白瑞德先生那样子就像只猎犬,怪可怜的,我也忍不住哭了。我对他说:'把孩子交给嬷嬷吧,我再不要听你们这样说我的小小姐了。'说着我把孩子从他手里抱过来,到她屋里替她洗干净脸。这时我听他们两人在争吵,我听了那些话,我身上的血都快凉了。斯佳丽小姐说他是杀人凶手,不该让她跳那么高的栏。白瑞德先生说斯佳丽小姐从来不关心邦尼小姐,也不关心那两个孩子……"

"不要说了,嬷嬷!不要再说下去了,你不应该把这种话说给我听!"媚兰喊道,她的心被嬷嬷描绘的景象触动得收缩起来。

"我晓得本不该跟你说,可是我心里满是话,也不知怎么说才好。后来他亲自把孩子抱到殡葬承办人那里,又把她抱回来放在他卧室里邦尼的小床上。斯佳丽小姐说要把她安放在客厅里的棺材里,白瑞德先生听了像是要动手打她似的。我听他冷冷地说:'她应该安放在我房间里。'说着他又转过身来对我说:'嬷嬷,你替我守着孩子,等我回来。'随后他骑马出去直到太阳落山才回家。我看他喝得醉醺醺的，比往常醉得还厉害，不过跟往常一样，并没有发酒疯的样子。他急忙进了屋，跟斯佳丽小姐和皮特小姐以及那些来看他们的太太们连一句话也没说，一股劲儿冲上楼，推开他的房门，然后不断地喊我。我连忙三步并作两步赶到楼上，见他站在床边，房间里很暗，因为百叶窗的遮板都已拉下，连他的人我也看不清楚。

"他一看见我，恶狠狠地说：'把百叶窗打开，瞧这屋子多黑。'我忙把窗子推开。这时我见他正瞅着我，我的上帝，媚利小姐，我的膝盖都发软了，他那模样多古怪。接着他又说：'把灯拿来，多拿几盏。让灯一直点着。不要把百叶窗关上，也不要拉上窗帘。你难道不晓得邦尼小姐怕黑暗的吗？'"

媚兰恐怖的眼光接触到嬷嬷的眼光，嬷嬷点点头，预感到情况不妙。

"他是那么说的：'邦尼小姐怕黑暗。'"

媚兰不寒而栗。

"等我拿来十几支蜡烛，他喊了声'出去！'然后他关上门，坐着陪伴小小姐。斯佳丽小姐上去大声喊他，使劲捶门，他也不开。像这样已经整整两天。他绝口不提葬礼的事，早上一大早骑马上街，到太阳落山才喝得醉醺醺地回来。一到家便把自己关在房间里，不吃也不睡。现在他母亲白瑞德老太太从查尔斯顿参加葬礼来了，苏埃伦小姐跟威尔先生也从塔拉来了。可是白瑞德先生跟他们谁也不搭话。哦，媚利小姐，真糟糕！而且看来还会更糟，因为再如此下去人家就要说闲话了。"

"今天晚上，"嬷嬷停住用手擦了擦鼻子，又接着说，"今晚他回家时，斯佳丽小姐在楼上过道里碰见他，跟着他走进房间，对他说：'葬礼已经定了，就在明天上午。'可是他说：'要是那样，我明天就杀了你。'"

"哦，他一定失掉理智了。"

"是的。接下去他们说话的声音很轻，我听不太清楚，只听见他又在说什么邦尼小小姐害怕黑暗，什么坟墓里很黑暗。过了一会儿，又听见斯佳丽小姐说,'你倒好,是你以她来夸耀自己,结果害死了她,现在反而这样伤心。'他说:'你难道连一点慈爱之心也没有吗?'她说:'没有。我也不像你那样老守着孩子。瞧你这两天的行径,人家都在背后议论你。你成天喝得醉醺醺的,难道你以为我不晓得你到哪里去了吗?你到那个女人家里,那个贝尔·沃特林家里去了。'"

"哦,嬷嬷,不!"

"是的,她是那么说的。媚利小姐,她说的是事实。我们黑人的消息比白人要灵得多,我知道他到什么地方去,不过不说出来罢了。他自己也承认,他说:'不错,我是在她那里,不过你用不着那么气不过,因为这跟你没什么关系。自己家里成了地狱,只好到妓院里去避难了。贝尔是世界上心肠顶好的人,她不会责怪我说我杀了自己的孩子。'"

"哦。"媚兰喊了一声,她的内心受到严重的打击。

她自己的生活那么愉快,那么安逸,周围的人是那么爱她,待她那么亲切,因此嬷嬷的话她似乎很难理解,很难相信。可是她心里忽然想起一件事,她想急于摆脱一幅情景,就像她急于要摆脱想到一次关于赤身裸体的事一样。她记起白瑞德哭着把头枕在她膝上的一天,他曾经说起过贝尔·沃特林。可是他爱斯佳丽,这一点她绝没有搞错。而且斯佳丽也爱他。那么他们两人之间的隔阂是怎么造成的呢?一个丈夫和一个妻子怎么可能都想拿着锋利的刀子把对方剁成碎片呢?

嬷嬷忧郁地继续说下去。

"过了一会儿,斯佳丽小姐从房间里走出来,脸色白似纸,可是牙床紧紧闭着。我站在那儿,她对我说:'明天举行葬礼,嬷嬷。'说罢像个幽灵似的从我身旁走过去了,我心里直扑腾,因为斯佳丽说话向来是算数的。可是白瑞德先生也是个说一不二的人,他说过她要是那样,他要杀了她。我真不知道该怎么办才好,媚利小姐,因为有一件事,我良心一直不安,简直要把我折磨死了。媚利小姐,你知道我家小小姐之所以会怕黑暗,都是我造成的。"

"噢,嬷嬷,这没什么关系——现在没关系了。"

"有关系,事情就全坏在这里。我觉得我应该去告诉白瑞德先生,哪怕他把我杀了,这样我心里会好受一些。所以我趁他还没关上门,赶快跑进他房间里。我对他说:'白瑞德先生,我向你认罪来了。'他马上转过身来像个疯子似的大声吼道:'滚出去!'上帝,可把我吓坏了。可是我还是说:'对不起,白瑞德先生,请你听我说。要不压在我心头,我实在受不了。小小姐害怕黑暗,都怪我把她吓成那样子。'我说到这里,媚利小姐,我低下头等着他打我,可是他什么也没说,我又说:'我并不是存心吓她。那孩子胆子太大,什么都不害怕。她常常半夜三更起床,光着脚满屋子乱跑。我担心她撞伤自己,我骗她说黑暗中有妖魔鬼怪。'

"等我说完了——媚利小姐,你猜他怎么样?他脸上马上就变得和气起来,还走到我身边,轻轻抓住我的胳膊,这两天以来他第一次表现出这样子。他说:'她多么勇敢,不是吗?除了黑暗她什么也不怕。'他见我哭起来,又拍拍我的肩膀说,'得啦,嬷嬷,别难过。我很高兴你说给我听。我知道你爱邦尼小姐,因为你爱她,这事不能怪你,顶要紧的是一个人的良心。'我见他态度那么好,胆也壮了,趁机跟他说:'白瑞德先生,你看葬礼的事怎么办?'不料他顿时又像疯了似的,目光闪闪地对我说:'上帝,我还以为别人不明白,你应该明白!你以为我明知道孩子怕黑暗,还会把她放进黑暗之中吗?就是现在,我都能听到她从黑暗中惊醒过来尖声叫喊的声音。我绝不让她再受惊吓。'媚利小姐,我这才晓得他真的糊涂了,他喝得醉醺醺的,可是他需要的是睡觉,是吃东西。他完全疯了。他把我推出房门,嘴里喊着:'给我滚出去吧。'

"我下楼来,想起他说明天不举行葬礼,斯佳丽说明天要埋葬,他说如果埋葬,他要开枪打死她。现在所有的亲戚和邻居都已像一群珍珠鸡似的在那里叽叽喳喳议论开来。所以我才想到你,媚利小姐。你一定得来帮帮我们。"

"哦,嬷嬷,这事我不便过问。"

"你不能过问,那么谁能过问呢?"

"可是你叫我怎么办呢,嬷嬷?"

"媚利小姐,这我不晓得。不过你总会有办法的。你可以跟白瑞德先生谈谈,说不定他会听你的。他非常器重你,媚利小姐。你也许不知道,可我是很清楚的。我常听他说,你是他认识的唯一了不起的女人。"

"可是——"

媚兰站起身来,心里惶惶不安,一想起要去面见白瑞德,有些畏缩不前。要她去说服一个像嬷嬷所说的那样伤心欲狂的人,一想起来便觉得心寒。要她走进那烛光明亮的房间,看着她喜爱的小姑娘僵直地躺在那里,一想起来心里就难过。她该怎么办?她该向白瑞德说些什么,才能减轻他的忧伤,使他恢复理智?她站在那里正一时拿不定主意。这时从关着的门外传来她儿子响亮的笑声。忽然她产生了一种想法,像一柄冰冷的利剑刺进她的心房。假如是她的小博死了,他的身子冰凉僵硬地躺在楼上,他的愉快的笑声也停止了。那她该怎么办?

"哦。"她恐怖地大声喊出来,在想象中紧紧地把小博搂在怀里。霎时间她懂得了白瑞德的感情。假如是小博死了,她舍得撇下他,让他到风里雨里,到黑暗中去吗?

"哦!可怜、可怜的白瑞德船长!"她喊道,"我去看他,马上就去。"

她急忙回到餐室,跟艾希礼说了几句温柔的话,又搂着小博,深情地亲吻着他金色的鬈发,那孩子吃了一惊。

她匆匆走出屋子,帽子也没戴,餐巾还抓在手里,她的步子飞快,嬷嬷的两条老腿跟着她累得好苦。她一走进斯佳丽家的前过道,朝聚集在图书室里的人微微一鞠躬,又跟心惊胆怕的皮特小姐、气度不凡的白瑞德老太太,以及苏埃伦夫妇一一打招呼,然后她径往楼上走,嬷嬷气喘吁吁地跟在后面。走到斯佳丽房门前,她停住脚步。可是嬷嬷嘘声说:"不,不要进去。"

媚兰继续朝前走,放慢脚步,到白瑞德房门口停步了。她犹疑片刻,像是想要转身逃走似的。终于她鼓起勇气,像个小兵上战场似的,敲了敲门,又轻声喊道:"请开开门让我进来,白瑞德船长。我是威尔克斯太太。我要见见邦尼。"

门马上打开了,嬷嬷急忙退缩到过道的阴影中,白瑞德高大的身影映在明亮的烛光之中。他身子摇晃着站在那里,嘴里一股威士忌酒味。他朝媚利看了一会儿,一把抓住她的胳膊,把她拉进房间,随即关上房门。

嬷嬷侧着身子走到房门边的一张椅子跟前,疲倦地一屁股坐下来,她那肥胖的身躯把椅子塞得满满的。她一动不动坐着,一边默默地掉泪,一边在心里祈祷。她竖起耳朵细听房内的动静,不时撩起衣角擦擦眼睛。房间里除了很轻的断断续续的嗡嗡声外,听不见有说话的声音。

过了极长的一段时间,房门才咯吱一声开了,媚利的脸出现在房门口,脸上的神色显得苍白而很不自然。

"给我拿一壶咖啡来,快一点,再拿几片三明治。"

倘若后面有魔鬼在追赶,嬷嬷完全能跑得跟一个轻盈的十六岁姑娘一般快,何况她想到白瑞德房里去一看究竟的好奇心又在驱赶着她。可是她的希望结果都成了失望,因为媚利只打开一条门缝,接过托盘,又把房门关上了。她又侧耳倾听了许久,可是只听见银匙银叉碰撞瓷盘的声音,以及媚兰沉闷的低语。随后她听见一个沉重的身躯倒在床上,压得那床发出嘎嘎声,紧接着是靴子掉在地板上的声音。又过了一会儿,媚兰出现在门口。嬷嬷竭力想朝室内张望,可是门口被媚兰身子挡住,她什么也没看见。媚兰看上去很疲倦,睫毛上挂着几滴晶莹的泪珠,神态却已恢复平静。

"去告诉斯佳丽小姐一声,就说白瑞德船长非常愿意明天上午举行葬礼了。"她附着嬷嬷耳朵说。

"感谢上帝!"嬷嬷失声叫道,"你是怎么——"

"不要大声叫嚷。他要睡了。还有,嬷嬷,你去跟斯佳丽小姐说,我今天一晚上都在这里,你再去给我拿点咖啡。拿到这里来。"

"到这间屋里来吗?"

"是的,我答应白瑞德船长,只要他肯睡觉,我整晚上都坐在这里守着邦尼。快去告诉斯佳丽小姐,叫她用不着担心了.'

嬷嬷沿着过道走去,沉重的身躯压得地板直摇晃。她宽慰的心里默默地唱着"哈利路亚!哈利路亚!"① 到了斯佳丽房门前,她先停步想了一想,心里混杂着感激与好奇。

"我真猜不透媚利小姐是怎么搞的,是有天使在帮助她吧。我先把明天埋葬的事告诉斯佳丽小姐。至于媚利小姐守着小小姐的事,我最好不要提,斯佳丽小姐听了一定要不高兴的。"

---

① 赞美上帝语。

第六十章

　　这世界有点不对劲。有一种阴沉可怕的东西,犹如笼罩一切的无法穿透的黑暗的迷雾,正悄悄地逼近并包围着斯佳丽。这东西比邦尼的死还要可怕,还要阴沉。因为邦尼的死,最初虽然带给她难以忍受的痛苦,到后来也就慢慢地淡化了,自己认命了。可是现在她心里产生了一种持续的奇怪的忧患意识,像是有一种黑色的戴头兜的东西就站在她身旁,又像是她脚下的土地只要她一踩上去就会突然变成流沙似的。

　　她从未领会过这种形式的恐惧。她有生以来都坚定地立足于常识的基础之上。她所害怕的事全都是她能看得到的,比如破坏、饥饿、贫穷,失去艾希礼的爱之类。她生性不善于分析,因此她虽然试图分析目前的恐惧,那自然是没有结果的。她失去了自己心爱的孩子,这和她所遭受的其他重大损失一样,她终于还能忍受。她现在身体很好,很有钱,跟艾希礼见面的机会虽然愈来愈少,但并没有失去他。就连媚兰举行茶会那天,发生过那桩倒霉的事,虽然他们两人显得很尴尬,却也并没有给她带来很大的烦恼,因为她知道这种局面早晚会成为过去。所以,她真正害怕的不是痛苦,不是饥饿,也不是失去了的爱。这些东西的恐惧从来不曾把她压垮过。然而那阴沉可怕的东西带给她的却是一种足以把她摧毁的恐惧,很像她从前在梦魇中的感觉,像是她在一片飘忽的浓雾中没命地奔跑,心跳得快要迸裂开来,又像是一个迷路的孩子,找不到一个避难的地方。

　　她想起以前白瑞德总是能以他的笑声排除她的恐惧。她想起他宽阔的胸膛和他强壮的臂膀给她的安慰。于是她才认认真真地看着他,这还是几个星期以来头一回。可是她看到的他,却跟以前大不一样,她大为吃惊。她看得出来,这个男人再也不会欢笑,再也不会来安慰她了。

邦尼死后有一段时间,她对他憋着一肚子怨气,自己心里又极度悲痛,因此即使在下人面前,她对他也没有好声气。她无时无刻不在怀念邦尼一双小脚啪哒啪哒飞快地跑动的情景,怀念她咯咯的笑声,竟没有想一想,白瑞德同样也在怀念,而且他痛苦的程度,比她的更深。这几个星期以来,他们见面说话,就跟陌生人一样,客客气气,就像住在同一个旅馆里,在同一张桌子上吃饭,然而却各想各的事似的。

现在她感到又害怕又寂寞,很想打破他们之间的障碍,可是他总跟她保持一定距离,似乎无意跟她多谈。现在她的怒火已经平息,她想跟他说,邦尼的死,算不上是他的过错。她想倒在他怀里痛哭一场,对他说她自己对邦尼骑马的能耐,也曾过分得意,纵容孩子,也太过头了一点。她愿意低声下气地向他承认,她那时所以要指责他,是因为她想借此发泄一通,以减轻自己心里的痛苦。可是她始终找不到这样的机会。他看着她时,他的一双眼睛老是空空洞洞的,叫她没法开口。表示歉意的事,一经耽搁下来,就变得愈来愈困难,到后来简直不可能了。

她不明白事情为什么会落到如此地步。白瑞德是她的丈夫,他们之间有一种牢不可破的结合。他们同床共枕,有过一个可爱的孩子,随后又过早地失去了他们的孩子。她失去孩子的创伤只有在孩子爸爸的怀抱里才能得到安慰,才能慢慢地愈合。可是,照他们现在的情况看来,她要投入的怀抱,简直完全是一个陌生人的怀抱。

他难得在家。偶尔他们在一起吃晚饭,他总要喝醉才罢。他现在喝起酒来,不像从前那样,酒喝得愈多,他愈文雅,愈俏皮,爱说些风趣带刺的话逗得她忍不住发笑。现在他只是愁眉不展地喝闷酒,直喝到烂醉如泥为止。有时候快到天亮时刻,她才听见他骑马回到后院,捶开下人的房门,叫波克起来扶着他从后楼梯进屋睡觉。可是从前的白瑞德可不是这副样子,他向来能把别人灌得酩酊大醉,自己则丝毫无误地叫人送他们上床睡觉。

他向来衣冠楚楚,现在却变得不修边幅起来,连波克想要他换件干净衬衫吃晚饭,也得费很大的口舌。他脸上显示出过度饮酒的痕迹,眼睛里布满血丝,脸颊浮肿,下巴上原来清晰的线条已经模糊。他曾经魁伟的身躯,现在结实的肌肉松弛了,腰围也变粗了。

他常常整夜不回家,有时干脆叫人送个信来,说要在外面过夜。当然,他也许在酒店里喝醉了,就躺在那酒楼上睡了。不过斯佳丽总以为他是在贝尔·沃特林那里过的夜。有一回她在商店里见到贝尔,她看上去已年老色衰,尽管涂脂抹粉,衣着俗丽,但已过于肥硕,像个做妈妈的妇人了。一般轻佻的女人,见了上等人家的太太,不是垂下眼睛,就是怒目而视表示不甘示弱。可是贝尔见了斯佳丽,却并不避开她的目光,而是目不转睛地在她脸上搜索,还带着怜悯的神情,看得斯佳丽脸都红起来。

可是她就像不能因指责白瑞德害死邦尼而向他道歉一样,现在也不能指责他,不能对他大发雷霆,一定要求他忠实于她,也不能设法羞辱他。她陷入一种令她迷惘的麻木状态和一种她无法理解的不快之中。她现在的这种不快比以前更加强烈。她很寂寞,以前从来没有这样寂寞过,也许这是因为以前没有充分的时间,让她感觉到这样的寂寞。她觉得寂寞,觉得害怕。除媚兰外,没有可向另外的人寻求慰藉,因为连她的主要依靠支柱嬷嬷,也已回塔拉去,而且一去不复返了。

嬷嬷不曾说明她为什么要走。她向斯佳丽要钱买火车票回家时,一双疲倦的老眼悲伤地看着她。尽管斯佳丽流着泪恳求她留下,她只是说:"我像是听见埃伦小姐对我说:'嬷嬷,回家吧,你的工作已经做完了。'所以我要回去了。"

白瑞德听见她们的谈话,给了她钱,并拍拍她的臂膀。

"你做得对,嬷嬷,埃伦小姐是对的,你在这里的工作已经做完了。回家去吧。你今后如果需要什么，就告诉我一声。"他见斯佳丽那副样子，怒喝道："住嘴，你这蠢货，让她走！谁还愿意留在这屋子里——像现在这样子！"

他说话时眼睛里闪着狂怒的亮光，吓得斯佳丽连连往后退缩。

"米德大夫，你说他会不会——失去他的理智了？"她后来感到自己实在无能为力，只好到米德大夫那里求教。

"不会，"大夫说："不过他喝得太厉害。这样下去，他弄得不好会把自己的命断送掉。他太爱那孩子，斯佳丽，我想他喝酒为的是可以不要想起那孩子。现在我想劝你，小姐，你还是尽快给他生个孩子的好。"

"咳！"斯佳丽离开诊所时苦恼地想道。说起来自然简单。她是愿意再生一个孩子的，哪怕再生几个也行，只要能改变白瑞德眼睛里的神色，能填补她自己心里的空虚。她愿意生个男孩子，像白瑞德那么英俊，那么黝黑。再生个女孩子。哦，再生个女孩子，美丽、快活、任性，成天笑声不断，不像那轻浮的埃拉。为什么，哦，如果上帝要带走她一个孩子的话，为什么不带走埃拉呢？现在邦尼不在了，埃拉并不能给她安慰。可是白瑞德似乎不想再要孩子，至少他从来没有再踏进她的房门，尽管她现在房门一直没有关严，还有意微开着像是欢迎他进去。他似乎对此不感兴趣，对一切都不感兴趣，除了威士忌和那乱蓬蓬的红头发女人。

他的态度变得很坏，不像以前那样嘲弄别人，却并不伤害别人。他变得很粗野，不像以前那么幽默。他从前那样对待邦尼，赢得了周围一些太太们的好感。邦尼死后，她们都急着向他表示她们的友好。她们在街上招呼他，向他表示慰问，隔着篱笆跟他谈话，表示理解他的心情。可是他的礼貌是为了邦尼而产生的，邦尼走了，礼貌也跟着走了。对那些太太们好心的吊唁，他竟毫不客气地打断她们的话，不听她们把话说完。

可是，说也奇怪，那些太太们并没有被他得罪。她们理解，或者自以为理解他的心情。有时他傍晚骑马回家，醉得在马鞍上坐不安稳,竟对那些招呼他的太太们皱起眉头,表示很不耐烦。可是她们居然不以为忤,只叹息一声"可怜的家伙!",加倍地对他友好和温柔。她们为他难过,因为他怀着一颗破碎的心回到家里,又不能从斯佳丽那里得到安慰。

人人都知道斯佳丽冷酷无情。人人见到邦尼死后不久,斯佳丽似乎恢复了平静,都感到非常诧异。她们不知道,也不想知道,她是竭力克制住内心的悲痛,才能保持外表的平静的。城里人对白瑞德充满同情,可是他并不在乎,也不知道。城里人对斯佳丽深表不满,而她现在偏偏很想得到老朋友的同情。

现在,除皮特姑妈、媚兰和艾希礼外,没有一个老朋友上她的家门。来的都是些新朋友,坐着闪闪发亮的马车,迫不及待地来表达她们的同情,想跟她闲聊一些朋友之间的琐事,好排遣她的哀思。可是她对那些并不感兴趣。这些新朋友全是外地人,没有一个例外。她们不理解她,也永远不会理解她。她们不明白她搬进桃树街她的大厦过上舒适而有保障的生活之前,过的是什么样的日子。她们现在穿的是昂贵的锦缎,乘的是骏马拉的四轮马车,因此不愿意谈起从前的生活。她们不知道她以前的奋斗、以前的贫困和以前的种种努力才使她现在有宽敞的住宅、漂亮的衣服、她的银器和她举办的晚会。这些她们全不知道。她们也不想知道,因为谁也不知道她们到底来自何方。她们似乎永远只看到生活的表面。她们对战争、饥饿和奋斗没有共同的记忆,她们没有共同的根子生长在佐治亚的红土壤之中。

她现在在寂寞之中,很希望能跟从前的老朋友在一起消磨一个下午,比如梅贝尔·范妮、埃尔辛太太或者怀廷太太,甚至那位厉害的老战士梅里韦瑟太太也行。或者邦内尔太太,或者——随便哪一个老朋友老邻居都行。因为她们理解她。她们懂得什么叫战争、恐怖和焚燃,她们见到过亲人们过早地死去;她们曾经缺衣少食,忍饥受寒。她们都从废墟上重建自己的家业。

她若能坐下来跟梅贝尔一起回顾她当年在舍曼的追兵前拼命奔

逃因而失去一个婴儿的往事,对她未尝不是一种安慰。她若有范妮在,回想起她们两人在军事管制下的恐怖日子里同时失去丈夫,至少可以同病相怜。若有埃尔辛太太在,回想亚特兰大陷落那一天,她在五角场拼命抽打她的马儿,她抢来的军用物资从马车上纷纷散落下来,再想想那位老太太当时脸上的表情,一定会觉得十分有趣。若是把她跟梅里韦瑟太太的经历比较一下,也是一件愉快的事。这位太太现在有把握继续办她的面包铺,她高兴地问道:"你还记得刚刚投降时的情景吗?那时我们连一双新的鞋子都弄不到。瞧我们现在的日子!"

是的,这些回忆都能令人愉快。现在她才懂得,为什么两个南方邦联的人碰在一起,对昔日的战争会这样自豪,这样怀念,谈得这样津津有味。那些日子是对他们的心灵的考验,而他们经受住了考验。他们是老战士。她也是老战士,可是她没有伙伴可以重温昔日的战斗。哦,若能跟你的自己人在一起,他们跟你有共同的经历,遭受过同样的创伤——他们简直是你不可分割的一部分。若能跟他们在一起,那该多么好哇!

可是,不知怎么,这些人都悄悄地离开她了。她明白这是她自己的错。她从来没把这放在心上,可是现在——现在邦尼死了,她感到寂寞、感到害怕,然而坐在她那丰盛的餐桌对面的,却是个黝黑的、呆头呆脑的陌生人,正在她的鼻子底下一天天垮下去。

第六十一章

斯佳丽在马里塔时忽然收到白瑞德拍来的急电,刚好十分钟以后有一班开往亚特兰大的火车,她赶紧搭上这班车,随身只带了一只手提网线袋,让韦德和埃拉跟普里西一起留在旅馆里。

到亚特兰大只有二十英里路程,可是在阴雨绵绵的初秋午后,火车没完没了地爬行着,每一个小站都要停车让旅客上下。白瑞德的电报使她心急如焚,为了急于赶速度,她一见到停车恨不得要叫出声来,列车轰隆轰隆驶过淡淡的缺乏生机的金色的森林,驶过留有伤痕的蜿蜒的胸墙的红土山坡,驶过早已被遗弃的一排大炮掩体和许多杂草蔓生的弹坑,驶过约翰斯顿将军当年一路且战且退的艰苦道路。列车员报告的每一个站名,每一道路口,都曾是战场的名字,伏击的地点。提起这些名字,常能引起斯佳丽对当时恐怖情景的回忆,可是此刻她却没有心思回想这些。

白瑞德的电文是这样的:

"威尔克斯太太患病。速归。"

列车抵达亚特兰大时,天色已近黄昏。霏霏的细雨使全城陷于一片迷蒙。煤气街灯昏暗,在迷雾中形成一个个黄色的光团。白瑞德带着马车在车站等候。斯佳丽见到他的脸色,比看到他的电报还要害怕。她从来没有见过他脸上如此一点表情也没有。

"她不是——"她喊道。

"不,她还活着,"白瑞德搀她上了马车。"到威尔克斯太太家去,愈快愈好。"他吩咐车夫。

"她出了什么事啦?我一点不晓得她患病。她上星期看上去还是好好的。是不是发生了什么意外？哦，白瑞德，真的那么严重，像你——"

"她快要死了，"白瑞德的声音，跟他的脸色一样没有表情。"她要见你一面。"

"不可能是媚利！哦，不可能是媚利！她出了什么事啦？"

"她流产了。"

"她——流——可是，白瑞德，她——"斯佳丽听到这两个极为可怕的消息——一是她快死了，一是她流产了——她简直被吓得没法呼吸了。

"你不晓得她怀有孩子吗？"

斯佳丽连摇头的力气也没有了。

"啊，不错，我想你大概不会晓得。我想她没有告诉任何人。她想到时候一鸣惊人。不过我是晓得的。"

"你晓得？可是她肯定没有告诉你。"

"她不必告诉我。我晓得。最近两个月以来，她非常快活。我晓得这不可能是因为别的原因。"

"可是白瑞德，大夫说过，她若是再怀孩子，便会把命送掉。"

"可不是把命送掉了吗，"白瑞德说。又对车夫说了声："看在上帝面上，能不能再快一点？"

"可是，白瑞德，她不会死的！我——我不是没有，而且我——"

"她没有你那样的体力。她向来没有力气，除了一颗善良的心，她什么也没有。"

马车颠簸到一幢小小的平顶屋前停下，白瑞德扶斯佳丽下车。这时她浑身颤抖，心中害怕，突然感到一阵凄凉，忙一把抓住他的胳膊。

"你进去吗，白瑞德？"

"不。"他说着转身又上了马车。

她飞快地走上前台阶，穿过走廊，推开房门。里面，在昏黄的灯光下，坐着艾希礼、皮特姑妈和因迪。斯佳丽暗想："因迪怎么来了？媚兰不是叫她再不要踏进这屋子吗？"三人看见斯佳丽，都站起身来。皮特姑妈咬着嘴唇，想叫它不要颤抖。因迪愣愣地看着她，愁容满面，却并无憎恨。艾希礼呆若木鸡，像个梦游人。他走到她跟前，把手放在她臂膀上，像个梦游人似的说道：

"她想要见你。她想要见你。"

"我现在可以见她吗？"她转身面向媚兰的关着的房门。

"现在不行。米德大夫在里面。我很高兴你赶到了，斯佳丽。"

"我是尽快赶来的，"斯佳丽脱下帽子和大氅，"火车——她是真的——告诉我，她好点了，是吗，艾希礼？你跟我说！不要这样子！她不是真的——"

"她不停地说要见你。"艾希礼说时看着她的眼睛。从他的眼睛里她看到他的回答。她的心骤然停止跳动，随后一种奇异的恐惧感开始撞击她的心头，它比焦灼和悲伤都强烈。这不会是真的，她热切地想排除她的恐惧感。大夫有时也会诊断错误。我想这不是真的，我绝不能把它当成是真的，要不我忍不住要尖叫了。我必须想些别的事。

"我不信！"她激昂地嚷道，眼睛看着那三张拉长的脸孔，像是料定他们不敢反驳她。"而且媚兰为什么不告诉我？假如早知道，我绝不会去马里塔！"

艾希礼的眼睛清醒过来，显得非常痛苦。

"她跟谁也没有说，斯佳丽，她尤其要瞒着你。她怕你晓得了要责怪她。她想等上三——她想等到她以为安全了，有把握了，再告诉你们大家，让大家都吃一惊，都高兴高兴，都说大夫的话多荒谬。她是那么快活。你晓得她多么喜欢孩子——她多么想有个女孩子。一切都那么顺利，可是突然——而且一点原因也没有——"

媚兰的房门悄悄地打开了，米德大夫走出来，随手把房门带上。他默默站立了片刻，灰白的胡须垂在胸前，眼睛看着那像是突然冻僵的四个人。他的目光最后停留在斯佳丽脸上，同时朝她走过来。她见他忧伤的眼神流露出对自己的不满和轻蔑，于是内疚立即淹没了她内心的惊慌。

"你终于还是来了。"他说。

艾希礼不等她回答，便朝关着的房门口走去。

"你等一等，"大夫说，"她有话要跟斯佳丽说。"

"大夫，"因迪抓住他的袖子喊了他一声。她的声音虽然很单调，但极其恳切。"让我去看看她吧。我一早就来了，一直等到现在，可是她——让我去看看她。我要告诉她——我一定得告诉她——有一件事——是我错了。"

她说话时，眼睛没有看着艾希礼，也没看着斯佳丽，可是米德大夫的冷冷的目光却落到斯佳丽的脸上。

"看情况再说吧，因迪小姐，"他简短地说，"不过你得先答应我，不要因为认错，让她把力气都消耗了。她知道你是错的，听到你的道歉，只会增加她的烦恼。"

皮特畏畏缩缩地开口说："大夫，请你——"

"皮特小姐，你晓得你是会尖叫起来、会晕过去的。"

皮特挺直她那矮胖的身子，正视着米德大夫。她的眼睛里没有噙着泪水，脸上的每条曲线都显示出她的端庄。

"那好吧，亲爱的，你稍等片刻，"米德大夫的语调稍温和些。"你过来，斯佳丽。"

他们两人踮起脚走到房门前，大夫伸出手来，使劲地抓住斯佳丽的肩膀。

"听着，小姐，"他附着她耳朵说，"不要歇斯底里，也不许跟她忏悔，要不，凭着上帝起誓，我一定要拧断你的脖子。你用不着瞪着我看，你明白我的意思。应该让媚兰小姐平静地死去，你不能为了减轻你良心上的负担，跟她谈起你和艾希礼之间的任何事情，我这一辈子，从来不曾伤害过一个女人，不过你若是说了不该说的话，那么——你得对我负责。"

他不等她回答，便把门打开，把她推进房间，又重新把门关上。小小的房间放着几件廉价的黑胡桃木家具，灯光用报纸遮着，房间里的光线显得半明半暗。一眼看去，既小又整洁的情况，像是个女学生的卧室。一张窄窄的床铺，床头板很低，一顶朴素的帐子挽在床后。地上铺着的碎呢地毯已经褪色，却很干净。这房间跟斯佳丽那有雕镂家具、锦缎窗帘和绣花地毯的豪华卧室相比，成了鲜明的对照。

媚兰躺在床上，盖着毯子，扁平萎缩的身躯看上去就像个小女孩。两束黑发披在脸颊的两侧，闭着的眼睛已经凹陷，现出两个紫红的圆圈。斯佳丽见这情景，靠在门上竟不能动弹了。房间里光线虽然很暗，她还可看出媚兰的脸色黄得跟蜡一般，像是生命的血液已经干枯，连鼻子也皱缩了。到这时，她方才明白，米德大夫并没有弄错。战争时期她在医院里，像这种萎缩的脸容见得实在太多了，她不会不知道它预示着什么。

媚兰就要死了，可是一时她心里无法接受这样一个事实。媚兰不能死。她不可能死掉。上帝绝不会叫她死掉，因为她斯佳丽实在太需要她了。在这以前，她从来没有想到过她需要媚兰，可是现在，真理似浪潮般涌进她心灵的深处。其实就在她倚靠自己力量的时候，她同时也在倚靠着媚兰，只是她不曾意识到这一点。现在媚兰快要死了，斯佳丽方才明白，没有她在日子是过不下去的。现在，她踮起脚尖朝静静躺着的媚兰身边走去，恐惧攫住了她的心。她明白媚兰长期以来一直是她的剑，又是她的盾，是她的安慰，是她的力量。

"我一定得抓住她！我不能让她离开！"她一边想一边在床边坐下，她的衣裙沙沙作响。媚兰的一只手无力地放在毯子上，她急忙伸手把它握住。只觉那手冰凉，她又吓了一跳。

"是我，媚利。"她说。

媚兰眼睛睁开一条缝，见真的是斯佳丽，现出很满意的样子，又重新闭上眼睛。稍后，她吸了一口气，轻轻说道：

"你答应我吗？"

"哦，我什么都答应。"

"小博——照顾他。"

斯佳丽只能点点头，她的喉咙像是被扼住了似的。她轻轻地捏了一下她握住的手，表示她答应她。

"我把他交给你了，"她脸上浮起一丝微笑。"我曾经把他交给你过——记得吗？——在他出生以前。"

她记得吗？那时的情景她难道能忘记吗？不，她记得清清楚楚，就好像那可怕的一天又回到了她的眼前似的。她仿佛感受到了那个九月中午的酷热，意识到北佬的恐怖，听见自己军队撤退时的步行声，回想起媚兰曾经央求过她，万一她不幸死去，恳求斯佳丽替她把孩子抚养长大——她还记得，那天她多么憎恨媚兰，巴不得她不要活在世上。

"是我害死了她，"她想，她沉溺于迷信的痛苦之中，"我老是巴不得她死，给上帝听见了，现在上帝来惩罚我了。"

"哦，媚利，不要那么说。你知道你是能挺过这——"

"不。答应我。"

斯佳丽忍住了哽咽。

"你知道我会答应的。我会把他当作我自己的孩子看待。"

"念大学？"媚兰的声音微弱低沉。

"哦，是的！念大学，上哈佛，去欧洲，他要什么就给他什么——还有——还有——一匹小马——还要教他音乐——哦，媚利，你要挺住！一定要挺住！"

一时又陷入了沉默，媚兰脸上显示挣扎的迹象，似乎想积聚点力气说话。

"艾希礼，"她说，"艾希礼跟你——"她的声音先是发颤，终于停了。

斯佳丽一听见她提起艾希礼的名字，她的心似乎骤然停跳，似乎跟花岗石一样冰冷，原来媚兰始终是知道的。斯佳丽把头伏在毯子上，似乎有一只残酷的手，扼住她的咽喉，使她欲哭而哭不出声。媚兰是知道的。斯佳丽此刻已经顾不到羞愧，也没有任何别的感情，只有一种深深的悔恨，自己不该把这个善良的女人，伤害了这许多年。媚兰已经知道一切——然而,她仍然做她忠诚的朋友。哦,她假如能把过去的日子重新生活一遍,那该多好!那她一定对艾希礼连瞧也不瞧一眼。

"哦,上帝,"她急急地祷告道,"请务必让她活下去!我一定巴结她。我一定好好待她。假如你让她恢复健康,我今生今世绝不再跟艾希礼搭一句话。"

"艾希礼,"媚兰的声音很微弱,她伸出手指抚摸斯佳丽低垂着的头。她的拇指和食指拉了拉斯佳丽的头发,那手指的力量就跟婴儿的差不多。她明白媚兰的意思,知道她要她抬起头来。可是她不能,她不能看媚兰的眼睛,不能看她那眼睛里显露出她所知道的一切。

"艾希礼,"媚兰又低声叫一声。斯佳丽竭力控制自己。将来到了最后审判的日子,她面对着上帝,从上帝的眼神里看出对她的判决,怕也不至于比现在更难挨。她的灵魂在畏缩,她还是抬起头来。

然而她看见的,依然是那双深情的黑眼睛,已显得凹陷和垂死的呆滞;依然是那温柔的嘴唇,在费力地痛苦地挣扎着呼吸。她没有责备,没有谴责,也没有恐惧——只有一种焦灼,她再也没有力气说话了。

斯佳丽大感意外,一时愣住了,竟不觉得宽慰。稍后,她把媚兰的手略为握紧些,心中泛起一股向上帝感恩的热流。从孩提时代以来,她才第一次谦卑地、无私地向上帝祈祷。

"感谢你,上帝。我知道我不值得接受你的恩宠,可是你没有让她知道。我多么感谢你。"

"艾希礼怎么样,媚利。"

"你会——照顾他吗?"

"哦,我会的。"

"他那么容易——害感冒。"

稍停了一下。

"照顾他——他的生意——你明白吗?"

"是的,我明白。我会的。"

她拼命挣扎。

"艾希礼他不——切合实际。"

只有在死亡之前，媚兰才不得不指出艾希礼的不足之处。

"照顾他，斯佳丽——可是——不要让他知道。"

"我会照顾他，会照顾他的生意，而且我绝不会让他知道。凡事我都给他提些建议。"

媚兰努力闪现出一丝微笑，但这是一丝胜利的微笑。她的眼睛跟斯佳丽的对视了一下。就在这一瞥之间，她们达成了一项协议，把保护艾希礼度过这坎坷的一生的责任，从一个女人卸到另一个女人肩上，同时又不让艾希礼知晓，这就不至于挫伤他男子汉的自尊心。

媚兰疲倦的脸上，不再有挣扎的痕迹，仿佛得到斯佳丽的承诺，她已放心似的。

"你那么能干——那么勇敢——待我一向那么好。"

听见这几句话，斯佳丽的哽咽声从喉咙里畅通地涌上来，她急忙用手捂住嘴巴。现在她马上要像个孩子似的大哭大叫："我是个魔鬼！我太委屈你了！我从来不曾为你做过什么事！我做的全是为了艾希礼！"

她倏地站起身，牙齿狠咬自己的拇指，以恢复她的自制力。白瑞德的话又回到她的耳边，"她爱着你。让她的爱成为你的十字架吧。"是的，这个十字架现在变得更加沉重了。她用尽一切手段想把艾希礼从她身边抢走，她已感到负疚良深。然而媚兰盲目地信任她一辈子，临终时还同样地爱她，同样地信任她，那就更叫她无地自容了。不，她绝不能说穿。她甚至不能说："你努力争取活下去吧。"她必须让她平静地离开人世，没有挣扎，没有眼泪，没有烦恼。

房门稍稍打开了，米德站在门口，迫切地招呼她出来。斯佳丽竭力忍住泪水，俯身举起媚兰的手，贴在自己的脸颊上。

"晚安。"她说，声音比自己预料的要镇静。

"答应我——"媚兰的低语，现在变得非常轻柔了。

"什么我都答应，亲爱的。"

"白瑞德船长——好好地待他。他——非常爱你。"

"白瑞德?"斯佳丽觉得不解,她这话似乎对自己毫无意义。

"好的,我一定。"她机械地说着,轻轻地在她手上吻了一下,把它放回床上。

她走出房门,米德大夫低声对她说道:"让她们两位马上进来吧。"

斯佳丽泪水模糊地眼看因迪和皮特跟着大夫走进房间。她们两人都把裙子撩到腰际,为的是不让发出窸窣的声响。她们进去以后,大夫把门关上,整幢屋子又是一片寂静。艾希礼不在场。斯佳丽的头靠在墙上,像个无助的孩子躲在角落里,用手揉着疼痛的咽喉。

在那关着的房门里面,媚兰就要去了。这些年来,斯佳丽一直不自觉地倚靠的力量,也将随她而去。为什么,哦,为什么在此之前,她自己始终没有意识到,她是多么喜爱、多么需要媚兰呢?可是谁能料到,这个瘦小平凡的媚兰,竟是可以依赖的中流砥柱呢?她在陌生人跟前会害臊得掉下眼泪。她从来不敢大声说出自己的意见。她害怕老太太们指责她的不是。她胆小得不敢对鹅呸一声。然而——

斯佳丽的思绪回到多年以前,在塔拉的那一个酷热、寂静的中午。当时一个穿蓝军装的尸体倒在地板上,一缕灰色的烟雾在他的上方盘旋,媚兰手持查尔斯的军刀,站在楼梯顶上。她记得当时她心里想的是:"媚兰真蠢!她连把刀也提不动,跑出来干什么?"可是现在她才明白,在紧急关头如果一旦需要,她会毫不迟疑地冲下楼梯,杀掉那北佬——或者自己被杀掉。

是的,媚兰那天手握军刀,是做好准备为她战斗的。现在,斯佳丽回过头来重温往事,才伤心地看明白,媚兰无时无刻不手持军刀在她身边,跟她形影不离,以盲目热爱的忠诚,为她战斗,为她跟北佬、大火、饥饿、贫穷、舆论,以至她心爱的亲人而斗争。

斯佳丽一经明白那军刀一直在她和这世界之间挥舞着,而那军刀从此将永远藏入刀鞘,她的勇气与信心慢慢消失了。

"媚利是我唯一的女友,"她深感孤零地想道,"除了母亲以外,她是唯一真心爱我的女人。她跟母亲也很相像。凡认识她的人没有一个不愿意跟她亲近的。"

忽然间,她仿佛觉得那躺在关着的房门里面的人就是埃伦,她是第二次离开这个世界。忽然间,她仿佛又回到塔拉,处境艰难,凄凉落寞,因为她知道她失去了那纤弱、和善、软心肠人所具有的惊人力量,她是无法面对生活的。

她站在过道里,神思恍惚,惊魂不定。起坐间里闪耀的火光在她周围的墙上投下长长的阴影。屋子里死一般的寂静,似乎蒙蒙的冷雨渗透她的全身。她想起艾希礼。艾希礼到哪里去了呢?

她到起坐间找他,像一只受冻的动物寻找火堆,可是他不在那儿。她一定得找到他。她刚才发觉了媚兰的力量,发现了自己一向倚靠她的力量,可是就在她发现这种力量的同时,她却失去了它。幸好,还有艾希礼在。艾希礼强壮、睿智,能给她以安慰,是艾希礼和他的爱,具有一种力量可以压倒她的软弱,一种勇气可以排除她的恐惧,一种坦荡可以缓解她的忧愁。

他一定在他的卧室里,她想,于是蹑手蹑脚地走到门前,轻轻地敲了几下。没有回答,她推开门。艾希礼正站在梳妆台前,看着一双媚兰补过的手套。他先拿起一只,像是以前没见到过似的,随后把它轻轻放下,仿佛它是玻璃做的,接着拿起另一只。

她声音颤抖地喊了声:"艾希礼!"他慢慢转过身来看着她。他灰色眼睛里那昏沉淡漠的神情不见了,眼睛睁得很大,毫无掩饰。在他的眼神中,她看出他跟自己一样心怀恐惧,比自己更感到孤零无依,不知所措。她看到他的脸色以后,刚才在过道里所感到的畏惧,反而加深了。她朝他身边走去。

"我害怕,"她说,"哦,艾希礼,你扶着我,我太害怕了。"

他没有向她靠拢,只是两手紧紧抓住那只手套,呆呆地瞅着她。她伸出一只手搁在他的胳膊上,低声问道:"那是什么?"

他的目光热切地在她脸上搜索,在追逐,在绝望地捕捉一种没有着落的东西。终于他开口说话了,可那声音却不是他自己的。

"我正需要你,"他说,"我正想找你——像一个寻求安慰的孩子——可是我找着的却是一个比我更加害怕的孩子,朝我奔跑过来。"

"你不会——你绝不会害怕,"她嚷道,"你从来没有害怕过,可是我——你向来是非常坚强的。"

"如果我向来是坚强的,那是因为有她在背后支持我,"说到这里,他的嗓音变了,他低头看着手套,又把它捋平。"现在——现在——我全部的力量都跟着她一起去了。"

在他低沉的声音中,带有异常强烈的绝望情绪,她只好把手从他的胳膊上放下,还朝后倒退了一步。两人陷入了深深的沉默。她觉得有生以来,她这是头一回真正地对他有所理解。

"怎么——"她慢慢地说,"怎么,艾希礼,你爱她,不是吗?"

他好像很费力地说:

"她是我曾经享有的唯一的梦想,它在现实面前始终常在。"

"梦想!"一阵从前的恼怒又涌上她的心头,"他老是只有梦想!从来没有意识!"

她心情沉重而又有点难受,她说:"你为什么一直这么傻,艾希礼。你为什么没能察觉出她比我要好上一百万倍呢?"

"斯佳丽,请别说了!倘若你能知道这些日子我是怎么过来的就好了,自从大夫——"

"你的日子是怎么过来的!那么你以为我——哦,艾希礼,你在好几年以前就应该知道你爱的是她,不是我!为什么你不早知道?那样的话,情况会完全不同,那么——哦,艾希礼,你应该早就知道,你不该空谈什么荣誉和牺牲之类的话,把我挂空起来。你倘若早几年真的跟我说清楚,我早已——这会置我于死地,可我还能挺过去。可是你直到现在,到媚利快死的时候,才发现这一点。可是现在为时已晚,已无能为力了。哦,艾希礼,这种事情通常都是男人的心里最清楚——而不是女人!你应该非常明白你始终爱着她。你需要我,只不过是像——像白瑞德需要沃特林那个女人一样。"

她的话说得他畏缩起来，可是他的眼睛还是看着她的。她见他的目光像是在恳求她不要说下去，恳求她给他一点安慰。他脸上的每一根线条都显示出她的话击中了要害。他佝偻的肩膀表明他心中的内疚给他自己的惩罚，远比她能强加于他的要残酷得多。他在她面前默默站着，手里紧紧捏着那只手套，仿佛那是一只能够理解他的手似的，此刻斯佳丽的愤慨渐渐消退了，她的怜悯之心油然而生，还感到自己有点丢脸。她的良心开始谴责她自己。她不该脚踢一个已被击败而失去自卫能力的人——何况她答应过媚兰她会照顾他的。

"我刚刚应允了她，怎么马上对他说些冷酷的、伤害他感情的话来了呢？其实这些话用不着由我或者任何别的人说的。他心里非常清楚并为此正遭受极大的痛苦。"她心里凄凉地想，"他还没有成熟。他像我一样，还是个孩子，由于害怕失去她，已经憔悴不堪。媚利知道她死后他会是个什么样子，她比我更理解他。所以她才把他跟小博一样，同时托付给我。对她的死，艾希礼怎么能支撑得住？我能支撑得住。我什么事都能忍受。因为我不得不忍受的事已太多了。可是他不能忍受——没有了她，他什么都不能忍受。"

"请原谅我，亲爱的，"她伸出一只手放在他臂膀上温和地说，"我知道你内心非常痛苦，不过你总记得，对那件事她一点也不知道，而且从来不曾起过疑心。上帝对我们真是太好了。"

他立即走到她身边，不加思考地用他的双臂搂着她。她踮起脚尖用她暖烘烘的脸颊舒舒服服地贴在他脸上，一只手轻轻地抚摸他的头发。

"不要哭，亲爱的。她要你勇敢些。她马上就要你去见她了，你一定得勇敢些。绝不能让她看出你刚才哭过。那样她会痛苦的。"

他紧紧地搂着她，她几乎透不过气来，只听见耳边响起他嘶哑的声音。

"我怎么办？我不能——没有她我没法活下去。"

"我也一样，"她想起今后漫长的岁月里没有媚兰生活在一起的前景。可是她竭力不去想它，猛地振奋起精神。艾希礼需要倚仗她，媚兰需要倚仗她。这时,又像当年在塔拉的月光下她喝醉了酒筋疲力竭时一样,她想:"重担是要让坚强有力的肩膀承担的。"对,她的肩膀是坚强有力的,艾希礼的却不是。于是她挺起肩膀准备承受重担,她以自己完全意识不到的镇静亲了亲他潮湿的脸颊。她的吻没有狂热,没有渴慕,没有激情,只是温和的、冷静的一吻。

"我们总会有办法的。"她说。

过道里传来房门猛地被打开的声音,只听米德大夫急迫地喊道:"艾希礼,快来!"

"我的上帝,她死了!"斯佳丽想,"艾希礼还没来得及跟她诀别。不过也许——"

"快!"她见他仍呆呆地站着,推了他一把,大声喊道,"快!"

她拉开门推他出去。他经她这一喊,才如梦方醒似的奔进过道,一只手套还紧紧捏在手里。她听见他急促的脚步声,随后是关门的声音。

她又喊了声:"上帝。"慢慢地走到床边坐下,垂下头,双手捧着它。她忽然觉得很疲倦,好像有生以来从没有这样倦过。随着媚兰房门关上的一声响,她刚才奋力鼓起的劲头,突然泄掉了。她感到心力交瘁。此刻她感到没有悲伤,没有悔恨,没有恐惧,也没有惊异。她倦了,她的心就好比壁炉架上的钟机械而沉闷地滴答滴答敲着。

在这沉闷之中,她忽然想起来了,艾希礼并不爱她,而且从来不曾真正爱过她。可是知道这一点她并不伤心。她应该伤心。她应该感到凄凉、心碎,应该为命运的捉弄而惊呼。因为这许多年来,她倚靠的是他的爱,支持她度过这种危难的也是他的爱。然而,现在的事实竟是他并不爱她,她也并不在乎。她所以不在乎,是因为她并不爱他。因为她不爱他,因此他无论说什么,做什么,都不会叫她伤心。

她在床上躺下,疲乏地把她的头搁在枕上。想战胜刚才的念头是枉然的,自己骗自己也是枉然的,不用说什么:"可是我确实爱他，我爱他已好多年了。爱情是不能在转眼之间就冷淡的。"

可是爱情是能够变化的，而且它已经变了。

"他根本并不真正存在，只是存在于我的想象之中，"她厌烦地想道，"我爱的是我自己虚构的东西，它现在跟媚利一样没有生命。我做了一套漂亮的外衣，我爱上了它。艾希礼骑马走过来，他那么漂亮，那么出众，我把那套外衣穿在他身上，不管对他是不是合身。而且我也不管看到他到底是个什么样子。我始终爱着那套漂亮的外衣——根本没有爱他。"

现在她能重新回顾一下多年前的情景。那时她穿着绿花布薄棉衣，站在塔拉的阳光下，为那年轻的骑手，为他的一头光闪闪似头盔的金发而倾倒。现在她能看得很清楚，她那时只不过是一种幼稚的空想，就跟哄杰拉尔德给她买一副蓝宝石耳环的情况差不多。耳环到了手，它的价值也就没有了。任何东西，除了钱以外，只要她一弄到手，马上没多大价值了。因此，如果当初艾希礼跟其他男孩子一样，对她先是满怀激情，继而纠缠不休，为她争风吃醋，郁郁不乐，终而对她苦苦哀求，把自己置于她的掌握之中，而她则可以从拒绝他的求婚中得到满足。倘若是那样的话，她对他的醉心早就会成为过去。只要她身边出现另一个新人，他便会像阳光下的薄雾与微风一样很快就被吹散了。

"我多傻，"她心酸地想道，"现在我只好自食其果了。我多年以来的愿望算是实现了。我巴不得媚利死掉，好让我得到他。现在媚利死了，我得到了他，可是我不想要他。他那该死的人格会让他来问我，是不是跟白瑞德离了婚再跟他结婚？跟他结婚吗？即使把他放在银托盘里送给我，我也不要。不过，反正一样，我这一辈子是注定要被他绕在我的脖子上了。只要我活着，我得照顾他，不让他挨饿，不让人家伤害他的感情。他不过是拉着我的裙子的又一个孩子。我失去了一个恋人，得到了另一个孩子。假如我不曾应承媚兰，那我——我即使从此不再见到他，我也不会在乎的。"

第六十二章

斯佳丽听见门外有低低的耳语声,走到门口一看是几个黑人,惊慌失措地站在后面过道里。迪尔西抱着熟睡的小博,沉沉地压得她手臂下坠。彼得大叔在哭,厨娘撩起围裙在擦她宽阔的泪脸。三个人都看着斯佳丽,都在无声地问她现在他们该做些什么。她抬头朝起坐间看去,见因迪和皮特姑妈站在那里,相互握着手无言相对。因迪这一下失去了她执拗的神情。跟那几个黑人一样,她们也以恳求的目光看看斯佳丽,希望得到她的指点。她一走进起坐间,两个女人马上向她靠拢过来。

"哦,斯佳丽,我们该——"皮特姑妈开口说道,她那孩子般的胖嘴唇哆嗦着。

"不要跟我说话,不然我也要尖声大叫了。"斯佳丽说。她因为神经过度紧张,说话的声音特别刺耳。她两手握紧拳头垂在身子两侧。一想到提起媚兰的名字,就要想到不可避免地为她料理后事,她的喉咙都卡紧了。"你们两个人的话,我一个字也不要听。"

两人听到她那带有权威的话声,不由都倒退一步,脸上露出受了委屈而又无可奈何的神色。"我千万不能在她们面前掉泪,"她想,"我倘若现在哭出声来,她们便会跟着哭哭啼啼,几个黑人便会号啕大哭,那岂不乱了套。我得保持镇静,因为有好多事正等着我去做。我得去找丧葬承办人,安排下葬的事,得把屋子里收拾得干干净净,得接待前来吊唁抱住我痛哭的那些客人。这些事艾希礼是应付不了的,得由我来承担。哦,多么累人的重担,我老是要背着累人的重担;而且背的总是别人的重担!"

· 1107 ·

她看了看因迪和皮特那深受委屈的茫然的脸色,心里不由一阵愧疚。媚兰对爱她的人,绝不会像自己那样尖刻。

"我很抱歉我刚才态度不好,"她说,好不容易才说出来,"我刚才不过——我很抱歉,姑妈。我到走廊里去一下。我得独个人待一会儿。随后我回来,那时我们——"

她在皮特姑妈身上轻轻拍了一下,急忙朝前门走去。她明白如果在这房间里再待上一分钟,她就会控制不住自己的感情了。她得独个人待一会儿。她得躲起来哭一场,要不她的心会碎的。

她走进黑暗的走廊,把身后的门关上,夜晚潮湿的空气带着寒意往她脸上袭来,雨已经停了,周围静寂无声,只是偶尔有水滴从屋檐滴下来。世界被笼罩在一片浓雾之中,那稍觉阴冷的迷雾似乎有岁末的气息。对面街上,家家人家都是黑沉沉的,只有一家人家的窗口透出灯光,照射到马路上。它的光线在和浓雾的无力抗争中,飘浮着无数金色的微粒。整个世界,像是被一条灰色烟雾的静止不动的毯子裹着。整个世界寂静无声。

她的头靠在廊柱上,她想痛哭一场,但欲哭无泪。因为灾难过于深重,不是泪水所能排遣得了的。她全身不住哆嗦。她生活中两座不可攻破的堡垒在她耳边轰然倒塌,那声音似乎在她心中不住地回荡。她站立片刻,想再一次唤起她惯用的护身符:"等到明天我能经受得住的时候再去想它吧。"可是这护身符这一回似乎不灵了。因为有两件事她不得不想,一件是想媚兰,想自己多么爱她,多么需要她。另一件是想艾希礼,想自己固执得硬是不肯睁开眼看一看他到底是怎么样一个人。这两件事,她不管是明天想,或者是她一生中无论哪一个明天想,都同样令她感到痛心。

"我现在不能进去跟他们说话,"她想,"今晚我不能去跟艾希礼见面,不能去安慰他。今晚不行!明天上午我早点来,我得做我不得不做的事,说我不得不说的乞求别人的话。可不是今天晚上,今晚我办不到。我要回家去。"

家离这里只有五条街。她不想等彼得大叔给她套好马车,也不想等米德大夫护送她回去,她受不了前者那呜呜咽咽的样子,也受不了后者对她默默的谴责。于是她匆匆走下黑暗的前台阶,没穿大衣,没戴帽子,走进茫茫的雾中去了。她转过街角,走上通往桃树街的长长的山坡。这时她在一个寂静潮湿的世界上行走,连她的脚步也像在梦境中一般毫无声响。

她走上小山坡,胸中挤满泪水,却淌不出来。这时她慢慢产生一种虚幻的感觉,仿佛她以前曾到过这阴暗寒冷的地方,当时的处境也相同——而且到过不止一次,是好多次。我好傻,她心神不安地想道,连忙加快脚步。想必是她的神经在跟她自己开玩笑。可是这种感觉持续着,并悄悄地遍及她整个心田。她犹疑不定地朝四下张望,可是她这种感觉还在扩展,它怪异而又熟悉,于是她像一头野兽意识到危险似的猛地抬起头来。我这是因为过度劳累了,她想自己安慰自己。夜晚的雾多浓,多怪。我从来不曾见过这样浓的雾,除非——除非!

忽然她明白了,于是恐惧开始挤压她的心。她现在明白,在过去上百次的梦魇中,她都在这样的浓雾中奔逃,经过的是鬼魂出没的地方,没有路标,只有阴冷的雾气和幢幢的鬼影。她是不是又在做梦,还是她的梦变成现实了呢?

她顿时脱离现实,坠入了迷津。从前那梦魇中的感觉掠过她的全身,比以往任何时候都更强烈,于是她的心开始奔驰起来。她又像那一回在塔拉时那样,站立在死亡与寂静之间。世界上的一切似乎都无关紧要。生命已经毁灭,恐慌似冷风在她心中呼号。她开始奔跑起来,就像千百回在梦中奔跑一般,像是被一种无名的恐惧驱赶着,盲目地在飞奔,不知奔向哪里,只是一心想在灰雾中寻求安全,却又不知它在什么地方。

她在幽暗的大街上奔跑,低着头,心似擂鼓般在狂跳,夜雾沾湿了她的嘴唇,头上的树枝阴森森地俯视着她。在这潮湿、岑寂的荒野里,有一个,确实有一个可以避难的地方!她气喘吁吁地奔上长长的山坡,她身上的裙子沾湿了,冰凉冰凉地贴在她的脚踝上,她的肺像是快要迸裂,束得过紧的胸衣似乎要把她的肋骨嵌进她的心窝里。

她眼前出现了灯光,一长排灯光,幽暗而闪烁不定,但却是实实在在的灯光,在她的梦魇中,她从来没有见到过灯光,见到的只有灰雾。她的心立即抓住了那灯光。灯光意味着安全、人间和现实。她忽然停止奔跑,捏紧拳头,竭力排除掉心里的恐慌感。她定神细看那排成一列的煤气灯,才知道这里是亚特兰大的桃树街,不是灰蒙蒙鬼魂出没的梦境。

她在马车停车台上坐下,喘着气,竭力攥住自己的神经,仿佛它们是一根根绳子,正在迅速地从她手中滑走似的。

"我刚才在奔跑——像个疯子般拼命地奔跑!"她想。她的恐惧有所减轻,身子还在颤抖,心狂跳得令她作呕,"可是我要跑到哪里去呢?"

她的呼吸渐渐平息下来,她的双手撑住腰坐在那儿,她抬头朝桃树街看去。在那山坡的顶上,便是她自己的屋子。那屋子的每一个窗口看上去都亮着灯光,而且明亮得足以抵抗那浓雾,它的光线不至于变得暗淡。家!真的是家!她看着远处那屋子模糊的轮廓,心中升起了感激和思念的感情,同时她心中好像又获得了一种宁静。

家!那便是她想去的地方,她刚才拼命奔跑,正是为了要回家,要回到白瑞德身边!

她明白了这一点,就好像摆脱了身上的锁链,与此同时,那经常在梦中萦绕她的恐惧感也随之消失了。她的恐惧感是从她那年回到塔拉发现她的世界已毁灭而产生的。当时她发现她已失去了保障。所有的力量,所有的智慧,所有的理解与爱的温柔——全体现在埃伦身上,她姑娘时代的保障,全都丧失了。后来,她虽然在物质上得到了保障,可是在梦境里,她依然是个受惊的孩子,寻找着那失去的世界中的那失去的保障。

现在她知道她在梦中寻找的避难所,也知道一直隐藏在迷雾中的那个温暖而安全的地方。它不是艾希礼——哦,绝不是艾希礼,艾希礼身上的温暖,只不过是沼泽地里的一点磷火,艾希礼身边的安全,犹如处于流沙之上。它是白瑞德。白瑞德有强壮的臂膀搂着她,有宽阔的胸膛枕着她疲倦的脑袋,有讥诮的笑声使她能正确地看清楚自己的事务。白瑞德有透彻的理解力,因为他跟她一样,实事求是,不理会不切实际的荣誉与牺牲,也不过高地相信什么人性。他爱她。虽然他口头上爱说一切和他心意相反的揶揄之词,可是她为什么看不出他是真心爱着她的呢?媚兰就看出这一点,临终时还劝她要"好好地对待他"。

"哦,"她想,"不仅艾希礼是个愚蠢的睁眼瞎,我也一样。其实我应该早就看出来。"

多年来,白瑞德对她的爱就像一堵坚固的石壁在支持着她,就像媚兰的爱在支持着她一样,可是她却沾沾自喜地以为一切都倚靠她自己的力量。今晚早些时候,她才明白在艰苦的生存斗争中,媚兰始终站在她的身边。现在她也明白,是白瑞德在幕后无声地爱着她,理解她,随时准备帮助她。在义卖会上,白瑞德从她的眼神中看出她急于想跳舞,便设法由她领跳苏格兰舞。是白瑞德的帮助,她才早日脱下那束缚着她的丧服。亚特兰大陷落之夜,是白瑞德护送她从大火和爆炸声中逃出城外。是白瑞德借钱给她,让她开创她的事业。深夜里她从可怕的噩梦中哭醒过来,是白瑞德给了她安慰——一个男人,倘若不是对一个女人爱得神魂颠倒,会做出这些事来吗?

树上的水滴落在她身上,她并没有感觉到。浓雾在她周围盘旋,她也没有在意。因为她想到白瑞德,想到他黝黑的脸,闪亮的牙齿和他警觉的黑眼睛,她全身颤抖起来。

"我爱他,"她想,她跟往常一样很自然地接受这一事实,就像孩子接受一件礼物一样。"我说不上我爱他已有多久,不过我爱他是事实。倘若不是艾希礼的缘故,我一定早就明确知道了。因为艾希礼阻挡着我,我一直根本没法看清这事实。"

她爱他。爱他这个无赖,爱他这个流氓,爱他无所顾忌,爱他不爱讲荣誉——至少,不爱讲艾希礼心目中的那种荣誉。"艾希礼那该死的荣誉!"她想,"艾希礼的所谓荣誉总是叫我吃亏。是的,从一开始就是这样。他明知道他家里要他娶媚兰,可是他还是常常要来看我。白瑞德可从来没有叫我吃过亏。媚兰举行茶会的那天晚上,白瑞德本该可以扭断我的脖子的。亚特兰大陷落的那天晚上,他半途上把我扔下,那是因为他知道我不会有什么危险。他知道我自有办法。那回在北佬的营房里我找他借钱,他说要我付出代价,其实他并不是真的要我的身子,不过是逗逗我罢了。他一直真心爱着我,可是我对他太刻薄了。我一次又一次地伤害他的感情,他的自尊心太强,始终不肯流露出来。邦尼死的时候——哦,我怎么能那样?"

她直挺挺地站立起来,望着山顶上的房子。半小时以前,她还以为在这世界上,除了钱以外,她已经失去一切,失去她生活中值得留恋的一切东西——埃伦、杰拉尔德、邦尼、嬷嬷、媚利和艾希礼。可是她非得等到失去这一切后才能明白过来,她是爱着白瑞德的——她爱白瑞德,因为他强壮、狂妄、热情、现实,跟她自己一样。

"我要把一切都告诉他,"她想,"他会理解的。他向来能理解人。我要告诉他我从前多么傻,现在我多么爱他,今后我要对他做出报答。"

忽然她觉得坚强而快活起来。她不再害怕黑暗,害怕浓雾。她心情舒畅,她知道从此再不会害怕它们。今后不管有多大的迷雾包围她,她知道有安全的地方可去。于是她跨着轻快的脚步,朝家里走去。路似乎很长,实在太长。她撩起裙子,一直撩到膝盖上面,然后轻快地奔跑起来。这一回她不是因害怕而奔跑,而是因为白瑞德的臂膀就在大街的另一端等着她。

第六十三章

前门微微开着,她小跑进入过道,有点透不过气来,在那光彩夺目的枝形吊灯下稍停片刻。屋子里虽然灯火辉煌,却寂然无声。这不是一种沉睡中的宁静,而是一种带有不祥之兆的疲乏而又戒备的宁静。她一看白瑞德不在客厅,也不在图书室,她的心立即沉下去了。万一他出去了——到贝尔那里,或者像他以前不在家吃晚饭那样,到别的什么地方消磨黄昏去了呢?这她可没有估计到。

她刚想上楼去找他,忽然瞥见餐室的门关着。她的心由于羞愧而有点缩小了。因为她想起今年夏天的夜里,白瑞德常常独自坐在这里,关起门来喝闷酒,直喝得酩酊大醉,等到波克来催他才上床睡觉。这都是她的不是,她要改变一切,从现在起,她要叫一切都跟过去不同——不过,上帝,今晚可不要让他醉得太厉害。倘若他醉得太厉害,那他不会相信我的话,反而会取笑我,那未免叫我太伤心了。

她轻轻地拉开餐室门露出一条缝,她朝里面盯着一看,见他坐在桌旁,身体深深地陷在椅子里。桌上放着满满的一瓶酒,瓶塞盖着,酒杯没有动过。感谢上帝,他总算还清醒着。她于是拉开门,控制住自己,没有朝他身边奔过去。可是等他抬头看着她时,他的神情竟叫她停在门口挪不动脚步,她到了唇边的话也戛然而止。

他沉着地看着她。他那双黑眼睛已不再闪出跳动的光辉,而是显得极其疲乏而忧郁。此时的她,头发披散在肩头,胸口气急得不住起伏,裙子上的污泥溅到膝盖。可是他脸上并没有现出惊异或询问的神色,也没有嘲讽地扯动嘴角。他陷在椅子里,一身起皱的外衣不合身地贴着他的肥胖的腰身。他的每一根线条都宣告着,他那坚毅的脸容变得粗糙了,他那优美的体型给毁掉了。花天酒地的后果,已经像一枚轮廓鲜明的钱币般显示出来。他现在看上去,不再像是一枚新铸的年轻异教王子头像的金币,而像是一枚久用磨损的铜币上面的那颓丧疲倦的凯撒头像。他看着她时,手放在胸前,态度很安详,几乎可以说很亲切,这倒使她吃了一惊。

"过来坐下吧,"他说,"她死了吗?"

她点点头,举棋不定地朝他身边走去。他脸上那起了变化的表情,使她心中产生一种难以预料的感觉。他没有站起身,只用脚把一张椅子推到她身旁让她坐下。她希望他不要马上提起媚兰。她不想现在跟他谈她的事,以免重新唤起她刚才的悲痛。在她今后的日子里,有的是谈论媚兰的时间。此刻她的心里有一种狂热的欲望在驱使她要她喊出"我爱你"三个字。对她说来,似乎只有今晚,只有此刻,才能向白瑞德倾吐心意。可是他脸上的神情却打断了她的意图。忽然间,她又觉得媚兰刚刚去世,不好意思马上就谈爱情的事。

"好吧,愿上帝让她安息,"他心情沉重地说,"她是我见过的唯一全心全意关怀他人的女人。"

"哦,白瑞德!"她伤心地喊道,因为经他这一提,媚兰平时待她的种种好处,一下子又浮现在眼前。"刚才你为什么不跟我一起进去?真可怕——而且我那么需要你!"

"我怕受不了。"他简单地说了一句就停下来,过了片刻,他又费力地轻轻说道:"一个非常了不起的女人。"

他阴沉的目光从她身上穿过,那目光跟亚特兰大陷落的那天晚上她在火焰的亮光下所看到的一模一样。当时他告诉她,他要跟随撤退的军队一起走,去参加战斗——真是个叫人吃惊的男人。他完全了解自己,然而在他自己身上,他居然发现了意外的忠诚和激情。对自己的发现,又多少带点自嘲的意味。

他忧郁的目光从她肩上掠过,像是他看见媚兰悄悄地穿过房间朝门口走去。他脸上的神情像是在跟她诀别,那神情中没有忧伤,没有痛苦,只有对自己的思索,对自己的惊异,以及只有一种孩提时才存在的深深打动人的感情。他又说了一遍:"一个非常了不起的女人。"

斯佳丽浑身一阵颤抖。她心头的光辉和暖流,刚才使得她似双脚生翼飞回家中,现在黯然消失了。白瑞德说媚兰是世界上他唯一尊敬的女人,她有一半能揣摸出他说这话的心思。可是他的话重新勾起了不仅是她个人所遭受的重大损失的凄凉感。她不能完全理解,也无法分析他的感情,可是她仿佛觉得媚兰沙沙的衣裙在她身旁飘拂,仿佛觉得媚兰在最后一次轻轻地爱抚着她。她从白瑞德的目光中看到的不是一个普通女人,而是一个传奇性的人物——一个温柔、谦让,然而有钢铁意志的女人。正是依靠她这样的人,南方在战时才得以支撑;正是依靠她们自豪而忠诚的双臂,南方才得以在战败后复苏。

他的眼光又回到她身上,他的声音变了,变得微弱而淡漠。

"那么她是死了。这对你未尝不是件好事,不是吗?"

"哦,你怎么能说这种话,"她喊道,心里感到刺痛,眼中涌出泪水,"你知道我多么爱她。"

"不,我不能说我知道。而且应该说这是极其出乎我意料之外的。你喜欢的向来是那种没出息的白人,现在终于器重起她来,不能不说是你的光荣。"

"你这是什么话?我当然是器重她的!你就没有。你不像我那样理解她。像你这样的人是不会理解她的——不理解她多么好——"

"真的吗?也许并非如此。"

"她处处想到别人,从不为自己着想——喏,她临终前的几句话就说到你。"

他转过身面对着她,眼中闪出真实的感情。

"她怎么说?"

"哦,现在不要问我,白瑞德。"

"告诉我。"

他的声音很平静,可是却紧紧地一把抓住她的手腕。她不想马上告诉他,因为她不想以这种方式谈起她对他的爱。可是他握住她的手表示他急于想知道。

"她说——她说——'好好对待白瑞德船长。他非常爱你。'"

他紧紧盯了她一眼,放松她的手腕。他垂下眼睑,阴沉的脸上一片空白。他突然站起来走到窗口,拉开窗帘,朝外面凝神看着,仿佛除了一片迷雾之外,还有什么可看似的。

"她还说了些什么?"他问,没有回过头来。

"她要我照顾小博,我说我会照顾的,我会把他当作自己的孩子看待的。"

"还有呢?"

"她说——艾希礼——她还要我照顾艾希礼。"

他沉默片刻,然后轻轻地笑了。

"有了前妻的允诺,事情可方便了,不是吗?"

"你这话是什么意思?"

他转过身来,脸上丝毫没有嘲讽的表情。她这时虽然心里很乱,但他的表情使她感到吃惊。而且他也没显出有多大兴趣的样子,就像一个人在观看一场不太吸引人的喜剧的最后一幕时一样。

"我想我的意思非常清楚。媚利小姐死了。你显然有足够的理由可以提出要求跟我离婚。而且你不用怕离婚有损你的名誉,因为你本来就没剩下多少名誉了。你也没多少宗教信仰,所以也不必把教会放在心上。那么,有了媚利小姐的祝福,艾希礼和你的梦想终成现实。"

"离婚?"她嚷道,"不!不!"一时她不知说什么是好。随后她跳起身跑到他身边,一把抓住他的臂膀,"哦,你完全弄错了!错到了极点。我不要离婚——我——"她只好停住,因为找不到合适的字眼。

他托住她的下巴,冷静地把她的脸转向灯光,对着她的眼睛目不转睛地看了好久。她抬起眼睛看着他,她的目光中含着她的心意,她的嘴唇颤动着像是想说些什么。可是她理不出说话的头绪，因为她正在他脸上搜寻他的反应，想从他的脸上发现希望和欢乐的闪光。现在，他肯定能理解她了。可是她狂热的目光看到的，却依然是那张常常使她感到困惑的脸，阴沉、平静、一片空白。他的手从她的下巴上放下，他转过身，走回他的椅子旁，伸展着四肢坐下。他的下巴搁在胸前，显得很疲倦，他的眼睛从黑睫毛下向上看着她，像是不带有个人感情地在估量着她。

她跟着他走到他椅子前面，绞着双手站着。

"你错了，"她又说，一面在寻找话儿，"白瑞德，今天晚上，我明白过来以后，便一路跑回家来告诉你。哦，亲爱的，我——"

"你累了，"他说，眼睛还盯着她，"你还是上床去睡吧。"

"可是我一定得告诉你。"

"斯佳丽，"他沉闷地说，"我什么也不想听。"

"可是你还不知道我想说的是什么呀！"

"亲爱的，那是明明白白，显露在你的脸上。大概是什么人，或者什么事，叫你明白过来，那位不幸的威尔克斯先生，原来是一颗太大的死海果①，叫你没法啃它。同时你又忽然发现我有一种新的吸引力，"他轻轻叹了一口气，"不过现在我说这些也没什么用。"

她惊讶得倒吸一口冷气。不错，他总是一眼就能看出她的心思，这也是一直叫她恼怒的地方，可是现在，她在骤然一惊以后，却反而感到高兴，感到宽慰。他既然知道她的想法，那么她想要做的事实在太容易了。说这些也没用吗？当然，她长期不关心他，他心里会难受；当然，他对她的突然转变，不会轻易相信。她要跟他亲近，取得他的欢心。要对他倾注大量的爱，好让他相信她。这样做可多么快活！

"亲爱的，我要把一切全说给你听，"她双手放在他坐的椅子扶

---

① 死海岸边生长的一种果子，金玉其外，败絮其中，喻失望与幻灭。

手上,俯身对着他,"我一直是那么傻,竟错到这种地步——"

"斯佳丽,不要这样说下去了。不要在我面前低三下四。我受不了。能不能留一点尊严,留一点节制,留供我们日后对婚姻的回忆呢?让我们免了这最后一幕吧。"

她猛地站直身子。让我们免了这最后一幕?他说"这最后的"是什么意思?最后的?这是他们最初的,是他们的开端。

"可是我要对你说,"她急忙说,仿佛怕他要捂住她的嘴,不让她说下去,"哦,白瑞德,我多么爱你,亲爱的!我其实爱你已好多年了,可是我太傻,竟连自己都不知道。白瑞德,你一定得相信我!"

她站在他面前,他朝她看了一会儿,看得很久,像是看到了她的心思的背后。她从他的眼神中看出他相信她的话,可是对她并不感兴趣。哦,在这样的时刻,他会不会还那么刻薄,为了折磨她,他会不会使用"以其人之道,还治其人之身"的伎俩对待她呢?

"噢,我相信你,"他终于说,"不过艾希礼·威尔克斯怎么办呢?"

"艾希礼!"她做了个不耐烦的手势说:"我——我想很久以来我一点也不关心他。这不过是我从小养成的一种习惯罢了。白瑞德,假如我早知道他实际上是怎么样一个人,我甚至连关心他的念头也不会有的。他是这样一个不能自立、懦弱可鄙的人,尽管他嘴里讲的是什么真理,什么荣誉的——"

"不,"白瑞德说,"你倘若真要知道他是怎么样的人,你得正确地看他。他无非是个上等人,陷于一个不属于他的世界里,但他仍想按照旧世界的规律,尽他无聊的最大努力行事罢了。"

"哦,白瑞德,我们不要去谈他吧!他现在跟我们有什么相干呢?你是不是很高兴知道——我的意思是,既然我——"

他疲倦的眼睛接触到她时,她的话突然停住,她觉得很窘困,很害臊,像一个初恋的女孩子那样。他若是不让她为难就好了!他只要张开双臂,她便可高兴地坐在他的膝上,头靠在他的胸前。她的嘴唇贴着他的嘴唇,她就可以向他倾吐一番,不用结结巴巴了。

可是她看着他时，才知道他并不是存心亲近她要她难堪。他看上去已经没有活力，似乎不论她说什么都无关紧要。

"高兴吗？"他说，"你这一番话倘若早一点说给我听，我会感谢上帝，我会斋戒以示感恩。可是现在，对我已毫无意义了。"

"没有意义？你在说什么？当然有意义。白瑞德，你是在意的。不是吗？你一定得关心。媚利说过你是在意的。"

"不错，就她所知道的而言，她是对的。不过，斯佳丽，你有没有意识到，即使是最最牢固的爱，也会有消失的时候？"

她哑口无言地看着他，嘴巴张开成一个圆圆的O形。

"我的爱已消失了，"他继续说道，"是被艾希礼和你那没有理智的执拗给弄消失了的。你就像头叭喇狗一样，任何你想要的东西，弄不到手是绝不罢休的……我的爱已经消失了。"

"可是爱是不会消失的！"

"你对艾希礼的爱就消失了。"

"可是我从来没有真的爱过艾希礼！"

"那么，你一定假装得非常之妙——假装到今天晚上为止。斯佳丽，我并不是申斥你，指责你，侮辱你。那样的时刻已过去了。所以你不必为自己辩护，也不必解释。假如你愿意听我说上几分钟，不要打断我的话，我可以向你阐明我的意思。虽然上帝知道，其实也不用多说，因为事实是一清二楚的。"

她坐下来，刺目的煤气灯光照在她苍白惶惑的脸上。她看着他的眼睛，那么熟悉——又那么陌生——听他静静地说着。他的话刚开始的时候似乎没什么意义。但他以这样的方式跟她说话还是头一回，像是普通的人与人之间的谈话，没有轻率，没有嘲讽，也不卖关子。

"你有没有想到过，我爱你的程度，是不是已达到男人所能给予女人的爱了呢？我在得到你以前，是不是已爱了你好多年了呢？在战争时期，我有意离开你，想忘掉你，可是我办不到，我还是回来。战争结束以后，我冒着遭受逮捕的危险跑回来，就是为了想找到你。

我爱你爱得那么深,甚至于觉得如果那回弗兰克·肯尼迪没有死的话,说不定我真的会把他杀了。我爱你,却又不能让你知道。因为你对爱你的人总是那么心狠,斯佳丽。你接过他们的爱,用它来威胁他们。"

他说的一番话,似乎只有他爱着她这个事实有点意义。她听到他的话音中有淡淡的激情在回响,喜悦和激动又回到她的心头。她屏住呼吸坐着、听着、等着。

"我跟你结婚的时候,知道你并不爱我。我知道你跟艾希礼的事,你瞧。可是,我当时真蠢,我还以为我能使你爱上我。笑话我吧,假如你喜欢。不过我想要照顾你,疼爱你,满足你一切的需求。我想要跟你结婚,好保护你,让你随心所欲地做一切使你快活的事,就像我对待邦尼那样。你一直在奋力拼搏,斯佳丽。没有谁比我更清楚你的日子是怎么过来的。我想让你不要再去拼搏,让我来替代你去拼搏。我要你像个孩子那样去玩乐,因为你其实就是个孩子,一个勇敢的、执拗的、受了惊的孩子。我觉得你现在还是个孩子,只有孩子才会像你这样固执,感觉这样迟钝。"

他的话音平静而带有倦意,可是其中有勾起斯佳丽一点儿记忆的东西。以前,在她生活碰到另一次危机时,她曾听到过类似这样的话。那是在什么地方呢?只记得那说这话的人面对着他自己和他的世界,没有同情,没有畏缩,也没有期望。

怎么——怎么——那是艾希礼的话音,是在塔拉刮着冬天寒风的果园里。他当时谈到生活、谈到隐退,他的话音也平静而带有倦意,他那音色流露出比无望的痛苦更具有决定性的意味。当时她对艾希礼的话并不理解,但使她感到害怕,感到寒心。而现在白瑞德的话她听了使她心往下沉。他的话音,他的态度,比他所说的内容更使她烦扰,使她意识到她刚才的快活和兴奋未免来得太早。总有什么东西不对劲,大大的不对劲。那是什么东西她说不上来。但是她忐忑不安地继续听他说下去,她的眼睛盯着他那张褐色的脸膛,她希望能听到可驱除她恐惧的话。

"事实非常明显，我们俩是天生的一对。事实非常明显，在你认识的男人中，在认清了你的真面目后，只有我是能够爱上你的。你是个恶性难改、贪得无厌、无所顾忌、跟我一样的人。我爱上你，我想试一试我的运气。我以为你会慢慢地忘掉艾希礼。可是，"他耸耸肩膀，"我什么办法都使尽了，可是我知道全没有用处。我爱你这么深，斯佳丽，只要你给我机会，我会非常温柔而体贴地爱你。可是我不能让你知道，否则你会认为我软弱，会利用我对你的爱来对付我。而且，还有艾希礼——他简直无时无处不在，我都快要被逼疯了。我不能每晚坐在你对面，明明知道你心里希望艾希礼坐在我的位置上。我不能夜夜把你搂在怀里，而明明知道你——得了，反正现在是无关紧要了。我不明白为什么我会那么难受。我正是为此才到贝尔那里去的。因为和这个女人在一起，她全心全意地爱我，尊重我是一个上等人，总算使我得到一点可悲的安慰，即使她是个目不识丁的妓女。我的虚荣心毕竟得到了抚慰，亲爱的，你从来不善于抚慰我。"

"哦，白瑞德……"她听他一提到贝尔的名字就觉得难受，可是他摆摆手叫她不要出声，让他继续说下去。

"后来，那天夜里我抱你上楼时——我想——我希望——我怀着太大的希望，第二天早上甚至不敢见你的面，因为怕我弄错了，怕你并不爱我。我怕你讥笑我，我一早逃跑出去，喝得很醉。后来我回到家里，我的一双脚都在靴子里发抖。那时你只要能上前几步迎接我一下，给我一点表示，我相信我真的会跪下亲吻你的脚。可是你没有。"

"哦，可是白瑞德，我那时确实是要你的，可是你那么别扭！我确实要你！我想——是的，那一定是头一回我知道我爱你。至于艾希礼——自从那一回以后，我就觉得艾希礼并没有使我快活过，可是你那么别扭，我——"

"噢，好吧。"他说，"看来我们的意见不太一致，不是吗？不过那没什么要紧，我只是想跟你说一声，免得你不明白是怎么回事。后来你病了,那都怪我不好。我站在你房门口,希望你叫我一声,可是你没有,到那时我才明白我白费了一片苦心,一切无可挽回了。"

他停止不说了,他看透了而且看穿了她,就像艾希礼一直以来那样看她的,看到她自己所看不到的东西。此时她只能一言不发地凝视着他沮丧的脸。

"可是后来我从邦尼身上发现事情并不是不可挽回的。我喜欢把邦尼当作是你,当你重新又成为一个小女孩,回到从前的年代,那时你还没有遭到战争与贫穷的折磨。邦尼跟你是那么相像,那么任性,那么勇敢,那么快活,那么起劲。我可以宠爱她纵容她,就像我想疼爱你一样。可是她跟你有一点不同——她很爱我。我能把你不肯接受的爱给了她,真是我的福分……后来她走了,把一切都带走了。"

忽然,她觉得为他难受,真心实意地为他感到难受,竟使自己的忧愁,以及他言下之意给她的恐惧,全消失了。这是她生平第一次为别人感到难受,而且并不带有鄙视的成分,因为这是她第一次接近于理解别人。她能理解他的机诈,因为她自己也是如此。她也能理解他执拗的自尊心,也跟她自己一样,因为怕他断然拒绝而不敢向他表白自己的爱。

"啊,亲爱的,"她朝他身边凑过去,希望他张开双臂把她搂在怀里,"亲爱的,我很抱歉,不过我会给你补偿的。我们既然知道了真情,我们能非常幸福的,而且——白瑞德——瞧着我,白瑞德!我们——我们还可以有孩子——不是像邦尼,不过——"

"不,谢谢你,"白瑞德说,像是谢绝一片面包似的,"我不打算拿我的心做第三次冒险了。"

"白瑞德,不要说这种话!哦,我怎么说才能叫你明白呢?我跟你说过我非常抱歉。"

"亲爱的,你真是个孩子。你以为就这么说一声,'我很抱歉。'所有的错误和多年来的伤心事就能一笔勾销,就能从心头抹掉,所有的毒素都能从陈旧的伤口上排除干净吗……把我的手帕拿去,斯佳丽。在你一生中最危难之际,我从来不曾见到过你需要手帕。"

她接过手帕,擤了擤鼻子,又坐下来。很显然他并没有要把她拥进怀里的意思。而且她开始看清楚他那一番关于爱她的话,并没有实际意义。他仿佛在叙述一段陈年旧事,而且他看这事好像跟他自己无关似的。他几乎亲切地看着她,他的眼睛显然在沉思之中。

"你多大年纪了,亲爱的?你从来没跟我说过。"

"二十八岁。"她的嘴巴被手帕捂住,沉闷地说。

"年纪不算大。这样的年纪,就已得到了整个世界,失去了自己的灵魂,可以算是很年轻了,不是吗?你不用害怕,我并不是指你因为艾希礼的事要受地狱火的惩罚,我只是用一种比方的说法。从我认识你起,你所需要的只是两样东西,一是艾希礼,另一是有很多的钱,有了这两样你就可以在世界上不用买任何人的账。现在你钱是有了,尽可以把头抬得高高的。假如你需要艾希礼,也可以得到他。可是这两样现在看来似乎还不够。"

她心里觉得害怕,但怕的不是地狱火。她在想:"白瑞德才是我的灵魂,而我就要失去他了。如果失去了他,一切对我来说,都没有什么意义了,朋友也好,钱财也好,什么都没有意义了。只要有了他,哪怕重新变得贫穷我也不在乎,哪怕重新受冻挨饿我也不在乎。可是他的意思不会真的是——哦,他不会的!"

她擦了擦眼睛,拼命抗争地说:

"白瑞德,倘若你曾那样非常爱我,那么现在你心中总还给我留下点爱吧。"

"我发现在我心里只留下两样东西,都是你最最嫌恶的——一是怜悯,另一是奇怪的好意。"

怜悯!好意!"哦,上帝,"她绝望地想道。为什么偏偏是怜悯和好意。她自己只要对任何人具有这两种感情,她就会同时鄙视他。那么他是不是也鄙视她呢?但愿不是鄙视而是别的什么。哪怕是战争时期他对她的嘲讽冷漠;哪怕是那夜他醉后疯狂地抱她上楼,他那坚硬的手指碰伤她的身体;哪怕他对她说话老是用那种带刺的拖长了的腔调——现在她才明白其中含有一种痛苦的爱——什么都行，只要不是在他脸上清楚地显露出没有感情色彩的好意。

"那么——那么你的意思是说我把你对我的爱全毁了——你不再爱我了？"

"正是这样。"

"可是，"她固执地说，就像一个孩子觉得只要说出自己的愿望就能得到满足一样，"可是我爱你呀！"

"那就是你的不幸了。"

她迅速抬头，观察他说这话时是不是还带有嘲弄的神情，可是并没有。他只是叙述一件事实。可是她对这个事实还是不愿意相信——不能够相信。她看着他，她的上斜的眼里燃烧着极端的固执，下巴上的冷酷无情的线条突然布满了她整个柔和的脸颊，那是典型的杰拉尔德的下巴。

"别傻了，白瑞德！我能够使——"

他装出恐怖的样子扬起一只手，黑眉毛往上一翘成新月形，又是一副往常那嘲讽的神态。

"不要那么斩钉截铁，斯佳丽！你吓了我一跳。我看你是在打算把你那剧烈的爱，从艾希礼身上转移到我身上来，我可得为我的自由和内心的宁静担忧了。不，斯佳丽，我可不愿像那不幸的艾希礼那样被紧追不舍。再说，我就要离开这里了。"

她的牙床打起仗来，她忙把牙关咬紧。离开这里？不，绝不能离开！没有他，她日子怎么过？所有的人都离开了她，所有跟她有关的人都离开了，只剩下白瑞德。他不能走。可是她怎么才能留住他呢？他那冷漠的心，冷淡的话，她完全无力对付。

"我就要离开这里。我本来打算在你从马里塔回来时就要同你说的。"

"你是在抛弃我吗？"

"不要像那戏剧里被遗弃的女人那样，斯佳丽。这种角色跟你不相称。我姑且认为你既不想离婚，也不想分居，对吗？那么，我会经常回来看你,免得人家背后说闲话。"

"见鬼的闲话,"她恶狠狠地说,"我要的是你。你带我一起走!"

"不。"他说,语气中带有决定性。一时间她差点像个孩子那样号啕痛哭起来。她真想扑倒在地板上,又是骂,又是叫,把脚跟像擂鼓似的敲打地板。可是她多少还有点自尊心,有点常识。她想,我若是那样,只会引起他的讥笑,或者只是朝我看看罢了。我绝不能太吵大闹,绝不能乞求他,绝不能做出让他瞧不起我的任何举动。我得让他尊重我——即使他不爱我的话。

她仰起下巴,尽量平静地说:

"你打算去哪儿?"

他回答时眼中微微闪出赞赏的神色。

"可能去英国——或者去巴黎。也可能到查尔斯顿去设法跟我家里人和解。"

"可是你恨他们!我经常听到你讥笑他们,而且——"

他耸耸肩。

"我还是要讥笑——可是我的浪迹天涯的生活已到结束的时候了,斯佳丽。我已经四十五岁——到了这样的年龄,一个男人就会开始重视他年轻时代那么轻易扔掉的东西,像家族观念、荣誉、保障,以及那源远流长的根——哦,不!我并不改变我的信念,也不后悔我做过的事。我曾度过一段非常快活的日子,我对这种日子开始感到厌倦,现在想更换一下口味。我要更换的只不过是我身上的斑点——就像我说过豹子身上的斑点那样。可是我希望我的外表看上去像我从前所熟悉的一些东西——受人尊敬的品格。我指的是在别人眼里的品格,我的宝贝,不是在我自己眼里的——这就是上等人赖以生存的宁静庄重的生活,这就是往日的优雅的品德。可是我在过去这些年里,一直不懂得这种悠闲生活的慢节奏的魅力——"

斯佳丽于是又一次像是回到塔拉刮风的草园里,看到艾希礼那天眼中的神情,那神情跟现在在白瑞德眼中的,完全一模一样。艾希礼当时说的话又清晰地在她耳边回响,她像是在听着他而不是在听白瑞德说话。她回想起一些片段,像鹦鹉学舌般念出来:"是一种魅力——是一种完美——是一种似希腊艺术般的匀称美。"

白瑞德机警地说道:"你为什么会说出这话来的?那正是我要说的话。"

"那是——那是艾希礼曾说过的缅怀往昔的话。"

他耸耸肩,眼中的光辉熄灭了。

"又是艾希礼。"他说着,沉默了片刻。

"斯佳丽,当你四十五岁时,也许你能理解我现在的话,也许你会厌倦于假装高雅、厌倦徒有其表、厌倦廉价的感情了。不过我还是不敢相信你会那样。因为对你有吸引力的往往是耀眼的光彩而不是金子本身。不过,反正我不能等那么久,我也不想等那么久。你如何选择你的生活我不感兴趣。我要到一些古老的城镇、古老的乡村去寻求昔日生活的痕迹。我的思想感情现在是这样的。亚特兰大对我来说,太新,太不够文雅了。"

"别说了。"她突然说道。他刚才说些什么,她一点没听进去,因为那些话她当然是听不进的。既然他的话中没有提到对她的爱,她知道她再也无法忍受听他继续说下去了。

他停下来,疑惑地看着她。

"那好,你明白我的意思了,是吗?"他问,随即站起身来。

她向他伸出双手,手掌向上,一个古老的恳求姿势,她的心思重新显现在她的脸上。

"不,"她喊道,"我只知道你不爱我,你要离开我了,哦,你走了,我怎么办?"

他迟疑了一下,像是心里在斗争,从长远的观点看,说句假的好话哄她比对她说真话是不是更好。随后他耸耸肩。

"斯佳丽,我从来没耐心把破碎的东西捡起来黏合好,再对我自己说,补过的东西跟新的一样好。破的总是破的——我宁可记住它的最好地方也不愿把它补好,然后一辈子看着那裂痕。假如我真的还年轻一点,也许——"他叹了口气。"可是我年纪太大了,不再相信什么消除前隙那一套多愁善感的东西,不再相信从头开始那一套了。我年纪已太大,我无法承受经常的谎话和生活在文雅的幻灭之中。我不能和你生活在一起,靠跟你说假话过日子。我当然不能跟自己说假话。即使现在我也不会跟你说假话。我但愿自己能关心你做些什么,到什么地方去,然而现在我办不到。"

他吸了一口气,轻快地,然而温柔地又说了一句:

"亲爱的,我根本不在乎。"

她默默地看着他走上楼梯,觉得喉咙口疼痛得几乎快要窒息了。他的脚步声在楼上过道里渐渐消失,世界上最后一样对她有意义的东西也随之消逝了。她现在知道,他那冷静的头脑做出的决断,已不可能用感情或理智将它改变了。她现在知道,他刚才说的每一句话都是他的实话,尽管有几句话他以前曾轻松地说过。她知道因为她意识到他身上具有坚强无比、不折不挠、不能改变的品质——她曾在艾希礼身上寻找过这些品质,却从未找到。

她爱的和爱而复失的两个人她一个也不了解。现在她才琢磨到:要是她真的了解艾希礼,她再也不会爱他;要是她真的了解白瑞德,她再也不会失去他。她凄凉地想着,她在这世界上到底有没有真的了解过一个人。

她心里此刻有一种仁慈的麻木感,可是从长久的经验她知道这种麻木很快就会变成剧痛,就像外科医师动手术时一样,局部的组织虽然暂时麻木一下,可是疼痛就会接踵而来。

"我现在不去想它,"她坚强地想道,又运用起她那老符咒来。"我现在若是老想着我失去了他,我会发疯的。我且等明天再去想它吧。"

"可是,"她的心却扔开那符咒喊起来,而且开始疼痛起来,"我不能让他走!总会有办法的!"

"我现在不去想它,"她大声说出来,她想驱除她心里的痛苦,她想找到一道堤防可挡住疼痛的浪潮。"我要——咦,明天我要到塔拉去。"于是她有点儿精神了。

曾经有一次，她在恐惧和挫败中回到塔拉，在它的庇护下她重新出现时已变得很坚强，而且武装得夺取胜利了。既然她以前曾做到过一次，那么——请求上帝，让她现在再这样显一次身手。怎样行动她现在还不知道。现在她没有必要空想。她现在所需要的是，有一个生存的空间，让她忍受痛苦。有一个安静的地方，让她舔净她的伤口。有一个避难的场所，让她制订下一步的计划。她想起塔拉，它像是只温柔而凉爽的手在悄悄地拨动她的心弦。她仿佛看见那闪光的白色房子，在秋天红叶的掩映下，在欢迎她回去。她仿佛感觉到乡间宁静的暮色，渐渐向她围拢，像是在向她祝福。她仿佛感觉到露珠滴落在田野上的那一片翠绿之中镶嵌着点点洁白似羊毛般的棉花上。她还仿佛看到未开垦的红土地，以及蜿蜒起伏的山冈上的遒劲的苍松的幽深之美。

她想象中的画面使她感到的一点安慰更加增强了。她心头的创伤和强烈的悔恨也减轻了。她站了片刻，又想起一些细微的地方，那通向塔拉的雪松林荫道，白粉墙边上衬映着鲜绿的茉莉花丛，还有那洁白的窗帘在微风中飘动。嬷嬷一定也在那里。忽然，她迫切地想念起嬷嬷来，就像她还是小女孩时想要她一样。她想把头搁在她宽阔的胸脯上，想让她那粗糙的大手抚摸着她的头发。嬷嬷，她是连接过去美好日子的最后一环。

她这一家族的人，都具有不知道什么叫失败的精神，即使失败在冷冷地瞪着她们，她也会翘起她的下巴。她能把白瑞德搞回来。她知道她能办到。她一旦把心思用在哪一个男人身上，没有一个男人能逃脱得了的。

"我明天到了塔拉再想这一切吧。明天我就能挺得住了。明天。我会想出办法把他搞回来。不管怎么说，明天又是新的一天了。"

图书在版编目（CIP）数据

飘／（美）米切尔（Mitchell, M.）著；朱攸若译.—成都：巴蜀书社，2015.10（2017.3重印）

ISBN 978-7-5531-0608-3

Ⅰ. ①飘… Ⅱ. ①米…②朱… Ⅲ. ①长篇小说－美国－现代 Ⅳ. ①I712.45

中国版本图书馆CIP数据核字（2015）第239377号

飘（上下）

[美] 玛格丽特·米切尔 著 朱攸若 译

选题产品策划生产机构	北京长江新世纪文化传媒有限公司
选题策划	金丽红 黎 波 安波舜
特约编辑	罗小洁 葛 钢 责任编辑｜陈亚玲 助理编辑｜李 雪
封面装帧	郭 璐 内文制作｜姜 华
责任印制	张志杰 媒体运营｜刘 冲 刘 峥

总 发 行	北京长江新世纪文化传媒有限公司
电 话	010-58678881 传 真｜010-58677346
地 址	北京市朝阳区曙光西里甲6号时间国际大厦A座1905室
邮 编	100028

出 版	巴蜀书社 电 话｜（028）86259397
地 址	成都市槐树街2号 邮 编｜610031
网 址	www.bsbook.com
印 刷	北京玥实印刷有限公司
开 本	880毫米×1230毫米 1/32 印 张｜35.75
版 次	2015年10月第1版 印 次｜2017年3月第3次印刷
字 数	957千字
定 价	58.00元

盗版必究（举报电话：010-58678881）

（图书如出现印装质量问题，请与选题产品策划生产机构联系调换）

我们承诺保护环境和负责任地使用自然资源。我们将协同我们的纸张供应商，逐步停止使用来自原始森林的纸张印刷书籍。这本书是朝这个目标迈进的重要一步。这是一本环境友好型纸张印刷的图书。我们希望广大读者都参与到环境保护的行列中来，认购环境友好型纸张印刷的图书。